柳条边风尘旧录

风起边关

倪成仁 著

北方联合出版传媒(集团)股份有限公司
春风文艺出版社
·沈阳·

图书在版编目（CIP）数据

柳条边风尘旧录. 风起边关 / 倪成仁著. —沈阳：
春风文艺出版社，2019.8（2021.1重印）
ISBN 978-7-5313-5573-1

Ⅰ. ①柳… Ⅱ. ①倪… Ⅲ. ①长篇小说 —中国—当代
Ⅳ. ①I247.5

中国版本图书馆CIP数据核字（2019）第004149号

北方联合出版传媒（集团）股份有限公司
春风文艺出版社出版发行
http://www.chunfengwenyi.com
沈阳市和平区十一纬路25号　邮编：110003
永清县晔盛亚胶印有限公司印刷

责任编辑：韩　喆		责任校对：于文慧	
封面设计：琥珀视觉		幅面尺寸：160mm×230mm	
字　　数：1014千字		印　　张：67.25	
版　　次：2019年8月第1版		印　　次：2021年1月第2次	
定　　价：135.00元（全三册）		书　　号：ISBN 978-7-5313-5573-1	

自　序

　　《风起边关》是《柳条边风尘旧录》的上部，这就不能不先说明一下"柳条边"。"柳条边"，简称"柳边"，也叫"柳墙"或"条子边"。它在祖国辽吉大地上，虽然还有些遗存，恐怕地理专家还依稀能辨；而它在近四百年来见证过的风风雨雨，几乎成了人们磨灭了的记忆。辽宁的沈阳，清代时称"盛京"。为了拱卫这块风水宝地和北方重镇，清廷驱拘役之辈，植建起了柳条边。它"南起凤凰城，北（绕护永陵）至开原折而（向）山海关接边城，周一千九百五十余里"。这是"老边"，与自鸭绿江口至山海关的海岸线闭合。这个南部向里凹陷的圈里称"边内"，圈外叫"边外"。后来"又自开原威远堡而东历吉林北界至发哈特"，植建了"长六百九十余里"的"新边"。它基本南北走向，边西叫"边外"，边东称"边内"。至于掘土成台、植柳结绳，构成这柳树边墙的原因，公开说是因为"清初屡有蒙古寇警，插柳结绳以分内外"。其实，那时曾同清政权为敌的少数蒙古部落，已经败逃到大漠以北，溃散凋零；清廷要防的是那些臣服还不太久的蒙古王爷。他们的剽悍马队，是满洲八旗兵问鼎中原的主要帮手。这些王爷自恃功高，桀骜不驯，纵容部下越界放牧、过境掠夺。对清皇室来说，良田青苗啃光千坊万井，老百姓脑袋砍掉几十几百，都可看在勋臣国戚的面子上不加计较的；但任他们得寸进尺，一旦羊扇子忽悠到盛京的福陵昭陵，马蹄子踢蹬得惊扰了祖宗酣梦，那可是大大的不孝罪过，万万地担当不起！所以才"插柳结绳"，把清朝龙兴之地、祖宗安眠之域，圈为禁地。到了康熙朝中期以后，那些蒙古王爷已经畏皇威如惧雷霆，连响屁都不敢放了，可清廷却加强柳条边的防务，向各门寨增派驻守的八旗兵——堂而皇之宣布的理由，在保护龙兴重地、祖宗陵寝之外，后来又加上捍卫皇家围场安全和确保参茸贡源。其实没说出的动机，是提防野心勃勃的沙俄觊觎大清国的后院儿。沙皇彼得一世和康熙大帝同时称雄于世。但彼得一世更注重引进科学技术，把俄罗斯带上了发展的快车道：国日益强，兵日益雄，其子孙也便日益垂涎中国东北这块肥肉。乾隆自许"十全老人"，其实他比乃祖更为保守。不过他头脑不糠，还没忘记父、祖对沙俄的警惕，继续加强了柳条边的防务，维持了北疆的平静。可叹他的子孙一代不如一代，弄得国势江河日下。他的重孙媳妇叶赫那拉氏倒堪称泼雌，却把一肚子鬼心眼儿，都用在了凤爪牢牢地按住龙头，维持她垂帘听政上了；对列强，她却像有些童养媳似的奴颜婢膝，使柳条边内外沦落成北极白熊和东洋狼狗争霸的角斗场。因此，柳条边内外的老百姓，不仅要饱受贪官污吏、恶霸马匪的土法凌刮，还要遭受熊啃狼掏般洋式宰割了。

说到蓊郁千里的柳条边，人们都会自然地想到连绵曲折的万里长城。"长城内外"，指的是祖国浩瀚的北疆；"柳条边内外"，则概称富饶的辽吉黑及内蒙古东北部。那么"塞外""口外""关外"和"边外"有何差别呢？国人历来习惯地把长城以北以西统称为"塞外"，当然包括了辽吉黑，但甘陕一带的人多把当地长城以西以北叫"口外"（长城关口以外），京冀晋的人则多把长城以东以北的国土称为"关外"或"关东"（因为那一带在山海关以东），显然是各有专指的。"柳条边外"这个地域概念，也有广义、狭义之分：从山海关到开原这段老边和新边以西，统称"边外"；清代末年的盛京人、民国初期的奉天人，特指从法库门两侧的柳条边往北到科尔沁草原南缘这中间的狭长地带为"边外"。"柳条边风尘旧录"中常常提到的"边外"，基本上就取的这个狭窄区域。

柳条边和科尔沁草原中间，有个"康平县"。这个边外偏僻荒凉、地域颇广的穷县，面积越来越小：先是设置法库抚民厅，划走了三台子以南四乡镇；接着成立双辽县，划归了郑家屯分治所的辖地；后来新秋分治所辖理的区域，又划给了彰武县。于是依然偏僻荒凉的"康平县"，成了边外既穷又小的一个县。《柳条边风尘旧录》中展现出的人情故事，比如官吏的钩斗凶贪、洋寇的劫杀淫掠、教堂的无法无天、义和团的虎头蛇尾、马胡子的侠义剽蛮、小百姓的艰辛挣扎、逃旗汉的苦恼徘徊、弱女子的哀泣梦想，几乎都发生在这个由大变小过程中的偏僻县……

柳条边外这块地方，除了局部是荒山丘陵，大部分是肥沃的黑土良田、丰茂草原，贴近科尔沁的则是平缓的坨子。这个区域，有些地片儿是蒙古王爷们在清初跑马圈占了的，虽然后来在府县的行政管辖区域内，但开垦耕种是要向王爷们纳粮的。生活在这片土地上的人，统统被称为"边外人"，或"二蒙古"。其实边外人里汉族占一多半儿，其余的多数是蒙古族，零头儿是满族、朝鲜族。汉族中坐地户少得八竿子打不着一个，几乎都是逃避战乱灾荒落下脚的关内人，其中掺杂些逃犯。蒙古族中除了一些有自由身份的散户，便是逃亡的"包衣"（奴隶）或他们的后代。满族中不是逃旗户——不愿当兵掉脑袋的下层旗丁，放弃旗籍流浪来糊口谋生的，便是清政权树倒猢狲散前后，跑来匿迹藏身的。朝鲜族中有些人祖上便是中国的老百姓，有些是国破家亡、九死一生从日本鬼子魔爪下，逃来的半岛原住民，其中还有一部分是不愿放弃原来国籍的"黑人"。可见"边外人"这一群体的人文背景是多么复杂。他们中的蒙古族，大抵信奉藏传佛教；朝鲜族，多半尊崇天道教；满族呢，传统信仰比较原始的萨满教。汉族中林林总总的文盲白丁则供奉胡三太爷、黄三太奶，任吗牛鬼蛇神都信。西洋的天主教在硝烟掩护下，从十九世纪末也把一条大腿插进了边外，笼络去了一些"教民"。对绝大多数目不识丁、食不果腹的边外人来说，孔孟的四书五经，填不了肚皮；喇嘛们宣扬的极乐世界，就像水中的月亮捞不到手；而传教士喋喋不休称颂的平等博爱，几乎是半天空中的老鸹屁。对他们来说，最重要、最迫切的，是逃命、活命，是苟延残喘，多活一天便是两个半晌儿。再加上从传承上说，这些人的老祖宗都曾是萨满教的善男信女，也便更习惯借助巫女神汉，来祈求神灵的垂怜佑护。巫风在边外绵延不衰，当然和边外人的风习、心理密切相关。多民族长期混居杂处，很少有人受过启蒙教育，礼教的束缚也便松松懈懈。这些苟活偷生的人，虽然被视为斗筲之辈，并不知道《礼记》上有"饮食男女，人之大欲"这类宏论，却也和王侯将相、文士富豪一样，都有天生的食欲和性欲。脸朝黑土背朝天劳累一天后，谁不期望有个投心对意的异性人儿相伴相慰？漫长、冷寂的冬季，哪个愿一截儿木头桩子似的，横在黑咕隆咚、耗子洞似的土屋泥炕上一动不动？盛夏月影花花搭搭的树下，腊正长夜里连二大炕的长筒子屋儿，都是边外人请神祈福、求仙医病的最佳时间和场所。这种活动，对当事人来说是为以后活得滋润的仪式，而对众多的旁观者来说，是难得一遇的约会、聚面的机会。巫女神汉之间，或者他们与当事人之间，往往早已存在或正在发展微妙暧昧的关系。他们拉拉扯扯的舞蹈，缠缠绵绵的唱和，对红男绿女来说是传习诱导、煽风点火，对孤鸾寡鹄来说是点燃干柴、火上浇油。本来"男女大防"的观念，在边外人的头脑中就很淡薄，冲而破之举重若轻，容易得像用舌头儿洇湿窗户纸，一抬指头儿便无声无息地戳出个透亮的窟窿。偷鸡摸狗般勾勾搭搭，当然要鬼鬼祟祟地进行，自以为天知、地知、你知、我知。可纸能包住火吗？这就像边外人家的篱笆：多半都是用树条子、高粱秆儿别成的，既隔不住音儿，也难全遮住影儿，比砖墙土壁透风透亮。因此，那些月下的暗影、树下的细语，很快就会引起闲话，发生纠葛，但基本上不会大动干戈，造成难于收拾的局面。边外男人娶个老婆十分不容易，谁也不愿意落个鸡飞蛋打。不守妇道的女人，不会被塞进鸭笼子沉入大河，但要在威胁下发誓以后规规矩矩过日子；而那个造成他人夫妻反目的第三者，则一定要做出赔偿，量出一些粮食替吃亏丢脸者遮羞。于是家前庙后、左邻右舍也便当面装聋作哑，暗下里挤眉弄眼，有滋有味地嚼啃这些话茬儿。这也算特殊地域里的特殊人群，在特殊岁月里的一种特殊习俗吧？

边外各县建制晚，而且衙门建立以后，蒙古王爷们对领地并没有撒把；再加上地广人稀、交通不便，官府对各社各村的管辖盘查也就松松垮垮。边外便成了奴隶逃亡、逃犯趴风的好去处。有些狡兔三窟的绿林豪杰，也把一旦翻船后收拢残部、伺机东山再起的暗窖，安在这一带。因此，这里时常有人结成绺子，拉起杆子，或报出老字号，或亮出新招牌。于是，便有人说"出了法库门，一半牲口一半人"，骂边外是红胡子窝儿。这也不算太冤枉。就是那些没沾贼腥味儿的边外人，几乎也都是在原籍无法活命，才逃到这背旮旯子偷生的。他们不仅需要咬紧牙关忍受穷苦劳累，自强自立，还格外需要相怜相济、互应互援。因此，边外人软弱任欺的少，敢作敢为的多；隔岸观火的少，拔刀相助的多。那些头顶红缨帽的大小官吏，那些身穿长袍马褂的体面阔人，便因之骂边外人"为人奸宄，民风刁悍"。当然也有人看法不同。比如清末民初名噪一时的曾被张作霖拜为义父的"辽东才子"刘冬葛老先生，为了治理辽河下游曾到边外考察上游；他在和边外人频繁接触后，曾赞许他们"心地古朴"。

边外人是不计较外界对他们说长道短、数黑论黄的，但他们的为人，确实当得起"古朴"这两个字的。在二十世纪的前四十余年，他们一直生活在水深火热的兵燹中，却有相当一批人无师自通了"天下兴亡，匹夫有责"的道理，并实践了这条古训。他们自己在人生旅途中颠沛流离，在纷乱的社会动荡中沉浮挣扎，吃尽苦头，遭尽白眼，却毅然为民族的生存、国家的独立喋血抛头。就是那些平平庸庸，甚至有些浑浑噩噩的农夫村妇，虽然在凄风苦雨中没有惊世骇俗的壮举，却也怀着希望进行着追求，洒尽汗水泪水也要使惨淡的生活多些光彩。任何一个亲历目睹、耳熟能详那些奋斗场景、生活画面的人，都不能不承认：他们在一个偏僻的角落，从一个侧面展现出了颇有特色的风情。正是这一出出地方小戏，融合交织到一起，构成了一部中华民族规模雄浑绚丽的史诗。

由于机缘巧合，我少年时代便对柳条边外的风火烟尘、人情世故颇有耳闻。我出生在距船厂（今吉林市）三十公里的一个小山村。那里不仅广义上属于柳条边外，而且风土人情也和辽北相近。这个小山村，虽然算不上藏龙卧虎，走出去的却有人当了东北军的团长、朝鲜人民军的师长、人民政府的厅长。当然也有人铤而走险，或鱼肉乡里。在二十世纪五十年代初的"镇反"运动中，这个小山村竟然有三个人因罪大恶极被枪毙。这个小村，居民二百多口，汉族、满族、朝鲜族各占三分之一。他们各有各的活动小圈子，却又相互往来，彼此尊重。这三个民族都把春节当新年。汉族人蒸完馒头，满族人撒好年糕，朝鲜族人做成打糕，相互馈赠，各家供桌上往往都摆着这三种年饽饽。除夕，汉族人把家谱悬挂到堂屋的正北，在院子里竖起灯笼杆儿；满族人把祖宗匣子供在西屋山墙上方，在院里索伦杆子旁摆上供桌飨神；朝鲜族中不少人家把祖先神位摆在东方——因为他们的先人曾生活在东方的半岛上，吃年饭时还要在男席的正面为先人摆上杯盘碗匙敬酒献食。虽然在"九一八"后，这些人都成了"亡国奴"，小山村的人在正月里还是要悲中取乐的。汉族满族联合组织的秧歌队，由一名戴着红缨帽、挥着一条马鞭的"老鞑子"，咋咋呼呼地打头；由一名耍着长烟袋儿或舞着一对棒槌的"老妈儿"压后阵；而反穿皮袄的"傻柱子"，蹦蹦跳跳地居中调动，时不时地叫腊花、小丑"浪着点儿"。朝鲜族的秧歌队，由公认的头牌男角开路护场。他头上那条一丈多长的帽穗子，甩出的圈儿时大时小，层出不穷，贴着那些往前挤的人鼻子尖儿转。这四个人，加上朝鲜族秧歌队中那几个一边敲击长鼓、一边轻歌曼舞的腊花（本指秧歌队中扮女人的"上装"男人，但朝鲜族秧歌队中的"上装"却是年轻漂亮的女人），是最抢眼的，人们往往要对她们评论赞美整整一年的。有一位朝鲜族姑娘嫁到外村，她的追星族次年正月顶风冒雪、翻山越岭去重睹她的风采。这倒和辽北一位对蹦蹦戏演员"小雷子"极其入迷的小媳妇儿很相仿：她做饭时想出了神儿，啪的一声把大饼子贴到了门框上。可见人们是多么爱美、向往美好事物、追求美好生活了。

二月二龙抬头，人们开始新一轮的忙碌。孩子们白天少了趣事，只好在晚间缠磨老人讲瞎话儿。所谓瞎话儿，并不是无中生有的白话，而是老人摸黑儿讲的形形色色的故事，其中不乏他们积累的掌故和亲身经历过的独家旧闻。我家在旗。祖父富兴阿是镶白旗旗丁，曾在柳条边上的法库门驻守，是在宣统逊位前于军营故去的。祖母除了讲各种传统故事外，还常提起边外的奇闻逸事。比如义和团、红灯照在边外烧教堂，黑龙江将军寿山的姨太太被劫又被放了生，逃旗户中有人在边外落草还当上了瓢把子，大鼻子小鼻子在柳条边内外吵架掐起来，八旗兵却奉命在军营里"黑瞎子蹲仓"……祖母在民国初年当过吉林女师的夫役（工友），拉扯父亲在旗人学堂半工半读，使父亲成为会木匠手艺的小学教员。她认为这比祖父牛不喝水强按头般去当兵活得踏实。这种体验，加上受到了文教界的熏陶，使她对历史和时事持有不同于普通农家老太太的见解。她时常说大清国的元气伤在洋枪洋炮上，是袁大头吃里爬外抢去了那把龙椅……对宣统退位后死皮赖脸地去当"满洲国皇帝"，她老人家曾摇头叹息说："好孬也是个龙种，咋扮猴子拉洋车呢？丢了旗人的面子，倒了祖宗的牌子！"我当时虽然年幼，对这些话并不完全理解，却记得清清楚楚。

人生际遇匪夷所思。我这个吉林大山沟里长大的孩子，因为四哥在光复后参加革命，有了到沈阳这样大城市读书的机会。学习和表现还算不错，却因为自己的志愿和六根不净，毕业后到了柳条边外。在二十世纪中后期，我在边外奔波四十余年。我是带着童年的记忆、青年的狂热到辽北的。我目睹了边外似曾相识的从清末到光复的陈迹遗风，还有幸结识了一些亲历往事的前辈。我当教师时，有好多学生来自和科尔沁草原毗邻的乡镇，其中有些蒙古族、满族、朝鲜族子女。我后来在教育行政部门工作时，几乎走遍了全县的村屯。蒙古包已经绝迹，喇嘛庙只剩下了残砖断瓦，焚后重建的教堂一度成了学校；而义和团、红灯照烈士们的坟墓已经湮灭于荒草。我曾经去法库门寻觅祖父驻守过的兵营遗址，却没人能指点出大致的方位了。这确实让人有往事如烟的感慨。由于我把能搜集到的典籍都翻阅了，更由于我和边外人的后代一起经历了饥饿的煎熬、动乱的锤打，同心联手编织过美好未来的梦想，我不仅捕捉到以往边外人的影子，还清晰地看到了他们风貌在当代边外人身上的焕发和升华。边外人剽悍豪爽，就像无垠草原上的野马，撒开四蹄绝尘而去，具有一往无前、不可阻遏的气势。边外人像骆驼，面对艰苦卓绝、吉凶难卜的前途，不辞重负，昂着头儿一步一个脚窝儿地走下去，不达目的绝不停步。边外人老黄牛般不辍耕耘，把苍苍茫茫的荒野开垦成了粮仓。这样的人们，怎么能不让人魂牵梦绕呢？

我是一九九五年退二线、一九九八年退休的。少年时代的闻感，在蛰伏半个多世纪后衍变成种子，而青年时代的狂热，则冷凝成一种执着。于是，这颗种子在成年时代生活过的土壤里萌发了，顽固地钻出地面。我全神贯注地梳理记忆，拓展见闻，对往事推本溯源，想再现二十世纪的柳条边外生活画面。我还算比较清醒：深知对一个年届花甲的人来说，精力和智力日益有限。我便自不量力地硬着头皮不断地写，勾勒出断断续续的故事梗概。古语曰"敝帚自珍"。俗话说"孩子是自己的俊"。我对自己年逾花甲后的习作，便难免偏爱，几乎视为掌珠。于是涂涂改改，准备敷衍成系列中长篇小说。待动笔修改起来，才深深地认识到：写小说确实是一宗严肃的艺术创作，应当有丰厚的文学功底、深邃的观察认识能力和推陈出新的创造水平。我虽然教过二十多年的语文课，却只是捧着书本向学生照本宣科，咬文嚼字，人云亦云。而且从二十世纪五十年代开始身处柳条边外，思想有些僵化，眼界相当狭窄，对纷纭的往时近世也就总难逃脱因袭学舌；并且对传统的中外文学作品，只停留在欣赏的浏览上，对当代小说界光怪陆离的流派，更懵懵懂懂。因此，既无力承继老传统，也翻不出新花样儿。可硬着头皮写出来的草稿，又使我欲罢不能……

我断续地翻阅了些书籍，有政治的、历史的、文学的；我反复地思考，对近现代史上的先人的浴血奋斗、伟人们的丰功伟绩、草民们的扼腕感叹……把二十世纪辛亥革命推翻了帝制、创立了民国，中国共产党领导人民建立了中华人民共和国，中共领导集体带领中国人民选择了改革开放的中国特色发展道路，看作中国在二十世纪的三大划时代的伟大历史事件；也可以说这分别是近现代中国社会形态、政权体制、人民思想最根本的进步、文明、解放的标志。这些思考和认识，使我在很大程度上摆脱了习惯性的窠臼束缚，影响了我对文稿的修改。

在修改中，我考虑最多的是以下三个问题。

首先，关于主题。

在写出《柳边风云》《风起边关》后，我决定先润色后写出的几个大中篇、短长篇。它们的背景基本上都是二十世纪前三十多年的柳条边内外，或者说沈阳以北地区；述说的基本是那个时代普通百姓的故事，或者说是小人物有些庸俗的生死悲欢。曾有人说能代表一个时代的，是那些高大完美的光辉形象，因为他们是那段历史的骨架或脊梁。我还是有点儿自知之明的：既缺乏塑造超群拔俗英雄形象的匠力，也擎不起如椽巨笔再现他们叱咤风云的时代画卷。我只能退而求其次而又次，摹写一下驱牛牧羊之众、鸡鸣狗盗之徒，从他们浸透苦辣酸甜的遭遇、追求、逃避、抗争中，影影绰绰、斑斑点点地展现些柳条边内外的往时岁月、僻地风情。因此，我曾想把这几部半成品加工成《边外风尘》《柳边魂》两部，冠以《柳条边旧录》，并把主题定为"通过展现柳条边内外各族平民百姓在二十世纪前期的生活画面、习俗风情、挣扎抗争、向往追求，表现人民对历史巨变（中华人民共和国的建立）的期盼"。头脑一发热，又想到另一部草稿《梦眼惺忪》，想把它改成两卷：《白毛风》写抗战胜利后民主联军在冰天雪地中浴血奋战解放了柳条边外，《红毛风》写"文革"动乱中干部群众由迷惘、狂热到暗下开始的逐步反思；合称《柳迎春》，"表现人民对二度思想解放的期盼"，作为《柳条边旧录》的第三部。而其主题似可定为"通过柳条边内外人民八十年中的生活奋斗、向往追求，体味历史巨变"……我很快就认识到了自己的狂热浮躁与不自量力。又经过反复推敲，最后决定用《柳条边风尘旧录》把《风起边关》《伊拉里氏三兄弟》《"草上鹰"和"梦里凤"》组织到一起，主要描述二十世纪前期柳条边内外老百姓在风尘水火中的生活、追求和抗争，表现他们在试图摆脱愚昧、苦难、压迫，也在艰辛地跋涉中完善自我；认识到"只有社会主义能够救中国"。这三部书名，前两部曾分别名为"串地火""冒烟风"，后来根据全书的品位，改回现名；第三部便以两个人物的绰号做了书名。

《柳条边风尘旧录》是小说。它所塑造的人物、事件便都是虚拟的。

第二，关于题材取舍、人物描摹的视角和地域背景。

我曾经向一位在大城市文联工作的专家请教修改文稿的指导意见。他对我的《假凤虚凰》（曾在网上发表）颇为称誉；但对另一部初稿，只扫了几眼，便掷还给我，不屑地说了一句"乡土的东西，我从来不看"。我相当震惊，也很不以为然：因为我在习作中一直向"乡土性"努力。我没有因这位先生的断喝而改变初衷，在修改《柳条边风尘旧录》中一直顾全习作的辽北"乡土性"。

《柳条边风尘旧录》反映的时代，主要是清末民初和东北沦陷初期；其故事情节，展开在狭义的柳条边内外。这一时期的边外，不仅偏僻，而且相当的落后、封闭。平民百姓对戊戌变法、辛亥革命以及后来的"东北易帜"，大多都是在事后才断续听说的，且大多数人无动于衷——"谁当权给谁纳粮"。边外出现中共党员的时间却较早：像高崇民、杨易辰。可他们都是在外地入党、长期在外地从事革命的，并没回乡建立起组织。所以，这样的地区，在那些年代，发生的群众运动只能是自发的。当然，在这样地区，人民的生活命运也是和整个国家波澜壮阔的风云变幻密切相关的；但它的相对封闭、滞后，也是无法抹杀的客观存在。而且，它的存在，更反衬出了汹涌波涛般的革命对全民族的命运不可或缺。所以，我在润色、修改《柳条边风尘旧录》时，把题材的取舍标准定在柳条边内外在那段时期内"发生及可能发生与否"上了。

由于要描摹边外小老百姓"在风尘水火中的生活、追求和抗争"，这就使作品中充斥了形象并不完整的小人物，缺乏前后贯通的典型——特别是《风起边关》。这当然跟自己的文学素养和写作水平有关。我想在修改中做一些补救，但我又很快就认识到了：这些生活在一百年前左右五行八作的社会底层人物，并不是可以随意勾抹的。他们行当各异，手艺不同；

禁忌守口如瓶，隐秘讳莫如深；境遇经历往往与常人迥然不同，性情癖好也便各有千秋，令人难以捉摸。虽然他们的禀赋原本质朴善良，可造化弄人，环境无情，使他们沾染甚至养成了或乖张，或习钻，或狡狯的习性，甚至行事不计手段，为人近于苟且。而且由于距今时日已远，时过境迁，令人无法管窥；即使勉力而为，也必须把握他们的生活轨迹、心理历程，拿捏准分寸，实在不易。可能力和水平的提高，需要假以我并不富有的时日和精力；修改的需要，又箭在弦上不得不发。这就使我再无迟疑的时间和转圜的余地。我虽感力不从心，也只好竭尽所能，勉为其难。执拗使我忐忑之余，更期盼得到针砭助臂——这就是我决定在辽大出版社发表《残青乱红》（原名《胎记》）之前，打印二十份《柳条边风尘旧录》初稿送给康平老熟人量之以俗的重要原因。我吁请方家里手、草根朋友揎拳捋袖，或挥板斧削赘疣，或点盘键议剂方。如此，则使我的榆木疙瘩儿脑袋略微开窍，得一二修改之门而入了。

至于地域背景，《柳条边风尘旧录》基本上是以"建安县"为人物活动平台的。从地理位置上看，它似乎是现实世界中的康平县——但在我的小说中，它并不特指康平县，而是泛指狭义的柳条边外，或现实中的辽北地区。因此，"建安"只是我虚拟的供小说中人物活动的舞台。

第三，语言。

从动笔开始，我就为自己画下几个框框儿：一、通篇的叙述坚持用流行的东北话；但可以根据场合的不同"文"一些或"粗"一些。二、人物对话，原则上用辽北农村群众口语；但要尽可能符合人物的身份教养。三、书中出现的文告书信等要和时代、环境及操刀者文化素养相匹配。四、尽可能不使用书中所反映的时代尚未出现的词语。这些考虑，是为了使作品保持些黑土地和大草原间的辽北乡土味儿，再加上地方性的习俗风情，使所反映的那个时代的下层百姓生活有些原汁原味儿。

《柳条边风尘旧录》拟由《风起边关》《伊拉里氏三兄弟》《"草上鹰"和"梦里凤"》三部构成。它们相对独立，但人物、情节、事件都有一定的联系，主要叙述的是边外人在一九〇〇年前后至二十世纪三十年代的往事。"风尘"一词，含蕴颇杂：风起尘扬，以至天昏地暗，可以比喻百姓生活受到惊扰，不得安宁；行路人遭风蒙尘，十分艰辛，可以比喻人生旅途中多苦多难；铁骑狂奔如风驰尘卷，又是战乱兵燹景象；而良家妇女沦为烟花，也被叫作堕入风尘……边外人，不管是满族、汉族、蒙古族、朝鲜族，不管是男人、女人，不管是上层权贵还是下层草民，在十九世纪末至二十世纪前半期都在风尘中奔走、挣扎、思考、升华、奋斗，成为一出出小戏；后来全国人民终于在中国共产党领导下，演出了震惊世界、鼓舞人类的寻梦大戏！

二〇一五年十一月

目 录

第一章　杆子头和张二晃悠

一

　　柳条边外的建安县，一百年前贼拉地偏僻荒凉。东北角上的西辽河、东辽河，从郑家屯北相距向南略偏西奔流一百多里地，相汇融后称大辽河；大辽河向正南流淌近百里，在通江口容纳了苏台河水，告别了建安县。这段大辽河，是昌图府和建安县的界河。岸西地势低洼，大河汉子连着小河沟子，夹着一片一片的黑土地、一汪一汪的烂泥塘，人们都叫它东河套。建安县南部丘陵起伏、西部山岭连绵、北部沙冈子断续，被叫作南荒、西山里、北大坨子。

　　北大坨子北边跟蒙古旗的科尔沁草原搭界。西辽河、东辽河交汇口北十来里有个大村子，叫河西窝堡，是个"社"——相当于后来的乡。河西窝堡东北那块东西宽二三十里、南北长一百多里的地域，是郑家屯分防所地界，由建安县衙的主簿在郑家屯坐衙分管。河西窝堡的西北，有个叫王公窝堡的小屯子，村北紧贴科尔沁左翼右旗。它的名倒也名副其实：原来是科尔沁郡王的一大片荒场，王爷把它赏给一个王子。那位王子，派了一个姓刘的包衣（家奴），去盖了座房子，在那疙瘩当二茬子地主，经营这片荒场。后来有些跑关东的来开荒、榜青，陆续地盖房居住，才成了一个小村子。它在地盘上虽然是蒙古族王爷家的，但位置在建安县内，行政上归河西窝堡社管，所以现在刘家当家的刘忠，也就理所当然地兼了王公窝堡的村长。

　　建安县北部有一条横向的土路，蜿蜒曲折，往西可以把牛羊赶到柳条边里，把皮毛运到新民站；往东往北能把奉天的百货、新民站的木材、哈拉沁屯的"万兴泉糟子酒"，拉到科尔沁大草原去，算得上是条交通要道。只可惜兵荒马乱，土匪如毛，已经没有多少人敢来往了。

光绪二十三年（1897）谷雨前几天，一个商人模样的人，骑着一匹花狸豹马，在这条路的东段，不紧不慢地向东北颠达着。看他骑在马上的上身，是个足有六尺的高个子；不胖不瘦，似乎还有些文人的雅兴，不断地左顾右盼、瞻前顾后，好像欣赏着远近高矮的树木。路边杨树少，柳树多。杨树枝梢稀疏，有的刚发青，有的色发褐。大柳树的树头已经黄绿，近的一团团嫩绿惹眼撩人，远处成片的如黄云，似金霞。路边沟边的那些被叫作柳茅子的杞柳，枝条或淡黄或淡紫，毛茸茸的狗狗，已经钻出了鞘帽子，像蜜蜂落成了串，等待着百花盛开。他低声自言自语了一句："后面缀我的那几位，也是在等时间到了，把我当蜜采去吧？"

这个独行客，姓洪名乃礼，匹马单人在蒙古旗行走经商，看准了行情，才收一些牛马或皮张，临时雇几个帮手，倒腾到柳条边里卖出去。现在他发现了身后半里多地，有五人五马缀着，料想他们是做没本买卖的，在打自己主意。可他没发现在这五人五马的后面，还有另一伙也在打他主意的人马。

这一带的马胡子，还没会成大股，多半是只有十来个、三五人的小绺子，还时聚时散。其中有两小股马胡子，瞄到了洪乃礼的马褡子，虽然不太大，却很沉，都红起眼珠子，把他当一只肥羊死死地盯上了。其中"铁腿狼"一股五个人，不远不近地缀在他的后边。柳条边外的荒野里狼多。人们对狼有种看法，说它"铁头铜腰麻秆腿"，认为狼腿贼细，虽说跑得快，却是它身上最不抗打的地方。这股绺子的当家的姓"郎"，生得五大三粗，讨厌人们说狼是"麻秆腿"，便自号"铁腿狼"——这是吹嘘自己没有弱点，不是可以小瞧的。另一股是报号"黑虎脸"的绺子，共七个人。瓢把子穆森林，大脸又黑又凶，很少有笑的时候，还有两颗虎牙；得了"黑虎脸"这个绰号后，便没人再叫他的名了。"黑虎脸"见"铁腿狼"已经缀上那个匹马独行的富商,便又悄悄地跟在"铁腿狼"的后边。

洪乃礼扭头看看太阳,见已经贴晌了,又自言自语了一句"马缺不得草料、人得填饱肚子"。他蹬了一下马镫,拐了两个弯,奔向只还有六七里的河西窝堡。

河西窝堡往北只三里多就是科尔沁郡王的领地;往东南十里左右就是东辽河跟西辽河汇成大辽河的地方,以北是郑家屯分防所的地盘。它虽然只是个四五十户的村子,却是从科尔沁大草原去柳条边里的交通咽喉之一。

洪乃礼从南进了河西窝堡,在道东的河滨酒店前,从花狸豹马上跳下来。他见一名伙计迎出来,便先把缰绳甩给他,顺手扔给他一块银圆,说了句"拜托用些好料";然后他才从马背上取下个不算很大但有些分量的窄褡裢,提着走进屋。

这时,那个五大三粗的"铁腿狼",骑着一匹高头大马,带领四人四马顺着路,向北越过了河滨酒店;出村后,往西拐进了一条叫蚂螂河的干沟子,隐蔽起来了。下了马后,"铁腿狼"先叫大家给马"揹上嚼子",然后说:"咱们等那位财神爷酒足饭饱后,再到白眼沙坨子陪他玩一阵,送他上路。"

这时,那名匹马独行的商人,正坐在酒店里一个人不慌不忙地吃饭。

年过三十、脸色黑红、留着短髭的"黑虎脸",空手骑着一匹毫不扎眼的马,闲遛似的从南进了村。他走到河滨酒店门前时,没往屋里扭头看一眼;可到了贴北大山的东大门口,虽然没勒住马,却扭头扫了几眼,查看那些正由伙计给客人喂着的马——他一发现其中有匹花狸豹马,立即收回目光。他慢慢出村后,在马上低着头斜眼向西北踅摸;发现半里外的壕沟里有人马隐蔽。他又不慌不忙地向东拐弯,绕过村子后又折向南,狂奔出四里多地。他一勒住马,就有六人骑着马从不同方向赶过来。他跟一名弟兄换回了自己的大黑马,发话说:"正点子在填无底洞。'铁腿狼'在等着捡他的臭屁。咱们绕道去白眼沙坨子，边吃干粮边等着坐山观虎斗。"

<h1 style="text-align:center">二</h1>

洪乃礼饱餐后又喝了半壶茶。他从饭馆后门走出来，把那个窄褡裢搭到花狸豹马身上。他上马离店向西瞥了一眼，自言自语地估计："他们缀我半天多了，看来是要跟到白眼沙坨子动手了。"

白眼沙坨子离河西窝堡有二十左右里，周围十多里内没人家。他还不知道"黑虎脸"已经带人掰道，绕到那里埋伏下了。

"黑虎脸"窥看过那个单独行走的人，觉出他有"三不寻常"：一是坐下的花狸豹马，蹄步灵快得"不寻常"；二是手里的刀，比常人用的长过一手豁豁多，功夫一定比一般人硬得"不寻常"；三是敢匹马单身独来独往，腔子里那颗豹子胆，一定大得"不寻常"。"黑虎脸"听人讲过"鹬蚌相争，渔人得利"的故事，很想学上一水子：你手头子再厉害，也难抵过五只成群的狼；"铁腿狼"能得胜，就算不伤损人马，也得全累软了筋，说啥也不会紧接着对付得过七个劲圆的壮汉子了——可见他还有些心计：让五只成群的"狼"，先跟"三不寻常"的那只"肥羊"斗。自己领手下人以逸待劳，等他们你死我伤斗出了个结果，再七虎下山，把那只肥羊的沉重的马褡子，轻飘飘地捡到手。

"铁腿狼"的见识和功夫，都比"黑虎脸"差一些。他也看出了独行客的坐马不凡，却觉得自己是五人五马，对方就算是艺高胆大，也"单虎敌不过群狼"。他还顾前不顾后：两只眼睛只盯紧了前面的"肥羊"，却没发现身后暗中摽着他的"黑虎脸"。

马褡子沉重的洪乃礼，也只发现了缀着自己的五人五马；他认识到了寡难敌众，凶多吉少，一边镇静地信马由缰地往前颠达，一边琢磨对策，暗下做好了厮拼的准备。

洪乃礼的马，踏进了白眼沙坨子。"铁腿狼"突然率人冲了上来——

他料定"肥羊"一发现五人五马围过去，想要靠马快逃命也来不及——马在沙窝子里是跑不快的，"肥羊"一定会被一顿乱刀给"五狼分尸"了……

"铁腿狼"控制着他马的速度，他手下人一边俩，跟他呈月牙形往前兜。

早有准备的洪乃礼，已经盘算好了对策："斗寇先杀头，吓傻一群猴。"他拿捏准火候，在狼群快要冲到的时候，突然扯缰减速，转马出刀，闪电般一刀就把居中领头的"铁腿狼"砍下了马。等那四个冲过头的人兜转马头时，他坐在花狸豹马的背上，用长长的马刀指着他们，豪迈地说："若不服，再一齐上！"

那四个人见他骑的花狸豹马掉头赛过旋风、挥出的刀快得赛过冒烟风卷起的飞沙，都又惊怯又佩服了；商量了几句，下马扔掉家伙；一个二十左右岁的小伙子答话："好汉出手快过追风沙，挥刀如同闪电，我们一齐上也不是对手。小弟许彪和唐百顺、张冲、祁福三位哥哥、弟弟，都是为了糊口才跟了'铁腿狼'，过上了刀头舔血的日子。好汉要开恩收留，我们便追随好汉，永不变心。"

那人眨眨眼睛，说："好，今后咱们就是兄弟——谢谢你们送了我一个名号，今后我就叫'追风沙'……"他说到这，发现从白眼沙坨子后奔出六七个骑马的，还都举着刀，便问："他们是你们埋伏在这疙瘩的同伙吗？"

许彪扭头看了看，急忙回答："当家的大哥，他们是'黑虎脸'和他手下人，可能原想'坐收渔利'——没想到大哥一刀就大获全胜了，不得不依仗人多势众，'鹰嘴夺食'了！"

"追风沙"哼了一声，豪迈地说："你们上马，站到我身后。"四个人见他答应收留了，齐声应了一声"是"，拾刀上马，并排站到"追风沙"的身后。

"追风沙"侧身扭头，对这四个人说："他们想'鹰嘴夺食'？那是把我看成了窝囊废！你们虽说是我弟兄了，可还一点也没借过我的光。他们若跟我叫阵，你们不用为我犯险蹚浑水；由我一个人接着——我胜了，也才有资格做你们的当家大哥。"

"当家的大哥，你这话说得不仗义！"许彪分辩，"我们哥四个，服你的话说出了口，听你的令站到了你身后，就成了你手下的人马；若站在一旁看你的热闹，今后还咋有脸在江湖上走动？"

"好！"刚成了杆子头的"追风沙"，很喜欢他们讲义气，"这一辈子，我'追风沙'一定对得起四位兄弟。"

这时，"黑虎脸"看到那四个人站到他的身后，还隐约听到他们在商议咋迎敌。他大吃一惊：这个点子好扎手，一个照面就灭了"铁腿狼"，收服了四只狼崽子。他估计要动手，就算自己以七对五灭得了这个硬茬子，可也难免连死带伤，是笔吃亏的赔账买卖。他勒住马，向后扬起手，猛地往下一挥……

"追风沙"见他们一伙勒住了马，顺下了刀，便也把马刀归鞘，拱一下手，客气地问道："'黑虎脸'大哥有何见教？"

在黑道上，两个杆子头乍一见面，先称对方为"大哥"的，便是承认对方比自己势力强，表示愿意用和平方式解除"误会"。

"黑虎脸"听了挺舒服，便说："愚兄见贤弟刀法出众，十分敬佩。特来请问贤弟威名，以便来日相互照应。"

他这话听起来还算顺耳，其实有点做大：面对陌生的杆子头，是不应该当着他的弟兄自称"兄"，也不能称呼对方为"贤弟"的；而应当自称"本当家的"，或客气一句"不敢当"，呼对方为"贵当家的"。

"追风沙"刚当上杆子头，对绿林里的礼节不咋了解，也不咋在意，没挑礼，还坦率地说出实情："蒙他们四个抬爱，刚送了我一个'追风沙'的名号。"

"黑虎脸"觉得他还是个雏儿，挺容易对付，便想笼络过来，也拱手说："贤弟刚一出道便屠了狼，亮响了'万'，实在英雄不凡！愚兄愿为贤弟臂膀，共图进取，同享富贵。"

"追风沙"十分意外，又想到自己是在生命危急关头，为了保命才出手放倒了那个叫"铁腿狼"的，而且自己也不打算在绿林长混，便回过头与刚收下的弟兄商议——那四个人却异口同声地说："敬听当家的大哥决断。""追风沙"便回身对"黑虎脸"说："小弟十分佩服大哥仗义。大哥若能善对小弟的四位弟兄，小弟愿奉大哥为大当家的——但有一事请瓢把子答应：小弟家中有老父老母需要侍奉，多则二年，少则半载，便要回乡尽孝的。"

"黑虎脸"心中暗想：你若是帮我把名声扬起来还不走，我倒要睡不安稳了……便立马把两股人叫到一起，向天盟誓："十二人同生死，起异心共诛杀……"

就这样，"追风沙"带四个弟兄，加入了"黑虎脸"的绺子，做了二当家的。

"黑虎脸"借他们的力，很快把人马扩大到了二十多人，成了柳条边外比较大的绺子。

三

现在得再说说有关张二晃悠的事了。

张二晃悠是县城边子顺山屯老户，小时候得过小儿麻痹症，后遗症虽然不太重，走起路来也扭扭搭搭、晃晃悠悠，得了个"二晃悠"的绰号。他一懂事，就觉得比别人矮了半截，见人藏头缩脑，说话结结巴巴。再加上老人只给他留下了两间小土平房、一垧薄拉地，过了三十也没说上人。他一狠心卖了地，到蒙古旗从王府买出了个女奴隶，名叫"刀兰套海"——翻译成民人的话是"白色的狗"。他没敢把这个比自己小了十来岁的女人领回老家，怕村里那几个游手好闲、招猫逗狗的二流子，凭他们年轻力壮、能说会道，先把她的心鼓捣疯了，接着就依仗腿脚麻利领她钻树林子——就算她不跳槽去当老跑头子，自己也得被骂成"三天也爬不到河沿的笨鳖"。他把老家的房子租出去，在和蒙古旗交界的王公窝堡安下家，靠开小片荒、养一小群羊过日子。刀兰套海做了张二晃悠媳妇儿后，邻居都叫她"二晃悠屋里的"，她自己也不愿别人叫那个难听的名字。她在王爷府里一直挑羊毛、擀毡子，没干过地里的、炕上的、灶头的活，可她年轻，有力气，听张二晃悠的话，成了他过日子的好帮手。这个女人不再挨打受折磨，脸上有了笑容，白胖起来，一年后生了个闺女；张二晃悠给孩子取名叫小菊。这一家三口，日子过得不富裕，但挺舒心，可小菊十四岁那年起，这家的日子过得不再平静了。

王公窝堡一带，是柳条边外最荒凉、最偏僻的地方之一，而且一跨到村后就是蒙古王爷的地盘，县衙的捕快就不敢再抓。常有马胡子到这疙瘩落脚趴风。马胡子不吃窝边草，趴风更得装好人，村里人对他们也不太害怕。

把"追风沙"等人收下的那年秋季的一天下晌，"黑虎脸"带人马来到了王公窝堡。张二晃悠一家，跟邻居一起站在道边看热闹。"黑虎脸"见张二晃悠屋里的挺年轻，还微笑着看自己，便扯马在她面前停下，顺手摸了她一把嫩脸蛋，还微笑着逗她："做我相好吧。"

小菊妈红着脸看了丈夫一眼，见丈夫板着脸没吭声，便低下了头。刚十四岁的小菊，个头矮小，身材瘦弱，胆子却大，吆喝"黑虎脸"说："你是杆子头，应当学瓦岗寨的好汉，不该虎掏！"

绺子里的人，还有在场的村民，都认为"黑虎脸"是开玩笑，也都没想到一个小孩子敢抢白"黑虎脸"。"黑虎脸"也有点意外，说："你这个小屁丫头，还听过《响马传》!"有人见他还挺和气，也跟他笑了起来。

"黑虎脸"带人马在王公窝堡住下后，一吃完饭说了声"我去村西头那家住"，便提着大砍刀奔向了张二晃悠家。

张二晃悠见他一进屋先"嘻"的一声向自己老婆显摆了一下嘴里的那两颗虎牙，接着却对自己瞪了瞪眼睛又把大砍刀摔到炕头上，便明白了他是来借宿的，忙不迭讨好地说了句"大掌柜的辛苦了"。"黑虎脸"却像没有听到，眼神又两把刀钩子似的，搭到了小菊妈的脸蛋上，还咂了咂嘴，夸了声"还真挺细嫩"。张二晃悠站在地当央，两条腿没晃悠，可他的心忽悠起来，看出这个马胡子头起了坏心眼子。"黑虎脸"见他阴起脸来，便指着他鼻子命令："你领孩子给我遛马去！"张二晃悠知道灾祸落到头顶上了，却不敢不听吆喝，领孩子离开了屋。

"黑虎脸"等张二晃悠领小菊一出屋，便插上屋门，回身就把小菊妈抱到炕上。

小菊妈对"黑虎脸"在大白天就下把有些意外，却想起自己在王府当奴隶时，管事包衣一让烧酒拱出牲口劲，就把她拽到做仓库的蒙古包里，过驴瘾时的事：自己慌得躲闪挣扎，换得的是一顿拳打脚踢；接着呢，只好磨道驴似的听吆喝，然后得到了几条肉干、一块奶饼子的奖赏……她一打自己被张二晃悠买到手，就知道自己一头羊似的归了他。现在他一个屁也没放就晃悠出了屋，分明是为了保住那条破命，服了"黑虎脸"这个杆子头，把自己豁了出来，送给"黑虎脸"玩了。她明白自己若是不听这个一脸横肉的人摆弄，笃定得先尝尝手贴脸、脚亲腔的滋味，最后也得让他顺了心。她便嘴上一声没响，身子一下没挣……

"黑虎脸"不仅喜欢张二晃悠媳妇儿的脆嫩，更喜欢她的乖顺：而她起身后，还有点害羞地小声说了一句"你比瘸子力气大"。他看出她喜欢自己，高兴地送给她一副金钳子。

小菊妈把高兴藏起来，把张二晃悠招呼回来。"黑虎脸"竟和和气气地跟他商量："你五十来岁还有残疾，支撑这个家很不容易，以后就让我帮你拉起一股套吧。"

张二晃悠先没吭声；可一看"黑虎脸"绷起了那张大黑脸，却不得不点了一下头，等于允许在"黑虎脸"拉帮套的文书上画了押。

从这天起，"黑虎脸"就拉起帮套来。

"黑虎脸"每次回来，几乎都在傍晚。他对张二晃悠也不叫"大哥"，一挥胳膊，命令一声"给我倒出炕来"，张二晃悠就领着小菊，一声不出地去找宿。他一出屋，"黑虎脸"就把大砍刀往炕头上一扔，把眼前的女人抱到炕上。那女人故意躺着一动不动，笑着骂他句"饿疯了的鬼"……

张二晃悠第二天早上一回来，便站在外屋地，等"黑虎脸"起炕。他每次接过"黑虎脸"扔给的银子，虽然小心地接着，却并不开心，还暗下咒他早些挨刀掉了脑瓜壳。"黑虎脸"下次一露面，他就又瘪了茄子，按照"黑虎脸"的吆喝，又领着小菊去找宿。邻居们都替他捏一把汗，暗下说："二晃悠早晚得叫老虎撕了。"

小菊妈很喜欢强壮凶悍的"黑虎脸"，觉得自己的日子比"黑虎脸"没来拉帮套时香甜多了。若是"黑虎脸"隔上十天半月不来，她就背着丈夫向外人打听："你听没听说'那个人'，出了啥岔头？"她十回有八回得到的答复都是"那个人没事，小菊爹的窝囊命却好像有些保不住了"。这个女人听不出这话外有话，总笑着说："眼下他手里有了银子，不愁揭不开锅了，身板'虽说比不上那个人，好像也没比过去差多少'……"

四

光绪二十四年清明的前几天，"黑虎脸"领手下人一连做成了两笔买卖。他把到手的钱财分成五份：两份装入自己的腰包，一份给了二当家的，其余的给手下弟兄均分。然后又到王公窝堡扎下了营。喝完酒，"黑虎脸"忙着去拉帮套走了。他手下的人便发起牢骚，都说分红不均，请二当家的主持公道。

这个二当家的，就是一年前带手下弟兄，跟"黑虎脸"合伙并成一股绺子的"追风沙"。他一年来一不贪财，二不好色，很受弟兄们敬重。大家请他出面，劝"黑虎脸"把他那份钱财再吐出一半均分。"追风沙"也觉得大家同样拼命，得利不能太悬殊；人心一散，绺子就拢不住了，便答应了大家的要求。

他领了许彪等几个弟兄，去张二晃悠家去劝"黑虎脸"。

"追风沙"一走进张二晃悠家，竟发现张二晃悠正领着老婆跪在屋门外，向屋里哀求："大当家的，小菊还是个刚十五岁的孩子，饶过她吧……"

"追风沙"勃然大怒，一脚踹开反插着的门；闯进屋一看，"黑虎脸"已经把小菊按到炕上，正往下剥衣服。"追风沙"抢步上前，抓住他的后大襟，厉声吼道："你不能祸害一个小孩子！"

"黑虎脸"平时已经对"追风沙"有了猜疑："你原来说只在我这疙瘩待半年到二年，现在到一年了，你咋半个'走'字也不提了？你不想长待下去，为啥把你带来的四个人掐得死死的，还把我的人拉到了你身边？"现在见他又来坏自己的好事，更顿时起了杀心。他奋力一转身，把"追风沙"摔到地上……

"追风沙"虽然恨他坏了江湖规矩，但还没有伤害他的意思，只想把他拉开，和弟兄们一起劝诫他一番。这真是"人无伤虎意，虎有害人心"。"黑虎脸"得手不饶人，抓起大砍刀，也顾不得脱去刀鞘，用尽全力向"追风沙"头上砸下去。

"追风沙"来见大当家的，按规矩没带武器，仓促间还没法滚躲，只好扬起胳膊迎挡——脑袋是保住了，却被砸断了小胳膊骨。

这时候，跟在"追风沙"身后的许彪等人红了眼，一窝蜂似的冲上去，七手八脚地把"黑虎脸"按住捆上了。众弟兄扶起"追风沙"，把"黑虎脸"拖到屋外。许彪叫来全绺子人，七嘴八舌地合计怎么收摊。

张冲扶"追风沙"坐在炕沿上；唐百顺对全体弟兄说："姓穆的不守江湖规矩，要祸害十五岁的借光小闺女；他不仅不听二当家的良言相劝，还丧心病狂地下死手，伤了二当家的。在场的弟兄无奈捆起了他。现在咱们得商量一下咋收摊。"

唐百顺一停下嘴，原来是"黑虎脸"手下的白尧，看了看另外五个跟过"黑虎脸"的弟兄；见他们点头表示支持自己开口，便说："江湖人得守江湖道，向人不能背了理。'黑虎脸'贪财可以劝，奸淫背义天不容。"在场的那十来个后来入伙的弟兄，见"黑虎脸"的老弟兄表态了，便七嘴八舌地说"缚虎容易放虎难"；还一致推选"追风沙"为大当家的。众人也不等"追风沙"表态，一窝蜂似的挤出屋，先把"黑虎脸"的嘴塞上了，押往村外。

屋里只剩了张二晃悠、许彪和"追风沙"。张二晃悠提出建议：送"追风沙"去县城找周凤鸣治伤——他也把家搬回顺山屯。"追风沙"想了一想，点头表示同意。

张二晃悠估计"追风沙"一定会和许彪合计事，不声不响地走出了屋。

"追风沙"低声对许彪说："我本想留'黑虎脸'一条命……"许彪抢过话头："我找大家来时，路上听老白他们几个议论过了，都说'黑虎脸'心术不正，放了他会给绺子留下祸根；还说得靠你把大家的心团弄住。"

"我估计到了大伙的心意，都不想把现在这个饭碗打了。""追风沙"说，"我若再多嘴，倒有些假仁假义了。等一会儿大家回来，我宣布由你带领绺子到蒙古旗地界趴风。你可以把'黑虎脸'贪下的钱物分给大家；等大家心稳定下来了，轮流放几天假。我伤一见好，就赶回来，跟大家一同商量绺子今后咋活动。"

五

张二晃悠要送"追风沙"去县城疗伤，除了对"追风沙"感恩外，还有别的原因。他觉得现在自己必须躲的灾有两宗：一是"黑虎脸"埋在村头了，这个恶鬼一定还惦记来拉帮套；还十有八九会把自己弄得死不死、活不活，任他胡作非为。二是他一定有死党，也一定会替他报仇，还一定拿自己这个脑瓜皮薄的开刀。因此，他决定使出两手保命招：一是搬回老家，躲开"黑虎脸"的鬼魂；二是跟"追风沙"处熟，拿他做保护伞。

这时，张二晃悠两口子，站在院里看到一大伙子人押着"黑虎脸"，走到村外了。他们的心情，大不一样。小菊妈想起了"黑虎脸"给自己带来过种种惊喜和欢快，有些魂不守舍了，自言自语地嘟囔出一句话："壮得像一头大牤牛的人，咋这么快就要变成鬼了？"

张二晃悠呢，自打一年前"黑虎脸"先叫他领小菊去遛马，紧接着便拉起帮套，就看出自己的老婆，打心眼里往外喜欢上"黑虎脸"了——她不止一次对自己说过："跟那个人比起来，你没一疙瘩像大老爷们。"他恨，他恼，可他不仅害怕她把自己蹬了，更害怕她暗下怂恿"黑虎脸"把自己撕了，一直对她连一句戗毛的话也没敢说过。现在听了这话，觉得已经没有老虎神给她仗腰眼子了，张口就恶狠狠地骂道："你这个贱货，心疼起那个早该瘟死的兔崽子了？真是个一个大钱也不值的臭养汉老婆！"

小菊妈这一年来得到了"黑虎脸"的宠爱，已经不像过去那样怕张二晃悠，不服气地反问："是我把他勾搭上炕的，还是你怕死把我送给他开心的？他要拉帮套，是谁点的头？他扔出的银子，是谁揣进了兜？"

张二晃悠嘎巴一下嘴，咽了几口吐沫，却又把上嘴唇和下嘴唇抿到一起，啥话也没说出口。

小菊妈得理不让人，两眼瞪着丈夫，翻起小肠："一打你把我买到手，就成了你的奴才，哪件事不是听你的吆喝？他一来到这个院，你就把脖子缩到腔子里，领着孩子去找宿，我还有啥招不陪他睡觉？全村的人，都知道是你让他帮你养活这一家三口了，没一个人说我是养汉。你有啥脸骂我？"

张二晃悠嘴短讲不出理，可也不能认输；板起脸骂道："你老骒驴晃尾巴——闲磨个啥？还不快去收拾东西，跟车回顺山屯。"

小菊妈被骂老实了，又向那群人瞥一眼，低头回屋了。

雇来的马车，一辆拉东西，一辆坐人。唐百顺坐在右边的车耳板子上，张二晃悠陪"追风沙"坐在车厢里。小菊和她妈，坐在车后头。

俗话说"清明不脱棉裤子，死了变兔子"。今年正月十四打春，现在已经进了三月，可夜里其实还挺冷。车上的人有的穿上了棉衣服，有的披上了棉被。

挨丈夫坐在车厢后的小菊妈，想起"黑虎脸"已经死了，有些可惜地嘀咕："这一年刚过得不愁吃不愁穿，却又离开这疙瘩了。"

张二晃悠怕人笑话自己是软盖王八，板起脸吆喝："你'汪汪'个啥？给我闭上狗嘴！"

那女人不愿当众挨骂，还嘟囔："你跟我要哪码子硬气？那个鬼活着时，一进你那个小鳖屋，你咋就没了筋骨囊？小耗子见了老猫似的，夹着尾巴溜走了，连个屁也不敢放！"

唐百顺挺同情张二晃悠，还认为他老婆有些不知道啥叫害臊，便毫不客气地说："你们不知道我大哥伤痛心焦吗？我提醒一句，特别是张家嫂子：到县城后嘴上得有个把门的。若惹出啥不利索的事，我认识你，我拳头可不认识你！"

张二晃悠两口子都鼠眯了。

坐在那女人身边的小菊，一年来拔高了不少，也更加懂事，忙表态："唐大叔放心。洪大叔和你们救了我，我知道好孬，一准拦挡我妈，不叫她顺口胡嘞。"

六

马车拉着洪乃礼等人，走了大半宿、小半天，快午时才到县城。一进北门，车就拐上东弯路；却在县衙门前被一串小车子和黑压压的人群挡住路。

靠车厢板坐着的"追风沙"抬头望去：县衙院门外，一个八品官对三个人作完揖，又说道："若木道长仙去后，你们'四大懂'三缺一了。三位能陪本典史为前任知县大人送行，十分感谢。"

张二晃悠往车厢里挪挪身子，跟"追风沙"靠近些，指点着那个八品官小声说："那个说话的便是县衙典史阚山阚大人。他伺候过了十来个县太爷，一直是县衙里的大拿，跟县太爷是一字并肩王。"

"追风沙"点点头——他听说过，阚山在县里是"一人之下、万人之上"，他认真地给阚山相起面：一张大脸胖胖的，笑容分明是摆出来的；一对小眼珠子乱转，分明是心口不一。心中暗想：这是个自视甚高、自以为是的小人。

张二晃悠又指指阚山面前那个有五十多岁的大胖子说："他叫高捷三，考上过秀才，却不愿做官，凭家里的地租子开起买卖，是县里的商会董首。有人说他架子大，不过我从前在街上碰见过他一回，他还停下脚步，对我客气地说了句'你慢走'，倒一点架子也没有。"

"追风沙"对这个人也有耳闻，还听说他对自家的买卖并不咋上心，对吃吃喝喝更在意。他心里对这位"商会的秀才董首"有些怀疑：考秀才，奔求的就是功名；考中了，咋又做起商人？可做起了买卖，为啥又不太上心？他是不是认为朝廷大势已去，不愿蹚浑水了？

接着，张二晃悠又指点着一个瘦老头子说："他是徐秀才，训导衙门的老爷、秀水书院的山长。人们都说他为人耿直，眼睛里揉不下沙子；可也有人说他是'瘦骆驼站着倒嚼——摆的是大架子'。我前些年在街面上碰到过他。见了我，他向旁闪了两步；死死地盯着我，好像怕我的残疾过给了他。我看他确实'摆的是大架子'。"

"追风沙"小声说："听说他倒是个饱学先生，还有些不拘一格。"

张二晃悠似乎没理这个茬，却把那个站得离阚山略远一点的、高大壮实的四十多岁的汉子，详细地介绍起来。他先点明"他就是咱们要找的周凤鸣大夫"，引起了"追风沙"的注意；然后又强调说："……他不光医术好，人品也好：敬老怜贫，治病疗伤常常减免穷人的药钱。若论名声，他在县内最叫响——就是三清观观主若木活着的时候，他们'四大懂'里，也是他在老百姓中名头最高，一提起来，人人都竖大拇指的。"

"追风沙"对周凤鸣是有耳闻的,便先点点头,然后问:"那个离周大夫挺近、留着八字胡的是干啥的?"

张二晃悠简单地回答了一声"算卦的,刘半仙"。

"追风沙"又问:"那个站在典史身后边的黑大个,看衣着是捕快,叫啥名?"

张二晃悠摇摇头,说了声"不认识"。

车老板看看那个差服上带个"捕"字的黑大个,回身哈下腰,对"追风沙"小声说:"他叫张喜瑞。原来是阚家大院的护院;前些日子,阚老爷提拔他做了县衙的捕头了。"

"追风沙"微笑着对老板子点点头,然后扭头又打量几眼张喜瑞:绷着脸,拔直了腰,右手握着挎在胯边的腰刀。有时扭头四处望望,还把腰刀按得扽几个蹶子,"追风沙"暗想:这个狗使奴才很得意,对老百姓一定狼一样凶。

第二章　"追风沙"交了俩朋友

一

这时，人逐渐散去，车开始往前嘎悠了。"追风沙"见张二晃悠不认识的那个人，随着阚山转过身，跟在阚山屁股后边进了县衙。"追风沙"没料错：这个新做了捕头的张喜瑞，果然是阚山的狗使奴才。张二晃悠最近十多年来，虽然差不多每年都会回一两趟县城，却没见过他，也不知道他的底细。

张二晃悠想先奔周凤鸣家；"追风沙"却不愿耽搁他一家人回顺山屯，也不愿在县城里医伤，说："我先到你家，唐大哥去把周大夫请到顺山屯去。"

唐百顺明白他不愿在县城多露面的原因：他是杆子头，为绺子、为自己，都得加小心。

车到箭杆街停下了。张二晃悠向唐百顺指完路，又低声嘱咐了一句："你说洪老弟是我在那边的邻居，在帮我收拾房子时受的伤。"

车到顺山屯，先借下一家西屋，自己领"洪老大"和唐百顺住；小菊母女去老房子跟房客家迁就。安顿下不久，周凤鸣就牵着大走驴来了。进屋一看受伤的人不像庄稼人，却也不多嘴，立即先把一个褡裢放下，动手打开患者裹伤的布条子——他虽然没出声，却轻轻地摇了摇头。"追风沙"看出了他并没相信张二晃悠教给唐百顺的谎话，赶紧轻声连道歉带表态地说："对不起周大夫了，当真人不能说假话。我是做没本买卖的，弟兄叫我'追风沙'；这伤是叫'黑虎脸'用刀背砸的。周先生若怕连累，请回步。"周凤鸣没想到他会不怕露馅，也觉得他对自己很尊重，便爽朗地说："我只管为人医伤，不管白道黑道。"

张二晃悠忙插嘴："那恶贼要糟蹋一个小女孩子，他冲过去空手相救，才被砸伤的。"

周凤鸣点点头，没加评论，却对"追风沙"客气地说："我虽得到了乌泰前辈开恩指点，能接好骨伤，但手法望尘莫及，难免有些疼痛，请你一忍。"说完便从褡裢里取出一小瓷瓶酒，先漱口、浇手，再喷患者受伤的胳膊，接着连拉带捋了一阵，给打上了秫秆帘子。他住手后说："你身体很好，保你半月后和常人差不多，可三个月内不要用全力。"

"追风沙"并没感到太痛，感慨地说："果然是'强将手下无弱兵'，我曾想去请老乌泰治伤，却怕他摇起鞭子，把我这个小胡子头抽出大门，没敢去——倒有机会拜识了您，真是幸运！"

周凤鸣哈哈地笑了两声，说："你是没挨过他的鞭子，所以不了解他。我是他抽开窍、骂入门的。你是个侠义汉子，他老人家哪里会把你抽出大门！应当说是我幸运，有机会跟你见面——如不嫌弃，你就把我看作老哥，遇到啥为难事只管开口：你可能借不到力，我却敢保能尽到心。"

"追风沙"站起身想施礼，却被周凤鸣拦住："不必拘常礼——我是凭你乍一见面就没隐瞒自己身份，才愿意跟你做朋友的。"

在治伤的过程中，"追风沙"很快就发现周凤鸣不仅为人仗义，而且胸怀坦荡，比自己年长近二十岁，便表示"周叔今后如有差遣，小侄万死不辞"。周凤鸣很佩服他的侠义性情，表态说："你今后就是老弟；有用得着大哥的地方只管直说——就是天塌下来，大哥也跟你一齐顶着。""追风沙"也就顺从了他的意思，跟周凤鸣兄弟相称了。

"追风沙"伤势一天天见好。

唐百顺天天都在早饭后收拾好碗盆锅灶，到城里巡风。一天，他回来报告"出事了"：王公窝堡报案，发现了一具还没完全烂了的死尸，可能是"黑虎脸"的；县衙派人去了。"追风沙"听了，毫不在意地说："没事。一定是'黑虎脸'的尸首,没人叮、更没人往县衙送银子,就一定挂起来。"

二

光绪二十四年谷雨后的一天,野狗在王公窝堡村外扒开一个土堆,拽出一具还没太烂的尸体。刘忠派人看守,又向河西窝堡社公所报告了。社长阚敬先又派人向县衙报案。

俗话说:"麻雀虽小,五脏俱全。"这话不假。就拿建安县来说吧,虽然僻处边外,光绪六年才建县,人口只有十几万,可衙门里快、皂、壮三班俱全,吏、户、礼、兵、刑、工六房齐备,只比那些大县老县富县人员少些而已。老百姓说"铁打的衙门流水的官"。这话也不假。建安从建县到光绪二十四年,虚算才十八年,已经有十二个县太爷来搂过地皮了。他们忙得好苦:平均起来,每一个县太爷只有一年半的搜刮时间。

这时的知县高暄阳,任期届满,已经把大印交给护印的典史阚山。典史阚山本来是个多情浪子,但自打把心肝小宝贝般的小老婆王可一从老家阚家街带到县城的小公馆,就守起娘娘庙,不愿再出门;所以在接到河西窝堡的报案后,便支使他刚提拔起的捕头张喜瑞,带人去验尸查询。

张捕头执行命令非常坚决,立即带领手下上马出发。出了县城,他可就拿捏起快慢:到得太早,便得去闻那块臭肉,弄得晚饭没了胃口;太晚了,肚子太空,喝酒容易伤身。因此,马紧一会儿,慢两会儿,天快黑没黑时到了王公窝堡。社长阚敬先已经来村恭候。天色已晚,县社两级公差,便在刘村长家以炖全羊下酒,畅饮到三更。

次日辰时,刘村长带众人去发现无名尸现场。张捕头率捕快远远戒备,严拒闲杂人等干扰验尸。仵作业务特别熟练,很快验毕填好了尸格。张捕头听他念道:"……男尸一具,体表腐溃未甚;虎牙一对,眉黑肌丰,年当三十左右。手茧右厚于左,当为右手握械之人。颈有勒痕,无他伤迹，当为气闷致死……"张喜瑞点了点头，抬眼看了看刘村长。

刘村长一直躬身站在张捕头和阚社长身旁，一见张捕头直视自己，便知道是要自己汇报，便先送上个笑脸，然后很有准备地说："捕头大人，属下昨日向社长报告后，便走访村民。他们众口一词，都说半月前的一个下晌，一股马匪冒烟风似的穿过本村；匪首是个三十左右的壮汉子。有人看到他一边扬鞭催马，一边同另一马匪对骂时，露出了两个虎牙；而与他对骂的马贼，称他为'黑虎脸'……由以上种种事实推算：这个死尸，当是那个匪首；十有八九是马匪内部发生了内讧，他不敌对手，去见了阎王爷。"

社长阚敬先边听边嘲笑地想：这姓刘的祖上没沦为蒙古王爷的奴才时，也一定是官宦家的笨走狗；当了几代看荒的二茬子地主，没学到主子的半点剽悍，还是在卖弄那些自作聪明的鬼把戏！马胡子穿村而过，咋会像刮冒烟风似的漫卷横扫？"扬鞭催马"的马胡子，就算会边往前跑边骂架，谁敢凑到跟前看热闹？除了天上飞的老鹞鹰，谁能看清他嘴里的两个虎牙！

张喜瑞原来是阚山家的护院，知道这位社长是阚山典史大人的远房叔叔，自己不能在他面前甩大个，就把眼睛转向阚社长，客气地请问："阚老前辈有何高见？"

"刘村长熟悉边外民俗、旗内外乡情，为人谨慎、办事干练，加之不辞辛劳、遍访村民，所言甚是。"阚社长圆滑地回答。

张捕头心想："虽说今年开春后热得挺早，可这个死鬼的脸皮也没烂得辨不出模样。你们平时多半跟他妈的马胡子有来往。这个死鬼是胡子头'黑虎脸'，还用谁现听到？只不过都不愿让命案连累了自己社、自己村罢了；恐怕阚大人自己，也不愿家乡出了查不清的命案。这个死鬼就算有苦主，十有八九也不会出面要求追查。我身为捕头，为啥多事，让自己多背上一桩费力难得好处，还他妈的得步步挨累的案子？"便点点头，假装糊涂说："二位所言，甚为有理。马胡子内讧，自相残杀，死了的是他妈的作恶多端的胡子头，老百姓少了个灾星，咱们省了挨累，谁他妈的不高兴!"

于是，皆大欢喜，回到刘村长家吃羊肉、喝辣烧酒。张捕头领人又住了一夜，才返回县城。

建安县城很小，却有两个特点：一是城北城南都有一条由东向西流淌的水沟子，上面都有座能通过马车的木头桥；分明是桥，却被人们叫作北门和南门。二是一过桥进了县城，又各有一条裤裆街：南裤裆街的西裤腿，和北裤裆街的西裤腿是相通的，基本是一条能错过马车的直街筒子，被称为西大街。它共有二里左右长，北半截是县城的正街。南裤裆街的东裤腿外是清华观，里面有供关公的老爷庙、供碧霞元君的娘娘庙。北裤裆街的东裤腿外是县衙门——因为它不在裤裆内，老百姓暗下叫它"贼卵子窝"。两条东裤腿相连，有些像弓背，人们叫它东弯街。

张捕头是从北门带人进县城的。他见天快黑了，典史大人肯定已经回了小公馆，便也不回贼卵子窝，在马上发令，叫手下人回家休息，自己回小公馆向典史回禀。

阚山的小公馆，在县衙东南，小院周围的院墙石头打底，六尺多高。院门是两扇厚厚的硬木大板门，大马车出入绰绰有余。上房一明两暗，东屋是阚山和他心肝宝贝般小老婆的卧室，西屋是客厅。东厢房是老妈子和丫鬟的住处。西厢房住两个护院家丁——自打阚山最近把张喜瑞叫来顶替那两个家丁，由张喜瑞和他的老婆孩子住了。每天阚山去县衙后，这个小院十分肃静；可晚上阚山回来后，来拜访的人络绎不绝；不管是来求情的、办事的，都是来送银子的——县里有些吃饱饭没事干的人，曾喳咕出县城人来人往最多的"四所住宅"及其特点：进阚公馆的都送银子，去高家大院的都会算盘子，敲周大夫家门的身子都不囫囵，奔刘半仙屋的都在走歹运。可见这个小公馆是十分叫人眼馋的。

张捕头牵马向左转上东弯街。没走出多远，就是县大牢。他扫了一眼那两扇黑大门，想起了前些日子梁捕头被撤时，阚大人跟他说："你已经过了四十，我不能再叫你干现在这份风险大、进项小的差事了：老领人贪黑起早，有时还得小心别叫亡命徒划拉伤了。去做牢头吧，一天天风不吹、雨不淋，养得白胖胖，却可以安安稳稳地收银子。"他觉得阚老爷很会使唤人：明明是把老梁的权收回来交给自己了，却说得对他十分关心，让他无话可说。

张喜瑞越过贼卵子窝，又向前走了一小段路，向东拐进一条小胡同，进了阚典史小公馆。他把马系到院里的拴马桩子上后，便奔正房。

圆头胖脸、眼看着第三个下颏就要耷拉下来了的阚山，仰坐在八仙桌东边的太师椅上。张喜瑞连忙打千，然后躬身禀报道："小人知道大人心系公务，特地匆忙赶回来敬禀。"阚山皮笑肉不笑地点点头，开始听他汇报。张喜瑞弓着腰开始禀报："小人等赶到王公窝堡，天色已晚，无法验尸。陪社长老前辈听了村头刘忠汇报后，即连夜到村内各家询侦。次日卯时，开始验尸；因尸体业已腐烂，经一个多时辰反复验究，证明了刘村长所报确实：死者为马匪头目'黑虎脸'，系内讧中为其他匪徒勒毙……"

阚山身为典史，对在县内活动过的大小绺子，还是都有些了解的。他知道"黑虎脸"有十多名手下，是伙不大可也不太小的马匪；还因为他有时活动在自己家附近，不愿得罪了这伙歹徒，便没有派眼线去跟踪、卧底。现在听说它发生了内讧，倒有些意外；却故意平淡地吩咐："既然死了的是个小胡子头，案子就不必再查了。但要探听下新匪首是个啥样的东西，好预防他们在县内作案。"

张捕头麻利地应了声"是"。

事，还真如"追风沙"的猜想。没过几天，唐百顺就又报告："当家大哥，那事果然挂了起来。"

三

顺山屯是个离县城五里左右的小村子，很僻静。"追风沙"在这旮养伤，连屋都不太出，阚山没听到一点动静，倒也不出奇。

连治带养二十来天后，"追风沙"的伤基本痊愈了。许彪顶着星星，快马加鞭地赶来，向他报告了一件揪心事："张冲回家送钱置办春播、过夏的东西，两天前在返回的路上，被抓进了郑家屯分治所大牢。"

张冲是亲近弟兄，"追风沙"听了能不着急吗？可他却想不出搭救的好办法，决定去向周凤鸣讨教。他起大早进城来到周凤鸣家。周凤鸣听后沉思一大阵才说："要救人，不外乎两种办法：一是拼死劫出牢来，二是花钱买出牢来……"

"追风沙"接过话说："劣弟无奈落草为寇，只想带弟兄取些不义之财，养家糊口，不能做劫牢这种反叛之事。大哥人熟望高，能否代我出头贿买？"周凤鸣却摇摇头，说出了下面一段话："在郑家屯分治所坐衙理事的陈文奎，是县衙主簿，跟典史阚山关系十分密切。我讨厌官老爷个个狼一样贪、虎一样毒，一直对他们视如鬼蜮而远之。我若出面，他们或者漫天要价，或者另生诡计，实在于事有害无益。阚山为人贪婪奸猾，十分顾家；人还算孝顺，颇听母训。他老娘主持家务，很有城府……"

"追风沙"一听到这，心中便拿定了主意。他回到顺山屯，带上自己身边的银两，骑上许彪的马，上路奔阚家街。

这阚家街，离建安跟蒙古旗边界，相差不多，"追风沙"来过。这阚家大院，"追风沙"从门前走过，但没进去过。他体恤许彪的马跑了一宿，没舍得加鞭子。过晌午到了阚家门前，他才对阚家大院仔细打量：土围墙挺高，差不多有八九尺；大门是青砖起券，比一般土鳖财主家威势了不少。"追风沙"把马系到大门旁拴马的木头桩子上；见看门的老头儿五十多岁，先招呼了一句"你老好"，才说自己"从县城来，替典史老爷捎个口信"，得面见老夫人。那老头儿姓陈，是阚老夫人的一个远亲；见他穿着灰色夹长袍，扎着条青腰带，还是骑马来的，急忙点头哈腰，领他进院。

头进是五间一面青土平房，中间是穿廊。看门的老陈头儿站在廊东的门前，禀报了一句"县城有人来见老奶奶"。屋内有人低声说了声"请"，便有人推开风门——一个漂亮的丫鬟，退向板门边，头微低着，对"追风沙"说了句"请进"。

"追风沙"进屋后，见北窗下八仙桌东边坐着个头发花白、一身缎子衣裤的老太太，手里端着一杆长烟袋，料想她就是阚山的母亲，便走近两步躬身抱拳，说了句"老夫人万福金安"。

阚老太太略微有些意外——这个看起来没到三十却蓄起了胡须的"县里人"，从来没见过；衣着做派不像一般的下人，语声的恭谨很像高门槛人家的管家。她正了下身子，客气地说了句："贵客多礼了，请坐。"

一听她话里带了个"请"字，离她不远的另一个丫鬟，转身进了东套间。

"追风沙"挪到八仙桌西边，但没坐下；等进东屋的丫鬟把端来的茶放下，和开门的丫鬟一起侍立在东墙下了，他才躬身向老太太低声说："小人受敝东托付，有要事恳请老夫人援手……"说到这，"追风沙"转目瞥了两个丫鬟一眼。

阚老太太抬了一下手，等两个丫鬟退进了套间，才低声说："请问贵东大名？"

"敝东与老夫人比邻而居——在蒙古旗一带报号'追风沙'。""追风沙"低声回答说。

阚老太太听了这话，身子向椅子后背上靠去，心里感到意外：这可是家边的一股马胡子，还是最彪悍的……但她很快就镇静下来，淡淡地说道："那你是'黑虎脸'绺子的二当家的了。"

"追风沙"仍然两手搭在身前，从容地解释："老夫人还有所不知：'黑虎脸'不守江湖规矩，前些天欲非礼良家少女，还将阻拦他的二当家的'追风沙'大哥打伤。我等弟兄废掉了'黑虎脸'，共推'追风沙'大哥为大当家的了。"

阚老夫人心中又一怔：我儿为何没向家里通报……难道他还没探得到

这个消息？嘴上却先赞了一句"你们倒挺侠义"，然后问："不知'追风沙'大当家的对老身有何吩咐？"

"不敢当'吩咐'二字。""追风沙"礼貌地客气了一句，"小人有个亲属名叫张冲，近日为郑家屯分治所误捕。小人求'追风沙'大哥搭救，遭到拒绝；小人苦苦哀求，'追风沙'大哥万分无奈，才说'耳闻阚老夫人怜贫好善，阚大人极为孝顺。你去拜求阚老夫人，请她老人家代为设法，或可免去令亲无妄之灾。如你蒙阚家慷慨相助，为兄愿代你有所报答'。"

阚老太太暗下十分惊诧：这个马胡子头，竟然这等精明大胆！明知我儿子是捕贼缉盗的典史，却来求我"援手"！她很快就意识到这种求助，是一把软刀子，暗含着一种威胁：咱们是"比邻而居"，我能派人登门去"求"你，也就能把你家的人"囚"起来。她微微点点头，又想：若帮他们一次忙，他们会如何"有所报答"呢？

"追风沙"见她微微点点头，但没开口，便掏出一包十来个大小不一的银元宝，放到八仙桌上，说："小人手边，只有这些一脚踢不倒的散碎银子，先供打点分治所闲杂人员。"

阚老太太微笑着从中挑出一个最小的五两重的银锞子，说："看在'追风沙'大当家的心胸眼力上，老阚家愿意交他这个朋友——请你转告贵当家的：我是把这五两银子，当他的高看和仗义收下的！你要记住：我老婆子是奔七十的人了，老得耷拉下了眼皮，可眼窝子并不浅；帮忙是为了交个朋友，不是图财。十天内你的亲戚若还在大牢里，那一定是老阚家叫人家扒去了大门脸——只好请'追风沙'大当家的和你，原谅阚家的无势无能了。"

"追风沙"收回了余下的银两，抱拳说："请恕小人有眼不识泰山；回去后一定向大当家的禀明老夫人的慷慨仗义。"

阚老太太竟然站起身子，客气地说："贵东有你这样的帮手，一定鹏程万里。"她用目光把客人送出屋，心里嘀咕：听我儿说"黑脸虎"的绺子，人马最多也只有二十左右。"追风沙"原来只是二头领，咋会有这么棒的手下人？态度从从容容，答对文质彬彬，起码也读过几冬书、在高门槛的家里主过一些事、见过些大场面的。这样的人物，绝不会是一个普通的马胡子。难道他就是那个"追风沙"？她更觉得应当格外注意这个绺子，下本钱交交这个"朋友"了。

有句老话："人生七十古来稀。"这是从文人嘴里说出来的。庄稼人有句类似的嗑："七十不死成了精。"阚老太太没到七十，就成了精！她立马就派人去县城，叫儿子回来一趟。

四

周凤鸣说阚山"贪婪奸猾"，认为阚老太太"很有城府"，确实很中肯。

阚山字峻岩，是个连秀才都没考上的童生。"童生"这顶帽子，在明清两代，读过几天子曰诗云的人都可以戴。这种人只可以在目不识丁的穷百姓面前掉掉文、摆摆谱，是爬不上大台面的。一个童生，即使七老八十、子孙满堂，遇上了一个年纪十五六的秀才，也必须打躬作揖，谦卑地自称"学生"。阚山在县内和其他童生有些不同：他家是建安县数得着的大财主。他妈年轻守寡，主持家务，是个精明强干的女人。她见独苗儿子考了十多年，连根秀才毛也没捞到手，便给他捐了个"典史"。所谓"捐"，就是花银子买官当。阚山买到的这个"典史"，是个多大的官呢？典史是知县的帮手之一，官阶八品或九品，负责维持治安、缉盗捕贼、监管牢狱，相当于后来的警察局局长。县衙里还有个比典史大半个点的主簿，相当于后来县政府的秘书组组长兼办公室主任。建安县衙的主簿，按惯例在郑家屯分防所立衙，分管那里的钱粮、词讼等事。这样一来，建安县衙的典史便兼理主簿事务，阚山在县衙便不仅统领三班，还可以过问六房，"一人之下，众人之上"了。

阚山当典史已经十多年了。他虽然写起八股文来稀松平常，甚至可以说十分蹩脚，难入考官的法眼；但对在县太爷手下当差，却已经驾轻就熟，得心应手了。他一方面极力笼络全县乡绅，和他们攀亲论故，称兄道弟，缝成了狗皮袜头子——不分反正，抱成了团团；一方面在衙门内向吏员衙丁拍肩膀，用小恩小惠收买人心，扩充喽啰兵，巩固小山头。抬轿的越来越多，捧场的越来越众，阚山的名声也便越来越大。到现在，阚山已经送走了七八位县太爷。他们在任时，都不敢把阚山当手下人看待，一个个虚怀若谷，尊贤敬能，几乎和阚山平起平坐，一同当"建安并肩王"。其中刚离任的、进士出身的高暄阳，还曾劝阚山再花些银子捐个知县，"牛刀小试，造福一方"。阚山听后仰起胖脸，慢吞吞地说："大人明鉴：下官不是心疼那几锭银子，也自信勉力而为尚可治理好一县；但眼下时局板荡，不宜背井离乡，游宦异地。"高暄阳听明白了：阚山怕把知县买到手后，得循例到外地做官，那可就老虎离山看不牢老窝了。于是，他帮助阚山向昌图知府、奉天巡抚孝敬了一批银两，把阚山提成了"正八品"。

却说阚山得到了他妈的"抽空回家一趟"的口信，当天就赶回了阚家老院。他一听老娘说"'追风沙'取代'黑虎脸'做了杆子头"，便吃惊地"哦"了一声。他妈就追问了一句"你还没探听到吧？"阚山老实地回答说："是。儿子只知道'黑虎脸'的副手是'追风沙'；但没想到这个不显山、不露水的'追风沙'，竟然窝里反，杀了'黑虎脸'，把整个绺子抢到了自己的手！"他妈有点不满地用鼻子"哼"了一声，抢白了他一句："还有你这个典史更不知道的呢——他派人来'拜求'过我了！"阚山这一回是惊诧地"啊"了一声，瞪着一对小眼珠子望着他妈，没再出声。等他妈说明了大致经过，阚山有些愤愤不快地说："这狂贼竟想要老子给他拉套。"他妈却平平淡淡地说了句"那个人的话，虽然绵里藏针，态度倒是客客气气，甚至有点低三下四。"阚山吧唧吧唧肥嘴唇子，好像吧嗒出了他妈话里的滋味，轻声问："妈是不是想送个顺水人情？"可他妈没点头也没摇头，还反问："你今天坐小车子回家来，若有十个八个人埋伏在半路上，会不会被绑了票？"阚山怵忑地点点头。他妈便打开了话匣子，教训说:"妈让你进县衙,不只是要给这个老院子披上一张老虎皮,也想让你站在高处眼界宽,不仅有挑有拣地笼络几个龟鳖虾蟹,像张喜瑞似的做奴才;更希望你能交下一个两个有些眼光的绿林人物,使他们不打阚家老院的主意……眼下这兵荒马乱的年月,保全家业是啥招都得用、啥人都得交的。"

这娘儿俩很快就有了共同的看法:对外来的马匪和小股绺子,防得要严,下手得狠;对大股绺子、家边的马贼,要暗防暗交——一旦发现他对阚家心怀叵测,就要麻利地剪草除根。

阚山同意跟"追风沙"交"朋友"后,决定由自己给分防所陈主簿写信。阚老太太却说:"老话说得好:'人前只说三分话,不可全抛一片心。'他虽说跟你有些交情,但也得加些小心——我给他写封信,他也会看你的面子去办;若万一露了馅,也对你影响不大,谁也不好把我这个老太婆咋样。"

第二天一早,阚老太太便写好一封短信。饭后拿给阚山看。信中说:"……老身本是昌图府人。十一二年前归宁之时,路过东河套口渴舌燥,曾至一张姓农户讨茶。其家无茶,竟炒秫米一捧,泡开水一壶,令老身念念难忘。不料张姓老农,日前竟来求帮:言其子名唤张冲,为贵所'误捕',欲求我儿为之缓颊。老身虽疑其'误捕'云云不实,但亦难忘炒米烧水之情;又虑我儿身膺典史之任,不便关说刑狱之事。故陈情案前,欲借贵主簿之力,报其滴水之恩。若张姓之子罪重不可宥,则勿虑老身冒昧之言,自当依律处置。"阚山感叹地说:"儿子的文才,若及母亲一半,早就通达了。"阚老太太低声安慰:"你处世待人的本领还是很强的,能在县衙顺顺溜溜地伺候了十来个正堂大人,也很不容易了!"

阚老太太的信,当日就送到了郑家屯分治所。

第二天,阚老太太便得到了陈主簿满口应允的亲笔回信。

阚老夫人睡觉更安稳了:隔壁的一个危险对手,虽说还不能算是朋友了,但总不会对阚家老院偷着下把了。

五

搭救张冲的活动，是"追风沙"第一次担起杆子头的挑子。周凤鸣给他出的主意，使他感到凭自己一个人的心思，很难为绺子拿准定盘星。而跟阚老太太打交道的结果，也使他觉得：杆子头除了要能领弟兄打打杀杀、劫财糊口，还得会跟杆子外的人打交道，借用外部的力量把事办圆全。"追风沙"回到过去常站脚、被弟兄叫作"老营"的蒙古旗内的一个小村子后，一边养伤一边跟大家谈唠今后该咋活动，又觉得真得有个常趴风的地方。他以皮货商的身份，跟蒙古族有头有脸的人来往，选好一个地方，买下一块地皮，张罗盖起好几间房子，打算开大车店、豆腐坊、杂货铺，为趴风做掩盖。

房子一戳起大架，心也有了空，"追风沙"便想起欠阚家的那笔人情债，担心阚山利用这条麻绳牵扯自己，使绺子的手脚没法自由活动。他那天还没离开阚家大院时，就发觉阚老太太对自己的身份起了疑心，这对自己和绺子都可能很啰唆；也便想借派人去的机会把水咕嘟浑，叫她的老花眼没法看准。他琢磨再三，觉得绺子里只有唐百顺心眼快、嘴滑溜，不会叫阚老太太套去走嘴的嗑，坐实自己就是杆子头。拿定了主意，他便把唐百顺叫来，想叫他领张冲去趟阚家街。他没想到，唐百顺却说："他一打回来，就蔫得像叫秋风抽干了的瘪葫芦，成天不声不响，好像丢了魂；我跟许彪找他唠了几次，他只摇摇头，说了句'没啥'。"

"追风沙"后悔自己对张冲不够关心：自打他回来，也没找他唠唠；便离开屋，找到张冲，领他到外面转悠。"追风沙"先愧疚地说自己只顾忙绺子里的事，没抽空打听打听"你是咋被抓的，受没受折磨"……张冲没想到"追风沙"会对自己唠这种道歉的嗑，忙说："当家的大哥，你千万别这么说——我知道你这些天为绺子的事，忙得一颗心当两颗用。再说了，你那时伤还没全好，一听我出了事，就冒险去闯老虎洞子，把我从大牢里捞了出来，使我一点罪也没遭；亲哥亲弟也就这样了。""追风沙"便说："要不是你们四个仗义，高看了我一眼，那次在白眼沙坨子就得杀个天昏地暗；就算我能从你们四个手里捡回一条命，也得叫'黑虎脸'把我撕了；更不用说'黑虎脸'把我砸伤后，是你们救了我，还捧我做了杆子头……这些天你总闷闷不乐，是不是家里出了啥揪心的事？"

张冲打了个奔儿，觉得自己若再对当家的大哥藏藏掖掖，就太不知好歹了，便说出了被抓的原因，和心里那一团子乱麻秧子纠结成的疙瘩……

张冲家是个老逃荒户，日子过得虎皮色。他爹拼死拼活干了二十多年，除了给老大、老二两个儿子划拉上了媳妇儿，还置下了半垧多地。两个儿媳妇都挺能干，也都想能跟男人一起忙活出更舒心的日子。张冲的爹妈也算开通，便把两头牛给了老大老二一股一头，让他们出去单过了。十六岁的张冲随爹干了二年多活，觉得半垧多地有两个哥哥帮种帮蹚，爹一个人也忙得开了，加上不愿小鸡似的老土里刨食，就随祁福入了"铁腿狼"的绺子。可他打一小就跟东隔壁杜老丫，有点偏近乎。他每次从绺子回去，杜老丫都找碴儿过来扫他两眼；虽然嘴上没夸他，脸上表情却像更看重他。这次回家送钱时，却听说她一个月前，已经听老人的劝，嫁到了邻村。张冲觉得她嫁的郝老大，除了姓比自己强些外，不但人不比自己亮堂，还有些游手好闲，心里很不服气。他转悠到邻村，等到了跟杜老丫碰面的机会，问了句"你咋没等我"。杜老丫红着脸，说了句"我配不上你"，急匆匆走开了。张冲没想到：这一问一答传到了郝老大耳朵眼里。郝老大不光把杜老丫胖胖地打了一顿，还偷偷到分治所告"张冲是马胡子"……

听了张冲的述说，"追风沙"低低地叹了几口气，劝道："男女间有情无缘，是最让人焦心的。可有一样，男人的心胸不能太小了，得为对方想想……她的老人也是替她打算，怕她将来日子不好过。她已经走出了那一步，就别叫她再为难了；也别计较那个人，别使她以后的日子更不好过。

我收下你们四个弟兄时，就说过我不想老当杆子头；我在把绺子里的事安排妥当后，还是想去过安静太平日子的。到那时，你们四个若是愿意，我这个大哥带你们一起走，咋也得帮你们团弄个家。"张冲高兴地说："能跟在大哥身边，就是吃劳金，也心里香甜。"

跟张冲唠完了嗑，"追风沙"觉得不能叫他随唐百顺一起去阚家街了。他回到屋，继续跟唐百顺唠了好大一阵子，才让他准备停当后去一趟阚家街。

六

两天后，唐百顺在上灯了时，由老陈头儿领进阚家老院。他进了客厅，只向前走了两步，便跪下磕了仨头，对阚老太太说："谢谢老夫人救出了我表弟张冲。"

阚老太太已经知道他是"老追家的用人"，可没想到他会一进屋就磕头，还自称是那个张冲的表哥。她见他短衣微髭，年纪四十上下，猜想他在"追风沙"手下有一定地位，便客气了一句"不必多礼"，然后礼貌地问道："'追风沙'大当家的可安好？"

唐百顺躬身回答说："谢谢老夫人记挂。俺东家出事后便去了'摩挲仙'那疙瘩，在那疙瘩将养了一阵子，大前天才回到老家。"

阚老太太"哦"了一声，好像有些意外；略停了一下又微笑着问："贵东这次，咋没差遣上次的人前来，他不也是张冲的亲戚吗？那个人年纪恐怕还没到三十，不只仪表堂堂，还很有做派眼力，往低说也是个'二当家'的料——老身看得直眼热：若有个年貌相当的孙女，都想招他东床快婿了……"她说到这，发现站在东墙边那两个丫鬟捂上了小嘴，便有些开玩笑地吆喝："你们动心了咋的？我倒可以送一个过去，做他的押寨侍妾！"

那两个丫鬟，不知是怕是羞，都绷起小脸低下了头。

　　唐百顺心里一惊：这个老东西，果然是个白了嘴巴子的老黄貔子，真有些道行。我已经放出风，说明当家的大哥一直在养伤，她却没收起疑心，还从老嘴丫子扑哧出些疙瘩溜秋的嗑，想挤对我说出走嘴的话。我还真得步步留神、句句小心。他向阚老太太作了个揖，像摩挲了一把她那半黑半白的老杂毛，恭维地说："老夫人的眼力，可就更高了！只见了一面，就看出了我们那汪子浅水，是养不了那么大的鱼的。其实，被分治所错抓了的人，只是小人的亲戚。小人得信后，急得火上了房，连夜跑到后旗去找当家的大哥，请他允许小人带几个朋友去搭救……不料他一听，就把我骂了个茄皮子色：'你想去劫牢咋的？别说为你的一个亲戚，就是你被抓进去了，虽然你对我有过救命的恩，我也不能把弟兄往里搭——就算是能救出来，还没伤损人，那也犯下了反叛朝廷的滔天大罪，不光我得被海捕，整个绺子今后也没地方再站脚，不想散伙也得挑灶。'我赶忙磕头认错，又苦苦哀求他想个万全的法。他琢磨了好大一阵子，才决定求老夫人帮忙的……"

　　阚老太太对"追风沙"的见识，是没怀疑过的，却不在意似的说了一句话："我儿子是典史，他咋不怕我们把他派来的人扣住？"

　　唐百顺从容地回答："请老夫人原谅我们有些鼠肚鸡肠，对老夫人做了些隐瞒。上次来的人是顶小人的身份出面的；其实他是小人当家大哥的朋友，跟王府里一位民人文办有些交情，是不怕建安县衙为难的。"

　　阚老太太又微微地笑了笑，说："你倒很大胆，敢对老身说出实情。"

　　唐百顺紧忙回答："小人咋敢胡说八道？当家的大哥今早把小人叫过去，说他一听了那位朋友的回话，就打心眼里佩服老夫人的胸怀见识。他命令小人过来当面道谢，还吩咐小人代他向老夫人道歉。他说'有求于人，便应诚信；有所蒙混，实属不敬'。小人的破车嘴，兴许把当说当讲的话，拉落不到正地方，却不敢冒了样子。小人现在替当家的大哥，向老夫人施礼了。"他一住嘴，就一连向阚老太太作了仨揖。

　　阚老太太微微动了一下身子，说了一句"不敢当"；然后才又接着说:"我也对你说实话:我叫那个当典史的写信求情,不是因为姓张的是你们谁的亲戚。老话说'无利不起早''多个朋友多条路'。我是冲着你们大当家的义气当头、见识高出常人一大截子,才交他这个朋友的。"

唐百顺的心怦地一跳:这老东西真够老辣,竟然猜到我要还那笔人情账了,想要封门……可我也得试着把这笔账还上。他便也绕圈说:"小人来时,当家的大哥也对小人说:'阚家是把绺子看成朋友,才出手帮忙的。这种情义,咱们不能忘记。可阚家为了帮你亲戚的忙,今后也得打点相关的人;你多少也应掏些酒钱。'就是当家的大哥没提这个醒,小人也不能忘了做人的本分……请老夫人接受小人的这点心意。"

阚老太太见唐百顺把一个布包放到了八仙桌上,只抬手摸了一下,便知道是四个五十两重的银元宝,心想:这个"追风沙"确实有些鬼道眼,想连蒙带唬送我二百两银子——买出一个小胡子可也够价了——就算把那笔账结利索了!我可不能让他就这么轻易地抹了套子……她把八仙桌上的长杆烟袋抓到手,当当地敲了两下脚边的铜痰盂,声色俱厉地吆喝说:"看你四十上下的模样,在绺子里已经不是个生荒子。可你竟敢背着大当家的,在我的面前胡说八道,实在可恶!'追风沙'大当家的把阚家看成了朋友,就不会跟阚家见外,让你再掏什么酒钱。一定是你得了便宜还在背后卖乖,惹恼了'追风沙'大当家的,才想教训教训你,逼你出一些血。对你这样不知好歹进退的东西,老身也应当叫下人打你一顿棍子。不过……看在'追风沙'大当家的顾全两家交情的面上,加上你进了这屋后对老身还算尊重,一直捧着张笑脸,不好意思再叫你屁股遭罪——来人,把他送出门外!"

随着阚老太太的喊声,从通往套间的门蹿出两个剽悍的仆人。唐百顺怕这两个人没深没浅地推推搡搡,弄掉了唇上贴的短髭,假装后悔说错了话捂上嘴。阚老太太向一个丫鬟点了点下颏,又指了一下八仙桌上的布包。那个丫鬟忙取过布包追到屋门口,交给了唐百顺……

回到老窑,唐百顺向"追风沙"做了详细汇报,最后说:"兄弟没有把交给的事办圆全，请大当家的责罚。""追风沙"摇摇头说："你这通咕嘟耙，打得蛮好，使老阚太太已经不咋怀疑我踩过他们家的门槛子了。至于她不收下银子，咱们合计的时候不也估计到有八成吗？这个老太太很有老猪腰子，是想把那笔债当套马杆子，要在掯劲时再从咱们身上往回捞……就是别人去，她也不会让咱们解开套的——反正张冲已经救回来了，以后再慢慢地想法，还上他们的情吧。"

第三章　不是冤家不聚头

一

典史阚山还在"护印"。

阚山对知府只令自己"护印"，而没有让"署理"，颇有些遗憾："护印"，不能启用县正堂大印，只能处理衙门里鸡毛蒜皮的小事。这就像站在河边，用搅罗网子捞些小鱼小虾。而"署理"，是可以升堂断案，代理县太爷吃五喝六、抓人用刑。那可像驾着船甩网下挂子，成堆成群地捉老鳖大鱼。不过阚山还是利用了这个机会的：把全县十二社中不如意的社头，都换上了自己的心腹；还以"年近半百，不宜奔波，理当体恤"为托词，把捕头梁前调去当牢头。原来梁捕头办事虽然得力，但常常在得到阚山的指示后，还去探听县太爷的口风。阚山认为这是把自己的权威地位，没完全放在眼窝子里，关键时刻可能不听自己号令。他新任命的捕头叫张喜瑞，差不多可以说是他的狗使奴才。

张喜瑞原名叫张恒，老家在县城西七八十里外的耳朵眼窝堡，当过"棒子手"。所谓棒子手，就是业余土匪：有的是一个人单干，有的是三两个临时结成伙；或者利用天黑风大的天时，或者利用林密路险的地利，突然把行路的人一棒子打死打昏，抢了钱财。这种劫道贼，还没成气候，也没敢报啥字号。张恒是有几个不固定的同伙的，每年都干两三次这种没本的小买卖。一次，他得手后，偷偷进城找妓女寻欢作乐，被衙门的眼线看出破绽。阚山下令把他秘密逮捕，秘密审问；收买后放了，让他回去卧底。后来，他那几个同伙，几乎都被擒拿归案、砍头示众了。张恒发了一笔昧心财，改名张喜瑞，娶了老婆，还做了阚山老家的护院打手。现在张喜瑞当上了捕头，便不仅是阚山上下班的跟屁虫、小公馆的看家狗，还成了阚山操纵快壮皂三班的影子：举手投足随阚山牵的线动，就连嘎巴嘴都传的是阚山的音。

在光绪二十四年清明前的一个傍晚，张喜瑞曾把一个眉弯眼长、白白净净的三十来岁汉子，领进小公馆的客厅。这人瞥了典史大人一眼，立马两手按左膝，右腿先跪下，左腿随后着地，接着双手搭地弓身叩头。他抬头仰视一眼，说了句"给阚老爷请安"，然后又叩了两个头。站起身子，献上了二十两银子，满脸堆笑地说："小人谷璧，想买下正街道西三间土平房，请阚老爷恩准。"

阚山一见这个人长了一张女人脸，向自己行了一跪三叩的礼，语声十分恭谨，却不像本地人，便问："房主愿卖你愿买，为啥还向我禀报？你送的这份礼，和房价也仿佛了，不是太破费了吗？"

谷璧认识到这位典史老爷的厉害了：他怀疑我来路不明不白了……老母猪想钻进菜园子，就得豁出老脸拱开障子。我若不晾出一些丑来，没法使他相信我的清白和打算。于是，谷璧低下头，有些忸怩地说："小人在四平镇有家有业，在街面上混得有头有脸。可是……万万没想到老婆年轻糊涂，被一个外来的商人骗上了手，当了跑头子，弄得小人没脸在父老乡亲面前抬头，才变卖了家产，到边外躲羞。为了糊口，小人还带来堂叔伯兄弟做帮手，将来要做些小本生意。阚老爷树大根深，今后得求老爷多加荫庇。小人在老爷面前不敢不说实话，斗胆请老爷和张捕头，以后……顾全小人名声。"

阚山觉得谷璧倒也老实，出手也还不小抠，将来一定会继续孝敬自己，便吩咐张喜瑞："你既然领他进了这个门槛，就再陪他去写了文书吧。"

谷璧并不老实，对阚山说的话半真半假。他确实是四平人，可他在那个大集镇上，却是有家无业；他老婆也确实是私奔了，却不是她不守妇道，而是他一手造成的……

二

谷璧十多岁上没了爹妈，成了四平镇街头上无业游民中的小扒手。街面上的地痞无赖，有几个好饼子？因为他生得人白脸嫩，有些女人相，加上年纪轻轻的好摆弄，被一个叫"老公鸭"的老混混认作"干儿子"了。谷璧在"老公鸭"的影响下，加上他一年年胳膊粗、心眼活，养成了双重脾性：逞凶好强，欺软怕硬。讹来了银角子、骗来了铜串子，他便挺起胸脯子充大爷，呼远拉近去大吃二喝。

他老婆叫郑小燕，是"老公鸭"看在他多年伺候自己的情分上，花五块银饼子，从逃荒户手里买下的山东姑娘；比他小了四五岁，长相一般，却是个安分规矩、能吃辛苦的老实女人。她成了谷郑氏后，才慢慢知道了，当家的是个街面上连偷带讹的臭无赖；但觉得爹妈兄弟靠那能买五袋洋白面的钱，才投奔到吉林亲戚家了，只好嫁鸡随鸡、嫁狗随狗，窝着心老老实实地跟他过日子。

"老公鸭"一死，谷璧没了靠山，往日的同道帮手可就成了夺利对手，跟他争起了地段，把他打了个乌眼青。谷璧一不顺心，就对郑小燕抡拳头，还骂她"骚货"。她咬紧牙关不吭声，心却跟丈夫掰成了牛蹄子：你拿我送礼搪灾，压根没把我看成老婆；你撕去了我前半辈子的脸皮，我就得顾下半生的命运。她看中了当街布店的一个小伙计，便躲开四只驴眼睛，跟他相好后远走高飞了……

家驴没了出气筒，野驴也不再来炝蹶子，可家前庙后、街头巷尾的花花嗑，不但没断捻，还越来声越大了。同情郑小燕的左邻右舍，还算都留些面子，只指着谷璧的脊梁骨咬耳朵。有的说："他媳妇本来规规矩矩的，没想到也跳槽了。"有的却说："她若不当老跑头子，不得饥一顿饱一顿，怨不得她。"谷璧的狐朋狗党，个个都是软欺硬怕的势利鬼，见他没了跟刘捕快"有欢同乐"的本，王老八的铁盖蜕成了烂柿子皮，便七嘴八牙地当面说起风凉话，句句刮起他的脸皮。有的说："可叹我是光棍一条，没人替我养个拉帮套的，到现在也还只好吃下眼子食！"有的便接茬说："我若有个听话的老婆，宁可领她拜百家门；就是饿断了肠子，也不能逼她去放青。一个人若靦着鳖脸给王老七当兄弟，真不如找棵歪脖树去打秋千——虽说把脖子抻得长长的不太好看，却也比把脑袋缩进腔子里爬着走路强多了，总算还有点人模样。"这种叫外人撇着嘴好说，却叫谷璧夯拉耳朵难听的嗑，虽说是吐沫星子淹不死人，也使他在街面上没法混下去了。他琢磨来，掂量去，把主意打到了一年前娶了个俊媳妇的远房兄弟谷英身上……

三

这谷英比他小好几岁，也是个四平街的无业游民。

谷英的媳妇儿叫冯翠兰，是无奈地嫁给了谷英的。谷英前些天因为争地段，在殴斗中挨了一刀，腮帮子上留下了一条横疤，变成了鲇鱼嘴。一破相，就挂出了揿败了的幌，他也不得不蹲背旮旯儿了。

谷璧找到在背胡同转悠的谷英，撺弄说："咱们哥儿俩时运不济，都没脸再在这疙瘩吃下眼子食了！得做一笔买卖，捞他一大把银子，换个地方风光去。"谷英认为大哥说得有理，要去老丈人家跟住娘家的媳妇儿说一声再走。谷璧立马板起脸教训说："你听大哥的吧——我现在把女人看得透透的了：她们对男人有啥图啥盼的？一是模样能让她看了顺眼，使她站在人堆里也有些面子；二是身板壮实，能让她没白做回女人。可这两样加到一块，也不如第三样：男人手里有让她花不败的银子！翠兰像一瓢细米，硬叫你咕嘟成了夹生饭。她见你年纪轻、脸盘俊，才凑合着和你过日子的。你现在破了相，特别是断了财路，她能不烦你、不躲开你吗？你去跟她商量，能得到好脸吗？她跟你要银子，你兜里有给她的吗？等你发了财，有了大把大把的银子给她花，再接她去享大福，她才会高高兴兴地跟你过日子。"

谷英点起了头，跟谷璧一起离开了四平街。

谷璧领着谷英，在八面城附近的吕家窝堡踩好了盘子：一户姓吕的财主，四口人孤零零地住在村头。因为还没出正月，劳金还没有上工来。

两个人趁月黑风大来到院外，扔进几个肉包子。等狗一毒死，便翻墙入院，蹲在窗户下听声：老头儿和儿子正在东屋唠嗑；老太太和儿媳妇在西屋包饺子——明天正月二十五，是填仓节：庄稼院都要日出前在院子里，用小灰撒出些方仓圆囤，往里甩些五谷杂粮；早饭要吃饺子，"包住"一年的五谷丰登。

谷璧向谷英指了指西屋，握紧攮子，一肩膀头便撞开了房门，飞快地奔向东屋，一刀就把想要走向外屋地的儿子捅倒了；又蹿上炕把满脸惊恐的老头儿刺死了。谷璧见倒在屋地的儿子还没死透，跳下炕又补了两刀。

谷璧听西屋还没有动静，心里有些奇怪，急忙到西屋查看：谷英已经用尖刀，把那浑身颤抖的娘儿俩逼到了炕梢角，却还没有动真格的。谷璧暗想：我可不能把红活都包了，得让他肩膀头别空着……如果他背上了"先奸后杀"的名，我就更有了话把儿，今后他就更不敢在我面前挖挲毛了！于是，他便咬谷英的耳朵说："那个嫩的还挺抓眼珠，别白瞎了，你先拿她乐和乐和，完事再送她回姥姥家。"

谷璧一住嘴，探手把老太太拽下炕，拖死狗似的拽到东屋，用刀尖顶着她喉咙，逼问藏银子的地方。那老太太见丈夫儿子都上了望乡台，便也不愿意再多遭罪，供出了银钱的藏处，闭上眼睛等死。谷璧估计她没撒谎，便一刀扎了下去。然后，谷璧开始忙活起来：翻出了一百多两银子和二百多块银圆，包好背到身上。

谷英本来还没有邪心，没动刀是有些手软。一听大哥让自己"乐和乐和"，还给自己空出了屋、带上了门，那股火可就腾地烧了起来。他把那女人拽到炕边，剥光了下身。那个瘫软的女人并没挣扎，两手本能地捂着微微鼓起的肚子。谷英不由得打了个冷战：她是个双身子。这个冷战，像一瓢凉水似的把他的邪火浇灭了。

那个女人已经吓得软了筋、麻了爪，却意外地奇怪起来：这损贼分明起意想当毛驴子，可咋住了贼手？她用力撩起眼皮，见谷英正盯着自己肚子发愣，便觉得他还没坏透腔，急忙低声哀告："你发发善心，饶了我们娘儿俩吧。我保证不向外人说出你的长相；来世给你当牛做马也行，做小老婆也行。"谷英心软了，可立刻想起了大哥的吩咐，知道他肯定不能让留活口——但这是两条命啊……他犹豫了一下，把心一横，伏下身说："想活就忍疼装死！"

那女人似懂不懂地闭上眼睛，咬紧牙关。谷英哈下腰，揪住她头发拽起她的脑袋瓜子，在她后脖颈子上划了一刀，把刀蹭满了血。他松开她头发，拽过一条被把她连头带身子捂上了。

谷璧推开了西屋门，见炕沿上奔拉下一双白生生、光溜溜的小嫩腿，故意问："忙活完了？"谷英慌忙迎上去，举了举带血的短刀，打马虎眼说："玩完做了。"

谷璧转身往外走，谷英赶紧跟上去。谷璧从牲口圈里牵出一匹马，两人出院后骑上便狂奔起来。

谷璧骑在前面，一边催马一边想：老话说"亲兄弟，明算账"，远房兄弟更不能不留心眼。今天我比他多做了两个红活，还让他多乐和了一场，得说很够当哥哥的面子了。我让他扛上了先奸后杀的名，他今后也就不敢跟我拨弄脑袋，不得不听我的吆喝了……

谷英骑在后面，却有些提心吊胆：那个女人是看到了我嘴角上的疤的。她能不能因为报仇食言，向官府把我卖了呢？她要恩将仇报，我可就把大哥也给连累了……他没有料到：那个软弱的胆小得像芝麻粒似的女人，竟然有情有义，把他当"救命恩人"感激了一辈子。就是因为这一点，她受了不少的冷漠和冤枉，流过不少的泪。在一个多甲子后，她还因为没忘记他，被骂为"老破鞋头子"……

天亮后，两人在一处僻静地方下了马，弄干净了身子物，步行走进一个大镇子，找到一个牲口市，把马卖掉了。

这兄弟俩在铁岭、奉天混了一个来月，才来到建安这个背旮旯子落下脚。

四

建安县城的正街，南北一里多，商号店铺全集中在街道北半截两旁；除了十来家一面青的门市房，都是土平房。谷璧买下的那三间房，在正街的道西，大门朝东；贴着南山墙，院里还有两间坐北朝南的下屋。买下房不久，这哥儿俩便支起了汤锅——杀牛卖肉。

民人——也就是汉族人，认为牛是耕田的，杀牛卖肉作损，下辈子是要遭报应的。可谷璧是不怕遭天谴的——连人都敢杀，还会怕杀牛吗？他看准了这个发财的行当，是动过一些心思的。他一来认为建安还没有回族人，这就使自己和谷英开的"双义牛肉铺"，成了蝎子拉屎——毒遗粪（独一份），买卖一定很兴隆；二来呢，他估计通过收牛收驴能结交一些黑道上的朋友。他的小算盘，还真没打错：那些偷牛盗驴的，特别是王二吹、闵小耍、刘摸点这几个人，没过几天便跑来拉关系，连嘘带拍地称谷璧为"谷把头"了。谷英呢，觉得大哥比自己精明，甘愿给他打小旗、跑龙套。

双义牛肉铺开张到现在才一个月，生意就很红火了。谷英建议大哥请一下街坊——也就是附近几个铺面的掌柜的。

谷璧同意了，还觉得只请几个邻居不够劲。他认为做买卖和在街面上立棍一个理：得有靠山。他想起了帮自己买房的张喜瑞——捕头的权势，可比那个姓刘的巡街捕快大得多！他又想起了前几天周凤鸣来买肉，走后有人说他"是'四大懂'之一，商会高董首的好朋友"。他觉得结交下这两个人，比跟左邻右舍弄混合了还有用；就提出由自己出面请来这两个人，并向兄弟解释："买房子时，我向典史老爷送了一笔大礼，使同行都说咱们有靠山，一直没人敢小看咱们兄弟。再交下这两个人，让他们在阚典史、高会董跟前，多说些搭帮架的话，比咱们去送礼还管用！"

谷英听了连连点头称赞："还是大哥经得多，看得远。"

谷家兄弟考虑所请的人白天都有事，安排的是晚饭。请客这天，先到的是肉铺斜对门的卦馆主人刘半仙。谷璧见他生得尖嘴猴腮，心中有些好笑：这样一个福薄的相，偏偏要给别人推算吉凶祸福——那些找他打卦的，多半是瞪眼瞎吧？于是，他眯起那对长巴眼睛，有些逗弄地说："刘大哥，你真有些像不食人间烟火的相，能不能费费心，断一下兄弟的将来造化？"

刘半仙能听不出那话里话外的馊巴味，是对自己的轻蔑吗？不过他老于世故，从来不愿争胜斗强，便假装认真，把谷璧端详了一阵，才摇头晃脑地说："谷大掌柜的仪表堂堂，却又蛾眉弯弯；七尺昂昂，却又长眼尖尖：真是阳刚伴着阴柔，相反暗伏相成。有这种福相的人，虽然免不了有些沟沟坎坎，但步步有贵人相助，有惊无险。而且一生衣食不愁，常人没法可比……不过，请恕小老直言：大掌柜的中馈之兆闪闪烁烁，实主中馈无人常持之相，也有命犯桃花之虞。谷大掌柜的，需当心在女人身上吃亏。"

刘半仙说谷璧"有贵人相助""命犯桃花"，还是有些根据的：谷璧买房子时，是由他给写的文书，知道谷璧曾向阚山送了重礼，阚山以后对他能不拉帮吗？他见谷璧三十左右了，却没把家眷带来。他由此推测：一个开得起买卖的人，这样年纪肯定是娶过亲的；没带家眷来，很可能是在婚姻上发生了变故。他还认为：有几个钱的商人，同有一些有势力的官吏一样，十个有八个无德无行，是把在外面拈花惹草看成家常便饭、理所当然的，可也就会引出一些自己意想不到、却很可能发生的花花事。

谷璧听了刘半仙的话有些吃惊：这瘦老头子还真有些道行！他谢了一句"多谢指点"，又有些自豪地说："在四平时，有个测字的先生夸我名起

得好：'山中美玉，价值连城。'我倒不怕有啥沟坎、犯啥说道。"刘半仙
听出了他是一个任性妄为之人，便顺情说："谷大掌柜所言极是：玉坚璧
圆，人人珍视；人能自重，一生太平。"

五

　　谷英听了刘半仙对叔伯哥的推测，心里十分佩服，认为他名不虚传，
真有半仙之体，相面十分灵验：大哥不是已经成了亲，大嫂不是跟相好的
跑了吗？这不就是"中馈之兆闪闪烁烁"吗？而且大哥已经让女人弄得人
财两空，在四平街没法站脚，吃过一回亏了！谷英便对刘半仙佩服得有些
五体投地了，十分虔诚地说："刘大哥，你看我将来运气咋样？"

　　刘半仙见他眉重鼻直，本来是个漂亮的小伙子，偏偏受伤成了个鲇鱼
嘴，恐怕没法再往俊俏女人身边凑拢了；又从他嘴角上的伤疤想到了嘴里
的牙，还从门牙两侧的犬齿想到了谷英的年岁——估计他在二十五左右。
于是，刘半仙便试探地说："从相上看，二掌柜的可能属狗。"

　　谷英惊讶地说："是，是的，我今年是本命年。"

　　刘半仙得意地扬扬眉毛，神秘兮兮地咋呼："人之命，由天定。所以
一般的相面先生，只看先天之相，忽视后天之变。但要断二掌柜的今后运
数，却非得考虑到你嘴角上的这道横疤不可！你得先好好想一想，在受这
个伤之前，你是不是积下过啥阴德？"

　　谷英愣住了：受伤前我倒是做下过一件阴德事……

　　谷璧插嘴说："曾有个小叫花子得了快当病，眼看就崴泥了。我兄弟
把他抱到药房，灌了一剂药救活了。这算得上阴德吗？"

　　刘半仙把两个巴掌啪地一拍，十分郑重地说："这就对了！叫花子最
低贱，没人瞧得起；小叫花子最没能耐，更没人看在眼窝子里。救他一
命，那是比盖七座庙的功德还大的！二掌柜的，你天生鼻直口小，若是没
有嘴角上的这道伤疤，一生艳福不浅；不但妻房美貌贞洁，还有红颜知

己。但属狗之人，利齿象征虎威。小口包牙，遮住犬齿，虎威难发，福禄可就有限了。你无意间落下这个疤，口大如虎，利齿坚牙得以施展，有肉可食，福禄大增！不过……这个疤也有不足之处：似乎有人口中夺食，要小心防备才是。"

谷英心想：只要一辈子有肉吃，别人夺点偷点倒也没啥了不起的，对有人"口中夺食"没往心里去，还有点开玩笑地说："我名字带个草字头，人就像大山沟里的一棵草，风吹不折，天旱不着，也就挺好了。"

刘半仙笑着说："二掌柜的这个'英'，可不是草——大山沟里的花若到了人世间，可就是异香名花了。"

这时，周大夫、张捕头脚前脚后迈进屋。周大夫先跟大家寒暄了几句。张喜瑞见刘半仙要把炕头让给后来的周凤鸣，便不客气地先坐到了炕头。

周凤鸣在炕梢坐下后，对谷璧说："我在院里走了一圈，看到你们收的牛压圈了。"

谷璧便说正张罗托个熟人，帮着找个打杂的，连打更带喂牛。

周凤鸣便向他推荐张二晃悠，说他"腿脚不稳嘴牢靠，还在蒙古旗待过，会侍弄牲口"。

张捕头见周凤鸣包了场，把自己晾到了一边，完全没把自己这个捕头看在眼里，便故意说："你也没和他在蒙古旗轧过邻居，咋知道得那么圆全！"

全县知道张喜瑞老底的人，只有三五个，其中就有周凤鸣。他很讨厌张喜瑞的为人，又见他抢白自己，抖起了捕头的架子，便带刺地说："我给他的朋友治过伤，到过他家里，当然熟悉他——不像你只钻过几天树林子，爬过几天盘山道，没认识下几个人。"

张喜瑞听他敲打自己当过棒子手，想起阚山说过"周凤鸣给'马胡子'治过伤"，立马反唇相讥："你们当大夫的，认钱不认人。你医过的那些人，恐怕也不全是啥好饼子——我敢肯定有红胡子头。"

　　周凤鸣毫不让份地说："我治黑红伤还有点拿手，谁来求我都给治——其中有红胡子头倒也不假。他们中有的在后旗老百姓中，却有'侠盗'的名；卖友求荣的下流坯，想往他的杆子里混，都没门！"

　　张喜瑞不知是气的，还是羞的，脸通红地说："我不管他是'侠'是'盗'，他若是到建安县来抢来劫，我这个捕头却只知道抓红胡子！"

　　刘半仙听出来了他们话不投机，还看到张捕头大脖筋跳得老高，眼看就要火上房了。他敬重周凤鸣，不愿意他跟张捕头闹翻了，便大声打岔："二位谷掌柜的，想让我们在这旮撕生牛肉吃咋的？我这牙口可嚼不动。"

　　谷家兄弟好像明白了他的意思：你们是请客的主人，不能让客人在你们这疙瘩伤了和气。连忙领大伙去预订好的饭馆子。

　　刘半仙拉周凤鸣慢走一步，等谷璧陪张喜瑞出了屋，才小声说："周老弟，大哥佩服你的耿直，但不可滥得罪人——宁可得罪十个君子，也不可得罪一个小人。"

　　周凤鸣不敢辜负他的好意，拱拱手表示"受教了"。

六

　　谷璧订的饭店，在县城不是一流的，可也不太差。他把周凤鸣、刘半仙、张喜瑞和几个大铺东让进雅间；谷英陪几个小掌柜的和王二吹、刘摸点、闵小耍在堂上一张散桌边坐好。

　　这时，捕快孙大嘞嘞从饭店门口经过，一眼扫到了张喜瑞在饭店内，心中一喜，转身入内，对张喜瑞喊道："捕头大人，我找你好长时间了，想请你到窦家饭店喝几盅。"谷璧见他背着个"捕"字，急忙说："我早几天就请下张捕头了，请你先做我的贵客吧！"孙大嘞嘞假装推辞地说："那多不好意思？"谷璧便说："碰到便是有缘，再走就是瞧不起我这个穷卖肉的了！"张喜瑞半嘲笑半挽留地说："鼻子会闻味，屁股蛋子还不会坐吗？"孙大嘞嘞笑着说"捕头说到了这个份，我还咋迈步"，拽过一把空椅子坐下了。

刚上来俩菜，散桌上的人就摸起筷子酒盅。闵小耍身材不高不矮，长相也挺受看；却因为经常熬夜，小脸蜡黄。酒一下肚，他就咋呼起来："这几天酒运不错，财运不旺：不仅没做成一桩买卖，还丢了整整一吊钱。"王二吹猜测地问："叫人按住，罚了一吊吧？"闵小耍假装懊糟地说："我在后旗一个小村子，相中了一匹花狸豹。刚摸到缰绳，就被人围上了，还有人骂我'瞎了眼睛'。我不服气回了句'老子眼睛雪亮，挑了匹上好的货才下的把'。又有人说'他竟敢来偷咱们瓢把子的脚力，得给他留个记号'。我这才想起，最近有人说'追风沙'到了后旗，后悔下错了手。这时屋里有人喊：'算了吧，他可能是家里喝不上粥了，才偷到咱们这疙瘩。送他一吊钱，让他回去喝几天粥。'我一时贪心不足，说了句'一吊钱能押几把牌九？再加一吊吧'。没想到那个人来了脾气，骂了句'原来是个要钱鬼，把他给我撺出去'。你们看，我这不是把能到手的一吊钱弄丢了吗？"

刘摸点玩牌九不看牌，只用手摸，还养成了一种习惯：摸到中意的就咧嘴一笑，不中意就一伸舌头。他听了闵小耍的话，一吐舌头，说："你小子也算出奇冒泡——小毛贼偷到了大杆子头的家里去了！"

王二吹却替闵小耍有些后怕，说："你还算福星高照。若碰到的不是'追风沙'，换个别的杆子头，少说也得剁去你一个手指头，让你当花生米吞下去。"

闵小耍不服气地说："我下回没了赌本，干脆当面跟他借。他若不借，我就骂他不仗义；看他敢不敢把我剐了！"

在雅间喝酒的孙大嘞嘞，听了闵小耍的话，回身扒门缝看了一看，转过身对张喜瑞说："是要钱鬼闵小耍。一会儿我把他提溜回去，审出'追风沙'老窑在哪儿。"

没等张喜瑞搭茬，周凤鸣抢先说："孙捕快倒真忠心耿耿。可从谷掌柜席上把他客人抓走，可就剥了他的脸皮；今后谷掌柜就得请王画匠给扎个假脸，才能笑呵呵地答对买主了。"

谷璧听了，急忙求情说："捕头、捕快二位大人，千万给小人留点面子，等他离远了再抓吧！"

王二吹离雅间最近，还对那些有点身份的人挺羡慕，把他们的高谈阔论，听得八九不离十。他对朋友还是挺关心的，低声对闵小耍说："孙大嘞嘞想把你抓进去。他可不仅满嘴臊嗑，手爪子还黑得狠。你得赶快躲躲。"

闵小耍一听，先从桌上将刚上来的干炸小鱼抓了一大把，才转身往外溜；谷英抓起一瓶子酒，跟到门外塞给他，还低声嘱咐："有难处时，偷着回来找我。"

散席时，坐在雅间里的客人先出了屋。孙大嘞嘞发现闵小耍已经没影了，就对张喜瑞说："张捕头，那个耍钱鬼溜了。"张喜瑞低声说："你稳住神。等我请示过典史大人，咱们再奉命行动。"

周凤鸣第二天早上，便把张二晃悠领到双义牛肉铺。谷璧还记得周凤鸣说过的他"腿脚不稳嘴牢靠"，没挑张二晃悠的残疾，说肉铺管吃，一个月给三块银圆，每个月只给两天两宿的假。张二晃悠点过头，便回家取铺盖。

七

张喜瑞昨晚喝完酒，谢过了谷家兄弟，回到小公馆就向阚山汇报："闵小耍在后旗偷牲口，误入了'追风沙'的贼窝子。是不是把闵小耍抓起来，从他嘴里掏出'追风沙'老巢在哪旮？"

阚山暗下吃惊，摇头说："这件事十分复杂，现在不能把'追风沙'惊动了。陈主簿正在秘密侦办他。以后再有人提起此事，一定压住，及时向我报告。"

张喜瑞应了一声"是"，又告起周凤鸣："姓周的不止一次敲打我，还绕圈骂我是贼坏子、看家狗。"

阚山安慰他："人往高处走，鸟往亮处飞。你若不是听信了我的开导，选择了一条光明大道，不也早就进了鬼门关吗？你现在有了家小，还在县衙当上了捕头，可以说占尽了荣华富贵。姓周的那些话，你就当狗放屁好了。"

张喜瑞十分感激，说："小人生气不是为了自个，是恼他完全没把老爷看在眼里。"

阚山知道他在奉承自己，但也十分高兴。他认为：一个小毛贼被收买了，就成了狗；一条狗能啃到骨头，就成了主人的忠实奴才。阚山打算好好利用这条狗，便不慌不忙地说："姓周的，有时像头犟驴，有时又很会装神弄鬼，我还真没看清楚他。你现在当了捕头，就要派人暗下盯住他；发现他跟不三不四的人来往，要及时报告。"张喜瑞恭敬地答应了一声"是"。

阚山向张喜瑞发令时，明面上声色如常，心里对周凤鸣却十分气恼。十多年来，他对周凤鸣十分留意，却一直没摸清底细。阚山不了解周凤鸣搬到建安前的情况，感到他有些让人捉摸不透：见到自己总是淡淡地一笑，便不声不响地走开——你说他瞧不起人吧，那淡淡的一笑却像跟你打了招呼。他在县城有头有脸的人里，差不多是唯一没向自己送过礼的人。他在自己面前，好像比那些县太爷架子还大。他是认为自己凭医术吃饭，不用求人？还是觉得自己品行端正，不怕人抓小辫子？或者自命清高，瞧不起官场上的人？过去我曾认为：我当我的官，你行你的医，各走各的路，井水不犯河水。可现在这个姓周的，却王麻子膏药找病，太岁头上动土了！他打狗不看主人，那是根本没把主人放在眼窝子里。他是不是觉得有靠山了？洋人新盖起了教堂，但他从来没同教堂来往过……对了，听他口音是山东人；现在关内闹起了义和拳，那可是贼窝子！

阚山还真没白当了二十来年的典史，鼻子也有些像狗，闻出了周凤鸣有些贼性味。

第四章　骷髅案

一

周凤鸣确实是个跑关东的，骨子里也真有些贼性味。

周凤鸣是山东府曹州人，已经四十多岁。三十多年前，捻军起事，在山东、河南、直隶一带，跟朝廷打了多年的生死仗。剽悍的蒙古王爷僧格林沁，就是在曹州被捻军杀死的。就是在那一年，周凤鸣成了孤儿，刚过十岁就跟伯父周诚，向北逃难。周诚学过几路梅花拳，懂得一些用草药治病的方子，还有几种祖传的治跌打损伤的秘方。他们背井离乡，在直隶（也就是河北）走走停停，靠采药疗伤换饭吃。在周凤鸣十二岁那年，他们到了关外，在蒙古旗大辛哈拉落下脚。周诚的医术，并不十分高明，但在人烟稀少的草原上，却有些名气。周诚常带侄儿出去治伤看病。八年后，周诚用攒下的银两，给周凤鸣娶了个有一半蒙古族血统的媳妇儿。又过了几年，周诚见侄儿不仅把自己的本事都学到了手，还看了一些医书，接骨疗伤比自己还高明了不少；而自己腿脚一天比一天发沉，便留在家里帮侄媳妇照看孙子孙女，享受天伦之乐。

周凤鸣一家五口，虽不富裕，倒也不愁吃穿。可是好景不长，草原上发生了瘟疫，全家人都病倒了。周凤鸣两口子年壮体强熬了过来，周诚和两个孩子没顶住。周凤鸣夫妇伤透了心，离开大辛哈拉往西北走，想到洮南去投奔伯父的一个师侄。他们在快穿过科尔沁草原时，听说有一个叫乌泰的蒙古摩挲先生，远近闻名，被尊为"摩挲仙"。周凤鸣知道，"摩挲"是蒙古族中带有神秘色彩的骨科医生。他在大辛哈拉的时候，曾向一个普通的"摩挲"讨教过，但没有得到多大的教益，却感觉到"摩挲"在治疗手法上很独特。他觉得自己去洮南可早可晚，便停下行程，前往拜访。

"摩挲先生"稳坐家中给人疗伤，凭的是独特手法和神奇疗效。在一般情况下，是允许随行的亲属甚至好奇的路人旁观的——为的是让瞥到几眼云雾中神龙的只爪片鳞，借你的嘴为他四处扬名。周凤鸣一来为人耿直，二来知道蒙古族重视人的诚实勇敢，鄙视奸诈巧取，便采取了登门求见的方式，公开请问"能否接见并赐教"。他只带了一小坛酒、两块茶砖，这在蒙古旗是极普通的拜见长辈的礼物。他还在请乌泰的家人转禀前，说明了自己是"粗通疗伤的汉医"，并尊称只比自己大十几岁的乌泰为"老前辈"。他没想到，这趟拜见，给他这辈子换来了多次的鞭打和斥骂。

乌泰没少和"汉医"打交道：他们或者把金条当掀开门帘的钩子，或者跪在地上死皮赖脸求"祖师爷收为徒孙"，或者混在人群里模仿窃贼顺手牵羊……乌泰对这些人，或拒收礼物闭门不见，或挥起鞭子抽出门外，或叫人把他扭胳膊押送进荒草甸子。他从来没碰到以微薄常礼求见，还说明身份请求"赐教"的汉医。他动了好奇心，接见了周凤鸣。周凤鸣行蒙古族的礼，用蒙古语说了句"晚辈拜见老前辈"。这又一次使乌泰感到意外，便问："你不是汉医吗?"周凤鸣便解释：自己不是正经八百的汉医，只跟伯父学了几手疗伤的手法，读过几本医书；并说明了自己妻子的母亲是蒙古族。乌泰感到他和以往来见自己的汉族人，不太一样，好像是一个挺坦率的人，没啥弯转的心眼，便又问："传话的人说，你是想得到'赐教'的。你不觉得带来的礼物，就那么一小捏子，也太微薄、太拿不出手了吗?"

周凤鸣却毫不愧疚地说："能不能赐教，要看老前辈认为是不是跟晚辈有缘分，不在礼物的轻重。而且，晚辈是要去洮南投靠朋友，想在那里糊口。出了草原后，晚辈就无法把路上的店房，当作朋友的毡房了，不得不留下勉强够用的盘缠——所以只好拿微薄的礼物，当真诚的心意，献到老前辈面前了。"

乌泰的两只眼睛，一直半睁半闭，让人觉得他这人有些半醒半睡似的。其实，这双眼睛是人情冷暖的水洗过、世态炎凉的砂磨过的，极能分辨真诚和虚伪。他有些遗憾地说："我是不收徒的……你本来可以不来拜见我，不声不响地混进门，在一旁领悟我的手法……"

周凤鸣插嘴说："那是偷艺——贪得无厌的窃取，比明火执仗更为可恶。"

乌泰"哦"了一声，反问道："你这不是说剜仓入栏、偷粮窃羊的毛贼，比拦路劫舍、抢金夺银的强盗，罪更大、更可恨了吗?"

周凤鸣回答："晚辈认为，偷粮窃羊的毛贼，若是为了糊口活命，虽然有错，却不必治罪。就是打家劫道的，若不滥杀无辜，能重义散财，也比草菅民命的贪官污吏要好。而医术是前辈人心血经验，有医病救人之心的人，断不会剽窃。而剽窃之人，非为聚财，必为扬名，实比强盗更为可恶。"

乌泰愣住了。他想起了童年的一段往事：十三岁的时候给领主放羊，曾亲眼看到强盗把一个老人砍伤，夺走了马褡子中的银两、衣物和坐马。自己过去时，那老人见马褡子里还剩下一本羊皮画，竟奇怪地说了一句"这两个强盗还不坏"。自己把那个老人扶到家养伤，他一住就半年多……

"你的脾性，还算合我的胃口。可我一直不收徒弟，更不能指点你这个外族的冤家……"乌泰停顿了一下，"而且，你只称我为'老前辈'，不尊我为'摩挲仙'……理当受到责罚：从明天起，来西屋扫九天的地。"

周凤鸣明白，这是给了自己九天的公开观摩机会，赶紧表示"晚辈失礼，愿意接受惩处"。

西屋是"摩挲仙"接诊疗伤的地方。他为人处世有些古怪，给人医伤也相当离谱；不管来求医的人伤势多重，他一律只给治一次；而且不缠不裹不打帘子不用药。如果经他治过一次，伤没痊愈再来找他，他不但不再给看，还要蛮横地骂道："我只治伤，不治命；你该死该遭罪，与我无关!"

周凤鸣每天来得早,去得晚。"摩挲仙"的家人,只许他早晚各扫一次地;其余时间,他或站或坐或走或留,随他的便。

"摩挲仙"呢,好像忘掉了周凤鸣这个人,也忘掉了罚他扫地的事,没再正眼看他一次,更没再搭过一句话。不过周凤鸣却有一种感觉:"摩挲仙"在每次给人治伤时,都让自己能清楚地看到他的手法……

第九天的晚上,周凤鸣扫完地刚要去告别,乌泰却提溜鞭子走了过来,面无表情地问:"你都看到了些什么?"

周凤鸣知道这位一再声明"不收徒弟"的先生,是在考问自己"观摩"的成绩,赶紧如实地回答:"……老前辈手法超尘脱俗,手上似有神目神力:骨断筋移尽知其势,随手捋过便归复原位——令后辈难望项背……"

乌泰听到这话,竟勃然大怒,手中的鞭子劈头盖脸地抽了过来;周凤鸣不知哪句话说错了,没敢躲避。乌泰似乎更加恼怒,边抽边骂:"蠢驴,马上给我滚开!"周凤鸣转过头边挨打边走,乌泰边追边抽。追出院后,乌泰又低声骂道:"本仙自有旷世奇缘,岂你蠢驴可比!你这蠢驴,只配在建安县找个背旮旯子,给死人接骨,给活羊疗伤!"骂得周凤鸣连连告饶:"后辈确实是一头蠢驴,确实是一头蠢驴……"

周凤鸣上路了,但没奔往洮南,却在走出科尔沁草原后,在建安县境内一个叫光腚营子的小村子,租房住下了。他用原来准备做路费的钱,买了十几只羊,以放羊和采草药为生。

他在荒山野岭中寻寻觅觅,反复地摆弄寻到的死人骨头,熟悉人的骨骼结构形状;他还反复地给筋扭骨折的羊续骨疗伤,体会手法……三年后,周凤鸣搬到县城,重操旧业了。

在建安县城落下脚后,周凤鸣妻子又生下个闺女。他们夫妻希望以后的日子太太平平,便给女儿取名"盼福"。小盼福确实给爹妈带来了欢乐。

二

张喜瑞听了阚山的吩咐后，把监视周凤鸣跟外人来往的密差，交给了家离周凤鸣家很近的孙大嘞嘞。过了一些天，孙大嘞嘞就发现一个从南荒，也就是县内西南山区来的人，给周凤鸣送来一个严封密裹的包袱。孙大嘞嘞立即报告给张喜瑞，张喜瑞又立即报告阚山。

阚山知道周凤鸣在光腚营子住过，听了后没十分注意，顺口说："既然姓周的留他住下了，你同孙大嘞嘞明天在他离开周家后，秘密盘问一下。"

第二天，张喜瑞便带孙大嘞嘞跟踪那个人；在离开县城南门后，把他拦住了。孙大嘞嘞装腔作势地问："若叫人不知，除非己莫为！你为啥把那件出奇的物，给周凤鸣送来了？"

那人一看拦住自己的人，是两个穿着带有"捕"字官服的公差，还听出了问的话，好像已经知道自己送来的东西是啥，心可就一慌，不知咋回答好了。

孙大嘞嘞一看出那人被自己连蒙带唬给吓住了，便又继续打糊涂炮："你不知道那是不许随便送人的吗？"

那人赶紧分辩："我不是送礼；是拿给他……琢磨的。周先生是我朋友，他是治筋骨伤残的，好琢磨死人骨头。"

张喜瑞这时才明白，这个人送给周凤鸣的是死人骨头，便问："竟啥骨头？"

"是……一个骷髅头。"那人无奈地说。

张喜瑞心中暗喜：可算抓住了周凤鸣"装神弄鬼"的小尾巴！可他又想起了阚山"别打草惊蛇"的嘱咐，便假装客气地说："死人的尸骨也是不能乱动的。你得随我们到县衙说明是咋捡到的——别使外人怀疑你是盗墓贼。"

张喜瑞和孙大嘞嘞，把那人夹在中间，不声不响地回到了县衙。

阚山听了张喜瑞的汇报，欢喜得像一个叫花子捡到了一块狗头金。他当了十多年典史，没少听说过：关内历代都有一些想造反的人，通过发展白莲教一类的会道门进行准备。他怀疑有人送死人脑瓜骨给周凤鸣，可能是一种会道门的秘密活动；也就希望能通过这件事，抓到周凤鸣的小尾巴，把他整趴下。不过他没敢破例升堂，只叫张喜瑞找来一名管文案的吏员做笔录，亲自在后堂讯问。被讯问的人，还真有些胆量，加上他为人憨耿，没被这贼卵子窝的威势和阚典史的大架子吓住，竟随着阚山那套老掉牙的开场白，报出了自己叫"高老大"，住在"添寿庄"，"猫冬挂锄时，还喜欢套几只兔子、打几只野鸡"；还承认"我跟周凤鸣大哥认识十多年了，那时他在光腚营子连放羊带采药，一年里由春到秋常见面的"。

阚山转转那对小眼珠子，心想：好多人猜想姓周的是蒙古"摩挲"的徒弟。"摩挲"是带邪气的蒙医，跟民人中的巫女神汉差不多——他对周凤鸣的怀疑更重了；微笑着阴险地问："他那时也在乱坟岗子抠死人脑瓜骨吗？"

高老大却梗起脖子，说："大人，话可不能这么说——他是摆弄过死人骨头，可那都是从荒草棵子、乱土坷垃里捡到的。再说了，他是咱们县'四大名人'里的一个，心玻璃似的透亮，影子旗杆似的倍儿直。就是给他八万吊也好，拿钢刀按他脖子也好，他都会顾身份、讲人品，绝不会干剜坟掘墓的事。"

阚山没想到他会这么不懂规矩，竟敢顶撞自己，便冷着脸斥责："你不是'四大懂'里的虫，是在哪个坟里，趄摸到送给他的骷髅头的？"

高老大闻出他的话，有些粪箕子味，也就辨出了这个胖判官并不是一个老实货：明面上对我龇牙，其实是想对周大哥下口。于是，他便假装糊涂说起抱怨的话："我哪是有意趄摸到的！前几天我去看一小块开荒地，看拱出土的苗，出得齐不齐整。走着走着，惊起了一只野鸡。我看到它飞出的那片树茅子，说密不密、说疏不疏，就寻思它可能是在抱窝，就过去想捡窝野鸡蛋。我他妈的连用手拨拉带蹲下看，却只发现了一个死人骷髅头。后来我想起周大夫给我亲戚治过伤，知道他喜欢琢磨死人骨头，才把骷髅头给他送来了。可他却问我在哪个坟头捡到的、可知道是男是女；还说什么'我冒犯过的遗骨都有着落，是要分别存放的'……"

阚山听了，更怀疑周凤鸣在搞邪门歪道了。不过他觉得再从高老大身上追下去，不会有啥结果；便命张喜瑞去"请"周凤鸣："就说我要向他讨教个问题。"

三

张喜瑞是个不折不扣的势利小人。他觉得有了对周凤鸣报复的机会，便没细心琢磨阚山吩咐的话：里面带的那个"请"字后面，还带了个"讨教"，是暗示他先客客气气地把周凤鸣蒙来，使这个"四大懂"里的人物，没有精神准备。因此，他骑马一到周家，就摇头晃脑地说："你带上那个骷髅头，马上到县衙，去向阚老爷掰扯明白想拿它弄啥鬼的吧。"

周凤鸣听了，立刻猜到高老大准被县衙抓去了，阚山这只苍蝇以为有缝下蛆了。他轻蔑地笑了一笑，也不出声，骑大走驴随张喜瑞到了县衙。

阚山客客气气地把他迎进二堂，还让一个衙役献上茶。周凤鸣心中有数：俗话说"黄鼬子给小鸡拜年——没安好心眼子"。你凭有权有势，把我当小鸡叫来，也不会怀啥好下水。我身子正，影子不歪，倒要看看你能耍出啥鬼把戏。

阚山见他还真敢跟自己平起平坐，充起客人，心中便觉得他确实没把自己放在眼窝子里，有些气恼，便改变了原来"慢谈慢唠，引他一步步吐出实情"的打算，想要先把他镇住，使他惊慌失措，招出口供。于是，他便板起脸发问："周先生是县内名人，一定知道'掘人坟墓、散其尸骨'是何等罪过吧？"

周凤鸣立刻明白了阚山装凶恐吓，是想撒哪股尿了，便从容地回答："其罪可诛。"阚山立刻有些得意地问："高老大承认把挖出的死人骷髅头，送给你私下'冒犯'并'私藏'了。这是不是犯下了'当诛'大罪呀？"

周凤鸣微笑着说："高老大为人耿直，绝不会犯法挖坟。他确实把在荒山野岭捡到的骨骸，交到过我的手里，但他绝不会说我会'私藏'……"

"那你是承认'冒犯'过到手的尸骸了？"阚山急忙叮了一句。

"是的。"周凤鸣不慌不忙地说。

阚山立时厉声喝问："你知罪吗？"

站在屋门口的张喜瑞，一听这话便从屁股后掏出绳子，抬腿想要把周凤鸣绑起来；可周凤鸣不慌不忙地说："阚大人，还有张恒，你们不怕强加罪名、进行诬陷，会落个反坐吗？"

张喜瑞一听周凤鸣叫出自己的老字号，心一发慌，忙收回刚迈起的腿。

阚山也没想到周凤鸣会叫出张喜瑞原来的名，还喊出"强加罪名、进行诬陷"会落个"反坐"的后果；而且他知道周凤鸣在县里是"名人"，坐不实他的罪名是不好收场的。他只好咬牙强辩："你已经承认'冒犯'了他人尸骨。本典史如听而不闻，便是失职……"

周凤鸣听出他在预留推卸有意陷害的门路，也看出他有了收敛，便也有些轻描淡写地说："草民说的'冒犯'，是自谦没经其亲属允诺而妥善处理了。"

阚山听了，咬咬牙，孤注一掷地说："若能验明你所说是实，便算是我误听谣言、错加责备，向你道歉。"周凤鸣蛮有把握地说："好！草民深信典史大人，一定会'一言既出，驷马难追'的。"

周凤鸣先把带来的包袱，交了出来，然后又对阚山说："我和高老大，在典史眼里是疑犯。典史怎样侦讯，我们愿随行；省得阚大人无法拘捕，担心我们逃脱串供。"

阚山没想到周凤鸣如此坦然，可就对查证结果更加底气不足了；只好客气地说："我身为典史，且在护印期间，无法对此事不理不问；也很希望周先生令名不为风言风语所累。如何查证，自可相商而行。"

周凤鸣是不愿多耽误时间的。见阚山收起了飞扬跋扈的架势，便说"先去现场看看吧"。

阚山觉得直接去现场，即使周、高二人暗下已有串通，也没机会进行安排，便同意了。

高老大骑周凤鸣的大走驴，由一名马快"陪"着在前边"领路"。

阚山坐小车子。周凤鸣也雇了一辆小车子。

张喜瑞背上那个包裹，带领一名仵作和几名捕快，跟在两辆小车子后。这队车辆人马匆匆离开了县城。

四

路边是刚快罩垄的农田，有零散的人在地里忙着。路上的马、驴、车在快速前进。

路在山冈上起伏，车、马时快时慢地往前走。

路在窄窄的山岭间盘曲，这队人马随着左旋右拐。

领路的高老大，终于下驴了，把驴拴到路边一棵树上；他也不吭声，踏上一条树中的羊肠小路。

车上马上的人也只好步行了，断续地跟在他身后。

高老大在荒草、灌木、树林中不停歇地上上下下，拐弯抹角。他身后的人已经脱了节。

高老大停下脚步，站到一处陡峻山峰下比较平缓的山坡上。张喜瑞和仵作到了高老大身边，都一屁股坐到他身后的苞米地上。

又过了好大一阵子，由捕快轮流搀扶着的阚山，终于赶到了。他虽说十分疲乏，但还能顾及体面，没有坐到田地荒草上。他站着喘了几大口气，对一直跟在他身后的周凤鸣说："你岁数跟我仿佛，身板比我强壮多了。"

周凤鸣哂笑说："我走星照命，经常下乡治病疗伤。不是长途不借用那四条驴腿，全靠自己的两条腿走，也就练出了脚力；再说了，我若落后太远了，岂不让典史大人担心！"

这时，高老大不等阚山开口，指着身前的一片灌木丛说："我就是在这个地方，捡到那个脑瓜骨的。"

仵作和捕快们见典史大人对他们打了一个手势，都凑过去查看。有一个捕快低声说了一句"这树茅子里的痕迹，倒真像有人踩过……"

阚山听了，板着脸叮问："能证明那痕迹，是高老大踩出来的吗？"

他手下的那些公差，听出了典史大人的话音，相当相当的不高兴；其中一个赶紧附和："只不过是草梗树叶有些变形，哪有法确定它是人踩出来的。"

张喜瑞也忙打帮架说："都可能是马蹬牛踩弄出来的，咋能说是高老大的脚印！"

"张捕头，你好孬也是个衙门里的人，咋拐弯抹角骂人？"高老大很不高兴地对张喜瑞抗议。

周凤鸣也讨厌张喜瑞帮虎吃食，但不愿耽误时间，立即插嘴说："高老大送去的头颅骨，上下颌骨是全的，我发现缺四颗牙；其中有一颗上牙分明是最近脱落的。你们在这附近好好找一找。"

大家在那片灌木丛内外找了一大阵，却啥也没找到。还站在一边生气的高老大，忽然想起了一件事，开口说："我捡到后，掠草蹭过几把……"

周凤鸣急忙问："在哪儿？"

高老大走到离他只有七八步远的地方，蹲下用手拨拉起一片较密的草，寻找起来。仵作和几个捕快，开始凑过去。他们刚凑到跟前，高老大就高兴地喊道："还真他妈的掉在这疙瘩了……"

周凤鸣大声地提醒："你别往起捡——证物应当请仵作收起，由他当阙大人面验证。"

阙山皱皱眉，似乎不满他多嘴多舌；又觉得自己若搭言，反倒显得对他太在意了。于是他只向仵作抬了一抬下巴颏。

仵作平时就很敬重周凤鸣，又见他很尊重自己的身份作用，就从张喜瑞手里接过那个包裹。打开后，见那个颅骨是用一块新红布包着，便说了句"周先生不只懂风俗，还很尊重去世的人，把这个骷髅头洗得干干净净……"

阙山听了心烦地说："瞎啰唆个啥！尽本分仔细验证。"

那个仵作听出了阙山对自己的吆喝，不仅是不满意自己称赞了周凤鸣，还暗示自己要按他的意思报告查证结果。他心中暗想：仵作是跟死尸枯骨打交道的，嘴若一歪，说了假话，可就跟行尸走肉差不多了，会被人骂"活不如死"！他还觉得：建安县就自己一个仵作，阙典史就是怪我说实话，也没法开革我。于是，他答了一声"是"，就从兜里掏出一块红布，用它垫手，捡起那颗牙；用那块红布袱的边把它擦干净，放到骷髅头旁边。他用自己的那块红布垫手，把骷髅头的下颌骨择开放到一旁，用心地看了一阵，还捡起那颗牙往上颌骨的一个牙窠里试了试，才半白半唱地向阙山报告："无名颅骨，一尘不染；骨色灰暗，枯腐多年。牙缺四个，下一上三。所捡之牙，根圆头宽；下牙缝窄，齿宽难安。上颌一窠，插入缝满；其余两穴，残破不堪……"

在场的人听了，都明白仵作证明了那颗牙是高老大见到的时候擦落的——这也就证明了，那个骷髅头是高老大在这疙瘩捡到的。

阙山见周凤鸣气定神闲地望着自己，心中虽然不太舒畅，却微笑着说："周先生，现在只证明了高老大没有说谎；你还得证明自己并'没有冒犯'……"

周凤鸣从容地说："阙大人，那就请继续挨累吧。"

回到停车歇马的地方，周凤鸣骑上大走驴，由张喜瑞"陪同"带路，继续翻山越岭。不到半个时辰，周凤鸣停到了山沟里一座孤零零的马架子小窝棚前。

周凤鸣等一位老人从屋内走出来，便对聚在小窝棚前的人们说："我得到过科尔沁草原上'四大摩挲'中乌蒙仙师的恩典。他老人家虽不收徒，却在传给我治疗伤筋动骨的手法后，命我到建安'给死人接骨、给活羊疗伤；不满三年，不许出山'。这位仙师还要求我对捡到的无主骸骨'敬如先人'。我不敢违背心中恩师教诲。在三年牧羊采药和以后的行医中，对捡到、得到的骨骸，都焚香礼拜后清洗干净、红布包裹、殓入木盒，埋到捡到之处。本屋这位主人姓王，是个猎户。我离山行医时，曾送他十只羊，托他照看所葬骨骸。我所说是虚是实，典史大人可问询王老汉，并随他去查看；如需核对，自可以开墓取出骨殖盒，一一验看。"

阚山大感意外。他是知道科尔沁草原有四大摩挲仙的，也知道他们个个神秘古怪，出入王府都无人敢拦。周凤鸣若得他传艺，自然关系不同一般，是不可轻易得罪的。于是，阚山客气地向周凤鸣一抱拳，说："周先生何不早些言明？使大家多跑了这趟腿！"

于是，一天的云彩几乎都散了。

阚山心内却对周凤鸣更加嫉恨。他当然也不跟周凤鸣打招呼，坐小车子带手下人去光腚营子社公所喝酒去了。

五

高老大邀请周凤鸣到家做客。小车子的老板，知道周凤鸣回县城不用再坐车，一到老高家便要回县。高老大硬把他拽到了屋，还说："我知道你不愿误了明天的活，可不能让你饿肚子回去。"老板子见他不是客套，上桌后也不喝酒，划拉饱了，接过周凤鸣的车钱，就赶车回县。

高老大和周凤鸣边喝边唠。高老大问："你还记得我请你来给大顺子治伤的事吧？"

周凤鸣说："才过了七八年，我咋能忘了？我就是那时，从他嘴里知道张喜瑞原来叫张恒的……"

他们唠到的"大顺子",叫朱顺,是高老大不远可也不近的表弟;住在西荒鸭蛋山下的耳朵眼窝堡。这个耳朵眼窝堡,是个小得几乎不能再小的屯子,只有三户人家,另外两家一户姓温,一户姓张。温家老两口领个闺女,种自家的地,日子过得虎皮色。每年忙铲忙割时,老温头常喊来朱顺做两天短工。一来二去,温大丫对为人憨厚、干活实在的朱顺,就有些偏近乎了。想招个养老女婿的老温头儿,却觉得朱顺哥一个,不能倒插门,就给女儿招来了一个外村小伙子。后来朱顺妹子出阁、妈妈过世了,便人走家搬了。朱顺本来是一个老实巴交的人,却叫一个一同扛活的劳金哈住了,合伙当了几次棒子手。他一打身上沾了贼性气,便没脸再到表哥家串门了。

七年多前,高老大趁挂锄有空去打猎,半道上遇到了拄着棒子、一瘸一拐的朱顺。他先连摆架子教训地说:"你就算断了顿,喝西北风填不饱肚子,还不会来找表哥吗?为啥非钻林子走歪歪道?若是叫人砍去了一条腿,我将来到了那边,可咋对我那个姨娘张嘴呀!"

朱顺红着脸低声说:"我已经二十多岁了,咋觍脸再嚼啃表哥。"高老大又劝道:"你总算还幸运,伤不太重;还叫我这个有专治黑红伤朋友的表哥把你碰上了。"他说完,就把朱顺搀回家。

高老大连夜进县城,把周凤鸣接到添寿庄。周凤鸣把朱顺左大腿捏鼓了一阵,打上了秫秆帘子,对他说:"筋受伤,但没断,养好后不要干太吃力的活。"

高老大硬把周凤鸣留下住了两宿。朱顺看出了这位大夫,跟表哥确实是好朋友,便对这两个人说了自己受伤的经过。自己在老家住时,有个邻居叫张恒,逼自己一同劫过两回道。后来他被县衙抓住了,做了眼线,出卖了好几个朋友。自己以为他是一个屯子的光屁股娃娃,劫道也是他强拉自己去打下锤的,不会卖了自己。没承想他狼心狗肺带人去抓自己……

高老大插嘴问:"那你是咋跑出来的?"

朱顺说："他以为把我堵到屋里了，手拿把掐可以把我按住，没想到我会从后窗户跳出去。他又领人紧紧追，我拼命跑，还是被他扫了我一刀……"

高老大庆幸地说："你受了伤，还能跑出来，得说是不该你们家断了香火。"

朱顺却摇摇头，说："我是碰到了一个好人，放了我一马——我感到屁股下一凉，没敢停步，钻进了密树林子。张恒怕我影起身子送回一刀，没敢追；却吵吵把火地喊人包围住那个小山包，一点一点地往里搜。我挪了一个地方，想往外溜；没想到却有个捕快发现了我。正在这时，张恒又喊了起来：'穆捕快，这个人叫朱顺，是我知道的劫道贼里还没抓到的最后一个。请你督促大家抓到他，我请各位喝交差酒。'我不知道这个穆捕快，是可怜我受了伤还是对张恒看不顺眼，竟对我向他背后指了指，才喊了一声'大家一齐向里搜'……"

"他叫穆克雄，蒙古族人。"周凤鸣说。

高老大说："那个姓张的太坏了。你知不知道他现在还死没死？"

"我后来听说他改名叫张喜瑞，做了阚家的护院打手。"朱顺说。

高老大和周凤鸣边喝边唠到这，高老大拍了一下大腿，有些懊恼也有些气愤地说："我还真把他这句话给忘了，没想到这个损贼进了贼卵子窝，还当上了捕头——老天爷咋没长眼睛！"

周凤鸣说："恶有恶报，时候没到。"

他没料到，张喜瑞在没受报应前，却先对他下了把儿……

六

周凤鸣料想阚山在自己挑明了自己跟乌泰的关系后，他在眼下不会再在这件事上节外生枝了；但他估计阚山绝不会就此罢手，今后一定还会捕风捉影，寻衅滋事，进行报复。他不禁掂量起眼前的形势和自己的处境……这年头，穷百姓缺吃少穿，铤而走险的大有人在，不得不过刀头舔血的日子。边外更是这样。有种流行的说法：建安县西北部的匪户，多到了"一家一家挨着数，可能会冤枉好人；隔一家数一家，肯定会漏掉坏人"的程度。边里便有人说："出了柳条门，一半牲口一半人。"这表面上是说柳条边外靠近蒙古旗，半耕半牧；实质上是骂边外人有一半多是目无王法、为非作歹的刁民土匪。那些铤而走险的，或者遭到官府大户追捕，或者内部发生火并，难免受伤；一旦受伤，总不能瞪着眼睛等死，总要想方设法医治。其中有些人便找到了我。我是医生，不能不管。因此，黑道也好，白道也好，有钱也好，没钱也好，我都尽心医治，也便结交下了不少朋友。对这样的朋友，我不能无情无义，今后该帮的还得帮，该治的还得治。俗话说：得罪了山神爷，冒犯了土地佬，种地难保苗，养猪好丢羔。今后做事得更谨慎：不但要顾全自己的安全，更得保证朋友不出风险……

周凤鸣的警惕，确实有理。

阚山回到县城后，便向张喜瑞下了命令："派人暗下盯住周凤鸣；若发现他与外人有联系，立即向我报告。"张喜瑞对这项差事特别上心——周凤鸣对他一再敲打，使他发觉了周凤鸣掌握了自己的秘密；他不仅希望有机会报复，更希望能把周凤鸣的嘴封上。没过几天，他派去的人就报告："周凤鸣家来了三个山东棒子，是他的同乡。"张喜瑞立即向阚山汇报。那三个人中，两个年纪轻的，确实是跑关东的；赵顺却是周诚的梅花拳师弟，是被官府追捕跑到关东的。

阚山觉得自己还真有些"未卜先知"的能力，暗暗说了句："果然不出山人所料！"他晃晃胖脑袋，又吩咐张喜瑞："你带人分伙去箭杆街东头，逐家巡查一下，只说县城里出了几桩盗案，询问一下各户有无失盗情况，劝告提高戒备。周家左近，你要亲自前去，观察一下那几个人是啥来路——不可太露形迹，打草惊蛇。"

张喜瑞确实是条笨狗。一进院就被看出了有些扬扬得意的样，周凤鸣便故意有些刺激又像开玩笑似的说:"张捕头真是今非昔比喽!过去是辛辛苦苦爬盘山道,现在是从从容容走街串户了——快快进屋用茶。"张喜瑞是条听主人吆喝的狗,虽然听出了周凤鸣又在奚落自己,却牢记典史大人不可"打草惊蛇"的吩咐,强挤出点笑容,假装宽厚地说:"那时点正背,一抬脚,不是沟就是坎;现在遇上了贵人,运道也就变了。"

说话间进了周凤鸣的客厅兼诊室和药房。张喜瑞一眼就看到了有三个外乡模样的人,便故意对周凤鸣说:"你的医术越来越高明,连外地的人都跑来给你送银子了!"

周凤鸣微笑着答道:"张捕头高抬了——他们是我的山东老乡,去北边落脚糊口,路过歇两天。"张喜瑞热情地问周凤鸣的客人:"路过京城,逛了个够吧?"

那三个人里,最老的赵顺有五十多了,回答:"我们爷仨是投奔梨树县老乡的,想拼二三年力气,挣几两银子回去过日子。路上不得不投亲靠友,节省几个路费,哪有闲逛的钱。"

张喜瑞怕耽搁时间长了,会"打草惊蛇",对周凤鸣说了这次巡察的目的,就转身离开周家了。

周凤鸣把他送出院,并没回屋,影起身子瞄张喜瑞的去向:见他沿路向西走去,招呼到几个人后,从王记画匠铺西边拐上东弯街,回县衙了。

七

奉命"护印"的阚山,刚接到两份状子。这是一宗由"借物用"引发的有首告又有反告的案子。阚山因为自己没资格升堂,还听说姓屠的新知县快来上任了,断然拒绝了双方送的银子,有意把它留给屠知县,想看看这个南方蛮子,咋断这个说小就小、说大就大的案子。

这时,张喜瑞回到了县衙。阚山听了汇报,觉得是果然发现了周凤鸣的一条小尾巴。不过他想放长线钓大鱼,便没叫张喜瑞把那三个人抓到县衙讯问；只叫他继续派人盯梢。

张喜瑞立即派孙大嘞嘞带个人去蹲坑盯梢。孙大嘞嘞领人监视了半天，没见有人离开；又蹲了一宿，还是没见周凤鸣和那三个人出来。孙大嘞嘞着急了，进屋去看——却只看到了盼福和她妈。孙大嘞嘞没敢"打草惊蛇"，慌忙去向张喜瑞报告。张喜瑞又去周家查问。周凤鸣老伴说："你昨天一走，东河套就把孩子他爹接去疗伤了；三位客人忙赶路也起程了。"

三位客人出东门，绕向哈拉沁屯。周凤鸣骑大走驴先到了，跟烧锅隆掌柜说好，留下俩年轻的吃劳金；赵顺说了再来时的联系方法，连夜去了彰武……

张喜瑞灰溜溜地回到县衙，报告"孙大嘞嘞把人盯丢了"。阚山让张喜瑞把孙大嘞嘞叫来，板着胖脸问："你当多少年捕快了？"孙大嘞嘞答了句"快二十年了"。阚山又从牙缝挤出一句"难怪你还两条腿走路"。孙大嘞嘞明白：这是骂自己到现在还没熬上马快，赶紧求饶恕："小人废物，没办好差事；请大人可怜小人，不要把小人开革了。"说完便连连作揖。阚山却又威胁说："让你盯着的那三个人里，有个叫赵顺的，是个逃犯。你是不是受贿放走了？"

孙大嘞嘞扑通一声跪下，咚咚磕起响头。等他磕了七八个，阚山才开恩地说："看来你好像知错了。你若不把这件事嘞嘞出去，我便不再追究；你若管不住你那张臭嘴，你不是好扯屁话、唠臊嗑吗？就不用再应卯，去给人拎大茶壶吧。"孙大嘞嘞连着说"谢谢大人开恩、谢谢大人开恩"。

阚山望着孙大嘞嘞滚走了，又吩咐张喜瑞："你再选个顶用的，继续盯着姓周的。"

俗话说"人算不如天算"。阚山本来还以为有机会对周凤鸣抠根掘底，却不料新知县屠景操带着家小、一个师爷，到建安上任了，而且还很快就让他感到日子空前地不好过了，使他不得不先把周凤鸣放到一边了。

第五章　贼卵子窝里狗咬狗

一

　　屠景操本来只是个湖南籍的举人，按惯例是没资格当县太爷的。但他老爹不仅给他留下了一大笔银子，生前在官场上还有几个吃得开的朋友。而且他胖夫人的表兄在户部任职。有关系就能闯过关口，有银子就能撬开门子，这几乎是官场上自古以来颠扑不破的真理。屠景操来建安前，已经在辽西当过两任知县，积累了不少官场经验；他连升带买弄到了"从五品候补知府"的顶戴——但想补上实缺，如果不再花上数以万两计的银子，却不知得等到哪个牛年马月。他虽然攒下了近十万两的银子，但已经用到在原籍添置地产上了。他怕耽搁了捞银子的时机，才纡尊降贵来建安这个偏僻地方做知县的。不过这次履新却大出他的意料，一开头就不顺利。

　　建安县隶属于昌图府。屠景操到建安上任前，曾经按惯例到昌图拜见知府大人。他一时忘乎所以，想让府衙的吏员高看一眼，穿着"候补知府"的五品顶戴、补服，请他们喝了一次花酒。没想到霍知府听说后，相当的气不顺，呃呃地打了一阵子嗝；在接见他时一直绷着脸，分手时竟半真半假地开玩笑说："贵县吓了本府一跳，还以为你是来接知府大印的！"这几句话，霍知府说得轻轻飘飘，但确确实实叫屠景操出了一身冷汗：自己一时没加检点，引起了府尊大人的疑忌……

　　屠景操拖家带口，共雇了三辆小车子、两辆大车。车队到了建安界，竟没见有县衙迎候的人员。他只好让小车子慢慢地向前嘎悠；可一直到建安县衙，也没人迎接。在衙役找来典史阚山后，屠景操便把瘦脸拉得比驴脸还长，张开嘴却像三伏天泔水缸冒泡似的，又酸又臭地说道："本县这是第三次履新任一县正堂，却是第一次赴任吃闭门羹！"

阚山也有些惊疑，连忙打千请安，然后解释说："卑职奉命护印，一直恭听府衙谕令，并未得悉府衙关于正堂大人莅临时日通告。"

屠景操摇摇头，说了一句"岂有此理"。

阚山哪能担起"故意慢待县尊"的罪名？立刻命令文办取来近日的府衙公文，亲自查阅后，请正堂大人亲校——随屠景操来的李师爷，可能估计到了是哪里出了岔头，连忙从阚山手中接过那些公文，放到公案上，调解似的说："东翁并未责怪典史大人——过去之事无须计较；请阚大人帮助安排住处，使夫人和少爷早些安歇。"

阚山便说后衙早已安排妥当，用人也早已雇好，"只因不知正堂大人何时驾临，才没过来伺候"，当即命张喜瑞随李师爷，带领一群衙役去后衙……

在后庭，屠夫人向李师爷发牢骚："县衙在一县之中，是戳大拇指的官府。这后堂咋这么狼狈，简直像一个破土地庙。还连厨娘、婢女也没安排，难道让我这个正堂夫人下灶煮饭、洒扫屋庭吗？"

李师爷走近她，小声说："县尊已闻听这里的阚典史是条地头蛇，操纵县衙多年了。我这就去大堂质问他，给他点颜色看。"

李可依来到前堂，对阚山拱拱手，阴阴阳阳地说："典史大人，正堂屠大人奉旨从湖南轻车简从来关东效力，已连任两届知县，一直由任所选派厨娘婢女的。不知她们何日才能过来伺候？"

阚山没想到刚被新知县劈头盖脸地冤损了一顿，几乎给撸成了豹花秃；现在又被这位师爷追问一顿，喷了一脸吐沫星子。他虽然心中愤愤，却不得不压住火，解释说："卑职已经安排好厨娘婢女，明日便可驱使。今晚卑职在窦家饭店为屠大人一家和先生洗尘。"

过了不长时间，阚山把屠知县一家及李师爷请到了窦家饭店。他点好酒菜后刚要坐下；屠知县却冷冷地客气说："典史十分劳累了，就不必再耽搁时间，请早些回家安息吧。"

阚山十分惊异：这不是迎面一拳打我个满脸花吗？可他也知道：官大一品压死人，不得不忍这种故意赏给的难堪，还谢了句"多谢大人体贴"，又对店东吩咐"明晨用食盒将早点送到县衙后堂"。

<h1 style="text-align:center">二</h1>

一直在门外等候阚山的张喜瑞，护送主子回家。走出一段路后，阚山对奴才发起牢骚："这是一条又贪又凶的瘦狗。你今后对他的话，只可小心地回答'遵命'；咋办，要向我请示。"张喜瑞迎合地说："他脸比驴还长，真像一头野驴闯进了大堂，横踢乱卷，一点也不懂啥叫规矩。"

阚山一进小公馆，上房的婢女便喊"老爷回来了"。他的爱妾王可一忙出屋迎接。她见阚山大胖脸铁青，忙搀他进屋。关上东屋门后，她仰脸送上微张的小嘴，让他亲了几口，才问："老爷咋不太开心？"阚山先"咳"了一声，接着说："我叫新来的瘦叫驴，一连踢了好几蹄子——竟然不用我陪他喝洗尘酒！"王可一吃惊地"他——"了一声，又急忙改嘴说："一定是他的姨太太年轻漂亮，怕她看到你眼馋，将来把你勾搭上。"阚山被她奉承得笑了，说："他只带了一头肥母猪；要上秤，一定能到二百斤！"王可一笑笑，从婢女手里接过茶盘，给坐到了八仙桌旁的阚山斟上一杯，然后发令："叫厨娘快些给老爷备好四个菜、一壶花雕。"阚山更正说"烫一壶隆老板送来的他们烧的二锅头"。阚山咂了一口茶，又轻声说："我先得小心谨慎地装几天三孙子。这头驴明天一定要全衙上下朝拜他。你在卯时后去见识见识那头肥猪——带几块衣料，从外人送的首饰中挑一副你不喜欢的钳子和一对手镯，当糠喂她一瓢。"

第二天，大堂上，屠景操穿戴五品衣冠，正式从阚山手里接过"建安县正堂"大印，验过后放在案上，危坐正座。阚山率六房吏佐拜见正堂大人。县城内的乡绅参见新知县时，阚山先引见的是"秀水书院山长徐秀才"。徐秀才文质彬彬地一揖，说了句"正堂大人安好"后，站到一边。

屠景操知道：县里的书院山长，是兼领"教谕"的，管理文庙事务和县内生员（学生），有八品顶衔；就是一般秀才，也不必对知县"跪拜"的。他便向徐秀才点了一下头，算是还礼了。

第二个被引见的是"商会董首高捷三"。屠景操见他东施效颦般也对自己抱抱拳，便夹着屁与徐秀才比肩而立了，心中有些不快，便有些挖苦地说："本县初来贵地，竟不知高老板可能为县内首富，囤积居奇之'财'，可与徐山长饱读诗书之'才'，分庭抗礼！"

阚山一听正堂大人怪罪高捷三没行大礼，刚想张嘴说明，可徐山长却抢先说道："学生忝为教谕，与高兄比却是后进。"而高捷三却有些阴阳怪气地说："正堂大人责备得是：布衣之人有些斗胆托大了；何况并无首富之实，却贸然为商会董首！"便假装要行跪拜之礼……

屠景操看出了他不是一块好饼子，有些像市井无赖滚刀肉，便敷衍了一句"高秀才不必客气，海涵本县初来乍到，不晓边外竟有才财双隆之士。"却把脸转向阚山，白了一眼。阚山只好说了一句"全怪卑职语焉不详"……

屠知县回到后堂，夫人正把玩王可一送的首饰。一听说"是典史小妾送的"，他便嗤之以鼻地说："姓阚的把本县看成了要饭花子！"他夫人说："也能值二百两银子。"屠景操却说："他家是县内一等财主，却是个连秀才也没考上的童生，买了个典史。可笑历届往任竟将他宠得跟正堂平起平坐，简直成了一字并肩王。他没把本县看在眼里，本县非得给他点厉害看——不降住他，我就掌不牢权。"

接着几日，屠景操接触到的六房人员，回禀时嘴上不断冒出"阚大人曾指教……"这就更使他认为：这种尾大不掉的形势如不改变，自己就会像放到天空中的风筝，左冲右撞、上下翻腾，都得听牵着线的阚山摆布。可如何下手，他不得不跟带来的"师爷"李可依，密谋对策。

所谓师爷，就是知县、知府等官老爷的幕宾，用后来的话说，就是他亲信的参谋、不可缺少的帮手。这些人，往往都在法律运用、赋税征缴上有专长，能帮东家"光明正大"地伤天害理，"合理合法"地贪污勒索。屠景操身边的这位师爷，是他从湖南带出来的，已经快六十岁了。在屠景操来建安前，李可依本想回老家"颐养天年"；可屠景操极力挽留，要他"助我在建安站稳脚后跟"，他才跟来了。李可依听了东家的诉说，先点头赞同，接着就评论说："阚典史乃地头之蛇、坐山之虎，在建安根深蒂固，枝叶繁茂。而东翁虽为正堂，眼下却单丝不成线，孤树不成林，不宜匆忙打草惊蛇，轻率敲山震虎……"

屠景操有些着急地说："我何尝不知这个道理？一直嘻嘻哈哈地敷衍，几乎对他敬之如贤、任之如能；然长此以往，岂不大权旁落，有如阿斗哉！"李可依便出主意说："可令他讯断一案。一来考察下他才干高低，二来看看能否抓到他的弊端。"

屠景操略一思忖，便说"可以"。

恰逢第二天有一机会，安排上阚山。待断案后，李可依回到了后堂。屠知县问："你以为如何？"

李可依答道："虽有些悖礼，却难挑剔。"

屠知县无奈地说："我若责备他有悖于礼，倒叫他邀买了人心，挨骂的反而是我。"

李可依附和："县尊说得是。这人虽然只是个童生，但多年的典史倒也没白当。"

屠景操也说："他若庸庸碌碌，我倒容易驾驭。他已经学得不少为官之道，会对我十分掣肘。不过，我已有了降其位、挫其威、削其权的万全之计。"屠景操说到这，同李可依耳语起来。李可依听后称赞："县尊此步棋堪称仙着！"

次日，屠知县便派人去盛京，给盛京将军府剿抚曹主事张亦弛送去一封信。

三

去盛京送信的人，带回了张亦弛的回信："昌图府禀文一到抚衙，乃杰即可去贤弟处听从教诲。"屠景操决定第二次去昌图，孝敬霍知府，打点他的左右，施展自己的计划。

在后堂，屠夫人听说丈夫明日要去昌图，扭住丈夫一只耳朵，板起脸厉声问："又去吃花酒、嫖狐狸精吧？"屠景操急忙解释："夫人不必多疑。下官是求知府同意增一名主簿，助我站稳脚跟。"屠夫人松开了手，仍警告说："我要发现你行为不轨，立刻给我表兄写信，要他永远不帮你的忙，叫你这辈子回不了湖南！"屠景操也下保证："下官能破例做了三任知县，还买到了候补知府，全亏夫人佐助；为夫岂敢忘恩负义？今生今世绝不会，也不敢在外拈花惹草。"

屠景操这次到昌图来，穿着七品袍服顶戴，没敢"僭越"，还递帖请求"后堂拜见"。

霍知府看了帖子，想起上次屠景操走后第二天的一件事：兼管签发房的师爷禀报："屠知县去建安接任的示函发出了。"霍知府略微一愣，故意问："那不是让县衙来不及迎接了吗？"那位师爷微笑着自责地说："请东翁原宥小人疏忽之过——然他有五品顶戴袍服，自可一路招摇，展尽荣耀。"霍知府听了，立时明白了这是故意替自己教训一下屠景操，便微笑着，轻声说了句"下不为例"；便吩咐"明日上午召见"。

次日，两个师爷先取去送给知府的礼物，后陪屠知县拜见知府。

霍知府见屠景操进了后堂，打完千、问过安后，甩袖欲拜，低声说了句"免拜吧"。屠景操还是叩了三个头。霍知府见他很重礼节，还已经看到他送的那包金条不轻，脸色也就由阴转晴了；而且听他说"建安县兼理民、蒙，政务繁杂，恭请增设一名主簿"时，并没摇头；待听到他推荐的是奉天秀才邹乃杰时，还立即点了头表态："张亦弛干练多谋，其表弟定可胜任主簿一职。本府即日报请抚衙核准，以利贵县早日大治……"

屠景操已经吸取了上次在府衙门口"装雄"的教训，知道在府尊面前只有"装熊"的份儿——即使自己是一只大公鸡，也不能把府衙门口的拴马石柱子当大草垛，飞上去挺胸振翅，引吭高歌；而应当学老公鸭一步一侧歪，学小麻雀连声喳喳。所以，他紧忙谦卑地说："职下愚鲁，不敢当大人过誉；敬请大人及时鞭策教诲，俾职下不致辜负两圣隆恩，惹下祸殃。"

屠知县回到建安后，晚饭后偷偷服下那位老师爷送给的"府尊大人自配之常用秘宝"。他惊奇自己威风倍增，胖夫人欢喜地夸他"果然忠诚不贰"。

屠景操十分满意自己的这次昌图之行：仅仅半月后，邹乃杰便来报到了。

四

邹乃杰能这么快来上任，确实是因为他有个好表哥。

张亦弛是屠景操的朋友，在辽西当过知县。他在任内招降了一股强悍的窜遍辽西的马胡子，把其中的骨干收编为"忠义捕快"——在县衙的正式编制之外，由他亲自指挥，剿捕县内的其他盗贼。因为他暗下"以缴获的半数赃款赃物为犒赏（另一半被他收为己有、'补充公用'了）"；还对"尚未婚娶者，配以匪妻匪女"。那些编外"捕快"便十分"忠义英勇"，没到一年就把县内的盗贼"杀捕殆尽"。一些被抢劫过的乡绅，原以为破案之后能收回些损失，却一根毫毛也没捞到手，便把匿名状子投进巡抚衙门，说他"假抚盗剿匪之名，享坐地分赃之肥；万两赃金尽化私蓄，七品正堂实为盗魁。忧其暗结羽翼，疑彼志欲不轨……"这些土鳖财主哪里知道，张亦弛早已把私吞下赃银的一半送给了知府、巡抚。他不但没被告倒，还因为"该员精忠智勇，善抚能剿；快刀斩理乱麻，治基得肇"，擢升一级，调到巡抚衙门，专门负责搜集省内黑道上各路绺子情报，提出抚剿对策。两年前，盛京将军增祺又看中了他，要到了将军府，升为五品，对外虚称幕宾，实任将军府秘设的"剿抚曹主事"。他不仅成了增祺推行招抚的主要谋士，还正在具体地操作对张作霖的招抚。

邹乃杰有这样的背景，霍知府能不"报请巡抚核示"吗？而且，霍知府比屠知县消息灵通得多：不仅知道光绪帝下诏书维新，更秘闻老佛爷已准备垂帘听政，独秉朝纲了。所以，霍知府唱高调说："圣上仁孝，维新中兴。我等臣子，自当竭智勠力，追随于府县，忠贞于两圣。贵县缜密思虑治县要务，实得精忠真义。"于是乎，邹乃杰这个无所事事的浪荡秀才，"授正八品衔"，来建安任县衙主簿了。

屠景操由阚山陪着，在大堂当众和邹乃杰见面。邹乃杰二十五岁，嫩脸白白净净，加上官帽官服崭新，更显得生气勃勃，光彩照人。他进屋后，面对屠景操站稳，将左脚向前挪半步，左膝前屈，左手手心向下轻搭到左膝盖上；再把右腿向后引，脚尖着地，同时右手下垂，上身稍向前俯，说了句"卑职请正堂大人安"。站起后，邹乃杰又掸了两下马蹄袖头，准备行跪叩大礼。屠景操离座快步上前把他扶住，说了声"不必多礼"。

站在一旁的阚山，想起了自己和屠景操初次见面时的情形：姓屠的摆足了正堂大人的谱，坐在那里纹丝未动，受完一跪三叩大礼后才说了句"起来吧"。阚山想到这里，心里很不舒服，感到他薄己厚彼，有疏有亲。屠景操看出了他的不悦，心中暗下得意，向邹乃杰引见："这位是典史阚山。"邹乃杰见他竟然也是八品，却知道他比自己低了半格，只拱了拱手，顺口说了句"久仰"。阚山却不得不对这位官秩排在自己前面的主簿，打了个千，还说了句"请邹大人从今而后多加提携指教"。

说来也巧：屠景操、邹乃杰、阚山都属狗；不过他们岁数有大有小——阚山居长，各差一轮。常言说"三人同心，黄土成金"，那么三只牙狗若凑到了一起呢？屠景操身为正堂，决心揽权，拉来邹乃杰是为了排斥异己；邹乃杰年轻气盛，又感激屠景操的知遇重用，一心感恩报答；阚山老谋深算，加上地利人和的优势，万万不会束手就范。因此，他们最多只能貌合神离、同床异梦；一旦失去狼狈为奸、利益均沾的基础，很可能不仅要乱踩狗爪子，甚至会"狗咬狗，一嘴毛"了。这在官场上是屡见不鲜的。

邹乃杰刚过二十岁便考中秀才。少年得志，忘乎所以，觉得考举人、中进士也易如探囊取物，读书便不如过去刻苦了；加上父母先后亡故，再也没人管辖，便开始往花街柳巷走动，探求起"人之初"，贪恋上了"性本善"。结果是乡试连番落第，家业也挥霍得所剩无几。可是天不灭曹，从半天空刮来一顶八品主簿的红缨帽。他又气盛起来，也觉得屠景操慧眼识英雄，荐请自己来襄理县务，十分感激，决心竭尽犬马之劳。阚山，他可没看在眼里：论地位自己是主簿，高于典史；论才华，自己是秀才，童生得恭称"前辈"；论形象，自己玉树翩翩，风华正茂，"岂臃肿衰迈者可比肩也"！他碰到阚山绝不先开口，待阚山抱拳问安后，或用鼻子轻应一声，或漫不经意地点一下头。阚山多咱遭过这种白眼？两个腮帮子气得鼓鼓的，使他那张大胖脸几乎像吹瘦了一圈。

屠景操那张刀削脸却红润起来。他那对猎狗般的圆眼珠子，瞥到后喜在心头，却暗下对阚山说："峻岩兄，你熟悉县情，洞晓民意，才干超群，实为愚弟履任尽职之得力臂膀。邹某之来，明分兄权，实掣弟肘。然其人既有种种背景，吾辈不可贸然得罪。兄宜暂忍，六房之事暂且任其摆布。"

阚山凭伺候过七八个知县的经验，认为外来的"正堂"，就算不是"盲人骑瞎马，夜半临深池"，也像"土地庙的旗杆——光溜溜一根"，如果不依赖自己这个当典史的坐地虎，和自己联手掌权，他就没法子大把大把地捞银子，顺顺当当地干完一任。屠景操却叫他感到自己这个典史，不像过去那么好当了。

阚山虽然是一条老狗，但一直蹲在家门口守宅护院；他对盛京的八门四塔都没走全拜遍，咋能了解它郊外一个小秀才的底细？他对屠景操的话并不全相信。他也知道陪都里有藏龙卧虎的皇宫、王府、大衙门,自己不知道它大门朝哪边开,可别人兴许去串过亲戚;他还懂得"官大一品压死人",是顶门杠般的硬实道理,只好先忍下一口恶气,不再往六房乱伸鼻子。

阚山在县衙内老实起来,开始像掐败的老牙狗,把尾巴夹了起来。

第六章 谷英接来媳妇儿

一

在屠景操忙忙活活把邹乃杰招来做主簿的日子里，双义肉铺的谷氏兄弟也没闲着。

请客那天，谷璧、谷英把来饭店的客人都送走了，日头爷可也快落了。谷英先回了肉铺。

谷璧陪客人喝了不少酒，就算没上榁，也跟快抬进锅燘毛差不远了。他慢慢地往回溜达；虽说没里倒外斜，可也打晃了。

谷璧回到肉铺进了屋。谷英已经沏好茶。哥儿俩坐到窗下的八仙桌两边。谷璧对谷英的殷勤很满意，也想起自己曾给他过的便宜：在吕家窝堡叫他在做红活前，先睡了那个小媳妇儿。他脑袋瓜子灵光起来，有了话头，问谷英："你说孙大嘞嘞是个啥人物？"

谷英不打奔儿地说："他明明去赶嘴，还假装是去找张捕头喝酒。脸皮也太厚了。"

谷璧说："因为他是捕快，依仗自己是衙门里的人。对这样的人，咱们是得罪不起的，只能溜哄。"

谷英答了一声"大哥说得是"。

谷璧又问："孙大嘞嘞喝上酒后，不仅对张捕头、周大夫和那几个铺主店东都客客气气的，连对刘半仙也挺有分寸。你说这是啥原因？"

谷英想了一想，说："周大夫是县里'四大名人'之一，张捕头手里也有挺大权力。其他被大哥请到雅座的老板，铺面的生意也都很红火……"

"对。"谷璧附和了一句，却又另起一个话头，"他们除了夸赞咱们的买卖挺兴旺外，还互相打听了不少家里的事，显得十分亲近。咱们哥儿俩，就没法跟人家唠这种嗑——在这里，咱们都孤身，咋唠那些浑和嗑？这就不能不显得不合群。"

"倒也是。"谷英附和。

谷璧很高兴他的应和，接着说："咱们的肉铺开张以来，得说顺风顺水，手头也宽绰多了。你大嫂现在去了哪儿？我一点也不知道，没法叫她来。弟妹却在四平娘家呢。你把她扔在那疙瘩好几个月了。现在咱们肉铺挺红火，你应当把她接过来了；也省得咱们哥儿俩除了张罗买卖上的活，还得操心吃饭上的事，不但多挨累，还影响做买卖。她来了后，有人做饭，咱们哥儿俩也能更有工夫忙活买卖上的事；你还可以陪弟妹东邻西舍走动走动，把肉铺的名声扬得大些。"

谷英叹了一口气："不瞒大哥，我把翠兰忙活到手后，她一直心中有怨气，对我一直疙疙瘩瘩。我去接，她不一定来。"

谷璧很有把握地说："她一定会来。嫁出去的姑娘老住在娘家，能十分顺心顺气吗？人，谁愿意吃下眼子食？把她接来后，你要宠着些，让她别断了零花钱，她会一心扑实地跟你过日子的。"

谷英年轻轻的，能不记挂媳妇儿吗？他觉得谷璧很有哥哥样，挺关心自己，高兴地答应去接。他还想到了大嫂当了老跑头子，估计不会再吃回头草，就劝谷璧："大哥，你也趁岁数好，再张罗个女人吧。"

谷璧却连摇头带摆手，长吁短叹地说："咳！哥不能不跟你说心里话——你大嫂本来是个守妇道的好女人，稀一顿干一顿地跟哥过了好几年，对哥得说情深义重。都怪哥流年不利，遇上了连扎手带挠头的事，不得不推她抛头露面，才使她上了坏人圈套。一日夫妻百日恩哪！她一醒过腔，保准回来找我破镜重圆的。她现在是离开了，可我们的夫妻名分还在；大哥若把另一个女人划拉到身边，那不先断了她的归路了吗？哥就更对不起她了呀。"

谷英很受感动，对谷璧说："大哥真是个有情有义的人。我接来翠兰后，咱们下足力气，打听出大嫂的下落，劝她破镜重圆，把她也接来。"他觉得自己也有些对不起翠兰的地方，下决心今后好好待她。

谷英第二天就上路了。

二

谷英把媳妇儿接来了。

谷英的媳妇儿叫冯翠兰，娘家在四平街边子。那时代，不少民人家女孩子是要裹脚的。她家那个村子旗人民人杂居，加上家里人希望她长大了能帮着干活，使她逃过了那一劫。这个一对大眼睛黑白分明的漂亮姑娘，却在少时遭了劫难，就像崭新的一块白布被人按进了靛缸，再也洗不回原色了……

一天，翠兰挎了些青菜到四平街头去卖，被刚刚立起棍的谷英相中了。谷英和他的几个狐朋狗友做好了扣：同伙先借口买菜调戏翠兰，谷英后露面抱打不平。翠兰便把谷英看成了好人，对他十分感激。从那以后，翠兰再去卖菜，当然没人欺负了。又一天，谷英撒谎家里客人多，把翠兰的菜全包下了，求她给送到家。翠兰爽快地答应了。谷英领着翠兰东拐西绕，把她带到一所空房子里。一个半大的闺女，能撕掳过一个二十多了的壮汉子吗？翠兰挣扎得筋疲力尽，被谷英强占了那种便宜。谷英表示一定要风风光光地把她娶到家里，和她做一辈子恩爱夫妻。翠兰半句也没听进耳朵眼，抹干眼泪逃离了那座房子，回到家里却没敢张扬。谷英的狐朋狗友，第二天就去了翠兰家那个村子，咋咋呼呼地放风："你们村老冯家的翠兰，跟四平街的谷英情投意合，不仅私订了终身，还由谷英试过了那盘小水磨，就差择个吉日良辰开豆腐坊了……"

翠兰在一年前已经许配给邻村的李宏了。李宏的父亲名叫李慕孔，虽然是旗人却读过四书五经。"慕孔"这个名，便是他给自己起的。他本来有三个儿子。旗人家的男丁，一出生就领军饷，成丁后是必须入伍为皇帝去打仗的。李慕孔的大儿子、二儿子，都为皇帝打仗死在战场上了。李慕孔很尊崇儒家主张的"不孝有三，无后为大"。他害怕三儿子将来再为皇帝尽了忠，自己这支人可就断了后。因此，在忠孝不能两全上，他选择了"孝"：带领家人从船厂（后来叫吉林市）的一个旗庄，逃到四平附近，放弃了"伊拉里"这个旗人的姓氏，改姓"李"，成了逃旗户。李慕孔手里有些银两，买下十多垧地雇人耕种，生活还挺富裕。李宏年少时随父亲读了几年子曰诗云，也在旗庄里接受了骑射教育，是有些武艺的。满族人往往十一二岁就定亲，十四五时便把一个二十来岁的大姑娘娶进门。早婚娶大媳妇儿，有可能早有后代，家中也多个操持家务的壮实女人。李慕孔是在李宏十四岁时，从旗庄逃出来的。在给李宏定亲上，便不再考虑"满汉不通婚"的老规矩，也打破了定大女的旧习，给十九岁的李宏定了十七岁的翠兰……

李慕孔听说没过门的媳妇儿不守妇道，竟然和四平街上的小混混勾搭成奸，气得胡子直炸蹶子，认为这是奇耻大辱，逼迫儿子去退婚。李宏坚持认为翠兰不是水性杨花的女人，"如果当真发生了那种事，翠兰一定是被歹人伤害侮辱，我不能再往她伤口上撒盐"。李慕孔拍案大怒："我宁可抱不上孙子，也不能让你娶失去贞操的女人！"李宏同他爸爸争论："咱们旗人重情重义，是不讲那些臭礼数的。"他爸爸却死要面子，逼媒人去冯家退婚。

翠兰在爹妈威逼下，承认被谷英破了身。李家的媒人抱着彩礼放下前脚走了，谷英托的媒人后脚就到了。翠兰爹妈也不问她愿不愿意，打着唉声应了下来。

谷英娶了翠兰，心满意足。翠兰心里始终憋着个大恨疙瘩。不过，翠兰对谷英把她接到建安来，还是挺愿意的：地疏人生没瓜葛，再没有人戳自己脊梁骨，说疙瘩话了。

三

翠兰到建安当天晚饭后，王二吹帮她收拾完桌子就到下屋去了。北屋只剩谷家哥儿俩和翠兰了。谷璧说："这屋今后做账房和饭房，我把行李和肉案子都搬到下屋了。翠兰妹子，今后得一天忙活三顿饭，米面由粮店送过来，菜和油盐酱醋就得妹子买了。柜上先给你五十块银圆做底垫。我和谷英都不在家时，还得请妹子照看一下买卖。肉铺是咱们两家开的，哥不能白占你们的便宜：每月照雇劳金的钱，给妹子也开三块银洋。"他说到这，从一个钱匣子里取出一百块银圆，摞到翠兰前，说："这是一百块，五十做办伙的底垫；五十算我们哥儿俩送你添置衣物和零用的——将来你大嫂回来，也给她五十。"

谷英明白大哥在替自己给翠兰好瞧，让她对来这疙瘩满意。翠兰对这些安排又意外又高兴。这两个人都客气起来。谷英说"自己有钱给翠兰买衣服和零花"。翠兰说："我做饭咋还能要工钱。"谷璧板起脸说："论公，谷英叫我大掌柜的；论私，我是你们的哥哥！这些事，就这么定了。"

谷璧离开后，翠兰问丈夫："大哥找到大嫂了？"谷英说："我正帮大哥打听；大哥在盼大嫂回来过团圆日子。"翠兰没吭声，心里却想：一个女人，对丈夫完全失去了希望，和另一个人远走高飞了，还能走回头路吗？

第二天，翠兰就看到了谷璧、谷英杀牛的场景：谷璧左手牵牛，右手握着尖刀；谷英抡铁榔头照准牛脑门砸下去，牛便扑通一声倒在地上。谷璧左手扔掉缰绳，握住一只牛犄角，右手把白晃晃的尖刀刺进牛脖子，一翻手腕子就挑断了半个牛脖子，一道血箭"哧——"地射了出来……

翠兰看得心怦怦地往腔子外面跳，浑身都吓出了鸡皮疙瘩。

当晚，翠兰在南屋对谷英说："我听人说'杀大牛是作损'的，你们咋选了这个行当？"谷英解释："那是指杀帮自己干活的耕牛。我们杀的是散牛——养大了跟猪羊一样，杀了吃肉的。乡下谁家不杀猪杀鸡？所以人们说'牛羊一刀菜，有吃就有宰'。"

翠兰还是对杀牛有看法，更怕，一听说要杀牛了，立刻躲到南屋去，不敢再看。

四

一天，一个衣着朴素干净的年轻女人，来送浆洗好的两套衣服。谷英过来留下一套，还把另一套脏衣服交给那个女人。等那女人去了下屋，他对翠兰解释："我们干活穿的衣服，免不了沾血挂油，不好洗。大哥说还包给程大嫂，不用你下手。"说到这，他又低声说："大哥刚把衣服包给她的时候，说十天洗一次，一月给一吊钱。我还觉得挺贵，怀疑大哥想勾引她相好。后来看她洗得真干净，人也正派，没那码子事。"翠兰瞥了谷英一眼，想说"谁像你"，却又觉得他最近对自己挺溜哄，就没攮操他，改嘴说："我方才跟她唠了几句，知道她半年前丈夫走了，给她留下一个两岁的儿子和寡妇婆婆。她婆婆是个老牛婆，一个月也就只能接两三个孩子；她不得不揽浆洗活，跟她婆婆一道维持三口的苦日子。看起来，也真不容易。"

程小寡妇又来送衣服时，说要买半斤牛杂碎。翠兰见大伯哥正在跟外人在院里唠嗑，便领程小寡妇到下屋，先高高地称了半斤牛肠牛肚，又另给切了些牛肝和拆骨肉，说了声"送给你婆婆和孩子"。

翠兰走出屋时，见大伯哥扭头看了程小寡妇背影一眼，走了过来；她就主动说："大哥，我给了她一点熟食，是不是不符合规矩？我补上钱。"

谷璧郑重地说："你真是个心善的女人，会有好报的。我们哥儿俩是大男人，她是个女人，还是半边人；我们是不敢发善心的。她下回再来，不管买不买，你都可以送她些。"

一天，有个叫花子到院里讨要，奔向了站在西门前的翠兰；她掏了半天腰，却没零钱。谷璧在下屋看见了，叫了声"翠兰妹子过来一下"，交给她一把铜钱，还低声解释："我没给他，不是不可怜他，是怕他天天来伸手。"

叫花子接过钱后，低声说了一句"谢谢谷二奶奶"。翠兰心里有些奇怪：咋连他都知道我是谷英屋里的人？

下午，翠兰提溜筐去买菜，刚出门就碰上一个老板娘，热情地过来打招呼："谷二掌柜夫人，请到屋吃茶。"翠兰并不认识她，忙说："大婶好，我得去买菜。"那个半老的老板娘，听她叫自己"大婶"，满面笑容地说："老天爷就是偏心眼子！给了你一张俊脸，还给了你一张甜嘴，谷二掌柜的可真有福！你们守着肉山，还买菜吃？"翠兰解释："那些东西顿顿吃，谁都会腻了的；不如白菜大萝卜天天吃也吃不厌。"那女人又夸道："越这么知足，越福气大——能跟你多唠唠，也会增些福气的，到屋坐坐吧。"翠兰感谢地说："我买完菜，还得做饭。大婶有空过去坐坐，我除了做饭，只有他们哥儿俩都不在家时，才照看一下买卖，有的是空。你老人家能串个门，我就能少想些娘家妈了。"

对到建安后的日子，翠兰还是挺满意的。细米白面由粮店成袋送过来，牛肉吃够了就买猪肉，很快就吃得白胖起来。穿的呢，男人和大伯哥给买了不少块绸缎洋布，做成的新衣服足够一天里三脱三换了。每天从早到晚除了做饭，再没有别的活计。大伯哥还说自己不能占兄弟家的便宜，每个月给开劳金钱。白天没事去遛街，人们都叫自己"谷二掌柜夫人"，热热乎乎地"请到屋里用茶"。翠兰感到自己是个有头有脸、有里有面的女人了。

翠兰心里对谷璧却是有戒备的。她知道这个叔伯大伯哥在四平的时候，是个啥食都吃、啥屎都拉的混混。还听说，他为了能在街面上立稳棍，竟逼着大伯嫂放青养汉。这种人，还有啥缺德事干不出来呢？是一定会把偷嘴舔盘子，当家常便饭的。自打大伯嫂跟野汉子私奔了后，他一直守着男寡；这种无赖打底的牲口男人，岁数还刚到三十，熬得住冷清吗？在这疙瘩，他还是唯一知道我这个嫩瓜蛋，是被他兄弟强拧瓜抓到手的；

也清楚我最怕外人知道这件丢人的事……他会不会逼我豁出脸来堵他的嘴，或者冷不防对我下把，也拿我当香瓜蛋掳到手里硬啃呢？

谷璧的言语行动，很快就让她疑惑自己心多乱肺了：从自己到建安那天起，谷璧除了吃饭算账，从不到上屋来；对自己住的南屋，更一回也没送过脚步。他那长了细眉长眼睛的脸，虽说有些不像个正经男人样，但人前背后都没向自己筋过鼻子、挤弄过眼睛。后来她听谷英说"大哥还在等那个老跑头子吃回头草"，使她想起人们常夸的"江湖人讲义气"，觉得谷璧可能就是那种分里外、讲分寸的人。她的疑心像开春后的积雪，越化越薄，渐渐把谷璧当大伯哥尊重了。

五

翠兰感到日子过得挺舒心。一天午饭时，谷璧对谷英说："我下晌到成衣铺做套衣服，再催催几家饭店的肉账。你就别出去了。"翠兰估计他不能很快就回来，便温了水，关上门洗头。谷英第一次看见她在大白天只穿了件兜肚，便贪婪地盯着那细嫩白腻的肩头后背。翠兰发现了他那双贼眼睛，便转了一下身；没想到却叫谷英看到了悬在胸前的那件东西：中间缀着一个黄铜大钱、周围用红绒线编的心形喜结——借音取形叫同心结。谷英好奇地凑到她身边，问："这是啥玩意儿？"翠兰红着脸嘟囔了一句"避邪的"，抬手把谷英搡出了房门。翠兰没心思洗头了，绾起头发回南屋，坐到炕沿上回忆起往事……

李宏跟翠兰是邻村人，曾经碰见过。两人虽没搭话，却红着脸对视了一大阵子。李宏回到家，悄悄对娘说了句"冯村的翠兰才十六七，又文静，又俊俏"。他娘笑笑没出声，却在他父亲跟前说："听说冯村有个叫'翠兰'的闺女，人品好，相貌也出众……"李慕孔也没出声，但觉得儿子应当定亲了，便暗下去冯村打探；回来后便开始为李宏张罗婚事。他虽然是逃旗户，但他为儿子订婚的整个过程，却基本上是按旗人的习俗进行的。先请媒人，一而再、再而三地去冯家，送上了三坛子酒，表示诚心诚意地希望结亲。冯家点头后，李宏的娘去冯家下"小定"，把一根金簪插到翠兰的头上，完了"插戴"礼。接着择吉日，把"拜女家"和"下茶"结合起来进行。"拜女家"是未来的新郎到姑娘家对相对看。应当说这比民人即汉族的一对新人，要到入洞房揭去盖头时才能看到对方长相要合情理——当然这跟满族人祖先长期渔猎有关。"下茶"，也就是下聘礼——这也和满族人祖先以肉为主食有关，聘礼中茶是不能缺少的。李慕孔领李宏来到冯家。李宏英俊潇洒，翠兰漂亮含羞，早已钟情，却不直接表态，都说"请父母做主"。于是翠兰的爹妈便留李家父子吃饭——表明同意结亲的态度。李宏便向冯家祖宗神位和翠兰父母行三跪九叩大礼，然后献上聘礼。满族人行聘，是少不了鞍马甲胄的，可李慕孔也破了这个常例，只带来了绸缎、首饰、银两。这可以说是逃旗户入乡随俗了。酒席摆好前，翠兰花枝招展地走到李慕孔座前，上身挺直，两腿并拢，右腿略向后挪，两腿微屈成半跪姿势，手左下右上轻按双膝，说了句"向爸爸请安"。行完了认定公爹的请安礼，翠兰把一杯热茶双手捧到李慕孔身前桌上；取过他的烟袋和烟荷包，装好烟双手擎举给未来的公爹；待接过去后再给点着。李慕孔吧嗒几口，把烟锅抽红；掏出两对二两重的雪白的银锞子，放到桌上——这是"装烟钱"，或叫"敬茶钱"，表示当公爹的对未来的儿媳妇十分满意，祝他们今后成双成对、白头偕老。这之后，结成新亲的两位亲家翁向冯家祖先神位跪倒，各自用左手把酒杯举过眉，用右手食指蘸酒敬祭三滴，喝下一半后交换酒杯，将余酒一同喝下。行聘的仪式至此圆满完成。

饭后，李宏由翠兰的嫂子带领，给冯家亲友点烟；而冯家的晚辈则去向李慕孔施礼。由于冯家是民人，李家是逃旗户，也就省略了跳神祝贺的满族习俗。

冯家人把李家父子送出村口。李慕孔加快脚步先走，李宏则由翠兰慢步相送。翠兰见未来的公爹已经走远，而自己的家人也已回村，便掏出一对自己用红绒绳编成的中间缀着铜大钱的同心结，默默地把一个戴到李宏的脖子上；李宏则把另一个给翠兰戴上。翠兰娇羞地说："我今后要永远地戴着。"李宏也发誓："绝对不能让它们落了单！"翠兰回想到这，长长地叹了一口气：自己被谷英害得是人不敢见人，像鬼却还想再过几年人日子，忍气吞声嫁给了这个害人精。后来听说宏哥并没变心，还是想把自己娶过去的；可他爸为了门风清白，咬住不撒口，落了个小胳膊没拗过大腿棒子……又后来，风传朝廷要抓逃旗壮丁去守黑龙江。宏哥那个怕断后的爸爸，逼他离家躲避，落了个石沉大海，活不见人，死不见尸……这小东西，跟我在过大礼那天送给宏哥的那个，本来是一对，这个还是宏哥亲手戴到我脖子上的呢。没想到它们和人一样，也落了单，再也没法成双成对了！姓谷的一碰到我这身子，就让我想起那场劫难，让人家心里感到说啥也对不起宏哥……我和宏哥的美好姻缘，我这一辈子的希望，就像还没咧开嘴的桃花骨朵，被铺天盖地的冰雹打得七零八落了……就是能有再见面的机会，我还有啥脸走到宏哥面前？最多也只能远远地躲起身子，含着泪偷偷地看上几眼……这辈子，我只有稀里糊涂往下混的份儿了……有人说隔心的男女如隔江，有了孩子就有了桥，两个人的心会慢慢地贴到一起的。若真到了那一天，我心里的宏哥会不会躲开我呢？

其实，翠兰和谷英都不知道，也不明白一件事：谷英是个清水罐子。这样的男人，虽然也能行房事，却是不会有后人的。因而他们之间，根本不会有把两颗心连到一起的桥。而且不管男人还是女人，如果有过醉心的初恋，即使他或她后来的婚姻很成功，初恋情人的影子也不会磨灭的，会保留到此生此世最后那一刻的。因此，我们可以肯定地预言：翠兰在她这一辈子的最后那一刻，仍然会感到她的宏哥是她最爱的人。

第七章　画匠铺外边闲话多

一

孙大嘚嘚自打盯丢了周凤鸣的三位客人，被阚大人撸得几乎成了豹花秃。他觉得脑瓜皮薄得成了鸡蛋壳，不得不小心谨慎当差，防备典史大人再一不高兴，抬手咔的一声，把脑袋瓜弹出一个坑来。他紧张了一个来月，发现阚山在新知县面前失宠了，才又有了精神头。这天早上他去当差，顺箭杆街路南，走过王记画匠铺门口，见宋春华开着房门，正在院里收拾秫秆。

这时，王二吹提溜两包馃子，正跨过了东街，奔向王记画匠铺。

王二吹名叫王森，住在离县城五十多里的漫山屯。他爹租唐僧庙的地种过得虎皮色。他十七岁那年开春，他爹妈都摊上了特别霸道的快当病，没几天就被黑无常、白无常抓去见阎王爷了。喇嘛庙的人看王森才十七岁，孤零零没拘没管，怕他把地给撂荒了，收不回租子，就断了佃。王森嚼啃完老爹留下的粮，便折变浮产，接着离开家偷偷摸摸。俗话说"鲇鱼找鲇鱼，嘎鱼找嘎鱼"。王森和闵小耍、刘摸点等人交上了朋友，搭伙偷牲口。得手后，这些人有的去赌，有的去嫖。他却不赌不嫖，也不乱花钱。跟朋友们混了一阵子，认为那几个朋友，像傻柱子放牲口，不明白得往好甸子上赶；还太招摇，容易砸了锅。他便不再跟他们一锅搅马勺，溜边独来独往跑单帮。他做这种不拿垫补的生意，一年里若顺风顺水两回，就够吃够穿；手气若再好一些，手里便有余钱，可以给那些挤眉弄眼的女人买胭脂粉了。

王森能说会道，善于顺风扯旗，能瞪着眼睛把死驴说成活骆驼。同道的朋友，还有些同乡，便开玩笑叫他"王二吹"——因为他在堂兄弟中排行老二。时间一久，便没有人叫他王森了。王二吹虽说走上了歪道，为人办事却有些长处：一是虽说手脚不干净，可不在家前庙后下笊篱，"兔子不吃窝边草"。二是不要钱，手头有了也不小抠。远亲近邻的红白事情，他都去上礼；若有人手紧了找到他，只要他兜不瘪，他都不打奔儿。三是他"人品"还算好。他过了二十以后，手头宽绰的时候，也跟放青的女人吊过眼梢子、钻过树林子，但那都是在邻村。对本屯年轻的大嫂子、小婶子，一直规规矩矩；对年岁仿佛的姐或妹，更连半句屁嗑都没扯过。所以乡里乡亲都没向他翻过白眼根子。不过大家都知道他手脚不利索，不是个能吃苦耐劳的正经庄稼人，也就一直没人提亲，他也就一直打着光棍。

后来，谷璧一支起汤锅，王二吹便来卖牛。一个是希望快些销赃的偷牲口贼，一个是想进便宜货的肉铺黑心掌柜的，很快就成了臭味相投的朋友；没过多久，谷璧见他手脚麻利，还留他帮忙打短。王二吹乐得屁颠屁颠的：在县里混，比在乡下转悠眼界宽；而且肉铺除了供饭，还五六天就给一块银饼子。不过他对住的条件不如意：原来只嫌张二晃悠邋遢，夜里还出来进去呱嗒门，睡不安稳；现在大掌柜也搬到了下屋，不仅有些挤，还挺受拘束。他正想到叔伯哥王画匠家找宿。孙大嘞嘞这时刚拐到路北，一见到王二吹，就想起那天没把闵小要抓住，全怨周凤鸣阻挠、王二吹透信，便觉得抓到了个出气机会，喊了声"你给我站住"。王二吹知道这个"屁话篓子"，对自己不得意，却不敢得罪他，立马站住了。孙大嘞嘞骂道："闵小要这个要钱鬼，十有八九是马胡子在县城的卧底。你他妈的跟他一个鼻子眼出气，好一好也是马胡子的眼线。"王二吹急忙洗清身，说："我是肉铺正经八百的劳金，他是不务正业的要钱鬼。你咋不分青红皂白往一起拴？坏了人家名声。"孙大嘞嘞见王二吹害怕了，气好像顺了不少，嘲笑地说："看你这个猴急样，若打一辈子光棍，成了一张绝后契，还得向阎王爷告状，赖老子害得你没捡到个破尿盆子，养活下个小兔羔子呢!"

王二吹气得肚子鼓鼓的，却没敢搭言。

孙大嘞嘞一来骂顺了心，二来忙着去县衙，把王二吹臭狗屁似的扔在身后。

王二吹见他走远了，才低声骂了句:"咋碰到了这个损鸟，今天八成得白跑一趟了。"

二

已经到了画匠铺的门口，他也不能不到屋看看叔伯哥王林。

王林也是漫山屯人，但从他爹起就在县城开画匠铺。这王记画匠铺并不画画，也不卖画，而是扎纸活卖:小的有拿鸡蛋壳当脑袋的人，大的有和实物仿佛的纸人。他住的这个地方，虽然不是热闹的正街，但县城里这个画匠铺是蝎子拉屎——独一份，生意还挺红火。不幸的是他们全家前些年都招上了痨病，也就是肺结核。

王林发送了他爹他妈后，自己一个人继续开画匠铺，手里还真攒下几个钱。不过县城和十里八村的人都知道他是个痨病秧子，没人敢把闺女聘给他这种短命鬼。

边外的男人娶媳妇儿难。一般来说，有点钱的人家，小子十五六便要定亲的;一过十八便算长过了墙，被认为没明疮也有暗疮的。王林去年已经二十四了，他能不着急吗? 他豁出了全部积蓄，入冬后娶来了东河套十八岁的姑娘宋春华。这宋春华，是随娘改嫁到宋家的。她后爹先是为了让她多干几年活，没往外聘;后来又为了给亲儿子定媳妇儿，猛劲要彩礼。他看王林肯出大价码，便不管什么痨病不痨病，也不计较男大六岁犯"六冲"，就是火坑也要把借光闺女往里推的。她妈虽然关心亲闺女，可更心疼到宋家后生下的已经十六岁的儿子，怕他长过了墙，定不上好媳妇儿，便下狠心一言不发"从夫"了。这可就便宜了王林，使他娶到一个长相顺眼又能干，还脾气柔软的小媳妇儿。

宋春华一进了王家的门，不仅把王林侍弄得整整齐齐，使他吃得应时应响、顺口香甜，还很快就学会了扎纸活的手艺。她不再受气挨骂，也不再风吹雨淋，不仅腰条又抻长了一些，小脸也养得白里透红，比为姑娘时俊俏多了。王林更惊喜的，是她心灵手巧：她本来不识一个大字，却很快就学会了些扎纸活中的勾眉描眼、涂红抹绿，还能摹出些常用的字。王林娶亲花光了手里的钱。他下决心让媳妇儿今后有好日子过，便有活就接，起早贪晚地忙。他十分喜爱宋春华，还盼她早日生下儿子传宗接代，夜夜不叫她闲了身子。

宋春华年纪轻轻，刚刚做了小媳妇儿，也十分贪恋丈夫的恩爱，不懂得让丈夫将养身子骨。这样一来，不到三个月，王林的身板可就虚弱得快拿不成个了。

周凤鸣家离王记画匠铺，往东只隔三个门口。屋里的有一半的蒙古族血统，是个心眼实在的女人，常到王家串门。一天她到街上给盼福买袜子，回来时拐进画匠铺。

她说在街上碰到了王林，见他脸色姜黄，两个孤拐倒有些发紫，紧接着就问宋春华："你家掌柜的，是不是又犯了咳嗽病？"

宋春华在县城举目无亲，一直把这位四十多岁的邻居看成长辈的。她不瞒掖地说："可不是咋的，真让大婶说着了！他咳嗽得越来越频了，总是抓些破纸头子，乱纸片子把咳出的痰接了，塞到灶火坑里去。"

周凤鸣屋里的叹了一口气，低声说："他可能是又咯血了，怕你看到心焦。你今后不要让他太劳累了，房事也不能太勤……那种事是耗气血的。"

宋春华臊得满脸通红，心里倒挺感激这位周大婶。宋春华偷看丈夫扔到灶火坑的纸团子，果然带有发黑的血。她又惊又怕，但没和丈夫说破。她开始不让丈夫干重活，劝他别贪黑，夜里也躲着他，求他"养养身子吧"。她越关心丈夫，做丈夫的却越逞干巴强，想多攒下些钱，想早一天抱上儿子。他力不从心，要勉为其难，结果就像熬油的灯，快到了刺刺啦啦燃烧棉花捻的步。刚进了三月，王林落炕了。不管是白天还是夜里，他都不得不躺在炕头上，望着白花花的窗户纸或灰蒙蒙的棚，嘴上费劲地捯着气，心里无可奈何地哀叹：梦想做成的事，竟都成了鼻涕泡。

宋春华这个刚二十岁的小媳妇儿，撑起了这个家：一边求医熬药伺候丈夫，一边连踢带打维持画匠铺的生意。她忙碌着，担心着，也不断地给自己吃宽心药：他刚二十五岁，寿禄不会这么短，好好将养笃定会强壮起来的……

三

王二吹绕过门前竖着的"王记画匠铺"木头板子招牌，一进院门发现小院跟以前变了样：东边的秫秆垛、柴火堆齐齐整整；西边池子菜，碧绿。他心里暗暗感叹：人是得有个家，哥哥过去一个人顶门立户，满院子乱柴火连着秫秆瓢子，猪进院都不用现絮窝；可一成了家，过日子的心就盛了起来！他一进屋，却意外地发现叔伯哥头朝外仰颏躺在炕头，眯着的眼睛塌成了两个坑，瘦得脸皮紧贴在颧骨上了——他明白了：大哥家现在过的是小嫂子的日子。正坐在炕梢给糊好的替身画眉眼的宋春华，听他说了句"大嫂忙着呢"，想起他去年冬天来喝过喜酒，忙不迭先说了句"二兄弟坐"，接着下地推推王林，说："王森兄弟看你来了。"然后磨身出屋烧水，准备沏茶。王林睁开眼睛，看看正哈腰盯着他的王二吹，激动地说："二兄弟，你有半年没登门了……"

王二吹见他咧了咧嘴，似乎要哭却没眼泪，觉得他恐怕熬不多少日子了，便有些愧疚地说："都怪我脚步懒——若知道大哥闹不好了，也早过来瞧看瞧看了。"

王林喘了几口长气，说："哥躺下一个多月了。家里家外都你嫂子顶着……开铲了吧？你一个人连踢带打过日子，咋这个得犒蹶子忙的时节，还出来串门子？"

王二吹怕哥哥教训自己是二流子，一直没敢来说自己不种地了；现在觉得进城里了，有了些脸面，便解释："我不种地了，在双义牛肉铺当了帮工的。"

王林听了关心地问："那疙瘩管吃管住不？"

王二吹进屋后见大哥病重，本来不好意思再提借宿的事了；没想到大哥却提起这个话头，就赶紧顺杆往上爬，说："那旮有伙食，就是住得不遂心——和打更的住在一块，夜夜睡不安稳。"

王林喘了几口气，才又开口："那你就先在……我这小北炕，将就些日子吧。"

王二吹听大哥主动招自己来住，觉得一家子兄弟就是血脉相连，十分感激地说："只是怕影响大哥病……"

正在外屋地烧水的宋春华，听了却犯起嘀咕：虽说他是小叔子，却比我大了两三岁，而且还没有说家口，是个光棍大老爷们。若招他住在小北炕，我不光行走坐卧受拘束，还容易出闲言碎语……便回到屋里接话说："小北炕倒是能住下二兄弟，可是……扎出来的纸活可就没地方放了。"王二吹听出嫂子在找借口，便晓得嫂子是外姓人，跟哥哥的亲情差了好大一截……他刚想说自己正打算租处房子，把话岔开，可王林却着急地说："柴火现烧现抱，把纸活……顺大山放在外屋地，反正扎出的……活都有主，不会撂多长时间……"王林所以积极主张叫王二吹来住，是有他的小九九的：这个兄弟不钱锈，每个月给半吊也是贴补；而且是一个太爷的兄弟，他早早晚晚准能帮助干些活计的。宋春华见丈夫态度坚决，怕自己再打横会惹他生气上火，又退了一步想：我岁数小，没法摆老嫂比母的架子；可也大了他半个点，说话干事还是占上风头的。不像对大伯子，得像半个老公公似的恭敬他……便改口说："二兄弟若不嫌窄巴，就来这住吧。"王二吹见嫂子也答应了，赶紧表示感谢。他喝了两碗茶水，临走时掏出两块银饼子。自打王林落炕了，进料卖货都由宋春华经手了。她知道这银饼子也叫银圆、银洋，在市面上流通起来了，一块能顶六钱多银子的。她觉得若收下了，就好像在收预交的房租，显得自己这个嫂子太小气了，便摇手不接。

王二吹瞪起眼睛说："大嫂，我来时不知道大哥闹不舒坦了，是光着两只爪子进的屋。你若卷我的面子，叫兄弟还咋进这个门？"宋春华见他提到了兄弟情义，不好再拒绝，便接了过来。

四

一晃，王二吹住进王记画匠铺有半个来月了。他对大哥嘘寒问暖，恭恭敬敬，不仅帮大嫂煎药喂药，干些杂活，有时还掏腰包买回些米面油盐。宋春华见他心肠热，真有股子亲叔伯骨肉间的近乎劲儿，便也帮他洗洗涮涮、缝缝补补，把他看待成了亲小叔子。

县城虽小，也是个有上千人口的大镇子。城里人过日子的习惯，跟庄稼院人不一样。务庄稼的人，从春头子到老秋起早贪晚地忙活，喝完晚上的粥就歇乏，没精神头三五成群嚼舌头。猫冬那三个左右月，天头嘎冷，一眼擦黑就贴大饼子似的趴热炕头。拿王二吹和宋春华这叔嫂两个人来说吧，男的还没起歹意，女的更没邪心，相互间连闲嗑都没唠过，得说关系清清白白的呢；可跟他们一同住在箭杆街的邻居，有些属耗子的暗下里磨起了尖牙；有些属长虫的背后出溜带叉的舌头——都把吐沫星子喷向了他们的后脊梁。

孙大嘞嘞住在东门附近，离王记画匠铺不太远，每天去县衙都打画匠铺门前经过。这个有名的"屁话篓子"，是那些磨牙耗子里面的一个。他常在下班回家时，在画匠铺对面停下脚步，对正在闲扯马卵子的人显摆显摆自己，把心里猜疑的话说得活灵活现："王二吹打一小就不是个正经货，有尿专朝路过的女人浇；越长越歪巴，十六七就成了远近有名的二花屁。这样的人，哪家有姑娘会聘给他？所以二十好几了，他还是一条光棍子。他为啥冒着过上殃腔病的危险，削尖了脑袋挤进画匠铺？能是为了梦里骑纸马、放纸牛吗？我天天早晚打画匠铺门前过，见过那外屋地有一男一女，拉拉扯扯……"他赢得了一大阵"哈哈"的笑声，一边吧嗒嘴，一边往家晃悠。出溜带叉舌头的，多半是女人。这里面嘴最勤、也最带荤腥味的，要数李大先生屋里的——李大先生是窦家店的账房，家里日子过得挺滋润。她吃饱了饭没事干，就走东家串西家，咬着别人的耳朵丫子，出溜宋春华："她为啥招光棍小叔子来借宿？还不是嫌恶南炕头的水鳖，肚子瘪得没了热乎水，焐不暖她那双小嫩腿了！她那双会扎纸活的手，抓起替身还能不滑溜快吗？没出三天，她就在北闹灶子上支起了洋铁壶，连拨火带扇风，燎得那壶嘴咕嘟咕嘟直冒泡……"她一看到对方捂起嘴嘻嘻，便觉得满肚子的食消化了不少，起身后朝画匠铺方向撇撇嘴，扭搭着那胖胖的圆屁股，慢慢地走向另一家……

王二吹、宋春华还没听到这些荤不荤、素不素的嗑。周凤鸣的老伴却听到了。她心眼好，认为宋春华过门后一心朴实地跟画匠奔求好日子，是个本分的小媳妇儿，不会那么不顾脸。她可也担心宋春华年轻没主见，会被人骗上了窟窿桥，便去串门。她提防气不够用，可耳朵还灵通的王画匠听到，便在外屋地悄悄地提醒宋春华："……听说那个找宿的，好爬墙豁牙，你可得提防着点……"

宋春华在娘家时，成天跟着后爹下地干庄稼活，嫁给王林后成天跟丈夫在屋里扎纸活，都很少和左邻右舍的女人唠闲嗑、扯老婆舌。她不懂得"爬墙豁牙"这种话，是影射男人勾引女人，还以为是指王二吹手脚不老实。她觉得就算小叔子过去干过偷鸡摸鸭子的事，也是不吃窝边草的；现在在城里有了占用，更不会抓挠哥哥家的东西——何况家里也没有啥金银财宝，便没往心里去。再加上王二吹还一直心没斜、影子正，她也就没把小叔子防备。

五

已经二十二岁的王二吹，早就通了人情。自拘无束、东流西串，能不沾染上一些二流子的"流"气吗？大甸子上的散驴，哪有不掠道的？近来这三年，王二吹是掠过青的。先是一个闲不起身子的壮实媳妇儿，逗他"嫩得还不像个男人"。他又羞又急还有些好奇，随她钻进了树林子。后来又碰到一个小寡妇，背着人朝他借钱；两个人便都得到了满足。他后来虽然又和她们来往过，可他怕扯咕出风波，使自己没法找个遂心的女人，过上像样的安稳日子，便不敢再往那两个村子多送脚步。他到大哥处找宿后，看到大哥病趴炕了，小嫂子支撑起了整个家，十分羡慕。他不禁又想起了大姨家的小红表妹。王二吹小的时候，常跟着妈去姨娘家串门。老姐儿俩看两小无猜的表兄妹，一起过家家，都半真半假地说过"将来叫小红姨做婆"的话。小红岁数小，听了没当一回事；王森大两岁，却记到心里了。他前几年曾去串过门，可大姨没太搭理，小红也冷冰冰的。他觉得现在自己比过去强得多了，便打扮得利利索索去姨娘家串门，想看看比自己小两岁的表妹陶小红——却不料她已经抵债，做了阚家大院的丫鬟。

王二吹去姨家的时候兴高采烈，连眉毛都不断地扭着秧歌；扯回头的时候，蔫了茄子，嫩脸都皱巴出了细褶子。

王二吹灰头土脸地回到画匠铺。王林、宋春华见他默默地进了屋，蔫蔫地在小北炕躺下了，料想他在那疙瘩碰了一鼻子灰。宋春华委婉地问："大姨家出了啥事了，你好像挺懊糟？"王二吹吭吭哧哧地说："两位老人倒平安。小红表妹二年前被抵了驴打滚的高利贷，被阚家抓去做了丫鬟。先伺候老夫人，后伺候她孙子。小红去年被阚家卖到外地了。"王林猜疑地说："她伺候过孙少爷，咋又会被买了？那可能是因奸不从，或者是小秧子玩腻她了。"宋春华抢白丈夫说："你说话，嘴咋没把门的？小红表妹比我还大，是个要强的人，咋能保不住自己的身子？再说了，东家也不能随便对下人下把的。"王林坚持说:"大户人家的小秧子,哪有一个不是属驴的?她若是伺候了一年多,那可能不是因奸不从,却可能也想往上巴结,却白吃了哑巴亏。"

宋春华觉得丈夫说得在理,就劝小叔子:"二兄弟,你哥说得也挺合牙,你就别再惦记了——想往上巴结的女人,不是能踏踏实实过日子的主。你现在已经在城里有了占用,算是城里人了,年纪也就不算长过墙了,咋也得找个比我强的给他们看看。等我有工夫回趟娘家,求我妈帮你选个好闺女。"

王二吹听了,心里高兴起来,嘴上实实在在地说:"我哪有我哥的家业和福气?若能找个抵得上嫂子一半的人,我就烧高香了。"王林也打边鼓:"你嫂子的娘家妈,是个热心人。你嫂子出面,保准一箭上垛。这件事就着落在你嫂子身上了!"

六

王林的打边鼓,是顺情说好话,过后就忘了。宋春华说的倒是实在话,可丈夫的病,一直没见扯回头,她连伺候病人带手里有停不下的活计,也就没拔出脚回娘家。

王二吹见小嫂子一直没去东河套,心里可就打起鼓:嫂子是外姓人,可能是无利不起早,我也应当下点本钱,叫她明白我不是小抠,想白使唤人。

一天傍晚,王二吹花一块银饼子,买了一袋洋白面,扛着回画匠铺。刚过了东弯街,就碰上李大先生的老婆。她先妖里妖气地"哟"了一声,紧接着就撒撒咧咧地说:"老王二兄弟,你可真是个有情有义的人:知道叔伯哥病得趴了炕,家里家外帮着他忙活,连洋白面都成袋往回扛;难怪你小嫂子,越来越白胖细嫩了!"

王二吹听出了她故意把话说得不清不白,便板起脸郑重地说:"我们哥儿俩一个太爷，跟亲兄弟只差了一竿子。大哥病了，我要站在一旁看热闹，那不成了两条腿的驴了吗？"

李大先生的老婆一听这话，脸蛋子立时红了起来，像叫人左右开弓扇了两个大嘴巴子。她扭身奔东弯街往北走下去了——她不仅舌头长，还眼珠子斜、耳朵歪：看谁走路脚尖有些朝外，便说人家有心走邪道；听谁说出的话也好犯忌讳，怀疑别人在揭自己的短。前些日子，她小叔子病了，小婶从乡下来找她借钱。她却说了几句苞米瓢子话："我炕头的那个人啥品性，你也不是不知道。他把钱掐得死死的，一个铜子也到不了我的手。你去窦家店找那个大伯哥张嘴吧：他对那些个'店里花'都有情有义挺照顾的。你这个小老妹向他张嘴，他哪能不把你答对得心满意足！"她小婶气得扭头回家了。虽说眼下王二吹并不是当着瘸子说短话，可这个女人是个对别人打糊涂炮的老手，能不怀疑王二吹在敲打她、揭她的短呢？

正往外抱柴火的宋春华，瞥见老李婆子跟小叔子搭了茬，但没听得太清楚；可见小叔子进院时脸上还带怒气，就问："老李婆子是属蛇的，动不动出溜那条带叉的舌头。她跟你都说了些啥？咋一脸心不顺的样？"王二吹红着脸，答了句"狗嘴里还能吐出象牙来"，匆匆进屋了。

李大先生老婆被王二吹气走后，走出不远，就碰到了老牛婆程老寡妇。她拉住程老寡妇，咬牙切齿说："王二吹又驮了一袋洋白面拱进了画匠铺。那可比一个发卡、一盒粉更值钱！真得说画匠的小媳妇儿也特会打小算盘，没白招二花屁小叔子去住；王二吹也真把那根套拉得倍儿直。"程老寡妇有些迟疑地说："画匠媳妇儿挺正经，不像那种招风惹火的人。"李大先生的老婆却铁板钉钢钉地说："你就等着给画匠接野种吧。"

宋春华还蒙在鼓里。周凤鸣的老伴却替宋春华担心了：她听人说有个姓李的寡妇，被人把一家三口告到了县衙，罪名是"老寡妇怂恿寡媳妇儿与小叔通奸"。她到画匠铺串门，在外屋地悄悄地提醒宋春华："……我知道你心眼正、脚不歪，可闲话也不得不提防啊。"

宋春华一听周大婶的话，也想起了传得沸沸扬扬的"借物案"：那个婆婆让二儿子跟嫂同房就合，被告到县衙了，好险没给关起来，也很吃惊。她想了一想才说："脚正不怕鞋歪。我那个主成天成夜躺在炕上，身子不能动，心里可灵光，啥事能躲过他那对眼睛？现在我若让小叔子卷起铺盖走人，那些出溜长虫芯子、磨耗子牙的，准得说我做贼心虚了——我脚正不怕鞋歪。"周凤鸣的老伴听了，觉得这话也挺在理，说了句"可也是"。

她回到家，把这事对丈夫学说了。周凤鸣评论说："画匠媳妇儿倒像是个正经女人。可王二吹有没有花花心，那可就难说了。在街面上打快船的，就像在县里当官混事的，有几个守本分的？"

第八章　屠县令视察县情

一

　　屠景操看出阚山开始夹起了老尾巴。可他并不满足，觉得还要进一步扫除他的影响，在全县树立起自己的权威：得能像鹰似的盘旋在空中嘎嘎叫，像熊似的一落脚便咣咣响。他接受李可依的建议，让阚山带领自己和邹乃杰，表演起尊师重道、礼贤下士。

　　知县叫阚山先去跟徐秀才打了招呼，自己坐轿，邹乃杰骑马，到文庙去朝圣，顺脚到秀水书院视察。

　　建安县的文庙，虽然建得晚，却是柳条边外规模最大、形制最全的。中间孔庙，东有文昌宫、西设训导衙门。文庙正门前有高大的照壁墙，令行人不能正视。站在影壁前往南看，远有树木蓊郁的高岗，近有潺潺小溪，倒也令人心旷神怡。

　　影壁两端各有一块石碑，刻着"奉旨文武官员军民人等至此下马"。屠景操下了轿，徐秀才领着他从影壁后，走向大成门，走向平时紧闭的正门。待屠景操在门前依例正冠束衣后，徐秀才领他步入大成门。离门约二十步，有一月牙形水池，上面有座小巧玲珑的木拱桥。屠景操走过桥后，回头看看还在桥上的阚山，看看徐秀才，低声对邹乃杰说："阚典史年近半百，临泮池心有忧乎？"泮池指泮宫，是古代王室办的学校；后来泛指学校——他在嘲笑阚山还是个童生。

　　进了双楣四槏的坊式棂星门，才真算进了文庙的范围。方砖铺的甬道，通向坐北朝南的大成殿；东西各有三间的厢房配殿。大成殿五间，正面六根大红明柱，斗拱飞檐，雄伟庄严。徐秀才请屠景操进到殿内；邹乃杰、阚山帮屠景操把带来的供品，摆到中间龛罩里孔子神主前的供桌上，又给孔圣和他左右矮些的颜子、曾子、子思、孟子神主前香炉都插上香。兼了司仪的徐秀才，先喊了一句"建安县正堂、后进弟子屠景操，参拜先师、诸圣"，接着便"拜""兴"地喊了起来。因为只是平时参拜，屠景操只磕了三个头。他跪着说了几句颂扬祈求的话，又到两侧看了看闵子等十多个牌位，离开了大殿。对殿后供孔子五祖的崇圣祠、殿前摆着近百个先贤先儒牌位的两厢配殿，便都免看了。

　　徐秀才领屠景操等人，从西角门来到西院的训导衙门，喝了一会儿茶；然后去后院秀水书院巡视学童用功情况。三十多学童，正端坐桌后诵读，见知县大人到来均起立。屠知县见前排一学童桌上《左传》正翻到宣公三年，便问："楚子问鼎轻重，是何居心？"该学童回答："如司马昭之心，路人尽知：觊觎大位而已。"屠景操有些吃惊他的从容流利，觉得应当杀杀他的傲气——我堂堂知县，若不能难倒一个学童，还有何颜面？他觉得应当联系时局发问，便说："楚子观兵周疆，问鼎轻重，与洋人蠢动，耀兵海疆，同为逆天乎？"这一问，只要求回答"是"或"否"的。屠景操料他天胆也不敢答"否"的；待他答"是"后，便可发表一番学童当忠君爱国的大道理，连带谕令书院山长当教诲学童立志忠君，将来建功立业，留名汗青。那学童却答道："定王后东周又延续三百年。楚子之问确实有些不自量力。而我朝面对洋夷，未能精思举国同袍之策，实堪忧虑……"屠景操没想到他如此大胆，大声呵斥："黄嘴童子不得妄论国事……"他没料到那学童竟不惧他，还不待他把话说完，竟又侃侃地说："请大人毋怪。学童以为顾炎武曾言，'天下兴亡，匹夫有责'。学童虽无匹夫之力，却不可无匹夫之志……"徐秀才见屠景操两个嘴角抖动，几乎要把上嘴唇拉到了腮下，便假装生气，呵斥那学童："年幼未冠，竟敢在正堂大人面前逞口舌之辩，奢言时局，还不住嘴！"屠景操听他虽似责备学童，实是暗讽自己误导学童，方使其'妄论国事'；暗恨这边外荒蛮之地，多年来只考出的两个秀才，也都乖张不驯。这时，恰巧阔山过来恭请入席。屠景操便匆匆走出屋了。到了外面，他才板着脸教训徐秀才说："尔为山长，须教育学童一心读书，不可妄议朝政。该学童倒也聪颖，当育之以忠君之德，方可成才。"徐秀才觉得应当给他个台阶下，便很有分寸地说："该学童名高荫周，实有乘风破浪之志、忠君报国之心。不才一定遵谕尽心。"

应当说屠知县在城里的这场"单出头"，唱得不算成功，可他没太往心里去。他想到了京城里唱过的一场大戏：一个姓康的，把到京城赶考的成千举人，鼓动起来了。这些人坐着公家的车，到处胡言乱语，喊什么"维新"、叫什么"改良"，竟闹得朝廷也点了头。他觉得自己已经找回了一些面子，将来也会有机会把老倔驴先生、小叫驴后生，收拾成老羊趴子、小羊羔子……不过，屠景操在任期间再也没来过秀水书院。应当说他虽然有机会，可他为了自己的"正事"，却没来得及再来秀水书院算这笔小账。

二

为了能在全县树立自己县衙正堂威望的同时，摸清县情，确定创造光辉政绩、取得丰厚酬劳的门路，屠景操开始叫阔山做向导，下乡巡视。

他每到一处都眯起那对小眼睛，翻弄一阵那条三寸未烂之舌，抬举邹乃杰，说他"聪颖干练，在奉天名噪一时，未来前途无量"……

邹乃杰则谢道"大人谬赞"，然后便摇头晃脑地向那些土包子财主，吹捧屠景操："正堂大人乃忠良之后！先老太爷辅佐曾文正公屡建奇勋……正堂大人守墓尽孝，无意功名，拒赴京试。两圣闻奏，下旨夺情，命吏部破例擢用……"

其实屠景操的老爹虽是湖南籍，却在江西做官，是在逃避太平军时落水淹死的，连曾国藩的面都没见过。建安地处柳条边外，那些土鳖财主连柳边里都很少去,咋能知道多年前长江一带这些事的底细呢?便都被他们俩的双簧给蒙住了。这样一来,阚山的威望跟知县老爷与主簿大人相比,可就江河日下,一天比一天低了下去。

屠景操不仅跟邹乃杰唱双簧,还每一站都单独找社长村头谈谈唠唠,似乎漫无边际地打听些良田的多少、开荒地的收获、地东佃户的数目、租赋捐税的负担,甚至耕畜散畜的数量、青黄不接时断粮人家的多寡,都一一问到……还总悯农怜民地感叹几句:"我等上荷天恩、下系民望,当共为细民温饱奔波尽心。"

那些村长社长都是或大或小的财主,虽然天天盘算的都是榨取佃户的血汗、勒索乡民的钱财,却不能不回答知县大老爷的提问,还不得不摆出满脸笑容,颂扬屠景操是"爱民如子"的"青天大老爷",指天画地地保证,要"牢记知县大老爷教诲,尽心竭力为乡亲效劳"。

阚山在官场混了十多年,见识要比同乡高出一大截子,认为姓屠的那些个别谈话、那些不断重复的感叹,只不过是在唱高调,做表面文章。而且,他还是有些应变能力的。他腰眼子上挨了屠景操、邹乃杰踹来的臭脚丫子,并没有一个狗抢屎趴下,跟跄几步便站稳了脚跟。他认识到形势地位发生了变化:过去自己是走在阳关道上放风筝,县衙的权威、自己的命运,都捏在自己手里。现在自己被逼上了窟窿桥,迈错一步就可能跌入万丈深渊——或者说自己现在成了屠景操牵着的风筝,他一抻扯那根线,自己就得向他点下头……他拿定主意:先小心谨慎地走过窟窿桥,脚踏实地了再还招。

他一声不吭,还把笑容摆到胖脸上,继续给县太爷老狗和主簿小狗,当夸官的领路狗;但暗里打发心腹家丁去打探对手的虚实。他还咬牙切齿地挖空心思,寻出一条妙计,要看准机会下绊马索,让屠景操一个跟头便摔得破头烂齿,使这个南方蛮子认识到:在柳条边外一意孤行下去,一定得像瞎老太太把刺猬当老母鸡,不但抠不出金蛋银蛋,还得把两只手扎成血葫芦!

三

屠景操在视察中越走越高兴。他不仅认定银元宝会海海地滚进自己的钱柜，还意外地享受到一次特殊招待。

这一天，屠景操到了哈拉沁屯。

哈拉沁屯的万兴泉烧锅，是建安县最大的买卖。山西籍商人隆万兴开的。万兴泉烧锅，利用建安县品质优良的大蛇眼高粱、哈拉沁屯甜美的地下泉水，加上他的名扬全国的山西酿酒技艺，烧出了万兴泉楂子酒。有些硬充行家的人夸它："这酒的头茬子，浓香得馋虫能拱开你嘴皮子，劲猛得你一醉睡三天；二淋子清亮得像小闺女笑出的欢喜泪，入口醇香绵软得让你咽下后还吧嗒不住嘴。就是那末梢子，兑了几滴答头茬子，喝了后也不想再买别家的酒。"没出半年，万兴泉楂子酒就摆上了蒙古王爷的席、边外各府县正堂的宴。它自然地成了各种礼单子上不能少的金贵货。科尔沁草原上的蒙古族牧民，络绎不绝地赶着牛羊，换回成皮袋子、满皮篓子的"头茬子""二淋子"。柳条边外和科尔沁草原的银元宝，排成队挤进隆万兴的钱柜。

隆万兴腰越来越粗，手面也越来越大，又兼营起万兴仓粮行；还在新民镇设了货栈，把边外的粮豆皮货不断地运到新民……隆万兴成了建安县内第一富商。

屠景操到哈拉沁屯时已经快上灯。在隆家用过了晋席，其他随行人员都被安排到镇内旅店；隆老板亲自把屠景操送到他的私家客房，名叫"兴泉香苑"。一个年纪虽然已过三十的美貌女人，腰细细的，脚尖尖的，衣裙虽不艳丽，却式样不俗、遂身可体，随隆老板进屋伺候茶水。屠景操料是隆老板的姬妾，不便直视；便边瞥艳女，边恭维起隆老板"经营有道，专擅酿造，兴泉酒远近闻名，为建安赢得荣誉"。隆老板已经熟知屠知县在各处的表演，猜想出了他的打算，便客气地回答说："敝人小有所就，实赖地利。除泉水佳妙外，所产高粱亦非他处可比。"说到这，他压低声音，又有些神秘地说："建安农户，无论大小，均有黑地，诡称荒田，收获颇丰，故粮价一直稳定。鄙人开起烧锅后，县内种高粱者日众；远远超过所需，粮价自然仍旧低廉。"屠景操听后，深感隆老板的生意经很合自己脾胃，便放风说："隆老板身手不凡，当扩大经营，广开财路。若能贯通去新民之路，运输粮食畜品，运回百货，必获大利；亦为助我兴县富民之大德也！"隆老板频频点头，佩服地说："大人真乃治国之才，若经商必成大贾！小可理当奋力试之。"

隆老板告退时，那漂亮女人跟了出去；可很快就又回来了。她见屠景操有些惊异欢喜，便微笑地问："大人是再喝杯淡茶，还是由逸芝伺候大人升冠安寝？"

屠景操一听她报出芳名，还要侍候自己"安寝"，暗喜今晚不会寂寞了，却故意摇手说："你曰'易之'，我却'不敢'——常言道'朋友妻，不可欺'。你似隆老板如夫人，我岂敢劳你辛苦。"那女人叹道："没料到你这个知县不仅颇有才学，还挺讲道义。我不是他的小妾——数年前我是逃妓，他救了我一命。当时我倒想委身做妾，他却不肯。他知我身世后，知我无处投奔，便提议让我来他私家客房，为他招待过往够品级的官员和出名挂号的杆子头。他还保证时间不限、不入眼的可以不接待；每月给我五十两银子。我明白了他的用意：让我有机会选一个托身的人。我一来感谢他，二来也没有别的出路，就隐去姓氏，改名'逸芝'，做起暗妓。"屠景操十分意外，可也十分喜欢。逸芝在伺候他躺下后，默默地摘去钗环，吹灭蜡烛……

屠景操这条瘦狗，过去是不敢打野食的，最近却很羡慕"齐人之福"，但不敢得罪胖夫人；也就十分盼望能有外遇。隆老板的安排，令他十分欢愉……他精疲力竭，酣然入梦。等他一觉醒来，却发现蜡烛已经点燃，逸芝已经穿好衣服，坐在炕边。他贪婪地说："我为游宦，你是逃妓，相逢便是有缘，何必匆匆离去？"逸芝淡淡地说："你为正堂，我是逃妓，能有何缘？"屠景操认为她很自卑，便笼络说："我可别院养你，待归湘之日携尔同返，保你来日安享富贵。"屠景操说的倒也不是空话：他觉得任满后回到湖南，不管是不是再入宦海，均已不惧那头母狮子；逸芝比自己小有十岁，又无依靠，必能供自己晚年把玩消遣。

逸芝不屑地说："你的那个典史，五年前也曾信誓旦旦对我说过这类的话。可他一转眼间就弃我如同敝屣，另娶了个叫王可一的小老婆，使我无法再在建安立足……"

屠景操大惊，说："阚山竟然如此无德无情？待你随我后，我定然令他大礼拜见，为你出气！"

逸芝摇头说："我曾对他恨之入骨。后来想到自己既为烟花，便不当自取其辱。在官宦眼里，我这等人只是玩物而已。大人虽然可怜我，请谅我不敢高攀。说实话，我今夜伺候大人，实在是只为报答东家之恩罢了。"她说完，便毅然抬身离开了。

第二天早饭后，县衙急马来报：分治所主簿请示，"何日可到县衙述职？"屠景操立马指示："回去传命，安排在三日后。"

四

建安县辖下有个郑家屯分治所。分治所是个比县小、比社（现在的乡）大的行政单位，由县衙的主簿坐衙理事。屠景操到任不久，郑家屯分治所的陈文奎主簿，曾到县衙拜见正堂大人，一来表示恭敬，二来送礼，三来借机暗下从阚山嘴里打听一下新知县可好侍候。他听阚山说"这条瘦狗又贪婪又刻薄"后，就下了决心：要早点来述职，还要多带些人来，让他们为自己多掏些银子。

这天，屠景操面南端坐在旭日东升屏风前、巨大紫黑色公案后，头戴白纱官帽，红缨正中镀金铜座上是颗水晶顶子，后边插着单眼花翎——也就是孔雀翎的末梢带有一个彩色花纹。他身上穿着天青色对襟的补褂，补子上绣着一只红喙红爪、拖着五根尾羽的白鹇。

陈主簿带领吏员乡绅，列队站在大堂门外，见知县大人已经坐稳、邹乃杰和阚山已侍立一旁，便先高喊"属下陈文奎携分治所吏员士绅拜谒正堂大人"，接着低头碎步进屋。

这陈主簿和邹乃杰、阚山都是八品衔，官帽后所插的翎子是褐马鸡的尾羽，蓝紫色没有花纹。这就使坐北朝南、着穿候补知府五品顶戴补服的屠景操，更显得高高在上，成了羊群中的骆驼。

陈文奎把带来的人都领进大堂，自己在公案前站稳，崇敬地仰望屠知县一眼——这是行大礼前的注目礼；随即领众人先左后右、唰唰地掸了两下衣袖上的马蹄袖口，接着双臂高举、下甩，跪下叩头。磕完三个头站起身来，又作势想把三跪九叩的大礼行完……屠景操便抬手止住，客气地说了声"看座"。陈文奎等人便不再跪叩——但"看座"却只是对陈文奎这个在分治所立衙的主簿说的。他拱手向上一揖，说了声"谢大人"，才在衙役搬来的一把椅子上坐下。

陈文奎向知县述职，事先已有详细的书面呈文。在这个仪式上只做提纲挈领的汇报，表明分治所是在知县辖制下处理政务的。陈文奎做完述职汇报，屠景操说了几句嘉勉的话，述职的过场便算走完了。陈文奎站起身，正式地"恳请正堂大人莅临分治所视察"。他带来的那伙子人，便齐声高呼："恭请正堂大人一行，殷勤教化民风！"

其实，这"视察""教化"之请，差不多是屠景操念秧念出来的。昨晚陈文奎单独去县衙后堂，向屠景操送上了自己和随行人员的金条银锭，并恭维："卑职等闻正堂大人忠正贤明，对大人治理建安欣喜至极。"屠景操知道郑家屯十分富庶，心想：我如亲身前往巡视，一定会得到更多孝敬，也会进一步树立官威……便放风说："本县上荷两宫深恩，下肩百姓厚望，理当披肝沥胆，励精图治。一俟有暇，必往贵所观政劝民。"县太爷有了这种表示，陈主簿及他的随行人员，能不"恳请"吗？

屠景操也就欣然接受了真诚邀请，表示在端午前去一趟郑家屯分治所。

这样的场面，邹乃杰第一次经历，艳羡得直舔嘴丫子：我什么时候才能坐北朝南，受这么多人大礼参拜呢？硬凭本事去考举人、进士，恐怕遥遥无期；只有想法弄一大把银子，挖门子捐个县太爷当，或许还会快些！

阚山却经历过多次这种场面了，但规模却都没有这次大；而且那几位县太爷都是在属员刚要跪下时，便起身发话"免礼"的。他把微笑摆在胖脸上，心里暗骂：姓屠的把架子端了个老满，有一半是给我看的，敲打我得老老实实给他当狗使奴才。阚山想给屠景操眼罩戴、把他当猴子耍的心情，可就更迫切了。

屠景操离座和陈主簿等人寒暄了几句，便支使阚山去酒馆督办酒席，烦邹乃杰陪客人小憩。

屠景操回后堂换了便服，休息了一会儿，领众人去赴宴。入座前，他又让有品级的宽去官服、升去顶戴，说"都是兄弟朋友，免去繁缛礼数"。这使分治所来的官民都十分感激，称颂他"礼贤下士，宽厚仁爱"……

郑家屯分治所一行人走后，屠景操继续巡视夸官。然后便叫邹乃杰带领吏、礼两房安排去郑家屯视察事宜。他要求挑选一批乡绅、老板随同自己前去——这不仅可以壮大声威，还可以笼络地方上的头面人物。他自己则和李可依会同户、工两房查阅历年地亩赋捐档案。户、工两房的人，以为屠大人要搜寻前几任的贪墨罪证，心里讥笑他"铁球子上找缝下蛆"——哪个县太爷会在账面上留下搂银子的痕迹？李可依却暗中猜测：东家一定发现了这个偏僻穷县埋着金条银锭的密窖，而打开铁锁的钥匙，可能就藏在这些破账中！

阚山显得轻闲了，也好像适应了无所事事的"咸烂肉"般的生活。他一天天早来晚走，微笑着听屠景操的吩咐，殷勤地去做交办的做不做都行的事；见到邹乃杰也先抱拳问好，还主动地请教些狗捉耗子、驴咬蹶子的案子该咋处理。可他那个胖脑袋，并没闲着，还暗下把他的狗使奴才张喜瑞，打发出去了几天……

五

建安县城里，为屠知县去郑家屯视察的各项准备，由主簿牵头、典史和师爷襄助，正紧锣密鼓地进行。他们研究决定：商铺代表，由县城的店主铺东集会推选、会董议决；乡绅、名流则由阚山提名，共同商定。

四月二十四这天，县城的店主铺东在窦家店开会，推选去郑家屯的代表。谷璧急得抓耳挠腮，却没人提到半个"谷"字。他不甘心扣到了盆外，认为随县太爷去一趟郑家屯，不仅能抬高自己的名声，还可以打听一下那里的牲口行情，对以后扩大买卖很有好处。他去见张喜瑞，请他向阚大人求情。

张喜瑞得到了送给他的五块银饼子，十分高兴，大包大揽地说："你跟去看看热闹吧。"

谷璧觉得还应当跟商会董首打个招呼，便提溜四色礼去秀水书院北边的高家，拜见高捷三。一听说阚山已经点头了，高捷三便说："那你就跟去吧——各家店主铺东没提到你，是因为你初来乍到，还不知你的底细。其实你的肉铺挺兴隆，已经站稳了脚跟，大家会越来越把你看在眼里的。"

高捷三的几句敷衍嗑，使谷璧像一口闷下了半斤辣烧酒，兴致勃勃地往回蹦跶。碰到一伙小孩正在东弯街旁放风筝。他见有的风筝越飞越高，摇头晃脑，很有些扬扬得意的样儿，也雄心勃勃起来：做买卖、拼日子，也和放风筝一样，不抓住机会借好风，不用心思逗弄好线，是上不了天、得不到乐和的！他边走边打定了心里的小算盘。

谷璧到家后，一本正经地对谷英说："哥连送礼带作揖，总算争取到了陪县太爷去郑家屯的机会……好几十户铺东，为啥没一个人举荐咱们兄弟？听高会长的话音，是因为咱们的买卖还差火候。咱们兄弟还得再加一把劲啊。"

谷英听了后，觉得这位叔伯哥对肉铺真上心，打心里往外地保证说：

"我没大哥有韬略，力气还不缺，一定照大哥的嘱咐铆足劲。"

在确定乡绅、名流上，由于邹、李不熟悉县情，就主要靠阚山举荐了。阚山举荐的乡绅，自然是那些兼任社长的财主。他在提荐名流的时候，却动了心眼：县里百姓，特别是县城的居民，近些年来曾有过"四大名人"的说法：认为商会董首高捷三、书院山长徐秀才、清华观主若木和跌打医生周凤鸣，是建安县商界、学界、宗教界和医界权威最高、名声最大的人，称他们为"四大懂"。阚山对周凤鸣有猜忌，加上若木已死，便没提这个茬，没把周凤鸣列入"名流"。这两份名单业已经屠知县阅过，发出请柬了。

四月二十六那天，窦家店掌柜的窦勇为儿子满月，在自家的饭店里答谢宾客。高董首、徐秀才和周大夫，脚前脚后来到。窦勇便把他们三位请进一个雅间。高捷三年齿最长，看了看两位老友，有点感慨地说："真是光阴荏苒、日月如梭。若木这牛鼻子，不觉间已经羽化一年有余了！自他仙去，咱们三人却像一张桌子断了一条腿，好长时间没摆成宴席了。"徐秀才也叹道："他虽说有不检点处，难称完人，却精熟丘处机道学要义，并非浪得虚名；苍天若假以时日，当有所成就。"周凤鸣刚想搭言，却瞥见窦勇把一个老道迎进屋，便低声说了句"追走他的人来了"。他话音刚落，窦勇竟把一个右脸上有三道长疤、手拎一柄拂尘的老道，领进雅间，还客气地说："瑞木道长给小的送符时，就说过对三位十分仰慕；今日有缘碰到一起，你们四位正好一起谈世论道。"他说完便匆匆去招待新来的其他客人。徐秀才已经风闻瑞木有意取代他师兄，补进"四大懂"，见瑞木稽首后便想落座，立即客气地站起身，嘴上却不客气地说："人面如大地，鼻耸如高山。山右为西，三疤如川——观主可仿'崂山道士'，称'西川仙师'。然清华观领袖全县龙门派道众，观主当熟谙丘祖所传精奥道义；若观主只以符咒自诩，恐难副龙门派翘楚之名。我等难附骥尾矣！"瑞木没料到徐秀才竟如此不留情面，当面斥责自己不学无术，不配介身"四大懂"；不过他也知道这三个人都有些分量，不敢得罪，灰溜溜地离开了雅间——也从此绝了滥竽充数的念头。

高捷三对徐秀才跷了一下大拇指，称赞说："好个快人快语！"周凤鸣也感叹："徐山长文人侠骨，泾渭分明；高董首以布衣自荣，敢讥盲目颟顸县官。俱有燕赵豪气，令周某自惭形秽。"徐秀才却说："你以独到医术疗伤济贫，城乡百姓被恩者甚众，较我等逞口舌之利，争一己之名，高远多矣！"高捷三也说："人人心中有杆秤。商人农夫议出了'四大懂'，其实我等是叨你之光了——我等除了虚张声势地咬文嚼字，不稼不穑，实无所懂……"徐秀才像似想起了一件事，插嘴说："周老弟有句名言：'有银两的治伤交钱，没铜子的尽管上门。'一句话便诠明了'医乃仁术'。那个想去分治所扬威捞钱的人，正柬邀'名流'，以壮声势；周老弟想必早已接到请柬了？"周凤鸣略微一怔，随即哈哈笑了，冷淡地说："我只懂得一些草药，偶然学了几手按摩手法；既非'名医'，更难当'名流'之名。况且我过几日须为一名病人复诊，或蒙高看也难趋奉。"高、徐二人都听明白了：他没接到请柬。这二人也知道他一直不愿跟衙门里的人打交道，就是接到请柬也不一定会去捧人场、凑热闹；便相视一笑，点了点头。

这时，高捷三看到住在添寿庄的远房族弟高老大走到了门外，便招呼他进屋。周凤鸣起身想让他坐在自己旁边；可徐秀才却拉他坐到身旁，还在寒暄过后抽时间低声问："数年前，我听人唠过西荒耳朵眼窝棚有个朱顺，他现在还在吃劳金吗？"高老大也悄声说："他叫两条腿的狼掏伤后，没等养好伤，就跑到外地去了，一直没敢回来。"

周凤鸣挺纳闷：徐秀才咋也认识他呢？后来他想起徐秀才也是西荒人，家离鸭蛋山不远，不再奇怪了。

第九章　计对计

一

光绪二十四年闰三月。天一进五月就热起来了。

五月初二这天，谷璧早早就起炕了。谷英帮他打好辫子。饭后，谷璧穿上新做的深驼色夏布长衫，戴上红疙瘩瓜皮夹帽，上了一辆预订的蓝色布篷车，去县衙随县太爷上郑家屯。

这县衙，虽然被老百姓暗下咒骂为"贼卵子窝"，却盖得在建安县城相当的抢眼，也就清华观、文庙、天主教堂还能跟它比比肩膀：周围一圈高高的青砖墙，让人看不出院里多深多浅；黑大门的漆虽然有些剥落，仍然冷森森地叫平民百姓看了打怵。只有傻大胆打门口经过，才敢扭头撩上两眼，能看到院里头趟青砖黑瓦七间房，中间的门前立着一面"鸣冤鼓"，门上横着一块"建安县衙"大匾。大堂正北公案后是一座巨大的屏风，挡住了县太爷升堂、退堂走的北门；公案前的两侧有走廊，通向主簿、典史、师爷和六房办公地。

谷璧的车从北门里拐向北裤裆街东腿，排在一大溜小车子最后边。屠景操本打算让阚山和邹乃杰都陪自己去，由师爷李可依在衙门留守，可阚山两天前请假："家慈身体不爽，拟返乡侍奉。"清朝是人少的满族，统治人数众多的其他各族人，对"孝"还很重视。屠景操哪能不允？还备了一份礼物，请阚山"代为问安"。

辰时初刻，屠景操坐着四人小轿离开县衙。打头鸣锣开道的人身后，两个人举着"肃静""回避"的扬威牌子；接着两个人高擎"五品候补知府""建安县正堂"牌子夸官。轿前有穆克图等四名骑马的捕快，轿后有孙大嘞嘞等四名挎腰刀的衙丁，护卫着县太爷。后面紧跟着骑马的邹乃杰和张喜瑞——张喜瑞隔一会儿就骑马跑前跑后，对捕快衙丁吆喝几声"打起精神来，走齐些"。再后面，是一溜小车子，谷璧的蓝篷车跟在最后边打狼。

明天就是夏至了，而且今年是闰三月，但天还没太热。这支队伍经箭杆街出了从来没有过门的"东门"，开始在向东的漫冈间起伏。冈上、坡帮的田里，庄稼已经罩垄；远远近近，都有零零散散的人铲蹚。他们听到了锣声，或停下犁杖瞥一眼，或挂起锄头望一望，便继续干自己的活。他们并不关心这些坐轿、骑马、乘车的人去哪里，觉得没到跟前吆三喝四、没事找碴，就算没白给老天爷烧高香了。

这队人马翻过了两道冈梁子，过了一座小桥，路边的田越来越少，树林子越来越密。捕头张喜瑞殷勤地跑前串后，招呼衙丁捕快"加强警戒"。又一个多时辰后，到了有三十多户的孤家子。社长率几个土头土脑的财主，把知县、主簿请进路边一户干净人家，敬献茶点；社长还分别送上了二十两、五两银元宝的"程仪"，感谢他们经过本社。其他人则一窝蜂似的围向路旁的几张条桌，端起大碗茶，抓起光头饼子。

这支人马重新上路时，由向东拐成向北了。走出十多里，便进了一小片草甸子：东边不太远是密密的树林子，西边不太远却是一道道、一丘丘的坨子。这些坨子，有的只长了一撮子一撮子的香蒿、一疙瘩一疙瘩的扎蓬棵和零零星星的红毛公，裸露着一片片灰黄的沙土；有的虽然稀稀拉拉地长了几棵树，也都是矮矮趴趴、杂杂球球的小老树。不过这小段路，倒显得挺敞亮。

突然，从路左的沙坨子后跑出来一帮骑马的蒙古人，一边扬着刀嘀里嘟噜地喊叫着，一边远远地围着这支坐轿乘车的人马，不停地奔跑着。腾腾杀气罩住了这些平时颐指气使、狐假虎威、装腔作势的老爷、掌柜的、爪牙和老板子：开路的把锣抱到了怀里，扬威夸官的把高脚牌子挂到了地上，骑马的滚下了鞍，赶车的慌乱地拢骡子；轿夫停下脚步，也没等县太爷踩脚便放下了轿子。张喜瑞扔下马来到轿前，惊慌地大声禀报："屠大人，咱们遇上蒙古旗的马胡子了！"

屠景操听了大吃一惊，慌张地撩开轿帘下轿——惊呆的轿夫、衙丁，都忘了上前伺候；屠景操脚下一绊，跌倒在轿前；他扶地往起一拱，却没站起来；他皱了皱眉、咧了咧嘴，颤声说："张捕头，快快迎敌呀！"

张喜瑞却抬起头来说："老爷，这蒙古旗的马胡子凶得没边没沿，杀人不眨眼的！手下加上马步护卫才九人，五名执事、四名轿夫没带武器，若与大队蒙古马胡子动手，那是拿鸡蛋磕石头，非淌出蛋黄子不可……小人死活不在话下，老爷的命可金贵着呢，是不能白白搭进去的呀！"

这时候，那一溜带篷的小车子，已经挤成一团了。车上的人，有的趴在车厢里筛糠，有的撩开布帘干瞪眼。谷璧已经跳下车，手里拎个小板凳，眼睛望着来路，趑趄着逃路和躲处；心里却忽然想起了张喜瑞那句让自己"跟着去看热闹"的话……

这时候，邹乃杰滚下马后也走过来，可怜巴巴地央求张喜瑞："张大哥，你见多识广，千万想出个万全之策呀！"

张喜瑞看了看还在绕圈子逼近的马胡子，好像发现了活命机会似的，说："两位大人，咱们还有一线希望：他们围着咱们一点一点把包围圈缩小，这是向咱们传话：赶快拿钱买路——若不答应，他们逼到跟前就要动刀砍脑瓜瓢了……"

二

虽说天时已经是五月初的晌午歪，侧棱着身子趴在地上的屠景操，却感到似有似无的小西南风，竟然像夹着雪花的老西北风，哆嗦着身子催促说："那你咋还拖泥带水呢？赶快去搭话商量：本老爷乃朝廷命官，他们理当顾全大局，有所尊敬……或体恤厚爱的。"

这位县太爷的最后一句话，说得有些含糊：是蒙古旗的马胡子对他会"体贴厚爱"呢，还是他对劫道的马胡子会"不加计较、宽大对待"呢？

张喜瑞听县太爷发话了，别人也不知他听没听明白，他便扭过身子，双手举过头顶，一边啪啪地拍巴掌，一边向扬刀催马逼近的马胡子走去。

邹乃杰见屠景操还侧歪身子趴在地上，忙上前搀扶。屠景操大声叫道："疼死我了——腿摔断了！"

衙丁们听了都围拢过来，却都和邹乃杰一样，挓挲着两只爪子拿不出啥法：往起扶吧，老爷喊疼；不扶吧，让老爷趴在地上，又有些不成体统。这些人正张飞纫针——大眼瞪着小眼，张捕头一溜小跑着回来了，愁眉苦脸地回禀："这帮马胡子黑了心，非要借两千两银子；还说若不能给足，需由随行人员中有威望的铺东店主具保。若无人担保，知县老爷便得接受邀请去歇歇脚；三日内银子一到，他们便恭送老爷回衙；若是……"

屠景操听张喜瑞说到"若是"住了嘴，心里便完全明白了：马贼已经把自己当手拿把掐的肉票了，若是不答应他们的要求，就要撕票——把自己杀掉。他气恼这伙马贼无法无天，更为自己的命运前途心惊肉跳。为了保命，两千两银子倒也不多，但堂堂的五品候补知府、建安现任知县，在自己治理的地盘内被掳为人质，能不成为民间的话把儿、官场上的笑柄吗？名声扫地、青云失足，我可就成了断线的风筝，不是一头扎入深渊泥潭里，就是挂在悬崖树梢上，由不得自己了……

邹乃杰见屠景操脸色灰白，目光散乱，似乎是拿不定主意，急忙劝说："大人，答应下来吧——留得青山在，不怕没柴烧。卑职愿带人回县筹集银两，连夜送来！"

三

邹乃杰是屠景操在建安的唯一心腹。他听了邹乃杰的劝告，并没吭声。他那对小眼珠子瞪得溜圆，目光透过人们大腿夹缝，惊疑地注视着意外的变化：举刀绕圈子奔跑的马胡子，已经聚到一处，还都把明晃晃的杀人刀入了鞘。一个不知多咱现身的民人，不老不少，骑在一头大走驴的屁股蛋上，面对着那帮马胡子比比画画地说着什么；那些方才还在耀武扬威的马胡子，一个个提着马缰，恭恭敬敬地听着……屠景操不知是福是祸，抬起头向张喜瑞询问："那个后来的人，就是那个骑大走驴的，是他们的头领吗？"

邹乃杰，张喜瑞，还有那些衙丁、轿夫，一个个正目不转睛地盯着那位侧歪在地上的县太爷，焦急地等他发话——心里害怕着马胡子，挥刀过来胡乱地砍瓜切菜；后脑勺上又都没长眼睛，咋能看到人圈子外边发生了变化呢？听了县太爷的发问，这些人才有的抬头踅摸，有的转身望去：只见那个骑大走驴的，还在不紧不慢地对马胡子说着什么。他又说了几句，抬起右胳膊向西挥了挥。看那手势，像命令那帮人离开。而那二十左右名蒙古族马胡子，竟然绵羊似的温驯，一个个向骑大走驴的民人汉子拱了拱手，抖了抖马缰绳，沿着沙路，扯成一条线向西跑下去了。微风已经完全停了，那些马一匹匹跑得飞快，马蹄子在沙地上刨起了一朵朵的灰尘，腾起不高，却连成了一条线，在慢慢地消散……

邹乃杰和衙丁们，当然还有县太爷屠景操，先是有些莫名其妙，但很快就松了一口气，方才提到了嗓子眼的那颗狂跳的心，好像随着骑大走驴的人那挥了挥的胳膊，落回了腔子里，满脸的恐惧紧张，也随着那股灰黄色烟尘消散了。那些乡绅老板，也都像美美地抽了两口大烟，提起了精神头儿，又有了力气，摇头晃脑地互相安慰起来。衙丁中孙大唠唠，虽然有些年岁大，眼力却还不错，更嘴快好显摆，吵吵把火地说："可真是卤水点豆腐——一物降一物！周凤鸣师父一露面，那么凶的马胡子，就乖乖地穿了兔子鞋！"

张喜瑞早就看出来了：不请自来的是周凤鸣，还凭空插了一杠子。他愣了神，也就没有回答县太爷的提问。等孙大唠唠一喊，他才醒过腔：若不小心地伺候，县太爷会怪罪下来的。他转过身，哈下腰，对屠景操知县大人说了句"小人去把周凤鸣请过来",说完便迎了过去——心里却骂：一场好戏刚唱到节骨眼上，却叫这个丧门星给搅黄了。

屠景操和邹乃杰，虽说没和周凤鸣打过照面，却都有些耳闻：他住在县城，是跑关东过来的，有一手治黑红伤的祖传医术；为人仗义，没钱的人治伤看病也给抓药，所以很有人缘。不过他们俩都很纳闷：这股胆大包天的蒙古族马胡子，太岁头上都敢动土，咋听了他的话，竟立时乖顺地钢刀入鞘、催马归山了呢？所以都认真地打量起这个人：身材比张喜瑞高出半个头，没戴帽子，辫子盘在头上；穿了件灰色对襟布衫，走路很稳，但步子却大，很快就来到了跟前。

四

周凤鸣发现斜身坐在地上的人，穿着官服、戴着官帽，自己还没打过照面。料想他是新来不久的知县，便有些意外地抱拳向屠景操一揖，然后扭头向张喜瑞问："张捕头，屠大人是被'追风沙'手下人伤了吗？"

"不是，不是，"张喜瑞有些慌乱地解释，"屠老爷是摔伤的，是下轿摔伤的。"

屠知县也点了点头。

周凤鸣向前跨了两步，弯下腰瞧了瞧屠知县的腿，说："屠大人，草民懂些医道，可以让我看看吗？"

屠景操见他脸色凝重，一双眼睛炯炯有神，又想到他刚刚给自己解了围，便客气地说："周壮士，谢谢了。我左腿不敢动，怕是摔伤了骨头。"

周凤鸣听他同意了，便蹲下身，先轻轻在他左大腿上按了两下，又在小腿上捏了一捏。他见屠景操没喊疼，便微微点点头；然后用左手扶住屠景操左小腿，用右手握住左脚……还没等他使劲，屠景操便"哎呀"地叫了一声。周凤鸣好像没有听见，扭头向张喜瑞打诈语，问："'追风沙'手下的人又杀回来了吗？"

屠景操、邹乃杰和其他在场的人，听了这话都惶恐地转脸向西望去。

周凤鸣一见把屠知县的注意力转移了，冷不丁地把屠知县的左脚往下一拉一拧，随着轻轻的一声"咔吧"声，屠景操斥责地喊："你怎么……"

周凤鸣已经站了起来，拍掉手上的尘土，微笑着对喊了半句就住了嘴的屠景操说："大人只不过脚脖子错了环，我已经给端上了。"

屠景操还有些不相信，试探地把左腿抬了抬，果然不疼了。他半信半疑了，便双手扶地想试着站起来。邹乃杰眼疾手快，伸出双手相搀。屠景操小心翼翼地站起来，在邹乃杰搀扶下往前走了两小步，高兴地说："果真妙手回春，手到伤愈！"

邹乃杰却还是扶着正堂大人不撒手，笑容满面地说："大人真是福大命大，逢凶化吉，有惊无险，安然无恙！"

周凤鸣从驴背上的褡裢里取来了几包药，递给邹乃杰，说："邹主簿，红纸包的外敷，黄纸包的内服，都是活血化瘀、镇痛消肿的药，请代屠大人收着。"然后，他便向屠景操拱手告辞："大人可以安心去郑家屯了，估计不会再有意外。草民与患者家有约，去为他复查病情；途中因故耽搁，不能久误。"

屠景操本想邀他一同去郑家屯：一来有他陪护，更加安全；二来有暇细询，弄清原委，将来也好代他扬名，有所报答。听说他得去为病人复查，没法强求，只好客气地还了一揖，说："周先生有约在先，本官不便强留……回县之后，一定登门拜谢。"

周凤鸣答了句"不敢有劳"，转身走出几步，骗腿上驴，向东岔向一条毛道，很快就消失在树林里。

张喜瑞见县太爷和主簿大人目送周凤鸣，心中暗骂：这个丧门星抖起来了，成了他们的香饽饽。

屠景操又大模大样地上了轿。张喜瑞跟在邹乃杰身后，有气无力地爬上了马。那些乡绅店东，也都撅屁股钻进了车篷子。

随着屠知县的一声"起轿"的吩咐，开道的衙丁"当"地敲响了一声铜锣。锣声一响，扬威夸官的高脚牌子都举了起来，轿子稳稳地升了起来，马快抻好了缰绳，步卒握住了刀柄，小车子老板抬起了鞭子……还站在路边的张喜瑞也不敢怠慢，扯起嗓子喊道："知县大人起行了。"

于是，这支队伍又好像生气勃勃、操演有素地向前进发了。

<h1 style="text-align:center">五</h1>

重新起程时，徐秀才、高捷三回到同一辆小车子上。两人坐在车上，身子随着车子不太大地颠簸，轻轻地晃着，竟然晃出了诗兴。高捷三说："我这个人，县尊眼里是个不肖的秀才，若不是你老弟良言相劝，是不会来捧臭脚的。不料却来对了——比在家闲待强多了。"徐秀才伸出手指头，点着他鼻子，猜想地说："一定有了佳句。"高捷三说："不敢称'佳'，诌出的只是'心语'。"徐秀才笑着说："你我确为难兄难弟！我也凑成了八句，竟欲以'纪行'为题……"高捷三笑道："果然是一丘之貉——我之'心语'，自当在你'纪行'之后！快念出来。"

徐秀才为人直爽，便吟道：

> 端午姗姗暑气腾，骤车帘外马转灯。
>
> 不是憨民迎贵客，陡逢莽汉索巨铜。
>
> 多智捕头谋货路，清廉县宰羞扬名。
>
> 主簿欲归筹赎费，驴臀稳坐周凤鸣。

高捷三听了道："你这位县学山长，颇善史笔：叙中有贬，明似恭维。令我自叹不如者，实是前七句全是铺陈，给最后一句中的老周，缝了一大摞子屁股垫——老周这个人确实是个人物。可我实在纳闷：他咋会成了不速之客呢？"

徐秀才摇摇头，叹了一口气，说了一句"以后再问他吧"，接着追高捷三朗诵自己的诗。

高捷三随即吟道：

> 读经学贾图温饱，无奈扈从绿衬红。
>
> 沿路扬威银买路，挥鞭纵马剑展锋。
>
> 曾叹圣贤言蛇虎，今惊筲斗扮鹰熊。
>
> 我辈临终留话语，儿孙几时报河清？

"你虽自云图温饱，其实在忧虑时艰。刘禹锡说'沉舟侧畔千帆过，病树前头万木春'，我辈却看不到'千帆''万木'——真不知何日海晏河清了。"徐秀才叹道。

其实，他们也曾为光绪皇帝梦想中兴、毅然"维新"，欢欣鼓舞过。但他们也知道，老佛爷那只凤爪的厉害，是不会真正放开手的。历史证明了这一点：从四月二十三颁布《明定国是》诏，至八月初六光绪被囚、六君子被杀、慈禧太后重新垂帘听政，一百零三天的维新便夭折了，也"真不知何日海晏河清"了。他们对那个"孙大炮"，还只有只言片语的耳闻——这就是偏僻地区的悲哀，也说明当时的中国老百姓，确实需"唤起"。

不过高捷三对周凤鸣"咋会成了不速之客"的疑问，确实是有道理的。

六

一天中午——是在屠景操定下去分治所的时间后，正在老窑的"追风沙"得到报告："建安县阚典史秘派张捕头来见大当家的。"他心里说了句"要账鬼进宅了"，便吩咐："把他安排到客房，告诉他'大当家的外出了，晚上回来后才能见他'。"

"追风沙"知道张喜瑞原是阚家的护院，担心他听说过自己的容貌，便叫来许彪，叫他打扮老些，晚饭后上灯了再以"大当家"的身份去见张喜瑞，"他可能是个讨账鬼——你一问清他的来意，就让他歇下；过来跟我回话。"

上灯后，许彪带两个弟兄来到客房门外，大声吆喝两人"在外面等着"，自己一个人进了屋。张喜瑞对这位大杆子头有些打怵，连正眼都不敢看。许彪听他说了请求帮忙的意思，也有些吃惊，说"这件事对绺子非同小可，我得好好思量思量；明天早晨给你回音"。

许彪向"追风沙"汇报完，心窝子里却有些打鼓；"追风沙"好像看出来了，便问他："这件事该咋回答，你有啥看法？"许彪觉得瓢把子对自己这个嘴巴子没毛的小弟兄，平时就当成近人，现在又问到了头上，再不说就不义气了，便开了口说："当家的大哥常对我们这些弟兄说，咱们是'没吃没穿落了草，胡打乱凿没个好；不反朝廷不扰民，不淫慎杀做侠盗'。我觉得姓屠的和姓阚的，是在争权夺利狗掐狗；咱们往里掺和，可能惹出祸来。请当家的大哥认真掂量——是不是拒绝了好？""追风沙"有些为难地说："答应去帮忙，就犯下了'胁官买路'的反叛罪，是干不得的；可阚家帮咱们救出了张冲，不答应的话，绺子会落下'忘恩负义'的名，叫江湖同道知道了底细，会瞧不起咱们绺子……"许彪低声说了一句"两害相权取其轻"。"追风沙"却摇摇手，对许彪说："先别忙，还有一整夜的工夫。周凤鸣先生见高识远，我去向他讨教讨教……"

二更多，"追风沙"骑花狸豹赶到了建安县城，敲响老周家的门。

周凤鸣把"追风沙"迎到屋，两人进行了一次秘密谈话。当初"追风沙"去求阚老太太搭救张冲，还是周凤鸣出的主意。他现在一听"追风沙"说"我答应过对阚家'有所报答'。现在阚家打发个要账鬼讨债了，要我在半路围劫屠县令，逼他答应交钱买路"，就摇摇头说："不可——你不是跟我说过'无奈落草……不做反叛之事'的话吗？你若答应下来去帮他，那就事近反叛，便跟如毛的以拦路抢劫为生的人，有了差别，可能招来大兵围剿；后果对你和绺子都十分不利。"

"追风沙"无奈地说:"逼迫命官买路,实近公开反叛,是我所不能做;若拒绝,我又是出尔反尔、言而无信,是我所不愿为。所以我把去的人稳住,跑来向大哥讨个两全之策。"

凤鸣双眉紧皱,思虑了好长时间,才右手握拳捶了一下胸,果断地说:"那个主意是我出的,惹出的麻烦也有我的份儿。这事由我出面插上一杠子,咱们一道扛起来……"

"追风沙"听了他低声说出的安排后,有些忐忑不安地说:"这样做,对我和绺子是两全其美;可对老大哥来说,却留下了后患:姓阚的是个睚眦必报的小人,肯定要记恨你,伺机陷害。"周凤鸣平静地说:"或许不会:他求你的事,是'勾结胡匪'绑架朝廷命官,量他不敢公开地就这件事对我报复;我是偶然遇到了医过的受伤之人,仗义将不法之徒喝退,料也不会引起外人怀疑。而且,姓阚的有了小辫子在你们的手里,你们也可以对他进行牵掣。这对我来说可以免灾,对你们来说有利于今后的活动。"

"追风沙"又连夜返回了老营。

许彪在天将亮时又去见张喜瑞,对他说:"看在老夫人对我的情义上,不能不去帮你们这次忙;但我去的人马,只围着屠县令的人绕圈跑;在他答应买路后,假装改变主意,说愿意跟他交个朋友,不要他的钱,便撤走。"张喜瑞满心眼高兴,连说"那好,那好"……

这个秘密,阚山当然知道,所以他请假回家"伺候病母",要躲开身子隔岸观火。当然,他回到老家,还想更方便地听打发去盛京的人回来汇报。

他派到奉天摸底的家人回来汇报:屠知县确实有亲友在京城当官,但当什么官,在奉天无法探清。而邹主簿有个妹妹,去年嫁给了将军府的一名侍卫,"是由他在将军府当差的表哥,从中撮合的"。阚山听后暗下叹息:这两个人果然有些背景,不好招惹。至于屠景操去郑家屯途中的遭遇,张喜瑞在从郑家屯回来后连夜到阚家大院做了汇报。阚山派人和"追风沙"联络的事,是没跟他妈合计过的,所以他也没敢向他妈提起。他对周凤鸣,如果说过去是有所忌疑,现在就变得几乎恨之入骨了。

第十章　香饽饽

一

张喜瑞暗骂周凤鸣成了新任知县的香饽饽。这"香饽饽"一词，和旗人有些关系。

边外人受满族旗人影响深，把各种粮食面做成的干粮都叫饽饽，如送礼饽饽、年饽饽、家常饽饽。走亲访友，要从馃子铺买几包蛋糕、芙蓉糕、核桃酥、云片糕……直至京八件，这些都叫"送礼饽饽"。凡是能揭开锅的人家，过大年前几天，都要发面蒸"年饽饽"，用来上供和招待客人。好面子、爱摆谱的人家——当然还得手里有点银子，则用模子扣出来蒸，有花有字，小巧别致，也叫"小饽饽"。一年四季里的家常饽饽，从饺子、油饼、豆包，直到粑辣，名堂数不清，好坏差别也非常大。各家各户原籍不同，口味嗜好也就不同；贫富人家要求标准不同，做出的饽饽也便好孬不同。但有一点相同：人们都把自己最得意吃的，叫"香饽饽"。

让人感兴趣的是，边外老百姓中有"四大香饽饽"的说法，是指"锅出溜，苏耗子，苞米嫩浆做软糕，荞面蒸饺肉兜子"。好多城里人听了后摇头晃脑，甚至龇牙咧嘴，认为这四种饽饽里，除了一兜驴肉馅的荞面蒸饺还挺香，可以滥竽充数，另外那三样饽饽都马尾穿豆腐——提不起来，离"大香"远了十万八千里。当然，也还有不老少的人，压根就不知道"锅出溜""苏耗子""苞米嫩糕"是啥稀罕玩意儿。

锅出溜，也叫牛舌头饼子，比较富裕的庄稼院，才能在苦春头子做一两回吃。它做起来相当费事：先把碎米子泡透了，再上水磨拉成汤子面；发酵后拿大碱提好，用菜勺子往锅沿下慢慢地倒，让稀糊顺着热锅吱吱啦啦地往下淌，出溜成牛舌头形；半生半熟时用抢刀翻过来再烙，使它两面都有金黄色的渣。锅出溜外面焦，里面有蜂窝，咬起来又软和又筋道；若抹上点酱、卷上点菜，那就更有滋有味了。穷人家的孩子，往往盼一年也吃不上一顿这种香饽饽的。苏耗子，是庄稼院夏末秋初的上等饽饽——其实就是黏豆包的一种，但小些，做得更精细些：包好豆馅攥实后，在手心里揉成小老鼠形，再把新打来的苏子叶抹上油，横着裹好底，把叶系把儿按向粗的一头，蒸熟后像根长尾巴，所以叫"苏耗子"。苞米嫩糕，不是苞米面发糕，而是苞米浆软糕：把灌了五六成浆的嫩苞米用礤菜板擦了，滤去其中的皮和粒，加上调料，用文火在锅里烙到八成熟，再翻过来烙，使它两面都有卵黄色的嫩皮，里面的瓤凝成了羹状，趁热吃。这种糕软得接近蒸老了的鸡蛋羹，香得赛过新出锅的烀苞米——这种擦三穗苞米才能烙成一张小饼的"香饽饽"，是穷人家的孙，专门做来孝敬没牙少齿的老人的。哪位老人吃完这顿饭，常常要絮叨好几天："我香香嘴、臭臭屁股，糟蹋了十多穗大苞米！若省下留到青黄不接的时候，磨成面做粑辣，能够全家度五六天的命了！"

就是这辽北庄稼院的"四大香饽饽"，在建安县西荒的山沟里，却被改成了"锅出溜，苏耗子，荞面蒸饺肉兜子，相好送给粑团子"。粑团子，也叫粑辣、粑辣团子，不只是这四种饽饽里最不好吃的，甚至可以说是所有饽饽里最难吃的。它是青黄不接的人家度命的：把焯过的野菜拦几刀，撒上些糠或几捏子粮食面，团弄成饼子形上帘子蒸熟。因为野菜有苦味辣味，人们便把做这种饽饽叫"蒸粑辣"。由于掺的粮食面少、糠的黏结力很差，粑辣出锅时往往拿不成个，需要待它不十分烫手时用力攥成"粑辣团子"。这种又苦又辣、又垫牙又拉嗓子的难吃的饽饽，咋能列入"四大香饽饽"呢，而且还排在了一种比一种更香的锅出溜、苏耗子、荞面蒸饺的后面，坐到了压后阵的头把金交椅上了呢？

对这里的奥妙，那些有钱有闲、有吃有喝的人，差不多十个有九个莫名其妙；在那些衣裳七窟窿八眼子、肠子常常三根闲着两根半的人，对这种"四大香饽饽"的说法，却差不多个个都小鸡叨食般连连点头。这些人又可以扒成两堆。头一堆是从饿死鬼堆里爬出来的。后来到县城窦家店打更的郑老麻子就说："人若到了那种粪堆上，饿得身子再也爬不起来，能有人送给你一个可以活命的粑辣团子，吃起来那可香透顶了，要比大官、财主、太太、小姐吃山珍海味还香上一百倍的——那是救命仙丹哪！"第二堆，是害过相思病或有过相好女人但没法再相见的穷跑腿子。建安县西天边有个塌了胯窝堡，村里的孟老疙瘩就深有体会地说过："这话——'相好塞给粑团子'，说的是一个女人和一个男人的来往。"

如果说这些话的是风流才子、江湖名嘴，或许会有人捧他们"见多识广""独具只眼"，顺风打旗地应和句"实为高见"。可郑老麻子也好，孟老疙瘩也好，只不过是"臭劳金""穷跑腿子"，人微言轻，虽有个别人听了点点头，但大多数人却撇起嘴巴子，连连晃起脑袋瓜子。

可能是山沟里穷百姓，连煎饼铺都没进过，却胡乱呛呛出了个"四大香饽饽"，使人觉得太离谱，也就让人格外惊奇。这就像断了根的扎蓬棵，七扭八歪乱蓬蓬，庄稼人嫌它积肥沤不烂，用铁锨拍拍，把它撅出老远；老娘们嫌它烧火扎手，用烧火棍撅出院，挑进臭水沟子。可就是这大庙不收、小庙不留的破玩意儿，竟被大风刮进了四处漂泊、潦倒失意的文人眼界内，也就引起他酸唧唧地对身世命运的感慨——大名鼎鼎的曹植，不就泪涟涟地叹道："转蓬离本根，飘飖随长风。"于是乎"转蓬"——也就是那招人烦的扎蓬棵，就像皇宫里的金腔玉肛崩出了一个四棱八鼓的凤凰蛋，在后来的诗文词曲里占得一席之位。这山沟人诌出的"四大香饽饽"的名号，是由一位被山里人视为"仙佛转世"的风流道士传进县城后，幸运地引起"建安四大名人"注意和推敲……

二

这话，得从前年的五月十三说起。建安县商会董首高捷三，请来秀水书院山长徐秀才、跌打医生周凤鸣和清华观观主若木道长，拿纪念关老爷上马出征为由头，聚饮闲聊。这四个人是建安县商界、学界、医药界和宗教界的头面人物、权威人士，被老百姓通俗地叫"四大懂"——按后来流行的文明叫法，应当是"建安四大名人"。

若木身为堂堂清华观观主，还被尊为"建安四大名人"之一，在公开场合是不能动荤腥的；给他上的是素菜和油炸糕。他们边吃边喝边唠。若木吃了两个油炸糕，夸了句"好香"，便从"香"字提起一个话头："小道日前离观云游，于西荒初次听得'四大香饽饽'之说……"

所谓云游，就是和尚、道士外出，像天上浮云般任风吹，飘到哪儿算哪儿。若木去西荒，并不是无目的地闲逛：观上在离县城百左右里的红石砬子那一带，有二十来坰香火地，东一疙瘩、西一条子，租给了十来家佃户。每年从春到秋，他都要查看查看佃户侍弄的情况，决定下一年是否续佃；若遇天灾人祸，他也能心中有数，在秋后酌情减些租子，为清华观和自己赢得些慈善的口碑。正因为他手里握有减租、断佃的权力，佃户都尽力巴结，希望从他身上换来些恩典。若木也"出家人以慈悲为怀"，不仅比那些蛮横小抠的俗家地主和气大量，还惜老怜贫：在佃户青黄不接时，慷慨地借给吊把的钱，"啥时宽绰了再还，先让孩子能喝上几碗粥"；丰年也有时免去斗把的租，体贴地说句"让上了岁数的多吃几顿干饭"。山沟里的穷佃户十分憨厚，谁给过半点好处，会念叨到被抬到床排子上才住口。他们也非常愚昧，不仅都是道祖佛陀的善男信女，还都对种种鬼话邪说迷信不疑。比如说，黄貔子尾巴上的毛是黄的，狐狸嘴巴子上的毛是黑的，一老了毛就逐渐变白。这本来就像人老了头发胡子会白，是很自然的事，可有些人少见多怪，便说它们修炼得通了灵气，有了半仙之体，会

"借口传音"了，能"变化成人"跟孤男寡女梦里相好了！有些人对若木感恩戴德，也对他的"慈悲"少见多怪，便猜想说他"一定是仙佛转世"。这种话一传起来，披着八卦仙衣的若木，可就越来越神秘。他本来就眉清目朗、面白体丰，便更加显得不是凡间人物。于是便有人望风捕影地猜测说："谁若有仙缘，能从若木仙师嘴上借到几口真气，就算这辈子不能成啥正果，也积下了今生来世的善缘福根。"于是就有人顺风扯旗地打帮腔："别说难有仙缘借到他一口真气，就是能感动他发了善心，举举手也能把一副贱身子捏鼓出些富贵相，这辈子就不会遭大罪，来生就有了坐轿的命。"于是也就有人不由得做起借口仙气、换换骨相的梦。其中就有个是观上佃户于德水的小媳妇儿。

她是十多里外半拉窝棚人。那小屯子只有两户人家。三年前，老于头儿花了两石五斗粮把她给儿子娶来时，她才十七岁。虽说于德水比她大了五岁，右边脸蛋子上还有块鸡蛋黄大的黑记，她也没觉得窝囊——她没到过第三个村子，连娘家那个小屯，带婆家这个大村，她看到过的男人加到一起，也没有她手指头加上脚指头多。公公对她就像待自己的闺女，地里的活再紧再忙也不让她去拔一棵草。丈夫虽说话语少，可对她又温存又体贴：晚饭等他爹一撂筷，就帮她敛碗扫地；等他爹在东屋一倒下，就上炕把她抱在怀里像稀罕孩子似的亲……她喜欢丈夫脾气好，喜欢丈夫身板壮，觉得自己命好，嫁了一个好男人。可她一看到了若木道爷，可就惊呆了：人世上还有这样神仙似的男人！后来她听说了若木是"仙佛转世"那一类话，可就生了"他能不能开恩赏我几口真气"，让我下辈子有更大的福气的想法。心中有了这种说不出口的盼望，她一看到若木道长，心就不住点地怦怦跳，脸便火烧火燎似的红。时间一长，盼望可就变成了夜里欢喜醒了的梦……

若木从她眼里打旋的风、脸上飞起的云，猜想到了她内心荡漾的情。他那时刚到建安清华观不久，还道心坚定，牢守着清规戒律，不仅没动口搭搭讪讪，更没出手抓抓挠挠，还在她想贴贴靠靠时，一本正经地对她低声劝诫了句"诸事天定，不可强求"。于德水的小媳妇儿蔫了，知道自己和老于家福根太浅，得不到仙佛的恩典。

若木也以为自己的点化灵验了，继续隔一段时间就去红石砬子云游一趟，也就有机会在西荒听到这种"四大香饽饽"的说法，讲给其他三大名人……

高捷三是有名的老饕，手中又不缺钱，几乎吃遍了柳条边内外的名菜名点，却没听说过县内的西荒还有"四大香饽饽"，便急问："其为何等佳馔？"

周凤鸣是常下乡疗伤治病的，听了若木念出了那四句顺口溜后附和："我尝到过锅出溜、苏耗子，确实爽口。"

高捷三有些失望地说："驴肉馅荞面蒸饺，倒有点独特风味，但离'大香'尚有距离。而其前两者，实乃春秋两季农家当令干粮；若久食大鱼大肉，偶一改换口味，颇有些许清新之气，却难称'大香'。"不过他还没完全死心，又问，"本人见识短浅，初闻'粑辣'之名，其为蒙人点馔乎？"

周凤鸣、若木对了一下眼光，都摇了摇头，表示没品尝过。徐秀才低叹一声，却没开口。

高捷三以为徐秀才的叹息，是因为"粑辣"这种香饽饽难求难觅，便更加想知道底细，竟送起高帽子，有些哄捧地说："徐山长学富五车，更谙边外各族民俗风习，定晓'粑辣'为奇品——请速言：若果为难求稀珍，高某亦当百计罗掘，异日共饱口福！"

徐秀才见他馋虫已经快从喉咙爬了出来，便先微笑着说了一句"不尝也罢"，却又突兀地发起议论："人之所求，境异有别，恒而无奇；情之所系，时久不易，鲜而可贵。"

三

人人都喜欢香饽饽，也就有人把招人喜欢的人，比喻成香饽饽。人的嗜好口味不同，所喜欢的饽饽也便不同；人的心胸脾性不同，香饽饽所喜欢的人也就不一样。这也就是说：在不同人面前吃香的人，可能不是一种人——所以才有了"物以类聚，人以群分"的说法。如果一个人被两个以上的人看成香饽饽，那就一定要你争我夺——香饽饽谁不往手里掐？如果发现手里掐的不是香饽饽，即手下人不听使唤或不顶用，他一定立马换将，改用可心的人，即他的"香饽饽"。

屠景操从郑家屯满载而归。欢喜之余，他掂量起了张喜瑞，对这个捕头的忠诚和能力都产生了怀疑：当那股匪徒跃马挥刀向本县逼近时，这狗才竟然长马贼之志气，灭官府之威风，说什么"马贼凶得没边没沿，杀人不眨眼的"，拒不执行本县要他迎敌的命令，还说若还手便是以卵击石，"非淌出蛋黄子不可"……自古以来，捕快和盗贼便关系微妙：表面上势同水火，有你没我，实际上他们往往穿着连裆裤，相互勾结、狼狈为奸的。张喜瑞的表现，是由于贪生怕死呢，还是另有原因？秦琼不也是捕头吗？他可是和响马一个鼻孔出气的……屠景操后怕起来：那天若不是半路上杀出个程咬金，周凤鸣把"追风沙"的人马撵跑了，我屠某人即使能保住项上人头，可也得栽大跟头，弄得声名狼藉……屠景操又想到了邹乃杰；他虽然面对险情束手无策，自告奋勇欲回县城筹款一举，也有借机逃离虎口之嫌，但总的看还是和我同舟共济、有难同当的。想到这，他便命人把邹主簿请过来，一同密商。

邹乃杰对那次途中遇险尚有余悸，七分奉承、三分感慨地说："大人忠于朝廷，恩被百姓，感天地，动鬼神，致使周凤鸣不期而至，化险为夷，使学生叨光了。"

屠景操听他提到周凤鸣，便就话引话："在马贼眼里，周、张二人似不可同日而语。"

"当然，当然，"邹乃杰附和，"张喜瑞临阵如鼠，畏敌如虎，名为捕头，实为土鸡瓦犬！若及周凤鸣十之一二，马贼焉敢嚣张如彼。"

屠景操听了心中一动：捕头乃三班之首，在典史手下专司捕贼擒盗。

虽然职位不高，但任用是否得人，却关系全县治安。周凤鸣若肯出任捕头，凭他的声望影响，倒颇为合适……可是，他和黑道豪强似乎过从甚密，能够真心为我效力吗？

邹乃杰是一个心眼紧跟正堂大人的。他从周凤鸣"偶逢其会，挺身而出"进行推断说："他心中有王法，眼中有大人。"他见屠景操点了一下头，更有了劲头，走近些低声说，"正堂大人，张某乃阚家护院，一条看家狗而已。阚某人能不知这条狗有多大分量吗？为何于护印期间委以重任？只因奴才与狗性情相近：不辨贤愚，只忠主子。故学生先祖邹阳公曾有'桀之犬可使吠尧'之论。"

屠景操"啪"地拍了一下桌子，下决心踢开张喜瑞这条狗了；拉着滥认祖先的邹乃杰，一同去见周凤鸣。

屠景操和邹乃杰来到周家。这是东弯街和东门间、箭杆街路北的一明三暗的土平房。客人被迎进西屋。屠景操见西屋两间中没砌间壁墙，是用南北两大溜药架子做的隔断，分成里外间。这外间，没炕没床，有张八仙桌，上面放着茶具；靠墙摆了不少椅子、凳子，似乎是供患者家属休息的——里间才是诊疗室。三人落座后，屠景操便恭维说："周师父仁术仁心，德被一方；不才未曾拜识，便得叨惠！"邹乃杰代屠知县呈上一份礼物。周凤鸣推辞："大人贵恙，乃不慎脱臼，草民举手之劳，不敢受礼。"

屠景操当着真人不能完全说假话，加上还想探明周凤鸣和"追风沙"亲善程度，便说："'追风沙'带人妄为，欲逼本官买路。若非壮士将其喝退，难免一场厮杀；后果堪忧……壮士解围之功，岂是举手之劳？"

周凤鸣听出了他话里有感谢、探询两层意思，便直截了当地说："'追风沙'在蒙古旗有侠盗之名，曾因阻止匪首'黑虎脸'强奸幼女被砸断一臂，经草民治愈。因而我认识他几个部下。其绺子时聚时散，那日惊扰县尊之人，实为其手下人擅自行动。彼等听草民言说被拦者乃朝廷命官，加之草民也曾为其中个别人疗过伤，便听了草民劝告，匆匆离去——草民倒有些狐假虎威了。"

这时，女主人过来敬茶。屠、邹二人倒也客气，起立感谢。待周凤鸣介绍过客人身份，他夫人敛衽施礼后退出屋去。也已站立起来的周凤鸣，又请二位贵客落座。

屠景操见他敬重自己，还收下了礼物，便和邹乃杰一抬一夯地劝他出山，说他"忠义过人"，理当鼎力相助，安民抚盗，保一方平安。周凤鸣是讲求忠义的，但他认为现在的衙门都很黑暗，好人是不应当往里掺和的，便一再推辞。后来听屠邹二人反复强调"安民抚盗"，使他想起了前些日子赵师叔等人前来，只住了一宿，张喜瑞便领人登门盘问，还对自己藏头掖尾地没说实话，却在外处说是防备关内"拳匪"流窜过来闹事……周凤鸣动心了：在当前的混乱形势下，若是当捕头，倒可以护庇一些朋友。于是他应允了，但明确地提出一项要求："我多年来卖药疗伤，认识了一些黑道上的朋友。如果他们今后安分守己，我不能翻脸无情。"屠景操也很大度，表示"只要他们今后不在建安境内惹是生非，又不在海捕之列，自可不闻不问"。

周凤鸣从他的"自可不闻不问"中，听出了他是只想当好这任官，或者说是只要今后这几年他能放开手脚搂地皮，是不会多管"闲事"的。周凤鸣对这种不为苍生只为财的贪官污吏，一直是嗤之以鼻、咒其断根的；但没过几日，他就去县衙当起了捕头——他相信会对拼命和苦命的朋友有所帮助。

四

邹乃杰对周凤鸣那次为屠景操解围，从"偶逢其会，挺身而出"来推论，说周凤鸣"心中有王法，眼中有大人"。这些话，他是说给屠景操听的，说明他还有几分"无中生有""放屁添风"的拍马屁天分；可也证明了他在认识人上，尤其是对周凤鸣的认识上，很像井底之蛙——蛤蟆坐在枯井里观星，说："天只不过是巴掌大的一块青石板，上面只有三两颗小米粒大的银钉!"他，还有屠景操，都有些似井底之蛙，做梦也没想到那件事复杂得多，里面包藏着很大的秘密……

阚山又在家待了两天，才回到县衙。他谦卑地对屠知县说"家慈托大人洪福，已痊愈了"，又自责对张喜瑞督责不力，导致其"对大人保护不力"。屠景操先大度地表示"捕头失职，与典史无关"，接着便把刀削脸拉长，不容争辩地说："张喜瑞无勇无谋，难堪重任。本县决定礼聘周凤鸣为捕头；峻岩兄可传谕张某，明日便可不必应卯。"

阚山原本对新来的县太爷，没咋看在眼窝子里。以往几任县太爷都肥头大耳、腰粗体胖，让人一搭眼就觉得肚子里装满了四书五经，脑袋瓜子里有用不尽的锦囊妙计。这个新来的屠知县却刀削脸、箭杆肚子、麻秆腿，像条快要饿死的殃腔狗。刚开始时他还觉得，虽然这样的县太爷可能十分贪婪，但不难对付：只要不妨碍他刮地皮，他也会像以往的正堂大人一样，愿意和自己联手发大财。可没过几天，阚山便发现自己看走眼了：屠景操那尖下颏，那一对叽里咕噜乱转的小圆眼珠子，分明像奸诈狡猾的老狐狸。他明面上笑容可掬，暗地里痛下杀手，弄来了邹乃杰当主簿，把自己从六房里挤了出来。自己还以为不用亲自露面，就能让他马失前蹄，摔个满脸花，不得不回过头来向自己求助，请自己帮他掩饰"向马匪买路"之羞。不料功败垂成，还叫这个南方蛮子，借机用周凤鸣取代了张喜瑞，拧掉了自己一条小胳膊，使自己今后指挥三班人马也碍手碍脚了……阚山觉得若听任这种形势发展下去，自己在县衙的权势便会葫芦头滚山——步步都是下坡的路，将来很可能成为孤魂野鬼，别说继续坐在大殿上享用猪头、猪蹄、猪尾巴，恐怕连咸菜疙瘩也没人往我脖子上挂了……

五

中国人自古以来就十分注重礼仪；而且巧妙地把祭祀中的诚挚，和生活中的节俭结合起来，创造出了一种优良传统：在敬神祭祖时用一头、四蹄、一尾代替全牲。牛头、羊尾在很多地方是不易买到的，所以人们往往是敬献"全猪"。北方有些地方，在大庙正殿前墙靠近山墙的地方，常常留有一个小龛，供"十不全"——据说就是《施公案》中的施世纶。有些患气喘老病的人，在四月十八或二十八庙会时，给他的牌位挂上一串咸菜疙瘩，"祈求保佑，不犯旧疾"。据说颇为灵验：挂上咸菜疙瘩后，很快就会见效——其实这种病到了四月末，有几个不见转轻的呢？阚山在"贼卵子窝"这座庙里，一直和正堂大人一起啃猪头、掰猪爪、嘬猪尾巴的。可现在，像人得了殃腔病被挡在了席外，像驴塌了胯抢不上槽了，他当然不甘心。可咋蹦跶才能扭转败局，翻回老本呢？他认真地回忆：姓屠的刚到任时，虽然瘦狗端起了驴架子，却身只影单，拉不动县衙这辆车，便没敢对我抬蹄尥蹶子。一弄来了姓邹的，他才对自己连踢带端了。他还把姓邹的当香饽饽捧在手里，才使县衙内外那些脑瓜皮薄的人，把我看成了粑辣团子，不理不睬了。我若是把姓邹的，从他身边拽到我身边，姓屠的可就又成了孤零零的瘦驴；等他把车陷在泥坑里，就不得不求老阚我帮他摆脱困境了……可用啥招，才能把姓邹的这头小叫驴，拴到自己家的圈里呢？他回忆起了去奉天掏底的家人说过："邹主簿考上秀才后，父母相继亡故。他年轻风流，尚未婚配，常去花街柳巷寻欢取乐……"阚山胖脸上的眉毛呼扇起来了——姓邹的腿肚子上贴着灶王爷，是个人走家搬的光杆子；可到建安来当了主簿，却一个月少说往盛京跑两回；我还错以为他真是"探舍妹、会文友"。原来他是"光溜杆子难入梦，烟花窟里去销魂"！

邹乃杰一打到建安当主簿，便在县衙吃住，没敢出去拈花惹草。这当然不是浪子回头了。他是怕人生地不熟，叫游子引进笼子，在小河沟里翻了船，坏了名声影响仕途。他刚刚二十五岁，是耐不住冷清的。虽然每个月他都不辞辛苦，来回颠簸三百多里，去一两趟奉天，鬼混几天，但仍有不少日子寂寞无聊，欲火难熬。阚山想在这种情况下对他施用美人计，还真适逢其会。

阚山的第一步棋，是把邹乃杰从县衙里薅出来。县衙内的属员从吏，县城里外的老板乡绅，跟阚山铁靠的大有人在。他们轮班宴请邹乃杰，讨好巴结，可以说是人之常情。邹乃杰俯允所请，屈尊光临，表现出的是体恤下情，谦虚随和。而阚山应邀奉陪，也在情理之中。邹乃杰见众人群星捧月般拱围着自己，连典史都一副借了光的模样，更觉得今非昔比，认为自己已经在建安打开局面，成了有目共睹的显赫人物。

阚山见他吃顺了嘴，迈惯了腿，对自己也近乎了不少，便开始煽风点火吊胃口。于是，饭局上出现了劝酒的妓女。小县城人口不到五千，每日落脚的客商只有数十人。有点才貌的青楼女子，若不是有些瓜葛，是不会在这背旮旯子创牌子、讨生活的。但唤来陪酒的，也是矬子里头拔出的大个、歪瓜劣枣中挑出的周正些的货。而且，她们伺候的是新主簿、老典史，咋能不尽情地巴结讨好？一个个短袖下裸着粉臂，伸手便掐掐捏捏；衣襟半咧半遮，乳沟隐隐约约，时不时地往客人身上贴贴靠靠。阚山旁观者清，看到邹乃杰面对这些姿色平庸的烟花女，已经有些眼热气短，便猜想他在奉天也不是夜宿名花的主；更推断他频繁地回奉天，也不会是同良家相好女人幽会。他对自己的计划更加信心百倍了。

阚山开始了第二步：摸清邹乃杰色眼有多高，好量体裁衣，选好做套的人。

这天散席后，阚山顺路陪邹乃杰回县衙。他见天上弯月暗淡，路上行人稀少，便指指正街西边说："往里走到泡子边，便是烟花窟。因为泡子里蒲草连片，卖笑女便被戏称为'蒲棒绒'。不怕蒲棒绒往身上飞的，或者想把她们当香饽饽抓到嘴的，不是打光棍的走卒，跑腿子小商小贩，便是鼠窃狗盗之徒。"他又指指路东的窦家店说："还有不愿、不便在家接客的，专门在这些较大的客店出来进去，勾搭住店的风流客。这些人或是家境贫寒、有老有小的寡妇，或是还在邻里面前顾惜脸面的大烟鬼老婆，被人们叫作'店里花'。"

邹乃杰听得连连摇头，暗下叹息：就算这些人里还有能顺过眼的，自己在这里是堂堂主簿，咋能往那些地方送脚步？姓阚的唠起"蒲棒绒"和

"店里花"，熟悉得像掰扯自己的脚指头，那里面一定有他安排下的不少眼线——我若偷着去打野食，前脚一走，后脚就会有人向他去讨赏钱……阚山好像掐算出了他的心思，又火上浇油似的打起糊涂炮，说："可惜那名满边外的二姐二妹，竟然云飘雾隐，不易拜识了！"邹乃杰以为他是说县城内还另有"四大名花"，很想弄明白何谓"云飘""雾隐"，为什么"不易拜识"了，可阚山却停下脚步，拱拱手，说了句"恕卑职不再恭送"，拐身子进小胡同，朝自己家走去了。

六

眼前这些日子，阚山表面上颠颠预预，其实一直用眼角子瞟着邹乃杰。他一发现孙大嘞嘞被他提溜去了好一大阵子，便暗下也把孙大嘞嘞拘到了自己的屋，阴阴阳阳地问了一句"邹主簿向你请教了一些啥"。孙大嘞嘞哪里敢对这位顶头上司说假话？便像小狗偷了酥油似的，一口接着一口，把肚子里那些贼货全倒了出来。阚山十分高兴：自己一放出有关"二姐二妹"的风，姓邹的就像吸进了迷魂散，急得不顾主簿的架子，向"屁话篓子"这样的下贱衙役"不耻下问"了！看起来自己可以拱卒了——放出个蚂蚱，把他引近些，让他钻套。为了奖励一下孙大嘞嘞，他宣布："你明天开始到马班做捕快吧。"

第二天的中午，阚山宴请邹乃杰，并答谢那些"使下官有幸陪侍主簿大人"的朋友。老典史点的酒菜档次更高；"蒲棒绒"们也更加轻盈，在客人们的襟袖间飘来飘去。阚山的朋友都十分识趣，喝到七八分的量，便声称不胜酒力，纷纷告罪离去。"蒲棒绒"中一个略有姿色的，放肆地拉扯起邹乃杰，要他"去奴家那坐坐"。阚山板起脸来教训："邹主簿乃留都才子、盛京名士，尔等凡脂庸粉岂堪法眼？"他掏出一大把银饼子，把她们打发走了。

离开酒馆，阚山一反常态，挽起邹乃杰一条胳膊拐向箭杆街，还诡秘地咬耳朵："天色尚早，老夫陪主簿去拜会一位方外奇人。"

邹乃杰有些疑惑，见他把自己引向去清华观的路了，便猜想是去见一个牛鼻子老道。快接近清华观时，阚山却又领头拐向往东的小胡同，拍响了一个小院的窄大门。一个中年女仆打开门，先扫了邹乃杰一眼，才恭谨地对阚山说："缘木散人在云室敬候。"

七

邹乃杰跟着阚山走向正房，心想：这人是在家修炼的道家人物。自称"散人"，取名"缘木"，分明知道守不住清规戒律，也得不了道、成不了仙的！

虽然他猜到了主人不是一个装腔作势的老道士，可阚山一推开西屋门，邹乃杰还是大吃一惊：迎面站着个模样"馋死人"的道姑——虽然看不出年纪，却婷婷惊雁落，楚楚羞鱼沉。他来不及推敲阚山为啥轻易引自己来见，急忙深深一揖，油嘴滑舌地说："多谢典史老兄大开方便之门，使小生得睹仙颜——敬请缘木仙子宽恕小生得陇望蜀之罪，不吝恻隐之赐，指点迷津：如何得见徐二妹一面，使小生早日得脱倾慕苦海……"

那缘木散人，原本把脸庞绷得冷若冰霜，见他施过礼来便双手合十，却不料已经被他看破行藏，还假装糊涂开起玩笑，再也无法装模作样，捂嘴弯腰哧哧笑了几声，才指着阚山翻小肠说："你夸他文质彬彬，叫我开门揖盗，竟让一个业障，混进了我这清修净地！"

阚山哈哈大笑，说："本想叫邹老弟在二妹面前，装一会儿老实相，却被他一眼便窥破了仙机。"

徐二妹把阚山让到八仙桌北边的座位上，自己面西相陪。邹乃杰环视一周，发现这道家修身养性的"云室"，和俗家的客厅没有多大差别，只不过西墙上挂了一幅观音菩萨画像，画像前高腿小几上放着一个小巧的白玉香炉。邹乃杰联想到徐二妹方才还礼时是双手合十，便又生疑窦：她若真已出家学道，应当供奉三清祖师或九天玄女、碧霞元君；若舍身佛门、带发修行，则不应取号"缘木散人"、身着道装……

这时，一个唤"梅"的道装女童献上了茶。邹乃杰呷了一口，品出是顶级香片，便向对面的徐二妹夸了句"堪称仙茗"，接着就给她戴高帽子："自古以来，各行各界中不乏超群人物。但能在声名鹊起、青云直上时，像二妹这样急流勇退、埋名雾隐的，实在凤毛麟角，极为罕见！"

阚山听出了他这段拍马屁的嗑，有弦外音：引徐二妹说明出家的原因；却料不到她会咋回答。

徐二妹听了这种奉承话，并不喜欢——还勾想起了辛酸事，有些悻悻地说："官场上的男人，谁不想加官晋爵？哪有愿意丢了顶子的。烟花场上的女人，争风光能豁出命，哪有甘心窝起脖子喘气的？我当初若不是被逼上了独木桥，才不会小耗子似的蹲进洞里，做这种缘木求鱼的梦呢！"

阚山怕她伤起心来打不起精神，赶紧安慰："你虽然算不上因祸得福，可日子过得还算安稳……这不连邹大人都登门拜访来了吗？这位邹主簿不仅是盛京才子，更是屠正堂的得力臂膀；而且禀性正直，见义勇为，今后一定会对散人百般呵护的！"

邹乃杰听出了徐二妹是被迫躲进"云室"，"窝起脖子"的；还估计其中一定有难言之隐，暗下决心要在方便时弄个一清二楚。他对阚山不仅把自己引来见徐二妹，还极力在她面前抬举自己，心中也十分感激。不过，他还猜不准徐二妹对自己的态度：是只答应见见面，还是已经同意自己做入幕之宾？因而他没开口，微笑着望着徐二妹，等她回答阚山的话。

徐二妹在听了阚山的话后，似乎有些羞怯，微微地低下了头，默默地——却把桌下的脚尖往前探，踩了一下邹乃杰的脚尖，好像在低声追问："你到底愿不愿呵护奴家呀？"

邹乃杰觉得这一脚送来了桃花运，心花怒放，豪迈地大包大揽地说："哪个妖魔鬼怪，今后胆敢在散人门前捣乱，我和阚大人便是哼哈二将，一定叫他原形毕露，永世不得翻身！"

徐二妹感动得好像忘了桌北还坐着另一个男人，抬起头向对面的人轻轻地"吧"了一声小嘴。

阚山是第一次听到邹乃杰把自己尊为"阚大人"的，心中十分舒畅，便说自己家里还有些琐碎事，"烦散人再陪邹大人稍坐片刻"，告辞了。

邹乃杰随在徐二妹身后送走阚山。回屋时走到西屋门前突然停下脚步，转过身轻声唤了句："二妹……"徐二妹见他堵住了西屋的门，昵声唤了一声自己，却又停住了嘴，还把两只贼眼睛盯向自己卧室的门，便明白了他是在煽风引火，也故意忸怩地说："大人才二十有五，奴家已经年近三十；你这样轻呼柔唤，让奴家心愧脸烧，羞不敢应……"邹乃杰挪近两步，低头把嘴贴近她耳前眼下，小声奉承："散人乃化外仙子，驻颜有术，脆嫩得年若二八，令邹某自惭形秽，乞请仙子万万不要逐之门外！"徐二妹故意用腻脸，轻轻推开他的馋嘴唇，柔声骂了一句"贫嘴的鬼"；转头对东屋喊了一声"梅"，招唤出那个道装女童，叫她去帮助柳妈准备晚饭。等梅一出屋带上房门，徐二妹便快步走进东屋。邹乃杰见她闪进屋，却留下了开着的慈悲之门，立刻影子似的跟了进去……

很快邹乃杰就和徐二妹打得火热了——可以大摇大摆地来拿这块香饽饽垫牙，当然也就不再辛辛苦苦地往盛京奔波了。

邹乃杰这个屠景操眼里的香饽饽，不知不觉间落入了阚山设下的套。

第十一章　薄命的红颜俩道兄

　　阚山是棵独苗，十五岁时他爹一走，他妈便开始当家。阚寡妇精明强干，狠下心光大阚家门户。她让阚山连年应考，奔求功名；给十六岁的阚山娶了大三岁的媳妇儿——她的一个姓俞的外甥女，想早点抱孙子。可她儿媳妇儿肚子不太争气，先生下的两胎都是闺女。阚寡妇满足了儿子纳妾的愿望，给他物色了个相貌宜男、名字吉利的小老婆——孙莲芝。这个年方十八、容貌平常的黄花闺女，竟进了阚家门也没生出男孩子。让老阚太太心里窝火的另外一宗事，是阚山在考场上屡战屡败。阚山平时能说会道，八面玲珑，真有些像羊群中的骆驼；可一进考场便提笔忘字，成了一只爬不出洞门的笨耗子。老阚太太见儿子忙活了十多年，却只闻到了几个秀才屁；她一狠心花了两千两银子，给他买了个典史。阚山进城后，头些年还挺听他妈的话，老老实实住在小公馆。他虽然看不上轮流来伺候他的大老婆、小老婆，却还能遵守他妈立下的规矩，一没招蜂，二不引蝶。后来他陪昌图府的客人吃花酒，一下子就迷上了新到建安的逯二姐。两个人很快地就如胶似漆，难舍难分了。他把来小公馆里的小老婆晒干了几回；他小老婆回去后守口如瓶，没敢声张。他胆子大了起来，把来小公馆的大老婆阚俞氏也晾成了干巴鱼。他大老婆住了三天，守了三宿空房，气得跑回阚家大院摔起醋坛子。老阚太太听说儿子迷上了妓女，还想娶她做小老婆，险些把下水罐气炸了。但她知道"劝赌不劝嫖"的道理，把阚山叫回家后，连一口凉气都没呵，亲亲切切哄捧着说："你在咱们县是一人之下、十多万人之上的老爷了，没有个可心的女人伺候咋行呢！妈听说凤凰坨子老王家，有个叫王可一的姑娘，刚十七岁，长相在边外只数一不数二的；而且有十多个抽帖算卦的，都说她旺夫利子，有一品夫人的命。你明个去瞧一眼：若相中了的话，咱们豁出多花些银子也把她娶过来，让她去县城早早晚晚伺候你。"

阚山丢了魂似的围着逯二姐转，就是因为她脸蛋贼迷人。他对妈妈的话，并不全相信。不过他还挺孝顺：妈妈商商量量，自己也不能扭头别棒子——而且他对王可一的"长相在边外只数一不数二""有一品夫人的命"也动了心；便三心二意、骑马找马地去相看。他见到王可一后，惊出的那股眼馋的风，吹散了他心头上逯二姐的影子；喜出的那把燎膛的火，烧得他险些把魂丢到了凤凰坨子。他立马准备，三天后就派一队人马送去彩礼，还立即把王可一塞进带去的小轿，吹吹打打地硬抬进了阚家大院……

徐二妹深深地吸了口气，又长长地"咳"了一声，低沉地说："可怜我那傻二姐，还在痴心地等他说服老娘后回来行聘，却听说他已经把小老婆抢到了家！她不相信阚典史会朝三暮四，托她的干爹——商会的高董首，去打探虚实。高会长回来后无可奈何地说：'他抢到手的十七岁小妾，是旺夫利子的良家闺女，还有诰命夫人的金贵命……'"

王可一的爹叫王儒，是个乡下启蒙私塾先生，看过两本卦书，对批八字颇为自赏。小女儿满月后眉清目秀，十分招人喜爱。王儒认认真真地推算她的坤造，结果大喜过望：有一品夫人的富贵命，给她取名为"可一"。王儒不仅笃信占卜，而且躬行礼教。他要求妻子一定把小女儿的脚裹得小巧玲珑，不得超过三寸。他还认为，一般女子无才便是德，而一品夫人却是需要识文断字的。因此，他不允许六女儿入学，却叫小女儿随自己读了三年书。王可一到了十四五，出息成了远近闻名的美貌才女。常言说，一家女，百家求。托媒人到王家求亲的，几乎挤掉了王家门框。王老先生不论贫富，不问俊丑，只核八字。经过他的推算，求婚的都是庸庸碌碌之辈，没有一个会飞黄腾达。后来老天爷跟他开了一个玩笑：年过四十的县衙典史阚山登门拜访，指名要"一睹令爱可一小姐芳泽"。王儒虽然觉得"于礼不合"，却不敢得罪典史大人。王可一按父亲的叮嘱，款步迈进客人歇身的屋，轻轻把两手握到右肋下按了按，低头道了声"大人万福"，便转身退出屋了。阚山却盯着屋门怔了好半天。三天后，阚山的媒人举着大红婚书，管家领着一帮抱着聘礼的仆妇，闯进了王家；十多个衙役站到了王家门外两侧，一台花轿对着屋门口停下，两班鼓乐咕咕嘎嘎地吹打了起来。王儒还没向媒人、管家问清来龙去脉，王可一已经被那帮丫鬟婆子七手八脚地换上了喜服，连拥带架塞进了花轿。等王儒夫妇跌跌绊绊地赶出门外，衙役们护着花轿，在鼓乐声中扬长去远了。王可一被抬进阚家大院，做了阚山的第二个小老婆，从此便被称为"三娘"……

徐二妹又说："二姐又气又恼，觉得溜光水滑的嫩脸蛋，像被黑瞎子舔去了皮，鼻子也只剩了两个黑窟窿，无法再没脸没鼻子地在这疙瘩丢人现眼，土遁似的躲得无影无踪了。"

邹乃杰听了后，想起孙大嘞嘞说到逯二姐的去向时，有些躲躲闪闪，现在才明白原因：那个"大财主"就是阚山，他不敢指名道姓。邹乃杰也清楚了逯二姐"像雪花似的落进水里"，是因为被阚山擤鼻涕似的甩掉，不得不悄悄躲得无影无踪了。

第十二章　王二吹出入人兽关

一

在县城里，也有些人在恨阚山，其中就有王二吹。

王二吹自打那次买面，被老李婆子看见，向自己开了一阵糊涂炮，也开始加小心，防备外人说闲话了。他对嫂子一直没能去娘家，也还挺理解：大哥的病，一直没拿回头，她真抽不开身。不过这也使他有时又想起小红表妹来。

一天傍晚，王二吹一出双义肉铺大门，就见孙大嘞嘞、谷璧和刘半仙正在路旁喊喊喳喳，便走近旁听。刘半仙问："孙捕快，你们护着县衙三个大头子下乡，听到看到了些啥稀奇事？"孙大嘞嘞诡诡秘秘地说："正堂大人处处高谈阔论；新主簿边鼓敲得'嘭、嘭、嘭'不断流，阚典史干脆插不上嘴，成了'蔫三'……"

这时一个道姑——刚回来不几天的缘木散人，从箭杆街拐向南。他们见她虽说走得娉娉婷婷，却低着头，好像有些打不起精神。孙大嘞嘞见谷璧转着头把眼睛盯过去，便换了话题，低声对谷璧说："你的魂好像被缘木散人勾走了吧？"谷璧确实在盯着她，暗下在把她跟刚抓到手的相好女人做比较，不由得红了脸，故意学起孙大嘞嘞平时的腔调和他常嘞嘞的话头，打马虎眼说："你认为我到这疙瘩时间短，看她眼生咋的？你那些臊嗑，我早就听人学熟了：'她原本是挂在旗杆上的美人风筝，高高在上地摇头扭腚让人看得到、摸不着；只有帽子后插翎子的老爷、富得屁股流油的少爷，用银砖当垫脚石、用金叶子扎成梯子，才能爬过去摩挲到她身子。而现在，她住在庙后的小佛爷龛里，假装修身养性，由侃不响的蔫三，招去了诌得响的才子，替她消愁解闷。我老谷知道自己是杀牛宰驴的穷屠户，过去挤到旗杆底下也够不到她，现在也挤不进那个小佛爷龛；哪敢像你老有少心，一望着她就淌哈喇子！'"孙大嘞嘞没想到自己扯屁嗑的能耐，好像被他学去了六七成，并不比自己差多少了，笑笑说："你他妈的没拜师，倒偷去了不少艺。可师傅就算动了心，也不用往她身边挤，可以回家摸老半口子的大腿根。你呢？那双爪子却没地方摸！快点回下屋去，算计算计丈母娘还得几天才能满月吧！"他说完还推了谷璧一把，叫他"快回去早点钻进冷被窝"，温热乎了被窝，"好梦里去爬旗杆"。

这两个人嘻嘻哈哈地离开了。

王二吹从他们的话里，印证了阚山成了"蔫三"的传言，觉得趁这个机会有可能把阚山告倒，寻回小红表妹。他试探地问刘半仙："刘大叔，我有个亲戚，想告阚典史的儿子对顶债的女儿先奸后卖。他托我求人写状子；我问过了两个人，他们都摇脑袋瓜子。你老敢不敢给写？"刘半仙挺起脑袋瓜子说："那叫代笔。代笔就是把告状人的话写到纸上，我有啥不敢写的？"王二吹便说"先谢谢你老"。

二

第二天，王二吹就起大早跑到姨娘家，撺弄姨父陶青出头告状。陶青却摇摇头，说："穷人的小胳膊像麻秆，财主的粗腿赛车轴。麻秆胳膊是别不过车轴腿的。"他老伴心里记挂闺女，冷起脸向他叫号："你咋蚂蟥似的没骨头？还算一个大老爷们吗！可蚂蟥虽说没骨头，还能豁出挨一巴掌，把人叮出一口血来呢。你告不赢，他们还敢把你撅咕出胰子来咋的？你不惦记闺女，窝起脖子在家喘老实气吧，我豁出这张老母猪脸去拱障子，告他一状！"一个大老爷们，哪能让老伴出头露面打官司？陶青硬着头皮跟王二吹进了县城。王二吹把刘半仙请到南门附近的一个小酒馆。刘半仙写完状子，眼睛看着王二吹，对陶青说："衙门里的官，从来都是在争权夺利上狗咬狗的；可在老百姓面前，却是官官相护的。你要怕告不赢，现在就扯回头，不用给我润笔钱。"王二吹见大姨父有些犹豫了，赶紧说："为了小红表妹，这个状一定要告；告出祸来我去顶。"刘半仙点点头，又说："你们明面上告的是阚山儿子，其实告的是他本人。他是管缉捕词讼的。刑房收到状子，一定先交到他的手里，那不白告了吗？你们得请穆克图帮忙。他是蒙古族捕快，是个挺侠义的实心眼汉子。"王二吹听他说得有理，便去请穆克图。

穆克图家住箭杆街西头。王二吹把他请来了。穆克图先看了一下状子，然后坐下喝了一顿酒。

王二吹把陶青送出县城，分手时说："大姨父，一有好消息，我就去报信。"

穆克图回到县衙后，避开阚山，把状子递到李师爷手里……

过了一段时间，一点动静也没有。王二吹慌了神。去穆克图家，把他招呼到屋外。穆克图没等王二吹开口问，就对他说："我当天就把状子交给师爷李可依了。只过两天，他就告诉我'转给正堂大人了'。屠大人刚上任不久，挺忙的。这件事对你的亲戚来说又重又急；可对他来说，是不是重视、多咱才能过问，可就没法说了。若能听到动静，我一定去告诉你一声。"

王二吹的心忽悠起来。又过了几天，穆克图并没露面；王二吹可就心凉了：玩完了！叫刘半仙猜着喽：县太爷准是官官相护，没理这个茬……

常言说，不怕没好事，就怕没好人。若是刘摸点不到画匠铺来串门，或者说若是刘摸点没跟王二吹半真半假地说了那几句玩笑话，王二吹可能还在盼嫂子去给当媒人，也就会在画匠铺规规矩矩地等下去；他若不起花心，就不会一步步把宋春华心里那汪感情水，搅出浪花来，也就不会发生那些让宋春华，先是提心吊胆、左右为难，后来却被逼到了河边、不得不脱了鞋、下了水的事……

刘摸点是往肉铺送驴来的——当然是偷来的。他跟王二吹算是一条路上的老朋友，原名叫刘典。他玩天九从来不看牌——用手一摸便知道是啥牌，便对四张牌不再翻，配出前道后道摆好。因此，他被叫作"刘摸点"。他卖驴有了钱，便请王二吹去喝酒。朋友赌钱，越赌越远；喝酒，却越喝越近。刘摸点被老白干灌出了亲热劲：一听说王二吹住在堂兄家，堂兄病得挺重，就买了二斤点心去瞧看。他一见王林是落了炕的痨病鬼，就怕过上这种殃腔病，安慰两句抬腿就走。宋春华觉得他是来瞧看病人的，还是小叔子领来的头一个来串门的朋友，不能慢待了，热情地撵到屋外，留他吃饭。刘摸点扔下句"刚和二吹喝完酒"，毛兔子似的蹦出了院。

到了街上，刘摸点回头瞥了一眼，见送出房门的宋春华已经回屋了，就停下脚步，鬼头鬼脑地对王二吹说："你哥挺不多长日子了——你是不是冲着水灵灵的小嫂子，才不怕过上殃腔病的？"王二吹红着脸捣了他一拳，骂道："闭上你的驴嘴——大哥跟我一个太爷，她是我近支的嫂子。我若是有那种打算，那不成了四条腿的毛驴子，你可以牵去卖给汤锅了吗！"

刘摸点嘿嘿笑了两声，说了句"你倒是个正经人"。他向前走了几步，见前后没人走动，却又停下脚步，绷起脸摇头晃脑地说："人们把我叫'刘摸点'，照直说也就是耍钱鬼。你呢，连一把色子也没掷过。我还知道，你在野地里溜过垄沟子；可那不是你凭力气强拧瓜，只是同放青的女人两乐和。所以你还算得上不嫖不赌，让我敬重。我这个耍钱鬼没第二个朋友了。所以我得跟你说实在话。你不能把事看死了。你哥活不了多久了，你小嫂子已经没几天就是小寡妇了。她可是一副难抓到手的好牌：虽说不是天九、皇上，可抓到手里至少可以配成软硬对——那可是六成保赢、四成保本的搭配。你若不趁早把她抓挠到手，傻了吧唧地等画匠铺换招牌了，可就得拎铺盖卷走人了；就算你能淘弄到后悔药，那也七月十五种高粱——晚了三春喽。"

刘摸点说完这几句话，走过箭杆街，摇摇晃晃地回他三台楼的破家了。

王二吹戳在街边吧嗒起嘴，觉得刘摸点的话挺实在：大哥肯定熬不了几个月了。他两条干腿棒子一蹬，"王记画匠铺"连牌子带房子，可就全成了小嫂子的。她比自己还年轻三岁，一成了小寡妇，肯定不会让我再在画匠铺住下去。她明着拍着巴掌号几天丧，随后便得暗下骨碌起眼珠子，趄摸个称心如意的下茬。往慢说，她给大哥烧完头周年，就得迈出第二步，离开王家进那家；若快了，烧完百天就会脱下孝袍子，又一次穿上红嫁衣……不管早和晚，画匠铺的招牌一改成了"张记""李记"，不光大哥留下的房子、铺子，落进了别人的手，就是她这个年轻能干、贼香人的小嫂子，也搂在了别人的被窝里……他觉得刘摸点的话，天经地义、千真万确，没掺一丁点的假！自己一定得趁住在画匠铺的有利机会，把小嫂子往手里划拉！他还觉得：小嫂子现在还没起走下步的心，对自己虽说没啥偏近乎，可也不烦恶，早点下手满有希望……

三

王二吹回到屋。宋春华见他红着脸看了自己一眼，便问："刘摸点向你报了啥喜事？"王二吹当然不敢说实话，搪塞说："我帮大姨父把阚家告了，要他们把小红表妹找回来……"

宋春华一听，直不楞登地说："你傻呀？从古到今，有平头百姓告倒官老爷的吗？你真是心里惦记着小红表妹，脑袋发昏，撞起南墙来了！"躺在炕上的王林也说："你嫂子说得对——你是害了单相思，成了糊涂棒子！但愿咱们王家祖上有德，不把你连累进去。"

王二吹顺着他们的话回答："看起来你们说得对，连刘摸点都劝我得放下那股肠子，奔求一条有望的路。"

宋春华顺口评论："看来他还真是你的实在朋友——老话说，劝赌不劝嫖，他却能不怕你生气，把你从私情坑里往外拽。"王林也放屁添风地说："他是够朋友了。"

这天晚上，王二吹躺下后，开始不地道了。他望着南炕放下的幔子，说啥也睡不着了。他回忆着：从住进这屋起，那幔子一摞下，南炕那一男一女都像真心修炼的出家人，一直井水不犯河水，从来没有亲昵的笑声，也没传来过啥动静。往日他心正没胡思乱想，今天却因为听到了刘摸点的话，心头好像冒出了一把草，随着怦怦跳声不停地摇晃着：春华嫂子和小红表妹一般年轻，一个伺候了一年少东家，估计是没少讨喜欢，却美梦没做成，还被卖到了外地，恐怕不会有啥好日子过了；一个嫁给病包子哥哥，没过上几天热火日子，就守起了活寡……都是着人可怜的苦命人。小红表妹就算没被卖到外地，也一定还在做姨太太的梦，恐怕早就把我忘得一干二净了，我也没法往她身边凑拢了；小嫂子却跟我天天打照面，一抬手就能摸到她嫩脸蛋……

王二吹本来就贼性，见到别人东西香人，就琢磨法儿划拉到自己手里。他心痒痒起来，开始琢磨起小嫂子：她比小表妹还嫩了一岁，比我年轻了三岁。去年冬天来喝大哥喜酒时，她腰条长相上比小红差一点，可现在却出息得不比小红差半点了——她还是过日子的好手，比小红能干多了。我就算娶不到这样的小媳妇儿，若能有个这样的相好的，日子也有滋有味多了……她是咋看我的呢？给我洗过汗衫、补过裤子，都是她上赶着的，可看不出有偏近乎的意思——得承认她一直正正经经的，没说过一句撩骚话，没干过一件过格的事……我是小叔子，小叔子是可以和嫂子开开玩笑、逗逗哏的。我得试探试探，看能不能把她的心逗弄活了。她若是端着画匠铺老板娘的架子不放下，就是压根没把我看在眼里，那她就是属二踢脚的——往高处想（响），我就没法像刘摸点说的"把她抓挠到手"了。若能把她的心撬开一道缝，容我挤进去，我就不用望着路过的花轿干着急了！

他花心一起，便矬摸起机会。一天，他起炕后见小嫂子在往屋抱柴火，便掐捏好火候，到房门口迎她，闪躲时顺手捅了她小细腰一指头。宋春华还以为是自己堵住了窄巴门，使他没躲利索，红着脸抱歉地笑了一笑。王二吹见她不光没声没响，还赏给了一个笑脸，可就觉得有了三分希望：就像借碾子磨，虽然没说妥，却答应给排上号了。他兴冲冲地去肉铺，路上一次又一次地抬起摸过小细腰的那个手指，一遍又一遍地闻，觉得还真有些香喷喷的。

晚上一回来，他见小嫂子正坐在南炕沿破秫秆，便也找把刀坐到北炕沿上干起来。他爹在世时，冬天编炕席，他跟着打过下锤，干过这种活。他时不时地抬头瞥小嫂子一眼，见她一直没抬头，便暗下叹气：她并没把我挂在哈拉巴前边……一走神，把手指头划了个口子。他故意“哎呀”一声，说了句“这把刀咋也喜欢吃荤的”。

宋春华见他手指头拉出血了，忙不迭翻出布条子，走过来。

王二吹见她掐住自己手指头，正要往下低头给自己缠伤口，便故意也低头看——两个人个头不一般高，可高个的坐着、矮个的站着，脑瓜门和脑瓜门可就“顶”到一疙瘩了！

顶脑瓜门，跟贴脸、亲嘴一样，都是一种人跟人表示亲近的方式。一般来说，是长辈对孩子表示亲热的做法。有些民族把这种方式作为见面时的礼节——基本上只限于性别相同的人。民人异性成年人间顶脑瓜门、贴脸、亲嘴，不是久别重逢的两口子，就是暗里幽会的相好的，都是偷偷摸摸进行的。

宋春华脑瓜门一被小叔子顶着了，就臊得满脸通红，急忙洗清身似的埋怨：“你虎哇，咋不留点神！”

南炕头上仰脸望房笆的王林，还以为老婆在数落兄弟不加小心受了伤，就坡上驴帮腔似的说：“二兄弟，你想干这种活，就得胆大心细……千万别因为你嫂子吆喝了一句，就眼晕手怯了，那可就会落个二半破子。”

宋春华听当家的瞪着眼睛瞎冒炮，皱起了眉头：你愣头青似的兄弟占了我便宜，你咋还糊涂棒子似的帮他撑口袋，拿我的亏送人情！

王二吹却像捡到了绣球：小嫂子继续给自己缠伤口，并没出声把事挑明了。他认为就算小嫂子还没对自己动心情，可也是在对自己男人藏藏掖掖，怕大哥知道她脑瓜门被我顶着了；我下回若再摩挲到她身子，她十有八九还得瞒着……而叔伯哥递过的那几句话，他觉得虽然是劁猪拉耳朵——弄错了地方，却是鼓励自己别拿回头！他壮起胆，朝着小嫂子挤咕挤咕眼睛，答了大哥一句："我一定听大哥的话，压上头就干到底。"

四

起早做好饭，宋春华笑嘻嘻地叫王二吹去请一天假，说自己要回一趟娘家："二兄弟，你得替嫂子照看你哥一天。"

王二吹一听嫂子的话，就明白她是要去给自己划拉媳妇儿，愧得暗骂自己"真是头秃尾巴牲口"，红着脸说："想不到大嫂还惦记着那件事——我去给大姨买两包馃子……"

王林觉得自己应该拦挡一下，便吆喝："一家人咋还说两家话！"却又对宋春华提醒，"你手里不还有银饼子吗？带几块去吧。"

王二吹这些日子已经品出了大哥小气，听出了大哥在说光溜话：明着拦自己别掏腰包，暗里挤自己出血……他暗下叹气：大哥的心眼子，真不如小嫂子实在！却假装是个糊涂虫，说了句"我去请假"，急匆匆地走了。他到肉铺打完招呼，立马去买了四包送礼饽饽。到家一交给了宋春华，王林就又埋怨"你就是不听劝"。王二吹笑笑没拨正，随着忙走的小嫂子到了外屋地，又掏出四块银饼子。宋春华刚要张口，却被小叔子虚捂了一把嘴，硬塞进她兜，把她推出房门。宋春华一边脚步奔向东门，一边心里掂量小叔子：他都二十三了，壮壮实实的，早通了人情。若是有爹有妈，给他说上人，早就该有儿有女了……他一听我要回娘家，乐得不只买了四包送礼饽饽，还硬塞给四块银饼子，足见他是真惦念有个女人了……

宋春华是上灯时才回来的。王二吹急忙放桌子，从锅里端来一大盘子肉馅包子，还从煨在灶坑门的锡铁壶里倒来一碗热乎水。宋春华心里打起鼓：你心里一盆火似的，还破费了不少钱，可叫我咋跟你说呢？

宋春华到娘家时快晌午了。她妈一听说她还得赶回去伺候趴炕的女婿，就顾不上唠嗑，忙炸了一碗鸡蛋酱，擦了一小盔黄瓜菜。等她后爹领弟弟一从地里回来，就端上了热好的大饼子和西葫芦汤。宋春华打开一包馃子，放到了后爹跟弟弟跟前。吃完饭，她趁后爹下地前，给了他三块银圆，"给爹打酒喝"——王二吹塞给的那四块，她已经给了妈。

她帮妈拾掇下桌子，娘儿俩才有了唠嗑的工夫。宋春华急忙说起了正经事。她妈夸了句"你这个小叔子倒不错"，接着却封了门："这十里八村的，哪里还有像你一样的黄花闺女？就是有些包渣的，也没有剩在家里的了——等有本当的小寡妇，或者能稳住槽的活人妻，我再给你送个信……"

这样的话，宋春华咋好给回音？

王林眼见自己屋里的人，不紧不慢地嚼着包子，分明是不太好开口；耳朵不断听到的脚步声，是叔伯兄弟在打磨磨转，显见是快急出了连珠屁。他对差不多一天没停蹄的小媳妇说："你边吃边唠着吧，让二兄弟心里早点有个底。"

宋春华只好咽下嘴里的食，打马虎眼："我妈说了，二兄弟……是圈里的人，得替他趸摸个足尺够寸的，不能剜到筐就算菜。她还说……她得前村后店颠搭颠搭、瞧看瞧看，一有了谱，就来报个信。"

王林听出了这是指山卖磨的嗑，却也放屁添风地说："老太太是个一步一个脚窝的实在人。二兄弟沉住气，等喜信吧。"

王二吹心眼不比王林少，也不比他来得慢，知道自己又像鼓捣姨父告状，傻盼了一场。他也不捅破，说了一句"谢谢嫂子了"，坐回小北炕了。

五

接下的两天里，宋春华发现小叔子一直无精打采，有时盯着自己，张张嘴唇好像要说点啥话，却又闭上了。她暗暗地可怜起来：他贼精贼灵的，一准看出了我没对他说实在嗑……她想劝劝，却掂量不出合适的嗑。

这天的眼擦黑，宋春华拾掇完碗筷锅灶去抱柴火。王二吹进院后，发现小嫂子正在柴火垛旁边，刚哈下腰；他回头扫了街上一眼，见门前的道上没人来往，就跨两步站到了她身边。

宋春华听到脚步声，急忙直身转过来看，几乎鼻子碰到了他下巴颏。她的心怦怦直跳，也惶恐地往街上和左右瞥了几眼：路上静静的，左邻右居也没人走动，这才稳住神。她轻轻退后半步，低声说："吓了我一跳——忘了我是你嫂子了咋的？黑灯瞎火的，你膏药似的贴在我身边，让外人看见了，一准瞪着眼睛瞎喷吐沫星子……"

王二吹却又挪近半步，贴她耳朵丫子解释："我想问你一句话：你明明地是白跑了一趟腿，为啥打囫囵语骗我傻等着？"

宋春华刚一打奔儿，却传来了马蹄声。宋春华打了个激灵，想快点回屋，又想往柴火垛靠……她这一迟疑，可就使王二吹有了出手的机会。王二吹麻利地搂住了小嫂子的小细腰，低低地说了句"有人过来"，搂着她一道往柴火垛的暗影里蹲；宋春华更怕叫人看到了，急忙随他身贴身蹲了下去。宋春华感到他把自己搂得挺紧，挨着的身子又热又结实；心可就一边扑腾着一边想：那个人刚起不了炕，还抓挠几回我这嫩身子；可他那个宝贝疙瘩，却抬不起头了……这个人虽说起了坏心眼子，还不会在外边硬胡来，可少说有一半是再向前挤对一步；为了不叫外人看到，只好由着他占点相应了……

那个骑马的人，随着嘚嘚嗒嗒声过去了。宋春华忙破开小叔子的手，装作方才啥事没发生，站起身来正正经经地轻声回答他："我那是……怕你没了盼头会上火；再说了，我妈也真说了'再打听打听'的话。"她说完便推了也已经站起来的王二吹一把。

王二吹倒也没纠缠，慢吞吞地抬腿进屋去了。

宋春华望着小叔子进了屋，却又傻站了一阵子。对今晚的事，她确实感到有些意外，没想到小叔子的胆会这么大：虽说抱着自己嫩身子，靠进了柴火垛的暗影后，没顶脑瓜门，也没贴脸蛋，却把自己像相好的搂了个肩靠肩、胯贴胯……这使她抱完柴火上炕钻进被窝后，瞪着眼睛回忆起大前天去娘家时，她妈两次说过的那些话……

宋春华听妈说要给小叔子趸摸个"本当的小寡妇、能稳住槽的活人妻"，便觉得妈把他看扁了，不高兴地说："妈，你咋把他看成人剩了！他才比我大三岁，在县城还不算长过了墙。再说了，他人品长相虽不算一等一，可也不二五眼，在十个八个小伙子里还是拔尖的……"她妈却"咳"地长叹了一声，懊糟地说："他若像你说的这么好，你就应当……等这个人接下茬；咋也比那个只让你过了没到半年的热火日子，就让你守起了活寡强……"宋春华原来夯拉腿坐在炕沿上，立马出溜到地上，急赤白脸地说："妈——他是我小叔子，跟我那个主一个太爷。你咋把他往人家身上胡扯咕！"

她妈没想到自己的一句心里话，竟引女儿发起叫歪，可也觉得她对小叔子挺看重；便扫一眼窗户，跟女儿商量："你一个孤身小媳妇儿，路上荒草野林的，别贪大黑。我送你几步吧。"

夏天的日头，偏西了也挺毒。娘儿俩出了村，靠着道边的树荫凉走。她妈见路上没挡嘴的了，就道歉似的说："妈最伤心后悔的事，就是对不住你。把你聘出去的时候，你那个借光爹图的是彩礼多，就没管开画匠铺的是个痨病腔子。也怨妈只顾你弟弟，豁出了你，帮你后爹把你推进了火坑。这种病人，一落炕就像干了碗的灯杆子，那根捻是亮不多久的……"宋春华鼻子一酸，陪她妈流起了泪。她妈擦了擦，又接着说："别怪妈嘴臭，你也快成半边人了。妈是过来人，知道半边人难做，没法不迈第二步的……妈方才在家里说的那句话，是只有妈才能说的实心嗑，别生妈的气。那个人若真像你说的那么好，你又能试出他对你有真心，为了以后大半辈子，你就得笼络住他……"宋春华体会到了妈是忧虑自己将来的日子，害羞地说了句"我没动过那种心……"她妈提醒地说："傻闺女，你没多长伺候落炕人的日子了；除了妈，你也没别的亲人。可妈不在你身边，也没啥能力。你现在得思前想后——好在趴了炕的人没爹妈，也没亲兄弟，刀把子是攥在你自己的手。那个人若投心对意，得说知根知底，就别错了主意——别说一个太爷的小叔子，亲的也有就合的。可若是靠不长远，你就得加小心：别套不住狼，还叫他白掏了你一口，那可是不得不吃下的哑巴亏呀。"宋春华心里乱糟糟的，避开了妈掰扯的话题，安慰妈说："我年纪轻轻的，身子骨棒棒的，总觉得将来会有好日子；你别替我熬心血伤了身板。"

宋春华走出半里多地，回头看时，见妈还站在道边望着自己；她不由得想：妈是真惦记自己，希望自己将来有依靠……

宋春华回想到这，又掂量起这几天经历的事：他那天掐腰把我推出了房门，是不愿让我开口惊动了他哥；他正盼我替他划拉个小媳妇儿，不会是想占我点小便宜，解把手上的馋。他方才搂我靠向柴火垛，是怕引出闲话来，还是借机会动手动脚试探我呢？这可是在他表明了"不傻等"以后……妈先说他若有"真心"，就得"笼络"住他；后来又嘱咐我得小心，别叫他"白掏了"，吃了哑巴亏……这可有些难：一点不搭理他，咋能试出他有没有真心？可看他现在的样，一给他好脸，他准会下把"掏"，那可叫人说不准会不会吃了哑巴亏……她想来想去，觉得还是稳当一些好：我一边好好地伺候现在这个主，一边慢慢地看准他兄弟，等能看出八成了，再大起脸笼络他……

可是，她小叔子已经下决心要做"牲口小子"了，会容她有那个"看准"的时间吗？

第十三章　意外避雨瓜窝棚

一

得回过头说说县衙里的事了。

前些日子，屠景操忙于筹划全县的地亩清查，委托邹乃杰去昌图府，向知府大人敬送今年的"冰银"——和冬天送的"炭银"一样，都是按例公开送的贿赂。

三天后，邹乃杰回到县城时，已经乌鸦喜鹊归林、家鸡家鸭上架了。他在箭杆街和东弯街交叉的十字路口，下了小车子，兴冲冲地朝南步行去会徐二妹。他万万没想到，柳妈一打开院门，就迎面泼来一瓢透心凉的酸泔水："缘木散人应瑞木观主邀请，一道去医巫闾山拜庙去了，少说也得两三个月才能回来。"邹乃杰垂头丧气，小辫朝南，顶着朦胧的弯月，拖着沉重的两条腿回县衙。

第二天，邹乃杰一向屠景操汇报完差事，就想抽身去找阚山，打听徐二妹做了瑞木的"蝇甩子坠"是何原因。屠知县却没放他走，交给他一份状子，要他看完提出处置意见。邹乃杰惊讶地发现，状子告的竟然是阚山和他的儿子，便认真地看下去：

> ……小人之女陶小红，四年前一十六岁。因家中欠下阚家大
> 院驴打滚的高利贷，无力偿还，不得不将她抵债。陶小红到阚家
> 后，被当家主事的阚老太太选为贴身丫头。二年前，被阚老太太
> 派去侍奉孙子阚如鹏夫妇。

小人近日得知：半年多前小女被阚如鹏奸污，欲逃出告官；
阚家为掩遮丑行，将小女强行卖往他乡，下落不明。小人之女抵
债是实，但不应被奸被卖。敬请青天大老爷为小民做主，令阚家
赎回小女，并依法惩治阚如鹏罪……

邹乃杰觉得阚山对自己颇有好处和用处，应当不着痕迹地替他说几句维护的话，便低声禀报："正堂大人，这陶青已把女儿抵债，阚家便有权驱使处置。即使查明阚山儿子确有奸宿婢女之行、阚家确有转卖其女之事，亦非大罪。大人不如扣下状子，向阚某示恩，令其自行与原告私了。若如此，则一可将阚山这头老狐狸的尾巴，抓在大人手里，使他从今而后不敢耍弄地头蛇的手段，不得不俯首帖耳地听从大人摆布；二可使陶青得到些实惠，传扬开来，老百姓都会称颂大人明镜高悬、爱民如子。"

屠景操本有这种打算，便微笑着点点头，也低声说："这份人情，本县就送给老弟台吧。"

邹乃杰把阚山请到自己办公地，故意轻描淡写地问："阚大人府上，半年前可曾走失一名叫陶小红的婢女？"

阚山惊愕异常，却不得不点了一下胖脑袋。

邹乃杰便料定陶青所告属实，又真真假假地说："陶青这刁民借机诬告如鹏公子，其言不堪入耳。正堂大人垂询下官如何按断。下官力陈老夫人治家严谨，令公子不会有不轨之行；且大人公而忘私，终年躬身职守，无暇过问家务，即或府中御下有所失当，亦不应听任卑劣小人谤及清誉。正堂大人颇为认同，并望典史兄以德报怨，息事宁人。"

阚山起身揖谢，表示一定回家查询，妥善了断："不枉主簿及正堂大人关爱之深情。"

其实，阚山对这件事十分清楚……

阚老太太十分老辣，家里的事连阚山也不能随便插嘴。她孙子阚如鹏也是独苗。十八岁上娶妻后刚一年，就拿老婆没开怀当理由，要求娶个小

老婆。阚老太太虽然迫切希望他给抱重孙子，但坚决不答应——她自打儿子在县里迷上逯二姐，险些把这个婊子娶为侧室，便对儿子"纳妾"严加控制；在儿子娶了王可一这个三房后，妻妾冰火般不同炉，几乎酿成灾祸，更使她下了决心：绝对不能叫孙子随便娶妾。她身边有四个丫鬟，个个年轻俊俏。其中年纪最大的红桃——也就是陶小红，最会讨她欢心。前年红桃十八岁了，见过"红"了。阚老太太便派她去为孙子"侍寝"。侍寝的婢女，是有希望当上姨太太的。因此，红桃伺候少爷特别尽力，阚如鹏也挺喜欢她。一年后，红桃体态如常；请大夫把脉，也说"未见异常"。于是，阚老太太把红桃唤回身边，不久便悄悄把她卖到外地；又将自己身边的另一个刚到十八岁的丫鬟金凤，派去"侍寝"。去年八月节阚山回家时，他老娘曾经解释过自己的这种做法："锣鼓喧天地娶房侧室，将来不生养也不能随便打发走的；娶多了不但会淘虚了如鹏的身板，还难免有人争风吃醋，甚至闹出败坏门风的丑事。派丫头去侍寝，是二条不叫二条——'两说着'（梭子）：一年内不见喜脉，可以把她远远地卖出去，连老本都不赔。"阚山很佩服老娘亲的高见，也明白了她老人家一直不许自己多纳妾的缘故。

邹乃杰见阚山感恩戴德，便乘机问起徐二妹为啥会跟杂毛老道钻树林子去了。阚山见他被自己吊起了胃口，便褒贬起徐二妹，说她"穿红挂绿、浓描重抹时是个明妓；披上了道袍变成了暗娼"，而且"年奔四十，已成半老徐娘"。他还进一步评论："这种女人虽说风韵犹存，善使风情手段，若一时口渴，尚可视为半杯温茶，却当不起'一瓢之选'的——贵主簿年轻有为，风流倜傥，自当有二八可人陪伴。"邹乃杰听了，有些摸不清头绪，刚想壮起脸不耻下问，阚山却抬身走开了。

二

阚山回到阚家大院。在客厅坐稳后，他挥退丫鬟，向老娘禀报起事。

阚老太太端着长烟袋听着，对惹出的官司并没在意，却在听完时问了一句："你说屠知县，为啥将状子让邹主簿转给你？"

阚山有些无可奈何地说："他在示恩。"

阚老太太轻轻地摇摇头，提醒儿子："这不只是买好，也是放风。这位县太爷是告诉你，说他手里搋着印把子，一抓住你小辫子，就能踹你个仰八叉。"

阚山连声称赞"妈猜得准，说得是"。

阚老太太吸了一口烟，又盘问起儿子："你跟这位县令大人关系如何？"

阚山支吾说"尚好"。

他妈听后"哼"了一声，板起脸来申斥："你还敢说'尚好'？那他为啥不直接把状子交给你？你在五月节前为啥谎说'身体不爽'，回到家来，不陪他一同去郑家屯？张喜瑞那狗才匆匆连夜赶回家来，向你密报了些啥？你为啥惊惶不安，却没敢向我回禀？"

阚山挨了他妈这一连串的"啥、啥、啥"穷追猛问，一桩桩都像揭了他心头上的伤疤，不敢再隐瞒实情，吐露出眼下的窘境和采取了的对策。

阚老太太"当、当、当"把还没抽透的烟磕进铜痰盂，把烟袋连杆带烟荷包，"啪"的一声摔到了八仙桌上，恼怒地骂了一声："浑蛋东西！"

阚山多年来没见老娘亲这样动怒过了，急忙站起身，惶恐地说："是儿子错了，请妈别气坏了身板。"说完便把烟袋拿起，装好烟后把烟嘴送到老娘的嘴边，哀求"妈抽两口消消气"。

阚老太太"唉"地长叹了一声，接过烟袋；等儿子给点着了，吧嗒了几口，吩咐儿子坐下，开始教训——或者说叮嘱起儿子："当初那个'追风沙'派人来求帮，我很敬佩他的胆量和见识。我没指望他的'有所报答'，只希望能换来他对咱们家的尊重，不来骚扰——你知道：那些偷鸡摸狗的小绺子，是不敢到咱们家门口眨巴眼睛的，更不用说伸贼爪子了。我万万没想到，你竟然想利用他套住姓屠的——他也竟然真出手帮你的忙！你咋不想一想：这是'勾结土匪，谋害命官'的弥天大罪呀！你觉得

'他那头不能贼喊捉贼''你这头铜浇铁铸般嘴严'，绝对不会露馅出了娄子……你白在官场上历练了十多年，竟然没懂得'不怕一万，就怕万一'的道理！小来小去的娄子，再多的话，也可以用咱们娘儿俩的面子，裹些银两堵个严严实实的；你这回捅出的娄子，可是斗大的窟窿——一旦暴露了，就是天大的灾祸：你不掉脑袋瓜子，也得把家败个精光……就算祖宗保佑不败露，'追风沙'帮了你这次忙，不仅扯平了人情账，还把你的小尾巴抓到了他手里；你以后是不能轻易得罪他了。你要给我牢牢记住：一旦发现有人想要把这件事捅咕出去，就是豁出伤筋动骨、败掉一半子家产，也必须先下手让他永远张不开嘴！"

阚山站起身，下保证说："儿子后悔不及，牢牢地记住了母亲大人的教诲。"

阚老太太又掂量了一阵子，继续教训儿子："小胳膊拗不过大腿的。屠知县揽权，还不是想放开手刮地皮、吃独食？他不仅把你当贼防了，还抓到了你小尾巴，你现在就得装熊蛋包，看他脸色行事；千万不能再逞能——和顶头上司较劲，那是自己个儿往他大屁股底下钻，找挨臭屁崩。你想笼络邹主簿，这就像油锅底下撒柴火，是个好道眼，但一定别让县太爷犯猜疑。借他买好的机会，你回去后送给他五根金条——太多了会引起他的怀疑，反倒不好。"

三

原告陶青，叫被告的家丁传到阚家大院问话。他一看阚山坐在八仙桌北面，官帽子上的顶子锃亮，刺得眼睛发花；又看到他官袍子前大襟上，那只鸟直扇悠翅膀，好像要飞过来叨自己的眼睛。阚老太太仰在桌东的躺椅上，架着长烟袋，望着天棚。他的心一忽悠：这不是在家里摆下了公堂吗？他接着又看到两旁还站着一大帮男仆女佣。他有些奇怪：这些人像卖不出去的秫秆，咋直撅撅地戳到了这疙瘩？他有些像遇上头场雪的小野鸡，发起蒙。那些男女却瞪圆了眼睛，一齐厉声喊道："还不跪下！"

陶青吓得一哆嗦，扑通一声跪下。阚山板着脸问："你为何无中生有诬告本官？"陶青的心，怀揣着兔子似的乱蹦，惊惶地答了句"小人……不敢"。阚山拿扇子"啪"地拍了一下八仙桌，大声喝道："知县大人把状子转给了我，你还敢抵赖吗？"陶青后悔听了外甥王二吹的话，可也不敢把实话说出来，结结巴巴地回答："小人……想念女儿，急火蒙心，一时糊涂……求阚老爷和当家老奶奶，大人别见小人怪……"

阚老太太听他告饶了，往铜痰盂上当当地磕了磕烟袋锅，当众翻老账说："你女儿一抵了债，我便留她在身边，改名叫红桃。后来，我看她长得还周正，说话办事挺机灵，有心抬举她给如鹏少爷做姨太太，便让她先过去伺候。这件事，红桃没向家里人学说过吗？"

陶青老实巴交的，不会撒谎，也不敢在公堂上瞎冒炮，便承认"小红说过，她……盼望过"。

阚山便斥责："那你为什么诬告少爷？"

陶青想起自己说过的"小胳膊拗不过大腿"，赶紧答了句"小人有罪"，连连叩起头来。

阚老太太见他当众认罪服输了，便撵走屋里的家丁婢女，老脸不红不白地撒起谎来："我孙子对他媳妇儿十分恩爱，并没有贪恋你女儿的娇嫩脆生，想过二年看准她品性再收房。谁也没想到红桃会空不起身子，勾搭上了野男人，被按到了一个被窝里……咱们可以把捉奸的人叫过来对证对证。"

陶青想起老伴跟自己说过："阚家老奶奶，打发小红去伺候阚少爷了，现在差不多夜夜睡在一起，当稳了姨太太。"当时自己就觉得女儿胆大脸也壮，可没想到她又偷着跟别的男人睡到了一起……羞得老脸通红，垂头蔫脑地说："不用了，不用了……"

阚老太太便顺水推舟，说话的声柔和了不少："我一来不愿家丑外扬，二来想保全她名声，把她招回身边，在外地选了个人家，神不知鬼不觉地把她送过去了……她是抵债的人，文书上写得明明白白，阚家是有权处置她的；而且声张了，也让你们家丢人现眼，才没和你们打招呼。"

陶青无可奈何，起誓发愿地表态："老天爷打雷劈死我，我也不愿再见她的面了！"

阚老太太却宽厚地说："你也别发这样的狠心——虎毒还不食子呢。等过几年人们都忘了这码子事，我想法叫她回来见见你们——好一好会有人叫你'姥爷'了。"

阚山也顺着他妈开好的茬口往下说："我本来想治你诬告的罪——这也是县太爷的想法。可我一来不能不听老太太的话，二来你认罪的态度还算老实，看在乡里乡亲的面上，就不和你计较这笔账了。"

阚老太太更厚道，也更大量，絮絮叨叨："那孩子伺候我二年来的，还是挺尽心的……咱们都别怪她迈错了那一步了。我赏你两吊钱，回去好好过日子，等她将来回来看你们吧！"

陶青千恩万谢，拎起钱，低着头离开了阚家大院……他一边往家走，心里一边埋怨外甥：难怪人们叫他"王二吹"，说话办事真他妈地没根有蔓胡爬扯，把我绊了个大跟头！

"私审"对象是小红，她已经随着买主不知下落，只好随"家主"信口开河了。

四

他老伴却跟他看法不一样。她听老头儿说"白叫王二吹瞎忽悠了一回。县太爷把呈子交给了阚老爷，把我传去阚家过的堂。虽说没打屁股，却把脸皮剥了个精光……"他老伴这回没发毛秧，还说："你有空再挨趟累吧，去一趟县里，跟那个外甥说说……真不如当初把小红聘给他了！他是会好好待小红的。"

陶青自打听了老伴这吩咐，地里的活一直撒不开把。老伴又磨叨了几回，他才挤出时间，起大早奔县城。

他到了双义肉铺，一说"我找王二吹"，谷英便答了一句"他跟我哥往法库门送牛去了，明天才能回来"。陶青听了不由得"咳"了一声。谷英见他很失望，便问"二吹是你老啥人"。"外甥。"陶青回答。谷英看他挺着急，估计他有事，便说："二吹在他叔伯哥家住，你老有话可以去画匠铺，留给他哥。"陶青觉得只好这么办了。谷英把他领到箭杆街，告诉他"朝东过了东弯街，道北第二家就是他哥的家"。陶青觉得有些好吹的外甥，人缘还挺好，顺利地找到了王记画匠铺。

他在"王记画匠铺"门口，却站住了——想起上次王二吹送他出县城时，曾说过"我哥病落炕了"。自己若空爪子进屋，太素淡待人了；可自己兜里的铜钱，不够买一斤像样的馃子……他犹豫了一会儿，心里说"只好人穷不顾脸了"，抬起了发沉的脚。

宋春华见进屋的是位五十多岁的庄稼人，还以为是个来买货的，下炕让座后问了句"你老想看看啥货？"

陶青知道她是把自己错当成买主了，红着脸解释："你是王森的嫂子吧？我姓陶，是……"

宋春华一边拉他往南炕坐，一边对丈夫说："二兄弟的大姨父来了！你快陪着唠会儿嗑；我去给大姨父忙活点饭。"

陶青没想到宋春华这么实惠，忙拦挡："他嫂子，我只给他留几句话，说完就得往回返；这季节忙啊。"

宋春华把他按到炕沿上："大姨父，你再忙也得吃完饭再往回走。我的这个主，虽说不是你亲外甥，可也没差八竿子呀。"

宋春华到外屋地忙活起来。她听到里屋的丈夫，懒洋洋地搭讪了几句；而陶青回答了几句，也竟没提提要给他外甥留啥话。宋春华做好卧了两个鸡蛋的白面条后，在小北炕放上了桌子，用一个头号大碗盛了端上去，又把剥好的大葱和酱碗端上去。她把陶青让到桌上后，爽快地说："大姨父，我知道你老还得走好几十里路，怕你贪黑，没给你老做别的菜。"

陶青也爽直地说："得多谢谢你们了；我是打算买半斤煎饼，一边走一边嚼啃的。"

宋春华见他一边吃一边喝汤，知道他是又饥又渴，便又用大碗给他盛了一碗稀的。她等到陶青快吃好了，才搭话说："二兄弟跟他哥，处得亲兄弟似的。没少唠起大姨跟小红表妹。"

陶青接茬说："他大姨也挺看重王森的。可惜我是个不中用的男人，把家过得连小红都顶了债……"

王林可能觉得方才自己话说得太少，也可能想表达一下自己是手艺人，插言说："这年头，种地的有几家能胡噜饱肚子的？我爹当初就是没了招，才从西荒逃出来的。"

宋春华对丈夫有点冷淡陶青，现在又抢话，有点不高兴，加上她想知道那场官司的结果，赶紧问陶青："听王森说，你们都想把小红表妹找回来，是不是有了盼头？"

陶青放下筷子，抹了一把嘴，盯着宋春华，懊悔地说："我这个土埋了半截子的人，还不知深浅，瞎扑腾了一场！还算阚老爷家挺担待，只把我叫到府上教训了一顿。我这次来看王森，就是要告诉一句话：心强强不过命，小胳膊拗不过大腿棒子。我麻烦你们公母俩，劝劝王森，认命奔求今后的日子吧。"

三个人冷了半天场。陶青起身望了宋春华一眼，愧疚地说了句"谢谢你们把我当亲戚待了"，走出了屋。

宋春华把他送出了院，还认真地说"大姨父再来县城，千万来串个门"。陶青只点了点头。

王二吹回来后，听小嫂子学说了他姨父的话，却没发蔫。

宋春华以为他撞了南墙后，多了一桩明白。

其实，王二吹已经掐断了对小红的那段情肠子，要按刘摸点指出的那条明路，往前"奔求"了。

五

第二天早上，王二吹走到外屋地时，正赶上小嫂子从大铁锅里往外起大饼子。她穿的抿腿裤子是自己做的，腿瘦瘦的，裆窄窄的，一叉开腿、哈下腰，后裆绷得圆圆的，两条腿显得长长的。若是从前，王二吹这个年轻光棍可能会心跳，但不会停下脚步的。可现在，他已经下定了"抓紧时间往前赶"的决心，便两眼直勾勾地盯着迈不动步了，还舔嘴抹舌地夸赞："这暄腾腾的香饽饽，叫人一搭上眼，就淌哈喇子！"

宋春华后脑勺上没长眼睛，没看到他一双贼眼珠子盯着她后座子，还傻了吧唧地以为他在夸自己贴的大饼子，高兴地扭过脸来笑着说："相中了你就尝一尝，嫂子管你个饱。"她一只手还扶着个抢铲上的热气腾腾的大饼子，赶紧回过头往盖帘上放。

王二吹明明知道，她说的和自己想的两拧劲，不是一码子事，可他成心打马虎眼，紧接着叮问："你说出的话，算数不？"

宋春华一来心不邪，二来正忙着，没承想，也想不到小叔子正引她上套。她一边继续哈着腰起大饼子，一边傻乎乎地说："也不用嫂子去东家求、西家借，自家的玩意，还不随你的意。"

王二吹乐得后脑勺好险没开花——可他还没忘里屋还躺着个，虽说下不了炕、耳朵却顶用的主，伸出手就在她屁股蛋上轻轻拍了一小巴掌，大声说："你就把这疙瘩给我留着，让我今晚尝尝它的香滋味！"

宋春华好像后座子上挨了一烙铁，虽然不针扎火燎似的疼，却浑身一哆嗦，心里也醒过腔：他这可不是闲磨嘴皮子——他先戳我腰眼子，后顶我脑瓜门，那晚还搂了我个贴身挨胯，现在又捅起了我老营盘……这不是早就起了邪心眼子，要拿我当一碗肥片肉，开荤解馋吗？

王二吹见小嫂子羞得后脖颈子都像贴了大红纸，却没直起腰来，更没动步，依旧低着头没吭声，心里可就有了八分把握，喜气洋洋地迈开腿，跨出了房门槛。

宋春华连热锅熏带心里急，满脸都是汗豆子。她咔咔地把大饼子都起出锅，直身撩起大襟擦了好几把脸，又呆呆地站了一阵子，才回屋扶丈夫坐起来，伺候他吃饭。王林刚才听到了王二吹那几句话，竟缺心少肺地问："你给二兄弟，留出了那个大饼子吗？"宋春华心里又羞又气：你咋还让我把"那疙瘩"留给他？可是她怕丈夫架不住生气、抗不起发火，没敢揭小叔子的老底，还顺口打囫囵语，应了句"留出来了"。

傍晚，她伺候男人吃晚饭，也不饥不饱地划拉了几口。她把桌子敛下去，见西南风小下来了，怕可能会招来雨，就把纸活归拢到北墙根，去抱来几捆柴火，戳到房门后。她看看外屋地，比平时宽敞不少，又取出一条口袋片，放到西墙根，开始刷锅里的碗。可没等她刷完，身子就被轻轻推门进屋来的小叔子，从背后抱住了……

她没惊慌——经过一整天的反复掂量，她已经拿定主意：是福不是祸，是祸躲不过。反正那个主明摆着没了指望，靠不长远了。自己还不到二十岁，将来左右得找个下茬做倚靠；不认不识的，知面难知心，恐怕抵不过这个知根知底、利利索索、没拖没累，还比自己大了三岁的小叔子……今晚他若真想朝我下竿篱，多半还得趁我在外屋地的时机再商量。他若趁我还没闪开身子，二话不说硬动粗，我没法连喊带叫，也不能扑腾出声，惊动了那个正主；只好不声不响地躲闪躲闪，就豁出来让他白掏了，任凭他扔下竿寻疙瘩占碾盘。他若低声细语地先商量，我就悄悄地摇摇脑瓜子，劝他别拿"嫂子"当相好的；他若保证将来接下茬，我就遂了他心愿，让他先放出馋虫叮一口，将来跟他合把开这个画匠铺……她没想到小叔子，比平时回来早得多，还一溜进屋就把自己从背后牢牢实实地搂到了怀里。她可也算有准备，便没喊没挣，只扭过头来悄声哀告地说："别这样，我是你嫂子呀。"

王二吹见她像一只小绵羊，只会低声咩咩，雄心更壮，贼胆更肥，拧过她身子，使劲地亲了几口，然后也小声说："咱们一亲过嘴，你就不是

'小嫂子'了，成了我的人。我想的是'那样'，你夜里去小北炕，实实惠惠地做我的'小媳妇儿'。"

王二吹这一白天，把他的鬼心眼翻腾了八百遍，牢牢靠靠地断定了两件事：一是自己若对小嫂子动真刀真枪，她铁定咬着嘴唇躲几躲、闪几闪，然后就假装没了力气，眯着眼睛听摆弄。二是纸包不住火：这码子事咋加小心，早晚也准得叫大哥听到、瞄到或者猜想到。虽说他没力气挥拳头，气虚得喊不来人，可一场嘴架也铁定免不了。王二吹下了狠心：反正早晚也得抓破脸，我用不着怕他这头病猫。这个做叔伯弟弟的，还拿定了主意：他若张嘴就来不中听的，我就明明白白地告诉他："我拱了你地头子，也不想住犁杖。"他若用软和话套弄我守规矩，我就客客气气地拿"还把你当哥哥好好待"做条件，逼他装聋作哑缩脖子。就因为打定了这些主意，他才要求悄悄哀求"别这样"的小嫂子"去小北炕"。

宋春华已经有了将来做他"小媳妇儿"的打算，却不愿去小北炕——那不是当着正主的面，把自己送给他做相好的吗？便低声说："我可不敢……"

王二吹听出了她的意思：想偷偷摸摸地相好。他的胆可就比饭碗还大了，便坚持自己的老猪腰子，低声翻小肠说："你答应过'随我的便、管我个饱'！"

宋春华慌乱地小声辩白："我答应的不是你想的……那话也不是说，愿意跟你去遛垄沟子。"

王二吹板起脸来，但嘴没提高音，说："你赖账也晚了——我等你；你若不过去，我就去南炕梢！"说完就撒开手，抓起一个大饼子进了里屋……

六

宋春华心慌意乱，软瘫瘫地坐到了锅台上。她抬起手摸摸黏糊糊的嘴丫子，禁不住伤起心来：那个正主，好多日子没亲过我这嫩脸蛋了……我看出了他像饿疯了的驴要偷嘴；可没想到他不在这里停蹄下口，竟要拃断了支棍上碾盘……他这么蛮横霸道，一点也不替人家顾面子，不是只想拿人家垫牙、让人家吃哑巴亏吗……

这时候，从里屋传来了那哥儿俩的对话："二兄弟，你在嚼凉饼子吧？你嫂子咋光留出来，忘了馏馏？去叫她热乎热乎，暄腾腾地吃才肉头。"

"我爱啃硬的，吧嗒起嘴来有滋有味的。"王二吹说。

宋春华对丈夫的多嘴多舌又气又恨：你说哪门子梦话？他是想拿我当香饽饽！她也听明白了小叔子的话音：你那块香饽饽，我铁心吃到嘴；你若不送到我嘴边上来，我就过去硬啃到嘴！她又急又怕：好像天塌了下来却没地方躲；又像被黑瞎子逮住了却挣不脱身……她又想起了丈夫说帮小叔子找媳妇儿的事时，曾说过"落在"自己身上了的话，也想到了刚才小叔子说过的要自己"提前"做他"小媳妇儿"的话，便又觉得小叔子不全像要打快船、白拿自己垫垫牙，又生起了"得先稳住他"，再往下看看他想法；可怎么能把小叔子调出来，跟他商量呢……

她想不出招，慢慢起身插上房门，迈步回里屋。刚挪出两步，就有哐哐敲门。她回身问了声"谁"，外面答"订货的"。

宋春华有些侥幸了：老天爷送来了容空的机会！她把一个来订货的壮实男人让到屋。王二吹请他坐到小北炕。等宋春华一点上灯，来订货的人就开腔说："我妈近些日子闹不好了，梦到我姥姥在一条大河边上打转转，喊我妈的小名，叫我妈帮她过河。我姨姥听说后，说那是一条去投生的河。一定是我姥姥在世时乱倒脏水，犯了不敬河神的罪，没法过河去投生，才托梦给我妈，叫她扎头牛烧了，使她能骑牛过河……"

宋春华知道：扎一头牛换回的钱，能顶用鸡蛋壳糊替身半年挣的钱；可自己没扎过，趴了炕的当家的，又没了筋骨囊，没法挣这笔大钱了，不由得"唉"地长叹了一口气。

王林虽说病趴炕了，可心还会算账，不愿退了这笔生意，打起精神问："最晚能给我们几天的空？"

"我妈急得火上房了——最多能容三天的空。"来订货的人说。

"那你就从明天……算起，四天头来取。"王林歇一歇，又接着说，"过去我扎的，卖两吊钱……现在我得挺着病扎，没三吊，不能接活。"

"三吊就三吊吧——贵店不接，我也没第二个地方去了。"那个人说完就交了定钱，抬起了脚。

宋春华觉得一定得利用这个机会，微笑着向小叔子递了个眼色，抬下颏让他去送客人；等王二吹起身出了屋，宋春华也跟了出去。她在房门前、屋檐下的暗影里站住，等小叔子一回来，就抓住他一只胳膊，咬他耳朵商量："我答应你将来……一块过日子。可我得顾脸面名声，不能在你哥眼皮底下做那种事。等到把他送走了，再遂你的心，还不行吗？"王二吹听她答应将来做自己小媳妇儿了，低声说"你可不能抹套子"。宋春华高兴他答应了，便轻声说"我下定钱"，仰起脸送上小嘴，让他亲了几大口，才一同回到屋里。

宋春华坐到丈夫脑袋边，问："你咋非应下来？能在三天里教我扎出来吗？"

"我咋还有那个精力！"王林说，"可也还有一条道：你明天到法库门买来个现成的——我还可以……拿它做样子，教你咋下手扎。将来你得靠开这个铺子过日子……学会了能多挣些。"

王二吹一听眼看就要交刀了的堂叔伯大哥，还替他屋里人盘算将来的日子，又见小嫂子一听叔伯哥的话，脸上就皱起了眉头，更觉得自己也不能落后，更得关心将来的小媳妇儿，就说："大哥，去法库门来回一百里还挂零，我嫂子去得一整天；你没人在家照顾咋行呢！我替嫂子跑一趟吧。"

"好是好，就怕谷大掌柜的，会扣你一天的工钱了。"王林有些过意不去地说。

"大哥，你咋说这么掰生的话——咱们论远近是一个太爷，论感情跟一母同胞也差不多少的。"王二吹晃着脑袋说，"再说了，兄弟住在大哥家，大哥大嫂待我亲兄弟一样，我咋能像犁碗子似的，只往一面翻土嘛！"

宋春华没想到他会愿意替自己去法库，觉得他完全相信了自己的话，开始把自己看成是他的人了！她也喜欢他会说话，让老病包子一点也没听出破绽来：跟这样的人一起过日子，一定会舒心的。

<h1 style="text-align:center">七</h1>

第二天，宋春华起早下炕，给王二吹擀了一大海碗白面条，还卧了两个鸡蛋。送他到院时，低声说"谢谢你担心我累着"。王二吹也悄悄地说："没外人，你咋还说两家人的话。"宋春华红着小脸回屋时又想：看来他对我是真心的——昨晚喂了他一粒定心丸，他就稳住了神，开始把我看成了自个的……小媳妇儿！等把趴炕的正主伺候走了，我就圆了他的梦，跟他一道摽足劲奔求好日子。

西南风又刮了小半天，过了晌午就停下了。天却越阴越沉。约莫到了申时，王二吹还没回来，宋春华可就有点着急了，自言自语道："十有八九要挨浇了。"

躺在炕头养神的王林听了，也着起急：夏至左右，有雨就可能下大，立马接茬说："纸活可不抗浇。若淋成七弯八扭的架子，就是趁潮支腾起来，不仅重糊费料，挣不到几个钱了；还兴许误了工期——你麻溜带上那块油布，去接接，一定把纸活遮盖好。"

宋春华一边找油布，一边想：这个主就知道钻心磨眼算计钱，不光没担心他兄弟会挨浇，还连我得披点啥都没提……她不仅给自己找出了一件旧夹袄，还带上了一条囫囵口袋，才匆匆忙忙离开家。

宋春华刚走出南门，天就开始掉起雨点。她停住脚，把口袋底凹成尖帽子顶上。一来已经出了街，二来着了急，开始小跑一阵、急走一阵往前赶。等离关屯有一里多地时，雨大了些，可她也高兴望到了小叔子的影。

两边的人都加快了脚步。等还离十步左右时，王二吹就大声埋怨：

"你这个小虎媳妇儿，这不是卖了一个又搭上了一个嘛！"

宋春华见他衣服蒙在抱着的牛头上，嘴里把自己叫"小虎媳妇儿"，心里想"他真打算将来跟我搭手过日子了"；等到了跟前也埋怨："你不虎？货，浇坏了怕啥的？最多也就少挣两吊多的钱呗，咋傻了吧唧的光膀子挨浇……"她一边说着，一边把头上的口袋帽子给王二吹戴上；然后又用油布蒙上纸牛。

王二吹甜甜地笑了笑，往东指指说："都别傻挨浇了——咱们到那个瓜窝棚去避一会儿雨吧——若有瓜，我请你吃一顿。"

宋春华说了句"那还不快走"，把那件夹袄抱在怀里，随他一气跑到半里多地外的小瓜窝棚。

两间的小瓜窝棚，在瓜地西头，门朝东；外间小，里间大，里间东墙上留了个瞭望口。地里的香瓜，最大的只有鸭蛋大，还没拉开瓤，不怕偷，看瓜的人还没住进来。王二吹进屋后高兴地说："空屋子，太巧了！"宋春华白了他一眼，说："巧个啥？这是图好价钱种的晚瓜，还没开园呢。"王二吹放下纸牛，笑嘻嘻地说："若有人，准把咱们俩看成小两口；你说承认不承认？不承认，就得让人猜疑是相好的。"宋春华板起嫩脸说："你心眼子咋越来越坏，转弯抹角占人家便宜。"说完，就取下他身上的口袋斗篷，把自己的夹袄披到他身上，还说"别凉着，你若病倒了，我就得伺候你们哥儿俩了。"

王二吹放下纸牛，含混地说："我愿意你侍候！"

宋春华听出了他的话里有外音，假装没听明白，过去掀下油布，递给他，指了指不太高的房笆，说了句"搭上去"。她又把王二吹的上衣取到手，挽挽，拧出些滴滴答答的水，又抖抖递给王二吹，还说"等走时就佯干了，别光着膀子跟人家一道走，我可怕叫看到的人嚼舌头"。她等王二吹又披好了，才叫他把披着的夹袄穿上，还顺口说："虎玩意儿，别抖搂感冒了——没外人，不用怕谁笑话你穿错了衣服。"

"穿错了衣裳"，是句嘲笑一个男人慌张中穿了老婆或相好女人的衣服。宋春华"顺口"说出这句话，可见她的心里有了王二吹。

王二吹听她头一回跟自己逗笑话，觉得她昨晚应下的话不是哄自己，也高兴地开玩笑说："你的小夹袄一贴我肉皮，我心都热乎乎的。"他拉她转过身进了里屋，坐到靠西墙的小窄炕边，几乎脸贴脸地埋怨："你咋接出了这么老远?"

宋春华一被小叔子拉住胳膊，就想：昨天已经把脸送给他啃过了，答应跟他将来一块过日子了，他也同意了，现在只好让他拉拉扯扯了；我若再外外道道的，他会心不踏实。她随他坐下，双眼盯着脚尖，低声说："那个主若不发话，我咋能撇开他来接你。"

王二吹一听是叔伯哥发话让她来的，心可就一忽悠，小脸蔫了吧唧地说："他还真有哥哥样，也真……关心我。"

宋春华想：他连我都不咋牵挂，哪里还会惦记你……可她不愿说出口，还说："得说他这大半年多，对我也算十个头的了，所以……我才冷淡了你。"

"冷淡"这两个字，使王二吹想起了她昨晚说过的"我不能在他眼皮底下做那种事"，他的心可就怦怦起来：若想对得起大哥，就是不会误了自己这一辈子，等下去也得熬掉半身膘。他挺起身走到瞭望口，瞪圆眼睛踅摸：雨下得大了起来，浇得地里的人都跑光了。他转身回到炕边，把两只手搭到小嫂子肩膀上，哈下腰，盯着她红扑扑的嫩脸，低声讲起了得顺从老天安排的大道理："那个人打发你来接我，老天爷又在你接到我的时候把雨下大了，撵咱们来避雨；偏巧这疙瘩还是个空瓜窝棚……这可应了你亲口说过的话：这疙瘩'不是他眼皮底下'了……"

宋春华听出了他在堵自己的嘴，猜想到他就要下把抓挠自己了；也觉得他说的这些"偏巧"凑到了一起，也真有些像命里注定。这想法，和小叔子一双贼眼睛闪出的火苗子，像一根擦着的取灯，呼的一下子，点燃了她腔子里枯干了的感情草，烧得她浑身发热脸蹿火。不过她也还觉得不能不顾自己的"嫂子"身份，就忸怩地推托："人家昨晚，没想到今个会离开家……咱们还是熬到将来—— 一起过日子那天吧。"说完就低下头，藏起大红脸。

王二吹却好像没听到，扯下身上的夹袄铺到小炕上，转过身光着膀子抱起眼前的小嫂子……

八

俗话说"有钱难买五月旱，六月连雨吃饱饭"。这闰三月的五月，离六月也不远了，雨下得叫人喜欢。雨下得越来越大。地面的风小，瓜叶可也连吹带浇，侧歪到了地面上，使那些瓜蛋露出来了。瓜地周围的苞米苗，壮实些，欢快地随着一股股的风起伏，波浪般向前涌动着。高处的风更大些，独棵大树的枝，成片树林的梢，不断地摇摆，像在相互呼应着。随着雨不断加大，天和地灰蒙蒙混成一团了。这场离头伏不远的金贵雨，下得很可人心，三四袋烟的工夫后，才开始小下来。

就在这三四袋烟的工夫里，大雨点子噼噼啪啪地拍着小窝棚顶；房檐淌下的水溜子，像密密的草珠帘子，把房门和那个瞭望窟窿遮得严严实实。小瓜窝棚里昏昏暗暗，和灰蒙蒙的屋外比起来，几乎漆黑一团。就算外屋地那头纸牛，是个迈不动步的大活人，脸不是对着房门，而是对着屋门，也望不到炕上人的模糊形影，只能断续地听到些时高时低、有来有往的对话声……

"急性鬼，咋忘了答应过人家的话？这支棱一下子，弄得人家心里没了底……你是真喜欢人家这个人，还是偷口嘴？"

"我实在等不起了……而且没过你画出的杠，是让咱们都有了底。"

"你不着忙占碾盘，人家也不会抹套子。"

"你才十九，就守了活寡；我二十二了，还打光棍。咱们，早就不该，瞪着眼睛，忍饥挨饿了。再说了，你又能干，又懂事，我打灯笼，也找不到像你这样可心的，小媳妇儿。我若错过这个……老天爷给的，好机会，你暗下，准骂我，虎实心了。"

"一占上便宜，就卖起乖！你现在，把人家，完全掐到，手心里了，可别叫人家，一颗人心，换了一副，狼下水，让人家……干吃了哑巴亏，将来偷着抹眼泪疙瘩。"

"到了这种地步，咋还分你、我，说啥吃亏、占便宜？现在，你完完全全，成了我的人；我把整个人、整条命，都交给了你……"

"发疯的鬼，咋这么嘴急……人家已经把盘子碗，端给你了……你以后，更不能太着忙：那个人在，我只能先做你，相好的……你千万，别弄得露出马脚来，叫人家，后大襟，给外人，戳成了筛子底。等那个人，到了寿禄，我保证叫你……有里有面地，做人家，下半辈的主！"

"你心眼真好，你咋说，我咋办……你啥时候心里有了我的？"

"……那天你顶了人家脑瓜门，人家就疑心你起了歹意，对你又气又怕；可又不敢对那个人说穿了，怕把他气得把命交刀了。后来你一步步往前逼，人家怕你虎叨叨地闹出事，把人家弄得黑不黑、白不白，心思只有帮你找个遂心女人，才能不出岔头，日子才能过得平静。我就去了娘家，求我妈做媒人。我妈听我夸你好，就说没有合适的闺女，连小寡妇、活人妻也没般配的……还劝我，若能看出你靠得住，就别太死心眼子，得顾后路；加上我还听说那件'借物案'，已经结了，县衙把那个守寡的嫂子，判给了她小叔子，人家心里才容下了你影子。可人家心里还担心：怕你只拿人家当零嘴。昨晚你主动说替我去法库门，加上那个人只顾挣钱、不心疼我，人家才横下心……今个才面面糊糊任你逞凶的……"

窝棚里又响起了娇娇的语声："你已经……啥滋味都尝到了，咋还这么嘴馋！你……是啥时候动了坏心眼子的？"

"这……得谢谢那个病人和刘摸点。我原来的心确实在小红身上。那个人说她是巴结做姨太太，我才心凉了，明白了自己是烙铁上的木头把—— 一头热火。就在那个时候，刘摸点串门见到了你，说那个人快到寿禄了，劝我伸手抓挠你；还说'别等肥水流进了外家田，你就没地方买后悔药了'……"

"这个坏种，真不是个好东西：咋能劝朋友……打嫂子的主意。"方才发问的人，低声嘟囔了一句。

"多亏他提醒了我，我才醒过腔，不犹豫了……我是把他看成了媒人的；将来你可千万别不搭理他。"说这话的人，认真地央求。

"虎玩意儿，人家连里带面成了你的人，将来能不顾全你面子嘛……"

屋外已经没了风声。

屋里也亮堂起来。

宋春华虽说更年轻，却好像更成熟一些；或者是女人，更知道小心谨慎。她从那个瞭望口瞥见雨已经算停了，便柔声地商量："往回走吧？你跑了上百里的路，还不要命地作祸了一大阵，得到家好好歇歇了；我的那个主，顿顿吃不多少，却得应时应响。"王二吹撒开搂着她的手，笑嘻嘻地说："是得走了。若再在这疙瘩黏糊下去，回到家太晚了，那个人会起疑心。"宋春华的小脸大了起来，白了他一眼，说道："都怨你猴似的急，找到个借口就欺负人，还抓到手后就不撒把。"她一站起身，想起来时在苏屯看到路边有个小杂货铺，又小声说："咱们就说是在'苏屯小铺'避的雨，别说钻过瓜窝棚。"

王二吹穿上自己衣裳，把油布盖到纸牛身上，叫宋春华披上口袋斗篷；宋春华紧紧地夹着自己的小夹袄，跟他离开了小瓜窝棚。

路上没再下雨。可无论小路，还是大道，都挺泥泞，行人很少；加上两人已经不太那么怕人了，不时地你拽我一把、我搭你一手，走得还挺快。

宋春华推门进了家，先把旧夹袄放进了洗脸盆，才把小叔子放进屋。她从身上取下口袋搭在房门上，回身推了他一把。王二吹进了里屋。

王林问："挨浇了吧？"他是在担心纸活浇坏了。

跟进来的宋春华回答："没咋浇着，二兄弟见下雨了，用衣裳遮盖住了买来的货……"

王二吹抢过话头，打补丁说："多亏大嫂眼睛尖，在苏屯路边的小铺，看到了我，把我招呼到屋，避了一阵子雨；大嫂若没看准，我一个劲往家奔，这头纸牛可就淋成骨头架子了。"

王林挺高兴，鼓励地说："二兄弟，你记住：一个人不管干啥事，都不能一条道跑到黑。应当心眼活点，才不会赔本吃亏。"

宋春华对小叔子撇撇嘴，回过头却对丈夫说："我看你是白费心：他虽说没虎实心，哪有你心眼够用——明明看见雨下得大了，还不知先避一避，险些把好不容易买来的货浇坏了，心眼也太死了！"她说完，从地上纸牛身上把油布取到手，搭到里屋的门上，扎上围裙，准备做饭；临离开里屋前还对小叔子大声说："你一天走了一百多里，在小铺里避雨也净立规矩了；虽说身子骨结实，也好好歇一歇吧！"

王林也搭帮架说："二兄弟真壮实，我现在八天也爬不到法库门了。"

柳条边外有句骂人的话，说稀里糊涂戴上了绿帽子的人，是"三天也爬不到河沿的笨鳖"。王林在无意中承认了：自己是八天也爬不到河边的"病鳖"了。

老话说，一通百通。宋春华嫁给王林大半年多了，虽说大活没亲手扎过，小活却已经扎熟了。第二天，她没咋用丈夫张嘴，只把买来的纸牛剥开几处，仅用了一天的工夫，就扎出一个小些的牛骨架。她用大张的纸遮盖上后，又把买来的活修补一新——比交活的时间提前了一天。

货，按时交给了买主。

有了容空的工夫，她又用两天对那副牛骨架一边琢磨，一边收收放放，然后就剪剪糊糊、涂涂画画，糊了出来。

王林夸她："你真心灵手巧，比我学得快多了。"

宋春华见他心情挺好，也溜哄地说："我有这点小聪明，还不是你这半年多来带出来的。"

第十四章　两相应

一

建安县的人都在忙。

阚山那天断完陶青"诬告"的官司，带着彩荷回到了县城，准备进行"美人计"的最后一步。他先遵照老娘的嘱咐，去拜谢屠县太爷，表示今后要"跟在邹主簿身后，尽心竭力为大人当差"。

屠景操见他送来的五根金条，每根至少能抵一百两银子，觉得自己恩威并用使他不得不就范了，便有些得意地说："建安虽为边外蛮荒之地，本县得阚兄与邹主簿鼎力相助，大治亦指日可待矣！"

阚山觉得这位县太爷，有些像盲人捡到了个破哨子，乐得顺口瞎吹。可他现在既不直罗锅，更不拿大，谦卑地说："正堂大人抬举卑职了。职下是个连秀才也没考中的庸才，但一定知恩图报，尽职尽责。"

自称"庸才"的阚山，回到了小公馆，要抓紧时间施展起他的奇才，开始派彩荷的用场。

阚山把彩荷带回小公馆时，曾叫王可一"把她先安排和下人一起住，过几天我要用用她"。王可一料想他是准备把彩荷送给邹乃杰的。她没想到阚山今天从县衙回来，一到卧室后，竟问："彩荷这些天乐和不乐和？会不会把男人伺候满意？我想用用她了。"王可一是一个非常怕失宠的女人。一听这话，可就害起怕：彩荷是跟他坐一辆小车子来到小公馆的；他一定在车里把她身子摩挲遍了，现在想"用用"，分明是要拿这个嫩货尝尝新。可她不敢撒谎，只好如实地回答："她是老夫人最近这帮贴身丫鬟中，最伶俐的一个。老夫人把红桃叫回身边时，少爷有些舍不得，请求让红桃继续伺候他。老夫人不允，他便又要彩荷。老夫人因为彩荷还没见红，便把秋棠派去了。"阚山听到这，自言自语："既为室女，又未见红，虽然难擅风流，其娇羞惊惧之态，必会更令人欣喜。"王可一心慌地说"你是想……"可她又突然把下半句"让她先来伺候你吗"吞下肚里去了。阚山笑着说："别急得淌出了醋汤子；我是说酒坛子还没打封，送礼会让那个人更满意……"王可一不好意思地说："人家心思，香饽饽送给了外人，不先尝一口太吃亏了；想给你让出个空，让你尝尝新。"阚山却说："那个人不是生荒子，我会得不偿失。再说了，她惊慌异常、不知所措，哪能如你助我进入温柔乡……"

彩荷这些天心里一直七上八下，知道自己命运要发生变化了，但不知道是福是祸。离开阚家大院时，老夫人曾经对她说过"老爷想抬举你去伺候一个当官的"；到县里的小公馆后，三娘也透口风说"你也要当姨太太了"。彩荷听到后却没敢张嘴问"去伺候多大的官""给啥样人做姨太太"。因为她知道奴才的命运，是掐在主子手里的：让你圆，你就得把身子抱成个球，一声不吭地蜷曲着；让你扁，你就得摊开胳膊腿，嘴啃地趴着。她心里却不能不翻腾：我刚十七岁，将要落到个什么样人的手心里呢？娶小老婆寻开心的官，可有不少是子孙满堂的老头子……

阚山向她亮底牌了——先夸她伺候老太太一直很上心，慈祥的老太太想给她安排个好归宿；又说三娘认为她是家中丫鬟中最懂事、最清秀的，多次请自己给她安排个好出路……王可一听老爷替自己脸上贴金，欢喜地对站在身旁的彩荷说："你将来别忘了老爷的恩德。"彩荷一直低头听着，小脸紧张得煞白，这时赶忙表白："小婢永远牢记老太太和老爷、太太的恩典。"阚山这才说起正题："县衙邹乃杰主簿，年方二十有五，尚未婚配；才华横溢，必成大器。我将把你认为义女，聘给他做如夫人。有我的关照，谅他不敢亏待你。你若能讨得他的欢心，将来还有扶正的希望——无论如何，你也是一步登天了！"

彩荷敢做那样的美梦吗？不过她觉得被送给一个年岁还算相当的主簿，明明白白地做小老婆，还是比红桃先稀里糊涂地让少爷当褥子铺了一年，后来却又被瘸驴般卖进了汤锅的命运要好得多！她赶紧跪下说"叩见义父大人"，向阚山磕了仨头。彩荷知道老爷对三娘，比对正室夫人还看得重，起身后便要给"义母"叩头。王可一却又拦又躲，还向阚山求帮："奴家才二十五岁，当不得的！"阚山便对彩荷说："你就磕一个头吧，随这里的下人叫她'太太'好了。"

三娘把下人都叫了过来。阚山宣布把彩荷收为义女了，命令他们以后尊她为"彩荷小姐"。等众人道过喜，阚山便问张喜瑞："房子收拾得咋样了？"张喜瑞禀报已经糊裱一新、添置完备了……

二

阚山安排妥当后，王可一把彩荷扎咕得一朵花似的，由张喜瑞叫来一辆小车子，把她悄悄地送到收拾好的小院。这个小院在东弯街西、箭杆街南。

点灯前，阚山领着邹乃杰进了屋，在崭新的八仙桌两边分宾主坐下。

邹乃杰应阚山之请，刚在酒馆放下"小酌"的杯，应约来赏鉴一枝"含苞欲绽之莲"。进屋后见如入新房，不见花草，却有一个吉服小美人。他心中不免七上八下了。

阚山微笑着指指羞羞答答的"小美人"说："此女名彩荷，乃家慈极为疼爱的贴身侍婢，年仅一十七岁，老夫已认为螟蛉……"

彩荷听到这，忙低下头向外屋地走去。

阚山见邹乃杰的目光如影随形，紧盯着彩荷不放；目光被彩荷带上的门掐断了，也还没收回来。他又微微笑了一笑，接着说："主簿老弟，彼即老夫所谓'含苞欲绽之莲'。如有兴致，今宵可仔细鉴赏；如差强人意，便可纳为小星，聊解游宦之孤、独居之寂。"

邹乃杰像挂到梁头上的红辣椒，让十多天的风吹日晒，皱巴得快没啥水分了。他对阚山念出的救灾咒，因事出意外更加十二分欢喜。这时，彩荷已经从外屋地取来茶盘，红着小脸给二人斟上茶。邹乃杰骨碌起那对馋眼珠子，打量起过一会儿可以由皮到瓤、尽兴考量的小美人：个头比徐二妹低了一点点，脸可嫩得多得多——恐怕一上舌头，就会舔破了皮，立时就会有丝丝香液沁润心脾。眉黑眼亮很香人，但还不会传神送情——倒像是个情窦未开将开的良家少女。邹乃杰有些心疑了：这么招人喜欢的小妞，送到我手上以前恐怕有人摩挲过了……便只笑笑，没开腔。

阚山似乎猜出了他的贼心眼子，也料到他不愿再有人占用他的时间，立起身子告辞。走到院子后，拉住邹乃杰悄声说："此事外人均不知悉；若有不如意处，明晨自可一走了之。"

送阚山回来，邹乃杰进屋后见彩荷已经点上了红蜡，便坐到炕沿上叫过她，握住她柔嫩小手，先端详一阵她的俊脸；接着就把手挪到她脸蛋上，果然又嫩又腻。他已经断了半个多月的荤腥，越看越馋……彩荷知道自己是主人送给他的礼物，又见这位主簿老爷果然年轻，长相也挺可心，便在被抱炕上后，慌张地挣脱身子，红着脸请求"容小婢放下幔子，给老爷铺好被褥"……

第二天早饭后，邹乃杰来到阚山的小公馆。阚山已经坐在客厅等候。邹乃杰躬身一揖，半真半假地说："多谢泰山大人。"阚山哈哈一笑，亦庄亦谐地说："邹老弟尚需稍待数日，待阚某正式认过义女，方可求聘迎娶——如担心其身只影单、长夜恐惧，自可劳你呵护。"

送走邹乃杰，阚山回到卧室。方才隔门听过声的王可一，有些好奇地问："他已经尊称老爷'泰山大人'了，老爷咋还嘻嘻哈哈地叫他'老弟'？"阚山微笑着说："他是主簿，也能看出我在笼络他，哪里会当真把我尊为'泰山'？我若当真了，他倒会暗下笑我蠢；可他身后的那个人却是个蠢货，听说了后一定会急得睡不稳当觉的。用一个小丫鬟能换回这种结果，我咋能不高兴——何况我捞回的会多得多，是笔不会赔本的买卖！"

王可一聪明伶俐，听出了他说的"蠢货"，是指屠知县。她还知道自己的主子是很会打小算盘的，当然不会白白地赔掉一个如花似玉的婢女。

后来的事实，果然证明了王可一料得准确无误：阚山选好了日子，在饭馆子定下酒席，派张喜瑞领人满县城撒帖子，大大方方地举行了收认义女的仪式。完事当然大吉：不仅收回了彩荷的身价、行头，还双料地捞回了向屠知县进贡的金条。

三

屠知县也一天没闲着。他高瞻远瞩，忙着做好在建安刨开金窖的准备。他召开了全县吏员、社长村头大会。屠景操亲临训谕："两圣雄才大略，宵衣旰食，勠力中兴。我等小吏细民，自当以忠君爱国之忧，奋行强县富民之举……不清县情，何以强县？不解民忧，如何富民？"接着他就提出"强县富民"的"肇始"措施：进行地亩清查。并严厉申明："胆敢轻怠者，当以目无国运、藐视官府责处。"与会之人，哪敢"轻怠"？都认真地倾听了李可依师爷宣布的具体办法——包括对参加清查人员的奖惩细则。随后，清查地亩的行动，便在屠知县主持下在全县展开了。

屠景操以"县衙日常事务有待主簿、典史操劳"为托词，没让邹乃杰、阚山参与这项工作。对阚山，他料想地亩清查的目的，肯定瞒不过阚山，但不想让他过多地掌握到详情。对邹乃杰，则是想让他替自己处理县衙日常琐碎事务。不过，他最近发现邹乃杰跟自己见面的时候少了、外出的时间多了，便在后堂问李可依："邹主簿初来时每月都要回奉天二至三次；最近却不回去了。你可知是何缘故？"李可依答道："老朽向吏员衙丁打听过。有人说'户房主事杨安等人，常常宴请他'；还有人说'他迷上了一个道装暗娟'。职下担心有人想把他从大人身边拉走……"屠景操沉思后低声说："众人对他趋奉，应是见他深得本县倚重，方曲意讨好；此等现象，或亦阚某人众叛亲离之证乎？他年轻风流，不耐孤寂，在县内有了个消闲取乐之处，不再回留都寻花问柳，实有利于为我效力。先生所虑，亦不为过；然不可打草惊蛇，当暗防离间之计。"为此，他不仅要李师爷"掌握衙内各种情况"；还密令他那个才十六七岁的儿子，每天都要抽出一些时间，或在衙内听吏员衙役谈话，或在镇内听街头巷尾议论，"增长"一些社会练达——他是为了使耳朵并不太聋。

一天后的晚上，杨安便坐在了阚山小公馆的客厅里，向他汇报："李师爷曾在衙内打听邹主簿今日行踪，似有疑虑戒备。"阚山轻飘飘地说："无妨。吃顺嘴、遛惯腿的人，是拦不住的；而且他很快就会搬出县衙的。"

屠知县却没听到这件事，还自以为毫无后顾之忧了，便下乡去督查清查田亩的工作。

屠景操这次下乡督查，是怀了狠心眼子的：要趸摸出"吏佐对清查马马虎虎的出头鸟、农户瞒地不报的倒霉鬼"，拿来开刀，杀鸡儆猴。他认为立起这个威，才能彻底查清全县实有耕地数量。他料定：这个实有亩数，跟过去缴赋的亩数，一定有个巨大的差；而这个差里，便是自己的金窖。

他到了光腚营子社的小山腿子屯，果然"功夫不负有心人"，抓到了靶子……

四

这小山腿子屯，是南荒一个有十六七户住得哩哩啦啦的山村。有个叫海佳新的老头儿，领儿子、儿媳和孙子，在这疙瘩住十多年了。他一打落下户，就向蒙古王爷的管事包衣交了十两银子，得到允许，前后在山脚沟帮刨了四垧多小片荒。按照惯例，新开荒前二年不交租，从第三年起向蒙古王爷交租；从来不向县衙缴纳赋税的。屠知县带人进村后，人们听说要对每户种的地登册核实，可就慌了神。海佳新见穆克图是蒙古族，便暗下找他攀谈，打听清查地亩"为了啥"。穆克图祖上是蒙古族的散户，有自由身份，但也得去当兵；他爷爷打仗受伤后，带一家从一千里外逃到这疙瘩的。他与海佳新同病相怜，便偷偷告诉"要收赋"。海佳新暗下一算计，吓出了一身冷汗。开荒户广种薄收，一亩地也很难打二百斤粮，却要交二斗的租子。官家田赋是"什一制"，若再缴去半斗来的，一家老小忙了一年，汗珠子落地摔成八瓣，可就只剩够喝粥的粮了……海佳新咬牙下定决心：把四十左右亩的开荒地，只报了十五亩。其他户也纷纷少报。他们都没有料到：屠景操却严令孙大嘞嘞带着村长等人，爬山涉水，逐块地绳丈步量，一一核对。孙大嘞嘞对知县大人对自己的破格重用，感恩戴德，撅起尾巴根子讨好；对佃户的哭诉哀求毫不可怜。屠景操一发现自己的估计得到了证实，又喜又怒，立即叫孙大嘞嘞把海佳新等人押到光腚营子，当众审问。

屠景操虽是民人，却为清朝做了十多年奴才，学会了一些满族人的话，已经从海佳新的名字上断定他是海老二，是个逃旗户；所以拍了一下桌子，厉声问道："你系何时逃旗的？"

海佳新像听他饿虎般一声猛吼，觉得他举起爪子向自己扑了过来：这个知县咋知道了自己是逃旗户？他一头绵羊似的颤抖起来。他没怕这个知县对自己动刑——一般的衙门是管不了逃旗户的；但他可以把自己押送给旗务衙门去处置的。

屠景操见他紧闭嘴巴不出声，奸笑着说："你没辩驳，那就不是旗人，本县便可以动刑拷问了……"

孙大嘞嘞一听，便奔到海佳新身边，想把他一脚踹跪下。屠景操很喜欢他的忠实麻利，却说"孙捕快且待片刻"。海佳新知道再不承认是逃旗户，就要挨打了，只好供认"我是逃旗户"。

屠景操暗暗说了句"你认了就好"，便严厉地说："你身为旗人，却私弃满洲旗籍，实为对朝廷不忠、对祖宗不孝。本县怜你在边外多年，暂不追究；但瞒地不报之罪，不能不治。"于是，他下令把小山腿子的"无视国法、瞒地不报的各户户主十多人上枷示众三天"；对海佳新则"汝既为旗籍，祖上当为皇清定鼎中原或有苦劳，以绳代枷，陪立思过三天"。村长冯春"宣谕不利，暗助瞒风"，"本应罢去村长之职；但因近几日陪同查核尚属认真，免去罢职之惩，罚站街头三天"；负责光腚营子社清查地亩的一名吏员，也因"督监不力，罚俸一月，以儆效尤"。

这小山腿子屯被"枷示"的户主中，有在"借物案"中出过场的蒋忠和李二。今早来时，李二他妈要来。冯春知道到社里受审可能受责罚，便看看何氏，对李蒙氏说："老李大妹子，二侄子已经成家，是一家之主了，你就让他去吧。"何氏已经有了身孕，还猜到了冯村长的意思，忙说："妈，你听村长的劝吧——在家帮我照看你大孙子……我肚子有些不太舒服。"李蒙氏知道儿媳自打跟二儿子圆了房不久，就断了红，曾暗下叮喝二儿子"你得板些日子，别伤了芽"；到现在已经有了三个多月，估计不会有啥大差错，可也不敢大意了，就没有来。儿子走后，她也不能不牵挂。快到晌午时，冯村长求人带回了信，说"去受审的人都上枷示众三天"了，要各家"送饭来"。何氏说了句"怕啥就有啥"，下手舀面烙饼。她婆婆把怀里孩子送向她，试探地说："你抱孩子歇歇吧……"何氏有点不好意思地说："我啥事没有，是……怕你非去，才那么说的。"

烙完饼，何氏又炸了两个鸡蛋的酱，还洗了三根黄瓜。娘儿俩也没再争竞，一起上路了——可李蒙氏始终没让儿媳妇抱孩子。到了社里，李二见了家里的三口都来了，就埋怨："你们咋都来了？"他妈说："妈跟你媳妇儿，谁能不惦记！"

凡是有来送饭的，监视的衙丁都给打开枷。李二咬了一口饼，见只有蒋忠还没人给送饭来，就用下颏点点媳妇儿。何氏拿起一张饼，送给蒋忠；蒋忠摇摇枷上的两只手。李蒙氏对他说："蒋大哥，还恨我们老李家的人咋的？"

这时，冯春求衙役给打开了锁。蒋忠搓搓手，接过了何氏手中的饼，对李蒙氏回了句："我哪里是恨，是眼热你有福。"

李蒙氏知道蒋二已经续弦一个多月了。听说她对蒋二跟老人还算说得过去，可跟大伯嫂却针尖对麦芒，使蒋忠的老半口子，几乎天天得断官司；便说："人心都是肉长的，一家子人都往长处想，会慢慢消停下的。"蒋忠却摇摇头，低低地叹了一声……

屠景操像一只苍蝇，在鸡蛋上找到了缝、下完了蛆，便飞离了光腚营子。他听说僧格林沁长孙的陵不太远，就绕了一个弯，前去祭拜——为的是表现一下对朝廷的忠诚。回县衙后，他抓紧时间，根据在光腚营子的发现、处置，起草了布告，令手下人抄誊后送往各社各村张贴……

<h1 style="text-align:center">五</h1>

在随屠知县下乡的吏员中，不只一两个人是阚山的铁杆兄弟、忠实爪牙。屠景操唱的这出"杀鸡儆猴"，能不向阚山报告得明明白白吗？他不声不响地打着小九九：你姓屠的能从建安的地皮上刮到更多的银子，将来分到我老阚名下的，不管你愿意不愿意，也不会太少；你占下的相应，是独吞不了的。所以他不说三七也不道四六，还按自己定下的盘子，推行他的计划。

屠景操是回到县衙后，才听说阚山把从家中带来的那个漂亮婢女，大张旗鼓地认为义女了，有些莫名其妙，便先向捕头周凤鸣打听。周凤鸣见他只知其一，还不知接踵而至的其二，便告诉他"邹主簿已经聘阚典史义女为侧室，近日便迎娶了"。屠景操没想到自己找来的帮手，忽然要变成阚山的干女婿了，便刨根问底，想弄清来龙去脉。周凤鸣对整个事心知肚明，但觉得事关知县、主簿、典史间的关系，自己身为捕头不应往里掺和；而且阚山拿干闺女当钓鱼食、邹乃杰先宿后聘，实在龌龊不堪，不愿弄埋汰了自己的红口白牙。他拿"不详内情"为借口，把最近很得知县大人赏识的"屁话篓子"孙大嘞嘞，给县太爷叫来了。

溜须匠子拍马屁，都瞄摸高头大马。孙大嘞嘞一直梦想能拍到县太爷的屁股——虽然瘦得刀棱子似的硌手，却是从五品的官货，可能带来些好运气。现在机会来了，他当然要用心地把劲使得不大不小，让县太爷感到舒舒服服。

屠景操想打听阚山和邹乃杰是咋穿上连裆裤的，却不得不端县太爷的架子，没法直截了当地打探，只笼统地说"听说街面上，对主簿和典史有不少议论"……

孙大嘞嘞一点就透：县太爷想知道他们那些花花事！他一来觉得县太爷挺瞧得起自己，高兴得有点脑瓜子发热了，二来觉得知县是县里唯一可以坐北朝南的大老爷，用不着怕别人挡嘴。于是，他便嘞嘞起近两个月来，阚典史经常陪邹主簿吃喝的事，说："……他们避开正堂大人，天天去馆子吃花酒；不仅肥吃肥喝，还肥摸女人……"

屠景操认为这证明阚山甘拜下风了，虽然是在拉拢邹乃杰，但还算不上居心叵测；为鼓励孙大嘞嘞，微微地点点瘦长的冬瓜脑袋。

孙大嘞嘞得到了褒奖，接着嘞嘞起邹乃杰跟徐二妹打得火热的事："……熟读经书的人，就是聪明得手眼通天！邹主簿虽说刚到建安不久，可没过几天就踅摸到了那个狐仙堂。若说那个徐二妹，披上了八卦仙衣后，还真有些道法高强：她都三十多岁了，眼看就人老珠黄了，却把邹大人迷得迈不动步、撒不开把了……"

屠景操却觉得这并不出奇，他怕孙大嘞嘞再东拉西扯说不到点子上，便插嘴引路："听说邹主簿快纳姨太太了？"

这根杆子一戳起来，属猴子的孙大嘞嘞，能不顺杆往上爬吗？他凑到正堂大人身边，哈着腰悄悄地说："老爷，您日理万机，对这些鸡毛蒜皮子的事，当然不会知道底细。邹大人聘下的并不是别人，正是阚大人老家的一个贼俊的丫鬟，刚带到城里来，认成了干闺女……"

屠景操假装意外，"哦"了一声。孙大嘞嘞还以为他真不知情，把屋里睃了一圈，见确实没有第三个人，才又接着说："小人听前任捕头张喜瑞讲，那小姐年方一十七岁，小脸俊得能把人眼珠子抓出眼窝子。阚大人把她打扮得花枝招展，先把她孤零零安排在一个小院，又亲自把邹大人领去了⋯⋯"

屠景操对阚山如此下贱地使美人计，实在又气又恼。但当着孙大嘞嘞却假装糊涂，宽宏大量地说："阚典史和邹主簿乃同人，他可怜邹主簿只身在外，才送个人去伺候。这也算是一件好事。"

孙大嘞嘞这回却没顺情说好话："老爷，街面上不少人咬耳朵，他们是'都不吃亏两相应'：阚大人认干闺女，收了一千多两白花花的银子；邹大人将来办喜事，礼钱肯定也不会少进腰包⋯⋯"

屠景操觉得不用再听他嘞嘞了，就抬起手想挥退他——不过他忽然回忆起哈拉沁屯的艳遇：那个逯二姐，是被阚山甩掉的。我何妨打听一下外人的看法？便又问："有人对本县提说过，阚典史曾欲纳名妓逯二姐为妾，是否当真？"孙大嘞嘞知道，这位正堂大人到任后一直防备典史擅权，虽不知他这话有啥用意，但可能是要翻他老账；又想起阚典史曾对自己责骂威胁，便添油加醋地答道："这事不假，典史大人确实主动提出过；后来却拉屎往回坐，把姓逯的像一把大鼻涕似的，甩进痰盂里。那姓逯的虽是烟花女子，却很痴心，又有情、又性烈，一气之下跑得无影无踪了。这也就难怪百姓⋯⋯议论纷纷。"屠景操便道："这个风尘女子倒也可怜。"孙大嘞嘞听了"可怜"两字，便顺杆往上爬："大人说得是。好多人都说⋯⋯那个甩她的人孤情寡义。"屠景操点点头，自言自语似的说了一句"若真像你说的，那个挨甩的人，就得离开哈拉沁屯了"，这才把孙大嘞嘞挥走了。

六

屠景操挥退孙大嘞嘞后，不由得又长叹一声：自己费尽心机找来了一个帮手，却让姓阚的笼络了过去。他们是只占便宜没吃亏，我却是损兵折将，不得不盘算新对策了⋯⋯他封好二十两银子，准备送给邹乃杰做贺礼，还决定亲自去祝贺。

邹乃杰的喜事，在阚山的指点和推动下，规模更大些：不仅县衙的吏胥丁卒、城内的名流老板都来祝贺，连乡下的绅士社头也来了一些，不过礼份子要小一些。邹乃杰也财色双收：不仅白捡来了个称心如意的小老婆，钱匣子里还增加了五百来两雪花银。

三天后，屠景操到邹乃杰的小公馆贺喜。在彩荷拜见时，屠景操心里有些酸溜溜的，暗骂阚山见识短浅：阚山哪阚山，你也太拙了！若把这样的娇嫩货送到我手里，你得到的好处会大得多得多呀……他向彩荷问了几句阚老太太的身体起居，向邹乃杰打听了一下奉天胞妹情况，才郑重地说："近年来京城大事迭起，有如风雨交加。我已令户房备好银两，烦老弟去奉天住些时日。如闻听重大变故，便速速回报——此举亦可使如夫人有暇与令妹盘桓亲近。"

邹乃杰喜出望外，三日后便支取银两，摇头晃脑地带着小脸娇娇羞羞的小老婆，去奉天度婚假去了。

在狗群里，任何一条壮牙狗，都不会让一条小牙狗轻易占有一条小母狗的。因此，春季里母狗一招群，牙狗便有一场撕咬。任何一条壮牙狗，也不会允许老牙狗寻一条小牙狗帮自己称雄，一定要拼命把老的、小的都咬得夹起尾巴望风而逃。可建安县衙里三个属狗的都还算是人，还懂得用人的手腕解决他们的矛盾。

阚山认为这是屠景操使出的"驱狗离门"之计，不让邹乃杰帮自己守门护院，但屠景操是正堂大人，握有专断大权，自己只好听之任之。不过阚山对自己使出的美人计，还是十分得意的：自己和邹乃杰的合纵，已经拆散了屠邹间的连横。今后一旦有风吹草动，已成为孤家寡人的屠景操，将不得不降尊临卑，请自己帮他出谋划策了。

其实阚山只猜到了一半。屠景操让邹乃杰去探听"重大消息"，倒也真有一个重大目的。他以"候补知府"的身份来建安做县令，就是要在朝廷风雨飘摇中捞一大笔银子。他觉得若不能利用好形势和时机，是没法挖开金窖的。邹乃杰一去了奉天，他便觉得既防止了阚山对邹乃杰的进一步掌控，又有利于自己审时度势了，便放心地去乡下督查地亩调查的情况了。他让阚山留在县衙，"维持衙门日常运转"；却密嘱周凤鸣："县衙内如有要事，急速派人禀报，无须请示阚典史。"屠景操自上次找孙大嘚嘚问话后，认为他对自己毕恭毕敬，似乎有些忠心，便叫他带着穆克图等四名马快，保护自己——队后还跟了些如狼似虎的衙役。

第十五章　难相应

一

阚山虽然还没听到这些嗑，可也觉得自己的"美人计"使得满成功，是只占了相应没吃亏。他不久却听到了另一种闲言碎语，使他又气又恼、又羞又恨，使出浑招。

阚山听到的闲话，是有些人旧事重提，为逯二姐抱起不平。

那天孙大嘞嘞一离开县衙后堂，就对知县大人的"那个人就得离开哈拉沁屯了"这句话，仔细地品起滋味：这位正堂大人比邹主簿更神通广大，竟然知道逯二姐没往远躲，藏在了哈拉沁屯！不过他也觉得逯二姐小脸贼俏皮、心眼也贼透窿，咋能在县内熟眼睛蛮多的哈拉沁屯，窝起了娇身子？他揣着糊涂找明白，专程去问德高望重的高捷三。他认为高捷三一来是逯二姐的干爹，二来为人耿介爽直，很可能对自己说出实情。高捷三惊诧了一阵，说："这个可怜的孩子，是怒气攻心、神魂颠倒中躲羞避难的，根本没来辞行。"他又沉思了一阵，才又对孙大嘞嘞说，"她虽然陷落风尘，身如柳枝蒲叶，无法逆风挺立舒展，然刚烈性情不逊良家女，且十分机智聪慧——你是一个老捕快了，想必知道：出人意料之处、近在咫尺之地，看起来几乎是险象环生，却往往最为安全。这不是已经过了六七年，才传出了风声吗？一定是她一时大意，泄起旧愤，忘了谨慎，暴露了她的行藏——但愿她吉星高照，不会又被那个寡情小人知道了行踪，惹出麻烦。"

德高望重，也就是个人修养好、群众评价高。其实，这种人往往跟痴茶呆傻差不多少：一双眼睛看起来倒是明明亮亮，却分不清君子和小人。

高捷三就没看出孙大嘞嘞是个啥样的货。

孙大嘞嘞这个人，现在已经一条腿跨出了人堆，另一条腿还没完全踏进狗堆。他那张做梦都扯闲话的破嘴，那口用屁嗑磨尖的牙，再加上那条好舔屁股、更爱出溜别人隐私的舌头，都是闲不住的。于是，孙大嘞嘞把屠知县的酸臭屁、高捷三的实在嗑，搅和成了自己的独家秘闻，显摆起他的消息灵通、见多闻广，神神秘秘地东嘞嘞，鬼鬼祟祟地西嚯嚯。这个放屁添风的人，为了抬高自己，还常常声明"高捷三老先生都说我'你这个老捕快，不但消息灵通，而且见识独到'"。在建安县老百姓的眼里，高捷三可是秀才出身的商会董首、建安"四大懂"之一，算得上"县内名人名嘴"了。于是，那些对孙大嘞嘞还有些怀疑的人，对他话的相信程度，可就大大提高了。于是，阚山的"孤情寡义"、逯二姐的"被甩出逃"，这些霉糠朽秕子般老掉牙的旧话，可就返老还童成了新闻。俗话说得好：闲话传起不用腿，谣言一出满天飞。这股分不清黑白、看不准粉黄的风一刮大，可就知道的人越来越多；也就有人咧嘴笑、有人黑脸恼、有人开腿跑了。

孙大嘞嘞一见流言成了风，便向知县大老爷去报告街谈巷议。屠景操听了暗喜：那个人十有七八得来求本老爷荫庇了。可这位五品知县，却光棍子做梦入洞房——白喜欢了一场：逸芝并没把他的麻秆腿当佛腿。

阚山的手下人，有不少听到了这些前几年的老话。可谁也不愿向典史大人学说——当面炒别人家的冷饭，换来的肯定不会是笑脸的。张喜瑞呢，虽说不一定忠心耿耿，却实实在在是个爱讨好的狗使奴才。他在街面上听了那些传言，匆匆地跑回小公馆，偷偷地向主子扑哧起来。

阚山在六七年前，确实喜欢过逯二姐那张天天描抹的浪脸，可他自打把边外"只数第一、不数第二"的王可一占有后，早已经对她没了半点兴趣。现在一听说她竟在家边，咒起自己"孤情寡义"，败坏起自己名誉，立即黑起脸来，命令张喜瑞"回老院调几个人来，领他们不声不响地去哈拉沁屯，细心密查；若那个贱人还在那里，想法封住她那张贱嘴"。

二

逸芝没听到风声，可隆老板听到了，还立即告诉了她。她害怕遭毒手，慌忙地跟隆老板算清账，却拿不定主意往哪趴风躲灾。隆老板却给她指出一条路："奔蒙古旗去找侠盗'追风沙'：就说'大难临头，敬请搭救'。他无法安排你，也会顾惜侠名，帮你找条出路。"

逸芝是小脚，坐小车子直奔蒙古旗；刚快要跑出建安界时，却被张喜瑞追上了。张喜瑞是准备把小车子押到蒙古旗地界后，打发走小车子，找个僻静地方，把逸芝"封了口"的；却没料到恰巧许彪带几个弟兄经过。许彪认识张喜瑞，怀疑他在追捕同道朋友，便亮刀说："车里人是我的朋友。"张喜瑞并没见过许彪的本来面目，但猜想他们敢在这疙瘩活动，一定是"追风沙"绺子的人，便说："我是阚家大院的护院，在抓逃婢；请这位当家的高抬贵手，别伤了两家的和气。"逸芝正哀叹自己命运不济，不料却又福星高照；等她听了张喜瑞的话，急忙拉开帘子，对许彪说："我不是阚家逃婢，是落难人，去投奔侠盗'追风沙'的。"

张喜瑞傻眼了。

许彪见来投奔当家大哥的，是个刚三十左右年纪的漂亮女人，便只说了句"请到老营"。

张喜瑞也明白"好汉不吃眼前亏"，不能白白地"淌出蛋黄子"，瞪着眼睛看着许彪保护这小车子向北走下去了。

许彪到了老营，带逸芝去见当家大哥。"追风沙"见她是一位陌生、大方的女人，十分意外；而弟兄们却都退了出去，就喊道："祁宏，给贵客献茶。"祁宏斟茶后又要退出，"追风沙"又吩咐他"留下伺候"。

逸芝在一旁暗想：他是个很正派、很谨慎的人，我应当快些说明来意，便直截了当地说："逸芝原是烟花女。阚山曾誓言愿纳为小妾，旋又另娶。奴家十分羞愤，逃离建安隐居。近日闻听他为堵塞众口，欲下黑手，方仓皇逃遁。万兴泉烧锅隆老板劝奴家投奔侠盗，拜求代为筹措活路。"

"追风沙"没想到不认不识的隆老板，竟给一个逃难的女人出了一个这样的主意；又想：就算我不顾虚名，也不应当推出手去，但这事偏偏关联阚家，又当如何处置呢……

逸芝见他面带难色，便坦率地说："奴家历经磨难，已经知道不可贪求富贵浮华，只愿有人善待，布衣糙食了却余生。"

听了这话，"追风沙"立即说："若如此，请暂住数日，小弟一定妥善安排。"他叫来许彪，先把逸芝送到单人客房。在许彪回来后，他把一封刚写好的信交给许彪，说："派一名稳重弟兄，尽早送到阚家，并等回言或回信。"

张喜瑞没敢回阚家大院。

阚老太太并不知道有关的事，却接到"追风沙"的信。

阚家大院的客厅里，阚老太太正在看信：

> ……不才手下之人，偶遇贵宅护院张喜瑞率人劫持一柔弱女子；该女竟诈称乃欲造访不才。张喜瑞当场语塞，不才手下之人信以为真，竟冒昧将其带回绺子。经询乃知：该女子实为当年名妓逯二姐，现名逸芝。不才心系贵我双方深厚情谊，欲将其送至贵府；而其凿凿言之："当年身为烟花，遭辱蒙羞，唯有自泣；如今身有所托，竖子安敢倚势劫持？贵绺子如情义两难，请允逸芝一死了断。"不明虚实之人，首尾两端；故遣人敬禀，望老夫人不吝赐教。

阚老太太骂了一句"不肖子竟如此不智"，又说"狡贼名为请教，不啻嘲弄"，可儿子不在跟前，"追风沙"的信又写得委婉客气，再大的脾气也没法乱发。她又思虑了一下，便传令："叫来人回禀，'老妇深谢大当家的，请他放了那个无辜之人'。"

三

三日后，"追风沙"当许彪等人之面，对逸芝说："小弟已经托人，在一个安全小村买好一处房宅。欲请遇难义姐暂居，慢慢留意可靠之人，再做长久打算。不知这样安排是否可以？义姐如无不同看法，小弟先送些许银两，以解燃眉之需。如果有不同想法，还可以另作商议。"

逸芝听他称自己为"遇难义姐"，十分感动，含泪说："感谢老天垂怜，使我遇到了一个好弟弟！房子，义姐收下；你手中的银两留下救助他人吧——愚姐手中积蓄，还够安排今后生活。今后，你和其他弟兄如有用愚姐处，逸芝自当全力以赴。"

马拉子头祁宏护送逸芝走了。"追风沙"叹道："这是一个叫苦难磨砺出的女人。"

后来，逸芝和一个蒙古族牧人结婚了。三十年后，"追风沙"的一个老部下，曾见到她帮丈夫拉扯大的儿子——嘎达梅林手下的一名勇士。

张喜瑞那天在许彪走后，匆忙带手下人赶回县城小公馆，向阚山汇报。阚山把他这个"废物"骂了一顿，第二天便赶回老家向他妈请罪。

阚山回到家，立即到他妈的卧室，撵走婢女，向他妈跪下，说："请母亲大人责罚。"阚老太太长叹一声，幽幽地说："我对你说也说过、骂也骂过；你快五十的人了，我还能咋'责罚'？起来吧。"

阚山红着脸，向他妈磕了仨头，起身站到一边。

在阚山老老实实说明事情原委后，阚老太太才叫儿子坐下，将"追风沙"来信递给了阚山。阚山看后，说道："这个马贼头子，果然狡诈阴险：话说得堂堂正正、客客气气，却句句强词夺理，暗加攻讦，实在可恶。"他妈却没理他这个茬，教导说："看纸牌都得不丢张。抓到手一张牌，就得打出一张。快到了分张的时候，宁可拆张打个鸳炮，也不能叫别人挑出大毛病。你想灭了那个婊子的口，倒说明你收了闲心，顾及名声了。可你这手，是损招：灭了她的口，能堵住更多的嘴吗？只能引起更多的议论和麻烦。'追风沙'确实是故意向咱们讨好，耍滑头，语锋也确实尖刻可恶；可也帮了咱们一个小忙，使你没弄出人命案子——咱们倒不怕这种小麻烦，可也不出为好。"

阚山谢过了他妈的谆谆教导。晚上，他还请那几个跟张喜瑞去追逐二姐的人，喝了一顿酒。在酒桌上，阚山还故意夸了几句逮二姐的长相，说自己确实玩了她一阵子；还谎说"虽然婊子没法纳她做妾，可自己也对得起她，临了送了她一大笔银子"。他还把没带回来的张喜瑞臭骂了一顿，说他"心死得一个透亮的窟窿也没有，还背地里乱出馊主意，竟然带你们去追那个人"。那几个傻狍子，还信以为真了，老爷过去回家来，总是带张喜瑞做护卫的；也就认为姓张的真作得不得烟抽了。

这娘儿俩在阚山回县前，又进行了一次谈话。阚老太太处心积虑地对儿子说："咱们已经招惹到了'追风沙'这个马胡子头，就像豆腐掉进了灰堆，是拍也拍不得、打也打不得了。咱们现在也别指望他还情，只盼他顾及名声，能守当初的约定就可以了。"阚山羞愧地点头，说了一声"是"。

这娘儿俩都没料到：只过了不几天，他们却不得不向"追风沙"求帮，给了"追风沙"还那份人情债的机会。

四

阚山是棵独苗，父亲还死得早。他妈二十几就守寡当家。为了在阚家势力不孤，凭着当家主事的地位，她给儿子订了一门娃娃亲：也住在辽河东，是她的叔伯外甥女。在阚山十六岁的时候，就把比儿子大三岁的喻氏，娶进了门。阚喻氏虽然相貌一般，却年纪比较大，也挺会笼络丈夫。在阚山十九岁后，喻氏接连生下了两个女儿。阚山妈可就又担心又着急了。她担心的是，她发现外甥女竟然并不跟自己一条心，不仅不劝丈夫刻苦读书，还暗下唆使阚山过问家事，分明是想早日做当家奶奶；她着急的是，怕抱不上孙子，使阚家断了后。于是，她断然采取了措施：亲自出面选了一个相貌比外甥女漂亮，还"八字宜男"的农家闺女，娶进门给阚山做妾。阚喻氏看出了婆婆意，横起身板子堵住了自己往前蹿的路，却也无可奈何。两年后，阚喻氏却高兴起来："宜男"的孙莲芝生了一个女儿；而自己却天从人愿，不久便生下了阚如鹏，使婆婆和丈夫不再向自己抹搭眼睛、咧嘴丫子了。她觉得孙莲芝不再对自己有威胁，有时也放丈夫去二房的屋。孙莲芝在阚山三十过了后，又生了一个女孩。现在阚喻氏的两个女儿、孙莲芝生的一个女儿，都聘到了昌图。老闺女已经十七，孙莲芝不愿把她再往远聘，求阚山向老太太提出嫁得近些。阚老太太觉得儿子已经快五十了，也应当叫老闺女住得离他近些，便叫他选一个如意的人家。阚山选中了同乡郝家窝堡的郝善：虽说家里只有二十左右垧地，可郝善是哥儿一个，还一表人才；他爹郝长裕是村长，还跟自己关系挺密切。阚山托媒人到老郝家一提，郝长裕乐乐呵呵地答应了，还择好了日子——离现在只一个多月了。偏偏在这个时间出岔子了：郝善去哈拉沁屯办事，路上被一小伙马贼绑票了。

郝长裕一得到信，慌忙地来到阚家。阚老太太立即派人骑马去县城。阚山连夜带张喜瑞赶回来。三个主事的人喳咕来、喳咕去，肯定地排除了对"追风沙"的怀疑，还一致认为得暗下请他帮忙。他们还认为，派下人去求帮，在礼节上不够尊重对方；由郝长裕出面代表两家，比较合适。阚山出去向张喜瑞问明白了去"追风沙"老窑的路，又陪郝长裕吃了饭。郝长裕上了阚山的车——已经换上了阚家的马，由阚家选出的两名随从，骑马护侍郝长裕。

"追风沙"一听是"郝家窝堡村长郝长裕，代表阚、郝两家，特来求助"，也十分意外。他稍微思考了一下，决定由唐百顺以"柜上钱粮"的身份接见，并嘱咐"不碍绺子侠义主张，不论事情大小，均可先答应下来"。

唐百顺又贴上短胡须，换上一件长衫，走进客厅。他见郝长裕站了起来，也站住脚，抱拳说："在下是'柜上钱粮'。当家大哥有事外出时曾有吩咐，令在下代为接待来访贵客。"

郝长裕曾听阙家说过"一直没见过'追风沙'真实面貌"，他只好还礼说："无缘拜识大当家的，难免遗憾；但钱粮先生可全权代表，也是一样的。"

两人分宾主落座后，祁宏献上茶。唐百顺便说："郝村长在乡里很有威信人缘，真是久闻大名。阙老夫人目光远大，对本绺子颇有关照。当家大哥曾说过，'有恩不报非君子'。郝村长与阙老太太有何事见教，只管直说，千万不要客气。"

郝长裕先谢过这位"钱粮先生"和"贵绺子"，然后就说起相求之事，最后说："……据阙老夫人说，自我郝善前日被绑劫后，其老孙女已两日滴水不进。老夫人本欲亲自前来，但年迈之身不胜惊扰，实难成行，故遣我前来拜求。贵绺子侠名远播，万勿推辞；阙家、郝家，决不忘恩……"

唐百顺听到这，便故意怪他"不直爽"，说："我们绺子，自打'追风沙'大哥主事以来，严守江湖规矩，不敢背离应有道义，也从来不妄言蒙混。我开始便说过：当家大哥，对阙老夫人深怀感恩之心。请村长不必疑虑。"

郝长裕说完儿子被劫的大致经过后的话，确有意强调"你们可不能不顾交情，置之不理呀"的意思。他没想到这位"管钱粮的头"，竟然挑礼了；他十分怕这位瓢把子的全权代表，因此不搭理或推托自己的托请，急忙站起连连作揖："人老着急，说话失言，请钱粮掌柜的千万见谅。"

唐百顺也站起还礼："两家既是朋友，不必客气。请村长用过酒饭，到阙家大院转告阙老夫人：我们全力去办——我们当家大哥求他的朋友，请老夫人援手时，曾捎回一句话，我们上下还都记得。请村长也对老夫人传一句话：'除非做下那件事的人，依仗势力比我们还大，才敢不放人；但若不是因杀父之仇而起，我们也要罄尽所有，将郝善送到阙老夫人府上。'"

　　郝长裕连忙答应"一定将原话传到，一定将原话传到"，却推辞用酒饭，说"家里人盼星星、盼月亮似的等我带回好消息，就请原谅不能久待吧。"唐百顺再三挽留，但郝长裕连连"谢过了"，匆匆上车回阚家大院。

　　日头爷还有两竿子高，郝长裕回到了阚家大院。阚山把他接向客厅时，郝长裕对阚山只说了一句"他们答应出面了"。他一进客厅，走到阚老太太身前，就开始传话，说："他们叫我告诉老夫人一句话：'除非做下那件事的人，依仗势力比我们还大，才敢不放人；但若不是因杀父之仇而起，我们也要罄尽所有，将郝善送到阚老夫人府上。'"

　　阚老太太脸上的表情轻松起来，请郝长裕坐下；阚山亲自给亲家斟上茶。阚老太太等郝长裕喝了两口茶，才问道："你见到了'追风沙'吧？"

　　郝长裕毫不犹豫地回答："没有。他没在家，接待我的是'柜上钱粮'，言谈中对老夫人十分的尊重。"

　　"这个人啥模样？"阚老太太问。

　　郝长裕发现阚老太太的脸色有了些变化，似乎对捎话人的分量起了疑心，便解释："他三十多岁，胡须很短，自称是管钱粮的；还说他们大掌柜的出门时有话，由他接待来访客人。我觉得他倒挺从容。"

　　阚山插言问他妈："你老人家怀疑他们在敷衍，还是他是来过的人？"

　　阚老太太说："这支绺子很在意名声，可能还想有些奔头，应当相信他们会尽力。我一直对那个'追风沙'有怀疑。若郝亲家见到的是头一次来过的人，他就是'追风沙'——却不是，肯定是第二次来的叫我撵跑的那个人。从他说的那些话看，这个管钱粮的人，敢大包大揽的，肯定是'追风沙'打发他出头的。不过，咱们也不能把宝全押在'追风沙'这一门上。我儿回到县衙后，要派得力捕快秘密探访，尽快查明郝善下落。郝亲家回到家后，要找一个门路多的'花舌子'，求他找准绑走郝善的是哪路马胡子。"

　　酒饭是早已经准备好了的，可宾主却全没有兴致。吃完后，阚山连夜坐车回县衙，郝长裕也匆匆骑马回家去找"花舌子"。阚老太太也没闲着：除了护院外，她又挑选出几个劳金，让他们两人一伙，分别去从蒙古旗进县的几个路口，"彻夜连天盯二十四个时辰，看准是不是有马队进入县内；如果有，立即返回一个人报告。"

阚老太太派人去堵路口，想验证"追风沙"是不是动真格的：他若在这二十四个时辰里，小耗子没出窝，瓢把子不离缸，那他就肯定是拿嘴皮子忽悠自己——她希望事实能证明"追风沙"是一个重信誉的人。这不仅能把郝善救回来；而且就算让他还上了那笔人情债，他以后也不会轻易对阚家翻脸无情的。她是既顾眼前，也盘算长远的。

她怕六月底的夜里也会凉着，换上了一套厚实的衣服，坐在客厅里，边喝茶、抽烟，边等消息。等到戌时末、亥时初，可就断续有人回来报告了。阚老太太一听有四五队人马，从北向西南奔过去了，便认定那是"追风沙"的人马，在同一个时间发向了不同的地点，便不再拿茶水浇心火、用烟袋锅子支眼皮，一头老猫似的趴热炕头去了。

五

在郝长裕走后，"追风沙"把几个带队弟兄找来，一同听了唐百顺的汇报。大家接着对郝善可能被哪个绺子"请走了"，进行猜测。大家一致认为：建安县东没有成绺子的人马，县北还有两支，但不能在离咱们这么近的地方下把。县西有两股绺子，老窑在彰武，估计也不能来到咱们地界内找麻烦。所以很可能是在县西南刚拉起杆子的张老疙瘩干的。"追风沙"认为大家说得有道理，立即决定：全绺子除守摊护窑的外，饱餐后带一天的干粮，由许彪等头领，分别带一股人马去大辛屯左近，公开报号活动，打草惊蛇，敲山震虎。自己带十几个人，去拜访张老疙瘩。

在大队人马分股出发后，"追风沙"也带着人马，在半夜时分绕县城，从容地在亮天后来到张老疙瘩的老窑。

张老疙瘩刚过二十岁，手下只有十来个人。他在天亮前，接连听到眼线的报告：都说"'追风沙'的马队进了村"——但有的报告"他们说'喂好马去做一笔买卖'"，有的说"他们要等瓢把子明天过来再行动"……张老疙瘩一听说家前庙后、左村右屯都有"追风沙"的人马，大吃一惊，认准是"追风沙"想大鱼吃小鱼；却跑不敢跑、坐难坐稳，拿不准该咋应付。天大亮后，那些人马也没围过来。他又侥幸地认为"追风沙"的大队人马不是对自己来的，开始稳住了神。他刚坐到炕上，叫人摆上酒桌，就有在村头守望的人跑进屋报告："'追风沙'大当家的来访。"张老疙瘩虽然没吓出尿，却也惊得哧溜出几个臭屁。等他下地刚穿上鞋，"追风沙"就进了屋，还抱拳说："冒昧来见老疙瘩兄弟，还请不要多怪。"张老疙瘩听了这句还算客气的话，明白这是把自己看成了小小的毛贼头，可也不敢起屁，连忙一边还礼，一边让开炕头，恭敬地说："请大当家的上坐。""追风沙"也不客气，大马金刀地在炕头坐下。

张老疙瘩明白自己是一条小鱼了。虽然听到了一声"老疙瘩也请坐"，却站着说："不知在下之人在何处冒犯了大当家的，敬请明说，也好叫劣弟谢罪。"

"追风沙"看他已经服软了，才客气地说："贤弟想错了，是愚兄有求于贤弟。"

张老疙瘩的心宽了一些，急忙说："大当家的有事尽管吩咐。"

"追风沙"点点头，委婉地说："愚兄有个朋友住在郝家窝堡。他儿子郝善，可能在酒后迷失方向，闯进了贵绺子禁地。求贤弟看愚兄薄面，由愚兄带回郝家窝堡。"

张老疙瘩绑劫郝善，是知道他是阚典史即将成婚的女婿；想冒险捞一大把赎金，然后逃之夭夭的。他只以为阚山虽然是典史，可郝善在自己手里，一定不敢声张；却没想到会跳出个程咬金，砍出了这败事有余的要命斧子。他咋敢不听"追风沙"这个混世魔王的话呢？他还觉得"追风沙"给自己留了一些面子，便红着脸说："大当家的这样吩咐，是赏了劣弟面子，哪有不行的道理。"

"追风沙"见他答应了，便说："愚兄不能叫贤弟白招待郝善多日；而且贤弟刚立窑时，没传帖相告，愚兄今天也应当补份贺礼。敬送白银八十八两，愿贤弟顺风顺水。"他的随从中，立刻有人送上了八大八小的银锞子。

张老疙瘩心中虽然高兴不起来，却把欢喜的笑容摆满了他那张脸，还感谢地说："能得到大当家的如此祝福，劣弟终生不忘。"

这时，院内"嘭"地响了一声。张老疙瘩吃了一惊。"追风沙"笑着对他说："愚兄借这次来访的机会，进行了一次操练，让弟兄们熟悉一下分进合击的阵法。这号炮是招来其他人马，在回去的路上，再进行些其他演练。"

张老疙瘩也并不傻，心想：你分明是大兵压境，对我警告；我若轻举妄动，你早就像对付玩物一样，把我抓到手摆弄起来了。看起来，我这个哑巴亏只好吃了——眼看就到手的相应，却成了你送人情的礼物。

在有个弟兄报告"张大当家的已经令人把郝善交给大队人马"后，"追风沙"离屋启程。到了村口，"追风沙"又对殷勤相送的张老疙瘩说："你最好带弟兄躲避几年——县衙对你们这样的小绺子，是有胆量，也有力量下狠手的。"

张老疙瘩还真听了"追风沙"的劝告，遣散了绺子，只身躲到外地去了。

六

阚老太太睡了半宿多的安稳觉。吃过不早不午的饭，又在客厅喝起茶、抽起烟。可一直到了眼擦黑，也没人再回来禀报。阚老太太可就有些提心吊胆了：难道"追风沙"事不关己，用力不用谋，进了瓜地愣扯秧？可半个时辰后，"追风沙"派来送信的和郝家窝堡报信的，几乎脚尖踩着脚后跟进了阚家大院。

"追风沙"的短信说"托老夫人洪福，郝善已安全脱险"；而郝长裕的口信是"郝善已经毫发无损回到家了"。

得救后，郝善虽然年轻，倒也豪爽：只对许彪等头领谢过一次救命之恩，便不再重提。他坚决邀请大队人马到郝家窝堡"吃顿便饭"。那几个带队头领不敢做主，派人请示一直断后的当家大哥。"追风沙"觉得弟兄们辛苦了一天一夜，也应当吃顿热饭了，便说"酒不可过量，马一定喂好，连夜赶回老窑"。他在快到郝家窝堡时，掰道抄小路回老营了。

第二天，郝长裕带领郝善到阚家谢恩。阚家祖孙三代为郝善压惊，席上的人，很快就嚼啃起了"追风沙"。

阚老太太问郝善："是'追风沙'亲自领人救的你，一定看清了他是个啥样人了吧？"

郝善忙站起，刚说出了"晚辈"两个字，阚老太太却截住他的话，吆吆喝喝："席上多哪门子礼，给奶奶坐下——经过这次风波，你虽然还没迎娶，也应当改嘴了；我还要按旗人的风俗，在你临回家前让你们先见一面了。"

郝善十分感激，坐下后红着脸回答："敬禀祖母大人：孙婿听其部下议论，方得知大体经过。'追风沙'先派多股人马在贼窟四邻摇旗呐喊，敲山震虎；而他亲率少量卫队，去拜访匪首张老疙瘩。姓张的又惊又恐许诺交出孙婿后，'追风沙'还按黑道的规矩，顾全对方的面子，代孙婿付给了饭钱。他的部下还说，他一打做了瓢把子，就定下了一条规矩：杆子头必须冲在前、退断后。孙婿是由他的大队人马送到家的；他本来断后，却提前从小路回老营了。孙婿并没看到他。"

阚老夫人长叹了一声，又学说了"追风沙"信中的那两句话，才评论说："这个杆子头，倒挺看重信誉，也很谨慎，真有些神龙见首不见尾。"

她孙子阚如鹏，确实酷似他爹：子曰诗云没弄明白多少，却很注意研习溜须传、拍马经。他有些自以为是地捧起他奶奶和他爹，摇头晃脑地说："祖母用人情债把他套住了，他哪敢不撅起屁股去救我妹夫？再说了，我爹是专收拾他们这些红胡子的，他也不能不缩头缩脑，怕露了贼相。"

阚老夫人挺溺爱这个独苗孙子，加上还有外姓人在场，便只摇摇头，没吭声。

郝长裕却有点想不通似的，说："'追风沙'几乎立即动用了全绺子人马，只用了一夜多的时间，就消消停停把郝善救出来了。应当说他倒像是个又有韬略又精细的人。可让人弄不明白的是，他向老夫人报告，竟不但一字没提是咋救的，还一点没提峻岩兄，咋又像是个毛毛躁躁、不懂礼节的愣头青了呢？"

阚老夫人听明白了：郝长裕这个小一辈的亲家翁，是不同意孙子的说法，却不愿以长辈的身份跟他辩驳，才故意发问的。她对郝长裕点了点头，又看了儿子一眼。

阚山对亲家的话，也听出了有弦外音，可没全品出是啥味。他正像一头老牛在倒嚼，想吧唧出来掠到肚子里的草是啥滋味。他一看他妈看了一眼，明白是叫自己动嘴，便对阚如鹏教训说："你得好好练达练达，看事要多用些心。他不夸功，只说是托你奶奶的福；也一字不提我，不只是表示谦虚，还有意不把我牵涉到这件事里去。我原来也以为，咱们跟他扯平了；但细细想想，竟没那么相应。"

阚老夫人觉得儿子话说得有些太露骨，就叹了一口气，打补丁说："你爹看得明白多了。我只救了他手下的一个小喽啰，可他救出的却是你姐夫，是咱们欠下他的了。"

阚如鹏却又说"那当然了，我妹夫的命，咋也比小喽啰的值钱"。他没料到，他爹竟瞪了他一眼……

饭后，阚老太太吩咐阚如鹏"你领郝善到你妹妹房前一趟"。

阚家少辈的老小姐已经得到信，正扑通着心站在闺房门前。郝善离她七八步远站住，见她已经低下头，急忙作了一个揖，低声说："我听说你前两天滴水没进，又着急、又……感动。我一点伤也没受，别再担心上火了。"那小姐抬头看了他一眼，微微点了一下头，就转身回屋。

郝善在回家的途中，问他爹："阚如鹏他爹说的那句'竟没那么相应'，我咋不太明白是啥意思呢？"

郝长裕在坐马颠搭出了二十多步后，才说："爹也是一半明白，一半糊涂。好像这里面把朋友义气和钱财得失混到一起了。若论朋友义气，我救了你的一个弟兄，你救了我一个亲戚，就算扯平了。那阚家先救了'追风沙'的弟兄，是为了吃亏吗？阚家可没干过吃亏的事。这可能就是阚如鹏说漏嘴的那句话，是想用人情债把'追风沙'套住。阚如鹏他爹后来说，'追风沙'不仅谦虚，还维护了阚家，才使阚家'没那么相应'了。这可就使我进了烟地，闻不出'麻'（吗）味了。所以我弄不明白：这么个算法对不对呢？讲道义也得看占没占相应吗？"

郝善更糊涂了，说："我听'追风沙'的部下说，他送给了张老疙瘩八十八两银子，名义上是祝贺张老疙瘩立窑和替我出饭钱……"

他爹抢过话头说："咱们不能让他白出。你虽然受了不少惊吓，却也少破费了不老少银子。我找到的花舌子，说若把你赎出来，最少最少也得一千两银子。"

只隔了一天，这爷儿俩就领人赶着两头牛、十只羊，用大车拉着三头猪、十篓酒，送到了"追风沙"的老窝，还表示"今生今世永远不忘贵绺子的恩德"。

他们对这笔账，是咋算的呢？

也就在这前后，双义肉铺的东家和劳金，家里也都出了难算明白的乱套账。

第十六章　肉铺东伙家事多

一

现在，谷璧在县城人们的眼睛里，还只是个"支汤锅、杀大牛"的肉铺掌柜的，没谁把他看成是个人物。阚山认义女、邹乃杰娶小老婆，谷璧都去上礼，共花去十五两银子。他的贪心还没野起来，可愿望上的花心，却越来越大——他自打把兄弟媳妇强逼成相好的，把心眼主要用在了算计谷英上。他希望能越来越多地占到叔伯弟的相应，能有越来越多的机会，跟兄弟媳妇儿乐和。他开始接二连三打发谷英出远门。在钱财上他挺大方，多给谷英带盘费，劝他出门在外别抠门，"别让外人笑话兄弟太肉头"——言外之意，是允许他兄弟在外面寻些乐和。谷英倒挺老实，没在外面拈花惹草，努力把事办得妥帖。这样一来，谷璧一个月里，少说也能有十左右个晚上，去陪兄弟媳妇儿做伴了。这也使他白天多挨了不少累。谷璧本可以另雇一两个短工的；可他连拉带扯，刚拉扯翠兰蹚过了含羞河，大白天也常常在上屋把她搂抱一阵子，不愿有人碍眼。他没料到也竟由于这个原因，引出了麻烦。

闵小耍一次就送来两头牛。由于谷英被他打发出远门了，王二吹又请假去给他叔伯哥请大夫了，便没把牛及时杀掉。

当天下晌，在谷璧到上屋找翠兰捏捏掐掐亲热时，有个乡下人进了院。这个人不进西下屋买肉，却在院里瞧看起拴着的牛。张二晃悠倒是发现了这个人，怀疑他有些像在踩盘子。不过他没敢去上屋报告，怕冲撞了正在跟相好女人亲热的谷大掌柜的，招来一顿劈头盖脸的臭骂，甚至摔碎了自己的饭碗子。

那个人住在县城东的坑洼窝堡，正是那两头牛的失主。他离开肉铺后就去了县衙，递上状子。

屠景操已经基本掌握了全县地亩、捐赋情况，认准了这里面确实有个藏金宝库，下定决心把其中的金条银锭早些挖到手。他正领李可依草拟有关的计划，既不愿为蝇头小利分散精力，又想对已经开始输诚进贡的阚山表示一下信任，便把这份状子交给他处理。

阚山原本是乡下的财主，知道耕牛对农户就像房屋一样重要：房屋再破旧，也能遮风挡雨，是他们日常温暖的保障；而一头耕牛，不光是他们种地缺不得的帮手，还是他们实现"老婆、孩子、热炕头"愿望的支柱。在阚山当上典史后，他妈曾告诫过他："官场上自古以来就钩心斗角，不可轻易地相信一个人，也不可轻易地得罪一个人。细民百姓是把官府看成天的。你能为他们主持一次公道，他们就会一生一世把你看成青天大老爷。这种口碑，对你为官守业都是头等重要的。"因此，阚山当上典史以来，努力地表现出爱民如子，也还真在一些百姓中赢得了一些声望。他这天接到状子，经过反复推敲，觉得既要为丢牛户主持公道，又要给谷璧留下保住面子的余地，便命令周凤鸣去双义肉铺查看。周凤鸣也公事公办，指着那两头牛对谷璧说："阚大人发话了，有人告发它们是被盗来的，不许转手或杀掉；要你明天巳时去县衙，听候阚典史裁断。"

周凤鸣一走，谷璧便搜肠刮肚地掂量起来：闵小耍犯的是盗卖耕牛罪。我若说代他临时饲养，犯下的是窝赃罪；若承认是收买下来了，犯下的是销赃罪。假如闵小耍被抓来后，供出和肉铺以往的关系，说我是他的大掌柜的，我可就升为"主谋"了……这些罪轻了没收赃物，杖打二十；重了，可就得蹲笆篱子了！再说了，我若不能把闵小耍保全下来，不但以后收不到便宜牛驴，肉铺挣不到大钱，而且我在这疙瘩也没了打旗助阵的，那可就叫不动庄、戳不起棍了！

谷璧揣些银钱，到小公馆拜见阚山，请安后惭愧地禀报："小人的兄弟年轻毛躁，收下了两头来路不明的散牛。小人准备去找卖主，让他和失主私下了断了。"

阃山看他往桌上放了两个五两重的银锞子，故意调笑说"这可又比牛价多了不少"。谷璧恳求："请大人赏脸，顾全小人名声。"阃山没再吭声，只抬手向外挥了一下。谷璧算准闵小耍在押牌九。傍黑时雇了辆骡车，跑出二十多里路，踅摸一阵子，从一家赌局把他薅到了车上，一同去找失主。闵小耍按照谷璧的吩咐，向失主赔礼道歉；谷璧扔过去比牛价略多的银两，板着脸说："小耍的朋友，可不止十个八个，也不都像我们哥儿俩一身囊囊膪、胆小手软脑瓜皮薄。你若想今后日子过得太平，明天就去县衙把状子撤回来。"

谷璧没有让闵小耍再上车，扔给他些钱，叫他连夜去四平："二掌柜的刚在那租下了一处铺面。你去看房，将来就在那疙瘩卖肉。"他还警告说："你若再给我捅出娄子，见了面别让我费口舌——自个动手剁下一个手指头，当花生米嚼了吞下去！"

谷璧不断地追老板子"快点赶"，可回到县城也子时末了。他一进院，发现上房南屋也点着灯。他知道张二晃悠是没敢贪睡，翠兰一定是惦记自己还没睡下。他更喜欢这个相好女人了：若能夜夜跟她明铺明盖该有多美……他走到西下屋窗前，听听屋里没有动静，肯定没有外人，便大步流星奔上屋。他一推开南屋门，打浑身侧歪着的翠兰，抬身便吹灭了灯。她特别谨慎，一直不让窗户上有大伯哥的灯影。

第二天一大早，丢牛的主匆匆忙忙走进县衙，向阃典史交上了撤状书："小人教子无方，不肖子私自在外借债，背着小人把两头牛抵偿了。小人不知，错以为被盗，寻到双义肉铺发现了那两头牛，冒冒失失递了状子……现后悔不及，已经向双义肉铺道过歉，请求允许撤回状子……"阃山心知是谷璧花钱消灾，觉得失主没有吃亏，自己得到了好处，并没违背母训，便对请求撤诉的数落了几句，要他以后"教育好你儿子"，把案结了。

周凤鸣听说后，急忙找到阚典史，认为失主要求撤诉漏洞百出，不是受到盗贼威胁，便是被人花钱买动。他认为县内耕牛屡屡被盗，应当借这个机会深入细查……还没等他说完，阚山就指着那份撤诉申请说："当事人把误告的原因说得明明白白了，咱们还能强逼他告状吗？你若认为本典史断事不明，去找正堂大人好了。"

周凤鸣无话好说了：自己这个捕头，是要听典史辖制的，不能隔锅台上炕。他估计是谷璧怕事情闹大，从中做了手脚，可典史已经把话说到这份儿上了，自己也只好杀猪不吹——蔫退（煺）了。

谷英回来后，向大哥建议："肉铺的生意越来越兴隆，再雇个掌刀的吧，也省得大哥挨累。"

谷璧是宁愿自己挨累，也不愿肉铺里眼睛太杂，便正正经经地打马虎眼："咱们的肉铺，开到现在得说还挺顺利，可为了站住脚跟，打外场没少破费，赚下的钱并不太多。哥琢磨还得先节省一点、多挨点累，再把路子拓宽些。等开始把倒腾牲口的摊子又铺开了，那时再商量增人的事。"

谷英对叔伯哥的不辞辛苦、精打细算很感动，对铺子的活更上心了。他还向翠兰学说了这件事。翠兰只微微地笑笑，没出声。她却暗下想：蒙混他的那个人，偷偷地吞下过多少镰刀头？一肚子都是拐把子道眼。他把我哈成了相好的，会不会对我也动弯转心眼子呢？

二

情欲如火，色胆包天。谷璧用野蛮的占有、温柔的蒙骗，把胆小的翠兰逼诱成相好女人；接着便利用一切可能的机会拉拉扯扯、搂搂抱抱。刚开始时他还插门关门，接着他不管门是不是欠着缝，跟她调笑的声也越来越大。翠兰便渐渐地被他连撩拨加拐带，胆也越来越大，性情越来越野了。只要谷英不在家，哪怕院里有人走动，翠兰在上屋也任凭谷璧动手下口了——还觉得"大伯哥"说得有道理：窗户纸不透亮，门缝窄露不出影。可老话说得好：没有不透风的墙。左邻右舍已经有人咬起耳朵："谷大掌柜的忙得屋里屋外尥蹶子，把他兄弟那床棉被都蹬滚包了。"不过他们还记得老祖宗传下的一句话：宁扯玄话，别传闲话。所以谷英还没听到那些风言风语。

老话说，久别胜过新婚。谷英年纪轻、身体壮，虽说是清水罐子，却不妨碍行房事——何况他自己还不知道。他出远门回来后，能不抓挠身边的小媳妇儿吗？翠兰过去虽然对他不咋热火，也还有时有晌地给他个笑脸。而现在，她对谷英的态度，却冷时多、热时少了。她有时觉得，他哥哥已经给他戴上了绿帽子，自己也算出了一口气，还担心被他看出破绽，才给他个笑脸。有时心不顺，常常只给他脊梁骨。这不仅是因为她和谷璧相好了，还由于谷璧不断地加楔子，使她对谷英越来越讨厌，也就连两口子间的大面都不顾了。谷英还蒙在鼓里，还以为她在使小性，怪自己时常不着家。于是，谷英再次出门时蹦跶得脚打后脑勺子，提前赶回了。翠兰有些吃惊：他为啥提前回来了？虽然并不喜欢，还是冷冷地说了句"你回来了"。谷璧竟鸡蛋里挑骨头，怪他毛毛躁躁，事办得不够稳帖……

谷英虽然没起毛秧，可也对叔伯哥老打发自己出远门，心里不太舒坦了：咱们哥儿俩合伙开肉铺，都是掌柜的；我有家口，你无牵无挂，跑外的活起码也应当倒班去干，不该老拿我当伙计支使……只是碍于兄弟情分，他还没有说出口——不过，他在翠兰面前叨咕过。

翠兰不愿意他们哥儿俩闹僵了，让自己夹在中间不好应付，还担心沿底水拱起老冰排，引发更叫自己难堪的事。她暗下劝谷璧："你别老打发他跑外了。他怨气一大，跟你闹翻了，我可就没法在这疙瘩待下去了。"

谷璧却有自己的想法：谷英早晚得发现自己送给他了一顶绿帽子。这个鲇鱼嘴若发怒跳跶起来，自己便跟他摊牌，逼那个脆嫩的小娘们表态跟谁过。不过他觉得现在得给她个好脸，使自己将来更有利；何况自己也得先出一趟门，做些安排。他假装体贴地说："我的小眼珠子，哥咋能不听你的话？你让我跪着，我也一定不站着。"

两天后，他对谷英说："再过一些日子，就得先收牛往外地卖，接着就该往边里运冻牛肉了。所以呢，现在就得在蒙古旗安排好大量收牛的落脚地。最近老叫你跑外，也得让你歇歇了，我出去一趟——让你能在家跟弟妹一起过个七月节。"

谷英没想到叔伯哥还这么公道，这么体贴自己，气全顺了。他在谷璧走后，当起大掌柜的。七月节前一天，为了做好节日的买卖，谷英领王二吹宰了两头驴，一直忙到快吃晚饭了。王二吹叽咕明天想请假，张二晃悠也嘟囔"明个是鬼节了"。谷英便大方地说："大哥没在家，我做主，明天放一天假。过一会儿，翠兰给你们一人割二斤驴肉，回去包饺子。"

吃完晚饭，王二吹提溜驴肉回到画匠铺时，正赶上宋春华收拾锅灶。他先悄悄说了几句话，然后才回了屋，对大哥说："二掌柜的给放了一天假，还给了二斤好驴肉。"

宋春华随他进的屋，含糊地问："倒够包一兜肉的饺子了；是包白面的，还是包荞面的呢？"王二吹自打那天在瓜窝棚夸过宋春华"你心眼真好"，还表态"你咋说，我咋做"后，一直对叔伯哥毕恭毕敬挺关心，就讨好地说："还是包白面的吧——我大哥身子弱，一兜肉的荞面饺子不好消化。"王林听了，却觉得他们像当家人和当家奶奶，完全没把自己当正主，还毛驴子戴眼镜假装人样，便故意打别说："包荞面的吧——到明年的七月节，恐怕我就难吃到驴肉馅的荞面蒸饺了……"

王二吹一听，便觉得味不对：这不是拿我的好心当驴肝肺吗？宋春华见他皱起了眉头，急忙对他摇摇头，扭过脸对丈夫说："那就按你的主意，包荞面蒸饺。"

张二晃悠一来离家远，二来走得慢，回到顺山屯时月亮已经出来了。他高兴地晃悠到家，却只有小菊在屋，便问："你妈呢？"小菊有些不高兴地说："她时常在贴黑时出去串门子，说是散散心。"说完，点上灯，接过她爹提溜的东西；一发现是生驴肉，十分高兴地说："明天可以包顿饺子了！"张二晃悠却有些疑神疑鬼，又问："你妈出去散心，都多咱回来？"

小菊不经心地回答:"妈从来不跟我说,可也不咋太晚,快回来了吧。"

张二晃悠又晃悠出屋。小菊低声"唉"地叹了一口气。

张二晃悠坐在院外的一个土坎上,抻长脖子左右看着。过了一会儿,他发现村边路口有两个人走过来;虽说月亮已经出来一大阵子了,可离得远看不太清楚。等近了一些,其中一个人却钻进了道边树林子。另一个人走到跟前了,他认出了是自己老婆,便大声问:"那个人是谁?"小菊妈回头看看,不服气地喊道:"你见了鬼吧?我咋没看到!"说完就进了屋。张二晃悠摇摇头"咳"地叹了一声,也只好晃悠回屋了。

天上的月亮,已经快升到中天了。整个县城静悄悄的;偶尔有狗懒洋洋"汪"地叫一声,但也没有回应的。

画匠铺的小院也静悄悄的。屋里更暗,幔子在炕梢那头若拉严了,里屋地和小北炕,就得像老虎妈子洞一样黑。躺到小北炕快半夜了的王二吹,一直瞪着眼睛。他估计到半夜了,轻轻地咳嗽了一声,试探睡在南炕头的人有没有反应。他等了一会儿,没听到动静,便悄悄地下了炕。他像耗子有夜眼,无声无息地走出他和宋春华都忘关了的屋门,在外屋地停下脚。不一会儿,宋春华从炕梢留出的幔子缝下了地,光着脚走出里屋,还小心翼翼地把屋门带上。外屋的板门几乎没缝,马窗户还小,比里屋还黑。模模糊糊的高个暗影,很快跟矮个的暗影聚到一起,又一同沉到地上……

躺在南炕头上的王林,虽然听出了些动静,但仍然没哼没动,心里却骂了句"真怕啥就有啥"……

第二天一大早,宋春华收起幔子,下炕到外屋,哈腰卷起一领毡子,塞到了墙角。她往锅台角上的铜盆舀好水,开始洗手。王二吹来到外屋地,把手伸进铜盆;四只手胡乱地洗起来。宋春华给王二吹擦好手,说:"你剁馅,我温水烫面。"

这时,张二晃悠家小菊正在外屋地剁驴肉,她爹她妈还都没起来。张二晃悠躺在炕头喊:"孩子他妈,你咋还不起来?小菊快剁好肉馅了,快起来和面吧。"小菊妈却说:"你想吃现成的呀?昨晚孩子一睡着,你瘌了吧唧的还不老实,搅得人家惊了觉,一宿没睡上半宿。你下地去和面吧。"张二晃悠没法,只好一边起炕一边说:"你真狠心,半点也不心疼自己闺女。"

在王记画匠铺,王二吹刚把碗筷摆到小北炕的桌上,宋春华就端来一大碗荞面蒸饺。王二吹边吃边说:"老家有个邻居明天办喜事;我得趁今天放假去送份礼钱,省得明天请假扣工钱。"

南炕的王林没吭声。

站在地当央的宋春华说:"那你今个能赶回来吗?"

王二吹回答说:"若太晚了,我就在漫山屯住下;明个起早赶回肉铺。"

王二吹走后,宋春华搊起丈夫,伺候他吃饭。他只吃了两个驴肉馅蒸饺,就撂下筷,还说了句伤心话:"人到了这个粪堆上,吃啥也不香了。"

这天下半晌,小菊妈把张二晃悠送出村口。张二晃悠见路上没外人,收脚站稳身子,板着脸对老婆说:"我腿脚不济,可眼力并不比别人差。昨晚我看到的不是鬼,是你招的牙狗。我身子有残疾,可啥事都不比别人糊涂。夜里你不愿搭理我,那是你刚和别人钻过树林子。前二年来的,'黑虎脸'硬拉帮套,我为了顾全一家三口人的命,才忍了的。我现在不愿当瞪眼王八了,可怕吵起来叫全村人笑话,还担心叫孩子站在人堆里没面子。你若不能改,就离开这个家,滚得远远的,我能养活小菊!"

张二晃悠迈步离开了。

三

七月节后的第三天,谷璧从蒙古旗回来了。他对谷英只简单地说了句"大体上安排妥了"。谷英见叔伯大哥蔫得打不起精神头,也没好意思细问,便请他继续主持肉铺的事。

没过几天,谷璧就又打发谷英出门了。这回和往次不一样:是当着谷英和翠兰的面，求谷英去为自己办一件"私事"。他有些懊糟地说："哥这次出门，若只是办铺子的事，哪能用上六七天。我还去了一趟甘旗卡——我知道骗走你们嫂子的那个小伙计，是那疙瘩的人。我还真搭到了那个小兔崽子的影：在甘旗卡镇里的一个布庄，干起了他的老营生。我没招惹他，背地里偷偷地去见你们的大嫂，劝她回来跟咱们一起过团圆日子……"

谷英高兴地问："那你咋不把她领回来？"

翠兰却心里很不是滋味，攘饬地说："你可真是一个糊涂棒子！人家若是愿意，还不早就当上了大掌柜夫人！"

谷璧听出来了：翠兰明面上是呲谷英，说他是"糊涂棒子"，其实是骂自己欺骗了"我这个糊涂棒子"。他心里很高兴，却仍然愁眉不展地说："翠兰妹子猜得差不多；不过呢，你们的大嫂还没把话说死，答应再掂量掂量。我自己是没法再出面了；只好求兄弟替哥挨一趟累，去劝一劝，兴许她还能拿回头。"

谷英毫不犹豫地说："大哥咋这么外道！我明天就去。"

翠兰却没出声。不过她心里劝自己：他从把你逼到手，都这么长时间了。他对你一点口风都没透，一直瞒着，可见他只是拿你找开心。不管能不能把那个老跑头子劝回来，你也趁早回老家吧——这两个姓谷的没一个好牲口。

第二天早上。谷英上路时，谷璧送了他一段路，告诉他到了甘旗卡咋找人。

天黑一上灯，谷璧就推开了南屋的门。翠兰一边拦他进屋，一边用比过去大些的声说："你都打发我的那个人，去接你的那个人了，咋还往人家屋里闯！"

谷璧也不吭声，挤进屋，就插上门，抱起翠兰就往炕上躺。他疯狂地把翠兰啃了一阵，才说："我哪里还会真去找那个养汉精！让鲇鱼嘴去甘旗卡，只是要把他先支出几天——你都让我想得发疯了。"

翠兰相信他"发疯"了，可也怀疑他又在骗自己。她不敢拦挡他的

"发疯",只好任凭他疯下去……等到疯驴尥完蹶子,她才又问:"你那个人若是没在甘旗卡,他一发现你骗了他,你就不怕他闹翻天吗?"

"我能那么虎吗?"谷璧得意地说,"我送给他一顶绿帽子,他都乐呵呵地戴上了。这一回他也绝对又当了一回冤大头——等他回来,我包你笑扑腾了。"

翠兰仍然像棵糊涂草,叫大雾罩了一宿,对自己一头的露水珠,竟不明白是咋回事。不过她并没继续问下去。她知道谷璧的那个老跑头子,是他没把她当人看,才生了外心私奔的。谷璧方才骂那个人是"养汉精",一点也没怕自己忌讳,也戳伤了她的肺管子,暗暗地生了怨气。

五天后,谷英也蔫了吧唧地回来了。在谷璧听他汇报时,翠兰也凑了过来。

谷英说:"我到甘旗卡后,按哥说的顺利地找到了'全优廉'这个布庄。老板一听说我是'追风沙'绺子'二当家的'派去的,立刻请我到客厅敬茶,客客气气地问我'有何吩咐'……"

翠兰有些吃惊:凶鬼咋这么胆子大,冒充起马胡子头?

谷英接着说:"我请掌柜的把店里的伙计李升稳住,我去找他屋里的打听点事——还向那个掌柜的解释:'他要闯回去,对我很不方便。'可没想到,那个掌柜的竟然吃惊地说:'自从你们二当家的来过后,他第三天头上就请了长假,说有个亲戚在奉天给他找到了更好的地方。我还真挺喜欢他对卖货又在行又会说;可人家去大地方发大财去了,哪能留?他当天就领媳妇儿租车走了。'"

谷璧竟然愁眉苦脸地说:"我咋没看透她?这是哪国的'掂量',这不是敷衍我,拖时间,兔子蹬腿躲起来了吗?"

谷璧这话是说给谷英听的。可他却忘了翠兰也在场——或者他认为自己已经把翠兰"连身子带心",完完全全攥到手里了,不怕她起疑心。

翠兰听了这哥儿俩的话,看了谷璧那假惺惺的样,又想起谷璧曾对自己嘲笑过谷英,说他"又当了一回'冤大头'",心里明白了:谷英是钻进了他哥哥下的套。

谷英却猜想说："也可能是那个小伙计，听到了大哥去过的动静，又把大嫂逼到奉天去了……我是不是再到奉天去踅摸踅摸？"

谷璧却大方地说："强拧的瓜不甜——看起来她是不想跟我过了，算了吧。"

谷英点点头——他不知道自己当了冤大头，白遛了一趟腿。

翠兰并没像谷璧预想的那样"笑扑腾了"。她暗下对谷璧讽刺地称赞："不知你偷着吞下过多少镰刀头，满肚子拐把子心眼，把那个人白遛了一趟。"

谷璧扬扬得意地说："我打听清了那个全优廉布庄老板的为人：又贪财又胆小。他见我送给了一笔银子，还听出了我是'追风沙'绺子的二当家的，他不敢也不愿不按我摆出的道去走。你看，我这个法子是不是一箭双雕？一是支走了那个傻狍子，给我倒出了好几天的热炕头；二是最重要的，叫你的那个人，相信了我心里一直牵挂那个养汉精，他就更不会对你生疑心了。"

翠兰暗下却害怕起来：这个人太鬼道了！他若把人卖了，准能叫那个人帮着点钱，还自己拎包过去……

其实，她也和谷英一样，没想到谷璧去甘旗卡，还把肉铺的一部分银两，存到了那里的一家银号。

四

翠兰对自己的"冤大头"男人，照旧不冷不热；对"太鬼道"的谷璧，由于又滋生起恐惧，还嫌他几次当自己的面，骂他私奔的老婆是"养汉精"，简直是当着瘸子骂跛子，心里也有些不得劲，对他不远不近了。

谷璧却没想到翠兰的心情会有这种变化，又支使谷英外出了。他对谷英说:"你领二吹到后旗坨子里收几头牛,赶回来;再到法库门卖了,试探一下倒腾牛能有多大的利。"

谷英也觉得这对肉铺扩大经营很重要,蹦跶得脚打后脑勺子,不几天后就提前赶回来六七头牛。谷璧却鸡蛋里挑骨头,又怪他们毛毛躁躁,没把事办稳妥;还把王二吹当球搓:呲嗒他说:"收牛时就得想到买时好出手,膘好才能卖上大价钱。你们收来的牛有两头差不多是骨头架子。你跟我们哥儿俩卖半年多牛肉了,咋还不知道这样的牛,是出不了多少肉的,也就卖不上好价钱……"

王二吹明白:自己是替身,也就一声没吭。

谷英知道他是对自己来的,虽然没还篇,鼻子却快撅到天灵盖上了。

翠兰呢,一来被逼进了污水坑子,二来心比较细,已经发现有些邻居虽然没对自己喷吐沫星子,可看自己的眼色、和自己说话的语声,都跟以前不一样了。她虽然想不出是哪里出了窟窿眼子,叫人瞄到了歪影子,却怀疑谷英撅鼻子、瞪眼睛,是听到了风声。现在这哥儿俩快闹翻了,肯定对自己也不会有好结果。她想不出啥好法子,觉得应当回娘家住几个月,躲躲清静。可她既怕谷英不同意,又怕谷璧认为自己变了心,对自己下狠茬子……

第二天,谷英领王二吹一把牛赶往法库门走了,谷璧就在外屋地抓挠翠兰。翠兰挣脱身子,进了南屋。谷璧追过去就把她紧紧搂住。她小声说:"你咋不背着点人?"谷璧很有把握地说:"他不在家,没人敢进这屋。"翠兰便用商量的语气说:"他好像有点疑心了,你再敲打他,他会翻脸的。"谷璧却说:"我不怕他疑心,也不怕他翻脸。他若敢跟我支棱毛,我就跟他说:让你从两个人里选一个过日子。你还能选那个鲇鱼嘴、软盖王八吗?"翠兰听得心惊胆战,哀求说:"你若真喜欢我,千万别逼我说那句话。老家和这疙瘩的人,都知道他是我丈夫、你是我大伯哥;就是你把他拱走了,我也找不出借口跟你明铺明盖的……他到四平一张扬,我也没法子再回娘家了!"谷璧听了,认为她分明已经把心完全放到自己身上了，只不过还顾面子，便不再追她表明态度。翠兰也放下了这个话头，跟谷璧商量："我想回趟四平，把你那份孝心钱，送给老人置办过冬的东西。行不？"谷璧听了很高兴，说了一句"别住太久了"。

五

过了七月底，翠兰当谷璧的面，跟谷英张罗回四平住半个月娘家——"来这疙瘩快半年了，我想回去看看两位老人。"谷英迟疑着还没开口，谷璧却出了声："兄弟，近些日子你又跑了好几回外差，你也去那疙瘩歇几天；顺便教训教训闵小耍，让他认真看好由你出面租下的门市房——等天头冷到不怕压库，咱们就可以往那疙瘩送肉卖了。"谷英听了这话，就对翠兰点头应允了。

月底那天，谷英夫妻坐着雇的小车子上路了。在两天多的路上，这夫妻俩一共也没唠过三十句嗑。开头倒是翠兰提起的话头："你这些日子老出门，累不累？"翠兰问这话，是想试探一下他对自己是不是起疑心了。谷英觉得老婆还挺关心自己，就不假思索地说："累倒不累，就是心不太顺。两股开的肉铺，他跟我都是掌柜的，他还没家口，不该老支使我跑外差。"翠兰听了拿不准他是不是起了疑心；觉得自己不能替那个人撑口袋，就说："那你咋不跟他提出来？"谷英"唉"地叹了一口气："一家人合伙开买卖，也得和气生财。大哥是个豪横的人，闹翻了会隔心；一隔心就不好往下处了。"翠兰听他这么说，便又觉得他好像没起疑心，松了一口气；可也觉得他从成了鲇鱼嘴后，变得太窝囊了，难怪那个人敢对我下把，看出了他盖子软……这种鄙夷，使她不愿再开口了。

谷英到了老冯家，虽然也掏出了三十块银圆，那老两口子并没咋乐和；虽然好酒好菜招待他，却没人陪他唠嗑。翠兰看出了娘家人是在盖大面，暗暗叹自己命不好，不得不嫁给了这个不得烟抽的人。她也想到了：若是家里知道了"那码子事"，恐怕再回来时，都会不让自己进屋了。谷英更觉得自己仍然是个不受欢迎的人，只住了一宿就到四平街去了。

闵小耍买了不少下酒菜。谷英心情不好，闵小耍在四平没熟人，两人能少喝了吗？闵小耍想起了那回孙大嘞嘞想抓自己，自己溜出了门，谷英还撺出来塞给了一瓶子酒；也想起了谷璧对自己发出的狠话，便生出感谢和报复的心情。他费劲地翻动舌头："二掌柜的，你岁数比我小，可为人处世比我高，是个好人，值得交。我到四平后，对大掌柜的，可比过去更明白了。我怕他，敬你。我敬你，也就不怕他，一定、一定得要提醒你一句，就一句，没有第二句……你得小心他，小心他。他那张脸像女人，可他不是女人，是男人，是个啥事都敢干的男人。所以呢，你得小心他；是哥哥也得小心他。"

谷英听出这话的意思了，没再往下问，只说一句"谢谢你了"。

第二天早上，谷英给闵小耍留下些钱，叮嘱几句，搭车回建安了。

谷璧一见他那冤种似的脸，就猜想翠兰一路上没给他一句顺心的嗑，偷偷地把嘴咧成了瓢。

让这兄弟俩都没想到的是，没过几天，翠兰就回来了——她到娘家后，没敢当谷英的面，把谷璧交给的钱给老人；交的时候也没法实说，撒谎说是自己攒下的私房钱。两个老人看出了她跟谷英过得扭头别棒子，没少劝她"忘了过去，好好过以后的日子"。她妈暗下问："在那边过得惯吗？"翠兰说："天气跟这疙瘩差不多，日子挺清闲。除了给他们哥儿俩和两三个帮工的做饭，再没别的事；他哥还说'不能白占我们便宜'，每个月给我开一个劳金的钱。"她妈又问："你们俩好像还硬邦邦的，咋一点也没热乎气？"翠兰答了一句"稀里糊涂往前混呗，能有啥热火劲"。她妈又问："你去了小半年了，咋还没见有喜？"翠兰顺口说了句"有人说他是清水罐子"。老太太长叹了一口气，暗下对翠兰爹说了。她爹便豪横地对她说："打八刀的事，老冯家的姑娘还没有过。一辈子没儿没女，你也得跟那个损小子过到老。你若有外心，就永远别登老冯家这个门。"她天天听这类嗑，哪还有心情住下去？

六

如果说风一吹，草叶就摇，树枝就晃，那么人得不到正常的对待，就难免胡思乱想、疑神疑鬼。谷英过去就是这种处境和心态。谷英对谷璧那次拿王二吹指桑骂槐，心里就产生了抵触，不过还只是抱怨叔伯哥摆大掌柜架子，态度太专横。闵小耍的话，却使他又惊又疑，闵小耍绕着圈子说出的"是哥哥也得小心他"，使谷英大吃一惊：这不是说他干下了对不住我这个"弟弟"的事了吗？可谷英也知道"叔伯哥"曾狠狠地收拾过闵小耍，而闵小耍也是个说话云天雾地的人，便没全信，可也没当耳旁风。他下决心进行查证。他回到肉铺后，暗下跟张二晃悠东拉西扯，拐弯抹角地捕风捉影。张二晃悠却像聋子似的没听到他的话、哑巴似的不张口回答他。这倒使谷英三分疑心翻了番，变成了六成——这可就撂到谁身上都没法子放下了。他回忆送翠兰的路上，自己跟她身子贴着身子，心却像离了十万八千里。特别是在去的路上的第二天，自己搭讪了几句，得到的却都是冷冷的脸、抹搭的眼；而那心不在肝上的回答，简直驴唇不对马嘴。他又想到了张二晃悠的神情，分明是假装糊涂、不敢说实话。他摸摸自己脑袋瓜子，开始担心自己被扣上了一顶不光彩的帽子。

谷英脑袋不糠，他没有莽撞行事。他觉得翠兰胆小、脸嫩，不会主动去勾引男人，自己不能一疑心就把她冤枉了。他又觉得抓奸得提双，一定得拿到真凭实据才行。因此，他在翠兰回来后也一直没动声色。

没过几天，谷璧又打发他出门办事。他蹿跶出半天多就打尖，掉头往回晃悠。半夜三更他也不怕凉，蹲在自家的窗户外听声……

对谷英来说，竟然是怕啥有啥：屋里竟然有一男一女正在放荡地作祸，还不断地互相调笑，男的分明就是自己那个叔伯哥哥……他还从两个人的狗胆包天的程度，断定活驴哥哥早就见缝插针睡在自己的炕头上了——他老打发自己出远门，就是为了填空补埯子……谷英恨得牙根发麻，但没冲到屋去捉奸捉双：他怕谷璧狗急跳墙——拼起命来，自己多半只能打个平手；打伤了他，自己恐怕也得再多块疤癞。他也没喊叫：那不是公开张扬，自己是干瞪眼的王八头吗？他无精打采地上路了。他得琢磨出个好法子，他要等机会……

第十七章　借种风波

一

双义肉铺里的两兄弟，都暗里运足了气，把手在袖头子里握成了拳头：一个在等机会，从远房叔伯哥手里讨回债来；一个在准备吃独食，把鲶鱼嘴兄弟利索干净地挤出局。但机会没到，还都把假笑摆在脸上，暂时相安无事。而在王记画匠铺，本来是两口子，外加一个找宿的小叔子，咋算也只有夫妻、兄弟、叔嫂三种关系。一旦在这三种关系外，再出现另一种关系，就好像小板凳三腿变成了两条腿，就可能有一条腿不再吃力，或者是想起作用也使不上力气、张嘴也白搭了。一旦局势发展到这种程度，就可能发生相当剧烈的变化。画匠铺正面临这种危机局面，会发生啥样的变局呢？

宋春华发现自己断红了，慌忙地偷着对王二吹说："我好像有了……这不要露馅吗！"王二吹却一点也没着慌，悄声说："没事。谁看到了是我给你点下的种？南炕头不还躺着个应名的人吗！"宋春华也安心了：除了那个人能推算出来，别人是摸不到边的！

王二吹自打他找宿住进这个屋，直到去法库前，每天回来后，都或坐或躺不离小北炕；后来就是帮小嫂子忙啥活，他也坐在小北炕上，没走近过南炕。因此，王林一直认为他规规矩矩，是个忠厚本分的好兄弟。自打他去过法库门，好像路上冲到了什么坐不稳的精、撞到了什么好多嘴的鬼，开始里屋外屋来回串，还没事找碴儿跟小嫂子嚼舌头。宋春华比他小心谨慎，该忙还忙不多搭理，可也没拦没烦。王林身子病趴炕了，心眼却没比过去少；对自己屋里的人没犯疑，对叔伯兄弟可就有了一些怀疑，认为他有些不地道了。特别是七月节前一天夜里，他听到叔伯兄弟先轻轻地咳嗽了一声，过了不一会儿小北炕和南炕梢的人，就先后去了外屋地，接着就传来一阵很低的窸窸窣窣声……他心里可就完全明白了。他的心像被野猫挠了一爪子，流出了妒恨的血：这个没长尾巴的牲口，准啃过了我的那块香饽饽；那个还假装老实的货，一定是空不起身子放过了青……可他没大气追问变了心的老婆，更没力气教训膀大腰圆的叔伯兄弟——怕他们一个装老实，站在一旁不吭声；一个发起火来，掐扁了自己的气管子。他无奈地承认"我只好做缩头乌龟了"。他又往前回忆，想起了就在纸牛被取走后的那天晚上，他听到好像叔伯兄弟回来了，在外屋地停下了，喊喳几句便好像插了房门；过了好一阵子，房门却又响了一声，那个小养汉老婆问"二兄弟，今个咋回来这么晚"，那头牲口答"大掌柜的张罗喝酒，才晚了"。他们这才脚前脚后回了里屋——看起来，他们早就勾搭到一起了；我还傻了吧唧认为自己是多心了……

第二天早晨，王二吹临走时曾向宋春华说要去"随礼"。其实，他已经跟宋春华商量过了：回家去托人，把家里的房子和剩下不多的破东乱西折腾了。

宋春华自打那天帮小叔子提前圆上了风流梦，兴奋之余，心里是有些愧疚的：丈夫一直对自己又疼又爱，没跟自己红过一次脸，可自己却跟小叔子合起把，给他戴上了一顶绿帽子。她还有些担心，怕色胆包天的"小叔子"，里屋外屋都不检点，会让丈夫看出马脚。她又不敢也不忍太冷淡了已经相好过的男人。她也料到了：一旦纸包不住火，这哥儿俩不会乌眼鸡似的叼成一团，可也会喷出些吐沫星子，弄得自己丢人现眼，更没法当说和人两边讨好，也没招和稀泥、打补丁，再把这哥儿俩团弄到一起过太平日子。一直到过七月节，丈夫好像啥也没发现，她胆子也大了起来。王二吹一向她提出要卖掉乡下的房子，她更觉得他是一个心眼，打算跟自己过将来的日子了，高兴地同意了。她虽然知道他很快就回来，可他一走，心里也空落落的。

王林这些天不分黑夜白天都闭着眼睛，默默地躺着，可心思没闲着。他心里窝着气，暗暗地恨。他恨自己贪小便宜吃了大亏，他恨王森乱伦，他恨老婆养汉，他叹自己天大的不孝，没有留下后人……他想到这疙瘩的时候，怨愤忽然变成了希望：若是真发生了这种事，自己还能挺到孩子出生，那孩子便天经地义是自己的后代……于是他决定装呆作傻，大大方方地当缩头乌龟，使自己有可能做成这个梦……

应当说这个扎纸活、卖替身的人，还真挺会打小算盘：自己是没力气报复的，可也应当从他们身上掏回一把；就是不能把吃亏的坑胡噜平，也要划拉个虎皮色……

二

这天——那还是七月节那天，不过是后半晌。宋春华刚收起手里的活，下地想去做晚饭，王林却轻声招呼："你过来，我跟你说几句憋在心里的话。"

人若是做了亏心事，咋会不疑神疑鬼？宋春华提心吊胆地挪动身子，在离他二尺多远的炕沿斜身虚虚地坐下，还用眼梢瞭着丈夫，防备他把自己抓到手，扇嘴巴子。只见他先咽下口吐沫，接着便平静地开口说："我知道你是被他逼着……做下了糊涂事的。"

王林的话，是他翻来覆去掂量好了的：得用软和话笼络住这个小养汉老婆，使她顾惜旧日的情意，不忍心跟野汉子合起把来，把自己谋害了；说不准的事，就打糊涂炮，可也得叫她没法赖账。

宋春华一听到这几句话，不由得打了个冷战：这可真是怕啥就有啥！她还觉得，他是故意没挑明"他"是谁，还只把自己做下的那码子勾当说成了"糊涂事"。她小脸先白后红，对他又怕又感激；可也还有些侥幸心，结结巴巴地假装糊涂，问："你、你这是……啥意思？"

王林没解释，也没因为她装相发脾气，只轻轻飘飘地说："有些事你不该瞒着我的。"

"我啥事瞒你了？"宋春华惊慌地问。

"你昨晚到外屋地去，我是知道的。"王林不紧不慢地说。

"我……是去了，是撒尿。一打你把二兄弟招进家来住，我就没法把尿盆放到里屋来。"宋春华辩解。

"可昨晚，那个人是先到的外屋地，他还铁铁地没开房门出去。你们在外屋地待了有吃一顿饭的工夫。你们是没弄出多大的声；可那是干啥事的声，我还能听不出来吗？"王林絮叨地说。

宋春华站起身，张开嘴却没说出话来。

"昨晚不是第一次了。"王林继续揭露，"货主把他去法库买来的纸牛取走的那天晚上，他回来得晚，没进里屋来；可你在外屋地呢。你们在外屋地待了好大一阵子，是一起回到里屋的……"

宋春华一根木头桩子似的戳在那里，一动不动。

王林仍然没发脾气，继续按着自己的叶子往下撸，很体贴地说："我挣不了几天命了，只牵挂你，盼望你将来有依靠……那宗事，是他蛮七横八硬下笊篱。你若是嗓子冒烟忍不了渴，还用他提溜水壶，找到机会才斟茶倒水吗……你是怕他把我气得送掉了这半条命。你心里有我，我不但没怪你，还感谢你的。他是个……饿透腔了的人，解了一饥想百饱，对你不会撒开把的。你壮起胆子跟他来往吧，我不挡……你把他的心拴牢实了，我就对你以后的日子没牵挂了。"

宋春华做梦也没想到他会说出这些话来：他知道我做下了那种不要脸的下流事，却不怪罪，还这么大量，这么替我着想！她愧，她悔，抱着丈夫脑袋哭起来，边哭边说："我对不起你，我一定改，好好伺候你，老老实实守你过日子……"

王林等她松开了手、止住了泪，又冷静地说："别说虎话，也别干虎事……看他帮我顾这个家的劲，不像只是饿驴抒道，有一半是真喜欢你……

他是我兄弟，利利索索没啥啰唆，比外人强，会好好待你。只要你将来过得好，我到了那边也能安下心……"

宋春华又抽抽搭搭地哭了起来……

三

王二吹办事挺滑溜，也很吃得辛苦，上灯前就赶回来了。他轻轻地推开房门。宋春华刚收拾完外屋地的活，知道躺在炕头的男人，还挺有精神头，一定正在听声。她躲开王二吹伸过来的手，还了他一个笑脸；推了他一把后背，随他进了屋。

王二吹把两包点心放到南炕边，对叔伯哥讨好地说："听别人叨咕这种京城点心好吃，我给大哥买了二斤。"

宋春华见他还惦记自己丈夫，觉得他挺仁义，竟忘了应当在丈夫跟前搂着点，抢着说："自家人咋还多心破费？你哥是吃不了这么多的。"

王林心里嫌她太向着野汉子，却强打精神说了几句顾大局的场面话："二兄弟，哥是个有今天、没明天的人了。你住在这疙瘩，就是家里人。不管啥事，都实实惠惠的，别外道，替哥顾全好这个家。"

王二吹见叔伯哥脸仰向房笆，话说得有气无力，音倒挺平和，好像任吗疑心也没起，还对自己很信任。这使他多少有点心愧，觉得自己有点欠下哥哥的了，但更多的是高兴，觉得"他差不多是傻了吧唧地请我拉帮套"。他对宋春华挤咕挤咕眼睛，声不高也不低地说："嫂子也吃一些，一打大哥身板不如从前，家里家外都得你费心挨累忙活到，别把身板累着。"

宋春华听出来了他在撩骚，心也有点忽忽悠悠地稳不住了，便打开点心包，塞给丈夫一块；又抓起两块，回身送到在小北炕坐下了的"小叔子"，还红着脸点点自己鼻子，又指指小北炕，许愿说："你大老远地赶回来，肚子饿得发慌了吧？先垫补几口——我热好饭再端给你。"

王二吹明白她要把自己送过来了，轻轻地点了一下头，高兴地说：

"谢谢嫂子惦记着——我回来到肉铺交差时吃过了。现在得歇歇乏了。"

宋春华想：那个主若不发话，我哪敢有这个胆？回头扫一眼南炕头，抬手虚刮了一下王二吹的鼻子，撇撇嘴说："那你就先侧歪一会儿，养养精神头吧。"

王林听了，心里暗骂："到了那边，老子非请阎王爷，把他们下八百遍油锅！"这个晚上，他一直没再吭声。

宋春华又里屋外屋地磨蹭了一阵子，才给王林端来一碗水，上炕放下幔子；见王林闭目合眼躺着，看不出来是不是睡着了，便吹灯脱衣服躺下。

王二吹虽然见南炕放下了幔子，但觉得天黑不太久，便耐心等着——他估计已经成了相好女人的小嫂子，不敢早过来，少说也得再等上个把时辰；可过了不太长的工夫，他就发现她从留好的幔子缝钻了出来。

宋春华手里掐着丈夫发给的"跟他好好来往"的许可证，却想充充不是一个没脸没皮的养汉精，打算等发证的人半阴半阳了再挪窝。王林惦记着早些借成种子，却见北炕的那个活驴，人模人样地没敢过来，身边这个小养汉老婆，也假装正经不过去，倒有些着急了。他咬咬牙，使出浑身力气，推了老婆一把。宋春华觉得自己不再是偷偷摸摸地抓锅头子，而是被丈夫追着上桌陪客人，可以大大方方地让菜碰杯了，这才拱身离开南炕……

过了一会儿，宋春华故意地提高声："没想到他心胸宽，宰相肚子般摆得开船，倒劝我今后依靠你；还说你是他好兄弟，会看在他面上好好待我，他走了也放心……他若不松口，我咋敢早早地过来？咱们也不能没良心、太小气，应当好生将养他……"

王二吹没吭声。

宋春华以为他不愿老有个碍眼的，便小声哀求："他不会碍事的，我夜夜过来陪伴你还不行吗？"

王二吹这贼小子，是感激一个太爷的痨病鬼哥哥大量呢，还是要讨好搂在怀里的小嫂子呢？竟然认认真真地说："我在想咋给他治病。你不是说过东河套的李大夫，人不老，脉条却好吗？咱们就把他请来。"

躺在南炕头的王林，几乎把小北炕的声响话语都听到了。他不气不恼不恨，可也高兴不起来。他只求老天爷保佑，能让自己做成那个梦。他听完宋春华大声说的那几句话，心里想：听说今年春天雨水勤，墒情好，庄稼苗又齐又壮……王森这贼小子撒下的种，能不能替我拱出芽呢？我能不能看到小苗拱出土呢？

四

王二吹还真把李大夫接来了。号完脉，李大夫当着病人面说："这位掌柜的年轻，按我开出的方子用药，很快就会起色的。"王二吹、宋春华送到院，他却低声说了实话："我开的方子，只能帮他再多挺些天，准备后事吧。"

宋春华按方子抓药，一剂接一剂熬，一匙接一匙喂。王林还真见了些起色，可很快就又重了起来。王二吹听说"吃啥补啥"，便不断地把牛肺子、驴血往家提溜，帮宋春华侍候叔伯哥。

宋春华便换大夫看，换方子抓药，还请来大神向狐仙黄仙求帮，可也都不顶事。宋春华、王二吹没招了，只好一方面为他准备后事，一方面豁出钱来给他买可口的东西吃。王林虽然吃不下去多少了，却也一面感谢着二兄弟、小媳妇儿，一面顽强地往下挺，希望能达到那个说不出口的愿望……

过了不几天，宋春华不断地呕吐起来。王林可能是看到希望露头了，心一放宽再也挺不下去了。他感到自己挺不了几个时辰了，把王二吹和宋春华招呼到身前，指着宋春华的肚子，可怜巴巴地向王二吹乞求："好兄弟，孩子出世后，能让他……接续我……香火吗？"

王二吹慷慨地答应他"那当然"。宋春华想起了他的种种好处，掉着成对的眼泪疙瘩打保票："你放心，若是生个女的，也招个倒插门的女婿，让他把你的画匠铺传下去。"

王林满意地点了点头，闭上了眼睛。

王二吹估计他挺不过今天晚上了，请来了两个岁数大的邻居守夜。

快半夜的时候，宋春华把一个包袱拎到小北炕，往外翻给丈夫准备好的装裹；王二吹在外屋地搭床排子。这时，王林又睁开了眼睛——不过他已经看不清灯下坐着的人，可能还以为是王二吹和宋春华，说出了他这辈子的最后一句话，也可以说他算清了最后的一笔账："我跟你们算拉平了。"

那两个守夜的人很有经验，叫过宋春华和王二吹，给王林穿装老衣裳；把他抬到外屋的床排子上。

王林走了，应当说他走得还算无牵无挂。

王林的人缘还不错。家前庙后的人听他走了，第二天早饭后都来看最后一眼，打听一下后事的安排——当然，也有人想看看宋春华：她若是蒙着脸干号，心里就一定在为没了碍眼的偷着乐。这些人也想看看王二吹：是不是脸上强板住了幸灾乐祸的笑容，后脑勺却快乐开了瓢。这些人都有些扫兴：王二吹拉拉着小脸，跑里跑外地忙着，看不出有高兴的劲；宋春华挺着刚显怀的肚子，小脸灰黄，小嘴说着道谢的话，眼泪疙瘩竟一对一对不断地往下滴答。

窦家店账房李大先生，陪他屋里的一齐来的。他在院里一碰到王二吹，就停下了脚；他屋里的进了屋。她看宋春华满脸泪痕，又扫了一眼那微微鼓起的肚子，同情似的说："画匠一病倒在炕上了，啥事也帮不上你，看着你家里家外全忙活，能不干上火吗？这一走，他倒静心了。你现在怀着孩子，不能太懊糟了。再说了，你这样的身板，老在他身边晃悠，不只使他更伤心，胎气还兴许冲撞了他魂灵。"

若是别人说了这些话，宋春华笃定感激她关心自己，可她听人说过这个人背后没少朝自己喷吐沫星子，可就觉得她的话疙瘩溜秋硌耳朵了。宋春华觉得不能对来送丈夫的人说太过的话，可也不能太窝囊了，让她得意忘形，还准四处胡张扬，就说："谢谢老李大嫂体贴妹子。不过呢，妹子怀着画匠的孩子，他看见妹子在守着他，一定会为他的画匠铺有人传下去高兴的。胎气是他没见面的孩子的，不会冲撞他的。李家嫂子，你说是不是？"

李大先生屋里的，没想到宋春华这个小乡巴佬，嫁到县城还不到一年，竟"耳朵不济也戴上了金钳子"，听出了她话里的疙瘩；便觉得是相好的牙口好，把她厚嘴唇子啃薄了，竟客客气气地回敬我了一通噎脖子嗑！她被饬得一时递不上报单，只好答了句"妹子说得也是"，转身扭着胖屁股离开了屋。

先来一步的孙大嘞嘞，已经在里屋待了一会儿；还向那两个坐夜的，打听过"画匠临走都留下过啥话"，却对王林最后说的那句话，没太吧嗒明白是啥意思。他在屋里听到了宋春华跟李大先生屋里的唠过的嗑，暗下"啊呀"了一声，心里说："她还真挺精明，刚做了小寡妇，就放风怀的是画匠的遗腹子了。"

五

周凤鸣夫妇都听说王林走了，也议论起来。两人都认为：王二吹一打去找宿，就没安好心眼子；宋春华是年纪轻顾前不顾后，没看准人。周凤鸣讨厌王二吹为人不地道，他老伴却担心宋春华将来的命运。周凤鸣去辞灵时，点上香，作完揖，便把王二吹带到背静地方，抓住他前大襟恶狠狠地说："你若是不让王林的遗腹子祧承香火，你若是将来不好好待你现在的嫂子，我非一脚踹你个狗抢屎，在你后脊梁上戳个透明窟窿！"

王二吹吓得一裤兜子冷汗，连声说："你老放心，你老放心。"

刘半仙听说了这件事，摇摇头，有些不以为然地说："老周是个好人。可仗义有余，行事不智；拙于韬晦，难免后患。"

王二吹也还算对得起叔伯哥。整个丧事，都是他张罗的。凡是到过场的人，他都在小馆招待了一顿饭。丧事办得挺风光，花掉了他一半卖房子的钱。跑里跑外地操劳，一连几天几夜没睡囫囵觉，小脸都熬得没了血色。宋春华又感激又心疼，铁下心跟他在给死鬼烧完头周年后正式就合，做名正言顺的夫妻。

王林死后停了三天。宋春华一连两夜没睡觉，心诚情真地扎了两个半人高的纸人，描得细眉大眼，还分别题写上了"遂心""如意"的名，让她们去阴曹地府陪伴王林。当然了，她这么做也有一种不便说出的想法：王林的阴魂有这两个女人伺候了，便不会找老账，给自己和王二吹添麻烦。

宋春华本来想等给王林烧完周年再正式就合，在名声上好听些。王二吹比她着急，要"烧完三七就娶你"，还说"省得天天费事，在小北炕多焐个假被窝"。宋春华哀求他，说："人家早就做了你的小媳妇儿，都差点叫吐沫星子淹死了，你咋还不帮人家争点面子？等人家守到烧完周年再走过场吧。"王二吹想了想，先点头同意了，但提醒她："你若不叫我搬出去，外人准说咱们挂着'叔嫂'的假幌，做起了真夫妻，你听到了可别生气。"宋春华一本正经地说："真幌假幌都是幌。谁背后咕咕，就算他味溜臭狗屁；若有人当面揭短，我就让他拿出真凭实据来——知道底细的只有那个人，可他已经走了；炕席缝里的臭虫倒看到过咱们常睡在一个被窝里，却不会打干证！"王二吹却走到她身边，一边摩挲她肚子一边轻声逗她："就怕这个小东西非要把我叫'爹'，生得小脸就像从我脸上剥下去的一个样……"宋春华还真没想到这码子事，眨巴了一阵眼睛才说："那也不怕，我就说是那个人跟我合计下的套；让我把自己送到了小北炕，为的就是让他能有个捧香炉碗的——宁可由我担放青借种的名，也不能让你落个'欺兄盗嫂'的话把！"王二吹估计这种法肯定行不通，却欢喜地说："你真好，样样让我占相应。"宋春华点了下他脑瓜门，悄悄说："你让我有了倚靠，咱们是'两相应'！"

可是宋春华连哭带累了三天，出殡后又忙了一天，再也挺不住了，不得不躺到炕上歇身子养胎了。这使她想到了今后的日子：还是小叔子身份的"真丈夫"，若搬出去，自己可就没了伴；自己这身子没人在跟前，也真没法往下支撑。她改变了原来的主意，对王二吹说："我离不开你了，争不得面子了。"

六

左邻右舍见王二吹仍然住在寡嫂家，虽然有些议论，却没起风波。这在很大程度上，是因为王二吹做对了两件事：入殓时，是王二吹抱王林的脑袋，把他抬进棺材的；出殡时，是王二吹"以弟代子"打的引魂幡。大家都认为："他连孝子都当了，将来这叔嫂还一定就合，外人还多个啥屁嘴。"

王二吹在给王林烧完"三七"后，出面请邻居来喝酒。男客人坐满了南炕两桌，女客也在小北炕边的地桌挤了五六个人。开席时，王二吹瞪圆了眼珠子白话："……我大哥临走前，求我替他把没见到面的孩子抚养成人，还逼我照顾嫂子后半辈。他见我迟迟疑疑没应承，就逼嫂子给我下跪，说'让他们娘儿俩替我求你了'……就是因为这一桩，我才在大哥过世后没搬出这个屋。现在我向各位高邻发个誓：不管春华嫂子下步往哪疙瘩迈脚步，我都要把大哥的后人拉扯大，让我哥哥的孩子把画匠铺开下去。我若口不应心，光说不做，让老天爷罚我落个双眼瞎！"

宋春华跟王二吹合计过：要用酒堵邻居的嘴，还想从这些人里请两个大红媒。可没想到他会立下这么狠的毒誓，急忙红着脸接腔往下唱："二兄弟，你想抬腿走开，洗清自个身子咋的？你在小北炕住了半年多，我知道你一直规规矩矩；可别人咋猜想的，你知道吗？扯闲话的吐沫星子，早装满了那口没形的缸，把嫂子泡得连皮带瓤不清不白了……你哥哥的话比天还大，我做了半边人，更不敢违背了他留下的令！私下里我没法厚起脸皮跟你说，现在我不得不当大家伙的面把事挑明了：你嫌我丑也好，怕别人笑话捡了你哥这双旧鞋跋拉也好，我对你只有破裤子缠腿不放松了……

那帮牙尖、舌头带叉的邻居，明知道他们想借自己的嘴使唤，可端着人家的酒，咋好意思说戗茬的话？便有的夸王二吹"重情重义"，有的说宋春华"理当遵从画匠遗愿"……更有几个客人是属小毛驴的，显积极地拉起下坡："我们就把今天的酒，当你们的喜酒喝了吧，今晚你们就入洞房。"王二吹和宋春华却厚着脸皮说："不着急，咋也得把手续办全科了。"

两天后，好几个自告奋勇当大红媒的邻居，陪王二吹和宋春华去见镇长。镇长接过王二吹的红包，听邻居们唱完帮腔的歌，立时让人写了婚书。王二吹又择了吉日，请邻居、朋友到家喝酒，走圆了他们按王林"遗命"才"就合"的正式过场……

第十八章　四大损

一

　　王二吹没请肉铺的人去喝就合酒，却买酒请了两位掌柜的和张二晃悠。谷璧酒后躺到更房子的炕上想：这小子哥哥刚蹬腿二十多天，就稳稳当当地跟小嫂子就合了。就算人早就抓挠到了一起，也把事办得麻利快。现在家里没了碍事的眼睛，也不怕外面有扑哧闲话的嘴了。我他妈的也应当抓紧些，不能老捡鲇鱼嘴的剩、堵他的空！他还觉得翠兰说过没法在熟地方跟自己明铺明盖。他琢磨半宿，拿定了主意。第二天早饭后，他就对谷英说："我去后旗几天，看看联络好的那几家坐地户，让他们准备收牛。"

　　谷英不是在等机会吗？谷璧一走，他就抓住了这个机会：这晚上，谷英装睡到夜深人静，起炕把灯点上，又把翠兰捅咕醒，用尖刀子逼住她，开审似的问："二十那天的晚上，你和哪个兔崽子睡在一个被窝里？"

　　翠兰早就料想过，那种事早晚得露馅的，但没想到祸事会来得这么快，还正赶上那个人没在家！不过她虽然有些害怕，但嘴上没倒槽——老话说，痴心女子负心汉：一个男人跟一个女人相好，往往图的是一时的欢快；一旦私情败露，多半一走了之，还厚着脸皮说这叫"拿得起，放得下"。女人却不同他们一样：若真心和一个男人相好，多半会铁心对得起他。翠兰虽然是被谷璧逼成"相好的"，心里并没全是真心；但对自己的正牌丈夫，却也没真正地完全接受。所以，她虽然怕，却故意打囫囵语："你没在家，我被窝里咋会有旁人。"

　　谷英把鲇鱼嘴咧了咧，咬牙切齿地揭老底："你们唠的那些臭嗑，我在窗户外听了个一清二楚。他问你：'你回娘家时，把我那五十块孝心银圆，交给我老丈人了吗？'你贱忒咧地跟他逗哏：'厚脸皮的鬼，那是你兄弟的老丈人。'那头牲口又哧哧地放起了驴子屁：'那你咋见我一进屋，就一口吹灭灯，等我上炕？'你给我说，你是咋回答他的？"

翠兰傻眼了。她还记得当时自己说过的话："你这个自认驴烘烘的鬼，良心让狗叼去了咋的？你把人家身子偷到了手，接着就供菩萨似的向人家讨好。现在咋捡了便宜就卖乖，倒打一耙——好像是人家把你勾引到了这铺炕上的。"可她不想供出来，觉得反正他已经都听到了，再多磨嘴皮子重复那些不真不假的嗑，更显得自己脸皮厚。

谷英反复地琢磨过那个"偷"字，认为这证明了自己的猜想：她胆小老实，是被谷璧强逼着迈出错步的。他是喜欢这个女人的，若是她说出实情，向自己求饶，他准备原谅她。翠兰却暗下想：他怎么得手的？我也稀里糊涂。不过那夜我被他硬占了便宜后，差不多一转眼的工夫，也就甘心情愿了，为他给你戴上绿帽子讨他喜欢了……

谷英见她竟然咧了一下嘴角，好像在嘲笑自己，气急败坏地喊起来："你为什么要对不起我？"

翠兰听了这句话，想起了被他强破了身的往事，愤怒起来，瞪圆那对黑是黑、白是白的大眼睛，反口喊出的声比他还大："我对不起你？你敢对老天爷说'是谁'使我丢人现眼毁了一辈子吗？你除了拿我当窑姐过那种驴瘾，真疼爱过我多少？你让人破了相，一跑就是半年来的，管过我的饥饱死活吗？我恨你！我明明白白地告诉你：我养汉了，是我把那个人勾引疯了心，把他拽上这铺炕的！你要杀就杀吧！"

豪横的谷英，见她一住嘴就对着刀尖仰起了下颏，反倒愣住了：这是那块任我揉的面团子吗？咋变成刺猬了呢？他相信这个女人恨过自己，但不相信她会主动去勾引谷璧；又觉得自己确实有不少对不起她的地方，报复的心动摇了，解恨的气鼓不起来了，便再也霸道不起来了。他思前想后，把刀子挪开，给她摆出三条道，让她任选一条走：一是合伙把谷璧灭了，二是六只眼睛凑到一起把谷璧挤对走，三是跟自己卷了肉铺的钱财远走高飞。

翠兰一狠心，无可奈何地说："你掐不过他的，我跟你走就是了。"谷英感到老婆还没绝情，愿意走自己开出的"第三条"道了……他连夜把账房翻了个底朝天。他起大早雇回车来时，见翠兰已经穿戴齐整，东西也收拾成了包袱，手拿着那个红缎子面的套袖坐着——准备在车上做褥垫。他想起那是谷璧送给翠兰的，伸手想抢过来扔掉；可手到半路却又收了回去……翠兰却举起了红套袖，冷冷地说："看它刺眼，你就把它就塞进灶火坑！"

谷英见她一脸霜，便找台阶下，说"买它的钱，也有咱们的份"。

谷英扶翠兰上车后，对张二晃悠说："你告诉谷璧：我们找安稳地方过太平日子去了。"

二

谷璧回来一听到这句话，立刻像倭瓜叶子遭了霜，颓得拿不成个了。他对谷英卷走了钱财还不十分心疼：房产加上还能收回的账，也抵得八九不离十了，差不多可以算是把肉铺二一添作五平分了……何况自己还把银子存走了一大笔。可翠兰已经叫自己哄得团团转了，咋撇得下自己呢？他问张二晃悠："翠兰留下啥话没有？"张二晃悠忙不迭说："二掌柜的去雇车，她倒是抓机会求我捎句话，给大掌柜的。她说：'我求大哥千万千万别去找我们。'"谷璧叹了口气：她是被逼无奈才跟鲇鱼嘴走的，还担心我找上去跟鲇鱼嘴拼命——她心里还装着我……

谷璧一认定翠兰是被谷英逼走的，就拉圆了弓、铆足了劲，要打听出翠兰的下落，想把这个胆小、脆嫩的兄弟媳妇儿，从谷英的手里夺回来。

谷璧顾不得重整旗鼓，停下了肉铺的生意。他先派王二吹奔河西窝堡去后旗，从东到西查寻谷英的蛛丝马迹。他自己从谷英雇的小车老板子嘴里，抠出了一些线索："二掌柜的到哈拉沁屯后，就换了一辆大把姓刘的车，又向北奔下去了。"他便到哈拉沁屯踅摸到了那个姓刘的老板子。刘把却说："那个雇我的鲇鱼嘴，说他们两口子奔丧回家，得赶黑路，答应一宿给我两天的车钱。可我赶车进了蒙古旗地界，只走出了二十多里，才交子时，那个鲇鱼嘴却说'到家了'，开付了车钱，把我打发回来了。"谷璧没问出那个地点，只好雇刘把的车，去了那个地方打听；结果却断了线。谷璧问遍那个小村子的人，都说那夜没有两口子借宿、雇车；十里八村内也从来没住过鲇鱼嘴这样的人。谷璧贼心不死，撅起兔子尾巴，往前蹦跶遍了一个二十多里的扇子面。结果还是没寻到谷英和翠兰的半点踪迹。

谷璧垂头丧气地往回走。他一回到肉铺，先回来的王二吹就汇报："都说人过留名，雁过留声，可我这个窝囊废，却连名带声都没打听出来。"

谷璧拃挲起手没咒念了，只好张罗重开张，又叫来了两个偷牛盗驴的到肉铺做帮手。

谷璧望风扑影白忙了一场。他虽然相信翠兰心里有自己，却不得不承认鲇鱼嘴占了上风头。他心里能服气吗？

谷璧更没想到祸不单行。他还没想好把肉铺改个啥名，典史阚山突然大驾光临，问："二掌柜的咋没在家？"谷璧早已料到会有人问起谷英，便以"他屋里的嫌这疙瘩风沙大，领她回娘家那边去了"做答复。阚山"哼"了一声，又拉长声说："若这么说，他可就不该背着你走，还把肉铺的银两席卷一空了。"谷璧却大方地表白："他是我叔伯兄弟，有点爱小，我不怪他。"阚山却摇摇头说："你不怪他，他可要连累你喽！"说完，他也不等谷璧回话，转过身走了。谷璧暗暗吃惊：难道那桩案子犯了夹子了……

昌图府八面城外那三死一伤的财主家，人缘很差，平时几乎没人登门。那个年轻女人，胆比兔子大不了多少，一动不动地蒙在被里装死。天大亮以后，她才战战兢兢地爬起来，蹬上裤子，掖着大襟，一挪一蹭地到东屋探看。她一看到三具血葫芦似的尸首，一个屁股蹲儿坐到地上昏了过去。等她苏醒过来，爬到门外喊了好一阵子"救命"，才有人走进院；而她一见有人来了，便又昏了过去……邻居去报告村长、村长去报告社长、社长差人骑快马去府衙报案。公差来到时太阳已经偏西了。那年轻女人虽然由邻居给包扎上了伤口，却始终半死半活，没问出半句话来。公差看她还是个孕妇，便叫社长找人送她回娘家了。

知府衙门的人对这个案子看法不一致：有人认为浮财似乎没动，可能是"仇杀"；有人从只丢失一匹马进行推论，说作案的可能"是独脚大盗，只抢金银，不取铜钱衣物"……霍知府可真是一把"好手"：见苦主一直没叮追，更没送银子，上报又有过无功，便传令"密查暗访，不宜声张"——实际上是把案子挂了起来……

如果说典史阚山，相当于后来的县里的警察局长，府衙刑曹的人就相当地市警察局的警官，当然常有来往，自然听到过些这桩案情。那么，连府衙都不查不访地把它湮了，他今天咋对谷璧提起了这个案子？

谷璧不得不琢磨阚山这头老夜猫子，为啥进宅了：他若有真凭实据，恐怕早就派捕快抓人了；他孤身一人来念歌子给我听，多半是敲山震虎，逼我上供消灾……从到建安来，已经没少向他进贡了；但这个无底洞，还是得往里填：在他屋檐下，不得不低头。

第二天，谷璧拿"要过八月节了"做借口，给阚山送去一笔银子。换回来的却是两句不冷不热、模棱两可的敷衍嗑："我是相信谷掌柜的，等找到谷英就水落石出了。"谷璧硬着头皮说"那是，那是"，心里却骂了句"真他妈的是属蚂蟥的——叮上了就不撒口"。

谷璧低头走在街上，盘算着化解灾祸的新套路。身后传来了嘚嘚的马蹄声，和嘎嘎的车轮声，过往行人慌忙向两旁躲。他回头一看，是一辆洋式四个车轮子的马车，后座上仰面朝天地坐着个洋人：白头发、灰眼睛、黑"袈裟"。谷璧站住了，四轮马车也停下了。谷璧想起来了：这个洋人叫白劳德。

白劳德原来是北欧的一名海盗，后来在加拿大皈依天主教。他向上帝忏悔了侮辱妇女、杀人越货的罪过，披上了修士的黑袍子。他还真没再犯这两宗毛病，却改不掉长期在海上漂泊养成的斗殴等恶习。这便招来了一个个道貌岸然的绅士的指责。修道院院长迫于众议，打发他来到了中国四平教区。

谷璧在四平时便见过白劳德这个洋混混，但没来得及深交。现在意外地碰到了，使谷璧想起了一句流行嗑："老百姓怕官，官怕洋人。"他合计起来：往阚山那个黑咕隆咚的无底洞，没完没了地塞银子，不如去抱洋人毛茸茸的大粗腿，腆起肚子当"教民"——我若把教堂的那个大尖顶当伞打，恐怕阚山就不敢跟我摆典史的臭架子了！

白劳德怎么也来到了建安呢？这跟四平教区主教有关，里面有些洋情形：这位主教大人很喜欢白劳德的剽悍，对建安教堂的神父高其铎，看不顺眼。高其铎是个虔诚的天主教信徒，还很喜爱中国的文化，自称是汉学家。在传教上，他成绩不佳，发展教徒太少。因此，教区主教把白劳德派来，让他帮助高其铎传教。

车上的洋混混初来乍到，正盼望有个如意的朋友做自己的帮手，跳下了车；车下的土混混，下了决心打洋伞，奔了过去。两个混混没唠上几句，便把巴掌拍到了一起——异国的流氓无赖，成了他乡的狐朋狗友。

接下来，谷璧几乎天天抽空去拜访白劳德，诉说自己的烦恼：自己被人栽赃，官府不分青红皂白……白劳德便叫喊"在主的面前，人人都是有罪的"，还担保"你若成了主的羔羊，那些脑袋后边长了两条尾巴的怪物，便不敢找你麻烦了。"

谷璧听明白了白劳德的话：入了洋教，便是"教民"；那些脑袋后边拖着辫子、帽子后边插着翎子的官老爷，对教民是不敢吹胡子、瞪眼睛的。不久，谷璧便接受洗礼，成了天主教教徒。接着，他一不做、二不休，把和自己有来往的十来个偷鸡摸狗的弟兄都拉进去了。

白劳德对他十分满意，不仅白天要他帮自己传教，还常在晚上留他在教堂住。白劳德虽然不是神父，但有教区主教撑腰，在建安教堂说一不二。有些神职人员不满白劳德的行为，但神父高其铎听之任之，大家也只好视而不见。谷璧入教后，上有白劳德护庇，下有带进来的一帮喽啰，很快就在教民中成了梗梗。

高其铎对教民的发式服装还算讲"自由"，没提出改变要求。谷璧却十分积极，剪掉了辫子，把齐肩的头发披在脑后，还跟白劳德要了一件洋袈裟，当老虎皮穿在身上，在县城里耀武扬威。后来，他觉得原来的名字没有洋味，便改名叫"谷劳德"。

建安的老百姓，从识文断字的到一个大字也不识的，都看他不顺眼。不但没有一个叫他洋名字的，还认为他背叛了老祖宗，不配再叫"谷璧"这个由爹妈给起的名了，背后都叫他"老假婆"。

对谷璧的这个尊号，人们的解释却不完全相同：有人说这是因为他的头发不像男人像女人；有人说这是因为他恬不知耻，做了白劳德的尿罐子。持后一种看法的人，还有根有据地解释："他为什么自称'谷劳德'？在洋文里就是'白谷氏'的意思。"这种看法很快就被大家接受了，成了公论。因而，"老假婆"便成了建安老百姓对谷璧的封号。

三

人，往往都活在梦里。不同的人可能把梦做在了同一个人身上。谷璧、谷英这叔伯哥儿俩，就把一生快活的梦，做到了同一个女人的身上。

谷璧还没听到人们把自己叫"老假婆"。他对翠兰还在做一厢情愿的美梦。

谷英呢？他那天被翠兰的厉声反问，从噩梦中惊醒过来了：我抢了别人的未婚妻，才遭到报应，戴上了绿帽子。他虽然没后悔，却心里有愧了，不敢再对翠兰歪鼻子、瞪眼睛，想要跟她好好地过今后的日子，也几乎不太想跟谷璧报仇了，希望能同回心转意的翠兰，一起编织出个如意的梦。

他们谁能如愿呢？

谷英那天领着翠兰离开建安县城后，担心谷璧会撵上来拼命，便决心日夜兼程奔西北，往蒙古旗地界猛劲跑；为了使谷璧随屁股撵上来也摸不准路、瞄不到影，还在哈拉沁屯换了车。又跑出半夜后，遇上了一辆空车。谷英给了刘把三天的车钱，求他帮自己的忙，"有人问我的去向，别告诉他实情"。后来他又换了两次车，在第四天头上，才在库伦旗一个蒙汉杂居的小村子，租房子落下脚。

翠兰一路上不言不语，不哭不笑；冷了挺着，饿了挨着；你说走我跟着，你说住我停下。等安顿下来了，她见谷英对自己反倒比过去关心体贴了，便也在顺心时给他个笑脸。

谷英见翠兰笑模样又多了些，以为她已经回心转意，打算和自己过一辈子了，便跟她商量："咱们是不是再走远些？找个更合适的地方扎下根，过长远的太平日子？"

翠兰本来不是个水性杨花的女人。她心里一直装着的是她的宏哥——她的初恋，也是未婚夫。她被谷英生米做成熟饭，再也圆不上当初的美梦了，心里对他憋了一肚子怨气。谷璧是第二个强暴了她的男人。她先是为了活命没敢拼命，后来却被他的虚情假意笼络成了相好的。在跟谷英离开建安县城后，翠兰一回忆起宏哥，也会想到谷璧。她对宏哥的思念里，除了失去幸福的遗憾，还有自己的愧疚。而想到谷璧时，既有他给带来的报复心理和性欲本能的满足，也有被扣住喉咙时的恐惧和担心私情暴露的忐忑不安。对谷英，她觉得虽然算不上扯平了，可也吐出了一口闷气；还觉得他心里真有自己，如果离开他自己也不好继续维持生活，便打算听天由命，跟他糊里糊涂地混日子了。因此，谷英一商量再挪挪窝，她也点了头。

意想不到的事情发生了：翠兰不断地呕吐起来。谷英猜她是有身孕了。他听人说过：怀孕的女人有反应，大体上在坐胎后两三个月内，可也有特殊的，五六个月了还闹腾。他拿不准翠兰是不是在离开建安后怀的胎，便一次又一次地追问翠兰："是谁的骨血？"开始时，翠兰还有些觉得这跟自己"脚不正"有关，理不直便气不壮，低着头小声回答："你隔三岔五就把炕头空给了那个人，我咋知道是谁造下的孽。"后来，她叫谷英追问得心烦了，便敞开怀没好声地喊："反正我也活腻歪了，你把他剜出来自己看！"谷英没咒念了，又觉得有一半的希望是自己的血脉，决定等到孩子出生了再掂量。

翠兰发完了叽歪，见谷英不出声了，她也不再出声。她听谷璧说过"他是个清水罐子"，心中有点可怜这个"冤大头"了，也料到他将来十有八九得离开自己的。

四

再说谷璧。

建安天主教堂的正主是神甫高其铎。这个加拿大人是个虔诚的天主教徒，为人挺正派。他看不惯白劳德的举动，却又不愿得罪了教区主教。他借口听说新疆、甘肃一带发现了空前的文物宝藏，便给主教留封信，借口去考察找清静了。老虎离开树林子，猴子便称真大王。白劳德在建安天主教堂一手遮天了；用中国老百姓的话说，他成了灶王爷的横批——一家之主。他见谷璧对教堂忠贞不贰，对自己俯首帖耳，便论功行赏，决定出一笔款帮他盖所阔气的房子。

谷璧杀人抢银子，跑到建安来杀牛卖肉，就是想发财，风风光光地过称心如意的日子。他对白劳德的恩典，乐得屁颠屁颠的。他相中了肉铺斜对过的房场——那里原有两间老模哈眵眼的土平房，是刘半仙的家，也是他的卦馆。谷璧觉得刘半仙又瘦又矮，有些像武大郎，背后却没有武二郎仗腰眼子，是个捏起来不会硌手的面瓜头；便摇头晃脑地进了屋，扔下十块银饼子，让他八月底前把房子扒走，还威胁说："到时不拆，教会代劳！"

刘半仙把这两间临街的房子，看成保障一家老小穿衣吃饭的风水宝地，换个地方一定要影响卦馆的生意，那可就难养家糊口了。而且把房子扳倒扶起，可不像闲磕打牙那么轻松：得再置块房基地，得倒换些木料，得求人雇人熬心费神……十块银饼子，也肯定不够用的。刘半仙追到吉利肉铺，当着王二吹等人的面，把十块银饼子退还给谷璧，赔着笑脸说："敝居是先人留下的老屋，不能出让的；而且四至狭窄，盖不下大房子的。谷大掌柜的宽厚充裕，另选一处吉地吧。"

谷璧望着刘半仙离去的背影，"忒"地把一口痰吐到地上，冷森森地对几个手下人发誓说："我这根棍，已经不是大拇指那么粗的柳条子，是胳膊粗的柞木棒子了，还上了三道洋铁箍，没人撅得了的！你们睁开眼睛瞧着：我若是不在斜对门盖起大瓦房，大头朝下离开建安这疙瘩！"

王二吹有些替刘半仙担心了……他撺弄姨夫陶青告状时，先后找过三个人商量写状子。前两个人一听说告的是阚典史家，都把脑袋瓜子摇圆了，让他"另请高明"。刘半仙听了根由却给写了，还说："我若是劝老弟听天由命忍了，就有点帮他仗势欺人；可我也不能不进几句良言：当官的在衙门里钩心斗角，这不假；可在老百姓面前，还是要官官相护的。你若是愿意忍下这口气，扭头走开，不用给我润笔钱。"王二吹虽然没听劝，心里却挺感激他。后来陶青的官司没打赢，可也真没被摅咕出胰子来；王二吹却猫叼猪尿脬——落了一场空欢喜，蔫巴了好一大阵子。他继续住在画匠铺，每隔几天都能碰上刘半仙，两人一个"大叔"长、一个"老弟"短——王二吹记着好处尊老，刘半仙为挣钱习惯敬幼——地唠上几句。这回是在肉铺，王二吹没搭嘴，却为刘半仙在打怵了，猜想他十有八九要吃亏。王二吹为人做事有个大框：有仇要记住，等机会报仇；有恩也不忘，报答不上，也不帮人欺侮他。因此，他为了顾全自个，没敢戗谷璧这个东家的碴儿，也没去提醒刘半仙防备。

五

谷璧只好亲自带人去老刘家，把刘半仙一家人连推带搡撵出屋，把锅缸箱柜扬了半街，接着便动手扒房子。

刘半仙被谷璧手下人扯住了两只胳膊，无奈地跳着脚连喊带叫，骂谷璧"光天化日下欺压人"。他老伴搂着两个孩子，呜呜哇哇地哭成了一团……左邻右舍、路上行人远远地围着看，心中气愤，却没人敢上前。

周凤鸣路过看到了，向刘半仙打听了几句，心中十分恼火，大步流星地走到谷璧身前，质问他："为啥强拆民房？"谷璧大大咧咧地说："我买下了房场，姓刘的到期不搬走。我当初告诉过他'到期不扒，教会代劳'的。我看在邻里邻居的情面上，不叫他给教友开工钱，就得说挺赏他脸了。"

周凤鸣知道他在仰仗教会势力欺侮人，自己无权带手下人硬拦，说破嘴皮子也跟他弄不出甜酸来，只好求几个人帮老刘家归拢一下东西，追刘半仙去县衙喊冤。

这天，屠景操没下乡去督促清查田亩的进展。前几天邹乃杰从奉天回来报告："皇上的维新有些不妙了！京城传来消息，说老佛爷对皇上越来越不满，不断地把心腹大臣召到颐和园，密商要重新垂帘训政。"这个密报，使他心神不宁：算不准将来的形势是皇上的"维新"，还是太后的"训政"；也猜不准"维新"与"训政"，哪种结果对自己更有利。他正一头雾水地坐在后堂，却听到堂鼓响，接着就有人报告："刘半仙告谷璧强拆民房……"

有人告状，就会有人送银子。屠景操精神起来，叫人把阚山找到后堂询问："这个谷璧，是不是跟你提到过的八面城那桩命案的嫌疑人有关系？"

阚山回答"虽有怀疑，但无实据"。

屠景操是希望搞出政绩的：我若是能把府里发生的命案给破了，那可是大功一件！他认为谷璧强扒民房，犯了"目无法纪、鱼肉乡里"的罪，可以抓住这条小尾巴，逮住后一并追究。

阚山冷冷地说："大人不怕扎手，便令周捕头去抓吧。"

屠景操听他语气诡谲，有些馊味，是在讥讽自己，不得不客气地"请峻岩兄指点迷津"。

阚山这才说道："大人，认不得真的——他现在成了教民；而且可以说他在建安是教堂的招牌和替身。"

五十多年来，大清国大大小小的官员，最头疼的就是涉及教会的案子；即使案子并没有涉及教堂，只不过人犯被捕后谎报是教民，也大都能推就推、能拖就拖。也曾有过几个忠勇刚毅的汉子秉公断案、惩治奸邪，但不是教堂出面抗议，就是总理衙门接到洋人使馆的照会。结果十有八九是原判推翻，相关官员摘去了顶戴花翎。年深日久，大清国一百个官吏中，也很难再找出一两个硬汉子，敢摸教会这头洋老虎屁股的了。因此，屠景操听了阚山的话，刀削脸先红后白，既自愧有眼不识泰山，又怕泰山落下石头砸到脑瓜顶上，不得不拱手恳求阚山："峻岩兄……请劳心费神了……"

阚山不仅勇于任事，而且办起来还有些举重若轻。他把公堂当成客厅，请谷璧来品茶。他见谷璧穿着黑色长袍子进了大堂，赶紧站起来抱拳说"欢迎谷老弟大驾光临"。谷璧既不打千，也不作揖，走到阚山身前伸出右手；阚山见他要行洋礼，赶紧也伸出右手握住，摇了几摇，才分宾主坐下。衙役献上香茶，阚山便捧起了洋人臭脚："听说高神父学识渊博，对华夏文化颇有研究。"谷璧便人模狗样、摇头晃脑地说："那当然，若不然咋能当神父呢。但若论名头，他却比白劳德先生要矮上一大截子。虽说白先生出生在沤篓耙的小地方，后来却在大海上立起了瓦岗寨，发了大财，家里富得成了大拿。而且白先生还是文武全才……"阚山不知道世界上有个欧罗巴洲，也不知道还有个加拿大国，被谷璧的一知半解、胡说八道弄得云山雾罩，却又不懂装懂，点点头，奉承了一句"言之有理"，然后又打听了一句"白先生是研究哪门学问的"。谷璧眨巴眨巴眼睛，想起中国的大学问是四书五经，便猴子似的顺杆往上爬，吹大牛说："白先生读的经，当然比中国的经、和尚的经，都要高千尺、深万丈，所从才叫'圣经'！这还只是箭杆敲过梁——小打粗（初），他最大的学问是摆弄火枪火炮。他轻轻一拍冲天炮，像这县衙门，虽说墙是砖的、盖是瓦的，也得轰隆一声炸得七零八落……"阚山听说过洋枪洋炮的厉害，对谷璧的话相信了八成，对教会的怕增到了十分……

六

阚山见告状的刘半仙走进大堂，便不再向谷璧往下请教。

刘半仙见被告"老假婆"，扬扬得意地坐在公案西侧，嘴巴子上还挂着哈喇子，分明是和阚典史唠得挺投机，心可就凉了半截：他成了座上宾，我这个原告若往上一跪，可就成了阶下囚……他想了一下，就跪在了阚山一边。

阚山拔直腰板，冷森森地开问："我听说你已经把房场卖给了谷先生，如何出尔反尔变了卦，还到县衙喊冤？"

刘半仙一听他把"老假婆"尊为"先生"，斥责自己"出尔反尔"，身子可就从脑瓜顶凉到脚后跟了。他平时给别人相面算卦口若悬河、随机应变，可现在却变得拙嘴笨腮了。面对阚老爷的蓄意偏袒，他想起了"人强强不过命，理强强不过官"这句老话，觉得凭事实辩白恐怕也不抵用了……

谷璧坐在公案边从从容容，见刘半仙嘎巴一下嘴却没说出话来，便得意地对阚山说："阚大人，他心慌理亏，递不上报单了。我那日付了他十个银饼子的……"

刘半仙着急了，赶紧争辩："阚大人，他那日不容分说，扔下十块银饼子就走，小人撵到肉铺当众把钱还给了他，我并没把房场卖给他！"

"那十块银饼子，确实又回到了我手里。"谷璧一脸厚道相，还从怀里掏出十一块银饼子放到公案上，然后摇头晃脑地接着说："上帝要求我们博爱诚实，我不会赖掉你那几个钱。不过……你当时是说手里不缺钱花，求我先替你生利。我现在连本带利全带来了。"

阚山觉得谷璧很给自己面子，便叱责刘半仙："《周易》是叫你白读了！自己朝三暮四，还怎么替人卜断吉凶呢？你今后若敢再给县衙找麻烦，我一定派人砸了你的卦馆！"

谷璧觉得用不着再坐下去了，装模作样地在肚脐眼上画了个十字，起身告辞了。

阚山送客回来，好像把大胖脸上的横肉、大嘴丫子里的横话，也全送走了。他耐心地开导起刘半仙："你是个参透了玄机的人，咋忘了'敬鬼神而远之'这句古训？你咋不想一想，咱们大清国连香港都割给了洋人，咱们能斗过洋人的教堂吗？我在你没来前，费了好大一番唇舌，才替你抠出了这十一块银饼子……你心满意足地拿回去吧。"

刘半仙能"心满意足"吗？他可也没地方喊冤叫屈了。倒是周凤鸣为人慷慨，帮他用旧房木在自己家边搭了两间小窝棚，使他总算有地方躲风避雨了。卦馆是没法开了，刘半仙不得不举起招子，走村串户去卖嘴了。

谷璧把盖大瓦房的活包了出去。他听白劳德说"家拿大"的女王叫"为多利呀"，是"应吉利"人。为了表示对女王的尊敬，更为了肉铺能多多地拿大家的钱，他把肉铺改名为"吉利肉铺"，让王二吹帮自己经营，使自己有更多的时间帮白劳德为教会办事。

中国古代文人有种雅癖，好以"四"括物统事，比如把良辰、佳景、赏心、乐事合称"四美"，将齐孟尝、赵平原、楚春申、魏信陵尊称"四大公子"，赞誉梅、兰、竹、菊为"四君子"……老百姓不愿落在骚人墨客的后边，便也照葫芦画瓢，创作出了"回笼觉、二房妻、卤煮鸭子、红焖鸡"为"四大香"之类的俚语。建安人也发扬了这种传统，前文提到过的"四大香饽饽""四大懂"就是例子。不过"四大香饽饽"是乡下劳金编出的顺口溜，流传不广，影响不大。"四大损"是县城人推敲出的作品，还适应了人们对洋人走狗的憎恶，不仅很快就成了县城里的时髦话，后来还传遍了全县。但这四句嗑和上述的俗言俚语有所不同：所列举的四种行为德行，是针对同一个人的——这个人就是谷璧。

第十九章　船在水面儿漂，腿随心眼儿走

一

谷璧发现自己一交了洋运，便活得一天比一天洋棒：自己在街上一露面，当初那些对自己腆肚子、翻白眼根子的店主铺东，一个个都点头哈腰，嘻嘻地把笑脸捧过来了。阚山请自己一同审问刘半仙时，一口一句"谷先生"，那恭敬劲就像在伺候县太爷，更使他觉得上帝好像下了圣旨，把他加封成"太上教民、并肩县太爷"了！但他也有时窝心：忙活到身边的女人，却不能再在身边陪他乐和了。

他怀疑鲇鱼嘴一定是"用大把偷去的银子，拴住了那个小浪娘儿们的心"。这种想法，又使他觉得：老子已经借到了上帝的光，成了有钱有势的"洋二爷"，再找个更俊更嫩、也就更遂心的黄花闺女，也会容易得就像从井里拎回来一桶水、像从野外剜回一筐菜。

然而谷璧"四大损"的名声，已经顶风臭出了八十里，哪个爹妈还肯把闺女往"损"坑里聘？

谷璧本来就是个混混。这种人在为人做事上，从来都是为了得把不讲手段、充不了阔爷台便做灰孙子的。县城里恨他烦他的人，便咒他得了梅毒大疮——那个曾被他恶毒骂过的"蒲棒绒"，便开心地张扬扩散。那些被逼无奈卖笑的"蒲棒绒"，虽然不怕钱咬手，却不能不怕一椰头把锅砸了，没法再咕嘟一碗活命的粥，便都一搭到他的影就跳窗户，像躲"黑死病"（鼠疫）似的远远地藏起来了……

谷璧见连"蒲棒绒"都远远地躲开自己了，不得不暗叹自己已经"损

气冲天"了。他却以损为荣，要一损到底。他觉得自己像驾着一只包了洋铁皮的小船，瓦亮瓦亮地漂在刚发起洪水的河面上；随着水势的上涨，捡洋落儿的机会越来越多：那些漂来的箱柜可以捞到手，那些快淹死的人举着的小匣小包可以抢到手，若漂来女人更可以拽上船……可他大失所望：眼看十冬腊月了，哪有那种如愿的机会。

叫欲火烧焦膛的"四大损"，骨碌起那对损眼珠子，发现了一条损路，打起张二晃悠老婆的主意。

张二晃悠到肉铺打更后，一直勤勤恳恳、本本分分，瞎子一样不骨碌眼珠子，哑巴一样不说三道四。他一个月里只有两天假，回家的时候少。他老婆开始时常领女儿到县城来看他。后来她有了打发闲空的道，可小菊却常拉她来看爹。过去谷璧没留意这娘儿俩，现在却像苍蝇见到血似的，叮上了。

谷璧见张二晃悠的老婆待人愣头愣脑、说话没深没浅，便认定她是个容易对付的二百五。一细打量，又觉得只比自己大了三四岁，脸盘还算白净，褶子也不多，还顺得过眼。他觉得她好像一瓢温暾水，不清香可也不呛鼻子，口干舌燥时满可以咕嘟两口应应急、解解渴。这个损种一肚子损下水，损眼睛一叮到了跟在她身边的女儿小菊，便觉得更抢眼：虽然没翠兰那么香人，却比翠兰少说也嫩了七八岁，还是个黄花闺女……谷璧的心像三伏天的泔水缸，冒起了酸臭酸臭的泡，一个接一个地往外咕嘟：若先把老的掐到了手，把她的骨头捏鼓软了，就不愁没机会对小的下把……于是，谷璧开始施展起"连老带少一起啃"的绝户计。

谷璧天天晚上招呼张二晃悠喝酒，喝完酒再让他陪自己到瓦房去抽几口大烟。张二晃悠很快就上了瘾。于是，谷璧不再白请他。他先是不得不买，后来不得不赊。又过了一段时间，谷璧便端着账本讨债了。张二晃悠哪里还得起？谷璧的狐朋狗友，便按令连劝带逼，使张二晃悠不得不在"典妻二年"的文书上，按了手指头印……

二

所谓典妻，在那个年月是一种短期的"租赁婚姻"形式：穷丈夫为了还债或借到一笔钱，让自己的老婆在一定的期限内，去做别人的老婆。到期后，原来的丈夫可以再接回去继续做夫妻、过日子。在讲好的期限内，这个女人若生下孩子，归临时丈夫；若只怀了孕，归还原主后才生下，也归亲生父亲，但得付出一笔"房租饭费"才能抱回去养大。有些没子女的财主，又不愿娶或娶不起小老婆，便用这种办法"租牛生犊"。谷璧虽然没有子女，却是另有花花肠子。

张二晃悠的老婆也知道谷璧是"四大损"，对得给他做二年老婆，心里并不乐意，但丈夫已经跟人家写了文书，也只好进了谷璧大瓦房的门。她原以为自己又得像在王府里一样了：从早到晚干没完没了的脏活累活，却只能得到一口馊了的饭、一块臭了的肉，还得任凭管事老爷开心取乐……她做梦也没想到：谷璧差不多把她当成了心肝宝贝，给买了好几套新衣服，让她陪着吃香的、喝辣的；除了给谷璧烧火做饭、洗洗涮涮，再没有别的活计。这个离四十还有好几岁的女人，很快就觉得谷璧比又老又穷又瘸、还一个月只回家住不两宿的张二晃悠强；强得一个像天上的龙，一个像地下的虫。她觉得谷璧也比那个虽然也身强力壮、却老是横眉竖眼的"黑虎脸"，更让人喜欢多了。

这是个没心没肺的女人。她几乎每天都到斜对门的吉利肉铺取生肉熟食。王二吹等人知道她二百五，便拿她开心取乐。有一回王二吹一本正经地对她悄悄说："谷大嫂子，二晃悠哥想你想得吃不下饭、睡不着觉，都快瘦成棺材核了。我们给你打眼，去跟二晃悠大哥热火热火，救他一命吧！"

谁也想不到她竟认真地说："那个邋邋遢遢的瘸鬼，把我租给谷大掌柜的了。这二年里，他不是我当家的；他就是钻进棺材了，我都不想看他一眼。"

吉利肉铺的其他人，也差不多天天都拿张二晃悠消愁解闷。有的逗弄他："你真会享清福——自己躺在炕上端烟枪，当神仙，让谷掌柜的替你去侍弄王爷府的那片二荒地。"有的冤损他："你真是有福不用忙——谷老板才这么几天，就把你那又黄又瘦的老婆，养得白白胖胖的了。二年后，准还你个花枝招展的大美人！"

大烟鬼是没有脸皮的；或者说他们的脸皮，比牛皮乌拉的底还厚得多。张二晃悠听了这些话，脸不红不白，好像他们在讲说一个自己不认不识、与自己毫不相关的局外人。

一天，小菊来看她妈。谷璧眨巴眨巴贼眼睛，掏出些钱，对租来的老婆说："你现在是我屋里的。你的闺女，就是我的闺女。让闺女歇歇小嫩腿，你去街上给她买两块花布——谁家的小闺女儿，不打扮得一朵花似的。"那个二百五女人接过钱，高兴地颠着屁股上街去了。她一走，谷璧就对小菊下了把……

小菊也看见过谷璧杀大牛，知道他心狠手辣。她一被谷璧抓到手，就没敢挣扎……等谷璧一抬开驴蹄子，她就含着眼泪疙瘩躲到外屋地去了。

谷璧觉得借光闺女这盘小菜，抓到手、吃进嘴都很轻松；跟套弄兄弟媳妇儿比，省事得多，也快当得多了。他认为小菊也一定跟翠兰一样，一吃下哑巴亏，以后也就一定老老实实听摆弄了。

谷璧这回扒拉错了算盘珠。小菊因为年龄小，又是在和蒙古旗交界地方长大的，对名节、清白那一套，都比一般民人女子看得轻。她还认为妈一住进了这座青砖房，不仅把爹完全忘到脖子后了，对自己也疏远了不少，不像过去那么牵肠挂肚了……她悄悄离开谷家后，便去了吉利肉铺，对她爹说："姓谷的是'黑虎脸'，这回只有'追风沙'和许彪大哥救我。"

张二晃悠脸皮虽然厚，心还没凉成冰块子。他是很爱女儿的，立时傻了眼：我把老婆送进了狼洞子，拐带女儿也被狼掏了……他感到对不起女儿，可也没胆量去找谷璧拼命。女儿见他干瞪着眼睛一声不吭，无奈地回了顺山屯。张二晃悠见女儿失望地走了，他想来想去还是没啥好走的路，活着也白着急、干瞪眼，半夜里在西下屋吊死了。

小菊一回到顺山屯，并没回空荡荡的家，而是走进了许彪家……

许彪的祖上是山东人，他爷爷跑关东到了柳条边外，在西丰县跟昌图府交界的山沟里落下了脚。他爹许友山是个放山挖参的把式；在快三十岁的时候，才娶了一个年轻的寡妇。得了许彪的那年，许友山挖到一笺老山参。他知道要到营口药市上出手，能卖上不止百两的雪花银，可他也知道：掌管市场的老爷，和垄断药行的把头，勾结在一起吃人不吐骨头，自己有七八成会被他们那张黑网扣住，接着大辽河里就又多了个装在麻袋中的屈死鬼。他下了决心：为了老婆孩儿，不能冒这个险！他狠下心，假装是个放山的生荒子，瞪眼瞎似的不识货，把那棵老山参卖给了一个钻山沟子的药材贩子，得了三十两银子。他想让儿子不再爬大山、钻老林，把家搬到了昌图府的昌图镇——但他每年还去放一次山。一家三口过着不挨饿、不受冻的日子；许彪进了私塾后，老先生常夸他将来一定有出息。

许彪九岁那年，他爹赶山又遇上了好时气，挖到了一支"宝参"。正是这支值钱的宝贝，使许友山倒了血霉——他冒险入柳条边，想去盛京卖个大价钱，可是宝参被把守威远堡边门的官军翻了去。他被扣上了"盗挖禁地贡参"的罪名，关了起来。本来在柳条边外挖参并不犯禁，可太值钱就引出了祸：看守他的一个旗丁假意放他"快快逃命"；一伙旗丁抓住这个"逃犯"后，说他"凶悍拒捕"，立刻砍下了他脑袋……

许友山的一个同伴，听说官军还要去"家中抄检"，急急慌慌赶去报信。许友山的老婆，只好带着孩子往偏僻的远处逃跑，在建安和蒙古旗交界的一个叫"岗岗"的小村子窝下身子。

这娘儿俩虽然节俭，可也坐吃山空。许彪十二岁就给一家财主放羊，十五岁开始做半拉子劳金；十七岁时就和张冲，从草原上偷出两匹散马，背着他妈做起没本的买卖——后来被"铁头狼"收进绺子；又过了一年多，许彪开始成了"追风沙"的手下。

"追风沙"一开始就对许彪另眼相看：一来是因为他还没到二十岁，怕自己一时照顾不周，使许家断了后，让他寡妇妈没了依靠；二来由于他是最早跟自己闯荡江湖的那四个弟兄之一，还是绺子里唯一在小时候进过好几年学的弟兄。后来，他发现许彪虽然年轻，却有股子侠义气概，看事能从大处着眼，有了将来叫他做二当家的打算。为了让他历练，"追风沙"打发他到县城卧底——同时做自己跟周凤鸣中间的联络人。

许彪领妈妈到县城边子顺山屯租房住下。他琢磨：想在县城卧好底，得先弄熟县城的路，还应当快些摸准出名人物的住处、为人。他天天拎着一把铁锹、一把劈斧，去县城公家门口找零活做。他给县衙后院清理过顺水沟，给天主教堂起过茅房，给清华观和秀水书院的厨房劈过烧火用的木头。他还到大大小小的店铺去问"有啥零活"，给吉利肉铺往西墙外扔过牲口粪，给窦家店修过塌了的炕……他干活不打马虎眼，讲工钱不故意抬价，还从来不顺手牵羊拿走东家的小玩意儿。他很快就成了都爱用的"小力巴"。

许彪妈在顺山屯住下后，张小菊一知道她是许彪的妈，就常来串门，还主动提起"许彪哥救过我"的事。许彪妈从她小嘴上时常挂着"许彪哥"，便听出了她对许彪有些偏近乎。许彪妈也挺喜欢小菊的心直口快、手脚勤谨，小脸也挺受端详。拐弯抹角打听出了她只有十五岁，暗下有些失望：他爹妈是不会把十五岁的小闺女，聘给一个大了五六岁的外地人的。

一见许彪妈的面，小菊像可下子见到了亲近人，扑到许彪妈怀里哭诉起来……许彪妈听说她被"四大损"糟蹋了，拍着大腿，骂了一阵"这个损兽，咋还没嘎嘣一声瘟死了"，又劝了一阵小菊，说"等你彪哥回来，看他有啥道眼报这个仇"。

许彪回来听了后，在屋子里转起了圈……转着转着，他突然停下脚对小菊说："你若能不怕人笑话，就上县衙去告那个牲口！"小菊一点也没打奔儿，大声说："我有啥怕笑话的？也不是我臭不要脸，是那个损兽硬把我牲口了。可是……我连县衙门的大门也没进过，不知道咋告状。"许彪没想到她会这么有咬劲，话也说得在理，便对她说："我明个先带你找人写状子，再求周大叔——他现在是捕头——关照关照；然后陪你去喊冤。"当天晚上，许彪妈送小菊一回到家，好多邻居便来串门，安慰小菊，都表示支持她去告"四大损"。

第二天一大早，肉铺的人来报信："小菊他爹悬梁自尽了。"邻居们这下子更火了。有人说："他是个残疾人，总觉得比别人矮了半截，是个连跟小孩子说话，也不敢高声的老面瓜呀……"有人就抢过话头说："人越老实越受欺负！他这是生生地叫'四大损'讹去了老婆、糟蹋了孩子，才逼得上了吊！县衙若再不治'四大损'的罪，就应当把那个贼卵子窝扒了！"于是邻居们决定：一家出一个人，陪着小菊进县城告状——这是一伙，有十七八个人。

许彪领着这伙人，还没到卯时就从南门进城岔向了东弯街；到箭杆街又往东拐到刘半仙的小马架子窝棚。许彪带领小菊进了屋。刘半仙没等听完，就有生以来第二次动起无明火，大声说："还写啥状子？我房子叫'四大损'硬给扒了，我去告，县衙的阚典史陪着被告一起审我……现在只有大家一起去擂鼓，逼知县出来，让他为民申冤——我跟着一起去：他们若是要状子，我当堂写！"

这时候，周凤鸣刚走出屋。他见门外站了一大帮人，刘半仙又领着许彪、小菊走了过来，便停下步。他听刘半仙说了个大概，也大声说："应当去告，应当抓住那个二鬼子治罪！"他却对许彪说："小力巴，你是外来的人，就别往里掺和了——以免节外生枝。"许彪立刻明白了他的意思：别引起官府对你的注意，会影响了绺子派你来卧底的大事。他赶紧答了句"谢谢大叔教训"。

刘半仙领头奔县衙。他走得慢，还碰到人就嚷嚷："'四大损'霸妻奸女，逼死了张二晃悠……"人们本来就对"四大损"厌恶到了咬牙切齿的地步，便有人跟着去喊冤。从老刘家回到箭杆街，向西拐上东弯街，又朝北到县衙，这差不多经过了全县城。跟来了的人不算看热闹的，光铁心要帮着喊冤的就过了二十人……这是第二伙。

这两伙人合到了一起，到县衙后也不用小菊动手，你争我夺地把衙前的鸣冤鼓，擂得咣、咣、咣……不住点地响。

<h2 style="text-align:center">三</h2>

屠景操听到禀报，知道这又是件涉及教民的案子，但在老百姓中引起了众怒，十分扎手，没敢贸然升堂，便把阚山、周凤鸣都找到后堂。

阚山虽然已经有了主张，但见周凤鸣在场，便板起胖脸不张口。周凤鸣已经怒火中焚，也不管什么规矩礼节了，抢先说："谷璧强奸少女，罪不容贷；而小菊是他典妻之女，又犯了乱伦罪，更应当严惩。张二晃悠因为女儿被奸污愤而自杀，谷璧也难逃罪责。"

屠景操看看阚山，见他缄口不语，自己只好发表看法："谷璧实在难逃其罪……但他身为教民，却要妥善……择策。"

周凤鸣刚听到他头一句话时，还觉得这位正堂大人还像个人样；可紧接着就胆小如鼠，把脑袋瓜子缩回了腔子，分明是不敢得罪"老假婆"这个二鬼子了。他怒不可遏，大声说："咱们大清国的王法，是画匠铺糊出的纸活吗？老百姓已经气得眼珠子通红，不公断是收不了场的！"

这时，前院喊冤的已经耐不住性子了。愤怒的喊声，随着不住点的鼓声，一波高过一波地传了过来。

屠景操感到再不露面，愤怒的百姓很可能会冲到后堂来，不得不下狠心说："周捕头，你先劝谕众人稍待，然后去传谷璧。"

阚山见周凤鸣离开了后堂，才低声说："大人决断得是——不过要尽快遣散众人，要避免讯问时有人在堂上起哄。"

屠景操点点头，走出后堂。来到大堂。屠景操并不升座，还一反常态，向堂上众人拱了拱手，庄重地说："本县十分敬佩各位贤邻义举，一定秉公勘断此案。"接着便命令仵作立即前往肉铺验尸，让女衙役先扶小菊去西院休息——大堂西有侧门通大牢，紧贴侧门有为原告被告等候升堂的休息室。

阚山发现屠景操城府很深，很有招法，也在小菊离开后向众人拱拱手，进一步解释："屠大人宅心仁厚，不忍小菊姑娘当众启齿，诉说那些污名秽节之事。为保全苦主声誉，此案只能密审；敬请各位暂退。"

陪小菊来喊冤的那些人，觉得知县和典史挺有仁义样，已经表态公断，还能为小菊着想，大多数人便散去了。

周凤鸣并没有捉到谷璧——他领着小菊妈跑到教堂去了。教堂是不允许衙门的人搜查抓人的。

谷璧溜到教堂后，向白劳德叙说起事情经过。白劳德对张二晃悠吊死了毫不在意，却刨根问底地让谷璧解释什么叫"典妻"。谷璧说了一大阵，白劳德还是摇头摆手不明白。谷璧一着急，冒出了一句"她是我的租借地"。白劳德哈哈大笑了几声，便领着谷璧去县衙。

阚山听说洋大人御驾亲征来了，便提醒屠景操"只宜礼待"。屠景操便请他一同去迎挡。

屠、阚二人把白劳德迎到客厅，分宾主坐下；阚山坐在离屠景操三尺多的旁边，谷璧却仆人似的站在白劳德身后。

衙丁献上茶后，屠景操先讨好地说明"张二晃悠确系自杀，已传令殓尸掩埋"。

白劳德平静地点了点头，并没出声。

屠景操像受到了鼓励，胆子大了一些，试探地说："至于小菊姑娘……和谷先生之间发生的……那些事件，却难……"

白劳德抬起手"啪"地拍了一下桌子，大声说："不难的！她是'租借地'的女儿，便是租借人的臣民，由租借人统治，外人——包括你们，是无权管的。"

屠景操皱了一阵眉头，才想起小菊的生母由她生父典给谷璧为妻了，成了谷璧的"租借地"。他不由得苦笑着想：难道洋人还有这种洋法？他不敢顶撞洋大人，也没有继续往下说的词了，便把脸转向阚山。

阚山明知这位正堂大人已经黔驴技穷了，是在向自己求助，却故意低声问："大人可是烦他蛮横？"

屠景操低声服软说："我无言以对，峻岩兄火速救场。"

阚山见他说得坦白，便不再拿大。他对谷璧微微一笑，说："白劳德大人的意思，是由谷先生了断那件事。县衙方面是完全同意的。你若能对原告做好了安抚工作，平息了众怒，当然也就息事宁人了。"

谷璧躲进教堂后，耳朵倒也没聋，听说了陪小菊告状的人有好几十，几乎把县衙搅了个底朝天，也有些打怵；现在一听阚山的话，还挺维护自己，便点头表示同意。

屠景操认为阚山这条釜底抽薪之计十分高明，也点了点头。

大清国的两个地方官，很快就同意了洋教徒谷璧的意见：肉铺承担大烟鬼的丧葬费用，给小菊二十块银洋遮羞。屠知县、阚典史送走了白劳德和谷璧。谷璧回到教堂，哄小菊妈做长久夫妻。这个二百五高兴得像当上了王妃，便去县衙劝女儿，不许她再告状了："你爹一死，我到了典期就没了接下茬的了。你若还继续告，把我现在这个主儿惹恼了，一脚把我踹出大门，我可就没法活下去了……"小菊看出了妈愿意跟姓谷的过下去，只好点了头。

阚山派出几个衙丁"护送"小菊娘儿俩去肉铺为张二晃悠入殓——走的却是大牢的正门。蹲在县衙大门外帮小菊喊冤的还有刘半仙等十来个人，听说已经"妥善处理完了，苦主去收尸了"。他们虽然心中都不满意，可也没了法：苦主不告了，别人还咋说不服气的话？硬要去找县太爷掰扯，那还不落个"目无国法"的罪名，挨顿屁股板子！

人散得只剩三四个。刘半仙长叹了一声，低声对那几个人说："这就是响晴的大阴天！官老爷帮教堂大事化小、小事化了喽。张二晃悠父女吃下的亏，比我这个卖嘴的还大。"说完，他就领那几个人无奈地离开了县衙。

小菊随着她妈到了肉铺。她妈见院里停着一口白茬棺材，谷璧消停自在地站在顺街房子西门口，便对女儿说："我现在是谷大掌柜的人，不能去送外姓人。你把他送到老张家坟地后，回来和妈一起过日子吧。"她一住嘴，就转身回道东的砖房子了。

谷璧却凑过来，关心地对小菊说："你没法在顺山屯自己立灶了。听你妈的话，我这个叔，不会亏待你……"

小菊没等他说完，"忒"地把一口痰吐到他脸上，骂道："你是人吗？我饿死了，这辈子也不会再进那个狼洞子！"

谷璧见在场的人，有的在向小菊点头，有的在向自己咧嘴，怕再引起众怒，夹着掖在裤兜子里的尾巴，急慌慌地钻回道东的狼洞子。王二吹还有些义气，招呼在场的人，帮小菊把她爹入殓了。

周凤鸣这时还在县衙。他的眼睛揉不得沙子，找到躲在后堂的屠知县，声明说："……咱们大清国的地盘，盖上教堂就成了洋人的地皮了吗？明明是罪犯，却不能去抓。这样的捕头，我没脸再当了！"

屠景操望着他离去的背影，摇了好一阵的头：我这个县衙正堂大老爷都能当下去；你一个小小的捕头，咋还当不下去呢？

周凤鸣离开县衙，直奔清华观去找师叔赵信。

第二十章　意外的噩梦得快破

一

清华观在县城最南头，西边靠南裤裆街，东边挨着文庙和秀水书院——这两庙一院，都是乾隆年间修建的。清华观是道观，却不供太上老君和元始天尊，重点供奉关老爷……

这位"前将军、汉寿亭侯"，本来是民人百姓的崇拜偶像，他的香火却在清朝空前兴旺起来……

这是率领八旗兵攻占北京的多尔衮，制定的"灭明夺国"秘计中的核心内容。他认为：满族是个人口有限的民族，要占领并统治幅员广阔、民族众多、人口是满族几百倍的整个中国，就必须提倡孝义、利用贰臣。所谓贰臣，就是向清朝投降了的明臣。洪承畴、吴三桂就是他们的代表。而关帝庙的大规模修建，却得归功于康熙皇帝的提倡……

玄烨幼年登基，时常甩开侍卫，一个人在宫内行走玩耍。他有时听到身后有轻盈的脚步声，回头察看却又没见有侍从跟随。他向老师询问原因。老师附耳密奏："陛下乃真龙天子，定有神灵暗中护佑。再遇此等情况，切不可回头，可突然发问：'何方神圣在此护驾？'彼或可失声报出名号。"小皇帝依计而行，又听到有人暗中跟随时，冷丁发问："何人在此护卫朕躬？"果然得到了回答："二弟云长奉军师将令，伴护大哥。"于是，小皇帝传下圣旨，叫各地广建关帝庙，永久奉祀……其实这是满族统治者为了缓和民族矛盾，而造出的舆论、采取的策略。关羽长时期以来，被汉族人视为忠义化身。说康熙是蜀汉先帝刘备转世，说关羽这位被宋朝皇帝封为"义勇武安王"、被明朝皇帝又捧为"三界伏魔大帝神威远镇天尊关圣帝君"的至高无上的神灵，却给大清皇帝护驾，就使清朝的统治成为天经地义，任何人也不应当心存不轨了……

一进庙门，周凤鸣便望到头道大殿上悬着的"义高千古"的大匾；又走几步看到了殿内关老爷红面丹凤眼、五绺长髯垂胸的塑像。他默默地发誓：周某只要一口气在，绝不忘忠义二字！他又绕过供奉娘娘的二道大殿和耳房——这耳房是供奉胡三太爷等牛鬼蛇神牌位的"大仙堂"，走进殿后的小院，到东厢房找到赵信……

赵信就是曾经来投奔周凤鸣，想在建安避难的那三个山东人之一。虽然年纪不比周凤鸣大多少，却是周诚的梅花拳同门师弟。周凤鸣是把他叫师叔的。他前几天又来到了建安。一见面就向周凤鸣介绍起天下形势："我听说梅花拳、义和拳、大刀会的部分骨干人物，正商量合并成义和团。各门派已经暗里向各地首脑征求看法。大多数人认为：'反清复明'的主张，像死胡同里扭秧歌，打不开场子，也没人站场子助威。而且明朝已经垮台二百多年了，给老百姓留下的那一捏子'汉风唐仪'印象，差不多已经叫老北风刮到爪哇国去了，实在难'复'了。还有人提出了看法：清廷虽然日见衰败，但康熙、雍正、乾隆三朝一百多年的盛世，巩固了国家舆图，促进了民族融合，还能号召各族各地百姓共同抗击洋人——别反清反得全国乱哄哄，让洋人趁火打劫，坐收了渔人之利……"周凤鸣就说："组建义和团'扶清灭洋'，是个好主张。"赵信听了十分高兴，接着说："我从前几年就怕衙门抓我'反清'，一直连躲带藏；要喊出了'扶清灭洋'的口号，你就在建安立坛口，我帮你干。"周凤鸣听了后，一时定不了弦，表示"得让我仔细考虑考虑"。为了不引起典史阚山的注意，他和瑞木打了招呼，说赵信是自己的同乡，让他住进了清华观的客房……

周凤鸣这次见赵信，说起了张二晃悠家破人亡的不幸，还说自己悟出了一个理：在建安这个背旮旯儿，人已经不知不觉地分成了三伙——平民百姓、官老爷、洋教徒。谷璧是"教民"的头，依仗洋人势力，无恶不作，欺压平民百姓。衙门里的老爷，睁一只眼顾全自己的富贵，闭一只眼不管老百姓的死活。平民百姓要保住自己小命，把苦日子熬下去，只有抱成团走靠自己这条路了……

赵信听他辞了捕头，知道他下决心要收徒传授梅花拳了，高兴地说："蛇无头不行，雁有翅高飞。你就找来几个跟你学过拳脚的，搭起这里的梅花拳分支架子。凭你的威望，人一定越来越多，场子一定越打越大！"

周凤鸣却摇摇头，说"不可操之过急"。他找纸笔列出一份名单，递给赵信说："这几个人或是跟我学过几手拳脚，或是经我手治过伤的。你按我注出的地址，打我的旗号去联络。他们都能成为咱们得力帮手的。县城里的人，和另一个重要的人物，由我出头露面去串联。把这些人鼓动起来，咱们就有了骨架，也有了实力，走下步就容易了。"

赵信对他的沉稳十分佩服，第二天就下乡去了。

<h1 style="text-align:center">二</h1>

周凤鸣也在第二天就上路了。他要去见的，是对赵信说过的"另一个重要人物"——"追风沙"。他没向赵信提名道姓，倒不是信不牢这位师叔，而是由于两个原因：一是他心里没谱。"追风沙"今非昔比：他的人马，眼下在辽北马胡子中，是个不太大、可也不太小的杆子头。这样有一定实力的马胡子头，差不多个个把小山头看成命根子，宁可把手下人马拼光了、把自己脑袋瓜拼掉了，也不愿受别人控制——因为一旦没了人马实力，紧接着就十有八九是家破人亡的下场。因此，对"追风沙"愿不愿意将来他头上还有个"坛口"，周凤鸣心里没谱。二是他认为：即使"追风沙"愿意参加筹建中的义和团了，也必须严格保密——尽量使秘密只有他和"追风沙"两个人知道，才可能使衙门压根抓不着自己"和马胡子勾结到一起了"的蛛丝马迹。

周凤鸣绕绕车车地走了两天，来到了"追风沙"的老营。

　　"追风沙"现在的人马，不算派出去有外差的，还有六十多人。其中半数分散住在县旗交界两边的几个小村子，半数住在老营。这个老营，是去年买通了王爷手下一个管事包衣，在蒙古旗地界盖起的两趟土平房，离县旗交界十多里。

　　"追风沙"把周凤鸣接进屋。两人边寒暄边喝茶。小马拉子祁福、张冲，插嘴打听许彪的情况。周凤鸣知道他们虽然年纪轻，却都是"追风沙"涉足绿林的老弟兄，便提起了许彪要领小菊告状的事。"追风沙"说了句"他应当帮，大哥挡得更对"。祁福却有些担心地说："小菊妹子懂事后，挺够许彪哥的……却出了这样的岔头！""追风沙"愣了一下说"女人哪有愿意受污辱的？不应当怨小菊的"……

　　在柜上管杂事的唐百顺，领人来放桌子上菜。他向周凤鸣问过好，又给宾主两人满上酒，才领祁福、张冲退出屋。

　　在酒桌上，"追风沙"热情地让菜劝酒，周凤鸣边喝边唠起国家的形势——他常听到邹乃杰讲说搜探到的京城动静，最近又从赵信嘴里听了不少传闻，知道得当然比"追风沙"要多。"追风沙"听说慈禧确实把光绪帝软禁起来了，不由得低声叹气。等周凤鸣说到梅花拳等门派想合并成义和团改挑"扶清灭洋"的旗，他立刻兴奋起来，跷起大拇指称赞："这些人有见识！"周凤鸣听了后，联想起他向自己讨教搭救张冲门路时，表白过"不反抗朝廷"的态度，觉得他挺关心国家的前程命运，便故意轻描淡写地说："看你这个样，那些想'扶清灭洋'的人，若是求你援手，你一定会慷慨相助了。""追风沙"毫不犹豫地说"会的"。周凤鸣又用那双炯炯有神的眼睛盯着他说："忠臣义士也往往有私心：为了自己飞黄腾达、名标青史，会下手吞并异己、自贵自肥。你就不怕这种人先利用你的力量，再夺去你的人马吗？"他没想到"追风沙"却摇摇头，轻飘飘地说："我现在都想把人马，交给一个靠得住的人。若是碰到了这样有心胸的人，不用他来利用我，我立马走人，把绺子交给他。"这可大出周凤鸣意料，他不禁追问了一句"为什么"。"追风沙"举起酒盅，同周凤鸣碰了一下才说："请大哥原谅小弟对身份有过隐瞒：小弟是逃旗户后代——但不能忘了终归是旗人。大清的皇帝都坐不稳龙椅了，这样的朝廷还能挺几年？若能不给洋人当奴才，那就万幸了……我本来是个牲口贩子，却叫两股绺子盯上了。为了保命不得不出手，意外地走进了绿林，还当了瓢把子。大哥，你说我能不想金盆洗手、隐姓埋名，找个偏僻地方当个庄稼人吗？"周凤鸣点点头，又想了一下才说："你不能再对外人提这件事了，也不能轻易地一走了之。这六七十人马，有你这个'侠盗'在，能不反抗朝廷、不鱼肉百姓；换了个瓢把子，就可能成为一股祸水。而且，愚兄还想依靠一阵你这支人马……"这次是"追风沙"感到意外了。周凤鸣没等他发问，就解释起来。"追风沙"听他已经辞去捕头职务、正筹备建立"扶清灭洋"的义和团坛口时，点点头表示称赞。听他说想秘密依靠自己，在关键时刻牵制县衙、威胁教堂，还"行动上由你做最后决定"时，便说："大哥忠义护民，小弟唯大哥马首是瞻！"

两个人都感到心有了底，便边喝酒边谈起筹建义和团的事。周凤鸣提起师叔赵信，说他受自己委托，正下乡串联骨干，做建立义和团坛口的准备……

周凤鸣没料到：自己刚回到县城，赵信就出了事；自己不得不又去找"追风沙"，商量搭救的法儿……

三

赵信是在他的第二站——添寿庄——出的事。

添寿庄在县城西六七十里、哈拉沁屯以南二十多里，原来是糖坊村附近的一个没名的小屯子；因为它旁边新近建成了一座王爷陵，才被称为添寿庄的。这座陵埋的是僧格林沁长房长孙那尔苏贝勒。

高老大一听赵信说是周凤鸣打发来的，还是周凤鸣的师叔，便也叫"师叔"；不仅答应"坚决帮老周立起坛口"，还留赵信住了两宿，又学了几手梅花拳，才送赵信出村去下一站。

经过陵门前时，赵信顺口问了句"这是谁的坟"。高老大回答"蒙古王爷僧格林沁大孙子的陵"。赵信一来早饭时喝了几盅老白干，二来是心里打老早就有股仇火苗子，停下脚说："僧格林沁？这个人我可知道！他带兵去灭捻军，却被遵王赖文光打得抱头鼠窜。他骄横惯了，也特别好面子，竟杀老百姓出气、冒功，连女人、小孩的脑袋都砍；人们便叫他'僧剃头'。老百姓没了活路，好多人投了赖王爷的捻军……这个杀人疯子，后来被捻军在我们曹州给宰了……"

僧格林沁是皇亲，他的过房爹是嘉庆皇帝的额驸——民人叫驸马。他本人是科尔沁郡王，带兵打败了太平天国的北伐军，加封为亲王。他还率兵一度打败过英法联军。科尔沁蒙古族人都把他看成大英雄。在这里守陵的蒙古旗兵，都会民人的话。一听赵信骂僧格林沁是"僧剃头"，在管带的带领下呼啦啦地围过来，抓住赵信就押进了陵内。高老大边撵边喊："他是我朋友……"却被挡在陵外。把守陵门的蒙古旗兵中，有一个跟高老大挺熟，把他拽到一旁低声说："你的朋友骂僧帅亲王，被我们管带听到了，要送到王府治他的罪……我帮不了你的忙的。"高老大着急地问："那我可咋搭救他？"那个蒙古旗兵却把脑袋摇得像拨浪鼓……

高老大没啥招，只好借了一匹马，到县城向周凤鸣报信。

周凤鸣虽然大吃一惊，但很快就想出了"一文一武"两个招——却都不圆全：一是由"追风沙"带人马化装劫下来，可一旦走漏风声，他的绺子以后就没法在蒙古旗地界隐蔽下去了。二是请"摩挲仙"出面托人去王府说情，可又怕他也是蒙古族人，不肯答应；若应允了，托不上硬实人救不成，可就再想劫也晚了。可时间紧迫，他不敢耽搁时间，只好雇小车子贪黑上路了。在车上，他反反复复地琢磨，觉得"双管齐下"保险些……快天亮时，到了河西窝堡。周凤鸣打发走小车子，到熟人家借了一匹马，进了蒙古旗地界，贴响时见到了"追风沙"。

"追风沙"听完周凤鸣的话，立刻叫来一个小头领，命令他"立马带二十人去由建安到王府的必经之路，埋伏好。若有一队守陵的蒙古旗兵押送一名姓赵的民人，坚决救下来——但不可伤了蒙古旗兵"。接着，"追风沙"才跟周凤鸣商量："大哥，我求'摩挲仙'给弟兄疗过伤，也认识他；咱们一齐去求他帮忙——你说得对：最好别动手。"

两人骑快马，拼命跑了一个多时辰，见到了"摩挲仙"……

四

僧格林沁是三十多年前镇压捻军时，在山东曹州被起义军杀死的，其长子袭爵科尔沁郡王。

光绪十六年，僧格林沁的长孙，那尔苏贝勒被朝廷从大内禁军中选拔为"两圣"的贴身卫士。半年后，英姿雄发的贝勒，因为忠诚恭慎得到慈禧太后嘉许。那尔苏贝勒沐浴在无比的幸运和隆恩中，得到的赏赐源源不断地运回科尔沁郡王府。水涨船高，科尔沁郡王府在整个蒙古草原上光辉耀眼，举家庆幸"圣恩浩荡"。

一年春末的一个夜晚，科尔沁郡王的王宫外，有人不断地唱起了一首哀婉苍凉的歌：

> 草原上那匹骏马，
>
> 你去了哪里？
>
> 我找遍了僧帅留下的军营，
>
> 寻不到你的足迹……
>
> 草原上那只雄鹰，
>
> 你去了哪里？
>
> 我问遍了僧帅当年的老兵，
>
> 都不见你的影子……
>
> 草原的鹰不眷恋养他的金笼。

蒙古的马要吃那带露的野草。

回到科尔沁大草原吧，

僧帅在云端把你呼叫……

　　科尔沁郡王十分惊异，带两名亲兵离开后宫，来到空寂的偏殿，命令他们："把宫外那个还在唱歌的人，悄悄地请进来。"去请的人只带回一个蜡丸——"那个人只有一条腿，说是先亲王的'待死亲兵'，受先亲王旧友重托，给王爷送来一封信；他一交出这个蜡丸，就突然拔刀自刎了，使我们没来得及阻挡。"

　　科尔沁郡王惊恐得双手发颤，提心吊胆地说了一句"佛爷保佑"，捏开了蜡丸：一张小纸条上写着几行字，却无头无尾；试着一读，竟是一首语意含混的打油诗：

京城近日多耳语，

俱道贝勒病近癫。

金殿昼长无常侍，

佛堂夜短有新欢。

天骄剑下松尽倒，

僧帅陵中梦难酣。

郡王依旧观歌舞，

草原瓜分剩空盘。

　　科尔沁郡王猜不出送信的人是谁，也无法判断是什么人写的这封密信；但他知道了一件极其重要的事：儿子犯下了秽乱宫闱的弥天大罪！他既怕那个说一不二、反复无常的女人，一旦隐情暴露，会"杀人灭口"；又怕那个欲有作为的少年，将来手握权柄，会"荡尽污秽"。他更知道：这两种祸殃，不论是哪一种降临头上，都可能祸及家门和部落——诛及先人，褫夺荣赠；削去王爵，瓜分封地……显赫的科尔沁部落，将像一团灰尘般沉入西木伦河，一切辉煌将消散得无踪无影。

世界上奇诡神异的事情很多，但最难推导捉摸的是人的性情和思虑。一项涉及前途生命的威胁，可能会使一个剽悍勇猛的人惊慌失措，甚至陷入绝望，成为纸虎般的懦夫；而一场面对家门族群荣辱存亡的剧变，也可能使一个优柔寡断的人突然变得睿智果敢，甚至冷酷残忍，有如枭雄。科尔沁郡王平平庸庸，一直是人们当面赞誉、暗下贬损的对象，被视为"虎帅之犬子，骏马之鼠父"。可在他血管里流淌的，终归是科尔沁蒙古族男子汉的血。强悍的血性如一股劲风，很快就把他心头的惊云骇雨卷散了。他竟然成竹在胸，神色自若地把两名亲兵招到身前，微笑着问："你们俩知道那个送信的人，为什么会在交出密信后便奔向了天堂吗？"那两个亲兵茫然地摇摇头。郡王轻叹一声，庄重地说："他是科尔沁大草原上的'巴图鲁'，是为护卫我伟大父王献出了一条腿的。他送来的这封信，关系着我们科尔沁部落的前途命运。他是在用这种你们不理解的真正勇敢，向我表明：他做到了保证这件秘密只有两个人——发信人和本王知道了……"

郡王的那两个亲兵，立刻懂得了什么是"真正勇敢"：相视一望，异口同声地说了一句"王爷，这封密信存在，仍然只有两个人知道"，立即拔出刀断喉，追赶那位独腿榜样去了……

郡王亲自带人，连夜秘密地掩埋了三名科尔沁草原的"真正勇士"。

科尔沁王府里一切如常。郡王依旧贪婪地饮着美酒，迷恋地欣赏着歌舞，颠顸地对启奏的臣佐点头挥手。如果说他和已往略有不同的地方，是他更加沉溺声色：派人走遍了各旗，选回了十二个美貌少女；他亲自选出了三名，交给全科尔沁最为娇媚的女人、那尔苏贝勒的第一侧室白氏，要她"代父王用心调教"。他还谕令科尔沁的旗主们：要做好充分准备，三个月后将举行十天的"那达慕"……不过，还有一件连王妃也不清楚的事：他几乎每天的深夜，都要独自一人去一次密室：对着父王的画像，默默地祈祷，流一大阵眼泪……

五

三个月后，那尔苏贝勒带着数不清的奇珍异宝，神采飞扬地回到科尔沁草原歇假了。

科尔沁郡王为那尔苏的归来，在王府举行了三天三夜的流水大宴。接着，盛况空前的"那达慕"开始了。草原上除了郡王的三座金顶大帐，还有那尔苏和他的八位妻妾的九座银顶毡房——那尔苏除一位正室外，原有四位侧室，新近又得到了父王赐给的三名美妾。其他大小蒙古包数以百计，人众超过了三万！那尔苏贝勒骑着银鞍金辔骏马，带着八辆插满鲜花的香车，每天都受到震耳欲聋的欢呼：献来的哈达汇成了托起骏马花车的白云，敬来的美酒溅滴成草原上的碧玉绿翠……

第七天的傍晚，科尔沁郡王带着那尔苏贝勒，回到王宫，走进密室，让儿子同自己一齐跪在先亲王的遗像前。那尔苏见画像里的祖父冷峻地盯着自己，眼前的供案上摆着一条长绢、一杯浊酒、一堆金锞，茫然不解地望起慈祥的父王。科尔沁郡王脸色铁青，掏出了那张无头无尾的密信。那尔苏贝勒忐忑地看完。这只草原上的雄鹰，立刻变成了一只病鹌鹑，瘫倒在地上，不停地瑟缩。

空前坚强，也空前理智的科尔沁郡王，低沉地对爱子说："我对你来自天意的际遇，不敢有半句微词；我对你的无法回避或斗胆逢迎，也没有半句责备。但只有你的勇敢承担，才能保全住祖宗的尊荣、家门的安全和科尔沁部落的辉煌。你别无选择，必须肩负起这份重任。为父保证你将得到两项无上的荣光：第一，为父敬请两圣恩准由你荣膺'亲王'的谥号；第二，'科尔沁郡王'的爵位，一定由我孙你子阿穆尔灵圭承袭……"

无奈的那尔苏贝勒，无法让父亲"……尔如无勇，为父将出下策：手刃犯上淫臣、败家逆子，然后自裁。虽然科尔沁可能因此永远失去了一顶王冠，但尚可避免祸及九族"……那尔苏贝勒由地上爬起，哆哆嗦嗦走到供案前，从三条不同的归天道路中（"伴云"——投缳白绫，"寻梦"——饮下鸩酒，"永富"——吞入黄金），选择了"永富"……

那达慕的欢乐锣鼓，戛然而止了。为那尔苏贝勒"酒后暴薨"举行的丧事，悲痛地开始了。

不幸的消息，以"六百里加急"的速度向京城报送。

祖母般怜爱那尔苏贝勒的不冕真帝，同意了失去爱子的科尔沁郡王的请求："依礼部所议，追谥那尔苏为诚慎亲王。"后来，阿穆尔灵圭也以长房长孙的身份，继承为科尔沁郡王了。

那尔苏的吉地选在建安。八年的时间过去了，"诚慎亲王"那尔苏隆重地安葬了……后来有位史馆的人，喟叹着说："尽道科王是'虎帅之犬子，骏马之鼠帅'，而不知科王于刀悬头顶之时，紧张筹措，舍却心头爱子，挽救父王封赠、家族牵连、领地瓜分，实非等闲之辈。"

六

乌泰见周凤鸣、"追风沙"一齐进屋就跪下了，有些意外：他们咋会一齐来找我呢？

周凤鸣叩头后没有起来，还没开口；"追风沙"便也没起来，也没开口。乌泰心里猜想说：这是夜猫子进宅——无事不来。他指着周凤鸣，对"追风沙"开了腔："他自认是我弟子，我没应允，可也把他看成晚辈了。他不敢起身，一定是犯下了过错。你呢，是'侠盗'：对贵人贱民，是一碗水端平了待；还对孤寡伤残不分民蒙，同样地周济。这跟我医伤不分贫富，算得上半斤八两了……咱们岁数有老有少，可肩膀头却一般高。我是不该受你大礼的，快快请起。"

"追风沙"没回答，却看了看周凤鸣。

周凤鸣明白他是让自己先开口，便对"摩挲仙"说："晚辈确实有错。请老前辈先抽一顿鞭子，晚辈才敢站起……"

乌泰先用鼻子"哼"了一声，才说："你倒学乖了——我一对你抽了鞭子，可就像钻进了你套马杆子上的套，接着就得被你塞进车辕子，替你拉载了！"

周凤鸣急忙解释一句"晚辈不敢耍心眼"，接着便招供似的说："晚辈的一个朋友，酒后失言，说僧帅是'剃头匠'，被守陵的兵听到抓住了，正从我们那疙瘩，送往王府治他的罪……"

"那人也是小人的朋友。他说话没分寸，是不该冒犯僧王的……小人跟周大哥有同样的错。"

"说话实在有什么罪？别说僧帅，哪个将军不是'剃头匠'？名声越大的，砍下的脑袋越多。"乌泰有些不以为然地说。

跪着的两个人都宽了心。周凤鸣刚想开口恳求，乌泰却抢鞭子"啪、啪"抽了他两下子，骂道："你错在有话不直说——分明是想求我救你朋友，却怕我这个蒙古人不肯替你拉套，便跪着不起来，使苦肉计……"

"追风沙"急忙插嘴说："周大哥和我都不敢对前辈……"

"啪"的一声，"追风沙"也挨了一鞭子；随后便是乌泰的一句骂："你也一肚子贼心眼！"

不过打完骂完了，这位脾气古怪的"摩挲仙"，却叫两个跪着的人都站了起来。他竟然不再询问，就掏出一块三寸来长、一寸多宽的玉牌，交给周凤鸣，说："这块石头片子，是可以进出王府的凭证，是我给老王爷的一个庶出王子疗伤时得到的。咋用，随你们的便；顶不顶用，就在你们朋友的命是大是小了。"

两个挨了鞭子的人，骑马往回跑；直接去找"追风沙"派出的那队人马……

等了一宿多，望风的飞马来报："快到了！"

"追风沙"命令弟兄"刀入鞘，牵着马，在路两旁肃立"，自己陪周凤鸣骑马在路中间等候——身后各有一名马拉子。等三名蒙古旗骑兵，押着绑在马上的赵信快到眼前了，周凤鸣二人把缰绳甩给马拉子，跳下马，向前迎了几步。

那名守陵的管带，见列队等候的都是蒙古族装束的老百姓，却都挎着刀；而迎上来的为首的，却是两个民人。他心中疑惑，却不敢摆架子，也跳下马。

赵信认出了周凤鸣，知道来了救星。

周凤鸣用双手高举玉牌，用蒙古语郑重地说："小人是乌泰仙师私塾弟子，虽未列入门墙，却有幸常供驱使。今日奉命向管带大人转述几句话——请大人先验证小人所言真假。"

乌泰是科尔沁草原"四大摩挈"之一。那管带当然"久闻大名，如雷贯耳"，急忙接过来看。他一见是出入科尔沁王府的玉牌，心中大惊：可以出入王府的令牌分玉、银、铜三种，持玉牌的总共不超过三十人！他急忙双手递回，向周凤鸣施礼说："仙师是科尔沁草原上的神鹤，小卒如草丛中的鹌鹑。请先生原谅小人惊扰了坐下骏马。"

周凤鸣见他对玉牌深信不疑了，便还了一礼指指"追风沙"说道："贵管带所押之人为这位朋友的佃户。他酒后失言，不敬高贵的僧帅亲王，实在有罪。乌泰仙师听说后，也认为贵管带把他捉拿送往王府，出自对蒙古大英雄的无限尊崇。而赵某理当连打带罚——但认为无须打扰王爷的清静，可把他交给这位朋友从严处治，并由他代敬罚金……"

"追风沙"立即走上前掏出两个五十两的银元宝，低声说："请管带大人留下一个打酒，另一个分给守陵的其他弟兄。"

那个管带，一年也只有二十多两的薪饷。见自己能得到五十两锃亮的银元宝，比到王府得的赏赐要多得多；便虚情假意地推辞了一下，收了起来，放了赵信……

周凤鸣把意外的噩梦破解了，和赵信回到了建安，按原来的计划，继续做立坛的准备，要走义和团"扶清灭洋"的道。

第二十一章　穷途末路拜红灯

一

　　翠兰回到彰武。她横下心独自一人拼死拼活把孩子养大，这辈子再也不见谷璧的面。

　　花样子好摹绣起来难。翠兰在彰武顶门立灶没出一个月，家前庙后的人便拿她塞起了牙缝子……

　　她住的地方都是土平房，临近了城边，没有啥大户财主。离她家百十来步有个煎饼铺，门口是这疙瘩人常聚在一起闲磕打牙的地方。六十多岁的老曲头儿，年轻时当过衙丁，儿子是个小牢头，家里日子还算充裕。他每天晌午都到这疙瘩站一会儿，一有机会就显摆几句自己是"老江湖"。这天有人提起翠兰这个新搬来的邻居，向这位"老江湖"请教："您说这家咋没见主事的男人？"老曲头儿指指翠兰住的院，神秘兮兮地压低声音说："那可不是平常地方，是'游子笼子'！谁见过这么俏皮的小娘儿们敢落单？她一定是'游子'，招引那些色迷色鬼往陷阱里跳！"

　　所谓游子，是一只被捉到后训练出来的鸟。捕鸟的人把它关在笼子里，挂到树上；它为了得到奖赏——维持生命的一条小虫或几颗小米粒，会乖乖地卖弄喉舌，招引同类。它的同类一飞过来，便不是翻进了滚笼，就是撞到了粘网上。

　　有人怀疑地问："不会吧？她手里捧着一把带嘴的小茶壶呢。放出的鹰会带雏吗？"

　　所谓放鹰，是一种设圈套进行讹诈的手段。主谋的人派出一个漂亮的女人，由她去勾引有钱的秧子。一旦有人上了钩，便会有人冒充丈夫去捉奸抓双，按住后讹诈一大把银子。

那个老江湖龇牙咧嘴地说："她自称姓冯，却说儿子叫李小宏。有人问'小宏他爹在哪疙瘩发财'，她竟然撅鼻子瞪眼睛地说'他没爹'！你们想一想，哪个亲妈会说出这样的话？我敢断言：那孩子是她为了叫人不疑心，挂出的罗圈幌——不是买来的，就是拐来的。"

有些人觉得这种说法太武断，却碍于他"老江湖"的情面不打拨回，只暗暗地摇头。

有个常来买煎饼的人，也住在这附近，把翠兰的"脸俊""手阔""胆肥"和时局挂上了钩，也小声插嘴说："我猜她不是马贼头领的压寨夫人，便是乱党首脑的家眷，隐姓埋名到这疙瘩趴风的。"

老曲头儿听了，向天上作了一个揖，有些不安地说："但愿老天爷保佑你说错了！不管她是这两种人中的哪一种，都比扫帚星更可怕，谁搭边谁倒血霉：不是挨黑枪，便是进班房……若是引起围缉、拒捕的事，洋枪的子弹可是属瞎虻的，谁的血都叮！"

老曲头儿的话血渍拉叉的，让人听了头发茬子直发麻；没人敢搭他的这个茬。

一个串胡同卖针头线脑、胭脂粉的，接过了话头，认为"她可能是大户人家的小女人，卷了金银珠宝逃出来，想趸摸个可心的小白脸"。

他这话一出口，好像山东大煎饼的香味飘了过来。这晌午头的气温也好像立刻高了起来。人们推搡着他，七嘴八舌地说："你的小脸就挺白，快去那个门口晃晃，她若向你招小手，你就不用再摇拨浪鼓了……"

二

这些无中生有的闲言碎语、臊嗑屁话，很快传播开来，极大提高了人们茶余饭后的兴致。对这些风言风语的兴趣，最上心的是一男一女。男的是县衙韩师爷的三儿子，外号叫"满街串"，想要凭势力硬充小白脸，连捡些便宜带捞一把银子。女的是刚到彰武不太久、正在街头卖艺的"梅花红"，想打听清翠兰的底细，租她的西屋住。

"满街串"已经围着翠兰新买的房子转过好几圈了，一瞥见她确实挺有姿色，身子便酥了半截。上灯后，他便串到翠兰家的院拍响门："我是县衙韩师爷家的三少爷，奉干爹县太爷的命令，来盘查你的来路去向。"

翠兰的阅历比过去深了不少，胆也比过去大了许多，估摸出了来人用心不良，便客气地隔着门说："三少爷，小女子怕惊醒了孩子，请您明日再来吧。"

那"满城串"却不愿等，大声威吓："你敢对抗官府吗？不开门就抓你去过堂！"

翠兰抓起了一把剪刀，死死地抵住房门。

"满街串"推不开门，便悄悄地挪身去端窗户。他刚伸出两只爪子，一把钢刀便平压在他肩膀上了，冰冷的刀刃紧贴着他脖子上的嫩肉皮。这"满街串"倒也能伸能屈，身子不敢动，嘴却抹了蜜似的求饶："好汉爷爷，饶了孙子吧……"

他背后的人"忒"的一声，把一口痰吐在他后脖颈子上，娇声骂道："你姑奶奶今天杀了你这个龟孙子！"

她身边的老太太却说："这位三少爷虽有贼心，却还没干下歹事，先饶他一条狗命吧。"

那"满街串"一发觉那把追魂刀撤开了，抱着脑袋撒腿就跑。

那位"姑奶奶"虽然没撵，却冲他吆喝："若敢再往这疙瘩蹿腾，不砍掉你狗头，也剁下你一只狗爪子！"

翠兰把两位恩人请进屋，才看清这两个人：五十多岁的老人眉慈目善，一身青；年轻的岁数和自己仿佛，英气勃勃穿了一身红。年长的拦住翠兰，不让跪拜，解释说："我们娘儿俩来了，是想租你西屋；碰巧撞上了野狗扒门。"那年轻的补充说："我叫'梅花红'，和妈投亲不遇，只好在街头打拳耍刀卖艺；住店太贵，才来麻烦妹子的。"翠兰听说这会武的娘儿俩想租房，乐得连声说："白住吧，你们白住好了——若不的，我就得抱孩子逃难了！"

没过多久，这仨女人便处得相当亲热；翠兰还知道了那娘儿俩的丈夫都是山东大刀会的骨干，被总督袁世凯抓去砍了头。翠兰羡慕她们的男人都是英雄好汉；伤心自己没能嫁给可心的男人，还两次上了坏人的当，失去了清白。她没好意思说出实情。

至于那个"满街串"，跑回家后便向他亲爹告状。韩师爷却把他臭骂了一顿："老子给你娶了一妻一妾，你咋还野狗似的去外边跑臊？再说了，那一老一少已经跟彰武的义和拳挂上了钩；那个小娘们，十有八九是她们同党。现在老佛爷都对这伙人客客气气，你咋瞎了狗眼去端她的窗户！明个你就给我老老实实地去当捕快，也不用你去巡街抓贼，规规矩矩地待在县衙里，别惹出事，牢牢靠靠地护住你这条小命——就算我不指望靠你传宗接代，你自个也得留下个烧香燎纸的吧……""满街串"虽然不怕他爹的咋咋呼呼，却怕那位"姑奶奶"剁下自己的一只狗爪子，还真躲进了县衙；虽然忍不住还到街上串一阵子，却不敢再把狗腿往那疙瘩"危险地方"送了。

三

这天，"满街串"又招呼两个狐朋狗党溜出县衙。他打远处看到街头上围了好多人，便凑过去；可一走近，他低声"妈呀"了一声：是那娘儿俩在卖艺！他赶紧往高个子人的身后躲。已经晚了。"梅花红"一发现他，就指着他大声喊道："那不是韩师爷家的三公子吗？请下场练一路拳脚或刀枪，帮个场。"

抱着孩子，站在一帮姑娘堆里的翠兰，看到来的是"满街串"，身后还跟了两个帮凶，赶紧哈下腰，怕被他看到了。

"满街串"没想到那位姑奶奶会对自己客气起来，却不知是福是祸，只好硬着头皮抬起头，规规矩矩地作个揖，忐忐忑忑地解释："小人不是乱串，也不敢献丑；请义和拳的姑奶奶不要怪罪。"

围观的众人十分惊异：这个混世魔王今天咋这么老实？看起来义和团是不简单，真好像日头要从西边出来了！

翠兰也暗想：真是马善被人骑，人善被人欺！大师姐客客气气地跟他打招呼，他都怕得像个避猫鼠。我这个窝囊废要能抵上一半，也就好活下去了。

"梅花红"对"满街串"笑笑，说："你知过能改，我不会再砍掉你的爪子。我不是义和团，是红灯照的大师姐。我想求你带我们去见你爹，要他帮我们立起红灯照的坛口。"

"满街串"一听自己有了献殷勤的机会，小脸乐得屁紫，连忙说："小人愿意效劳，这就领老人家和大师姐前往。"

"满街串"立时打发那两个人回去报信。

"梅花红"跟师父到韩家时，韩师爷已经迎出院门，恭敬地把汤老太太和"梅花红"请到客厅。落座后，他先向汤老太太感谢："在下家教不严，犬子行为多有不端。幸得老夫人和大师姐教训，方有所收敛。"汤老太太也客气地说："三公子倒是个知错能改的人，想来韩先生也没少教诲。若能来日尽如今日，定为家国可用人才。"

"满街串"倒也伶俐，插嘴表态说："请老夫人放心。小人今后若再胡作非为，下次再见面时，不用二位费事，小子自己动手砍下一只狗爪子……"

韩师爷忍住心里的气，对儿子说"你若能做到，老子宁愿养你后半辈子"；又堆出满脸笑容，奉承地说："红灯照响应神拳倡议，'扶清灭洋'，义气干云。正堂大人令职下代转钦敬之情，及全力支持之意。贤母女及手下巾帼，眼下可在关帝庙立坛；正堂大人已令户房拨银五十两，暂为香资。"

当晚，汤老太太和"梅花红"研究好了立坛事项，并没有背着翠兰。翠兰可就对自己没有向她们说出全部有关实情，十分愧悔，便向汤老太太道歉："我不该向你们隐瞒了一些真情……"汤老太太微笑着说："我看出了你有难言之隐，也料想到了时候一到你会对我们说出来的。"翠兰便说道："我本来有个中意的未婚夫，却无奈地嫁给了污了我清白的人；那人又因我被他叔伯哥奸污了，跟我'一散百了'……"

汤老太太听完后，拉住翠兰的手，认认真真地说："你无奈地嫁给了糟蹋你的人，没法子跟情投意合的人比翼齐飞，这是咱们女人最揪心的懊糟事。后来你又碰上了一头畜生，只能说你更叫人可怜；半点也怨不得你……你下狠心跟他一刀两断，这证明你是非分明，很有志气。你今后跟我们一起闹红灯照吧，有了机会一定让你报了不共戴天的仇！"

"梅花红"听了，又同情又激动：一个女人，特别是一个年轻轻的女人，能把这些最不愿外人知道的耻辱，一股脑地抖搂出来，说明她已经没有再怕的事，下定决心要走一条新路了。为了使她能坚定地走这条路，便坦率地说："我们娘俩并不是母女，而是师徒。师父姓汤，我真名叫纪玉瑶。我们因为国难当头，先放下了私仇，母女相称来到关外，一是逃难，二是想发展红灯照，扶清灭洋……"

翠兰含着热泪疙瘩，立马要求拜师。"梅花红"见师父点了头，从翠兰手里接过孩子；让她面对师父跪好，跟自己一句一句地立下誓言："红灯高照我心明，保国灭洋扶大清。跟随红灯上沙场，杀尽洋鬼做英雄。"翠兰流着热泪拜过师父。

彰武红灯照立起坛口后，有些四五十岁的青灯照，替翠兰照看起小宏，使她把全力都用到红灯照的活动上了。新的生活，使她踏上了新的路，她一步步成了彰武红灯照的骨干。

第二十二章　三足鼎立

一

光绪二十四年的大雪。

赵信从乡下回到清华观，同周凤鸣沟通了情况后，兴高采烈地对他说："咱们已经有了四梁八柱，收下的徒众也有了四百多人。若把大旗一戳，人马就会黄河水改道似的涌过来。"他还建议香堂叫"水木坛"，并解释："建安县地处塞北，北属水。水能润木，欣欣向荣，咱们的香堂一定无限兴旺！"

周凤鸣点头同意了。关于开香堂的时间，两人看法不太一致。周凤鸣提出定在半个月后的冬至那天。赵信认为那是官府处决死囚的日子，煞气太重，不吉利；应当再提前些。这时，刘半仙来了。

刘半仙自打在周凤鸣园子里搭下窝棚，时常到周家喝茶聊天；跟赵信认识后很谈得拢，成了筹建义和团香堂最热心的人。周凤鸣便请他掐算一下哪天好。刘半仙虽然巴不得早一天把义和团大旗打出来，可觉得立坛的事，将来主事的人一定会有打算了，便说："这不用费事——冬月初十冬至，冬至一过阴降阳升，日日近春，十一就是个一顺压百邪的好日子，立坛后步步顺遂，香堂一定红红火火。"

赵信也同意了，但他主张把开香堂的声势搞得大大的，让"追风沙"把手下人马都拉来。周凤鸣没同意，坚决主张悄悄进行，还说"'追风沙'这支人马，不到掮劲的时候不能用——一来不能让官府见缝下蛆，二来不能让教堂摸到底细。"

开坛仪式是在关帝殿半秘密进行的，选在戌时初刻。虽说节气上已经数九，入夜后北风呼啸，还夹着雪花，可殿内生着两大盆炭火，加上群情激昂，都不觉得冷。关老爷像前的供桌上，立起了三尺三寸高的吕洞宾朱红神位。神位前摆着个鼎式香炉，两旁成对的蜡台上点着小胳膊粗的大红蜡，照得殿内通明。炭火和蜡苗子升腾起热气，使关老爷的五绺长髯微微抖动，更增加了殿内庄严神秘的气氛。周凤鸣在棉衣外罩了件酱色的缎子长衫，辫子梢用大红、翠绿、水蓝三色丝线扎着，带领十多人肃立在吕祖神位前。

刘半仙穿着半旧的青布棉袍，戴顶六块瓦红疙瘩小帽，八字胡剪得齐齐整整，精神抖擞地宣布："义和神拳水木坛开香堂大典开始。"众人跪倒，周凤鸣在护坛师叔导引下走到吕祖师神位前，向铜香炉内插上三支高香。他们退回跪下，领众人随着刘半仙的"跪，一叩首、二叩首、三叩首……"的喊声，向上行三跪九叩大礼。随着最后一声"兴"，都站起身，由坛主周凤鸣宣读立坛文告。

文告既是代表众门徒向祖师爷表决心，也是对群众发号召。这篇文告是赵信代周凤鸣准备的——并不是他写的，而是他搜集到的外地义和团开坛用过的文稿，由他和刘半仙略微做了些修改。这篇文告写得半文半白，先颂扬吕祖的仙迹道法，接着概述天下形势，提出义和团的任务，最后表达本坛徒众的决心。其中有些句子还有些文采，内容也挺值得称赞，比如："满人民人，同宗共祖；协力御夷，兄弟相扶；气宇轩昂，所向谁阻？红毛灰毛，聚丑集污，比肩犯华，天人共怒；恶贯满盈，自取其诛。"这段文字基本上把"扶清灭洋"的道理讲明白了，表达出了对洋人侵略罪行的愤慨和战胜敌人的决心。再比如："他传洋教，我撒神符；唤醒迷途，既往不咎。"这里面后八个字，却是周凤鸣亲自改成的。原文是"神符有灵，刀枪不入"。周凤鸣是相信神灵的。不过他认为吕纯阳祖师爷只是"一个"仙，各地都和洋人打起来，恐怕护佑不过来天南地北的千千万万信徒。他还认为：义和团在建安和教堂对阵，对方大多数人是上了洋人当的本地百姓。他们若是认祖归宗、放下刀枪，就可以减少很多伤亡的。他改了这两句，使文章不再押韵，但确是正确有用的——可惜那时有这种认识的人太少了。

接着，由护坛师叔赵信传法。这些人都已经接受过他传授的神咒了，仪式上只是由他给大家戴上了神符：用黄烧纸画的，装在一个黄布缝的三角形小袋里；小袋有两条红绳，可以系到脖子上。

在场的人每人又磕了九个头，谢过祖师爷，仪式便完成了。周凤鸣开始以坛主身份讲话。他先向大家宣布：今日参加立坛的，都是香堂成员；除了赵师叔以外，大家互称师兄。然后，他要求："从明日起，各位师兄分社分片收徒传艺。待神拳徒众达到一定数量后再挑起大旗。在这以前，不可轻举妄动。"

虽然周凤鸣叮嘱大家先别声张，但建安县立起了义和团的消息，还是很快就传开了。这条新闻惊动了县衙和教堂。

二

大雪过了几天。邹乃杰又从盛京回来了。

屠景操叫人把阚山和邹乃杰请到后堂，商议如何应对周凤鸣闹腾起的义和团。

邹乃杰这条小狗的肚子，是装不住二两酥油的，咋咋呼呼地说："老佛爷从宫中拨出了一大笔体己银子，赏给义和团敬神了。"

屠、阚二人已经听到这种传说，但还没有完全相信；听他嘴一重复，可就确信无疑了。

"尚不止此，"邹乃杰接着说，"义和团有些坛口，开始把香堂设进王府、衙门里了。咱们省城也闹起了义和团。盛京将军增祺大人坐着大轿外出，碰上了义和团的大队人马，竟然停下大轿给他们让路！"

屠景操看了阚山一眼，见他有些惊诧，便多少有些迟疑地说："看来……咱们也得对义和团礼敬三分了——不然的话，岂不是和老佛爷唱对台戏了？"

阚山向邹乃杰发问："京城里洋人有什么反应？"

邹乃杰脱口说："义和团要'灭洋'，他们咋能不慌神？不但各国使馆如临大敌，岗哨如林，连教堂的神父都拎起了洋枪。"

阚山点了几下胖脑袋，向屠知县建议："正堂大人可发一布告：清华观乃义和团香堂重地，非团众不可入内滋扰。"

"为什么？"邹乃杰不解地问。

屠景操却明了阚山建议所包含的用意：对义和团表示尊重、支持；发出这个讨好的信号后，义和团就不好意思来县衙闹腾了。邹乃杰听了屠知县的解释，心中很佩服阚山经多识广，手腕高强。

屠景操又提出一个问题：如何对待周凤鸣辞去捕头职务的问题。阚山因为邹乃杰前些日子没在建安，向他解释："正堂大人主张对教堂要从大局出发，举措应当稳健。他不同意让周凤鸣摔了耙子。"屠景操补充说明：考虑到周凤鸣在百姓中小有名气，"我还听说他暗里在收徒传艺，一直没答应他的辞请"。邹乃杰便建议继续笼络，动员他继续当县衙的捕头——"能便于利用他左右义和团"。阚山却以为把事办得更灵活些好。屠景操想了一下，说出一种办法：留职不留人——县衙照常给周凤鸣开月银，听任他在清华观当义和团的坛主。

阚山听了连声叫好，并建议屠景操去抚慰一番。邹乃杰想陪同去凑热闹，被阚山拦住了——"咱们二人都别去，以免他怀疑咱们还把他看成下属。咱们让他以后凭坛主身份，和咱们分庭抗礼、平起平坐好了。"

阚山和邹乃杰离开了县衙。阚山小声说："咱们必须稳而又稳，不仅要瞻前，还要顾后。老佛爷可以翻手为云、覆手为雨，咋说都对，咋变都行。咱们却得提防：在蹚浑水的时候，别把腿陷进去拔不出来。"邹乃杰听了暗想：这头老狐狸真厉害！但他嘴上却客气地说："晚辈受教了。"

邹乃杰走进家门，心里还在想着阚山的老谋深算。彩荷披着一件红缎子面的斗篷接出屋，见他一副心不在肝上的样，想起了三娘最近半真半假地，咬过自己的耳朵垂，说："看紧你那个主——那个半老道姑很有些迷惑男人的神通。她现在虽然走了，可说不定哪天又回来，摇晃蝇甩子勾他的魂了。"彩荷一来年轻，二来邹乃杰对她还没过新鲜劲，三来由于邹乃杰还没有娶大老婆，她也就还没尝到当小老婆的辛酸苦辣，所以不会隐藏、掩饰内心情绪。

邹乃杰发现她小脸冷冰冰的，便逗她："谁使我小宝贝受委屈了？说出来，本主簿把他擒来问罪。"

彩荷不但没笑，还酸唧唧地说："我算啥宝贝？那穿八卦仙衣的，才是会抓人魂的宝贝人。"这话一出口，她便发觉自己说漏了嘴，脸也红了起来。

邹乃杰并没生气，还有些喜欢她的吃醋，毫不掩饰地说："那是没碰到你的时候，啃口萝卜当鸭梨，逢场作戏消消火——谁告诉你的？"

彩荷见他不藏不掖，想起了他有了自己之后，确实没有再出去打野食，气差不多都消了，又缺心少肺地答了句"三娘"。

邹乃杰听说过这个女人极为漂亮，使阚山甩了逯二姐，便在进屋后说："这个小狐狸精，年轻轻的咋也好扯老婆舌？"

女人最不喜欢的，就是自己男人夸别的女人。彩荷听邹乃杰把三娘叫"小狐狸精"，还夸她"年轻轻"，便又来了醋劲，张口反驳："她比我大了五岁多，还算啥年轻！"

这倒使邹乃杰知道了三娘才二十三岁，"唉"地叹口长气，说："你干爹比她大二十六七岁；她翻一番也还比你干爹小好几岁——真委屈了她！"

彩荷吓了一大跳：他咋可怜起了她呢？今后可得防着，别让他们勾搭上了……邹乃杰却又自言自语"老阚头子真有艳福"。彩荷更怕了：他眼馋干爹锅里那块饭嘎巴了，咋也不能让他有机会伸爪子……

从此以后，彩荷不再轻易去小公馆阚家串门，怕邹乃杰借口找自己迈进那个门槛。

三

谷璧也听说周凤鸣当上了义和团的坛主，收徒传法的风刮得直冒烟。谷璧又气又恼：自己为教会招兵买马，难得像老深井里捞绣花针，撅屁股忙了三春八夏，差不多是落个两只爪子空空的，没把人毛抓挠到手几个。周凤鸣扩大义和团，容易得像坨子上头搂柴火，拽大耙走几个来回，就能装一车了。谷璧更担心周凤鸣把耙子伸进教堂来，把那些三心二意的教友给攞弄走了……

就在这个节骨眼上，四平教区来了信，叫白劳德和谷璧马上动身去报到。原来主教收到了大使馆的通报，说各地义和团风起云涌，矛头对着各地教堂。主教决定水没来先垒坝，训练骨干，组织护教队。白劳德这个老海盗，被任命为教官；谷璧是学员，要在七天内学会使用火器。

谷璧临走时给王二吹留下一笔钱，叫他放手收牛驴，"将来赶到边里卖了"；为了避免再挨告，还叫他"在县城外选个背静地方，租个小院，把收的牛放在那疙瘩，雇一两个人看着"。王二吹一直没忘记刘摸点的好处：当初若不是刘摸点提醒自己"你小嫂子可是一副好牌"，自己可能傻了吧唧错过了机会。因此，他心里是把刘摸点当大红媒的。谷璧一留下租个小院的事，他就想到了刘摸点：家在县城南二十多里的三台楼，小院虽然破些，妨碍不了拴牛。谷璧走后，他便提溜了三斤熟牛肉、两瓶老白干，还买了几斤点心，去刘摸点家串门；不仅租下了那个破院，还雇下刘摸点和另一个人看牛。

谷璧在四平学得十分卖力气，得到一套洋服的奖励。学习结束，谷璧带回来五长一短六支洋枪。他穿上洋服，把短枪斜插到裤子的皮带上，显得非常洋气，也更威风了。他以自己的狐朋狗友为骨干，组成二十人的护教队，开始训练。王二吹也被抽进护教队，去教堂受训了。

四

死心塌地为教堂卖命的谷璧，却因为两件意外的事——小菊的订婚和肉铺牛群的被劫，叫他像王八掉进了灰堆，连憋气带窝火。

这两件事，都和许彪有关……

小菊恨妈妈对爹的死一丁点也没往心里去，还不让自己再告"四大损"。她再也不去见妈，一个人孤苦伶仃地顶门立户。她虽说才十五岁，可也通了人情，还不得不盘算今后的日子。她见许彪他们娘儿俩心眼好，许彪还是救过自己的恩人，便有了托身的想法。可她也知道自己身子不囫囵了，每次去许家串门都犹犹豫豫，不去又板不住脚步。

许彪妈能看不出来吗？开导她说："年轻轻的，别老发愁；将来若碰上个好人家，一辈子就有奔求了。"

小菊觉得有了往人生大河正水流子探深浅的机会，红着脸低声说："我怕没那个好命了——爹死了，妈没心没肺，自己还是个狼掏了的剩……就是能碰上自己中意的人，哪个老人能像大姨这么心好？都不会叫自己孩子收拢我这样的人……"

许彪妈听明白了她的心思，向儿子学说了小菊的话。许彪没出声。他妈见他没说青红皂白，便叹气说："咳……我忘了你是进过几天学的。其实人好孬在心正不正，不在身子囫不囫囵。我是第二步到你们老许家的。打你九岁就守着你过，横下心要为你爹把香火传下去……"

许彪见妈有些伤心了，也听出了妈是喜欢小菊的，急忙说："我不是挑她啥短处。再说了，那件事是'四大损'那头牲口缺德，半点也怨不得她。我是觉得……她比我小了五六岁。"

他妈忙接过话头说："她不挑你太大，你咋还挑她岁数小？再说了，十五岁的姑娘一朵花，是个刚熟的甜香瓜。就算过日子还有些架手架脚的，妈不是还能帮她吗！一打你……成了十八岁的汉子，妈就盼早点向你爹那边，报个他有了孙子的信……你这么说了，我明个就去找人先合一下婚，看犯不犯相。"

许彪没吭声。

第二天，许彪前脚一走，他妈就后脚奔县城，打听到了刘半仙的家，请他给合婚。许彪妈刚说了"许彪属马，小菊属鼠"，就被刘半仙抬手挡住，他问："都几月生?"许彪妈忙答"男的十二月，女的五月，差半年"。刘半仙知道许彪是"追风沙"的人，又听许彪妈说"两个孩子情投意合"，便高兴地说："许彪马年出生、羊年论命；不算六冲，男女和睦，子孙绵长……"

许彪妈回到顺山屯，先到了小菊家。小菊一听许彪已经点了头，竟抱住未来的婆婆哭出了声。当晚许彪妈又领许彪到小菊家，正式定下了亲事，并约好请"追风沙"做大红媒，在给张二晃悠烧过周年后再成亲。许彪妈想叫小菊由许彪陪着，去向她妈说一声；小菊坚决不同意去，还说"她早就忘了自己姓过张，管不着张家的事"。许彪妈怕未来的儿媳妇再吃亏，便让许彪盘了铺小北炕，把小菊接过来跟自己住南炕。一家人母女兄妹相称，处得十分融洽。

有个教民听说后，向谷璧报告"小菊跟'小力巴'定亲了"。谷璧并不了解"小力巴"的底细，可知道自己"明铺暗盖"的美梦，彻底地变成了鼻涕泡。他能不憋气吗?

五

第二件事，是吉利肉铺的牛群被抢了。

"追风沙"听说秋收后县内有些庄稼院丢了耕牛，便怀疑跟唯一收牛的吉利肉铺有关联。他传令在县城卧底的许彪，让他把情况摸清楚。

许彪一连盯了两天，发现吉利肉铺杀掉了一头牛，拴着的牛却从两头增加到了四头。他傍晚没敢回家，在远处假装闲逛荡。快上灯时，两个人赶着那四头牛离开了吉利肉铺。他等赶牛的出了南门，便拖后半里多地悄悄缀着。走出小二十里路，到了三台楼，牛被赶进一个破院。他等那个破院里没了动静，才绕到跟前，就着月光一数，共拴着十三头牛。他听屋里有人喊"不要天，不要地，愿搂小娥配夫妻"，便知道有人在押牌九——耍钱鬼不到尿快冲开了水嘴子、屎拱到了粪门子，是不会出屋的。他绕到院后，跨过颓剩了一胯子高的墙壕，蹲到北窗户下听声。

"刘摸点，你把这个破院租给了谷掌柜的，一天白赚一块银饼子；坐起庄还贼顺，通吃起来没个头。你仗义些，借我五块，让我再玩几把呗。"

——许彪听明白了：房东叫"刘摸点"，坐庄赢了。说话的输光了爪子，向他借钱往回捞。

"你他妈的咋忘了咱们的规矩？四方台上哪有向庄家伸爪子的！你爪子干了，快些回家……"

——许彪暗下叹了一口气：人一耍上钱，自己成了不要脸的鬼，老婆也被骂成了养汉精！他担心借钱的跟刘摸点急眼：他们要动起手，我可就听不到有用的嗑了。

"摸点兄弟，三天后谷掌柜的该往法库门送牛了。我拿那份工钱当押头，还不行吗？"

——许彪没想到那个借钱的耍钱鬼，竟然没发半点火气，还灰孙子似的低声下气地哀告起来。

"谷掌柜的倒是说过：'再有三天牛凑到二十左右头了，往法库门里送。'可你一个来回才三块的工钱；那两块我朝谁要？"

——许彪听了，心里更有了数。

"那两块钱……我赖得了钱，还能赖跑了家吗？"

屋里的人嘻嘻哈哈地笑起来，还有人起哄："刘摸点，你就借给'舍得出'五块吧：虽说他借了钱就舍不得还，可拿炕梢顶饥荒的事，他放出的屁却比得过好汉子的屎橛子——一回也没往回坐过！"

——许彪听说那个窝囊废的外号叫"舍得出"，又暗暗叹了一口气，心里骂了句"一成了'耍钱鬼',人脸就成了猴腚"。

"不行，只能借给三块——就算这里的局散了，我这双手闲不住，也得找嫩些的点子摸。"

——说这话的是刘摸点。他话音一落，就传来了三声不太响的声，接着就是哗哗的洗牌声。许彪觉得没必要再听下去了。

第二天傍晚，许彪假装到吉利肉铺西墙外撒尿，踩着牲口粪堆望了望院里：又拴了三头牛。他赶到黑鸦屯，叫一个替他跑腿的把一封信送回老营去。

六

三天后的小半夜，一支蒙古族人打扮的马队围住刘摸点的院：十多人把二十来头牛赶向了法库门；十来个人把刘摸点跟那几个耍钱鬼关到屋里。快亮天时，看守的人也骑马向南奔下去了……

"追风沙"派人把牛赶到柳条边里卖了后，给一部分丢牛户送去了半头牛钱。"追风沙"本来就有"侠盗"的名，从此被叫得更响亮了。

谷璧对这件事能不窝火吗？

谷璧当小混混时欺软怕硬，可自打他抱上洋人的粗腿，便觉得腰杆子也粗了起来，硬气得可以在建安县城腰别扁担横晃了。他在牛群被劫后，向刘摸点等人问过，断定了是"追风沙"绺子干的；打发人去县衙报了案，要求缉盗追赃。他没想到吃了个软钉子："事发境外，无能为力。"

法库门以北一直到火石岗子，东西有四个社本属建安地盘；但最近奉天巡抚衙门报请朝廷，准备把在开原县内设立的法库抚民厅，升格为县，把边外建安南部的这部分划过去。朝廷的批复还没正式公布，法库抚民厅的同知也还没升为县太爷，把界划到哪也还没公开，交接当然更没进行。建安县衙接到谷璧的报案后，阚山便料到是"追风沙"所为；又考虑到慈禧太后正哄捧着义和团牵掣洋人，各地教堂都慌了手脚，不敢再像以往那么嚣张了，便和屠景操商量出了这个借口，进行推托。

谷璧觉得县衙的这种态度，和自己扒了刘半仙的房子、破了小菊的身子时，完全像王八打把式——翻了个儿：好像忘了自己是不服天朝管的孙大圣，又把自己看成了屁股底下的平头百姓了。他觉得近一年来阚山对自己一直另眼相看，而且他一定了解内情，决定去找他探探口风。他花了一个银饼子买了几样糕点，去阚山的小公馆串门。

阚山的脑袋是带轴的，活得滴溜溜三转，把谷璧的心思估摸得一清二楚。他这次没先打躬作揖，在谷璧伸出手后才轻轻握了一下。坐下后，老妈子献上茶。阚山不等谷璧开口，便突如其来地问："谷老弟，你说建安这个小地方，都谁能称得起是人物？"

谷璧听了一愣：他虽然觉得自己已经是爷台级的人物了，却还没想过这个问题。

阚山有些得意了，不慌不忙地伸出三个手指头，在谷璧眼前晃了三晃。谷璧惊异地问"是哪三个人"。阚山先指了指谷璧，收回手来点了点自己鼻子，又把大胖脑袋往前探了探，才张口说："再加上周凤鸣。"

谷璧没想到他会把自己这个被骂成"四大损"的人，抬举进"建安三杰"，很有些得意；可对他把周凤鸣也算到里头了，虽然不算意外，却相当不痛快。他皱起那两道细眉，有些不高兴地说："你把姓周的抬高了吧？"

阚山挺起了胖脑袋，先肯定地说了声"不"，接着便滔滔不绝地发表起议论："他过去挂着悬壶济世的幌子，常常治病疗伤不收钱，那些穷鬼能不把他当普度众生的菩萨吗？他治黑红伤的能耐，在县里稳居第一，绝不数二。那些结伙成帮的马胡子，独来独往的棒子手，一旦受伤没死，能不请他妙手回春吗？而现在，他更成了义和团的坛主，肩膀头和县太爷一般高了！他不让接手的案子，县衙里谁都不敢再过问了。"

谷璧觉得他最后一句话是在撇清，并不完全相信；但阚山提到了义和团，他很想掏出些干货，便虚情假意地点了点头，鼓励阚山继续说下去。

两人都喝了一口茶。阚山按着自己的小九九往下忽悠："有人说我是地头蛇、坐山虎，我也不否认。衙门里的吏丁，全县的社头村长，都和我有些交情。虽说我头上还有个正堂大人，可也是'一人之下，众人之上'。可现在周捕头翅膀硬了，几乎成了佛爷惧三分的金翅大鹏，连'追风沙'都听他的招呼了！这就使我嘴不好开、手脚不好施展了。"谷璧认为阚山在拿"追风沙"当一段苞米穰子，堵自己的嘴，便觉得不能叫他小瞧了自己，就在老妈子又给续上茶后，吵吵嚷嚷："我姓谷的'当真人不说假话'，也不怕你笑话：我打一小就是个臭嘎伢子，不惧山神也不敬土地，眼睛揉不得沙子，嘴只愿吃顺着的食。你们县衙不敢惹'追风沙'，我可是'有仇不报非君子'，非他妈的把面子找回来不可。我要大张旗鼓地收牛，圈在眼皮底下；一收够群了，就雇人往边里送。我要动用洋枪保驾，看他妈的'追风沙'有没有那股小子尿，敢不敢到半路上再来劫！"

阚山虽然认为他说话愤愤吵吵，有些对自己不太尊敬，却"大人不见小人怪"，心里还想"你若是一家伙把'追风沙'送上天，倒去了我一宗心病"，嘴上便顺风打旗地说："远道经商，理当小心防护。"

谷璧叮问："阚大人是主管地方治安的，我若是和马贼动上手，县衙打算咋对待？"

阚山迟疑了一下才说："若是在县境以内，你胜了我不闻不问；马贼得手你来告，我一定恳请正堂大人调兵追捕。"

谷璧觉得：他虽然还是对上次牛群被抢的事推手不管，可也表明了两种态度：一是在县外不介入，二是在县内要负起追捕的责任。这总算没白来一趟。

谷璧走后，阚山叫来张喜瑞，秘密地吩咐他："再去见见'追风沙'，透话给他：姓谷的还要收牛，够群了就往法库门里送，请他不要在县境以内动手。"

第二十三章　横了心的女人悔杀的汉

一

阚山对朝廷、洋人、乱民谁会占上风，还看不准。他怕洋人把北京也租借去，使慈禧和皇上娘儿俩没地方摆龙椅，自己也就成了白劳德所说的"租借地臣民"，得听谷璧和他洋爹拘管了，所以他现在不敢得罪教会。他认为响马与义和团不太可能成气候——洪杨的势头够大了吧？还不是被朝廷赶尽杀绝了！但他不敢拿县内的大股马胡子当对头：他们有力量和县内任何家族、任何有势力的人物，拼个鱼死网破。他十多年来，一直对零散盗贼坚决捕杀，对成股的大绺子却睁着一只眼、闭着一只眼。而"追风沙"这股马贼，不仅人马众多，还捏着自己的把柄，更得维持"礼尚往来"的交情。他派张喜瑞去透信，表面上是在拉拢"追风沙"，其实是希望他跟"四大损"狠狠地斗一场；他故意对"追风沙"不提谷璧要动用洋枪护送牛群的事，更是怀着坏心眼子。

谷璧这个二鬼子，是王八吃秤砣——铁了心：要把胆敢虎口拔牙的"追风沙"打个落花流水，一来报上次被抢的仇，二来立牢自己这根上了洋铁箍的棍。他估计到了"追风沙"在县城有眼线，才故意张扬"一收够了群，就雇人往边里送"；暗下里，他却细细地盘算护送的法儿。

到县城卧底后，许彪来就雇下几个替自己盯梢的。他得到一个叫花子报来的信："四大损"提溜好几包子送礼饽饽，去过阚老爷家。许彪估计他准是去告状的，可又觉得应当把他是咋说的弄透亮了。他想不出进典史家小院的借口，也没法凑到阚山的身边打听。他琢磨了一阵，想到了刘半仙——他在周凤鸣家碰到过，觉得他经得多见得广，人又靠得住，就向他去请教。

刘半仙听他想打听"四大损"去阚山家"都唠了些啥"，便给他出了个主意："阚家的老妈子姓耿，挺响快，是河西窝堡人。她差不多天天未时都到市场上买菜。你想个法儿搭上话，或许能探听出些动静来。"

第二天一过了午时，许彪就躲在半道上。一发现从阚家走出一个女人，五十上下还挎着个竹筐，他就断定是自己要等的人，忙走过去搭话："你老是耿大姨吧？"

耿妈见他扛着铁锹大斧，还拎着个装着干泥水活家什的半截破布兜，估计是个做零活的；听他说话挺有礼数，还先打听出了自己的姓，便停下步，也客气地说："小伙子别见怪——大姨还没七老八十，就眼浑了。"

"大姨，是我冒失了。我是'小力巴'，着急找点零活，再挣几十文，过两天送回小苇塘家里。"许彪说，"我昨天就想去问问阚老爷家有没有零活——可见谷掌柜的，拎着大包小裹的进了院。我估计他是典史老爷的朋友，就没敢去讨人烦。"

小苇塘在河西窝堡北十来里。耿妈听了后高兴地说了句"咱们是邻村老乡"，接着就讲究起了谷璧："那个损种，跟阚老爷可不是朋友——过去他没少送银元宝，昨天只提溜了四小包馃子；他走后，老爷还骂他'认了洋爹，装起了洋鬼'呢！"

许彪"哦"了一声，自言自语"那他去干啥呢"。耿妈左右趸摸了一下，见跟前没人来往，才低声说："那个损鬼骂了几句'追风沙'——就是大家伙叫'侠盗'的那个人；接着他就发起豪横，说要敞开地收牛，圈在眼皮底下，靠洋枪往边里送牛群，端着洋枪等'追风沙'去劫……"

后来耿妈说"没听老爷、太太提到有啥活"，许彪便不再多打听，却问耿妈"家里有啥事没有"，说自己过两天回家时，可以把话捎去。耿妈高兴地说:"你大姨父身板不咋硬实,你若有空就去看看,回来时告诉我一声。"

许彪当晚就上路了。虽说天头已经上冻了,夜里还有点小北风,许彪却没觉得冷;一宿走了八十多里,一回到老营,他就详细地向"追风沙"汇报了摸到的情况,还郑重地说:"谷璧从四平带回了六杆洋枪,其中有一支是短的,能连射;谷璧领护教队到西泡子边打过靶子。他们练到了啥准头,还不清楚。咱们没跟使洋枪的人交过手。大当家的要决定再做一把买卖,请筹划好动手的法儿。"

"追风沙"满意地点点头,说:"我明白你大老远地连夜跑回来,主要就是要说这几句话,才没叫别人送信。我会斟酌的。你到柜上领几块银圆——你上回捎回的信很顶用,这是按规矩赏给你的。"

许彪在回去的路上,在河西窝堡买了两包馃子,去瞧看了"老耿大姨父"。回到县里,又到菜市场找到耿妈,报了平安信。

许彪每天回家前,都暗里去点点吉利肉铺院里的牛。他发现一天比一天多,一直没再往三台楼送;存栏的牛一过了十头,谷璧还真每天晚上派两名带枪的护教队,帮打更的看牛。许彪开始着急了:得赶紧探听出他们把牛送走的日子!他去肉铺揽了两天打扫牛粪的活,只旁听到肉铺的人说"收到二十头多,就该送走了"。在牛过了十五头时,他可就急得火上房了。

一连刮了三天的西南风,掉成了西北风。掌灯后许彪绕到谷璧后院听声,却发现谷璧没回来;便又去教堂——他在教堂打短工的时候,就琢磨过进出的路。他利用靠围墙的一棵树翻进院。他知道教堂上屋五间砖平房,不算中间的正厅和两段小走廊,共间壁出六个互相连通的屋。他侧身站到东北角那屋的东窗户外,忍着冻悄悄地听声。熬了一个多时辰,才听到谷璧说了两句有用的话:"我明后天都有事,不能亲自去商量……你求他们大后天一定帮我这趟忙……"

许彪离开教堂后,经过反复掂量,认定了两件事:一是谷璧在雇人,可能是赶牛;二是"大后天",谷璧能有空了,要亲自去——十有八九要带洋枪……他连夜找人把信送回老营。

二

第二天刚一放亮，就下起了棉花套子大雪，整整下了一天一宿，平地上的雪都没鞋帮子。

又过了一天，谷璧和几个护教队员化装成庄稼人，拎着长包袱，起早绕出县城，在十多里外的三台楼等到了驱赶牛群的人。他让赶牛的每人只牵五头链在一起的牛，命令他们"若马贼敢来，不许乱跑，要聚在一起别动"。

牛群过了孤树子一里多地，"追风沙"带领马队从树林子后冲了出来，先按着老套路，一边远远地兜圈子，一边喊"留下牛逃命去吧"——"追风沙"想用这个法"投石问路"，看谷璧是不是真使用了教会的洋枪队。

赶牛的人并没跑，牵着牛站住了。谷璧命令手下人："人小马大，瞄准马打。"这帮枪手射击水平很低，但"追风沙"的人马只兜圈子，给了对手打活靶子的机会；一被撂倒了两匹马，其他人也就乱了套。"追风沙"只好把队伍带开，重新部署。谷璧利用这个机会，把牛群赶进了一个大院。

"追风沙"已经看出对方洋枪不多，便叫弟兄们先一齐从四面八方冲到那个院子的围墙下，隐蔽起人和马，然后再听号令一齐翻过墙，用马刀和对方打交手仗。谷璧已经领枪手上了房，居高临下继续开枪，又把冲向院墙的人马，撂倒了两匹马、打伤了一个人。在"追风沙"的部下都冲到院墙外时，谷璧事先约好的法库教堂护教队增援过来了：虽然不是马队，却也有洋枪……

"追风沙"见腹背受敌，不敢恋战，传令大队人马带上受伤的弟兄向东北撤退；自己带领身边的十来名弟兄先把法库护教队那十多个人冲散，然后向东撤——两部分人马到孙家屯会合回老营。

这两伙人马同时行动了。"追风沙"这伙人，向半里外的法库护教队猛扑过去。法库护教队里有个洋人，枪法很准，把"追风沙"的一名弟兄打落马。"追风沙"转马去救，又被打伤，伏到马上；命令马拉子去救那个受伤的弟兄。他身边的一名入伙不久的弟兄，见瓢把子挂彩了，提马过来抓住花狸豹马的缰绳，并马拐上向西去的荒路；"追风沙"挣扎着挺起身，一边把左臂挥了几挥，一边高喊"按我的命令办……"

两支护教队见打劫的马胡子，分三路撤了，扬扬得意地聚到一起，不断地画着十字，扯直了脖子喊"上帝保佑"。他们闹腾了一阵后，一起赶着牛进了法库门。谷璧包下个大饭店，宴请法库教友。

第二天，四五十法库教民送谷璧回建安。

这些人一进建安县城，并不向东拐去天主教堂，而是沿南裤裆街西裤腿奔正街。他们大呼小叫，耀武扬威，还不断地燃放鞭炮，朝天打枪，吓得商号上了栅板，锁上了门。各家大人小孩全避猫鼠似的躲在屋里。打这以后，谁家孩子一闹，大人便吓唬："教堂的人来了！"而孩子比听了"老虎妈子来了"还害怕，立刻把嘴闭得严严实实的。

阚山没想到谷璧会大获全胜。对洋枪洋人更加惊骇了。他好像忘了自己说过的"不闻不问"，亲自到教堂祝贺。谷璧坐在暄暄腾腾的沙发里，屁股都没欠，只用下颏点了下身边的另一张沙发。阚山心里骂了句"小人得志，目中无人"，却微笑着拱拱手。坐下后，他还恭维地说："谷兄大显神威，打得悍匪人仰马翻。"

站在谷璧身边的王二吹，虽然没跟谷璧去，却咋咋呼呼："那当然——谷大掌柜的站在房上，把右胳膊一抬，半天空就咔嚓响起了一个炸雷，'追风沙'立时喷出了一口鲜血，从他的花狸豹马上滚了下去……"

谷璧也指桑骂槐地喊叫道："谁他妈的不把教堂看在眼里，便叫他给我吃不了兜着走！"阚山明知他在骂街，影射的是自己，却应和说："那是，那是！"

三

保护"追风沙"逃出险境的，正是刚入伙不久的贾英——其实他就是谷英……

谷英和翠兰分手后，没回头看一眼，可心里并不平静，也不轻松。他说过"一了百了"，可人是散了，离开了，影子却还留在心里。谷英还觉得翠兰影子的后边，还影影绰绰地站着谷璧……他不由得咬起牙来：她跟我成亲后，心里那团冰已经慢慢地快化净了，开始打算跟我热热乎乎过日子了，却不料谷璧那个损兽，连逼带骗给搅乱了套……他发誓要找谷璧报仇雪恨——偷妻夺爱的仇若不报，那还算得上大老爷儿们吗？可想到这，他突然打了个寒噤：自己也曾经夺了别人的未婚妻，还对另一个女人起过先奸后杀的歹意……谷英气馁了：那个人头顶尖上长疮，脚底板子下边冒脓——坏透腔了，可自己就能算上个干干净净的好东西吗？

对谷英来说，他打了这个寒噤，接着承认自己是只落到猪身上的黑老鸹，这可以说他在闯人兽关。孔圣人主张"三省吾身""克己复礼"，佛家认为"放下屠刀，立地成佛"，天主教宣扬"忏悔"罪过后仍然可以进入天堂，这不都是允许"重新做人"吗？正因为谷英开始反躬自省，有了向善的愿望，一步步迈向正路，后来在国难当头时还毅然献身抗日事业，才成了边外人敬佩的"草上鹰"。

谷英的复仇心淡薄些了，还生起弄清自己给别人造成多大痛苦的想法。他本来没有固定的去向，兜里还有足够的银两，便走走停停，回到了四平。他听说翠兰的那位未婚夫，离家出走后一直没再回来。谷英有些遗憾：若能跟他见个面，豁出让他骂遍祖宗三代、打个鼻口蹿血，我也要认个错的。他接着去了趟八面城，但没敢到那个作过案的吕家屯露面。他认为那个女人肯定记住了自己嘴角上有疤，十有八九向人们提说过。他得偷偷摸摸、拐弯抹角地打探。他还真套弄出了一些底细：那个后脖颈子被强盗砍伤的有身孕的女人，由于惊吓，一直不省人事，被送到了娘家，案子早已经悬了起来。那个女人后来生下个男孩子，还守着。谷英感到自己的罪孽轻了些——给吕家留下了一根苗。

后来谷英转悠到建安地界。他遇到的老百姓，异口同声地夸"追风沙"是"侠盗"，劫了谷璧的牛群，给一些丢牛户送去了半头牛钱。这使谷英的心像打开了两扇门：仇人的对头，便是最好的朋友。他买了一匹好走马，到和蒙古旗交界的地方找到"追风沙"的绺子，化名"贾英"入了伙……

这次是贾英头一次跟随"追风沙"出来做生意。他见"追风沙"先打发大队弟兄往东北撤，自己领十来个人朝着法库来的二鬼子冲过去，护住大队人马的后路，十分佩服他的义气和胆量。因此，他在"追风沙"挂花后，舍生忘死拉着花狸豹，并着马头向西狂奔。跑出二十多里后，断定已经甩开了敌手，他才找了一户孤零零的人家，把"追风沙"搀下马，扶进屋靠墙坐下。

贾英面对五十多岁的老房东，见他脚上穿着乌拉，身上披着白茬羊皮马褂子，帽耳朵上吊着山跳（野兔）皮，分辨不出是民人还是旗人，便先抱拳齐眉深深鞠躬，诚恳地说："老当家的，晚辈冒冒失失闯进屋来，敬请原谅。我大哥被二细狗掏了一口，想借宝宅包扎下伤口，恳请给予方便。"

那老人侧斜了一下身子，表示不敢受礼；十分恳切地回答："离家在外行走，谁也不能背着房子。掌柜的能把这位大当家的领进屋，便把我海佳新看成了朋友。老汉虽然搬到了边外，却不敢忘了祖上的门风：'朋友的事，便是自己的事'，理当尽所能、共安危。"

"追风沙"精神萎靡，神志却清醒，听出了这家姓海的也是逃旗户；老人名叫"佳新"——也就是排行"老二"；若按民人习惯把姓名连起来就是"海老二"。他不愿暴露身份，没有用满语搭言，只低声对贾英说"不用和老人家客气了"。

"追风沙"推断得一点也没错：这位老人正是被屠景操"以绳代柳"

示过众的那个逃旗户。

贾英在老房东帮助下,扶"追风沙"躺下,解开他粗布面羊羔皮马褂子,发现汗衫已经被血浸湿一大片;撩起血衣再看,是右边软肋上有个透窟窿的枪眼。老房东的儿子,先端来一盆温水,又抱来一堆棉花和半块家织布。海老二抽出身来,翻出一块大烟土,揪下一疙瘩给"追风沙"吃下去;接着又帮贾英给"追风沙"擦洗伤口。"追风沙"咬紧牙关,没有吭声。等缠裹完伤口,海老二便打发儿子"去房前看着点"。他儿媳妇放上炕桌,摆上咸菜酱,端上两大碗兔肉炒土豆和两大碗蘑菇炖白菜。把稗米饭盛上后,那小媳妇儿便规规矩矩站在地当央,脸朝南侍奉。

贾英不明白每样菜都上两碗的缘故,以为是要凑上"四个碗"。"追风沙"却知道:煮稗米饭、双碗上菜,是满洲旗人招待尊贵客人的饭食和礼节。

海老二陪着吃饭。他儿媳妇一看客人吃下了半碗饭,便到外屋地盛来一碗,扣到客人碗里;放回饭碗后,又规规矩矩脸朝南侍立。

入更临走时,贾英掏出五块银圆。海老二生气地说:"有我吃的,就饿不着朋友。掌柜的若是想封我的嘴,那你就没把我当朋友——虽说人们没亲眼见过关老爷,却都知道他骑的是赤兔马,干的是忠义事!"

满族人祖先打猎、挖参、捕鱼、游牧,是经常远离家乡的,经常需要得到旁人的帮助。因此,也就养成了热情招待客人的习俗;而且招待客人后,是不能收钱受礼的,否则会被人看成吝啬小人——可就和贪婪不义连到了一起,要遭到耻笑,没人再和他打交道。

贾英以为老房东是从花狸豹身上,猜出了大当家的是"追风沙"。其实他只猜对了一半。"追风沙"却完全明白:老房东可能猜到了自己是谁,但同样重要的是他在维护满族人的古老习俗。

贾英还想恳求主人收下,"追风沙"却止住他,说"不可轻慢老人,扶我施礼"。贾英扶住他,"追风沙"掸了掸袖口,准备打千;海佳新好像看出了他也是旗人,抢步过来抓住他双手,高兴地说:"兄弟保重身体,不可多礼。""追风沙"也只好说了声"多谢",以执手礼告别了。

两人骑马走了大半夜,天放亮时找户人家歇下了。"追风沙"很快就睡着了。贾英不敢放大眼汤,几乎在院子里转悠了一天。晚上要走时,房东对贾英说:"你们的脚力太扎眼,老大骑马也不方便。不如先放在我这疙瘩,赶我的马爬犁走。"贾英不会赶爬犁,有些迟疑;追风沙却答应了,还请房东当把式。

一轮明月当空照,数九的雪路冰似的滑。这一宿跑出一百左右里。在"追风沙"的吆喝下,爬犁停在一个暗窖家。刚吃完早饭,便赶来几名弟兄。"追风沙"支使一名弟兄去县城,请周凤鸣来疗伤。贾英不愿和周凤鸣朝面,怕被他认出来;便和一个弟兄随爬犁去取那两匹马。

周凤鸣来到后,立即给"追风沙"检查伤势。他摩挲一阵后,对"追风沙"说:"你软肋虽然受了伤,我保证会很快就恢复;腰椎骨的伤,我感到不重;可我的手法远远不如乌泰仙师;你必须马上去找他,别出了事瘫了两条腿。""追风沙"也不敢大意,立刻把手下人都召集过来,当着周凤鸣的面说:"请坛主回县后,命令许彪马上回老营,代我主持绺子里的事。弟兄们抽出两人回老营传达:在我治伤期间,由许彪代我管理绺子的一切大小事务;这是周坛主和我的共同决定。"

"追风沙"由弟兄护送去找乌泰疗伤。"摩挲仙"在他后腰上摸按一阵,对他说:"你这个侠盗挺有天缘:腰椎骨虽说受了伤,却无大碍;但不养三两个月,也可能将来骑不了马。你必须在这里待上七七四十九天,天天挨我打三巴掌。"当马胡子头,不能骑马行吗?"追风沙"不得不留下了。

周凤鸣回到县城后的第五天,得到了"追风沙"派人送去的信。他没有张扬,但对团众的训练抓得更紧了,尽量不和谷璧计较。

屠景操听说谷璧打伤了"追风沙",对教堂更怕了。他还听说外地不断有义和团闹事,而周凤鸣也在趁冬季农闲训练并扩大义和团。他不得不把刨金窖的计划先停下了——怕引起麻烦。

四

贾英回到老营后，按照绺子"一般弟兄无重大事情不要随意打扰瓢把子；若见，须在事前提出要求"的规矩，他没有去见"追风沙"，但时常想到"追风沙"。特别是老百姓对"追风沙"的敬重、关心，使贾英对"追风沙"五体投地佩服，感到一个人做到这种程度才没白活。

出了正月，"追风沙"捎信让贾英过去一趟："伤口长平了，来陪大哥喝顿酒。"

贾英骑马走了一个时辰，到了"追风沙"养伤的村子。他走进屋，正赶上"追风沙"只穿了汗衫洗头。听说贾英来了，他挺起身打招呼。贾英发现他脖子上挂着个中间缀着个黄铜大钱的红绒线编的同心结，脑瓜门立刻冒出了汗：咋和翠兰戴的那个一模一样呢？难道翠兰投到了他手里？可这屋不像有女人的样……贾英忍不住问了一句："大哥，你戴的是……护身符吗？"

"追风沙"一边擦头发一边说："护身符？你们这些兄弟才是我的护身符！兄弟，别笑话大哥没出息——这是我没过门的媳妇儿送的……可惜她后来没能嫁给我。"

贾英觉得脑袋瓜子轰的一声涨得比柳罐斗子还大，差点从炕沿上一头崴下去，失声问："她叫啥名？"

"追风沙"愣了一下，低声说："你是我换命的好兄弟，对你不该掩掩遮遮——她叫'翠兰'。"

贾英像挨了雷劈：人干了坏事，是逃不过老天爷那双眼睛的！他抢上一步跪到"追风沙"的身前，颤声说："大当家的，你杀了我吧！我不是你的好兄弟，我是畜生——我就是叫翠兰没法嫁给你的那个叫谷英的畜生……"

"追风沙"先是一怔，接着一连跺了好几下脚，又默默地站了好一阵子，才打了个唉声："你站起来，详细地说说有关的事。"

贾英坚决不起来，请"追风沙"坐下后便悔恨交加地叙说起来……

"追风沙"听贾英说完，又一声不响地坐了一会儿，才把贾英薅起来，责备说："你是不应当扔下他们娘儿俩的……在这个世道上，咱们这些大老爷儿们，还不得不过这种刀头舔血的日子，一个女人咋能按自己心意活着。"

贾英听"追风沙"不单饶了自己，还那么惦记翠兰和孩子，更觉得自己猪狗不如了，流着泪说："大哥，我没脸见人了。你若是怕脏了手，让我自己了断吧……"

"追风沙"勃然大怒，破口大骂："浑蛋！你一改了姓，这个世界上已经没有那个该死的谷英了！你贾英若还有男人骨头，就用谷璧的血，把自己洗清白了吧！"

五

冬天过去了。

进了三月，建安县城又紧张起来。一天，王二吹吃完晚饭，回家看宋春华。宋春华说自己"快了"，不叫他再走。王二吹说"谷掌柜的像疯了似的，不能给假的"，便去把老牛婆提前请到家，还答应将来多给她钱，请她无论如何住到接完生。

白劳德、谷璧不断地听到外地教堂被烧、传教士被杀的消息。他们心里分别打起了洋铜镲、土皮鼓，担心灾星落到自己头上。白劳德的灰眼珠转了又转，谷璧的长巴眼睛眯了又眯，拼凑出了几条应急的道道：把教堂的围墙加高，护教队昼夜不离教堂，和法库教堂商量好危急时相互支援。为了保证最后一条灵通，谷璧还指派一批教民在县城南门等处设下卡子，好能迅速地报信、打招呼。这些设卡的教民，忠厚老实的少，多半充洋狗欺负人。这些二细狗狐假虎威，对来往行人盘问搜查，对小商小贩刁难勒索，比衙役还凶，使乡下人不敢轻易到县城办事赶集了。

周凤鸣认为不能允许教堂这样横行霸道，主张把教堂的哨卡拔掉，切断教堂间的勾结。香堂成员一致同意他的主张。周凤鸣到县衙向阚山通报。阚山的态度有些虎头蛇尾：先表态"教堂设卡，实属不当"，却又说"强行禁止，似亦不妥"——他怕招来教区的抗议，引起洋祸，劝周凤鸣"暂且忍耐"。周凤鸣却不愿意心头上被插了一把刀，说"大清国的地盘上，不能让洋人教堂骑老百姓脖颈子拉屎"。两人争持不下，一齐去见知县屠景操。恰巧邹乃杰也在，屠景操便示意他先发表看法。邹乃杰现在已经成了阚山的应声虫，也主张"不可鲁莽行事"。屠景操也怕刺激了教堂这头洋老虎；但慈禧太后已经下懿旨恩勉义民，自己也不能惹恼义和团的坛主……他一再推敲，反复掂量，才表态："神拳敬天爱国，义举理当得到尊重；官吏衙丁，均受朝廷辖制，无旨令只可旁观。"

周凤鸣见他要隔岸观火——但总算没向自己念紧箍咒，便不喜不恼离开了县衙。

他调集了三十名团众，把南门的教堂哨卡撵走了。教堂另外几处去法库门路上的卡子，从行人口中听到了消息，也都绕道跑回了教堂。

白劳德大发雷霆，带了四名护教队员去县衙"抗议"。

周凤鸣预料到了教堂会发"洋角疯"，早已带人在县衙门口埋伏下了。白劳德一到，一群红布缠头、手执钢刀的义和团战士便突然冲出，把四名护教队员捆了个结结实实。

俗话说，横的怕愣的，愣的怕不要命的。白劳德看到这伙义和团不要命，头一次在大清国倒了槽：脸上好像浇了稀石膏，一点血色也没有了。周凤鸣指着他的鹰钩鼻子训斥："大清国的老百姓，不允许你们这些红毛罗刹、黄毛魔鬼跳老虎神！"

周凤鸣本想把白劳德带回清华观，用他牵掣教堂的肆意妄为，但屠景操带着他的哼哈二将，慌慌张张地跑了出来，对周凤鸣打躬作揖地说："请周坛主暂息雷霆之怒，且将这不识礼仪的夷人，交下官处置。"

周凤鸣估计屠景操是叫阚山撺弄上套的，但自己也不能不给他留点面子，便指着白劳德说："屠大人，洋狗如狼似虎，万万不可姑息养奸！"

屠景操应承说"极是，极是"。周凤鸣领徒众押走四名护教队员后，屠景操却向白劳德拱一拱手，也不开口，一转身回后堂去了。阚山先喝令衙丁去雇车，然后踮起脚对白劳德耳语："我等也不敢上违懿旨、下犯众怒。幸喜正堂大人尚纳逆耳之言，同意将先生礼送出境。"

白劳德已经失去了往日的威风，也没完全听懂阚山那蚂蚁国的悄悄话，但猜想出他是出于好意，便胡乱地小鸡叨米紧点头。

小车子一到，阚山便搀白劳德上车；而邹乃杰捧了二十两纹银送上去，还文质彬彬地说了句"程仪菲薄，还望笑纳"。

白劳德虽然不太了解泱泱中华上国的这些礼仪，却知道白银是种好东西，便不客气地拿了。在四名衙丁的护卫下，白劳德离开了建安县城。

阚山擦擦额上的汗珠，叹息说："暮春之夕，竟若盛夏之午。"邹乃杰也抹一下汗，附和说："时序颠倒，实乃不祥之兆。"

六

四名衙丁把白劳德押送到火石岗子，叫他下了车，自己步行去法库。

白劳德认识到了：自己是被建安的义和团"驱逐出县"的。他惶惶如丧家之犬，逃进了法库门。法库教堂摆酒宴为白劳德压惊，可他怎么也赶不走脑海里横眉竖眼的周凤鸣，仿佛追到了身后。他草草地吃完饭，便叫雇车派人，如漏网之鱼跑回了教区。他下狠心此生此世不再去建安了。主教听了他的汇报，采纳了他的建议，让闵小耍给建安教堂送去了十支洋枪和一些弹药……

谷璧因为周凤鸣抓了他四名队员，还把白劳德逼走了，心中七上八下，有些六神无主了。可见了教区送来的枪支弹药，又好像大烟鬼过足了瘾，精神头又上来了。他让吉利肉铺只留下一个人看堆，其余人都到教堂当护教队。他觉得三十多人、十六杆枪守得住教堂了——实在顶不住时，用排子枪开路，也十拿九稳能逃到四平去。他三魂六魄一归窍，又有了鬼主意，叫人四处放风："教堂又添了二十多杆洋枪，撂倒百八十人用不上抽一袋烟的工夫……"

街面上不少人都知道：谷璧是靠六条洋枪打败了"追风沙"的。听了这种吓唬人的大话，便觉得被打掉腰子的谷璧，又缓过了劲，有些像瘸狼变成了带翅膀的老虎。

一天晚上，张喜瑞溜进教堂。谷璧知道他是阚山手里的驴皮影仁子：不仅腿随阚山手里的线迈步，连张口说出的话，也是阚山在幔子后捏嗓子送出的音，因而谷璧认真地跟他进行了如下的对话：

"阚典史向我许过愿：教堂和外人交上手，他表面上两不相帮，暗里助我一臂之力。可这回他却帮了周凤鸣，把白劳德大人挤对走了，拆教堂的台。"

"谷先生，你误会了。姓周的本来要把白大人当肉票架到清华观去。阚大人磨破了嘴皮子才说动了屠老爷，把白大人'礼送出境'了。"

"周凤鸣不是他的手下吗？他咋允许姓周的向教堂下黑手，把我的人抓去了四个？"

"谷先生，周凤鸣现在豪横起来了，是癞蛤蟆爬上了灵霄殿——成了一路妖神了。"

"哼！上帝可不怕这些山妖野怪——让他蹦跶吧，上帝的劈雷闪电可不是吃素的！"

"谷先生，小人这次来是请你多加小心的。姓周的当了坛主，收了好些徒子徒孙，连'追风沙'也……"

"他还没死？"谷璧有些疑惑地问。

"没有，没有。姓周的又治好了他的伤，他铁心替姓周的卖命了。"

"那也好，我端枪等着他！上次我是快枪先射马，这回我要连人带马一锅烩。"

"其实……他的人早就在县城卧底了。吉利肉铺的牛群被劫，就是这个人报的信。"

"他是谁？"

"许彪，就是和张二晃悠闺女小菊定了亲的那个许彪。"

"你敢断定吗？"

"当真人不说假话。我当捕头时，和'追风沙'有来往。我去过他老巢，见过许彪——他是'追风沙'的贴身亲信。"

张喜瑞完成了传话的差事，点头哈腰地离开了教堂。

第二天一大早，谷璧便叫王二吹带领四个人去抓许彪一家，强调"女人要留活口"。

王二吹领人出了教堂，没敢走经过清华观门口的近路，穿小胡同向北走出县城，绕到了顺山屯。

王二吹这伙人一进院，便被正在外屋地做饭的娘儿俩发现了。老太太对小菊说了句"快叫他跳北窗户跑"，便挺身去院里迎挡。

许彪是在"追风沙"回到老营后，又回到县城的；不过他现在的任务，主要是做周凤鸣和绺子之间的联络员。

小菊跑回里屋，拉起许彪推他跳北窗户。许彪还想冲出去拼，小菊焦急地说："小祖宗，他们有洋枪——你快去清华观找周大叔，求他想法救我们！"这时院里传来老太太的喊声："你们拿洋枪吓唬谁？我儿子在清华观呢，你们上那去找吧。"许彪明白妈妈在追自己赶快躲出去，便跳出北窗户向东北跑。

王二吹认识小菊。他一进院便从敞着的房门看到小菊闪进了里屋，紧接着一个老太太就冲了出来，他猜想许彪准在里屋呢。小菊那苗条身影，使他想起了宋春华暗下骂谷璧"这损驴比我扎的纸活还足尺足寸！偷谁家的女人不行，咋硬祸害借光的闺女"。他决心不进屋抓人，免得妻子埋怨；而且许彪是"追风沙"手下的人，一定很扎手。于是，他低声吆喝："我看住这个，你们进屋去抓那两个。"

闯进屋的那四个，见小菊刚关上北窗户，便有两个跳到炕上，一个把她搡下炕，一个用枪托子把窗棂子砸飞，对逃跑的许彪开枪。许彪跑着跑着打了一个趔趄，但他还是一歪一斜地钻进了树林子……

谷璧看了看押回来的小菊，觉得她出落得更漂亮了；但咬牙切齿，一副拼命的样。他叫王二吹把她们交给修女看管。

那两个修女是教区派来的，要筹办养老所。她们对谷璧的"四大损"有些耳闻，便把这娘儿俩关在自己的卧室里了。后来谷璧要夜审小菊，被两个修女严词拒绝了。谷璧知道这两个修女是神职人员，在教区很有地位，也不敢太得罪。因此，小菊和许彪妈暂时也还安全。

王二吹在回来的路上，听一个教友说"你老婆给你生了个儿子"。一交完差就向谷璧"请几天假，伺候月子"。谷璧板了半天脸，才开恩地说："给你两天的假，把你丈母娘接来吧。"

七

许彪只是屁股上暄肉擦伤，一挪一蹭地跑到清华观。周凤鸣派出两拨人，去许彪家和半路上救人，但王二吹已经把人押回教堂了。

周凤鸣写了一封信，放了一名护教队员叫他带回教堂。信中说："教堂仰仗洋人，怂恿坏人，为非作歹，人神共怒。现在又无故绑架无辜妇女，打伤徒手百姓，罪上加罪，国法难容。若放回劫去的人，将谷璧捆送我坛，解散擅自成立的护教队，从此以后尊重朝廷，遵守国法，我义和神拳可以网开一面，不咎既往……"

谷璧看后冷笑了一阵，也口述了一封回信："姓周的，谁善谁恶，上帝看得清清楚楚。小菊等人是教民亲属，县衙门都不敢过问，你们又算是老几？你周凤鸣如果知道深浅，就别再往尿盆子里扎猛子了，快快解散香堂，把那三名护教队员送回来，再亲自把马贼许彪押送到教堂，向上帝磕头请罪。这样的话，我兴许放你这个瞎家雀一条生路。不然的话，上帝一怒，五雷轰顶，翻遍你那些坛坛罐罐，也找不到一丁点后悔药！"谷璧叫人抓了个过路的人，逼他把信送到清华观。

周凤鸣把信念给了各位师兄，共同商议对策。在场的人一个个气得脸红脖子粗，要求立即召集全县团众，冲进教堂，"抓住老假婆，把他五马分尸"。周凤鸣觉得教堂又添了洋枪，不充分准备会吃亏，提议四月二十八动手。香堂成员一致同意。众位师兄有的向各社团众发通知，有的负责传帖邻县同道，有的准备锣鼓旗帜，有的安排食宿杂事。周凤鸣因许彪有伤，先派人去见"追风沙"，然后到县衙去通报。

清华观是建安义和团的香堂，当然地成了指挥部。四月二十七的下晌，带着刀叉棍棒的农民，陆续地进了山门。上灯时，清华观内便有了三百来号人。"追风沙"是二更天带着马队赶到的。周凤鸣向他一拱手，便发令："你马上带弟兄们，去堵截法库教堂来助谷璧。""追风沙"应了一声"是"，便带领马队冲出南门。

天刚一放亮，彰武的红灯照到了：二十左右名姑娘，齐刷刷穿着红衣红裤，红纱巾包头，手中长剑也都系着红绫子。领队的二师姐是青色劲装，却用红纱巾罩住了头脸——看那高高隆起的胸、细细束紧的腰、长长绷直的腿，便可知道是个俊俏的年轻小媳妇儿。

日头一冒红，周凤鸣便带领满院子的人在关帝殿前跪下，向祖师爷吕纯阳的神位叩头，发下了"扶清灭洋"的誓言。周凤鸣跳上台阶，发号施令："……由各位师兄带队，从四面八方接近教堂围墙，把教堂团团围住……不闻号令，不得随意翻墙冲门。"

在天主教堂，谷璧昨天就发觉周凤鸣在调兵遣将，已经派人绕道去法库教堂求援。今早一吃完饭，他就命令枪手爬上了教堂屋顶，让没枪的队员分别把守门窗。他还命令把小菊和许彪妈五花大绑了，逼她们跪在教堂房门口，准备必要时拿她们的脑袋威胁进攻的人。

义和团的领队师兄们带领自己部下，悄悄在教堂四周的远处隐蔽起来。一听到突然响起的鼓声，同时呐喊起来，打着五颜六色的旗帜，旋风般扑向教堂。趴在教堂房顶上的枪手们，居高临下看得清清楚楚，却做梦也没想到会有这么多不怕死的茬，不由得心惊胆战手发抖，加上他们本来就没放过几回枪，虽然打得噼噼啪啪，却只打伤了两个义和团的人——其他人都冲到了围墙下。

义和团的鼓停下来了，可彩旗还在墙外摇摆着。

房上的护教队看不到墙外的人，大多数人也停止了射击——只有少数人怕谷璧怪罪，断断续续地朝天放几枪。谷璧有些着急了，他刚想出声，可从墙外却传来了老头儿、老太太——护教队员家的老人的喊声："背叛老祖宗天打雷劈！""不要再给洋人和老假婆卖命当替死鬼了！""快点跟妈回家过太平日子吧……"而那三个还在义和团手里的护教队员，也开腔了："周坛主发话了：悔过自新，不算老账……"

喊话的人是脸朝天喊的。谷璧听得囫囵半片，可房上的人听得一清二楚、明明白白，都把枪停下了。

谷璧没想到周凤鸣不往上冲，却让人躲在墙后头，拿舌头当枪筒子，突突得自己的部下军心大乱！他急忙在台阶上拔起腰板叫号："姓周的，你若真有善心，咱们就都后退一步，少死些人——你把手下的人都撤到沟西的秀水书院去；你自己翻墙过来，让我押着你和这两个女人撤出县城。凭上帝的名义起誓，我一出东门就把你们放了。"

周凤鸣刚想回话，他身旁的二师姐却抢先了：把头上的红纱巾扯下来，攥到手里，让两个师妹把自己举起来。她趴在墙头上回话："大哥，你还记得翠兰吗？"

墙外的人听到这句话的都愣了。知道她名字的人，疑惑起来：她怎么成了彰武红灯照的二师姐？没听到过她名字的人，都有些抱怨：这是什么时候，咋让一个女人和老假婆搭这种茬！

而趴在教堂房顶上的那些人，有不少认识翠兰的。他们仨一伙、俩一堆地嘀咕起来："大掌柜的相好女人来了……"

最吃惊的要数谷璧了。他两眼死死地盯着翠兰，心怦怦地猛跳：你从哪疙瘩来？咋这个节骨眼找上门来了？你想干啥……

教堂外的人，开始准备爬墙头，开始向大门移动……

翠兰乘大家都在惊疑的机会，翻身跳进了院，像一缕青烟似的飘向谷璧站着的地方——教堂门口的台阶。谷璧有些疑心了，举起手枪，语无伦次地说："你站住……你想干啥？"

翠兰却一点也没怕，好像把谷璧手中的洋枪看成了笤帚疙瘩，一边上台阶一边低声说："我想告诉你……咱们有个孩子……"

谷璧又惊又喜又疑又怕，手里的枪苗子画起了圈圈。他见翠兰走近了自己，却也不敢大意，伸出左手抓住了她的左肩，问："你咋没抱他来？"

翠兰借势侧身，板起俊脸说"他不会认你这个禽兽"——已经甩掉了红纱巾的右手，同时把匕首猛劲地刺向谷璧的软肋……

谷璧这个流氓反应十分快：右腿横跨出半步，把身子一拧，使翠兰只把他左边身子划了一个口子。翠兰因为用力过猛，加上谷璧左手用力顺势一带，她再也站不稳脚，跌倒在台阶上……

谷璧恨红了眼，一脚把她踹下那三级台阶，接着就叭叭开起了枪……

翠兰不断地打滚躲避……

墙外的人，已经随着周凤鸣的手势，推倒了门，翻过了墙；刚刚赶回来报告已经把来支援的法库护教队解决了的"追风沙"、贾英，发疯了似的冲到最前头。贾英奔向谷璧，抡刀砍他的手臂；而"追风沙"向翠兰跑去，准备救她脱离险境。可是都差了一眨眼的工夫，翠兰的胸部被射中了一枪……贾英那一刀，虽然慢了一点，倒是把谷璧的右臂砍断了，那支手枪"啪嚓"一声落到了地上；而随后冲到的人，一顿乱刀把谷璧砍倒了。

在义和团众人往院里冲的时候，房上的护教队有人慌乱地开枪了，又打伤了几个人。头脑灵活的王二吹，想起了宋春华刚生下孩子，又见谷璧在被砍倒后又被乱棍拍扁了，立刻大声喊了起来："谷掌柜的去见上帝了，咱们别打了！"他领头把枪扔下房，其他人也便跟着扔下了枪……

护坛师叔赵信，领人去清查教堂的财物。许彪来不及和妈妈、小菊多唠，便按着周凤鸣的要求，领"追风沙"的部下去收集枪支弹药，把下了房的护教队员押向秀水书院。

这时，"追风沙"半跪半坐在地上，怀里抱着翠兰，见她脸色苍白、双眼紧闭，已经昏死过去，便大声呼唤："翠妹，翠妹！你睁开眼睛看看，我是你的宏哥呀……"

那些彰武来的红灯照姐妹，围在四周，也连哭带喊："二师姐，你醒过来吧！你发誓要杀掉的那个恶人，已经进了地狱。你醒过来领我们回家吧……"

翠兰似乎完全不懂人事，吸进的气少、呼出的气多了。"追风沙"肠子都悔青了，心像被泥鳅鱼钻成了蜂子窝。他沁下头对着翠兰的脸叨咕起来："你这么年轻就要离开人世，这全怪我！那场意外一发生，我就应该去看你；我离家出走，就应当带上你；一听说你的下落，我就应当去找你……都怨我呀，该死的是我呀……"

不知是"追风沙"的泪水不断地落到她的脸上，还是因为她听到了"追风沙"的叨念，翠兰慢慢地睁开了眼睛，却好像并不认识一脸胡须的"追风沙"。"追风沙"急得一把撕断对襟夹袄上的纽襻疙瘩掏出那个同心结，在翠兰的眼前晃着，大声说："这是你亲手给我戴上的呀。"翠兰艰难地抬起一只手，从领口抻出自己戴的那个同心结，颤抖地举起来，无力地说："宏哥，对不起你，下世……"她没有把话说完，头就向里一歪……脸朝向了李宏，嘴微微地张着，嘴角上挂着一丝淡淡的苦笑。

周凤鸣没想到攻占教堂会这样顺利——只五六个人受了轻伤。他也因此更加感激二师姐：这举动和那些赤胆忠心的仁人志士相比也毫不逊色。所以他看到二师姐已经故去时，对谷璧、对教堂更加痛恨，大声吼叫起来："烧，烧，烧！把这个教堂烧他个片瓦无存！"

教堂在熊熊大火中"轰"的一声崩塌了。

第二十四章　前程难卜

一

装殓翠兰的棺木拉来了，是由刘半仙给挑选的——一副花头大红民材。

周凤鸣和"追风沙"都想在建安选处阴宅，为翠兰起个大坟，但彰武来的红灯照姐妹，坚持要把二师姐的遗体运回去。周凤鸣觉得自己不能干涉其他坛口的内部事务，便同意了。"追风沙"呢，因为自己和翠兰只有未断的情，并没有任何说得出口、站得住脚的理由，便没有出声。不过，他坚持由自己把翠兰抱进了棺内，还把自己戴的那个同心结，也挂到了翠兰的脖子上。这对凝聚着翠兰对幸福憧憬的同心结，终于又成双成对了。"追风沙"见翠兰的嘴角上，还挂着临死前的那一丝微微的苦笑，再也忍不住了，泪珠一对一对落了下去。

起灵前，周凤鸣率领在场的建安义和团弟兄，向翠兰恭恭敬敬地拜了三拜。阅历丰富的刘半仙，受周凤鸣的委托，带领八名团众护灵，陪同彰武来的红灯照上路了。这些红衣红巾的红灯照姐妹，虽然没号啕大哭，一双双眼睛却流泪流得通红……

谷璧被乱刀砍倒、乱棍拍扁后，周凤鸣令人把他的尸首抬到南门外埋了——南门外有一片乱坟岗子。抬倒是抬出了院，一离开周坛主眼光能搭到的地方，那几个人就轮流用绳子拽。一到南门外那片乱坟岗子，那几个人却不愿费力为他挖坑，扔到那里便回去了。一群饿狗很快就围了过来，你争我夺；一夜后，连骨头都叼得无影无踪了。可是人们却没有停止对他口诛笔伐。人们认为原来"四大损"的评价过于肤浅，还有碍二师姐的声誉，绝口不再提；又给他编出了四句顺口溜："认贼作父'老假婆'，背祖叛宗谷劳德，伤天害理钻狗肚，阴曹地府下油锅。"

贾英，也就是谷英，是在翠兰临终前对"追风沙"把话说到"来世……"时，痛苦地挤出人群的。他懊悔万分，无地自容，没脸再回"追风沙"的绺子。他跑到奉天，开过一个小杂货铺，不求大富，只图小利，维持糊口。他自己也没想到，后来又在辽北拉起杆子；五十多岁时，还报号"草上鹰"，带领一帮弟兄参加"辽北民众抗日义勇军"，当上了抗日军的骑兵团长……

灵车走后，县城里的形势有些混乱了：有的人在街头上点着了吉利牛肉铺和谷璧的瓦房，还有人调戏起修女……周凤鸣赶紧命令师兄高老大带队维护秩序，严禁再烧教民户住房；要求其他团众一律回清华观集合……周凤鸣把香堂成员和"追风沙"叫到关帝殿内，商量下步咋办。多数人认为教堂已经烧掉，投靠洋人为非作歹的谷璧已经除掉，眼下正是春播季节，应当回去安心种地。周凤鸣觉得这还不能算完成了"扶清灭洋"的任务，但也不清楚下一步该怎么办，便看了护坛师叔赵信一眼。他以为赵信和外地义和团有来往，一定能有比较高明的看法。赵信却以为师侄是让自己报告对教堂钱财清点的结果，便掏出清单念起来："教堂诈骗民财，共存银圆一千八百九十块……从谷璧住处搜出纹银九百六十两……大烟土三箱，已经烧掉。"周凤鸣知道师叔也没有什么明路了，便提出几点看法：乡下团众立即全数回家；街内团众每拨四人，轮流守护香堂；所没收的教堂钱财，抚慰受伤弟兄；谷璧的银两没收后做香堂活动经费……修女等人，发给盘费，听其自便。在场众人都表示同意。周凤鸣便请各位师兄领人去办。众人走后，周凤鸣又对"追风沙"低声交代几句。

"追风沙"来到秀水书院，先把护教队员教训了一番，警告他们"如不知悔改，下场便和谷璧一样"，把他们放了。然后，他叫弟兄们把洋枪弹药全部带上，立即返回营地。

"追风沙"见天快黑了，便叫许彪领自己到街上，叫开两家铺子，买了些红蜡线香、花布彩缎、糕点老酒，挂到鞍上，步行到许彪家。

"追风沙"先向许彪妈说："大婶，许彪兄弟没法再在县城卧底了。我也需要他回去做帮手。"又对小菊说："经过这场劫难，你和许大婶情同母女了。不要再等给你爹烧完周年了：你和许彪今晚就成亲，明天便搬家。"

这娘儿俩都同意后，"追风沙"便叫许彪和小菊简单打扮一下，点着红蜡烛，插上高香，先拜天地，后拜母亲……许彪和小菊坚持在对拜前又拜了"追风沙"。"追风沙"一连喝下了三大碗白酒，匆匆上马去撵大队了。

第二天，许彪雇了一辆车，拉着母亲和小菊，按着大当家的意见，把家安在了建安县的西天边——敖力营子。

二

阚山没料到谷璧这个假洋鬼子，竟然是雪堆成的老虎，被周凤鸣手下乌合之众，几泡尿就浇得尸骨无存了，使义和团出尽风头。现在义和团的香堂，从早到晚叩头上供的不断，好像天天都是庙会。县衙门却冷清起来，门口都可以下压排子打雀了。

屠景操对形势更加感到不安：向知府衙门呈送的请示报告还没回音，教堂便烧成了残砖焦土。五月中旬，他去昌图府衙汇报，却没见到"身体欠安"的府尊，被一个师爷一句"当此非常之时，贵县不可久离职守，速归候谕"，打发回来了。他万分无奈，只好打发邹乃杰又去奉天望风。

过了些日子，邹乃杰慌张地从奉天跑回来向屠知县汇报："八国联军占了天津卫！有人说老佛爷将带着皇上逃难奔西安了……"屠景操惊出了一身冷汗，叫他去向阚山通报一声——"明日一起斟酌对策"。

邹乃杰暗下欢喜，庆幸自己有了到阚山小公馆的机会——阚山从来没邀请他到小公馆做过客。

阚山把他让进西屋。一听说是屠知县让他来向自己通报"重要情势"，立刻欢欣鼓舞起来，觉得南方瘦蛮子已经不得不倚重自己了！为了对邹乃杰表示亲热，阚山半开玩笑地说"老夫为贤婿洗尘"，还破例招呼三娘过来带下人上菜斟酒。

邹乃杰过去只听说三娘脸盘贼俊、腰条贼细、小脚贼尖，却一直没机会使他那双贼眼得饱贼福。这下子他才有了遂心愿、解眼馋的机缘。

王可一像在轻风拥绕下，飘进了西屋；对客人并不搭言，只略点下头，就在屋门和八仙桌间微侧着身子站住。她粉色纱衫、淡绿的纱裙，有如芙蓉出水；右手下垂着一角杏黄的汗巾，探出的食指如藕芽，指点着丫鬟摆放碟盘杯筷。

邹乃杰中过秀才，当然懂得"非礼勿视"的圣人之道，不敢扭头把目光刀钩子似的搭过去，便假装扇风耍起了折扇，时不时地斩断阚山的目光，把眼睛乜斜了几次，贼似的剜了几眼。他觉得三娘果然名副其实，如自己过去揣摩的那样一般脆嫩：小脸就像朵刚绽开的荷花，散发过来的清香让人津涌欲滴；而那裙下隐约的莲尖，证明了那只小脚，保准能攥在手心里，把玩起来一定比彩荷那双大脚片子强了十倍百倍……他那双爪子痒得阵阵发麻了。

王可一对邹乃杰是有些了解的。她对阚山对他使美人计，是完全清楚的。她听阚山叙说过邹乃杰一见了缘木散人，竟然把那个半老徐娘看成大慈大悲的菩萨，一连好多个晚上去顶礼膜拜，讨一口冷茶残羹；她还听阚山学说过张喜瑞偷听到的邹乃杰对彩荷说过的下流话……所以她对邹乃杰的下流——或者说"风流"，不仅有耳闻，还猜测他准是个猪八戒般肥头大耳的色鬼。她今天一进门便好奇地扫了一眼，竟发现邹乃杰"仪表不凡，年轻俊逸"。不过她很守"妇道"，始终没给他正脸，却也瞥见了他投过的目光很有些"惊艳"神色，心中颇有些对自己姿色的得意。

喝下几盅酒后，阚山见邹乃杰迟迟不开口谈正事，似乎有些魂不守舍，便以"我要和邹主簿商议要事"为由，让三娘回避了。

邹乃杰有些扫兴，也有些心虚，只好用介绍北京的危急形势加以掩饰。

阚山一听洋人的炮舰开到了天津卫，慈禧在让义和团打头阵……便忧心忡忡地说"姓周的这只癞蛤蟆精，更他妈的要呼风唤雨、无法无天了"。邹乃杰说到八国联军正打向北京，好多义和团死在洋枪下，阚山便从牙缝挤出了一个"好"字。他一听邹乃杰说到"两圣似欲西狩"，可就不再幸灾乐祸，跺着脚说："咋能丢下龙椅……"

邹乃杰传达了屠景操明日商讨对策的打算。阚山点头说："虽说国难当头，我等并无勤王之力；自当详议安定地方局势大计。"

邹乃杰想起他对周凤鸣的又怕又恶，便讨好地出主意："朝廷设了个团练大臣，分明是对义和团又用又防。咱们何不照猫画虎，把姓周的掌控起来？"

阚山很受启发，像绿豆蝇找到了在鸡蛋上下蛆的缝；但认为不能东施效颦，而应当借题发挥，便谈了自己的想法。邹乃杰听后连说"高见，高见"……

第二天，两人一同去见屠景操，一抬一夯地出谋划策了：俄夷犯境，关东三省的将军联名传谕各府县"守境安民"。建安"理当尽快建立民团……"屠景操觉得认真执行将军府将令，能表现出对朝廷忠心耿耿，讨得欢心，便立即表示同意，并说"自当由典史出任团首"。阚山也当仁不让，还借口"周坛主团务繁多，地位尊崇，不宜再兼捕头贱职"，提议"正堂当另任捕头；卑职欲令张喜瑞充任民团总部卫队头目，不知正堂大人意下如何？"屠景操听出了他想用张喜瑞再任捕头，便说："阚兄出任团总，理当有一可靠人员掌管卫队，张某最为适宜。至于捕头一职，可令孙捕快暂代。"阚山虽然有些失望，但觉得对孙大嘞嘞，自己还能摆布，便应声说"是"。

于是，阚山召集全县社长会议，宣布"村建分团，社建大团，县设民团总部；各社设卡立哨，防奸安民"。他还强调要"竭尽所能，把义和团成员和青壮年教民编入民团"。

会后，他叫张喜瑞在县城选了三十名青壮年，组成民团总部卫队——其中有王二吹等几名原护教队成员。对这些人，每人每月发十块银圆。

关于民团总部设在哪儿，阚山也打好了主意。他亲自到清华观，找周凤鸣商议："民团、神拳，同为朝廷效忠，似可共用关帝殿。"周凤鸣不好反对他的"同为朝廷效忠"，又不愿跟他碰鼻子刮眼睛，便把香堂挪到大仙堂——他犯下了第一个错误。

民团总部的卫队，开始在山门设岗，对出入的人进行盘问。一般的义和团徒众，便不愿再到香堂来了；轮流守护香堂的，也三天打鱼，两天晒网，文齐武不齐了。

阚山暗自得意：一个高帽子就把周凤鸣扣住了，挪到大仙堂去陪伴牛鬼蛇神了！不过他对周凤鸣和"追风沙"的关系还很伤脑筋："追风沙"参与火烧教堂，必为周某同党。对"追风沙"既无灭口之法，只好示恩笼络；虽不能使他们疏远起来，也会使"追风沙"对自己更亲近些，不致使那件秘密外泄。因此，他借建立民团的机会，派张喜瑞第三次暗下去见"追风沙"，恢复联系，对他拉拢讨好。阚山嘱咐张喜瑞："告诉他，县里建立民团是预防老毛子派密探来，民团和他两不相扰。"关于寿山家眷将在近日经蒙古旗回京的消息，阚山一再要求张喜瑞"千万要在他身边没有外人时，再向他透露"。

寿山是黑龙江将军，早年坚决主张抵抗日本和俄罗斯对我国的侵略；但近来按朝廷旨意，和犯境的俄罗斯进行谈判，想要妥协。寿山的头脑还是比较清醒的，估计沙俄贪得无厌，将逐步提高价码，战事终难避免。因此，他安排家眷携带金银珠宝、裘皮软细，分路返回京城。阚山提到的这一路，是他的一个姨太太和她亲生儿子庆七爷。昌图府衙已经下过公文，要求各县"如寿太太和庆七爷莅临，务必殷勤伺候，切切小心保护"。不过阚山已经听到准确消息：寿太太为了避开义和团闹事的地方，改走奔郑家屯、经蒙古旗，取道承德进京的路。他所以向"追风沙"透露这个秘密，是因为欠"追风沙"的人情——他当初求"追风沙"对屠景操在途中进行威吓时，就曾承诺给"追风沙"提供一到两次重要情报。他怕欠债不还，引起"追风沙"的不满，把那件事捅出去，那可是"勾结绿林，加害命官"的大罪。

其实"追风沙"这个时候，已经没有跟阚山算这笔旧账的心情了……

周凤鸣派刘半仙护送翠兰灵柩去彰武，刘半仙回来做了汇报。周凤鸣又请他去向"追风沙"介绍有关情况。"追风沙"对翠兰遗下一子并不意外——贾英曾经提到过；可他一听说翠兰竟给孩子取名"李小宏"，立马目瞪口呆，接着便拍桌子长叹，悔恨不已：我是知道她心里只有我李宏的！可在她被谷英糟蹋了身子后，最需要的就是我不变的心、如旧的爱！我为什么没断然背着爸爸带她远走高飞？我像只耗子蹲在洞里没露头，她认为我会嫌她失去了贞操，抛弃了她；她不得不忍辱偷生、苟延残喘；可她心里一直揣着我，一直在心里把我看作是顶破天的夫，才给她唯一指望的孩子取名叫"李小宏"……李宏本来就记得自己祖上是旗人，也看出了旗人的朝廷马上要土崩瓦解了；他本来对纵马横刀的杆子头没想长久地干，现在对个人的生活也彻底心灰意冷了。他下决心金盆洗手，去找李小宏，把他抚养成人：没法明明白白做忠臣，就做个稀里糊涂的孝子，让爸爸高兴有个孙子吧……所以他在许彪归来不久，便宣布许彪为二当家的，准备把这支人马交给他……

"追风沙"在秘密来访的张喜瑞走后，郑重地对许彪说："阚山老奸巨猾，手中握有县衙实权，不可轻信，也不可轻易和他翻脸。"他对张喜瑞透露的有关寿太太回京路线十分重视：如果在自己撒手前能做成一笔大买卖，使手下人多得些彩头，自己也算对得起弟兄们了。但应不应当对寿山的家眷下手，他心里还七上八下，拿不准定盘星。他一方面派人去郑家屯一带打探，一方面让许彪去县城秘密请教周凤鸣。许彪带回的点子是：寿山先前对外国人作战有功，但也是个搜刮民财的大贪官。若是动手，不可伤他家眷，还应留下盘费，任其回京。

三

"追风沙"觉得这种看法挺公允,帮许彪做好了计划;让许彪领人去做这笔买卖,自己只带少数人压阵壮胆。

许彪对自己头一趟领弟兄做这笔大买卖,十分谨慎。他命令全绺子近六十号弟兄,一律蒙古族装束,潜出一百多里,在寿太太可能经过的路线附近隐蔽起来。他自己扮成民人财主,领着两个扮成王府包衣的蒙古族弟兄,骑着高头大马,去"查看准备开荒的地块",探听清了寿太太选定的路,掏准了寿太太这队人马的老底:女婢男仆八人、文职帮办三人、亲兵十人、车夫八人,小车子四辆、大车也四辆,走马近二十匹。这支队伍名义上由庆七爷统领,可他虽说褪净了胎毛,却还是个十多岁的黄嘴丫子,主不了事。实际上掌舵的是一个五十上下的朱协办:他拿定了主意,领庆七爷向寿太太禀报后施行。给他们开路的,是昌图府派出的二十名马队——寿太太和庆七爷从四平改道奔金宝屯,昌图知府曾赶到八面城迎送。

许彪绕回驻地途中,踩好了下手的地点。第二天卯时,许彪就带人马埋伏好了。"追风沙"选了一个比较高的坨子,躲在灌木丛中观看。

到了辰时末,开路的马队才露了头。等他们翻过了一道坨子——大队人马刚要爬这道坨梁子,许彪上马举起手枪"啪、啪、啪"打出三响:二十多弟兄立刻冲出去,把开路的人马围住了;而那二十来名有枪的弟兄,压着大队车马放起排子枪,其余人围着他们飞马扬刀绕起圈子。许彪从容不迫地坐在马上,带一个民人装束的弟兄,接近寿太太的队伍后,向身后举胳膊摇了一摇,枪声立刻停了下来。许彪也勒住缰绳,却威风凛凛地一声不出。他身边的弟兄大声喊道:"朱协办,我身边的人,便是我们的大当家的。他让我告诉你:我们早已得到密报,你奉寿山将军之命,带人护送寿太太、庆七爷回京。我们还知道,你们只有十杆长枪、五支短枪,是抵不过我这三十多支洋枪和近百人马的。你们赶快交出枪弹和三辆大车的货物，我们保证让寿太太、庆七爷和其余所有人继续上路回京；若有人胆敢回一枪，你要负玉石俱焚的全部责任！"

这队一路上气势汹汹、颐指气使的人马，突然听到头上嗖嗖的排子枪声，看到绕圈子飞奔的挥刀马队，便都麻爪了，连背着枪的也没敢还手——有几个吓落马的趴在地上腿抽了筋，小车子里还传出了低低的哭声；现在听了"民人通事"的话，都把眼睛盯向了一个穿灰色纱衫、五十多岁的瘦老头子……

这时，绕圈子的人马已经把包围圈收紧了，扬着刀喝令马上的"饺馅子"都下了马。紧接着，一个骑马的从前边跑过来，向许彪用蒙古语报告；"通事"见瓢把子点了点头，便也盯着那个瘦老头子说："昌图府派来护送你们的人，已经交出了武器。你再不发话交出枪弹，就不对你们留面子了！"

那个瘦老头子，可能看到已经山穷水尽，向许彪作了个揖，说了句"请英雄容小人禀过主人"，便扶着一个十多岁的人——可能是庆七爷，走近一辆小车子，低声说了几句；估计是得到了寿太太的同意，他走到许彪马前，跪下说："恳请英雄金口玉言，不违前言。小人代主人拜谢了。"说完便磕了仨头。

许彪并不言语，听完"通事"的翻译，对朱协办打手势叫他起立，用手指了指那些背枪的护卫。那姓朱的倒也明白，立即有气无力地说"交出枪弹吧"。

等弟兄们从护卫亲兵和文职人员手里，收缴了枪支弹药，许彪便提马到那四辆大车旁，下马边走边看，连摸带翻；走了一个来回，才对"通事"用蒙古语说了句"头车留给他们"——许彪原本就估计：这四辆车上的东西，一定是最贵重的放在前面；而摸起来多半像账簿或书籍。他觉得就算是地契、银票、书画，对绺子也毫无用处，所以决定把这辆车留给寿山的家眷。

寿太太的人马留下那三辆大车，翻过前面的坨子，跟护送他们的秃爪子队会合了；但奉命"原地休息"——当然有全副武装的人"保护"。

过了足有一个时辰，那个"通事"赶过来，向朱协办传达"大当家的"的命令："半个时辰后，去人赶回那三辆大车上路。你胆敢在出科尔沁草原前，向我们王爷报案，我们一定会在你们入关前去结账！"朱协办拱手说："小人不敢。"他瞪着眼睛望着"通事"带走了看守他们的马匪。大约过了半个时辰，叫车夫取回了那三辆空大车。这一大队人马默默地上路了……

回到营地，"追风沙"正式向许彪说出了离开绺子的想法。许彪苦苦求他留下，但他咬紧牙关不拿回头。他从新得到的财物中，挑出一套宋版医书和一对玉马，对许彪嘱咐："周坛主为人刚正，不取不义之财。你把这套书送给他，让他用在治病救人上吧……这对玉马十分珍贵，可以送给阚山。阚山接到手后，准乐得后脑勺开花。他一收下，咱们不仅还上了那笔人情债，还给他戴上了紧箍——坐实了他的通风报信、坐地分赃，使他今后对绺子更不敢轻易翻脸。"

许彪见"追风沙"铁心洗手了，便请他挑几件稀罕物。"追风沙"不肯，说自己要有始有终，要坚持自己当上大当家的时立下的规矩：得到财富按人均分，瓢把子和立下功劳的可多得一份。许彪把一尊三寸多高的金佛硬塞给追风沙，还说："你把它当全绺子弟兄的心意收下——你若不收，我和你一起走，大家散伙了事。""追风沙"只好收下了。

四

一个晚上，阚山从送礼人手里接过雕花紫檀木盒子，打开后去掉了一层又一层包装的呢、绒、绸、绢，看到是一对凝腻晶莹、玲珑剔透、栩栩如生的玉马，惊喜得一颗心好险没从嗓子眼跳出来，急忙拿到东屋交给三娘，要她"给我小心收藏好——抵得上我多半个家底了"。

阚山放下架子，陪那个送礼人喝酒。那人在绺子里称得起精细，但哪里有阚山鬼道？被阚山灌得嘴上没了把门的，不仅说出了自己先给周凤鸣送去了一部医书，还泄露了"二当家的在做这趟买卖前，专门拜访了周坛主"。阚山听了又喜又忧：喜的是自己在"追风沙"的心目中，比周凤鸣重得多，不然咋会在礼品上有泰山、鸿毛这么大的轻重差别！让他忧虑的是：周凤鸣一定知道了张喜瑞去见过"追风沙"——这可是心腹大患……

阚山一生起这种怀疑，便决心采取措施，彻底抹去对自己不利的蛛丝马迹。他开始寻找机会。机会是马屁精，专门溜须那些有权又有钱的人。因此，阚山的机会很快就来了。

慈禧太后利用义和团的游戏，进入了一个新阶段：斥责大臣们"妄信奸民，轻启外衅"。这其实是把英勇抗击八国联军的义和团当替罪羊。昌图知府也因此态度明朗起来，发文给建安县衙，斥责屠景操"临乱失措，坐任奸民妄行；教堂焚毁，招致教区抗议"，宣布了对"辜负圣恩，渎职失责"的屠景操的处置："革职理事，戴罪立功"。

屠景操看后面色如土，颓坐在公案后站不起来了。他心中没有一丝缝：革了职还怎么理事？只不过是等待新知县前来接任罢了。可不理事，或者理不好事，那可就罪上加罪了。他觉得自己跌进了万丈深渊，如果阚山这条地头蛇不向自己扔来条稻草绳，甚至再投下几块石头，那可就更难逃过灭顶之灾了。为了闯过眼前难关，他觉得非得争取到阚山的鼎力相助不可，便在黄昏后穿便服去拜访阚山。

阚山见他一身举人打扮，满脸愁容愧色，便知道这位当初咄咄逼人的县太爷，现在成了落汤鸡，没法跟自己斗法了，不得不负荆请罪、登门求救了。不过他善于韬光养晦，一副诚恐诚惶的样子，把客人接到客厅，亲自奉茶，还故意忐忑不安地说："大人如有差遣、垂询，令衙役传唤一声也就是了。"屠景操有求于人，哪里还敢端架子？羞赧地自责说："屠某才疏识浅，没能全力仰仗仁兄，才招来丢官之祸……"

阚山见他要"全力仰仗"自己了，便也大度起来，帮他揣摩起知府大人的用意：虽说令"革职"，却仍然要求"理事"，这说明有意继续任用；而"戴罪"之罚，也是为了促使早日"立功"。因此，不能乱了方寸，错过了挽回的机会。

屠景操感到阚山的分析入木三分，心宽了不少，便请教应当如何"立功"。

阚山觉得自己不能直接支着，应当摆道让他主动认可，便反问："知府大人因何怪罪正堂？"

屠景操想起了"临乱失措"的指责，心中很有些不服气：我在事先做了请示汇报，你府衙为什么不及时回文指示？到头来却把责任都推到我的头上……但自己官小，嘴也就小，是没有分辩余地的。他叹口气说："还不是因为乱民烧了教堂。"

阚山见他说到了点子上，但还不服气，便轻轻地摇摇头。

屠景操有些着急了，追问："我说得不对吗？"

阚山不正面回答，继续反问："府台大人要求正堂戴罪立功，这个'功'应当咋立呢？"

这一问使屠景操明白了：知府是要求惩治奸民。他有些为难地说："乱民数百，可如何惩治呢！"

阚山肯定地附和："当然不能滥杀——滥杀会激怒百姓，后果不堪设想。"

屠景操明白了阚山的意思：惩治首恶。他丢官后也不满周凤鸣辜负了自己的信任，聚众胡闹，杀人放火，殃及池鱼，连累了自己，便下狠心说："捕杀周凤鸣！"

阚山却连连摇手说"不可。不可"。

这倒使屠景操像遇上了丈二的金刚——摸不着头脑，望着阚山发呆了。

阚山低声解释："'追风沙'是周凤鸣的顶门杠、护身符。捕杀周凤鸣，便惹恼了'追风沙'。'追风沙'原来就有几十名凶悍部下，教堂的洋枪又都落到了他手里。若惹恼了他，反进县城来，咱们没法子对付。"

屠景操皱皱眉头说"那……难道我就得认可卷铺盖，回老家了"，又仰起头想了一阵，下狠心对阚山说："我宁可把家眷送走，也在这里孤注一掷——请阚兄助我一臂之力！"

阚山见他把话说到了火候，便表态："古人云'唇亡齿寒'，卑职理当与大人同舟共济。大人如此厚爱，卑职也只好犯险献计……"

屠景操见他把到了嘴边的话又打住了，急忙站起身边作揖边请求"速速赐教"。

阚山慢慢走近，向他耳语了一阵。屠景操听后大喜，说了一句"愚弟拜托仁兄了"。

五

周凤鸣也听说慈禧翻脸变卦了，骂义和团是引发战乱的"奸民"。他估计叱骂之后，很可能就是擒拿治罪。他封了二百两银子，苦口婆心地把赵师叔劝走了。他想到了翠兰的孩子：听刘半仙送灵回来说，翠兰的师父和大师姐，表示要把那孩子抚养成人。他又取出二百两银子，交给刘半仙，让他给翠兰师父送去。他自己也想到了得走，可一时定不了往哪去：回大辛哈拉吧，那是个伤心的地方；回山东吧，那里已经没有一个认识的人。他想等和老伴商量好了再动身。

周凤鸣本来是个办事果断的人。按理说，他认识到了面临危险，就应当立即离开是非之地，可他认为还来得及：等听到朝廷有下步行动的风声，再走也赶趟——这是他犯下的第二个错误。

一个人在社会上打拼挣扎，一要善于审时度势，二要及时地采取趋吉避害的措施。周凤鸣犯下的第一个错误，表面上是对阚山的退让——实质上是对朝廷和官府存在相当盲目的相信，缺乏足够警惕。阚山利用了他的退让，切断了他和群众的联系，使他成了光杆坛主。这已经埋下了祸根。他"还来得及"的第二个错误，说明他虽然认识到了形势危急，却没有果断地趋吉避凶，使他失去了最后的机会……

义和团的香堂，已经没人来护坛了。这天早上，周凤鸣刚打开大仙堂的门，张喜瑞便空着两只爪子，随屁股跟来了，说"民团总团首阚大人在关帝殿呢，恭候周坛主过去商量神拳和民团合作的事"。周凤鸣心想：什么合作，分明是想把义和团吃掉了。他觉得没必要和张喜瑞这个蠢货白磨牙，便向前殿走去。

周凤鸣一走近关帝殿，见两扇门半敞半开，便觉得情况有点反常：这两扇门除了天寒地冻，白天都是大敞四开的，今个咋只留了容一个人进去的空？他不迈门槛，两手抓住门上的棂格，冷丁把门撑开——他只想验证下自己的怀疑，却逼得埋伏在门后的人转出了身子，两把尖刀可就一左一右刺了过来。周凤鸣到底有两把刷子，并没惊慌失措：双手抓住门不放，两腿一分就是一招"横踹双狗"，把那两个人踹得噔噔噔倒退了好几步。周凤鸣知道张喜瑞跟在身后，估计屋里埋伏着不只那两个把门鬼，便想接着使出下招：双手狠狠把门摔上，阻挡一下张喜瑞，暂时解除后顾之忧；接着就冲到供桌前，把两只铜蜡台抓到手当武器……

张喜瑞早有准备，已经掏出掖在裤腰带上的匕首，蹿上来刺中了刚想到、却还没使出下招的周凤鸣后背，接着一个腌根脚，把脚刚落地的周凤鸣踹了个前趴……

藏在门后的两个人中有王二吹。他们连张喜瑞共七个人，另四个人藏在关老爷神龛的后面。他们在被选中后，阚山逼他们发过誓：贪生怕死或泄露秘密，愿受国法严惩。

王二吹被周凤鸣当胸踹了一脚，站稳后见阚山已经从隐蔽处走出来，其余人已经奔向受伤倒下的周凤鸣；他为了使阚山不小看并报复周凤鸣过去对自己的威吓申斥，便蹿上前唰唰在周凤鸣后背上攮了两刀。

六

阚山提着一把剑，已经在离周凤鸣七八尺外站下，见他身子抽搐了几下便不动了，只有血还在从背上伤口处往外流，断定他活不成了，便发令："立刻抬回大仙堂去！"

张喜瑞是民团总部卫队长，听了总团首的吩咐，应当立即领人把周凤鸣尸体抬走的，可他老傻子似的站在房门外，两眼直瞪瞪地望着关老爷的塑像，没应也没动。阚山生气了，大声喊道："张喜瑞！还愣着干什么？赶快把他抬走！"

阚山这一升（声）比一斗还大，把张喜瑞惊醒腔了——他把周凤鸣端倒后，两眼突然看到关老爷的大红脸，发现那双丹凤眼狠狠地瞪着自己，好像那五绺长髯还抖了几抖，把他吓得真魂出窍了。听了阚山的叱责，他才醒过神，领人把周凤鸣的尸首抬到了后院，放到大仙堂的地下。又等了一会儿，张喜瑞才垂头走进关帝殿。

"死了？"阚山问。

"死透了。"张喜瑞低头回答。

"好，"阚山说，"你马上派人去通知周家：一伙外地教民，为了替谷璧报仇，把他杀了。"

张喜瑞应了一声，沁着头惶惶恐恐地跑出殿门。

阚山望着他的背影摇了摇头，觉得他不是一个办大事的角色。

周凤鸣的妻子领着女儿来了。她们都哭成了泪人，由邻居们搀扶着。他们一进山门，王二吹等人便陪着去大仙堂，边走边说："凶手是从观后跳墙进来的。""我们听到打斗声才赶过来的，那帮外地教民都蒙着脸。""我们忙着查看周坛主的伤势，没来得及追赶那帮跳墙逃跑的人。"周凤鸣的妻女哭得死去活来。邻居们找来木板，把周凤鸣的尸体抬走了。

县衙的一伙衙役，不久便赶来了，把大仙堂内的几口箱子抬走了。阚山这时已经回到县衙，同知县、主簿敲定了向府衙报告"捕杀乱民首恶周凤鸣"的秘密报告文稿内容。屠景操不辞辛苦，亲自动手起草。衙役把箱子送过来后，就被挥走了。阚山让邹乃杰一一撬开，进行清点：银子、银圆、铜钱共合白银七百余两。阚山做主：三人各分二百两，其余赏给有关人员。

在被群众暗下咒骂为"贼卵子窝"的县衙里，三条牙狗结成了狗党，一致认为必须防备义和团徒众借机闹事。阚山派人探明周凤鸣出殡时间，提前向各社大团发出命令："为搜捕罗刹奸细，各大团、分团设卡三日，严格盘查来往行人，无事乡民不得擅自往来。"而县衙的全体捕快衙丁，也在县城设卡、巡逻。

周凤鸣下葬了——在他死后的第三天上午。虽然由于民团的封锁，乡下人没得到消息，听说的又进不了城，来给他送行的只有城里人，却也有三百左右人。这些人议论纷纷，都认为周坛主这样的好人，不该死得这样暴、这样惨。这是对"外地教民杀害"说法的否认。

阚山听说后，便打发一些人暗下去活动。不久，街头巷尾便有了周凤鸣死因的传言："他是治黑红伤的，可能下错过药，把不该死的人给治死了，才遭了报应，也死在了受伤上。"

不过普通老百姓听了却都摇头，认为"老天爷不是瞪眼瞎，也不会闭着眼睛瞎报应"。

第二十五章　在数难逃，恶有恶报

一

周凤鸣入土后的第四天晚上，刘半仙才回来。

他是雇小车子去彰武的——他带着二百两银子，没敢一个人用腿量。小车子走了两天。

刘半仙送灵来过彰武，顺利地找到了翠兰的那座房。

汤老太太和纪玉瑶，对周坛主十分感激。纪玉瑶说："我那翠兰妹子一走，我就铁心把小宏当自己的骨肉养大。你们坛口送来的这笔银子，我姓纪的保证不会动一分一毫，要留着给小宏成家立业！"

刘三仙赞了句"你们母女都是巾帼英雄，满怀忠义"。他看到修玉坚正领着李小宏玩，便提起自己曾去见"追风沙"，学说了"追风沙"的懊悔自责。

汤老太太轻轻地"咳"了一声，低低地说："你上次走后，我那帮徒弟提说过他……倒是个挺重情的人。"

纪玉瑶却有些气不平地说："后悔有啥用？他当初要真有情义，就该不听邪，翠兰也就不会……"

汤老太太瞪了她一眼，她才把下边的话咽了回去。汤老太太另起了一个话头说："你不是领人把翠兰的灵，停在城外的一座庙了吗？我们在那个庙里把她又停了三天，选了一处依山望水的吉地安葬了——直到现在，还时常有人去给她烧纸上香。"

第二天，刘半仙求纪玉瑶带路，去翠兰的坟烧纸。出城十多里路，过了一条小河，踏上一片草甸子。刘半仙跟在纪玉瑶的身后，走在不咋分明的毛道上，感到脚像踩到了大馒头上，便顺口说："咋这么暄腾呢？"纪玉瑶边走边扭过头说："满甸子地下都是草垡子。别看夏天雨水大，满眼绿油油的，一到老秋，特别是入了冬，就一片一片、一道子一道子地冒起烟气；虽说看不到火苗子，却连枯草带地皮烧成了白灰。"

纪玉瑶说的"草垡子"，也叫"漂垡子"，是煤化程度最浅的煤，学名叫"泥煤"。它很轻，有的能漂在水上。对那些几乎裸露在地表的，有些庄稼人把它挖回去沤粪；也有人切成有棱有角的垡子块，用来垒墙——保温性很好，但容易破碎。泥煤发热量小，但在地下有了适量的水分，却能慢慢地自燃。

刘半仙跟纪玉瑶走到一座小山脚下时，看到了一个挺高的坟头，前边立着一块木板，上面写着"红灯照二师姐之墓"。刘半仙仰望了一下平地拔起的高高的青石山，回过头又见宽阔的草甸子十分敞亮，远处的小河一段段粼粼闪光，感到彰武的义和团坛口很上心，为翠兰选了一处好阴宅……他低下头，见满地都是纸灰残箔，有些还没淋过雨。

纪玉瑶帮他点着带来的纸箔，面对坟头低声说："翠兰妹，刘大叔带来了他们水木坛送的二百两银子，姐一定用在替小宏成家立业上……现在刘大叔给你送钱来了。"

刘半仙掐着三炷线香，向坟头作了三个揖，说："二师姐义薄云天，一定归位仙庭了。建安县老百姓永远不会忘记你的义勇恩德……"

当天下午，刘半仙离开彰武。他没再雇车，还出了彰武县城就掏出"莫说天机不可测，疑难请问刘半仙"的招子，挑起来走村串屯，边卖嘴边往回走……

回到家，刘半仙一听老伴说"周大哥归天了"，惊得忘了自己是替人推算天命的，竟顺口喊出了一句话："老天爷咋瞎了眼睛！"他一宿翻来覆去没睡着，下决心要弄明白周凤鸣是咋被害死的。

二

刘半仙很快就从张喜瑞的死上，找到了线索……

周凤鸣死后，张喜瑞就病得奇奇怪怪：不管白天还是黑夜，他都不敢合眼；一闭上眼睛，就看到关老爷站在面前，红脸上瞪着丹凤眼，胸前飘着五绺长髯，用右手指尖指着自己……张喜瑞能不害怕吗？他只好倒背着脸，蹲在家里的炕犄角，盯着墙旮旯儿了。没过两天，张喜瑞的心病更重了：就是把眼睛瞪成了玻璃球，关老爷也站在眼前吹胡子、瞪眼睛……张喜瑞认定自己是躲不过去了，跑出家门，直奔清华观前殿，跪在关老爷神像前喊起冤来："关老爷，你要公平啊！虽说我刺了周坛主一刀，可那是上指下派、奉命行事啊……你关老爷咋只盯上了我这条小虾米呀？"

王二吹这帮人认为他是病重火大烧昏了心智，顺口瞎说实话，赶紧把他拉出庙，送他回家。可是张喜瑞的蛮力大过了常人，挣脱后奔向西裤裆街，还遇见人就喊："我冤枉啊，只扎了周坛主一刀的，那是奉命行事啊……若不是王二吹补了两刀，周坛主也不会归天的！关老爷不公道，咋只抓住我这个小虾米不撒把……"

王二吹没想到他竟然敢违抗阚老爷的命令——阚山事后曾向相关的七个人严厉地说："这件事，你们必须把它烂在肚子里，钢刀按到脖子上也得说'外地教徒干的'。谁敢违背了我这道命令，我叫他家破人亡、断子绝孙！"王二吹认识到了眼前这件事的严重性，而且还恨张喜瑞把自己干过的"活"，也张扬出去了；他可也知道自己没权也没法堵住张喜瑞的嘴。可他还是有些应变的机灵劲的：阚老爷是不会允许谁把实情往外嘞嘞的！他向同伴喊句"跟紧他，我去向阚老爷报告"，就跳上一辆路过的小车子，命令老板子"直奔县衙"。

阚山一听完王二吹偷偷做的汇报，眼珠子都气蓝了：我本来把故事编得天衣无缝——就算有破绽，哪个人敢到县衙跟我对证？想不到被这个疯鬼弄砸了锅……他授权给王二吹，说："你带那几个人把他放倒，捆牢实、勒住嘴，抬回家。"

王二吹还算挺仁义：只带那几个人把张喜瑞按住捆上了手，往嘴里塞了一个核桃，连推带架送回家。

阚山已经回到小公馆，见张喜瑞被架进下屋后，仍然不老实：咧着塞了核桃的嘴，对自己连瞪眼睛带晃头，还迈起腿往门外挤。阚山觉得张喜瑞肚子里装的秘密，不只已经叫他张扬出去的这一宗——特别是跟"追风沙"的联系，都是派他去的，那可是绝对不能让他吐出来的。他想到这，耳朵眼里响起了老娘的嘱咐：一发现有人可能把这件事捅咕出去，"必须先下手让他永远张不开嘴"……他立刻命令王二吹领人把张喜瑞按到炕上，把他的两只腿也捆上了。

等王二吹等人一走，阚山就把一颗安魂丸交给了张喜瑞老婆，叫她用水和开，给她丈夫灌下去。张喜瑞还真睡着了——可一直睡到第二天早晨也没醒过来，连气也不喘了。

王二吹从阚家回到画匠铺，对宋春华说了张喜瑞疯了的事。宋春华皱起眉头，埋怨丈夫说："冤家，你也不该向周大叔下黑手的。"王二吹强词夺理地分辩："我是奉命行事；再说了，也是他们把我招惹的——我刚住进这个屋没几天，咱们俩还清清白白的，他老婆就来瞎和弄；你若是听了她的话，我还有机会贴近你吗？他辞灵那天，当着大家伙的面，把我提溜出几步，数落得狗血喷头，我能不记恨吗？"

宋春华却说："你不该记仇的。他们那是为我……跟那个人着想，是出于好心的。倒是咱们……做出的事不光彩。虽说那个人没挑咱俩的不是，咱们也把双福过给了他，但我怕关老爷……"

王二吹听她不往下说了，却呆呆地盯着炕上的双福，明白她怕自己遭了报应，使孩子将来无依无靠，也有些后悔了。为了解开心爱女人心里的扣，也除掉自己心里那几分畏惧，王二吹低声说："你给我扎个替身吧，我找机会在老爷庙烧了，向关老爷祷告祷告，求他老人家高抬贵手。"

张喜瑞死了的当天，就埋进了乱坟岗子。没等烧头七，阚山就把他老婆孩子打发回了阚家街。

阚老夫人对这无依无靠的孤寡妇十分可怜，同情地对张喜瑞撇下的老婆说："你的这两个孩子刚十左右岁，你一个人咋拉扯得了？你还没到四十岁，又不是大户人家的太太，干守着会有啥好果子吃？你就带两个孩子跟门房姓陈吧——虽说他比你岁数大了一点，身板却硬实，还是半个管家。我若是不发话，你打灯笼也靠不到这么好的肩膀头。"

张喜瑞那刚刚守了寡的老婆，知道是自己灌下的药，使丈夫"睡"过去的；也知道阚老爷能轻飘飘地治自己一个"谋害亲夫"的死罪，叫两个孩子更没法活下去了。她没敢说半句打奔儿的话，当天就同乐呵呵的老陈头儿，一起向阚老夫人磕了"谢恩"的头，还叫孩子给老陈头儿磕头认了"爹"……

这事一传到县城，那些恨张喜瑞杀害周凤鸣的人，都有些解恨地说："老天爷还算有眼睛，让姓张的家破人亡了！"不过也有人偷偷咬耳朵："阚典史也太心狠了——就算姓张的是条瞎汪汪的疯狗，也不该叫他孩子也随娘改姓绝了后。"还有人说："人若把事做绝了，报应就快了。"

刘半仙听了这些，认定阚山指挥了杀害周凤鸣的活动，但怀疑他不一定是唯一的主谋，继续暗下寻风。

三

谋杀了周凤鸣后不太久，屠景操便因功"官复原职"了。而那位老佛爷也已经用强劲的凤爪，牢牢地按住了那个龙头。她颁旨要求各地筹款"修复教堂，抚恤教民"。这使屠景操的脑瓜骨几乎乐得开了瓢：我只以为刨开金窖还须等待时机、难免周折，竟不料太后有如此恩典！

这真是"人逢喜事精神爽"，"春风得意马蹄疾"。屠景操迅速采取了一连串措施：亲自领李可依迅速制订出全县加赋方案：除田赋外，所有捐税按历年最高额，加征两成。田赋，凡往年瞒漏者一律开征，并每亩加收一升——有租佃关系者各负其半；耕种蒙古族诸王荒地者，无论熟荒新荒，加征之赋一律由耕种者缴纳。对于"荒田"加赋的规定，屠景操是经过深思熟虑的：如不明确规定由耕种者缴纳，县衙是没法向蒙古族王爷们收取的，而且所加田赋需补缴去岁未交之数……

屠景操拟出的这个加赋方案，就是他要刨开的建安秘密金窖。

建安县虽然只有十五万多人口是庄稼户，但他们广种薄收，总共耕种了一百多万亩地。屠景操反复地计算过：每亩每年加收一升粮的赋，加上秤抬头、斗挂尖，两年就可以多收三万石粮；再加上荒地开收的赋、其他加收的税，自己就可以从中得到一大笔可观的雪花白银了！

屠景操委派邹乃杰代表自己去哈拉沁屯，邀请"万兴泉烧锅"东家隆万兴来县议事。

邹乃杰坐着县衙给雇的小车子来到哈拉沁屯。"万兴泉烧锅"的账房，一听说主簿大人是代表县太爷来请东家赴县"议事"的，立即领他前往隆宅。

隆万兴已经得到伙计跑过来报的信，在大门口迎接，抱拳说："正堂大人欲有所训，可令衙役招呼一声——竟劳贵主簿专程相唤，实实折杀老朽了。"

邹乃杰并不知道屠景操"邀请"隆万兴商议何等要事，却知道这是正堂大人在建安第一次礼下于人；因而也不敢对眼前看似土头土脑的"县内首富"轻慢了，忙不迭还礼说："乃杰有幸为屠大人看重，代邀贤达，实为万幸。"

到客厅落座后，隆万兴听这位主簿只郑重地转述了"正堂大人请前辈近日赴衙一叙"，却没提欲叙何事，便暗想：我去年腊月末去送礼时，屠某人曾私下说"隆掌柜来年可把粮行做大些，代县衙课运赋粮……届时邀君相商"。他竟然对主簿也没露口风，一定是有不便外人知晓的打算……便也不询问，只表示"老朽琐事颇多，需稍作安排；两日后赴衙聆训"。

晚饭吃的是隆家厨师做的晋菜，虽然个个都带酸味，邹乃杰却也觉得爽口；隆万兴招来的几个老板，客客气气地陪酒，一直喝到上灯以后。饭后茶余，邹乃杰被送到单门独院的隆家客房。邹乃杰落座不久，便有一名艳丽的女人推门入室，放下茶盘后走近，娇声开口说："隆掌柜怜贵客孤寂，令奴家前来伺候；大人可欲以茶解酒？奴家敬听吩咐。"邹乃杰料想是隆老板安排她来伺候自己的；又听她话说得虽挺文雅，问的表面上是"可欲解酒之茶"，暗示的却是"可思酒后之色"。他便起身微笑着卖弄地试探说："隆老板之美意，令邹某颇为惶恐，却又暗中窃喜……古人云'茶乃春博士，酒为色媒人'。一闻莺声燕语，便令邹某'不敢偷窥堂前杏，却思撷得墙外花'。"那女人见他看出了自己的身份、听出了自己的话音，便白了他一眼，故意嗔恼地说："你盼红杏出粉壁，我回茅屋补旧衣。"邹乃杰见她一住口便假装要走，觉得她年逾三八，却顾盼传情，远比彩荷文雅，更会撩人，忙展臂把她拦住，低声说"请小娘子暂且宽恕，容小生顶礼谢罪"。那女人低声骂了一句"狗嘴吐不出象牙"，却从容地卸去钗环，伺候邹乃杰升冠宽服，吹灭了蜡烛……

隆万兴是个十分会打算盘的买卖人。他有句留给子孙的生意经："利钱得一个铜板一个铜板地挣进来，本钱得大把大把地花银子来保住。"他曾经发现一个付散酒的伙计，多给了熟人半提子酒，当场把他刷蜡了——却叫儿子私下送那个伙计二两银子，"送他养家糊口"。他还对儿子解释："不撵走他，漏酒的窟窿眼子会越来越多、越来越大；不笼络他一下，他在外面说起坏话，或者偷着放一把火，咱们的损失可就更大了。"他对王府来采购的管家、过往的官吏和黑道上的人物，那就更慷慨义气了。他这个私家客房，包养了几个或略通文墨或稍擅弹唱的妓女，就是为满足这种够格的客人，消遣酒后余兴。逸芝逃走后不久，隆万兴就又选招了一名更年轻的女人顶替她。他知道邹乃杰是屠景操的左膀右臂，当然不能冷待他。因此，邹乃杰便不仅夜里毫不孤寂，回县时车上还多了四坛子二锅头"万兴泉楂子酒"，兜里还揣进了百两纹银的程仪。

四

两日后，隆万兴坐自家的骡车来到县衙。屠景操带领主簿和师爷（典史阚山被派到昌图府办事去了），把他迎到二堂——知县大人的客厅。寒暄过后，屠大人便委托邹乃杰去饭馆监督宴席的准备："务罄其所有，尽其所能；坦吾侪之诚，慰尊客之劳"——其实是把他支开了。

接下来，师爷李可依端壶续水，照看门户。建安县首屈一指的官老爷和富甲一方的大老板便开始会商。屠景操先给隆老板戴了一阵高帽子："……酿艺高超，'万兴泉'名驰内蒙古；贩途广远，'万兴仓'誉满新民……君于建安偏僻之地，肇始产业，扩途通衢，惠及百姓，实不才治县之良助也。"

隆万兴听出了他要把自己当马套上车了，也知道他不会让自己白把套拉直，便谦卑地说："酒坊草创之初，步履艰难，几欲罢手归晋。幸逢大人驾临，勠力图治，百业渐兴，万民渐富；始酒有人沽，名得远传。小号能有今日规模，实得大人荫庇。此恩此德，没齿难忘。大人若有驱使，老朽虽如驽马，必尽十策之劳。"

屠景操对他的恭维和表态十分满意，觉得可以进入正题了。他不再掉文，先叙述了老佛爷要求"就地筹款，修复教堂、赔偿损失"的旨意，叫苦说"这是桩干好了是本分、办砸了是过错"的皇差；身为一县正堂，不得不为国分忧，却唯有冒骂名增田赋一途。而"缴到的瘪瘪瞎瞎、缺斤少两的赋粮，折变成光光亮亮的银子，中间关节多多、困难重重；如非可靠且又懂行的人援手，一斤也难换回六两的价钱"，所以"本县求隆兄仗义相助，代为谋划。"

隆万兴听出这位县太爷，要借机大发一把国难财了，也清楚老百姓缴赋粮，斗胆也不敢以次充好，还咬碎牙也得斤必超两、斗必挂尖；他让自己"代为谋划"，只不过是要掩人耳目、不留后患。于是，他便称颂屠景操"忠分国忧，勇肩重担"，表示自己要竭尽全力"为县尊摇旗奔走"，把这台戏唱得全始全终，不出半点纰漏，赢得满堂彩。为此，他提出一个方案："以小号之名，在县城设'万兴仓粮行'分号。不予督课之事，专司集运之责；务要粮银两清，不存一丝疑窦，令别有用心者无计可施……"

屠景操听得频频点头，对"以小号之名"设分店、令账目"不存一丝疑窦"，更加欢喜。他笑容满面，指着隆万兴说："真乃经营奇才！寥寥数语，令本县肩上千钧重负，霍然化为一片鸿羽矣。"

隆万兴忙拱手客气说："小人为治下商贾，岂能忘却大人恩典，一味唯利是图？理当为大人分些忧虑。"这门面话里，其实也含着讨价的意思：不要忘了让我也得分到一杯羹……

两人唠到这里，已经知己知彼，开始了具体的磋商，在不太长的时间内，就达成一致意见。其中一条最为秘密的内容，是在屠景操把李可依也打发开后商定的："万兴仓粮行"分号，由屠、隆两家合办；屠景操出两千两银子、隆万兴出五千两银子为本金，赢利对分。隆万兴建议："新粮上市，其价必跌；囤积耗水，亏损颇巨。入春收贩，最为适宜。"屠景操略一沉吟，说"立夏左右必须清账"。隆万兴虽不知他四月满秩，将要离任，却明白"干活不由东，累死也无功"的道理，保证"请县尊放心"。

五

俗话说，人老奸，马老滑。李可依见东家忽然令自己"去请商会高董首到饭店陪客"，心中大疑；便没有立即动身，躲在门外偷听——这就使这屠景操自以为与隆老板之谋是"天知、地知、你知、我知"的秘密，竟不知有了个"他知"……

李可依一发现自己被当贼防了，便觉得屠景操是认为脚跟已经站稳了，要卸磨杀驴了；自己若再不识进退，就只有奴才般端茶倒水的份儿了。第二天，他就对屠景操说："东尊雄才大略，已经收服了坐地之虎、地头之蛇；而今而后可垂手号令矣！请怜不才日益衰迈，恩允还乡。"屠景操觉得他知道的秘密太多，放他走开有利无害；稍作挽留，便答应了。李可依见他只按旧例支给了酬金，心中颇为怨怼；便在去小公馆向阚山告别时，泄露了偷听到的"屠隆合营'万兴仓分号'"秘密。阚山微笑着不说三也不道四，却送给李可依一百两银子——"些许薄意，略壮行色"……

李可依走了不久，"万兴仓粮行"的分号，就在县城开张了。屠知县亲临祝贺，希望"隆老板利民之生、畅货之流，而成助国之强"。

财主和佃户把庄稼都拉进了大大小小的场院。隆万兴便按惯例开始收粮。一直随收随运到了新民，一直没压仓。

过了大年，闹完灯节，屠知县亲自主持召开全县吏员和社头村长大会——邀请隆万兴与会，坐在他的身旁。他先宣谕了慈禧太后的懿旨：府县各自筹款，君民共克时艰；修复焚毁教堂，恤抚亡困教民。接着他就发布县衙命令："行坊铺店，按常例增捐两成；新荒垦户亩课半升，熟田亩加赋一升——东佃各缴其半……前年田赋已缴，加赋一并补缴。清明为期，不延一日。"他还郑重地说明："万兴仓粮行经营有方，信誉斐然，奉命收运赋粮，确保赋粮及时化为银两入库。"然后便严厉申明，"国难当头之时，均应公忠奉国。吏佐衔职不力、徇私舞弊者，一律开革；大户细民藐视朝廷、抗命违期者，严惩不贷……"

屠景操十分倚重他的"哼哈二将"，委托邹、阚二人全权处理县衙日常事务，却由自己亲自督办捐赋收缴。他已提拔孙大嘞嘞为正式捕头，带人跟随自己下乡巡查。他一副忠心报国的架势，铁面无私，雷厉风行，对抗赋不交的百姓一律以"违抗圣母皇太后懿旨"的罪名或笞杖，或上枷示众；对督缴不力的吏佐和社村头，也一律不假颜色，或罢免，或罚薪……建安县村村呼号，人心惶惶，可追缴田赋的进度，却比历年都快……

阚山对李可依卖给的秘密，十分重视：抓牢了这个把柄，也就有了要挟屠景操的紧箍咒：就算不能逼迫屠蛮子、老西子"三一三十一"地平分那笔巨大的利润，也能补上少到手的油水。他凭多年来在县衙里混出来的经验，摸透了屠景操的打算：在交印前喊里咔嚓留下一本查不明白的账，用银子堵严上宪的嘴，揣着银票一走了之。他准备在屠景操跟隆老西子临分赃时突然发难，逼他们没有从容招架的工夫，不得不忍痛割肉，可是他万万没想到，"三尾虎"许彪却帮了屠景操的忙……

六

刘半仙由夏到秋，只把杀害周坛主的主谋圈到阚山头上；对屠景操起了啥作用，还没打听出来。不过他还想找人对证对证，把自己的猜想坐实了。

等过了庚子年正月的一天，宋春华生下双寿满月了，刘半仙在辰时——也就是王二吹应卯以后，走进了画匠铺。宋春华赶紧让座。刘半仙坐下后，便借孩子当话头称赞起大人："双福这孩子，一转眼就这么大、这么壮实了！可见二吹兄弟和你没少尽心下力——画匠在那边，一定感谢你们俩的！"宋春华听了又高兴又有些犯疑：他咋只夸双福没提双寿呢？人们可都说，他在相面上两只眼睛挺毒，难道他看出了双寿相上有啥说道？便有些忐忑不安地说："双福他二叔倒没少对我说过，'咱们宁可领双寿蹲百家门，也得让双福把大哥的画匠铺传下去。'我倒时常担心双寿……命不济。请大叔给他们哥儿俩都相一相。"刘半仙一边看着两个孩子，一边暗想：她已经说漏了嘴——她是跟小叔子通奸才怀了双福的，所以她才会担心双寿……"命不济"，怕报应落到双寿头上。将来双福长大，肯定会当画匠铺掌柜的，也早晚会知道自己身世的底细；这种人往往性情乖张的……他想到这儿，收回目光开腔了："双福这孩子嘛，额宽腮满，虽不能富得银子成山、贵得前呼后应，倒一生吃穿不愁，手有余财；可唇纹微曲，难免引出些是非，生出些磕磕绊绊——过了三十可也就无忧无虑了。双寿的相，倒挺好，是个本本分分的忠厚相：鼻梁又直又正，两翼高耸，实为身不逾法、室有贤助之兆。可天庭隐隐约约有一丝暗影，似乎前世有些亏欠，是不是要今世补偿却看不清……记事后常劝他多行善事，也就增了福禄，抵去了先天不足。"宋春华本来就心里有鬼，一听他说双寿"前世有些亏欠"，哪能不相信？不由自主地"咳"了一声，顺口叨咕出了一句"不该报到他头上的"——话刚出口，她就发觉自己走嘴了，赶紧另起个头来遮掩，问："大叔自打房子叫'四大损'给扒了，不天天都忙着下乡找生意吗？今个咋有了串门的工夫？"刘半仙也"唉"地长叹了一声，连拉带打地说："我和二吹一样，都是在街面上混饭吃的人，一直把他当小兄弟。你呢，一打进了这画匠铺的门，我就看出你是个厚诚的闺女，便把你一直看成大侄女。对你，我是不能打诈语的。你是知道的，我跟周坛主是好朋友，是他帮我盖了个马架子窝棚！我去年出了一趟远门。没想到一回来，竟听说他不明不白地被人害死了！我窝窝囊囊，没法为他报仇，可也想弄个心里明白呀。我听说张喜瑞是个叫人当枪使唤的人，他疯了后跑到窦家店倒出了不少实嗑，叫人抓回去便稀里糊涂见阎王爷去了。我今天没事，是想去窦家店跟郑老麻子打听打听，看是谁逼他们干的。正好经过你们家门口，就进屋看看你和孩子……"宋春华心里一惊：她知道张喜瑞叫嚷过"王二吹若不补了那两刀，周坛主也死不了"——她哪能愿意叫刘半仙去坐实了这件事？便含含混混地劝道："大叔，这还用打听吗？管不了他的那些人，能把他当枪使唤得了吗！再说了，当差的哪一个不怕主事的？哪个敢不听他顶头上司的话？"刘半仙觉得她这话已经把事证明了，就点点头说："大侄女说得是。自己是个窝囊废，去抠根问底有啥用？还兴许惹出啥不利索的事……"

刘半仙回到家便拿起招子上路了。他进入蒙古旗后找到"追风沙"和许彪。他又一次说起自己去了一趟彰武，到翠兰的坟上烧了纸，接着说有关周凤鸣被害的事。"追风沙"听出了他的意思："你应当为周坛主报仇。"可他一来已经心灰意冷，把绺子交给了许彪；二来又觉得阚山虽算不上正经八百的朝廷命官，却也有八品的顶戴，不宜随意结果了他的性命。他轻轻地长出了一口气，说了句着头不着尾的话："恶有恶报，善有善报。咱们睁着眼睛看吧。"许彪见老当家的打的是糊涂炮，便也没出声；不过他心里却有自己的想法。

刘半仙是相信"恶有恶报，善有善报"的，可眼前这两个有"报"的能力的人，一个打囫囵语，一个双唇紧闭，使他不得不无奈地暗骂自己"窝囊废"了。

好人却没有好报。周凤鸣老伴卧床不起了。临终时她把刘半仙请到炕前，指着十四岁的盼福，托靠说："刘大哥，替我们两口子把她养大——就把她许配给你家的玉吉吧。"刘半仙忍住泪水答应下来，叫来刚十五岁的大小子刘玉吉，让他"给岳母磕头"。

刘半仙让玉吉打引魂幡，把盼福妈和周凤鸣并骨了。

外地抓捕"乱党"的风声越来越紧。刘半仙既要顾全一家老小，又怕仇人对盼福剪草除根，也不敢在县城住下去了，匆匆忙忙地搬走了。

七

这天是二月十六，再有一天就是清明了。阚山想起曾受到过老母的训斥，认为应借回家扫墓的机会，把自己准备跟屠知县叫板的事，向老娘请示一下。太阳偏西时，阚山带着小老婆王可一，坐车离开了县城。

小车子后边，是由王二吹率领的十名护卫团丁。阚山因为王二吹在捕杀周凤鸣的行动中立了功，提拔他接替张喜瑞，当了民团总部的卫队长。

小车子要就合步行的护卫团丁，车轱辘不紧不慢地轱辘着。在日头爷还有两竿子高时，离阚家大院只有十多里了。日头爷把路西的树影模模糊糊地印在沙土路上，像一些大大小小、奇形怪状的手。小车子就在这些手中钻进钻出。

阚山坐在蓝布车篷里，搂着三娘的嫩肩膀打盹。小车子在树林里的路上拐了个弯，老板子突然惊叫起来："这路咋给封上了？"阚山惊醒了，一把扯开车帘子，看到车停在了堵住路的树头前。阚山立刻冒出了冷汗：有人劫道！他用力推开小老婆，跳下车，撒开腿就往路旁的树林子里钻——可是来不及了：车前车后、路左路右，都涌出了举刀端枪的壮汉子，有的骑马，有的牵缰，齐声高喊道："只抓阚山一人，其余人放下武器的一律免死！"

领队护卫阚山的王二吹，前后左右踅摸了一圈，见冲到近处的人马少说也有三十，前后远处还有人把路掐断了，其中有一半是端着洋枪的，便又来了机灵劲，扔下手中腰刀，向手下人喊道："咱们认栽。"那十个人听他发话了，便把手中武器锵锵啷啷都扔到地上。

带领人马在这里埋伏的，是骑着花狸豹的许彪。他比过去胖了些，也显得更加沉稳了。他稳稳地坐在马上，把手里的马刀举起来，飞快地在空中一前一后画了两个圈。他手下弟兄立刻行动起来，分别把阚山和小车子、把王二吹等人围在两个圈圈里。

许彪提马到王二吹身边，飞身下马，抓住他辫子根往下微微一搂，王二吹的那张脸便仰了起来。许彪认准了他是王二吹，便咬牙切齿地说："对你，不能轻饶了！"

王二吹也认出了他是"小力巴"，想起自己带人捉拿过他妈和小菊，还把他打伤了，知道遇上了冤家对头。他不甘心挺脖子挨刀，便撒起泼来，像对老天爷喊冤似的说："大当家的，你们说过了'放下武器的一律免死'。英雄好汉，说了得算！你若找老账、报私仇，我掉了脑袋心也不服！"

许彪好像被毒蛇咬了一口，皱了一下眉头，握着辫根的手一用劲，把王二吹叽里咕噜到了一个弟兄脚前，那人立刻一脚把王二吹胸口踩住。许彪瞪圆眼睛说："我们的话当然算数；那笔旧账，我只记在了老假婆名下，根本没想跟你算！"

王二吹听了，觉得有了逃过这一劫的希望，把身子往起一拱想站起来；可踩住他的人脚下一用劲，又把他踩趴下去了。

许彪扫了在场的人一眼，厉声说："阴谋杀害周坛主的是阚山，从背后刺了致命一刀的是张喜瑞，在周坛主身上补了两刀的就是你王二吹！张喜瑞已经被关老爷追到地狱下油锅了——弟兄们，咱们能饶过王二吹那两刀的罪吗？"

端枪握刀的人，七嘴八舌地喊了起来："不能饶过他！""要给周坛主报仇！"大家的声一住，许彪便判官似的宣布："他今天领头交出了武器，可免去死罪——但活罪难饶：一刀换一刀，废了他的招子！"

那个踏着王二吹的人，一听瓢把子发出了命令，弯下腰从护腿上拔出匕首，用左手按牢王二吹脑瓜门，唰唰地剜了两刀——王二吹鬼哭狼嚎地惨叫一声，便随着脸上流下两道子血昏了过去……

许彪一挥手，这部分弟兄便叫王二吹手下人架起他，押着他们走开了。

许彪牵着花狸豹，走近另一群人。他的弟兄已经打掉阚山的红缨帽，剥光他的上衣，把他绑到一棵树干上。别看阚山往日飞扬跋扈，威风凛凛，一听说要取他心肝祭奠周坛主，立时吓得三魂出窍、六神无主，大脖筋软得挑不起那个胖脑袋了。他的小老婆王可一，被人从小车子里掏出来，扯后脖领子拽到他身边。她一见阚山半死半活的狼狈相，想起他方才逃跑时全不顾自己的狠心样，觉得自己也应当"爹死娘出门——各人管各人"了……她拿定死里求生的主意，便跪下身子哀求："我是他抢到手的小女人，他干下的那些伤天害理的事，跟奴家沾不上边。你们饶了奴家吧，奴家愿意轮班伺候各位好汉……"

许彪又气又可怜，叫过两个弟兄，说："把她塞回小车子，叫老板子快点赶，押送到城边子再放掉。"

许彪见太阳爷已经往地下钻，而阚山在被扇了一顿大嘴巴子后也没抬起脑袋瓜子来，便有些失望地说了句"便宜了这条老狗"，下令"把这个密谋杀害周坛主的畜生，开膛破肚，看看他的心黑到了啥粪堆"……

月亮被乌云遮住了，使这个牛年的二月十五的夜里，伸出手看不清五个指头。周凤鸣那低低的坟头前，燃起一大堆烧纸。火光照着坟上稀稀拉拉的枯草。许彪把阚山的心、肝、肺摆到坟前，悲声祷告："周坛主，设奸计、派人杀害你的人，已经遭了报应。你安下心找个好人家投生去吧……"在场的弟兄，齐刷刷地跪在许彪的身后，跟随他磕了三个头……

许彪率领马队离开了。他骑在马上，心随着身子忽悠着：周坛主能一心无挂地去投生吗？他会不会等着杀害他的另一个谋主遭报应呢？那个人是朝廷命官……"追风沙"大哥离开绺子时留下话。不许绺子反朝廷。我若是继续为周坛主报仇，那可就货真价实地违背了"追风沙"大哥定下的规矩……

八

在建安县城，最先知道阚山死信的，是邹乃杰和他的小老婆彩荷。

王可一是上灯以后回到城边子的。她和老板子都得到了警告："胆敢在今夜向县衙报案，十天内便叫你们跟阚山一样开膛破肚！"

王可一举目无亲，觉得虽然还有口气，却如同孤魂野鬼；她知道小公馆住不长了，十分害怕被接回阚家大院——很快就得被阚山的大老婆折磨死的。她觉得这个世界上只有彩荷还是个近人了，便磕磕绊绊地摸到邹乃杰家门，盼望他们夫妇能帮自己琢磨出条活路……邹乃杰现在虽然天天在嚼啃彩荷这个年轻貌美的小老婆，却像缘木散人过去断定的那样，在惦记阚山锅里炖的"嫩猪爪"。他确实想出了个"一箭双雕"的高招——不过不是为王可一，而是为自己财色双收……第二天一早，他就带着小老婆和王可一去盛京了。

宋春华是县城里第二份知道阚山死信的。

王二吹是天大亮后被手下人抬回家的。宋春华正在贴大饼子，一看到王二吹满脸血污、两眼只剩下了黑窟窿，手中的苞米面团子"吧唧"一声落到了锅台上。她竟然没淌眼泪，也没号，还无可奈何地说："关老爷还是报应了你，让你应了那句'双眼瞎'的毒誓……"

王二吹被剜去了一对眼睛后，心好像倒明白了：我在周坛主后背上补的那两刀，追走了他的命。他们讨还了那笔债，我的命也不会长了。所以，在屠知县派人来问"是不是'追风沙'领人劫杀了阚典史"时，他肯定地回答说："不是。阚典史和我都该遭报应的。"他还明明白白地嘱咐宋春华："我是不该有后人的。我死后你一定要找个忠厚人，叫双寿改姓。你无论如何一定把双福拉扯大，叫他顶我大哥的香炉碗。"

宋春华差不多请遍了全县的大夫，想保住王二吹的命。他们给二儿子起名叫"双寿"，就是希望能白头到老的。王二吹两个多月后就成了瞎鬼，使宋春华又成了寡妇。宋春华认为自己在头个主还活着的时候，就和王二吹勾搭成奸，也是有罪的。她没有再嫁人，也没叫招惹她的男人得过手。她向关老爷求情：晚些报应她，让她把两个孩子养大，让他们分别接续王林和王二吹的香火。她万万没有想到：双寿却有善终，把"王记画匠铺"开了下去；而双福却在三十年后，因为谋杀了抗日军的一个团长，被辽北民众抗日义勇军枪毙了。

屠景操是在县衙点卯后，得到把王二吹送回家的人报告的，才知道阚山在回家扫墓的路上被劫杀了。

屠景操并不知道李可依把他卖了，也不知道阚山企图揪住他小尾巴，想逼他同意吃一份干股，所以没对阚山的死幸灾乐祸。还因为在杀害周凤鸣上，他跟阚山穿着连裆裤，罪责并不比阚山小，最少也是半斤八两一般重，所以兔死狐"怕"——怕自己也肚里空空没了下水。

他半年多前，就下定决心不再在北方干。他备了包括二十根金条的一份重礼，去盛京拜会了张亦弛，请他帮忙；还把几封信捎往京城。他在派邹乃杰去见隆万兴前，就得到了张亦弛的回复："将军与巡抚已经恩准，贤弟卸任后可到京候旨。"又过了些日子，京城户部的一位郎官也来信说："愚叔已同吏部相关人员打通关节，可改放贤侄南归。去何地、任何职，则需贤侄到京后面商——彼等欲观'水'之深浅而落'碇'焉……"屠景操心花怒放，下定决心拿出近几年积蓄的一半，换来一纸比较可意的官牒。他开始筹划如何把十万多两雪花银，安全带走。他对阚山的被马胡子惨杀极为震骇，实在是"阚鉴不远"，绝不愿再弄出个"屠知县的钱袋子——瘪了"。

阚山的尸首，是在第二天才被发现的：野狗把他的肠子扯了个精光。阚老太太用一个金元宝当心、两个银元宝当肝肺、一个装有五谷杂粮的铜香炉当肠肚，把他"完完整整"地埋进了祖坟。她十分明白人情世故：人死茶凉。县衙今后不但不会是阚家的顶门杠了，还一定会有人找借口来敲诈勒索。她决定亲自去拜见县太爷，送上一份重礼……

建安的老百姓是很有文才的。在阚山和王二吹死后不久，他们又琢磨出两句俏皮嗑：

> 阚山的肚子——没啥。
>
> 王二吹的眼睛——没冒（帽）。

二〇〇〇年初稿

二〇〇四年修改

二〇一三年又改

二〇一八年改定

柳条边风尘旧录

伊拉里氏三兄弟

倪成仁 著

北方联合出版传媒(集团)股份有限公司
春风文艺出版社
·沈阳·

图书在版编目（CIP）数据

柳条边风尘旧录. 伊拉里氏三兄弟 / 倪成仁著. —
沈阳：春风文艺出版社，2019.8（2021.1重印）
ISBN 978-7-5313-5573-1

Ⅰ. ①柳… Ⅱ. ①倪… Ⅲ. ①长篇小说 —中国—当代
Ⅳ. ①I247.5

中国版本图书馆CIP数据核字（2019）第004148号

目录

第一章　人心隔肚皮，各做各的梦

一

　　阚山是光绪二十七年清明节的前一天，也就是农历二月十六（公历1901年4月4日），被许彪领人劫杀的。第二天，一辆蓝布篷的骡车，两头不见日头跑了一百多里，赶进了辽河边上三面船镇的一家客店。建安县衙的主簿邹乃杰，领两个年轻女人下了车，住进一个宽敞房间。他点了一桌酒菜，叫店家送到房间来。

　　这俩女人，一个精神憔悴，一个心情疑虑，两张俊脸却都抓人眼珠。那疑虑不安的，是个大脚片，嫩得不到二十岁；虽说目光有些闪烁不定，小团脸却如一朵刚绽开的桃花，叫人一瞥一到就会赞叹"小模样百里挑一"。她名叫彩荷，是邹乃杰一文钱没花捡到手的小老婆——其实他还没娶大老婆。那个脸上罩着云雾的，穿着三寸素色绣花鞋。虽说她年纪比彩荷大了五六岁，两道微皱的弯眉还凝着哀愁忐忑，可那张瓜子脸在百八十个年轻女人中，若一个个挑选起来，恐怕再难找出第二个来。

　　他们是起早从建安县城溜出来的。建安县是柳条边外最荒凉、最偏僻的地方。关里逃荒跑关东的，关外避难趴风的，都爱往这疙瘩奔。这一男二女——一个是县衙主簿，一个是他小老婆，一个是县衙典史阚山心爱的第三房女人，他们为啥搭帮结伙、偷偷摸摸地离开建安，往奉天跑呢？

　　酒菜摆上后，邹乃杰便大马金刀地在坐北朝南就座。彩荷抢先脸朝西坐下，给丈夫斟上一杯酒。那个阚典史的小老婆，则缩手缩脚地坐到彩荷的对面。邹乃杰看看彩荷，扫了一眼阚氏三娘，体贴地说："你们俩也喝几盅吧，解解乏。"

彩荷是邹乃杰没娶大老婆、先娶的小老婆，一直对丈夫绵绵软软、唯命是从；可今天，不但没领情，还撇撇嘴，噼里啪啦地说："自打我进了邹家的门，嘴唇沾过酒吗？我干爹昨天被红胡子劫住后，给开膛破肚了。三娘她能不撕肝裂肺地难受吗？她咋会有心情陪你寻欢作乐……"

彩荷的干爹就是建安县衙的典史阚山。他昨天领小老婆王可一回老家，想清明上坟烧纸，却不料半路上被马胡子"追风沙"的部下逮住了。那帮马贼竟然讲"冤有头、债有主"，放了他无辜的小老婆。三娘回到县城时，已经掌灯了。她先去老邹家，找彩荷、邹乃杰。一被让到炕头耷拉下腿，就哭哭啼啼地说："我那个主，被马胡子绑到了树干上……听喽啰兵说他们要替义和团的周坛主报仇，剜出他心肝肺当供品，去给周坛主上坟。"

彩荷好像看到一个马胡子，凶狠地举起一把明晃晃的尖刀，哧的一声扎向干爹那胖胖的心口窝……她"妈呀"地叫了一声，紧紧地搂住邹乃杰的一只胳膊，才撑住了两条颤抖的腿。邹乃杰也心惊胆战，但到底是个当官的男人，有些贼心色胆。他一边抬起一只手摩挲彩荷的胸脯子，替她理顺喘不匀的气，一边骨碌那对贼眼睛，打量起耷拉腿坐在炕沿上的三娘：那张平时总藏藏躲躲的嫩脸蛋，现在明晃晃地摆给了自己。可灰不溜丢的没有血色，叫人感到心疼；而那双过去不敢正面看人的俏皮眼睛，现在直不棱登地盯着自己，分明是在可怜巴巴地哀求自己帮她想个章程。邹乃杰幸灾乐祸起来：阚山哪，阚山！你一直金屋藏娇，轻易不叫外人见到她一面；可你刚一缺心少肺地爬上了奈何桥，她就把自己送到本主簿面前！他觉得有了一饱眼福的机会，一对眼珠死死地盯向了她那双小脚。可能是三娘精神紧张、身子疲乏，一对绣花鞋时不时地哆嗦一下，好像希望有人去捏捏揉揉……三娘是回去扫墓的，穿的鞋上绣的是素花，上面的素花，绣时用了不少银线，在闪动的烛光下反射着亮光。邹乃杰对不能把这双小脚，握到手心有些遗憾；可那亮光使他联想到阚山的小公馆里，一定有好多的金银珠宝！于是他假惺惺地骂了红胡子几声，紧接着又安慰三娘几句，然后关心地说："你今后没了阚老爷的呵护，少不了难处的。你得跟彩荷商量出些应对的法，好能把日子过得顺心些。"

三娘"唉"地叹了一声，扫了彩荷一眼，幽幽地说："咳……做小女人的，哪有自个的将来？老爷活着，我像个描金的痰盒，让他捧在嘴边，接他的黏痰鼻涕，换得他几分欢心。他这一死，我虽说没摔成了八瓣，可也成了废物……阚家是不会再让我在小公馆过清静日子的；彩荷知道，我一回到阚家大院，可就差不多是跳进了火坑……"

彩荷知道阚山的正室夫人，对三娘恨进了骨髓，今后有了报复的机会，一定"会叫她生不如死"。她默默地点头，没出声。邹乃杰暗暗高兴，忙引导说："你手边不是还有些私房东西吗？收藏好了，准够过十年八载的了吧？"

三娘心里一亮，觉得这个年轻主簿说得有理——自己只担心被提溜回阚家大院，却忘了琢磨后路……可那些硬头货取了出来，往哪儿藏呢？若放在身边，那注定是奶妈抱孩子——半根毫毛也剩不给自个……

邹乃杰见她先喜后忧，猜想到她为收藏那些金银珠宝犯起愁，便吓唬她："阚典史的为人，是《三字经》横念——人性狗（苟）。老百姓若听说他被马胡子撕了，很可能不等天大亮就会有人去哄抢……"

三娘一听，急得像火上了房，急忙央求："邹大人，求你看在他成全了你和彩荷姻缘的份儿上，千万帮我这个半边人一把：陪我去把贵重东西取到这疙瘩来——没人敢到你这个主簿家里胡闹的。"

三娘所说的"成全"，是指阚山把彩荷当一件礼物，送给邹乃杰做了小老婆，跟一般的"姻缘"是不太一样的：一个钱没花，白捡了一个又年轻又漂亮的闺女做小老婆，若不心存感激，那还算人吗？

邹乃杰见把她吓上了道，却绷起脸掩遮住满心眼的喜欢。他并不搭腔，却看了彩荷一眼。一直没插嘴的彩荷，想到自己也是个做小的，三娘还拉帮过自己，便同情起她，张开小嘴催促："虽说还没三更半夜，可也黑咕隆咚的，她哪里敢走？你就挨趟累，陪她去一趟吧。"邹乃杰这才点头答应，领头走出屋。

二

阴云把满天繁星遮得严严实实。两人一出房门，就像钻进了老虎妈子洞。送出来的彩荷转身回屋关上了门，两人就好像成了蒙眼瞎；摸黑走出一段路，两眼才勉强通了一点路。邹乃杰见路上没有第三个人走动，不但没加快脚步，还放慢一些速度，横跨两步，和三娘平身向前磨蹭。又挪出一段路，邹乃杰已经能看清她的身条轮廓：两只小脚吃力地往前挪，小细腰晃晃悠悠往前扭搭，显得很吃力，还好像随时都会跌倒了……他心疼起阚山撇下的这个漂亮小女人。他又转脑袋瓜暄摸一下前后，侧歪耳朵听听四方，断定路上确实再没有第三个人，便贴近了三娘，跟她并肩往前晃悠；他见她没往旁闪开身子，也没吭声，胆便壮得十足，扭过头轻声说："真难为你这双小脚了，摸黑走这坑坑洼洼的路。咱们得抓紧时间，别误了大事——让我搂着你点吧。"他也不等三娘松口，一住嘴就伸出胳膊，把三娘的小细腰揽住，半搂半架着往前走。

三娘跟边外的一般女人不一样：小时候跟爹念过书，受过三从四德、男女授受不亲的教育；被阚山强娶为妾后，在人烟稀少的建安县，算是生活在有规矩的官宦人家，行走坐卧、待人接物，都是讲礼数的。因此，她一被邹乃杰搂住身子，心就怦怦起来：这个人是中过秀才的，现在身为主簿，在县里是"一人之下、万人之上"的，咋竟然敢如此越礼？若被人瞄到这种形影，一定猜想是对恩爱夫妻相扶相搀赶黑路；一旦被人辨出长相，我可就"白缎子掉进了染缸——洗不清也道（捣）不白了"……可是她小一天来一直泡在惊骇惶恐中，午间和晚上没吃过一粒饭，迈步十分费力，不愿拒绝了他的搀扶……她走出几步后，回忆起了那个已经被掏出了下水的主，曾让自己领下人伺候他们两人喝过一次酒，这个姓邹的那两道贼眼光就曾斜过来，小刀子似的刮得自己嫩脸蛋直发热……她便怀疑他现在有些乘人之危占便宜了：我若默默地忍了，这个胆大包天、风流成性的主簿，很可能会得寸进尺，做出些叫我更难堪的举动来……于是，她便低声说："你虽然是好心帮我，但……却有些不合礼数的。"

邹乃杰心里得意地扑哧扑哧暗笑，嘴上振振有词地说了句"事急可以从权"，接着还引经据典地解释："阚典史跟我同衙共事，年长于我；你虽然比我年纪轻，却是嫂夫人——孟老夫子说'嫂溺，援之以手'。你现在的处境和溺水无异，我'援之以手'，是理所应当，也符合圣人教诲的。"

三娘觉得他有些强词夺理："援之以手"是临危相救，以手相拉，却不是轻薄地把人家搂到怀里……但也认为自己现在得求这个人帮助、庇护，不能饿毛得罪了他；还脚软腿酸，实实在在走不快，很需要有人扶持，只好"从权"一下，便没再吭声，只盼望在这黑咕隆咚的夜里，不会被外人看到，声扬出去……邹乃杰见她乖乖地依在自己怀里了，便搂得更紧，温存地搀扶着她往前走。

终于到了小公馆的门前。邹乃杰撒开手叫开门。王可一在随阚山坐上叫来的小车子走以前，考虑得第五天头上才能回来，便放了下人四天假，只叫住在本街的老妈子来小公馆看家。邹乃杰要她"别出声"。进屋后，他让三娘取出两块银饼子（现大洋），说："阚老爷被仇家杀害了，恐怕过一会儿会有人来洗劫。你拿银洋躲避开吧——过些天太平无事了，太太再招唤你回来。"

那个老妈子一离开，邹乃杰便追王可一赶快往外翻贵重东西。三娘上炕开锁，打开柜门，先掏出一个紫檀木雕花匣子；轻轻地递给邹乃杰，还情不自禁地说："那死鬼命似的金贵它。后来看我喜欢，才叫我保管；还说'我若先走了，你也可以凭它享一辈子福'……"

其实，阚山没把这个宝贝疙瘩带回老家，是怕他妈怪他背着自己跟"追风沙"进行勾结，引出啰唆；又觉得小妾王可一比大老婆招人喜爱，便把它交给她私下保管。

三娘"唉"地叹了一声，又回过身子往外翻东西。邹乃杰接过来好奇地打开匣子，翻去几层裹着的软呢柔绒，竟是一对玲珑凝腻的玉马！他惊得张开嘴便闭不拢了：我的妈呀！这可是价值连城的宝贝……

三

邹乃杰领王可一来取东西时，就没揣好下水：先通过答应帮她保全私房银两细软，套弄出一些好感来；路上趁机会贴贴靠靠，造成些不清不白的话把，使她以后没法再拒绝拉拉扯扯；再乘留她在自己家暂时避难趴风的机会，软硬兼施啃几口她那嫩脸蛋，捏几把她那双金莲小脚——就算惹她板起小脸，不让自己再往下动手，或者彩荷看出了破绽，严加防备不再给时机，自己也圆上了偷偷做过的白日梦，还可能捞到她带出的部分财物做答谢……现在一发现她手里竟然掐着罕见的宝贝，他可就贪心膨胀得比花心还大了：俗话说，马不吃夜草不肥，人不得外财不富。我得想法把这对玉马弄到手……这个聪明风流的主簿，七个心眼一齐咕嘟起来，冒出了一个接一个的贼泡泡：漂亮的女人，哪个男人不喜欢？百媚胜千金嘛。可一个受看的女人，若跟上万两银子比，可就让人拿不定主意了……他很快就想到"一箭双雕"这句古话：我若想叫这对玉马姓邹，就得逼这个漂亮的女人先姓了邹；若错过今晚的机会，可就难免将来后悔坐失良机，财色双空了……

邹乃杰打定了主意，收好玉马，对着一根蜡烛，到外屋先插上门，然后翻出一包点心，倒来一碗还有热乎气的茶水，体贴地对王可一说："你小一天没吃没喝了吧？可别连饥带渴，伤了身板。将就着吃点喝点吧——凭我这个主簿在这疙瘩给你当护卫，就算有外人闯进屋，也不敢挖挲毛找你麻烦。咱们晚一点回去，路上倒会更肃静些，也省得你提心吊胆。"

三娘这个小傻猫，转过身，感激地说了句"谢谢你想得周全"，便一手拿起茶碗，一手抓起一块点心。邹乃杰见她虽没狼吞虎咽，却也左一口点心，右一口茶水，不断往那个樱桃小口里填。他见她不顾吃相不雅了，对自己的计划更有了信心：她经不起饥渴，便一定顾命不顾脸；惜命的女人，绝不会把清白看得比命还宝贵！等三娘掏出汗巾擦完手擦完嘴，他便轻声问："你说阚家不会容你在这旮住下去，阚家大院又是个火坑，那是不是得由我替你雇辆车，快些回娘家去？"

其实，他是知道王可一没娘家可回的。

三娘刚有了点精神头，听了这话就像嫩瓜秧挨了苦霜，那刚支棱起的嫩叶立刻耷拉下去。她瞥了邹乃杰一眼，见他似乎很同情，便伤心地低声说："我一被……抬进阚门为妾，老父就举家迁走；如泥牛入海，杳无音信……"

邹乃杰"咳"地叹了一声，满腔怜惜地说："这真是'英雄有志，报国无门；巾帼落难，无家可归'了。"

王可一听出了他的同情，眼巴巴地望着邹乃杰，递出一句小话："你和彩荷得先收留下我，还请你们快些帮我琢磨出一条道，让我能不回阚家大院。"

邹乃杰听了她的话，心中暗想：这个小俊娘儿们，还真挺有鬼心眼。明明是求我，却还故意把不在场的彩荷拉进来，显得不完全是求我这个大老爷儿们；若时过境迁，可能还真难把她抓到手心！他假装糊涂点点头，继续按想好的步数，往下拨拉算盘珠，又迎合地说："我是得帮你琢磨出个好主意。"

三娘很高兴他的允诺，点点头表示感谢，却没忙应声——她那条疲乏的腿有些麻，想要伸开歇歇。可她又很快想到：现在虽然是在自己的卧室，可邹乃杰是一个外姓男人，还跟自己年岁仿佛，在他面前支腿拉胯的，就不像一个体面女人的样了；而且身前还有东西，也伸不开腿。她便把刚欠起的腿又盘上，这才回答："我举目无亲，你们若不帮忙，我只好挨一天就算多活两晌了。"

邹乃杰听彩荷说过阚山妻妾不和，断定她十分怕回阚家大院遭报复，在迫切希望自己给她出主意。他觉得机会不能放过，俯身挪开茶碗和点心包，像是想让她能伸腿歇歇。三娘却摇摇头，拧身子想继续往外翻东西。邹乃杰忙哈下腰，抻住她一条袖口，把脸凑近她耳朵丫子，神秘兮兮地轻声说："我已经替你琢磨出了一条道：想法把你人不知、鬼不觉地送到奉天去；再帮你租个房，雇个老妈子，隐姓埋名避一阵风，再从容安排以后的长远日子……"

三娘一被邹乃杰抻住袖口子，就像被一只耗子钻进了袖筒子，又讨厌又惊骇。她还立刻想到了自己刚刚成了"门前是非多"的小寡妇，便想不管他是啥意思，也得挣开袖子、不轻不重地责备几句，保全下女人的脸面；可紧接着一听他狗嘴吐出的却是象牙，甚至像诸葛亮的锦囊妙计，就不烦转喜、忘恼生欢，急忙转头想问"你咋把我送到奉天去"——竟把小脸扭到了邹乃杰的嘴边。她嫩嘴唇一感觉触碰到了邹乃杰那不软不硬的胡须，不由得失声"呀"了一声，羞得满脸通红、心猛跳……

四

彩荷焦急地等到后半夜，邹乃杰才背着大包小裹，领着三娘回来了。一放下东西，邹乃杰就宣布："咱们仨天一亮起大早回奉天老家！"彩荷一听这话，又见三娘头发有些蓬乱，脸红一阵白一阵的，一副做了亏心事的贼模样，便起了疑心：他是奉天人，我是嫁鸡随鸡、嫁狗随狗，上奉天可以说是"回老家"；你是我干爹的小女人，捎脚是逃难，咋能算"回老家"呢？可她也知道自己是干爹送给那个主簿的玩物，聘书都是在让他尝过甜酸后才补的，是连明媒正娶的小老婆都不如的，哪敢把猜疑说出口？等到一大早动身时，邹乃杰一上车便挤在彩荷和三娘的中间。彩荷见三娘没躲没闪，便想起丈夫曾对三娘那双小脚吧嗒过嘴，疑心可就更大了……

彩荷噼里啪啦地扔出了几句疙瘩话，就眯缝起那双眼睛，瞧看两个人的反应，想从他们的慌乱反应中，坐实自己的猜测。

邹乃杰和三娘都不呆不傻，能听不出彩荷语声里的骂音吗？邹乃杰假装镇静，一口闷进满盅酒，算是往脸上贴了一张大红纸；还把酒壶从彩荷身前抓过去打岔："那我就自斟自饮了。"

三娘做贼心虚，还不会装相，觉得脸蛋子被人左右开弓扇了两大巴掌，呼呼地直往外蹿火；心尖上像被人扎了一针，眼珠子疼得发酸：路上飞来的横祸落到头上，把自己惊散了三魂六魄，吓碎了芝麻胆。自己举目无亲，挓挲着两只手没了主意，把彩荷两口子当了近人，去讨章程。不料却是拜佛烧香引出了鬼，姓邹的趁火打劫，自己只好要命不要脸……现在像哑巴被塞了满嘴黄连，有嘴也说不清、道不明，再苦也得挺脖子往下咽了。她忍住泪水，拿起比棒槌还重的筷子，低头往火辣辣的嗓子眼里扒拉饭。

彩荷被自己男人的镇静迷惑了，却从三娘恐慌惊惧的神情上，断定她做下了亏心事。她狠狠地剜了对面的三娘一眼，夹起一箸头子凉菜骂杂："这贱玩意儿，比'蒲棒绒'还不值钱！"

碗筷敛下去后，桌上只有蜡烛还在断续地往下流着泪。三娘觉得浑身像上过大挂，连悠带坠，骨头架子像散了花，便把两个胳膊肘搭到桌上借些力。等店小二又送来了行李，她斜眼看了看炕，没敢凑过去。对面的彩荷一见她眼珠往炕上骨碌，立刻警惕起来：可不能让坐车那出戏重演——他们若挨上被窝，我可没法支起眼皮打一宿的更！她抬身抢到炕边，噼里扑棱焐起被来。焐好三个被窝，她拧身在炕中间坐牢，木着脸问邹乃杰："你是不是睡在炕梢，把热炕头让给'骡'人'解解乏'？"

三娘听了这话，明白她是在敲打邹乃杰，也是念歌子挤对自己，便假装糊涂，晃晃荡荡去茅房。

三娘回到屋时，见邹乃杰已经在炕头躺下，而彩荷还撅着鼻子坐在原处。她也不吭声，晃悠到炕梢爬上炕，脱下绣花鞋，钻进被窝，脸朝墙躺下。

彩荷心里这才一块石头落了地，出屋去方便。

三娘听屋门呱嗒了一声，又听彩荷的脚步声远了，一肚子窝囊气突然膨胀起来，一下翻过身，向邹乃杰发泄地问道："你装啥气迷？祸害完了人家，便没事似的装聋作哑，任凭小丫鬟朝人家喷吐沫星子。你想让人家就这么奴才似的，憋气窝火下去咋的？"

邹乃杰确实在装睡。现在三娘逼问上来了，也不得不答对，转过头说："我不是闷生烟头，只是还没机会跟她挑明炉嘛。现在是出门在外，人多耳杂，惹她嚷出偷鸡摸狗一类的话来，谁脸上光彩？"

三娘听了，心里感到十分委屈，却不敢大声分辩，只好闷声闷气地争执说："是我招猫惹狗，还是你硬拿鸭子上架？"

邹乃杰却不愿跟她掰扯谁是谁非，也断定她不敢大吵大闹，便打囫囵语："谁也没横踢乱卷炝蹶子。"

三娘听他拿自己被逼无奈、逆来顺受当话把，真是占了便宜还卖乖，一句不提许过的愿，不只寒了心，还动了真气，抬高嗓音叫号："你把良心夹到胳肢窝了咋的？拉下屎往回坐，还算个大老爷儿们吗？算我瞎了眼睛，吃下大亏后还信了你的鬼话。磕掉门牙吞下肚，我认倒霉吃下哑巴亏了。咱们本来不是同林鸟，天一亮各自飞好了：你领她去走阳关道，我带自己的东西去爬独木桥！"

邹乃杰还真打怵了：他一怕三娘一早当真不再跟自己走，自己就算不怕彩荷发火，也没法硬扯她膀子一同上路，落个人财两空——她手里那对玉马若真姓了邹，保准能换个大红顶子的。他二怕三娘没完没了地胡搅蛮缠，彩荷一回屋可就要吵成一台戏，招来满店的人看热闹，弄得自己一台好戏唱不圆全，还可能鸡飞蛋打，丢了自己这个主簿的官。他赶紧把身子探过来，脸对脸地哄三娘："我说你没炝蹶子，那不是趁没人挡嘴的机会开开玩笑，逗你开心吗？你放一百个心，我邹乃杰君子一言，驷马难追，保证让你一辈子舒心遂意！等到奉天安下家，我一定把事情办得圆圆全全。若做不到，你就告我拐骗官眷，送我进笆篱子……"这时门外传来脚步声。邹乃杰飞快地啃了三娘脸蛋一口，贼快地缩回身子装睡去了。三娘对彩荷更眼晕，觉得她像一贴王麻子膏药，怕她啪叽一下子贴到自己脸上找病，一糊上可就揭不下来了，也赶紧翻过身子，闭上眼睛装睡。

五

彩荷一推开门就站住了，两道目光像大片刀似的扫向了炕梢。见三娘已经脸朝墙挺尸了，她才放下心。

她扭搭到邹乃杰头顶，轻轻地把他捅咕醒，讨好地低声说："新来了个住店的，是个鲇鱼嘴，有八成是'老假婆'的兄弟——就是那个红灯照二师姐的当家的。"

邹乃杰本来就是装睡，被这话一惊，心眼可就更灵光了。他想起阚山曾说过的一段话："谷璧开枪打死的那个二师姐，本来是他的弟妹；他兄弟谷英是八面城一桩命案的疑犯，听到风声赶忙领老婆逃窜了。"他立刻把鲇鱼嘴的出现，跟阚山的被杀联系起来：他是领老婆溜走的。他老婆成了红灯照，他本人肯定是义和团。马胡子昨天下午劫杀阚山，是为了给义和团的坛主报仇；他今天在这儿露面了，准是给姓周的上完坟才跑出来的——他不随大队马胡子回老巢，为啥向奉天跑下来了？难道他恨我也是密裁周凤鸣的谋主，盯上我了……

邹乃杰一拧身坐起来，想向彩荷再打听几句；可身子一坐直，在瞧见彩荷的同时，也瞥见了炕梢的王可一，心里闪出一个新念头：这个鲇鱼嘴是命案疑犯也好，是劫杀阚山的参与者也好，跟我有何相干？若是姓阚的还安安稳稳地腆着他那个大肚子，我昨晚能有机会登其堂、入其室、爬上他的炕、搂着他的宝贝小妾颠鸾倒凤吗？他若是还能老狐狸似的，骨碌那两只小眼睛，那对玉马也不会让我瞥到一眼、摸到一手指头的……他又想：我是昨早离开县城的，他知道信后就缀上来，骑马要比车快，应当早就撵上了。我一直防备有人盯梢，一路上没少往后留意，是没发现有骑马的跟来的……估计他不一定是对我来的。我若沉不住气，多管闲事惹出意外来，让外人知晓了我一箭双雕的秘密，我可就不只会赔了夫人又折兵，还可能惹出麻烦，搭上老本！于是他故意打了个哈欠，懒洋洋地对彩荷说："事不关己，高高挂起。别管什么鲇鱼嘴、鲤鱼尾的了，快点上炕歇歇身子骨吧——天亮还有大半天的路呢。"

彩荷本想讨个彩头，却不料热脸贴了冷屁股！她气得一口吹灭蜡，爬上炕扑扑棱棱脱衣服躺下了。

彩荷还真没看走眼：那个刚住进店的，确实是"老假婆"谷璧的叔伯兄弟谷英。不过一年多前，他已经改姓更名叫贾英了……

在另一间店房里，贾英也已经躺到炕上。

他是在翠兰咽气前，又愧又悔地离开建安县城的。他不想回四平老家，也没有一个好落脚的熟地方，信马由缰地转悠到了奉天，在小津桥附近买下两间房住下。他对以后的日子没打算，只想稀里糊涂往前混，哪打锛子哪住犁杖。大走马成了他最亲密的伴。他每天都或牵或骑遛它一大阵子。他发现了小河沿这个好去处：不仅有形形色色的小摊小贩，还有练把式、耍猴、说相声的；闲逛的人里，更是三教九流、五行八作，一应俱全。贾英很快就结识下其中的"流星手"辛老踮，跟他学会了打飞蝗石。两人来往半年多以后更加投心对意，相互间无话不说、没隐没藏了。贾英知道他做没本的买卖跑过单帮，失手受伤落下了踮脚的毛病。辛老踮也知道了贾英在"追风沙"手下干过，是烧了教堂后才来趴风的，不仅更信任，还想晚年借他些光了。今年一开春，辛老踮就同他商量："攒在手里的银钱，是不能下崽的。再过三五年，我就空爪子了。你比我年轻，身强力壮，是还有生财的门路和机会的。可从安稳上说，你不如跟我合伙开个小铺：一来你有个正经的生财之道，我有了养老的门路；二来呢，你若发了大财，也有了障眼草，出了风险也有个隐身的窝。"

贾英的心情也已经平静下来，准备在奉天常住下去了，当然有积蓄花光后再去抓钱的打算，所以他觉得老辛头儿的主意，对两个人都很有利。

他的积蓄没完全带在身边：他在"追风沙"绺子里时，银钱大半借给了朋友，所以春分后他便求辛老跐照看家，动身去取钱。

一到柳条边外，贾英走走停停，看望了几个朋友。他这才知道"追风沙"大当家的金盆洗手了，许彪报号"三尾虎"当了瓢把子。清明前三天，他到了贾亮家。贾亮是他在绺子里交下的朋友，两年前贾亮回家定亲时借过他八十块大洋；去年秋天，贾亮离开绺子，回家守老婆、睡热炕头了。一块刀头舔过血的弟兄，还认了一家子，差不多一年没见面了，哪能不亲热？贾亮非留他过完清明再走。可今天上午，贾亮打酒时听到个消息：阚典史昨天下半晌，被马胡子捉到剜去了心肝肺，夜里祭了周坛主。贾英听他一学说，便认定是"三尾虎"带领弟兄干下的；还估计县衙会进行搜捕。他下决心离开是非之地。贾亮也认为小心一些闪失少，便也不再挽留。贾英上马离开建安地界后，便奔三面船；他启程晚，还怕催马快跑引起官差注意，又在途中吃过两顿饭，到三面船的时间，可就比邹乃杰他们晚了一个时辰左右……

面对墙壁躺在炕梢的王可一，身子又乏又累，心情又悲又愁，虽然头脑发昏、眼睛发涩，盼望快些躲进梦乡，却一直也没睡着。她早就觉得下半边身子压得又麻又木，却一直没敢翻一下身，怕彩荷这个过去是丫鬟、现在是邹乃杰名正言顺小老婆的人，找到借口骂一阵街。等她听到身后的彩荷似乎已经睡死过去了，才慢慢把身子放平，仰颏躺着。她身子稍微轻松了一些，心里又盘算起自己的命运……

邹乃杰已经不再打呼噜。其实他一直没睡着。他没少坐小车子走这条路，并不咋累咋乏；而且他从昨晚一听到阚山的死信起，贼心眼在片刻的惊骇后就一直空前兴奋。他开始只想利用机会从王可一身上占些小便宜；可王可一把那对玉马一交到他手里看，他贼心可就水涨船高：咕嘟出了"一箭双雕"的计划……

在店里另一个房间，贾英刚躺下。他合计的，却是跟自己没啥直接牵扯的事：听说谋杀阚山的，动手的是"追风沙"，这也不合实际呀？现在

"追风沙"离开了绺子，不能去替"三尾虎"指挥呀？估计应当是"三尾虎"领人干的。杀害周坛主的是张喜瑞，因为他胡嘞嘞说出了真相，被阚山灭口毒死了；动手的还有王二吹，不知王二吹落没落到许彪手里？许彪还真是个有情有义的汉子，替周坛主报了仇。他会不会放过姓屠的呢？姓屠的可是个正经八百的朝廷命官，深居简出很少露面，想把他送上望乡台可不容易……

　　第二天起炕后，邹乃杰把骡车老板子叫到僻静处，板起脸威胁说："我是奉屠大人命令，去办一件秘密差事；阚大人姨太太搭车到这旮，要换船去娘家。你要对这些事守口如瓶。若胆敢泄露出一言半语，县衙绝对不轻饶，少说也让你蹲三年大牢！"那个老板子，吓得连脚钱也没敢要，发下"小人若吐露半句，也不得好死"的恶誓，急急忙忙地赶车回建安了。

　　邹乃杰领两个女人上船过辽河。船刚一离岸，贾英骑马来到了码头。彩荷捅了一下邹乃杰，有些奇怪地说："那个鲇鱼嘴咋跟上来了？"邹乃杰没见过贾英，认真地打量了一下，觉得虽然因为嘴角有道疤，影响了容貌，可骑在马上的威武架势，飞身下马的矫健身形，站住脚后的沉稳气度，都和一般的商人、庄稼人不同，很像个带过兵的军官。他心想：他若是义和团，也肯定是个头目——嘴上却对彩荷低声说："这条路是法库门内外去奉天的大道，他可能也是去奉天的。'大路朝天，各走一边。'他对咱们没盯着望，肯定没啥相干。"

　　王可一听彩荷又一次提到"鲇鱼嘴"，也朝码头上扫了一眼：虽然有点眼熟，却想不起了曾在哪儿看到过他——一年多前，每逢年节，谷璧都去小公馆送银子；而他弟弟谷英，则要送些上好的牛肉去。有一次谷英送肉进了院，瞥见了王可一正站在外屋的模糊身影；王可一不愿跟一个送肉的下人打招呼，扭身进了自己的房间。谷英走后，两个女仆拿他磨起牙。一个说："他若不是鲇鱼嘴，扒门缝瞧看他的姑娘，不挤破脑门也得踩掉鞋。就是现在，也叫人感到很威猛。"一个说："他屋里的也挺打人；若不是他受伤前聘给他的，就准是觉得他很有气魄……"王可一想到这，瞥了邹乃杰一眼，发现他对鲇鱼嘴的做派好像很在意，心想：人活在世上，女的得花容月貌，还得会媚人耍娇；男人却不管俊丑，得有派头。我那天若是被那伙劫道的在脸上划出了个口子，这个花心主簿，至少有八成不会疯了似的下了把；我若是不见风使舵，不一步步逆来顺受讨到他欢心，他肯定不会这么快把我带出来……这时，她见到那个鲇鱼嘴男人瞥了自己一眼，可就觉得他有些真像那个叫伤疤添了些勇猛威风的人，慌忙低下了头，还担心地想：他可别是那个人；若是那个人，还认出了我，可不是一件好事……

贾英呢，却看到了刚离岸的船上坐着邹主簿；也料到了跟他贴身坐着的可能是他的小老婆、阚山的干闺女。他有点疑心：男的咋没忙着帮知县办案，女的咋没去号丧？不过他很快就估计到了，他们可能是起早出城时还没听到信。他也发现了坐在他们身后的女人，很像阚山心爱的小老婆，就更加疑心了——不过他很快就想：建安县城里的人，都说阚典史对这个小老婆喜欢得没边没沿，是不能不带她回去扫墓的；她不会在这里出现。他不愿引起邹主簿对自己的注意，转眼向旁处望去了。

第二章　戴张假脸玩心眼

一

到奉天后，邹乃杰一把两个女人安排在一个小客店，便去趸摸房子。他蹦腾好几天才买妥个有三间瓦房带个东跨耳的小院——在小津桥和大北边门中间的路北，是个比较僻静的地方。邹乃杰置办好了箱柜被褥、锅碗瓢盆等东西后，又雇了一辆小车子，把两个女人一同接到住处。在他和车老板往下卸东西时，彩荷、王可一各抱了一个包袱，争先恐后地往屋里奔。大脚片在赛跑中，比三寸金莲占上风头，抢先在东屋炕头夺拉腿坐下了。三寸金莲撵进屋，也不甘心当孬种，爬上炕后把手里的包袱按到炕头的正中间，然后在炕中央盘上腿拔脖坐牢。彩荷见她摆出了安营扎寨的架势，狠狠地剜了她一眼，抢白说："你咋忘了自己是啥身份？就算没脸没皮地拱过了一嘴巴子墙根，也还是放青偷嘴，别忘了分分家里外头！"王可一听她揭自己的短，知道她已经断定自己和邹乃杰铺过一条褥子了，便撕破脸皮，也狠狠地夹了她一眼角子，骂街说："被人强逼无奈的是窝囊废，请人先尝后买的倒是精明强干——可明明贴着'小女人'的标签，也摆不了冢妇的谱！"彩荷见她不怕抖搂老底，还反过嘴咬了自己一口，又羞又急，满脸通红，却不服气地争辩："我那……是主人做主、身不由己，可也紧接着就明媒正娶，做了他头房女人。"王可一用鼻子哼了一声，阴阳怪气地说："这疙瘩是谁的家呀？"彩荷理直气壮地说："当然是老邹家！"王可一见她摆起了这里女主人的架势，便嘲笑地问："哟，看样子你好像这里的大奶奶了？"彩荷听出了她是在讽刺自己也不过是个小老婆，便没好气地说："我不是大奶奶，也是二奶奶；咋不济也不会像你——现在成了不知姓啥的三奶奶！"

那时没出阁的姑娘随娘家姓，嫁人后随婆家姓。说一个女人"不知姓啥"，等于说她"姓啥都行"——是绕弯骂她是个养汉精。

王可一挨了骂，心里不仅恼怒，还有些害怕：过去这十来年，自己丢了姓名，被人唤为"三娘"，就是因为做了阚山的第二个小老婆。如果邹乃杰把自己排在彩荷的后边，那可就还是"三娘"了！于是她扯脖子喊了起来："彩荷，你给我听清楚：他买这座房子，是姑奶奶掏的腰包！"

彩荷被这话堵了个哑口无言。她急蒙了，打开包袱想掏银子还给王可一，反过来堵上她的嘴⋯⋯

邹乃杰已经打发走了车老板，听见王可一的喊声，猜想她们在争屋子。他急忙三步并成两步，跑到东屋，先瞪了彩荷一眼，吆喝声"别犯傻"。等彩荷停下手，他大模大样、脸不红不白地宣布："我在离开建安前，已经和可一同床共枕圆过房了。你们俩现在都是我的女人：别分年龄大小，也别论进门先后，平起平坐好了。至于住处，彩荷天足，按旗人风俗住西屋；可一小脚，按民人习惯住东屋。"

应当说邹乃杰聪明博学，把满族尚西、汉族尊东的传统都派上了用场，好像不偏不向，一碗水端得挺平。彩荷小脸煞白，心里很不痛快：这狠心鬼一认下这笔花花账，可就让那个老养汉精把他分去了一半！可她也知道：别说自己是小女人，就算是正牌夫人也挡不住他再娶个狐狸精⋯⋯王可一却放下了心：这狠心鬼总算没赖账，还亲亲切切地叫我"可一"⋯⋯

邹乃杰见两个女人一喜一忧，心里有点可怜起彩荷；可他觉得现在和将来都需要保持"公道"，便继续说："我呢——置办下的行李，两屋都是双铺双盖，轮流着陪伴你们。房间有东、西，日子分单、双。我这几天忙得忘了是单日还是双日。你们算一算，若是单日子，我就从东屋往下排；若是双日子，我就先住西屋⋯⋯"

两个女人倒也都"从夫",开始扳手指头……王可一证实了今天是初九,不仅觉得运气好,还觉得是邹乃杰有意把自己排在前头,便抿嘴向站在地上的邹乃杰笑了笑。彩荷虽然不太高兴,但对这件事却没太往心里去:一打从三面船住店起,自己一直把花心鬼缠在身边,一直没让那个养汉精捞到发贱的机会!她拎起包袱,大步流星地去了西屋。

邹乃杰连啃带舔,和王可一亲热了一会儿;又到西屋哄彩荷,说她是"年轻的小宝贝"。彩荷转了下眼珠低声问:"你那个'老宝贝',说你是'强逼'得把的;是她假装无奈,冤枉你吧?"邹乃杰的心眼飞快地咕嘟出了一大堆泡,点点头说:"倒不假——刚开始见她满身土,脸蜡黄,我哪有那种心情?后来见她翻出了好多银子,为了以后咱们日子更好过,才动了硬,逼她姓了邹——若不然买房子她能往外掏银子吗?"彩荷半信半疑,猜想他多半还是想捏弄那双小脚——他是当自己的面,对那双小脚淌过哈喇子的……

邹乃杰串了一阵笼子,便有些口干舌燥,肚子也咕咕起来:到了吃晚饭的时候了。可东屋的民装脚稳坐钓鱼船,不欠腚;西屋的天足像屁股底下生了根,不离炕。邹乃杰没法东呼西唤,站在外屋地喊了一声:"下地做饭吧。"

王可一打一小就没干过粗活,听见召唤后想:我跟了你,也还是姨太太,不能掉了价当老妈子!所以没应没动。彩荷嫁给邹乃杰后,一直烧火做饭伺候他,听到召唤便下了炕。可一拉开门见对面屋还关着门,也听不到动静,便来了气:咱们肩膀头一般高,你凭啥摆太太的架?她转身带上门,又坐到了炕沿上。

邹乃杰没咒念了:老话说"家和万事兴",我咋能刚一安下家,就和两个小女人翻脸呢?他跑到小津桥附近买了些烧饼麻花,回来后先送给彩荷些。彩荷见他惦记自己,便也讨好说:"轮饭班吧,明个我先做。"

王可一听到了彩荷的话,等邹乃杰一过来,就开口说:"雇个老妈子吧,我出钱。"

第二天下响，牙婆焦二姑把一个四十多岁的李妈领进院——却又引起了一场不大不小的风波……

二

李妈是由邹乃杰托牙婆焦二姑雇来的。焦二姑右手擎着二尺多长的玛瑙嘴旱烟袋，进了院。彩荷和王可一正站在各自房间窗外晒太阳。焦二姑听邹乃杰说过"家里有两房女人"，瞥见王可一脚小年岁大，便自作聪明把烟袋锅往东一点，说了声"李妈拜见太太"。李妈忙把拎着的行李放下，想给王可一施礼；却听有人欻啦一声喊："停下！"李妈一拘挛回过了身，焦二姑也意外地"哦"了一声扭过了头：只见彩荷把下颏抬得高高的，拉着长声说："这院没有太太——你们俩真有些老眼昏花，硬把大针当棒槌；叫她'三娘'倒还贴谱。"

王可一听焦二姑尊称自己"太太"，正有些扬扬得意，却不料彩荷立马横刀把李妈拦了回去，还喊出了自己的老字号，故意贬低自己身份，立刻呱嗒下脸先守后攻，说道："这院没太太，可也没什么三娘！姑奶奶打一小就是有姓有名的王可一小姐；可不像有的人有名无姓，是当开心玩物买来送去的骚丫头！"

牙婆是买卖妇女、雇用女佣的中间人，哪有一个省油灯？焦二姑听了两人的话，便明白了她们都是邹乃杰的小老婆。不过她讨厌彩荷骂自己"老眼昏花"，便抬起左脚，用烟袋锅子嘣嘣刨了两下鞋底子，然后脸对着彩荷骂起了自己："老贱种有眼不识马皇后，真他妈的是个不在二五眼以上，也不在二五眼以下的骚婊子！"

彩荷被王可一掀了老底，又被焦二姑转弯抹角骂了一句"骚婊子"，心里咋能不上火？可她也看出了老牙婆泼辣刁钻得罪不起，便借向焦二姑服小软，揭起王可一的疮嘎巴："我这个小丫头，有些缺心眼，说话没分寸，请你老别见怪——王大小姐可不二百五，称得起是女人见了眼晕的锥茬子，男人见了就吧嗒嘴的香饽饽。挤进这个门前，把前一家上上下下哄了个团团转，让那些人甜甜蜜蜜地叫了她十来年的'三娘'呢！"

王可一被她气得发青的嘴唇直哆嗦，却一时又回不出接恰的话——想骂她先有后嫁，又怕屋里的邹乃杰听到了生气……这时邹乃杰走出来，先吆喝了一声"你们俩都给我住嘴"，然后向焦二姑拱手说："谢谢焦二姑亲自把人送来了。我这两个太太肩膀头一般高，年轻好斗嘴，忘了好好招待客人。请二姑屋里用茶。"

焦二姑用烟袋上的玛瑙嘴蹭了蹭脸蛋子，皮笑肉不笑地说："邹老爷太客气了。我这个'老眼昏花'的老太婆走星照命，不像两位太太有闲工夫磕打牙，哪有时间享清福？有个姓贾的老客，想在这疙瘩开个杂货铺，求我帮他找几个木匠、泥瓦匠，改修一下外屋地——交完了这份差，还得跑那份的腿。"

邹乃杰见她张罗走，忙掏铜钱数给她。王可一感激她有眼力，暗里帮了自己的场，微笑着套近乎说："谢谢二姑帮忙了，有工夫千万来串门哪。"

焦二姑收好了钱，瞟了彩荷一眼，撇了撇嘴，说了句"邹老爷、可一太太留步"，转身出了院门。

这个焦二姑是有点来路的。二十多年前，她是边外彰武镇的一个有些名的妓女，花名"娇如玉"。彰武县衙有个小吏叫韩志远。他虽没考上秀才，却有些书底；当上文案后，不仅谨慎认真，还勤奋地学习律法，常常向一位老师爷请教。老师爷见他不仅好学，对自己还十分尊敬，常请自己饮酒吃饭，便尽心传授了一些办案经验。韩志远便拜他为师，更加孝敬。二年后老师爷一病不起，把自己的存书都送给了他。韩志远倒也知恩图报，不仅披麻戴孝，还把老师遗骸送回原籍；他也因此获得了"人品纯朴，不忘师恩"的好名声。知县对他高看一眼，叫他以文案的身份代理师爷事务。不久，新接任的黑龙江籍的知县，见他熟悉县情，又有前任的推

荐，便正式聘他做了师爷——当然比聘别人更省钱，更便于驱使。这时他
夫人刚生下三儿子韩秀——就是上集书中提到过的"满街串"。韩志远成
了有头有脸的师爷，手里也有了花不败的银子，开始去花街柳巷寻欢作
乐，结识了"娇如玉"，还想替她赎身。"娇如玉"那时年近三十，怕将来
人老珠黄，只有老色鬼来闻闻还有几分残香，再没有人愿意用小轿往家里
抬，又认为韩志远在自己的身上花过脂粉钱，肩膀头可能倚长远，便同意
了，做了他第一个小老婆。可没过三年，韩志远叫钱烧得花心越来越大，
又娶了一个十八岁的黄花闺女做三房。"娇如玉"摆出笑脸装窝囊，却在
半年后趁韩志远陪知县老爷去阜新的机会，溜到街上把一个前几年做过几
回嫖客的焦二、自己戏称过"当家的二哥"薅到背旮旯子，逼问"敢不敢
领我远走高飞"——焦二是个四十多岁的光杆子捕快。当天半夜，焦二就
把她接出后门，跑到奉天做起夫妻。她掏出私房钱，在小津桥北边一个杂
巴地买了处房子，做起收旧货的买卖——收的多半是带贼腥味的物件。焦
二做过捕快，敢跟做贼的砍价，会应付勒索的官差；"娇如玉"善使媚眼
会迎合，出了几回岔头，也连真带假地哭哭笑笑把大事化小、小事化没
了。焦二五十多岁一死，焦二嫂就改了行：先是把对面屋租给打野食的女
人待客，自己学习拉皮条。等混出了一些名头，人也升了"焦二姑"，开
始给一些拐卖女人的找下茬，替一些力巴揽主顾……她是个十分会算账的
女人：招个三十多岁的暗门子女人做"老妈子"，为她打点一日三餐；却
不开劳金钱，只允许白用她的对面屋。她自己也耐不起夜里孤寂，却只
留街面上有头有脸的混混白相好——这些人竟然都认为她有情有义，谁
也不计较他是王八头、你是兔崽子，却都是她买卖上的帮手，也是她支撑
门户的打手。焦二姑比溜段的混混还难逗弄：开口说的软和话，是想
占便宜才说出口的。谁说了半句硌她耳朵的话，她会骂翻了他的祖宗
牌位；若是有人找她的小脚，她那些"相好的"，个个都会为她冲锋陷
阵……

　　彩荷在她的面前哪能讨到便宜！

三

邹乃杰叫李妈向两位女主人见过礼，吩咐说："今后家里的活计，你向可一太太请示；外出置办东西，由彩荷太太带你去。"王可一听了，认为这是让自己在三尺门里当家，屁颠地领李妈去东跨耳安顿行李。

彩荷却气得鼓鼓的：这不是拿我当粗使丫头吗？噘起嘴，拧过屁股噔噔噔地回了西屋，生起闷气来……

彩荷是阚家从人贩子手中买到手的，并不知道自己姓甚名谁。十四岁时，她开始伺候老夫人。她亲眼见到如鹏少爷刚成婚还不到二年，便借口少奶奶没开怀要求纳妾。没等阚山老爷吭声，老夫人便板起老脸横住了。后来却先后派两个刚到十八的身边丫鬟去"侍寝"。头一个就是原来叫陶小红的红桃。伺候少爷一年，少爷也挺喜欢她；但老夫人却因为红桃一年没见"喜脉"，坚决地把她卖到外地去了。彩荷惶恐不安，怕同样命运将来落到自己头上。后来阚山为了笼络邹乃杰，把她认了"干闺女"，送给了邹乃杰。彩荷虽然知道自己只是被送出去的一件礼物，可看到邹乃杰英俊风流是主簿，感到很侥幸，把一生的希望寄托在邹乃杰的宠爱上了。她年轻脆嫩，对邹乃杰百依百顺，把他伺候得心满意足。她不知道邹乃杰并不本分，出门在外仍然打野食——比如一次去哈拉沁屯时，就曾把一个年岁要比王可一还大一点，但让他觉得"比彩荷更懂风情"的野女人留到客房。彩荷只知道邹乃杰在县城一直没出去寻花觅柳，对他十分满足，也感激阚山的恩典。她没料到阚山会突然丧命，更万万没料到王可一刚刚成了小寡妇，连孝衫子还没来得及披，就闪电般私下和自己男人"同床共枕圆过房了"。虽然她猜想王可一可能有八成是为了活命豁出了脸面，但也断定今后王可一笃定把自己往地里踩，做当大老婆的梦。她知道刀把子攥在男人的手里，可他现在竟然让这个养汉精主起家里的事！她能不动火伤心吗？

邹乃杰急忙追到西屋，却见她背过身给自己后脑勺，便搂住她身子低声说："小傻瓜，我这是让你掌管钱财！"彩荷这才回过身。邹乃杰见她脸上还没放晴，便用后脊梁倚住两扇板门，悄悄地接着说："你冰清玉洁，是囫囵身子嫁给我的。那个人是残花败柳，走投无路才进了我的门。这就像崭新锃亮的金酒杯，跟坑坑瘪瘪的锡铁壶，成色贵贱差远了！"

彩荷虽然不太明白"冰清玉洁"是比喻品行高尚、心地光明，却明白他是说自己到他手时是黄花闺女，而那个人却像一双别人穿过的旧鞋；而男人对这一点是十分在意的。她心里像开了七朵花，每朵花都颤巍起来，却故意噘着小嘴说："你别以为人家岁数小，就认为好哄弄，觉得几口米汤就能灌糊涂人家傻心眼。男人的花花肠子，是瞒不过他身边女人的：你这对贼眼珠，从头一次瞄到她那扭扭搭搭的浪模样，馋嘴丫子就淌出了哈喇子；你这双不本分的手丫子，也早就想捏鼓她那双小蹄子了……"

邹乃杰竖起右手食指，按住了彩荷的嘴唇，勒细嗓子说："那双小脚中看不中用的……我把实嗑告诉你：那天晚上，她翻出了一对玉马——值上万两雪花银，那可才真正勾人魂。为了把它抓到咱们手，我才乘她没防备，冷不丁地把她牢牢摁住，掐住她的小细脖……她顾命还得顾脸，才不得不同意带上所有的值钱东西，小绵羊似的跟咱们来奉天的……"

彩荷听了小脸通红，可她对他说的是为了上万两的银子才下的把，也有些半信半疑，红着脸把邹乃杰的手指头轻轻推开，低声骂道："下流的鬼，她没那两匹玉马，你……也不会老实。"邹乃杰见她有些开晴了，就拉她坐到炕沿上，搂紧她身子，咬她耳朵说："她现在身子被我抓到了手，可没有婚书，还只是个被我拐来的女人；我还得想法弄出张婚书，那对玉马才能真正姓邹——在这以前，我得迁就她，你对她也得忍让着点……"彩荷顺从地点点头，眨眨眼睛想起了一件事，觉得应当叫自己的男人知道——有利于保持自己的地位，便也把嘴凑到邹乃杰耳朵边，诡秘地说："你摁住的不是绵羊，是一头骡骡子！"邹乃杰丈二金刚摸不着头脑，连声追问。彩荷听东屋好像有响动，急忙悄悄说："等晚上那个人在东屋睡过去后，我再告诉你。"

这天晚上两人躺到炕上了，彩荷听东屋没动静了，才讲起了人们把王可一比作骡骡子的缘故——"她掉羔后，不能再生养了"……

四

邹乃杰听彩荷说了个大概，心里挺可怜王可一，也全明白了她老老实实顺从自己的原因：阚山一死，虽然还有老夫人在，但将来阚家大院是阚如鹏母子的天下，她回阚家大院是捞不到好果子的。他嘴上却对彩荷说："她一定是眼馋我把你当菩萨似的供着，把你用恩爱滋养得越来越娇嫩，才撅屁股跟来，想分点香火，捡点残茶剩水。"彩荷哪里会信他的鬼话？小声骂道："'骡骡子'是和叫驴对上眼了，才晃起尾巴啃槽帮。"邹乃杰听她拐弯骂自己是叫驴，不愿吃亏，笑嘻嘻地说："你可不是'骡骡子'，多咱给我生出个小驴驹？"

彩荷听了这句打情骂俏的嗑，心却一沉——怕王可一吃了一回亏，学到了一宗奸计，将来用"干巴鱼"的法子对付自己……不过影影绰绰的事，眼下没法提；而且男人十个里有八个是色鬼，爱的是脸俊的，喜的是会浪的；可自己这两样，都不如那个姓王的……自己的男人若当真喜欢上了她，自己是没法拉他回头的。她暗暗提醒自己今后别耍小脾气，要想方设法讨男人喜欢，巩固住自己地位，千万别使自己成了王可一的屁股垫。因此，这以后有时再看到邹乃杰对王可一掐掐捏捏，也假装没看见，不再泼醋骂街。

邹乃杰认为自己已经把彩荷哄老实了，又进一步拘拢王可一的心。他假装不知底细，买了几盒益母丸，叫她天天服用，还故意暗下里亲昵地说："咱们年岁相当，精力旺盛，你得早点为我生下一男半女的。"

王可一虽然心中有愧，却不敢说出实话。为了报答邹乃杰的恩爱，也开始和颜悦色地对待彩荷，不再找气斗。她听邹乃杰向彩荷念秧，说自己的银两都放在县衙呢，来奉天时没抽出空取，让彩荷"眼下节俭点"。她便主动拿出一些银两来，供一家日常开销。

邹乃杰见自己的齐家手段见效了，日子过得和睦起来，这才放心大胆地去太清宫附近看妹妹邹乃莲——他料定妹妹一听到消息，肯定会抱病来看两个小二嫂的。

邹乃杰家原来是奉天城南白塔堡的一个小财主，父母害痨病去世后就败落了。他有个远房表哥在盛京将军增祺府里当师爷，做主把他妹妹许配给了将军府侍卫刘豹。刘豹比邹乃杰还大三岁，是增祺招抚的一个小胡子头。他虽然顶了个侍卫的名号，却只是个将军府把大门的，没嫌恶邹乃莲是个痨病腔子。邹乃莲听哥哥说又收了一房小妾，而且已经把她和彩荷接过来安下家，皱了皱眉头没出声。刘豹却愤愤吵吵地问："这回是哪个肉头送的粉头？她比头一个小二嫂还水灵香人吧？"

邹乃莲见丈夫不顾礼节，对自己的哥哥说粗话，脸上有些挂不住劲，却也没敢派丈夫的不是。她长出了一口气，说："哥，你应当奔求功名的。"刘豹又抢先开口了——这回是帮老婆的腔："大哥要伺候两个年轻女人，恐怕白天黑夜都要忙得脚打后脑勺子，没工夫啃那些干干巴巴的四书五经了。"邹乃杰感激妹妹对自己关心，不便责怪妹夫的无理取闹，脸朝着妹妹解释："哥就是为前程着想，才收下了这个女人——她手里有对玉马，是稀世奇珍，将来准能派上大用场的……"

邹乃莲、刘豹侧歪耳朵听他说完，掂量起轻重得失。刘豹先吧嗒吧嗒嘴，才亮开嗓门说："大哥，这个押寨夫人你算收对了——真是一举两得，人财两旺。"邹乃莲则悄声叮嘱："哥，那你就得绊住她，别抹了套子落个鸡飞蛋打。"

五

谷雨过后，邹乃莲选了个无风无浪、暖暖烘烘的天头，由刘豹陪着到娘家哥家串门。

听到车老板高声喊"吁——"，邹乃杰领着彩荷、王可一迎了出来。彩荷一见小姑子还穿着薄棉袍，就知道她的病没有起色，说了句"非得你跑这一趟干啥？我们本打算去看你的"，便搀住她麻秆胳膊。王可一头次见到小姑子夫妇，分别搭话问好。邹乃莲进屋后被请到炕里，又捯了几口气，才边喘边说："我成了靠麻绳缠绑，才能拿成个的药罐子——坐了三四里路的车，就颠得要散架子了……"

王可一见彩荷侧歪着身子给小姑子捶背，便给客人张罗茶水。刘豹由大舅哥陪着，坐到靠东墙的椅子上。他把一对贼眼珠子，从王可一的脸盘往下一直骨碌到小脚尖，嘴上还不断地啧啧，夸了好几声"贼抓人""谁不眼晕"。王可一对刘豹的贼眉鼠眼，开始时很讨厌；后来见他咂嘴摇舌地夸赞，又有些暗暗得意。

大家啜着茶，先称颂天气"风和日丽"，接着夸邹乃莲"气色一天比一天好"。刘豹却像一头闯进羊群的疙瘩驴——与众不同：先对王可一喊了一声"小二嫂"，接着便说："你不是有对玉马驹吗？咋不拿出来让大家伙开开眼？"王可一听他对自己叫"二嫂"，前边还加了个"小"字，便有些气不顺；但发现邹乃莲也眼巴巴地望着自己，又觉得自己很有斤两。她爬上炕打开柜门上的锁头，捯了一阵才拽出那个紫檀木雕花匣子。她轻轻地打开盒盖，小心翼翼地揭开左一层右一层的厚厚的呢子、柔柔的金丝绒、软软的绸子，把那对晶莹玲珑的玉马展现在大家面前。邹乃莲没动声色，心中暗暗叫好；刘豹却看得眼睛溜圆，张开嘴不知说啥好……

彩荷呃地打了一个嗝，扭身溜出了东屋。邹乃莲身子囊巴，心眼却够用，蹭下地悄悄跟了出去。见彩荷在外屋地吐了两口酸水，她便抓住彩荷手一同进了西屋，低声问："多长时间了？"彩荷忸怩地答"就这两天"。邹乃莲又问"多长没换小衣裳了"，彩荷低声答"两个多月"。邹乃莲微笑说："你有喜了——我哥知道不？"彩荷摇摇头，吭吭哧哧地说："我拿不准，还怕声张了……会出什么岔头。"邹乃莲打了一个寒噤——她回忆起了哥哥背着刘豹说过的王可一流产的那桩事，便顺口说了句"害人之心不可有，防人之心不可无"，走到外屋地对东屋喊了声"哥你来一下"。

邹乃杰一离开东屋，刘豹便把玉马抓到手里一个，细细地瞧看。王可一吓得小脸煞白，怕他毛愣马虎，失手摔坏了宝贝；可又不敢得罪了这个二百五。等他撒开把，王可一急忙包好塞进柜。刘豹哈下腰，把脸凑近王可一，悄悄地说："你千万把这对宝贝攥牢实了！"王可一被他喷了一脸酒气，就皱起双眉、挺起脖子往后躲。可听了他的话后，觉得这位姑老爷挺向着自己，便微笑着点点头。刘豹见她给了个笑脸，认为自己的话捅进了她心窝子，便念咒似的嘟囔起来："人活着就得有钱。有钱就有孝子贤孙。你牢牢抓住这对玉马驹，就会有人像儿女一样孝顺你。"王可一觉得他话里有话，便叮问："你这话啥意思？"刘豹拿眼睛扫了下屋门，回头嘘了一声，又伸手拍了一下王可一肩膀，鬼声鬼气地说："隔墙有耳，等有机会再对你说。"王可一虽然有些着急，却又觉得他动手动脚的不是老实人，没敢再招惹他。

刘豹摇摇摆摆地离开了东屋。王可一下炕走到西屋时，邹乃莲已经站起身，说自己不耐久坐，车还在院外等着，张罗回家了。

邹家三口，亲亲热热地送走了姑奶奶老刘两口子。

王可一回到东屋，还没把屁股烙热乎，就听见从西屋传来拌嘴声。她像听到了唱蹦蹦戏似的欢喜，却有些听不清楚。她站起身，跐趄了几步，把耳朵贴到门缝上，仔细听起来。

"咱们去串门，哪回不是提溜大包小裹的？他们是铁公鸡咋的？秃着四只爪子，也不怕叫人笑掉了大牙！"

——这是彩荷的声。王可一暗暗点头，觉得这个礼挑得不算歪：姓刘的公母俩是太抠门了。

"乃莲过去不是送过你几样东西吗？她囊囊巴巴的，哪有精神头想得周周全全的。再说了，乃莲是头回见到东屋的嫂子，人家都没挑小短，你咋还鸡蛋里扒拉起骨头来了……"

——王可一像刚吃完红烧肉便喝了一口冰糖水，心里香香的，嘴里爽爽的：这可真是不怕不识货，就怕货比货！小傻丫头虎了吧唧地瞎和弄，倒显出我的贤惠厚道了……将来我要豁出点钱，笼络好痨病鬼小姑子，让小臭丫头双拳难敌四手！

"她是小姐出身，识文断字，哼呀出来的浪话都让你骨头发酥；她小脚走路都扭扭搭搭，撒起欢身子八道弯，能让你豁出命来！我是丫头出身，人丑脚大，嘴大话粗，让你一看到就心烦，一听就讨厌。是不是？那你打今个起别上——这铺炕好了……"

——王可一好像没注意彩荷在贬损她，竟然满心眼幸灾乐祸：醋坛子气急败坏发狼烟了——做小女人的和当家老爷叫阵，那不是自找作瘪子吗？她觉得没必要再听下去了，爬上炕等邹乃杰过来后装装好人，给他撒撒火。

果然让她料了个正准。只过了屁大的工夫，邹乃杰就扑通扑通地闯过来了，还脸不像脸、鼻子不像鼻子，发起毛秧："反了，反了！竟敢七长八短地和我对圆了阵。"王可一故意打糊涂炮："刚才不是还打情骂俏贴着年糕，咋一转眼就像抓破脸了似的？"邹乃杰跺了跺脚，忍不住学起舌来。等他叨叨完，王可一拉他坐到身边，宽厚地劝道："也不能全怪彩荷妹子。她岁数小，没有婆婆在身边指点，你又一直娇惯着她，难免说话看事没了深浅远近。等她冷静冷静，你再掰饽饽唰（说）馅，慢慢地开导开导她，总会长进些的。"

邹乃杰好像忘了自己亲口定下的"东屋一夜、西屋一宿"的规矩，在王可一的炕头上连轴转了。头几天彩荷没太出屋，好像还在生闷气。后来就到外屋地摔摔打打，还指桑骂槐："野老鸹占了家喜鹊的窝。"邹乃杰板起脸教训了她几句，她便坐在地上唱唱咧咧地连哭带号，还哭哭咧咧地念叨："我的干爹呀，你咋不嫌那边冷清啊？你一走狐狸精就现了原形，当天晚上就放青；她没给你穿一天孝衫子，就跟别人跑进了奉天城；她忘了你的恩和情，夜夜让我冷清清……"王可一本想装装大方，没想到彩荷骂人狠到了家，连一小块遮羞布也不给自己留，气得朝邹乃杰喊道："我没法在这疙瘩待下去了！"邹乃杰被逼无奈了，到妹妹家附近租了处房子，对彩荷说："这房子是可一花钱租下的。你带李妈到那边去住吧。"彩荷虽然没打驳回，却对东屋喊了一嗓子："她哪儿来的钱？还不是昧下我干爹的！"

<h1 style="text-align:center">六</h1>

邹乃杰雇来车，先把西屋的东西装上去，让李妈扶彩荷上了车。王可一见邹乃杰跟在车后走了，高兴地回到东屋。但有一件事叫她心里十五个吊桶打水——七上八下：彩荷这个小臭丫头，若是把痨病鬼拉拢过去，她们俩合起把里挑外和弄，那个人会不会耳根子软呢？他若是心一偏，我可就成了泼出去的泔水脚子——没人顾惜了……可当天晚上邹乃杰就蹿跶回来了，还说跟焦二姑说了，求她再雇个老妈子。

焦二姑送来一个三十刚过的张嫂做老妈子，还讨好地对王可一说："我见你民装脚，才荐她帮你的。她是乡下人，心眼实在力气大，包你遂心应手的。"

果然不假。张嫂上工两天后，王可一便十个头地满意了：她恭恭敬敬地称自己为"太太"，叫得人心里舒舒服服的；她舍得力气又有眼力见，没派的活也干得周周到到的；还不贪小便宜，买东西回来把账报得清清楚楚的，剩一个大钱也马上交上来。

从这以后，邹乃杰白天虽然不太着家，晚上却十有八九过来上宿。王可一琢磨：男女间面对面唠八大车的陈谷子、烂芝麻，却各做各的梦，能算得上真亲近吗？只有同床共枕，难分难舍，才算得上是恩爱夫妻！因而王可一认为自己交上了好运，真正有了自己的家，成了这个家的女主人。她像骑毛驴吃豆包——乐颠了馅。

王可一曾经哀叹：阚山一直把假笑摆在胖脸上，好像真把自己看成了"心肝宝贝"；可到了大难临头时，却露出对自己视如敝屣本相，抛下自己逃命。现在，她觉得邹乃杰这个风流主簿，不仅跟自己年貌相当，还给了自己实实在在的恩爱……

其实，人世上从古到今，有几个拿真心真脸待人的？那些高高在上、横行霸道的帝王将相，那些狐假虎威、刮取民脂民膏而自肥的墨吏贪官，那些不学无术或才疏品劣的正宗掌门、杂家把头……有几个不是满口仁义道德、一肚子男盗女娼的阴谋家、两面派？那些衣冠禽兽，有几个不是用别人的血、自己的谎，把狗模涂抹成人样的？在他们的胁迫示范、教化枉矫下，口是心非、装腔作势、人云亦云、亦步亦趋，也便成了细民百姓的后天修养……

王可一欢天喜地了，自以为在耍心眼的比拼中拔了头筹，抢到了头彩。她当真占了上风头吗？

邹乃杰每天早饭后，都跟王可一卿卿我我地缠绵一阵，亲几口她的桃花脸，捏几把那双金莲小脚，才说句"得去巡抚衙门、将军府活动活动了"，恋恋不舍地离开家。他午间多半不回来吃饭，但晚饭是一定回来吃的。王可一估计他白天一定去见过彩荷；但见他几乎夜夜都陪伴自己，便大量地不问不提。王可一过去虽然一直受阚山的宠爱，但那是一个半大的老头儿，对小老婆的居高临下的玩弄，使她有一种"呼之便得过去讨他欢心、挥之就得躲开别让他心烦"的屈辱感。邹乃杰这个年轻主簿，一打彩荷把他惹恼、被他撵到另租的房子去住以后，对自己新婚般地喜爱，久别般地贪恋。她对这种年轻夫妻的恩爱，感到又新鲜又满足，觉得现在的日子比伺候阚山时舒畅得多了。

顺心的日子过得快，转眼间快到立夏了。这天吃过晚饭，刚点上灯，邹乃杰说"明天得回趟建安了"。王可一知道他得回县衙禀报探听到的一些见闻，处理一些主簿的日常事务，却也十分割舍不下，便幽幽地问他得多少日子回来。邹乃杰扬扬得意地说："这些天我马不停蹄，在托人保荐我去当知县！我估计表哥也快回来了。这次回去得取回银两，请他帮我铺好路……"

第二天早上，她把邹乃杰送出院，站在路上一直站到望不到他的影。

第三章　戏法灵不灵，全靠毯子蒙（上）

一

如果说戴张假脸玩心眼，是人们在追求欢乐、满足私欲的惯用手段，那在旁观者看来，它可就是一种期求成功的戏法了。期求会改变，追求是过程；追求一旦缩扩变化，戏法也就一定得随之更换手法。能不能把戏法变得活灵活现，一点破绽也看不出来，那就得看变戏法的人，在"托"的配合下，把道具——主要是毯子，用得是不是出神入化了。

邹乃杰成功地实现了"一箭双雕"计划后，是想长久占有王可一的——最低也把她养在奉天做"外宅"。到现在为止，邹乃杰的戏法，要得挺成功：已经把王可一从阚山的爱妾变成他的第二个小老婆——虽然还有实无名，可她已经死心塌地；而且还好像没惹起风波。他这次回建安，是用心琢磨过的：溜出来时急迫匆忙，没有当面向屠大人请假，只叫一名吏员代呈了一张便笺。若再在奉天延迟下去，可能引起他的猜疑，影响他对自己的信任依仗；而且阚山被劫杀是个大案，可一这个小宝贝踪迹全无，会不会被看成了是个窟窿眼子呢？他觉得自己必须心中有数，才能及时堵住盖住，使自己耍出的戏法不出意外破绽。

邹乃杰一回到建安，就向屠景操汇报了一大嘟噜小道消息，其中有俄国老毛子和东洋小鬼子正在准备掐场黑吃黑的恶仗，也有盛京将军增祺派人试探招抚张作霖的计划。

屠景操挑起大拇指夸赞："此等机密要闻，若非弟台亲自出马，断然不会得悉。"接着，他拉长驴脸谈起县衙面对着两大难题——十分缠手的两件要案。他说："弟台携爱妾去留都的那日，阚典史那帮民团护卫，点卯前一个个丢盔卸甲、连滚带爬地回到县衙，报告阚典史被劫遇难，心肝肺被当供品祭了周凤鸣……"

邹乃杰故意哎呀了一声，惊骇地问："何处盗寇竟如此无法无天？"

屠景操迟迟疑疑、莫衷一是地说："这个嘛……据民团那些逃得性命的鼠辈所言，马匪为首者骑一匹花狸豹马，当是悍匪'追风沙'……本县派员询问被刺瞎双目的王二吹，又云其被伤前曾与匪首唇枪舌剑交过锋，矢口否认匪首为'追风沙'，凿凿为另一不名之人……"

邹乃杰见他首鼠两端、心存疑虑，觉得自己应当顺风打旗，让他继续游移，便说："周凤鸣领人焚烧教堂后，卑职曾听阚典史言：'追匪倾巢来助周某。'可见彼等实为同党，复仇之说似非空穴来风；然王二吹目睹匪首在前、双目失明于后，其所言似又无误。"

屠景操无可奈何地长叹一口气，对另一要案并不启齿，只翻出一份公文递给邹乃杰。

邹乃杰打开一看，是昌图府衙转发的刑部公文。他暗下说了句"来头还真不小"。他一看下去，心可就扑通起来……

寿太太、庆七爷被许彪放走后，辗转逃到京城，向刑部报了案。当时八国联军占领了北京，清廷一片混乱，哪能马上处理？压了半年多，刑部才发文给有关省、府，要求"缉盗追赃"；公文后还附了失主列出的清单，赫然排在首位的便是"玉马一对"，还注明估价白银十万两。

邹乃杰惊骇异常：这案子在刑部挂了号，相关省、府、县侦办起来，一定不敢太马虎；万一发现可一竟然是窝主，自己也就难推卸"知情不举"的罪名，落个鸡飞蛋打、人财两空，还可能葬送了宦途……可他也暗中窃喜：这玉马果然珍贵——虽然失主报案都要虚夸失物价值，可打个对折，也要值五万两雪花银的！我当十年主簿也无法积攒下这么一笔银子的！

屠景操见他的神情，震惊中交织着疑虑，便发表起看法来："袭杀阚山者穷凶极恶，劫掠寿山将军宝眷者贼胆包天，似为同一伙悍匪所为。方圆二百里之内，胡匪虽有数十股之多，除'追风沙'这股剽悍马贼之外，似无再有敢虎口拔牙者矣！若能将其剿捕，实为非常之功。但以建安一县之力，实望洋兴叹，难肩此重任……吾侪若能穷尽心智，侦得其踪迹巢穴，报请盛京将军、奉天巡抚发兵讨伐，我辈亦可谓尽到绵薄之力，不负两圣隆恩矣！"

屠景操嘴上说的是为朝廷尽力，其实他满心眼是升官发财。他哀叹没法子用一大串马贼的脑袋换来大富大贵，便动员邹乃杰帮自己施展鼠窃狗盗的伎俩，探出马贼的"踪迹巢穴"，弄出些政绩，邀功请赏。

邹乃杰现在的想法和他截然不同：假如劫匪被擒归案，供出玉马下落，王可一就会成为海捕嫌犯。小脚美人是无法逃脱的；而自己即使无奈出首，能援功免究，可也赔了夫人又折兵。他稳住神后，发表起自己的见解："正堂大人明察秋毫，所见极是。卑职必将不遗余力，助大人一展宏图……阚山生前曾言：'追风沙'股匪人悍马疾，极善偷袭，堪称于坚营深寨中掏绑人票易如探囊取物。不料其所言竟为其所亡验证矣！而密裁周凤鸣一事，我等参与策划，已为疯鬼张喜瑞张扬无遗，尽人皆知。故大人与卑职，既当忘危尽责，报效朝廷，亦应防患于未然，不可重蹈覆辙。"

屠景操听得毛骨悚然。当日便命令他提拔起来的捕头孙大嘞嘞，加强了对县衙的防卫，并深居简出；当然也没敢派人对"追风沙"觅迹寻巢——怕打草惊蛇，惹来杀身大祸。

邹乃杰那席话，固然是吓唬屠知县不要招惹"追风沙"，但也是提醒自己：建安乃是非之地，实乃不可久留。他下决心回到奉天后，请表哥帮忙，最好能挪个地方。他没料到，没过几天又发生了更意外的事；一个不速之客，大黑天把他堵到了屋里，逼他做一桩他不同意、却不得不点头的交易——而且他也没想到，这件事却和自己在三面船码头碰到的"鲇鱼嘴"有关。

邹乃杰更没想到，他离开奉天后，王可一竟意外地见过那个"鲇鱼嘴"……

二

王可一这个天生就有"金贵命"的女人，虽然心旮旯里有"都在一天里"那两个暗影，可日子一直不愁吃、不愁穿。在头一个"那一天"后，她一点点习惯了伺候阚山那个半大老头儿，也习惯了夜夜被他搂在怀里；最近这些日子，虽然是邹乃杰没有正式名分的"爱妾"，却不仅夜夜被他搂在怀里，还觉得品尝到了更如意的恩爱，几乎已经忘记了那个"又在同一天"的惊恐悲恸。因此，邹乃杰一走，她不敢也不愿一个人住三间的正房里，便叫张嫂把行李搬到彩荷空出来的西屋，晚上给自己壮胆，白天支使起来也方便。

在张嫂把行李搬到西屋后，王可一便一耐不得寂寞，一感到孤独无聊，就跟张嫂闲唠，知道了她"比那个人大了四岁，给他生下两个孩子"了。王可一是个有闲空又有闲心的人，笑嘻嘻地对张嫂说："女人不抗老，男人年轻也容易生外心。"张嫂却说："他连老婆孩儿都养活不圆全，还得我出来吃劳金贴补，别说生外心，就是半夜生'内心'，也得挠炕席。"王可一微微一笑，逗她说："那你呢？是不是也半夜挠炕席？"张嫂红着脸说："太太，别逗人家……我想孩子的时候多。"王可一听了这话，想起自己那个刚成人形的孩子，心里叹道：我想惦记都没那个望了……便同情地说："过些日子，我放你几天假，不扣工钱，让你回去看看。"张嫂感激地说："太太心眼这么好，老天爷一定会高看一眼的。"王可一暗想：但愿老天爷保佑那个人，让他当上大官，让我应了自己的命！

自打彩荷土豆子搬家滚了球子，王可一夜夜由邹乃杰陪伴着，称心如意地吃起了独食。邹乃杰一走，她可就断了顿。孤零零地睡了两宿，她心里空落落的，坐不稳炕了。她见外面风和日丽，便叫张嫂陪自己去透透气，散散心。

王可一扭搭出一段路，转身四处望望，觉得眼前的砖瓦房，若是再稀拉一些的土平房，北边若再有道坨岗子，就和老家凤凰坨子小满前后的景色差不多了。她对张嫂说："这疙瘩离边外也就二百里左右的路，可节气却早，风也小。那疙瘩人常说'立夏鹅毛住，石头碴子刮得乱骨碌'。可这疙瘩的鸡毛鹅毛，却像比沙子还重，不往天上飞。"张嫂心没在肝（该）上，嘴却挂在心上，嘟囔了一句"眼下两头凉当腰热，也不知他早晚记不记着披点啥"。王可一听了，便揭她小短："你就是嘴硬——看你下回还敢不敢说'想孩子的时候多'！"张嫂满脸通红，却啥话也递不出嘴。

溜达出半里多路，王可一看到路旁两间房前竖着块新招牌——双合盛杂货铺。她咂嘴夸了句"倒挺近便"，便崴进屋：迎面横着柜台，过道里是通向西屋的门，靠北墙是一溜货架子。柜台和货架子都是新打的——王可一想起了焦二姑说过的话，猜想这个铺子就是那个"贾老客"开的。

这个杂货铺确实是贾英和辛老踮合伙开的。贾英一见进屋的这位穿绸挂缎的年轻太太，仿佛前几天在三面船见过、自己还起了疑心的女人；又见她是小脚，忙端出来一把椅子，放下后还正了正褥垫，客气地说了句"请这位太太歇会儿"。

王可一发现掌柜的是个鲇鱼嘴，还有点眼熟，心就扑腾起来；坐下后就也想起了在三面船码头上船后，彩荷指指点点地讲究过他，心可就跳得嗵嗵的了：咋是他？我揣起脸豁出了身子，做了那个人不明不白的小老婆，就是为了趴风躲灾。他若真是彩荷说过的那个人，认出我来，再扯咕出去，我可就成了"王二娘"，没有好曲唱了……她慌得心惊胆战，可鲇鱼嘴掌柜的已经不声不响、不紧不慢地回到了柜台里。王可一松了半口气，侥幸地想：他可能不是那个姓谷的——焦二姑不也说想开杂货铺的是"贾老客"吗？可又觉得这件事关系着自己安危，必须弄出虚实来，便客气地问："掌柜的贵姓?"

"不敢当贵客抬举，免贵姓贾。"那个掌柜的谦卑地回答。

王可一听他果然不姓谷，猜想可能是彩荷那个臭丫鬟眼浑，认错了人；可心里还不踏实，就又叮问："听口音，贾掌柜是边外人吧?"

贾英微笑着回答："小人老家是梨树县，也算边外人；前几年当货郎，在建安走村串屯，断续地走动过二三年。"

王可一听后心想：货郎可是勉强糊口的小贩；姓谷的却是开肉铺的二掌柜的——看起来他确实不是那个人；我没见过他，不用怕他认出了我……

三

贾英是个很有眼力的人，在三面船码头上就看到并认出了邹乃杰和彩荷，对他们身后的女人起过疑心。后来觉得阚山刚被许彪收拾了，他小老婆不能不在家守灵号丧，心里才不画魂了。前些日子，贾英瞥见过邹主簿从门前路过，猜想他是住在这附近。方才王可一进屋打照面，就神色疑惑，还有些惶恐，他便断定她是害怕自己认出她来，才假装不认识的。等王可一忐忐忑忑地对自己盘问，他可就又怀疑她是个卷了细软的逃妾了。不过他觉得跟自己无关，应当假装糊涂；还觉得若不跟她敷衍，她一定心不落底，便在回话后顺口问："听太太口音，好像娘家也在边外住过的吧?"

王可一见他承认姓贾了，便猜想是彩荷那个臭丫头认错了人；又听他猜想自己是从边外嫁到奉天的，可就放了心。她觉得自己离开建安挺长日子了，便生起打听打听那疙瘩对自己有些啥说道的想法，就先含糊地应了句"我娘家在东河套"，然后试探地问："贾掌柜的最近回过建安县没有?"

贾英觉得她若是像自己猜想的那样，当然会牵挂老家人的说法。他还觉得自己没必要说谎，便不藏不掖地说："为了张罗开这个小铺的底垫，近一个来月去过两趟了。"

贾英这话说得实在，却不准确。他那次收债回来，辛老跩也掏出一笔钱——比他估计的还多，这就使他手里宽裕了。他想到贾亮娶媳妇不久，开犁前后还得有些花费，却把手里的钱全掏给了自己；当时自己走得匆忙，没来得及细想便收下了，实在有些不够朋友。因此，十来天前他又去了趟建安，给贾亮送去二十块银洋——这不是去张罗钱，而是往外借钱……

王可一觉得有了探听隐情的话茬，便打马虎眼："听人传说咱们老家那边，出了一个当官的被杀了的大案子。您听说了是什么官被杀？案子破了没呢？"

对这件事，贾英第二次去建安时详细打听过的，便告诉她：典史阚山领个姨太太回家上坟，半路上被劫杀了。护卫他的卫队头目王二吹被刺瞎了，估计也活不长远。县衙怀疑作案的是一伙马胡子，却也还没查出头绪。

王可一故意哎呀了一声，还叽咕了一句"可怜了那个女人喽"。

贾英摇摇头，说："阚山的姨太太，活不见人，死不见尸……有人猜测说：'她那么年轻美貌，一定被马胡子掠去了，好一好还做了押寨夫人。'可也有人说，那伙马胡子的头领是侠盗'追风沙'，把她放了，她打半路上逃回外地的娘家去了。"

王可一听他说人们都夸她"那么年轻美貌"，想起了自己曾求红胡子饶了自己一命，表示愿意轮流伺候他们，便有点自疚地想：可能我真有金贵命，老天爷让他们把我看成了丑八怪，把我留给了那个花心主簿……她心里念了一句"阿弥陀佛"，起身买了几样调料和一大堆零嘴。贾英说是老乡，先打八折后抹零，把她们主仆送出屋。

贾英望见王可一往东北走下去，心里完完全全坐实了她逃妾的身份；还认定有七八成是邹主簿把她收庄了——好多官宦家的姨太太，冒着挨杀的危险跟下人中的小白脸私通；何况邹主簿比阚典史官大、年轻？她一成了小寡妇，能不愿意跟一个年轻风流的主簿到外地姘居吗？贾英有这种推断，还因为他对邹乃杰有些了解，听说过邹乃杰跟假道姑缘木散人打得火热，明来明往；而阚山撇下的这个小妾，"可比假道姑还年轻漂亮"……

王可一在回家路上，也在暗下想着邹乃杰：这个鬼东西真有些韬略。他带自己来奉天时，也是"明修栈道，暗度陈仓"——先叫我给阚家老太太留信，假说我要回娘家；他又给屠知县留言"遵谕携爱妾赴留都"，把我神不知鬼不觉地带出了险地，在奉天安下家……她想到邹乃杰正在打通升官的关节，对他更加佩服，相信他很快就会当上县太爷，而自己最低也是知县老爷的如夫人了……

四

贾英在"追风沙"绺子里，待得时间不太长。自打他救了"追风沙"，唐百顺、张冲和祁福这三个人，都对他格外亲近。在他另外的朋友中，最要好的是贾亮、白尧和冯老疙瘩。这三个人，现在白尧、冯老疙瘩还在跟"三尾虎"干呢。冯老疙瘩原来在后新秋附近住。在张二晃悠从王公窝堡搬走后，他买下那座房，把老婆孩儿接过来了。

贾英对在自己的小铺里见到王可一，曾感到有点意外。两天后，竟有一个不认识的建安人来送信，他可就惊恐不安了。来的人是贾亮老婆求来送信的，报告有人向县衙密告，说贾亮曾在"追风沙"的绺子里干过；在清明前还有个外地人到过他家，是阚典史被劫杀后才离开的。县衙便怀疑他是马胡子的眼线，把他抓进了大牢……

贾亮在离开"追风沙"绺子后，就安心种地过日子了。不过他在绺子里养成了赌牌九的习惯，回家后也常去押几把。三台楼有个耍钱鬼叫刘摸点——就是曾经劝王二吹把他小嫂子趁早划拉到手的刘典。两人同村住，还隔三岔五在牌九桌上见面，逐渐成了牌友。贾亮押牌九一直小打小闹，还不会使鬼。刘摸点觉得他是同村人，还不会成为自己的对手，就暗下指点他几回输了钱的原因。贾亮认为他很够意思，便把刘典看成朋友了。后来在两人闲磨牙时，贾亮不再把他当外人防备，无意中吐露出了自己见过侠盗"追风沙"。清明前，刘摸点曾去招呼贾亮玩几把；贾亮走到房门外答了句"来了外地的老朋友，离不开"。后来，刘摸点在县城输干爪后，听说县衙悬赏抓"追风沙"——提供线索的也有赏钱。他就偷偷找到孙大嘞嘞告了密，得了一吊钱的赌本……

贾英一送走报信的人，就在屋地转起圈圈。辛老跐看出了他决心去救朋友却没有门路。辛老跐挺佩服他的仗义，也有些怕他出了意外，拐带了小铺里自己的一半股份，便对他说："救人必须有个稳当法；可以再找朋友一道商量。有一件事，你千万别忘了：你脸上是挂了幌的，不能让外人看出来……"

他见贾英点头认可了，紧接着便把自己过去单出头作案时常用的化装方法，传授给了贾英；还找出一小包用具、颜料，一边给他化装一边做说明。

贾英离开奉天前，反复想过搭救贾亮的法，却没有行得通的恰当道。他在骑马离开时，确定下了路线。他已经算定：贾亮被抓后，一定被审受刑。这块硬骨头，一定不会输嘴；但官府肯定会派人在三台楼蹲坑，绝对不能把自己送进张开的口袋里去。自己就算化了装，进县城也很可能被人认出来，不但打听不出啥消息，还可能又把自己搭了进去。他曾经听说过：张冲那次被抓进分治所大牢的时候，"追风沙"犯险进过阚家大院，救出了他。贾英觉得："追风沙"大哥虽然已经洗手离开了绺子，接任的许彪也可能会想法搭救贾亮这个老兄弟——自己一个人是很难把贾亮救出来的。因此，他认为得先回老营拜求许彪。他出城后没走东路奔三面船，而是走西路奔马虎山。过了大辽河，他又不去法库门，而是经后新秋，直奔后旗的老营。

许彪那次带领弟兄劫杀了阚山，可以说大获全胜：不仅为周坛主报了仇，还收到了阚山往家带的八百两银子。回到老营后，他遵照"追风沙"

留下的规矩，又动用些库存，给每个弟兄发了十两换季银子，然后轮流放假往家送。现在弟兄们都早已返回来了。他一听说曾救过老当家性命的贾英来了，立即叫人请到自己住的屋——手下人都把这屋叫"柜上"。他万万没想到，贾英一跨进门槛，就扑通一声跪下，说道："请大当家……"许彪急忙抢到他身前，不由分说把他薅了起来，说："你已经离开了绺子，现在是我的兄长；而且你曾单人匹马把老当家的救了出来，是绺子的有功之臣。你不管有啥事，尽管慢慢地说出来——只要绺子有可能办得到，一定尽力去办。"贾英没想到绺子的新大当家的，竟然对自己这样尊重，赶忙解释："大当家的，贾英只对绺子尽了应尽的本分，不敢当瓢把子的过誉。我今天来，是替老兄弟贾亮求你和绺子救他一命……"

许彪意外地一愣——县衙怕打草惊蛇，对贾亮是秘密抓捕的；绺子还不知道。

许彪听了贾英把来龙去脉说明后，又思量了一下，就对贾英郑重地说："贾亮是明来明去，离开绺子回家过平常日子的；被抓还跟绺子的活动有关，绺子是一定要救他的。我得派人去扫听明白是谁告他的、告了些啥、现在他的情形咋样。然后咱们再一块合计用啥法子救。"

贾英没想到许彪虽然很年轻，可处理事竟这么慷快、稳重，心里更佩服"追风沙"了：他看人真准。

许彪找来唐百顺、张冲和祁福叫他们一同陪伴贾英先歇着；他离开屋，安排人进县城去探听消息。

五

两天后，许彪把贾英等四个人找到柜上来，一起商量搭救贾亮的事。许彪先说明了几个有关的情况：第一，告密的是刘摸点；但他并没咬死说贾亮指定就是咱们绺子的人，只说是"多半"。第二，贾亮被秘密抓到大牢后，密审时挨了打；但他咬牙没倒槽，没承认当过土匪，还只说来串门的是远房一家子，是个做小买卖的，在他家只待了三天头，清明前一天上午走的。这就把县衙怀疑贾英大哥参与绺子那次活动的事抹去了。县衙没死心，还想从贾亮嘴里抠出咱们绺子落脚的地方，请求上头派兵来打。第三，阚家到现在为止，还都没追县衙破案。县里有人暗下议论：说邹主簿清明那天去了奉天，阚山的小老婆可能捎脚走了，半路上回了外地的娘家……

"她可能叫姓邹的收庄了。"贾英随口插话。

许彪想起了那个女人在哀告饶命时说过"轮流伺候"的话，"哦"了一声，点点头微笑着说："还有这种花花事？贾大哥，确实不？"

贾英不知道许彪为啥注意这件事，觉得他到底年轻好奇；可大当家的向自己发问了，就认真地回答："她肯定在奉天。我说姓邹的把她收庄了，少说也有八九成；差那一两成，也是姘居了。"

许彪点点头，没再往下问；接着说起救贾亮的法："……那次张冲哥被曾家屯分治所抓去时，老当家的跟周坛主讨教咋救。周坛主说'只有文武两招'。老当家的认为'劫牢是公然反叛，即使不伤损弟兄，绺子也要招来官军围剿，决不可为'。咱们救贾亮，我也得坚持老当家的这条老规矩……"

贾英忙说"那是"。

许彪听贾英同意了，心里很高兴，接着说："用'文'的法，就是花钱往出买，绺子可以拿银子；可我这几天却没酌量出可以出头的人来。请你们也动动心思，去求哪位高人好。"

其他几个人都动起心眼，可过了好长时间都没张嘴。许彪刚想先说说自己的初步想法，唐百顺却迟迟疑疑地开口了："我倒有个想法，可又觉得有些冒险，还像有些不符合老当家的定下过的令……"

"你先说出来，大伙再一起喀咕，定中还是不中。"许彪鼓励地说。

唐百顺说："那我就先冒一炮，咱们先挑选一个有一定地位的人，把他绑来；然后跟县衙走马换将。"

贾英和张冲、祁福三人听了，几乎都挺意外，可吧嗒吧嗒嘴，又轻轻地点了点头。贾英见许彪没吭声，轻声叹了一口气，有些担心地说："用这个法……也有些个不足的地方，会把绺子露了出去，还可能让县衙更怀疑贾亮了。"张冲可能是因为被抓去住过大牢，知道贾亮在里面着急，便说："反正咱们连典史也杀了，早晚得露馅，还怕再加上个绑票的名吗！"

祁福是个小马拉子，有些掂量不出轻重，盯着许彪看他咋决定。

许彪对贾英看了一眼，有些称赞地说："唐大哥说的法，跟我想过的还真差不多——不过，在贾大哥没提到姓邹的'收庄'的事以前，我还没想好把什么人'请'到手，也没想出利用什么人向县太爷透话好。冲哥的话，使我想到了咱们得遵照老当家的定下的规矩，可也不能怕了衙门。现在的官，多半是虎头猫，你越老实他越凶。现在我把大家碰出的法子梳出来，再一起好好琢磨琢磨……"

大家听后都夸好；又补充了些意见，便定了盘子。许彪对四个人说："'请人'的事，一定要做得十分秘密。在绺子里也不能叫第六个人知道。"他对贾英解释，"他们仨已经决定去投老当家的务庄稼，跟你办完这件事，就该离开绺子了。贾亮在牢里，你不用挂念，我已经打发一个老兄弟冒充他老叔，去大牢打点饭食和治伤。你领他们仨合计好，就开始去踩盘子……"

许彪叫贾英带人去踩盘子，是点出了目标的：从阚山的亲人或近亲中，选出个最近可能秘密绑到手的"票"。他画出这个圈，是听了贾英说过王可一"可能叫姓邹的收庄了"后才决定的。他觉得若另外找"花舌子"，不如逼邹主簿在知县面前说话更有力。不过他没向贾英等四人挑明。

贾英等四人合计了半天，第二天就分成两伙下去了。晚上回来后，提出三个人选，请许彪定夺。一个是阚家大院的门房老陈头儿——阚家人成了惊弓之鸟，个个都王老八缩起了脖子，不敢把脑袋瓜子探出院来。老陈头儿虽不是阚家人，却是阚老太太的亲戚，能引起她着急上火往回赎；而且他是门房，常在门前晃悠，很容易掏到手。一个是阚山的老闺女阚如凤的丈夫郝善——他爹郝长裕，是郝家窝堡的村长；郝家窝堡离蒙古旗很近，捉到手后，容易往蒙古旗安置；但不利的是郝善两天前骑马摔断了腿，不知到哪儿去治伤了，也不知道他啥时候回来。另一个是河西窝堡阚社长，是阚山的堂叔——可他对绺子里的人比较熟，将来容易漏风；外人还可能骂咱们吃窝边草。

许彪一听完汇报，高兴地说："贾亮吉星高照！今晚你们就准备好，明天一大早去堵住郝善！咱们救过郝善，他也应当受点惊，帮咱们一把。"

贾英还没醒过腔——在"追风沙"带人把郝善从张老疙瘩手里救出来时，他还没加入这支绺子；后来虽然听人提说过，可印象并不深。

唐百顺却啪地拍了一下大腿，说："我咋犯了糊涂！他摔折了腿，非得找人接骨疗伤——那疙瘩，虽说离县城只有五十左右里远，可自打周坛主归了天，再也没有治跌打损伤的名医了；他一准去找蒙古旗地界的'摩挲仙'的。"

六

第二天三更多，贾英等四人便同许彪给选的向导白尧——不仅熟悉蒙古旗的路，还是跟贾英很要好的老朋友——带领下，朝西北出发了。五匹马撒开蹄跑到往日吃过早饭的时候停下了。白尧告诉贾英"这条路是从郝家窝堡去找乌泰仙师必须经过的路"；然后又领唐百顺挥鞭向北，去见摩挲仙乌泰。

到了乌泰住的一面街后，唐百顺按许彪的吩咐，向接待的人低声说自己是"追风沙"的人，有事求见仙师，不长时间就被引到客厅。唐百顺行礼后向乌泰献上茶、酒，然后说："……小人的东家，准备按民人的习俗，在七月十五请万寿寺（唐僧庙）的佛爷（大喇嘛）到县城做法事，超度周坛主。但怕佛爷不愿奔波，想求仙师有机会时打个招呼或写封信。"

乌泰想起周凤鸣诚心诚意要拜自己为师，自己却坚守"不收民人为徒"的老规矩，始终没点头，心中有些后悔；却不愿说出来，故意轻描淡写地说："他已经积满了功德，归了自己的位，是用不着喇嘛去超度的。做一场佛事，让人们别忘了他，倒也是件好事。我在方便时，跟那个老东西打个招呼就是了。"

唐百顺知道老摩挲脾气古怪，自己还有事要做，不敢再多说，感谢后拜辞了。他以刚为"摩挲仙"亲自接见过的身价，不慌不忙地走出房门，跟乌泰的在院里维持秩序的人，攀谈了几句，送上一个一两重的银锞子，说："我想跟郝家窝堡来治腿折的大车结伴回去，却还没看到他们。"那个人收起银子，殷勤地说："他们不懂仙师的规矩，还想请仙师再给看一次，被仙师骂跑后便去了酒馆吃饭。我估计他们一吃完，就该动身了。"唐百顺向他点点头，走出了院。

唐百顺牵着马，找到白尧，同他一齐在街上溜达；趔摸准了后，拴上马，进了郝善他们对面的小馆；要了两大碗牛犊子汤，慢慢地吃那碗用荞面片加牛肉块做成的蒙古族风味面。一见郝善被扶出来搀上车，他加快速度吃完，会了账，同白尧离开小馆。他们解下马牵着，又慢慢地向前溜达；还向路边的小贩打听几回价钱，买了几样用不着的小东西。等到了村外，唐百顺见前面的大车已经快看不到影了，就立即绕道提前向贾英等人报信，跟他们一同"明绑暗请"。

白尧却信马由缰，跟在大车后一里左右，慢慢地缀着。大车走得慢，大约过了两个时辰，才到了贾英等人埋伏的地方。白尧立刻勒马掉头，准备以"前边有马胡子劫道"为由，拦住由后边赶上来的人。

"邀请客人"的戏，唱得还算顺溜。贾英带领三名弟兄，一从树林子冲到路上，就抱拳喊了句"郝村长请留步"。大把立即呼的一声，把车停下；郝长裕坐在车上没敢动，却也麻溜抱起拳，颤声说"小人恭听四位好汉吩咐"——他们虽然听贾英语声柔和，话说得客气，却对张冲、祁福手里斜着举起的两把洋枪，吓得头皮向外冒凉风。祁福怕郝善受惊乱动捎了伤腿，便过去把他扶稳；唐百顺还对他们父子解释："我们瓢把子报号'雪里雕'，是来请你们帮忙的，绝不会伤害你们一根毫毛，要你们一个铜子。"

贾英那次带"追风沙"冲出来，回到老营后，有的弟兄夸他"你不是'假鹰'，是只东山里的'雪里雕'"。贾英觉得"雪里雕"这个绰号，比大当家的报出的"追风沙"还响亮，就故意生气地说："谁若再这么拿我开心，我跟他动刀子！"他没想到今天唐百顺却给喊出来了——还使自己没法驳回，就对坐在车上的郝长裕说："郝村长，我们绺子的二当家的'笑面虎'，已经跟你说明了来意，就请你下车跟我商量商量吧。"

郝村长对两支洋枪，已经怕了；听了两个杆子头，一雕一虎，可就认定他们若动手，一定又狠又毒了。他急忙下车随"雪里雕"走到路旁的林子里。

贾英是化了装的：一脸连鬓胡子，把嘴边的那道疤盖了个严严实实；不过他怕郝长裕离得近看出马脚来，故意把郝长裕引到路边，隔着树枝子说："我有个朋友，叫恶狗咬进了你们县的大牢。我听人说你儿子是县里典史的门婿，所以要请他到我的地界去养伤；你去求亲家把我朋友放出来，我立马把少爷送回来……不过，你们这地方是'追风沙'的地盘，你要悄悄地办，得防备他挑我的瘤眼，引起不利索。"

郝长裕皱起眉毛，为难地说："大当家的这样抬举，我哪能不使圆劲？可你老不知道，我那个亲家，半个多月前……不知被哪个仇人给送到那边了，他没法帮忙了；大当家的是不是另找个人帮忙……"

贾英先"哦"了一声，又骂了一句"哪个愣头青偏在这个节骨眼上报仇"，接着却拉长脸说："虽说他不能嘎巴嘴了，可跟县太爷的交情还在。老阚家去求求他，还会给些面子的——他若晃脑袋，我也不会白麻烦了你，一定把少爷囫囫囵囵地送回来，记住这场交情。"

郝长裕虽说只是个村长，可十里八屯内，大事小情都少不下，渐渐地练达得明白了很多事，也懂得了一些马胡子的黑话。比如说，马胡子绑去了"票"，过了期限没去赎，家里会收到人票的一根手指头——这叫"仙人指路"；或者接到人票的一个耳朵——这叫"洗耳恭听"。如果还不走指出的路，不听传到的话，很可能就会撕票——把被绑去的人杀了。郝长裕听了贾英最后一句话，认为他是在威吓自己：若再不同意接这项差事，这头"雕"和这只"虎"，就会使自己儿子的囫囵身子，缺少了一样、两样小零件，变得不再囫囵；自己也可能得赔到里面。他只好表态："小人一定尽全力去办。"

在这同时，张冲接过老板子的鞭子，唐百顺把老板子拽开一些；而年纪跟郝善仿佛的祁福，低声对他说："咱们俩还都没褪尽黄嘴丫子，我得告诉你实话，省得你担心害怕。我们是用绑票的形式，请你做几天客人。用这种法，一来不会给你们带来麻烦，二来让阚老夫人有借口求县衙换人。就算县衙不给你们面子，我们也一定送你回家的。"

郝善那次被张老疙瘩劫去，是"追风沙"带人马救出来的。他对"追风沙"这个"侠盗"一直十分敬佩和感激。现在他觉得"雪里雕"这支绺子，有些跟"追风沙"绺子差不多，已经不咋怕了。他看从路边走回来的老爹，脸色还有些发阴，就对他爹说："爹，你只管放心去办事吧，不用惦记我。他们跟救我的那帮人一样，都是侠盗。"

郝长裕虽然没全信儿子的话，心可也宽了些。不过他不敢胡言乱语，怕引起雕啸虎吼，只点点头。"雪里雕"很大方地把马借给了郝长裕。郝长裕感谢过这位大当家的，上马后就没敢再回头——他懂得一条规矩：不可查看绑票者的去向。

等郝长裕走得望不到影了，祁福坐到大车上照看郝善。贾英跨上祁福的马，板起脸说："'笑面虎'，你留在这边探听消息。县衙一把我的朋友放出来，你就回老窑报信，咱们好送郝少爷回家。"唐百顺也规规矩矩地答应："手下敬听'雪里雕'大当家的吩咐。"

老板子按张冲的指点，磨过车，奔向往西北去的路。

唐百顺回到老营时，已经交申时了，立刻向许彪汇报。

许彪听后称赞一句"好"。第二天午后，许彪骑马离开了绺子——谁也不知他去哪里、办啥事……

七

郝村长紧颠搭一阵，慢嘎悠一阵，到阚家街已经快上灯了。一见到阚老太太，他叫一声"老婶子……"便再也站不稳，没等主人让座，就扑到椅子边，颓唐地瘫到上面了。

阚老太太虽然憔悴了不少，但仍然比一般老太太硬朗。她一见郝长裕精疲力竭、顾不得常礼的样，便想起前几天老孙女从婆家回来，准备给她爹烧三七时，还回禀过"家中安好"，便料定他家中一定刚出了非常变故。她急命侍婢敬茶，传令"请孙少爷过来议事"——自打儿子出了意外，她开始叫独苗孙子参与家中一切大事的计议决策。

郝长裕贪婪地喝下两碗温茶，神情和缓了一些；阚如鹏赶来后，向妹妹的公公见过礼，坐到奶奶的身边。阚老太太这才叫下人退去，请亲家侄说说家中出了啥意外事情。

郝村长叹了一口气，开始诉说起来……

阚老太太一听完他说郝善被绑票了，心反倒安稳了好多：孙女婿起码短期内并无性命之忧；但她对"雪里雕"为何远道而来绑走郝善，想不清楚是什么原因。她看了孙子一眼，考问说："如鹏，你对你老妹夫被绑走，有啥看法？"

近一个来月，阚如鹏没少受到这一类的考问；好在说错了，奶奶也不责备，胆子也便大起来。于是，他冒出了心中的一种猜测："我看咱们是让仇人盯上了。"

没等阚老太太吭声，郝长裕却摇头表示不完全赞同："你父亲被害，大家都说是周凤鸣的党羽'追风沙'干的，可以说为仇家所为；但你妹夫被'雪里雕'绑走，却是他想借用你们阚家的声威，换回他的朋友。这两件事，实实不太一样。"

阚老太太对亲家侄认同儿子被害是"追风沙"干的，心中并不完全赞同——在一个来月前，她几乎在得到凶信同时，就有人传说儿子是"追风沙"劫杀的。她又恨又疑，在百忙的发丧日子里，曾秘密派人以慰问为名，给王二吹送去二十两银子，问他"凶手确实是谁"。王二吹肯定地回答"不是'追风沙'，领头的确实是另外一个人"。她觉得王二吹是被同一伙凶犯剜瞎了双眼的，绝不会替"追风沙"开脱；可她费尽心思也捉摸不出凶手是谁。现在她听了郝长裕的话，还怀疑起县衙捉到的一个普通疑犯，咋会有二百里外"雪里雕"这样的朋友。她认为郝村长认定绑匪肯定是外地的大杆子头，是希望自己早些下决心出面救回他的儿子……她觉得既要搭救孙女婿，又不能稀里糊涂地叫别人牵着鼻子走。于是，她对阚如鹏吩咐："你郝叔半天多走了七八十里，虽说是骑马，上了岁数的人，也又累又饿。你去陪他好好喝顿酒，解解乏；然后咱们再好好地商量咋做才能换回你妹夫。"

阚老太太叫婢女给自己重新泡上一壶茶。自己边喝茶边抽烟，仔细掂量起来……最后决定了双管齐下的招法：自己亲自去趟县衙，面见屠知县；写封信送给"追风沙"，请他援手，试探他的反应，好决定今后对这股绺子采取啥态度。

阚如鹏陪郝村长回来，还给奶奶装袋烟，阚老太太抽亮了烟锅，才对郝长裕说："我明天去拜见知县大人，恳求他法外施恩，帮我们阚郝两家一把。"郝村长忙站起身，抱拳表示感谢；阚老太太说了句"一家人不用说两家话"，便叫下人送郝长裕去客房"早点休息"。

八

屋里只剩祖孙两人了，阚老太太才向阚如鹏解释："你爹一没，人走茶凉；衙门之内，无官不贪。空口白牙求不动姓屠的。而且咱们阚家，不但再也借不到县衙的阴凉，还一定被看成他们可以伸手的一块肥肉。我准备送给姓屠的一笔大礼，使他今后能讲些情面，也叫那些鱼鳖虾蟹不敢轻易打咱们家的主意——这是权势失去别装大，洪水没来先修坝呀……你方才说了一句'咱们家是让仇人盯上了'，有这种警惕是对的。不过奶奶还没有弄清楚谁是你的杀父仇人。现在一般人都认为是'追风沙'干的；可王二吹却说肯定不是他。使我拿不定主意的，也因为'追风沙'求我帮过忙。那件事，让我觉得他不仅胆大，还很有长远打算，想跟咱们家相互借重。有这样心胸的人，不会为了一个已经死了、再也没有啥可以借用力量的周凤鸣，把你爹这个在县内举足轻重的人劫杀了。可除了他，还有谁有能力做下那件事呢？我又一直想不出来。所以，奶奶这次想借求他帮忙搭救你妹夫，试探一下他有啥反应……如鹏，你要记住：假如在奶奶活着前报不了'杀父之仇'；你不管早晚，一定要报了'杀父之仇'……"阚如鹏起身向奶奶发誓："如鹏永远牢记奶奶的话。"

阚如鹏伺候笔墨，阚老太太开始起草给"追风沙"的信。草就后交给孙子誊抄。

她带着贴身丫鬟如雪，回到卧室，暗下思量：那个姓屠的前来祭奠我儿时，曾数次将贼眼滚向如雪。看起来除了得送金条之外，还应当投其所好——今晚须对这个小丫头打好招呼……

第二天一大早，阚老太太就坐小车子上县城。她让抱着礼盒子的如雪，同自己坐在车里，絮絮叨叨地说了好多话。她告诉如雪：屠知县年近四十，一直没纳妾，"你将来一定会得宠"。她要如雪牢记：屠太太十分嫉妒，"你一定先忍耐她的虐待，别怕当受气包子。时间一长，姓屠的会更宠爱你。你一定要对屠太太不计前仇——尤其在姓屠的面前。这样的话，你将来一定会有当家做主的机会，享受大半辈子的荣华富贵。"如雪虽然羞口，没应答，心里却有了准备和拿定了的主意……

这天快中午时，屠景操在内堂一听说"阚典史老母亲，前来拜谢大人曾亲往吊唁"，便知道金条正打着把式奔向自家的钱柜，高兴地传令"快请"。

阚老太太进入内堂后，便要向屠知县行大礼；屠景操抢步向前，把她搀住，说"老夫人不要折杀屠某"，还扶她到客位坐下。

阚老太太等知县大人回主位坐稳，先谢过免拜之恩，然后又感激地说："阚山不禄，大人不避凶险，亲往悼故慰生；令泉下游魂感恩，阚门举家涕零。"

屠景操用左袖虚遮瘦长脸，抬右手揉揉干涩的眼睛，故作哀伤地说："峻岩兄乃屠某治县良佐，不可或缺一时；竟不料天夺本县股肱！其时虽贼寇故技重演，屠某亦必冒死前往一祭矣。"

阚老夫人一边听着，一边瞥着屠知县，发现他已经不止一次把目光扫向抱着礼盒、站在自己身旁的如雪。她心中欢喜地骂了一句"果然是个色鬼"。等屠景操一住口，她先敷衍地说了句"大人过誉了，更不可过悲"，接着另起了一个话头："大人游宦异乡，夫人亦无贴身侍婢；闲暇时一定多了些孤寂。老身贴身小婢如雪，倒也伶俐。为报大恩于万一，欲献贵府为侍妾，敬恳大人万勿卷了老身的脸面。"

屠景操的夫人，容貌平常，妒性出众；但有个表兄，在京城户部是个不大但说话灵通的官员，是屠景操过去能当上知县、将来调回湖南的靠山。因此，他十分惧内，一直没敢纳妾。他料到阚老太太来拜见，一定会送上数量可观的金条，却没想到会送来个比彩荷还脆嫩的侍妾！他心里夸道：这个老东西实在精明老到、善解人意！俊俏脆嫩的小妞，是外人白送来的侍妾，也叫那个雌老虎没法怪我"心花纳妾"……可他嘴上却说："这叫下官夫妇如何敢当。"

阚老太太向如雪丢了个眼色。如雪低头藏起羞红的脸，走到屠知县面前——因为手中捧着礼盒，无法敛衽，只略屈了一下双腿，低声说"谢老爷不嫌小婢粗俗"，把礼盒呈上，提高一些声音说："老夫人令小婢代劳，敬上薄礼。"

这"薄礼"，却是顶得千两纹银的十根金条。

屠景操从开着的窗户，看到邹乃杰向后堂走来，急忙接过礼盒放好；还借机捻了如雪嫩手一把，低声叫她"站到我身后"。他等邹乃杰到了屋门外，便欢声喊道："阚老夫人在此，邹主簿快来拜见。"

第四章　戏法灵不灵，全靠毯子蒙（下）

一

邹乃杰咋这么晚才来到县衙？他昨夜被一位不速之客——许彪，打搅得几乎天快亮了才入睡……

许彪听唐百顺汇报完已经把郝善"请"到手了后，他不是一个人就离开了老营吗？他胸有成竹，骑马从蒙古旗的路奔三眼井；到三眼井后向南，快到王家坨子时，又向西拐到了孤家子。这时日头爷还有两竿子多。他在孤家子的小饭馆吃了点饭，才从容地奔县城。差不多所有人家吹灯睡下了，他进了邹乃杰的小院。见屋内亮着灯，很有礼貌地敲响房门。等邹乃杰一推开门，他就像老朋友似的，用右手抓住邹乃杰的一只胳膊，拥着他进了屋。

邹乃杰已经从胳膊上，感觉到了陌生人腰里别着短枪，惊骇得没敢出声。等到许彪把他胳膊放开，还自来熟似的坐到八仙桌的西边了，邹乃杰又觉得来人给自己留出了主位，意存尊重，似无恶意，才站着斗胆问："贵客贵姓？深夜光临鄙居有何见教？"

"小人乃库伦旗人。位卑名陋，羞污主簿玉耳。深夜造次，却是有所相求，亦有所提醒；与彼此俱有利无害。"

邹乃杰有些疑惑了：你虽然通些文墨，却分明是个黑道上的人物；对你有利的事，对我岂会"无害"？可他也知道自己奈何不了这位不速之客，只好答了一句"愿闻其详"。

"我有一个叫贾亮的朋友，住在贵县。一个要钱鬼为得到一吊的赏钱，咬了他一口；你们县衙便望风捕影，不辨黑白，把他抓进了大牢。我是他的任吗能耐也没有的朋友，不得不借重你这个主簿的权势，把他救出去。"许彪说得十分坦率，语气却有些轻飘飘的：好像眼前的主簿大人，是他家里养的一只极听话的哈巴狗。

邹乃杰刚听他要"借重"自己，还有点得意；可他到底是个秀才出身的主簿，很快就觉得来人虽说把自己当了干粮，却只是庄稼院的豆包，并不是县里只数二、不数三的香饽饽。他虽然没敢发作，却耸了耸肩，没吭声。

许彪心中暗笑：他还想把官架子捡回去，便有些嘲笑地说："我这个人，虽然黑不黑、白不白，可朋友却要比邹大人多得多。既有从政为官的，也有遛街混饭的。其中就有几个人跟我谈起过邹大人的风流韵事。他们说大人最近在奉天安置下一处外宅，金屋藏娇下的'可意'其人，却是大人极不愿外人知道来路的。却不知这话是真是假……"

邹乃杰听到这，张口结舌腿发软，心中暗想：我只当那件事十分隐秘，却咋叫这个自称库伦人的听到了耳朵眼？如果任他张扬出去，那可大大不妙……

许彪见他已经站不稳，便客气地说："大人不必太介意，我已经劝诫过我的那几个朋友；估计没有够分量的进项，他们是不会大老远地跑到贵县来多嘴多舌的。请坐下，我们这对初次见面的朋友，从容地谈一下对双方都会有所收获的交易。"

邹乃杰听出来了：若是这位不速之客不再挡，或者有人把银子出到了分量，是会来"多嘴多舌"的！他不得不坐到了给他留出的那把椅子上，以免一个屁蹲儿颓到了地上，丢了主簿的架子。

他屁股坐下了，心里也明白了：对这位不速之客说的"交易"，是必须付出代价的，而且是没法讨价还价的。他只好客气地说："仁兄对邹某不认不识，能以朋友相待，令邹某十分感动和……深感荣幸。'投之以桃，报之以李'，乃圣贤之道。贵友之事，邹某自当尽心竭力……但如何举措，颇为茫然……"

许彪听他接受了自己开出的价码，委婉地向自己询问要他如何行动了，便也坦率地说："大人慨然许诺援手，令在下十分感激。据在下所知，鄙友另有一位朋友，系蒙界库伦旗一带绿林豪杰'雪里雕'，已将前阙典史爱婿请到彼处。阙老夫人必将哀请知县大人垂怜，放出鄙友，换回东床孙婿。在下有求于大人者，知大人为县尊心腹，言重九鼎；只请大人在县尊面前多加美言，固其怜悯阙家之心——实与大人有益无碍。"

邹乃杰暗下吃惊，怀疑这个大摇大摆来胁迫自己的人，就是"雪里雕"。不过他对只要求自己打边鼓，倒觉得有些轻松了，痛快地说："鄙人一定尽力而为。"

许彪微笑着站起身子，对邹乃杰一抱拳，说了句"告辞"。邹乃杰哪敢失礼？慌忙站起，还礼说："仁兄何必着忙……"

已经告辞过的许彪，并不搭言；邹乃杰只好随身送到院门，长出了一口气，敷衍了一句"再见"。

许彪上马后，用左手抓住握着马鞭的右手，轻轻一晃，还了句"无期或有时"。

邹乃杰望他上了箭杆街，又听马蹄声拐向正街往南去了，低声骂道："真他妈老辣——临滚还吓唬了老子一句。"

邹乃杰回到屋就老驴似的在屋地拉起了磨。他既拿不准这个连名也没露的人，是不是库伦的"雪里雕"，也想不通他为啥会知道自己在奉天有"外宅"，还故意漏风说我"金屋藏娇"的是"可一其人"——分明他是连姓名都一清二楚的……快过了五更，他才躺下眯着了。他一觉醒来可就快晌午了。他慌忙穿戴好，也不吃饭，赶到县衙……

二

邹乃杰应声进屋后，向阙老太太打了个千，告罪说："晚辈方从奉天归来。得闻阚大人归天；竟未及送行，实为痛憾。”

阚老太太见他比自己独苗孙子大不过五六岁，不只已经考上了秀才，还做上了主簿，人也风流倜傥，倒叫彩荷捡到了一个不小的便宜；她还想到了儿子小妾为他带走了的风言风语，觉得若真有其事，他可就不仁不义，占了阚家的相应——不过她很快就又觉得：他已拿了阚家的，若又偷吃了阚家的，那可就手短嘴也短了，量他不敢再对我将要说的事，乱打咕嘟耙了！于是，她客气了一句"邹主簿如此多礼，实在叫老身百感交集"，便又向屠知县说起郝善的事……

邹乃杰听了，心中暗惊：昨晚那不速之客实在厉害，事情发展竟如同他一手安排——他无疑就是那个"雪里雕"了！看来我虽身为县衙主簿，为了保住会喘气和不会喘气的宝贝，却必须为他卖力拉套了……

屠景操对阚老太太提出的请求极为诧异，还观察到了邹乃杰神色与平时大不一样，便拿定了主意：我不能贸然答应，得引导邹某人代我出主意，拉他陪我一起还了我的人情账。于是，对阚老太太客气地说："此事不大不小，如何安排，需我与主簿商议一番；请阚老夫人暂坐片刻，静候佳音。"说完，他便拉邹乃杰去套间密商如何答复。

进了套间，屠景操并不坐下，故作左右为难之态，犹疑不定地对邹乃杰说："……所捕贾姓疑犯，虽无实据，似可鞫出悍贼蛛丝马迹，或有助破解那两桩要案。若回绝阚家老妪不情之请，而阚典史方遭不测，其婿若复被撕票，我等必受'心如铁石、无情无义'之讥。如纵之，又似有因噎废食、徇情枉法之嫌……"

邹乃杰从他对阚老太太的话里，已经听出这位正堂大人是要放人的，"商议"云云，实为他日上峰追究之时做推脱准备。他想：你想要里又要面，还准备在窟窿眼子捂不住时，拉我一同去堵；我何不也借你的手，帮我把屁股揩干净？便凑近他耳朵，诡秘地说："卑职曾听将军府的表哥说过：辽西北确实有个'雪里雕'，贼伙虽不甚众，但颇为凶悍。如果县衙不放其友，惹起悍匪无明怒火，潜入我县，任意妄为，后果不堪设想……

至于所捕疑犯，既无实据，按律开释，乃理所当然之事……"

屠景操听得汗流浃背，暗暗说了句"阃鉴不远"，试探地问道："以何种方式开释为妙？"

邹乃杰觉得这位大人对自己有荐举之恩，今后也可能需要他维护自己，便果断地说："大人身膺两圣隆恩，肩担治理一县重任；已获举县拥戴，令行禁止！职下既得提携，自当不避箭矢。大人允诺之后，不必亲自露面。由卑职密令孙捕头将羁押之人，尽速密送郝家，任凭阃、郝两家自行其是。他日若上峰追究，卑职便称'贾某业已答应去马贼巢穴卧底，故如是安排'……"

屠景操频频点头，还说"主簿所言甚是玄妙"。

三

屠景操给了阃老太太一个满意的答复后，便"请老夫人随邹主簿去吃顿便饭"。阃老太太以"还有些琐碎杂事要办"推辞了。

当日一听说阃山"缺心少肺"，王可一"踪影皆无"，阃老太太便忙得无法分身，却也在当日分神打发了一个仆人去小公馆，还叫他"到小公馆后，不要叫任何人进上房的屋，锁好看好"。现在她办完了送礼、求帮两件不得不做的大事，也就有了到儿子的小公馆查看查看的机会了。

她是坐自家的小车子来的。一到小公馆，她便传下两道令：找回住在本街的小公馆原有女仆，就近在饭馆安排饭食送过来。她一走进上房东屋，就发现梳妆台上放着一个茶碗和半包点心。她仔细一看，茶碗内底部有茶渍，点心已经风干了，便猜想王可一可能在出事后回来过。她发现炕梢柜的上半截的被槅里的花花绿绿被褥，想起王可一随儿子到县城后，就成了这里"少奶奶"；儿子也过得很遂心，不由得暗暗悲伤。她眼睛移到下边，看到柜门没关严，便哈腰拉开，发现半柜的东西塞得乱七八糟，心中判定儿子的爱妾席卷了细软贵重之物。她还发现在乱物之上平放着一个信封，便伸手取出来看信瓤：

婆母大人恩展：

　　婢妾自匪手脱身后哀痛万分，亦惶恐异常。可一自入阚门后，虽得婆母垂怜、老爷呵护，但年少懵懂，不善趋奉，致使正室白眼相视。今老爷山崩，婆母百年之后，阚家必无可一立足之地。可一思之再三，唯有只身远避，跋涉归宁，或尚可苟全。未蒙赐准之罪，尚望宽谅。临别遥拜，敬祝婆母万福金安。

　　　　　　　　　　　　　　　不孝婢清明前叩书

　　阚老太太看罢，摇摇头，长叹了一声，心想：你若是果真回了娘家，倒也罢了……她是知道王可一的娘家去向不明的。阚山把王可一抢到家中后，没出半月，凤凰坨子的村长便到阚家向阚山报告："贵戚王老先生，匆匆举家搬走；小人与左邻右舍一再询问迁往何处，王老先生一家守口如瓶……"阚山也猜不出原因，却不敢不向他妈禀告。阚老夫人曾听人说过："王儒自夸女儿有一品夫人的金贵命。凡求婚的，都由他亲自批算八字，一直没有可飞黄腾达，能与女儿匹配之人。"她也听人说"王儒为人倔强，咬住了屎橛子便不撒口"。她便估计王儒是恨儿子娶了他女儿。她派人直接到九间房老李家去问，想能打听出王儒去向。李家人却都说："他教别人念书识字，自己却是个不进盐酱的糊涂棒子：把家搬走了，竟连我们家都没告诉。"后来，王可一小产了，哭着念叨"想回娘家看看"，都不知道往啥地方去。阚老夫人也挺可怜她，曾派人四处打探，却没打听出这一家人半点音信。

　　阚老夫人断定王可一在留下的信里说的是假话，可就对"她被邹主簿收庄了"的谣传信了八成。不过她是个很有心计的人，不露声色，只把王可一留下的书信揣起来——想以后坐实了，作为牵掣邹乃杰的把柄。

四

在饭馆子要的饭菜送来了。她留下少许，自己在上房吃了些，随来的下人在厢房用饭。

去找人的只带来了老妈子——其余人不在镇内。去召唤人的，见老夫人已经吃完饭，便把老妈子带进来；自己又退出屋。

这个老妈子娘家姓郭，今年四十多岁；三十多岁守寡后被卖到这谢家的。她当家的一只腿，天生有毛病，走路一跛一跛的，被人叫谢跛子；久而久之，连名都没人知道了。他掌鞋糊口，对她挺好，从来没打没骂过她。她给鞋匠生下了个儿子，没想到也一条腿细。为了给儿子攒下足够的成家的钱，谢郭氏前五年就开始到小公馆做老妈子。她每天在家起早给那爷儿俩做好饭，还带出午间的；晚上下工回到家再做晚饭。王可一喜欢她干活不藏奸，人也实在，还可怜她丈夫、儿子都有残疾，常在阚山不在家的时候，叫她早点下工。

阚老太太是清楚这些情况的。因此，先夸奖了谢郭氏几句，还打听了一下"你家里的那爷儿俩还好吧"，然后才开始问："这里的少奶奶陪老爷回老院子那天，都留谁守着小公馆的？"

谢郭氏知道老奶奶开始考问自己了，赶紧回禀："少奶奶说老爷他们得五天才能回来，放了那两人四天假，吩咐贱婢值守。"

阚老太太点点头，又问："在老爷回老家那天的夜里，少奶奶是回来过的。你那时在这疙瘩吗？"

"贱婢在这疙瘩。听到有人敲门，我去开的门，把他们请到屋的。"谢郭氏回答。

阚老太太"哦"了一声，好像有些意外，追问："他们？还有谁呢？"

阚老太太曾叫人暗下进城调查，盘问过那天送阚山回家的车老板，知道王可一回到县城后是去了彩荷家的；那人还去找彩荷对证——却发现彩荷不在，邻居猜测她是去奉天了。阚老太太也因此开始对"传言"有些相信了；她故意"哦"了一声，追问"还有谁"，就是希望通过老妈子的嘴，使自己的猜想得到证实。

谢郭氏老老实实地禀告："是两个人，除了少奶奶，还有邹主簿。"

阚老太太暗暗地叹了一声，觉得应当顾全阚家颜面，不能对这个老妈子再提邹乃杰了。她略一思忖，便又问："你们的少奶奶，进屋后对你都说了一些什么？"

"回禀老夫人，"那个老妈子一点奔儿也没打地说，"少奶奶从一回到这个家，到我从小公馆走开，始终一言未发；那无精打采的模样，不光身子快趴架了，好像魂灵都不知丢到了哪里……"

阚老太太一听她提到了"走开"，便追问："你那夜是什么时候离开这里的？"

"大约已经交了三更。"谢郭氏回答。

"少奶奶没发话，你咋不留下伺候她？"阚老太太认为老妈子在这个时间，是不敢自己随意走开的，故意地责备说。

老妈子有些迟疑。阚老太太便低声警告："实话实说，我不怪罪；如果替别人掩遮，不说实话，老身对你绝不轻饶！"

阚家的下人，哪有不知她心狠手辣的？老妈子便从邹主簿陪少奶奶敲门起，一五一十说到赏钱、让她逃命、等少奶奶派人去找。

阚老太太对王可一的为人脾性是很了解的：不只年纪轻，胆也小；在老院时，就跟上上下下、家里家外，和和气气，很有人缘。她没怀疑老妈子的回话，但她还没完全解开这个扣：她肯定过去跟邹主簿没有勾搭，可现在看来，她十有八九是在那个风流主簿帮助下潜逃的……可她的得保全阚家脸面的想法，使她决定不再往下问了。她拉长她那张老寡妇脸，对老妈子命令："我知道她对你们这里的下人不错；你也不敢对我说假话。我暂时不再追究你别的了；但你对我今天的问话和你的回禀，一个字也不得再向第三个人提说半句！"

那个老妈子惊恐，但也十分肯定地回答了一声"是"。

谢郭氏走了。

阚老太太在动身回去前，捕头孙大嘞嘞赶来了。

五

俗话说，做贼心虚。邹乃杰就是这样的"贼"。他对阚老太太推辞了县衙的宴请，说要去处理"琐碎杂事"，心中可就有了怀疑：人们都说这个老白毛子，比她儿子奸猾得多。我得想法把她盯住，防备她在小公馆私立公堂，追出来我那天晚上的踪迹，鼓捣出来意外的麻烦。他想到了孙大嘞嘞：不仅对屠县令忠心耿耿，对自己也一直恭恭敬敬，还抱怨过阚山压制了他十多年，是个可以利用的人。他趸摸到孙大嘞嘞后，悄声吩咐："阚老夫人去了小公馆。正堂大人说咱们不能太冷淡她了。你去照看照看她：她若有什么需要县衙帮助的事，或者有啥需要县衙过问的事，你回来跟我说一声。"

孙大嘞嘞立刻表示"卑职这就前去"，可出了县衙，看天已经到了中午，暗下对自己说"你人是官家的，可我肚子却是自己的"。他被屠知县提拔成捕头后，叫他"屁话篓子"外号的人少了一些；可有些店主、铺东，却背后叫起他"闻香狗""掠道驴"。孙大嘞嘞溜达到一个酒馆，去查看"有无逃犯"；老板明白他是来喝蹭酒的，便把他请进一个雅间，单独招待。孙大嘞嘞酒足饭饱才大摇大摆地去阚山小公馆。快到的时候，碰上了回家的老妈子。他估计她是被叫回去问话的，便拦住问："小公馆里丢了些什么值钱的东西，找你查问？"厨娘知道他已经是捕头了，不敢隐瞒，回答："阚老爷家并没缺东少西；老夫人只问了老爷出事那天，都有哪些人到过小公馆……"孙大嘞嘞还真有些敏感，觉得阚老太太一定是想弄明白儿子的死跟什么人有关系；就叮问一句"都什么人去过"。厨娘犹豫了——老夫人警告过不许再向外人"提说半句"的。孙大嘞嘞板起脸来，装腔作势地说："你不知我是县衙的捕头吗？我正在查那个案子！"厨娘怕得冒汗了，答了句"只有主簿大人，送少夫人回家"。孙大嘞嘞听到过风言风语，说"阚典史的漂亮小老婆，是跟风流的邹主簿，坐一辆小车子离开县城的"。他想：主簿可是我得罪不起的老爷。别说他陪那个小寡妇回的是她的家，就是他做了那个死鬼的替身，送给了姓阚的一顶绿帽子，老子不去他坟头说一声"恭喜了"，就算够大度了！于是，孙大嘞嘞便也恶狠狠地对那个老妈子说："你方才的话，一个字也不能再向第三个人提说。"

孙大嘞嘞到了阚山住过的小公馆，一见阚老太太正张罗起身，便当众人的面，正正经经地说："知县老爷和主簿大人，派职下来问老夫人，还有何事需要帮忙，是否需要派几个人护送一程？"

阚老太太认为一定是屠知县对自己送的礼很满意，故意给自己个好瞧，便说了句"请孙捕头代老身谢过两位大人"……

邹乃杰在只有自己一个人的家，听了孙大嘞嘞的汇报。他听其中有"老夫人找过下人问话""小公馆没发现缺东少西"等内容，可就又放心又担心了。他从阚老太太没发现"缺东少西"上推算：她或许不知道"可一小宝贝手里有那对玉马"，或许她认为"那对玉马是在那个死鬼带回家的途中被劫走了"。他觉得不管是哪种可能，都对"那对玉马已经姓邹"十分有利。他很担心下人说出了自己到过小公馆的事。不过，他对那夜自己在当机立断、完成了"一箭双雕"壮举后，劝王可一给老婆婆留下一封信、声明她决定"回娘家"，和自己在三面船对老板子说过王可一是捎脚、要从那里"换船回娘家"这两件事，都特别满意：几乎都算得上是未卜先知，即使将来得承认"我把她带离了县城"，也可以说她"从三面船就坐船去了娘家"……

不过他很快又想到了一件事：那个自称是库伦人的人，曾在这屋说我"最近在奉天安置了一处外宅"，还说"金屋藏下的'可意'其人，是我极不希望外人知道来处的"……即使他因为我帮过了他的忙，不往外传，也说明这件事已经不再只有"天知、地知和我知、她知"了！如果建安有人听说了，或许屠大人还会先压一压，使我有趋吉避凶的机会；如果有人暗地里捅到府衙抚衙，我可就"逮到的兔子——蹦不出手了"……

他心忽忽悠悠稳不住，躺到凉炕上还一阵阵冒冷汗。

六

那天夜里许彪当邹乃杰的面，是沿东弯街向南走下去的。出了县城后，他就拐两个弯回到了来时的路。他没让马再快跑，是在天已经快亮时回到老营的。他觉得有关搭救贾亮的事，正在向自己预期的方向发展，便在柜上的那铺炕上躺下，打算安心地睡上一大觉。他刚眯着不太久，就被唐百顺叫醒了，唐百顺还汇报："阚家求了一个'花舌子'带路，由一个仆人送来一封信。"

许彪意外地"哦"了一声，坐起来接过信，撕开看起来：

"追风沙"大当家惠鉴：

　　胯下花狸豹马追云踏沙、手握杀生救死权能、侠名传遍边外的追风沙大当家的，可知垂泪命笔之人，是近来迭遭不幸的阚门老寡妇吗？清明之前，我阚山缺心少肺、遗尸路边之后，黑白两道、吏卒斗筲，议论纷纷，言之凿凿，尽道追命之人，非如君者无胆敢为，无力能为。风烛残年之人，既无孟母之贤，却有寡老丧子之痛，能不悲乎？悲痛之余，忆及贵介临门，突兀求助，令老妇瞠目惊异。其所言之事，实无胆识者所能想，无雄心者所敢为。老妇怀二心之愧、冒不法之险，慨然许诺；非图桃李之报，为求乱世偷安罢了。思虑至此，暗生疑窦：年老眼昏之人，心智尚未糊涂；胆识超群之雄，不当叛友背义。故将疑惑陈述如右，

愿追风沙大当家有以教我。若不肖子错在应诛，老妇当亲往谢养
而不教之罪；如贵伙确实代人受疑，阚门永守朋友之约。孙婿郝
善，旋为报号"雪里雕"绺子所掳。如"追风沙"大当家果为阚家
朋友，当有所见教；若阚山确为贵伙所劫戮，无论当与不当，阚
门老小宁洗颈受屠，决不受贵伙丝毫资助。剖心之言，不假颜色。

阚门代亡子理家老妪即日

许彪嘟囔："这老太太还挺刁钻，可也是吹大的猪尿脬上画鬼脸——
表面是龇牙咧嘴，气势汹汹，其实外强中干，肚里空空。"他又向唐百顺
问："来人在哪儿呢"？唐百顺回答"送去打尖了"。许彪便喊来一个马拉
子，让他转告送信人："向老夫人回禀，绺子近日将派人去拜见。"然后同
唐百顺商量起"你再去一趟阚家街"的事……

七

第二天午后，唐百顺出发了。他和几个负责接应的弟兄，在县旗交界
的王公窝堡的一个暗窑饱餐了一顿后，唐百顺化装成上次去阚家时的模
样，独自一人奔阚家街。眼擦黑时，他在阚家门前拴好马，见老陈头儿走
出门刚要开口盘问，便抢先说道："你去通报一下，'追风沙'大当家的派
柜上管事田秋，来拜见老夫人。"

阚老太太听说来的是上次"押下去"的人，不由得暗想"他们胆子倒
挺大"。她在受了唐百顺一揖后，不冷不热地说："绺子的'柜上管事'，
跟县衙里的主簿差不多，都是'一人之下，众人之上'——田管事请
坐。"

唐百顺先客气了一句"田秋算不上头领，只不过张罗杂事、跑腿学舌
而已"，走到八仙桌边，把椅子挪了挪，表示自己"不敢与阚老太太这个
一家之主"分庭抗礼，说了句"谢老夫人高看"，才坐下。

　　阚老太太对"追风沙"捎话要派人来，已经有些意外；对这个田秋的不亢不卑、从容不迫，更加吃惊：难道他们心中有底，不怕我孤注一掷，当仇人抓住？但我却不能示弱——便板着老脸说："你们瓢把子派你来，是因为你能言善辩，想用谎话推脱掉罪责吧？"

　　唐百顺微微一笑，轻描淡写地说："我来之前，'追风沙'大哥曾嘱咐：人'老怕丧子'，加上种种流言蜚语，阚老夫人虽然精明老到，也难免疑心生暗鬼。如有怨言冤语，你不必多加解释；只谈当前之事便了……"接着，他便说起有关郝善的事，"'雪里雕'虽然剽悍，但手下人超不过三十，不难对付。如阚老夫人同意，我们愿约见他，好言相劝，请他送回郝善；他如不听良言，肆意妄为，我们便把他扣住，逼迫其众交出郝善——他们远来这里绑票，坏了绿林规矩于先，谅其不敢再胡打乱敲于后，不致危及郝善平安……"

　　阚老太太却拦住唐百顺的话，说："不怕一万，就怕万一……我已托人去与……那伙人相商。如需'追风沙'大当家的出面时，请勿推辞。"

　　唐百顺起身告辞——却留下一句话："路遥知马力，日久见人心。"

　　唐百顺一走，阚如鹏就从套间走出来。阚老太太问："你听出来了一些啥？"

　　阚如鹏犹犹豫豫地说："这个人……好像不愿掰扯以前劫道的事；表示要替咱们去找'雪里雕'算账，还好像挺认真……"

　　阚老太太掰饽饽嘲馅似的说："黑道上的响马也好，官场里的老爷也好，不是揣着明白说假话，就是怀着鬼胎唱高调。他不跟我谈你爹被害的事，可能是怕言多有失；也可能是故意表示身子正不怕别人说影子歪。这还真让我眼睛发花心里乱。他们想替咱们去逼'雪里雕'放人，也让我心里怀疑：'雪里雕'讲不讲黑道规矩，咱们敢信吗？他们跟你妹夫一不沾亲、二不挂故，危了安全，他们也掉不了一块肉——就算他们不是仇家，咱们只要还有半点招，也不能靠他们！"

八

许彪听了汇报，笑着对唐百顺说："你这个'笑面虎'二当家的，明天就得去'拜访'郝村长一趟了。"

第二天巳时，已经等得有些着急的郝村长，在村头一接到唐百顺就高兴地报告："二当家的，贵绺子的朋友，我已经接到家了！"

其实并不是他接的。是邹乃杰密令孙大嘞嘞领了一辆小车子到大牢，将去了刑具的贾亮押送到了郝家窝堡。

唐百顺进屋一看到贾亮，就抱拳说："'笑面虎'奉'雪里雕'大哥之命，前来迎接旧友。"贾亮一听，就明白了他们是冒充别的绺子搭救自己的，急忙还礼，故意客气地说："多蒙二位头领和郝家父子仗义相助。"

郝长裕也说了一句场面上的话："得说是贾老弟帮了在下，使鄙人父子有了结识两位好汉的机会。"

唐百顺见天时已经近午，还有很长的路要走，便谢绝了郝村长的挽留，领贾亮和郝村长上路了。三人挥鞭催马，傍晚不得不打尖喂马耽搁一刻，三更多才到了库伦地界；在贾英说过的村子外碰到了祁福。

郝长裕惦记儿子的伤，却没敢向祁福问。等他们进了院，郝善听到声后从炕上拱起来就下地迎了出来。郝长裕心里才一块石头落了地，说："难怪老摩挲骂人，他也真有拿手！"郝善讨好地告诉他爹："这几天他们不是炖小鸡，就是炖羊肉，我都觉得吃胖了。"

这工夫，贾亮则在一边，背朝郝家父子，挤眉弄眼地感谢"雪里雕"……

第二天送走了郝村长等人，贾英咣咣地捶了唐百顺两拳，还骂了一句："你这个糖球嘴，竟哧溜损人屁！"唐百顺笑嘻嘻地说："你心眼不损？骂人家是'笑面虎'。"大家嘻嘻哈哈了一阵。

几个人回到老营后，许彪把贾英和贾亮请到柜上，问贾亮今后有啥打算——分明是怕他再吃亏，想让他再回绺子。

贾亮说自己本想消消停停地务庄稼，可这次进大牢把梦惊醒了；有心再回来干老营生，可老婆已经有了身孕，使自己拔不出腿了。许彪点点头，说在绺子里也混不了一辈子，还举例子说"老当家的不都离开绺子了吗"；又劝他把家往远些搬，得防备"有人再告、官府再抓"。他还说绺子送他二十两银子，帮他搬家。许彪又对贾英说："老当家的临离开的时候，留下了话；让我再见到你的时候，由柜上支给你二百两银子——他还说'这是你应当得到的份子'。"

第二天，贾英、贾亮一块离开绺子。路上，贾亮说恨透了刘摸点，想在搬走前后"把他收拾了"。贾英却认为不合适，"杀了他这个要钱鬼，你只不过出了一口气，却背上了一桩大案子"，挨追捕，不值得。他还认为"也怨你自己，不该把一条顶了人帽子的狗，也当成了朋友，说话还没有把门的"。他给贾亮出了一个道："你是不是搬到王公窝堡一带来住。我再贴补你一百两银子，买块荒场，盖所房子，别跟外人往一起搅；将来我若得划拉钱过日子了，也好来投奔你……"

贾亮同意了他的意见，贾英便匆匆赶回了奉天。

第五章　鸡飞蛋打

一

就在阚老太太回去的第二天早晨，邹乃杰一到了县衙，就发现有些衙役正在交头接耳，可是一瞥见自己，便不仅住了嘴，还匆忙地溜开了。他可就疑心生暗鬼，怀疑他们在议论自己。他把孙大嘞嘞叫到自己的办公室，忐忐忑忑地询问"这些衙役嘁嘁喳喳议论啥"。孙大嘞嘞凑到他身边，却不答反问："大人，您一定知道，阚老太太把那个贼俊的小丫鬟，送给屠老爷了吧？"他见主簿大人点了一下头，便接着小声说，"就是这个贼俊的小浪丫头，惹得屠老爷和太太折腾了大半宿……"

屠太太白天一听说死鬼阚山那个老不死的寡妇妈，送来一个俏皮丫鬟做侍妾，就喘不出顺当气，恼得晚饭多吃了一碗，准备大闹一场。她撂下筷子，等儿子一离开，就当丈夫的面问如雪："你是阚家那个老白毛子，送来做侍妾的吗？"

如雪已经得到阚老太太的提醒，估计出了她要发豪横，没敢吭声，却不得不点了一下头。

屠太太"哼"地冷笑一声，骂道："你真他妈的骒驴腚上画鼻子，好大的一张脸！还没当上尿罐子，就摆起了得宠的架势，对老娘的问话竟敢不搭理。姓阚的老白毛子，真比老鸨子还会调教小婊子：那一个，贱得情愿让人先尝后买，请人先咕嘟顺心了，才当小老婆；这一个，浪得扭着屁股挤进县衙，捧着脸抢老娘的炕头！"

屠知县觉得她有些太过分了，低声劝了一句："你得顾顾体统。"

屠太太立刻用右手的食指锥着丈夫，高声叱骂起来："没有良心的瘦鬼，你能有今天靠的谁？若不是我嫁了你，你能当上知县吗？你弄到了五品袍服顶戴，才花了几百两银子？你希望回江南，想靠谁帮忙？你说我没体统？你有吗？我看你有老叫驴的'蹄'，恨不得立时就爬小骒驴……"

屠知县确实是个很有修养的孔孟之徒，虽然气得瘦肚子鼓成了三盆，两撇胡须不停地炝蹶子，竟然没有还嘴，只无奈地躲到二堂去了。

屠太太却不挪窝，坐在饭堂里，骂一阵歇一阵；等茶水滋润了嗓子，又接着骂。断断续续地骂到午夜，她才押解如雪回卧室。她插门躺下后，命令如雪背贴门跪在地上，"等着接驾吧"——得说她还挺有知县太太的做派，竟对如雪没动一手指头。她还心慈面软：如雪匍匐在地上，偷偷地歇胳膊腿，竟然假装没发现。可有人一推门，她立刻就开腔喊一句"等我睡死了你再回来显魂吧"。后来她真睡着了，又有人敲门时，如雪却低声哀告："请老爷可怜如雪，也让太太歇歇吧……"

听了孙大唠唠的学说，邹乃杰虽然很不高兴屠太太没给自己留面子，却因为衙役嚼啃的不是自己，放下了心。

邹乃杰不愿，也知道自己没法子当说和人，但觉得应当去安慰安慰屠知县：那么好的嫩妞，有人送到手边，却叫老婆罚她在地上跪了半宿，他咋能不连憋气带窝火？但对如何劝说，他却有些不知咋开口好。应当说这位风流主簿，确实饱有才智，很快就又琢磨出一套一箭双雕、两全其美的话头。于是，他到内堂，坐到屠知县身边，低声说："卑职聘纳彩荷为小星后，曾闻她诉说阚山正室与其爱妾势如水火。其正室竟投堕胎药致其爱妾流产且终身不育……"

屠景操大惊，顺口说："如此之妒，已在'七出'之列……"

邹乃杰急忙插嘴说"阚山亦有此等恼怒"，却紧接着说起阚老夫人如何阻拦、如何处置，终于维护了阚家声誉，并使其子不失其母，使其爱妾得到小公馆长期陪侍……

屠景操不由得点头说："这老太太不同凡响。"

邹乃杰却评论说："其实阚山正室之过、爱妾终身之憾、未见天日次子之夭折，均由御妻失方、宠妾无度而起。若其御妻有方，有假以时日之从容、善雨露均沾之方略，则不仅得享齐人之福，亦必无所失。"

屠景操哑然一笑，拍拍他肩膀称赞："古人重善祝善祷，老弟堪称善讽善谏！屠某有一如此良友，足矣。"

邹乃杰急忙辞谢一句"乃杰实不敢当"，接着便有些无奈地说："卑职这次赴奉天之时，走得匆忙；归来后冗事烦琐。有一事一直未得向县尊禀知。那日临走前夜，阚典史次妾去找彩荷，言说与典史归乡途中得知，娘家有重大变故。阚典史令其回到县城，随彩荷同车到三面船换船归宁。彩荷劝职下陪其回小公馆取了些日常用物；便于次晨带她同车去了三面船……"

屠景操竟有些得意地说："老弟真乃坦荡君子——汝若不提起，我亦知悉：孙捕头去送阚老太太回来，即已禀告过'阚老太太说那夜主簿陪人到过小公馆'……"

邹乃杰心中一震：多亏今日见景生情，说了此事。可他也觉得：不仅过去一直对自己厚爱、举荐、倚重的屠景操，就连无限希冀自己高看恩宠、摇尾乞怜的孙大嘞嘞，大人也好，小人也好，竟然个个都深藏不露，没叫自己看透，一个色地对自己明一套、暗一套了……他不由得警觉起来：自己可能像柳宗元笔下的黔之驴，逞雄发威炰了的那一蹶子，叫他们瞄到了一些影子，或产生了怀疑，或不再敬恐。他内心里的疑虑，很快就发酵成惊恐：此地不可久留，奉天似亦不可久停；必须尽快妥善安排，找个万全的地方安身趴风。

二

王可一料想邹乃杰快回来了，每一天都三脱三换。她希望邹乃杰回来时，一搭眼看到自己的娇媚，就不顾张嫂在场，抱起自己一阵疯啃疯抓。

她想看到他欢天喜地的样，可是这天吃过早饭不久，邹乃杰露面时却让她大出意料：无精打采，好像刚给他爹他妈发完大丧，绷着小脸一句话也没出口。王可一猜想他可能取回的银子不够数，还借不出凑足数的银子，断了升官的路，也就没挑他回来了为啥不先回到自己这儿住，还试探地问："出了啥岔头？"邹乃杰却还是连个扁屁也没放，沁着头打开带来的包袱，亮出十个十两重的银元宝……

王可一好像被逼进了迷魂阵，跳着一双小脚喊道："我的小祖宗，取来了银子你就快去挖窗户换补褂、竖梯子请顶戴花翎——咋倒丢了魂似的，成了个皱皱巴巴的闷葫芦？"

邹乃杰才叹气说："咳！都怨我摊上了一个好亲戚——刘豹这损兽，一个大老爷儿们却扯老婆舌，喷出的吐沫星子像一股倒头风，把我卷上了窟窿桥！"

王可一听他提起了刘豹，想起刘豹曾经在这屋说过"有机会再对你讲"的话，却一直没再来；便害怕了：难道这个损贼，把我的来路扯咕出去了？她急忙打听："姑老爷咋的了？彩荷一不住在这疙瘩，他就没再露面……"

"他哪里还有工夫到这疙瘩显魂？"邹乃杰说，"有个叫张作霖的，先是做红胡子头，后在辽河两岸借口建立起'保险队'，一会儿红脸，一会儿黑脸，闹翻了天。增祺将军派我表哥去掏底，看能招抚他不。我表哥认为刘豹吃过黑道上的饭，还想让他有机会往前巴结巴结，便带上了他做随从……"

王可一明白了刘豹没上门的原因，却对邹乃杰的抱怨更糊涂了，就抠根问："他出门在外，咋还把麻烦招惹到了你的头上了？"

邹乃杰又赶紧解释："他那天陪我妹妹一回去，便跟一群狐朋狗友灌黄汤，吹牛说看到了咱们家祖传的稀世玉马。不知哪个贱嘴丫子，把这话传到了增祺将军耳朵眼里去了——我表哥本来替我疏通好了：先交上以前说好的银两，便派我去赴任的。现在不要银子了，非要我把玉马交上去……"

王可一本来站在炕前边，听了这话一屁股坐到了炕沿上。

邹乃杰急忙安慰："你别上火，我不能拿你的命根子去送礼的。我已经想好了，刹下闲心好好读几年四书五经，拼命也要把举人进士考到手。我已经通盘考虑好了：我现在手中有五百多两银子，给你和彩荷各留一百两过日子，给乃莲留下些医病买药的钱；我带其余银两去千山无量观，租一间房子，坐牢一条冷板凳……不考上进士不回城！"

王可一听得心不断流地哐哐：他若去千山坐冷板凳，我可也就得守空房了；他将来能不能考中、多少年后才能考中，那只有魁星老爷才知道……我和他虽有夫妻之实，却还没敢取得合法伉俪之名，但他不因为我私蓄比彩荷丰厚，留给同样多的费用，其实是更体贴我的……我这辈子没法靠女孝顺，只能指望男人的体恤荫庇。他心里真有我，我也应当对得起他——把那个冷冰冰的石头疙瘩，留在手里顶啥用？不如用它当月下老的红绒绳，牢牢地拴住他的心！于是，王可一爬上炕，从柜里拽出那个宝贝盒子，下地后端给邹乃杰，说："你拿去派用场吧，这年月学问、文笔都没送礼顶用的。"

邹乃杰却把两手竖在胸前，一个劲地摇摆，还颤声说："不行，不行！我知道你最金贵这对宝贝的——我还一直没给你添置啥首饰念心，咋能剜走你心尖子！"

他越拒绝，王可一的态度越坚决。她把紫檀木雕花盒子递到邹乃杰两手上边，悄悄说："我连身子带心都姓了邹，你咋还在东西上分啥你的我的？"

不知邹乃杰是被王可一的真情感动了，还是怕盒子掉到地上摔坏了珍奇贵重的玉马，他小心翼翼地用双手接了过去，紧紧抱住，立马对王可一许愿："我这就去将军府。你就准备做知县夫人吧！"

王可一一听"知县夫人"这句话，立时勾想起老爹反复说过自己"有一品夫人的命"，心立刻嗵嗵地蹦了起来；她很快就想起还有一个和自己争铺位、抢房间的彩荷，便有些不放心地说："你……还有个彩荷……"

邹乃杰一边用自己带来的那个包袱皮把宝贝盒子包起来,一边表白:"她那双大脚丫子,能摆上大面吗?那还不叫人把我笑掉大牙!我是不忘前情的人,留她在奉天照看我妹妹,好吃好穿的少不了她的。"

送走了邹乃杰,王可一把炕上的银元宝一个一个往柜里装,好像在把散乱的珠子穿成凤冠霞帔。然后,她把柜门咔的一声锁上了,仿佛把邹乃杰的真情挚爱也牢靠地守住了。

这天晚上她等到半夜,邹乃杰也没回来。她心里暗骂:准是叫那双大脚丫子给绊住了,叫他拔不出腿来。接下的两天,王可一忙着归拢东西,过得贼快;可晚上却难熬,差不多盼到后半夜还是不得不搂个枕头眯下。

到了第五天头上,王可一坐不稳,站不牢,在屋地里拉起了磨。她一边用那双小脚绕着圈,一边在心里馇起了糊涂粥。这锅疑心粥,咕咕嘟嘟直往上冒泡:一会儿担心他时运不济,走升官图刚迈步就被罚三轮不许摸骰子,不得不蹲在坑里干着急;一会儿又疑心他那个痨病鬼妹妹吃了伸腿瞪眼丸,拖累他不得不在那疙瘩帮助张张罗罗;又一会儿猜想是将军大老爷要他走马上任,一鞭子把他抽得来不及接自己一同去……她心咕嘟累了,身子晃悠乏了,没着没落地头朝里躺到炕上了。

她不清楚过了多长时间,恍恍惚惚听外屋地有男人和张嫂说话。她以为是邹乃杰回来了,扑棱坐了起来,一出溜就下了地——可推门进屋的却是刘豹!

三

刘豹在黑道上当狼的时候,只知道用牙咬、用爪子掏;当了将军府的把门狗以后,为了啃到几块骨头,才学会像狐狸似的动点心眼。刘豹今天蹿跶上来,只是想和独守空房的王可一套套近乎,为以后常来串门做些铺垫。他意外地在外屋地发现了张嫂。他眨巴一下那对三角眼,为了唠嗑没挡嘴的,便掏出几个零钱,以姑老爷身份打发她去买盒洋烟。他对王可一说:"其实你还小傻子似的被蒙在鼓里：彩荷怀上了羔，怕你嫉妒——照那个'干巴鱼'的葫芦画瓢，他们才咕咕出了租房子另住的道眼，躲开了你……"

王可一瞪起眼睛——她恍惚地想起来了：彩荷在搬出前是有些怀孕的征兆！她也明白了邹乃杰那段日子总回来同自己一起住的缘故。她对刘豹的话有些相信了，也对邹乃杰起了疑心，颤声问："那……他是把我的玉马驹骗去了？"

刘豹啪地拍了一下大腿，骂了句"小白脸没有好心眼"，接着就追问："他拿走多少天了？"王可一回答"四整天了"。刘豹翻弄了一阵眼珠子，摆出一副抱打不平的样，侠气万丈地说："还兴许来得及，我老刘替你去找，逼他这个黑了心肝的坏东西，把玉马驹给你吐出来！"

王可一像一个翻船落进水、快成了淹死鬼的人，望到了刘豹这块破船板，能不拼命往手里抓吗？她连吹捧带许愿地说："姑老爷，你真是个侠肝义胆的男子汉；若帮成了这个忙，我一定重重地谢谢你。"

刘豹见她开始上道了，毫不客气地说："小二嫂，我这个人在当侍卫前打过猎，也拉过杆子做没本的买卖，是不见兔子不撒鹰，出手不能白忙活的。"

王可一这回没计较他对自己的称呼，还认为对这种人不能空手套白狼；她想起邹乃杰用来引自己上道的那一百两银子，狠一狠心说："我先给你五十两银子，等把事办成再送你五十两。"

四

王可一回到东屋就脚冲外侧歪到炕头上。她暗暗问自己：走着瞧，会走到哪一步，能瞧到啥结果呢？她回想、掂量起和邹乃杰的关系：我是害怕回阔家大院吃下眼子食，还肯定或早或晚躲不过"干巴鱼"的黑手，才去找他们两口子讨主意的。别说彩荷是那个死鬼的干闺女，只说姓邹的跟那个死鬼同衙共事，他若有半点人性，也不应当没等我穿上孝衫子，半道上就动手抓挠我身子。我那时就应当拿回头躲开他的。我虽然没完全信了他"援之以手"的鬼话，却忍了他的半搂半搀。这是我走错的第一步，使他有了后来下把的机会。一回到小公馆，他就打发走老妈子，是不是就起了歹意呢？最少在他看到了玉马时，他就黑了心肝的。我忘了"慢藏诲盗"这句古训，竟向他显摆起来，交给他看。这是我犯下的第二个错。他更加殷勤，连蒙带哄，说要把我送到奉天来。我鬼迷心窍，扭头想细问，让他抓到话把，趁机逗起凶。我怕死求活，犯了第三个错，也是最大的错。我若有张嫂那种不怕死的骨头，就是拼死了，也不会接二连三地受到奇耻大辱了……现在，我就是再不怕死也晚了……不能白去死，就得往下活。姓邹的丧心病狂，骗去了玉马，把我甩了；姓刘的又疯驴似的，把我撅咕得连里带面没了半点干净地方……我举目无亲，孤零零一人，可怎么往下折腾……她连咬牙的力气也没有了，眼泪顺脸不断地流下去……

其实，邹乃杰如意地达到"一箭双雕"的企图后，特别是在奉天跟她一起过了一段"夫唱妇随"的快活日子，他对王可一是非常满意的：她不但没花费过自己一两银子，还主动拿出了近二百两；而且她毫不计较名分，曲意逢迎自己，把自己伺候得舒舒服服——除了不能给我生养，是比彩荷还叫人惬意的。他已经把王可一看成难遇难觅却轻易到手的如意小宝贝：年纪虽然比彩荷大，却比自己小。嫩脸的靓丽、身材的窈窕、金莲的尖纤、语声的温柔，凝汇成千娇百媚；而且知书文雅，善解人意，精通风情。特别是最后这条，他从过去玩过的烟花女子、现在的正式小妾身上，都没完全品味到过的，使他形成了长久占有的欲望——最低也要把她养在留都奉天做外宅。

他后来改变主意，骗走玉马、抛弃王可一逃之夭夭，是他这次回建安后见闻经历，使他瞻前顾后，才痛下的狠心……

邹乃杰回到建安后，曾经两次和屠景操谈到要警惕"追风沙""雪里雕"的凶险报复。这固然是威胁屠知县不要招惹"追风沙"和"雪里雕"，是为了自己的那些行迹不暴露，但也是他在认识到危险后提醒自己：建安乃是非之地，万万不可久留，也需防备拳匪派人去奉天追杀——鲇鱼嘴的跟踪便大有可疑！而他在讽谏屠景操妥善处理妻妾关系时，发现上自屠景操、下至孙大嘞嘞，竟然都戴着假脸，跟自己玩着心眼，真话也极可能是一多半还深藏在他们的肚子里。他开始认为王可一在自己身边的存在，是自己趋吉避害的一大隐患了。他一连忙了几天，把屠景操交办的事情一办完，就借口"彩荷待产，急需陪顾"，匆匆离开建安。

一路上小车子颠来簸去，帮他把糨糊似的脑瓜浆子澄清起来，使他冷静地掂量出了远近得失的孰轻孰重：值几万两白银的玉马，恐怕自己一辈子也买不起，是一定得快些套弄到自己手里来的。而那个小浪娘们，我若心慈面软，还把她留在身边，她一旦犯了案被捕入狱，一定把我牵连进去，不仅玉马会得而复失，还会断了我的前程；就算不出这样的变故，将她留在身边，也容易被拳匪余党发现，招来杀身之祸——不管哪种情况发生，都悔之晚矣！何况我把她掐到手后，已经把她带了出来，使她逃出了困境，算得上对她不薄，做到了情至义尽……他一想到这里，更觉得王可一毫无理由抱怨自己：你只不过是一个老典史的小妾，残花败柳，并非金枝玉叶；现在你年近三十，眼看就珠黄色衰，能得到我这个年轻风流主簿的雨露滋润，享受到了前所未有的恩爱，也应当有所报答……他又觉得，对自己来说，姬妾乃玩物，色衰如粪土。我有了大笔银两，满可以正式娶一个更年轻、身子还囫囵囵囵的黄花姑娘；若当断不断，实在是背离了"量小非君子，无毒不丈夫"这条古训……他又想到自己这次回建安时，曾哄她说取银子、挖门子，买个知县当，更觉得这里大有天意，使自己有了进行新谋略的机缘。他回到奉天后，对彩荷也守口如瓶；等按琢磨好的圈套，从王可一手中骗出玉马后，他当天便领彩荷离开了奉天——往哪儿去了，他连对亲妹妹也守口如瓶。

现在，对邹乃杰和刘豹来说，都如愿以偿了。对王可一来说，却是鸡飞蛋打，还两度失身，别说一品夫人的美梦更难做成，难熬的日子也将一天赛过一天……

第六章　"追风沙"怀旧寻旧

一

贾英从边外回到奉天比邹乃杰动身早，可他在途中又串了两家门。到家第二天，他正和辛老踮站在柜台里唠闲嗑。他看到邹乃杰背个包袱回来了，可没到一顿饭的工夫，却又抱着一个差不多大小的包袱，匆匆奔向城里了。

贾英这次回边外，跟普通百姓接触不多；在绺子里，跟老弟兄也没太见面。虽说没跟县衙直接打交道，可间接地听到了不少有关邹乃杰的事，已经坐实了是他把阚山的漂亮爱妾拐到奉天的，可能已经收为外宅了。他有些纳闷这个花心主簿，咋又急匆匆离开了呢。

辛老踮不认识邹乃杰，也没注意这个人；他对"追风沙"是有耳闻的，偏巧这时没了挡嘴的，便问："'追风沙'大当家的可好？"贾英知道他嘴严，便毫不遮掩地说"他金盆洗手了"。辛老踮顺口评论了一句"知足的杆子头不多"。贾英忙举例子说"追风沙"挺仗义，不贪钱，手里落下的钱也就刚顶两个弟兄。辛老踮听了半信半疑。贾亮看出他没全信，便没再多往下说——他想起了唐百顺、张冲和小祁子，说过一些日子去投奔老当家的，"一起务庄稼"……他心里有些不是滋味：自己要是也能跟他们一起过下半辈子，该有多好！

这时候建安知县屠景操，也想起了"追风沙"。他今年已经三十九岁，到建安已经第三个年头了。他不禁回顾起两年多来治理建安的业绩：光绪二十四年，自己初到边外，人只影单，典史阚山处处掣肘；自己略施小计，荐举邹乃杰来当主簿，提拔周凤鸣出任捕头，给阚山那条老狗扣上脖套，拴到了公案腿上，自己专断地掌起了知县大权。虽然周凤鸣后来堕落成拳匪，烧了教堂，殃及我革职留任；但自己假手阚山杀掉周凤鸣，又恢复了顶戴。可笑阚山自以为聪明绝顶，却为我屠某人火中取栗，沾了一手周凤鸣的血，被马胡子"追风沙"掏去了心肝肺……他老娘眼界手面却远远比他要宽——为了求取荫庇，不仅送来值一千两雪花银的金条，还把方过二八、娇艳可人的侍婢如雪，献给我做侍妾……他打量身边如雪一眼，想起了阚山死后，主簿邹乃杰曾经回来过，还以阚山为例，劝自己要对夫人软硬兼施，避免妻妾成仇，方可安享齐人之福。自己觉得颇有道理，便对夫人事事尊重，尽量体贴，允其独断后庭家务；但本县一直独居二堂，不与其同宿。终于使她难耐枕席孤寂之苦，给如雪安排了卧室；我亦允诺不将"名为侍妾"之人纳为侧室，只每隔两日去享用这个小美人……

他感到更加开心的，是慈禧太后"就地筹款，重修教堂，抚恤教民"的圣明懿旨……义和团"扶清灭洋"，奋勇抗击八国联军，好多人死在洋枪下。朝廷见洋人船坚炮利腰杆子太硬，攻城略地手头子太狠，便溜须讨好拍起洋人马屁，把剩下的义和团剿灭了。洋鬼子不仅要求赔款，还限令清政府重修教堂、赔偿损失。慈禧太后哪敢不依？可国库已经是火燎的屁股——一根毛也没剩，便下旨由各地筹款办理。屠景操便借机浑水摸鱼，下令全县商行店铺加税十两至三十两不等，全县每亩地加赋一升——有租佃关系的各负其半；全县共有耕地二百多万亩，连同他清查出的私种开荒田所追缴加赋粮，折银十万余两。屠景操为了维护地主乡绅对自己的拥戴，对他们进行了减免；对催缴的吏员衙丁、社长村头进行了奖励。对到手的八万余两，屠景操拿出一万多两向上行贿，用五千两重修教堂，赔偿教会，抚慰教民；仅此一项自己揣入腰包三万多两。屠景操为了给自己脸上贴金，还用余款修葺了秀水书院，上报盛京大学堂批准，改称"建安县秀水小学堂"，开创了建安县的新式教育。此外，他还下令加宽了城南城北的两座桥，使南裤腰带和北裤腰带加宽了一倍，出入县城的马车可以在桥上放心大胆地错车了。那些得到甜头的乡绅,当然欢欢喜喜地捧他臭脚,联名向知府、巡抚上书,替屠景操歌功颂德。知府、巡抚已经得到了他的孝敬,自然俯顺民情,通令嘉奖屠景操"上分两圣之忧,下恤万民之苦,殚心勤政,竭虑治县,政绩斐然"……

他沾沾自喜,头脑却依然十分清醒:大清国赔偿给列强的银两,大河水一般哗哗地流到海外;革命党不断举事,闹得朝廷焦头烂额。沙俄的兵马控制了东三省,在奉天把盛京将军增祺当驴皮影仁子掐到了手里,连法库门都驻扎了老毛子兵——山海关外正一步一步沦为"黄色俄罗斯"……让他极为开心的是,京城来信说已经获准可在两月内来京,"视水之深浅而下碇焉"……也正因为有这个喜讯,他警告自己:阖鉴未远,万勿覆辙,必须提防悍匪"追风沙"!

边外的平头百姓,还不知道孙中山组织了兴中会,更不知道他要"驱除鞑虏,恢复中华,创立合众政府",有些人还照旧抱着老祖宗传下的"谁当权给谁纳粮"的老套子,熬着苦日子。

自打老毛子兵在法库门扎下营盘,便时常有大鼻子、黄眼珠的罗刹兵到边外骚扰,弄得鸡飞狗跳,甚至年轻女人被他们"上高""扑弄毛"了,也没地方诉冤。这时候,很多人想起了周凤鸣和"追风沙"。有的说:"周坛主若是没归天,一定会领大家跟老毛子斗一斗的。"有的说:"'追风沙'咋也不露面了?他若是带马队折腾折腾,老毛子也不敢和尚打伞——无法无天。"

"追风沙"现在去了哪疙瘩呢?

二

"追风沙"在义和团水木坛,烧了建安天主教堂的那个晚上,给许彪和张小菊主持婚礼后,骑着花狸豹马赶上大队人马,带领他们回到老窑。等许彪一回来,他便宣布许彪升任"二当家的",一步步把绺子里瓢把子的权力，往他手里交。等到许彪带队劫下了寿太太的财物，还一滴血也没流，"追风沙"认为他已经像进京赶考的举子，上了黄榜，有了坐北朝南、升堂理事的资格；而弟兄们也都不怀疑他的能力和品性，愿意接受他发号施令了。许彪遵照"追风沙"的嘱咐，主持了分红，然后照老规矩倒班歇假，让弟兄们把养家糊口的银钱送回家去。

"追风沙"把花狸豹马留给许彪，说："'追风沙'从今日起自消自灭了。你自己报号立万吧。"许彪对自己，对独立带领八十左右号的大绺子，却心里没底。他坚决要求"追风沙"在旁边帮自己掌一年舵，还说："这绺子，是你由十多人带到近百人的。若在我手里弄散花了，我对不起你，你也对不起大家伙。你若不答应把一段招，我也打退堂鼓，让大家散伙，各奔前程——省得一旦出了大岔子，伤损了弟兄，我没脸再活，你也后悔不及。""追风沙"也有些担心万一他碰上大风大浪稳不住舵，把自己带出来的绺子弄散花了，就答应在暗下再扶持一年半载。他悄悄地到小马拉子祁福家窝下身影，祁福定期回家向他汇报；许彪遇到挠头事、拿不定主意时，便暗下去找他商量。

李宏一走，许彪便向弟兄们宣布：老当家的戳起大旗，不是为了反抗朝廷，也不是为了个人发财，是为了让咱们这些边外流浪汉有个饭碗。他一拉起杆子，就发过誓：人马若发展到地煞数——七十二人时，便脱身去朝山拜佛，求菩萨保佑咱们这些弟兄能太太平平……"他临走时，留下话，要求我和大家只取贪官奸商不义之财，不可轻易伤人，不可提说他的去向。"

从此，许彪正式做了杆子头，对内称"三尾虎"，对外仍报号"追风沙"……

第二年清明前两天，许彪骑着花狸豹马，带领人马活捉阚山，掏取心肝肺，祭奠了周凤鸣。这件事一传开，便有人说见到这股响马中领头的骑花狸豹马；而那些护送阚山的衙丁和给阚山赶小车子的大把，都打证实"骑花狸豹马的，是这股绺子的瓢把子"。于是好多人都认为是"侠盗'追风沙'，为周坛主报仇雪恨了"。其实，"追风沙"在"三尾虎"向他请示时，只说了句"你现在是瓢把子，由你定"——他内心认为：阚山只是个花钱买下八品的小吏，还算不上朝廷命官，杀了他不算反抗大清朝廷。

有个亲历了阚山被抓经过的人，却坚决否认阚山是"追风沙"带人劫杀的，坚持说骑花狸豹马的不是他。这个人就是王二吹。他在义和团烧教堂那天，当了俘虏，曾经亲自在秀水书院听过"追风沙"训话，是认得"追风沙"的。

王二吹和那十名部下，是在阚山被杀那天后半夜被放生的。那十个人轮流抬着王二吹，回到县城时，日头爷已经快一竿子高了。宋春华一见丈夫满脸血污，吓得手中的苞米面团子，啪唧一声落到了锅台上，蹦到地上。可紧接着听说"马胡子废了他一对招子，顶了他攮了周坛主那两刀的账"，竟然没哭没喊，还自言自语了一句"报应，报应，终归还是报应了"。

知县屠景操听说阚山被活开了膛，生剜了心，吓得冷汗把官袍子的补子都浸透了。他暗暗自问：他们会不会对我下把呢？他觉得只有把这股马贼赶尽杀绝，自己才会有太平日子。他派人反复询问王二吹："什么人劫杀了阚典史，剜去了你眼珠子？"王二吹好像中了魔似的，始终只一句话——而且说得斩钉截铁："遭了报应，天报应。"后来屠景操亲自出马，问王二吹："是不是'追风沙'干的？"还表示一定抓住凶手，替王二吹报剜去双眼的深仇大恨。王二吹却坚决地说："肯定不是'追风沙'。那个人是替老天爷报应阚山的；我也应当偿还那笔债。"

王二吹是认识许彪的。义和团占领教堂后，许彪曾把投降的护教队集中到一起看押，后来押到了秀水书院；"追风沙"对他们训话时，许彪就站在他的身边。哪能不认识？王二吹被剜去了一双眼睛，心里却亮了：他想起了对周坛主动第一刀的张喜瑞，被关老爷逼得不敢合眼，满街乱跑喊冤；后来被阚山灌下了追命夺魂汤，落了个家破人亡，连儿子也随娘改嫁，断了香火……他不敢说出许彪的名字，怕罪上加罪，连老婆孩子也受拐带，跟自己一起遭报应。

宋春华差不多请遍了县内的大夫，幻想保住王二吹一条命。两个多月后，王二吹临死时对宋春华说："我在大哥还活着的时候，就逼你做了相好的；后来还在他眼皮底下，重复了那种乱伦的勾当。我得罪了祖宗，犯了天条，该做个短命的瞎鬼。老天爷也不能让我有后代的。我死后你千万千万别守着，找个老实厚道的人嫁了，让双寿也改他的姓；但你一定要把双福拉扯大，让他给我大哥顶香炉碗。你若做到了这一条，双寿或许还能保住命；我在那边，或许能少下几回油锅……"

宋春华哭得说不出话来，摇了一阵头，却又点了一下头。她摇头，是表示"我不会再嫁人"；她点头，是保证一定让王双福将来把王二吹的哥哥、自己的前夫王林的香火，接续下去。她忘了王二吹已经没了双眼，是看不见了的。

宋春华是个有心劲的人。给王二吹烧过"三七"后，宋春华到关帝庙当众许愿。许愿，一般来说是不公开的。在选定神灵后，许愿人在这位神灵的庙上，或在家中设个牌位，跪下祷告，待灵验后再公开还愿。宋春华为了表示自己的真诚，选用了当众起誓发愿的方式。得到她邀请的左邻右舍，碰巧到清华观烧香的善男信女，黑压压挤满了关帝庙大殿。宋春华穿着黑色衣裤，鞋上绷着孝布，默默地点着三炷香，插入香炉。她退身向上行了三跪九叩大礼。她抬起磕紫了的脑瓜门，望着关老爷的神像，大声地掏出心窝子里的实嗑："关老爷，我叫宋春华，罪孽像西泡子水一样又深又广。头一个男人王林，病重落炕还没咽气，我就跟小叔子王森勾搭到了一起，做了养汉精；后来没等给王林烧周年，我们便就合了。王二吹鬼迷心窍，受阚山支使，就在这屋你老人家鼻子底下，扎了周坛主两刀，把这个大仁大义的好人，送上了望乡台。你老人家对他进行报应，罚他先瞎了双眼，后做了短命鬼，是他罪有应得。我悔青了肠子，今生今世绝不再沾男人身子。我不敢请求你老人家免去罪过，只求你老人家晚些报应我，放过我儿子王双福和王双寿，让王双福将来能有一男半女，接续王林的烟火。我宁愿砸锅卖铁，在老爷庙前唱三天戏。若关老爷不肯轻饶，一定要报应王二吹和我的后代，我宋春华也不敢抱怨。我请关老爷当场显灵：在这三炷香燃尽前，折断一支高香，我立时倒出一腔子血，去阴曹地府领罪。"说完，她就点着了黄表——写在烧纸上的认罪书……宋春华跪在供桌前，上身拔得一根棍似的笔直，两眼牢牢地盯着那三炷香。围观的人，有的唉声叹气，有的交头接耳，更多的人也盯着那三炷香……殿内的紧张气氛，等那三炷香燃尽了才缓和下来。宋春华流着眼泪，又向关老爷叩了九个谢恩响头。邻居大娘大嫂把宋春华搀起来，祝贺她感动了关老爷，答应了她的请求。

这件事很快就在县城传扬开了。那些知书达理的正人君子，骂宋春华"恬不知耻，悔之晚矣"。也有不少心慈性善的人，特别是其中的老太太，却说："她撕破了那张嫩脸，把过去的那些丑事抖搂了个一干二净，得说是真心悔过向善了，关老爷才可怜了她。"

其实，宋春华有多大的过错？她被后爹卖给比她大六岁的痨病鬼王林后，她无微不至地侍奉丈夫，一个人连踢带打支撑"王记画匠铺"，称得上贤惠能干的小媳妇。她新婚不久便守起活寡。王林贪小便宜，招王二吹住进画匠铺。这才使王二吹有了乘虚而入的机会，连哄带逼，使她由小嫂子变成相好的。她想要悔改的时候，丈夫王林却怂恿她和小叔子私通下去，想利用她肚子为自己借种传宗接代。

三

我们说过，"三尾虎"在截杀阚山前，是请示过老瓢把子的。"追风沙"在回答了"三尾虎"的请示后，暗下观察了整个战斗，便放心大胆地隐起身子。他离开了绺子，在乌泰家待了两天，走时和乌泰换了一匹绺子内外都不认识的栗骟马，悄悄从蒙古旗绕回四平。他向额娘学说了谷英救了自己一命、翠兰的死和她给孩子起的名……他爸爸竟然对他离家后的事，一句也没问。他在家待了不到二十天。临走时，他对爸爸说了一句话："我想在边外选个地方趴风务农。"他爸爸一句话也没说，却点了一下头。他骑马沿辽河回到建安县，直奔刘家店。

刘半仙曾经两次去"追风沙"的绺子和他见面。头一次是送翠兰灵柩回来，周凤鸣让他"向'追风沙'介绍介绍有关情况"。翠兰临死掏出了贴身戴的同心结，使李宏知道了她心中一直揣着自己；而翠兰那句没有说完的"对不……起你，下世……"霹雳似的震撼了他的心。他对自己的"薄情"悔恨交加。等刘半仙告诉他"二师姐的孩子叫'李小宏'"时，他傻子般发起呆，暗下发誓将来要把这孩子当亲骨肉；不然到地下那天，无法面对把自己爱到骨头里的翠兰。刘半仙第二次去见"追风沙"，是他已经搬到刘家店后，许彪也在场。那时，他不仅听说了张喜瑞疯后吐出的真相，还从宋春华嘴里印证了谋害周坛主的后台。刘半仙是希望他能够为周凤鸣报仇的。李宏听了并不意外——他压根没相信"周坛主被外地教民杀害了"的谣言，断定是官府在搞鬼骗人。对刘半仙的报仇希望，他当时还很犹豫，沉吟了一阵才说了句"在劫难逃"。因此，后来许彪提出要对阚山动手时，他发话让许彪决定——实际上他是点了头。那次分手时，李宏曾认真地对刘半仙说："过段时间，我去看望你……"

李宏进了刘家店村，找到门前有棵大柳树的三间土平房，下了马。

虽说还没立夏，可晌午的日头很毒。大树下站着三个孩子：一个十五六岁的半大闺女，穿着新做的花布衫，手里拉着一个比她小三四岁的光膀子小小子；站在他们对面的是个穿了一身旧衣服的大小子，年纪有十六七岁。那个大小子像是有些生气，责怪那个小丫头："你咋总是拉着玉祥，对我不搭不理的？"那小丫头一点也不服气，白了他一眼，小嘴剁馅子似的嘣嘣起来："玉祥是弟弟，管我叫姐姐，我坐地应当哄他玩。你是我啥人？老和你黏糊，外人不笑话？糊涂棒子瞎着急！"那个叫"玉祥"的小小子，好像懂得了一些事，认认真真地说："哥，你是着急和姐姐圆房吧？爹和妈说过，得等你到十八岁呢。"那个大小子是刘半仙的大儿子刘玉吉，好像被扯下裤子露出了屁股蛋，红头涨脸地分辩："谁着急了？着急的是小狗！"那个半大的姑娘撇了撇嘴，故意把玉祥往身边拉了拉，板起小脸说："你还嘴硬？那我将来就和玉祥一起过，看你着急不着急！"

李宏认出了盼福，还看出了这个没爹没妈的孩子，虽然做了小接媳妇，但还活得挺遂心。他走过去，用一只手摸了摸盼福的头，向玉吉问："你爹在家吗？"

还没等玉吉回答，刘半仙已经迎了出来。两人抱拳见过礼，并肩往屋里走。李宏称赞："周大嫂没托错人，你们老两口对盼福挺护庇，她活得挺滋润。"刘半仙却说："这闺女又懂事又泼辣，是我借了周坛主的光——我推算过，我们老刘家得靠她丁财两旺。"

四

刘半仙老伴估摸他们有正事要唠，沏上茶便躲出东屋。刘半仙又提起周凤鸣的被害，认为张喜瑞、王二吹只是露面的凶手，阚山只是少半个主谋……言里言外对屠景操恨之入骨，那架势若是有了机会，非咬上几口不能解了心头恨。

李宏轻描淡写地说了句"老天爷的眼睛雪亮"，便问起翠兰的大师姐的住处、为人。

刘半仙猜想他要去找大师姐，看翠兰抛下的孤，便说："大师姐名叫纪玉瑶，初识乍见，容貌平常；细观详察，却有奇相：天庭饱满，蕴藏阳刚之气；两颔略丰，暗敛猛勇虎威。得说是个很有咬劲、很有钢口的开朗女人。"

李宏听了暗想：原来是个大额头、猪肚子脸的胖女人。她可能是因为五大三粗、能喊敢骂好动家什，才在红灯照中当上大师姐的。

刘半仙又接着说："我第二次去，才知道大师姐的男人，是大刀会里有名望的人物，被山东总督袁世凯给砍了头。大师姐逃难到天津卫，把儿子寄养到一个远房亲戚家，和师父汤老太太母女相称，到关东来发展红灯照。她告诉我：将要回天津卫接回孩子，找个背旮旯子，把两个孤抚养成人……"

李宏听到这疙瘩，急惶惶地冒出一句话："那我可上哪疙瘩去找小宏？"

刘半仙不慌不忙地说："她倒瞻前顾后，料到了你会找上门去，说会留下话给买下二师姐房子的人。"

李宏暗暗夸了一句：这个丑女人倒挺有见识，办事想得挺周全。

刘半仙接着又提起知县屠景操："一直没敢往县城去。可走村串屯一直注意姓屠的消息。最近听人说，他正准备卸任后离开建安县，回湖南老家……"

李宏一听，就想起了他第二次去老营时，曾经提过的话头，不由得低低叹了一声。

刘半仙看出了他脸上无奈的表情，心想：这个有"侠盗"名的人，是一直主张"不反朝廷"的。不过他还有些不死心，就盯着他的脸，低声说："若让他回了湖南，就没法再找他算清那笔账了。"

李宏没法不回答他，就说："他卸任了，顶戴还在；可真叫他回了湖南，确实就再也抓不到他的影了……我一来不主张造反，二来已经离开了绺子，也不能再发号施令了。"

"那我去问问许彪呢？他会不会有个态度？"刘半仙不死心地问。

这次，李宏回答得很爽快："我把绺子交给他时，跟他说得清清楚楚：绺子的事，完全由他做主，不要再找我。他是应当拿出主意的。他咋定，我也不会乱打咕嘟耙。"

两人又唠了一会儿，刘半仙老伴放上桌子。李宏不饿，可他知道这顿饭是不能不吃的。

告辞时，李宏掏出二十两银子。刘半仙摇手不接。李宏解释："眼下兵荒马乱，人人前途难卜。将来盼福和玉吉圆房时，我十有八九接不到帖子来喝酒。你就把这锭银子，当成我给她添箱的吧。”

李宏上了栗骝马后，对送他出了院的刘半仙作揖说：“世上今后没了‘追风沙’‘洪乃礼’，我李宏有机会一定来看你！”

他却没料到，等他再来时，这一家人却已经没了一个，还是自己今天来时，在门外看到的三个孩子中的一个……

刘半仙，对他的话明明白白，又有些疑虑：你托名“洪乃礼”，做了杆子头；报号“追风沙”做了侠盗；现在恢复本名，一叫了李宏，就能跟过去一刀两断了吗？

五

李宏没去绺子，却到了祁福家，留话给要跟随他走的三个光棍弟兄——小马拉子祁福、“糖球嘴”唐百顺、“雀见蒙”张冲，说明了去彰武找自己的门道。

李宏骑着栗骝马，按着刘半仙说过的路，走进彰武镇，找到翠兰置下的那座房子。新房主传话说：“你到后新秋分治所辖区，去找一个叫‘塌了胯窝堡’的小村子，打听一户带两个小小子过日子的修家娘儿俩。”——李宏这才知道大师姐的男人姓修。李宏按买了二师姐房子的人提说的方向路线，找到了二师姐坟地所在的大甸子。

这是十多里宽窄的一个大草甸子。他感到有些奇怪：甸子上左一条子右一趟子、这一疙瘩那一块的，都是霜似的白灰；若是发过荒火，枯草甸子就是不烧光了，也要烧成豹花秃，灰也应当是黑色的；而且，不大可也不小的风吹过来，这些白灰还像胶在了地皮上……他快到山根下了马，并没发现刘半仙说过的“挺高的坟头”，却有个青砖搭起的小庙。庙小得只有一人高，黑瓦顶下敞着个不很大的门，里面供着个不太小的牌位，红地金字写着“二仙姑之位”。庙前还有几个人，在跪着烧香燎纸。李宏向一个刚站起身的老太太打听：“大姨，二师姐的坟迁走了吗？”

　　老太太见他不像本地人，可马上也挂着一大摞子纸，估计也是来求神许愿的，就认认真真地做起说明："二师姐升天后，玉皇大帝封她做了'二仙姑'，她的仙宅咋能迁了？这不是在原地方起了个'仙姑庙'吗！"

　　这时候，一个四十多岁的妇人凑拢过来，比比画画地絮叨："我们这个大甸子，可不是凡地：有一条火龙住在下面。所以着呢，一到老秋断了雨水，就烧起串地火。这是'地火'。二师姐带人杀了假洋鬼子、烧了教堂后，忠心义骨葬到了这疙瘩。人们来上香烧纸的不断流。所以着呢，这疙瘩就有了'人火'。去年大三九天的一个夜里，好多人听到半天空响起了串雷，看到了一大溜彩灯，引着一团祥云落到了这疙瘩；等那团祥云又化成一大片红云飞上了天，可没人看到把彩灯带走。所以着呢，那把'天火'留到了这疙瘩。第二天，大家伙就发现二师姐的坟烧平了；这倒还不出奇，怪的是它砖一样的青，铁一样的硬！这么神奇的事，谁经过？有人去找一个失明的先生给掐算。他累得满头大汗，歇了一袋烟的工夫，才有力气开口，说：'吕纯阳祖师爷把二师姐接进了仙府。仙姑咋能再住土坟头？接引二师姐的仙姑们便用三昧真火炼出了一块地基，留给愿结善缘的人修座仙姑庙。'所以着呢，一些闹腾过红灯照、青灯照的，加上我们这些掉了牙的、头发还没咋白的老太太，你十文她一吊地凑了些钱，盖起了这个仙姑庙。老话说得好：'有志不在年高，神灵不怕庙小。'二仙姑为红灯照时忠义无双，成仙后更大慈大悲，有求必应……"

　　李宏虽说当过大队马胡子的瓢把子，还被尊为"侠盗"，可他并不明白泥煤能自燃，在大甸子上留下了白灰；也不知道烧纸的人点着的蜡头子，把坟头附近漂堡子烧着了，地下的暗火慢慢地烧塌了棺木，使坟头也坍了下去……猜想一成了谣言，传起来可就耗子吃了咸盐——变成了燕蝙蝠，二师姐也就高升为"二仙姑"了！

　　等到别的人都走了，李宏也把带来的纸箔点着，对着"仙姑庙"低声叨咕起来："我不知道你是不是真的升仙了，只希望你在那边过得舒心如意……我金盆洗手了，把绺子里的事都推利索了，我这就去找小宏了……我们是有过婚约的，还都戴着那对同心结：他是你的儿子，也就是我的儿子。你放心，我一定把他抚养成人……你已经走了，我的心也凉透了。你要保佑我能得小宏的济，让他把我们老李家的香火传下去，别让我成了老李家的罪人……"

李宏上马离开了"仙姑庙"。他望着马前的一道子、一疙瘩的白灰，想起了刘半仙说过：它们是"串地火"烧出来的。他觉得大清国有点像这个大甸子，也已经叫地下的火、外来的火，烧得左一个窟窿眼子、右一道大裂缝子。他更觉得自己这个逃旗的人，是应当快些扎到庄稼人堆里去，忘掉绺子的事，忘掉自己是旗人，老老实实地做一个普通人，土里刨食了……

六

他骑上栗骟马，一边往前颠搭，一边想：这位大师姐，明明知道义和团、红灯照塌了台，咋还找个叫"塌了胯"的地方趴风？他觉得有两种可能：她若不是个撞了南墙也不回头的"一犟到底"的虎女人，根本没考虑地名吉不吉利；就是个经不起磕打的软皮蛋，心里服了……他打听了一天多，才找到很少有人知道的"塌了胯窝棚"，那是个偏僻的小山村。

这个山包包间的小村子，只有十几户人家。稀稀拉拉、房向不一的土平房，横不成行，竖不成趟。除了一户的房子还算周正外，其余的不是又矮又窄，就是东倒西歪，几乎大风一刮就得趴架——难怪村名叫"塌了胯窝棚"。

虽然已经贴晌，村里弯弯曲曲的小毛道上却没人行走。李宏知道大师姐搬过来不到半年，便不敲门拍窗户打听。他牵着栗骟马一边走，一边踅摸院里没大牲口、窗前没酱缸的人家。他在村边三间土平房前停下脚步：小院溜光，旁边只有个小柴火堆；一个年轻女人正在房西扒一胎泥，好像准备脱坯。他觉得能对上号：家里若有男人，不会让女人干这种活计。他见这个女人身腰挺苗条，并不高大；沾着小头发的额头，并不向前罩，溅了泥点子的脸也不咋胖。李宏又有些怀疑自己找错人家了。那个扒泥的女人却住了手，拄着二齿钩盯了盯，问："这位大哥是路过，还是找人？"

按常理，年轻女人是不应当主动跟男人搭话的。李宏的心又欠开了一条缝，觉得她有些"阳刚之气"，忙不迭说："找人——请问这位大姐：这疙瘩可有户新搬来的姓修的人家？是娘儿俩领着两个小小子……"

那女人把二齿钩往泥堆上一戳，走上几步，有些欢喜地说："你是'追风沙'大当家的吧？我叫纪玉瑶。"

李宏想起了刘半仙说过大师姐"是个很有咬劲、很有钢口的开朗女人"，赶紧拱手行礼，说："大师姐，千万别翻老皇历了，李宏现在打算做个庄稼人了。"

纪玉瑶并不还礼，有些伤感地说："我当'大师姐'也梦似的过去了……翠兰是我干妹子，你叫我大姐正对路。"她紧接着向屋里喊了一嗓子："妈，翠兰的宏哥来了！"

李宏一迈进东屋门槛，便见到一个五十上下的民装脚老太太，抱着个三岁左右的孩子，蹿到了炕边，身后还跟着个四岁多的孩子。李宏猜她就是和纪玉瑶母女相称的师父——当然也就是翠兰的师父，崇敬之情油然而生，抱起拳作了个揖，口中还说了句"给师父请安"。

问候人说"请安"，这本来是旗人的习俗。汉族人已经做了三百多年的民人，已经接受了这种习俗。汤老太太一见李宏抱起双拳，就赶忙靠炕沿挺直身子，用左手抱稳孩子，抬起右手往鬓角上摸了一把。

李宏一见她挺身抬起一只手，知她要以抹额礼相还，便知道这是位见过世面的老江湖，急忙侧了一下身，敬重地说："您折受李宏了——翠兰原是个柔弱女子，能杀身成仁，舍生取义，全亏师父和大师姐教诲；今后还请您对李宏多加指教。"

汤老太太刚说了句"岂敢"，纪玉瑶却在一旁打趣似的说："大当家的不是想务庄稼吗？咋抖搂起了书袋子？好像是要去考秀才！"

李宏轻轻摇头，暗下叹息：若不是生来就得领那份军饷，爸爸便不会领我东藏西躲；我若能坐热乎板凳，耍秃几支笔头子，考个秀才、举人倒也不一定比骑马弄刀难……今后更得把在不在旗、习没习武那一套，统统都埋在肚子里了！

汤老太太把怀里的孩子，端给李宏看，还夸赞："你一进门，他一对眼珠就往你身上骨碌，倒是个认亲的主……"可李宏刚低下头端详那张小脸，孩子便哇的一声哭出声来，向纪玉瑶拃挲开两只小手，嘴里不断地喊"妈妈，妈妈"……

这孩子平时很少见到男人，再加上李宏前半个天灵盖刮得刷白，哪能不怕？小孩渴了饿了惊了怕了，总是要喊"妈"的。纪玉瑶已经自然地当了二年来的"妈"了，可今天却被叫得满脸飞红。她听刘半仙说过"'追风沙'大当家的，下狠心将来把小宏当亲骨肉"，那不是要当他的"爹"吗？所以孩子一喊她"妈"，她心可就怦怦起来：虎孩子，你这一嗓子不是往酱碟子里吐奶水，弄得我不清不白地吃了大亏吗？可她又不得不接过小宏，轻轻地亲了两口，低声说了句"小宏不哭"，慢慢地悠起来，把孩子哄住了声。她一边继续悠孩子，一边对李宏解释："翠兰妹子一走，他就抓我当替身；还气怀，不让我抱修玉坚。刘大叔说你要把他当亲骨血，你得快些找个贤惠的帮手。"

这时那个大点的孩子——就是那个叫修玉坚的，已经自己出溜下炕，抱住汤老太太的腿，仰着脸讨好说："坚不哭，姥姥抱坚。"汤老太太一边哈下腰往起抱，一边夸他说："坚乖，不和弟弟争怀，姥姥来抱。"

李宏看出这师徒对李小宏的疼爱，超过了对修玉坚这个只大了一岁左右的孩子；又见纪玉瑶用眼角瞟着自己，好像在等自己痛快地回话，把一个沉重的包袱从她那嫩肩膀上卸下来，只好有些愧疚地说："我的心……就像草甸子上的一汪水，流不动也没处淌，不容易走出那一步了。我能管得了这孩子的吃用，却……没法把他揽到身边，只好继续拖累大师姐和师父了。"

纪玉瑶瞪了他一眼，攘饬说："你这个瓢把子咋婆婆妈妈的！单凭翠兰把这个孩子叫'李小宏'这个情，你也不能叫他没娘啊。你要他拖累我，我当然不能狠心舍弃了他，可是……我这一年多，后妈似的冷落了亲儿子，你就……"

那汤老太太板起脸吆喝："客人大老远来的，还不去张罗饭！"说完便把修玉坚放到炕上，接过了李小宏。

纪玉瑶没敢还嘴，转身去了外屋地。

七

李宏奔拉腿坐到炕梢上，斜眼打量汤老太太抱着的李小宏：眉眼不像翠兰，整个脸形倒是照她那个模子缩下来的。他好像完全不知道这孩子是谷璧的孽种，也没想到翠兰有过什么过错，推想起这孩子的禀性：他会不会像翠兰呢？翠兰像大甸子上的一棵小草，任凭风摇沙打，可它把根扎在自己选定的那块土地上，霜打死它也不会挪动一寸一分的；或者说她平时像小猫小狗似的温顺，好像谁都可以摩挲几下，可是在紧要关节时却像金钱豹弓身跃起，矫健英勇得如龙似虎……

汤老太太以为他在担心孩子认生，不敢亲近，便宽解说："小孩就像小猫小狗，逗一逗，喂一喂，就不会跟你拃挲毛了。"

李宏点头表示同意；心里觉得自己大模大样地坐着不动，好像在摆客人架子，很不近人情，便说了句"我去看看马"，出了屋。

李宏先把拴在树下的栗骟马松开，轻轻地拍了一掌，任它在附近吃草。他走近那胎泥，操起二齿钩搭了几下，觉得已经扒匀醒好，便换了板锹抢坏场子。然后，他把坏模子塞进木头水筲泡上，抢起三股叉往坯场上甩泥。

听到吧唧吧唧的响声，汤老太太抱一个、领一个孩子来到门前，阻拦说"歇歇吧，快吃饭了"。李宏答了句"骑马窝了身子，得松松筋骨"。继续吧唧吧唧地甩泥。汤老太太见他胳膊一起一落，膀子一晃一摇，泥团子便接二连三地飞向坯场，落得竟然大体上成行成趟，便赞扬说："你倒是个好庄稼把式！"李宏手不停，嘴上回答："我小时候，猫冬才去念书，地里的活一忙就跟劳金下地；离家前那两年，家里没再雇过打头的。"

汤老太太听了想：他家不是破落户，就是土鳖财主，难得他没养成游手好闲的习气，还有股子侠气。

李宏开始脱坯了：双手先把一团泥就地滚了两个个，紧接着啪的一声掼进坯模子；从筲里捧出一捧水，上油似的把泥团子四周抹湿后，两拳同时向泥团子杵了下去——劲是分别偏向左右两边的，收拳成掌又从两端挤向中间，双手蘸水把坯面抹平，轻轻提起模子，把它紧挨那块有棱有角、四边见线、面上微向里凹的坯放好——这前后也就用了数十个数的工夫。那两个孩子已经在一根木头上，坐在姥姥的身边，好像看到了戏法，瞪圆了小眼睛。

等到李宏把半胎泥脱成坯的时候，扎着蓝围裙的纪玉瑶走了过来，高兴地说："真是有福不用忙——我正担心把坯脱得缺边少角、支棱八翘不好用，老天爷就打发来了一个成手！坯归你打就是了，先回屋吃口饭吧。"

李宏并不住手，答了句"趁晌午头抹完，一下晌就晾绷皮了"。纪玉瑶也不再拦挡，对汤老太太说："秋傻子日头毒，妈把孩子领屋去吧。"

纪玉瑶见李宏从水筲里往外捧水费劲，便回屋拎来了铜洗脸盆，把筲里的水倒进盆，挑起一对水筲去井边。

边外的井，差不多都是各家在院门前挖的。井墙子、井裙子都是用柳木轱辘搪架的，连往上打水的井钩子也是用柳木杆子做的。她先打上半筲水，把那只脏了的筲涮净，才又打了两筲挑到房门前。她先拎进屋一筲水，然后把二齿钩、三齿叉、板锹蹭净。这时，李宏把最后两团子泥打成四个坯溜，涮干净了坯模子。纪玉瑶抢过去泼掉盆里的泥水，到门前把铜盆冲干净，又倒上半盆水，才提着剩下的水进屋。李宏洗完脸和手，纪玉瑶扔给他一条白羊肚手巾。

李宏回到东屋，见炕上放好了桌子，便在炕梢坐下。纪玉瑶先摆上两双筷子和咸菜碟，接着便往上端菜。她每次进屋，都要和李宏打照面。李宏也就有机会自然地打量她那张脸：不白可也不黑，并不抿挲腮，根本不是猪肚子脸；虽算不上俊俏，但让人感到是个亮亮堂堂的透珑人。

纪玉瑶把一瓦盆小米水饭端到桌头，往桌上捞了两碗，便抱着李小宏，拽着修玉坚往屋外走。李宏见她把自己当成了客人，不领孩子上桌，忙说："大姐，一起吃吧。"汤老太太在她走出屋后解释："她是半边人，不便上桌的。"

李宏这才想起了：纪玉瑶是个年轻的寡妇，寡妇门前是非多，是不能和不老不少、非亲非故的男人同桌吃饭的。

汤老太太在桌边坐好，先从一大碗咸鸭蛋中挑了个最大的，磕到桌对面，说"才腌了一个来月，还不太咸"。李宏把身子往前凑了凑，回过左腿，奔拉右腿，坐在汤老太太斜对面。他见桌上还摆着煎鸡蛋、粉头炒豇豆、咸肉炒土豆丝，便说："这是把我当外人了。"汤老太太却说："这也是入乡随俗——边外人实惠，路过的找口饭，也尽可量招待的。"

这一老一少边吃边唠。李宏这才知道汤老太太的丈夫也是大刀会的骨干，纪玉瑶的丈夫是他的徒弟，光绪二十三年一起被砍头的……

八

饭后，李宏说要去放马，带了把镰刀走出村。等栗骝马吃圆了肚子，他便骑上围村子绕了一大圈，中间还爬上山打量了周围形势。他发现这个小村子地势很好，就是有大队人马摸进村，也可以利用满山的密林、满沟的树茅子隐身外逃。他觉得纪玉瑶和她师父选了个趴风的好地方；又想到她们领两个孩子顶门立户有很多难处。自己是无法把李小宏带到身边的，不如在这疙瘩盖房子、置地住下去；先麻烦她们母女再照顾小宏几年，等他大些再接到自己的身边来……他拿定了主意，才割下两捆草搭到马背上回村。

晚饭后，李宏先向汤老太太和纪玉瑶表示感谢，说："一年多来，你们宝贝似的把小宏捧在手里，不仅操劳，还冷淡了玉坚，真是情深义重……"汤老太太听得十分认真，脸上神色十分凝重。纪玉瑶却皱起了眉头，好像嫌他挑着空箪围着井台转，不抄井钩子把水往上提。李宏似乎看出了她的意思，赶紧把实话往外掏："我确实下了决心要对得起翠兰——她在不知道我生死存亡的情况下，给孩子取名'李小宏'，证明她心里始终装着我这个不争气、没情义的人。我再窝囊也得对得起翠兰这片心。可我眼下确实没法把一个两岁多的孩子带在身边……我是因为站不住脚才离家出走的，却鬼使神差当上了杆子头。我心里知道当响马没有好下场，又看到兵荒马乱没尽头，加上翠兰的死使我悔青了肠子，才下狠心离开绺子当庄稼人的。我下半晌围村子走了一圈，觉得你们很有眼力：这疙瘩很僻静，山连山，沟连沟，林深树密，是个藏身躲灾的好地方。我想在这疙瘩盖栋房子，跟你们轧个邻居，鱼帮水、水帮鱼熬日子。不知师父和大姐能不能答应？"

纪玉瑶心眼不慢，嘴码子来得更快，反问："你是不是想把我们娘儿俩当老妈子，继续替你带小宏？"

李宏皱了皱眉，又说了几句心里话——可也没细考虑，说得疙里疙瘩："我盖完房子，置几垧地，把一半记到修玉坚名下，算我膀青。"

汤老太太听了两个人的话有些硌耳朵：一个说是"当老妈子"，一个说"算我膀青"，这不是唠牛蹄子嗑——往两下掰吗？便和颜悦色插嘴说："李宏，你别再随翠兰管我叫师父了，一来我不敢当，二来让外人听了犯疑。你就照边外人的习俗，把我这个老太婆叫'大姨'吧。"

李宏是熟悉边外人的风俗的：姑爷可以把岳母岳父叫"大姨""大姨父"的。他知道汤老太太是翠兰的师父，也是义母，便连忙说："我和翠兰是有过婚约的，她心里一直有我，我理当叫您'大姨'，好好孝顺你老人家的。"

汤老太太高兴地点点头，这才捡起方才撂下的话茬说："你想在这落脚轧邻居的事，让我们娘儿俩商量商量——你也得歇歇了。"

西屋有铺南炕，但平时不烧。纪玉瑶卸下房门那两扇门板，铺上被褥。等到李宏到西屋睡下了，纪玉瑶插上东屋门，低声问："妈，你想答应他咋的？"汤老太太却说："答应不答应得你发话。我只是想：就算他真心替翠兰抚养小宏，一个孤身老爷儿们，能把孩子带好吗？若让他带走，咱们能放下心吗？也对不起那个走了的人。"纪玉瑶有些担心地说："他不老不少的，轧了邻居常来常往，会引起闲话的。"汤老太太先说了句"脚正不怕鞋歪"，接着口风一转："你扒那胎泥，累了个茄皮子色，我心疼又上火。跟前没个男人，咱们娘儿俩的难处还多着呢！"

纪玉瑶却嘟囔了一句"年轻轻的累不死"。汤老太太盯着她说："你现在是年轻，离七老八十也还远着呢。可这大半辈子就这么挨下去？凭他'追风沙'这过去的名声，加上拔尖的庄稼活底子，若是再能从旁边看出还有颗靠得住的心，我看……"纪玉瑶掐断了她的话，幽幽地说："妈，别说了。修岩倒出去的那腔子血，瓢泼大雨似的把我心里那盆火浇成死灰了……姓李的要用玉坚的名买块地，说什么'算我耪青'，多难听！"

边外的地主和一些逃荒户（或特别困难的农户），有一种叫"耪青"的租佃方式：地主出土地、种子、畜力，还借给一部分口粮；"耪青的"在这块土地上种、管、收，打下的粮按对半或三七、二八的比例来分（当然大头归地主）。李宏说的就是这种意思：我种修玉坚名下的那一半地，打下粮按一定比例给你们，供你们过日子用。边外人还用"耪青"，比喻男人和女人相好，给女人些日常花销——他侍弄了她那块"小园子"，是在"耪青"。纪玉瑶是关东人，对"耪青"的这种含意是明白的。

汤老太太是山东人，到边外时间短，不懂得"耪青"还有这种听起来一清二楚，却还含着花里胡哨的比喻意思，便派纪玉瑶的不是说："你那句'当老妈子'的话就中听？就算你这辈子不想迈第二步，愿意把小宏拉扯大，能管他一辈子吗？我看可以像他说的'鱼帮水、水帮鱼'地轧几年邻居，等小宏能撒开手时就交给他——咱们算得上对得起翠兰了，你也可以专下心拉扯玉坚了。"

纪玉瑶磨不开解释为啥挑李宏的"粗"，接着和汤老太太合计起来。

第二天早饭前，汤老太太对李宏说："我和翠兰相处不太长，可师徒间情同母女；玉瑶也跟她投心对意，才结下干亲。我们把她留下的骨血带大，是理所当然的。而且周坛主派人送来了一些银两，这孩子吃的用的，也还没刮拉着我们。你若是想在钱财上补贴我们，那可就小瞧了我们娘儿俩、她们姐儿俩之间的情义。你轧邻居的想法，其实是打算在小宏身上多尽些力吧？这足见你心诚肠子热。你住在跟前，咱们齐心协力把小宏拉扯大，这倒是个好主意。可要在这儿盖房子落户，却得请村长点头。我陪你去见村长，就说你是我外甥，没了家口后一直由我替你照看孩子。扯上这层亲戚，户好落，也能免了捕风捉影的闲言碎语。"

李宏连连点头，说"还是大姨想得周到"。

撂下筷子后，两人去见李村长——住在全村唯一像样的那所房子。汤老太太先向村长引见了李宏，说明了姨甥关系。李宏见村长五十开外，便以晚辈身份作揖，向村长叔叔问好；然后说自己原本在四平经商，现在老毛子占了四平，买卖做不下去了，而且也不能老让大姨替自己看孩子，决定来这疙瘩落户。他一住嘴便向村长递过去二十块现大洋："请村长大叔给小侄安排处房场。"

李村长接过那些锃亮的银饼子，笑眯眯地说："咱们这疙瘩的土地荒场，都是蒙古王爷的。我看你就在老修家西边盖几间房子吧：一来地方宽敞，二来离你姨家近。"

李宏谢过了，又说自己将来还得置几垧地，雇几个劳金，房场小了怕不够用。

李村长大量地说："长宽都百十左右丈，够用不？将来我和王爷府的管家说一声，给他五六两银子买下来。"

李宏当场掏出一个十两的银锞子递过去。李村长用手掂了掂，说：

"十两的？用不了。"李宏却说："若有余头，就给大叔打酒喝。"

李村长也不再客气，收起来后关切地嘱咐："趁秋头子紧张罗吧，戳起来后好给你办契。"

纪玉瑶听说后，认为李宏手缝子太宽，有些担心地说："你咋不怕露富？"

李宏微笑着说："露富不可怕——我还怕有'朋友'来抢吗？想在一个地方落下脚，不把地头蛇摩挲顺溜了咋行。"

纪玉瑶听了，认为他还没完全放下"瓢把子"身份，还想起他说过的"算我榜青"，可能也不是故意说"粗话"——是自己多疑了，便劝道："你不是要务庄稼了吗？说话还是谨慎些好：卖啥不光得吆喝啥，还得能货真价实，别让外人起疑心。"

李宏一激灵：发现自己虽说下了决心当土鳖财主，可还没完全放下过去的身份；也觉得纪玉瑶这位'大师姐'，确实不白给。他急忙说："谢谢大姐的提醒；今后小弟一定多加小心，争取不再露出啥窟窿眼子，招惹出麻烦来。"

纪玉瑶却又把话往回拉了一步，低声说："我是个女人，只想窝窝扁扁地能把两个孩子拉扯大；能对得起修岩和翠兰。若是被逼到了墙旮旯、悬崖边了，也只好拼个鱼死网破。何况你呢？若真逼到没退步的时候，也只好豁出命来拼。"

李宏默默地点了点头，感到她说的是实心话。

第七章　"三尾虎"前来问计

一

李宏说要买房木，骑马去了新民镇。那疙瘩可是个比建安县城、法库门、哈拉沁屯，还大得多的地方，不仅有船码头，还有已经试运行的中东路火车站。边外人都说："哈拉沁屯有拉不完的粮，新民站有装不满的仓。"新民的木头，是火车从黑龙江老山里拉来的，堆得像山一样高；红松、沙松、黄花松、刺槐、水曲柳……要啥有啥。所以边外盖衙门、修大庙，都开始去新民拉木头。小门小户的人家，盖房子却没有跑几百里去新民买木头的，别说价钱叫人眼蓝，就是那笔盘缠，都够在本地买一棵榆木梁、一堆杨木檩子，搪成房架了。

李宏走后第二天，纪玉瑶就把那一百来块坯扳起来了。她把立起的坯摆成狗咬纹，互相搭边挤靠，刮大风也吹不倒。

第三天晚上，把孩子哄睡后，娘儿俩熬到小半夜才躺下。汤老太太自言自语："那个买木头的，咋像过了河的小卒子，一去不回头呢？"纪玉瑶有些猜测地说："他八成怕跟咱们轧邻居，将来帮忙挨不起累，一离开就稀狗屎——溜了。"汤老太太吃喝了句"别虎掏"，接着解释说："他揣了不少银子，还不知道藏富，我担心他叫歹人盯上了。"纪玉瑶也有些担心了，却劝老人宽心："他是个精细的杆子头，不会着别人的道。"

到了第四天下半晌，天上长毛了。纪玉瑶怕坯遭雨，忙把坯摆成带蜂窝眼的尖垛。她正往坯垛上苫柴草，李宏骑着栗骟马，领着六辆大车回来了。下马后，他先向汤老太太说了句"叫大姨惦记了"，又指着头车说：

"大姐，得麻烦你一下，把这辆车上的东西安置到西屋。"

纪玉瑶走过来一看，车上装着十袋左右洋面，两条麻袋鼓鼓的，像装着米；还有四个行李包和缸锅盆碗。对后边的车，她又扫了一眼：是一车苇子，四车白花花的木料和门窗。她一边招呼跟车的小扛，把头车上的东西往西屋倒腾，一边琢磨：这行李分明是四铺四盖……过日子吃的用的也一应俱全了，盖完房子再添些柜柜箱箱，就可以用一台花轿抬来个烧火做饭的了……都说黑道男人不怕死，抓起刀来眼睛就红，耍起钱来不留本，争起女人敢拼命。当大杆子头的，最少也包养一个俏皮相好的。这个姓李的，若是盖完房子就接个浪货来，我能把小宏交到她手上吗？那路图吃图穿的破鞋烂袜子，可个个都红绸绿缎裹着黑心眼子……

东西很快就堆满了西屋。

汤老太太领两个孩子，贴前檐墙站着，用下颏点了点已经摞好的梁、檩、柱、椽、门、窗、框、板，心里说：都是上好的松木做的，他八成想一猛劲就起个三合院！凑过来的纪玉瑶低声说："这个姓李的杆头子腰粗，可能还想早点成家立伙，才花大价钱买现成的。"汤老太太没细吧嗒她的话，猜想地夸赞说："若是买木头轳辘，拉回来再雇木匠做，不磨蹭一个月也得二十天。虽说能省下一些钱，还落些板皮碎木头，却太操劳人。"纪玉瑶却起了疑心：姓李的是不愿麻烦自己，替他桌上桌下伺候工匠吧？那可就从门缝看人，把人看扁了。她有些生气，心里酸唧唧的不是滋味。

二

李宏把六辆大车打发走了，把两大包子糖球馃子交给汤老太太，说"馃子是给你老买的，糖球给孩子嚼啃"。

纪玉瑶见没了外人，便说起了带刺的话："你真是财大气粗会办事——多花些银子，免去了很多麻烦，让我这个懒姐姐，也躲过了替你伺候人的麻烦。"

李宏听出了她在说疙瘩话，却憨厚地解释："大姐，兄弟买这些现成的料，只是想把动工时间赶在秋分前。盖房子的土活，是得求村里老老少少帮工的——边外人心肠热，咱们若雇人起墙上笆，会冷落了乡亲，认为咱们万事不求人，以后就没人搭理咱们了。大姐，今后这一个来月，你和大姨得忙得脚打后脑勺子，少说也得掉几斤分量的。"

汤老太太说了句"那是应当的"，纪玉瑶却没吭声。

李宏带回一些生肉熟食。纪玉瑶做了一桌子菜。两个孩子都上桌了。一开始时还得大人往他们碗里夹，可不一会儿就自己抓起来了。纪玉瑶一直在地上伺候，等李宏下桌离开，她才摸筷子。

李宏到了院里，用檩子在空地上，搭了个小马架子窝铺。汤老太太听到院里有响动，出屋看了劝阻说："夜风透骨，潮气伤筋，还是住在西屋吧，夜里出来照看两趟就行了，别落下啥毛病。"

李宏已经用苇子把小窝棚围上了三面，正在拧苇苦子当门帘挡风。他抬起头剖白说："有新买的毡子，隔凉又隔潮的。若还住在西屋，我夜里出来进去呱嗒门，会惊动你老和孩子的。"

汤老太太回到屋后，对纪玉瑶说："他搭了个小窝铺……明面上，是打更看堆方便，其实是怕不检点些，会引起闲言碎语。"

纪玉瑶却嘟嘟囔囔："我都没怕出闲话，他倒防备起来了——一个大老爷儿们，心眼比针鼻还小！"

汤老太太低声说："他原来是个'侠盗'，很注意名声的。你没听刘半仙说过，那个叫什么'逸芝'的逃妓，去投奔他，他都不一个人跟她谈话吗？后来他认了干姐姐，把她安排到了一个背静的屯子，还劝她选一个牧民过起了安稳日子……"

纪玉瑶却说："那个人是'逃妓'，名声本来不好，加小心应当；可我是啥人……"

这时，李宏推开了房门，纪玉瑶打住了话。等她敛碗筷来到外屋时，李宏从西屋抱出了一领毡子和一套新被褥。纪玉瑶半真半假地说："大兄弟，你还是盖那套陈老二吧。这四套里面三新的被褥，应当留着你办喜事。"

李宏不好意思地说:"纪大姐别开玩笑——我买回四套行李,是因为我有三个弟兄,过几天要来,和我一块种地搅马勺。"

纪玉瑶望着他走出房门的背影,心里有些自愧:倒是我把他看扁了!她回东屋往下撤桌子时,看师父只盯着她并没出声,就笑着解释:"我担心他接来个不着调的女人,让咱们还不得不把小宏交给她,故意问问。"汤老太太微笑着低声说:"你担心倒也对。看起来他还真不是那种人。咱们可以放心了。"

其实,汤老太太没完全说心里话。她心里有了疑惑:玉瑶这孩子,一直大大量量有抻头的;可对这个杆子头,咋总疑神疑鬼的?是不是她已经心长草了,只是自己还没清楚?不过她明白:虽说自己是师父,可这种事是不能乱说的,还得往下看;等看得八九不离十了,才可以帮她拿主意。

三

自打翠兰走了,小宏一直由纪玉瑶搂着睡。纪玉瑶把他拍睡了后,自己却咋也睡不着。她躺在炕上,想起出嫁前后的事……

纪玉瑶打十二岁上,妈妈一过世,便把灶上炕上的活计全担起来了;到了十六,就帮她爹春天点种、夏天间苗、秋天扒苞米掐高粱。她十八岁那年,山东的汤志兴老两口子领徒弟修岩,买下西隔壁的房子,轧起了邻居。这一家子心肠挺热,在自家开荒种菜外常帮老纪头儿一把,她才不再下地。她发现汤志兴老伴,虽然是小脚,却有些武艺,便缠着她习拳学刀——虽没拜师,却叫起了师父。她爹见老汤家公母俩挺正派,女儿对修岩甜滋滋地叫起了"师兄",也便没张罗把她往外聘。到纪玉瑶二十岁那年,老纪头儿觉得自个的伤痨快挺到头了,便同汤志兴商量,想把女儿托靠给修岩。汤志兴两口子便趁他还在,操办了喜事,叫修岩尽了一年多半子之劳。

纪玉瑶是在结婚后才知道,修岩是孤,爹妈死在战乱中,是汤志兴的关门弟子。对学手艺、练把式的人来说，关门的徒弟，是跟大师兄地位相同的。他们闯关东，也不是谋生图富，而是为了躲避官府的抓捕。

纪玉瑶二十二岁上，生下的头胎孩子，"七天风八天扔了"。又过一年多，曹州大刀会来人请汤志兴回去做首领，重整大刀会。纪玉瑶便跟丈夫去了曹州。三年多后，正准备起事的曹州大刀会，遭到镇压；汤志兴和修岩，都被袁世凯抓到省城，砍了头。纪玉瑶和师父，托人出面掩埋了汤志兴、修岩师徒，带不满两岁的修玉坚，逃到天津卫。半年后，她们把孩子寄养到一个亲戚家，回到关东的彰武县，组织起红灯照，结识了翠兰。

修岩离开阳世，已经快三年了。纪玉瑶心上那块伤疤也快长平了。她和修岩鱼水情深，而且修岩是为反抗清廷牺牲的，她确实横了心要为修岩守一辈子寡，千辛万苦也要为他把儿子抚养成人的……

纪玉瑶想着想着，开始迷迷糊糊的，一点一点地进入了梦乡。她觉得，好像在和修岩，脸对脸地唠贴心嗑。唠的是孩子："坚将来可能跟你两拧劲。他抓百日时，把你那把带套的攘子，拨拉到了桌下，却把那支细细的毛笔抓到了手里。"修岩应和："他将来若能改变门风，也挺好：估摸那时候不会给清廷当官了。我舞刀弄剑干大刀会，还不是想反清复明？掉了脑袋也得拼的。听说巡抚衙门正在抓人，我得去关东闹腾闹腾，拉起一伙人马。就算成不了大气候，也要给坚攒笔念大书的钱……"纪玉瑶要求一起去，修岩却不同意，说"你拖孩带崽的不方便"，拎刀就走出屋。纪玉瑶下地就撵，推开房门却不见了修岩的影。她睁圆眼睛踅摸，却见墙下草堆里钻出来一只大耗子，个头比猫还大，突然跳起来扑进自己的怀；纪玉瑶又惊又怕，吓得哎呀一声，醒了过来……

汤老太太觉轻，听到后忙问"梦到啥了"。纪玉瑶定定神，回答"我梦见修岩走了……"却没提有关大老鼠扑怀的事。汤老太太宽解说："梦是心头想。你上半晌跟我说将来要让坚念大书，做一番大事业，一定要对得起修岩，所以夜里就梦见了他。"

纪玉瑶嘴上应着，心里却在想：那只大耗子是咋回事呢……她想起翠兰说过"宏哥属鼠，我属兔，差三岁"。当时自己还想过"他比我还小了一岁"，心里可就嘀咕起来：难道是修岩给我托梦，要我提防这个胡子头？她又联想起李宏说过的"算我榜青"那句话：他是心正口直说出的实嗑，还是走嘴扯出了花花肠子呢？

过去三年来，她没少和男人打交道。她虽说年轻着呢，可心里那盆火，确实像一团死灰，凉凉的断了热火气。翠兰对她讲过定亲后和宏哥的柔情蜜意，刘半仙对她夸过"追风沙"的侠行义举，使她无意中对这个人好奇起来。李宏一露面，他的年轻痴情、果断老练，进一步引起她的注意。她暗下替翠兰惋惜：若没有那个该死的谷英，准能舒心遂意地过一辈子的好日子。其实，她心里那堆死灰，就在她为翠兰叹惜的时候，不知不觉地热了起来——虽然还没迸出火星。也正是由于这个缘故，她才对李宏说的话、办的事，格外上心，还有些挑眼拨刺。汤老太太吃过的咸盐，可比她多得多，看出了些苗头；可她自己，还没清楚地觉察到这一点。这也可以说是一种当局者迷吧。

四

李宏把整个精神头，都用在准备盖房子上了。运来了打地基的石头，雇妥了笆匠，请阴阳先生定准了房向，择好了开工的日子。他知道边外人在盖房子上有"左青龙，右白虎，不怕青龙高万丈，就怕白虎压一头"的说道。而且自己准备盖草房，肯定要比修家房子高，便主动请阴阳先生把房场的前檐墙位置，定在修家房子前檐墙延长线的后边。他做好全部准备后，提溜四色礼去拜见李村长，请他领自己到各家各户求帮工。当天晚上，他还请李村长和领工掌舵的孙老二、孟老疙瘩，喝了一顿酒。

纪玉瑶这些天也没闲着：把西屋的东西归拢了一遍，把两口大铁锅炼得蹭亮，把十多捆盘子碗烫熟涮净，还每天把西屋那铺炕烧一两遍，准备让李宏那三个弟兄来了住。

唐百顺、张冲和笆匠比笆匠早到了一天。

这三个人，还有许彪，是李宏先收了他们做部下才落草、当了杆子头的。他一直把他们看作最知心的弟兄。他把绺子交给许彪后，这三个人知道他要隐姓埋名，就下了决心给他当劳金。许彪本来想让唐百顺继续帮自己一阵子；后来觉得老当家的身边，不能没有贴心的人，才同意他和张冲、祁福一起离开绺子的——许彪还因为他们是"秘密给老当家的当随从"，暗下给每人发了一百两银子，做安家费。

这三个人见了李宏，齐刷刷地给他作揖，异口同声地说了声"大当家的好"。

李宏一边还礼，一边要求说："今后唐大哥叫我'兄弟'，张冲、祁福叫我大哥吧。"

唐百顺却说："你从前是瓢把子，我们仨是部下；今后你是东家，我们是自愿来做劳金的，当然还得叫你'当家的'。"张冲、祁福一同应和"就是、就是"。

李宏无奈，只好由他们，便把他们向汤老太太和纪玉瑶引见；他们便向"大姨""大姐"行礼。纪玉瑶看出唐百顺比自己大，可也不说破，自自然然地当起了大姐，对他们点名道姓地呼唤。

第二天笆匠一到，李宏便把栗骟马交给唐百顺，叫他跑外、采买；叫张冲、祁福先给笆匠打下锤。他自己在房前垒起两个露天灶，还编了两个蒸饽饽的秫秆箅子。

破土动工这天，村里人一下子帆上来三十多个。李宏请纪玉瑶领那些妇道烧火做饭，自己领那些大老爷儿们来到房场。

张冲、祁福已经被两个老头儿替换下来，挑起两大串鞭炮，噼里啪啦放了一大阵；几个小伙子，叮当地放了好几十高升炮。青烟不断地升腾扩散，纸花纷纷扬扬，大人不断地挪动着，小孩在烟雾中钻进钻出捡着贼炮仗，整个房场笼罩在欢乐中。

等烟雾消散了，李宏请李村长在用麻经拉好的地基上，先挖了几锹，便陪他去修家喝茶。孙老二、孟老疙瘩各招呼一帮人，同时挖起了正房和西下屋的地槽子，挖好后便往里码石头。

李村长喝好了茶，由李宏陪着来查看。他吩咐孙老二和孟老疙瘩："柱脚石得你们俩亲自放牢靠；还要盯紧大伙，把石头缝用碱土泥灌严实了——松木到顶的大草房，挺得上百年的，墙基万万马虎不得……"垂手站在他身前的孙老二和孟老疙瘩，连声答应着。李村长抬起胳膊，用白布褂的袖头按了按脑瓜门上的汗珠，说村上还有些事，向李宏告辞。

李宏刚把李村长送走，许彪却闯来了——祁福见到许彪带着几名弟兄，在远处下马停住了，急忙到李宏身边低声报告。

五

李宏跟许彪有过约定：没有重大、特殊的事，互不打扰。现在许彪亲自找上门来了，李宏料想一定有特别重大的事情。他让祁福悄悄告诉纪玉瑶和唐百顺"我得离开一阵子"，骑上栗骝马，带许彪等人出村，转进了一个山沟。那几个弟兄向老当家的施礼问好后，便四散警戒。许彪开门见山地说："屠景操这个南方人，想带着到手的银两开溜，回湖南去享清福。他是杀害周坛主的主谋，手上沾的血并不比阚山少！老当家的，你立下过不杀朝廷命官的规矩。可现在若不收拾他，以后就没了替周坛主报仇、算这笔老账的机会了。"

屠景操为了官复原职，私下和阚山定计杀害了周凤鸣。这一点，李宏是知道的。他也还记得：许彪在拿阚山心肝肺为周凤鸣上坟祭奠后，曾经想找机会摸进县衙，掏出屠景操，拉到周凤鸣坟前剁了。自己没有同意，认为姓屠的是正经八百的朝廷命官，杀官就是反叛——自己这个脱籍的旗人，不能反叛旗人的朝廷……现在这个贪官卸任了，若让他溜进山海关，确实就没机会算那笔账了；而自己已经离开绺子，不能再管绺子里的事，便低声说："你现在是大当家的。该咋办，由你做主。"

许彪见他不再反对，才具体地说："姓屠的正同新任知县交接。咱们的眼线已经报告说：三四天后他就进法库门，经三面船去奉天。"

李宏沉思了一会儿，显得有些为难地说："许彪，你是我的好弟兄，不能不对你说实话。我离开绺子后，决心不吃回头草。你想替周坛主报仇雪恨，我不能说反对的话！可你要记住：不要滥杀无辜；要在县境以外动手，别留下蛛丝马迹。"

许彪高兴地说："只要老当家的不拦挡，剩下的事都是兄弟们的，保证不出格！"

李宏目送许彪和弟兄们离开后，又掂量了好大一阵子，才上马回村。

这天晚上，西屋的人都睡下后，纪玉瑶悄悄离开屋……

白天李宏一走开，她就追问唐百顺"来找李宏的是谁"。唐百顺外号叫"糖球嘴"，嘴不只甜，还"黏"，不该说的话，是不往外吐的。他只打圆囵语说"可能是掌柜的朋友"。纪玉瑶又偷偷地把年轻的祁福找到背静地方问："你们掌柜的跟我说，新杆子头要来见他。方才来的就是吧？"祁福没有唐百顺心眼多，便说："方才把掌柜的请走的，就是'三尾虎'。"纪玉瑶见李宏回来后心神一直不稳，便决心弄个明白。

她来到小窝棚前，揭开苇帘子，低声问："'三尾虎'找你干啥？"

李宏惊奇地反问："你咋知道他是'三尾虎'？"

纪玉瑶得意地说："就凭他骑着你的花狸豹马！我若是猜不着，还算得上红灯照的大师姐吗？而且，我还估摸：他是来向你讨章程的，让你帮他下决心。"

李宏点点头，觉得若不说实话，就把她当外人、看低了，便说："杀害周坛主的主谋是屠知县，他要溜回湖南了。"

纪玉瑶急忙说："咋也不能让他圆圆圆圆地钻回耗子窟窿，你们得替周坛主报仇！"

李宏有些躲躲闪闪地说："我……金盆洗手了，不能再出头露面了……"

纪玉瑶以为他要鸭子窝脖不出头，生气地呲了声"窝囊废"，接着又损他："你爪子洗干净了，就宁可让周坛主的血白流了？老百姓白送给你一个'侠盗'的名了！"

李宏觉得她的话，像一个接一个抽过来的大嘴巴子，想起了刘半仙说她"很有咬劲"的话：原以为她只是很泼辣，敢作敢为，没想到她心中更有把是非分明的尺子，讨厌苟且自私，坚持义勇磊落！他赶紧老老实实地说："我咋能当缩脖子的乌龟？明天戳完排，我就要赶过去。"

纪玉瑶长出了一口气，让他把仨弟兄都带去。

李宏却摇头说："不用。'三尾虎'的人马足够用——而且我不能隔着锅台上炕，让'三尾虎'不好发号施令。我只暗下缀着他们，紧要关头有必要时再露面。大姐，我走后家里这一大摊子，就得你多操心了。"

纪玉瑶满有把握地说："'糖球嘴'挺有道眼，一般事应付得了；他不便出面时，我会把李村长推上去的。"

六

第二天一大早，帮工的人缕缕行行地来了。边外的习惯，盖房子只有戳排这天才供早饭，而且一定要吃大馒头——东家将来才能"发"起来。菜呢，唐百顺和纪玉瑶合计过，做的是泥鳅鱼炖大豆腐、猪肉炖粉条子。这两个菜也有讲究：泥鳅是小鳝鱼，谐了个"余"的音，豆腐谐了个"福"的音，而粉条是又软又长的；这两个菜合起来便是"有余人家，福寿绵长"。

由于梁桄又粗又重，两伙人合在一块往起升。先行升梁的准备工作。

木匠让人把柱脚抱好，把榫头对准侧放在东边大梁上的卯眼，亲自动手抡大铁锤，悠着劲一点一点地往里揳进去。

孙老二是大把头，面朝北站在梁头柱脚石南边半丈外的地方。孟老疙瘩是二把头，领人把一搂多粗的梁桄抬到齐胸高，放到垫架上。

木匠往梁上兜好牤牛顶——用粗麻辫子连接着的两根能支撑巨大重量

的檩子；又在梁上拴好两条傻绳，把两头分别甩给或拽或遛的人们。

二把头孟老疙瘩，查看了抱柱脚的、支大梁的、抻绳子往起拽大梁的、遛绳子保障安全的……一一嘱咐了几句。他回到梁尾柱脚石北边偏东些站好，向梁头方向看去——发现李宏走向梁头柱脚，好像要搭上一手，便客气地喊："老李当家的，请你帮孙把头照看升梁。"

李宏听了，知道这是对东家的尊重，可也是把安全的责任放到了自己名下。

升梁开始了——孟老疙瘩拉长声"嘿——"了起来，同时慢慢地把两只胳膊抬起，把大家目光引向大把头孙老二；接着半喊半唱了一句"日头老爷东升起，大把头一喊齐用力"。

孟老疙瘩喊出这嗓子有两层意思：一是宣布升梁开始了，大家要把精神头集中起来，不要把肠子往乱树丫子上挂；二是请大把头开始指挥，表示自己和所有在场的工匠、力巴，都会严格地听他的号令。

红彤彤的太阳从东山后爬了出来，东山的西坡一片老绿，而西山的东坡却嫩绿得有些发橙；附近大树小树的枝条支棱着、耷拉着，纹丝不动，庄稼的清香却弥漫过来。那些做在前头、吃在后头的女人，刚放下饭碗，挤在老修家西山墙下望着——戳排的时候，"阴人"是不许到现场的。

这时候，大把头孙老二身板拔得倍直，右胳膊伸向擎牪牛顶的人，用食指锥子似的指着他们，好像在说"千万沉着，一丝一毫也不能马虎"；而他的左胳膊，斜侧着伸向那些拽绳子的人，拇指掰着朝下指地，掌心斜向左下方，那两条傻绳便被扯成了钢条。他见这些人踏好了弓步，微伏下了身子，瞪圆了眼睛，整个房场上鸦雀无声，这才低沉有力拖长声一字一顿发令："升——"他每喊出一声"升——"左手掌便用力向左下方压一下，那些拽绳子的人便同时应一声"起——"把梁桄拽高两拳左右；那些擎牪牛顶的立马把梁架牢。那两个木匠赶紧移动"顺水子"——斜连在梁上的檩子，保证梁桄不前悠后坐。

大梁"升"了三次，孙老二把两只胳膊收到身前，掌心对掌心举平，唱唱咧咧地喊了句"将军马上横稳刀",孟老疙瘩便应了句"各路人马扎阵脚"——全场的人原地不动,喘气缓劲。

孙老二放下胳膊,扭头问李宏:"老李当家的,以前盖过房子吗?"李宏摇摇头,夸赞说:"咱们村应当叫'把式屯',这是一群盖房子的精兵强将。"孙老二叹了一口气,说:"我跟孟老疙瘩,每年都领人出去盖几座房子,自个却都住着塌了胯的窝。"李宏想起了"为他人作嫁衣裳"这句古话,却没说出口。

孙老二又把两只胳膊对着掌心平举到身前。孟老疙瘩立刻在对面唱了句"河水打漩拐个弯——"孙老二应了句"一程一程奔大海——"这个"海"字拉得挺长,他左胳膊往西挪了一挪,拇指如钉向下,右手食指又锥指擎牤牛顶的人——见所有人都做好了准备,他手停住,改喊"升——"继续指挥升梁……

又歇了几回,头一根梁才基本升到了正上方。孙老二立即把一直用食指锥指擎牤牛顶的人的右手,指向遛绳子的人,示意他们把绳子抻紧;而左手改为手心向下,微微向下按了一下——原来拽绳子的人,便有一小半跑到东撇子去帮遛绳子的人。孙老二又两臂平肩伸向正北,五指并拢成掌刀,刃垂向地面,郑重地喊:"请木匠师傅拨正。"

一个木匠弓身抱稳梁头柱脚,瞪圆眼睛往下看;另一个木匠用大铁锤悠着劲磕打,把柱脚调整到准确位置上——柱脚石平面上有墨线打出的大"十"字,柱脚上四面都有上下垂直的墨线,两者要前后左右垂直吻牢。在梁尾的柱脚也拨正后,木匠师傅一个往牤牛顶脚下斜着搋进长长的木头橛子,另一个木匠加固顺水子。

孟老疙瘩把柱脚、牤牛顶、顺水子检查一遍,回到梁尾向南站好,高高地举起两臂——这是报告"梁升得正、架得牢,安全措施可靠"。他见孙老二也把两臂向上举起来了——这是表示同意他的报告。孟老疙瘩这才高声喊道:"梁稳柁安,牢固万年!"大把头孙老二便应声高喊:"升梁大吉,东伙同喜!"全体在场的人同声欢呼:"升梁大吉,东伙同喜!"

　　李宏小时候看到过邻居盖房子，但记忆里只还有忙乱一团的印象了。他是怕伤了乡亲感情，才没把盖房的活包出去。他心里并没有多少底。可塌了胯窝堡的乡亲，竟然对盖房子的活这么熟练，这么喜欢，干得这么有声有色，简直是在两个把头挑起的台子上，唱出一幕精彩的大戏！他心里想：若是他们都能为自个盖一栋这样的大草房，恐怕会比一个叫花子捡到个银元宝、一个老跑腿子娶到了一个俊俏小寡妇，还要高兴吧？

七

　　二把头孟老疙瘩，是塌了胯窝堡的老户。这棵坐地秧，跟王二吹的遭遇有一点相近，十六岁就成了孤身一人。不过他当了两年半拉子后，就开始做长工，打零工，凭力气吃饭。他当长工时，不仅练出了一手好农活，还学会了杀猪宰羊、编筐窝篓，练成了半个泥瓦工。在孙老二搬来的那年秋头子，他正在李村长家扛活。李村长家盖房子时，孙老二自告奋勇当把头，领乡亲们把房子盖得周周正正、结结实实。扛活的孟老疙瘩，由始至终跟着干了，认为孙老二是个好把式，便劝他领人外出盖房子，挣些零花钱。孙老二正愁自己干农活不在行，租地种也让初大兰过不上好日子，就说："你要帮我张罗，我就敢做把头。"孟老疙瘩过大年前一下工，就陪孙老二往外村跑趟起来。他们劝那些想把房子盖得像样的人家，去看李村长家的新房子。一个正月，他们不仅揽下了三处活，还拉妥了笆匠和木匠。那三座房子一戳起来，"塌了胯包工伙"可就出了名："别看他们住的地方二五眼，盖房子的手艺却一等一。"孟老疙瘩也成了"二把头"。再包活时，孟老疙瘩都陪孙老二去讲工，名头可就响起来了——还逛来了王桂荣这个小媳妇。

　　临天黑，左右邻居送来两碗宽心面；一位儿女双全的大婶给铺了被……

　　现在，孟老疙瘩对日子是又满意又有缺憾：他对媳妇十二个头的满意，却遗憾不能翻盖个像样的房子，让媳妇住得更敞亮，心情更舒畅。

第八章　分道扬镳的兄弟又重逢

一

　　吃过午饭，李宏先跟纪玉瑶和唐百顺商量了几句，然后一同去见村长。李宏无可奈何地说："昨天来了几个四平街的老乡，是到蒙古旗收散牲口的；捎信说老毛子占了四平后，一伙二毛子抱起了老毛子长毛粗腿，狗仗人势，趁火打劫，想把我那几间门市房卖钱分了。那房子虽说有些年头了，可地段非常好。若是日子太平下来，是开买卖的风水宝地，值得上千八百两银子的。小侄虽然没啥武把操，可也不能叫这些地痞无赖，把我的房子打水漂了。我要揣着房契，回北边老家经官……可我这疙瘩的房子，刚支巴起来大架；就得劳碌大叔，帮小侄一把了。"

　　李村长料他不会白求自己，便郑重地说："这么大的一笔家业，搁到谁身上能白舍了？大侄子，你放心地去好好地安排，大叔一定帮你表姐和唐管家，把这疙瘩的戏，圆满地唱下来！"

　　纪玉瑶立马插嘴说："表姐我虽说来到这疙瘩才半年的时间，可没少听乡亲们夸村长急公好义心肠热。前二年的冬天，为了孟老疙瘩，能把媳妇娶到手，村长大叔只穿了件白茬老山羊皮坎肩，顶风冒雪跑了好几十里的路呢。表弟，你可不能像别的买卖人那么钱锈。我听说四平街是个大地方，有像点样的皮筒子，给大叔对付一件，让大叔没白照应你这个本家侄。"

　　李村长赶忙笑着说："大侄女，我这个本家侄，可不财黑——刚到这疙瘩才几晌？已经没少往我身上搭了。"

李宏感激地对纪玉瑶说:"大姐,你若不提这个醒,我这个粗心人,还真不知道该咋孝敬大叔呢!大姐放心,兄弟一定照你说的话,把事办得圆圆全全的。"

李村长却又故意拦挡:"别的,别的!我这身穷骨头,可架不住直毛筒子烧!"

这话听起来像挺客气,其实是在绕圈子说:你可是个大掌柜的,别给我买身老趴子皮缝的弯毛筒子。

李宏却不再理这个茬,对李村长说起正经事:"唐百顺跟我好几年了,是我的好帮手。我大姐更是个有见识的人,一般小事,他们合计合计就办了。遇到大事,他们会来请你老帮着拿主意的。大叔五十多了,别把身子老绑在那疙瘩;若累着了,小侄可咋担当得起!"

离开李村长家,纪玉瑶向李宏解释出主意的缘故:"这个土鳖财主,夸你不钱锈,是因为他自己是个老钱锈。你再往他身上下些本钱,将来你置地,他更会炮着蹶子替你拉套。"李宏点点头,嘱咐唐百顺:"我留下了一些银两在表姐手里。你千万别把伙食办孬了。我走后,你再买匹马;买东西、办事情,没脚力会误事。"

李宏又向纪玉瑶和唐百顺说了声"挨累了",也不回家,上马向北离村。

纪玉瑶是知道李宏要去干啥的。她认为李宏向北走,是去找许彪。而唐百顺,从光绪二十三年春,就开始跟随李宏,到现在已经五六年了。应当说他对李宏,是很了解的。比如说,他知道东家在法库门有熟人,可能还是守法库门旗丁的头头——周坛主攻教堂的时候,李宏奉命领人去堵截法库护教队。李宏率马队赶到桃山,把人马埋伏好以后,一个人去了法库门,借用过那个人的力量。这件事,连许彪都不知道——那时,许彪正在建安县城。再比如说,李宏这次一决定要离开几天,曾把他叫到离房场挺远的地方,单独说了许彪的计划:准备在屠景操去奉天的途中动手。他就认为:法库门北是建安地界,动手不方便;一从三面船过了辽河,就离奉天太近了，地理还不熟。因此，他估计李宏先往北出村，是给村里人看的，一定还往南拐，得去法库境内跟许彪会合，一同在方便的地方下把……

二

若从塌了胯窝堡去见"三尾虎"，出村就要步步奔东北，大约得走出二百里路。若去县城，就要先向北偏东，走出几十里再向东偏南。李宏却没走这两条路。他向北跑出不远，翻过一座山，把塌了胯窝堡扔在了山后，就扯马朝南拐，奔法库门。

他为什么去法库门？到法库门去找谁呢？

唐百顺猜想到了，却不完全对：第一，李宏并没忙去见许彪；第二，他也没直接参与绺子的活动。

李宏是旗人，准确地说他是满洲镶白旗伊拉里氏。伊拉里氏是个大家族，从明朝时就住在船场（今吉林市）江北的"猓猓街"。从这个村名上看，是清朝兴起前，其他民族给起的，是说村里住的是"还没开化的野人"。到清朝时，"野人"成了统治者，就改成了"傈傈街"："犭"旁变成了"亻"旁。可能因为清朝的皇族是"爱新觉罗"氏，这一族人，想借些贵气，又把村名叫"罗罗街"。李宏原名叫"费扬古"——满洲旗人的话是"老疙瘩"。李宏是父亲的老儿子，把排行做名字了。他原来的姓名是"费扬古·伊拉里"。按满族的话说，就是"伊拉里家的老疙瘩"。他两个哥哥当兵死在战场上后，他爸爸为了保住自己这支人的血脉，偷着卖了家产，离开罗罗街，在四平城边子落下脚，做了逃旗户。逃旗，就是放弃了旗人的户口，冒充民人（汉族）。因此，他就不能再姓"伊拉里"，也不能再叫"费扬古"。因为"伊拉里"这个满洲姓氏里有个"里"字，便模仿民人，谐音姓起"李"来；他爸爸又给他起了"宏"这个民人的名，连起来叫起"李宏"。

罗罗街旗庄的旗丁，有一部分驻守法库门。李宏的一个族兄叫哈丰阿，任驻防佐领。李宏在柳条边外当了响马前，经过商：从科尔沁大草原上，收散牲畜或皮张，赶到或运到柳条边里再出手，常从法库门经过，曾经去见过他。建安义和团烧教堂时，周凤鸣派李宏去阻截法库护教队。李宏确实曾一个人赶到法库门军营，求哈丰阿帮助牵制法库护教队。哈丰阿一来同情主张"扶清灭洋"的义和团，二来不愿在自己的防区出乱子，便派人向法库教堂发通告："柳条边内外义和团，欲联合攻打沿边各处教堂。本佐领奉命不得干预。望贵教堂好自为之。"法库教堂十分惊恐，却又不能对建安教堂的求援置之不理，便只派出一小股护教队，去做象征性支援。这小股护教队一过桃山，便被李宏的马队冲散，兔子般逃回了法库教堂；李宏才带人马赶回了建安县城，帮周凤鸣攻打教堂……

李宏在离开塌了胯窝堡前，就拿定了去法库门的主意。他要去拜会同族兄长哈丰阿，但这不是唯一目的。他料想"三尾虎"一定会听从自己的意见，不在建安县内动手。屠景操取道三面船去奉天，他十有八九在法库门住一夜。姓屠的与法库抚民厅的"同知"（虽非知县，但在辖区内权力地位和知县相同）是相邻的地方官，有过来往，他可能去告别；对方一定为他饯行，又十有八九要请驻防佐领哈丰阿作陪。李宏打算从哈丰阿大哥嘴里，探明屠景操下一步行动路线。

李宏赶到法库门已经一更天了，找个客栈住下。第二天早饭后，李宏牵马来到军营门前。两个当值的旗卒无精打采地坐在板凳上，完全不像出哨的架势。虽然到了辰时，却有些穿着号衣的旗兵，或骑着马，或步行到军营应卯。其中还有由"包衣"（也就是奴才）给拎刀、提包的。李宏暗下叹气：这军营咋比绺子的窑还松散得多？若有十多人的小杆子来招惹，也会把整个军营搅成一锅粥的！

李宏把马拴上，走向把门的旗兵。他把垂下的两掌合到一起，上身微屈施下一礼，客气地说："在下李宏，想拜见族兄哈丰阿佐领。"

三

出哨的都是大头兵，已经瞥见他是牵着一匹栗骝马来的，而且鞍新镫亮，料想是个有身份的主，忙坐直了身子；待李宏走过来，见他虽然一身粗布民装，却向自己行了个旗人的鞠躬礼，猜想他也是旗人，便站了起来——等李宏说出"想拜见族兄哈丰阿佐领"，这位军爷忙把腰刀扶正，挺直身子，扭头向还坐在凳子上的同伴喊了声"快去通报"。

不长时间，一位武官快步向营门走来。他三十多岁，红缨凉帽上是金色顶子，袍服补子上绣着一只回头望着红日的橙色彪——这表明他是个六品武官。李宏不敢擅入营门，等他跨出营门才迎上去。两人先碰左肩，再撞右肩，然后各伸出右臂抱住对方的腰，用左臂抚住对方的背，相互扭头贴了两下脸；兄弟两人行完了抱腰接面礼，又把两只右手轻轻地拢到一起——这是行握手礼。这时，那位军官才高兴地喊道："费扬古，想死哥哥了——快到军营去！"

进屋后，哈丰阿挥走了戈什哈（勤务兵），把李宏按到一把椅子上，有些抱怨地说："你这个马胡子头，咋又好长时间没来我这个三块瓦搭的小庙了？"

李宏笑着更正说："大哥，我现在改邪归正，当起了庄稼佬。"

哈丰阿有点意外，却高兴地说："倒也好！眼下兵荒马乱，看不出啥时候能太平。你能找个背旮旯儿趴风，倒是一步聪明棋——比当响马保本多了。"他边说边给李宏斟了一碗茶。

李宏忙不迭站起身，用双手捧起，想按老规矩把兄长赏给的茶，跪着喝下去，表示尊重。却被哈丰阿把他身子架住，还说了句"咱们兄弟间废去虚套"。李宏这才站着呷了一口茶，等哈丰阿落座后才坐了回去。他说明自己身不由己才落草的；做了逃旗户，也不想和自己的旗人朝廷作对。一年多前便已经洗手脱身。他接着便有些奇怪地问："大哥，老毛子兵和你们对圆了阵，可你的部下咋比以前还懈怠？真有些像咱们旗庄里常说的那句话：冬腊月的冰，寒气逼人似刀锋；花灯一照骨头酥，水裆尿裤如狗熊。"

这段话里的"花灯一照骨头酥"，是指冰块子一到正月十五，就开始融化滴水，不再坚实了。

哈丰阿的脸红了又白，无可奈何地说："老疙瘩，你没看错我们这些八旗兵……老毛子兵发过来后，在新民把盛京将军增祺扣住了。咱们这位同旗同族的叔父大人，一落进老毛子的手，就成了过完二月二后马蹄坑里的水，没了骨头拿不成个了。他也不向跑到西安的两宫请旨，为了保命，跟老毛子签了个《奉天交地暂且章程》，命令我们这些虾米官'不得轻启事端'。我这个驻防佐领，开始时还领部下照常出操，却引得南山下扎营的老毛子开炮打枪，还派通事来抗议；没过三天，管我的协领便跑来，跳马猴子装人，把我训斥了一顿……我只好跟别的佐领一样，醉生梦死，混一天少两个半晌了。"

两人唉声叹气了一阵。哈丰阿忽然来了兴头，说："你来得正好！毕力雄也来了。麻溜到我家去，咱们哥仨好好喝上一场!"

哈丰阿所说的这"哥仨"，是家在罗罗街的伊拉里氏家族中，一个太爷的叔伯三兄弟，只比亲兄弟差了两竿子。

李宏还知道：毕力雄虽然比哈丰阿小了一岁，可在罗罗街旗庄的伊拉里氏二十左右弟兄中，他却是混得最拔尖的一个：被黑龙江将军寿山看中，提拔为戈什哈，成了补子上绣熊的五品武官。李宏一听毕力雄来了，心里可就有些犯嘀咕：他来柳条边外干啥呢？是寿山一死没了靠山，也不想再提溜脑袋往上爬了？还是他对寿山感恩戴德，想继续当狗使奴才，替寿太太追讨那笔财物来了？他一来不能卷了族兄哈丰阿的面子，二来又觉得应当探探毕力雄的来意，也就说了声"太好了"。

四

李宏随哈丰阿离开军营，拐进附近的一个小院。哈丰阿指着迎出屋的一个二十刚过、抱着个小女孩的漂亮女人，说："这是你二嫂杨三妹。"

按着军规，驻防的八旗兵和守营军官，是不许在军营外留宿的，更不许带家眷。近些年来，这条军规已经成了一纸空文，不但有拖家带口的，还有在驻地纳妾包妓的。因此，李宏一听大哥引见说"二嫂"，便知道是他在这里纳下的二房；却也不敢怠慢，赶忙打千，说了句"给二嫂请安"。

杨三妹也不敢端架子，抱好怀里一岁多的孩子，微微屈了一下腿，抬起一只手抹了一下鬓角，答了句"不敢受叔叔的礼"。

进了西屋后，哈丰阿升冠脱袍，从杨三妹手中接过孩子，问"毕力雄呢"。杨三妹答了句"遛街去了"，就准备向李宏敬茶；哈丰阿却拦住，让她快去准备酒菜。等杨三妹离开屋，两人在炕边坐下。李宏低声问："老家的嫂子，给你生了几个？"哈丰阿有些骄傲地说："也一个，却是个领军饷的。"

这时，李宏顺口恭维了一句"大哥儿女双全"，暗下却想：大哥在旗庄的孩子，长大穿上了号衣，是不是也会像我今天在军营门前看到的旗卒，懒散邋遢、水裆尿裤呢？他又联想到了寿山和毕力雄：寿山前些年是和洋人打过几场硬仗的，才升任黑龙江将军；去年在齐齐哈尔被老毛子打败，不降自杀，是强于增祺的。毕力雄原来是他的亲兵，后来提拔成官佐，一直在他身边。他难道是从火线上逃出来的？便问哈丰阿："毕力雄是咋到这旮的？"

哈丰阿没立即回答，盯了李宏一阵才说："寿山将军料到了和老毛子交战的后果，一边按两宫旨意和老毛子周旋，一边安排后事，送太太和少爷们分头回京。毕力雄领人护送其中的一路，安全地回到了京城。至于他又从京城来到柳条边……倒可能跟你有些瓜葛……"

李宏有些吃惊，瞪起眼睛望着哈丰阿没出声，等他往下说。

哈丰阿探过身子低声说："他送的那一路到北京后，寿太太和庆七爷选派他来的，催促地方官捕盗追赃。他前几天去过建安县衙。新知县正黄旗人洪涛还没接任；原任知县借口守印不敢擅权，却强调案子发生在科尔沁左翼后旗，与建安无关——不过姓屠的还说了一句'若能说服蒙古王爷擒获马贼"追风沙"，案情或能水落石出'——这不就把你牵扯到里面了吗！"

李宏斩钉截铁地说："那件案子，肯定不是我领人干的！"

哈丰阿长出了一口气，好像压在心口上的一块大石头落了地，但仍然很谨慎地嘱咐："那就好……不过，毕力雄不知道你在黑道上走动过，更不知道你报过'追风沙'这个名号。他若提起来，你千万别理这个茬。"

李宏顺从地点点头。

毕力雄从街上回来了。他和李宏行过抱腰贴面礼，便唠起家常，问"老兄弟在哪儿发财"——他知道"费扬古"随父亲离开了旗庄，成了逃旗户，所以没问在哪儿"当差"。李宏坦率地说："两位胞兄为皇上尽忠后，父亲领劣弟逃旗了，更名改姓叫李宏，在边外当了庄稼人。"毕力雄有些惋惜，说："你小时候弓马相当有一套，若应召入营为朝廷效力，混不到五品六品，也能熬到七品了。"哈丰阿看他有些瞧不起李宏，便说："务庄稼也好。我这个六品佐领，现在像大鼻子婆婆的小接媳妇，放个响屁都会招来一顿狗屁呲。"

杨三妹在西屋八仙桌上摆好酒菜，把孩子接了过去。哈丰阿坐北朝南，毕力雄脸朝西，李宏坐在毕力雄对面。哈丰阿起头，由长及幼，三兄弟都举杯庆贺异乡重逢。哈丰阿见酒过三巡，有意不谈正经事，领头回忆起童年时的趣事：小哥仨在江汊子里摸鱼，毕力雄被一只大蝲蛄夹住了手指头；他流着泪对大蝲蛄喊："是我抓你，不是你抓我！"哈丰阿问毕力雄："还记得不？"

毕力雄认真地说："咋不记得？我后来想了很久，才明白了一个理：

世上没有'该不该'的道理，干啥都得手疾眼快，就像俗话说的'先下手为强，后下手遭殃'。"

<h1 style="text-align:center">五</h1>

李宏听了，心里不太同意：人世里若没有"该不该"的道理，都"先下手为强"，那不乱套了吗？连绺子都是有一套规矩的……不过，他还记得大哥的嘱咐，没同毕力雄争论，回忆起了自己当"雪佛爷"的往事：有一年头场大雪后，自己和两位哥哥上山去撵野鸡——当年生的小野鸡，碰上头场雪蒙头转向，被人一撵就把头插进雪里，还有把大半截身子也藏进去，以为自己已经藏得无影无形了；而人却可以看到它花哨的长尾巴翎，把它逮到手。自己只顾撵野鸡，忘了看脚下的路，顺着山坡滑进了大山沟。两个哥哥叉开腿出溜下山坡，发现自己浑身是雪，并没有负伤，便往自己身上培雪，还让自己双手合十当"佛爷"……哈丰阿有些后悔地说："都怨大哥那时不更事，让老兄弟挨了冻。"李宏却说："当时我感到很有趣，只是要往家走时麻了腿，倒是大哥背我往回走了好远……"

三个人喝的是桃山烧锅的老白干，还边唠边喝，不一会儿就把脑瓜门拱潮了，嗑可就从回忆童年唠到了眼下的心头事。毕力雄是三兄弟中最向前巴结的人，想起自己的差事，向李宏打听："老疙瘩，你这些年一直在边外躲清身，一定听说过无法无天的'追风沙'吧？"

"躲清身"，是指不负责任地置身事外。李宏感到这是嘲弄自己当了逃旗户；而他给"追风沙"扣上了"无法无天"的大帽子，使他更觉得硌耳朵，不由得板起了脸。哈丰阿怕他张口说漏了嘴，抬腿在桌下轻轻地踩了他一脚。李宏便把肚子里的火气压了压，回了句："据我所知，'追风沙'只取不义之财，并不胡作非为。"

哈丰阿附和："他确实名声挺好，被称为'侠盗'。老佛爷奖掖义民那阵子，他还带人马帮义和团攻打过洋人的教堂。"

毕力雄听了很不顺耳，摇头晃脑地说："经你们这么一描，他倒成了红脸关公，是个忠臣义士。可我听建安县屠知县说，他不仅把一个叫阚山的典史，活活地剜出了心肝肺，还抢劫了为国尽忠的寿山将军家眷，简直该千刀万剐！"

李宏已经有些忍耐不住了，强压住怒火，嘟囔了一句"姓屠的贪官，能喷出什么好粪"。

毕力雄见他还敢跟自己顶嘴，便拉下脸训斥："费扬古，你咋偏袒一个杀人不眨眼的马胡子头？就算屠某人是个贪官，可他身为一县的父母官，总比你这个逃旗户，更了解'追风沙'这个凶犯吧？"

俗话说，树护皮，人要脸。毕力雄轻蔑地说李宏这个逃旗户，都不如贪官污吏，使李宏恼羞成怒，再也控制不住内心的痛苦和火气。他站起身冷冷地说："逃旗是我的耻辱，我承认。但我比姓屠的更了解'追风沙'。虽说阚山该杀，可不是'追风沙'杀的；他也没动手抢劫寿山的小老婆！"

哈丰阿见两个兄弟把嗑唠成了牛蹄子，一个撇嘴歪鼻子，一个脸红脖子粗，急忙压场："'追风沙'干没干那些事，跟咱们弟兄不搭边，别因为闲事伤了弟兄间的感情——来、来、来，咱们三兄弟久别重逢，我再敬两位弟弟一杯。"

哈丰阿端杯站起身，李宏迟疑一下也立起身子，伸出右手抓起了酒杯，可毕力雄却没欠屁股，还指着李宏的鼻子挖苦："你不就是藏头夹尾地在边外，翻了几年土坷垃吗？有多大斤两替'追风沙'打包票？"

李宏哪里受过这种窝囊气？他伸出左手，握成拳头，嘭嘭捶了两下胸脯子，铁板上钉钢钉似的说："我就是'追风沙'！干过啥，没干过啥，老天爷也没有比我更清楚！"

六

哈丰阿好像后脑勺挨了一棒子，手里的酒杯啪嚓一声掉到桌上摔成六七瓣，人也扑通一声坐到了椅子上。

杨三妹在外屋地听到响声，慌慌张张地跑进来，见李宏绷着脸戳在桌边，毕力雄虽然坐着却仰着脸愣眉愣眼地望着他。她以为这两位客人都挨了丈夫的训斥，便故意对脸色煞白的丈夫服小软说："奴家哪个菜没弄可口，爷善着说呗——背地里骂一顿、打几下也行，咋当着远来的兄弟跳老虎神哪。"她说完又取来个酒杯，把摔碎的杯碴捡到撮箕子里送走；回来后捧起酒壶给三个人都满上，向李宏和毕力雄解释："这位爷在营里一遇到窝心事，回到家里就发火。他冒出啥不得体的话，你们千万别多心。"

等杨三妹离开屋，哈丰阿才打手势让李宏坐下，苦笑着说："你们俩，心里若还有我这个大哥，就像方才三妹嘞嘞的那句话：有话善着说。眼下洋鬼子仗势欺人，民人乱党叫喊着要把满洲人撵回老家，咱们旗人坐天下的日子，眼看就要日落西山玩完了……老话说，大树一倒猢狲散，落地的鸟窝没好蛋，咱们都不知道，还有没有下次相逢的机会了，为啥还要互相撅鼻子瞪眼睛呢？"

毕力雄一来听说李宏就是广有名声的"追风沙"，已经不敢对他小看，二来叫哈丰阿的话勾起了心事。他对老毛子的霸道是亲身经历过的，回到北京后又亲眼看到了朝廷的混乱无能，便叹气说："唉……我急着想把寿太太交给的差事早点办完，报答了寿山将军的知遇之恩，好快些抽身去齐齐哈尔，探听一家老小是死是活……"

李宏听他说家人生死不明，不仅后悔计较了他的急躁，还担待了他的跋扈，离席向毕力雄打了个千，领错说："小弟不知婶娘、嫂子、大侄下落不明，对二哥的言辞语气斤斤计较，实在是又莽撞又小气，请二哥多加原谅。"

毕力雄也站起身还了个鞠躬礼说"你也别怪罪我的张狂"。

哈丰阿却责怪说："毕力雄，你送寿山眷属时，咋不把他们祖孙三代，也带出火坑来？"

毕力雄无奈地解释："寿山大人派我护送他的家眷时，命令我'即刻动身，昼夜兼程'。我哪里还有顾全自己家老小的工夫？到了京城后，才听说寿山将军战败殉职，好多将佐家破人亡，云散星离……"

哈丰阿先酸唧唧地夸了句"你对寿山倒是忠心耿耿"，接着就发起牢骚："可他却把部下家属的存亡当儿戏，寿太太眼里，也只有她的金银财宝！"

这话可能捅到了毕力雄的痛处，他摇头晃脑地"唉"了一声。

李宏一刀见血地说："你已经对得起他们了。你还想替庆七爷把失落的那些财物追回去吗？我看是办不到了——我对你不藏不掖，做下那宗案子的，是我扔下的那伙人。财物到手后，他们便瓜分散伙了。依我看，你不如先去把一家人找到。齐齐哈尔离老毛子太近，不可再待下去了，干脆领他们到边外趴风——若安家有困难，我多少还能帮上一把。大哥方才说的都是实嗑，你继续往死胡同里钻，恐怕将来会把肠子悔青了。"

毕力雄的心，像十五个吊桶打水——七上八下，表示"我得好好想一想"。

接下来的酒，喝得太太平平，却也死气沉沉。吃晚饭时虽然又透了三壶，也始终没喝出兴头来——酒是助兴的；拿它浇愁，是冲不散心头上那团阴云的。

七

李宏和毕力雄，躺在西屋的南炕上，都闭上了眼睛，却谁也睡不着。李宏在盘算：咋从大哥嘴里探听出屠景操选择的路径。毕力雄脑袋瓜子里打起了糨子，不断地冒出或大或小的泡……他头脑还算清醒，可眼睛却有些昏花，从那些泡泡上看到了额娘、妻妾和儿子茂的模糊面容。他看着看着，又从新冒出的小泡上，看到了一个老毛子兵的脑袋。这个小泡越鼓越大，把额娘、妻子和儿子挤到了一边；可那个带有爱妾面容的泡，却和带有老毛子兵脑袋的泡，连到了一起……

　　毕力雄动了肝火，这小贱人是一个商人包养的大鼻子女人生的，不仅有一脑袋带卷的黄头发，还会说老毛子话，一定是趁兵荒马乱勾搭上了老毛子野汉子……可接着，毕力雄又看到了密密麻麻的小泡泡，每个上面都有个赤身露体、瘦骨嶙峋的身影。毕力雄想起来了：这些人是从六十四屯逃出的难民，跪在将军府大门外喊冤叫苦；却被寿山大人的亲兵，撵得四处乱跑……糯子锅里的泡泡接二连三地扑哧扑哧地迸裂了，听起来就像好些人，在七嘴八舌地嘀咕着"不值""辞职""不辞""悔死"……毕力雄眨了眨眼睛，静了静心，却分不清是做了梦，还是在胡思乱想。他忽然想起了李宏说过的"若安家有困难，我多少还能帮上一把"，猜想李宏在黑道上行走了几年，一定发了不少横财，便捅了李宏一把，问道："老兄弟，你身只影单外出打食，咋在一个大绺子里当上了瓢把子呢？"

　　李宏已经一半明白、一半糊涂了，愣了愣神才想：这是个从来没人问过、自己也没向外人说过的问题。现在近支的族兄问起来了，而且他还对自己那段经历有些疑团，看起来得跟他说个明白，但和翠兰的感情纠葛，还是不提的好……

　　毕力雄一直在将军府当差，对地方官府里的事知道不多。他听了李宏的讲述，十分惊讶，感慨地说："县衙里咋这样乌烟瘴气？咱们大清国，真像大哥说的日薄西山了！我确实不能再往死胡同里钻了。我也和你说句实话：这些年我是攒下了些银两的。我要尽快回北边去。若是家人太太平平，我就接他们到这边来隐居；若是钱财在战火中散失了，将来我还真得向你求帮，借些钱维持生计。"

　　李宏慷慨地说："你若是在边外安家，兄弟一定帮你置所房子，买几垧地。"

　　毕力雄应声说："那就先谢谢了。"

　　李宏问："你是不是还去建安见见新知县，办那件事？"毕力雄回答："不了。我昨天到法库抚民厅去了一趟，听说屠知县已经交了印，后天来辞行，还请抚民厅派人护送他去三面船。我打算明天动身去后旗王府，把寿太太交给我的有关公文呈上去，我也算善始善终完成了差事。"

李宏赞称了一声"很好"——这是夸毕力雄下定了决心，也是为得到了屠景操行动的时间、路线高兴。

李宏现在对屠景操更加憎恶，认为留他的活口是对自己、对绺子的巨大威胁：他若到了奉天，可能还要信口开河，把"追风沙"说成吃人妖魔，把绺子说成十恶不赦的叛逆。他下定了决心：如果许彪不能得手，自己单枪匹马也要跟踪，找机会把他干掉。

第九章　跑了和尚跑不了寺

一

一大早，送走了毕力雄。李宏也向哈丰阿告辞，说要去通江口会一个朋友。他到街上后，并没有出东门奔辽河，而是向南，沿去三面船的大路纵马疾驰。跑出有一个多时辰，他才勒转缰绳，让栗骟马拐向路西丘陵。他不远离大路，让马沿一条几乎和大路平行的毛道，往前慢慢颠搭。自己左顾右盼，打量起路左的地势。李宏在马背上晃悠了一大阵，才在一个树木茂密的小山包包下停了马，爬上这个小山头。他好像要置下这块地方当产业，仔细掂量好一阵子，好像基本拿定了主意，才下山上马。他抖抖缰绳，让栗骟马回到大路上撒开四蹄。接着向前跑出一阵子后，他又掉转马头，信马由缰，琢磨起这段路的地势。

李宏在快回到那座小山包包时，前方远处传来大车铁瓦碾碰石头的嘎吱嘎吱的响声。李宏扯马下道，绕树穿林，经过小山包包南麓，向西走出十多里地，上了一条向西的路。他几乎已经不再着急，或者是怜惜起栗骟马，又用了足有两个时辰，兜完一个大弯子，从西门回到了法库镇。这时，天已快到午时。

他颠搭到柳条边上的法库边门附近，先找了一个大车店，吩咐店家喂马；自己买了一包点心，到边门前找了个茶馆，脸朝外一边品茶，一边慢慢吃起点心——他像是在打量这座边门，其实更注意进入边内来的人。

这座边门本来相当雄伟，是个三丈多高的门楼：上有覆着黑瓦的顶，四角高高地翘着；檐下中间挂着一块黑底横匾，右首有"盛京将军所辖"

六个竖写小字，往左是"法库边门"四个大字。字，是金色的；可由于年深日久、风吹雨淋，已经褪成土色。不过从那四个大字的笔力遒劲上还能让人想象到，这座边门当年一定很威势。这匾有两块，分别悬在边楼南北两侧。二楼的长宽都比楼基要短要窄——在半人高的堞墙内，留出守望人员活动的一圈步台。一楼的高度，不算堞墙也近两丈；青砖密缝，起券的门洞，看起来依然很坚固。门洞里靠北，原来是两扇红漆大木门，现在已经改为两扇栅门，歪歪扭扭地靠着洞壁，是不是还能关上，也很难说了。门楼两侧，各有一个耳房——原来东耳房是边门的防守、稽查人员办公、休息的场所，内有楼梯通向二楼。西耳房是餐厅、灶房，还有一个临时拘押嫌疑人员的小黑屋子。现在都已经上了锁，看来是不用了。这门楼两侧便是柳条边。细心地看，中间还有一道二三尺高、两丈多宽的土台，上面断续地有些老柳树，已经枝枯干朽；但它们周围的柳树，虽然或高或矮，有粗有细，倒还能算是柳林。人是可以穿过的，车马羊群要通过，仍然不容易。

李宏边品茶吃点心，边在意地观察着。他发现：哈丰阿的两名部下，倒还算忠于职守，也还挺宽容：倚着破栅门捅捅咕咕，对来来往往的行人却不盘问，更没刁难。

李宏品下了半壶茶时，发现几个骑马的汉子陆续进了边门。他认出了其中有两名自己的老部下，在绺子里是负责打探消息、送信联络的。他们的出现，使李宏做出了判断：许彪已经掌握了准确情报，做好了布置。

巳末，一队人马车辆，前呼后应地进了边门。打头的骑着马，领着几名马快。李宏听许彪描说过捕快们的长相，猜出了领队的是孙大嘞嘞——却不知道屠景操已经把他提拔为捕头了。接着是两辆小车子，帷帘下垂，看不出里面坐着的人；李宏估计：姓屠的和他的家眷，一定坐在这两辆小车子里。后边的两辆大车上，装得满满的，用油布蒙得严严实实。最后面是一队步行衙丁：挎着腰刀，走得吊儿郎当，共二十左右人。对这些人，包括那几个马快，李宏是完全没瞧在眼里的：他们收拾老百姓，个个如狼似虎；可若碰到了强劲的绺子，只是会咩咩叫的绵羊。

二

　　李宏会了茶账，取出栗骝马，却不骑上；牵着它不快不慢、不远不近地走，缀在这伙人的后面。等他们从一个侧门进了一个大客栈，李宏便在斜对门的一个小店，挑了一个临街有窗户的房间住下。过了大约三袋烟的工夫，李宏从开着的窗户看到：一个穿戴七品顶戴补服的官，从正门进了大客栈。他估计是法库抚民厅同知，来拜会屠景操。时间不长，姓屠的穿着便服，和那个同知拉手并肩走了出来，奔向一个大酒馆。李宏料定屠景操今天不会贪黑上路，便不再盯瞧，吃过饭早早地睡下了。

　　第二天早饭后，李宏从窗户望见孙大嘞嘞骑着马，领着小车子和大铁车出发了。压后的二十名衙丁，却换了同知衙门派出的人。李宏牵着马，又远远地跟了一会儿，见他们穿过十字街，沿着去三面船的大路走下去了，便上马向西出城。他沿着昨天走过的回来的路，骑着栗骝马紧跑慢颠，弯弯曲曲往前奔。一个多时辰后，他在昨天选好的那个小山包下停下马。他把栗骝马两条前腿绊上，任它三条腿蹦着吃草。他从小山包的西坡慢慢爬上去，站在树丛中往东南望：贴晌的日头爷照着高高矮矮的树，一阵阵西南风拂摇着树梢，树空间露出一截一截灰黄色的大路，看不到有人马车辆来往；偶尔从路旁树林中飞起几只喜鹊、山雀。李宏估计那是被许彪埋伏的人马惊起来的。李宏估摸保护屠景操的衙丁，不会走得太快，小车子、大铁车也只能慢慢悠悠地往前嘎悠，还得近一个时辰才能到这疙瘩。

　　李宏靠着一棵矮墩墩的老柞树坐下，掏出烧饼山梨，边吃边啃。吃着吃着，他想起自己离开塌了胯窝堡，已经是第三天头上了：房墙该垛齐了吧？纪玉瑶确实是一个有钢口的女人，一定会借重李村长的权势，把那一大摊子事，张罗得井井有条的……她一见面就让我叫"大姐"，把我当妹夫，是为了使外人不瞎猜，还是怕我不本分呢？她说话一锥子见血，碰面当天就追我"快些找个贤惠的帮手"，使她能抽出身，不再当"替身"……

我离开绺子，是想隐姓埋名，把李小宏抚养大；也想在外面娶妻成家，不使爸爸再干涉我的婚姻，也不使他老人家失望……可"贤惠的帮手"，得一半靠缘分，一半靠幸运，哪能像野菜那样容易剜到筐里呢？

他吃完东西，仍然一动不动地坐着。一只瞎蠓在他眼前嗡嗡地画起了圈圈，在寻机会对他下口。李宏急忙把它撵开，站起身瞭望。时间不长，东南边的树上飞起了几只鸟。李宏对那一段一段的大路注意起来，发现有人骑马向南跑过来，在山脚下南边消失在浓密的树林里了。李宏估计：他一定是许彪的手下，是在替屠景操打前站——报告屠景操快到了。转眼间密林中钻出一拨人，骑马向西南奔去。李宏猜想：这伙人一定是许彪派出去的，要封住前头的路，好瓮中捉鳖般捉住屠景操……

面对正在发生、进展、演变的事件，不管是兄弟姊娌间的拌嘴，邻里间的纠纷，还是团伙、地区间的打斗，或者大到国与国之间的战争，当事者和旁观者的心态是迥然不同的。当事者中负有决策、指挥、应变责任的主脑人物，和那些只管机械地执行上峰命令、坚决地履行个人义务的一般参与者比较起来，可就压力要大得多、精神要紧张得多、心绪要繁纷得多了。他们虽然事前进行了尽可能周详的情报搜集，反复进行了推敲谋划，甚至还对可能出现的异常情况做出了种种应对预案，但事情一开始，他们也必须始终全面、冷静、审慎把握局势，适时果断地进行调整、补救，甚至做出情所难忍的割舍，使受到的损失尽可能小，使获得的利益尽可能大。旁观者也情况各异：或因为毫无利害关系，优哉游哉地作壁上观；或心怀叵测，暂时隔岸观火，企盼天赐良机，坐收渔人之利；或虽有好恶倾向，却怕引火烧身，无奈地置身事外。

三

李宏眼下在为周凤鸣报仇这件事上，似乎有些像怕招惹是非的旁观者，但实际上却有很大的差别。他不仅同意了许彪的劫杀计划，还准备在必要时只身犯险，去完成他们没有实现的目标。他内心还有种想法：通过这件事，对许彪进行考评，要验证一下是自己慧眼识英雄，选对了继任人；还是看走了眼，把弟兄们托付给了一个草包窝囊废。因此，李宏虽然是在旁观，内心却忐忑不安，甚至比以往亲自出马还要紧张一些。

李宏焦急地张望了好一阵子，终于望到孙大嘞嘞骑着马，领着小车子走过来了，却又慢慢腾腾，忽隐忽现。山下半里多外的树丛中，隐隐约约露出一些马头人影。李宏暗下嘀咕了一句"应当再沉着些的"。

又过了半袋烟的工夫，小车子辘辘到了许彪人马埋伏的地段……李宏抬头看看响午的太阳，热得有些发白；低头看看阳光照耀下的树林子，像无边的绿色云海。他刚自言自语"要起风了"，就见有一队人马突然杀出，像卷起了狂风，掀起了巨浪，紧接着就传来隐隐雷鸣般的呐喊声。他远远地看到领队的在路上扯住花狸豹马，举起右手——好像握着短枪——飞快地往东、往西比画了两下……

李宏往东北看去：二三十端着洋枪、举着马刀的人，围着那队法库抚民厅的衙丁边跑边喊，收紧了包围圈。李宏看到这些人头缠红巾、脸遮黑布，心里有些得意起来：他们没把我那套敲山震虎、圈羊入栏的老招子扔掉，还注意了藏鼻子掖脸……

李宏又向西南望去：也不知是孙大嘞嘞打了招呼，还是坐在车里的屠景操下了令，一马四车疯狂地向西跑下去。李宏轻轻地晃了晃头，两个嘴角微微往下咧了一咧——他料定许彪已经张开了的口袋，正等着妄想逃脱的人去钻。

李宏又把脸扭过来。那帮被包了饺子的屠景操的临时卫队，已经被黑洞洞的枪口、冷森森的刀锋，逼得一动也不敢动了。忽然——他们可能听到了"和你们无关，放下家什可以平安无事"一类的赦免令，一齐哈下腰放下了武器，紧接着就像一群温驯的绵羊，一只跟着一只奔向羊圈——在马上羊倌们照看下离开大路，连跑带颠地钻进了路那边的树林子。李宏感到很满意：许彪认真地按自己"不滥杀无辜"的嘱咐办了——就算他们中有人连滚带爬溜回同知衙门报告，那也是正月十五贴门神，晚了半个月了！

李宏又向西南望去，却只见得到高高矮矮的树，静静地在晒太阳，看不到一个人影、半个马屁股。他挪了几个地方，才看到一段路上停着两辆大铁车：油布已经揭去，车四周散乱地扔着衣服一类的东西；有些人正在把可能是一床床棉的东西撕开，好像要从里面翻出金叶子、银票子；还有一些人正在搬动、查验车上的一些袋子——从翻动的架势上看有轻有重，可能装的是粮食和荜草。李宏暗暗推想：难道他们在搜寻银两、银票？他又挪了几个站脚的地方，才看到两辆小车子：车帷子已经撕破，车上空无一人，估计坐车的人被押走了。李宏有些犯疑了：做这种买卖应当手脚麻利快，货一到手就验明成色，处置完就迅速离开。许彪今天咋婆婆妈妈、拖拖拉拉起来了？难道屠景操诡计多端，在法库客栈使了李代桃僵、金蝉脱壳之计？李宏有些后悔自己的疏忽大意了：我应当在法库把情况摸得清清楚楚、万无一失的……

又过了一阵，李宏看到像一男一女的两个人，被蒙着脸塞进一辆小车子；路上散乱的东西，被捡起来装上大车。骑着花狸豹马的许彪，也出现在路上了。只见他对几个弟兄挥了挥手，几乎是命令他们押着那四辆车，掰道进了荒甸子。许彪坐在马上，举起短枪对天叭叭叭打了三枪——这当然是在传达一种命令。现场余下的人便取下头巾面罩，上马离开了。许彪自己却骑着马在附近几个小山包间转悠起来。他发现了绊着的栗骟马，便跳下花狸豹马，朝李宏隐身的小山包包走过来。

李宏猜想他料到自己暗下赶来了，所以煞后寻觅自己。李宏也迫切希望了解发生了什么变故，便走下山。

"三尾虎"许彪施过礼就愧疚地说："老当家的，全怪我粗心，没能从屠景操手上，把他从建安百姓身上刮去的那几万两银子讨回来。"李宏倒放了心：姓屠的没漏网！

听许彪说，屠景操又一次把隆万兴请到后堂密谋。两个人几乎把嘴努成尖尖的鸟喙，探到对方的耳朵眼里咕咕，而耳屎、耳毛，都仙丹妙药般化成了他们的聪明，喳喳起了"天知地知、你知我知"的"人不知、鬼不觉"的高招。隆老板认为"我往新民运粮的车，是黑白两道都保了险的；大人去奉天，却需防彪悍马贼……"屠景操认为隆老板说得有理，可自己是必须到奉天巡抚衙门去换公文的。他思虑很长时间，才做出决定：由隆万兴先把屠景操的绝大部分银子，兑换成到京城可以兑换的银票。在他动身的那天，他老婆带领独苗儿子屠绵，化装成隆万兴家的仆妇和伙计，带着银票金条，提前三个时辰溜到"万兴粮行分号"，随运粮大车经哈拉沁屯去新民，等屠景操到盛京办完有关手续，再去会合，一起去京城。屠景操大模大样地离开建安后，走经法库、三面船的路，奔盛京……

屠景操所以做出这样的决策，是有两点打算的：第一，如果隆老板确实靠得住，银票金条百分之百有把握；自己不带钱财，万一"追风沙"贼胆包天，劫了自己也得不到钱财，十有八九会把自己先养起来，要求抽票，最多也就丧失万八千两的银子。第二，万一姓隆的靠不住或者从他那里走了风，妻和银票金条落到了贼人的手，自己还能依靠巡抚衙门，逼姓隆的挽回局面，不至于全盘尽失……

因此，离开建安时，屠景操在内宅领侍妾如雪上了一辆小车子，另一辆小车子上的夫人和儿子是假的——由孙大嘞嘞偷着雇来的妓女扮的。在法库上路时，两个粮袋子代替了那两个妓女……

在法库派来的衙丁被围住后，屠景操探出头对孙大嘞嘞喊了一声"领车快跑"——撞到蜘蛛网上的蛾子，豁出命来扑棱，还能挣得脱吗？这三个人转眼间都成了瓮中之鳖……

四

许彪先简单地把屠景操的诡计，说了个大概，接着汇报随后发生的事："我一发现姓屠的没带老婆孩子，大铁车上拉的是草包粮袋子，便知道上了这个舍命不舍财的贪官的圈套；立即让弟兄们，把三个人分别拉到三处，钢刀架到脖子上逼问。姓屠的比阊山，顽固奸诈得多，竟然表示愿意出五千两银子……他胡说'老夫妻已到奉天。盛京将军派来接应的人马，中午前到三面船，不久便会来到这里。我可留下爱妾为红票，由孙捕头取五千两白银来赎'。还威胁我们不要落个'鸡飞蛋打'……而他小老婆和孙大嘞嘞，顾的是自己的命，洋铁筒倒豆子般供出了实情。我虽然知道他的鬼话是威胁，但也觉得险地不可久留，便命令人砍下了他的狗头，用油布包了，准备晚上拿它去祭奠周坛主……可惜被他从建安刮去的几万两赃银，没追回来——全怨我虑事不周。"

李宏长长地呼出了一口气，接着就诚心诚意地对许彪说："你是个有情有义的好兄弟，两次亲自带人为周坛主除掉了仇人，也替我这个不争气的大哥，完结了一桩心愿。对屠景操的诡计，我也没料到的，你就不要太自责了。而且，你这回除掉了他，不仅为周坛主报了仇，也为你、为我、为绺子除去了一个心腹祸患。若叫他逃出性命，一定像长虫一样，不断地出溜他那条带叉的舌头，搬弄出一些是非来……"

许彪一愣，瞪圆眼睛问："这个狗官，还要鼓捣些啥坏心眼子？"

李宏便学说了屠景操对毕力雄说过的、要他"劝说蒙古王爷擒获了'追风沙'，案情就可以水落石出"的话，还提说了毕力雄和自己在酒桌上的争吵、和解，叹息说："我是个还俗了的和尚，离开了寺院，却还有人要向庙里讨我的老账，真让我愧对绺子了。"

"不！"许彪坚决地说，"老当家的，绺子是你创下的，不管你离开不离开，你永远是我和所有弟兄恩重如山的老大哥。一旦谁想碰你一根毫毛，不管是水里火里，我许彪和全体弟兄，都会冒着枪子溜子飞到你身边！"

李宏感动地拍了拍许彪的肩膀，说了声"有你这几句话，我就心满意足了"。

许彪又说："毕力雄是老当家的堂兄弟，他若是真想在边外安家趴风，绺子一定帮他一把——可惜这次没把屠景操的赃银追回来，若不然可以大大方方地帮他一水子。"

李宏却说:"你和绺子送我的金佛,我安家用不了。我可以送他一些的。"

许彪说:"那是全绺子弟兄,送给你这辈子过日子的,你千万别动;绺子现在还有些老本。"

李宏叹息说:"咱们这疙瘩离海城太远了,一时两晌找不到张作霖这个大瓢把子。听说这个人挺讲义气。他对新民熟悉得就像自己的脚丫巴。若有他帮忙,咱们就能把那笔银子掏回来了。"

说到这,李宏抬头看看太阳爷,便追许彪快去追赶弟兄们。许彪也不敢再多耽搁,向李宏抱起拳说了句"后会有期",便走向花狸豹马。那花狸豹马好像还记得老主人,仰头向李宏长长地嘶了一声,驮着许彪离开了。李宏走近也长嘶了一声的栗骟马。他把马绊解开,轻轻地拍了栗骟马几下,说:"你们也都是我的好弟兄!"

五

太阳爷从一爬出东山顶,到钻入西山后,一直不紧不慢地上岗下坡。可喜欢起早的人嫌它升起得慢,说它骑着老牛;好睡午觉的人,又总觉得没睡够,怨它换上了一匹快马;贪玩的孩子希望天不黑,讨厌它"骑着葫芦头跑回家睡觉去了"。因此便有了一句俗语,说太阳爷"早上骑牛,晌午骑马,下晚骑葫芦头"。

李宏见日头爷已经偏西,眼看要下马换葫芦头了。他盘算:我一来豁出跑伤马来,得鸡叫三遍赶到家;二来纪大姐叮咛的事,还没来得及办。他决定从容往回赶,上马奔向秀水河子。

秀水河子是个不大不小的集镇,原本是柳条边上的一个口子,由法库门驻防佐领派一个十夫长领人把守,但现在撤防了。

李宏投店歇了一宿,早饭后牵马遛街。他几乎走遍了全街,选购了一些东西，把一个大包裹挂在马鞍上，骑马越过柳条边。他沿河向北，后来又折向西北，钻进一片山包包。在日头爷还有三竿子高的时候，他回到了塌了胯窝堡。他看到上屋和下屋各三间大草房已经上好笆，苫好莛子，房顶还有几个人在拧房脊；檐下另有些人在堵燕窝——檐檩和房笆间的椽子空，春天飞回的小燕，很喜欢在这里垒巢；人们便把这样的地方叫"燕窝"。

李宏在老修家门前下了马，李宏见纪玉瑶正在领人往露天地里桌子上摆酒上菜，便一边向落忙的人点头道劳，一边拎东西进屋。

汤老太太正坐在东屋炕上照看孩子。两个孩子正在啃骨头，满手丫巴、一嘴巴子都是油。李宏把包裹递给汤老太太，说："大姨，这些天把你都操劳瘦了！我马不停蹄地往回跑，还是回来享现成的了。"

汤老太太先把包裹塞进大板柜，然后满心眼高兴地说："不晚，你回来正是节骨眼——你玉瑶姐刚才还在叨咕，说'庆功宴上缺了正主，可真有些美中不足'呢。"

这时候，撵进屋来的纪玉瑶，顺手带上了两扇板门，走近李宏，几乎是脸贴脸地悄悄问："那件事办利索没？"

李宏感到她呼出的热气，把自己脸蛋子都喷得直发烧，不好意思地把身子往炕边挪了挪，才低声回答："屠户的脑袋，成了上供的猪头。"纪玉瑶先点点头表示"明白了"，又绷起脸大声说："你这个大掌柜的，多能拿架子——把身子躲得远远的，一躲就是五六天，也不怕我们把你的大草房盖歪了！"

李宏猜不准她是因为自己躲开身子挑不是，还是想让外屋地的人不生疑，赶紧又红着脸大声解释："我可不是躲清身，今个一天脚没离镫，身没离鞍，控得两只脚底板现在还像踩着棉花团子，有些站不稳，立不牢。"

纪玉瑶撇撇嘴，嚷了句"你是牵挂自个家业，用不着跟我们娘儿俩报苦劳"，接着却关心地小声说："今晚这顿酒，可得陪大家喝透的。你空着肚子咋陪？我先给你盛碗饭垫个底吧？"汤老太太也撺弄说"别空肚子喝出毛病来"。纪玉瑶一股风似的离开东屋；汤老太太怕两个孩子看李宏吃饭眼馋，也抱一个领一个走开了。

纪玉瑶捧着一大碗粳米饭，上面盖了个肉帽，贴着碗边放了双筷子，慢慢走进屋，用后身把门靠上了。等她到了身前，李宏说了声"谢谢玉瑶姐"，张开两手接碗——纪玉瑶的手差不多把碗捧了个严丝合缝，咋能不碰到？李宏感到她的手，竟然像当年翠兰的手一样柔软，心一忽悠，脸又发起烧。纪玉瑶听他叫"玉瑶姐"，还按住了自己手指头，心也怦怦直跳，急忙把手抽出来，却把筷子碰到了地上。她哈腰捡起筷子，用衣角擦了擦递给李宏，小声埋怨："笨玩意儿，把人家手指头按得生疼。"说完，她假装擦汗，摩挲了两把也有些发烧的脸。

纪玉瑶刚想出屋，唐百顺领着张冲、祁福闯了进来。等他们问过好，纪玉瑶对李宏夸赞："这三个兄弟不仅能吃苦耐劳，说说唠唠还很有分寸，乡亲们都夸你雇了三个好劳金——将来我一定帮他们选个好家口！"

那三个壮实汉子，全低下头藏起大红脸。李宏吞下了嘴里的饭，像秋后的蚊子，叮住人就不撒口似的说："玉瑶姐，这可是比我盖房子置地，还紧要的大事！你别怪小弟沾边就赖：这宗大事，可就全放到你肩膀头上了！"

纪玉瑶扬扬那两条弯眉，打包票般地说："姐姐红口白牙，说出的话咋能秃噜扣……就是兄弟的事，姐姐也一定上足心，给你找个称心如意的好帮手。"

李宏忙不迭摇摇手，求饶似的说："我可不想麻烦玉瑶姐帮这种忙。"

唐百顺瞟了纪玉瑶一眼，故意说了句"我们掌柜的，恐怕心上有了人"。

李宏急忙吆喝："别虎掏！"

纪玉瑶见他低下头扒拉起饭，也低头走出屋。

李宏撂下筷，把三个弟兄拢到身边，低声说起这次出门的事。刚说了八成，纪玉瑶推开门吆喝："大掌柜的兄弟，你咋没紧没慢——乡亲们已经全上桌了！"

六

李宏赶紧出屋，走到房前作了个罗圈揖，向大家道劳、道谢、道歉，说自己摊上了挠头事，不得不回了一趟四平街……"大家平地一声雷，帮我把房子戳起来了，我今晚一定陪大家把酒喝透喝够……一同庆成功！"

所有在场的人，只有纪玉瑶完全知道：他所说的"成功"，是指许彪带领弟兄杀了屠景操，替周坛主报了仇。

李宏说话时，把各桌的人扫了一遍，没发现李村长，就低声问唐百顺。唐百顺说他天天到场，"但不在这疙瘩吃饭，可能是端村长架子，不愿跟大伙坐在一疙瘩"。

李宏接过纪玉瑶递给的一把带梁的锡铁酒壶，和一个五钱大的小酒泡子，开始逐桌逐人敬酒。他同每个人都碰一下盅，然后一同干下。

纪玉瑶一直瞟着他，见他陪到了第七桌，心里可就嘀咕起来：这逛能鬼已经陪过二十四个人，喝下十二两酒了！今晚我叫唐百顺把各家老爷子全请来了，光男客人就还有三桌；他若按老叶子撸下去，可就得再灌下去六两，那可就一斤二两了……便出面拦挡说："表弟，你已经快喝下一斤多了。下边就一桌陪一盅吧，乡亲们不会挑礼的。"

李宏却把脑袋瓜子摇得像拨浪鼓，坚决地说："我若不一位位都陪到，那就有厚有薄了；表姐也知道，我今天特别高兴，一定得把酒喝透！"

纪玉瑶无奈了，只好说"那你就别干拉了"。她抓起一双筷子，跟在李宏身旁，李宏每扔进一盅，她便夹一口菜，逼他吃下去。她现在还不知道李宏是旗人，也不了解旗人打一小就鼓捣酒，长大了差不多个个都是大酒包。

李宏敬完男客人一圈酒，也有些像小毛驴拉车下大岭——坐不稳坡了。他又回到首席对孙老二和孟老疙瘩说："兄弟不仅感谢二位把头大哥帮忙，还从心里往外佩服两位把头的能耐。你们两位领人盖房子，真像诸葛亮排兵布阵一样精彩……"

这两位把头本来已经喝高了,叫东家这么一捧,可就像受了皇封,脑袋瓜子比头号柳罐斗子还大了一圈,和李宏接二连三地撞起了酒泡子。纪玉瑶没法阻拦,回屋搬来了汤老太太。李宏心里明明白白:自己这个"外甥"是不能惹"姨娘"生气的。他忙不迭又跟他们俩干下了一盅,有板有眼地说:"两位把头大老哥慢用,兄弟得缓缓劲了;过一会儿咋也得向各位婶子、嫂子、妹妹敬几盅的呀。"

等他把还没开口的汤老太太,稳稳当当地扶回了屋,席上还没散去的人可就替他算起了酒账。有人估摸说:"老李当家的喝了足有一斤吧?"有个心细的人,扳着手指头计算起来:"老李当家的先陪了九桌,一人一盅,这就三十六盅;一盅五钱,可就是……十八两了。他又跟两位把头干了六个,再加上三两,可就是一斤零五两了……"

站在一旁的唐百顺听出了一笔错账,插嘴说:"我们哥仨和另外三个小兄弟打的横头,我们掌柜的也都撞了一家伙的。"

那个扳手指头的,吐了吐舌头,提高嗓门说:"不多不少,整整一斤半!"好多人惊讶地说"好大的酒量啊"。一个好显摆自己见识高的老头儿,摇晃着脑袋瓜子说:"人家是啥样人?四平街的大掌柜的!若没有在酒缸里打把式的能耐,应付得了那些大场面吗?"

第二悠把桌子摆到了东西两屋,每张桌子上都点上了蜡。给女客人上的是葡萄酒——纪玉瑶打发唐百顺从彰武街买来的。李宏在纪玉瑶带领下,把每个人的酒碗斟满,却不撞不拼,只自己在每桌前咕嘟下一碗。边外的女人,虽然都有股子泼辣劲,可在眼生的男人面前却不能不拿捏些分寸。纪玉瑶等李宏敬完酒,便把他撵走了。

七

天一连晴了七八个日子,好像累趴下了。地面上没一丝的风,天空中却不见了应当鸭蛋圆的月亮。李宏知道那三个弟兄，到新房子烧炕呢，慢慢地往西走。快到新房子时，他听到三个弟兄正在屋里磕打牙——他们以为天黑了，跟前没有挡嘴的——散席的人走到院外了，悄悄话说得没顾忌，声就挺高。李宏听出了跟自己有瓜葛，便停下脚步。

"唐大哥，你咋知道东家有了心上人呢？"

——这是祁福的声。

"我听到看到的也不比你们俩多，可我好琢磨。比如说吧，这次老当家的出门前，为啥把银两交给了纪大姐，还让咱们有事跟她商量呢？"

——这是唐百顺在说在问。李宏听了摇摇头：我当时也没想"为啥"呀，他能琢磨出了个"啥"呢？

"因为纪大姐算是坐地户，是咱们东家的表妹。"

——这是张冲说出的话。李宏暗暗地点了点头。

"那老太太呢？她可是长辈，老当家的还把她叫'大姨'呢！咱们老当家的，到这疙瘩，虽说不比咱们仨早多少，可我敢断定：他看出了纪大姐很能干，是很敬重她的。再说了，老当家的金盆洗手，不就是想过太平日子吗？他到这疙瘩没几天，就盖房子扎下根，心里没人能下这个决心吗？"

——这又是唐百顺的话。李宏听得直皱眉。

"小宏是二师姐扔下的孩子，老当家的是想把他当自己孩子抚养大的。小宏对纪大姐差不多一口一个'妈'的。你们听他拦挡过吗？老当家的比咱们仨听到的遍数还多吧？他若不是动了真情，能想盖房子长住下去吗？"

——还是唐百顺在发议论。李宏有些心惊了：小宏把玉瑶姐叫妈，肯定被邻居们听到过的，难道他们也会这么猜想吗？可我……并没打算捡这种便宜呀……

"可是……纪大姐在吃饭前还说过，要'上足心'帮东家'选个称心如意的好帮手'。这证明不能说她有那种想法吧？"

——祁福提出了不同看法。

李宏觉得他问得有理：找帮手的话，她对我说过不止一次。她为啥老提这个话茬呢?

"女人比男人多了一股肠子,说话也往往比男人多拐了一个弯。我猜她十有八九是在投石问路,试探老当家的心里有没有她。"

——这话是唐百顺对祁福的解释。李宏听了,腔子里的心直拘挛:玉瑶姐是个有钢口的大师姐,她若真是这样,早晚会要我口供……我咋回答她呢?

接着传来的,是张冲的不同看法:"就算你掰扯出了一些影子,可她也得过老太太这道关哪。老太太是个小脚,不会轻易答应女儿迈出第二步的。再说了,咱们掌柜的可不像咱们这些普通的跑腿子,就是打算成家,能找一个比他大的半边人吗?"

还没等李宏对这些话仔细嚼啃,唐百顺的话又噼里啪啦传过来:"你真是个糊涂棒子!老当家的这个'姨'是认下的;她们母女,也不是亲骨肉:老太太姓汤,肯定是随夫家的姓;大姐姓纪,是娘家的姓;她孩子姓修,随的是爹。这证明她们'母女'不可能是婆媳,也是认下的干亲。干女儿若和干外甥成了一家人,老太太肯定会乐得闭不上嘴!"

第十章　盯着钱眼动心眼（上）

一

李宏轻轻地拍了一下脑瓜门。他原来以为汤老太太让自己叫她"大姨"，不许叫"师父"，只是为了不暴露她师徒身份；现在看起来，并不这么简单。她对自己很亲热，很有可能是想把自己和玉瑶姐往一疙瘩捏鼓……他想起了"墙外有耳"这句老话：若再有人听到他们仨唠这些真不真、假不假的嗑，用不了一天两早晨，就会传遍全村的。自己是个大老爷儿们，黑不黑、白不白的倒也没啥；可玉瑶姐若是没那种打算，一个半边人咋受得了？于是，他干咳了一声，慢步走到门前，假装糊涂地自言自语："摸瞎黑看不太仔细，看大概倒盖得不错。"

那三个人摸不清他是啥时候过来的，也急忙蹬石头下驴，你一言、我一语夸起纪大姐认真、李村长上心、两个把头有经验、乡亲们肯卖力气……等东院传来了叽叽嘎嘎的说笑声，李宏便领着弟兄们赶回去送客人了。

送走客人，都回到了东屋。纪玉瑶便扎上了围裙，想收拾屋里屋外。唐百顺等三人横拦竖挡，要她歇歇，说："我们哥仨收摊子。"说完就忙活去了。

汤老太太拎出包裹，递给李宏说"看看你给李村长买了件啥皮袄"。

李宏打开包袱皮，先掏出一对银项圈，递给纪玉瑶说："小宏七月十五生日我没赶上，玉坚的生日我不知道；就都给他们买了个生日念心。"

纪玉瑶看了看说："纯银的——坚生日早过了，不用给他买的。"

李宏认真地说："玉瑶姐，你咋说这种掰生的话？到啥年月我也不能慢待了坚。"

纪玉瑶满意地微微一笑，哈下腰对两个孩子说："妈给你们戴上。"

李宏一听便想起了唐百顺说过的话，心里暗想：她是嘴上说习惯了呢，还是有意说给我听的呢？

等两个孩子戴上了银项圈，低头用两只小手摆弄起挂在身前的"长命百岁"牌牌时，李宏拿出两件皮筒子和里面，说了声"这是给大姨和玉瑶姐买的"。

汤老太太用手摩挲了一阵，有些意外地说："都是火狐狸皮的，比草狐狸皮贵得多——我这个老太太见倒是见过，还是头一回上手摸，咋穿得起这么贵重的稀罕物！"

李宏忙说："这是外甥孝敬你老的。大姨若不收下，外甥这张脸可就没地方撂了。"

纪玉瑶把那块深驼色的面料抖开，往师父身上比量比量，夸赞说："买的主还挺有眼力见儿——妈，这带有团寿字的面，挂好后你一上身，保准更显得富态了。"

汤老太太一边打量一边想：不知我是借了翠兰的光，还是借了玉瑶的光……她抬起头对李宏说："既然你已经买回来了，那大姨就不怪你大手大脚了。"

纪玉瑶已经把那块紫红色的面料抖开，往自己身上比量了一阵，见上面还有一朵朵百合暗花，顺手扔到炕上，挑眼拨刺地说："太艳了，我穿不出去；若是让你留着过礼，又怕人家嫌颜色太老……"

李宏有些蒙头转向了：她咋又说起了这种话？是装模作样试探我，还是真嫌我买的面料色太老了？

汤老太太见李宏脸色惶惑，有些下不来台，便瞪了徒弟一眼，吆喝："你咋不识进退好赖，真有些牵着不走，打着倒退！"

纪玉瑶倒挺进盐酱，立刻就坡下驴，把那块缎子面叠好，有些无可奈何地说:"我可不敢把你们娘儿俩都得罪了,先留下压箱底吧——现在若吊好了穿,还不把嫩骨头捂焦了。"

李宏又觉得她是很愿意收下的;又把给李村长买的貉皮袍子拿出来。汤老太太翻翻摸摸,说:"李村长把银子掐出绿锈来,也舍不得买它的。"纪玉瑶得意地对李宏表功说:"我替你拿了主意后,这老头子这些天就像碾道的驴,紧够这把谷穗子,差不多跑滚了蹄。"汤老太太也笑着说:"明个早饭后,你们就送过去;别让他把眼珠子盼蓝了。"

李宏躺到西屋南炕头了。炕并不咋热,可他却翻过来掉过去睡不着。纪玉瑶的身影,老在眼前闪来闪去……他暗暗承认了:自己像个饿得前胸贴后背的秃子,想冒充规规矩矩的和尚往庙里钻,去抓个佛爷面前香喷喷的白面馒头。他心中没底:那白面馒头,会让人动手抓吗?

二

西晋人鲁褒曾写了一篇《钱神论》,说"钱之所在,危可使安,死可使活。钱之所去,贵可使贱,生可使杀",结论是"死生无命,富贵在钱"。古往今来的芸芸众生,不管读过或没读过这篇大作的,也不管嘴上是不是承认钱可通神的,差不多个个都是鲁老先生的忠实信徒。因此,李宏用现大洋当敲门砖,砸开了地头蛇的大门;纪玉瑶随后主张"再下些本钱",用皮袍子当谷穗子,逗引毛驴把磨拉得飞快。俗话说,锯响就有末——李村长一甩袖子就批给了一个大房场;还督促乡亲们帮助盖好了大草房。

房子盖好的第二天便下起雨。雨一停下来,纪玉瑶就陪着李宏来到李村长家。李宏道过谢,纪玉瑶便打开包袱,请李村长试试貉绒皮袍子的长短肥瘦。李村长老伴嘴上话语迟,手却来得快,用鸡毛掸子先把李村长上下身掸了一阵,才让李村长试穿。

李村长穿上皮袍子,先原地转了转身,又在屋地遛了两圈。李宏发现皮袍子的身腰有些肥了，即使里边穿件小棉袄，也会显得发旷。李村长老伴却夸赞："若让我亲手给他缝，也不会这么合身的。"纪玉瑶也就顺水推舟地忽悠："村长大叔有这个福分，表弟才能看个八九不离十。"李村长不敢在腰粗手阔的李宏面前拿大，脸上的笑容堆得比鼻子还高，恭维说："在大地方当大掌柜的，能是平常人吗？眼力不毒，咋能开得了大买卖！"

他老伴好像怕他捂出汗，溻湿了皮袍子，追他脱下来包好，放到了柜盖上。李村长望着柜盖上的包袱，回忆自己的经历说："前些年阚山典史给我们开会，穿的也是青哗叽面的貉绒皮袍，那可真压场啊……"

纪玉瑶听说过"阚山的肚子——没啥"这句歇后语，觉得李村长把自己和阚山比不太吉利，就插嘴说："阚山虽然是典史，论福分可远远不如村长大叔。大叔慈眉善目，福气寿禄就像寿星老儿的眉毛，那是要多长有多长的。"

李村长也觉得自己的话有些离辙，十分感激纪玉瑶的吉言，先夸赞她"不仅品貌出众，见识不同一般，说话更亮堂透珑"，接着发起感慨："老叔当了二十多年村长，没少受窝憋——去社里开会，都管老叔叫'塌了胯村长'。真叫人心里憋屈，可也没法还嘴。这回李宏贤侄盖起了大草房，帮我挺起了腰杆子：他们谁若再那么叫，我就要问问：'你们村有几间松木到顶的大草房？'看他这帮兔崽子，还咋向我递报单……"

李宏赶紧见缝插针说："小侄遇上大叔，才福星高照，缠手的事也办得一顺百顺。我一回到四平街，就把那帮二毛子都吓得穿了兔子鞋。我顺顺利利地，把门市房卖了个好价钱。今后我得在这块宝地上，置些地种，还得处处借大叔光。"

李村长又来了精神头，好像看到银圆又一个接一个往口袋里滚来，赶紧拍胸脯子说："大侄要置地，老叔这双老腿、这张笨嘴，都借给你使唤！过几天我就去见见王府大包衣，替你买下几处荒场，稍弄出几十垧的好地来——价钱上，保证不能叫大侄子吃了亏。"

纪玉瑶是边外山里人的后代，一直生活在山沟里。在嫁给跑关东的修岩后，又随他去了山东，所以她对"大包衣"是啥样人物并不了解。李宏却明白：包衣是满语"包衣哈拉"的简化，也就是民人所说的"家奴"。满族、蒙古族的贵族都拥有一些"包衣"，其中一些因为祖上或本人作战有功，得到了清政权或主子的奖赏，或升上去当了官，或发了财成了地主牧主。就算他官比原来的主子大，钱比原来的主子多，他在原来的主子面前，仍然还是奴才身份。李村长所说的"大包衣"，就是蒙古王爷手下的奴才，当上了管家，替王爷经管一部分土地，或租出去，或卖出去；收到的租子或地价，一部分交给王爷，一部分归他个人所有——他们是二茬地主。因此，李宏赶忙对李村长表示感谢，还说"一定不忘大叔的好处"。

接下来的几天，李宏领三个弟兄拾掇房子周围，把院子南、北、西三边都挖出一道沟。纪玉瑶把三间大草房上屋的窗户，从外边用窗户纸糊上，干了后又用鹅翎掸上豆油抗雨。

余下的三架梁、二十多根檩子等木料，被李宏领人挪到修家土平房西大山下堆上苫好。纪玉瑶有些不明白，开玩笑似的说："你们那个大院宽宽敞敞的，咋还占我们这个小门小院的地皮？"李宏轻描淡写地说："这些木料准备来年翻盖这栋土平房的，顺便再盖两间下屋。"

这是纪玉瑶没想到的，原以为李宏将来还要盖东厢房和碾磨房；现在听说要翻盖自己的房子，慌乱地说："我没打算过，我可不敢像你这样招摇。"

她跑回屋对汤老太太学说了一遍。汤老太太倒好像早就掂量过了似的，不慌不忙地说："他若有这个心，那就让他帮着翻盖好了。就算将来你觉得这个院太窄巴，我也得替你领着坚守好这个家。"

纪玉瑶红头涨脸地跺着脚说："妈！你这是哪门子话？"

汤老太太却心平气和地说："师父也好，干妈也好，我可比你多吃了小三十年的咸盐了。虽说年岁老了，头发灰了，可眼睛没花；脚打一小就裹成了肉疙瘩了，褶子现在快爬了满脸，可心眼一直没皱巴。我前些天还没看透他的心，故意说了句'你玉瑶姐'，他顺着这杆子就往上爬，对你一口一个'玉瑶姐'了。一听那甜丝丝的音，就可以猜想到他心里的小手在够你。我推算，用不了多少日子，他就会暗下对你把那个'姐'字省下去了……咱们不希图他的钱财，你也能在这土平房里熬下去，可总得为坚找些阴凉吧？"

纪玉瑶没有再跺脚，低下头抿起了嘴。她心里承认：自己虽然没疯心，可对李宏确实一天比一天牵肠挂肚了。她十分感谢师父：只含混地说了一句"将来你觉得这个院太窄巴了"，没揭自己的那些小短，比如没事找碴儿往西院蹽跶，好像魂被什么人拘到大草房了……

新房子、新院子收拾差不多了，李宏打发唐百顺骑栗骝马去了县城，扫听县衙对屠景操被杀一案有啥动作；自己骑着前几天买下的那匹马，领张冲、祁福到哈拉沁屯赶集。两天后，赶着一挂三套马的大车，拉着顶门立户的东西，进了自己的院。等唐百顺一回来，这四个人就开始自己烧火做饭了。唐百顺和张冲、祁福坚持住西屋，李宏只好一个人住在东屋。

这天晚上，唐百顺来到东屋，汇报去县城探听到的消息："屠景操的老婆孩子吓破了胆，蹲在新民客栈里没敢出洞。孙大嘞嘞替他们上蹽下跳，拱了几处猪圈门子。可那些馕糠的，只虚张声势地哼哼了几声……"

三

那天，孙大嘞嘞和如雪被搡进小车子。如雪在破篷边瑟缩地坐下。孙大嘞嘞看她那个蔫巴样，心里想：这帮红胡子倒挺规矩，没捏鼓这个细嫩的娇玩意儿——好一好是要拉回去，给那个杆子头……他们没呱嗒我这把老骨头，拉回去要干啥用呢？估计不会要我的脑瓜骨……他胡思乱想的工夫，四辆车的老板子，奉命把车赶进了毛毛道，东一头、西一屁股地转悠起来。孙大嘞嘞见大队的马胡子没跟来，这几辆车前后只有十来个马胡子，又猜想起来：这是要把我和如雪这个小嫩娘儿们，转悠蒙了再放开？那我可就该烧高香了……

一直到太阳压山，押他们的人才叫停下。六个人被圈拢到一起，一个蒙头盖脸的人发令："你们由孙捕头领着，去新民找屠太太。车和马，我们都借用了；叫屠太太赔你们钱。孙捕头，你的家小可在边外：若是屠太太一毛不拔，你可别怪我们把你家口掏出老窝，折价卖了赔给老板子们！"孙大嘞嘞听说连自己也放生，立刻起誓发愿："我若不把这件事嘞嘞明白，你们下次逮着我，割去舌头，当哑巴牲口烤了吃。"

这五男一女等人马车辆看不见影了，才敢挪步趔摸人家。他们听说离新民只有五六十里，便披星戴月、连滚带爬往前赶。如雪虽说是大脚片，可一直在二门以内伺候主子：虽说得加着小心认真，可也累不着筋骨，还养身子；就是地上的活，也扭扭搭搭不费多少力气。她养成的娇身子、嫩腿脚，哪能走得快？孙大嘞嘞便说了句"咱们得快些赶到新民"，便搀扶起如雪。县太爷的心爱侍妾，虽然觉得他在借机占便宜，可遇难后挺不起精神头，身子骨实在太乏，也只好任他捏着嫩胳臂，搂起小细腰。时间一长，孙大嘞嘞也不愿太挨累，决定"有福同享"——发令叫老板子们轮流过来搀架。

这伙人到了新民，日头爷已经两竿子多高了。在一个煎饼铺门前，如雪坐到地上便不再走。孙大嘞嘞知道她没被搜身，叫她掏腰包请大家吃了一顿大煎饼、豆腐脑。这六个人接着便不分客店大小，一个个地问下去。终于"功夫不负有心人"，半个多时辰后找到了屠太太。

屠太太前天起大早离开县城，傍晚就到了新民。隆老板的下人，安排这娘儿俩住进了客店。这客店，从外面看普普通通；可这号甲等客房，却是自成小院的三间房，既干净又肃静；而且格局也不一般：明堂是会客厅，东屋是主卧室；西屋留有两个门，分明是间壁成了南北两个小屋。

屠太太刚过四十，可一来养尊处优，二来一双小脚不爱动，已经发福，脸大腰粗。她本来是民人，为了显示自己是官太太，穿了一身旗装，还在马蹄袖紫色旗袍外罩了件琵琶襟马甲，正在东屋和儿子屠绵唠闲嗑。一听店小二喊"屠太太，有人来拜访"，她赶紧带屠绵来到中堂。一见孙大嘞嘞和如雪的身后站着四个粗人；却不见丈夫的影，心中有些奇怪，开口问了句："老爷呢?"

孙大嘞嘞先请太太和少爷坐下，才报告："我们前天早晨离开建安，在法库住了一宿；昨天早晨从法库出来，半路上被几十号头缠红巾、脸蒙黑布——只露两个眼睛的马胡子突然围上；法库派出的护卫人员，被马胡子的洋枪队包了饺子。我们被马胡子的大刀队捉住，老爷……被砍去了脑袋……"

屠太太听到这，立刻从椅子上出溜到地上；屠绵虽说已经十八岁了，可差不多一直被他爹关在书房里背那些子曰诗云，根本没经过什么风浪，立时麻了爪，搂着他妈号了起来。

孙大嘞嘞怕不替老板子要出车马钱，马胡子将来把自己老婆孩子掏出去顶账，赶紧抓机会吓唬："马胡子把四辆车都抢走了，却留下话，叫太太赔钱给我身后拉脚的人；还说三天内不把老板子打发回去，他们就把老爷贵体剁碎了喂狗。"

屠太太一听孙大嘞嘞提到钱财，立刻想到了丈夫在钱眼里钻进钻出，虽说没直接出头露面白刀子进、红刀子出，可也卡完原告夹被告，担了好些骂名，才搂下了揣在自己怀里的这些银票、金条。现在搂钱的耙子掉了脑袋，今后给孩子娶妻买官、使自己吃穿不愁，可就全靠这些不会下崽的黄灿灿的金条、花艳艳的银票了……她让屠绵把自己扶到椅子上坐稳，抱着怀试探地问孙大嘞嘞得赔多少。

一个老板子抢着说："眼下买一匹拉脚的马，少说也得两到三石高粱；五两银子才能买一石来高粱。三套的马车，少说也得四十两银子。"

屠太太想到了不打发走老板子，丈夫遗体会"剁碎了喂狗"，哭丧着脸说："老爷遇难，他带的银两都被红胡子抢去了，我哪里赔得起这么多！可……也不能让你们把老本都搭上了，大车给十五两、小车子给十两吧——你们若不认头绪，就等着官府断吧。"

那四个老板子哪里等得起？而且害怕官官相护，落个"待捉到强盗追回赃物",便咬牙认了倒霉。

<h1 style="text-align:center">四</h1>

打发走了老板子,屠太太抹起眼泪,请孙捕头帮助应付天外飞来的横祸。孙大嘞嘞想起是屠知县把自己提拔为捕头的,便忍着疲乏出主意说:"请太太立马去新民府衙报案;小人豁出命,陪少爷去运回老爷尸身;再花银子,从马胡子手里赎回老爷'六阳之首'——说啥也得让老爷,全枝全蔓地回老家、进祖坟哪……"

屠绵听了,连摇头带扭屁股,怕把自己"送去给红胡子当肉票"。屠太太觉得儿子脑袋不糠,顾虑得有道理:红胡子没劫到大宗银两,十有八九会拿老鬼的尸首当钓饵。老鬼的尸首当然重要,运回来可也不能再还魂;儿子若被扣下了,不赎回来老屠家可就断了后……若落了个两只手爪子空空的,老鬼那块臭肉,可当不了银两派用场!于是,屠太太挤了一阵眼泪疙瘩,有气无力地说:"我现在哪里还迈得动步?老爷是命官,朝廷对他的事不能不管。孙捕头,你陪少爷去趟这里的知府衙门吧。"

孙大嘞嘞正想出去喝点酒提提精神,便陪着屠绵匆匆离开了客栈。

屋里空空荡荡,屠太太心头凄凄冷冷,浑身软软恹恹,想到炕上倒下歇歇。回到东屋,她发现如雪不知什么时候侧歪到自己这屋的炕上,昏昏沉沉睡着了。屠太太立刻像眼睛挨了针扎:这个小狐狸精一进屠家门,自己才刚过四十就守起了空房。自己被逼无奈,只好应允小贱人独居一室,每逢三、六、九听任老色鬼过去……她心头的妒火苗子,腾地蹿了起来……

一个人,突然遭遇到巨大的打击,会跌向深渊般因无奈而绝望,在那转瞬间放弃了追求也忘掉了恩怨;可一旦有了转机,便会拼命地挣扎、无情地报复。对一个女人来说,最难控制的是妒火:一烧起来便会无忌无悔地疯狂。屠太太一听说丈夫丧命了,立刻像倭瓜叶子挨了霜,蔫得坍了架,没了精神头,身出溜到了地上。孙大嘞嘞请她掏腰包赔偿老板子的车马，就像对她劈头盖脸地泼下一瓢凉水，使她想到了怀里揣着的银票金条，这才清醒起来，恢复了冷酷吝啬。现在她看到如雪，完全没注意到如雪脸上的汗渍和身上的尘土，却仿佛又看到她在撒娇谄媚，勾引丈夫替她宽衣解带……她恨得咬牙切齿，气呼呼地从盘龙髻上拔下一根银簪，恶狠狠地朝如雪大腿根猛扎下去。

如雪妈呀地狂叫了一声，坐了起来；她一看到眼前的太太两眼瞪得溜圆，黄板牙错得咔咔山响，恨不得把自己一口吞下肚子里去，哪里还敢再喊？她骨碌到地上跪倒，把捂住脸的双手贴到地上——怕太太把脸扎出豹花点，那就一辈子没法仰起脸来了。屠太太又在她背上扎了五六下子，好像解了一些恨，便坐到炕沿上，张口"你这个扫帚星"、闭口"你这个贱婊子"骂了起来。等她骂累了，又想到知府可能会派人来安慰自己，这才骂道："你这个小贱人，那个死鬼这辈子再也没法替你仗腰眼子了！还不滚起来，去打盆水伺候老娘洗洗脸，帮老娘换上套素色衣裳。"

从知府衙门回来的屠绵，一席话好像把他妈推进了冰窟窿，冷得直打腮帮骨。知府并没有接见他们，只打发一个师爷出来敷衍一会儿。那位师爷还算挺有耐心，听完了禀报，还客气地说了一句"请屠少爷节哀"。接着却说："案发新民府境外，本府无权越境办案。请屠少爷速去开原县衙或法库抚民厅同知衙门报案。"

屠太太自言自语"他们咋这么冷落人"。孙大嘞嘞叹气说："唉！得怪咱们没孝敬银两。"屠太太心头一颤，暗暗地想：老话说三十年河东，三十年河西。想不到转眼间，就应到了我的头上！那老鬼活着时，千方百计往自己口袋里划拉银两；他一死，别人就盯上了他留下的积蓄……我若忍痛割下块肉，喂喂这些狠心贼，他们会不会真心实意替我推磨呢？便问孙大嘞嘞："我身上还有百八十两银子，送上去他们该不会再推托不理了吧？"孙大嘞嘞没想到，知县太太竟然想要拿虱子大腿当猪头，便仗着酒劲不客气地说："衙门是当官的肚子——衙门口越大，当官的胃口也就越大。百八十两银子，在县衙能顶上一点用；可到了府衙，只能顶几吊大钱了。收是能收下的，想顶用可就不太有指望喽。所以呢……穷百姓那张穷嘴上常挂着一句话：山里的狼吃红的拉白的，衙门里的人吃白的带黄的……"

屠太太听明白了：银子送少了不顶用，多送也不一定如愿——那老鬼掌大印时，也常常有上供的完全收、有求的不全应……她决心不拿大把的银子去填无底洞，哄捧着央求起孙大嘞嘞："……老爷在世时，没少夸你忠心耿耿。现在只有你，能帮我们孤儿寡母了。我现在身子骨散了架子，魂叫老爷的横死惊丢了一半子，没有少爷在身边伺候，是熬不下去的。你就看在老爷面上，可怜可怜老嫂子，把报案、迎灵的重担子，都挑起来吧……绵，还不快快给孙叔叔磕头！"

五

孙大嘞嘞见屠太太抽抽搭搭起来，而自己由下属荣升为"兄弟"，成了少爷的"叔叔"，好像也动了侠肝义胆，答应跑腿学舌。他扶起屠绵，有些为难地说："太太，红胡子专做没本的买卖，却不能让咱们空口白牙、秃着爪子上前的……老爷尸身，不能任凭风吹日晒，理当尽早请回来。可我身上的银两，都被红胡子搜去了；而且我的马也被那帮强盗抢去了——我当然不能叫太太赔。可用步量，到法库门得两整天，还得打尖住店……"

屠太太听他答应了，长出了一口气；也知道他无利不起早，便找出一大一小两个银元宝，交给孙大嘞嘞说："这五十两的，你拿着去赎回老爷的……顶戴；这二十两的拿去买匹马，做盘费，运回老爷玉体。"孙大嘞嘞接到手，心里骂道：真是越有钱越抠门！让我去赎顶戴，运"玉体"，却只给了这一脚踢不倒的几个小钱……

孙大嘞嘞虽然心中抱怨，却还算对屠景操知恩图报，当即到新民牲口市上买了马匹、鞍鞯。他见天光已晚，找个小店早早住下，睡了一宿好觉。

　　第二天早饭后，上路奔法库门。他在三面船下马打尖时，听人们有的咋呼，有的嘀咕，议论的都是前天发生的无头案。他边吃边听，很快就理出头绪：当地人前日傍晚发现了无头尸，社长闻报派人看守、报案；昨日同知衙门来人验尸，认定是建安离任知县的尸身，装入棺木，撒上不少盐……孙大嘞嘞饱餐后，也不去看那块咸肉，上马便奔法库门。他料想抚民厅那些护送屠景操的衙丁，一定不会承认乖乖地束手就擒，所以向同知大人跪禀："……小人和贵厅弟兄奋力抵抗，无奈劫匪马快如飞，洋枪猛射，只好苦战突围。小人连夜奔赴新民报丧；太太悲痛昏厥，少爷无法分身，吩咐小人拜求大人缉盗，并寻回屠大人六阳魁首。"

　　同知大人频频点头，再三叹息，夸奖孙大嘞嘞"忠诚义勇，直追古贤"，说"本官业已查明：劫匪为拳匪余孽，阴谋得逞后曾在贵县偷祭匪魁周某；风闻劫匪已逃往蒙古旗，本官已上报府衙，并函请相关县旗通力缉捕"；最后建议"贵捕头可速回贵县，寻觅屠大人遗首，以期早日成殓"。

　　孙大嘞嘞一听，便知道这件案子是挂了起来，结案遥遥无期——但和自己毫不相干，赶紧叩辞。

　　回到县衙已经起更，新任知县洪涛破例在后堂接见他。孙大嘞嘞磕完头没敢起身，禀告完跪着听令。洪涛眨了一会儿眼睛，才慢吞吞地说道："……周匪荒冢业已细索，虽有祭扫之迹，却一无所获。汝古道可嘉，实堪重任，可专侦细访，勿令屠大人妻焦急久盼，两眼望穿。"

　　孙大嘞嘞听得脊梁骨直冒凉风：这不是把我的捕头职务开革了吗？可真是"一朝天子一朝臣"，新老爷要安排自己的四梁八柱了……可他也不敢多嘴多舌，只能应声说"是"。

　　孙大嘞嘞的老婆见丈夫平安地回来了，欢天喜地，喋喋起左邻右舍对他的牵挂，说"都曾经过来打听，问你回来没"。孙大嘞嘞认为这是他们好奇，想捕风捉影，打探些消息，并不值得感谢。后来听老婆说"闵小耍也来过"，他心里可就嘀咕起来：这个耍钱鬼，跟我既没瓜葛，平时也没来往；我还在抓赌时训斥过他，也曾经要抓住他逼问出马贼巢穴……咋这个关口上，他也来蹭门槛子？耍钱鬼不输光爪子，不下赌桌；还都是属耗子的，白天躲在洞里睡大觉，天黑了才钻出那个窟窿，四下乱窜，趄摸进钱的道……

他一想到这，觉得可能又有了进钱的路。

六

两年多以前，闵小耍被谷璧撵到四平卖肉去了。他对谷璧怕得一贴老膏药，担心自己赌钱误事，叫谷璧找到头上，逼自己砍下个手指头当花生米嚼了吃，还真规矩起来，没敢在四平耍钱。后来，白劳德让他领路，把一批枪支弹药送到了建安教堂。谷璧便把他留下，叫他去照看吉利肉铺，有时也给教堂买些东西。谷璧去见上帝后，他那两所房子也被义和团的人点着了。多亏周凤鸣派人制止，邻居们怕火势连累自己，一起把火浇灭了，房子才没烧趴架。闵小耍脑袋瓜子上没了紧箍，跑回四平街收讨回欠账，折腾了门市部的破东乱西，过起赌瘾。他只有小耍小闹的水平，没到三个月便把手里的赌本输了个精光。上帝却可怜起这个瞎家雀，让白劳德给他带来了福音：慈禧太后答应重修教堂、赔偿教民损失了。闵小耍福至心灵，想到了谷璧被烧了的那两所房子，想到了谷璧是张绝户契，又想到他死时典妻还没到期限……觉得自己发现了人参秧，下边连着宝贝疙瘩。他风风火火地跑回建安县城，打听到那条"白色的狗"，奋拉着尾巴，回到了张二晃悠留下的破窝。那时候王二吹给阚山当起了跟屁虫。闵小耍便向他借了点钱，买了二斤光头饼子，到顺山屯去撩逗死鬼谷璧的活典妻。

张小菊的破妈，是在小菊跟许彪拜完天地，"追风沙"已经去追赶大队人马时，又回到老窝的。张小菊恨她妈对爹爹、对自己无情无义，连许家的门都没让她进。许彪妈心眼好，认为她再不济，小菊也是她身上掉下的一块肉。第二天临走前，让小菊把娘家的家底都给她妈留下，还让许彪给丈母娘送去了五块银饼子。

　　这个女人原来是蒙古王爷的奴隶，也是苦底。可嫁给了张二晃悠后，便吃穿不愁；贴上了"黑虎脸"，陪伴起"四大损"以后，更养成了好吃懒做的习惯，哪里还会过勤俭日子？五块大洋一花完，她可就只有一宗混饭吃的本事了——伺候来"瞧看"的跑腿子；她也就把炕头往外租。她倒是想找个稳当主，或是嫁给他，或是跟他搭伙，吃上一碗稳当饭。可睡过她炕头的，都是胆小鬼：认为她命里克夫，谁也不敢当"三晃悠"或"五大损"，都是口干舌燥时才进这个门，咕嘟半瓢温暾水，解解渴、消消火。这就使这个女人，常常揭不开锅了。就在她饱一顿、饥一顿的时候，闵小耍来拱圈门子了。

　　在张二晃悠还在肉铺打更的时候，闵小耍没碰到过这个女人。他是在替"老假婆"照看吉利肉铺时，才见过她的。那时候，把她典给谷璧为妻的张二晃悠，已经打完了秋千，睡进了六块板钉成的太平宫了。"老假婆"谷璧呢，已经"四大损"恶名远扬，损气冲天。他虽然名声臭得赛过了稀狗屎，连"蒲棒绒"见了他都板起寡妇脸了，可他觉得凭手里攥着文明棍，还有机会捞个大水漂来的满意货，才临时把她当成一瓢温暾水。她缺心少肺，却觉得自己穿得溜光水滑，吃得白白胖胖，还真成了有模有样的正宫娘娘，对闵小耍并不咋搭理……闵小耍呢，一直对谷璧怕得一贴老膏药，哪里敢搭理她？还觉得她眼眶子挺高，不太好接近。

　　可这次闵小耍一进她那半掩半开着的门，几乎认不出来这位"王妃"了：穿了件白不白、黄不黄的对襟裰子，只系了下边两个纽襻，露出了半截瘪瘪瞎瞎的奶膀子；抿腰裤子也没好好打褶，使整个下身窝窝囊囊，歪歪扭扭。闵小耍皱了皱眉，但心眼很快地来了个急转弯，劝起自己来：你是想把她当一条麻绳来穿钱用的，粗拉毛糙、邋邋埋汰些有啥碍事的——在牌桌上，满脸大麻子的天牌，可比红头细腰的小俊娥子着人喜爱多了！他摆出点笑模样，把拎来的两包馃子撂到炕上，套近乎说："乡里乡亲的，来看看你过得咋样。"

　　小菊她妈知道闵小耍好赌钱，三十多了还是光棍一条；见他今个穿得利利索索来串门子，还提溜来两包点心，猜想他也是来借炕头的。她觉得他比别的老跑腿子年轻得多，出手也阔绰得多，便想稳住这个主道，急忙有些低三下四地说："你还看不出来吗？炕头热一天、冷一天的，肚子饱一天、饿一天的。你能惦记来瞧看瞧看，我真得好好地答谢答谢你了。"一说完，她身子便往闵小耍身旁凑拢。

闵小耍暗下高兴：我原来还担心不太好上手，怕她不受圈拢；没承想她已经狼狈到这种粪堆上了——我还得吊吊她胃口，杀杀她的价，让她死乞白赖地求我照应，省得她将来翻小肠、抹套子！他打好了鬼点子，便说"还得去收几份账，有闲工夫再来坐坐"，抬腿就走出了屋。

小菊她妈没想到自己刚想贴年糕，闵小耍竟像稀狗屎——溜了，很有些失望。她回想起闵小耍刚进屋头一眼看到自己时皱过眉头，便低头打量起自个：小布衫散半截子怀，裤腿子一长一短……她不再怪闵小耍：他是个常在县城逛悠的人，想松散下身子骨也得端点架子，真真假假地挑两眼，不能马马虎虎地穷将就。她吃了几块馃子，动手洗起衣服来。

闵小耍也说话算数，没白话这个女人。每隔一两天，或者三四天，就来串趟门，顺口唠几句嗑。若是空手来的，临走都掏出两把铜钱，哗哗啦啦地撒到炕上，显摆自己手里不断钱。小菊她妈觉得他并不讨厌自己，是真心实意关心自己，下决心要好好报答他这个大好人，或者说她想抓住这个饭碗子，不再饱一顿、饥一顿。

一天下半晌，闵小耍又来了，而且坐了挺长时间。等他又站起身来，把手伸进了兜，那女人急忙扑过去，抓住他的手，仰起脸坚决地说："我不能让你老白掏钱……"

闵小耍今天本来就有留下来的心，又见她竟红了脸，脖子还挺白净，估计她这些天不仅洗了衣服，还擦过身子了——可见这个女人在讨自己的欢喜。闵小耍对她笑笑说："我只跟打心眼里愿意跟我相好的女人来往，不抓临时垫牙的。"一听这话，那个有些二百五的女人，心可就发毛了，哀求地说："人家满心眼喜欢你，你若不把人家当老婆待，也得正经八百地做相好的!"闵小耍这才拿把地说:"我倒能保证你有吃有穿,可知道你没长性,担心你以后不听我吆喝,又招呼别人来住这个热炕头。"那女人便起誓说:"你若能总养活我,这辈子我就是你的奴才。你让我朝东走,我一准后脑勺向西;你让我撅着,我保证不仰颏。我若不一个心眼跟你过日子,情愿叫雷劈了。"闵小耍这才吐口:"那我就答应你,明媒正娶你做老婆。"

三天后,闵小耍请了几个朋友和邻居,写了婚书,热热闹闹地喝了一顿酒。那个女人觉得今后不愁吃不愁穿了,夜里还有个壮实男人陪伴,规规矩矩地过起日子。闵小耍也抓紧时间,东一头、西一屁股地忙活起来。他手里掐着婚书,还得到了白劳德和王二吹的帮助,从教区和县衙都弄到一份文书。教区出具的那份文书上,最关键的一句是"谷璧典妻为其财产唯一继承人";而县衙开出的那份证明,则说"谷璧典妻再醮之后,其所有财产依律均为新夫闵小耍所有"。因此,闵小耍不仅领到了谷璧被杀的抚恤金,还得到了两所房子被烧的赔偿费。闵小耍为了留足赌本,只花了一部分钱把房子简单地修补一下,便租了出去。小菊他妈一直在顺山屯,过着有吃有穿的日子,并不知道闵小耍发了谷璧的倒头财。

闵小耍赌习难改,手里还有了钱,又恢复了赌鬼生涯。他手气时好时坏,或者说赢的时候少,输的时候多。手里的赌本慢慢地送进了别人的兜。到了现在,他开始盘算偷偷地卖房子了。可就在这时候,他又有了奇遇,竟然捡到一块狗头金……

七

这天小半夜,阴云遮住了月亮。闵小耍离开赌局向南走出裤裆街。快到周凤鸣坟地时,看到火光忽明忽暗,还传来马蹄蹬踏的声响。闵小耍立刻想起了"追风沙"领人马,用阚山的心肝肺给周坛主上供的事。他急忙闪进路旁的树茅子,蹑手蹑脚挪过去。等到离那个坟头只有三十左右丈了，还借着那堆烧纸的火光，望到黑乎乎一大片人马。闵小耍打了个冷战，心里十分吃惊：难道"追风沙"又领人来上坟？可现在不是清明，也不是七月十五哇……他不敢再往前凑拢了，蹲在树茅子里偷偷地看、静静地听。脸前的树条子、蒿草挡眼睛，望不清楚；耳朵倒听到了传过来的语声——他压根不认识许彪，当然听不出是谁的声，但时断时续听到了些不太囫囵的话："……周坛主……杀你的主谋……屠景操的脑袋……报了大仇……"

闵小耍用两只手拄牢地，才没有吓趴下：哎呀我的妈呀，他们把屠老爷的脑袋瓜子请来了？他可是县太爷呀！这不是把天捅出了一个大窟窿吗？他又想起了屠知县已经掉蛋，听说是昨天早上离开县城的，是由孙大嘞嘞领人护送的，金银财宝整整装了两大车！那若是自己的，足够自己放开手脚，赌上八辈子……他耳朵又听到了杂乱的马蹄声和嘈杂的话语声。他没敢挪动身子察看，等几乎听不到声了，他才从树茅子里爬出来，直起身子朝那些嘈杂声远去的方向望，但只看到了几点光亮，可能是火把。他蹚草绕树奔顺山屯，可刚蹿跶出一里多地，呼哧出的粗气变得均匀多了。这个耍钱鬼心眼里，邪门歪道可就翻腾起来了：这伙人若真是拿屠老爷的脑袋瓜子上坟，是不会把供品带走的。那颗死人脑袋，对别人屁用没有，可对老屠家说来，却是丢不得的；连县衙也八成会悬赏寻找的……马不吃夜草不肥，人不得外财不富。这该是老天爷赏给我的老母吧？我若不要，那不就成了连二百五都不如的老傻子！他扭屁股奔向周凤鸣的坟头。

这时候，月亮从阴云缝露出脸来。闵小耍停下脚步，向周凤鸣坟头打量：树影把坟的四周遮得花花搭搭……闵小耍听人说过：周坛主刚葬下时，只有光秃秃的土堆，可不久就有人偷偷地立了块墓碑，陆续地栽起树；五六月栽下的树，竟然也都活了。人们都感到奇怪。有人问走村串户算卦的刘半仙，他神秘地说："神拳水木坛坛主的阴宅，当然有水润木。别说是用心去栽，就是顺手插上一根干树棒子，也会冒芽放叶的……"闵小耍仔细地看了一大阵，才发现模模糊糊的石碑。他慢慢地走过去。那前边，果然有个黑乎乎的东西。他爹着胆子，哈腰摸下去：毛乎乎的，好像是头发。他停了停，又往下边摸，却碰到一个皱皱巴巴的薄片——分明是耳朵！闵小耍赶紧跪倒磕了一个头，说："周坛主，这供品你老人家已经享用过了，我替你老人家撤下去吧。"

闵小耍又伸手，在那个黑乎乎东西的四周摸，想抓到辫子提溜着带走；却发现下面，垫着一块油布。闵小耍这时像捡到了狗头金，高兴得胆子大了起来，用油布把人头包好，提起来奔家走下去……

第十一章　盯着钱眼动心眼（下）

一

孙大嘞嘞几乎一夜没合眼，弄明白了三件事。第一件：他从新任知县洪涛夸自己"古道可嘉，实堪重任"，下令自己"专侦细访"屠景操人头，不仅认识到了新知县把自己看成前任的红人，还免去了自己的捕头职务。自己不但不能表示不满，还得努力讨好。第二件：屠太太是只铁公鸡，但她必须依靠自己。自己必须用忠义做锉刀，才能从她身上锉下一根羽毛，弥补一些损失。第三件：闵小耍这个赌鬼，十有七八知道一些秘密；对这样的耍钱鬼，必须连诈带逼，才能制服……

孙大嘞嘞一打定鬼主意，第二天一早就来到闵小耍家门外；也不进屋，硬邦邦地喊了句"闵小耍，跟我走"。

耍钱鬼心里有鬼，出屋后见孙大嘞嘞板着无常脸，可就连屁也没敢放，瞄着孙大嘞嘞的脚印跟出村。

孙大嘞嘞见周围没人，便把他领进路旁的树林子，停下脚打起糊涂炮："你贼胆包天，竟敢偷偷摸摸地干下了不要命的勾当！"

耍钱鬼没上牌桌时胆都不大，可输人不输嘴，没按住手脖子更不会认账。闵小耍虽然有些哆嗦，却遮遮掩掩地答道："孙捕头，我已经改邪归正，不偷不摸了……押几把牌九的事倒有，算不得作奸犯科的。"

孙大嘞嘞的脸，像一直往下掉霜渣，两眼死死地瞪着闵小耍，先用鼻子哼了一声，才接着敲山震虎："你若是偷鸡摸鸭子——就是偷了谁家一头毛驴子卖进了汤锅，我这个捕头也犯不着找你这个伥小子——好些日子前，就有人向屠知县告密，说你并不是白捡了张小菊的妈当老婆，而是张小菊的男人、'追风沙'的二当家的许彪下了套：让那个骚老娘儿们把你拽上了炕，你也就开始给她姑爷子在县城里卧底了。屠知县本来要把你抓去用刑的，是我瞎了眼睛救了你：说许彪有那种高招，你也没那么大的贼胆；维护你说，你捡了'老假婆'的那双破鞋趿拉，只是为了骗些赌本……屠大人才没把你抓进大牢。我万万没想到的是，你竟又干出了这种事！你别以为屠知县对你嘎巴不动嘴了，要知道新来的知县老爷，却能对你瞪起眼睛，吆喝'用刑'的！"

闵小耍被吓蒙了：他是知道张小菊嫁给了许彪的，也听说过许彪是"追风沙"的亲信；若是有人硬把"卧底"罪名，往自己身上糊，那可就浑身是嘴也说不清、道不明了……他对孙大嘟嘟的话，信了六七成，怕得倒足足有十成：自己若是被抓到县衙，肯定受不起那些刑的；一承认"卧底"，不被砍头也得蹲一辈子大牢……他还从孙捕头那句"屠知县对你嘎巴不动嘴了"猜想：他分明知道屠知县的脑袋落到了我手里……若再逼我承认是同谋犯，我下半辈铁没机会再摸牌九了……他这么一迟疑，使孙大嘟嘟更猜想他心虚了，便威胁说："你虽说不争气，我当老皇叔的，还想给你指出条明路——没想到你还想放硬挺……我也只好送你进大牢、受大刑了！"他说到这，从屁股后掏出一条绳……

闵小耍听了，扑通一声跪倒，齉着鼻子哀求孙大嘟嘟："放我一马吧……"如实说出了捡到屠知县那颗脑袋瓜子的经过，还说是想得到县衙的奖赏，落点押牌九的老母……

孙大嘟嘟见他被自己连蒙带唬吓破了胆，说出实话，心里乐得开了花，脸上却假装犯了一阵子难，才打了个"唉"声，接着又胡嘟起来："老叔我是相信你，也向着你的。不然咋能领你到这背旮旯儿来唠这宗事？可现在的知县老爷，脑袋瓜子可长在他自己脖子上呢。他满心眼，要给那个丢了脑袋瓜子的前任报仇，想按着你的脑袋瓜子，逼你供出'追风沙'、许彪的落脚地点，去取他们的脑袋瓜子。我若把你带回去，你若咬紧牙关，熬刑不供，或许你的脑袋瓜子还能在脖子上多长几天。你若熬不过那一套又一套的重刑，顺口胡吣，他取不来'追风沙'、许彪的脑袋瓜子，可就要摘下你的脑袋瓜子了……罢了，罢了！我这个人心慈面软，看在咱们爷儿们多年的交情上，我只好提溜自己的脑袋瓜子，冒一把险，帮你一勺子了！你把屠大人的脑袋瓜子交给我，我谎报是在荒山野甸子上找到的。不过……那个瞄到你在周凤鸣坟地上捡了油布包的人，若是把你叮住不松口，不只你脑袋瓜子长不牢，连我也要被拐带，吃瓜落儿。古人说'三十六策，走为上计'。你赶快远远地躲开一大阵子吧。"

<h1 style="text-align:center">二</h1>

闵小耍一听他同意放了自己，立马站了起来，领孙大嘞嘞到自己埋人头的地方，指着一个小土包，说了声"就在这"。孙大嘞嘞见小土包不大，用腰刀能把人头挖出来；可又怕他是打诈语，趁自己一分神开溜，撵不上他，就说："你用手扒出来。"闵小耍咧咧嘴，说："屠大人的脑瓜，掉系把四五天了。虽说我扬了几把盐，恐怕也烂眼糊脬了，咋下手？你老把腰刀借我用用吧……"孙大嘞嘞哪敢把刀交到他的手？抽出腰刀，砍了一段树棍子，叫闵小耍掘出了油布包。孙大嘞嘞又叫闵小耍打开油布包：撒了好多盐的人头，还是散发出一股臭味，但还能看出不是假货。

孙大嘞嘞见闵小耍还不挪窝，便追了声"快点选个远地方，去背风吧"。

耍钱鬼却先抈挲开两只手，又拍拍衣服兜，苦着脸低声下气地说："我现在手里空空的，兜里瘪瘪的，离开老窝就得扎脖。孙大叔得好人做到底，想法子容我几天空……"

孙大嘞嘞立刻板起脸，连唬带骗地吆喝："你小子咋往酱碟子里扎猛子？哪个县太爷不是黑脸的老虎？我替你搪灾，就已经有坐大牢的危险了！"

闵小耍黏了吧唧地哀求："大叔，你是捕头，是县太爷的红人，说话是有分量的。若几天不行，那我只求你老人家，宽我一天的限，还不行吗？让我有工夫，把那两所房子折腾出去……"

孙大嘞嘞听了这话，眨巴眨巴眼睛，觉得若借他一笔钱，也有连本带利收回来的路，还能快些把他打发走，使自己做事更方便，就故意"唉"地叹了一口气，反问："我容你一天的空，新来的县太爷，把你抓进大牢可咋整？"

闵小耍是怕进大牢的，可也没完全死心，眼巴巴地望着孙大嘞嘞没动窝。孙大嘞嘞这才无可奈何地说："我这个当叔叔的，只好出血了。"他大仁大义地借给他五两银子，还解释："我哪有那么大的神通，能让县太爷容你一天空？再说了，你就是豁出脑袋瓜子，磨蹭两天，你两个大钱的东西，也卖不出一个大钱的价！那两所房子嘛……我先暗下替你照看着，等这场风过去了，你再回来收房租。你若怕租房子的人打赖，到时候老叔再帮你一把——你倒没说错，在建安县，老叔的话还是有分量的。"

闵小耍手里有了银子，也不问他咋"照看"，便穿上了兔子鞋。他本来想去四平，可还没过辽河就碰上个赌鬼朋友，被拽上了牌九桌……

闵小耍一走，孙大嘞嘞的心可就踏实起来。他琢磨：自己若太着忙了，这就奔回新民去，那个胖猪似的太太可能会生疑心，认为我没去找马胡子。虽说我不怕她，可也得费口舌……他又在县城四周装模作样地转悠了两天，才骑马来到法库抚民厅，向同知大人禀报："屠大人头颅已有下落，到手尚需一些时日。小人想先把屠大人尸身运到新民，盐埋暂厝。"那位同知连连点头说"好"，还应孙大嘞嘞的请求，命令手下人出具了相关证明文书。

孙大嘞嘞雇了一辆大车，到半路上把那副装臭尸身的棺木弄上车。他带大车连轴转——本想住店，可碰到的大车店都不收留。到了新民城外，把棺木卸到一座破庙；打发走马车后，孙大嘞嘞向城里走去。

他一边走着，一边猜想着屠太太这几天的心情。他盼望屠太太能满心眼在着急：她若急得快交刀了，我就能多逼出些银子来。

屠太太这几天的精神头，比刚得到丈夫死信那几天好了一些。丈夫一死，儿子屠绵就成了她后半辈的全部希望和依靠。她却发现儿子随了他爹的根：虽说刚十八岁，竟然花心比孝心重，撅起狗鼻子踅摸起小母狗。她又气又急，不得不挖空心思，对儿子连拉带哄，进行笼络。现在她觉得自己的心血没白熬，儿子比过去更"孝顺"了……

三

那天把孙大嘞嘞打发走后，屠太太感到心疲体乏，侧歪到炕上不一会儿就睡着了。屠绵和如雪悄悄离开了东屋。到了堂屋，屠绵发现如雪拐着腿，奇怪地低声问："如雪，你叫胡子打伤了吗？"如雪见他对自己又细心又关怀，心中又感激又高兴，便走出几步停下脚，小声回答："不是胡子打的，是太太用簪子扎的。"屠绵吃了一惊，问了声："疼吗？"如雪含着泪说："扎了七八下，每下子都像扎在了心尖子上……"屠绵不明白妈为啥下狠手，便顺口问："我妈为啥扎你？"如雪的脸唰地红了，情不自禁地回头看了东屋一眼，没出声。屠绵猜想她是怕妈听到，便轻轻地推开西屋的南门，抬手把如雪让进屋，带上门说："你说吧，我妈听不到了。"如雪平时就感到少爷虽然有些呆板，却挺老实厚道；而现在又觉得，只有他能劝太太少虐待自己一些了，应当让他对自己多同情些，以后能多帮自己一些忙，便红着脸说："还不是因为我是'侍妾'，老爷让我干啥事，我都不得不顺着……"屠绵没全懂，只模模糊糊意识到了：是她和父亲干下的事，惹恼了母亲；但也不好意思再深问是啥事。如雪感到脸有些发木，大腿上的伤也疼起来，抬手揉揉脸，又按按大腿根。屠绵估计她是有些疼痛，迟疑了一下，又对如雪小声说："让我看看你的伤重不重。"如雪脸更红了，撩了他一眼，有些慌乱地低下头说："不行的……你比我还大了一岁，是个大男人了……太太若知道我让你看身上的伤，都能把我吃了！"说完就绕过屠绵，轻轻地拽开门，贼似的回北屋了。

屠绵愣了一会儿，才想起了圣人说过"男女授受不亲……礼也"，认识到了自己的冒失：看她身上的伤，那可是比"授受"还严重的逾礼举动……可如雪的脸红和躲开，又使他想入非非了：她今天咋红了好几次脸呢？她匆匆地躲出去了，是怕我硬看她身子上的伤吗？女人身子跟男人都有啥不一样呢？她脸很嫩，腰很细，身子一定也很细嫩吧？不知道我啥时候有机会能摸摸女人身子……他又想到了如雪，觉得她好像还是愿意让自己看看身上的伤的，只不过怕妈知道了会"吃"了她……他想不通妈对如雪为啥这么凶，也便更觉得自己应当关心关心她……便起身出屋，到街上药铺买了点治伤的药膏。回来时在东屋门前听了听，他认定妈还没醒，才不声不响地给如雪送过去了。

屠绵万万没想到：他对如雪的关心，却给她带来了灾祸。

第二天的晚饭后，屠太太闻出了如雪身上的药味。一听她说伤口抹了药膏，便逼她跪下供出药是咋弄来的。如雪不愿把好心的少爷连累了，撒谎说是自己到街上药铺买的。屠太太又追问"是哪个药铺"，如雪嘎巴一下嘴又闭上了——编不出来了。屠太太便骂道："空不起身子的，老爷刚死两天半，你就开始勾搭野汉子！"骂完便抽起她嘴巴子。屠绵听到动静，跑了过来。如雪怕他虎了吧唧说出实情，那就更说不清、道不明了，便一边向他摆背在身后的手，一边急忙对太太说："我去买药时，着急快些回来，没注意药铺叫啥名；太太怪罪就再打我几下吧。"屠绵还算乖巧，没主动招供，还劝他妈："妈，我爹的尸首还没找回来，别为这些小事生气发火了；若叫外人知道了，会笑话的。"屠太太觉得他是在敲打自己分不出大头小尾，可也怕闹出闲话不体面，低声骂了句"你倒替那个死鬼爹给她仗起了腰眼子"，气冲冲地把两个人都撵出了东屋。

屠绵心里很感激如雪：宁可挨打也替自己揽灾。他想要去道个谢，却怕妈发觉了。钻进了被窝后，咋也睡不着，眼睛一闭上了，眼前却总晃着如雪在摆手说假话时的小模样。他心里更觉得"她对我很有情义"，那种想摸摸如雪身子的冲动，可就越来越强烈了……到了半夜，他再也耐不住了，悄悄走出屋，见东屋没亮，也没听到动静，就往北挪步，轻轻地敲如雪的门。

对太太恨透腔了的如雪，也一直没睡着。她已经断断续续地哭泣了好多遍：想起十二岁就被人贩子卖进了阚家，她哭；想到太太过去背后毒骂，现在又母老虎似的又扎又打，她更哭；想不出自己今后会有不挨打、不挨骂的日子，她也只有哭……她哭着，想着，耳朵眼里又响起了太太对自己和少爷的骂声："你……勾搭起野汉子""替你死鬼爹给她仗腰眼子"……竟咬咬牙，觉得有了报复太太的法：反正我这辈子也不会有啥好日子了，你儿子若真想顶替他爹，我就让他遂心如意……人们都说男人个个像馋猫，一打到野食就不顾家。他一如意，一定会对我更在意；你若是对我再打再骂，他十有八九更能拦挡；你就是抓住那种话把，气瞎了眼珠子，谅你也不敢一刀把我杀了……她正想着想着，却听到有人敲门；她以为是太太来接着算老账了，惊慌地拧身坐了起来。她听清了声很小，猜想是屠绵馋猫般扒门了。她心嗵嗵地跳得更快起来，却也犹豫起来：虽说他十有八九是动了偷嘴的心，也只是想拿我解解馋劲……可总算心里有我，人也不坏还年轻；我一把他放进屋，两个人倒都能遂了心，如了愿……可他也就成了"啃他爹槽帮"的牲口崽子；一传出去，他这辈子的前程可就毁在了我手上……

屠太太却是一直没往被窝钻。她一把屠绵、如雪撵出屋，就坐到炕沿上思前想后，揣摩起来：这小贱人到这儿的时间比我还晚，很难这么快就勾搭到野男人的。绵慌忙地跑过来时，小贱人就抢先开口了，分明是怕他搭言说漏了嘴；绵接着就派我的不是，庇护小贱人……难道这个骚婊子真贱得空不起身子，已经投怀送抱，引诱绵开过荤了？她越想越觉得自己的推算不会错，也就越来越恐慌：那个死鬼本来对我挺恩爱，可那个姓阚的老鸨子，一送来了小狐狸精，他就夜夜把我当老菜帮子晾了起来……小忤逆还是童子身，若随了他死鬼爹的根，一尝到那骚货的浪滋味，就不会再撒开把，也就不会再听我的话了……可过了一会儿，她又觉得儿子一直很

本分，是个知书达理的好孩子，半年来从没见他跟如雪眉来眼去过；小贱
人再贱再急，也不能这么快就把他勾搭到手了……可上灯后，她又提心吊
胆了：这处客房独门独院，他们住在西间的两个屋，夜里若串笼子，别说
外人瞧不着影，连我也很难听着声！她警惕起来，吹灯后打浑身头朝里倒
下，支棱起耳朵听动静。快半夜时，她一听西屋传来细微的响声，急忙爬
起来，像防贼似的扒门缝往外看。虽然中堂灰蒙蒙的，她却影影绰绰地看
出了有个暗影，慢慢地晃到北边的屋门外，接着就响起了耗子嗑木头板子
的声……她咬紧牙，心中暗骂：这缺德小子，准是叫那个小贱货招惹疯心
的……可过了一会儿，她又奇怪起来：咋这么长时间没打开圈门子？又过
了一会儿，她听到儿子出声了；可声很低，辨不清楚，像在哀求开门。接
着好像门里有人搭话——可是比蚊子哼哼还模糊。门外的暗影又停了一会
儿，才慢慢地往南挪回去了——关门的声倒挺大，可能是因为没如意生气
了……

四

她又站了一阵子，两只小脚又酸又麻挺不住了。她回到炕上，照旧头
朝里躺下。她心里犯起合计：难道小贱人并没敢招蜂引蝶，倒是损小子起
了花心？若是小贱人不本分，倒容易对付：把她卖了也就完事了。可现在
好像是损种儿子，想跟拉他损爹的那双破鞋。这可叫老娘难办了……疯了
心的儿子，抱着祖宗牌位，那是拍不得也打不得的！她这一犯难，可就
又想起了丈夫：这死鬼若还活着，就不会出这种叫我挠头的事……我后
半辈子得靠怀里的金条银票子，可也更得靠绵能守会花孝敬我；过几天也
得靠他扶棺，陪我回到几千里外的老家……他虽说是我儿子，起了花心也
叫我难挡难拦……买一个比如雪更抓他眼珠子的黄花闺女给他做妾侍，倒
能够拢住他——可他爹刚被红胡子砍去脑袋，是没法张罗这种事的……她
又想到了如雪：这个小贱人，没放他进屋，准是怕我把他们堵在屋里；

今后的日子长着呢，她早晚也是一条祸根。不过……绵已经对她动了心，我在路上也得有人伺候，倒可以先把她当一条绊绳用一阵子……屠太太又熬了一个多时辰的心血，才脱了衣服，心安理得地睡下了。

第二天吃早饭时，如雪比较自然，边伺候太太和少爷，边吃饭。屠绵却局促不安，匆匆吃完就回屋了。饭后，屠太太把如雪叫到东屋，让她坐到自己身边，先说自己最近心情不好，说话常过头，做事也常出格，要如雪别往心里去。接着又夸如雪半年来对老爷和全家人都伺候得很好，是个"好孩子"。然后就拉着如雪的手说："绵是我命根子，让我惯得干啥都没深没浅，由自己的性。我看出了他挺喜欢你，可没想到他会三更半夜去敲你的门……多亏你是个好孩子，才使他没干出虎事来……"

如雪一过来就发现，太太的神态跟往日两拧劲：和气得像汪汪撵人的狗突然变成了喵喵扑怀的猫。她一听出来太太半夜三更曾经想抓奸，暗下好侥幸：真是"好心有好报"——我心里打了好一阵子仗，才狠下心没开门，把他哄回去了。我若把他放进了屋，这个老东西心黑手辣，一定撞开门冲进去；叫她一按住了，准得把我这张脸戳成蜂子窝……

屠太太见如雪红着脸低下了头，又把她拉近些，神神道道地说："我想了半宿，越想越觉得你是个靠得住的近人；我后半辈子有你在身边，才能有福享。我为你，也为自个，想出了一条把你一辈子留在身边的路：你是侍妾，没有名分的；老爷过去让你地上炕上都伺候，你不得不由他的性，我也挡不住。现在绵若愿意让你伺候，我若是答应了，也是可以的。当然了，外人知道了，管是管不着，倒是会笑话的。不过……"

如雪听说少爷"也可以"由自己"伺候"，心嘭嘭地跳起来；紧张地听起太太有啥不怕外人笑话的高招。

屠太太见她又羞又急，心里骂了一句"这个小骚狐狸精，快乐得要憋不住了"，却又把嘴凑近了一些，把声压得低低地说："他虽说比你大一岁，肯定是童身子。他对你起了那种心，一定很盛。你若先悄悄做他的侍妾，凭你的容貌和性情，他一定会喜欢你。等咱们进了山海关，不会有人知道实底了，我再发话叫他把你收房做姨太太，我敢保你有个好后半辈子……我说的这些安排，你愿不愿意？"

如雪激动得那颗心几乎跳出了腔子，热血像一股急水流子，把记忆中太太的打骂冲得一干二净了。她觉得太太比观音菩萨还可亲可敬，按捺不住万分的惊喜，下地就给屠太太磕了三个头，发誓说："如雪一定一辈子好好孝顺太太！"

五

晚饭后，屠太太跟儿子的谈话，进行得更顺畅。屠绵一站到她身前，她就脸上堆着笑，轻声问："你昨晚去找如雪，是想让她干点啥呀？"屠绵没料到自己失败的秘密活动，竟被妈妈发现了！他先惊得小脸一白，可看到他妈脸上的嘻嘻笑容，小脸可就又害臊地红了起来。他知道：爹活着的时候，家里的事就全由妈管，现在家里人更得听她的令了，便低下脑袋，吭吭哧哧地回答："我是想……跟她说几句话。"屠太太故意有些不满地说："我咋生了你这个胆小的耗子、窝囊废！别说只想跟她唠几句嗑，就是想支使支使她，让她伺候伺候你，她也得乖乖地听你吩咐……她咋没开门呢？"屠绵对妈妈的慈爱、慷慨万分意外，抬起头回答："她说黑天瞎火的，会……出闲话。"屠太太便摇了摇脑袋瓜子，有板有眼地说："她只是'侍妾'，没正式名分，还是下人，不算你爹的小老婆。妈现在是一家之主，是可以把她赏给你，做你侍妾的——也就是说，别说去跟她唠几句嗑，就是你真喜欢她，拿她当小老婆待，也不算乱伦的，她也得老老实实地伺候你。"屠绵一听说有这样的大道理，好像无所畏惧了，也可能是高兴得过头了，竟然说出了心里话："我昨晚就想去摸摸她身子。"屠太太皱了一下眉，低声教训："我的傻儿子，你咋虎实心了！心里有这样的想法，只能跟妈说。你给我记住：这种不正经的想法，只能偷着想，偷着做，不能对外人说，更得背着人！你既然喜欢她，昨天就应当跟妈说——

反正你爹不在了，妈就先悄悄把她赏给你，做你的侍妾。今晚你就可以把她叫到屋去，私下答应将来收她做小老婆，把她哄住，想咋摸就咋摸，想咋摆弄她就咋摆弄……我量她一定遂你的意，高高兴兴地伺候你！"

屠绵乐昏了头，竟忘了该给他妈磕头谢恩，只说了句"妈真疼我"。

屠太太听了他这句话，心里想：你妈若是还有别的招，哪能让你当毛驴子，去捡你损爹的剩……可一想到这，她又怕儿子把自己的话，全对如雪说了，两下合不上牙，就又补充说："你若真喜欢她，就先跟她偷偷来往；将来到了外地，妈再公开让你把她收了房，做你的小老婆。"

第二天早饭后，屠太太又把如雪叫到东屋，让她坐到自己的身边，拉着她小手悄声问："你昨晚去南屋没？"如雪估计她准偷着扒过门缝，红着脸低声说："他闯进小北屋，一声也没出，插上门就上炕……"屠太太并不完全相信她的话，但肯定这个小淫妇已经绊住了儿子的腿；就关心地嘱咐："你今后要劝他小心谨慎：在进关前别让外人看出破绽，叫咱们娘儿俩都丢了面子。"

六

孙大嘞嘞离开破庙，来到客店先报告了"装老爷尸身的棺木，放在城外庙里了"，然后向屠太太汇报："我雇了一名花舌子引路，在蒙古旗地界见到了马胡子头'追风沙'……"屠太太插嘴问："把事办妥没？"孙大嘞嘞不点头也不摇头，把肚子里编好的白话嗑，不紧不慢地往外扯咕："我交上了那五十两银子，请他们把老爷的头还给咱们。那'追风沙'勃然大怒，对我号叫着说：'你们老爷的脑袋瓜子，可不是死猫烂狗的脑瓜骨，比你这个捕头的脑袋瓜子还值钱！'我苦苦哀求，说太太手里已经没钱，请他们发发善心。不料那'追风沙'破口大骂：'姓屠的钻进钱眼耍心眼，在建安搜刮了几万两银子，却要钱不要命，偷偷打发他老婆把银票揣走了，自己身边只带了一百多两散碎银子，让我们白辛苦了一趟。'他接

着还……骂太太，说太太'揣着几万两银票不往外掏，一定是想填货……'
我知道这帮强盗，是狗嘴里吐不出象牙来，忍住怒火跟他们讨价还价。他
落到三百两银子时，便一口咬死说：'十天内送足银子，那玩意儿是人
头；晚一天、少一两，那玩意儿便是狗屎。'……"

孙大嘞嘞把话掐住了，用心地观察起太太、少爷的表情。屠太太那张
脸好像老了不少，一会儿涌上了乌云，一会儿往下落起霜渣，嘴唇哆嗦了
几下却没说出话来，可能是还没打准定盘星。少爷却坐得安安稳稳，几乎
不担心他爹的脑袋会被喂了狗。孙大嘞嘞决定像熏蚊子似的，再在火上加
一把湿柴火，闷起一股狼烟——便商量："小人见太太身体硬朗了不少，
是不是请少爷亲自跟小人去见见'追风沙'？黑道上的人，有时很敬重忠
臣孝子，兴许给少爷一个面子，不再刁难咱们。"

屠绵比蚊子还怕熏，跳起来喊道："妈，我可不敢把自己送去当肉
票！"

屠太太心里骂儿子：你心里一点也没你爹，把心都放在摸那个小贱人
身子上了……就是你敢去，我还舍不得银子往回赎你呢！她无可奈何地
说："孙捕头，少爷是去不得的——我再设法凑些银两吧。老爷遇难后，
屠家一直倚靠着你的忠心义胆。你还得再挨些累，再受些委屈，再帮我们
娘儿俩一把……你先领我们，去给老爷烧几张纸吧。"

屠太太叫如雪伺候自己换衣服。她觉得如雪这两天伺候自己的时间少
了些，这证实了自己对她"装相"的判断，下决心吓唬吓唬她，叫她不能
太舒心了，就问："一会儿哭丧时，你咋喊？"如雪红着脸，低声答："喊
'老爷'呗。"屠太太"唉"地叹了一口气，鬼声鬼气地说："男人心眼都
贼小，对陪过他的女人，都十分霸道，不愿别人再摩挲她。他若听到你的
声，一定恨你只过了两天半，就伺候起了他儿子。白天里鬼魂没法逗凶，
可夜里他会在梦里折磨你的——你躲着他点吧，就别去了：他没听到你
声，也许想不到这码子事，不来作祸你。"如雪小脸吓得煞白，恐惧地答
应了一声"是"。

七

给半截子老爷烧纸回来，屠太太交给孙大嘞嘞二百五十两银子，还另给了三两盘费。孙大嘞嘞这回没在肚子里骂屠太太小抠，还很得意自己从铁公鸡身上锉下了一根毛。

孙大嘞嘞把满肚子的高兴，严严实实地封在下水罐里。他回到县城，听说洪涛老爷已经把县衙马步两班改编成了巡捕队，提拔蒙古族马快穆克图当了捕头兼总巡。他知道县衙里没有自己的合适位置了，但心里也不十分懊糟。他先花两吊钱买下一个放羊老头儿的嘴，让他应承"看到一群狗撕抢一个人头，撵散狗后掘了一个坑，埋起来了"。孙大嘞嘞这才拎着油布包，去拜见知县老爷，禀报找到了屠大人首级："……小人取出后撒了些盐，但也杀不住那股臭味；幸好还能看出是屠大人尊容。请大人验明，并传唤羊倌问明经过，小人好送往新民，使屠大人身首合一。"

洪涛听说人头已经臭气熏天，便故作悲态，对穆克图说："本官不忍惨睹，你代本县拜识吧。"

孙大嘞嘞领穆克图来到公堂外，慢慢地打开油布包裹。穆克图原来是孙大嘞嘞的下属，哪能不给他留面子？赶忙拦挡说："老捕头办案经验丰富，哪能认错！"孙大嘞嘞却不肯住手，说："你是代表老爷核实，不能不过目的。"待穆克图看过，点头，还说了句"果然是屠大人"。孙大嘞嘞重包好后，又请穆克图传唤羊倌。穆克图坚决表示没有必要，"请老捕头儿速速送往新民吧。"孙大嘞嘞说了句"那我就不再耽搁了"，上马离开了建安县城。

孙大嘞嘞到了新民，先把屠景操的臭脑瓜骨，扔进了装他尸身的棺材，才去向太太回禀。他还建议："那口原来的棺木，只是临时用的，不能成殓屠老爷的。"屠太太便请孙大嘞嘞陪少爷去寿材铺，选了一口中等的棺材。屠太太还想雇两班鼓乐，隆重地为老爷正式入殓。孙大嘞嘞悄声说："太太，我选棺木时，都没挑好的；是不是简简单单，不声张好？"屠太太立刻明白了他的意思：为了路上平安，得不露富，别叫胡子的眼线注意了。她客气地说了句"谢谢大兄弟指点"。

第二天，屠家人随孙大嘞嘞到了那座破庙，把屠景操尸头挪到新买来的棺木中。屠太太好像懂得些规矩，送给孙大嘞嘞三两银子。

屠家人回到店里。屠太太想起丈夫活着的时候，对自己差不多百依百顺，连晚饭也没吃，早早地躺下了，流了好多泪。屠绵一见妈睡下了，早早地去了如雪的屋。如雪白天看到了屠景操是身上爬着蛆，脸已经烂得几乎看不出模样，心一直稳不住神。一看屠绵过来了，搂住他就不撒手。从这天起，屠绵天天晚上都过来替她壮胆，搂着她睡。

屠太太托店东雇了一辆大车、一辆小车子，上路了。她看那个赶小车子的老板子又老实又精明，问他："咱们得多少天到京城？"老板子回答："难说——路上太太平平的，用不了二十天。太太尽管放心，我是会尽心尽力地送你们。黑道的人，也是有规矩的，都不劫灵车上的人。"

屠太太听了，放下了一多半的心；虽说从京城到湖南还有一半多的路，那可就更不会有啥大的闪失了。

八

李宏在领三个弟兄立起伙后，曾打发唐百顺去了一趟县城。他是担心劫杀屠景操的事，给绺子招来麻烦。他听了唐百顺打听到的消息，觉得并不十分详细，也不十分完全。其实，那些有些鬼七王八的事，像闵小耍夜捡人头、孙大嘞嘞连蒙带骗，唐百顺根本没有听说，当然也没有向李宏学说。李宏对他的汇报，却比较满意：衙门里的老爷们，一个个事不关己就高高挂起，无利可图就袖手旁观，能推就推，得拖就拖，许彪和绺子可能一时半晌没啥麻烦了。

只过十天左右，许彪三更半夜来到了塌了胯窝堡，敲开李宏大草房的门。

许彪那天夜里，离开周凤鸣的坟地后，心头的乌云并没有完全散去：周坛主的仇是全报了，可屠景操刮走的老百姓血汗钱却没收回来。他对自己的粗枝大叶又气又恨：只把眼珠子盯住了姓屠的，没想到他会兵分两路，由他老婆孩子偷偷地把银两带走……难道他听到了风声，竟然下狠心顾钱不顾命？他又想到了老当家的提到的张作霖：若是他有法把姓屠的老婆孩子从新民掏出去，就算银子都姓了张，我也出了这口窝囊气！他回到老窑待了几天，见官府没有动静，就带了几个人骑马去找张作霖。他这次来见李宏，就是在返回的路上。

许彪向李宏学说了张作霖的话："我帮你从新民掏出几个人来，倒是老太太擤鼻涕——手拿把掐。可眼下我正在和增祺拉呱招抚改编的买卖。在这个讨价还价的节骨眼上，我不能为了帮你抓小耗子，砸了自己大油缸。"

李宏有些可惜地说："想不到张雨亭鼠目寸光——现在朝廷眼看就散了架子，还去捞个稻草官，能有个啥好收场。"

许彪却说："他心胸挺大，看得也远。说接受改编后，能更快地扩大地盘和人马——他还劝我去入伙，一同接受改编呢。"

这可是李宏做梦也没想到的，心中不安地问："你动心了吧？"

许彪回答得十分实在："我还没拿定主意——再说了，绺子是老当家的拉起来的；若走这步棋，也得老当家的点头。"

李宏暗下佩服起张作霖来：这个人真厉害！只见了一面，就把这个"三尾虎"鼓捣出了官瘾。他推测许彪已经下了决心——总算还有良心，没背着我把人马拉过去……老话说"乱世出英雄"。我已经离开了绺子，咋还能多嘴多舌，拦挡这只"三尾虎"去攀龙附凤呢！便说："我开始当乡巴佬了，咋能还管绺子的事？你拿主意好了。不过我有个想法，供你掂量：别太仓促，要跟弟兄们商量好。对不愿意背井离乡的，别强拿鸭子上架。绺子不是还有些老本吗？别把他们空着爪子打发回家……有多余的长短家什，送我几支——你走了后，有啥意外事发生了，就靠不上你了。"

许彪连连点头，掏出一个沉甸甸的小布包递给李宏，说："这是五条大黄鱼，老当家的可以拿出两三根送给姓毕的朋友安家。"

李宏谢过收下，问起了小菊。

许彪高兴地说"给我生下了个胖小子"，接着拜托说："我打听过她妈的情形：还住在老房子，嫁给了闵小耍，承受了'老假婆'那两所房子。本来吃房租稳够两个人过日子；可一个不会过，一个不务正业，已经张罗折腾那两所房子了。老当家的，将来隔两三个月派人去打听打听，若是揭不开锅了，就扔给三吊两吊的，别叫她饿着冻着。"

李宏应了声"放心"，把三个弟兄叫过来，又唠了几句，便把许彪送走了。

两天后，许彪派人送来三支步枪、一支短枪。子弹也还不算太少：步枪用的共二百发，手枪用的一百发。许彪还捎来二百块现大洋——李宏明白：这是要断续送给小菊妈的。

纪玉瑶每天都要来西院转悠几趟的，听说"三尾虎"送来了洋枪，哪能不眼红？李宏原本有一支手枪，便把许彪新送来的给了她，自然也就成了她练枪的师父。拆卸组装练熟了，接着就练瞄准。纪玉瑶每次扣勾死鬼时，握枪的手都要先抖一下。这种毛病当然得纠正。李宏伸出手刚握住她那挽起了袖子的手腕子，瞥见她臊红了脸，急忙把手松开，低声解释："玉瑶，我是想纠正你手抖的毛病。"

纪玉瑶听他省去了自己名后边的"姐"字，便想起师父说过的话，心想：他果然在一点一点地跟我套亲近，一点一点地往我身边凑拢……却抹搭他一眼，悄声吆喝："忘了我是表姐了咋的？没邪心就手把手地教呗……何况屋里也没别人。"

李宏胆更壮了：你这是愿意我不拿你当表姐，提醒我防备点叫外人看到了！他立马握住她那白腻的手腕子，叫她屏气凝神握稳枪，不要着忙扣扳机。可过了不大一会儿，纪玉瑶就抱怨："你真会折腾人家，把人家膀子都累酸了。"李宏便把手挪向她肩膀头，想替她揉一揉。纪玉瑶却麻利地躲开了，还嘟囔了一句"占起便宜就没头"。李宏厚着脸皮说："我想多出点力气，多尽些心。"纪玉瑶对他的殷勤表白，并没搭腔，却轻轻地撇了一下嘴……

在清朝末年的柳条边外，未婚男女间的来往，大致上有一个过程：瞥视顺了眼，再见给笑脸；绕弯做打探，中意盼相见；交谈挺遂心，手作鸟嘴鸽；心上草起火，蹬倒间壁墙。比如说，李宏在冯家门口碰见了翠兰，一见钟情，脉脉相视无语，这是恋情开始。李宏打听出她家门、姓名后，回家向他额娘念秧，这是希望家里去提亲，能够相见。相亲后，送戴同心结，两人曾有手肤之亲，说明他们已经感情十分深厚。可有情人没能终成眷属，李宏、翠兰极其遗憾；也成了谷英负罪、愧悔乃至重新做人的原因。

这两个人——李宏和纪玉瑶，他们和那时的一般男女不同。李宏虽然还是童身，而纪玉瑶是半边人，可他们都是在社会风浪中闯荡过的。应当说旧礼教对他们影响比较小；影响他们尽快接近的是对忠爱的信守。纪玉瑶是翠兰的大师姐，汤老太太是纪玉瑶的师父和义母，且希望他们联手抚养两孤，这对他们感情的发展是很有利的。现在他们已经闯过男女间的一道坎。这道坎虽然不是最大的，可也比一般红男绿女拿手当鸟嘴鸽鸽嗒嗒，也不算小。打这以后，两个人便常在没人碍眼时抓机会摸摸碰碰，好像都要证明自己没"邪心"。那么，他们会不会顺利地爬过那道大坎呢？会不会有什么意外发生，扭过身子怒气冲冲或无可奈何地分手呢？

第十二章　天塌自有大个子顶

一

俗话说山高皇帝远，是说一个地方偏僻荒凉，朝廷便可能鞭长莫及，或者掉以轻心。这就造成了专制统治上的松垮、思想禁锢上的懈怠。也正因为这样，贪婪的地方官吏便为所欲为，凶残的土豪劣绅便肆无忌惮；而铤而走险的绿林豪杰，也就有了活动的基础、发展的空间，水深火热中的老百姓也就敢背后骂几句皇帝了。柳条边外，在清末，就是一块这样的荒僻地方。

边外人虽然耳朵听到的消息慢，可也不断传来一些。先是八国联军攻进北京城，大张旗鼓地杀人放火、奸淫抢劫；接着是慈禧太后拖着光绪皇帝，逃难西安——还打肿了脸充胖子，说是"西狩"。不久，老毛子兵占山海关外东三省，还吵吵把火地说，要把它变成"黄色俄罗斯"。边外的老百姓，虽然不知道这"黄色俄罗斯"是啥意思，也模模糊糊地觉得国"要黄摊了"，人"要更遭罪了"，便哀叹"皇帝无福民遭殃"了。这已经不是偷偷摸摸的"腹诽"，而是摇头晃脑的"口谤"了。如果在清政权鼎盛的康熙、雍正、乾隆年间，这种人即使不株连九族，恐怕也难免悬首示众的。现在却没人过问追究，可以痛快一下嘴巴子，吐出一口怨气了。

不过，他们做梦也想不到的事情发生了——天外飞来的横祸，落到了他们头上。

眼看就到秋分了。一阵阵西南风，把庄稼叶子刮得唰唰啦啦地响。高粱红，谷子黄，沉甸甸的苞米棒子耷拉下了。种自家地的，租地种的，明着榜青的,偷着刨荒的,都开始了一年里最忙最累的秋收。这天的后半晌,有的割地的人腰酸了,停下镰刀用袖头子擦了把汗,想喘口气。他们把头一抬起来,发现了怪现象:大道上满载的马车、牛车、驴车上,坐着大姑娘、小媳妇;骑马的驮着大包小裹,步行的拖儿带女,牵牛赶羊。这些人清一色地向北连跑带颠,好像慢了一步就误了时辰,赶不上集,坐不上席,甚至像会被身后的狼群撵上来给掏了。这可是老老年以来,在抢秋的捎劲关口,从来没见过的。那些看到这种情形的人,莫名其妙地摇摇头,又哈下腰挥起镰刀。

李宏刚买下一大片荒场。这天午饭后,正领着三个伙计,随李村长骑马踩界。他一发现这种反常现象,立刻抽马去打听。向北去的人并不停步,边走边喊:"快跑吧!大鼻子兵马杀过来了——见到年轻女人就抢,翻出值钱东西就往车上装……"李宏回身一挥胳膊,叫李村长等人回村,自己飞马向南迎上去查看。

两个来时辰后,李宏回到大草房前。纪玉瑶、唐百顺等人立刻围上去。李宏也不下马,只说了"确实有一队老毛子人马杀过来了——眼下离这疙瘩还有二十几里"。这一句说完了,紧接着便发令:"弟兄们赶快背上枪,套好车,只套辕马和一匹前梢子;玉瑶快回去收拾一下贵重东西;车过去后,你和大姨麻利地领孩子上车!"说完,他一抖缰绳去向李村长报信。

车一套好,三个人回屋取枪背上。唐百顺把车赶到东院房门口。张冲、祁福进屋抱来被褥,铺到车厢里,接着就把汤老太太和两个孩子抱上车。还没等他们帮纪玉瑶把想要带走的东西全搬到车上,李宏便回来了。他跳下栗骝马,走向纪玉瑶;纪玉瑶以为他有话要说,停下脚等他。李宏一声没出,抱起她走了几步,把她放到了右边前车耳板子上,对唐百顺发话:"奔八张锄,进后旗以后再往东找一处暗窑——如果被老毛子撵上了,你就拼死挡一阵……"

纪玉瑶被李宏当众抱上了车,正臊得满脸通红,这时也插嘴说:"我也有支枪……"李宏却冲她竖起右手掌，刀似的截断她的话，毫不客气地说："你只放过两枪——若真被老毛子追上了，你把短枪交给唐百顺用；你和大姨赶快钻树林子——危难时你就背着坚先跑，无论如何也要对得起修岩大哥，保住他后人！"

纪玉瑶没吭声，却点了点头。

唐百顺喊了声"东家放心"，摇动鞭子把大车赶出院，又把鞭子叭地甩出个响，马车便向北颠去。

二

车一走，李宏便命令祁福："你骑上一匹马，别怕把它跑死了！一定尽快找到'三尾虎'，要他带领弟兄赶过来；夜里，我会从这疙瘩到八张锄的路上，放一堆烟火。"

祁福说了句"王二吹的眼睛——没冒"，上马向东北方向跑下去。他在绺子里时，一直给"追风沙"当马拉子头，对"三尾虎"可能在哪疙瘩落脚，能摸个八九不离十的。

只剩下自己和张冲了，李宏感到心踏实多了。他领张冲进屋，翻出些剩饭剩菜和一小坛酒，和张冲紧吃紧喝。等他们吃饱了，李村长才骑着一头毛驴进院。他得到李宏通知"赶快叫全村人，特别是年轻女人，往北躲开老毛子"，慌忙下地叫回劳金套上一辆车，让老伴、儿媳妇、孙子、孙女坐车逃难。李宏问他："乡亲们是不是全通知到了？"李村长一声没吭，低头盯起了脚尖。李宏料想他是"爹死娘出门，各人管各人"了，也没工夫责怪，只让他向北去撵唐百顺的车。等李村长一走，李宏便带领张冲上马，分路在村子里边小跑边喊："老毛子兵马可能进村，想跑想躲的，尽量去后旗……"他们会合后，向东离开大路，绕道从侧面去张望，想弄清老毛子人马的行踪和状况——李宏方才只远远地看到，老毛子奔这边来了。

李宏上岗下坡，绕山穿林，走出了几里，把栗骟马的缰绳扔给张冲，爬上一个山包，隐身在树丛中往山下的路上望去：西南一里多外，一队人马押着二十来辆大车，正沿着山根往北嘎悠。由于树遮林掩，数不准队前队后、车左车右共有多少老毛子骑兵。李宏这些年一直骑着马走南闯北，没少看过骑马跟车的买卖人，没少碰到过骑马圈牛揽羊的牧民。今天，他一看到那些老毛子骑兵，却有些硌眼。他仔细地看了一阵，发现其中有三个人是骑着身长腿高的大洋马，才弄明白原因：老毛子个头很猛，骑在本地马上，就有些像黑瞎子蹲在小毛驴背上，让人看了很别扭。李宏接着仔细地打量那些大车：都是边外庄稼院常用的大铁车或花轱辘车，并没拖着洋炮；车上载得都挺满，却长长短短、花花搭搭很不齐整。中间两辆上挤满了人，花里胡哨的像是妇女。李宏想起了自己打听往北逃难的人时，听到过"大鼻子兵……见到年轻女人就抢"的话，估计车上的女人，是老毛子强盗绑的红票。

李宏下山对张冲吩咐了几句，张冲上马往南绕去。李宏把栗骟马拴到一棵树下，又爬上山瞭望。约莫过了两袋烟的工夫，兜那队老毛子屁股后叭叭响了两枪。李宏发现老毛子人马并没慌乱：在前头开路的，拐马闪到路旁的树下；压后阵的掉转马头，派出三人三马向来路搜索过去，估计是想弄清什么人打的枪。那些押车的，都在马上举起了马刀，把那二十来辆大车往一起拢，挤挤插插地停下。那向南搜索打探的人，扭头晃脑地颠搭出二里来路，勒马打了一阵盘旋，又胡乱地嗒嗒嗒开了一阵枪。他们见啥反应也没有，便夹马顺原路跑了回去……李宏又看到一个骑红色大洋马的老毛子，从队前跑到队尾，在那三个去搜索过的人面前停了一会儿，接着便比比画画了一阵。等到有十个左右老毛子牵马在路边隐蔽起来了，那个骑大红马的才回到队前头。领头的老毛子一抬蹄，押车的老毛子立即挥舞马刀，轰赶老板子把车一辆跟着一辆往前赶……

李宏回到山下，对已经回来的张冲说："这三十左右老毛子，虽然衣着不齐整，不像老毛子正牌人马；可看那架势，却个个脑袋都四棱八箍不好剃。你那两枪并没把他们捅炸营。看来咱们俩是拦不住他们进村的……咱们先找个地方把马肚子塞圆，把人肚子喂饱；等夜深了再贴近打冷枪，把他们和弄个鸡飞狗跳墙，村里人兴许能少遭些殃。"

三

李宏不愧"追风沙"这个名号，那双不太大的单眼皮眼睛还真毒：这伙老毛子，虽然不是沙俄正牌侵略军，却是他们卵翼下的一股疯狂的俄国匪徒。

这伙匪徒的头目是个退役上尉，名叫沙拉尤夫斯基，曾经是俄罗斯阿穆尔地区军事长官格里布斯基的部下。去年沙俄派兵参加八国联军的同时，出动了十八万侵略军，占领了中国的东北地区，叫嚣要把这块富饶的土地，变为"黄色俄罗斯"。沙拉尤夫斯基看准了这个发大财的机会，纠集了十多个退伍兵，从格里布斯基的手里，弄出一张"协助护运辎重"的委任令，准许他们跟在侵略军屁股后"筹集军需"——也就是趁火打劫。俄语词典里没有"绺子""杆子""山头"这些名号，也没有"瓢把子""杆子头""寨主"这些称呼，但他们把侵略和抢劫，天衣无缝地结合成了一体，在中国的哈尔滨挂出一块牌子"俄罗斯远征军沙拉尤夫斯基辎重护运队"。沙拉尤夫斯基则自封为"护运王子"……

他们专门把贼爪子伸向沙俄侵略军没掠夺过的小城大镇和沿途村屯；把抢劫到的财物，装到抢劫来的大车上。"护运"到中东铁路上的城市，便把车马和"辎重"变卖成金银。"护运王子"率领的匪徒，既兵且匪，比匪还凶，用中国人的话说，是集黑白两道于一身，打着合法的旗号，进行穷凶极恶的掠劫奸淫。匪帮内部，也把专横说成公道。沙拉尤夫斯基钦定了"护运财富"的三劈头分配法：全部赃物在留出向格里布斯基敬献的珍宝后，分成三份。一份归他所有，一份平均分配给全队成员，一份论功行赏——数量不等地奖给连他在内的有功人员。"护运"到手的女人，则按俄罗斯的一项古老传统，由酋长——也就是"护运王子"行使"初夜权"。之后，那个女人便成为全护运队的"共有甜心"。她们虽然白天被拴成串，拢在大车上，但一到晚上就获得了"自由"，在可以饱餐一顿有俄罗斯特殊风味的烤牛肉后，便得接受护运队老毛子驴的一而再再而三的轮奸。等到一轮"护运"行动结束时，护运队所有人，都可以通过抓阄的方式，公平地得到一名"个人专有情人"。没有被抓走的女人——其实写有她们这些最漂亮女人名字的阄，早已攥在沙拉尤夫斯基的手里——便成了"护运王子"的嫔妃，是他随时可以送人或卖掉的"甜心"。虽然这些分配方法并不公平，但每个人到手的金银珠宝，价值极为可观，便被一致称颂为"护运王子"的英明公正的决策。

每一轮"护运行动"一结束，全队人便都带着漂亮女人和成口袋的金银珠宝，坐火车回到哈尔滨。他们中的少数人心满意足，回沙俄去当暴发户了。其余人都在被称为"东方巴黎"的哈尔滨，过起了花天酒地的富翁生活。这里面多数人挥霍完轻易到手的财富，便卖掉女人，跟随"护运王子"，进行新一轮的"护运"。

虽然有些人已经发财回国，去老家做暴发户，有些人还没将大把大把的金银用尽，暂时还不愿离开哈尔滨，但沙拉尤夫斯基的人马并不会减少。哈尔滨有好多好多沙俄醉鬼、流浪汉、冒险家的。那些眼红"护运队"不用一分本钱，就可以发大财的人，都可以把自己的大鼻子当推荐书，找"护运王子"申请入伙。沙拉尤夫斯基对自己的护运事业极为负责，总优先录用那些使过枪、会骑马、"生死全凭上帝安排""绝对服从王子"的人。

沙拉尤夫斯基这次带了三十多人，坐试运的火车从开原下车时，只有他和两名亲信，骑着从哈尔滨带来的大洋马。离开开原后，他先带人"护运"马匹，把自己部下装备成了骑兵。等到接近塌了胯窝堡时，他的人马已经"护运"着十八辆大车和"辎重"，还有二十多名年轻漂亮的女人……

四

太阳快落山时，"护运王子"骑着高头大马，披着金红的霞光，驾临塌了胯窝堡。如果不是来路上碰到了意外的枪击，天晚得不能再往前赶，他们是不会在这个穷村子停下的。沙拉尤夫斯基相中了李宏那鹤立鸡群的大草房，选为临时行宫。他的两名亲信，立即命令全部大车停在宽敞的院子里，挑出两名新抓到手的俊俏女人，侍奉沙拉尤夫斯基洗脸。然后指挥人把大车上一些最值钱的"辎重"，搬进西屋。那些被他们称为"共有情人"的落难女人，都被牵到东院解开绳索，一群羊似的被圈进了屋里。

沙拉尤夫斯基把张冲那两枪还没忘掉。他虽然估计是蒙古猎人放的枪，却也不敢大意，叫他的军事副官麻林可夫加派人手，去放哨巡逻。

这时候，李村长家里的小牛倌，赶着十来头牛从西沟回来。沙拉尤夫斯基的另一个亲信、军需副官波列夫，立刻向几个老毛子挥了挥胳膊。两个老毛子冲入牛群，选中了一头两岁的小牤牛，用皮带套上拽出牛群。小牛倌见这伙人背着洋枪，一个个身材高大，黄头发、灰眼珠，早吓得打起牙帮骨，哪里还敢出声？赶着其余的牛匆匆跑开了。

在场的老毛子立刻忙碌起来：分别从车上取出铁锤、钢钎、铁链子，有的用铁链子把牛腿牢牢地拴紧，有的把铁链子紧紧扣到钢钎上，有的掌钎子，有的抡大锤……小牛被牢牢地固定在路上。

于是，老毛子们就往牛身子下塞木头、柴草……那条小牛还没上过套，更没叫人这样摆弄过，想跑却挣不出四条腿，便扭脖子，甩犄角，向四周的人闷声哞哞叫，好像在求帮……

这时，白天那不算太大的西南风，完全停下了，晚霞已消散；孤零零的月亮悬在空中，似乎不愿意看到人世间恶人横行霸道，却又没有能力制止，冷冷地板起脸来。这伙老毛子，只有在异国为非作歹的恶习，并没有欣赏异乡月色的兴致，都在望着那头牛淌哈喇子。他们又在牛身上加了好多树枝子、木杆子，从牛身下点着了火。一团烟慢慢膨胀，弥漫开把小牛笼罩了。火苗子很快就舔到了牛肚子。刚传出火燎牛毛的腥臊味，那头牛便拼命地"哞——"吼叫起来，凄厉声鬼哭狼嚎般吓人。

沙拉尤夫斯基的"护运"行动，有两种截然不同的模式：在途中，直截了当、明目张胆地抢掳。一进村便逐家洗劫，把贵重财物立即装上车；把年轻好看的女人拴成串，拢到车上。对胆敢阻拦反抗的，轻则脚踢拳打，重则刀砍枪击。而在准备住宿的村镇，却总要先表演得十分文明：队员们把村子严密地围起来，许进不许出；吃饱喝足后，便去和"共有情人"寻欢作乐——如果"共有情人"数量不足，就要轮班排号；绝不允许去拉扯驻地的女人。在第二天开拔前，他们才撕去伪装的面纱，露出青面獠牙，明火执仗进行抢掠。因此，他们现在对塌了胯窝堡的老百姓，除了抢下李村长家一头牛而外，还几乎秋毫无犯。有几个老毛子还拜访了几户人家，客客气气地恳求："我们是俄罗斯大皇帝的护运队，请你们做些饭菜，明天一定多多给钱。"这些边外人虽然心不踏实，却按边外人的老规矩，给准备最好的饭菜，招待这些远来的"客人"。有些人见他们待人和气，胆大了起来，听到牛惨叫声便出来瞧看。他们发现老毛子在火烧活牛，又惊又奇，便有人喊喊喳喳地问身旁的人："这是祭祀什么神灵？"也有人唉声叹气地叨咕："咋活活地把牛往死烧？这可比'老假婆'开汤锅还要损。"有个老太太站得离火堆近些，听到一个老毛子把他们的大官叫"沙拉尤夫斯基"，慌忙地往家里溜，还低声告诉其他看热闹的人："他们'杀了牛再吃鸡'，快回去把母鸡藏起来！"有些人听了，也深一脚浅一脚地往家里跑……

李宏和纪玉瑶这两家主人不在，客人也就不必老虎戴佛珠——强充善人了。沙拉尤夫斯基的军需副官叫波列夫，亲自下手翻出几坛子"万兴泉白酒"。他乌拉地欢呼几声，给"护运王子"留下一坛子，叫人把其余的全抱到了露天烤牛肉作坊。

那头牛早已烧得体无完肤、焦头烂额，开始散发出煳香气味。几个嘴急的老毛子，把还没有烧透的木头连拽带拨拉，弄到一旁做照明的篝火。波列夫按着老规矩，先从黑乎乎的牛身上，在不同的部位割下几块肉来，放进一个大银盘子——那是前天从一个大财主家"护运"到的垫火锅的底盘。

他刚一转身，其他老毛子便一窝蜂似的冲了上去，纷纷抢着割下一块半生不熟、带血筋的肉，仨一堆、俩一伙地席地而坐，边吃边喝。从他们每个人都有刀叉杯盘和作料这一点来推想，他们天天享受这种美餐。等做饭的人家送来了饭菜，这些老毛子已经酒足肉饱，不理不睬。波列夫便叫人端给蹲在西下屋的老板子和圈在东院的女人。

这伙老毛子撑圆了肚皮，打着酒嗝，放着腥屁，奔向东院。麻林可夫哇啦起来——还连追带骂，才有些人去接替巡逻放哨的人。等陆续回来的老毛子吃饱喝足，夜可就到了二更。西天边上的月亮，愁眉苦脸地望着这个小山村，无可奈何地听任老毛子踉踉跄跄地奔向东院。

五

塌了胯窝堡周围的山岭黑乎乎的，静悄悄的，偶尔传来几声山鸟的啼叫，但很快就寂静下来。一交三更，这种宁静被打破了：先是村东响起一声有些沉闷的步枪声，紧接着村北又传来叭叭叭清脆的手枪声。这四枪，立刻招来噼噼啪啪的一大阵还击枪声。

沙拉尤夫斯基祸害了两个姑娘后，半睡半醒中一听到枪声，一脚把被窝里的女人踹到了炕梢。他穿戴齐整——他虽然退役了，但"护运有功"，或者说"贡额巨大"，格里布斯基将军不仅供应他军服，还破例晋升他为少校——走出房门站住，先抬头望望天，灰蒙蒙闪着寒星；又往前望去，南山黑森森的，有些像又高又长的城墙，而一座座山头有些像女儿墙，似乎后边有无数的枪口对准这个小山村——"不，是对着我的护运队的"……他率领这支"护运队"在中国横冲直撞，这是头一次受到攻击。他有些惊疑了：难道还有人敢和伟大的沙皇作对吗？

麻林可夫已经到东院，把正在蹂躏女人的畜生喊出来，带到沙拉尤夫斯基面前。他刚报告"前四枪是对我们的偷袭"，便有一名巡逻的赶回来——骑在马上，还抱着一名伤号，报告说东放哨的遭到攻击。

张冲不是外号叫"雀见蒙"？他借闪动的火光瞄准，打伤了那个老毛子。

等有人把那个伤号从马上接下来，村北放哨的也回来一个人报告，说是有人向他们开了三枪。沙拉尤夫斯基又问了几句，做出两项判断：一是偷袭；向哨位打冷枪；二是对方虽然长枪短枪都有，却因为人少没敢潜入村内。他命令："哨兵熄灭篝火，隐蔽警戒；再有冷枪惊扰，不见袭击者不要开枪还击……"

麻林可夫立即带人去传达命令，补充哨兵，加强巡逻。接下来两个更次，虽然又响了几次冷枪，却无人伤亡，也没人敢冲入村内。等到东天边露出曙光，波列夫便领人叫醒几户村民，让他们给护运队做饭。回来后，他便命令老板子套车，把昨晚卸到屋里的货物又重新装上车，准备饭后采取"护运"行动。

李宏和张冲在四更多天，来到塌了胯窝堡西北边十里左右，在一个小山头上点起了一堆火。等天上星星越来越稀，张冲便往上压了些带叶的树条子，冒起一缕浓烟。等各户人家升起了炊烟，"三尾虎"许彪带领七八十弟兄骑马赶来了。其中有二十多人蒙古族打扮，是许彪新收下的人马。

李宏向新老弟兄说了几句感谢的话，就向许彪介绍起敌情：三十多老毛子押着二十左右满载的大车，肯定跑不快；村南山连山，马和车压根翻不过去……他认为"若从西、北、东三面围起来硬啃，老毛子都是扎手货，一定要拼个鱼死网破；不但弟兄们伤损要大，村里乡亲也要跟着遭殃"。

许彪报号"三尾虎"以后，已经积累了不少经验，提出"从村西村北慢慢往村里压，逼老毛子顺原路往东撤，等他们离村子远了再兜屁股狠追猛打"。

李宏赞成，还建议许彪由张冲带路，领一部分人马去村东五里外埋伏，等老毛子一撤到那里，打他个顾头顾不了腚，最低也把大车扣住，"把被掳的妇女救出来"。

在许彪带领蒙古族弟兄走后，李宏也领留下的弟兄出发了。若是让马撒开蹄，十多里路用不了一袋烟的工夫，可现在要悄悄地贴近塌了胯窝堡进行隐蔽，走得可就慢多了。半个时辰后，李宏把人马带到了离村子只有二里来路的一道高岗下。他拨出二十多名弟兄，让他们绕到村西，嘱咐他们"只堵不攻，等我带人攻进去后再往村里压，和我会合"。这伙人走后，他才对自己带领的三十多人说："老毛子要离开这个村子，只有两条路：走回头路向东，往前向北翻过咱们眼前这道岗。咱们在岗上隐藏好，端枪等着他们——马，先拴在坡后。"

六

太阳已经从东山上升起来了。李宏和弟兄埋伏的地方，离村子只一里左右。他居高临下，看到自己院前的路上，排着一溜大车：有两辆上坐满了女人，其余都装满了货物；这些大车打头的几辆，马头正对着自己这边，有七八个老毛子骑马端枪看守。再望其他各家，由于住得分散，又有树木遮挡，只能看到灰白的平房顶；看不到人的活动，但隐约听到吆喝声和哭声。村里没被树木挡住的路上，有骑马的老毛子在走动，马上挂着大大小小的包裹；有的还牵着女人，或者押着扛东西的男人。李宏长出了一口气：许彪他们来得挺快，或许能把落难的人救出来，不遭到太大损失。

又过了一会儿，李宏估计去村西的弟兄已经埋伏好了，应当开火打乱老毛子的抢劫行动了。他低声传下命令："瞄准近处的老毛子打，加小心别伤着乡亲。"

于是，枪声稀稀拉拉地响了起来，有两个看守车辆的老毛子栽到了马下。其余的老毛子一边藏躲，一边比比画画，可能是不许老板子和那些女人乱动。紧接着老毛子便开始还击，枪声可就像过大年接神放鞭炮似的，听不出个数了。

李宏对绺子的家底很清楚：枪不少——从护教队和寿太太卫队手里，共缴到三十多支，后来又花大价钱买了二十支；可子弹并不充裕。他大声喊："咱们得悠着点，没瞄准别开枪——等老毛子人马往坡上拱时再猛打！"

果然过了不长时间，一个骑大洋马的老毛子高举战刀，督促二十多老毛子放马冲锋了。李宏对身边几个弟兄喊了声"都瞄准那个骑高头大马的老毛子官打"。

李宏还真没猜错：那个指挥往前冲的老毛子，正是军事副官麻林可夫，在这伙强盗中是数第二的大官。他们从"护运"以来，还没受到过清朝军队或地方豪强武装拦挡打击。他们在一个小山村遭到攻击，还死的死，伤的伤，能忍下这口气吗？骄傲、恼怒，加上本性上的野蛮、凶暴，他们开始疯狂报复，一窝蜂似的向山冈上扑过来。他们哪里知道，"追风沙""三尾虎"的绺子里个个都是不怕死的硬骨头，还逐渐摸索出了自己的打法，而且这二年许彪很注意绺子的射击训练，弟兄们虽不能百发百中，可也能三枪打中一发。瞄准麻林可夫的有五六支枪，加上他是骑在马上原地叫喊，差不多成了插在那里的高大的死靶子，还能逃得过吗？立刻被打成重伤，扔下战刀趴到马上了。往冈上冲的老毛子，马跑不快还挤成了大长条子，还没冲到半山腰，就死伤了四个人，倒下了三匹马。俗话说，鬼怕恶人，其余的老毛子掉转马头逃回去了。

枪声稀疏下来了。就像大年三十晚上，各家各户接完了财神，放完了成串的鞭炮；可有些孩子没过够放鞭炮的瘾，四处趸摸那些贼炮仗，捡到一个就用香头点着扔出去，才啪地又响了一声。

李宏低声向左右问："有挂彩的没有？"得到"没有"的肯定回答后，

他嘱咐大家"别乱动，把精神头提足，防备老毛子来拼命"。他自己却换了几个地方往村里望，发现有些老毛子借着树木的掩遮，往大草房集中，另有十来名老毛子偷偷摸摸向村西移动。他料想老毛子打算从那边绕到冈北前后夹攻。果然过了不久，村西就响起枪声。那伙老毛子很快又撤回了村里——分明是碰了钉子。隐藏在大草房附近的老毛子，也没敢再发动进攻。

西南风又刮了起来，摩挲着远远近近的树梢。突然响起炒豆子般的枪声，子弹溜子嗖嗖地穿了过来，打得一些树叶打着旋飘落下来。李宏传令："沉住气，老毛子不骑马把脑袋送到半山腰，先别开枪——千万别把枪筒子倒成了烧火棍。"他很快就发现：那排大车在密集的枪声中掉头了，原来打头的变成了末梢子，车辕子朝东，马尾巴冲西。李宏想起了旗人的一句俗语：小脸朝南，小辫冲北了。那是说两个打起交手仗的人，若有一个人把脸背过去，把脊梁——满族男人梳辫子，辫子是拖在背后的——冲向对手了，那是承认打不过了，要开溜。李宏身边的弟兄也看出了老毛子要穿兔子鞋，便问："老当家的，咱们该上马了吧？"李宏指着那些开始慌慌张张颠搭起来的大车说："老毛子不会舍下那些财物，准藏在暗处跟咱们拼命。等大车轱辘远了，他们不得不现身，那时咱们再扦蛤蟆。"

七

李宏这一次没拿捏准。那些断后的老毛子，脑袋瓜子并不是死木疙瘩：他们躲在树后下马后，倒换着打枪，倒换着脚挪窝，掩护那溜大车撤出了村。李宏他们打了几阵枪，却没扦到蛤蟆。李宏承认自己把老毛子看低了，可也没发叽歪上火，叫弟兄们悄悄上马，影起身子进了村；堵西门的弟兄也赶来会合了。

村内老乡发现是李宏领人马打跑了老毛子，又惊又喜。有人报告："老李当家的，老毛子一出村就撒开蹄往东炝蹶子跑。"李宏却想：断后的老毛子还会三三两两地倒段掩护，紧追会挨冷枪；等许彪在前边打响了再往上冲又有些耽误了时间……他自打到了塌了胯窝堡，已经踩熟了方圆十多里以内的山冈、沟谷、道路。他果断决定：留下十多人在村东埋伏，防备老毛子吃回头草；自己带其余弟兄，从小路绕到许彪埋伏地点的后边，等许彪开打时突然从侧面冲向断后的老毛子……

已经带人埋伏好的许彪，并没有迎头痛击老毛子，而是放过了沙拉尤夫斯基率领的十多名开路的老毛子，才掀起一股旋风卷向车队。押车、看人的老毛子只有六七个，根本没想到会被恶虎掏心，没来得及还手就被砍瓜切菜般撂倒了。许彪发现李宏也突然冲向断后的那十个左右老毛子，便和张冲说了句"后面的事，请老当家的拾掇"，领着那帮蒙古族弟兄挥马刀向前杀去。

断后的老毛子，都是沙拉尤夫斯基的老同伙。撤出塌了胯窝堡后，仍然十分谨慎。虽然没发现有人追撵，也照旧互相掩护着往前捯。他们猛丁听到前边杀声四起，吓得胆战心惊；急忙望去：蒙古人的马刀把他们拦腰砍成了两截……这伙人原来是麻林可夫指挥的。他受伤断气后，沙拉尤夫斯基又任命一个头。这个人虽然也当过兵，却优柔寡断，拿不定是继续防备追兵，还是增援前队的主意。归他指挥的人，有好几个已经屁滚尿流，认为前有强大的蒙古人，后有追兵，自己这一小撮和那头小牛差不多了：想跑却迈不动步，只有哞哞叫的份儿了……就在这犹豫、惶恐的短短工夫，李宏领着他的老弟兄放马从路边冲了过来。有几个老毛子还没来得及举枪扬刀，便被劈下了马。剩下的老毛子，伏在鞍上想撞大运，向来路跑去。

李宏听了张冲传达的话，便给他留下些人，让他领着看守大车；自己领弟兄们追逃跑的老毛子。那些想撞大运的老毛子，被村外埋伏的人马打落马几个后，刚转回过马头，李宏和弟兄们又是一阵排子枪……剩下三四个老毛子扔掉马钻进了树林子。有的弟兄主张搜山，李宏却说："他们不会丢下枪，会躲在暗处拼命的。放过这几条漏网的泥鳅鱼，在山中小水沟子里搅不起浪来。"

许彪带领蒙古族弟兄往前猛追时，沙拉尤夫斯基已经成了惊弓之鸟……在麻林可夫被打成重伤死了后，他开始认识到遇上了强硬的对手。他派出一批人马往西运动，确实想绕到北山后实行前后夹击，吃掉对手。不料被顶了回来。沙拉尤夫斯基还没发现对方也是骑兵，却估计到了对方人数众多，而自己只剩下不足二十五人可以冲锋陷阵了。他觉得若是转移到平原地带，可以发挥马上优势，把对方冲散杀败。他决定顺原路撤，还想自己亲自带人掩护。波列夫坚决反对，劝他和自己一同带人开路，并把一些珠宝金饰打成两个包裹，由他们俩亲自携带。当许彪把他们拦腰截断后，沙拉尤夫斯基被"蒙古骑兵"的勇猛震惊了，哪里还敢恋战？他对部下喊了一声"别死这儿喽"，便用马刺狠扎马肚子，领头狂奔。那些老毛子一听"王子"发令快跑，便紧跟在他和波列夫马后逃命。这些人骑的马是从农民手里抢来的普通的拉车的马，既撵不上前边的大洋马，也抵不上许彪的花狸豹马和他蒙古族弟兄的马，便渐渐被追上了。除了几个跳下马钻了林子外，都成了马刀下的他乡野鬼。不过，许彪领人追出了十来里后，却不得不勒住马，打了几枪，无奈地听任两匹大洋马把两个强盗头子驮跑了。

八

许彪掉转马头，在归路上和李宏见面了。两人碰完情况，兴高采烈地回到那溜大车停留的地方。李宏发现一男一女骑马从村里赶来了，似乎是唐百顺和纪玉瑶。李宏好生诧异：他们咋来了？难道……李宏刚把两腿一夹，栗骟马便好像明白了主人的心思，撒开四蹄飞快地迎上去。到了纪玉瑶的马跟前，栗骟马便打起盘旋。李宏见扯着马缰绳随着自己打起磨磨转的纪玉瑶，小头发成绺地贴在脑门上，脸粉不棱登的，那对眼珠一个劲地往自己身上骨碌——那神情，满轴子都是对自己的关切，并没有一丝悲伤情绪。他把脸转向唐百顺，说："你咋把我的话当了耳旁风？"

纪玉瑶见他囫囫囵囵，心里那块石头落了地，便有些撒娇地嘟囔："烦人家就直说呗，干吗乱抓邪火气！老唐大兄弟把我妈和孩子们安顿得万无一失了。我寻思练了一秋的枪，连兔子也没打过，便圈拢他陪我赶来凑热闹。没想到起大早赶了个晚集，连一个活靶子也没捞着。"

唐百顺也忙不迭解释："大姐惦记这疙瘩，老太太也担心东家跟老毛子硬拼；说你身边只张冲一个帮手，猛虎架不住群狼，追我陪大姐回来扫听扫听。"

李宏心里完全明白了：玉瑶牵挂自己，叨咕得老太太也稳不住神了，打发他们赶了回来。

许彪是跟在李宏身后颠搭过来的——带人马来这里前，他向祁福打听过这疙瘩的情况，听祁福说过"东家和纪大姐'八'字有一撇了"——他听到唐百顺的话，认真打量起来这位纪大姐：穿了件天蓝色短夹袄，扎了一条红绸带子，上面插着一支手枪……这使他想起了当年二师姐从墙上往教堂院里跳时的身影：虽说生死不怕，但还有些柔弱。眼前的这位红灯照大师姐却更加硬朗，有一股子叫人不敢小看的豪气。他提马向前走了几步，拱手一揖，郑重地说："是大师姐吧？小弟许彪久仰了！"

纪玉瑶见他骑着花狸豹马，知道他是"三尾虎"，微微侧了一下身子，先客气了一句"不敢当"，紧接着感谢他"带领弟兄拔刀相助"。

李宏等他们见过礼说过场面话，便抓紧时间对许彪说起正事，要他妥帖处置从老毛子手中夺回的人、车、物。许彪心里已经砍出了大概，央求纪玉瑶："大师姐这一来，可真成了救苦救难的观音菩萨——那两辆大车上的苦命女人，家里都啥光景？回得去不？若回去没好果子吃，又让她们往哪儿落脚？老当家的和小弟没法问，也问不透珑，更没法帮她们拿主意。这些挠头事，只好麻烦大师姐费心劳神了。"

纪玉瑶觉得"三尾虎"虽说有些给自己戴高帽子，但他提到的事由自己出头，确实比他们大老爷儿们方便得多。她一口答应下来："我先把她们带回去；通知完全村做饭，就按大当家的吩咐做。"

纪玉瑶带着那两辆大车回村。

车上的人都已经解了绑。这些受难的女人，刚看到骑着马、别着枪的纪玉瑶，都十分意外；后来又听到她和救了自己这帮人的两个头领的谈话，更加吃惊。今天早晨也被绑来的王桂荣，可就打开了话匣子："她姓纪。那个领头救了咱们的李大哥，是她表弟，新搬来俺们村的。那个骑花狸豹马的许彪，我没看到过，听说是侠盗'追风沙'的二当家的，可能是李大哥搬来的兵……"

车上一个穿道袍子的女人，比别的女人胆大，抢过话头说："这三个人都不平常。姓许的头领，把她称'大师姐'，你听没听说是咋个大师姐？"这可把王桂荣考住了，只好回答："不知道……她是春天从彰武搬来的。"那个女道姑，却想起建安义和团烧教堂时，那个二师姐就是彰武人……难道她也是红灯照？不过她知道，自己的猜想若是真的，那可是现在不能再乱说的，就没再往下问，还夸了句"都是降妖救人的侠客和仙姑"。

第十三章　好心的大姐忙胀了脚

一

　　纪玉瑶由唐百顺陪着，从绺子的暗窑赶回来时，是直接去了战场的。她骑马别枪带两辆大车，一回到自己的院，便请众姐妹先到屋休息——"我得先为大队人马安排做饭"。然后就拉着王桂荣，送她回家。

　　眼下正是忙掉帽子的秋收节骨眼，可塌了胯窝堡的庄稼人都没下地。

　　今天一早，老毛子一开抢，各家全被翻了个底朝上，还被拖走三个女人——除孟老疙瘩媳妇王桂荣，还有两个闺女。不久枪声响了起来，像冰雹断续地砸着屋顶，稀疏时高一声低一声地追魂，密集时撕心扯肺地索命。吓得谁也不敢走出屋，恐惧地瞪着眼睛挨抢。等到李宏领人把老毛子撵出了村，人们的心才稳当一些，可也怕下地会碰上败逃的老毛子。孟老疙瘩是个胆大的人，却任凭房门开着，头朝里躺在炕上，孤单单地回想着，和王桂荣成亲前后的种种情形……

　　那是前年开镰前，孙老二和孟老疙瘩领人在十多里外的嘎土，包下了一宗盖房子的活。东家姓王，自家的土地自家种，日子还算充裕。房子刚一戳排，孟老疙瘩就和东家的闺女王桂荣对上了眼神，四道目光一得机会就拧麻花。在孟老疙瘩发表了对"相好塞给的粑辣团子"的看法后，王桂荣用送豆包的方式，表明了自己的态度；两人抽冷子见了几面，便一个"非你不嫁"，一个"非你不娶"——王桂荣还伸出右手小手指，跟孟老疙瘩拉了钩，发誓"天塌地陷心不摇"。

　　孟老疙瘩完工回家后，求了媒人去提亲；却被王桂荣的老爹，连损带骂顶了回来——媒人对孟老疙瘩说:"我快保了一辈子媒,头一回碰上了这么不给面子的人!我刚一报出'替孟二把头来提媒',她老爹就封门说:'我宁可叫闺女老到了家,白了头发,掉光了牙,也不能让她往塌了胯窝堡嫁,跳进那个穷坑!'我看你再求人也是白挠毛。"孟老疙瘩虽然没死心,可也没了招。

王桂荣却舍不了自己相中的男人,偷着两次去找孟老疙瘩商量,都叫她爹提溜棒子从半道上截了回来。

孟老疙瘩听到了信,觉得自己比桂荣矮了半截,骂自己"不够一个大老爷儿们",下决心被打个破头烂齿,被骂个狗血喷头,也得亲自去见老王头儿求婚。到了老王家门口,没等他进院,老王头儿就提溜一根棒子,左一句"塌了胯穷坑里的花花肠子",右一句"撒泡尿看看你的穷相",骂出了院,抢起棒子就打。孟老疙瘩挨骂不还口,躲着棍子跑,吗咒也没了。

冬至前两天,王桂荣听妈偷偷告诉她:"你爹拿定了馊巴主意,要把你聘给邻村一个财主家的跛脚儿子,还说'跛脚走路慢,可人家骑的是高头大马;穷坑里断了顿,西北风填不饱肚子'。"王桂荣却宁愿吃糠咽菜,也不愿让人叫"跛脚的媳妇"。她夹了个小包起五更,不怕小鬼龇牙般冷,也不顾路上有饿红眼了的狼,孤身跑到塌了胯窝堡。孟老疙瘩被她感动得下了狠心,请来全村各户的当家人,跪下请大家成全。李村长一来气老王头儿,骂自己村子是"穷坑",二来叫孟老疙瘩送给的五块现大洋烤热了肠子,做出了他当村长以来,最让乡亲叫好的一炮露脸事:他叫村里各户,有鸡的出一只鸡,有粉的出两把粉;没鸡没粉的出些菜,自己舍出了一坛子酒。当天帮助孟老疙瘩,办了酒席。鸡肉炖粉条子一开锅,李村长便叫孟老疙瘩和王桂荣拜天地,祝他们以后的日子"香香美美、长长久久"……

当晚,家前庙后、左邻右舍,都怕冷淡了找上门的新媳妇,结伙来闹洞房。不仅给做了宽心面,还公推了一位儿女双全的大婶,把孟老疙瘩的旧被褥铺到了热炕头,还一同戗戗出了四句喜歌:"投心对意入洞房,红枣花生撒满床；连生儿女成双对，七老八十福寿长。"满屋子人一连唱了三遍。王桂荣感动得眼睛发潮，红着小脸大声说："谢谢大家！就是晚上三年两载，我一定给他生儿得女双全……"

后来，王桂荣第六年上才开怀。有的老太太就说："这全怨桂荣这个疯丫头，不该入洞房前乱开口，弄得五年头上才坐了果！"从这时起，塌了胯窝堡的姑娘，都在新婚入洞房前，要趄摸机会说句"当年就有"……

第二天一早，李村长带领村里二十多老少爷儿们，拉着他以五分利抬给孟老疙瘩的三石高粱，陪着新婚夫妻去嘎土村给老王头儿磕头。

老王头儿昨天一发现女儿走了，便认定她是跑到塌了胯窝堡去了，便招呼人要去找回来；却叫老伴一句"她说请她舅来劝你，我估计不出三天准回来"，把他稳住了。塌了胯窝堡的人一到，老王头听说女儿昨晚已经和孟老疙瘩入了洞房，抬手就要扇姑爷嘴巴子，却被众人七手八脚拉扯开了。本村赶来的人，也怪他嫌贫爱富，为了多落彩礼不体恤闺女，不但不帮他的场，还念歌子敲打他。有的夸"桂荣姑娘好眼力，保准一辈子不会住寒窑"；有的夸"孟家姑爷子有能耐，又有人缘，打上灯笼都难找"……老王头儿见李村长领来的大队人马，脸上挤出的是笑容，棉袄袖头子露出的是握紧的拳头；而本村赶来的乡亲，却一个个竟都帮外不帮里，连老伴都跟自己分了心，使自己成了土地庙的旗杆——光杆子一条！他怕落个鸡飞蛋打，不拦挡塌了胯窝堡来的人往下屋卸高粱，却打肿脸充胖子，指着孟老疙瘩和王桂荣骂道："这辈子别再登我这个门！"可嘎土的坐地户、塌了胯窝堡来的客人，连拉带扯地把他摁到了炕沿上，使他不得不接受了新人夫妻磕的头……

一转眼到了正月初二。王桂荣坚决地要孟老疙瘩一同回娘家拜新年。夫妻俩穿得溜光水滑，拎着大包小裹，到了嘎土。王桂荣也没想到，她爹并没有往外撵，还好像忘了过去事，七个碟、八个碗地陪姑爷喝酒……

这小两口一直恩恩爱爱，却想不到从半天空落下来横祸：今天早上，一群老毛子冲进屋，见王桂荣穿得整齐，长得水灵，架起来就往外走。孟老疙瘩追出去想拼命，可王桂荣吼了起来："你给我好好地活着！"邻居听到这喊声，跑过来把孟老疙瘩拽回了屋……

二

孟老疙瘩正头朝里仰在炕上，瞪得溜圆的眼睛盯着秫秆笆，好像真魂出了窍。房门呱嗒一声被推开了，纪玉瑶把王桂荣送了回来。孟老疙瘩好像没听到门声和脚步声，还仰颏盯着房笆。王桂荣骂了声"死鬼"，他才见到老婆回来了—— 一个鲤鱼打挺跳到地上，惊喜得说不出话；王桂荣当胸咣咣捣了他一顿拳头，骂他"你这个窝囊废！若不是李大哥的朋友来搭救，我这个往穷坑里跳的苦命鬼，今晚准得叫黑瞎子把这张脸，舔得只剩下几个黑窟窿"……

孟老疙瘩红着脸分辩："我本来想跟老毛子拼……"王桂荣一把拧住他的嘴，呵斥："你这个浑球！盖房子喊号比唱的还好听，咋不知道一条命能披上这张人皮，得修上好多辈子？有针鼻大活着的希望，就得把秤砣大的心，铁定了往下熬……若是俺俩硬往枪嘴子上撞，现在还能再见面吗？"她说到这疙瘩，眼泪再也止不住，用双手搂着丈夫，脑门顶着他胸脯子，抽抽搭搭地说："我还没给你生下一男半女，没留下咱们的后代，若真死了，这口气，可咋往下咽哪……"孟老疙瘩也不顾屋里还有纪玉瑶，把媳妇紧紧地搂到怀里，下保证说："我今后不会那么虎了——只要你还在，我就要等着，熬着，活着！"

纪玉瑶见他们这样恩爱，不由得想起了昨天晌午后的事：李宏把自己往车上抱时，两个人也差不多抱成了团，不过只有一眨眼的工夫……紧接着她耳边又响起李宏嘱咐自己"紧急关头……你就背着坚先跑，咋也要对得起修岩大哥，保住他的后人"。她心突然一哆嗦：我咋见人家两口子搂脖抱腰的，就只想起了李宏？那时他还想着让我顾全修岩的后代，我却好像把修岩全忘到了心外脖子后——她暗下承认：自己已经把肠子都挂到李宏身上了……她赶紧抹了几把发热的脸，静下心来，劝眼前的一对鸳鸯说："满天的云雾都散了，好日子长着呢……我听说老疙瘩兄弟，有杀猪的手艺，快招呼几个人，去剥那些打死的马，给搭救咱们的人马当菜。"

孟老疙瘩没脸红，却着起急，翻出一把杀猪刀跑出屋，招唤人去剥老毛子那几匹死马……

纪玉瑶对王桂荣说："你对各家比我熟，还爽朗，替我到各家说一声，快些动手给大队人马做饭；菜，就以马肉为主吧。我回来时，就看到了有好几匹死马，连全村人都吃不了的。"

王桂荣实心实意地说："大姐，你快去帮李大哥他们忙活大事吧。他们把我救了出来，都是我的恩人；我要不把这件事做好，那还算个人吗！"

全村人比过大年还欢喜，撒着欢给"三尾虎"的人马做饭菜。孟老疙瘩他们心急手快，一边往下剥肉，一边叫人往各家送。各家各户的烟筒，先后都冒起了炊烟。

纪玉瑶急忙回到自己家——却见那帮女人都挤在外屋地站着，却没有一个进东西两屋歇着。她奇怪地问："这是我的家，你们咋不到屋里坐下歇歇？"听了这一问，几乎所有人都低下了头；只有一大着脸回答："禀告大师姐：我们这些人，昨晚在这俩屋，叫老毛子驴接二连三地祸害了半宿……现在推门一看到炕，心就像被捅了一刀，浑身都发颤，哪里还敢往炕上坐。"

纪玉瑶又惊又怒，骂了声"这帮该千刀剐的牲畜"，连忙又安慰说："老李大哥请来了'三尾虎'大当家的；他带弟兄把你们救下来了。他叫我打听清楚你们的情况，要想法把你们送回家去……现在这疙瘩是我的家了，不会再有人欺侮你们了。都先到西屋歇着，容我一个一个地跟你们打听家里的情况。"

三

这些女人，自打落入老毛子魔掌，受尽折磨践辱，就像铲过二遍的苞米苗子遭了一场大雹子，被打得成了秃茬子，冻蔫了心，再也支棱不起来了。虽说边外人礼教观念比较淡薄，还没被那副夹板勒牢，保留了一些野性，对清白、贞节那一套看得并不特别重，甚至对男女间的偷偷摸摸很宽容，或睁一眼闭一眼假装没看见，或暗下里蹭蹭嘴皮子磨磨牙，并不认为是什么大不了的罪过；可是这些女人却觉得自己是被一群满脑袋猴毛、长着鹰钩鼻子、像乌鸦哇哇叫的罗刹鬼轮番祸害得半死半活。第二天又被拴在车上，一路游街示众，丢尽了自己的脸皮、祖宗的面子，比那些养汉精还丢人现眼。因此，她们不管是被拢在车上，还是被押进屋里，都不敢抬头正眼看人。不过今天却有些例外：马跑车颠，杀声四起，她们并没有害怕摔下车轧死、遭乱枪穿死，还抬起头四下张望。等身旁的老毛子被蒙古族人砍下了马，她们还咬牙切齿地骂"该、该"。等到身上的绳子被割断了，她们知道得救了，可一个个又低着头不敢看人了。后来她们听到有女人说话的声音，才偷眼瞥去。她们发现纪玉瑶骑在马上，红腰带上别着小洋枪，连那个骑花狸豹马的大头领都恭恭敬敬地叫她"大师姐"，便全明明白白，又稀里糊涂了。后来，在返回塌了胯窝堡的路上，听了王桂荣和缘木的对话，才对这位菩萨般的人物，有了些了解……

纪玉瑶走南闯北，当红灯照大师姐那阵子更没少和方方面面的人打交道，是很有些谈谈唠唠本领的。她是以一个老大姐身份跟这些人唠扯的，和她们一起揣摩家里人会咋惦念，陪她们一块为遇难遭殃淌眼泪，帮她们一同骂那些千刀万剐也不解恨的大鼻子驴，还苦口婆心地劝她们得奔求今后的大半辈子。每个人平时都希望得到将心比心的对待，而一个落了难、蒙了羞、丧失了活下去信心的人，若能得到尊重、同情、体贴，那可比解除饥渴还满足。因此，和纪玉瑶谈过话的人，都一五一十地吐出了想埋在心底下烂掉的实在嗑。在王桂荣送来了香喷喷、热腾腾的饭菜时，纪玉瑶说没工夫吃，叫她端到西屋去了。等她一个不落地唠完了，日头爷可就换上葫芦头往西山后骨碌了。

她领着十八个决心回家的姐妹来到大草房，把她们让进西屋。她自己进了东屋。

在纪玉瑶离开战场后，许彪归拢好人马，和李宏押着一溜大车奔塌了胯窝堡。路上，许彪向李宏端出处理车马财物的盘子：老毛子在塌了胯窝堡抢劫的东西，一律由原主认回去；确实是老板子和被掳妇女自己的财物，允许带走；老毛子给塌了胯窝堡造成的损失，也用车上的东西抵偿……"老当家的需要啥，留啥；剩下的归绺子。"

李宏说自己搬弟兄们前来，是为了收拾老毛子，搭救受害的同胞百姓；若贪图财物，就成了合伙做买卖，那就违背了自己金盆洗手时立下的誓言。他表示对许彪其他主张都同意，还提议给回家的老板子和妇女都发些盘费。

许彪十分清楚老当家的秉性：一拿定了主意，那就像坐地生根的石头砬子，九牛二虎也拉不动的。因此，他应了声"那就这么办"。

现在，李宏已经陪许彪吃完饭。

纪玉瑶向"三尾虎"汇报：被劫的女人共二十八人，其中有本村的三人，愿意回家的十八人，都在西屋。剩下那七个人中有一个道姑，想歇几天后一个人悄悄地回庙；另六个宁可死也不回去，"我先收揽她们住下，慢慢帮她们琢磨出一条活路"。

许彪郑重地谢过后，叫手下人交给纪玉瑶二十两银子，"给那个道姑回庙做盘费"。

四

纪玉瑶回到自己家，纪玉瑶插上房门后，和那六个姐妹喳咕起今后的路咋个走法。这六个人虽然都说回去没法活，情况却又不一样……

　　周桂香只十九岁，却已经做了两年的小。她是开原县内颇有名望的大财主雷玉才的第三房小老婆。这个五十多岁的雷玉才，读过几年儒家的书，但他半个"仁"字也没读会，半个"人"也没做到；是个地方上的恶霸、人堆里的畜生。他有两只看得清事的眼睛，却没有半点做人的良心。他对比他弱的人，是头吃红肉拉白屎的狼；对比他横的人，却像条摇着尾巴舔屁股的狗。沙拉尤夫斯基带一伙老毛子，一住进雷家大院，他就发现洋人的武器，洋得从来没见过；可护送的"辎重"却太"土"，没有一件带洋气的货。老板子穿得七窟窿八眼子，全是本地劳金；八成新的车、壮实的马，清一色是庄稼院用的养的。车上的"辎重"没有一件军用货，全是当地富庶人家值钱的稀奇物。"家眷"长相，都比得过自己的"小三"，却个个没一丝洋相，穿戴也都没有半点洋味，还都被连绑带拴着……他断定了连人带物，都是洋大王在路上抢来的……他一认识到凶多吉少、大祸临头，就施展起舔屁股的拿手能耐：他不仅像伺候亲爹似的孝顺这伙老毛子，主动献出二百两银子；还扯着周桂香的膀子，把她送到沙拉尤夫斯基住的屋，恬不知耻地摇头晃脑说："沙老爷乃上国嘉宾，远道光临蜗居，鄙人获蓬荜生辉大幸，自当尽东道主微忱。谨献拙婢，稍暖粗糙之席；唯望贵客，略解孤寂之憾。沙老爷如能俯允，小人不胜荣幸之至。"沙拉尤夫斯基虽然听不懂他的酸言贱语，倒很高兴头一次有人送来一个年轻漂亮的女人，所以不仅"允"了，还对他说了句"上高"。第二天开拔前"护运"时，沙拉尤夫斯基还当真赏了他面子，对雷家大院没抢没翻，只赶走两辆大车，带走了周桂香。

　　周桂香指天画日地说："我宁可下十八层地狱，也不再进姓雷的那个狼窝！"纪玉瑶点头夸她"有志气"。

　　柳玉梅是个小门小户家的黄花闺女，爹妈对她心尖似的疼爱。她被抢时，爹妈拼命撕扯阻挡，被老毛子当场开枪打死。她泪涟涟地说："大姐，我没家了，也没处投靠……若有个好心人，能把我爹妈那两把骨头好好葬了，他缺胳膊少腿，我也伺候他一辈子。"

尹淑芝，是个穷酸塾师的女儿，十八岁上嫁给了一个姓陈的社长的儿子。那时候的"社"相当于后来的"乡"。社长虽然不拿朝廷俸禄，却只有财大气粗的豪绅才当得上。由于尹淑芝一连生下两个孩子都没站住脚，公婆便时常骂她"成心想断了陈家香火"；而她那个又嫖又赌的丈夫，差不多天天让她拿耳刮子当面片，把腔根脚当疙瘩汤。她认定自己"回婆家，笃定被他们拿我失去贞节当借口给休了；回娘家，我爹准怪我没嚼舌自尽丢了他的脸面，不许我进家门一步"……

曹小颖过门半年就守了寡，怕回去被大伯哥和小叔子给卖了。孔庆贤是穷人家有了婆家的闺女，彩礼被家里给哥哥定亲用了。她下狠心在外地隐姓埋名，让婆家没法子退婚，使哥哥能娶回嫂子。

尚秀娟是个粮米行老板家的小姐，偷偷相中的一个小伙计却被她爹辞掉了。她求纪玉瑶说："大姐，想法子替我找到他问问，他若没变心，就来和我做夫妻；若嫌我身子不清白了，我就出家去当尼姑……"

五

纪玉瑶边听边掂量，觉得自己还能帮她们一把。就在这时，祁福敲屋门喊"大姐"。纪玉瑶对柳玉梅喊了声"小妹"，让她去开门。

昨天，祁福找到许彪时，已经把马累得浑身水洗的一般，人也蹾得快散了架子。许彪看出了形势的危急，立刻紧急集合人马；临走时还命令留守人员"遛好喂好小祁子的马，明天早饭后再放他往回走"。因此，他刚回到塌了胯窝堡不久。

柳玉梅打开屋门，瞥见迎面是个背着洋枪的小伙子，先红了脸，赶紧低下头闪开身子。

祁福见东屋一帮年轻女人，没敢进屋，站在外屋地报告："'三尾虎'大当家的要走了，东家请大姐快过去。"

纪玉瑶走到外屋地时吩咐："祁福，你在房门外照看一会儿，别叫生人进这屋。"

还没来得及回东屋的柳玉梅，又斜睨了祁福一眼，心里纳闷：他要比我大两岁左右，像个在外边闯荡过的人，可脸皮咋这么薄呢？

大队人马已经押着大车小辆上路了。许彪向纪玉瑶说明了两件事：一是那十八个妇女，随四辆大车回家了，保准能送到地方。二是为了纪玉瑶能方便地照顾留下的六个姐妹，绺子给留下了一些行李、衣服和二百块银圆——另外给那六个人各预留了十两银子的路费。接着他向纪玉瑶拱手说："有个叫裴友财的弟兄伤了腿，骑不了马，坐不了车。我把他留在老当家的这边了，请大师姐帮助照看。"

送走许彪，李宏领纪玉瑶到东屋看那些东西。她眼睛一扫，见地上摆两个装衣服的箱子，炕梢摞着一大堆被褥，炕头却胡乱地堆着被褥——她认得都是李宏买来的，便哈下腰拽过来叠。

纪玉瑶叠好被后，李宏把装银圆和银子的小口袋交给她，领她到西屋看彩号。她见裴友财下身搭着被，好像睡着了，便轻轻地揭开腿上的被：右腿光溜溜的，左大腿上缠着红布条子。李宏说刚糊上药，血止住了，估计是伤了骨头。纪玉瑶又轻轻地把被盖上。

唐百顺张罗去接汤老太太。李宏也担心老太太心里提溜这疙瘩，便同意了；还嘱咐不要着忙回来，回来时不要起早贪晚。唐百顺走后，李宏对纪玉瑶说："我得去请'摩挲仙'；这位老人家从来不出诊，可小裴子伤了骨头，我无论如何也得把他请来，明天回来早不了，家里的事，就全靠你了。"纪玉瑶轻声说："这还用嘱咐吗！"李宏笑笑，也顾不得自己连乏带困，骑马去请"摩挲仙"。

纪玉瑶寻思了一会儿，把东屋的被褥搬来了一套，放到炕上，对张冲说："一会儿祁福过来，你们哥儿俩夜里倒班照看小裴；我明天早上派个人过来。"

纪玉瑶回到东院，先把祁福打发回来，然后继续跟那五个姐妹搭搭讪讪地唠。尹淑芝是这五个人里年岁大的，心也比较细，问："大姐，你还一直没吃饭吧?"纪玉瑶一听,一拍大腿,说:"我真是个傻大姐,忙得忘了吃饭;还是早晨在后旗吃的牛犊子汤呢!"那五个人听了,都往外屋地挤……纪玉瑶却摆起了架子吆喝:"你们到了我这一亩三分地,口口声声叫我大姐,就是住娘家的妹子;哪能倒反天干……"人,是都被吆喝住了,却都抽抽搭搭抹起了眼泪疙瘩……

纪大姐自己动手盛了饭菜。

六

第二天早上,纪玉瑶领周桂香来接替张冲。她选中周桂香,是觉得她加着小心伺候过人,一定有眼力见儿和耐心烦。她听说裴友财夜里不时地拍炕沿,便先喂下一包镇痛的药。换药时,她把裴友财的伤腿轻轻托起,叫周桂香解开红布带子……裴友财咬紧牙关没喊没叫,眼泪却从眼角流了下来。换完药又缠上,纪玉瑶夸他是条硬汉子。裴友财道歉说:"全怪这条腿不争气,麻烦两位大姐干这种埋汰活。"

周桂香想:这个人准在江湖上闯荡好几年了,咋没看出我比他岁数还小呢?

其实这有两个缘故:一是裴友财过去很少和年轻女人打交道,还一直没正眼端详过她们俩的长相;二是她这些天一直没照过镜子,不知道自己已经被折磨得小脸蜡黄,都不如纪玉瑶的脸红润亮堂了。

纪玉瑶要照看东西两院,坐不热炕沿。周桂香怕裴友财伤痛心焦,便找话茬搭讪。俗话说,生铁钟不敲不响,陌生人不唠不熟。可周桂香是个才十九岁、落过难的女人,不便问裴友财这个面生男人的年岁、家庭和缗子里的事,想了一阵才问了句:"你在边外,行走好几年了吧?"

裴友财觉得这位大姐给自己端茶倒水、换药裹伤,自己不能藏三掖四,便说了实话:为了养活父母,给妹妹准备嫁妆,已经在缗子里干四年多了。

周桂香便夸他孝顺老人，是个好哥哥。

裴友财知道她是个落难的女人，有些好奇地问她"咋不回家去"。

周桂香伤心地说："我若是有个像你这样的大哥小弟，也不会十七岁上，就被逼无奈去伺候那个老牲口……还让他送给老毛子当消灾礼物。"

裴友财十分气恼，骂了句"他真不是人"，却硬忍住没把"你今后可咋办"的话问出口，只低声叹了句"你的命真苦"。

周桂香被他的同情感动了，应了句"我总算命不该绝，遇到了你们，把我从火坑里拽了出来……纪大姐还开导我们，要奔求剩下的大半辈子"。

裴友财便赞扬纪玉瑶和李宏，都是大好人……

两个人一来一往唠起来，日头影可就转得快了。到贴晌时，周桂香发现裴友财不时地皱起眉头，便问他是不是伤口疼得厉害。裴友财答了句"伤疼倒挺得住"。周桂香心里嘀咕起来：那是啥挺不住呢？猜想可能是要解手。一问，裴友财红了脸，求她去叫张冲。周桂香到东屋一看，张冲不在。她心里翻腾起来：他是打老毛子受的伤，得说是自己的恩人。他不愿意叫自己接屎接尿，说明他没把自己看成下贱人，尊重自己这个年轻女人……她想到了纪玉瑶：她是让人尊重的大师姐，和这个人非亲非故，可换药时抱他大腿、托他屁股，好像侍候亲兄弟；自己是个狼掏狗剩，若在救命恩人跟前躲躲闪闪，那不是忘恩负义吗？她从外屋地拎来一个铜洗脸盆，回到西屋大大方方地对裴友财说："大哥，我今年才十九岁，你就把我当成亲妹妹，让我来接吧。"裴友财涨红了脸没有吭声。等周桂香接完尿倒掉回来，裴友财才说了句"大哥谢谢你了"。

七

晌午歪时，李宏把一位人称"摩挲仙"的蒙古族大夫——就是那个脾气古怪的乌泰，请来了。

两人骑马进院后，李宏急忙下马，先向屋里喊了一声："'摩挲仙'

203

到了……"

屋里的人听明白了。纪玉瑶立即说了句"出迎"，带领张冲、祁福和村里六七个来看望裴有财的人，迎了出去。周桂香迈出一步又把脚收了回来——她觉得不应当把裴有财孤零零一个人扔在屋里。

李宏把缰绳甩给张冲，快步走到乌泰马侧，躬身跪下，两手拄地。祁福见东家拿身子做马凳，赶紧跑过去牵住马。

老乌泰扶鞍侧身，一脚踩到李宏的背上，下了马。

李宏站起身，从自己马上取下一个包裹。祁福和张冲便一起去遛马。

李宏侧身引路。乌泰进了外屋地，却没进西屋，侧歪着身子站住了。

已经进屋的李宏，从拎着的包裹里取出供品香烛，在北窗下八仙桌上摆好；又取来三个茶碗，把顺路买来的一坛子酒打开，一一倒满。

这时，跟在乌泰身后的众人，才完全看清了他：脸很瘦，留着胡须，戴了一顶喇嘛帽；身上却穿着黑地镶黄边蒙古族长袍。他一直侧身弓腰站在屋门外。一见李宏摆好了供品香烛，才抬起手臂做了一个请客人进屋的动作，然后好像跟在一个大家都看不到的人身后，走到八仙桌前，把手中的鞭子横放到桌上。他双手合十对那把鞭子躬下身子，低声念叨了一阵——谁也不知道他念的是经文，还是咒语。他左手端起一碗酒，用另一只手的食指蘸酒向天点了三滴答，然后把碗里的酒泼到鞭子上。接着，他又端起一碗酒咕嘟咕嘟喝下一半，叫李宏把剩下的一半端给裴友财喝下去。"摩挈仙"取过鞭子，一边慢慢地摇着，一边在屋地转悠三圈。

大家这时才看清楚那柄鞭子：鞭杆只有一尺二三，黑黑亮亮，看不出是铁的还是木头的；鞭绳二尺三四，黑丝里掺了黄丝拧成的，中间略粗，有些像一条蛇。

李宏叫纪玉瑶帮自己，把裴友财连身下褥子一起轻轻拽到炕边，让他顺着炕躺着。

"摩挈仙"走到裴友财跟前，用鞭杆把被子挑到炕上。他一发现腿上缠了布条子，便叫李宏解下去。

屋里人猜想他要开始治伤了，都睁大了眼睛看。

那"摩挲仙"并没有哈下腰去看，只把鞭子横搭到裴友财身上，伸出手向李宏要酒。李宏到供桌上取来第三碗酒。他接过后哗地把半碗泼到裴友财的伤口上；裴友财没有防备，伤口冷丁被酒一杀，顺口便妈呀地叫了一声。

周桂香听他猛地叫了一声，心里一拘挛，猜想他一定疼到了骨髓里，禁不住也哎呀了一声。

那"摩挲仙"瞪了她一眼，吼了一声"不许出声"；紧接着就把两只手先后浇上一些酒，伸出右手向裴友财的伤腿捏了一大把。裴友财这回有了准备，咧咧嘴没喊出声。

周桂香却皱皱眉头，心里埋怨李宏"咋请来了一个疯子"。

"摩挲仙"低声对李宏说"骨头断了"。他双眼半张半合运了一阵气，伸出两只手，先把裴友财的伤腿由下到上连揉带搓捋了一遍，又由上到下捋了一遍。

这时候，李宏贴炕沿站在炕头一边，纪玉瑶贴炕沿站在炕梢一边，周桂香站在纪玉瑶左边，比其他人离"摩挲仙"近一些，发现"摩挲仙"那双手，在裴有财腿上，移动得慢慢的、轻轻的，好像并没用劲，可他脑门却沁出了汗珠。他们正感到奇怪，却见"摩挲仙"把鞭子抓到手，挥动鞭杆把鞭绳摇了起来。那鞭绳开始转得不太快，还看得清它两头细、中间粗，有点像一条蛇，叼着鞭杆转；可越转越快，越来越分不出个数，最后转成了一个黑不黑、黄不黄的圆盘子，在房笆下忽上忽下地飘转着。突然，"摩挲仙"对裴友财大喊一声："给我坐起来！"

裴友财好像没听明白是对自己喊的，身子没有动。"摩挲仙"那晃出的鞭影，忽然收缩成一道黑线，啪的一声抽到裴友财身上：也不知他是被打明白了，还是被打蒙了，竟然双手一拄炕，拱起了身子。可"摩挲仙"得寸进尺，又摇着鞭子发出第二道命令："给我下地走！"

第十四章　问女相夫

一

屋里的人听了这句话，全吃惊地"啊"了一声；而周桂香，却认为他逼人太甚，毫不讲理，脱口喊道："你还没给他上药裹伤，他走不了的！"

那"摩挲仙"却黑起脸，引着那条蛇鞭啪啪唰就是三鞭子：两鞭子落在裴友财的脊梁上，一鞭子从周桂香鼻子前唰的一声落在地上。

谁也不知道裴友财是当真被打蒙了，还是被逼急眼了，磨过身下地就迈步往前走——谁也没料到，他竟然稳稳当当地走出了五六步！他发现自己那条伤腿，虽然有些发木，却不疼，还真能走路了，欢喜得大声喊道："我的腿好了！完全好了！"转过身向"摩挲仙"跪下，嘭嘭嘭地磕起响头。

周桂香又惊又喜，有些羞愧地望着老摩挲，低声说了句"真是神医"。其他在场的人，也纷纷附和，有的说"真神了"；有的说"比大神请仙还灵"……

"摩挲仙"却木着脸，挥手又啪啪两鞭子，把裴友财抽起来，追他说："给我走，不停地走！"

这回可没人认为他蛮不讲理了，都跟着嚷："走，走，走！按仙医吩咐的'不停地走'！"

裴友财起身在屋里走了九圈，"摩挲仙"又摇起鞭子，赶他"到院子里去，再走九九八十一圈"。

屋里的人都跟着裴友财到院里，站在房檐下盯着他走，还"一圈……两圈……三圈……"地数下去。等大家伙数到八十一圈时，裴友财已经走得浑身是汗。他快步赶回屋里，再次向"摩挲仙"谢恩。

"摩挲仙"已经盘腿坐在炕头上，笑呵呵地没动窝。等裴友财磕了九个头站起身来，他却又板起那张老脸来，用不容商量的口气，对周桂香下令说："你一百天内，不许和他同房！"

跟回屋的人，都知道周桂香是个回不了家的落难女，都没想到他会说出这样的话；可现在都把他看成了神仙，谁也没敢搭茬，只有人愣愣地望着他，有人盯瞧起周桂香。

周桂香的姜黄脸，羞得像紫茄子皮，慌乱地说："我们不是……一家的，没成过亲的……"

那"摩挲仙"愣了一下，却不承认看走了眼，又蛮不讲理地说："命里注定了的，我还能看错吗？还没成亲，也是命中注定的夫妻——那就一百天后再成亲吧。"

纪玉瑶高兴得眼珠发酸，泪水在眼眶里打转，急忙把两个人拉到一堆，催促说："快给仙医叩头，谢谢这位大红媒！"

周桂香又喜又怕——喜的是刚从地狱里爬出来，仙医和纪大姐就给自己找到了归宿；怕的是自己认可了，人家却晃脑袋，使自己今后更在人堆里抬不起头……她不敢扭头看，只好焦急地拿眼梢瞥裴友财。

裴友财多少也有些迟疑：他二十四岁了，因为家穷没娶上媳妇。他倒是跟一个小寡妇有过来往，可那个女人嫌他太穷，只愿他做一段相好的，不愿嫁给他。他打今早才认识了周桂香，觉得她命苦性子好，刚看出她年轻漂亮，认为眼光一定很高，没敢想高口味；他听了"摩挲仙"和纪大姐的话，心里一百个愿意，只怕周桂香晃头。他也不敢正眼瞧她啥神情，不过男人到底脸皮厚一些，乜斜过一眼，见她正提心吊胆地偷着瞥自己，赶紧跪下向仙医、纪大姐磕头。周桂香哪里还敢拿捏、犹豫？可一个头磕下去，就呜呜地哭起来，还断断续续地说："谢谢你们……还把我当人看，我……能像人一样活着了……"

陪着"摩挲仙"坐在炕头边的李宏，忙向他低声说了几句；纪玉瑶把周桂香扶了起来。

乌泰认认真真可也让人们感到十分神秘地说："桂香，咱们爷儿俩有缘分。你成亲后和友财一起去找我，给我当干闺女吧——你一成为我的闺女，我就可以把医术传给你。要一心积功积德，修成正果。"

周桂香福至心灵，立刻跪倒磕头，欢欢喜喜地叫了一声"亲爹"……

纪玉瑶能放过这个大喜的机会吗？立刻张罗酒席。

老乌泰第二天走的时候，李宏敬献了二百两白银。他随手转给了周桂香，还说"换成蒙古族装束，不必置办嫁奁，我在家里准备好"……

这件事很快就在边外传开了，而且你添枝我加叶，越传越奇……

五十多年前，有一个属蛇的蒙古族小羊倌，在科尔沁大草原上放羊。他性情直爽，好善助人；对鸟雀蝶虫，从不伤害。有人在草原上迷路，他会赶着羊送出很远，使他找到路。这日，他正在草原上放羊。响晴的天，突然从南天门升起一块乌云。刚开始时只有草帽子大，不一会儿就筐箩大了；只见它打着转飞过来，越转越大，当头时便遮住了整个大甸子，弄得天昏地暗。忽然一阵狂风暴雨，一连咔咔咔打了三个炸雷。雷声一住，立马云散天晴。小羊倌见羊被惊散了，便去往一块拢。他走着走着，看到荒路上有条带黄花的黑蛇，不知被什么人砍成了四截，却没出血。那蛇头、两段蛇身、蛇尾，正有气无力地往一起聚，却被车辙沟、草墩子挡住了，凑不到一块。小羊倌可怜起它，说："我也是一条小龙，帮你一把吧。"他用鞭杆把蛇头、蛇身、蛇尾拨弄到了一起。让他惊奇的是：那条蛇的四截，还真蹦蹦跶跶聚到了一起，连接成一体，活了，拘拘挛挛能动了，还向他点了三下头，慢慢地爬进了草窝子，转眼间就不见了踪影。

三天后，那个小羊倌又到那疙瘩放羊，坐在路边就不知不觉地睡着了。他梦里见到一个高高的、瘦瘦的老头儿，穿一件带金花的黑缎子长袍，抬手就在他脑瓜门上啪啪啪拍了三巴掌。他觉得有一股火烧进身子里，烧得他浑身往外冒热气。那老头儿把一柄杆长一尺二三、绳长二尺四五的鞭子，塞进他的手，还唱唱咧咧地说："心地善良，别再放羊；接骨疗伤，福寿绵长。"

小羊倌醒来很惊奇，发现手里还真握着一柄鞭子：鞭杆比骆驼毛色还深，看不出是金的玉的，也不是铁打的木头旋的；鞭绳是青丝里掺了些金线拧成的，可细看，却不是丝不是麻，也不是棉花线……他知道自己遇到神仙了，可对"接骨疗伤，别再放羊"却不敢去想——可他眼前立时出现了一幅幅画，有的是头颈，有的是胳膊手，有的是身腰，有的是腿脚；他的手也不知不觉地照着画，不断地比画起来；等到按照那些画比画了一遍，他又身不由自己做主，从头比画起来；跟第一遍不同的是，竟有人在自己的耳朵眼里说话，说的是咋轻咋重、咋捻咋揉……他一直到筋疲力尽，才从梦里醒过来。他睁眼一看，天已经黄昏；而羊却都老老实实地趴在地上……

从这天起他就成了"黄花老仙"的人间弟子，当起了"摩挲先生"；不久便远近闻名，被尊为"摩挲仙"。

"黄花老仙"是一条有八百年道行的黄花松蛇。因为他八百年没伤害过人，天劫到时老天爷只斩他三剑，没取他性命——能不能聚身活命继续修炼，就看他有没有缘分了：他若三个时辰内，身子聚不到一起，真气一散，流出血来，元神就得转世投生，重新修炼。小羊倌救了他，他当然十分感谢，便传了他接骨疗伤的医术。黄花老仙有很多弟子，其中有个叫"桂乡郎君"——是一条在桂林修炼了三百多年的白花蛇。桂乡郎君动了凡心，迷上一个漂亮姑娘，偷偷和她做了梦里夫妻。黄花老仙躲过天劫后，对弟子十分严格，认为"桂乡郎君"犯了仙规，不仅逐出门墙，还罚他转世做了女人，就是周桂香。等她受到了惩罚，黄花老仙又叫"摩挲仙"去点化她，让她有机会积下功德，重修善果……

这些传说捕风捉影，还有些照葫芦画瓢，真真假假，虚虚实实。比如说，"摩挲仙"确实当过小羊倌，半路出家当了专门接骨疗伤的"摩挲先生"；而周桂香后来确实和干爹学医，成了颇有名气的女"摩挲"。因此，对有关的传说，只有人半信半疑，却很少有人半点也不相信。

二

送走了"摩挲仙"，李宏当众请纪玉瑶到东屋商量事。外人自然不便跟过去。

三天来，这凭空认下的表姐表弟，一直没有机会唠唠体己嗑。虽然他们还没热乎到水瓢离不开水缸的程度，可也有些像西洋钟上的长短针：一上好发条，短点的就慢慢地往前磨蹭，长点的就绕着圈向前撵，希望能碰到一起待上一小会儿。纪玉瑶先进了东屋，转过身，像短针似的停下步；李宏双手带上两扇板门，两脚长针似的往前赶，用右肩膀轻轻撞了她左肩一下。纪玉瑶虽然没口干舌燥，可喝下一口温茶也挺清爽，转身坐到炕沿上。

李宏却不坐下，站在她对面悄声说："你那天对许彪表白要帮那五个人琢磨出路，我听了后还真有些替你犯愁；想不到你不仅哑巴吃豆包——心里有数，还旗开得胜，已经把周桂香安排妥帖了！"

纪玉瑶心里十分畅快，故意显摆地说："若是没有拐把子肚子，我咋敢吞镰刀头？笨了吧唧的傻大姐，敢在大名鼎鼎的'追风沙'面前，硬充大表姐吗？"

李宏伸出一个指头，轻轻地刮了她一下鼻子，又羞了她一句"夸你胖，你就连喘带哼哼"，接着却有些恭维地说："你还真是一员福将，没等你提刀上马，'老摩挲'就为你胜了头阵。"

纪玉瑶高兴得咋呼起来，牛烘烘地说："诸葛亮的能耐，在会摇那把扇子——我若不叫周桂香来伺候裴友财，他能当上大红媒，还捡了个干闺女吗？告诉你一句实话：我差不多替那几个人都打好了算盘子！"

这可是李宏没想到的，他有些猜测地说："难道你也想当大红媒？"

纪玉瑶立马反问："不帮她们找个合适的主，哪个能抬起头来往下活？"

　　李宏默默地点点头：这几个被老毛子糟蹋过的女人，就算没人当面说长道短，她们也会觉得比别人矮了半截的。

　　纪玉瑶见他不吱声了，觉得应当借这个机会再将他一军，便嘟嘟起柳玉梅的遭遇和想法，盯着李宏的脸说："我知道你心里还有翠兰的影子，一时半晌地还容不下别的女人——可你也不能老没人侍弄啊。柳玉梅本来是正经人家的闺女，又年轻又懂事，不如让她先伺候你；等你选到了中意的人，再让她退到二房——像你这样做过大瓢把子的人，多个伺候的人，隔三岔五地给她点温乎气，她也会心满意足的……"

　　李宏急赤白脸地说："虎掏个啥呀！你咋到现在还不明白人家的心意。"

　　纪玉瑶听了这话，心里更踏实了；却假装糊涂，叹口气说："人世上男女咋就两拧劲呢？女人只盼找个能干、正经、体贴自己的男人；可男人的眼睛，却只往清清白白的俊闺女身上盯。"

　　李宏听出了她的话音：我可是个相貌平常的小寡妇，你当真看中了吗？便也故意影影绰绰地说："那种把女人当摆设的，不是正经男人。男人和女人想天长地久，就得投心对意。一投心对意，那就百无一说。"

　　纪玉瑶心里舒舒坦坦，却又故意可惜地说："你对她不投心，我只好替她另打主意。你说祁福会不会嫌她不是姑娘身子了？"

　　李宏掂量了一阵才说："该不会，得问问他自己。"

　　纪玉瑶又问："唐百顺和张冲，都没家口吧？"

　　李宏没有回答，有些奇怪地问："你把他们都琢磨过了？"

　　纪玉瑶理直气壮地说："你这个东家只想把他们当劳金使唤咋的？再说了，我得替她们几个姐妹着想：若是她们不拆帮，有了群胆，就不怕外人总拿眼睛角子夹她们；她们也才会渐渐地忘掉那段揪心遭遇，轻松地过日子。"

　　李宏对她的好心眼和细心劲都佩服起来，夸赞她是个"好大姐"，表示"我一定帮你把这件好事，圆圆全全地办个妥妥当当"。

三

桂香一被挑中去伺候彩号，那五个人都羡慕得了不得，认为纪大姐高看了她一眼。更让她们没想到的是，只一天的工夫，周桂香就定了亲，还被"摩挲仙"认了干闺女，让她将来去学当"摩挲先生"，简直是一步登天了！她们围着周桂香道喜，周桂香流着泪说"是纪大姐成全了我"。她们对纪玉瑶更敬重、更依赖了，差不多把她看成了神通广大、手眼通天的菩萨。她们是住在西屋的。一个个挖空了心思找借口，往东屋见纪玉瑶套近乎。纪玉瑶心明镜似的，能看不出来吗？便乐得姜太公钓鱼——愿者上钩，谁过来就和谁磕打牙：你心里有疙瘩，我帮你解；你想套我话，你就先交出老底来。

俗话说"人小鬼大"。柳玉梅抢先走进东屋，说老爹老妈快走半个月了，不知是不是有人临时给殓埋，"请大姐和李大哥说说，派个人去打听打听"。纪玉瑶先夸她有孝心，接着说自己刚和表弟合计过，正准备打发个人去探听；然后换了话题，悄声问："我那天让你去开门，你留心那个祁福没？"柳玉梅心一慌，低下头没答出话。纪玉瑶便故意可惜地说："他可是你李大哥最心疼的小兄弟……你没吭声，可就是没顺眼了——只好另求个人跑趟腿了。"柳玉梅那天是打量过祁福的，虽说并没动那种心，却觉得他年轻面嫩挺仁义，现在又听说他和李大哥偏近便，急忙连解释带找台阶："人家刚从狼爪子下边逃出来，比人矮了半截，哪敢正眼看人？再说了……人家不是跟大姐说过不挑人吗？恐怕他……李大哥的兄弟，一定会仗义帮忙，我是不会忘他恩情的。"纪玉瑶微微一笑，说"那我就替你向他叫叫阵"。

接着来讨好求帮的，先后是尹淑芝、孔庆贤、曹小颖，一个个脚尖踢到了脚后跟。纪玉瑶还拿不准把哪个往唐百顺身上拴、把哪个往张冲身边领的主意。她对她们都直截了当地问："愿不愿找个主，在这背旮旯子地方和我轧邻居？"这三个人都没答正题，却全表示"若有大姐在身边，俺就有了主心骨"。纪玉瑶又问"有啥挑拣"时，三个人答的也没多大差别：尹淑芝答的是"俺还能有啥挑的"，孔庆贤说"把我当人待就行"，曹小颖希望"让他知道我掉进过火坑，求他永远别揭我心上那块伤嘎巴"。纪玉瑶和每个人谈完时，这三个人都忸忸怩怩却十分信任地表示：听凭大姐给掐定盘星……

纪玉瑶有些犯愁了，一溜小跑到大草房找李宏，说："尚秀娟眼下先不用咱们发愁——可若你那三个伙计都愿意挑个人，我那头就还得有个晒干的。"

李宏也认为落一屯的话好说，落一人的曲难唱：这几个女人，本来就觉得脸皮被黑瞎子舔去了，见不得人；若晒了干，就可能认为自己吃下眼子食都抢不上槽了，心一窄就兴许找棵歪脖子树，把自己挂上去……他很快想到了孙老二：已经守了三年男寡；虽说已经过了三十，却是个出色的把头，性情也和气。

纪玉瑶觉得可以考虑——在唐百顺他们三兄弟打好主意后，先向没主的提说孙老二。李宏夸她想得周到：叫落后的还觉得占了先。纪玉瑶却故意逗弄他："人家还不是叫你拖累的？你若是听人家的话，先收下个嫩脆俊俏的—— 一来肥水浇了自家田，二来人家也就不用这么费心思了。"李宏把一只手搭到她肩膀上，也说了句双关的话："你想不受我拖累也晚了。"纪玉瑶害怕外人看到，轻轻地推开他的手，抹搭他一眼，悄声骂："卖乖的鬼，臭美出鼻涕泡了！"

傍晚，唐百顺把汤老太太接回来了。东西两院的人都围上来。纪玉瑶大声召唤："唐百顺稳好车。"又点名叫尹淑芝、孔庆贤、曹小颖扶老太太、抱孩子下车。其他人便往屋里搬东西。

晚上，孩子都睡了后，汤老太太才好奇地问："西屋那几个人，被救出了火坑咋不回家过团圆日子？"纪玉瑶便把她们的身世遭遇说了一遍，然后得意地夸耀起自己帮她们的高招。汤老太太叹了一阵，夸了一阵。在纪玉瑶笑嘻嘻地说让李宏挑个人的时候，汤老太太却说："其实你不用再动鬼心眼了——那天他当着众人的面，把你往车上一抱，你们中间那层窗户纸，已经捅透了。我看到火候了，由我出面择个日子吧。"纪玉瑶迟疑了一会儿才说："还是等给那个人烧完三周年吧。"汤老太太却说："你把坚拉扯大，让他把修家的香火传下去，你对修家就十个头的了。你早一天过上舒心日子，我的心也就早安稳一天。"纪玉瑶没吭声，心里却在想：七十二拜都拜了，还差一哆嗦吗？他一个大男人都没猴急，我还熬不过他吗……

四

对唐百顺，纪玉瑶觉得吃得比较准了：他外号叫"糖球嘴"，一定是个油腔滑调、会打小算盘的光棍汉子。这种人一闻到胭脂味，不论丑俊都会围着转悠几圈，黏糊几句奉承话；可一旦有条件挑挑拣拣了，立时水涨船高，把眼珠子往俏皮脆嫩的女人身上骨碌。她估计唐百顺已经对那几个女人眨巴过眼睛了，也一定拨弄过算盘珠了，还十有八九会抢笊篱捞向孔庆贤——她和曹小颖比，要更打人些。

到西院暗下找唐百顺一问，纪玉瑶却大出意料：唐百顺相中了年岁最大的尹淑芝！唐百顺见纪玉瑶一脸惊讶，就解释："大姐，其实我岁数比你还大，眼看就要数三十了，若叫一个比自己小十来岁的小妹子，陪伴自己熬穷，后大襟还不叫大家伙指点成蜂子窝？这姓尹的，年岁跟我还算相仿，身板子宽，像是有些气力的。她若不嫌我这个丑八怪，两个人你搀我、我扶你，便不怕日后路上有啥沟沟坎坎了。"

其实他并没有完全说心里话。尹淑芝那张脸算不上百里挑一，可在三五十女人中也是数得着的。她身板并不咋粗，还因为开过怀，前胸鼓鼓的，后臀圆圆的，比一般姑娘还让人眼晕。按老令说，这种体态的女人是生儿子的相。

　　纪玉瑶哪里能猜到他有这些鬼道眼？还以为他讲究实惠，打算长远过日子，便夸了几句……

　　纪玉瑶向张冲介绍了孔庆贤和曹小颖的情况。张冲一听孔庆贤为了哥哥能娶到嫂子，宁可自己在边外隐姓埋名，觉得她真是个有情有义的好姑娘，便说："大姐，姓孔的这么有情有义，打上灯笼也难找……"

　　纪玉瑶又暗下要出了尹淑芝和孔庆贤的口供，便去找李宏。

　　两个人刚把嗑唠透，祁福报告"李村长提溜四色礼串门来了"。纪玉瑶说了声"我先跟曹小颖打个对光"，回东院了。

　　李村长的儿媳妇，十里八村内也算是个俊女人，因为逃离了塌了胯窝堡才没挨抢受惊。李村长家损失了一头牛，许彪按李宏的点子赔了两匹马。他占了便宜，能不感谢吗？他也还记得：李宏因为他没通知乡亲们逃难，曾经对他呱嗒下脸来——那可真像白茬棺材板，让人一看就脑瓜皮发麻。他开始对李宏打怵了：他不仅是腰粗钱大的大老板，还是"三尾虎"言听计从的好朋友，全村人没有不对他跷大拇指的。李村长见了李宏，先点头哈腰，接着就说起他经过深思熟虑的拜年话："贤侄，咱们村一直被人看成是塌了胯的穷坑。可现在成了卧虎村，远近闻名啊！这都是因为贤侄盖起了大草房，带来了好风水，才能逢凶化吉，遇难成祥。老叔想把全村人找到一疙瘩，商量商量：把村名改为'大草房'，请贤侄出任村长……"

　　李宏抬手掐断他的话，表态说："咱们村名挺不错呀，不是叫老毛子在这疙瘩塌了胯吗？我借这块宝地避难，不到生死关头，是不会招惹是非的。老叔当了多年村长，乡亲们还是比较满意的；今后遇事多替大家想想就更好了。"

　　李村长急忙应和："贤侄这样看重老叔这个窝囊废，使老叔也不敢再叫贤侄为鸡毛蒜皮子事劳神了。今后老叔一定记牢贤侄叮嘱，尽心尽力为乡亲跑腿学舌——可一旦有重大事件，还得仰仗贤侄的。"

　　李宏没点头，可也没摇头，却另外起了一个话头："老叔，'三尾虎'为啥用两匹马抵偿你一头牛呢？"

李村长以为他想要个"好"，便拔直脖子说："老叔再笨，还转不过这个弯吗？那是贤侄向着老叔，替老叔撑口袋呗。"

李宏却摇摇头，告诉他："是孟老疙瘩两口子的功劳——他们为招待'三尾虎'的弟兄们，忙得脚打后脑勺子，表达出了全村人的感谢心情。'三尾虎'听说他们成亲时抬了老叔三石高粱，虽说还了三石，却还差利钱，便多给了你一匹马；还让我捎话给你：免了他们的债。"

李村长开始时还有点心疼，可一转念：两匹马可比三石高粱的利钱加一头小牛更值得多，便在李宏面前充瘦驴，挤出几个硬粪蛋："贤侄，往外称那三石高粱时，老叔也没想让他们掏利，是为了成全他们的姻缘——倒是说过'抬'的话，那是……说给别人听的；老叔做善事，还能太张扬了吗！"

李宏微笑着夸了几句，把他送出大草房。

<h2 style="text-align:center">五</h2>

这天晚上，祁福把孙老二请到大草房。纪玉瑶一边沏茶倒水，一边搭搭咯咯跟他唠家嗑，弄清了他的大体情况：三年前他老婆刚去世，一直没保媒的登门；近一年多，虽然有人提，却不是有啰唆、就是跟走的比长得太差。他年龄只比曹小颖大五岁——纪玉瑶暗下高兴：若再大一岁，可就犯了"六冲"……

李宏见纪玉瑶向自己点了点头，便开口提起正经事："我表姐见你本分能干，想帮你续一房媳妇，长相人品是保你满意的……"

孙老二的心眼够用，猜想到了他虽没挑明，却可能是东院住着的漂亮女人堆里的一个……

屋里点的是小麻籽油灯，纪玉瑶看不出他的脸是不是红了；但见他坐在炕沿上直欠屁股，知道他已经着急了，便叫号："我这个干妹子，虽说是半边人，还受了老毛子欺侮，可不论人品，还是长相，都像我表弟说的，百里挑一！还比你嫩了五岁。她性情绵软，受不得委屈——别说对她喷吐沫星子，就是说话调门高了点，她也要三天抬不起头的。你若是没恒心一生一世对她和和气气，我可舍不得叫她当受气包。"

孙老二咔溜从炕沿上弹了起来，向纪玉瑶递包票："大姐搬到这疙瘩半年多了，看的听的都不少：我除了领人干活时，板着脸吆五喝六过，见到过我铁起丧门脸，听到过我一句伤损人的话吗？若是大姐的干妹子，不挑我还有个兰生，赏脸成全我，我保证将来百依百顺。大姐若发现我口不应心，就过去罚我下跪，让她把我这张丑脸，扇成高粱面大饼子！"

纪玉瑶憋住笑，认认真真地说："我那个干妹子，通情达理，对兰生不会比亲妈差；更不是狮子精——到节骨眼时，我可能抹下脸、下得把，护我亲妹子的！"她说这话时，还向李宏挑了一下眉，好像说"你小心点吧"。

李宏在她向外屋地走时，也偷偷抬起手指头，刮了刮自己的鼻子，好像说"好羞，好羞"。

纪玉瑶按边外人定亲时"对相对看"的习俗，把曹小颖领过来了。两个人的眼睛，虽然没狼吞虎咽，可也用小刀子似的眼稍角，把对方的脸刮了个火烧火燎的。随后却都低下头，装出一副老实相。

李宏领孙老二离开屋。纪玉瑶便向曹小颖要口供。曹小颖没吱声，却点了点头。纪玉瑶便追出屋，在院子里向孙老二要态度。

有人说女人的脸皮，是鸡蛋清掺粉面子加水调成稀糊，在温温的煎饼鏊子上摊成的，比窗户纸还薄，光光溜溜，又白又嫩；而男人的脸皮，可就像用泥板子抹出的墙皮——打远看倒也光溜，可一走近就又粗又厚，带着毛刺。孙老二仰起脸，对纪玉瑶焦急地说："大姐！我现在只犯愁手头太紧，没法让小颖露出笑模样了。"

纪玉瑶体贴地说："你也不用借银子抬粮，让小颖过去后陪你背饥荒。你只要预备两套行李，把她好好打扮一下就行了——你可以放心，她对孩子，一定会亲妈似的。"

纪玉瑶回到东院时，尚秀娟正在房前打磨磨转。见她孤雁似的，纪玉瑶心里也空落落的；刚想说几句宽心话，尚秀娟却抢先开了腔："大姐，你的心观音菩萨似的，牵挂我们这几个苦命小妹子，这些天身子难贴炕，脚都跑胀了。谁就是心冻成了冰块子，也叫你这盆火烤化了。"

纪玉瑶的痛快劲，就像三伏天咕嘟下了半瓢井拔凉水。她料想：看这丫头现在的情形，就是找不到那个小伙计，也不会去当尼姑了。她拉住尚秀娟的手，轻声说："你李大哥明天就领人上路，一定会找到那个人。"

六

李宏决定领着唐百顺、张冲、祁福跑一趟，去六个落难女家里打探情况。先分别跟六个人做了谈话，问清了情况、地点，才骑马离开塌了胯窝堡。

他们一走，这五六个人可就提心吊胆地扳起手指头，盼他们回来。

四天后，张冲领着孔庆贤老爹先回来了——老孔头儿骑在马上，张冲牵着马。老孔头儿下马后，对纪玉瑶不断地打躬作揖，感谢她"替小庆贤，选了个有情有义的好女婿"。孔庆贤听爹说"小婿拿出了二十两银子，老李当家的出面给退了婚……"她高兴得流起泪——万万没想到：今后不仅可以跟张冲过舒心日子，还可以大模大样地跟娘家人来往了。

汤老太太陪着吃饭的时候，老孔头儿盯着纪玉瑶说："你们这一家子，老少三辈都是福相，连我这个糟老头子一家都借了光。"纪玉瑶估计是张冲道上多嘴多舌过，可也没生气。

六天头上，祁福汗流浃背地赶回来了。他见那五个姐妹都在屋，迟疑了一下，才红着脸说："老柳大姨父和大姨，由乡亲们用炕席卷上埋了。东家给买了块阴宅地，我买了两副棺木和装老衣物。东家说别讲究啥说道了，让我回来接玉梅去重新安葬……他跟唐大哥又去了下一站。"

纪玉瑶见柳玉梅一脸感激，可身边的周桂香却有些惶恐不安，便问祁福："姓雷的听到风声，起屁没有？"

祁福的脸这会儿大了起来，比比画画地说："东家领我去敲山震虎，狠狠地打了他一顿闷棍——我们把姓雷的老狗，堵在了窝门口。东家当众对他说：'老雷当家的足智多谋，真是个能伸能屈的人物：豁出了一个小女人，就保住了万贯家财，远远近近有口皆碑！'那些围着看热闹的人，都指指点点，低声议论起来。东家又说：'那伙老毛子，被蒙古旗的一支绺子一勺烩了，你送给那个沙拉尤夫斯基的女人，随那个绺子走了。雷老当家的若想找回她，我这个伙计路还熟，可以领领道……'姓雷的连气带羞，人脸变成了猴腚，嘟囔了一句'罢了，罢了'，夹尾巴钻回了狗窝……"

大家听了，有的长长地出了一口气，有的为李宏叫起好来；而周桂香，匆匆跑到西院，向裴友财报信去了。

裴友财听了后，也很高兴；等祁福回到西院时，笑嘻嘻地说："谢谢你这个小老弟，给桂香带回来了一服安心丸。"

祁福却笑着说："她们正准备拜干姐妹。咱们将来是一担挑，用不着谢的。"

裴友财笑着说："那孙老二可就是老大了。"

祁福却说："得按女的排，唐大哥打头！"

第二天，纪玉瑶打发张冲陪祁福、柳玉梅去挪坟。

李宏是第十天头上，一个人回来的。他没有像张冲、祁福到东院点卯汇报，直接回了大草房。

纪玉瑶听说后，风风火火地蹿跶过来，拐弯抹角地挑礼："出去了十来天，咋不先瞧瞧老的小的？"

李宏明白她在抱怨自己不惦记人，却不解释，唠起了打探到的情况：曹小颖被掠走后，她大伯哥和小叔子，虽然没敲锣打鼓，可也乐得屁颠，已经瓜分了二房的财产……而尹淑芝的公公，好像家里连个小猫小狗都没丢，已经在张罗给儿子再娶一房了……

李宏又接着说："我和唐百顺到了尹淑芝娘家。他爹没在家，只见到了她妈。老太太听说女儿被救出来了，倒也高兴；却发愁地说：'她回不了这个家，可咋活下去呢？'唐百顺便朝老太太跪下说：'淑芝眼下住在我表姐家。她打发我向你老请示：你老人家若看我还顺眼，我们就做夫妻；等老爷子松了口，我们再一起回来认罪。'那老太太立刻把他扶了起来，允了婚事……"

<h1 style="text-align:center">七</h1>

纪玉瑶听了，虽然替曹小颖、尹淑芝更放心了，可也觉得李宏是头发撺毡梳眉毛，捯饬错了地方，便有些疑心地问："你是没找到那个小伙计，还是他不是物，嫌秀娟身子不囫囵了？"

李宏这才说："我没先到东院，就是怕你问起这件事——你那疙瘩耳朵太多，没等你铺垫好了就传了出去，会叫秀娟经不起那顿雹子。"

纪玉瑶明白了：那小子变了心……

李宏没等她追，继续说了下去："我跟唐百顺，是最后到秀娟住的那个镇子青云堡的。暗下打听了几个他们家雇的伙计。她爹她妈倒是也上了火：连破了财，带女儿被掠走了；可也挺过去了。我们从伙计们的嘴里，打听出了那个小伙计的住址。可到地方一打听，却没敢去打照面……"

纪玉瑶一听，就估计又出了岔头，急惶惶地问："又出了啥岔子？"

李宏叹了一口气，才讲下去……

"那个小伙计，被秀娟爹撵回家后，没过几天就改了姓——给一个招夫养子的小寡妇，做了倒插门的女婿。那小寡妇，倒有几分姿色，跟他同岁，名下还有三间房、两垧地；他一进门，便有个两岁来的胖小子叫爹——就算他对秀娟还没完全死心，能愿意拔出脚来，咱们能修一座庙、扒一座庙吗？再说了，一个大男人，为了娶到一个媳妇，连姓都能改，就算他还愿意要秀娟，能指望他跟秀娟过到老吗？当然了，主意还得秀娟自己拿。我跟唐百顺合计再三，才没出头去找他的——你问好了秀娟，若是她真愿意，我还可以再跑一趟。"

纪玉瑶"唉"地长出了一口气，承认李宏顾虑得对，还猜疑那个小伙计原来也心不诚、情不纯，够的是粮米行的钱财。

李宏又说："回来前，我自作主张，去了秀娟家，见了她的父母，说秀娟得救了，暂时还不想回来；住在他认下的亲姐姐家，请他们不用惦记。她爹倒拿了回头，承认自己把事办砸了锅；若是遂了女儿的心，及时办了喜事，也就躲过了这场劫……还想给女儿带些钱。我因为秀娟没话，谢绝了；但答应，秀娟愿意回家时，会把她送回去。"

纪玉瑶轻声说："这倒对。秀娟不会怪你们多事。"

李宏有些忧虑地说："只是可怜了秀娟这个痴心的闺女，一朵花刚咧开嘴，就风摧霜打给揉搓碎了；若是真出家敲起木鱼，这辈子可太凄惨了。"

纪玉瑶却估计说："她倒是个有见地的人，兴许能吧嗒出滋味，不至于往那棵树上吊。"

李宏便说："那你就好好开导她吧。"

纪玉瑶发现唐百顺没回来，便问了一句。李宏说："许彪托我照看张小菊娘家妈。我不便在县城露面，把他打发去了。"

晚上，纪玉瑶把尚秀娟叫到院里，绕绕扯扯地说了一大阵，叫她自己掐定盘星。尚秀娟虽然很失望，倒招架住了；她想了一大阵子，低声说："那个人是被我爹撵走的。可一个大男人，咋这么没志气，那么快就颓靡了；就是不为了我，也不应当改了姓的呀……可也好，他有了着落，我也不用揪心了。李大哥眼界宽，看得远，考虑得很周全。我挺感激他到了我的家，让老人知道我还活着，不会太伤心了。"纪玉瑶问她："回家不？"她坚决地摇摇头。纪玉瑶又问："将来咋办？"尚秀娟也不知道自己会有个啥样的将来，恳求说："大姐，收留我在这疙瘩住下吧，等你住到西院去，我帮大姨照看两个孩子。将来咋样，将来再说。"纪玉瑶轻声骂她一句"鬼丫头"，还轻轻地拍了她一巴掌，算是答应下来了。

第十五章　家里家外一个劲

一

李宏带唐百顺往回返时，曾经在法库门一个客栈住过一宿，去哈丰阿家串了一趟门。

哈丰阿一见李宏，便高兴地喊："狗撵鸭子——呱呱叫！咱们伊拉里氏三兄弟，又可以大喝一场了。"他吩咐完杨三妹准备酒菜，就扯着李宏去见毕力雄。到了毕力雄临时租下的房子，李宏向大娘、嫂子请过安，便唠起家常……

毕力雄披星戴月赶回齐齐哈尔，一看额娘、妻子安然无恙，可侧室鲍乌兰却没照面，立刻回想起在法库门做的那个梦，便有些恼怒地说："那个小贱人呢？是不是勾搭上了野汉子，席卷家财跳槽了？"

他没料到一向慈祥和蔼的额娘，竟然欻啦一声吆喝："住口！你凭啥张口就骂鲍乌兰？你保着寿山老婆孩子、金银财宝，逃出了虎口；对我们一家老小，不理不睬。若不多亏了鲍乌兰，别说这个家会片瓦无存，就是我们祖孙三代，恐怕早就填了壕沟……"

齐齐哈尔一被老毛子攻占了，许多官宦、富庶人家，人被杀，物被抢。平时任吗不能管、说句话也拿眼犄角瞟着婆婆、太太的鲍乌兰，却在大难临头时挺直了腰杆子，嘎嘎地开腔了："我是出生在暗门子的混血女人。跟了老爷后，你们没给我气受；老爷出手也挺大方，我妈乌兰托娃才能活到现在。老爷啥时候能回来，谁也说不准。我这出身低贱的女人，一来守不住，二来就是为他守白了头发，也捞不到贞节牌坊的。老天爷让我披上了这张人皮，我就应当知恩报恩。今后不管我咋做，你们都不要拦挡我。"鲍乌兰也不等婆婆、太太答话，便跑到对门的面包房，对烤黑列巴卖的伊利柯夫说："我知道你很本分，也一直看我眼热。现在机会来了：你要能保住毕力雄一家的生命财产，我就嫁给你。"伊利柯夫是个比鲍乌兰大了十来岁的跑腿子，做梦也没想到能白捡一个年轻漂亮，还有一半俄罗斯血统的女人，乐得大鼻子都扁下了三分。他是东正教教徒，拉着天上掉下的"甜心"，对上帝立下了誓言。后来，老毛子和街面上的地痞无赖，接二连三地来抢劫，都被伊利柯夫用"这是我的家"拦在了门外。等到齐齐哈尔恢复了平静，鲍乌兰便和伊利柯夫走进教堂结婚，和自己娘家妈一起过日子去了……

"她只带走了自己的衣物。临走时，还给我和你媳妇磕了头。我拿出了一些银两，她却任你说出龙叫唤来，一两也不要……我多想把她闺女似的聘出去呀！"老太太有些遗憾地说。

毕力雄听了额娘的诉说，觉得自己个头矮下了一大截：一直认为自己虽算不上大清国的巴图鲁，却也是镶白旗下的一条汉子；可在兵荒马乱中，顾全不了家口，是小老婆舍出身子，换来了平安……大清国正在土崩瓦解的现实，使他下定了最后决心：去边外避乱苟活。他变卖家产时，鲍乌兰来过一次。她好像过得挺舒心，没说一句道歉的话，却交给了毕力雄一封信——那是伊利柯夫从老毛子在齐齐哈尔的卫戍司令部弄出来的，上面有用俄文写着"持此文件者，沿途应得到保护并放行"。毕力雄就是靠这张护身符，坐火车顺利地到达铁岭，又雇大车来到法库门的……

二

在哈丰阿家的酒桌上，伊拉里氏三兄弟边喝边唠。哈丰阿问李宏："沙拉尤夫斯基护运队，是在你住的那疙瘩被拱翻船的吧？"

那伙老毛子匪徒，像传染黑死病的耗子精，走到哪里就把死亡和灾难带到哪里，却在一个小山沟里被打得塌了胯。这已经在边里边外传扬开了，所以李宏听叔伯哥哥这么一问，并没感到意外，便轻描淡写地说："他们一路上抢劫百姓、奸淫妇女、无恶不作，扑向了我住的那个村子。我能挺脖子挨刀吗？就搬来了'三尾虎'的人马，一阵马刀快枪把他们打花搭了——估摸那三十多老毛子，也就逃出了六七条狗命——最多也到不了十个。"

毕力雄刚从黑龙江回来，头一回听到这码子事，好奇地问："那个'三尾虎'，带了多少人马？伤损了多少弟兄？"

李宏告诉他："他一听我派去的人告急，紧急集合了六十多名马队；伤了五个——有个重伤的被掐断了大腿骨，是我请蒙古族'摩挲仙'给掯好的。"

毕力雄又惊讶地问："这'三尾虎'的绺子，原来不就是你带的吗？咋这么厉害！"

李宏说出了两个原因：一是绺子和朝廷兵马不一样，多半是断了活路、逼上梁山的穷汉子。枪一响就得豁出命来死里求生，打洋鬼子更不怕死。二是沙拉尤夫斯基这伙老毛子强盗，虽说基本上都是退役的老毛子兵，却是头一回碰上敢虎口拔牙的硬茬子，还押着十八辆大车抢来的财物，和二十八名抢到手的年轻妇女，顾前又得顾后，贪财贪色还想顾命；一被突然拦腰斩断，开路的、压后的都只剩下不到二十个人，骑兵没法钻路两旁的树林子，惊慌中两头挣命逃跑，还不了枪，对不了刀，还能有好果子吃吗！

毕力雄听了，苦笑着称赞："看起来，你当杆子头时，也没少下力气；这个'三尾虎'，竟比我这个不大可也不小，在将军府有五品顶戴的戈什哈，还有种！"

哈丰阿心里却酸唧唧的：就是那五六条漏网之鱼，却咬掉了我两名弟兄，还囫囫囵囵地跑掉了——可他没提这个茬，却委婉地劝李宏："这一次，你是保家保村，箭在弦上不得不发。可你已经下决心隐居趴风，以后要尽量少招风引火。"

李宏听他话里有话，有些不安地问："老毛子想找后账咋的？"

哈丰阿犹豫了一下，半吞半吐地说："这伙老毛子，确实不是老毛子的正规人马，是由沙拉尤夫斯基拉起的杆子，可大多数都当过老毛子兵。而他们在大清国公开抢劫，却是老毛子军队批准掠夺财物、淫劫妇女的，是有执照的洋强盗。他们吃了亏，能善罢甘休吗？他四处告状搬兵，想报仇讹款……你们还算幸运，挺走时气：一来沙拉尤夫斯基进入奉天地界后，没向霸占这里的老毛子军队的长官进贡，引起了不满；二来是东洋小鼻子想黑吃黑，正在调动人马准备跟老毛子开战，使老毛子军队大头子不敢分散了精神头，才没搭理沙拉尤夫斯基……老兄弟是个金盆洗手的人，一旦露了马脚，便会招惹出是非的。"

李宏觉得这位大哥说得十分有理，也感谢他关心自己的安危，赶紧站起身来施礼，还说了一句"小弟受教了"。

毕力雄送李宏回客栈。李宏在路上把三根金条交给他，说："你若在建安买房子置地，明个可以让我的伙计陪你去。"

第二天，毕力雄向哈丰阿借了一匹马，由唐百顺陪着来到建安县城。唐百顺在裤裆街和箭杆街交叉的十字路口找个客栈，请毕力雄歇下，自个骑马去顺山屯。

三

闵小耍被孙大嘞嘞连蒙带唬，吓得逃离县城，还没敢回来。小菊妈家里米面不多，手里铜子更少，早已吃光花净。她去县城讨房租，可那两户租房子的人都说"小耍已经把房子典给孙捕头了，我们已经向孙捕头交过这个月的房租了"。小菊妈争辩："房子是我的，姓闵的凭吗往外典？"那租房的都知道她底细，便嘲笑她："你不明白'嫁鸡随鸡、嫁狗随狗'的道理吗？张二晃悠把你典给了'老假婆'，你就是'老假婆'的老婆；'老假婆'钻进了狗肚子棺材，你就承受了他这两所房子。你嫁给了闵小耍，这房子当然也就跟你一起姓了'闵'。别说典房子，就是他把你卖进那种谁有钱谁去乐和的地方，你也得去那疙瘩，不管你心里苦不苦，也得在老脸上挤出点笑容伺候人！"

这个可怜的女人，想起自己在王府当奴隶、被卖给张二晃悠、让"黑虎脸"拉帮套、给谷璧当典妻，自己都跟一头驴似的，一被塞进磨坊的套，就得步步围着碾盘转……她没话可说了。她虽然是自愿嫁给了闵小耍，却不得不又回到张二晃悠留给她的老房子，做没倚没靠的活人妻，把门半开半掩往下混日子了。

这天，她正倚着前檐墙晒眵目糊，见一个三十来岁的男人下了马，穿得利利索索的，便以为来了个租炕头的，竟没有认出他来；连忙把他让进屋、拽上门，赔着笑脸问："着急不？"

唐百顺却还记得她：当年送"追风沙"到建安来治伤时，曾经呲过她。他年轻时打野食，也是要看看果子青红老嫩的。现在虽然已经好几个月没沾过女人边了，可有了尹淑芝这个未婚妻，哪里还会对这个老脸像核桃壳似的女人动心？他急忙解释："我是受小菊妹妹的托，来瞧看一下。"

这女人听他提起女儿，想起了他是姓唐的"大把"。她对女儿还托人来"看"，有些意外，可也不打听女儿日子过得咋样，却叮问："给我捎来多少钱？"

唐百顺掏出三块银圆放到炕沿上。小菊妈一把抓过去，还说了句"小抠的玩意儿，对亲妈就像打发叫花子"。

唐百顺立刻郑重地说："你说错了！他们两口子一直记挂你，常求人打听你的光景，认为光那两所房子的月租，也够你吃穿了。最近听说小耍又犯了老毛病，手里没了赌本，想要变卖那两所房子了，才让我来看看——这点钱是我先垫上的。"

小菊妈也不谢，爹长娘短地骂起了闵小耍："那个王八犊子，被孙大嘞嘞一提溜走，也不知他灌了啥迷魂汤，竟把老娘当破褥子蹬开了，还把那两所房子典给了孙大嘞嘞……"

唐百顺吃了一惊，略微盘算一下，故意不相信地说："不能吧？照你的说法，小耍是突然被孙捕头硬提溜走的；他跟你要房契了吗？没房契可咋写典房子的文书呢？"

已经坐在炕沿上的小菊妈，啪地把大腿一拍，愤愤吵吵地喊道："你看我这个虎忘了自己还有个宝贝疙瘩！我要掐着它，去跟那帮王八蛋掰扯，都不用费口舌，一泡尿就浇他个仰八叉。"

唐百顺点点头，替她出了个主意。那个女人乐得忘了自己一脸大褶子，黏黏糊糊地要"好好谢谢你这个机灵鬼"，吓得唐百顺避猫鼠似的溜出了屋。

四

回到客栈，唐百顺向毕力雄讲了有关那两所房子的事，问他想不想买。毕力雄说得亲眼看看。唐百顺就领他上街，从外面打量了一阵；又假装顾客进屋，看了砖瓦房的内部格局。毕力雄挺满意：两所房子斜对门，瓦房换盖可以开买卖，后院宽得可以再盖一趟房；原来的吉利肉铺，也可以翻盖成门市房——他已经打算将来当商人。

第二天，唐百顺请了个代写书信的先生，拉着两个租房的主，和毕力雄一起来到小菊妈的家。唐百顺大模大样地宣布：自己是受了张小菊和她女婿的委托，来帮小菊妈卖房子的。那两个租房子的，都知道小菊嫁给了许彪，而许彪是"追风沙"手下头领；又见小菊妈亮出了房契，便不敢再废话。唐百顺便请两个租房的给估价；请代笔先生写了文书——根据唐百顺的意见，房款现交一半，其余的连本带利再从第二年起，在两年中逐月付给。小菊妈听说这是女儿女婿画出的框子，也明白这是防备自己钱一到手都胡花乱用了，也就没有反对。唐百顺还叫代笔先生在文书上写明："以后每月应付房款，由卖房人亲自收取，他人不得代收。"

代笔先生在文书上写了"卖房人"后停下笔，对唐百顺说："房子是她继承谷璧的。若写'谷璧典妻'，一来不雅，二来谷璧已死；是不是写'闵张氏'？"

唐百顺觉得写"闵张氏"也不妥当，给闵小耍留下了捣乱的话把；而且这个女人也不姓张……他扭头问小菊妈："你在王府时叫啥名？"小菊妈答说"刀兰套海"。唐百顺是懂些蒙古语的，明白这是"白色的狗"的意思，心想：奴隶可真不如牛马了！从此以后，人们才知道她还有自己的名。

等买房人、卖房人都在名下按了手印，唐百顺又让代笔先生，在"中人田秋"下边注明"协尔苏顺昌杂货店田秋"才摁了手指头。

毕力雄交出银子，小菊妈交出房契，大家一同到县城下馆子——当然是由毕力雄招待。饭后，毕力雄宣布：两所房子明年不再出租；闵小耍、孙大嘞嘞如果前去纠缠，"让他去找我毕力雄"。

唐百顺离开县城后，毕力雄去见知县洪涛。这位县太爷以为他又来催办那宗案子，便说："寿山将军家眷被劫一案，事发敝县境外，本县已派员去蒙古旗探询，毫无蛛丝马迹。"毕力雄便顺口表示感谢，并说自己得到了庆七爷指示，将在边外以商人身份长住，暗下协助有关县旗侦缉劫匪。洪涛便奉承说："仁兄亲自坐镇，此案定可早日水落石出矣。"毕力雄告辞前叮嘱了一句"卑职暂居贵县内情，尚请大人莫向吏胥言及"。洪涛连说"当然，当然"。

毕力雄租好了房子，便把家搬了过来。

唐百顺回到塌了胯窝堡，先向李宏和纪玉瑶汇报了在建安办的事。李宏夸了句"好漂亮"。唐百顺又求纪玉瑶把尹淑芝请到屋外。尹淑芝已经从纪玉瑶嘴中，知道了唐百顺下跪求婚的事。心中想：这个鬼东西，一定是要我当面谢谢他……红着小脸走到西房山墙下。可她没想到，唐百顺竟低声道歉："我没同你商量，就说是你让我去向咱们妈请求允婚的，求你原谅我有些跑粗。"尹淑芝心一热：我还以为他要向我报功，没想到他是讨饶的……赶紧说："人家不是点过头了吗？你咋还说见外话。"唐百顺又说："我还请咱妈劝老爷子，在他回心转意后，咱们再回去叩头。"尹淑芝又悲又喜，悄声说："谢谢你……将来你得别怕挨骂、挨累，常去探听探听了。"唐百顺乖乖地说："办过事情后，我就是二老的半个儿子。就是去讨打，也得笑脸愿挨的。"

五

柳条边外的天气，是"寒露不算冷，霜降变了天"。虽说还没到霜降，可下了一场不大不小的东北风雨，可就使那些打单的一出屋就龇牙咧嘴了。这天晚饭后，纪玉瑶让尚秀娟等人照看孩子，自己扶师父来到西院。

李宏见汤老太太夹衣服外又罩上了件夹大褂，还有些脸发白；而纪玉瑶只上身穿了短夹袄，还满脸春风。他急忙把老太太连扶带抱请上了热炕头，还埋怨纪玉瑶："你咋忘了老人没年轻人火力旺？大姨有啥吩咐，你打发人叫我一声，不就结了。"

纪玉瑶白睐他一眼，理直气壮地说："你不是说东院耳朵多吗？我妈想和你商量的事一大筐箩，件件都和她们有瓜葛。你白天过去时，都没敢跟你提。"

汤老太太今个心情特别好，也打趣说："玉瑶件件都好，就是嘴码子上老抢上风头。你将来若不让着点，嘴仗可就天天不断流了。"

李宏虽然脸发烧，心里却高兴，假装老实说："大姨，我肉皮子又粗又厚，走路脚后跟不打泡，挨呲耳朵眼也不起茧子，不会甩头扑棱角的。"

纪玉瑶心里醉酽酽的，却故意有些生气地说："妈，你说的啥话呀！他绕弯卖乖，你还护短不吆喝！"

汤老太太看出了她心里美滋滋的，便微笑着说起正事："这些天你们行善积德，把一大堆苦命人从火坑里拽了出来。不仅收留下六个有家难归、无家可归的断肠姐妹，还千方百计替她们安排下半辈子出路。我这个老太婆无功还想受禄，打算把她们都认作干闺女，使她们出阁时都有个娘家人。"

李宏估计她娘儿俩一定商量过了，好一好也和那几个人透过话了，便有些讨好地说："大姨想得太周全了。玉瑶不想让她们拆帮，是为了她们能互相走动、互相照应。你老一把她们认下来，可就让玉瑶和我也成了娘家人，可以名正言顺地维护她们了。"

纪玉瑶却有些为难地说："当娘家人，可不只是送亲那天当大瓣蒜。就是不给准备个四眼齐，也得盖过大面，把她们好好打扮打扮吧？可我手里只有'三尾虎'留下的那二百块现大洋能动用……"

李宏想起了唐百顺去县城把事办得很漂亮，许彪存在自己手中那笔钱可以先挪用，便说："我先贴补二百块银圆，不足时……"

纪玉瑶高兴地说："那就足够了——你明个叫唐百顺套车，拉我们去赶集！"

李宏见汤老太太张了一下嘴，可又把话咽了回去，便猜想她准是想给干闺女们准备念心物，可自己又没多少钱……就说："我骑马跟去，代大姨置办点送给干闺女改嘴的礼物。"

汤老太太感激地说："你这是替我往脸上贴金——六个人呢，别太破费了。"

纪玉瑶提出一个新问题："别的门槛都可以免了，婚单却是一定要写的——请谁做大红媒呢？"

汤老太太顺口说："那还不现成？你们两个一头一个。"

纪玉瑶有些犯难地说："可我……现在还是个半边人。"

汤老太太板起脸来吆喝："从今个起，你不许再提这个茬——若不然，我把你们的事先张罗了，让她们那帮子往后拖。其实她们都巴不得由你们俩做保山。"

纪玉瑶急忙说："那可不行——我……我们打算冬至后再办。"

汤老太太心里想：你们背着我把日子都定了！却也不追问，另起话头说："桂香那对，还得等小裴的伤满百日，而且婚后去投奔'摩挲仙'；可李宏这头三个伙计，往哪儿娶媳妇呢？"

六

三个人喳咕一大阵，决定两院的西屋先各安排一家，再求孟老疙瘩两口子给找处房子。

王桂荣是个热心肠的人，对那六个姐妹很关心，几乎天天都来看一看。这娘儿俩回到东院时，见到她又过来了，便跟她说了找处房子的事。王桂荣听后满口答应。回到家一说，孟老疙瘩却冒出一句"找房子干啥"。王桂荣黑起脸，骂他"你良心叫狗叼去了咋的"。等孟老疙瘩解释了几句，王桂荣却捣了他一拳，笑了起来。

第二天，孟老疙瘩找到孙老二，一齐到大草房，向李宏建议：用现成的木料再建三间房。李宏想：那木料本来打算翻盖老修家房子，现在看已经没那个必要了；可转眼就霜降了，恐怕老天爷不容空。孟老疙瘩却说："小雪才封地嘛，离现在还一个月挂零呢！铺垫好了后，抢三个好天头，我们哥儿俩紧吆喝几嗓子，保准烟筒冒烟。"孙老二补充说："编笆怕来不及了，可以打苇帘子。墙是干不透了；可咱们这疙瘩柴火满山遍野，多烧几把也一样炕热屋子暖的。"李宏便说："那就先谢谢两位把头了。"孟老疙瘩抢着说："老李当家的，你给了村里人多大恩典？你要和我们外道，我们可就得找个地缝钻进去了。"孙老二有些忸怩地说："我得说是圈里的人，还是坐地户，却穷了吧唧的，帮不上那几个兄弟别的忙，咋也要和老疙瘩把这件事圆全下来。"

三天后，李宏和纪玉瑶，替老太太请下的人，都到了大草房。汤老太太穿了件老紫色团寿字缎子夹袄，青线绨夹裤，小脚上穿了双尖尖的蓝地绣花鞋，脸朝南坐在一把太师椅上。六姐妹一字排开，向北跪倒磕了仨头，齐刷刷叫了一声"亲妈"——柳条边外有种习俗：认干亲要忌"干"字，要叫"亲妈""亲爹""亲姐""亲妹"……汤老太太笑呵呵地站起身来，接过纪玉瑶递给的，一个个红缎子面的小盒，逐个给"亲闺女"戴上金钳子。她们一个个流着泪，呜呜咽咽地感谢"亲妈"——这倒是从心里发出来的，里面包含了对纪玉瑶、李宏这一辈子也不会忘记的感激。

开席后，纪玉瑶高兴得咋呼起来，把李宏的三个伙计和裴友财、孙老二，都从人群里薅了出来。在每个"亲闺女"给"亲妈"敬酒时，她都叫"亲妹子"端酒杯，由她未过门的女婿捧酒壶斟满。这在边外的民人中，可是破天荒头一回。好多年轻人看得直嘎巴嘴：没拜天地就能成双成对地站在一疙瘩，这才没白活！

到尚秀娟向"亲妈"敬酒时，纪玉瑶给她捧酒壶，咬她耳朵丫子说："小亲妹子别着急，好酒好菜在后头。亲姐一定帮你选个满心眼喜欢的捧酒壶的人。"尚秀娟这些天和纪玉瑶在一疙瘩的时候最多，有时候还要耍娇。她见亲姐逗自己，也不吃亏地小声说："亲姐，她们几个都说，你将来要住进这东屋的。亲妈也说：'送完了她们五个小的，就得张罗送你这个大的了。'到那时候，我朝表哥你们俩该咋叫？"纪玉瑶点了她脑瓜门一指头，骂了声"鬼丫头"，然后大大方方地说："到那个时候随你便，若认为姐姐亲，就别叫表嫂！"

尚秀娟发问的声虽然不大，可一间屋子里的人都听了个八九不离十。谁也没料到，纪玉瑶竟会冒出这么一嗓子。全屋人先是一愣神，接着就连笑带叫好，满屋子像开了锅。

七

霜降后下了场不大不小的雨。一连两天早晨，马蹄坑里都见了冰碴，可一扯起西南风，天又暖和起来了。

九月二十这天，李宏的第二所正房动工了。这个日子不是择的，是两个把头抓的，还说"老李当家的关了买卖归隐种田，今天是牛年狗月马日，吉祥顶天"。一来是李宏名头响亮空前，二来各家各户已经没有缠手的活，帮工的比上次还要多——连李村长都在日头冒红时，就提溜一把铁锹蹿跶上来了。大把头孙老二很给他面子：请他领唐百顺赶的车去各家各户划拉换炕剩下的坯。李宏照老规矩站到孙老二身后。

太阳升到一竿子高时，孟老疙瘩"嘿"地吆喝一声压住场，接着唱了一句"东方日头红堂堂啊"，孙老二便应了句"一竿子更比一竿子高哟"——紧张的戳排便开始了……

却说王桂荣等各户内当家的，收拾完锅头灶脑，都来大草房帮厨。房西的新房子戳完排，两个把头让大家抽了一袋烟，便各领一伙人起山墙。这回没垛，而是用墙板往起打。王桂荣手头一有闲空，便拉曹小颖等人到西山墙下看几眼热闹。

八

等到晚上收工时，山墙打齐了檐，前后墙打平了口。大草房东西两屋，炕上地下摆满了桌子。王桂荣领一帮大伯嫂、小婶上菜。桌上跟她们有论头的，往她们身上挤挤靠靠。这些娘儿们哪能吃亏？嘴里骂着"挡道没好驴"，手上故意侧歪盘子碗，像要把荤汤辣水往那些人身上洒，吓得他们连喊带闪。

纪玉瑶领五个亲妹子——尚秀娟一直在东院跟亲妈一起看那两个孩子——串桌缝敬酒时，大家都给躲道，半句屁嗑也不扯。因为边外有种习俗：家前庙后没出阁的姑娘，便都是自己的姐姐、妹妹，或者姑姑，即使已经聘给了张家哥、李家叔，没改口前也是开不得玩笑的。

纪玉瑶，虽然也有人把她叫"修家嫂子"，可在村里男男女女的眼睛里，都把这位半边人大师姐看成大鼓书里的梁红玉，打心眼往外尊敬的；所以她领人敬的酒，都毕恭毕敬地干下去。李宏领三个伙计和裴友财敬酒，都是"先喝为敬"，一扬手就扔了进去，哪个人能不识敬呢？结果是酒、菜没少下去，东院焖的两锅粳米饭，整整剩下了一大锅。

接下来的两天，两个把头张罗得紧，帮工的老少爷儿们手下忙活得也紧。第三天日头快落山时，孟老疙瘩高声唱道："青龙兴云除百害，白虎生风护一庄。"孙老二高高举起双手，接着唱道："风调雨顺收成好，吉星高照福寿长。"宣布新房竣工了。

李宏刚想请大家去腰院吃饭，却听有人喊了声"祭灶王爷了"，他便没开口，有些好奇地看下去……

有人点着了东西两屋的灶火坑。烟不从烟囱往外爬，却从灶门脸往外咕嘟。两屋搭炕的老把式好像着了急，几乎同时喊道："敬请一家之主就位祭灶！"房主人——因为这两个屋将给唐百顺、张冲娶媳妇住，他们俩从祁福手里各接过一只大公鸡：头刀剁去鸡头，二三刀剁去鸡爪子；拎翅膀往灶坑门脸上淋几滴血，把鸡扔到墙旮旯；捡起鸡头、鸡爪摆到灶坑门前，算是给灶王爷供上了全鸡。

在外屋地给灶王爷上供的同时，搭炕的把式到炕梢，揭开那块还没抹上的坯，伸进手把堵住喉咙眼的那块坯挪了一下，按成迎风坯，再把炕面上那块坯放好抹上。于是烟囱立刻咕嘟咕嘟冒起烟，好像灶王爷真开始上任理事了。那只缺头少爪的鸡，也便归了搭炕的把式。不过他也不能白吃：今后一旦灶王爷不顺心，弄得灶坑不好烧，他是有义务来收拾的——因为喙和爪，也就是"嘴和手"都留在炕主人处了，不能驳回，也不能不干。

第十六章　甸子上的毛道——岔子多

一

在缘木散人离开塌了胯窝堡后，纪玉瑶又领亲妹子们，忙了一个来月的针线活，给五个人都做了双铺双盖和内单夹棉四套衣服。枕头顶子是买的，由准备做新娘的自己缝了两对。尚秀娟帮着照看孩子；汤老太太用买来的袼褙，给亲闺女各纳了一双鞋底，由她们自己绣好鞋帮绱上了。李宏那三个伙计的衣服，是老疙瘩嫂领人给做的。唐百顺、张冲手里都攒了些钱，置办了一些家具杂物。祁福手头紧些，李宏便贴帮了一些。李村长挺大方，出钱雇了一班鼓乐；孟老疙瘩和村里另两个得救的闺女家，合伙租来四人抬的喜轿。择好的日子，是十月二十二。李宏和纪玉瑶，亲自到全村各家各户，邀请家长和能走动的老人来参加婚礼。现在，这两个人已经成了人物，谁还能不给个面子呢？正日子这天，吉时一到，喇叭便呜呜哇哇、锣鼓便咣咣咚咚地吹打起来。纪玉瑶、尚秀娟先把曹小颖扶上轿，裴友财在后边赶车拉嫁妆，送到了老孙家。花轿鼓乐返回来，又送尹淑芝、孔庆贤：唐百顺、张冲以后住新盖房子的东西屋。祁福呢，李宏本来想让祁福住到西屋；可祁福坚决不同意。把家安排在老修家西屋，汤老太太也让柳如梅坐花轿在村里绕了一圈，再由祁福抱回屋。两个孩子十分开心：坐在轿内压轿，坐了七回轿，还落了一大堆铜子。

纪玉瑶怕曹小颖感到孤单，领尚秀娟去陪伴她。

汤老太太称得起是个老反叛——按老令，这一天新娘子是不能出院的。汤老太太却说"三座房子一个院，都在腰房点烟敬酒拜天地"——这是那年月的塌了胯窝堡从来没有过的"集体婚礼"。

全村家家户户的主事人和老年人，都来喝喜酒。邻村来了不少看热闹的人。李宏和纪玉瑶，带着尚秀娟，把这些外村人都请到屋里坐席。一悠接着一悠，直到日头落了才住桌。

客人散了，屋子收拾好了，新人入洞房了。老修家的两个孩子，也不用拍不用哄，累得自己睡了。尚秀娟悄悄问汤老太太："亲妈，这回得张罗大姐的事了吧？"汤老太太却没出声，只抬起头来，看看徒弟。纪玉瑶见没有挡嘴的，从从容容地低声说："那个人还没跟我提过，我这些日子也没工夫盘算——总得再准备准备，咋也得过了年。"汤老太太坚决反对，说："今年腊月二十七打春，来年没春。"尚秀娟听出了干妈的意思：铁心主张在打春前把喜事办了。

那年月没春的年份遭忌讳：在这样的年头成亲，不是两口子心想不到一块，磕磕碰碰总拌嘴，就是不知啥时才有后。

尚秀娟就说："容空的日子不多了。大姐得早点跟表哥打对光。"

二

二十八是大雪。老天爷没忘了应节气：吃晚饭前，飞起大雪片子。三个伙计顶门立户后，李宏一直在东院吃饭。纪玉瑶跟他打招呼："过一阵子，我去和你商量点事。"

李宏回腰院时，雪花已经下成了棉花套子大雪。

过了一会儿，纪玉瑶见天昏暗起来，抓起一顶草帽子，离开了屋，一路小跑进了李宏的大草房。她带上房门，先跺了两下脚，又把草帽子磕打几下，扔到锅台上。

李宏迎到外屋地，见她鞋上还有雪，抓起笤帚替她打扫，还埋怨："有啥事明天再合计呗，咋还蹚雪过来！"

纪玉瑶觉得他嗓门打锣似的，忙不迭扫了西屋门一眼，却立刻想起装友财两天前领周桂香回家去拜见老人了，这三间大屋子再没第三个人了。她摆出生气的样子，仰颏撒娇说："烦人家过来咋的？"

李宏连忙服小软，低声解释："我是怕你冻着了——这不小脸都叫风刀子刮得通红了。"

纪玉瑶又小声挑礼："那还不给人家焐焐！"

她以为自己这么一放风，李宏准借机会亲几口的。李宏却土命人心实，扔掉笤帚，用两只手摩挲起她脸蛋。她虽然感到有些不够火候，可心里也挺喜欢！

进了东屋，纪玉瑶一眼就看到炕头行李卷上的褥子已经放下；被掀到了炕当腰，枕头却还横在脚底下，便问："咋这么早就睬下了？"

李宏说夜里要给马添草拌料，所以得先歇一会儿。

纪玉瑶想起来了：他那三个新婚弟兄，要轮流住到西屋喂马，却被他一句"过一个月再说"挡住了。她觉得一个人对外人都这么体贴，他对身边的人，一定会更温存，也就更觉得应当早些过来陪伴他了，便提起了师父的话。

李宏高兴地搂她并排坐到炕沿上，欢喜地说："那咱们一家老小，就可以扎堆过大年了。"

纪玉瑶被他一搂，心也摇晃起来，拧了一下身子，抬手轻轻地抚摸起他的脸蛋，可嘴上却还有些逞强，说自己根本没想迈第二步，是李宏来了就不走，硬想轧邻居，把老太太鼓捣得偏了心，叨咕得自己活了心……"我不能马马虎虎迈出这一步，得好好准备准备，两个人都得做几套像样衣服……我手里攒下的钱足够用。"

李宏被她那两只嫩手，连摸带揉，弄得有些稳不住神，又抬起另一只手把她抱在怀里，低声说："不用动你的老箱底……我还有十多根金条，埋在灶坑底下了；留在外边的银两，就够咱们用了。"

纪玉瑶有些吃惊，更对他说出了秘密而感到高兴：这个鬼东西啥也不瞒我了！她顺口夸了句"你真有心劲，攒下了这么多"。

男人差不多全是贱种。让女人灌几句米汤，他就像小猴子得到了几个甜枣，顺着杆往上爬，显摆自己的能耐。

李宏也是这种男人中的一个。纪玉瑶夸了他一句，他就开始爬杆了，说："你咋忘了我是'追风沙'？离开绺子前，我就叫'三尾虎'打下锤，一步步把绺子的事交给他，让他练着掌鞭。他领人做了一趟大买卖，就像挖到了金窖。我离开时，他硬塞给我了一尊金佛……后来我把它化成了金条。"

<h1 style="text-align:center">三</h1>

纪玉瑶眯着眼睛听着听着，觉得被他搂得越来越紧，心可就像一团火似的烧起来。她一打量李宏，见他不再嘎巴嘴了，贼眉鼠眼地盯着自己这张脸，好像瞄到了一盘人参果，恨不得一口吞下去……她的心快跳出腔子了：反正快扯一床被了，不如趁眼下这机会早点把自己给了他，省得都这么难熬……心这么一活动，她身子再也坐不稳，往炕上一侧歪就把李宏坠倒了……

若是在往天，这工夫外面刚雀蒙眼，屋里也刚点上灯，可今天外面大雪下得天昏地暗，屋里更黑得像老虎妈子洞，面对面都看不清脸。两个人头朝里挤在一条褥子上，身上胡乱地搭着被，粘着年糕歇着。纪玉瑶心满意足，一边捏着李宏胸脯子上的疙瘩肉，一边卖乖地逗弄："人家刚夸你一句有心劲，你就显摆起也有力气，把人家一下子按了个仰八叉……"

李宏这工夫啥顾忌也没有了，便故意揭她小短说："是你劲头猛，把人家坠趴下了！"

纪玉瑶便把手挪到他胳肢窝，逼问："是谁先动的手？"

李宏笑着讨饶："是我，是我……"

纪玉瑶听他输了嘴，更觉得自己占了便宜，不仅松开了手，还掏出了心窝子里的话："你小傻瓜——远远近近都吃得开，手里又那么宽绰，想找个年轻俏皮的黄花闺女，准能挤破门框……我比你大了一岁，还是个……过来人……"

李宏一把捂住她的嘴，心甘情愿地说："我不是跟你说过了吗，男女一起过日子，得投心对意。再说了，我们旗人没那些瞎说道，男人都愿意娶个大媳妇……"

纪玉瑶打了个冷战，像被毒蛇咬了一口似的，一把推开他的手，一拧身坐了起来，没好声地问："你是旗人？"

李宏惊奇地反问："我多咱说过我不是旗人？"

纪玉瑶愣住了：他确实没说过这种话！她眼泪立刻流了下来，悔得啪啪打了自己两个大嘴巴子。她把下身上的被掀到李宏身上，一边摸衣服穿一边骂自己："我浑蛋！把自己送给了……"她本想说"杀夫仇人"，却又觉得李宏跟修岩被砍头没有直接联系，便改成了"你这个旗人"。

李宏也想起了修岩是被官府砍了头的，慌忙说："我是个逃旗户，连自己都几乎忘了是旗人！"

纪玉瑶流着泪喊："我没怨你！我骂自己瞎了眼睛，丧了良心……"她磨身下地，穿上鞋就往外跑。

李宏没敢拦挡，光着身子下了地，光着脚丫子跟到门口，眼睁睁地望着她模糊的身影，里倒外斜地蹚着厚厚的雪，奔向东院……他没感到咋冷，只是觉得心里好像塞满了棉花团子，连一道小窄缝都没有；而两只脚像灌了铅似的，费了九牛二虎的力气才挪回东屋。

四

李宏一宿没合眼，心里颠三倒四，七荤八素都翻腾起来了。他想到纪玉瑶是在修岩被砍头后，和师父一起逃离了山东，为的是"反清复明"，报仇雪恨。后来八国联军打进了中国，义和团打出了"扶清灭洋"的旗帜，她跟师父组织起红灯照，当起大师姐，把脑袋掖在裤腰沿子上，卖了一阵子命。这些人，却又被向洋人讨好的朝廷拉完磨杀驴，骂为"乱民"，砍的砍、抓的抓，弄得七零八落了。她能不对旗人的朝廷，恨得牙根发麻、眼珠子发蓝吗？她躲到塌了胯窝堡这背旮旯儿子，是要把修岩的儿子、翠兰的后人拉扯大，想让他们将来向旗人、洋人讨回那笔血债的。她以为李宏是红胡子头，自然跟她志同道合；却万万没料到他是旗人，咋能不伤了心、悔青了肠子呢？李宏哀叹自己投生错了人家，落草撞上了太岁，使这辈子三步一道坎、五步一条沟……马莲还能在车辙沟、马蹄窝的夹缝里扎下根、抽出几片叶、放出一朵淡蓝的花，分根、发棵成一大撮子，我李宏呢？却只能像老秋后的蓬团子，随着风沙翻跟头、打把式，顺着沙坨子的坡乱骨碌——难怪大家把我叫"追风沙"……翠兰原本想和自己拧成两股麻花藤，攀枝伸蔓往上拔，享受几缕子日头爷洒下的光、几滴答地气奶奶赏给的露水珠。可谁能想到迎头刮来了冒烟风，把她刮上了奈何桥——总算老天爷没瞎眼，让她遇上了一个好师父，虽说没成仙得道，却修成了正果，受到了人们的尊重……翠兰走后还牵挂我这个负心汉，把我引到了玉瑶这疙瘩。她在那边，万万不会想到大冬天打起雷，咔嚓一声把玉瑶轰跑了，把我轰进了冰窟窿……

天放亮时雪住了。李宏扫起院子里的雪，推成了堆。他又拿起桦树苗子扎成的扫帚，打扫起去东院的道。扫到一半，却又住了手：见了玉瑶咋张嘴？我还能再惹她伤心生气吗？他转身回屋，奔拉腿坐下发起呆。

尚秀娟过来了，轻声说："亲妈让表哥过去吃饭。"李宏想起来：汤老太太的老伴，也是被官府砍了头的，不骂自己是大骗子，也一定数落一顿的；可召唤了还不过去，那不是太无礼了吗？便一声没吭跟出了屋。他发现尚秀娟是带木锨过来的，已经把剩下的那半截子道撮出来了。李宏想：两个院叫雪隔开了，可以打扫出一条道来，两颗心叫怨恨隔开了，还有望再贴到一起吗？恐怕要像大草甸子上的毛毛道，虽然岔子多如牛毛，可一旦岔开了，就很难再走到一起了……

李宏一个人进了修家东屋，饭桌旁只有汤老太太。他料想纪玉瑶领孩子躲到西屋去了。汤老太太心平气和地说了声"吃饭吧"。李宏心里有些发酸：你若骂上两句，我心里还能好受些。他低声说："大姨，我不是成心糊弄你们，我以为你们早就知道我是逃旗的了……"

汤老太太安慰他："大姨知道你是个地道人。你也能品出了玉瑶是个炮仗脾气、直肠子人。你得让她冷静几天，也让我有工夫进她些盐酱——别着急，天会晴起来的。"

李宏感激地点点头。

三个伙计都到腰院陪伴李宏，东拉西扯地唠闲嗑，谁也不提别嘴的事。从这天晚饭起，唐百顺请东家到自己家吃，张冲晚上过来在西屋住——尚秀娟去给孔庆贤做伴。

李宏猜想这都是汤老太太安排的，是让自己等纪玉瑶回心转意，便没拒绝。他估计云消雾散得些时候，把手里成锭的银两交给唐百顺保管，说过几天要出去散散心。他还有三个院的其他人，谁也没想到天塌地陷般的祸事，在夜里发生了。

<h2 style="text-align:center">五</h2>

二更天，十多个县衙的巡警和后新秋主簿衙门的衙役，撞开房门把李宏薅了起来，让他穿上衣服便五花大绑上了；接着就把屋子翻了个底朝天——搜出了一支手枪、一百多两银子。

李宏认出了孙大嘞嘞，知道他是屠景操提拔起来的捕头，可想不出他为哪一条，带人来抓自己。

孙大嘞嘞秋天时，送屠景操脑瓜骨回来后，向知县洪涛报告"完成了大人交办的差事"。洪涛夸奖了几句，便说"后新秋分治所刚刚建立，陈主簿缺少得力帮手"，把他派到后新秋分治所当捕头了。

这后新秋分治所，跟郑家屯分治所一样，是建安县衙管辖下的。建安县南部，紧贴柳条边的四个社，已经正式划给法库县了；同时，把西部原属蒙古王旗的四个社划给了建安县，设为"后新秋分治所"。这样一来，建安县衙直接管辖的地盘，还暂时没算缩小；南部不再和柳条边搭界，西部还跟柳条边接壤。

到后新秋分治所坐衙的主簿，却不是别人，正是原来在郑家屯分治所管事的陈文奎。不过，陈文奎虽然还是分治所的主簿，可分管的地盘却比过去少了一半还多；而且更加贫困荒凉，油水都比不上郑家屯镇的三分之一。接他任的人名叫郭珍贵，却有来头和奔头：他是昌图霍知府新纳小妾的哥哥，不仅知道这个分治所将要划归新设置的辽源县，霍知府还答应将来举荐他做知县。陈文奎明知自己是被挤进了穷坑，却也无奈；暗下抱怨他妈不慈，没给他生个娇媚的小妹子。他带了一个亲信的文案和捕头贺锋，到后新秋履新。他没有想到，建安县的新任知县洪涛，却把孙大嘞嘞派到了后新秋分治所任捕头。他依然无奈，只好叫贺锋做副捕头。

孙大嘞嘞，知道自己是被洪知县当破烂甩出县衙的。他当然不愿意来：一呢，后新秋离县城一百多里地，自己虽然有马，可一出来也得颠搭一天，还没法守着老婆睡热炕头；二呢，分治所的捕头，手短嘴小，不仅没有多少肥吃肥喝的机会，更捞不到多少外快。可他不得不来。不过他觉得自己还有机会：接他做了县衙捕头的穆克图，是个典型的蒙古族犟种，没读过溜须传，不会念拍马经，早晚得掉蛋。他下定了决心：得干出一件两件漂亮的活，给自己捞到些本钱，使县太爷瞧得起自己，愿意把自己调回县衙。因而，他到后新秋分治所后，还挺尊重陈主簿，也挺注意跟贺锋的关系。没过多久，就发生了沙拉尤夫斯基率那队老毛子在塌了胯窝堡被打得塌了胯的事。

塌了胯窝堡这个山包包里的小村子，是在后新秋分治所辖区内的。虽然村里社里都没向主簿衙门报告，陈文奎能没听说吗？他一听说是"从后旗来的绺子"干的，就想：敢打老毛子兵马的，十有八九是"追风沙"；老毛子被杀了不老少，若往上报，十有八九是自找麻烦！他便假装耳朵聋，没理没提。孙大嘞嘞听到后，可就联想起了自己的经历：杀了屠知县、抓过自己的那帮马贼，为首的也是骑花狸豹马的！他见主簿没声没响，就猜想他是事不关己、明哲保身了。他也就觉得不能让顶头上司瞧不顺眼，也应当"多一事不如少一事"。后来，他听说是塌了胯窝堡有个姓李的，搬来了那队人马，把老毛子给打得死的死、逃的逃的。他可就认为：老毛子是洋人，是打不得的；那骑花狸豹马的，可能是"追风沙"，是个厉害茬子，自己得罪不起；他的朋友可只是当地人……他想来想去，便觉得立功的机会不可错过，错过了太可惜。他也不向陈文奎报告；回到县城后，向洪涛密报了。洪涛刚接任不太久，不知道"追风沙"的厉害，还想立功往上爬，便夸了孙大嘞嘞几句，命他继续密访细查，一定要弄清"杀洋人的确实是个什么人，姓李的和他啥关系"……

孙大嘞嘞见知县大人倚重自己，便向洪涛表示："小人蒙大人信任，一定不避箭矢，万死不辞。"他回到后新秋后，又觉得洪涛说的"密访细查"，十分精辟：那个骑花狸豹马的人，十有八九是"追风沙"，敢带人马拿了屠知县的脑袋瓜子当猪头，足见他胆大包天；自己访查他的朋友，还真得又密又细，万万不可露出自己影子，才能既立下功劳，又能躲开杀身之祸！于是，他秘密挑选了两个捕快，让他们"别进塌了胯窝堡，扫听准姓李的是从哪疙瘩搬来的人马"……

孙大嘞嘞一听说"姓李的搬来的人马，领头的确实骑一匹花狸豹马，是从蒙古旗一带赶来的；塌了胯窝堡的人，都说姓李的是他的好朋友"，而且，还证实了"劫下的十多辆大车的东西，全拉回了老巢；劫下的二十多年轻漂亮的女人，除了用大车拉走的，剩下的那几个，都被老李家留下了"，可就高兴起来，连夜跑回县城向洪知县汇报……

李宏能不被抓吗？

六

李宏被押出屋时，被堵在西屋的张冲，冲到门口大声问："你们为啥抓我们东家？"领人来抓李宏的孙大嘞嘞，奔过去便扇了他一个大嘴巴子，骂道："你一个臭马倌，也敢瞎咋呼？老子是奉命来抓红胡子眼线的。你再不老实，便把你也抓进县大牢！"

李宏被薅出被窝，虽然认出了孙大嘞嘞是县衙的捕快，却对他们抓自己的原因摸不清楚，便一直没吭声，连一句"为啥抓我"都没问。他现在听了孙大嘞嘞的话，才厉声吆喝起张冲："你给我喂好马，看好家！老子是逃旗户不假，可没干过任吗外道事！想赖我是红胡子的眼线，谁能拿出证据？法库门军营也好，县城里也好，老子都有哥儿们。我跟他们走趟县衙门，也没啥了不起的！"

孙大嘞嘞没搭理他，向手下人挥了挥手。

李宏被押走了。

张冲和唐百顺、尹淑芝、孔庆贤、尚秀娟，慌慌张张地跑到东院。汤老太太怕惊醒两个孩子，叫尚秀娟照看他们，领纪玉瑶跟他们一起到了西屋，叫张冲先学说李宏被抓的情形。

纪玉瑶一听捕快骂李宏"红胡子眼线"，心可就一拘挛：我把他当冤家对头，官府却把他当反叛强盗同伙，他倒是里外不是人了……又听说李宏只在被押走前才开口，叫张冲"看好家"，还喊"老子逃旗不假，可没干过任吗外道事"，还说法库门军营和县里"都有哥儿们"，不仅暗下称赞："这要账鬼还真有心劲，半句露馅的话也没吐，就暗示出了搭救他的门路"。她想起了李宏向自己透露过的秘密，便叮问："都翻走了一些啥？"张冲搜肠刮肚想了一阵，才说："我被堵在西屋不容动窝，听那些狗捕快嚷嚷，他们是县衙和分治所两家的捕快。不光搜走了一百多两银子，还翻走了那支短枪……"纪玉瑶刚听到只翻出了一些银子，暗下长出了一口气：没让他伤筋动骨；可紧接着听说枪被翻去了，心头可就罩上了雾：这玩意儿可不是一般人能有的……

汤老太太听了，心也一沉；可她立刻想到自己得稳住架，便在炕头把腰板拔直，稳稳坐牢，扫了纪玉瑶一眼后，不紧不慢地说："李宏是我的好外甥、你们的好兄弟。咱们不能麻了爪，得齐心协力想出点子、采取行动，救出他来。"

大家都没吭声，一齐把眼睛盯向纪玉瑶，分明是等她往下扔令牌。

纪玉瑶暗下咬了咬牙：在这个刀刃上，我没法站在河沿上，眼睁睁看他顺大流，喂了鱼鳖虾蟹，只好拿回头往浑水里跳了。于是她大声说："旗人的衙门，拿他当红胡子抓了，我也就没法子和他一刀两断了——祁福，你这就骑栗骟马去找'三尾虎'，向他汇报，问他有啥道眼救你们东家。"

祁福答应一声，拔腿就走；柳如梅追到外屋叮咛他："小心点，快去快回来"。

纪玉瑶又对唐百顺说："张冲说，抓他的人，有分治所的。你去请李村长，求他辛苦一趟：陪你去分治所一趟，扫听清楚抓你们东家的原因。等你回来，咱们再合计下步应当咋办。"

唐百顺应了一声"是"，立即离开西屋。

汤老太太接着嘱咐大家："今晚，大家先回去睡觉——天亮后，若有人来打听，咱们大家的嘴，要一个音：李宏是逃旗户，官府抓他是要他去打仗；先别提别的事。等祁福、唐百顺回来后，咱们再定下步棋该咋走。"

纪玉瑶想起李宏曾经暗下对自己说过，金条埋在灶坑下，便随张冲来到腰院。她叫张冲站在房门外，"别叫圈外人进屋"。她点上灯，便去灶坑掏灰；掏净时，把灯探进去看：灶火坑没动弹过，她才长出了一口气：这个倒霉鬼的家底，还没伤筋动骨；豁了出去，或许还能把他买出来……

七

唐百顺拉马出院，到李村长家叫开了门。李村长一听唐百顺的话，大吃一惊，竟然张着嘴没说出话。唐百顺便赶紧说："纪大姐已经打发人去找'三尾虎'，估计晌午就能赶到。"李村长不再犹豫，仗义地说："咱们这就动身去分治所，打听清楚情况。"

李村长没舍得穿貂绒皮袍子，在棉袄外又披上了那件老羊皮马褂子，骑马随唐百顺奔后新秋。山路上冈下坡，加上天黑，三十里的路足足走了半宿。唐百顺建议李村长，先找到一位熟悉的捕快。这个捕快说"不摸边"，又领他们去拜会副捕头。

贺锋倒跟李村长见过面，又听唐百顺是李宏的"管家"，便说："孙捕头是县衙派来的捕头，连陈主簿也对他让三分。他最近是在办一件案子，是县太爷交他办的；陈主簿也没过问。我只知道，他昨天带来了几名县衙的捕快，又抽了几名人手，离开了这里；他去办什么事，恐怕连主簿大人也不知道……我看唐管家，得跑一趟县衙，才能打听清楚。"

唐百顺听出了他对孙大嘞嘞有怨气，认为他说的是实话，就抱拳说了句"谢过贺捕头"；留给李村长二两银子，请他陪着捕头、捕快去吃饭——自己骑马往回赶。

贴晌时，唐百顺回到塌了胯窝堡。他一进东院东屋，就见三个院的人都在。纪玉瑶从炕头炕沿上站起来，让他挨汤老太太坐下。他知道大家着急，开口便介绍起来……

大家都把眼睛盯向纪玉瑶；可没等她张嘴，屋外就又传来马蹄声。

祁福一进屋，满屋子人见他一摘下皮帽子，头发直往外冒汽，可小脸却阴得灰沉沉的，心里就都七上八下了，猜想他也没带回啥好消息。唐百顺起身拉他坐，祁福也没坐。他的汇报蔫蔫巴巴，只一句话："'三尾虎'的人马，三勾有一勾离开绺子回家了，两勾人跟随他投奔张作霖去了。"

这使大家目瞪口呆了。

纪玉瑶想起李宏曾经暗下对自己说过："'三尾虎'想跟张作霖一起归顺朝廷。他问我这步棋好不好，我让他自己拿定盘星。"纪玉瑶学说后，汤老太太长吁短叹了几声，才评定高下说："李宏是旗人，一生下来就拿军饷。可他不愿意为朝廷卖命，舍了旗籍，自己断了升官的路。'三尾虎'是民人，却削尖了脑袋瓜子往官府里钻，想捞个一官半职的。看起来，人的志向不在乎是民人还是旗人！"

纪玉瑶听出了师父在敲打自己，却没理这个茬；用眼睛扫了一圈后，对大家说："'三尾虎'靠不上了。咱们只能凭心力，千方百计搭救那个冤屈鬼了。"她把目光盯住唐百顺，说："他不是告诉咱们，法库军营里有他的哥儿们吗？你陪他去过那疙瘩，吃过饭就跑一趟吧。"

唐百顺忙不迭请示："东家还有个叫毕力雄的叔伯哥，在咱们县城安了家，房子是我出面帮着买下的。他买下房子后，曾说要去见见县太爷，八成有瓜葛。我是不是也去报个信？"

纪玉瑶这才醒过腔：我以为他说的县里有人，指的是"三尾虎"，原来是毕力雄！她立即改变主意说："你向张冲说明白到法库咋找人，由他去；你直接去找毕力雄——你们俩都得带些银两，请他们上上下下打点打点，别叫那个人被揉搓得伤了胳膊腿。"

唐百顺见她要取银两，赶紧说："东家本想过两天出去散散心，把一些银两交给了我保存；还说这院若有啥花销，交大姨、大姐用。"

等唐百顺取来了两根金条、四个五十两的银元宝，纪玉瑶看了看师父。汤老太太便发话："舍不出孩子套不住狼。"纪玉瑶便拿出金条和一个银元宝，交给唐百顺；又把两个银元宝交给张冲，还掏出些零碎银子给他们做盘缠。这两个人立即离开屋，尹淑芝和孔庆贤也跟了出去。

八

李村长陪捕头、捕快吃饭时，贺锋打听"李宏是干啥的"。李村长一来觉得李宏对自己有恩，二来认为对捕头不能说假话，便说了李宏是四平的大商人，还在老毛子人马在塌了胯窝堡抢劫时，搬来"三尾虎"的人马，解救了村子。贺锋是知道"三尾虎"名头的，便说"李宏有'三尾虎'那样的朋友，也不是一般人"；又说"县太爷盯上了他，一定是看中了他的钱"。因此，他回来后，到大草房对纪玉瑶提醒说："我那贤侄被县太爷盯上了，一定是为了钱！可不得不加他的小心。"纪玉瑶对他表示感谢，还说"今后还得请你老帮忙"。李村长也痛快地答应了。

晚饭后，屋内没别人了，纪玉瑶才红着脸对师父说："人家已经拿了回头，你老咋还揭人家小短……那天晚上若不是先跟他到了一块，后来才知道他是旗人的，人家也不会发那么大的火……"

汤老太太虽说猜想过他们俩过了那道杠，可听她自己说出来也挺吃惊；不过她见多识广，既能体谅人，又善于说引导的话，只轻声地说了句"看准了，就要铁下心"。

这话轻飘飘的，纪玉瑶听了却感到是对自己的鼓励和尊重，也就不再犹豫，坚决地说："妈，我现在铁了一颗心：他若是也掉了脑袋，我就要把小宏拉扯成人，给他顶香炉碗。"

汤老太太吆喝："别顺口胡呛！我估摸他的案子一时半晌审不清；好人有好报的，你悠着性子尽心张罗，有把他盼回来团圆的望。"

纪玉瑶点点头，又和师父商量："我想今晚就去腰院，替他看家，合适不？"

汤老太太没说合适不合适，却说："叫秀娟先陪你一宿，明个我领孩子也过去。"

在腰院，纪玉瑶等尚秀娟也钻进了被窝，便吹了灯龛里的小油灯。她听尚秀娟翻了几回身，就不再动弹，估计是睡着了。她自己仰颈躺着，一动不动，却偏偏睡不着。眼睛闭着，可那个大雪天晚上，在这铺炕上发生过的事，却断断续续地在眼前闪现出来：开始时是李宏那双手，笨笨拙拙地摩摩挲挲，自己用乖乖的等待壮他的胆；接下来自己亲了这个生荒子男人几口，手拿把掐地一步步领他往前走……他不再像小毛贼那样蹑手蹑脚地偷偷摸摸，又像杆子头那样放开马冲杀起来……可他一句"我们旗人"引来了我的惊骇、悔恨，磨身逃出了这个屋子，冒大雪跑回了东院……纪玉瑶有些疑惑地想：老话说"人作有祸，天作有雨"。他逃了旗，还当了响马，已经不把自己当成朝廷的人了，我咋还二虎吧唧地拿他当冤家对头呢？他被官府抓进了大牢，这场祸是不是我作出来的呢？我若是有话好好说，听听他的解释，消除了误会，和和气气地过消停日子，是不是大祸就不会临头了？她想来想去，又觉得是福不是祸，是祸躲不过。她觉得自己已经是李宏的人，说啥也得把他救出来，抱成团往下过日子。怎么才能把他救出来呢？她一直想到窗户纸透进了灰蒙蒙亮光，心才平静了些：先等撒出的人马回来，再决定下一步咋往前走吧。

第十七章　哪个庙上没屈魂冤鬼

一

　　第二天的下半晌，张冲赶回来了。他带回的消息，也不比祁福带回的好多少："哈丰阿是满洲镶白旗人，姓伊拉里，是东家的叔伯哥，在法库门任管营佐领，有六品顶戴。我到军营去找他，听说他被停职了，待在家里听候处置。我去他家里拜见，才知道他是被'杀了牛吃鸡'给告了……"大家听了都吃惊地"啊"了一声……哈丰阿咋会被沙拉尤夫斯基给告了呢？

　　那天沙拉尤夫斯基和别列夫倚仗大洋马跑得快，才和"三尾虎"的"蒙古骑兵"拉开了距离。为了逃命，他们伏在马鞍上不断地炮蹶子，用马刺狠扎马肚子。大洋马发了疯似的奔跑，驮着这两个老毛子逃进柳条边。这两条漏网鱼、丧家狗，钻进一片树林子，藏匿起来。风一吹，他们就觉得像有搅捞网子搂头罩下来；草一动，他们就觉得像有木头棒子抡向后胯骨。一直趴到日头贴山，"蒙古骑兵"也没追上来，他们才松了一口气；可肚子饿得咕咕直叫，好像前胸贴到了后背上——渴得更厉害，舌头好像成了烙铁头子，烙得嗓子眼直冒烟。两人夯起胆子，牵着马走出树林子，摸到一户人家。别列夫是会说民人话的，撒谎说"我们是欧罗巴的探险队，迷了路、拆了帮"。那户人家不知道啥叫"摊钱会"，也不明白"沤漏耙"咋会到自己家；但可怜他们迷了路，不仅烧火做饭，还留他们住了一夜。这两个会装人的洋兽，第二天早饭后表现出很有人情味，不仅千恩万谢，还给了一块现大洋。

　　上路后，别列夫建议先奔奉天，然后回哈尔滨——他反复估算过：两人身上包裹的东西，价值之多相当可观，即使"护运王子"把自己带的东西取走一半，剩下的也比往回分得的多得多。可是沙拉尤夫斯基坚决不同意，说自己是"护运王子"，就应当表现出慈爱心和责任感，得收拢和等待掉队的部下。别列夫只好服从。他们不敢过柳条边，只好在柳条边上东一头、西一屁股，折腾了四五天，瞎猫碰上了快要死了的耗子，捞出了从塌了胯窝堡逃出狗命的老毛子。沙拉尤夫斯基很为自己的英明决策高兴，也为笼络那四名同伙，命令别列夫用金银首饰做奖赏。别列夫虽然不愿意，却不敢不服从命令。

俗话说，是狗改不了吃屎。沙拉尤夫斯基胆子又大了起来，决定再搞几次"护运"，然后再奔奉天，但同伙太少不得不改变抢劫方法：白天选好"对象"，天黑后客客气气叫开门；进门后立即封锁院子，把一家人圈在一屋，不许出声。

这一天一人更，他们叫开了普济寺村鲍兴家的门，立刻封了门，逼鲍兴的儿媳和女儿去做饭。被圈在屋里的鲍兴，听到过老毛子洗劫过村子，在塌了胯窝堡被打得塌了胯，就担心这伙可能是那伙漏网贼来作祸。他立刻用口水泅湿窗户纸，戳出个窟窿眼，往外看：一个老毛子在门口掐枪站着，三个老毛子端枪来回走；一个老毛子押着儿媳走到鸡架前，比比画画叫儿媳抓了三只鸡，往回走时还摸了几把儿媳妇的屁股蛋。鲍兴把心一横，对家人小声说："豁出命来挨着，我去搬救兵。"说完偷偷跳出后窗户，翻过后墙。

老毛子二更多吃完饭，先对做饭的下了手：沙拉尤夫斯基选中了姑娘，和别列夫同时用枪逼姑嫂上了炕。然后是四个老毛子又轮班作恶。

四更天了，沙拉尤夫斯基不许再碰那两个半死半活的女人，带领部下开始翻箱倒柜、刨地掘炕。

时间不太长，在院里警戒的老毛子，听到院外有人马走动的声音，沙拉尤夫斯基有些惊慌，到院中听了听，拔枪对天叭叭叭打了三枪——立即招来了嘭嘭火铳的还击……

鲍兴认为只有同知老爷派出捕快，才能救出家人。他一路拼命打马，到了同知衙门，也不管什么三更半夜，就猛劲擂鼓叫门……

同知老爷一听说事关洋人，虽然没说不管，却想拖到天亮——贼跑了再去抓，没功可也不会落不是。报案的鲍兴急红了眼，发誓"大人发兵救一家老小，小人卖房子典地也要重重报答"。同知老爷又不愿错过发财机会了。他反复掂量，想出一个两全其美的法子，派人请哈丰阿佐领"来议急事"。

哈丰阿一到，同知大人就摆出一副爱民如子的架势，恳求他带兵相助。哈丰阿虽然觉得自己的责任是守边，而安民缉盗是地方官的职守，可又觉得老毛子匪徒为非作歹、涂炭百姓，吃皇粮的旗丁也不应袖手旁观，便同意带二十骑丁相助，和同知衙门的马快一同前往。

二

哈丰阿是六品佐领，而抚民厅捕头未入流，还只带了八名马快，当然得请哈丰阿指挥。五更初赶到了普济寺村。

听鲍家院内人不喊、狗不叫，却隐约有挪动重物的响声，哈丰阿下令把四合院围上。

哈丰阿手下人几乎是头一回上阵，一听到洋枪响，有些人不等命令就搂响了洋炮。紧接着，那个捕头就躲在大树后面喊："老毛子听清楚了，你们被法库门军营，哈丰阿佐领的兵马包围了，快快出来投降免死！"

他这么喊，一来是向哈丰阿讨好，二来是想用旗兵营吓唬老毛子，三来是因为同知老爷曾暗命他"尽量别提咱们名"。

沙拉尤夫斯基已经听出了对手用的是老式火枪，知道这种枪每放完一枪都得重新装沙子火药；又听别列夫做了翻译，知道了对手是官军，并不是那支凶悍的"蒙古骑兵"，便放宽了心。他命令手下人把贵重东西包好带在身上，再到东下屋把鲍家老小拖出来当盾牌用。别列夫按"护运王子"的吩咐，隔着大门对外喊："我们要押着这家老小离开。你们若敢拦截，我们便把他们全都杀死！"

鲍兴在外面听说了，向哈丰阿哀求："佐领老爷，千万别先开枪啊！"哈丰阿心里有些生气：老毛子手中掐着护身符，我弟兄手中可没有挡箭牌！可他也知道，若不答应下来，洋胡子杀人不眨眼，很可能在院里杀个鸡犬不留，然后放火烧房子，在混乱中拼死冲出来，靠洋枪抓垫背的……他推开鲍兴，传下两条命令：一是让弟兄们隐蔽好，堵住出村的路，"听到命令再开枪"；二是叫捕头答话，答应老毛子要求。

鲍兴怕时间拖久了，老毛子会先撕一两个票，把人头从院里扔出来威胁，便追捕头快回话。那捕头听说有酬谢，便不管去村口的人马刚动身，便扯脖子对院里喊："佐领大人说了：我们让开路，你们松开人；我们不追捕，你们快出村！"

隐蔽的官军捕快，还在侧歪耳朵听老毛子咋回答，鲍家的大门突然开了：沙拉尤夫斯基和别列夫并排骑在大洋马上，左手把一个小孩摁在鞍前，右手用手枪嘴子顶着小孩脑袋瓜子；另外四名老毛子也都骑在马上，右手拎着枪，左手牵一两个捆着手的鲍家人。刚出大门时，他们走得很慢；一拐上往东去的路，就像夜行鬼见到了晨光，加快了速度。等他们走出了二十多丈，鲍兴沉不住气了，跳上路喊："你们得讲信用，快些放人！"他这一喊，有些捕快旗兵也从隐蔽处站了起来，有的还上了马，帮腔喊"快放人"。

这些人以为老毛子后脑勺上没长眼睛，押着肉票没法回身，可老毛子突然甩开手里的肉票，转身哗哗啪啪开起枪，立刻打倒了好几个。

老毛子并不恋战，拧回身飞马猛跑。哈丰阿跳到路上喊"开枪打"。不论马快还是旗兵，却不敢再显身露影，胡乱地放响火铳，真有些像瞎子放屁——不管人前背后乱突突。

这一仗，虽然救下了鲍兴一家老少，但付出的代价十分惨重：两名旗兵阵亡，鲍兴和一名捕快负伤。回到军营后，哈丰阿一边处理善后事宜，一边向标统打报告。

标统根据"管营佐领无权带兵离营"的军规，派了一名书办到法库门调查。那书办听说那伙以"杀了牛吃鸡"和"瘪了壶"为首的老毛子土匪，是"三尾虎"手下漏网之鱼，便提议把"消灭犯边之冒充俄军之土匪三十余名"战果，记在哈丰阿名下——这不仅可以使普济寺村一战变为"追歼犯边逃匪"，还可以邀功请赏……

哈丰阿若是头脑灵活，就坡上驴，送给那名书办一笔银子，不仅十有八九会掩饰过"带兵离营"的过失；还可能不劳而获、冒功受赏，得到嘉奖提拔。可他为人耿介，心眼太死，不同意撒谎冒功，更没向来查问的人行贿，也没随后去向上司送银子。结果是，那名书办，因为没得到"润笔"银子，悻悻而去；哈丰阿的那份报告，便被批上了"无视军规行止，擅离职守；有碍柳边戍卫，难废典章。暂夺佐领之位，速其省悟之忱"，呈送到了盛京将军府——奉天境内柳条边防务，是由盛京将军管辖的。

沙拉尤夫斯基从普济寺村逃脱后，再也不敢"护运"，夹起尾巴跑到奉天，请求驻扎在奉天的俄军头子为自己"报仇雪恨，追回被劫巨资"；可俄军正在迎战日军，又怪沙拉尤夫斯基事前没有送缴保护费，支他去盛京将军府交涉。沙拉尤夫斯基心凉了半截，却又认为清朝的官不论大小，脑瓜皮贼薄，便气势汹汹地到将军府告状。他把塌了胯窝堡的那笔账，也算到哈丰阿名下，要求将军府"严惩劫掠者，赔偿万两白银之巨大损失"。

这时，增祺已经因为私下和俄军签订允许其在奉天驻扎的协定，被革去"盛京将军"；可将军府并没黄摊，由增祺的部下支撑着。他们听说哈丰阿袭击了沙拉尤夫斯基，心情很矛盾：有心祖护这个增祺大人的族侄，又怕俄方不允。经过反复掂量，才一致认为：老毛子虽然被小鬼子打得腰软气短，但在奉天驻有重兵，不能饶毛逆鳞；而增祺大人也有起复风闻，不能以凉茶相待。于是便骑墙敷衍：同意哈丰阿"暂且家居休养"；劝慰沙拉尤夫斯基"少安毋躁，待查清原委后妥善处置"。由此可见清朝官吏，处理公务时手段多么高明……

听张冲说了个大概，汤老太太气呼呼地说："这是个啥世道？救老百姓反倒有错，真是哪个庙上都有冤死鬼！"

张冲交出带去的银两，说："哈佐领说由他走人情不顶用。"纪玉瑶估计他不会出头了，忧心忡忡地说："不知唐百顺能带回啥样的信……"

三

唐百顺那夜一跨上马就想：官差们一个个黑了心肝，都是无利不起早、见钱就眼红的。他们翻去了那么多银子，肯定要找个地方先分赃，然后再大吃大喝一场的。眼下冰天雪地，五更前后冷得小鬼龇牙，他们肯定不会挨那种穷冻，保准要日上三竿再开腿……他又想到毕力雄和李宏的关系：他们虽然是兄弟，可亲有多近、情有多深呢？常言说，夫妻本是同林鸟，大难临头各自飞，亲密的夫妻都很难同命运，疏远了很久的叔伯兄弟，更是很难共患难的。东家现在被当红胡子头给抓了，姓毕的会不会"各人自扫门前雪，休管他人瓦上霜"呢？东家在绺子里做大当家的时候，得说不贪财。顺水顺风的时候分养家银子，他只拿双份，手里攒下的不会太多。他盖房子置地花出了一大笔，交我保管的金银很可能是他全部积蓄了……唐百顺拿定了主意：我得对姓毕的察言观色，见机行事，不能一见面就虎了吧唧地把金条、银元宝全交给他，防备他不全用在搭救东家上，以后再打点衙门里那些黑心鬼可就没咒念了！

唐百顺晌午前到了县城，先到窦家店号下个单间；让店小二喂好马，自己也去填饱肚子，才去见毕力雄。他见毕力雄挺热情，主动打听起李宏的近来情形，才开口透露实情："俺东家的表姐打发小人来，想求你老打听打听是什么人诬告了俺们东家。"

毕力雄一听就坐不住椅子了，让唐百顺坐等，自己立马去县衙打探。唐百顺觉得自己待在毕家不方便，说自己骑马跑了半夜半天，得回店歇歇。毕力雄见他确实疲乏，答应打听到消息后去窦家店。

唐百顺住的单间，是长筒房子用木板间壁成的小窄巴屋，迎门坐到炕上支起二郎腿，外人便没法进屋了。炕不宽但挺热，他打浑身头朝里躺下。刚合上眼，便有人敲门。他打开门一看，是个三十来岁的女人。他断定这是一个"店里花"——从衣着不太花哨、羞答答没向屋里硬挤上看，还不是吃这碗饭的老手。若是在秋收以前，唐百顺可能会豁出一吊半吊的；可现在他已经有了比这个女人更漂亮的尹淑芝，两个人还十二分恩爱，哪里还会搭理她呢？不过唐百顺也挺可怜这种女人：若有别的招对付粥喝，哪个女人也不会豁出脸皮卖笑。他掏出一把铜钱给她，关上门又躺下了……

唐百顺被敲门声惊醒了。屋里昏昏暗暗，他一打开门便发现走廊里已经上了灯。毕力雄并不进屋，有些高兴地说："唐管家，跟我走——我哈丰阿大哥也来了。"

到了毕家，唐百顺见哈丰阿身后箱盖帽筒上，放着黑色暖帽：镂金顶座上缀着小青宝石顶子，上头衔着砗磲；再看他身上官服补子上绣着一只扭头望着红日的橙黄色的彪。唐百顺想起东家说过哈丰阿是六品武官。他很感激这位驻营佐领，一接到信就赶了过来，便跪下要行大礼；却被哈丰阿一把拽起来，哈丰阿还说："你贪黑挨冻跑了一百多里来报信，真是李宏的好弟兄！"毕力雄让他上桌一同喝酒。唐百顺觉得自己是下人，摇手不肯；毕力雄把他按到八仙桌西边的椅子上，说："费扬古——就是我们老疙瘩兄弟李宏，跟你是论哥儿们的，你把我们哥儿俩也看成老大哥就结了。"

三人都没酒兴，喝得又慢又少，嗑唠得倒挺多。毕力雄还断续地向唐百顺介绍了有关情况。唐百顺很快就听出了头绪……

四

毕力雄自打在建安县城安顿下来，便把顶戴官服锁进箱子，决心不再穿用，所以他是穿便服去见洪涛的。这位县太爷却好摆官架子，虽然在后堂接见，却也穿戴齐全，明眼人一看，就知道他是七品文官。两人寒暄过后，洪涛有些得意地问："贵差光临，可是暗访之案已见端倪？"

毕力雄只好敷衍说："云山雾罩，踪影难觅。"

洪涛便有些趾高气扬地说："本县却颇为侥幸！近日或可追出蛛丝马迹。"

毕力雄有些意外，顺口说了句"愿闻其详"。

洪涛便一边摇头晃脑、一边夸夸其谈地炫耀起来："本县昨日标出火签，擒拿一名独脚大盗。该犯日前曾勾结蒙古旗地面马贼劫掠俄军辎重。愚兄不才，料定该股马贼既敢太岁头上动土，则寿太太、庆七爷之财物，亦当为其所抢。一经从该独行大盗口中拷问出马贼巢穴，大兵一到定可一网打尽矣！"

毕力雄猜想：洪涛所说的"独脚大盗"，可能就是指李宏，便试探地追问一句"堂审结果如何"。

洪涛略一迟疑，便又有板有眼地说："尚未解到——然利用眼线窥破马脚者乃本衙前任捕头。该员颇为干练，且立功心切，亲自带人往捕，必无闪失之虞矣。"

如果毕力雄在北裤裆街外贼卵子窝这种地方打过滚，熟悉这种地方的积习老套，对洪涛顺毛摩挲一番，哄捧几句，再扯枝拉蔓讨教一二，一定能探听出孙大嘞嘞抓到了李宏哪些把柄。可他一直在将军府当亲兵，养成了上传下达、直截了当的习惯，不善于拐弯抹角、旁敲侧击，二来事关本族兄弟，乱了方寸，竟然冒冒失失地问："大人遣员往捕之人，可是李宏？"

洪涛有些吃惊地反问："贵差如何知晓？"

毕力雄刚想接茬，一个衙役进来禀报：法库门旗兵营管营佐领哈丰阿来访。洪涛到建安任职后，曾按例拜会毗邻的军政同僚，其中便有哈丰阿。因此，他闻报后起身喊"请"。

哈丰阿得到标统命令"暂夺佐领之位"，而盛京将军府已改为"暂且居家休养"，仍然是六品武官；而洪涛是七品文官。虽然"官大一品压死人"，但六品的武官是来办私事的，所以哈丰阿进屋后不敢拿大；而离座迎接的洪涛是个很爱端架子的坐地虎，再加上彼此不相隶属，又是在后堂，欢迎地说："贵佐领远来是客——你我虽非一旗，然同为满洲，实为兄弟。"哈丰阿便恭敬地说："小弟来得冒昧，还望兄长海涵。"于是两人都伸出右手，彼此两手虚拢，同时问候一句——这是行旗人的执手礼。

毕力雄这时才向前跨了一步，向哈丰阿打千，说了声"给大哥请安"。

哈丰阿估计他也是为李宏的事来的，也不说破。

三人落座后，哈丰阿又向洪涛拱拱手说："劣弟无事不登三宝殿，是来麻烦兄长的。"

洪涛也还了一揖，说："兄弟有事尽管说。"

哈丰阿便问："贵县可从塌了胯窝堡捉拿了李宏？"

洪涛好生诧异：这两位丘八爷咋都对李宏这么关切？便微笑着说："贤昆仲不期光临敝衙，倒是口出一辙——不知二位何以与李宏熟稔？"

哈丰阿听出了毕力雄也是刚到不久，还没来得及和这位县太爷细谈，便十分直率坦诚地说："李宏与我等同为伊拉里氏弟兄，原名费扬古。他的两位胞兄为圣上尽忠后，随父亲逃旗到了边外，改名李宏的。"

毕力雄便补充说："据卑职所知，李宏逃旗是实——然其时年纪尚幼，近几年交友或有不慎，却决非不法之徒。"

五

毕力雄这几句话，是在为李宏"勾结蒙古旗地面马贼，劫掠俄军辎重"开脱。洪涛却不买账，振振有词地说："李匪伙同马贼，光天化日下劫杀俄军，掳其妻妾，有目共睹。此乃授强国以柄，陷朝廷于祸，罪莫大焉！时下虽未闻沙俄行抗议之谴，生索赔之议，然沙拉尤夫斯基已于留都发难，讼之于盛京将军府；省抚已有戡复之谕，当秉增祺大人之命而发……"洪涛因为哈丰阿是柳条边上的管营佐领，不归省抚、知府管辖，便搬出增祺来。

哈丰阿更熟悉内情——他的顶头上司标统，到军营传达将军府对他报告的批复时，曾经详细说明让他在家"休养"的内幕，对他表示抚慰。从性情上说，哈丰阿为人憨直，讨厌顺风扯旗，有时甚至对上司也直罗锅。因此，他拱手拦住洪涛的"高论"，坦率地说："增祺大人虽为弟辈同旗同族之叔伯，职下亦不敢为亲者讳：因私允沙俄军队驻扎奉天，已遭朝廷斥逐，革去盛京将军要职；抚衙裁复之言，实为一时搪塞……正堂大人所提及沙拉尤夫斯基，并非俄国军人；其所纠乌合之众打家劫舍、掳奸民女，禽兽不如，实为狐假虎威之罗刹强盗……大人询问百姓，便可大明真相。"

洪涛没想到哈丰阿会发表这样的长篇大论。他对沙拉尤夫斯基是"罗刹强盗"的说法颇为怀疑：果然如此，安敢去将军府贼喊捉贼？即便其人确非俄军，亦必然大有背景，否则将军府、巡抚衙门也不会对他"搪塞"——搪塞者，投鼠忌器、虚与委蛇也。洪涛对哈丰阿所说增祺"为弟辈同旗同族之叔伯"一句十分重视。他风闻增祺失宠，但革职一说却是刚刚听到。他深深懂得"百足之虫，死而不僵"的道理，而且今日革职，明日也可恩复。因此，他觉得对增祺的这两个族侄也需"搪塞"，不可得罪，便诡谲地说："本县拘拿李宏，实为府衙密令速办之要案。愚兄受制于人，不敢枉法徇情。然贵昆仲金面焉能无视？定当有所眷顾，详察细按，从轻发落。"

哈丰阿、毕力雄又说了几句感谢的话，方才告辞……

唐百顺听到这里，牢牢地记下了两码事：一是伙同眼线告发李宏的，是县衙原来的捕头孙大嘞嘞；二是知县洪涛和"老假婆"是一路货，都是被洋狗串了秧的二细狗。他身为大清国的知县，竟然翻弄舌头专舔洋人屁股，颠倒黑白，把李宏和"三尾虎"仗义救人，冤枉成"劫掠俄军，掳其妻妾"！

毕力雄却庆幸自己和哈丰阿对洪涛的拜访很及时，说："大哥，洪涛已经答应关照，老疙瘩押来后可能不会立即过堂，有可能免去严刑逼供了吧？"

哈丰阿比他了解衙门里的黑暗和伎俩，摇头说："即使咱们兄弟今日不去县衙，我料洪涛也会拖几天再审——手头有了这样大案，总要等等银子流水般哗哗淌进他腰包的。"

唐百顺站起身掏出那两根金条和银元宝，说："俺们东家的家底，差不多都在这儿了。东家的表姐求二位拿去活动，搭救他出狱。"

毕力雄看看哈丰阿，好像在说："凭咱们俩的面子，还用向姓洪的送礼吗？"哈丰阿看出了他的表情，坚决地说："咱们俩的面子，是没有金银顶用的。"毕力雄收起两根金条，让唐百顺收回银元宝，说："等你们东家被押来后，我领你去见牢头，由你去打点他和狱卒。"

唐百顺回到窦家店。

他这一夜睡得十分香甜。小晌午时毕力雄赶来了，说洪涛眉开眼笑地收下了"那两条大黄鱼"，让唐百顺随自己去大牢。

按着毕力雄的主意，唐百顺孝敬给牢头梁前二十两银子，向狱卒送了十两。因为县太爷有"李宏为案情重大之疑犯，堂审前严禁探监"的谕令，毕力雄和唐百顺没能见到李宏。不过梁前倒也看在那二十两银子的面子上，允许由饭馆每晚送一次饭。唐百顺到附近的一家饭馆，边吃边讲妥了送饭的事，预付了五两银子。

六

唐百顺一回到窦家店，账房李大先生便微笑地告诉他"唐爷的房间没锁"。

唐百顺一打开房间的门，便看见昨天敲过门的女人，从炕沿上出溜下来，有些怩怩地说："人家没别的招糊口了，才到这地方抛头露面的……

可也不能白拿唐爷的钱。"唐百顺刚想张口撵她走，忽然想起了一件事，便进屋带上门，叫那个女人坐下，自己也斜身坐在另一头——这小炕只铺下两条窄褥子，中间也没空下多宽的地方。他和蔼地说："我看出了你本来是个正经人，是叫穷日子逼得没了别的路……我想打听个人，希望大妹子能帮帮忙。"那个女人感激他没嫌自己低贱，也改口叫他"大哥"，表示"保准说实话，让你心满意足"。于是，两个人进行了下面的对话：

"你认识县衙的孙捕头吗？"

"在街上打过照面，没啥来往，可知道他外号叫'孙大嘚嘚'。听说他常捡……我们这种女人的便宜，还好扯老婆舌。"

"当捕头的都有些眼线。你知道他有哪些吗？"

"不知道。"

"你知道他常和哪些不三不四的人来往？"

"不……对了，听说前些日子他跟一个姓闵的耍钱鬼干了一仗，可动口没动手，后来还一起进了酒馆。"

"你听谁说的？"

"拿这件事垫牙的，像西泡子里的水耗子一样多。那姓闵的不起眼，可他半道上捡的老烧火的却很有些名声，县城里差不多无人不知、无人不晓，是'四大损'钻狗肚子前跐拉过的颓帮鞋。孙大嘚嘚呢？虽说是个捕头，人们却说他不仅是屁嗑篓子，喷出的吐沫星子都带荤腥味。所以呢，他和姓闵的一出溜起舌头来，差不多满街筒子的人都咬耳朵丫子。有的说：'姓闵的赌瘾大，胆子小，咋敢对捕头龇起牙来了呢？'有的就说，'一定是姓孙的啃了姓闵的槽帮子，耍钱鬼才红了眼——兔子急了还咬人手呢'……"

唐百顺不相信孙大嘚嘚会搭理那个邋遢臭老女人；却发现对面这个还算顺眼的女人，嘴上有滋有味地说着，屁股一点一点挪过来。小炕本来就不太大，她扑哧出的热气已经喷到了自己脸上，使自己有些心慌意乱了。他估计再问下去，她也不会有啥正经嗑了，还兴许把自己那股火煽上了房……他一狠心掏出一块现大洋，递给那个"店里花"，轻声说："别再来了——我虽说只是个小伙计，却刚娶了媳妇；若再打野食，就对不起她了。"

唐百顺最后这句话，说得实实在在；可他万万没想到，还没过几年，他却进县城来，专门趸摸起这个女人……

让他打发走的女人，确实是个命运坎坷、让人十分可怜的女人：她小时候叫王二丫，年纪和尹淑芝仿佛，是苦日子把她嫩脸蛋拖累得锈了吧唧的了。照实说，她长相是比尹淑芝差了一截子，可在十个八个大姑娘小媳妇堆里，就不算拔尖，也不是二五眼。她十岁左右时跟爹妈跑关东，路过这疙瘩病倒了。给她治吧，她爹妈手里没钱；带她走吧，她没力气跟腔伴脚。她爹一狠心，把她留给了住在瓦盆窑附近的程大寡妇，说："她活不下去，是她命里该死；你把她将养活了，是她该给你儿子做媳妇。"王二丫十六岁上，跟比她大四岁的程斌圆了房，人们开始叫她"程斌屋里的"；可只过了不几年，人们就把她叫起"程家小寡妇"了……

程小寡妇，虽然知道唐老客给的这块银饼子能买一百多斤粮，接的时候却有些迟疑；可她接了钱也没脸赖着不走，沁着头出了屋。

七

唐百顺在打发走程小寡妇后，便躺下转起眼珠子。他觉得那个"店里花"说到的孙捕头跟闵小耍掐仗的事，很可能跟东家被捕有瓜葛，应当弄个明白。他下炕离屋上马奔顺山屯。他已经打好算盘：堵住闵小耍就拿大话诈他，问他为啥诬告"三尾虎"的朋友；碰不上，就向小菊妈套问底细。他进屋后发现小菊妈穿着利索了不少，脸也亮堂了一些，便故意问："小耍咋又没在家？"

小菊妈靠唐百顺帮忙，手里才有了钱花，已经把他看成了八辈子老姑舅亲，向他诉苦说："……他输了个腚眼光，回来后却骂我卖了他的房子，还想跟我动狗爪子。我也老母鸡挺起脖子、挓挲起毛，说我姑爷捎来了话：'谁敢碰倒我一根毫毛，有人叫他跪着扶起来。'那熊包立时瘪了茄子。可他在家住了两宿，偷走了我十来块现大洋，又溜走了，把我当老菜帮子晒干了。后来他两只爪子输光了，不得不回老窝来……跟我热乎了两晚上，从我手里哄出三块现大洋，说去买米打油——却又溜了。过了不两天，就有人敲门找他……"

唐百顺插了句："是孙捕头吧？"

那女人吃惊地"噫"了一声，便夸唐百顺猜对了。

唐百顺怕她马掌钉到胯骨上——离题（蹄）太远了，忙叮问："孙捕头找小耍干啥？"

那女人有些不高兴地说："要账呗！还说'人典出去，就得让别人当褥子铺；典出的房子，想另卖就得先赎回去'……这不是当着瘸子说短话吗？"

唐百顺怕她继续乱骨碌乱麻团子，连忙又追问一句"他还说了些啥"。

那女人回答："他见老娘懒搭不理，临滚球子扔下了一句吓唬人的话，说：'不还银子，我就让他背上那桩人头案'……"

唐百顺觉得孙大嘞嘞这是在进行威胁；可这"人头案"是咋回事呢？便拿话引话："孙大嘞嘞是县里的捕头，若支使犯人把小耍咬进人命案子，你后半辈可就没有正经的伴了。"

小菊妈觉得唐百顺挺体贴人，接过话茬说："就是这话！半路夫妻咋也比搭伙的强，我哪能不向着他？兔子绕山跑，总得回老窝。那天他一又蹦跶回这个窝，我就开审，让他供出被孙大嘞嘞抓住了的那条小辫子。这耍钱鬼真输钱不输嘴，瞪圆了眼珠子不认账。等我端出了孙大嘞嘞原话挤对他，他才一跳八丈高，骂孙大嘞嘞：'真吃人不吐骨头——他拿我捡的死人脑瓜骨，换了一块狗头金，就应当分给老子一半；他不但不守江湖规矩，还想从老子这副骨头棒子里榨油水……'我便盘问是咋回子事，那损鬼却又一个屁也不放了。"

唐百顺估计这是闵小耍和孙大嘞嘞翻脸的原因，可什么样的死人脑瓜骨，能换一块狗头金呢？他觉得还得继续从小菊妈的嘴里往外掏，就又问："我听说他们虽然吵了一架，却又和好了，孙大嘞嘞该不会再难为他了。"

小菊妈这回迎合："他们倒有些鬼七王八的。他有一回又没了赌本，叽咕要找孙大嘞嘞借钱。我攮饬他一句'不知姓孙的开的是狗衙门——喜进不喜出'。他倒牛烘烘地说：'姓孙的敢不借，我让他塌了胯。'"

唐百顺一听，忙问："这话啥意思？"

"吹大牛呗。他还敢动刀子！"小菊妈撇着嘴说。

唐百顺觉得再问也是瞎子点灯——白熬油，便抬腿回县城了。

唐百顺又躺到客店里的炕上了。他仔细地理起从"店里花"和小菊妈嘴里打听出来的消息：孙大嘞嘞找过闵小耍；闵小耍说孙大嘞嘞"拿我手捡的死人脑瓜骨，换了一块狗头金"；他俩在县城掐起仗，可后来又一起进了饭馆子；闵小耍打算向孙大嘞嘞借钱；还说不借就让孙大嘞嘞"塌了胯"……

他觉得应当回去汇报了。

第十八章　过大堂（上）

一

三个院的人聚到了腰院东屋，听唐百顺打探到的消息。他对大家没提孙大嘞嘞和闵小耍中间的事。大家听说哈丰阿也赶到了县衙，和毕力雄一起去找过县太爷，心里都欠开了一道缝。可大家做梦也没想到县太爷洪涛会说出那些话来。洪涛那些诬赖李宏和"三尾虎"的"杀掠俄军、掳其妻妾"的胡说八道，几乎把大家气了个倒仰。尚秀娟是进过几年私塾的，喝下的墨水不算少，便骂洪涛："信口雌黄，颠倒黑白，堂堂大清命官，竟如洋夷孝子贤孙，污辱同胞，诋毁侠义，比肩秦桧，猪狗不如……"而那三个新媳妇脸色发青，心尖子挨了一刀子似的疼：老毛子搂着勾死鬼，把我们抢出家门，白天拴在车上，晚上一次又一次地糟蹋……若不是李宏大哥求人搭救，早晚得祸害成冤死鬼！这狗官咋满嘴喷粪，说我们是那群禽兽的"妻妾"……

刚开始时，纪玉瑶心里闪开了一道缝，可很快被堵得严严实实了：姓洪的知县虽然接受了金条，可他不像一头喂料就拉套的驴……她发现屋里冷了场：师父愁，祁福、张冲、尚秀娟满脸怒，另外那仨亲妹子沁着头。她想劝大家几句，却掂量不出能叫大家宽心的话。她只好说天晚了，叫大家先回去休息。

这些天，祁福一直领孔庆贤住在西屋，连夜里喂马，捎带给东屋祖孙三代壮胆；尚秀娟便去给尹淑芝做伴。张冲要跟他倒班，祁福说"你们西院也得有个男人"，把他挡住了。

唐百顺把尹淑芝送回家，唠了几句嗑，二喷脚拐回腰院，向汤老太太和纪玉瑶汇报了孙大嘞嘞和闵小要的事，还把没花完的银两放到了炕上。

汤老太太说："刚才我们娘儿俩喳咕过了：一来不能老叫饭馆子的人送饭，二来得有人在县里当耳朵，往回报信。你们弟兄仨，属你稳重老练，想叫你断断续续地住在县城。刚才你提到的事很重要，得想法子弄清楚。只是不知你能不能离得开。"

唐百顺红着脸说："这个家还不是东家和大姐给成全下的？再说了，隔三岔五还得回来送趟信，有啥离不开的？为了搭救东家，我常住在那儿也行！"

纪玉瑶见他应承下来了，又把银子塞到他手里，还说为了李宏少受罪，还要给拿些银两"打点牢头、狱卒"。唐百顺又说了自己的想法：一定想法弄清孙大嘞嘞陷害李宏的根由。

唐百顺开始两头跑了。第二次从县里回来，报告说：李宏还没有过堂；囚犯们听说他是个能搬动"追风沙""三尾虎"的茬，都对他又敬又怕，没人敢欺侮。他还说：已经和牢头狱卒进一步打通了关节，允许自己送饭了；虽然不让说话，但已经把毕力雄写的条子带了进去，叫他"只承认逃旗和交友不慎"这两条错。

唐百顺还向汤老太太和纪玉瑶汇报：从狱卒嘴中探明，孙大嘞嘞是前任知县的红人，因为寻找屠知县的人头"擅离职守"，被新任知县贬到后新秋主簿衙门当捕头的。

唐百顺第三次从县城回来，带回了一个让人担心的消息：李宏已经被秘密审问两次。头一次，李宏供说在四平经商，可洪涛亮出了证据：李宏在四平并没有商号。根据毕力雄的意见，让他在第二次秘密审问时改供为"从蒙古旗收购牲口、皮张，贩到四平等地"。唐百顺还报告"毕力雄已经打听出底细：是孙大嘞嘞伙同闵小要告发东家的"。

唐百顺又上县城时，带去了张冲和祁福。这两个人按纪玉瑶的嘱咐"听你们唐大哥的"；唐百顺却在交代了要他们做的事，没让他们俩去窦家店住。

二

第二天上午，张冲、祁福去县城北十里外一个村子踩盘子。当晚二更便把闵小耍，从牌九桌上薅到了村外。因为纪玉瑶说过"他好歹也是'三尾虎'的借光老丈人，不看僧面看佛面，别伤损他"，所以他们俩一没动手打，二没抬脚踢，只把他带到了一个风道口：张冲用短枪苗子顶住他脑瓜门，祁福扒去了他空心棉袄，还告诉他"我们是'三尾虎'绺子的。因为你发烧昏了头，跟孙大嘞嘞勾搭连环，诬告了我们瓢把子的朋友，不得不让你好好凉快凉快"。

闵小耍会咋样面对这两个霸道汉子呢？他赌起来不要命，离开了赌场可就怕死了；何况枪嘴子舔着脑瓜门，西北风锥茬子似的往骨头里钻？闵小耍这种人，就像烫得半生不熟的荞面团子，一塞进饸饹床子，杵子一轧，就会滴里嘟噜挤出饸饹条子……

"你是咋和孙大嘞嘞，做成那笔死人脑瓜骨买卖的？"——这是张冲头一次按饸饹杵子。

闵小耍觉得头发楂子都挂了冰碴：这事只有我们俩哑巴吃饺子——心里有数哇，他们咋日游神似的记下了这笔账？这可真是"若叫人不知，除非己莫为"呀……于是，他便从怎么捡到屠知县的脑袋瓜子说起，一直说到孙大嘞嘞往回要那五两银子……"他在大街上揪住我脖领子，骂我拉屎往回坐。我就撅他腚根子，说他用屠知县脑瓜骨换了一大笔银子，自己独吞了；我还说'捡东西见面分一半，你得了银子，咋也应当吐出一半来'。孙大嘞嘞仗着自己是官差，拿'送你下大牢'吓唬我。我闵小耍可不是草扎的、纸糊的，能叫他一吓唬就水裆尿裤吗？我便亮开嗓子喊：'人头是我从周坛主坟前捡到的，那两所房子是许彪托人帮小菊他妈卖的。你有脓水敢暗算我，老子就打发人去搬许彪——他可是老子借光的姑爷子，叫他派人把你塞进冰窟窿喂王老八。'孙大嘞嘞见围上来的人越来越多，怕我把他那一裤兜子屎球子，都捆腾出来，不得不请我去喝酒……"

张冲见他冻得筛糠了，又觉得他供得还算老实，就向祁福比画，让他给闵小耍披上了棉袄。接着又按杵子似的问："你们咋合计诬告我们瓢把子的朋友的？"

闵小耍披上棉袄暖和多了，知道这是如实招供换来的奖赏；但也害怕再被扒下去，便赶紧交代："孙大嘞嘞到了后新秋以后，听说'杀了牛吃鸡'那伙老毛子，是塌了胯窝堡李宏请来了一个骑花狸豹马的胡子头，领人给打跑的。他怀疑李宏是'追风沙'手下溜边跑单帮的。他以为我在谷璧手下当过几天护教队，兴许跟李宏打过照面，让我暗下去认一认。我不肯蹚浑水，怕引火烧身吃大亏。他便答应免去那五两银子的旧账，另给我十块银洋。我怕他指山卖磨，就说'船家不赊过河钱，打猎的不见兔子不撒鹰'。他见我精明，便先付了五块银洋。其实我并没当过护教队，只在教堂挨烧前两天帮教堂买过粮和菜。等我偷偷去了塌了胯窝堡，还真认出了那个李宏：他在义和团占了教堂后，和许彪一起出入过；看样子和许彪一样，也是'追风沙'手下的一个小头目……孙大嘞嘞后来报官，抓了李宏——但我没和他一起干那种断子绝孙的事……"

"李宏是我们瓢把子的朋友，孙大嘞嘞为啥要诬告他？"这是张冲第三次往外挤饸饹条子。

"两位好汉爷，孙捕头并没向我嘞嘞他有啥黑心肝……"闵小耍怕这么回答引起不满意，惹那两位横爷又让自己"凉快凉快"，赶紧又打补丁说："我倒没少听县城里人们背后咕咕，说孙大嘞嘞拿屠知县的脑瓜骨换的银子，抵得上一块狗头金；新知县怪他吃独食，便把他发配到了后新秋分治所。虽说还是捕头，却比原先矮了半头。他为了讨好县太爷，才告了李宏，想立下些功劳，重回县衙当捕头。我掂量这些话八九不离十：县衙的捕头可是肥差。孙大嘞嘞没掉蛋的时候，差不多天天在街面上逛悠，借口查案子混吃喝、捞银子、白玩女人……"

闵小耍的道听途说，还真叨扯出了孙大嘞嘞的贼心眼：现在县衙捕头和总巡这两个美差，是穆克图双跨着。他希望立下功劳后，知县大人能把其中的一份差使赏给他。不过闵小耍的话也有水分：孙大嘞嘞确实好唠花花嗑，但白占妓女便宜的事却不多。闵小耍说他差不多天天白玩女人是泄私愤——有人拿他开心，说他不在家时孙捕头常去照顾他老婆。他还真有些相信了。他认为孙大嘞嘞岁数大，不会嫌小菊妈老；而小菊妈又是个吃饱饭就闲不住的货……

张冲把唐百顺嘱咐要问清的三件事都问过了，不知再问啥好，便捅咕了祁福一下；祁福却给了他一张晃头饼。张冲又想起了纪玉瑶说过的"他好孬也是'三尾虎'的借光老丈人"这句话，便教训闵小耍："看在你和我们绺子里的人有些瓜葛上，今天先饶了你；若是今后再帮虎吃食，给孙大嘞嘞打下锤，绝不轻饶，一颗花生米送你回姥姥家！"

闵小耍却赖着不走，央求："两位好汉，我可是顶着大北风，把一肚子干货全都倒出来了。这得说没功劳还有些苦劳吧？我原来在牌九桌上，还有些本钱的，回去可就要不到手了；他们也不能让我白磨手指头。你们两位看在小菊女婿的面上，帮我几个老本吧——这也是行侠仗义的好事……"

这可是唐哥和纪大姐都没提说过的。张冲年龄大些，想到了他是"三尾虎"的后老丈人，而且以后还兴许用得着他，就摸出三块银圆给了他。

三

年根了，唐百顺回来报告说："东家的案子，在灯节后开审。"

李宏曾经高兴地说，"一家人扎堆过个大年"。没想到他是在大狱里过的年。修家的年，却过得十分"热闹"：三十一吃过早饭，伙计三家六口人和曹小颖两口子带着兰生，就全来到大草房。他们不仅带来过年的嚼裹儿，连拜新年的礼物，也提前带来了。两个孩子换上了新衣裳，吃着姨娘们买的糖球、馃子，满地欢跑。汤老太太由四个亲姑爷陪着唠嗑。她心里想着"外甥"，嘴上说："只差老裴公母俩了。"在地上照看两个孩子的尚秀娟，忙接过话，说："桂香姐说过，初二就过来——明年过年一定更红火。"汤老太太听出了这个最小的亲闺女，在安慰自己，点点头也没说破。领着亲妹子们忙活年夜饭的纪玉瑶，听了后鼻子有些发酸：那个冤鬼多咱才能回来呢？

接神前，纪玉瑶偷空到屋外，往县城方向的天空望，盼望能有个吉兆：若有贼星从那边飞过来，"那个人就能脱灾"……她傻望了一大阵子，一个贼星也没望到。汤老太太一直注意着她，怕她一个人躲在外面伤心，悄悄地跟了出来。纪玉瑶失望地对师父说了自己许过的愿。汤老太太低声解劝："他是侠盗，不是'贼'，贼星不敢伤了他的名头——好人会有好报的。"

一过破五，纪玉瑶就开始吊皮袍子，要穿着去县衙听审。汤老太太明白她的心意，要告诉李宏：我穿上了它，这辈子就是你的人！老太太只在一旁看着，有时指点指点，却不动手，让她一个人做……

灯节后的一天，唐百顺从县城回来了，报告说三天后李宏要过大堂。

第二天，纪玉瑶带领五个亲妹子去见李村长——去年腊月底，他答应代表全村去县衙保李宏"仗义救人，有恩于百姓，无罪于朝廷"。年后十多天了，他一直没欠屁股。纪玉瑶一进屋，就发现李村长盖着大被躺在炕上，心可就画魂了：半个正月了，没听说他闹不好哇？

李村长哼呀几声，先开了腔："大侄女呀，你说我这身板咋这么不争气呢？这双老寒腿三九天没犯病，开了春却翻了脸……哎哟，疼得我下不了地，别说骑马，就是坐车也颠搭不起了……"

尹淑芝等人听了，眨巴起眼睛；尚秀娟却气得竖起了眉毛：我代你写了保单，你看了连说"好、好、好"，却一直藏头掖尾没敢离洞门；现在到了掯劲的火候，你又泡病号，想临阵脱逃……

纪玉瑶见她嘴唇直哆嗦，便使劲掐了她一把，自己不紧不慢地说：

"李村长，你不用心里感到不踏实。老话说，天有不测风云，人有旦夕祸福，谁能不加小心保养自己身板呢？老病，老病，那是说来就来的嘛。你只管在热炕头上好好歇着，不用牵挂我表弟会招来啥灾殃。他腔子里揣颗啥样的心，脚下走过啥样的路，那是天知地知人人都知的。只要老天爷不是瞪眼瞎，他就有洗清冤枉回到这塌了胯窝堡的日子……我们姐妹今天来，一是瞧看瞧看村长，二是告个辞，明个一起去县城，看县太爷咋断李宏的案子。"

她们姐妹并没有"一起"都去——汤老太太坚决地把尹淑芝留下了。她说："从来都是只许州官放火，不许百姓点灯的。为了救李宏，你们不出头露面是不行了。可衙门嘴大，老百姓嘴小。县太爷对你们说的实话，十有八九是听不进去的，还十有八九给你们加上个罪名，掌嘴、打板子、扔进监狱……淑芝有了身孕，是经不起折腾的；也得有个人留在家里，帮我照看两个孩子……你们一定要在紧要关节再吱声；张开嘴就得咬紧牙关豁出去……托生一回人，不容易；就得知恩知义、有情有义，不能白披了这身人皮！"

她那四个认下的亲闺女，一顺水地磕头辞行，含泪说"请妈放心"。

纪玉瑶觉得家里还得留下个男人，便当家奶奶似的命令祁福留下，照看三个院——张冲已经提前一天骑马去了县城。让大家没有想到的是：孟老疙瘩两口子，领了好几个乡亲赶来了，非要一同去县城——其中有那两个被抢过的闺女的父亲。

四

纪玉瑶原计划到县城后去拜见毕力雄一家，感谢他们对李宏的关心照顾。到县城就上了灯，只好作罢。第二天草草吃完早饭，她就带人去县衙。

大街上雾很大，但已经哩哩啦啦地有人走动，多半也奔向县衙。从塌了胯窝堡来的这伙人，差不多都头一次来到建安县城，但都没闲心观望路两旁的店铺，默默地跟唐百顺往前走。

县衙对提审李宏并没有贴告示，可刚到卯时，就开始有人到了，大雾弥漫的县衙门口，大门关得严严的，浓雾中看不出那门是黑是红，灰色的围墙和房墙，倒像都是黑的。

到了辰时，县衙门外竟聚集了二百多人。这些人有老有少，差不多清一色是男人；里面有些一天天无所事事，吃饱饭来看热闹的；也有些听说县衙要审的是掳去"追风沙""三尾虎"，把老毛子兵打得塌了胯的李宏，想看看他是个啥样人物。他们中有人发现站在最前面的，是六七个漂亮的年轻女人，便捅捅咕咕猜想打听，却弄不明白。个别缺一撇、少一捺的，想挤到近处贴贴靠靠，却被几个强壮汉子，不声不响地给挡住了。

洪涛在后堂听说衙前聚了不少百姓，十分诧异，传来穆克图问："缘何有如此众多闲杂人等？"穆克图认为：数十名全副武装的俄国人押送的车队，竟然被一股汉蒙混杂的绺子杀得人仰马翻，轰动了远远近近。老百姓听说要审问相关人犯，当然要好奇地来听听看看。洪涛听了不太高兴，还担心出意外，便追问："可有滋事生非之迹象？"穆克图十分肯定地回答："这些来观望的百姓，很守规矩，并无人胡乱走动、肆意喧哗；卑职为防万一，已加派衙丁巡警维持秩序，确保审讯正常进行。"

纪玉瑶已经在县衙前等待很久了。她站在最前边，亲妹子们和王桂荣围在她左右；唐百顺、张冲、孟老疙瘩等人站在她身后。她身前是一队挎着腰刀、脸朝南站立的衙丁。到了辰时三刻，雾也没有散尽，县衙大堂的那两扇红漆斑驳的大门敞开了。纪玉瑶看到大堂两侧各站着一排斜挎大棍的衙役，正面紫不溜丢的公案上方，挂着一块写有"明镜高悬"的大匾。纪玉瑶不止一次看到过这种金字牌匾，有的写着"正大光明"，有的写着"爱民如子"……她觉得这些看起来金碧辉煌的摆设，都不如那些写着"山东大煎饼"的破布幌：那是卖啥招呼啥的，并不掺假骗人。

这时，那个站在公案东侧的穿长袍的师爷，像抬不起蹄子的老叫驴，扯脖子嘎嘎地号出一声"升堂";那两排站班的衙役,便装腔作势地挺脖子仰脸,拉长声喊起"威——武——"……

纪玉瑶以前见识过这种场面,也知道这是"喊堂威":宣布审案子的老爷要升堂入座了,也是声明这里是官法如炉的公堂,任何人都得无条件地服从旗人朝廷的法令。

"威"声一起,纪玉瑶便望到穿戴着七品顶戴补服的洪涛,迈着八字步,捯着那双底像他人品一样不白,帮像他良心一样黢黑的官靴上场了。他腆着贪婪的大肚子,走向公案后的那把大椅子。他并没有立马坐下,而是先用目光,把堂上堂下扫了一圈,好像在说"我就是你们的青天大老爷"。洪涛一坐稳,跟在他身后上堂的典史和捕头也在公案西边止住脚步,两根木头橛子似的钉在了那里。衙役们也立即把"武"字的拖音噎了回去。

那些站在门外看热闹的人,对这种升堂仪式有些讨厌,认为它就像一出蹦蹦戏开台的小帽:观众已经腻歪,演员却还在装腔作势地哼哼呀呀比画,实在是六盘菜上泥鳅——多余(鱼)。

五

雾已经涌进大堂。纪玉瑶站着的地方,离坐北朝南的县太爷并不太远,却看不清他的眉眼,仿佛那张猪肚子脸,胖得把下巴颏都挤进了肥嘴唇子。她想起了这位县太爷,曾经接受过由毕力雄送去的金条,好像明白了这位父母官肥胖的原因:喝民血——纪玉瑶一点也没料错,洪涛到任虽说不久,贪狠却出了名,老百姓说他吃人不吐骨头,是头"两条腿的狼"……

惊堂木啪地一响过,县太爷紧接着便阴冷地喊了一声"带人犯";他带来的师爷,立即鹦鹉学舌般尖叫"带人犯"。纪玉瑶不禁心一忽悠:要带那个倒霉鬼上堂了……

大堂外西山墙旁边那个角门，咣啷一声开了。纪玉瑶扭头望去：李宏戴着木枷脚镣，哗哗啦啦地走过来：脸色发白，有些虚胖；瞥过两眼，下嘴唇抽搐了两下却没发出声，却点了一下头……

李宏已经得到唐百顺透给的信，知道纪玉瑶要带人来。他一眼就看到了她穿着紫红色狐狸皮袍子，心里暗暗叹息：你真是个命苦的女人！修岩是被朝廷砍了头的，你却又稀里糊涂看中了我这个逃旗的。你表明铁心跟我往下过日子了，可我多咱才能走出大牢呢？

等他身后两个狱卒把他押进大堂，按他跪下后闪开身子，纪玉瑶才看到他那灰不溜丢的后大襟上，黑圈里有个升口大的"囚"字。她的心不由得酸起来：你这个大活"人"，啥时候才能从密不透风的大牢里走出来呢？

洪涛这次公开审讯李宏，是仔仔细细地盘算过、认认真真地准备过的。对李宏已经密审过多次了，并没用刑。他认为这已经给足了哈丰阿、毕力雄的面子，也算是圆了那两根金条的金面；而且他淘弄到了一份朝廷把增祺革职的圣旨摘抄稿，语气十分严厉，和当初把林则徐发配伊犁那道圣旨比，口气严厉得差不太多。他认为增祺被一棍子打到阴山背后，永无出头之日了，自己不用对李宏投鼠忌器了。对李宏的"审"和"判"，洪涛也打好了腹稿：这次大堂公开审问，要用物证、人证、肉刑逼李宏就范，让他承认是"追风沙""三尾虎"的同伙；能达到这个目的，这个案子基本上就铁案如山了。然后就转入密审，逼他供出劫夺寿太太、庆七爷的元凶。他希望做到这一点，使自己有所突破——若把刑部挂号的大案悬案给破了，自己可就露了大脸，立了大功，就有望荣升！对李宏的判决，他准备从容些：李宏为了活命，肯定会通过毕力雄或其他人再送来更多的金银珠宝的。到那时，自己可以借口"该人并非主犯，且有悔罪坦供之行"，判终身监禁或流放。至于李宏伙同"三尾虎"劫掠沙拉尤夫斯基辎重队一事，他决定先搁置起来——抚衙发下有关府县"裁复"文告后，便没再过问，几乎为"搪塞"之举，自己不必画蛇添足。屠景操被劫杀一事，他只准备适当时间上一问——其妻已回湖南，是不会实实在在感谢自己的……

　　洪涛背后是绘着海上旭日东升的屏风，头上是"明镜高悬"的巨匾；身前公案上摆着惊堂木和令牌架，架上插着用刑的竹签。他在李宏跪稳后，开始讯问。在李宏回答了姓名住址这类问题后，便问"你可知罪"；李宏答"小人不该逃旗"。洪涛并没动怒，传令"呈上物证"。立即有负责保管证物的小吏，用个木盘托着一支手枪，让李宏过目后放到公案上。洪涛便问："尔可识得？"那是被捕时搜出来的，李宏当然无法否认。洪涛便拍了一下惊堂木，喝问："尔供逃旗后一直经商，为何私藏洋枪？"李宏并不惊慌，答道："近年兵荒马乱，俄国强盗在关东为非作歹。小民经商在外，四处行走，不得不购枪自卫；虽不合法，却是出于无奈，请大人体察下情，从宽发落。"

　　洪涛早已料到他会坚持密审中的说法，而且也早已下决心要撬开他的牙关，便骂了一声"强词夺理"，掷下一支令签，恶狠狠地喊："重杖二十！"

六

　　建安是个偏僻落后的县份。县衙过去的一些行刑方式，都不如好多大县富县先进。就拿杖刑来说，过去就是很原始的：把犯人按趴到大堂地上，行刑的衙役抢棒子就打；打得犯人连喊带叫满地骨碌，甚至有挨不起打的顽鲁犯人一头撞向知县老爷的公案，送了性命。若犯人买通了衙役，他们便把刑杖举得老高，猛落时前低后高，杖头落地嘎嘎响，杖身却像给犯人屁股按摩。洪涛大人莅任后，革除了旧弊：一是添置了"刑凳"。这刑凳，宽一尺半，长不足五尺，凳面凹凸有棱，凳腿粗壮结实；把犯人摁趴到刑凳上，前卡住下颏，后探出一双小腿。助刑的牢牢地摁住手足、摁住脑袋，主刑人站稳弓步用力抽打。这样的"杖责"，一杖抽下，上部皮开肉绽，下部瘀血青紫。不到十杖，便无力喊叫；杖至二十，往往交刀。若打四十，有死无活。不过洪大人心慈意善，到建安后只喊"杖责二十""重杖二十"，还没喊过"重杖四十"。而且，他对衙役有明确要求："杖责"必须打足数，皮须撕开，肉不重伤；令其记牢痛楚，不敢再犯。而"重杖"，一定杖落见血，过半失声；未见主审者抬手示意停刑，是其命短。而"重打四十"，追命而已。

行刑的衙役听到老爷喊"重杖二十"，不敢怠慢，把李宏按趴到刑凳上，扯下棉裤，掀起棉袄；有人抻住手脚、摁住脑袋，有人举起刑杖——虽然他们已经接受了银两，但在县太爷的眼皮底下，却不敢不假戏真唱——按着约定的"不伤筋骨，难保皮肉"，打了起来……

纪玉瑶料想李宏可能要受刑，但没料到县太爷疯狗似的，只汪汪了两声便下了口。她想起师父反复叮咛不到"紧要关节"不可出头，只好咬紧牙关，眼巴巴地看着李宏挨打：只五七杖，李宏的后臀、脊背上的内衣内裤便被撕裂，被血染红了；又噼啪几下，血便滴滴答答地落到地上。纪玉瑶心如刀绞，强忍着泪水不往外流。

李宏却没有呼疼叫痛。等到衙役把他从刑凳上提溜下来，摁他重又跪好，那洪涛又气势汹汹地喊道："本县已有尔背叛祖宗、投靠马贼之真凭实据，速速从实招来！"李宏忍着疼痛，并没倒槽，嘴硬牙坚地大声说："小民稚幼之时，随父逃旗，背井离乡，确有弃祖之错。长大经商，奔走柳边内外，违法置枪，实为自保，不敢推卸罪责。为乞求平安，也确实向'追风沙''三尾虎'送过银两，并与之称兄道弟；但实在是身不由己，出于无奈，只有委曲求全之意，绝无勾结反叛之心。"

纪玉瑶暗叹李宏是一条汉子，打得皮开肉绽也没倒槽；心里也骂他"你这个糊涂蛋，你不反旗人朝廷，可旗人的衙门却要把你往死道上推"……她想：一定又要动刑了，我是不是该往大堂上闯了？

洪涛虽然有些气恼，却没有伸手去抓刑签。他认为马胡子十个里最少有九个是滚刀肉，棍棒是撬不开他们那张嘴的；用大刑或许顶用，却可能当场毙命，那可就既断了线索，又断了财路。因此，他扭头向师爷吩咐"传证人"。

纪玉瑶向西边角门望去，那黑门却纹丝没动；她急忙扭过头再往大堂上望去：一个穿着带有"捕"字差服的半大瘦老头子，从堂上侧廊走了出来。她身后的唐百顺低声提醒："他就是孙大嘞嘞。"

七

孙大嘞嘞去年秋天，送屠景操脑瓜骨回来后，就被洪涛派到后新秋分治所当捕头去了。因为抓李宏立了功，他又得到了洪涛的重视。

孙大嘞嘞的证词是从拍马屁开始的："卑职蒙正堂大人恩典，派到分治所任捕头，决心恪尽职守，虽冒死丧生也要报答大人的荫庇……"随后他开始表功，"塌了胯窝堡发生俄兵被杀、辎重被劫大案后，卑职起早贪晚，明察暗访，侦得该案为李宏勾结马胡子'追风沙'部下'三尾虎'所为……"

纪玉瑶听到孙大嘞嘞说"……李宏伙同'三尾虎'贼众杀死俄军押运的官兵后，坐地分赃，并将所掳俄军眷属卖掉"时，险些气炸了肺子。她预料洪涛一定逼李宏供认，李宏绝对不会认同，笃定进行反驳；姓洪的恼羞成怒，一定又要用刑……她认为已经到了揩劲的时候，便向尚秀娟丢过一个眼神。

尚秀娟已经气得弯眉皱成了两个黑疙瘩，变青了的两片嘴唇直哆嗦，正望着亲姐等号令。她一见亲姐递过信，立刻带领身边的人，异口同音高声大喊："难女等人便是'被掳被卖'的良家妇女，愿向大人禀告实情！"

孟老疙瘩也立即放开喊号时的嗓门，附和地喊道："小人是塌了胯窝堡被抢被掠的百姓，愿意做证。敬请青天大老爷恩准。"

这两嗓子，有些像突然刮起的旋风：呜呜地越转越快，眨眼间就把门外、堂上的人都卷进旋涡；不仅灌得孙大嘞嘞汪汪不出声，也使不少好心人张口结舌、疑神疑鬼起来：在大堂外看热闹的人里面，有些是听到过传言的，原以为李宏、"三尾虎"是杀散老毛子强盗的豪侠义士，现在却有些怀疑了：难道他们打老毛子是黑吃黑？难道那些遭殃的人没得救，是从屎窝跌进了尿窝？而衙役们有的为洪涛暗中跷起大拇指：竟然安排下了这么些证人，这可真是神机妙算，才干远远超过了以前那些大老爷……

洪涛则被这股旋风刮得有些六神无主，或者说半喜半忧：喜的是冒出了这么些证人，有可能把李宏的罪名坐实了。他为官多年，自以为对老百姓是吃得很透的——他们除非为了报私仇，是不愿意替官家帮腔的；有的刁民还可能故意搅浑水，借机摸鱼。他望望孙大嘞嘞，似乎是问"这是怎么回事"。孙大嘞嘞掉过屁股往外看——这时雾已经快消散光了，他看到堂下那些要求做证的生脸盘，话说得虽然对知县老爷还算尊重，可眼神并不咋热火……他有些丈二和尚摸不着头，不敢冒失回话，便连个咔溜屁也没敢放。洪涛又把目光转向典史和捕头。这位典史是阚山死后从外地调来的，讲求的是明哲保身，也就是不求有功，但求无过。他低下头没有搭腔。穆克图是个直肠子汉，答了句"他们自称是被害人，应当允许做证"。洪涛听他强调了"被害人"，觉得有可能对结案有利，便吩咐"把自愿做证者带上堂来"。

唐百顺因为许多公差都认得自己是李宏的"管家"，没有动窝。纪玉瑶带领十多人到堂上跪下。洪涛见黑压压跪满了大堂，便感到不太对劲，先拍了一下惊堂木，然后威慑说："尔等听真：只可老老实实指控罪犯；如有半句谎言，按律反坐，绝不轻饶！"

尚秀娟挺直身子保证："难女若说半句谎话，请老爷立即斩首示众！"孟老疙瘩向上磕了一个头，起誓"小民说谎，天打雷劈"。洪涛心宽了下来，令"为首者报名做证"。

尚秀娟手掐状纸，却不打开，无畏无虑地大声说："难女尚秀娟系开原人，家父在祥云寨经营粮食买卖，店名聚丰隆。去年——光绪二十七年八月初九，难女被沙某为首的强盗所掳，当晚被污了清白之身。此后白日被猪羊般捆在车上，黑夜被轮番糟蹋，被害得人不成人、鬼还没死。若非有人见义勇为，在塌了胯窝堡将老毛子强盗杀散，难女等早已填了壕沟，成为异乡冤魂……却有人为虎作伥，污蔑难女等为俄夷禽兽的'妻妾家眷'……"

洪涛再也不敢让她说下去,抓起惊堂木啪地一拍,高声喝道:"休得胡言乱语——且将证词呈上。"

尚秀娟的状纸被衙役抓走了。孔庆贤等人却异口同声喊道:"我们也都是正经人家妇女,遭到了同样灾殃。恭请青天大老爷捉拿逃跑的老毛子禽兽,为难女报仇雪恨!"

那个师爷将尚秀娟的"证词"转递给了洪涛。他并没看一眼,思量起如何打发这帮可恶的"证人"。堂下的孟老疙瘩却向上叩了一个头,说:"小人孟令琼——因为怕'穷',不敢向人提起官名,乡亲们都叫我孟老疙瘩。小人是塌了胯窝堡老户。'杀了牛吃鸡'这伙洋强盗,也在我们村撒野行凶,抢走了我的老婆……"

王桂荣是个有些胆量的女人,并没被县衙的威势吓倒,还觉得丈夫今天挺争气,自己也不能落了后,便抢过话头说:"俺就是他媳妇。若不是李宏大哥的朋友天兵天将似的下界了,救了俺们,俺也得遭老毛子驴祸害了……"

门外旁听的"闲杂人等",对县太爷没问几句就恶狠狠地传令"重仗二十",都觉得有些突然;而李宏挨了一阵打,鲜血直流,却一声没喊,心里便觉得他是块硬骨头。"屁话篓子"孙捕头的"证言",引出的众难女的反证,更使他们大出意料,开始指指点点地议论起来……

八

洪涛一看主动出证的把审问搅乱了,自己反倒成了被告。他使出吃奶的力气,把惊堂木拍得暴雷似的,恶狠狠地要起威风,吼道:"无知村妇,竟敢信口开河——'追风沙'目无国法,劫杀离任知县于前,'三尾虎'滥杀洋人,犯下祸国大罪于后,均乃极恶不赦罪犯……传证人!"

洪涛要传的证人是闵小要。按着洪涛原来的计划,要在孙大嘞嘞做证后出场。在冒出的这一帮"证人"把孙大嘞嘞的证言打断，把公堂弄乱后，他决定让闵小耍上堂，证明"三尾虎"是罪大恶极的马贼头子，坐实李宏为"马贼同伙"，再把"扰闹公堂"的为首者抓入大狱，胁从者乱棍打出……

闵小耍刚上堂时有些慌乱，发现张冲等一大帮人也跪在堂上，估计他能再送给自己份厚厚的赌本，胆子立时大了不少，开始跪下"做证"："青天大老爷在上，小人下面的话句句是实：小人在'四大损'肉铺当过伙计，教堂起火那天小人确实在教堂，看到过有个人像李宏，随周坛主出入过，估计他们是朋友。后来，也就是青天大老爷刚来上任的时候，小人输光了老本，从县城摸瞎黑回家。半路上看到有伙骑马的给周坛主上坟。小人感到奇怪：上坟哪有三更半夜的？他们走后，小人好奇地到坟前去看，发现供品是个人脑袋；细端详却是屠老爷。小人可怜他一不当官就把脑袋瓜子丢了，便用原有的一块油布包上埋了。谁知孙捕头的鼻子比狗鼻子还好使唤，把那个死人脑袋瓜子讹去了，卖了个大价钱。可他不讲江湖规矩，没分给小人一分一文。请青天大老爷主持公道，命令孙捕头分给小人一半银两……"

孙大嘞嘞听了，扑通一声跪倒，一边向上磕头，一边喊："小人冤枉……"

门外看热闹的，堂上喊过堂威的，个个又惊又疑：县太爷咋安排了这么一个宝贝疙瘩做证？纪玉瑶、唐百顺却暗中得意：张冲这小子，干得真漂亮，用二十两银子就把要钱鬼的嘴买下了！

俗话说，哪个庙都有冤死鬼。这话没错！今天坐在公案后边的县太爷，就被人们冤枉了。前几天他就召见孙大嘞嘞，布置了做证的事，还叫孙大嘞嘞教好闵小耍咋样把话说妥帖。过后孙大嘞嘞还禀告过"已经安排得万无一失了"。今天闵小耍前边一大截子话，洪涛听了便不满意，但觉得还能证明李宏跟马贼、义和团早有来往，才没有打断他做证；洪涛万万没有料到，闵小耍后来却掰扯起和孙大嘞嘞的人头买卖。气得他溜齐的下颏后边，那嘟噜夆拉腮肉都哆嗦起来，连县太爷在公堂上应当保持啥样做派都不顾了，站起身指着闵小耍骂道："混账东西，竟敢蒙混本官，出尔反尔，信口雌黄！尔所谓拾得屠大人遗首定然是假，尔定与马贼罪魁为一丘之貉。即或拾得云云属实，安敢将朝廷命官六阳之首，视为居奇之物，私相买卖？速速重杖二十！"

令签一掷下，闵小耍便被按到刑凳上。耍钱鬼是没有身份、势力的，也就没人缘。摁头的把他下颏，紧贴刑凳头摁紧。伺候行刑的人，抓住他空心小棉袄后大襟，扯掉两个纽襻疙瘩，把棉袄搁起来，露出了半截光脊梁。主刑人噼噼啪啪打了起来。打头几下，闵小耍还鬼哭狼嚎地呼爹喊娘，过了七八下便昏了过去。才打到十下，行杖的衙役瞥见知县老爷抬了抬手，才把他像死狗似的拖下刑凳。纪玉瑶心中有些愧疚：我不该叫人巧使唤了他……

第十九章　过大堂（下）

一

纪玉瑶本来只是个普通的家庭妇女，虽然比较刚强，却只像一块毛铁坯。丈夫被捕被杀的痛苦和愤怒，参加红灯照的斗争和失败，同李宏相遇后情感上的起伏变化……使她这块铁被加热、烧红、锤打、蘸水，变成了一把钢刀。现在她身子跪在公堂上，可心没弯没软。她看到尚秀娟等人不怕羞辱、不计后路的表现，十分感动；她想到自己带人闯堂，若继续跪在人堆里一言不发，那还能算得上是红灯照的大师姐吗？于是她趁洪涛还在琢磨如何收场的机会，仰起头来有板有眼地说："知县大人，尚小妹和孟大哥的话句句是实；李宏和'三尾虎'等人冒死杀散沙俄强盗，救出被掠同胞姐妹，怀的是报国忠心，行的是侠义救人，咋能说成'祸国殃民'？'三尾虎'不便询问落难姐妹，托我逐个打听。被老毛子掠抢的良家妇女共二十八人，其中三人是塌了胯窝堡人，外乡十九人，或思乡恋家，或想继续修道，由'三尾虎'发给盘缠，派人送回了原籍；余下六人无家可归，有家难回，眼下暂时住在民女家中。民女已经把相关人员住所列出清单。大人可派人访查，不光能认定这伙老毛子罪恶滔天；也能够澄清事实，不致错怪忠良……"

洪涛没料到半路上又杀出来个程咬金，还派了自己一身不是，气得忘了拍惊堂木，也急得不再咬文嚼字端臭架子，破口辱骂地问："你是吃哪碗干饭的？凭啥乱插嘴丫子？"

纪玉瑶见他气急败坏了，便冷冷地回答："民女纪玉瑶，是李宏的未婚妻子；吃不上干饭时便喝粥，从来不'乱插嘴丫子'。大人若想株连，民女情愿受刑入狱……"

李宏听了回头看了她一眼。纪玉瑶对他点了点头，又继续对洪涛说："不过民女还要冒犯一下大人：请不要再骂'三尾虎'是马贼——据民女所知，他已经和那个更大的杆子头张作霖，一道归顺了朝廷，还当上了骑兵管带。虽说朝廷只赏了他六品顶戴，可大小也算得上是朝廷命官了。"

洪涛为了挽救自己岌岌可危的县太爷尊严，为了找个台阶下，正想抓几个"扰乱公堂"的倒霉鬼；可一听"三尾虎"这个马胡子头，竟然成了朝廷的管带，可就有些又惊又疑、投鼠忌器了。张作霖受招安的事，他是有耳闻的；却没想到"三尾虎"也成了受招抚的胡子头……他虽然没完全相信，可也觉得这个穿狐狸皮袍子的女人，虽然相貌平平常常，可敢率众闯堂，定然有一定的仰仗……她自称是李宏的未婚妻，却已经年过三十，肯定不是初婚；沉着冷静、口劲牙尖，倒像个大户人家主事的少奶奶……李宏是个逃旗户，还是个行商，很可能看中了她的能力，选做填房……不知她的背景，不可随意定她个"无视法纪、乱闯公堂"的罪名；可不抓个刺头，杀一杀他们的威势，难道罢手不成……

洪涛正在伤脑筋，一个在门外带队维持秩序的捕快，来到大堂，走近公案，低声禀报："塌了胯窝堡李村长，带人来控告不法之徒，横行霸道、鱼肉村民。"洪涛好像吸了两口香喷喷的福寿膏，立刻来了精神头；社长村头都是官府选中的乡绅财主，是为官府跑腿学舌的。他一定是受过李宏等人的欺侮，想借这个机会出口怨气……他觉得好像吹来一股仙风，给他送来了捆妖绳，赶紧传令"请他上堂"。

二

李村长咋又赶来了呢？

那天纪玉瑶走后，李村长半天一宿没合上眼，躺在炕上盘算：我怕县太爷怪罪下来，便食言反悔，没敢去保李宏，实在不够光彩……若不是李宏先来打招呼避难，后搬来人马救援，我家财产被抢走了的，定然无法如数认回；儿媳也一定难逃厄运，连祖先也要跟着蒙羞……我临阵脱逃、忘恩负义，今后村民会拿啥眼光看我？恐怕新褂子一上身，后大襟就被戳成了破筛子底……李宏为人大度，他若逃过这场劫难，或许会大人不记小人过，只对我不理不睬；但他那些朋友可都不是善茬子，若怪我不仁不义，我可就没好果子吃了……等到听说孟老疙瘩两口子，也要领一帮人跟纪玉瑶上县去，家里人都怪他"胆小怕事"，说"我们今后只好像四条腿的耗子，蹲在洞门里头了"。他终于把心一横：豁出去了——我只保李宏救民有功，难道县太爷还能要了我的脑袋瓜子？他召唤了几个听自己话的当家人，一同商议。这伙人有的说"老李当家的，确实对全村人有恩"，有的说"咱们若连一句公道话也不敢说，难免落个忘恩负义的名"。大家还都认为："咱们只说实话，知县老爷还能挑瘢眼吗！"李村长便跟他们饱餐一顿，连夜坐大车起程奔县城……他来到县衙门口时，正赶上纪玉瑶用那小刀子似的嘴，刮县太爷的那张厚脸皮。他听了后，感到这步棋自己走对了。他向那个捕快塞了两块银圆，求他通报……

李村长领人进了大堂，跪倒后规规矩矩磕了仨头，然后只说了一句"小人代表全村百姓，保李宏求友救人，有功无过"，然后就把保单高举过头顶……

洪涛有气无力地坐在公案后，翻弄着那张保单——代表全村保李宏的请愿书。他心不在焉，一个字也没看进他那对眼珠子里。

典史和穆克图咬了一阵耳朵，走过去向洪涛报告："知府衙门有人来，在后堂等大人商议要事。"

洪涛知道这是请自己体面地溜之乎也，便说了句"遣散众人，择机再审"，匆匆离开了大堂。

那位典史便当众宣布："正堂大人有紧急公务处理，无法分身审毕本案，尔等暂且散去；如有必要，再审时听唤——退堂！"

典史扔下穆克图，赶到后堂。洪涛板着脸责怪："不该出此下策。"典史便赔罪："小人思虑欠周，尚请大人鉴谅。"洪涛答了句"罢了"，又叹道："咳，便宜了这班刁民！"

典史那声"退堂"一喊出口，纪玉瑶便直起身子，蹿到李宏面前，颤声问："还疼得厉害吗？"李宏右手一按地，拱起身子，咧了咧嘴说："不太疼，多谢你送来了灵丹妙药……"纪玉瑶见他强挤出了一丝笑容，还说了一句打趣的话，心里有些发酸，有些后悔：我不该让他窝了一阵子火……伸出手想把他摇晃的身子扶住——可那两个管提送犯人的衙役，却抢了先，架起李宏向大堂外走去。纪玉瑶跟着走出大堂。唐百顺迎上来低声说："大姐宽心，我这就领大夫去牢里。"纪玉瑶点头站下，望着李宏被架进那个通往大牢的角门，眼巴巴地看着那扇黑角门关上了。

纪玉瑶转过身叫过张冲，掏出二十块银圆交给他，低声说："叫辆小车子，先拉闵小耍去治伤买药；把剩下的钱给他，劝他连夜躲藏起来，防备被抓进大牢去。"

她又向站在身边的李村长点下头，低声说了句"受累了"，这才带领众人离开县衙。

三

雾已经散得淡淡的了，可天并没晴利索。眼看就要到午时了，头顶的太阳虽然能看得到，却像一个掺了高粱皮子的苞米面大饼子，灰了吧唧的，没有一丝热和气。看热闹的人差不多都没散去，仨一堆、俩一伙地站在路旁，指指点点地喳喳着。有的说："那个穿狐狸皮袄的，就是'三尾虎'朋友的没过门的媳妇。人有派，嘴码子更叫响，劈头盖脸一顿炮仗，就把县太爷崩得溜回了后堂。"也有的说："那帮女人，身腰脸盘都百里挑一，只可惜叫老毛子……"立即有人截住这种话，高声说："这得怨官府骨头软，任凭洋人胡作非为。她们倒是有情有义，为了报恩不怕抛头露面，不枉……那些草莽侠义搭救了她们！"

纪玉瑶断断续续地听到了一些。她不愿听这些人继续嚼舌头，大步流星地领大家往前赶，进了一家饭馆子。她刚要向店小二发话，毕力雄追进屋里来了。

毕力雄是在师爷背后一个隐蔽地方旁听的。洪涛的这种安排，表面上是给了他面子，其实是想好好地观察一下，看他在李宏受刑、招供时的反应。洪涛对他已经有了怀疑：奉命催办、暗访，何须迁居？认为他可能不愿再为朝廷卖力，借机潜逃；他为李宏开脱，一定得到了很大好处。洪涛希图抓住破绽，即使不能罗织入狱，也要在适当时机敲山震虎，逼他孝敬一些银两来。毕力雄还没看出他的险恶用心，也没想到洪涛只问几句便对李宏用刑，打得皮开血流。他更没料到李宏的乡邻朋友义薄云天，不顾安危，轮番冲锋陷阵，把居心叵测的洪涛杀得人仰马翻，倒像这些人成了判官……

毕力雄撺进饭馆，对纪玉瑶抱拳说："愚兄毕力雄，着实敬佩玉瑶贤妹。"

纪玉瑶听他报出了姓名，态度十分庄重，还先行过礼来，急忙侧身表示"不敢当"，又迅速扭正身子，双手轻拢成拳，一上一下重放到右肋，双腿微微一屈，身子同时向前倾了一倾，嘴上说了句"二哥万福"——这是行了个女子敛衽礼；接着又说了一句告罪的话："李宏入狱后多蒙二哥眷顾。小妹来得匆忙，未能登门感谢，还请二哥原谅。"

毕力雄摆了下手，又向李村长等人作了个罗圈揖，感谢大家"仗义执言，维护了堂弟的声誉"，然后向赶来的店东说："安排三桌酒席，让毕力雄略表对各位兄妹钦仰之情。"

纪玉瑶刚说出"不可"，却被毕力雄用一句"贤妹不要驳了愚兄脸面"给挡住了。

毕力雄把李村长、纪玉瑶、孟老疙瘩等人让进一个雅间。李村长抓机会表白："小老旧病复发，本难成行；但李贤侄蒙冤，岂能坐视？抱病赶来，侥幸还没太晚。"纪玉瑶便又感谢了几句，转脸问毕力雄可是在大堂门外看到审讯情况的。

毕力雄"唉"地长叹一声，快快不快地说："洪涛与我虽不同旗，却有数面之缘，一直兄弟相称。他答应对李宏尽力关照；却不料今日让我堂侧旁听，竟突然用刑……李宏杖下一声未吭，可我的心却被打碎！"

李村长陪着"唉"了一声，却没有再张嘴；纪玉瑶则骂了一句"贪心不足蛇吞象，翻脸无情毒胜蝎"。

毕力雄听唐百顺说过她的身世，暗夸这位红灯照大师姐确实有见识：不仅推测洪涛别有用心，还提醒自己要加小心，便举起筷子说："人嘴都是无底洞。咱们别管他蛇吞象，也别理他狮子大张口；自己先酒足饭饱了才有精神头！"

酒饭用到一半时，唐百顺赶回来了，向纪玉瑶汇报："东家只是皮肉伤，大夫说半个月便可复原。"

纪玉瑶却担心地说："豆怕重茬，伤怕揭嘎……"

四

纪玉瑶一回到家，就把自己的担心对师父说了。汤老太太把牙咔咔错了一阵，才说："虎落陷阱人入牢，有威有理干瞪眼。明知是个无底洞，救人也得往里填！"

纪玉瑶便连夜从灶坑里取出几根金条。第二天打发张冲给唐百顺送去。

唐百顺立马去找毕力雄，可他已经起大早去了盛京。唐百顺怕自己出面惹出麻烦，只好等他回来。

洪涛那天溜回后堂，好像王八掉进了灰堆——连憋气带窝火，一连两天没有升堂理事。他感到李宏一案使自己骑虎难下：悬起来往下拖，就等于承认刁民在堂上把自己驳了个体无完肤，丢尽了县太爷的威风脸面；若判李宏有罪，只有"逃旗"和"私藏洋枪"两项罪名可以成立，实在有些单薄、勉强……他挖空心思，想掘出个锦囊妙计，可结果却像屎壳郎钻进了牛粪盘，翻跟头打把式地忙活了一大阵子，折腾出来的却全是啥用不顶的粪球子！他暗骂自己黔驴技穷，便找来师爷一同谋划，采取了两项措施：一是对纪玉瑶呈上的清单置之不理——核实了也等于给李宏脸上贴金；并且派人去奉天探听消息，想弄清"三尾虎"是否已经接受"招抚"。他希望并无其事，自己便可以把"马贼同伙李宏"判成重刑。第二是传见孙大嘞嘞……孙大嘞嘞那天当堂做证，满以为可以立下汗马功劳，捞到奖赏；却不料闵小耍竟然乱抢咕嘟耙，把一台好戏搅得稀屎混粥。洪涛大老爷就像一个变戏法的，满以为能变出个三条腿的金蟾，毯子一揭开却蹦出个四条腿的癞蛤蟆！县太爷借个台阶溜回了后堂，孙大嘞嘞愣愣怔怔地忘了挪窝。等到张冲和老板子把"哼哼呀呀"的闵小耍往外架时，他才想起这个耍钱鬼把自己和县太爷都给耍了，便瞪圆眼珠子想过去骂几句出出气。穆克图已经知道他在拱墙根，又见他想吆五喝六，摆捕头架子，气便不打一处来，冷嘲热讽地说："孙大捕头，您功劳不小哇！正堂大人快下令让我伺候您了；到时候可得高看卑职一眼，别叫我这个老部下打了碟子、丢了饭碗哪。"

孙大嘞嘞那张脸红得像猴腚，讪不搭地扔下句"总巡不要开玩笑"，便鞋底抹油——溜了。

他回家蔫了两天，又被洪涛一句咒语把他拘去了。洪涛把他狗血喷头般骂了一顿，命令他道："五天内拿出李宏实乃'三尾虎'同伙之铁证。若无功而返，必治尔以朝廷命官之首讹诈其眷属之罪！"

孙大嘞嘞心里害怕，暗骂"仗势欺人"，却不敢不磕头应命，还巴结地出了一个馊巴主意："请老爷密审闵小耍，恩威并用，或许能抠出些干货来。"

洪涛暗骂自己"聪明一世，糊涂一时"，没有把闵小耍及时收监；现在只好亡羊补牢，传令穆克图带人去抓。穆克图连跑带颠奔顺山屯，却扑了个空。洪涛听到回禀，顺口骂了一句"废物"，接着发令"还不火速追捕"。穆克图知道自己嘴小，没敢吭声。他带人扑腾了几天，连闵小耍的影子也没瞄到。他硬着头皮回禀，又挨了一顿狗屁呲。

到了五天的期限，孙大嘞嘞并没露面。派人去他家传唤，家里人说三天前就去了后新秋。洪涛派人骑马去拘。分治所的主簿却说："他说县衙令他查一桩大案，已经好些日子没来应卯了。"洪涛听说后又恼又急，拍案大骂："这个老王八羔子，难道虎头钻进了酒篓，畏罪潜逃了不成？真是小车子赶进了荒甸子——没留一点的辙！"去奉天探听消息的人给他带回来的，却是"蛾子瘪十——有缓"：以张作霖为首的马贼，虽然已经接受招抚，但两圣——圣母皇太后和光绪皇帝，还没下旨钦准。那位师爷便向洪涛建议：机不可失——一旦圣旨颁下，"三尾虎"的旧账便一笔勾销，无法再说李宏通匪……洪涛也怕夜长梦多，点头说了句"有理"。

五

当晚便密审李宏。师爷先念准备好的供词，逼李宏画押。李宏一口拒绝，立时被"重杖二十"。李宏旧伤还没痊愈，便被揭掉了嘎渣，疼得龇牙咧嘴，但仍然咬定"为了经商安全，确曾拜见'三尾虎'，送给银两，请求保护"，坚决否认是同伙，更不承认"为'追风沙'卧底，密报前任知县行踪，将其劫杀"。洪涛便下令"夹棍伺候"。李宏干腿棒子被夹得彻骨钻心地疼，"哎呀"一声昏了过去。被冷水泼醒后，李宏仍不画押；洪涛便下令"再夹"……在李宏第三次昏迷过去后，洪涛只好命令属下：乘他不省人事，抓起他手指头，在供纸上"所供是实，永不翻悔"的下边硬按了上去。待将李宏泼醒，洪涛便念起判词："……身忝旗籍，全无敬祖之志；心怀鬼胎，更有忤天之行。逃旗于前，早已铸成大错；媚盗其后，岂容宽恕薄罚？藏枪卧底，孽子已成贼子；资盗杀官，帮凶亦为元凶……念其先人或曾有功于定鼎，姑蠲死罪，只判流刑；去宁古塔终身效力，赎不赦罪来世更生。”

李宏被拖回大牢后，狱卒连夜给唐百顺送信。唐百顺又惊又急，立刻请大夫到大牢给李宏疗伤。两天后毕力雄从奉天一回来，唐百顺忙不迭去见。

毕力雄那天送走纪玉瑶等人后，也担心洪涛再对李宏用刑逼供，便去找穆克图摸底。穆克图是个直肠子蒙古族汉子，加上很佩服李宏的侠义行为，不仅透露了洪涛借这个案子捞取政绩、抬高声誉的私心，还暗示毕力雄已经遭到怀疑。毕力雄为了搭救李宏，保护自己，立即上奉天去走增祺的后门。他觉得增祺虽然已经免职，但奉天巡抚、昌图知府都是他的老部下，依旧会听他的招呼。他到奉天把请安帖子递进去后，又等五六天才有个书办来传话：“愚叔被革，深居简出，闭门思过，不便会见贤侄，亦不敢以戴罪之身向省巡府守赘言。异日若蒙圣上恩复，愚叔理当过问一二，以慰贤侄不辞辛苦远来慰问之劳。”毕力雄碰了个不软不硬的钉子，却又不得不喝下这碗闭门羹，灰头土脸地回到建安。

毕力雄听了唐百顺的汇报后，劝他不要因为没及早把金条送给洪涛而后悔。他雇了一辆小车子，随唐百顺去塌了胯窝堡，和纪玉瑶商量。

纪玉瑶担心洪涛不等李宏伤好便逼他动身，使李宏在押解途中丧生。

毕力雄便又与她一起到法库门军营，和哈丰阿商量。

哈丰阿听说增祺已经推手，只好陪毕力雄和纪玉瑶去昌图府走动。经一位刑名师爷的手，向知府送了四根金条。知府虽然没太看重那点金子，却很重视伊拉里氏三兄弟是增祺族侄这层关系。他让师爷传话：“不便重审，暂不批复，相机转圜。”哈丰阿和毕力雄对“相机”一说不太满意，纪玉瑶担心“李宏掐在洪涛手里，什么意外事都可能发生”。那位师爷很看重到手的那根金条，觉得不能无功受禄；又知道府尊要给哈丰阿、毕力雄面子，便表示“刑房即日明示建安县衙：‘此案重大，府衙明谕下达之前，确保相关人员安全。’有这项公文威慑，谅其不敢妄为。”纪玉瑶这才比较放心地回了塌了胯窝堡。

六

洪涛的心有些像水车上的戽斗子，上下翻腾。他接到了府衙刑房的回函：开头说"贵县判流李宏之案卷呈至录存待复"——他读了倒还心平气和，报到府衙的案卷当然要登记存档，等知府大人阅后才能批复的。接下来的却是"曩日贵县密报匪情，言及'李宏勾结马贼劫杀俄兵，掠其辎重，掳其妻妾，祸国危邦，罪在不赦'，而今定谳何一言未涉焉？虽府尊或不见疑，而乡绅生员、市井斗筲安无庇袒之议耶"——这几句话就像闷棍似的劈头盖脸打了过来，惊得洪涛脊背后直冒凉风。他反复看了几遍，认定是府衙那些刀笔吏受了贿赂，却摆出一副公正认真的面孔，责备自己包庇案犯，实在是阴险至极……他读到末尾的"本案既多牵掣，详按颇需时日；复示之前，务防案犯不虞之变。如有意外之事，勿谓言之不预"等语，软瘫瘫地把身子仰到椅子靠背上：自己想快快把李宏远远地甩出去，看来是很难如愿了……眼下当务之急，是补充维持原判的有力证据。洪涛又想到了孙大嘞嘞。孙大嘞嘞却像倒槽驴放出的哑巴屁，不仅无影无形，而且无声无息了……

孙大嘞嘞那天挨了顿臭骂，领命五天内交出李宏通匪铁证，却没立即采取行动——他认为这是大嘴丫子老爷强人所难；他想听听洪涛对闵小耍恩威并用的结果，从里摸出些门路。他一连等了两天，听说闵小耍已经钻进荒山野岭的耗子洞，没了踪影，才不得不离开了县城。

他骑在马背上，心随着晃晃悠悠的身子翻来覆去地琢磨：塌了胯窝堡是唯一能探听出李宏底细的地方，可那疙瘩的男女老少，差不多都把李宏看成救苦救难的菩萨，从他们嘴里是抠不出半句有用的嗑的。如果五天内没法交差，自己还能傻了吧唧地回去领罪吗？老话说，好汉不吃眼前亏，只好来个三十六计走为上了……可藏个一月两月不难，长期趴风的地方却不好踅摸……

太阳快压山时，离分治所衙门还有三十里左右了。前边树林子上空传来野鸟叫声。他抬头望去，发现半里外路上有个骑马的在往前颠搭，身上好像还背着渔网一类的东西。他并没有生疑，还挺高兴在这段背路上有个伴，便抖缰绳往前追。眼看就要追上了，却突然从背后蹿上来两个骑马的，一左一右把他夹在了中间。孙大嘞嘞觉得情况有些不妙，左右扫了两眼，发现一个人挺眼熟——竟然是那个从大堂上把闵小耍往外架的人……

孙大嘞嘞不愧是个老捕快，一点也没看走眼。这两人中的张冲，确实是跟他打过不止一次照面；而张冲等人，是专门来伺候他的……

大年初二时，裴友财领周桂香到塌了胯窝堡拜新年，不仅说到了"三尾虎"已经接受招抚，而且圣旨一到就能当上骑兵管带，成为六品武官；他还和张冲、祁福暗下合计，要趁孙大嘞嘞回家过年的机会，到县城把他掏出来撕了，出出肚子里的恶气。纪玉瑶听到了风声，呵斥他们"不许胡来，落个越帮越忙，招惹出更大的麻烦"。可过大堂时李宏被杖二十，孙大嘞嘞疯狗般胡掏乱咬后，张冲一回到家就串通好了祁福，说要去看看裴友财、周桂香在"摩挲仙"那疙瘩过得咋样，还说要求裴友财去问问"三尾虎"，看他有没有高招救出东家。纪玉瑶正在为李宏着急上火，正像老话说的到了病急乱投医时刻；觉得自己派人去问，上了官瘾的许彪不好直接回绝；裴友财去敲敲边鼓，他若不愿出手或没法帮忙，倒好下台。她便答应了。

张冲、祁福见到裴友财，暗下里你三言、我两语就拿定了章程。

周桂香听说丈夫要去找"三尾虎"搭救李宏，高兴地说："老天爷眼睛雪亮，让我们几个落难的姐妹都摊上了一个好主——你们几个都像李大哥的亲兄弟！"祁福低声说了句"秀娟还孤身一人"。周桂香认真地说："就凭她在大堂上那股子冲劲，老天爷也不能薄待了她，一定有个好人正等着她。"

张冲、祁福、裴友财上路后，先添置了一些东西，装扮成凿冰打鱼的样子。他们开始在路上蹲坑。在第三天下晌，终于瞄到了孙大嘞嘞的影。

裴友财绕到前边去，骑马不紧不慢地堵住路；张冲、祁福悄悄地缀在孙大嘞嘞马后。等到进入了一处荒僻路段，张冲、祁福突然加鞭，夹住孙大嘞嘞；裴友财勒马掉头，迎面奔了过来。孙大嘞嘞虽然是个老捕快，有些胆量，可事情发生太突然，而且年龄也大了些，还没把腰刀亮出来，便双拳不抵六手，被三个壮实小伙子扯下马、堵上嘴、捆上了手脚。张冲把孙大嘞嘞横在马上，领头离路穿林越野，趸摸到一条河，凿开一个打鱼人留下的冰眼，把孙大嘞嘞塞进冰窟窿；又换个地方，把渔网、冰镩子也塞进河里。

三个人见四处朦朦胧胧、静静悄悄，也不多唠，立时各奔前程：裴友财把孙大嘞嘞那匹马连在身旁，准备半路上卖出去，给"三尾虎"买些礼品。祁福和张冲快马加鞭，赶回塌了胯窝堡，向纪玉瑶汇报："老裴姐夫已经去找'三尾虎'大当家的去了。"

七

牙狗争风夺食，常常咬架。乍开始，它们往往相隔两三个狗身摆下战场：都把两只前爪子微微向前探出，间隔比平常行走站立时要宽些；两只后爪子牢牢挠住地，尾巴耷拉下来护住后裆——这就像两个人要以拳脚或刀剑比高下，都先把两只脚不丁不八地站牢，摆好可攻可守的架势。接着，原来狂叫的狗，头都低下来，两眼虎视眈眈地盯住对方，龇着牙哼哼起来——这就像两个决斗的人，一边向对方示威，一边寻找对方的破绽。等它们有一方抓住了机会——往往是经验丰富的老牙狗；或者有一方等不及了——往往是阅历不足、比较年轻的小牙狗，一场大战便开始了。这时，不管进攻一方，还是防守一方，都张口没好牙，伸腿没好爪子……

过去和现在，官场上的钩心斗角都和狗掐仗一个味，但由于官分大小，而且官大一品压死人，小官不得不把保护自己放在第一位，轻易不敢还口动爪子。

所以洪涛这个知县，一发现知府向自己哼哼起来，便断定知府大人收到了更多的金条。他不敢访查李宏向知府送了多大的注，也不愿在县衙里傻等挨屁股板子，而是要千方百计保全自己。他命令典史和穆克图，把捕快、巡警都"恩威并用"，撒到全县搜集李宏通匪铁证。这些人忙活了一个多月，搞到的材料却驴唇难对马嘴，只能证明李宏是"三尾虎"的朋友，曾把"三尾虎"搬到塌了胯窝堡消灭了那伙老毛子，没有一条能把他们拴到劫杀屠知县这条麻绳上。

洪涛对手下人的无能十分恼火，可也对府衙一直没横眉竖眼挺宽心——可能是因为自己送去了更多的金银珠宝……

刚过了清明的一天午后，洪涛正在后堂和师爷品茶，隐约听到院外有人马走动声响，接着就从大堂传来一阵吵闹声。他刚想叫师爷前去察看，穆克图就闯进屋报告："大人，有个自称'奉天巡防营管带许彪'的，要……请大人会面。"洪涛听说来人只是管带，便问"可有拜帖"。穆克图答了声"没有"，又补充说："卑职是被弟兄招呼到堂上的。那个人坐在大人升堂理事的座位上；堂上站着他带来的十多人……"洪涛发火了，叱责："尔身兼捕头、总巡两职，理当带人将其驱逐！"穆克图无法再掩掩遮遮，不得不照本实说了："他们没穿号衣，却都端着洋枪，已经把县衙当值人员全下了家伙；而且县衙已经被他带来的马队围得水泄不通……"那个师爷倒有些学问，记性也还不错，站起身惊恐地说："东翁，虎有三尾则为彪。这许彪便是'三尾虎'哇！若其尚未投顺朝廷，则为'匪'——我们已经成了他们手中的'票'；若其已经受抚，则是'兵'——秀才遇到兵，有理说不清。老佛爷对拳匪，尚时而称'义民'虚与委蛇，时而斥为乱党鸣鼓诛灭：足见伸屈皆视形势而异。大人虽为朝廷命官，却不可与兵、匪争高下，令后宅宝眷受惊扰；可屈尊临卑，以礼相见，谅渠辈亦不敢过分放肆。"洪涛似乎也想起来了：有人说"三尾虎"名唤许彪。却不料这恶煞找到自己头上来了，想不出面应付恐怕也是不行了……

八

许彪是在去年秋后，带六十多人投奔张作霖的。在两人密谈时，张作霖拿出五千两银票，说："你上次走了以后，增祺干打雷不下雨，不给名号，不换装，也不发饷，却给圈了驻地，弄得绺子快断了粮。我想起了你求我从新民掏出几个人的事，便打发几个弟兄，在眼线的帮助下，去给你说的屠景操老婆一家当脚夫，赶车送他们扶灵入关……"

屠太太托店东雇到一辆大车和一辆小车子。上路走了十多天，车在一个小山沟里停下了。缀在后边的六七个骑马的人冲上来后，亮出刀枪，把屠太太拽下车，从怀里搜去了银票和金条。屠太太一见金条、银票全没了，一个狗吃屎跌在地上，趴在那儿没喊没动。屠绵早就在车上哆嗦得打起牙帮骨。倒是如雪还有些胆，出溜到车下，一边磕头，一边哀求："各位好汉饶了太太和……我们夫妻吧，饶了我们一家的狗命吧……"

那个赶小车的老板子，忽然变成这伙红胡子的头目，有些意外地说："没看出你比老母狗和小狗崽子还像个人……"说到这，他从车上把屠绵扯膀子押下车，骂道："你是人吗？她是你爹的侍妾，你却天天晚上把她搂在自己的被窝里！我……"

如雪见他要动拳头，急忙爬两步，抱住那人的腿，仰脸哀求："他……是我丈夫。你打我吧——他书生底，弱身子不抗打……"屠绵也结结巴巴说出了几句实话："她……是我老婆。我妈把她赏给了我，还说……'先糊涂睡，进关没了知道底细的人，你再公开收房'……"

那个人收回拳头，对这一家人先骂了一句"官宦家都是驴"，才又说："我知道你们手里还有一百多两银子；交出一百两来，饶你们命。"如雪急忙站起身，从屠绵身上翻出两个大元宝，交了出去。那人便发令"把棺材弄下车"……

在人马车辆临走前，那个红胡子头目留下一句话："一年内想离开这个地方，不出三十里就有人拧掉你们脑袋瓜子！"

屠绵和如雪见那些人走远了，才想起屠太太还趴在地上，忙去往起搀——却已经死透了……

张作霖接着说："我知道你守着'追风沙'的规矩，不乱杀人，叫去的人留了活口……那个姓屠的老婆的怀里，还真挺有油水，光银票就揣了十万两挂零。这五千两的银票，是我留给你的。"许彪坚决不要，还说："没叫他把老百姓的血汗钱带走，我就出了那口恶气——绺子不是还挺紧吗？多少还能顶点用。再说了，我是空着手来投奔瓢把子的，一点见面礼都没带，哪能一来了还无功受禄。"

张作霖对他挺满意，叫他照旧带原来的人马。不太久，许彪跟他一起接受了招抚。虽然已经改编，但还没有正式授职。他一听裴友财说李宏受自己牵连被投入大牢，受了重刑，气得连连跺脚，但不敢擅自离开官府划定的临时驻地；想和张作霖商量，也需经过批准才见得到。等了一些天，快要到谷雨了，他才有机会去张作霖公馆。他偷偷禀报，"……请大当家的设法营救"。不料这位以义气闻名的大杆子头，却晃起脑袋瓜子，还夹七杂八地说起风凉话："这个'追风沙'我倒有耳闻，也是个人物。他把人马交给了你，你若救不了他，一定会有人骂你为了混顶红缨帽子忘恩负义……江湖上都知道他不是我的朋友，也都知道我现今官不官、匪不匪，没有那么大的面子。再说了，你小许子向老张我讨主意救他，谁都不知道我答应没答应，都不会指我脊梁骨说三道四。"

许彪若是心眼活，就能明白这是暗示："你想咋干就咋干，何必让我来表态。"可他实心眼，还以为这位大当家的是怕引出麻烦来，便有些无奈地说："老当家的，我若还是从前没拘没管的'三尾虎'，早就带人把'追风沙'大哥从大牢里劫了出来。可现在我是你老人家的马前卒，救自己朋友也不能乱搅和，得考虑会不会影响整个绺子的前途。"

老张——张作霖从拉杆子起，一直到他当上了东北王、大元帅，东北的老百姓中有很多人，背后都是这么称呼他的—— 一肚子鬼心眼，却喜欢手下人死心眼，便放宽口风说："小彪子，你这头老虎有三条尾巴，咋只有一个脑袋？打猎的，对付三条腿的瘸虎，若用画地为牢当大铁笼子，它就再不蹦跶了吗？我现在是想黑瞎子蹲仓猫一冬，可这个树窟窿，里里外外少说也有九九八十一对眼珠子，盯着我没法睡实在。老子能不眯缝眼睛留些神吗？怪只怪我那些老朋友、新朋友，忘了哑巴画眉不值钱，没有一个敢叫唤的！"

许彪这回全听明白了，立刻作揖告辞——可他还没走出院，身后又传来骂声："你给我听清楚：老天爷不下银子，我拿啥关饷？只要还没挂下巴颏，就给我关上营门天天操练，别放那帮小兔崽子成群结队溜出来，往老子眼睛上贴膏药！"

许彪听了心想：这是骂我给外人听，暗下还给我支了着。他便假装生气，头也不回，出门上马就走……

第二十章　乱麻地里没正道

一

许彪回到驻地，并没莽莽撞撞把人马拉出去，而是关起门操练，暗下派人去建安打探。过了几天，打探的人回来汇报：县衙密审，对李宏用了大刑，屈打成招，判了李宏流放宁古塔——正等着府衙批复；一批复了，便起解李宏。许彪又气又急，命令挑出的三十多人，连夜分散出营；自己也骑上花狸豹马上路——而留下的人，继续闭门操练……

被老张称为"小许子"的许彪，现在正坐在县衙大堂的那把太师椅上，拧着二郎腿；公案上的惊堂木，被他拨拉到了地上，手枪明晃晃地摆在那个地方。他见穆克图扶着个七品的官老爷走进大堂，后边还跟着个穿长袍子的老头子。他虽然没欠屁股，却向部下吩咐一声"给他弄个座"。

洪涛见他穿了件蓝缎子半截身对襟夹袄，腰上不伦不类地扎了条青布腰带，根本不像一个管带；但板着铁青脸，让人想到他就是带人劫杀了屠景操的"三尾虎"，确实让人发瘆。这时候，许彪的人抬来那条刑凳，放到公案前许彪的斜对面。洪涛心里明白了：自己这个知县虽说还不是阶下囚，可也有些像老猫爪子下的小耗子。他清楚没本钱讨价还价，便拱拱手坐到那条血迹斑斑的刑凳上。穆克图和那个师爷站到洪涛的身后——虽然也离了将近一丈远，却还算保全了官场上的体统。许彪发现洪涛迈步时腿已经发软，却还能端住架子，没有讨饶，觉得应当再吓唬他一水子——便盯着他的胖脸说："你这个县太爷倒有点福相，肥头大耳，脖子也挺粗实，不像你的前任尖嘴猴腮、小脖细长，一搭眼就知道是个短命鬼。"洪涛头皮直发麻：这家伙一定是亲手砍了老屠的脑袋，现在打量起我的脖子，可不是开玩笑。他赶紧讨好："管带大人英姿雄发，愿为朝廷效力，前途无量。"许彪听他称自己为"管带大人"，还说自己"愿为朝廷效力"，分明是绕弯子教训自己顺从朝廷才有前途，便说："我这个'管带大人'是流水账写到瓢尾巴上的，还没经那金口玉牙恩准，真有些二条不叫二条——两说（梭）着。可老子不咋急，也不咋上心。就是给老子套上了紧箍，一不顺心也照样去当'三尾虎'，在沙坨子里爬上爬下，在大草甸子来来往往。哪个王八犊子，敢对老子说半句噎脖子的话，老子立马拧断他的脖子！"洪涛听出了他在向自己叫阵，不敢再说饯毛的话，客客气气地换了个话题："贵管带光临鄙衙，不知有何见教？"许彪见他扔土坷垃探动静，立时竖起眉毛，说："你咋还闭着眼睛嘎巴嘴——假装说梦话？老子是来接朋友李宏回家养伤、过太平日子的！"洪涛明知故问，听了当然并不意外；他从许彪没叫自己下跪、侍立，而是赏了个"坐"上推测，许彪还是顾忌法度的，准备拿它作为挡箭牌，便硬着头皮说："贵管带，要保释李宏，本县理当从命——然李宏逃旗在先，私藏洋枪，律所不容；且李宏已招供科刑；若无上峰谕令，实难枉法允诺。"许彪听他不允，抓起公案上的手枪使劲一摔——虽说响声不如拍惊堂木脆生，震慑力却更大些，骂道："放屁！原告血口喷人，已经穿了兔子鞋，不敢露面。'招供'的说法，你还敢提？那是你把他夹昏后偷着按了手指头，比屈打成招更恶毒！老子种地出身，知道你这块乱麻地里没正道，偏要抡镰刀砍出条顺溜路。我这把枪就是追魂炮，比你们上峰的狗屁响得多！来人——"他那些站在堂上的部下，立刻高喊了一声"有"，手中的枪齐刷刷地对准了洪涛。许彪接着发令："去牢里把李大哥接出来；把这个狗官一起带走，找个地方让他们对证明白。"就在两个端枪的走向洪涛时，惊出一裤兜子冷汗的洪涛，惶恐地说："管带老爷息怒！穆克图带路去，请出管带老爷的朋友。"

　　穆克图领四个端枪的走了。洪涛一摊泥似的颓倒在刑凳上，觉得脑袋重逾千斤，脖子虽粗却也支撑不住，耷拉在胸前。许彪稳稳地坐在那把太师椅子上，瞪圆眼睛向外看。等看到李宏被弟兄们搀扶着走出门，他才站起来对洪涛说："大丈夫敢作敢当。你告诉你的上峰，是我把受冤的李大哥接走了。你今后若再敢没缝下蛆，就是钻进耗子洞躲起来，老子也要掘地三丈把你逮到手！"

　　许彪领人走后，洪涛由穆克图扶回后堂。他和师爷反复商量，才拟出一份报告，说"一自称'三尾虎'许彪者，率百余持洋枪之人马，冒称奉天巡防队，袭占县城，冲入县狱，劫走在押犯人李宏。捕快巡警寡不敌众，器不如敌，追缉不及"。派人送到昌图知府衙门。知府经验老到，闻变不惊；暗下派人去奉天探听相关消息；得知增祺在免去盛京将军后，招抚了张作霖。朝廷业已恩准，不日即有明旨颁下。知府大人心中有了底，便不动声色。等了一个多月，便得知增祺因招抚张作霖有功，官复原职；张作霖实授奉天巡防队标统，许彪也当上了六品管带。知府这才派一名师爷到建安县衙，面责洪涛："身为一县正堂，理事何其懵懂？误信无稽之市井流言，酿成哗然错案；激怒向善之草莽人物，几坏朝廷招抚大计！"这阵暴雨冰雹，连浇带打，使洪涛不得不再聪明乖巧一次：向师爷塞了一根金条，请他带份重礼给知府。果然是无病不死人，有钱能通神。那位师爷这才和缓了语气，训导说："太尊仁厚，言尔心存社稷，尚称职守；偏听失察之过，举错不当之误，暂不追究。而今而后，自当勤勉谨慎，勿蹈覆辙。"洪涛千恩万谢送走了府衙师爷——还派穆克图带人护送。他领师爷到了后堂，才发泄一肚子怨气，说："我这个知县还咋当？刁民无理搅闹，马贼仗着几条破枪任意欺人，知府衙门更骑在我脖颈子拉屎！"那位师爷宽慰说："东翁，生逢乱世，只好苟安。且失之东隅，当收之桑榆。大人尚需振作精神，于任内有所作为——不求加官晋爵，亦当为他日归隐山林有所筹措。"洪涛长出了一口气，微微地点了一下头。

二

却说那日许彪走出大堂，见手下人正把李宏扶上蓝布篷小车子，远远近近的墙角、门后都有人探头探脑，觉得今天的事不能打一面的官司：让县衙任意颠倒黑白。他便传令："大队人马分散打尖，照价付钱；向店东、客人说明我接走李大哥真相：洪涛错抓、错打、错判了我的朋友，现已不得已认错放人。"然后走到小车子跟前，和李宏唠了几句，就带领几个人护着小车子先上了路。

许彪的部下，明白了他的意思。三个一堆、五个一伙，分散到各个饭店，一边买饭买菜，一边诉说救走李宏的缘故。

唐百顺正在县里照看李宏，听到了风声，骑黄骟马就撵；见过许彪，便扬鞭催马回塌了胯报信。

那些打尖的，半个多时辰都赶上了队伍；还给先上路的带来一些干粮。许彪怕李宏受不了颠簸，一直跟在小车子左右，吩咐老板子"路平快赶，路孬慢行"。这条路经哈拉沁屯奔新民的，老板子是个老把式，拉车的骡子又快又稳，掌灯的时候便到了哈拉沁屯。打前站的已经包好了饭店、大车店，打尖喂马只用了不到半个时辰。再上路时，拐上了奔塌了胯窝堡的路。由于路差天黑，走得慢了许多。快四更时还离塌了胯窝堡有十里左右。许彪接到前哨来报："有人迎接。"他立即提马赶到队前。

前来迎接的是祁福、张冲，已经下马并排立在路上。两人见"三尾虎"骑着花狸豹马走了过来，便双手高擎松树明子火把，高声喊道："张冲、祁福奉大姐纪玉瑶之命前来迎接，感谢'三尾虎'大当家的和各位大哥搭救东家！"许彪已经当了三年的杆子头，立刻明白了纪玉瑶在按绿林里隆重的"远迎九里，三次报名"的礼节来迎接自己和弟兄们；急忙抱拳回礼："许彪和兄弟们来迟，愧不敢当。"张冲、祁福喊了句"大当家的吉星高照，一路顺风"，回身上马，扯转马头，分别走在路的两旁，把火把照亮中间的路。许彪便提缰走在路的中间，跟在他们的马后。

又走出三里左右，孙老二和孟老疙瘩一手牵马、一手举着火把，又同时开口喊道："大姐纪玉瑶和全村乡亲，感谢各位好汉把李大哥从冤狱中救了出来！"许彪勒住马抱拳还礼，答："不敢当。请二位乡亲上马。"孙老二、孟老疙瘩并不上马，说"我们先看一眼李大哥"。等小车子过来了，便和李宏打了招呼，牵马跟在车后。队前的张冲、祁福，继续举火把倾向路中，在前进中给许彪引路。许彪带队伍走到离塌了胯窝堡三里来远的地方，看到路边站着一男一女，身边有人打着火把，身旁有人牵着马；给自己引路的张冲、祁福勒马停住了。许彪急忙跳下马，把缰绳甩给了身后的马拉子头石玉璞；快步向前走了几步，这一回却是纪玉瑶一个人脆生生地喊道："李村长和小妹纪玉瑶恭迎大当家的光邻，敬谢各位兄长救回李宏！"已经站稳脚跟的许彪，挺身抱拳，朗声答道："许彪等人，不敢当此大礼，来迟之过，尚请大师姐和亲朋好友见谅。"纪玉瑶见他还礼，还称自己为"大师姐"，急忙侧了一下身，说："小妹不敢当，请大当家的上马。"

若论年纪，纪玉瑶确实比许彪大，而且是李宏的"表姐"，是可以自称"愚姐"的；但按江湖规矩，在杆子头面前，岁数再大也不能当着他的兄弟面拿架子，而要谦虚地自称"小弟""小妹"。否则，就是对整个绺子不尊重。因此，纪玉瑶侧身表示不敢受"三尾虎"的礼，坚持自称"小妹"，使许彪身后的弟兄们十分高兴。许彪也对纪玉瑶更加敬重，又谦让了一阵才领先上马；纪玉瑶也飞身上了尚秀娟为她牵的马；李村长却是被扶上马的。纪玉瑶、李村长在前引路。许彪跟着走了二里多路，见村口笼着好几堆火，好几十人举着灯笼火把站在路旁，便叫身后的石玉璞向后传令"下马步行"，自己也跳下马。欢迎的人点燃了挑着的灯、手里的二踢脚，噼噼啪啪连声不断，哐哐当当震耳欲聋，惊得天上的贼星乱躲乱藏，四周黑乎乎的山头也都摇晃起来。等鞭炮声刚一断流，许彪向前跨了几步，向人群作了个罗圈揖，大声感谢："有劳各位父老乡亲，深更半夜迎候许彪和弟兄们，我们万分感谢！李宏大哥是我们的老朋友。把他从冤狱中救出来，论情论理我们都应该应分。"纪玉瑶刚向石玉璞打听完他们这两天的行动，忙不迭接过话说："乡亲们，咱们的恩人连轴转，马不停蹄跑了四百多里！赶快把他们请到家里吃顿安稳饭吧！"

于是，村民们欢叫着围过来，你争我抢，拉拉扯扯，把许彪的人马拽了个精光——许彪料想纪玉瑶已经安排妥帖，又觉得应当叫弟兄吃顿安稳饭歇歇了，便没有拦挡。他见灯笼火把向村里散去，由近到远又响起了鞭炮声，真有些像过大年三十夜里接神一样热闹，便笑着对纪玉瑶说："大师姐，你的人马把我的弟兄都俘虏去了。我和石玉璞只好向你讨几口饭吃了。"纪玉瑶有些得意地说："若不是大姐有话在先，你们俩也会给抢走的——糖球嘴一送回喜信，村里人便扳倒两口猪，说一定要和你们吃一顿庆功的团圆饭！"说到这，她想起还没来得及看李宏一眼，转身便奔向小车子。她见李宏正逼祁福、张冲扶他下车，便伸手拦住他说："冤家，到了家还逞哪门子干巴强？快给我稳稳当当地坐着！"李宏缩回了身子，却抓住了她的手，着头不着尾地说："玉瑶，你的心都因为我揉搓碎了。今晚你张罗得忒棒了！"纪玉瑶见张冲、祁福拉老板子走开，便把两手轻轻地抽回来，低声说："是妈的主意。心里成筐箩的嗑，以后慢慢唠；别叫人笑话咱们俩馏年糕。"

三

李宏和许彪并排坐在顺炕放的桌子南边，汤老夫人和李村长分别坐在另一边的炕头和炕梢。纪玉瑶见石玉璞不往前凑，扯膀子把他按到李村长跟前，自己也斜着身子坐在师父身边。汤老太太是一家之主，起杯感谢许彪救出李宏。纪玉瑶见石玉璞没摸酒盅，便说："兄弟只管搁，有大姐在这疙瘩，你们大当家的是卷毛狮子，也不敢对你龇牙咧嘴！"石玉璞解释："我一打跟随瓢把子左右，便牢记职守，不再沾一滴答酒。"李宏夸了一句:"小石子真有板性!"站在地上伺候人的尚秀娟,磨身去盛了一碗饭,添了一碗猪肉炖粉条,放到石玉璞身前。其他人轮流坐庄,说的都是场面上的话。酒过一巡,纪玉瑶给大家满上酒,说:"你们慢慢喝,敞开地唠;我得陪李村长到各家给弟兄们敬杯酒。"李村长忙附和说"就是,就是",同纪玉瑶一起离席出屋。尚秀娟见石玉璞那碗菜快光了,就拿碗去添菜;回来想给他再盛一碗饭——他却摆下筷子,说了句"两位当家的和大娘慢用",下桌到外屋地去了。尚秀娟跟来,劝他"躺炕梢歇一会儿"。石玉璞低声说:"两位当家的唠嗑,我还是不去挡嘴的好。"尚秀娟找来一个凳子让他坐下,自己站着陪他唠嗑——隔一会儿就到屋看看,添添菜。

李村长一走,东屋三个人的嘴上就没了遮拦。汤老太太提起毕力雄、哈丰阿出头向县衙、府衙求情送礼的事,许彪便骂洪涛"心黑手辣,吃人不吐骨头"。李宏讲起了纪玉瑶、尚秀娟等人在大堂上使洪涛当众出丑的情形,讲起洪涛紧接着密审自己、动用大刑、假造口供是"想堵住老百姓的嘴、找回县太爷的面子,保住顶子"。许彪发狠说:"真该砍下那个狗头。"汤老太太却说"杀官就是造反,万万不可莽撞",接着问起了许彪的处境。许彪把来建安的经过说了一遍。汤老太太有些担心地说:"张老当家的老谋深算,是块乱世英雄的料。可你这回大闹建安县衙,把李宏接了出来,却可能埋下祸根。"许彪却像猪八戒吃小葱——全不择胡(在乎)地说:"大不了我再把人马拉出来当'三尾虎'!"李宏掂量了一阵,说:"老张这个人个子矮,眼光亮。他有意让你出来救我,一定是哑巴吃饺子——心里有数。他算定了官府不敢拆他台柱子。"

这时候,尚秀娟点着了灶火,进屋端桌子菜回锅。许彪看她有些眼熟,想起裴友财说过:那六个宁死不回家的姐妹中有个想要带发出家的,便问:"老当家的,这位妹子就是大堂上抢先开炮的尚姑娘吧?"李宏应声"是"。汤老太太打补丁说:"秀娟在我那六个亲闺女中,最叫我心疼:粉捏成似的人,水晶般的心,不济的命和要强的性子,都有些像我那两个徒弟!"

等尚秀娟端上了菜，许彪挺直腰板，向她拱手说："愚兄像敬仰大师姐、二师姐般佩服小老妹。常言说，老天不负好心人，山穷水尽花又红。小老妹一定会有个好光景的。"

尚秀娟没想到响当当的"三尾虎"会这样看重自己，还委婉地劝自己不要再有落发的想法。她急忙放下菜，收回手，稳住身子，向许彪深深一福，激动而诚挚地说："大当家的抬举小妹了——若不蒙大哥们搭救，秀娟早已不清不白地填了壕沟，成了冤魂野鬼。亲妈、亲姐和表哥反复开导，今日又得大当家的兄长般地教诲，秀娟不会再胡思乱想，让大家揪心分神了。"

石玉璞在外屋地听得囫囵半片，等尚秀娟一回来，他就问："大师姐我见到了，二师姐是个啥样的人？"尚秀娟是听亲妈亲姐叨念过的，便回答："叫'翠兰'，在烧教堂时遇害的。"石玉璞觉得完全明白了：老当家的相好女人，原来都是姨娘的徒弟！他又觉得"三尾虎"当家的，把这个"粉捏成的人"，和大师姐、二师姐相提并论，倒也不过分，便有些讨好地说："那我就该尊称你为'三师姐'了！"尚秀娟听了挺受用，却有些嫌他声大了些，便白了他一眼，低声责怪："瞎咋呼个啥？孤男寡女的……好像人家愿搭讪似的。"石玉璞连忙回了一声"对不起"，不再出声。不过，外屋地的小油灯虽然昏暗，他却发现她在白自己那一眼时，嘴角上是挂着笑痕的。他离开塌了胯窝堡后，还常常回忆起她的嗓音和笑痕，以为这位"三师姐"并不真讨厌自己。

午后送走了许彪，纪玉瑶就吩咐唐百顺套车，亲自陪李宏到蒙古旗"摩挲仙"处避风——防备洪涛再把李宏抓进大牢。

四

李宏在蒙古旗一住就是小一年。其间纪玉瑶多说一月、少说十天便来瞧看一趟，几乎每次都领一个亲妹子，捎带看看周桂香。纪玉瑶和李宏，人前亲亲热热，背后搂搂抱抱；分手时难分难舍，常常挨着肩膀头牵着栗骟马，黏黏糊糊十多里路。"摩挲仙"说"李宏的伤已经好了，可以回家成亲了"——可由于洪涛还在建安当县太爷，还扫听过李宏的去向，两个人才没有拜天地。原来打算去敲木鱼的尚秀娟，却要吃喜酒了。

石玉璞去年随大队人马回去后，一闲下来眼前就出现尚秀娟故意板起笑脸白睐自己的小模样；耳朵就响起"瞎咋呼个啥"那句有些拿捏人的话。熬过了一个多月，正式当上了巡防队骑兵营警卫排长，换上了新军装，石玉璞就在许彪管带跟前念秧："不知老当家的伤养没养好？他一定对咱们牵肠挂肚。"许彪也记挂李宏；还觉得石玉璞可能还有没说出口的事，便叫他"跑一趟"。

石玉璞到了塌了胯窝堡那天，纪玉瑶领孔庆贤、柳玉梅下地薅苞米苗子去了；唐百顺等三人正在忙着侍弄小杂粮。汤老太太领两个孩子坐在炕上，陪着客人唠嗑；却发现小白脸排长眼珠子，一个劲地往外屋地骨碌——尚秀娟正撒着欢忙乎饭。汤老太太便猜出了六七成。她旁敲侧击一打听，石玉璞便供说还没订婚。晚上汤老太太便偷偷跟纪玉瑶说了自己的猜想。纪玉瑶心里不愿意亲妹子找个给朝廷卖命的主，可也觉得自己不能硬打横，决定让尚秀娟自己梦自己圆——第二天早上，让尚秀娟送石玉璞去瞧看李宏。

刚上路时，尚秀娟夹个包——里面是纪玉瑶捎给李宏的几件单衣服。她不紧不慢走在前头；石玉璞牵着马跟在她身后，离着一丈多远。离开村子一里多地后，石玉璞撵上去，横隔着四五尺，斜盯着尚秀娟的耳朵丫子，试探地问："三师姐，你咋没和大师姐一块下地干活呢？"尚秀娟暗笑他装不住老实相了，又捡起那晚上逗哏的话头，故意漫不经心地说："亲妈亲姐向着我，不叫我下大地。"石玉璞见她赏脸搭了话，便打开话匣子："边外这疙瘩开生荒，跟咱们开原种地不一样。清明前后放火烧掉野草，抠去树茅子；谷雨开犁扣高粱、苞米、黄豆，接着起垄糠谷子；小杂粮可以一直稔弄到立秋前。种下的地光薅不铲，只在小苗一拃高时打完单棵稂一遍，就等秋后收粮食。"尚秀娟觉得他心眼挺够用：这几句送过的嗑，不仅跟自己套上了老乡，拉上话来近乎，还表白了是庄稼院出身，不是好吃懒做的二流子——绺子里是有些游手好闲的二半破子的。尚秀娟想顺藤摸瓜，便问了句："那你咋投奔了这边外的绺子？"石玉璞便自报家门，诉说起身世："祖上留下了一垧多好地，父亲领哥哥精心侍弄，不愁吃穿，所以自己能念了几年私塾。后来这块地周围的田，都被一个财主买去了；我家送粪、进犁杖的地头子都拱没了。我爹无奈只好把地卖给了那家财主，跑到边外榜青。四年前我父亲去世后，自己不愿再翻土坷垃，十八岁就当马拉子……"

尚秀娟听出了他在向自己放风，自报今年二十一了。她觉得他挺透珑，便把脚步放慢些。斜眼扫了他两眼，觉得他披了一身新老虎皮，倒也挺挂架；若是命大，兴许还能抓挠大一点的官……

说话间走出了十来里路。石玉璞看尚秀娟俩腿捯得慢了些，便献殷勤请她"骑马走吧"。尚秀娟心里喜欢他体贴人，嘴上却有点犹豫地说："亲姐倒是领我练过骑马——不然迎接你们那天，哪敢让我当马童？只怕你的马欺生，把我甩下来。"石玉璞大包大揽地说："由我牵着，保准你像坐轿似的安稳。"他把马牵到她身旁。尚秀娟却挑眼拨刺地说："人家虽说是你们打火坑救出来的人，你也不该说这种话——让人家把你的马当轿。"石玉璞这才发觉自己说话走了板：乡下的大姑娘，只有出嫁时才坐轿的。他顾不得擦脑门上急出的汗疙瘩，连讨饶带解释："是我发昏说错了话，请三师姐千万别怪罪。我……也算是边外人，没有那些乌七八糟的瞎说道。我们许管带把小菊嫂接到公馆，连他都对遭过劫难的小菊嫂一个心眼尊重，我若是对遭过难的人有半点不敬，那我不是……不是安上尾巴就是驴了！"尚秀娟这才完全放了心，又白了他一眼，低声说："虎掏个啥！还不快点扶人家上马！"石玉璞好像接到了圣旨，低声喊了声"谢主隆恩"，双手掐住她小细腰，一猛劲就把她举上了马鞍子……

这以后，石玉璞接二连三到塌了胯窝堡串门。到过年时，他们已经要瓜熟蒂落。许彪在正月前来给汤老太太拜年，其实主要是为了提亲。汤老太太和纪玉瑶能不答应吗？说"亲妈亲姐最多只能当一半家"，还得看生父生母那一半的意见。许彪看看李宏，便把和尚秀娟父母沟通的事，委托给李宏了。

许彪一走了，李宏就和尚秀娟唠起去她家的事。尚秀娟红着脸说："你上一次去把我得救的事，告诉了我爹妈，他们就希望我能回去；我一来对他们造成了我被害有怨，二来对你们这感恩不愿离开。对⋯⋯这件事，亲妈亲姐都点头了，其实不告诉他们也行了；从长远想，你去一趟也好，我可以跟我妈长见面了。"

李宏去祥云堡，到了尚家。在酒桌上，尚秀娟的父亲尚礼，听了李宏的话非常高兴，一再表示对李宏的谢意；李宏长叹一声，说小二年来自己并没对家里家外有啥贡献。尚礼就一再追问："这话咋讲？"李宏就说了进大牢、被判刑、朋友搭救、外乡躲避的经过。尚礼知道了救李宏的是石玉璞的瓢把子，现在成了辽宁巡防队的要员，对石玉璞也更满意了。李宏便说："如果你们同意了，下月二十前到塌了胯窝堡，一起送秀娟到奉天。"

五

李宏来时，从塌了胯窝堡直接往南奔柳条边，经法库到的祥云堡。回去时在通江口过了大辽河，到内蒙古看了几个朋友，来到了大辛哈拉。他想要看看周诚的坟。他知道周诚是周凤鸣的叔父，在他十来岁时靠叔父养大成人。周凤鸣去世后，还有人管他的坟吗？他想去看看——他和纪玉瑶是商量过的：结婚后老老实实守在家中，不再顾那些"闲事"了。

大辛哈拉是个大村子。有蒙古族人，也有民人。一个蒙古族女人见到他，好像有些眼熟，但一时又想不起来，就跟在了背后。当李宏向一个民人老头儿打听"您知道周诚的坟在哪疙瘩——他的侄叫周凤鸣是治病先生，曾住在这疙瘩"时，那个穿蒙古族衣服的女人便大声说："你是李宏大哥吧？"

　　李宏看有人认出了自己，急忙细看那名女人：四十来岁，蒙古族人打扮，却说着民人的话。见那人认识自己，自己也感到似乎在哪儿见过，一时蒙住了。那女人又说了一句"我们在塌了胯窝堡见过"。李宏想起来了：她就是那个被老毛子半路上截住的道姑！忙说："真对不起，我竟然忘了！"

　　那女人向那位民人解释："谢谢这位大哥，帮我认出了故人。"又转过身叫过一个抱着个五岁左右的孩子的蒙古族汉子，脸上有鸡蛋大个黑记，对李宏介绍说"他是我的男人"。那人笑笑，点了点头，并没出声；看那样子，倒挺憨厚。那人又对她男人说："他从塌了胯窝堡来的，咱们请客人回家。"她丈夫便抱孩子在前领路。

　　在蒙古族地界碰到了缘木，这可以说是异乡遇旧；这个故人身上却有好多奇怪：当年的名妓出了家，被老毛子祸害后曾表示继续修炼，可她却找了一个论长相盖不过大面的人做丈夫！他看出了她想招待自己，他也想听听她的秘密，便牵着马跟着她往前走。

　　缘木散人陪李宏缀在于得水的后边，低声说了自己原来的身份；经历了那场劫难后，觉得没法再回庙，便还了俗。自己也认识到了，只有过自食其力的日子，才能心安理得，所以选了于得水这个丑八怪，希望能跟他平平安安地过一辈子。李宏听了，感慨地说："真没想到，你们'二姐二妹'，竟然都走了这样崎岖的路，爬过了一道大陡坡，还都让我意外地碰上了！"

　　徐二妹惊讶地问："你见到过她？"李宏点点头，便简要地说了逮二姐并没走远，在哈拉沁屯被烧锅掌柜的留下了。后来阚山发现踪迹，丧心病狂地想剪草除根。她在投奔自己求帮的路上，被张喜瑞追上了，却又被"三尾虎"等人遇到，带回了营地。自己没法不管，又不得不谨慎，便认她为义姐，替她在后旗买了三间房。她不久跟一位蒙古族牧民成亲，过起平淡舒心的日子……徐二妹十分惊异感慨，对李宏说："我一直猜不透你是个啥样的人，现在总算明白了……"李宏说："我只是个没出息的逃旗户。在逃避中跋涉，在跋涉中挣扎……但愿也能像你们，有个如意的归宿。"

李宏到了于家，又和于得水、缘木喝了半宿的酒。第二天由缘木带着孩子，给李宏领路，为周诚烧了纸、添了土。他看周诚的坟还不算荒凉，以为缘木照看的，便说"她心眼好"。缘木却说："蒙古族人不忘旧，有些怀念他们医过病的人，逢年过节给周诚坟上添几锹土；我听说是周凤鸣的叔父，才来了两次。"

李宏不知他们叔侄在那边能不能见到面，说了些不知有用没用的话，才离开大辛哈拉。

六

李宏领裴友财、周桂香在二月十八这天赶回了塌了胯窝堡。尚家夫妇已经坐小车子到了。二十这天，大车拉着嫁妆，两辆小车子分别坐着尚秀娟和纪玉瑶、秀娟爹妈，李宏领张冲、祁福骑马。

颠簸了一整天，到了奉天，住进石玉璞安排的旅馆。大鱼大肉地住了两宿一天，二十二把尚秀娟送到了石玉璞新租的房子——招待在一个饭店。

李宏张罗和纪玉瑶、张冲他们一起回塌了胯窝堡。许彪和小菊生拉活扯把他留下了。那些有头有脸的老弟兄，轮班宴请老当家的，肉山酒海地闹腾了好几天。

李宏是住在小菊家的。谈唠中提到了闵小耍。李宏说："这个人虽说不务正业，倒为我出过力，帮纪玉瑶把县衙对我的公开审问，硬给搅成了一锅烂稀粥——他也因为我，二十大板没挺下来，就昏了过去！"小菊告诉他："闵小耍一等张冲领他裹完伤，就把他赖上了，硬逼张冲把他送到了我的家。等他养好伤，我那个主，给了他一些钱……可后来才知道，他半道上就赌光了；还去了一趟塌了胯窝堡，朝张冲赖出了五十两'养伤银子'做赌本。许彪去接你出了大狱后，回来说'得把他们放到眼皮底下了'，派人把他和我妈，不管亲的后的，都接来了。"

李宏是认识许彪妈的，那是一个勤劳善良的女人，估计是看不惯那两个人的；摇摇头，却没出声。

小菊接着说："我知道他们一个好吃懒做不正经，一个游手好闲总要钱。我不爱惹闲气，更不愿婆婆暗里上火，便对那个主说'我不能挡你当孝顺姑爷，但不能让他们跟咱们一锅搅马勺'。他就给租了房子，出钱叫他们自己过……"

李宏低声夸了句"只有这么办，日子才能过清静"。

小菊叹了一声，说："可也没咋清静了——给他们的钱，月月不够花，姓闵的倒不出头，总打发我妈来伸手……前些天他倒是来过，说是刚从老家回来，扯咕了不少熟人的事，提到了东河套一个开过店的姓刘的，家里人被小鬼子给挑死了一个……不知道是不是刘半仙大叔家里的事……"

李宏在"摩挲仙"那儿养了一年来伤，好像进了深山古洞，忘了人世红尘。一到新民才听说：去年腊月末，小鬼子和老毛子在旅顺口掐得天昏地暗。外国人在中国地盘上打仗，使好多老百姓挨了枪子，做了冤魂；可昏庸的朝廷却轻飘飘地表示"局外中立"，还把辽东划为"交战区"，把辽西定为"中立区"。但日本鬼子把这些话当狗放屁，正调兵遣将，要在奉天一带跟老毛子杀个你死我活。他还听许彪说："建安是咱们活动过的地方。现在日本兵开始在那疙瘩活动开了。"

李宏到现在为止，虽说还只贴近"而立之年"，却对船场、四平和建安，都有不可磨灭的记忆。船场是他生身之地，有他的根。四平给了他初恋的欢欣，可也在心头上刻下了丧失的迷惘。而建安，不仅是他拉起绺子驰骋的舞台、洗手的金盆，还有他受刑被囚的大牢；特别是在这块土地上，苍天有眼，使他遇到珍爱他的未婚妻，却又眨眼间生离死别了……他已经从内心里割断了和清廷的关系，准备跟纪玉瑶厮守终身了。他一听小菊提到的姓刘的家的事，觉得很有可能就是刘半仙家出了事——东河套开过店的人，没第二个姓刘的。他很关心刘半仙这个老朋友，还惦记周坛主的女儿盼福。他觉得自己在哪疙瘩，都是"酱缸里的肘子——一块闲（咸）肉"，便拿定主意去那里看看，弄个明白。

第二十一章　弱国百姓砧上肉

一

春分过了三四天，李宏起大早骑上栗骟马，离开了新民镇。

这是个天晴气暖、无风无浪的好天头。上路后的李宏，心情却有些忐忑忑忑，担心刘半仙家出了啥意外事……

他骑着栗骟马，紧跑快颠，日头爷快落时赶到了刘半仙家。

李宏拴好马走向房门。一个穿着素色衣裳、鞋上蒙着孝布的小媳妇迎了出来，招呼了声"大叔来了"。李宏认出了是盼福，而且看出她已经刮过了脸，是跟玉吉圆过房了；心里可就咯噔一声，想：难道真是怕啥就有啥？她娘家爹、娘家妈都走了好几年了，难道是刘半仙两口子里谁出了事？他应了声走进东屋，却见刘半仙从炕沿上挺起身让坐——他老伴盖着被，躺在炕头上。李宏的心可就跳得嗵嗵的了：周坛主两口子已经离开人世好几年了，盼福的公婆还都活着，她还能给谁戴孝？他不能不问明白。李宏坐下，指指跟进屋的盼福的脚，问："刘大哥，这是咋回事？"

刘半仙用袖头子按按没有泪水的眼眶，伤心地说："玉吉……你那大侄，没了……"他老伴扭过头，看看李宏，眨眨那双干干巴巴的眼睛，张开了嘴——像自言自语，又像发问似的说："玉吉，我那玉吉还没到二十岁呀！壮得像头牛，可老实得像个小兔羔，从来没有伤损过人的；可他咋会活活给人挑死了？我是哪辈子盗过墓子、扒过庙、抱别人孩子跳过井呢？"

刘半仙劝道："我不是说过了吗？不关咱们的事，是皇帝无福民遭罪……现在是群狼啃青（清），说不定咱们哪一天，都得成冤死鬼的……"

他老伴嘟嘟囔囔："土埋了大半截子的人，死活一个价。可盼福花骨朵才裂开嘴，就成了半边人！玉祥才几天不穿开裆裤？就跟咱们扯成串，上奈何桥吗？"

盼福穿着绷了孝布的鞋，忙挪动两只脚，走到婆婆头前，伏身宽慰："妈，你别老往窄处想，得好好地将养自己身板。我一定替玉吉孝敬你和爹；扒下这身皮也要把小弟帮衬大，让他成家立业，把咱们老刘家的香火传下去。"

老太太无力地叹了一口气，不再吭声。

李宏看了，听了，嗓子眼就像堵了棉花团子，啥话也说不出来。

刘半仙对儿媳妇的话很感激，点了点头，便打发盼福"去给你大叔拾掇点饭"，随后向李宏叙说起了飞来的横祸……

刘半仙住在东院，在西院开小店；生意好时有些盈余，客人少时也够一家人嚼啃，比他一个人卖嘴时强多了。去年冬天为了一家人忙里忙外方便，给盼福和玉吉圆了房。两人已经一桌吃了好几年饭，做了夫妻更加亲热。盼福平时领十四岁的小叔子玉祥在东院看家；店里忙了，就过去帮着摊煎饼做菜。小店在从县城去双辽的大道边，生意还挺兴隆，日子开始宽绰起来。一个月前的一个晌午歪，一群鬼子兵闯进店里，抓住刘玉吉就往屋外拽，说"辽河的带路的有"。刘半仙担心儿子年轻，答对不好东洋兵，撵出屋要自己去领道。鬼子兵嫌他人老腿脚慢，不但没答应，还一把将他搡了一个狗吃屎，磕掉两个门牙。

玉吉跟他爹去过河东，倒是能摸准路，领鬼子兵奔向了大辽河。

一家人提心吊胆了半天一夜，也没等回刘玉吉。吃过早饭，刘半仙刚想拔腿去探听消息，辽河边上连环泡子的一个摆船的老头儿，送来了凶信……

刘玉吉领着鬼子兵，傍晚时到了辽河沿。见辽河还没开，冰面上淌着"沿滴水"，他领着鬼子兵绕了一大阵，也没找到可以踩冰过河的地方。这时天眼看擦黑了，对岸冒出一伙老毛子，乒乒乓乓开了枪。虽然没伤着人，可鬼子兵的头却发起火，诬赖刘玉吉是"探子"，喊了一声"死了死了的有"。他手下鬼子兵个个如狼似虎，立刻有几个端枪就攮……报信的说："村里人听到叫喊声，可黑天瞎火的，不知道鬼子兵走没走，谁也不敢去瞧看。今早我领几个人过去，认出来被挑死的是刘先生大少爷……我叫人找领炕席遮盖上了。"

玉吉妈和盼福、玉祥，呼天喊地地痛哭起来。刘半仙流着泪去求车，把玉吉尸首拉回来，连夜攒了一口棺材，埋到西南坨子里……

玉吉的死，使李宏联想起老毛子的烧杀奸掳，觉得刘半仙这个算卦的，说出的"皇帝无福民遭罪"和"群狼啃青"，倒是大实话。这样的朝廷，挺不了几天了！晚上躺到炕上，他又听刘半仙说："前两天鬼子兵在县城，一气杀了二十来人，连县太爷也被传去挨了审。"他心里又是一惊，决定到县城看看。

第二天早饭后，刘半仙送他上路。往南走出村子，刘半仙指指西边的坨子，伤心地说："大小子就睡在那疙瘩。"李宏扭头望去，只见西南风卷起一股一股灰黄的沙尘，却看不见刘玉吉这个刚十八岁冤死鬼的坟头。

二

和刘半仙分手后，李宏上了马。他骑马奔县城，能不想起县太爷洪涛吗？他想起洪涛后来密审时，对自己先打后夹，趁自己昏了过去，被"摁了手指头"。他觉得姓洪的这损兽，是该挨收拾的；但他是大清国的地方官，小鬼子哪有"审"的权力？这个正黄旗出身的官，该不会丢了国家的脸面吧？

李宏是条漏网之鱼。他知道自己的"囚徒"身份，还没正式勾销，所以，他对进县城不能不加些小心。骑马离县城七八里时，他便勒马慢行；等看到有人从县城走过来，便下马打听："县城里还平静吗？"一听说"这两天日本兵没再回来，商号都开板了；穆捕头一走，捕快巡警也都没了精神头，上街盘查也都一马二虎了"，他这才放开胆子进东门。进城后，他牵马沿箭杆街走了一小段，觉得还是不和衙门里的人照面好，便拐进小胡同，绕弯走到毕力雄家。

毕力雄这二年大兴土木，不仅把那三间瓦房换了盖，开起杂货铺；还在店后盖了一家老小住的三间土平房。原来吉利肉铺那三间土平房，也推倒重盖成了一面青的门市房，开起了他的第二家买卖"丰隆粮米行"。

在李宏蹲大狱时，毕力雄逢年过节都领夫人去送些酒饭，所以毕夫人认识这个小叔子。她惊喜地把李宏迎进屋。李宏向大娘请完安，十多岁的毕茂便给老叔打千——毕力雄在边外安下家后，便对外不再提自己是旗人，也不再用"伊拉里"这个姓氏；按好多旗人改成民人姓氏的套路，他觉得自己名字中头个音"毕"字，和姓氏中的"伊"字音相近，就姓起了"毕"。他儿子乳名叫"茂"，姓名就改成了毕茂。毕夫人打发毕茂"把你爸找回来"。

李宏陪老夫人唠了几句家常嗑，便打听县城近来发生了些啥乱糟事。毕老夫人揪心抓肝地说："老疙瘩侄呀，你说这世道是不是要天塌地陷、到了大限了？先前在北省赶上老毛子发兵抢地盘，就像黑瞎子进了屯，挨家挨户拍房门，闯进屋不是掐脖子，就是舔脸蛋子。多亏鲍乌兰，豁出自个儿保全了这个家……满以为搬到了这个背旮旯子了，能过几天太平日子，却又冒出了一伙子小鬼子……"

李宏应和说"谁说不是呢"，讲起了刘玉吉被小鬼子一顿刺刀挑死了的事……

娘儿俩搭搭咯咯又唠了几句，毕力雄匆匆忙忙赶了回来。两个人边喝边唠，李宏又问起了县城出了大案的事。毕力雄"咳"地叹了一声，低沉地说："这帮可怜虫，若不是听了姓洪的话，起大早离开县城，很可能躲过这场劫难的……"

几天前的晌午，十辆大车打通江口进了建安县界。除了车把式外，还有十八位老客。他们有的侧歪身子坐在车上，脸朝东北；有的摔摔打打跟在车后，扭着脖子，后脑勺对着西南——分明都在躲扬洒沙尘的老旱风。

他们有的穿着缎子面薄棉袄，有的六块瓦瓜皮帽上嵌着玉帽准……都和边外的老百姓两拧劲。这是一伙哈尔滨的老客：带着毛皮、药材，坐火车南下，想到京城发大财；可火车到开原就闸下了。沙俄、日本十多万大军在奉天附近对圆了阵。别说铁路，连大道都掐断了。这些人惜命更爱财，雇了大车，结伙奔建安，想从科尔沁大草原奔赤峰或承德，到北京圆上发大财的梦。

他们进了建安县城，住进窦家店；两个为首的掌柜的，带了一件貂皮筒子和两支老山参，去拜见县太爷，想探听一下形势，请教下步咋走更安全。

洪涛收下礼物，兴致勃勃地发起高论："诸位走南闯北，阅历见识确非凡响：弃虽近而险之路，取虽远却安之途，实乃万全上策。朝廷审时度势、高瞻远瞩，已明谕关东三省督抚府县：日俄均虎狼之邦，船坚炮利而不知礼乐。彼等于皇舆之内大动干戈，如鹬蚌相争，各图其利。我皇清礼义上国，安可生坐收渔利之念？当局外中立，不偏不倚。故划辽东为'交战区'，任其相互杀戮。本县治下，幸为'中立区'。虽有两夷小股人马出入，然凛于我大清国之照会，彼等亦不敢惊扰商旅。而蒙古旗更在两辽之外，夷人敢窥而不敢临，安如世外桃源。本县治所距蒙古旗仅数十里耳，君明日大可从容发轫，缓缓而行……"

这些哈尔滨老客，吃下了洪涛回赠的安神定心丸，放心大胆地歇下；有的人还把银锞子送给账房李大先生，请他招来"店里花"取乐……

第二天辰时末，这些老客才张罗起程。车刚套好，十来个鬼子兵闯进了窦家店。

三

李宏听到这，想起洪涛曾把沙俄强盗劫掠的民女诬称俄夷的"妻妾家眷"，愤愤地说："洪某真乃倭夷走狗。"毕力雄点点头，又介绍下去……

小鬼子在盘查中发现，这些哈尔滨老客不仅有大清国的行商证明，还有俄军发的通行路引。这支日军尖兵的小队长，便说他们是俄军探子，下令"统统地绑了"。那两个为首的掌柜的，一看形势不妙，从后窗跳出，翻墙溜了出去，到县衙求救。洪涛一听说，便派捕头穆克图去窦家店解围。

窦家店在北裤裆街西裤腿道东，五间门市房是饭店。这窦家店北是大门；宽敞的大院，停车喂马。院北七间房，中间北边是更房，更夫郑老麻子黑天白天都住在这里。西头三间，南北大炕，是穷旅客住的。东头三间没北炕，放了一大排料缸，是老板子住的。院南也是七间，腰间的小南屋是账房。两侧走廊南各有三个大单间：炕北的屋地摆着八仙桌，住比较高贵的客人；北侧是用木板隔成的小单间——唐百顺过去来县城，就是住的这种小单间。

穆克图知道洋人骄横粗野，路上提醒自己要心平气和，别发叽歪。一进窦家店大门，他便看到东洋人在翻弄那十辆大车上的木箱、口袋；十个老板子拄着鞭杆子，惊恐不安地挤在一堆；而那十六个哈尔滨老客，在刺刀威逼下跪倒在地：头触地，背朝天，浑身哆哆嗦嗦，像一群就要挨刀的羊。

穆克图走到日本人跟前，先抱了一下拳，问候了一声"东洋的军爷们辛苦了"，然后自我介绍"在下是县衙捕头，奉知县大人之命，来向各位解释一下误会"——他指指那些跪着的人，接着说："他们都是大清国正经商人，从哈尔滨坐试运行的火车到开原，不得不求俄国人开通行证。请各位体谅他们的无奈，放他们上路。"

应当说穆克图的话，说得够低三下四的了。日本人也看出了他是官差，却没把他放在眼窝子里。那个鬼子兵小队长说他"你的包庇俄国探子"，摆摆手让他"滚开的活命的有"。

穆克图这个蒙古族血性汉子，多咱受过这种窝囊气？他大声说："这里是大清国，是中立区，你们不应当到这里来。我是奉知县大人的命令，来和你们交涉的，你们咋无法无天、蛮不讲理……"

这时鬼子兵的大队人马到了，可也不足五十号。那个小队长，恭恭敬敬地向一个大官敬礼后，咿里哇啦地说了几句，可能是汇报。那个鬼子大官瞪了穆克图一眼，流利地说起了民人的话："我是大日本皇军山本次郎少佐。我带着队伍走到哪里，我的话就是哪里的法律！你的知县不是大人，是一条小小的清国狗。他敢派你这个狗腿子干涉皇军行动，我要把他抓来，和你一同治罪！"他扭头向部下哇啦了两句，便有一帮鬼子兵由尖兵小队的人带领，离开了窦家店。

洪涛正在陪那两个大掌柜的喝茶，等穆克图回来报信——那两个大掌柜的，已经一再表白"若能遇难成祥，一定重重答谢大人荫庇"。这位县太爷万万没料到，等来的却是一群端着刺刀的日本兵，如狼似虎地闯进后堂。他发现来者不善，赶紧抓过补褂，当老虎皮往身上披；可没等他扣上纽襻，那俩大掌柜的便被捆上胳膊押走了，自己也被抻出了屋。他觉得没上麻绳，受了优待，便一边捯两条腿，一边不死心地说："我还没有着冠，有失官体……"

那几个鬼子兵，却好像闻到了臭狗屁，筋筋鼻子皱皱眉，把他拖出了县衙。洪涛没咒念了，光着脑袋瓜子，散着怀，磕磕绊绊地走进了窦家店。

四

洪涛被塞进南趟房的一个高间。门呱嗒一声关上了。洪涛一下子变成了孤家寡人。他没料到东洋兵在中立区竟然如此蛮横无理，完全不把自己这个朝廷命官放在眼里。他感到空前的孤单、紧张、恐惧，坐不稳，站不牢。这个单间是比较宽敞的，屋地能安下一盘豆腐磨。虽然没有磨，他却拉磨驴似的打起盘旋，搜肠刮肚琢磨起如何逃过这场劫难……突然，从北趟房传来凄惨的哀号，使他不寒而栗，两条腿不断地突突，强挪到炕边，一头扎到炕上……

山本次郎是个"清国通":不仅熟谙中土文人的子曰诗云,还精通中国山大王做的不用本钱的买卖。他一听说那十辆大车上装的全是毛皮参茸,心里便打定了主意,叫部下把那伙"俄军间谍"统统押进了北趟房西屋,自己在东屋审讯。

刚开始时,他坐在炕边,和颜悦色地向几个哈尔滨老客问话。被问的便承认出发前向俄国人买了通行证;一路上得到了俄国人照顾,顺顺当当到了开原……他们还表示:愿意献出一部分货物"慰劳贵军"。山本次郎微笑着摇摇头,说"良民的东西,大日本皇军秋毫无犯";接着问起"谁是领队"。那几个人见日本大官很仁义,便说了实话——"就是贵军刚从县衙带回的那两个人"。

山本叽里咕噜了几句。他手下人便把他们押了下去,把刚从县衙抓回的那俩带上来了。

山本次郎的猫脸立时变得比老虎脸还凶,逼他们承认"化装成商人,刺探日军情报"。那俩大掌柜的,还真像洪涛奉承的"走南闯北,阅历见识非同凡响",清楚地知道:一承担下这个罪名,就一定死无葬身之地,急忙磕头叫屈,恳求放条生路。山本次郎便喝令:"重重地打!"

于是,拌料的木杈子、剿弄闷灶子的铁烧火棍,还有枪托、枪嘴子,全成了鬼子兵用的刑械。这些鬼子兵听惯了山本次郎的吆喝,明白"重重地打",便是打死了也没过错,就不管脑袋屁股,一顿狠捶猛杵,打得两个人呼天唤地、喊妈叫爹,满地乱滚,可一直到昏死过去也没认账。

山本次郎叫手下人把两个血葫芦并排摆在自己身前,把其他哈尔滨老客一个一个地押过来拷问。

这些人已经在西屋听到了鬼哭狼嚎般的惨叫,又看到两位大掌柜的血肉模糊,不知是死是活,胆大的浑身筛糠,胆小的腿肚子转了筋,尿了裤子。这些人中,有的摇拨浪鼓出身,在钱眼里钻进钻出,起早贪晚吃过苦劳,皮子粗些,还比较抗打;有的一爬出娘肚子,就穿绸挂缎、吃香喝辣,皮细肉嫩,坐大车都腰酸屁股疼,哪里禁得住铁烧火棍打?所以很快就有人按照山本次郎引出的路子，端起屎盔子往自己头上扣了："俄国人拿贵重的山货当佣金，我们用搜集到的大日本皇军调动情报做报答。"

山本次郎认为铁证如山了，便叫把"俄军间谍"拖下去，开始审问穆克图。

这个蒙古族硬汉，虽然双手被绑到了背后，看到了地上一汪一汪的血，却瞪圆了眼珠子立而不跪。山本次郎撇了一下嘴，抬起右手往回勾了一下食指：穆克图以为他是想叫自己再往前一些站，便用力站稳脚跟；却不料他身后的一个鬼子兵，得到了山本次郎发出的暗号，抢铁烧火棍对准他腿弯就是一家伙……一个站着的人，冷不防被扫了这一棍子，就非得身不由己跪下去。穆克图用力站稳了，还使足力气往后挺，便不但没有跪倒、身子没向前趴，还往后一仰倒了下去——两条腿被打断了。穆克图立时疼得满头冒出了冷汗豆子，却咬紧牙关没叫出声。

山本次郎也有些惊讶他的剽悍了，便说道："是谁叫你违背你们皇帝'局外中立'的主张，包庇俄国探子的？你老实供出，我可以饶你一命。"

穆克图听出了鬼子官在诱供：想叫自己把责任推到知县身上去。他是洪涛提拔起来的，可他讨厌洪涛的贪婪、阴险，但又觉得洪涛终归是正堂大人，派自己来解救北省老客也不算错，便忍着扎心般的疼痛，断断续续地说："是你们……闯到中立区，行凶，诬赖百姓是'探子'。别说我是捕头，理当过问；就是平头百姓，也不能当孬种……信口附和。"

山本次郎勃然大怒，又喊了一句"重重地打"。铁烧火棍、料杈子、枪托和枪嘴子，又是一阵狂抡疯戳。穆克图低声骂了几句，嘴便张不开了。

五

穆克图被拖到西屋去了。山本次郎翻了一阵眼珠子，叫人把洪涛押过来。洪涛一头扎到炕上后，听到凄厉的惨叫声，时断时续地传来。他觉得自己被押上了法场，不知是砍头，还是陪绑；又觉得自己像只小老鼠，将被老猫抓在爪子里，不时地扔上扔下地耍弄，玩腻后就要被撕碎吃掉……

鬼门关，往往就是人兽关。洪涛下定了活命、全身、保官的贼心，或者说他决心要当人头狗了。

他一听"山本少佐问话的有"，便觉得东洋人颇为客气，对手的地位也还算跟自己旗鼓相当，顾全面子的精神头又来了，他边随日本兵磕磕绊绊地往北趟房走，边摩摩挲挲地把补服的纽襻扣上了。一进东屋，他见日本大官并没摆公案，可半屋子的东洋兵全拎着枪，一个个横眉怒目，比自己升堂时喊堂威的衙役还凶，便觉得身子矮了半截，低下头往前挪步——这才发现地上有成摊成摊的血，不由得惊骇起来：这可比我审案用刑还凶……在离山本还有六七步时，洪涛停下脚抱拳施礼，忐忐忑忑地说："少佐大人，卑职……建安知县洪涛，久闻大名，有礼了。"

山本次郎见他胖脸煞白，听他声有些发颤，举动言辞已经甘拜下风，便决定逼他尽快认罪，就板着脸冷森森地说："你身为一县之长，放纵捕头包庇俄谍，违背你们朝廷'局外中立'之约，干扰大日本皇军正当军事行动，实乃罪在不赦！"

洪涛在官场摸爬滚打多年，察言观色、听话辨音的功夫，练得颇为老到。他见这位少佐大人，表情虽然冷漠，却非深恶痛绝、毫不留情；说出的话虽是谴责怪罪，但"放纵"一词却分明给留出了后路：过只失察，或者说是对下属管辖不力。他觉得压在心头上的石头轻了不少，便按山本的调门往下哼呀说："下官深居衙内，对外来商人系俄夷间谍之事，懵然无知，确有失察之过；捕头穆克图为人猖急，行事乖张，常常不听节制……少佐大人如网开一面，下官不胜感激……"

山本次郎听他已经就范认错，但还有些掩掩遮遮：网开一面之请，意在讨饶，却说在数落穆克图之后，故意含糊其词，还想保全县太爷的体面。他决定再施加些压力，逼他按自己需要写出认罪文字，以利实现自己计谋……于是他先用鼻子哼了一声，然后铁板钢钉似的说："你的捕头祖护俄国间谍，由我按军法惩治。你犯有纵容重罪，理当连坐，不可轻饶——若能老老实实写出服辩，本少佐或可网开一面，饶你性命；胆敢推卸罪责，违背我的命令，便同你的捕头一齐砍头！"

洪涛屁滚尿流了，觉得自己像一个山穷水尽的小寡妇，为了活命没法子再顾惜名声，只有把房门留出缝、空出热炕头，或许还有柳暗花明的盼头……

他卑躬屈膝地说："下官明白……知过必改。"

山本次郎微微一笑，叫人去账房取来笔墨纸张，让洪涛蹲在炕沿前写服辩——承认有罪、保证改过的文书。

六

洪涛虽然不是两榜进士出身，倒是个货真价实的举人，笔头子上着实有些功力。他写下"服辩"这个题目后，便洋洋洒洒写起了正文：

> 光绪三十年春，俄夷间谍一十八名，乔装商贾窜入建安县境，刺探大日本国军队的调动情报。县衙捕头穆克图，置朝廷"局外中立"明谕于不顾，贪小利私助俄谍，背大义暗通消息，为日军山本少佐部当场拿获。其所行所言，实有损于清、日与国之谊也。建安知县洪涛，自咎御下失严，愧对朝廷重用，更虑失察不明之过，累及日军安全，故亲赴日军驻地，面晤山本少佐，详加剖释。

> 而山本少佐贤明豁达，顾全大局，善置本末。由此疑云顿散，祸端尽泯；而艳阳丽丽，和风煦煦矣！故记此节要，以志山本少佐部与建安县衙间毫无芥蒂，更坚共同维系与国信义之诚焉！

> …………

　　洪涛像一个答卷的学生，边答边窥视先生的神态。他发现山本次郎那张脸，自微笑后没再涌上乌云，仿佛还有些嘉许之色。他便生了侥幸之心：这"服辩"题目实在不雅，一旦为上司或下属知晓，便会招来"身为朝廷命官，居然悔过乞怜于洋夷，实乃无耻之尤"这一类辱骂，名声便从此扫地，官运更由此断送，甚至永无翻身之日……他掂量一番，将题目改为《建安县衙关于俄谍刺探日军情报事之节略》，双手捧起，呈送给山本少佐，媚笑着说："请少佐大人垂怜斧正。"

　　山本次郎大主考当堂阅卷，觉得洪涛这个学生，虽然在考题上偷梁换柱，把悔过书写成了记叙文，但叙事有头有尾，语气上真切分明，没耍小聪明用骑墙两可的话进行搪塞，便大度地原谅了他为了遮羞擅自改题的过错，只在原文"和风煦煦矣"后面，加上一段话："……穆克图乖戾桀骜，不知自省，竟于暂羁之所潜出，教唆俄谍逃脱，为日方哨兵发觉，当场击毙。俄谍窃取日方大量情报，自当由日方带走处置；其所用以伪装叫卖之物，尽为百姓日常生活用品，业已散给贫苦之边民矣。"

　　洪涛见山本少佐竟然对他擅自改题之过未加申斥，便敬送高帽子："少佐大人才兼文武，学贯日清！"他遵命誊抄起来。待他抄到山本所加文字，心里有些酸唧唧的：真可谓一字万金——一句"业已散给贫苦之边民"，这倭酋便把十大车毛皮参茸，完全揣进了私人腰包……这一分神，使他抄完后忘了收起草稿。他奉命朗读一遍。山本听了感到满意，便命令一小队鬼子兵"护送洪知县回衙用印"。

　　哈尔滨老客雇的大车，全被鬼子兵征用了。上灯时，拉着原有的货物，随鬼子兵大队人马离开了建安县城。那十八个商人和穆克图，伤重者由轻伤者或扶或抬，被十多个鬼子兵押到县城东北的荒野，一顿乱枪都打死了。

　　西天边上那弯新月，望望那帮冤魂留下的尸骸，伤心地躲到了西山后……

七

李宏听毕力雄说了个大概，又想起了刘半仙那段"群狼啃青"的哀叹，脱口说道："真是皇帝无福民遭难哪！可恨洪涛身为知县，还是一个旗人，竟然是个……软皮蛋！"毕力雄接着说到的事，却使李宏一肚子的怨气多少平和了一些……

毕力雄每天吃完早饭，都来回在两处买卖照应。一听说昨天在窦家店被鬼子兵扣住的老客，都在昨晚被枪杀了，心里想：我在哈尔滨待过的，会不会有我认识的人呢？便顺着卷起沙尘的风，去县城东北荒坡上瞧看。他一走近，见一百多人围着个大圆圈，都站在十多丈外望着；而圈里有五六个人，正在把一具尸体往一扇板门上抬。他快步走进去，认出了死者是穆克图——而那个哭天喊地的女人，估计是穆克图遗孀。他想安慰几句，却想不出一句得体的话。他戳在那疙瘩，像个谷草扎的，傻呵呵望着那伙人抬着穆克图尸首，架着那哭瘫了的女人，顶风走开了。

荒坡上人圈里只剩下他一个人了。他当过兵，亲眼看到过被罗刹杀死的弟兄和百姓，胆子比那些不敢上前的人大得多。他对一个个血迹斑斑的尸体仔细辨认，还把几个脸朝下的翻了过来，没有一个认识的。毕力雄似乎松了一口气，一边顶着风沙回城，一边想：这些人的家人是不会来收尸的；不该让他们暴尸荒野，应当把他们掩埋了……他觉得自己一个人办不了这件事，便去商会找高捷三会长。

高捷三是城南高家窝棚的大财主，在县城开了"万盛粮行"，不仅买卖大，还急公好义，很有威望，被同业推为商会会长。毕力雄对高会长说："高大东家，这些从哈尔滨赶来的屈死鬼，跟咱们是同行。建安这个地方，只有你称得起德高望重，能号召起各家店铺捐些银钱，把他们收殓安葬了，免得狼掏狗啃。"

高捷三认为这是件善事，便打发人请来八位会董——其中有窦家店店东窦礼，一同计议。高捷三请窦礼介绍鬼子兵是咋对待遇难同行的。窦礼瞟了毕力雄一眼，没吭声。

毕力雄立马猜出了他的鬼心眼：认为自己和洪涛有来往，担心自己到县衙扯老婆舌，把他卖了。为了使自己不挡嘴，毕力雄直爽地说："兄弟为在这儿站住脚，确实跨进过那个贼卵子窝门槛，送过礼。后来，我有个朋友遭了官司，我求他体谅实情，却碰了一鼻子灰……请窦大东家照本直发：若从我这张嘴漏出一星半点风声，我头朝下离开建安！"

毕力雄开起买卖已经一年多，大家已经品出了他的直性子；听他把话说到了这个斤两，都点头表示相信。可窦礼为人特别谨慎，怕自己多嘴多舌换来一双小鞋，便想出个不落不是的道眼，说："我昨个吓得在账房蹲了一天，听到见到的并不比各位多。店里打更的郑老麻子，被东洋人撵进了后趟房的小倒厦，他倒是把那些事听得八九不离十。"

郑老麻子被叫来后，毕力雄不仅给他搬来了一把椅子，还向他敬了一杯茶。他见全县城最叫响的东家们，都这样高看自己，让自己跟他们平起平坐，窦东家还说了句"你就光屁股放屁——照直崩"，便竹筒倒豆子—— 一股脑哗里哗啦地往外吐了起来……

他说这伙鬼子兵的大头子，自认没人性，是"山北之狼"。他刚开始说话客客气气，私塾先生似的文绉绉的；可后来却变得和县太爷审案子一样凶。他说哈尔滨老客全挨了打——"我那六把榆木料杈子，就剩了两把囫囵的，铁烧火棍都打弯了……有人挨了胖打没倒槽，有人挨了两三棍子就输了嘴。"他特别佩服穆克图，说："他钢条似的宁折不弯，打断了两条腿也没下跪；打得皮开肉绽、昏死过去也没说一句二五眼话。"他认为知县大人最有能耐，称赞说："……洪老爷只舞弄了一通细细的竹笔杆，就抵挡住了洋枪、铁烧火棍，囫囫囵囵地被送回了县衙门！"他说完掏出捡到的那张草纸，交给了高会长。

郑老麻子一被打发走，满屋子人就围上高捷三，看起了那张服辩；紧接着，屋里可就像馇小豆腐开了锅，不断流地扑哧起来：气粗胆大的骂

"这个人是条没长骨头的蛆"，叹惜忠心耿耿的穆克图"被他出卖了"；胆小的则打隔山炮，骂鬼子兵"为了那十大车山货，屈杀了十九个人"……

高捷三见缝插针，亮出了毕力雄为他配好的那副牌，说："老话说兔死狐悲，物伤其类。遭难的那十八位是哈尔滨拨拉算盘子的，而咱们是边外耍秤杆的。行商也好，坐贾也罢，都是在关老爷保佑下求利发财、养家糊口的买卖人。他们暴尸荒野，咱们若袖起手来看热闹，恐怕祖师爷就不会保佑咱们财源广进了……"

大家都说"就是这个理"，一致同意向各家店铺募捐，义葬异乡同业。

八

毕力雄听了郑老麻子的叙说，特别是看到了那份服辩后，觉得自己原来的义葬主张远远不够，又产生了进一步的想法——他像嗓子眼被鸡骨头卡住了，不吐出来就会憋死，便先客气地说："各位会董，后辈蒙高会长高看一眼，让在下有幸聆听各位高论，受教不浅。在下还有一点浅见，想斗胆请各位斟酌一下，不知可否？"

高捷三便问大家："毕老弟见识颇高——义葬一事，便是他向我建议的。可否再听听他有何高见？"会董们顺水推舟地表示同意。

毕力雄便发起议论："穆捕头忠义耿直，从来不像孙大嘟嘟对我们吹毛求疵、揩油勒索。这次更在鬼子兵面前宁死不屈，不仅称得起一条边外硬汉子，也算得上一位忠心报国的仁人志士。咱们若不风风光光地送他一程，不仅埋没了这条铁汉子，还要叫外地人耻笑我们不辨忠奸，毫无边外人敢爱敢恨的性情。"

高捷三点点头说"有道理"，但多数人竟正襟危坐，紧闭嘴巴，没有随声附和。

毕力雄知道这些人都是正经八百的买卖人，辛辛苦苦经营了大半辈子，才挣下眼前的家业；赔出的笑脸，已经把脑瓜骨挤得像鸡蛋壳那么薄，哪敢得罪县太爷？便实实在在地说："各位是坐地生根的老户，理当防备那个人给戴眼罩、穿小鞋；在下初来乍到，瓜葛甚少，一旦有风吹草动，一家四口拔腿走人，可以再找个背旮旯儿避风躲灾。所以敬请高会长和各位会董，共同主持义葬一事：一来，这件事跟那个主牵扯不大，估计他不会鸡蛋里挑骨头；二来，人多势众，谅他不敢犯众怒。至于为穆捕头出殡一事，则由在下出面协助其遗属；各位只暗中相助，不使出殡过于冷清就可以了。"

高捷三见会董们都欣然点头了，又觉得身为会长应当有些过人的胆识，便故意粗野地表态："就这么整了——若真有人觉得能一手遮天，把毕力雄当刺头动手掐，我就联合全县乡绅跟他斗斗法，看他这个熊包有几滴答尿水子！"

义葬外地同行的募捐，得到广泛的响应。当天晚上，各位会董就把银两铜钱，连同清单送到商会。高捷三把三分之一交给毕力雄，叫他明天送给穆克图家，帮助筹划出殡的事；接着便合计起给那些屈死老客下葬的事……

毕力雄这才向李宏解释："老疙瘩，二哥所以让你等了一大阵子，就是因为在商会商量事——那帮可怜虫，到今天已经死了四天了，还都躺在荒坡上，只盖了席子；寿材铺老板说'棺木得明天早晨才能都赶够数'。按理说后天下葬比较从容。可有人说后天是双日子，下葬会使丧主家一年走两口。还有人说他们在家乡都有头有脸，应当停七天……后来高会长叫人请来个阴阳先生，叫他定下葬日子。那个阴阳先生说'横死的人不火葬，就要早点埋了；明天下葬没说道'……这才定了弦。"

李宏问："穆克图捕头哪天出？"毕力雄说："他家是蒙古族，说道比民人少一些；还是七天出，没变——还好：若连上了，就让我更手慌脚乱了。"

第二十二章　出殡

一

这一夜李宏同毕力雄睡在西屋。两个人躺下后唠了不几句嗑，毕力雄就打起了鼾声。李宏对这位二哥很敬佩，他真是个有义气的汉子：为遇难的哈尔滨老客和牺牲了的穆克图，操劳得脑袋一挨枕头就睡着了。其实他只猜到了一半；没想到另一半：毕力雄一下决心趴风经商，就决心做一个大商人——最少要在建安出人头地。他认为只靠经营好店铺，远远不够，还得赢得人心——他有一半是在为自己赢得声誉。

李宏想到了穆克图。他听纪玉瑶说过，这位捕头在过大堂那天，曾把孙大嘞嘞挖苦溜了，才使闵小耍能逃过被收监；还听周坛主说过，他曾放过朱顺一马……这对一个捕快来说，是分得清大是大非和小是小非界限的。洪涛密审自己时，没敢叫他露面，可能是看出了他会有反感，甚至泄露出去。面对洋强盗时，他更有忠有义，宁死不屈……他决定明天去吊唁穆克图。

早晨一起来，李宏发现毕力雄已经走了。李宏吃完饭，就到街上买了香烛纸箔，去吊丧。

穆克图家在箭杆街西头路北，大门左竖着一丈五左右的门幡杆子，九尺长的报丧幡，随着刚刮起的西南风飘飘摇摇，可以清楚看出：幡头是一段黑布，下边缝着四长条红布，每条下边又都缝着一条窄一些的黑布幡尾。当走近一些时，他便看到房前搭起了灵棚，停着一口紫红色旗材。旗材和民材形制不同：下半部分是棺身，像个敞口的长方形大木箱，箱口留有一圈内牙子；上半部分是棺盖，像个倒扣着的长方形大斗子，斗口长宽和棺身一致，但留有一圈外牙子。灵前四五尺处，放着一张长条供桌，上面摆着香炉、蜡台和供品；透过供桌下的空隙，可以看到灵前还摆着一个小桌，上面放着一把腰刀和茶杯、碗筷等物——都是走了的人生前常用的东西，将来要陪葬的。李宏抻了抻灰夹袄的两个袖头，微微低下头，缓步走向院门。门侧鼓乐班子里，有人吹响了低沉的筒子号，报告有客人来吊唁了。

院里十来个落忙的，都愣住了：这个陌生人是哪儿来的？执事——俗称待客的，却不敢怠慢，沉重地喊了声"举哀"。鼓乐班子便奏起哀乐，跪在灵柩旁的遗属哭号起来……

李宏走到供桌前，把香蜡纸箔和五两银子放到一张桌子上，抽出几张烧纸在供桌前瓦盆里点着，后退到一张草席子上，哀痛地说："兄长一生光明磊落，侠气干云。愚弟多蒙眷顾，今日特来拜谢。兄长不幸遇难，英名不朽；苍天有眼，定能早升天界！"说完，跪倒磕了三个头，站起后转身低头走出大门。

满院子的人都成了糊涂庙里的糊涂神——记礼账的眨巴起眼睛，不知把五两银子记到谁的名下……一个来帮忙的衙役，突然拍了一下脑瓜门，恍然大悟地喊道："我想起来了，他就是叫'三尾虎'救走的李宏……"众人都向路上望去，可吊唁的人已经向东走去。

李宏知道给那帮冤死鬼下葬的时间定在巳时初。他不慌不忙地沿箭杆街往前溜达，穿过正街后拐上北裤裆街东裤腿，奔向被老百姓骂作"贼卵子窝"的县衙门——他知道洪涛现在成了不敢下水的泥菩萨，不怕他再吆喝人抓自己了。离"贼卵子窝"还有半里来路时，南来北往的人多半拐向了往东去的小胡同。他猜想这些人也都是去看热闹的，便跟了过去。

建安县城没城墙，连壕沟都没培。李宏随人群一离开人家，便看到黑压压看热闹的人。走近了才看出人们围成了大圆圈。他挤进人墙，看到东边有个席棚子，西边是大圹穴。这个大圹穴深不到五尺，南北两丈多，东西足有三丈。李宏心想：这些举目无亲的冤魂，在异乡要住在一个院了。他发现墓子打得有些朝阴，便猜想：这很可能是因为哈尔滨的位置北偏东，阴阳先生想叫这些冤魂一抬腿就能径直往家奔。李宏看到圹南连排摆着三张条桌，中间那张已经摆上香炉、蜡扦；一帮穿绸缎大褂的，坐在几条长板凳上，估计是商会的头脑。李宏便看到这些人的背后，有一些随从用方盘托着猪头、猪蹄、猪尾巴和干鲜果品、包子馒头；估计是祭品，等待端上供桌。一个看上去有三十多岁的女人，神情有些忐忐忑忑，领着一群人举着三尺来高的纸马，放到供桌后、墓圹前……

二

这个女人一露面，李宏就听身边看热闹的人，声不大可也不小地扯咕起闲话来。有个人可怜地说："这小娘儿们，也就二十刚过，离三十还远呢，咋又黑又瘦，老到了这个粪堆了？"

这个人是刘摸点，劝过王二吹把小嫂子这副好牌，麻溜抓到手，"配成软硬对"。

他身旁的郑老麻子，有些酸了吧唧地叹息说："王二吹的那双眼睛，还能贼溜溜骨碌的时候，她确实是棵嫩脆的苗：小脸水灵灵地勾人魂，心眼也不太死性——不然的话，那个二花屁为啥去找宿？为啥还两块年糕进了蒸锅似的，连成排就再也分不开了？"

刘摸点有些可怜地说："她应当再踅摸一个……"

没等他把话说完，立刻有个胖女人——宋春华后院的李大先生屋里的，又出溜起了她那带叉的舌头，抢过话头说："她这种人，咋能没那种邪心眼子？可哪个虎头男人，敢去侍弄那疙瘩二荒地？谁不知道她一过门，就狐狸精似的把画匠的精血吸干了碗？王二吹去找宿，没过几晚上，两个人就生生把画匠气死了。王二吹跟她就合了两天半，就被她克成了瞎鬼……"

刘摸点听出了她说得不实在，可也不好打驳回。

郑老麻子呢，却低下了头，还暗暗地叹了一口气。他没吭声，或者说怕照直说了，让人笑话他……在王二吹死后半年多，郑老麻子曾在鬼节前的一个晚上，去"王记画匠铺"买纸活。宋春华很热情，还在他挑选后抹了零头。郑老麻子觉得自己虽说脸上有几颗麻子，可刚过四十，身体倍棒，认为她可能动了心，才这么热火；就看看已经在炕头上睡下的两个孩子，试探地说："你年轻轻带两个孩子，支撑着画匠铺，真不容易。"宋春华没少听过这类话，明白是在问行情，便郑重地说："郑大叔，你是想劝我再迈出一步，找个依靠吧？我在关老爷庙发过誓：我不该对不起王林，错一步，不能再错第二步。豁出连苦带累剥去这身皮，也一守到底，把两个孩子拉扯大，让他们给那哥儿俩顶香炉碗。"郑老麻子半信半疑地离开了——可他后来听到她确确实实谢绝了不少做媒的，也确确实实守住了身子。

李宏对王二吹被许彪领人剜去双眼的事，一清二楚：那是因为他刺了周坛主两刀，追走了他的命。没想到会有人把王二吹的罪过，硬安到了他媳妇的身上。他觉得人们对女人，特别是对守了寡的女人，不应当这么不公道。其实，他还不知道宋春华这几天遭到的白眼；他若知道了，可能对这个不幸的寡妇更同情……

王二吹死后，宋春华把罪过揽到自己头上。她认为自己和王二吹就合，并不算错，可自己在丈夫断气以前，就和小叔子勾搭到了一起，却是天大的罪过。她向关老爷起誓：容自己把两个孩子拉扯大，让他们分别继承王林和王二吹的香火；自己绝对不再让第三个男人碰身子。她拼死拼活地把"王记画匠铺"替王林支撑了下来。前两天，商会摊派义葬款，她认为是积阴德、赎罪过的好机会，不仅主动交了双份，还雇了几个帮手，起早贪黑赶扎纸马，想送给那些屈死鬼，让他们能骑马快点回老家。她没想到有个"店里花"——就是那个两次往唐百顺单间闯的程小寡妇，竟然主动来帮忙。开始时，宋春华不想用，怕她手脏污了纸马，损了灵气，驮不动冤魂。程小寡妇却哀求："大妹子，我确实不是个正经女人。可那个走了的主，给我留下了个年迈的婆婆和一个刚会爬的孩子。为了填饱三张嘴，我才不得不撕下脸皮的……那晚我在窦家店伺候了两个客人。他们出手都挺大方。可没想到转眼间就都成了冤魂……我倒不是有啥露水情，只觉得占了他们便宜。人，身子贱了心不能贱。我帮着忙活忙活，就不觉得欠他们了。"宋春华被她"心不能贱"这句话感动了，又觉得自己不能老鸹落到猪身上——看到别人黑，忘了自己也不白净，便同意了。她昨天去找高会长，提说起自己想要献纸活的事。高会长却说："你扎出的那些玩意儿，顶不顶用谁也说不准。你要送，我可也没法挡；但不能跟其他会董一起给那些冤鬼致祭，可以事先摆上去。"宋春华回到家流了一阵子泪，心想：谁能一辈子一步也不迈错脚步？人家走错了一步路，咋就不让人家往正路上再挪回一步呢？我想积点德，赎赎罪，老天爷总不会对我翻白眼根子吧？她把纸马扎出来了，自己拿不过来，又不便求左邻右舍，就雇了几个叫花子当帮手，把纸马带了过来……

三

李宏开始仔细打量起圹东的席棚子：只有盖，四周没围，白茬棺木间好多人在忙忙碌碌，在干啥却看不太清楚——其实是毕力雄在支使雇来的一些孤老头子，洗擦尸身，穿装老衣裳，入殓。这些冤死鬼，在哈尔滨不是顶尖的大东家，可也都有铺面家业。若在家里寿终正寝了，入殓时肯定会有好多陪葬东西，"含口"肯定要用玉的。现在横死他乡，可就跟饿殍路倒一样了；若没人发善心，肯定得把狗肚子当棺材了。他们做梦都没见过的毕力雄这个"异乡朋友"，对他们得说有情有义，叫人往他们嘴里塞了一个铜大钱，把从他们身上剥下的衣服装进了棺材——据说只有自己平日穿用的旧衣裳，才能带到那个世界去。至于"开光""躲钉"那些说道，却因为没有孝子给擦眼圈，没有亲人呼叫"躲钉"，不得不免去了。

巳时一到，执事——商会那位年龄最大的董事，请高捷三等人面对圹穴站好后，扯脖子宣布："建安县城三十二家店铺，义葬哈尔滨遇难同业，现在开始！"这是点明题目，也是为了使看热闹的人静下来。接着，他向席棚方向发令："厝棺。"鼓乐班子便呜呜咽咽吹奏起来。毕力雄指挥二十四名杠子手，八个人一伙，顺着墓道往下抬棺材。棺材头正中，虽然都贴了张纸条，却一律写着"冤死者之位"。

李宏瞄见了，心里一酸，又一次想起了刘半仙"群狼啃青"的那段话，暗下悲叹：让老百姓遭这么大灾难的朝廷，看来是到了油干灯灭的运数了……

十八口灵柩三排六行，密密麻麻的棺材天，在太阳照射下白花花一大片。西南风时紧时慢，不时地卷起尘沙，好像腾起的冤气，在弥漫扩散，使好多人感到气不够用、心发闷：这么一大群奔求发大财的人，一下子都叫鬼子兵给崩了！这样的灾星，会不会落在我的头上呢……

那位老会董，又喊了一声"覆安"。下葬封土是有老规矩的：先由孝子用手捧土往棺材天上撒三捧，表明已经尽到了"孝"；然后帮助埋葬的人才动锹。毕力雄是由于商会的董事们都不愿意做殓葬中的具体事——又脏又累、费力不讨好的活，才主动过来操持的。他很精细，怕雇来的力巴不肯孝子似的扬第一锹土，和大筐头朱顺事先商量妥当，指派了几个小花子过来——当然要给"尽孝钱"。这几个小花子扎着孝带子，往每个棺材天上都扬了几锹土；那些雇来的力巴，才哗哗地往下填——而那几个小花子便放下锹，代替孝子贤孙跪在一旁。

按照清朝的规定，平民的坟方圆不能超过九步，高不能过四尺。这个坟周围长远远超过了五丈四尺，可里面埋着十八个人，是可以不算违制的；但高却不能超过官家定出的标准。因此，把土攒到三尺多高，也费了不少时间。执事叫住手了。等这些人散到一旁，老会董拉长声喊了声"致祭"。

李宏便看到：商会头脑和一些老板，先插香点蜡，接着随人们把猪头、猪蹄、猪尾巴和干鲜果品、包子馒头，放到了供桌上……

接下来的"祝祷",是由高捷三读祭文。这位会长是正经八百地读过四书五经的,但未能实现先人"连中三元,飞黄腾达"的愿望,只考取了个秀才,没摸到举人的边。这篇祭文,却是他用心写出的。

李宏虽然对外打过"老板"的招牌,但他对商人并没有啥好感。他认为无商不奸,他们的贪婪凶残,和那些货真价实的强盗相比,有过之无不及,还多了好多的虚伪和狡诈。他听了高捷三的祭文,还真有些意外:这个商会会长,不仅有些忧国忧民,还敢对官府骂街——这倒有些让他自愧弗如了⋯⋯

高捷三立碑勒石的话,还引起了他的兴致,所以在"礼成"后,人们纷纷走开了,他却走到碑前观看:三尺高的青石碑上,正面刻了"冤家"两个大字,还涂了深深的黑漆,不仅醒目,而且冷森森的让人感到沉重,或者说发人深省。碑后刻着"弱国民肉,强国菜羹"八个字。李宏这个当了逃兵的八旗子弟,这个金盆洗手想做土财主的杆子头,心不由己地颤悠起来。他想到了"国家兴亡,匹夫有责",可又想到了自己终究是满洲旗人⋯⋯

四

洪涛那个大倭瓜似的胖脑袋上,一对耳朵不大,可也不小;但肥厚得几乎堵塞了耳朵眼,不像兔子那对长长的耳朵好使,听不到衙门墙外的动静。不过,县太爷手下总有几只狗头猫的。它们满街乱窜,扒门缝听声瞄影,撅着鼻子闻味;然后溜回"贼卵子窝",像贱猫似的咪咪喵喵一阵子,换得几根猪骨头鱼刺。高捷三在祭文中骂"守土者多尸位素餐,遇难但求自保,焉顾草民安危",便被闻出了炮仗味。洪涛听说后,脸上一分羞,心头三分怒,剩下那六分是一肚子的惊恐不安。羞,是因为掖在裤兜子里的尾巴,被揪出了毛茸茸的半截子;怒,是恨高捷三竟敢对自己这个县太爷崩臭屁——虽然还没指名道姓,但也分明是指桑骂槐。那几分惊恐，全是罪根生出的孽蔓。俗话说：为人没做亏心事，不怕三更鬼叫门。那做下伤天害理事的人，可就光天化日下惧怕民愤众怒，夜深星稀时怕黑白无常了。洪涛从高捷三祭文中，警觉到"东窗事发"了——自己在窦家店后趟房东屋干下的那些事，没捏成严不露馅的饺子，成了敞口的烧卖！他不仅怕这件事传扬开，使自己在县内名声扫地；更怕传进上司耳朵眼里，断送了官运前程。他坐在后堂，不断地拍打胖脑门——就像一个输疯了的赌鬼，半夜三更到乱坟岗子，把一个死人脑瓜骨偷回家：先三拜九叩，再淋上鸡血，接着轻轻地用斧头敲打七七四十九下，看它出现些什么裂纹，决定押哪门，把输掉的老本捞回来……洪涛还真拍打出个"反客为主"妙计：自己蹲在县衙里，对"义葬"作壁上观，纵容了别有用心的鼠辈，几乎是犯了束手待毙的错误；眼下对穆克图的丧事，必须采取主动态度，亲自带领县内头面人物前去吊唁、送殡，好话由自己说，颂歌由自己唱——用好话和颂歌缝出一床大花被，蒙住那些以往的羞丑事。他觉得这条"反客为主"之计，将和已经用过的"李代桃僵"之计前后辉映，同样高明有效；但要顺利施行，不得不借重高捷三。于是，他入夜后只身前去拜访。

高捷三住着三进房的大院子。二进穿廊西两间是家塾——高捷三没考上举人，遗憾不已，把希望寄托到了后代身上，将族中子弟收揽来读书。洪涛向管家说明"特来同高会长商议吊唁穆克图一事"，被请进二进房东侧的客厅。过了好大一阵子，他才听到门外有脚步声，赶忙站起身；可进屋来的却是一个十五岁左右的少年。洪涛以为是迟迟才来敬茶的家童，心中有些不快，一屁股又坐到椅子上。

那个半大小子，恭恭敬敬地打了个千，说了句"请正堂大人的安"，接着便有些口若悬河地说："学生高荫周，奉命转禀：堂伯偶感风寒，不便问候大人，敬请雅谅。穆克图捕头生前颇有声望，各家店铺掌柜，均十分关心其后事。商会已委托毕力雄掌柜出面襄助。堂伯言，大人如有垂询，请屈尊毕府问话。"

　　洪涛很不高兴，高捷三打发来一个孩子，送给了一碗闭门羹；却惊讶这个孩子谈吐不俗。不过他也觉得高捷三是不得不退避三舍，递出了毕力雄；自己眼下有求于人，也不便硬摆知县的官架子。因此，他离开时还讨好地说："你小小年纪，竟如此聪慧练达，将来一定大有作为。"

　　俗话说，狗嘴吐不出象牙来，可洪涛这几句恭维话，还真瞎蒙上了。高荫周后进了奉天陆军小学堂，在保定陆军军官学校毕业后加入奉军，积功升为张学良少帅手下的少将；在九一八事变后，他在柳条边外组织义勇军，轰轰烈烈地进行过抗日斗争……

　　毕力雄还没有休息，正陪额娘和李宏唠嗑，听伙计来报"知县大人来访"。李宏忙跟大娘躲到西屋。毕力雄对洪涛的来访十分意外，但也猜想"野鸟进宅，无事不来"，好一好是和穆克图的丧事有关。

　　他请洪涛坐下，见这位县太爷深夜只身来到私宅，却还顶戴、补褂一样不少，便献上茶，问道："正堂大人深夜屈尊光临蜗居，不知有何谕令？"洪涛客气地说："深夜打扰，实属不敬，尚望原宥。蒙高会长见教，得闻穆克图丧事由贤弟主持。愚兄忝为知县，安可置身事外不闻不问？欲率绅耆胥吏前往祭奠；并派一队捕快巡警保护出殡，以防歹人滋事。故来相商，望贤弟妥善安排。"

　　毕力雄听他想插进一条腿，便知道这是黄鼠狼给小鸡拜年——没安好心眼子；但却是凭知县权威，绵里藏针地下达命令。他决定以局外人身份来搪塞推托，客客气气地说："正堂大人欲亲临悼念，实为体恤下属之善举。若穆克图死而有知，定当惊愕异常；走卒斗筲之辈亦必刮目再三。然丧家敢否惊动正堂大驾及众多捕巡，小人受商会委派为牛马走，实不敢越俎代庖。"

　　洪涛碰了一鼻子灰。他还觉得毕力雄的话，虽然听起来像温和的风不刮耳朵，可里面的疙瘩话却像大沙粒子，打得脸火辣辣的，还没法挑礼——一分辩就等于承认自己心怀鬼胎了。洪涛见没有商量余地，只好小辫冲南——往北败下阵去：真有些像晒干的瘪葫芦，主人认为不值得给它抠个嘴，任凭大风把它叽里咕噜地刮跑了。

洪涛走后，李宏对毕力雄说："他为了保官，就得欺世盗名。这就像老母猪钻障子——豁出那张老脸了。他很可能去穆克图家撞大运。"

毕力雄也认为很有可能；便不顾三更半夜了，拔腿便去穆克图家。

洪涛回到县衙，确实贼心不死，打发师爷去穆克图家传话：若礼待正堂大人前来致祭，并欢迎县衙派人保护，"县衙将以穆克图因公殉职加以抚恤，并悬匾旌表。"

穆克图夫人已经得到毕力雄的提醒，怒气冲天地说："他奉命去解救那帮老客，却被人扣上了违背朝廷号令、私通俄国探子的罪名，推进了枉死城。虽说是被人给卖了，可知道内情的人，都夸他是条忠勇汉子。我若是贪图小便宜，那不是拿他用命换来的好名声，换了几个臭大钱吗？我们娘儿俩，就是扎了脖，也得守他的好名声……"

洪涛听了后，连声骂"泼妇，可恨至极"。接着，他又拍起了胖脑瓜门……

五

第二天，毕力雄正和穆克图亲属商议出殡的事，捕快中两个和穆克图铁靠的赶来报信：洪涛借口"洋兵将来县城捉拿奸细"，传令全衙捕快巡警，明日卯时初全员到县衙听候调遣——或于出城入城路口设卡，或在街头巷尾盘查；驱逐犯嫌可疑之人出城，不许闲杂人等往来，防备洋人借故滋事……

毕力雄一听便明白了：洪涛想用一拨又一拨的巡查人员，对出殡活动碍眼挡嘴；而街面上冷冷清清，出殡的声势再大，也不会把穆克图的名声广泛地传扬开……于是，毕力雄对来人低声说了几句，便去找高会长商量对策。

高捷三在客厅听了汇报，顺口评论了一句"那人是一计未成，又生一计"……又沉吟一会儿，才对毕力雄说："我以'偶感风寒'为托词未见那人。送殡我也不便露面了。我可以让其他会董通告各家店铺'理当路祭'；再函请秀水书院山长——嗯，现在叫堂长了，请他允许学生为穆克图送行。"

毕力雄认为这两项措施十分得力，告辞后直奔窦家店的饭馆。

毕力雄把郑老麻子领进屋，十多个捕快、巡警、衙役全站了起来。毕力雄请大家坐下，先说明宴请缘由："在下受高会长委托，协办穆克图捕头丧事。各位都是先捕头好友，明日设卡巡逻，当然不会阻碍出殡活动。但其他弟兄，不知先捕头遇难详情，迫于上指下派，很可能对出殡有所干涉。我特意请郑老哥前来陪酒，让他讲讲有关情况，烦各位向其他兄弟言说周详，请他们更加体恤。"

乍开头，郑老麻子有些拘板；扔进了三盅酒，嗓子眼那道闸门可就冲开了。众人先是边喝边听，等郑老麻子讲到穆克图立而不跪、被打折了两条腿，而洪涛俯首帖耳地按鬼子官要求写悔过书时，可就全停下了酒杯、筷子；而郑老麻子学说起洪涛悔过书中的"穆克图置朝廷'局外中立'明谕于不顾，贪小利私助俄谍，背大义暗通消息"这段话时，便有人忍耐不住了，大声说："那日穆捕头是奉他的命令前去搭救哈尔滨老客的。他咋无中生有，往穆捕头脸上抹黑？"有的人就骂"拉屎往回坐，猪狗不如"……

郑老麻子像受了封赏，又补充说："小鬼子的官，还叫咱们县太爷，在文书上加了'穆捕头溜出去想放走俄国探子，被日本哨兵发现，开枪打死'。其实那个时候穆捕头虽说被打得昏死了过去，可还没有断气；他是在入夜后，被连拖带拽弄到城外崩了的……"

那些捕快、巡警、衙役火冒三丈，呜嗷地喊叫起来。店东窦礼忙跑过来，看发生了啥乱子。他发现郑老麻子坐在毕力雄身边，喊叫的都是衙门里当差的，被骂的却是没到场的县太爷。他心里明白了八成，赶紧借口"有两个老板子找你"，把郑老麻子支开了，然后向大家作揖，说："各位十分义气，令人钦佩。今晚把酒喝足，明天好好送穆捕头一程——我叫灶上加两个菜。"

大家知道窦礼胆小、脑皮薄，便不再大喊大叫，对毕力雄说："我们弟兄明天都去送穆捕头，看那人敢不敢把我们都给撸了！"毕力雄说："各位靠当差养家糊口，小胳膊拗不过大腿，别找眼前亏吃——各位传话给弟兄们，别把良心夹到胳肢窝了：睁一眼闭一眼，不给出殡添麻烦，也就对得起穆捕头了。"

这时候，穆克图家正在进行出殡前的最后三项准备：辞灵、起灵和封棺。

先辞灵。参加辞灵的人，只限于家人和亲戚。先在灵前摆一桌席，饭菜都是死者生前喜欢吃的。家人按辈分高低、年岁大小，逐人到灵前跪拜，斟酒三杯，一杯一杯敬酒地上。然后是亲戚，先近后远，一一叩拜敬酒。进行这个仪式，是不能哭的：一哭，去世的人会因为悲伤而不能享用。

撤去供桌，接着便起灵：先由帮助办理丧事的人，把灵柩向前"发一发"——也就是挪一挪；再微微把棺材"升一升"——抬起个缝，由孝子把铜钱在棺下四角各垫一个。据说这样一来，过世人的后代便可以"升官发财"了——这是满洲旗人和一部分蒙古族人，从汉族人的风俗中学去的。

最后是钉棺，把棺盖和棺身钉牢——文雅的说法是"封棺"。在场的遗属和亲属要跪在灵前，随着执事的提示，呼着平时的称呼喊"躲钉"——方向要和封钉的方向相反，以免伤了棺内过世者的灵魂。这是诀别，从此再也看不到遗容了。封棺后家人和亲属都呼天抢地、捶胸顿足。由于穆克图只有一妻一子和几个侄男甥女，这几天已经哭得声嘶力竭了，所以泪都流了一些，却不像一些大户人家有好多家丁仆妇，号得惊天动地。

六

在日头爷快两房子高时，李宏离开毕家。路上碰到两伙巡警，一个个吊儿郎当，对缕缕行行的路人并不盘问——估计在进城路口设卡的，也对进城的人没有拦截。他走到穆克图家附近时，来送殡的和看热闹的，已经挤得里三层外三层了。他找个高而向阳的地方远远观望：那杆黑头黑尾的红门幡，已经拔起，由一个小伙子抱着；他身边还有两个年轻人，挎着装纸钱的白条筐——这三个人要轮流擎幡、撒纸钱的。李宏知道：民人出殡由孝子打引魂幡走在灵柩前，而旗人认为，人死后在大门左竖起的红幡，不仅是报丧的，也是死人魂灵栖身的地方；出殡时由亲属中年轻人举着走在前头。这三个人身后，是四个擎高脚牌子的，标明过世人生前身份地位。白地黑字的牌子，前两个都写着"建安县衙捕头"，后两个写着"建安巡防总巡"。李宏有些狐疑了：捕头是可以赏九品甚至八品顶戴的，穆克图咋只有职衔没有官品？他不知道内情：洪涛到建安接任后，就看出了孙大嘞嘞是前任的红人，还为姓屠的尽忠尽孝，不像个肯为自己卖命的虫。他认为穆克图是蒙古族人，对自己一定比姓孙的强，便把穆克图提拔起来了，还让他兼任新设立的总巡，确实曾想按例报府衙照准，赏他个九品官衔。可不久，他就发现穆克图虽尽职尽责，却有些愚鲁，甚至有时对自己的主张提出异议，便作罢了……

李宏心里疑疑惑惑，却见送殡的队伍再往后就排在了院内，望不清楚了。

一到辰时，院内有人喊了一声"起灵"，接着便传来啪的一声——是孝子摔烧化纸钱的倒头盆。擎大红幡的随声一迈步，低吹慢打的鼓乐班子便插到他身后，都慢慢走出来。

接着走过来的，是几个半大小子。他们都扎着孝带子，托着纸盘：盘上有的是纸糊的杯碗等生活用具；有的举着纸马、纸狗、纸鹰、纸骆驼。扎狗、鹰、骆驼，是老老年传下的风俗，旗人，还有蒙古族，祖上都是在大山里、大草原上打猎的。这些物件，按老令必须由天真烂漫、没沾过女人的童男来拿，才能在焚化后顶用。这些孩子边走边拉长声嘟嘟嚷嚷，所以人们习惯上把这队孩子叫"小嚷"。

穆克图的独苗儿子穆义，走过来了，引领着十二杠抬着的灵柩。毕力雄因为他只有十三岁，叫穆克图的一个远房侄跟在他身旁照应。穆克图的妻子，领着几个侄女、侄媳妇、外甥女，跟在灵柩后哭送。她们的身后，是送葬的亲友——很多不相识却景仰穆克图的人加入进去了。

这时，李宏大出意料：压后阵的竟是一支整齐队伍，领头的打着"建安县秀水小学堂"旗帜，接着有两个人挑着一副白绸子上写的挽联，再往后是三十多人的学童队伍。李宏把目光转向挽联：

国不幸民不幸唯有英雄能本色
天如灵地如灵共匡匹夫挽狂澜

李宏有些愧疚了：这些少年的心胸英气勃勃，倒比我这个成年人广阔得多！

在这队学生的后边，跟着一群叫花子，由大筐头朱顺领着，倒也没有敢往前乱挤的。朱顺，和张喜瑞一起劫过道。张喜瑞被阚山收买后，供出了同伙。朱顺没被捉到，是因为穆克图放了他一马。他一直在外地讨饭，听说阚山、张喜瑞都死了，他才回到建安，当了县城的花子头。

七

出殡的队伍停下了。李宏赶到前边去看：擎大红幡的站在十字路口，微微的西南风轻轻地拂着幡；而杠子手们，在杠子头带领下并没停下脚步，在有节奏地左右捯着各自的两只脚。骑着马的毕力雄，把引灵的孝子带到十字路口的东边，叫他转身跪下，连磕三个头，高声喊："敬请各路神灵赏条路，父亲大人往北走！"擎大红幡的身后两个人，便从白条筐里一连抓了几把纸钱，向上抛出；那些纸钱随风飘散开，真好像被凶煞恶鬼抢走了。马上的毕力雄，则向抬杠的喊了句"赏钱两吊"。杠子头轻声应了声"谢"，杠子手齐声喊"谢赏"——他们不再左右横晃，开始向前迈起碎步。

送殡队伍拐向正街——也就是北裤裆街的西裤腿。刚走出几步，杠子手们刚把灵头掉向正北，整个队伍又停了下来：路东一家杂货铺，门前搭了个简陋的席棚子，里面摆了一张供桌。穆克图儿子，已经得到毕力雄的提醒，赶紧在灵前面对路祭棚跪下。那位店主恭恭敬敬地向灵柩作了三个揖，郑重地说："穆爷忠义无双，广积功德，生为英雄，仙去后定规早升仙界。请穆爷一路走好！"说完，把供桌上的三杯酒，一杯一杯地高高举起，慢慢洒到地上。孝子磕头谢过，送殡队伍又往前移动。

跟在最后面的那帮叫花子，是专门感谢死人的恩典，来拜领他已经享用过的祭品的。虽然围了上去，却没动手抢；在朱顺把供桌上的赏钱收起来后，才开始动手：把菜饭往破碗、破罐子里倒，把其他供品往筐里、破口袋里装。如果有人太贪心，大筐头的打狗棍，就会落到他的身上……

李宏看到出殡队伍里，毕力雄是最忙碌的人：一会儿骑马赶到队前，向巡逻的捕快、巡警拱手说几句话，一会儿跑回来向设祭的掌柜的道几句谢，对孝子嘱咐几句。李宏心里夸他有办事能力、心肠热。

建安县城这条正街并不太长，却有三十来家店铺，加上还有几户人家和穆克图交情深，路祭的超过了三十份。送葬的队伍走走停停，一个多时辰才转到北裤裆街的东裤腿。在街上巡逻的捕快中，有些人跟穆捕头挺铁，也合伙张罗了一桌酒菜，但没敢摆在县衙门口，而是在县衙西北的大牢门口搭了一个小棚子。巡逻人员中，也有几个人的舌头是舔县太爷屁股的，早已溜了回去打小报告。洪涛恨这些人不识时务，吃里爬外；又有些害怕：不路祭会招众怒，便叫师爷领人去敷衍一下。

穆克图的儿子，一路上跪倒爬起，还要不断地哭号，已经累得腰酸腿软。他向大牢门口的捕快们磕完头，被堂兄扶起后便看到了县衙门口的祭棚，立刻想起了父亲的冤枉，怒气冲冲地向毕力雄问："毕叔叔，我爹不会接受那个人的祭奠，我把那张供桌掀翻了行不？"

毕力雄摇摇头，劝他："不可以，咱们现在是送你爹，不能惹麻烦。"

穆克图的侄，二十刚过，却想出个主意。等到了县衙门口，他架住堂弟没让他下跪，继续往前走。那位师爷正顶着西南风，眯着眼睛站着。他见孝子没下跪，便是一愣，可立即决定"小不忍则乱大谋"，抻长脖子喊道："穆克图捕头，正堂大人对你不幸过世极为悲痛……"穆克图侄听了火上浇油，扭头忒地朝他吐了一口唾沫，拥着堂弟继续往前走；杠子头见孝子没停步，便也带领杠子手跟了上去……

路旁的李宏想：这恐怕是出殡中从来没出现过的事，无疑是给了洪涛一个大耳刮子……

八

李宏没想到，送殡队伍刚从县衙门口过去，就又发生了一件稀罕事……

大筐头朱顺，听说穆捕头儿子没搭理县衙的路祭，顺口夸了句"龙生龙，虎生虎，老猫的儿子不怕鼠"；接着就想到自己：当年本来是个老老实实的庄稼汉，稀里糊涂地上了张恒的当，跟他做了几回棒子手。没承想他卖友做了阆山的走狗，改名叫张喜瑞，带衙役抓自己，把自己扫了一刀，多亏老穆救了我。我被逼得跑到外地做了叫花子……可也使自己成了一条天不怕、地不怕的汉子，在花子堆里巴结成了梗梗。今天若不替救命恩人争口气，这辈子可就没机会了！他领花子们到了县衙门口，停下脚把打狗棍一横，大声问："猴崽子们，穆捕头经过这疙瘩，咋撅起了鼻子，一扭头就过去了呢？"叫花子们便七嘴八舌地喊起来："他嫌这疙瘩臊气拉烘的""正派人厌恶下贱地方""请大筐头给我们掰扯掰扯"……朱顺便把头一转，对着县衙喊道："他是被这里的人，出卖了的！我告诉你们：人穷要饭不丢人；没骨头的、出卖朋友的，没人味，没有好下场！前几年，张喜瑞为啥叫关老爷逼疯送了狗命？就是因为他没骨头、出卖朋友，对周捕头下黑手。穆捕头闻都不闻的东西，咱们也不能馋嘴丫子，给我把它撅翻了！"

对叫花子来说，大筐头的话，就是圣旨。他们一窝蜂似的冲上去，掀翻了桌子，拽倒了棚子。朱顺还觉得不够劲，又连骂带喊："坑害好人的人，是没几天好活的！咱们先给他号号丧！"叫花子们，便有的用打狗棍梆梆戳地，有的把破碗敲得嘎嘎响，一齐拉长声号起丧；那声比鬼哭还难听，比狼嚎还瘆人……

洪涛刚听完师爷的汇报，对穆克图的子侄恨得牙根蹿火似的疼；又听衙外哭声连天，几个捧他臭脚的衙役跑来报告……洪涛又气又恨，发疯般地喊："给我将为首肇事者抓进大牢，把胁从者乱杖打散！"

那几个衙役，如狼似虎地冲出县衙，抡起棍杖猛打。叫花子们喊爹叫娘，顺风逃跑。朱顺被抓住了，五花大绑，连拖带搡地往大牢送。他稳不住脚，却能张开嘴，大声向那帮抱头鼠窜的叫花子下圣旨："小兔羔子们，别忘了给老子送饭！老花子还要多活几天，看那个狼心狗肺的东西遭报应……"

继续刮着的西南风还不太大，还没卷起沙子。大筐头朱顺这几嗓子叫喊，却有些像面沙，随风扬散开，钻进了好多人的耳朵眼，引起好些议论。那些有些见识的人认为："这是杀鸡给猴看，逼那些比叫花子有地位的人，趁早夹起尾巴老实些。"也有人晃着脑袋说："人可以背后偷着骂皇帝，却千万不可站在衙门大门口骂县太爷！蹲大牢可比蹲家里热炕头难受。"有的人却说："大筐头没家没业，瞎子掉井——倒有了背风的地方。就算小花子不给他送饭，牢里也不敢把他饿死。"更有人认为"叫花子脑袋不好剃"，说："大筐头是骂了县太爷，可县太爷咋治他的罪？能升堂问'为何骂我出卖了穆捕头'吗？他一个光溜杆子，无牵无挂，若反问'你是咋从鬼子那疙瘩，囫囵囵囵活着回来的'，县太爷可咋回答，咋下台？依我看，多则五日，少则三天，大筐头照旧在街面上过逍遥日子。"

在人们各种各样的议论中，送殡的队伍穿过了箭杆街，走出了南裤裆街，把穆克图葬在城南路西周坛主坟西边。这两个人都是捕头，一个被前任知县为保官所谋杀，一个被现任知县为保命而出卖。他们死后做了邻居，若地下有灵，一定有好多的嗑能唠到一块吧？

第二十三章　冒烟风

一

　　李宏随人群把穆克图送到墓地。送葬的人逐渐散去后，他又围周凤鸣的坟转了几圈。坟周围有松树也有杨树，大致呈方形，却横不成行，竖不成趟。只有四角上的松树，高矮粗细差不多，一看就可以断定是同时栽下的，而且栽时定了方向、步子远近。其余的，不管松树还是杨树，高高矮矮、远远近近，分明是不同人在不同时间，栽下的不同树苗子。杨树还没放叶，却已经返青。每刮来一阵风，矮小的摇起嫩枝，高大的树头发出呼啸……李宏发现这些树，后栽的也三四年了，却没被散驴、羊群啃了，也没被城边子人砍去烧火。这使他想到了"人过留名，雁过留声"这句老话：人们还记着周坛主。他离开后，边走边想：周坛主的死，和洋人有间接的关系；而盼福女婿、穆克图捕头是直接死在洋人手上的。但得说都和旗人当皇帝的朝廷有关。一个任凭洋人横行、保护不了臣民的朝廷，肯定是……四个兽医抬着的驴——没救了！自己这个逃了旗的人，更得老老实实地当个庄稼人了。

　　李宏回到毕家时，毕力雄还没回来，吃过晚饭，他就到伙计住的屋子休息。他心里盘算：洪涛的日子不好打发了，肯定一半会儿没工夫分心琢磨自己了。因此，第二天早晨，他一见叔伯大娘便张罗"今个得回去了"。

　　毕老太太指指叫风刮得直呼扇的窗户，对他说："走个啥——这疙瘩的风，可比咱们老家那边的厉害，一刮起来就扬胡椒面，又呛鼻子又迷眼睛。你还是等它住了桌再回去吧。"毕老太太说的"老家"，指的是船场。

李宏记事后在船场——也就是后来的吉林市——生活过，也还记得那儿的风：不论是从山上树林子刮下来的，还是从松花江水面上吹过来的，都润润的，柔柔的，确实和边外这卷着沙尘的老旱风两拧劲。不过他这个时候更惦记纪玉瑶，觉得她比老家的风更温柔；而且他比过去更盼望早些和她成亲，早点有个自己的孩子了。他找借口说："风三风三，一刮就得三五天。我今个骑马回去，压着风头还不会太大。"

从西屋赶过来的毕力雄，接过话说："你回去能在家待安稳吗？倒不如在这儿再趴几天风，看洪涛还要要些啥鬼把戏——他若是要砸了锅，你就可以回家过太平日子了。"

李宏一听，便知道洪涛又在兴妖作怪，追问了一句"他又搞起了啥鬼画符"。毕力雄便说起了半夜才回来的原因……

打散了叫花子，把大筐头塞进了笆篱子，可洪涛还像个被压在桌子腿底下的癞蛤蟆，肚子憋得鼓鼓的。他听师爷说秀水小学堂的学生，举着挽联、排着队去送葬，便吼人把徐堂长叫去，指着这位秀才的鼻子训斥："尔身为堂长，焉敢放纵一堂学童，为一个捕快号丧？真乃不务正业，斯文扫地！"徐堂长曾参与"冤家"的命名，并题写了碑后的"弱国民肉，强国菜羹"，由此可见他为人。他见洪涛把往日摆在胖脸上的笑容，都卷下来束之高阁，把猫脸拉成了狗脸，心里说：你想把老夫当面团捏鼓，那可看走了眼……便振振有词地说："正堂大人，朝廷新颁《钦定学堂章程》，申明以'忠君、尊孔、尚公、尚武、尚实'为办学宗旨。穆捕头奉大人令往救北疆本分商贾，威武不屈，杀身成仁，举县敬仰。本堂长允许学生恭送，令其体验公忠为国之理，树立讨贼赴义之志，有何不妥？'不务正业'云云，卑职既不敢苟同，亦不能顺受，还望大人原宥。"洪涛勃然大怒，拍桌子斥责："那副挽联汝曾过目否？'国不幸民不幸'，所指者何焉？两圣宵旰图治、拯民水火，实国之大幸、民之万福；黄口小儿信口胡言，目中心中尚有太后圣上耶？'天如灵地如灵'之语，怨天尤地，寄望于'匹夫'，完全未把朝廷放在眼里，亦汝之所谓'公忠为国'乎？"

那副学生们编撰的挽联，徐堂长是看过的，还为学生愤慨之情、昂扬之志，说了几句称赞的话。现在县太爷硬要鸡蛋里挑骨头，还往目无两圣、蔑视朝廷上拉，他感到有一百个嘴也和这个歪嘴县太爷辩不出一句正理来，便决心把责任都揽到自己身上，不慌不忙地说："学童信笔涂鸦，当不起正堂大人以春秋笔法评鉴的；果有不妥，均堂长教诲不当之过。古人云'自贻伊戚'，本人愿辞堂长之职，闭门自省。"他也不等洪涛表态，对县太爷抱抱拳，抬脚离开了县衙。

洪涛有些得意了：自己这个县衙正堂虽只七品，却是满洲正黄旗；虽然不是进士出身，却也满腹经纶！只三言两语就把徐秀才逼到了墙旮旯儿，不得不引咎辞职了。他觉得自己应当一鼓作气，再惩治一下穆克图的死党，杀鸡儆猴，使衙门里没人再敢阳奉阴违、背后说三道四，重树正堂大人的权威尊严。于是乎，他下令全衙胥吏衙役"申末到大堂听训"。

二

县太爷的臭屁，对衙门里吃皇粮的人来说，简直跟炸雷一样响，哪个敢不端稳手里的饭碗？申末一到，大堂便挤满了人。洪涛顶戴补服齐齐整整，迈着八字步踱进大堂。他仰头望望"明镜高悬"的大匾，横眼扫扫绘着"旭日东升"的屏风，走到公案后把补服的后下摆呼嗒一声撩起，坐到了太师椅上。他挺直粗脖颈子，胖脑瓜子一动不动，转动眼珠子把属下盯了一遍，认准没人敢不来听训，这才开始训话："本县奉旨治理建安，以贯彻朝廷旨谕为天经地义；有令则行，有禁则止，决不因一己得失而越雷池半步。日俄均虎狼之邦，陈兵关东，火并争雄；朝廷力主'局外中立'，实为保国安民之上策，大清官民理当一体奉行不怠……"

这分明是扯大旗做兜裆布，遮羞盖丑，可堂下大多数人还没听出来；听出来的那些人，可也没敢欠嘴丫子。在官场上混明白了的人，都是反复研究过"溜须传"的人。他们是不会给官老爷直罗锅的，因为那是飞蛾扑火一般活得不耐烦了。他们还对拍马屁十分精通：不注意场合，不选好时机，胡乱出手也会挨踢的。恭维官老爷的见识超凡出众，也得在他心顺且身边没人挡嘴时；若老傻子似的乱嗄巴嘴，那可和虎口拔牙一样悬乎——不是惹恼了老虎，咔嚓一声咬去了一根手指头；就是犯了众怒，把后大襟送出去，给戳成筛子底。那些懂得些是非曲直的，可也不得不小心手里端的饭碗子，怕有人啪嚓一声给摔了。所以呢，满屋子人，好像急着来听训，都只带了那双耳朵，把那张嘴落到家了。

洪涛见手下人一个个都洗耳恭听，全被震慑住了，接下来便不再隔靴搔痒，直截了当地往飞到脸上的大疮贴起膏药："日前本县得知日军逮住俄国奸细，派穆克图前往探听虚实，确有转圜之意。不料穆克图不遵本县谨言慎行之嘱咐，憸然逞匹夫之勇，对日军顶撞指责，惹恼彼之官兵，引发屠城之怒。本县为父母官，不得不忍辱负重，亲往缓颊，申明中立之约，请罢屠城之议。若非本县说服山本少佐，则县民惨死洋枪之下者，必数以百计矣！且累及朝廷与日本国邦交，罪莫大焉。穆克图之遇难，固堪怜悯，然亦难脱自取之咎。自今而后，凡属县衙公干之人，均当以维护朝廷体面为己任，不得望风捕影，不得附和流言蜚语。胆敢惑众传谣者，严惩不贷！"

在场的人，到这个火头上才全都听明白了，这是在往大家舌头下塞麻核，在嘴唇外面贴封条；但对杀气腾腾的县太爷，谁也不敢祸从口出，全都闭紧了嘴巴。

洪涛接着便亲自动手杀鸡给猴看了，点出了五六个和穆克图关系密切的捕快的名，叫他们站在公案前，厉声呵斥："尔等奉命巡逻，竟敢玩忽职守，听任泼皮无赖于县衙前滋事胡闹；如不加薄惩，纲纪何在？自明日起停卯思过，如十日内不能具状深省，即牌示开革，永不叙用！"

那几个人惊恐惶惑，在师爷放屁添风般"听清没有"的追问下，只好从牙缝挤出一句"听见了"。

那个师爷便根据县太爷的要求，支派人骑马去通知县内各社长"明日午时前到县衙议事"。议啥事，他却没说明——洪涛要把维护权威的活动扩大，进一步为名声打补丁。他清楚，只有东窗事不发，或丑事不出县，自己才能保住顶子和补子，才能如师爷所说"继续有所筹措"。

三

毕力雄把县衙里发生的事，说得眉眼分明。李宏怀疑地问："你们在贼卵子窝安了眼线咋的？"毕力雄摇手说："我可不敢太岁头上动土——那徐堂长摔完耙子，就去找高会长放怨气。高会长把我叫去陪酒；还没摆筷，那几个挨撸了的捕快又蹿跶去诉苦。"李宏便问："你们都支了些啥着？"毕力雄微微一笑，卖关子说："你想知道就别忙走，去那疙瘩看看就明白了——现在还不知灵不灵验。"

李宏猜想他们会拱卒——民和官斗，是没法调兵遣将的，可要逼洪涛放出大筐头、请回徐堂长、不再刁难穆克图的朋友，得咋拱卒呢？

李宏次日吃完早饭，傍着风走到县衙对门，找个茶馆迎门坐下；要了一壶茶，慢慢地品。李宏说自己要等个朋友，请店家把门留出个缝——好在门朝东偏北，虽然也戗进些风，但还不太大。从门缝往外看到的县衙，青砖黑瓦模糊成一片，几乎被风吹远了好多。街上差不多断了行人车马，只有像抱着个圆球或背着个罗圈的公差，断断续续地从南向北跑，从北向南晃悠。

风的呼啸一阵凶过一阵。门外那块天地，由灰黄变得昏暗了。茶馆老板点上灯，给李宏续上一壶水，强打精神笑了笑，对李宏说："这是今年第三场冒烟风——可那两场小得多。若不是老客赏脸，我今个就白搭柴火把水烧开了。"

李宏刚想搭讪几句，却发现一群半大小子从北裤裆街东裤腿颠上来了。他们有的一只手按着红疙瘩帽，有的挓挲着两只手，紧搁着两条小腿，奔县衙走过来……

李宏见他们一到县衙大门口，便有个人连喊带比画，把人归拢到一起，背对风坐到地上。他自己走向大门……李宏明白了：这是秀水小学堂的学生来请愿！他瞪圆眼睛仔细望：两个衙役背靠东扇打开的大门，先是歪着脖子听，接着便摇手；而那个学生便向他们打躬作揖。那两个衙役咬了一阵耳朵，其中一个转身回了大堂——可能是到后堂向县太爷请示去了。

那个交涉的学生，转身向茶馆走来，进屋后客气地说："有劳老板叔沏几壶茶凉着，有同窗过来让他随便喝，由我一总会账。"那老板喜出望外，一边泡茶一边问："荫少爷，你们顶着冒烟风，到县衙干啥？"那个有十四五的少年，毫不避讳地说："徐堂长被逼请辞了。我们全学堂同学，来请求正堂大人挽留——假如知县大人不允，我们便坐在县衙门口不回去。我怕有人被大风抽得干渴、坚持不住，才来求您帮忙的。"

那位荫少爷走后，李宏向老板请教："他是谁家子弟？年纪不大，却口齿伶俐，虑事周详，是块将来能很有担当的材料。"

老板答道："他大号叫高荫周，是高会长的堂侄。他白天在学堂念书，晚上在家塾背书，学问才学咋能不狗撵鸭子——呱呱叫！"

李宏夸了句"将来准是个人物"，便又盯瞧起那些学生。他见高荫周等三名学生，随回转的衙役进了大门，可过了半炷香的工夫也没出来，却有两个衙丁走了出来，顶着风沙向秀水小学堂方向奔去。那队学生在风沙中坐着，不时有人快步走进茶馆，喝两碗茶水又赶回去，接受冒烟风的磨砺……

四

洪涛早饭后坐在后堂，正在为社长会上的讲话打腹稿。从前堂仓促赶回的师爷，却出他意料地汇报："有些捕快狱卒请假，说他们对大人讲的'穆捕头的遇难值得怜悯'十分感动，要去为他募捐，周济其寡妻孤子……"

洪涛怒气冲冲地骂道："胡说八道，欲逼本县抚恤旌表不成？"那位师爷无奈地说："老爷，他们说完掉头就走，并不容老朽搭言。"洪涛吼道：

"岂有此理！你去传达我的谕令：胆敢擅离职守者，一律褫革！"

师爷刚走出门，那个把守县衙大门的衙役，便跑来禀报："秀水小学堂全体学童，来拜见大人，恳请慰留徐堂长。"洪涛正在气头上，手一摆说"不见"。那个衙役补充说："老爷，他们还说，大人若不接见，他们便坐在大堂门外不走……"

洪涛惊诧起来：这些小畜生胎毛还没褪尽，咋会想出这种诡计，欲对本县进行逼迫？难道身后有人教唆不成？他觉得拒不接见，听任他们在门前静坐不走，无疑是往自己脸上抹黑，颇为不妥；让他们一拥而入，七嘴八舌、胡言乱语，也不成体统……他反复斟酌后才发话："令其推选三名口齿伶俐者，大堂叩见。"

洪涛加官服顶戴，到大堂上面南高坐。高荫周等三人从大堂正门欠开的缝进入后，门又紧紧关上，站堂的衙役又喊起"威——武——"关门，是为了不叫风沙卷进来；喊堂威，却是洪涛的吩咐，想镇唬这三个胎毛还没褪尽的"小畜生"……可堂威声比冒烟风低沉得多，大堂内的半阳半阴也和堂外的尘沙弥漫差不多少，并没使这三个学童感到恐慌。他们并没下跪，只由高荫周代表向上作个揖，说了声"参见大人"。

洪涛十分不快，却又无法强让他们跪拜——因为朝廷的学堂章程规定：小学堂毕业生为秀才。这三名学生代表是"准秀才"，在公堂上是可以"礼而不拜"的。洪涛只好压住火气，冷冷地说："徐堂长自称教导无方，难当重任，毅然请辞。本县一再慰挽，难夺其志。尔等且返学堂，不可荒废学业；本县尽速遴选饱学名士出任堂长。"

这三个学童代表并不买账。有的说"徐堂长德高望重，知真识灼，治学有方，堪当重任"。有的说"徐堂长请辞，乃一时义愤。大人若谦辞力挽，必可打动先生，使其不忍抛离满堂学童"……高荫周见洪大人板着脸、皱着眉、噘着嘴，便软里带硬地说："若正堂大人料定无法使徐先生回心转意，学生等可否至昌图府衙，恭请府尊大人出面劝导？"

洪涛能让他们把事情捅到府衙去吗？无奈地派人去请徐堂长……

派去的人回来报告"徐堂长外出访友去了"。洪涛心中暗喜——他却不知：徐堂长是听了高捷三、毕力雄"秀才是有功名的人，不宜与洪某人过多抵牾"的劝告，才躲了起来的——谦和地对三个少年学童说："尔等带领同学回去吧。待徐堂长归来，本县定然好言相劝，谅其或可收回成命。"这正是学生们要在今天达到的目的；但高荫周作揖告退前，还是压下一个话头："学生拜谢大人了；若大人劝而无效，我等只好惊动府台大人了。"

李宏还在品茶。他见学生散去了，高荫周来会账，便问："高公子，县尊答应了你们的请求吗？"高荫周有礼貌地回答："您费心了。徐先生不在家，但知县大人答应劝留了。"

李宏觉得这帮学童可能被敷衍了，就说："就怕你们回去了，他并不真劝。"

高荫周微笑着说："您说得有理——不过我们同正堂大人有言在先了：若挽留未果，我们将恳求府台大人出面慰留。"

李宏惊奇地赞了一声："妙！"高荫周又客气了一句："您过誉了。"

五

李宏刚欠起屁股，想会茶账；却又听到了北裤裆街的南头，传来了吱吱哇哇的喊叫声。他心里嘀咕起来：还能有啥戏？便又坐下了。

他从门缝望去：只见叫花子三三两两地跑来：有的穿着破单裤，裤脚子参差不齐，叫风吹得七长八短地抖着；有的穿着破棉袄头子，也不知是本来就没扣子，还是被风撕开了怀，两片大襟随风呼扇着。有几个小花子，破衣裳外扎着白布腰带，倒显得挺齐整，顺风跑得挺快。几个老花子，腿捯得比风慢得多；不过他们都有经验：一个个闭目合眼仰着头，挺着肚子，或撅着屁股，叉着腿，好像骑着肉眼看不到的小毛驴，凭大风推着他晃悠来了。这些人一会儿集在了县衙大门前，却都停下脚步。一会儿集到二十多人，就都拥向大门；看那意思是要进院。把门的衙役，当然不放他们进去。

这些叫花子便用力地戳打狗棍，连哭带叫。衙役们不敢对学生大呼小叫，对叫花子却不客气——特别是那几个一直向县太爷讨好的，挥舞起大木头棒子，威胁地喊："快滚开！不滚的，赏你一顿'棒炒肉'。"虽然叫花子人贱皮厚抗打，却不吃眼前亏，扯成串往大牢的黑大门跑，还喊叫："没大筐头掌舵，要不到饭了。连我们都关起来吧，每天还能啃两个窝头。"

那几个小叫花子，好像懂得敬老的、帮残的：护着老的、架着残的，随大溜往大牢跑。

把县衙大门的，撵走不让进门；把大牢门的，哪敢放他们进去？也抄起棒子要打……叫花子们便朝正街上跑，往各个店铺里躲，还喊："县太爷要把叫花子赶尽杀绝灭种了……大爷大奶救救吧！"

这些铺东店主，对叫花子是三分同情、三分烦，还有四分怕：同情他们的遭遇，烦他们接二连三向自己伸手；怕的是他们无牵无挂，得罪了敢暗暗抓一把，偷偷弄把子火。因此，不帮他们猫一猫、躲一躲，也给一两个铜钱，也豁出一个馒头，劝他们"快点跑"……

这些叫花子，一不耍赖，二不怕打，有的还接过馒头咬一口，既不怕飞沙碜了牙，也不怕灌了一肚子风，继续往南跑。那些跑得慢的，免不了领了"棒炒肉"的赏……不过，那些衙役，并没几个冒风赶来；剩下的也跑出不远就住了腿，学着老花子的样，回县衙了。

那帮叫花子，却钻进了一个煎饼铺，一人领了一斤大煎饼；有家的回家，没家的去了鸡毛店。

李宏在叫花子跑向正街时，走出茶馆的门，眯起眼睛望望天：昏昏暗暗，迷迷蒙蒙，像扣着个烧得半生不熟的大瓦盆子；虽说没有霹雷闪电，可风嗷嗷不断地吼叫，逼着人想躲进地缝。低下头却看不到地，一波紧跟一波的沙浪，洪水般汹涌翻滚，枯枝断草、破筐旧物，浪柴般漂荡着……李宏佝偻着身子，摸索着从小胡同回毕家。沙粒打在脑门上火辣辣的，鼻子眼里干巴巴的，浑身潮漉漉的。他迈步挺沉重，心情却有些轻松：高会长和毕力雄的高招，一个接着一个；洪涛那损种肯定一条狗似的，被逼进了臭水泡子，龇牙咧嘴地一次又一次往外爬，却一次又一次出溜回臭泥汤子，骨碌成了泥猴……他有些幸灾乐祸，心里像开了一朵朵桃花，洋溢着烂漫芬芳。突然，他想起洪涛也是旗人，还是个朝廷命官，那些花骨朵、花瓣立时化成了沙尘，灰蒙蒙笼罩了心头，连眼前的冒烟风也更猛更大了……

六

这个时候，洪涛却又在为另一件事挠头上火：全县十一个社、两个集镇，按时来开会的镇长社长还不到一半。洪涛气急败坏，撒下人马去街里寻找。他得到的报告是"那八个人都遇上朋友喝上了酒，有的喝得迈不动步了，有的喝得停不住嘴了"。洪涛气歪了鼻子，叫人"给我抬来、架来"。派去的人很快就回来报告："全吓得土遁了。"

洪涛完完全全明白了：自己被一股接一股黑旋风，卷进了迷魂阵。他不认输，也不能认输——一群猴子里的猴王，若掐败了，就得远远地离开，成为孤魂野鬼……他下决心冒烟风一停，就去府衙活动。他相信千百年来一成没变的道理：在中华大国这块地盘上，不管哪朝哪代，无论大官小官，能不能稳稳当当做下去，都取决上级衙门一句话——上边的人金口玉言，咋说咋对；下边的人驴唇马嘴，喊破嗓子也是白放屁，不服也白扯淡！

在老毕家吃晚饭时，毕力雄和李宏开怀畅饮。毕力雄兴高采烈，夸赞高捷三敢于决断，把苦果子一个接一个塞进了洪涛的嘴巴，使他哑巴吃黄连——有苦说不出。李宏比他冷静，提示他们要防范洪涛另搞动作，他打比方："敢在外边作祸的孩子，往往都是爹妈娇惯出来的。他若在外面吃了亏，保准回家搬出大人来，替自己找回面子。"

毕力雄觉得李宏说得有道理。他这两年对地方上的人事关系，比过去注意多了，比如，他琢磨过高捷三的为人：急公好义，有一半是因为他豪爽正直；而另一半是因为他家大业大，却没有行政权力，必须用好名声做顶门杠。至于对洪涛，高捷三也有个由趋奉而冷淡、由疑惧而反对的过程。高捷三向这位县太爷送过重礼，也支持过他加捐加税，认为这可以换来青眼相待；可洪涛过于贪婪专横，以为在权势上没人敢和自己分庭抗礼，在经济利益上便吃起独食，不像屠景操那样，后来向地方势力让出一些利益，博得地方势力的好感。洪涛为了保官保命，对洋人全无气节，甚至出卖下属，这使高捷三不仅愤慨，还担心自身会遭到同样厄运。因此，高捷三才开始采取拆台态度……毕力雄自己呢，应当说他还是有些忠义心的，所以他敬佩寿山，感谢寿山的知遇之恩，没计较寿山的贪墨。他恨洪涛没骨头，在洋人面前卑躬屈膝，出卖了穆克图。他感谢穆克图暗示洪涛在算计自己，更觉得洪涛是自己安全趴风的威胁。他还希望能提高威望，为自己的发展打下些基础。因此，他积极主张为冤死者搞义葬、为穆克图送葬。他听了李宏的话后，觉得势成骑虎，不能掉以轻心，便又去和高捷三商量下步对策。高捷三和他同仇敌忾，很快就商议出了谋略。

<h1 style="text-align:center">七</h1>

三天后冒烟风停了下来。洪涛坐小车子去知府衙门，带去了一大笔银两。知府大人只打发一名师爷单独接见，扔给他一摞子状纸。洪涛慌忙地一张一张看下去，胖脑门上的冷汗，不一会儿就连成了排，顺着胖脸往下淌……

原来师爷掷给他的，不仅有建安县乡绅们的禀帖、秀水小学堂全体学生的请愿书、建安县衙十多名捕快的申冤状、叫花子们请求开释大筐头的求情信，还有他自己写的《节略》的誊清稿——但题目后注明了"原题为日军山本少佐所命之《服辩》"！

那位师爷冷漠地坐着，两手搭在八仙桌上，抬眼仰望天棚，一副局外人、壁上观的架势。

洪涛已经忘了自己是"正黄旗出身、七品县衙正堂",像一个毫无教养的市井无赖似的,用官服的"挖坑"当鼻涕手巾抹了抹汗,掏出一根金条塞到师爷的手下,哀求说:"老前辈,请您千万援手!"

那位师爷好像听到了二踢脚嘭地响了一声,便有些同情地说:"老弟台,你我相交已非一日,老朽岂能袖手旁观?我已向府尊求过情的。府尊亦怜弟台莅任后尚愿尽职,有意维护。然《节略》虽非《服辩》,影响之恶劣相差无几;本欲束之高阁,怎奈贵县已有人连同其他诉状呈送抚衙矣……"他闭上了嘴巴,抬起头又望起天棚——似乎在寻找那个升到天空的二踢脚绽开美丽的花朵,想听到它将给带来的第二声清脆的响。洪涛急忙向师爷另一只手下,塞进第二根金条。

那位师爷这才把两只手收到腰里,体贴地说:"疾速去奉天,恳请巡抚大人开恩;府尊面前,老朽极力关说。如此双管齐下,弟台或可不致全军覆没,或可争得移地任职——建安僻处边外,人心不古,不宜久留。屠某人贪财恋栈,离任后身首异处,实乃前车之鉴。弟台如移地高就,亦可谓因祸得福矣!"

洪涛完全明白了:自己必须像乡巴佬常说的俗话,土豆子搬家——滚球子了。他有些寒心:再向巡抚孝敬一笔银子,自己可就白在建安忙活一场了!不过他也懂得"留得青山在,不怕没柴烧"的道理:能保住前程,便能把虎掏狼叼去的,再从羊身上捞回来。他谢过师爷,连夜赶回建安;又起大早奔往奉天……洪涛就像他以前以后千百年间许多官员一样:大错化小、"前功"抵过,平调为官了。这就像老百姓常说的:水大能泡倒墙,钱大能买动佛。

八

李宏听毕力雄说"洪涛肯定不能在建安耀武扬威了";便骑上栗骟马,傍晚回到了塌了胯窝堡。纪玉瑶帮他把马拴进马圈,发牢骚说:"你可真是属灶王爷的，上天去了也不留一句话！人家去'摩挲仙'那疙瘩去找，也不知你去哪旮旯显魂去了……真狠心！"李宏回头扫一眼，见院里灰蒙蒙没人来往，把她搂到手就啃；纪玉瑶先是仰起脸躲闪了两下，接着就亲起了李宏……两人听上屋门嘎吱地响了一声，赶紧分开身子，走出了西下屋。李宏喊了声"大姨"，跑过去搀着汤老太太回屋。两个孩子淘了一天，已经早就睡下。李宏拦住张罗去做饭的纪玉瑶，讲起了这些天见到听到的那一大摊子接一大摊子的事——这中间东西两院的人先后赶了过来。汤老太太听说洪涛塌台落架了，高兴地说："这回不用再提心吊胆、东躲西藏了，得好好张罗张罗那件事了！"纪玉瑶见几个亲妹子都笑眯眯地盯着自己，心里也有些扑腾，却故意不经心似的说："张罗个啥？我已经搬到了这屋，给他管了二年多家了！"

她这话勾起了大家的回忆：一件美满自然的事，竟遭遇了那么多的雨雪风霜……尹淑芝是抱着孩子过来的，看大家冷了场，故意逗孩子说："臭蛋球，你笑个啥呀？大姨是好饭不怕晚，着慢不着忙。"

满屋子的人，除了纪玉瑶和李宏都笑扑腾了。纪玉瑶红着脸拧了尹淑芝一把，骂了声"谁也没忙过你，抢先挤出了一块糖疙瘩"，转身给李宏收拾饭去了。

李宏同意纪玉瑶不大操大办的意见，却不管地里的活计忙不忙，第二天就叫唐百顺套车，亲自陪纪玉瑶去哈拉沁屯置办东西。其实一年多来，纪玉瑶在汤老太太的帮助下，已经早准备好了穿戴铺盖。

立夏第二天——三月二十二，李宏和纪玉瑶拜了天地。虽说没有声张，可全村人都赶过来道喜，一直闹腾到小半夜。

纪玉瑶插上房门，又到东屋看看两个入睡了的孩子，和师父唠了几句嗑。她回到西屋，见李宏已经躺下——却把炕头留给了自己。她上炕放下幔子，吹灭灯，钻进被窝，低声问："把炕头让给女人，这也是旗人的规矩吗？"

李宏已经把身子侧歪过来，伸手往她被窝里摸，发现她身子光溜溜的，也低声开玩笑说："我怕你再跑了，就把你挤在炕头了。"

纪玉瑶听他提起了那个大雪天发生过的事，有些后悔，也有些着急了，便拽住他的手说："想跑也没有自己的窝了，只好便宜你了……"

李宏借机串过笼子，把她紧紧搂住，半真半假地说："多亏那回你人急肚子不急；若一家伙就坐了果，可都得让他们偷偷笑话了。"纪玉瑶却悄悄说："人家早晚该是你的人，笑话怕个啥！我现在倒怕你没那个能耐，让你忙活三春八夏，还不得不拿个假货去唬你爹……"

李宏确实有能耐，纪玉瑶的肚子，也很给李宏壮脸：刚一年就生下了个大胖小子。她半真半假地对李宏说："若是没翠兰妹子，咱俩不会铺一领炕席的。她把孩子起名叫'李小宏'，足足说明你的影子，一直坐在她心窝子里。咱们就把这孩子，叫'李小兰'吧。"

李宏却说："人死如灯灭，她哪里还会惦记啥？咱们已经成了一条根的双棒树，你咋还胡思乱想！"

纪玉瑶却坚持说："人怕欺，鬼怕敬。她在那边知道我惦记她、感激她，就不会和我争你了，会保佑咱们白头偕老的。"

李宏很体贴她的心意，主张把"兰"字改成"岚"；纪玉瑶觉得反正都念"兰"，便同意了。

李小岚满了周岁，夫妻二人抱他回四平住了三个多月。病重的李慕孔，对儿媳妇十二分满意——倒不是因为她起早贪晚给他熬汤煎药，而是因为她给自己生了个宝贝孙子，使他这个逃旗的李氏开山祖，有了第三代传宗的男丁，能把香火延续下去了。李慕孔无牵无挂、心满意足地走了。李宏给老爸办完后事，把额娘接到了塌了胯窝堡。

初稿：2003年5月至2004年5月

修改：2004年8月至2004年10月

再改：2011年6月至2012年5月

定稿：2018年11月

柳条边风尘旧录

"草上鹰"和"梦里凤"

倪成仁 著

北方联合出版传媒（集团）股份有限公司
春风文艺出版社
·沈阳·

图书在版编目（CIP）数据

柳条边风尘旧录."草上鹰"和"梦里凤" / 倪成
仁著. 一沈阳：春风文艺出版社，2019.8（2021.1重印）
ISBN 978-7-5313-5573-1

Ⅰ．①柳… Ⅱ．①倪… Ⅲ．①长篇小说—中国—当代
Ⅳ．①I247.5

中国版本图书馆CIP数据核字（2019）第004150号

目录

第一章 破罐子破摔心尖子疼

一

王可一刚清楚自己被邹乃杰骗了、甩了，却又遭到了刘豹的蹂躏，还不得不应允以后继续跟他"相好"下去。现在她在奉天过得咋样呢？

那日，刘豹拐上了城北的顺城街，斜顶着太阳，轻快地往西走。他觉得自己今年交了好运：陪表大舅哥去见张作霖，回来时捞了一百两的程仪；若是招抚成功，自己这次参与摸底，多少也有一些功劳，若能破例提拔为七品侍卫，那就真正是老爷，可以和县太爷平起平坐了！他觉得运气确实是个溜须鬼：官运刚远远地送来了微笑，桃花运就匆匆忙忙地挤了过来套起近乎。又可怜他觉得从亲属关系上说，自己和邹乃杰是妹夫大舅子，从秉性上说是一个贼妈生下的一对双棒：骗子手和棒子手。这两种人一旦得了手，都要换装打扮、更名改姓，远远地找个趴风的窝，消消停停过阵肥日子。就算我真心实意地替那只小傻猫拉套，那也是老牛掉进了井——有力气使不上！

他从大北门、小北门间拐角的城门楼子前越过，在太清宫门前热闹市上买了点驴板肠、猪头肉。到家进了屋。他瞥了一眼瘦得皮包骨的邹乃莲，觉得那些骨头棱子都硌眼睛。等邹乃莲给他摆上炕桌，他也拎出了早上喝剩的半瓶酒。喝得接了潮，他抬头扫了一眼坐在炕梢的邹乃莲，见她两腮塌成了坑，两个眼珠子快塌到了后脑勺子；孤拐紫不溜丢的，像两个立马就要鼓出脓血的大疮包……他联想起自己还没正经八百铺过那床暄腾褥子，便觉得应当抽空给那个小浪娘儿们一个回音，便皱皱眉说："我碰到了你哥哥新拐来的小浪娘儿们，说他骗走了她的那对宝贝疙瘩——他卷走那玩意儿，跑到哪旮去了？"

邹乃莲人快皱巴成秋秸棍了，可心眼儿还透缝。她捯了几口气，才真真假假地说："他不只瞒了那个骒骒子，也没把我当亲妹子……那天推开屋门，说了句'我们出趟远门'，转身就走了……"

刘豹嘟囔了一句"真够老到，瞒了个溜溜严——可也好"，又喝起他的辣烧酒。他这句话的前半截，是骂邹乃杰心狠手辣、人奸心诡，躲得没留下一丝痕迹；后半截那三个字，是庆幸邹乃杰一滚蛋出沟、钻进了耗子窟窿，便给自己倒出了窝，不会有人在王可一那疙瘩跟自己碰车了。不过他没想到，邹乃莲也没完全说实话。邹乃杰对妹妹还是挺关心的：不仅留给了一些零花钱，还在天益堂给她预存了二十两专门抓药的银子——怕交到她手上，被刘豹抠出去做了赌本……

王可一恨透了刘豹，从心里往外不愿再见那张狗脸。刘豹一走，她又侥幸地希望早点听到他送来的好消息。

第二天点上蜡后，刘豹摸黑来"拱圈门子"了。张嫂见他进了东屋，便提溜一壶开水跟进屋；先把那盒烟扔给刘豹，沏上茶后在门边站下。王可一坐在炕头，见刘豹空着两只爪子来的，心凉了半截；不过她还想听到些邹乃杰的消息。她见刘豹斜盯了张嫂一眼，便绷起脸不再出声，只好对张嫂说："姑老爷八成要和我谈老爷的事。你先退下，我有事再招呼你进来。"张嫂听太太发令了，只好出屋——却没回西屋，悄悄抓起铁烧火棍当两股叉，站在外屋地等太太招呼。

刘豹见没有挡嘴的了，才对王可一说："姓邹的穿了兔子鞋——四五天前，他就领那只大肚子小母兔扯呼了，不知钻进了哪片树林子、草甸子，踪影全无……我追问家里那个痨病鬼，她却只一口一口地吐血，连半个扁屁也没挤出来。"

王可一心凉透了，煞白的脸上一对眼珠子瞪得溜圆，自言自语："他咋连县太爷都不想当了……"

　　刘豹认为她在怀疑自己说谎，便又举证："他哄弄你也不是一天半天了。咱们不再提他们背后骂你是骡骡子，也不再说他让彩荷从这里搬出去的假招子，就单说他想当县太爷这件事吧：我跟他表哥出去办差的时候，那位表老爷就对我说过'保荐的事还八字没一撇呢'——就算表老爷帮助找好了佛爷龛，不也得表老爷领他去叩头上供吗？可表老爷一直和我在外面办差！你可倒真像整块的石头凿出的菩萨：眉眼俊得活灵活现，心实得跟老肠子、老肚子抱成了团！这可真是女人傻了好糊弄，他给你一根洋取灯，你就当了针（真）！"

　　王可一对刘豹的话信到了一大半，不过还觉得邹乃杰对自己还不算绝情：虽说骗去了我的玉马，可还给我留下了一百两银子……可今后的日子，我可怎么往下过呢？先一个人顶门立户往下熬？手里的银两倒能对付几年……

　　刘豹见她蔫头耷脑不吭声，猜想她是在盘算今后的日子，赶紧凑到身边灌米汤，说："你已经成了我的眼珠子、命根子。今后就是头拱地、掉脑袋，我也不会让你冻着、饿着，受一丁点委屈的。"

　　王可一并不相信他的鬼话，可心里也明镜似的知道：他已经疯狗似的啃过了我的身子，肯定不肯住了狗嘴，自己想躲也是躲不开的。张嫂虽说过要帮我的话，可她终究是个女人，还兴许先叫他把她也祸害了——我是拦不了也不敢喊的……她觉得只好对刘豹先顺毛摩挲，别招出更大的麻烦来，便故意摇头说："你算我啥人？就算你想拉帮我，可外人会咋看？"

　　刘豹认为她这是表白愿意相好下去——或者说不敢不兑现许下的愿，做个面糊土豆，只是怕别人扯闲话。

　　王可一本来是个天真的女孩子，可"富贵的命"不仅使她陷进梦幻，还一步步把她卷入厄运。一个人，特别是女人，一旦影子不再正，她的脊梁便没法再挺直，十有八九会踏上"好死不如赖活着"的窟窿桥。王可一现在最怕的，就是刘豹这个损兽给自己惹出祸来，使自己既不能苟且偷生又要丢人现眼。

二

张嫂站在外屋地，听得囫囵半片，暗下怪太太骨头太软，竟然对刘豹都不敢大声说话。太太那句"你可别给我添乱子"，她却听清楚了，还觉得这是在向自己发令。

早饭后，王可一叫张嫂陪自己坐车去太清宫。下车后，王可一并不进庙烧香，寻找起彩荷的住处。两人转悠了小半天才找到，却锁着门；问左邻右舍，都说"前些天邹老爷折卖了家具，领太太走了"。王可一对邹乃杰彻底死了心，又带张嫂去城里逛街。她远远地望了一阵金碧辉煌的凤凰楼，暗自叹息：若真成了一品夫人，或许有机会走近看上几眼吧？走进中街，她只左顾右盼，没迈进一家店铺的门槛，就叫车回家了。

接下来的两天，王可一叫张嫂看家，自己夹个包上街。张嫂是个守规矩的下人，当然没问主人去干啥。王可一到中街走进了一家首饰店。她第一眼便看到，迎门柜台后上方挂着个大鸟笼子，里面关着两只五颜六色的鹦鹉。她觉得这对漂亮的小鸟很可怜：成天被关在笼子里，恐怕一辈子也不会有飞出去的机会了——她却不知道，这鸟笼子暗藏机关：如果有人入室行抢，店伙一把将鸟笼子扯动，店门上方暗装的铁栅栏就会落下，隔壁的人便可报案……这时一个穿绸长衫的过来打招呼，引导王可一选货……

第三天晚上，王可一拎个包袱走进西屋，她先掏出三两散碎银子塞给张嫂，说："这些算是工钱——略多些，是我这个姨给还没见过面的外甥买几尺布的。"等张嫂千恩万谢收下后，王可一问起了张嫂的住址、丈夫姓名、去的走法。她还学说了一遍，问对不对。等张嫂莫名其妙地点过头，王可一又打开包袱，指着几件衣服说"都是陈老二，送给你换洗时穿"。等张嫂又谢过了，王可一把衣服中间的五个银元宝翻出来说："这个十两归你——我不白给你，你要给我保存好那四十两。等将来我过不下去的时候，我去找你。"张嫂急忙说："太太，你能信得过我这个老妈子，我就一定把这泡银子替你保管好，一两也不会动！"

吃完早饭，王可一订好的毛驴车就来了，张嫂上了车。老板子鞭子一甩，马车咯吱咯吱地朝大北边门的方向走去。

路两旁哩哩啦啦的房屋上空，炊烟快散尽了；一棵棵、一片片杨柳树嫩绿，小鸟叽叽喳喳在树间叫着。春末夏初的早晨欣欣向荣，可是王可一的心里又凉又空：张嫂虽然很穷，不得不出来吃劳金，但家里有个让她放心的丈夫，有两个叫她挂心的孩子……她一回到家，丈夫会心疼地安慰她"你辛苦挨累了"；孩子会张开两只小手欢呼"妈妈回来了"……我呢？手里倒还有几两银子，一半天还不会愁吃愁穿，却没有一个亲人；现在没有，恐怕将来也不会有一个叫人心醉的家！

三

日头爷还剩一竿子高的时候，刘豹提溜着一块肉、一瓶酒进院了。

王可一从窗户缝瞄到他的影子，虽说没欢天喜地，心情也轻松了不少。不过她不愿意让刘豹看出来，绷起脸没动窝。

刘豹进屋后见她坐在炕里，耷拉着眼皮没吭声，便倒出右手轻轻拍了一下鼓起的腮帮子，"噗"地喷出一口气，然后骂自己说："罪该万死的刘豹，你咋非得像卖不出去的秫秆，在将军府门前戳了一天？豁出挨一顿屁股板子，也应当早点来点个卯哇。你给我看看，都把我的小心肝急得直了眼！"

王可一听明白了他是当了一天的值，是一交班就颠搭来的，心里的喜欢又增了一成。女人，往往爱装相，把真话颠倒过来说，所以王可一依旧绷着脸，一边往炕边挪，一边说："你成了牛黄狗宝了咋的？哪个人喜欢你，就去找哪个好了。你八辈子不登这个门，老娘才烧高香呢！"

刘豹看出了她有些口不应心，可也觉得她有些逞疯使泼，要和自己平起平坐。他猜疑了：这小娘儿们是装模作样、拿拿捏捏呢，还是有了啥依仗，炸熟的土豆子凉回生了，想抹套子了呢？这个刚抓到手的肉包子，老子只咬了两口，还没咋吧嗒出香滋味，可不能叫她骨碌到外人嘴里去！他决定探个深浅，便把酒瓶子放下，走到刚离开炕沿的王可一面前，高高提起那一小嘟噜猪肉，也不吃亏，笑忒咧地问："小娘子愿不愿意一锅炖面糊了，再陪我喝个沟满壕平？"

等到菜摆到桌上，刘豹给王可一斟上了一盅酒。王可一推托一阵，便慢慢往下抿。点上灯后，她已经抿下三盅。刘豹也喝得坐不住炕头，挪到王可一身边，嘴上不停地花说柳说，手上不断地抓抓挠挠。王可一也好像招架不住那三盅辣烧酒了：脸蛋子发烧，肉皮子发燥，心怦怦地往腔子外跳。她眯着眼睛问刘豹："你灌醉了人家想干啥？"却不等回答便仰到了炕上。刘豹下炕插上了房门屋门，见王可一还躺着没动，便推推桌子上炕焐被……

四

王可一从醉梦中一醒过来，就发现身旁的刘豹猪一般打着鼾，酒臭汗腥不断地喷过来。她有些后悔了：这种馕糠货，是不配我那样对待的……不过她很快地就叹了一口气，想到现在成了被甩的老跑头子，怕干巴鱼抓回家去报复，给自己撤火：这辈子的前半生，没有过由自己选择男人的机会；后半辈恐怕更是妄想了！今后只能活一天往下糊弄一天，能将就活着就闭着眼睛往下糊弄，把猪八戒当成还没去投胎的天蓬元帅也就是了……

起炕后，她不再端什么架子，不再耍什么小性，也装不出什么扭怩了。降低了标准的满足，已经成了新的起点，她只希望在眼下能太太平平。刘豹认为她已经不得不一个心眼跟自己相好，而王可一得到了他的恩宠，大大方方地封赏说："你就还住在这，做我的外室。"还表示要再雇个老妈子伺候王可一。

搬到老瓜堡子后，她感觉环境很僻静，挺满意。这是个在小津桥北二十左右里的村落，三十左右户人家，紧靠着柳条湖。村边、湖边都围着好多大柳树。她不知道这村子，是因为柳树林子招来了好多老鸹，得了"老鸹堡子"的名；还是村里人，年年都种瓜，便被叫了"老瓜堡子"。她很快就发现：这个村子跟自己老家凤凰坨子也不太一样，是沾了一些城市味的。村里有些人家，推车或挑担子去城里卖菜、收破烂儿；还有个老头儿，天天往没井的人家送水——一个月才二十个大钱，比小津桥那疙瘩贱了一半。她还发现，这里的人还大体保留着庄稼人的朴直，不像城里人各人自扫门前雪，不管他人瓦上霜。她更加满意了。

五

一天，刘豹又去当值走了。王可一坐车去"双合盛杂货铺"找贾英，豁出脸去请他帮忙。小津桥北这块地盘，虽说在奉天老城以外，却在大北边门以里，不像老瓜堡子是城边子的农村。虽说住户里几乎没达官贵人，可也多半有些身份地位。这样的人家，逢年过节是不到小杂货铺置办东西的；小户人家，却图近来买些日常用的、临时缺的零碎东西。手里有了几个钱的孩子，却着忙来花；有的还拽来大人，替他们出钱。因此，这个小杂货铺的生意，还挺兴旺。贾英见王可一穿得溜光水滑，可小脸却锈了吧唧，一点也不亮堂，还好像瘦得长了一些。他听说她已经搬走了，便估计她这次来一定不是买东西的。打过招呼，他便叫老辛头儿答对顾客，自己把她请到里屋坐下。王可一见他买卖挺忙，便开门见山说起来意：自己一出嫁，娘家人便从建安东河套的凤凰坨子搬走了，"没给我信，十来年没见面了"，求贾英给打听下落——"我在这疙瘩，屎壳郎似的两眼墨黑，没人可求，只有烦劳大哥这个老乡，帮妹子给打听打听了。"贾英见她两眼泪汪汪的，那神情像把自己当成了救苦救难的菩萨；想到自己造下过不少孽，还没人向自己这样求帮过，心里很激动，下决心帮她的忙，便说："过些日子，我要去边外朋友家串一圈门，一定上心打听打听。不过……

你和家人都十来年没来往了，找起来挺难：就好像理乱麻团子，有个头才好往下捋。凡是不挡嘴的实情，你都提说提说；我打听起来就会方便不少，也能快些。"王可一的心咚咚打起鼓来：我一打离开娘家，哪一宗事不挡这张嘴？一提姓过阚，就暴露了"守寡逃妾"的身份；若说是叫姓邹的骗到这疙瘩的，就承认下了是个老跑头子……可要不说出些实情，又咋叫这个人去打听？心里翻腾了一阵子，她挑挑拣拣地报出了娘家爹、娘家哥的名，说"他们离开老家时一共五口，我小侄才五六岁，现在最多过不了十八"。贾英又问："他们可能投奔哪家亲戚呢？"王可一这次回答得很干脆："我姥姥家姓李，嫂子是姑做婆，住在辽河沿的九间房。我爹有个叫王贤的远房叔伯弟弟，住在彰武和阜新交界——从我记事起他们就没来往过。我姐姐婆家姓杜，在凤凰坨子本屯住，她也不知娘家人搬到哪疙瘩了。"贾英心想：一搬走就断了音信，肯定是没在本县落脚；但老李家可能知道些消息。投奔外地兄弟的面，也挺大——便对王可一说："老话说人过留名，雁过留声，认真察访会有些结果的。大妹子没拿我见外，我一定尽全力打听；若有眉目，我一定去报个信。"

第二章　树上的乌鸦水中的月

一

刘豹又蹿跶到了老瓜堡子，向王可一报喜似的说："我这些天忙了个脚打后脑勺子，总算把那个痨病鬼发送出去了……"他见王可一没搭没理，又进一步解释，邹乃莲快成棺材瓢子了，府里府外、左邻右舍都敲打他"你这个时候晒她干，叫她背着炕走，会使她下辈子都拱不起身子"，还吓唬他"你不怕她背不起炕，她阴魂不散，会占着炕，使你将来续弦没法好好跟你过日子"，"我才不得不陪她熬完了那碗灯油"……王可一好像压根就不认识那个叫邹乃莲的人，认为她跟自己啥瓜葛也没有，没喜没忧没声响。刘豹若是脸皮薄些，一定会认识到挨了讪，可他脸皮厚得像猴腚：虽然红了吧唧的，好像挺嫩，其实是长了一层又厚又硬的老茧子，十分抗磕打，扎一锥子都不会冒血的。他又自己搭台阶说："你精得像透窿的玻璃人，我不说，你也猜得到的。"刘豹扎下营盘后，天天吃完早饭说一声"去将军府当值"，抬腿走出屋。晚上，多半点灯后或者小半夜才回来上宿。他有时嘟嘟囔囔地抱怨："这差事真不着人干的，简直是把大活人当狗使唤。"王可一像听到了他在咻溜屁，嫌臭似的背过身去，心里还讨厌地说："你本来是条狗，却硬要装得人模人样的。"对她来说，身边有条听使唤的两条腿的狗，总比自己守着三间大屋子踏实些，所以才没开口攘饬他……

王可一习惯了吃两顿饭。早晨时太阳不爬到两竿子高，她是不起炕的。刘豹也不挑眼，饭啥时做好就啥时候吃，不怕误卯挨抠。时间一长，王可一心里就有些画魂了：这条狗咋像叫狼串过秧，野得不怕衙门里的规矩了？

过了半个多月，贾英一直没回信。王可一急得犯起愁：贾大哥是被亲戚朋友拉扯住，拔不出脚了呢，还是替我跑腿，却竹篮子打水一场空，怕我上火才没登门呢？她心火烧火燎的，坐不住炕了，便抽空去双合盛小铺打听。老辛头儿告诉她："我那个兄弟前几天回来过一趟，说替你办的那件事没理出头绪，取了些钱又去了边外。"

王可一心没落地，可也觉得还有希望，又盼星星、盼月亮似的等下去。

刘豹对他和王可一的关系不满足了：不能再稀里糊涂地拖下去了，得快些把她娶为名正言顺的填房。他觉得王可一已经大庙不收、小庙不留，成了孤魂野鬼，不得不一直给自己做外宅了，一定会像受了皇封似的，感谢自己赏给她一个正室的名分。一天吃过早饭，虽然屋里只两个人，他却拔直腰板，打官腔说："我已经给那个死鬼烧过了三七，大仁大义地尽到了丈夫责任。你今天先跟我去办个婚书，然后我选个日子，请几个人，你跟我拜天地，做白头到老的夫妻。"

王可一没想到他会冒出这么一炮，愣了一下才板起脸来——刘豹那句"做白头到老的夫妻"，像一柄搅罗网子，把她埋在心底的往事，鱼似的搅得漂了起来。她冷冰冰地问："你当初向我逼凶时，跟我商量过吗？"

刘豹见她把脸呱嗒一下子撂下来了，话音也冷飕飕的，但没跳老虎神，还以为她只是翻小肠，想拿捏自己服个小软，往回捞捞面子，便耷拉下肩膀头，嬉皮笑脸地说："那个节骨眼上，我是霸道了一点……你若现在还心不顺，愿打就捶巴两下，想骂就喷几口吐沫星子。"

王可一摇摇头没吱声。刘豹以为她让自己哄得没咒念了，又往前探探身子，黏黏糊糊地逗弄："这么些天来，咱们不是两口子般过得挺美满吗？拜了天地，你便是正牌的太太，今后的日子会更舒心的……"

王可一抢过话头，不遮不掩、斩钉截铁地说："我那时候怕你把我掐死了，顾命顾不得脸；后来的日子没依没靠，我才任凭你想来就来……现在我不怕臭一块地方了。你想跟我拜天地？六块板铆上了钉——没门！"

二

刘豹"没门了"，或者说他还能把日子混下去，便往下挨；王可一当然是往下推饸饹车。

俗话说，有钱过年过节，没钱躲年躲节。躲，是怕有人讨债。王可一虽然不欠谁的债，手里还有几个钱，可她没有欢乐的心情，过了记事以来头一个冷冷清清、孤孤单单的五月节。

刘豹没过来陪她过节——自打他让王可一讪了个"没门"，他就每隔三五天才来一趟老瓜堡子。开始时他说"将军府差事太紧"……

王可一半信半疑，撇撇嘴并不吭声；烦了时还摔摔打打，嘟嘟囔囔："谁稀罕你这块闲烂肉咋的？压根不来显魂，我倒落得清静安稳。"

其实，她不愿意一个人守着空落落的三间大房子。刚开始时，不仅感到孤零零长夜难熬，还觉得阴森森心里发毛。一听到村里狗汪汪，她就怕有人来端窗户踹门，把脑袋缩进被窝里，不敢大喘气。时间一长，她胆子渐渐大了些：来人若是图财的，姑奶奶已经没多少硬通货，任凭他翻箱倒柜，恐怕也是白忙活；若是图色的，我这身子已经叫白脸狼、把门狗啃了个臭够，没了一疙瘩干净肉，还害怕野驴抬蹄子蹬、黑瞎子伸舌头舔吗？若是碰上了一个像劫了那个死鬼的马胡子，跟上他们里的一个，倒也兴许年岁相当，不一定遭大罪……她破罐子破摔的思想有了进一步的发展。不过她也知道：这疙瘩只有小毛贼，不会有骑花狸豹马那样"盗亦有道"的大杆子头；而小毛贼却是又贪又凶，得了把后是啥绝户事都干得出的！所以还是有些害怕……

不过五月节是一年只有一个的，总要过得像点样。她认识艾蒿但没采过，还走不远，接受了邻居送给的桃枝。她还动手先缝后填抽了几对带绿叶的红葫芦，除了送人，留了一对，拴到桃枝上挂到门边。初五这天，她早晨煮了两个鸡蛋，邻居送来了粽子、油炸糕，她一样吃了一个。邻居的热情，使她在孤单中感到了一丝安慰；可也使她坐在炕上，回忆起了一阵连连走的厄运，暗下骂了一阵没了下水的阚山、骗色骗宝的邹乃杰、狼心狗肺的刘豹……到了申时，刘豹这损贼仍然没露面。她暗暗抱怨：我没有过正经八百的婆家，生身父母也抛弃了我，成了"人剩"……没死还得往下过。吃晚饭时，她下地忙活出两个菜，端上桌，孤孤单单地坐到桌旁。做这两个菜，她还真用过心。先做的是拆骨肉炒黄瓜片。她希望老王家分散的骨肉能够团圆——黄瓜的音，和"王家"相近。后做的是鸡蛋炒韭菜，她希望自己能有个长久的家。她尝了一口韭菜，那挺贵的头刀韭菜，竟有点像韭黄，韭味很薄。

她菜没吃几口，一小壶的白酒却抿干了，憋憋屈屈的心情也没兴奋起来。她也不下地取锅里馏的粽子、油炸糕，把炕桌往炕梢推推，便侧歪下身子。她心里有些发酸，眼睛有些发潮，回想起小时候在家过年过节的情景：妈妈帮自己换上新做的花衣裳；参把手里的压岁钱掂得哗哗啦啦响，逗引自己去取；哥哥摇头晃脑地夸"老妹真俊，再过几年戴凤冠霞帔呀"……

有的邻居家噼里啪啦地放起鞭炮，把她的回忆打断了。回忆中的欢乐，无家可归的凄凉，使她更迫切地希望打听到娘家人的下落了……她又想到了双合盛小铺的贾掌柜，他咋还没给我回信？

三

王可一发狠不跟刘豹办婚书、拜天地，一来是觉得他靠不住，二来是怕一正式嫁人，就被"三从"铁链子锁住了。她幻想贾英能打听出娘家人下落，将来可以拔腿就走。应当说她的想法是有道理的，说明她在痛苦的泥坑里没白挣扎，还真长了些见识，认出了刘豹是个人头狗。可这个世道，能给她跳出火坑的机会吗？

贾英送走王可一不几天就上路了。他决心专门为她跑一趟，豁出十天半个月的，替她把事打听清楚。

贾英先到建安县，专门跑了一趟凤凰坨子和九间房。王儒当年的邻居和亲戚，七嘴八牙一个音，都说他是被阚山给气跑的：他老闺女俊得像天仙下凡，命也出奇的好上了天，却叫四十多岁的阚山抢去做了小老婆。他觉得老天爷瞎了眼睛，自己在乡亲面前丢了脸面，匆匆忙忙搬走了；一走就石头似的沉进了大海，再也没露身影。九间房老李家的老老少少，都抱怨聘给老王家的两辈子姑奶奶心太狠，搬走了连个信也没往回捎……

贾英听了这些话，觉得求自己的王可一半句假话也没说，真把指望都放到了自己身上，更决心帮忙帮到底了。

因为是专门去替王可一打听娘家人下落，还得别暴露了她的身份，惹出麻烦，他便不再提王可一的名。他到了彰武和阜新交界地带，大海捞针似的踅摸王贤。他走了十多个村子，打听了一百多人，还真"皇天不负有心人"，把王贤从人海里捞了出来。王贤承认自己有个堂兄住在建安县，但"二十多年没来往了"。不过他提供了一条线索："十年前，这一带柳条边内外一连发生了几起劫案，府衙县衙都没破得了；后来朝廷派兵围剿这些劫匪，还真捕到了几伙红胡子……我那个堂兄若是被抢过，衙门里应当有底根子的。"贾英觉得他说得有道理，便去了彰武县城。

这一次，贾英没左一网、右一网地撞大运，而是在彰武县城蹲起坑。他推算：王儒一家若遭到抢劫，有逃出性命的会报案；若完全被杀害，也能在县衙档案中找到相关记载。这两种情况，不论哪一种，都得花钱买通县衙里有一定权力的人，才会有希望查清楚。他很快打听出来：彰武县衙里神通广大的人物，是师爷韩志远；而韩师爷的三儿子"满街串"，是个无赖加色鬼，天天在县城里诈吃骗喝逗弄女人。贾英自称姓王名可升，假装敬仰"满街串"是"边里边外，威名远扬"的杰出人物，接连不断地请他肥吃肥喝，在酒桌上结拜成了盟兄弟；然后就去叩见老盟叔。

这个韩师爷，正是曾把花名"娇如玉"的焦二姑，纳为小妾的韩志远。他不仅会溜哄上边的老爷，也熟悉下层人情，善于笼络老百姓；懂得不心黑手狠难发财，但也不把损事做绝了，比如，当年"娇如玉"跳槽后，知县曾叫他"你派人查出她去向，我出面替你惩治她"。他却微笑着说："我图她姣丽，收到家做侍妾；她伺候了我二年，总算有些恩爱。她本来是婊子，也不是我明娶明聘的老婆，算不上给我戴了绿帽子。何必对她计较，就算我放生了吧。"虽然知县大人摇了摇头，可也有不少人认为他"还算有点人味"。

韩志远见"王可升"孝顺了一百块银饼子，就猜想他一定另有所求，却故意夸三儿子交上了正经八百的好朋友，热情地摆酒招待；恭维他一定会成为三儿子的良师益友，助其立志向上。贾英看出了他城府很深，便也半真半假地说："盟叔过誉了。小侄原本是'雪里雕'绺子里的人；生意场上失手挂了幌，没法打着鲇鱼嘴的招牌往下混了，只好跑腿学舌，吃起花舌子饭。小侄刻意结交三少爷，实在地说，是有两重私心的：一为能拜识盟叔，借得荫庇，能把花舌子顺顺溜溜做下去。二是还想借盟叔的力，破解一个谜团：小侄有一远房堂叔，十多年前一家五口搬家途中，在彰武县境内失踪，至今杳无音信……没想到盟叔这样看重小侄，我若再蒙混下去，就没法再在黑白两道的夹缝里混碗饭了。"

韩志远虽然没全信，还清楚彰武境内没有"雪里雕"这支绺子，却怀疑他跟建安的马胡子有瓜葛，便想相互利用，说："贤侄果然非寻常之辈。愚叔身为县衙师爷，十分敬重绿林人物；对时有发生的绑架事件，一直主张暗下和解，不愿酿成人命大案，令事主与县衙均为不利。故愚叔以为，贤侄肩之所担，实乃利国利民重任；自当尽力相助。"他还表示愿意帮助查出"尊叔失踪的蛛丝马迹"。

两天后，韩师爷便告诉贾英："为叔翻遍陈年旧档，只一件似与令叔遇难有关：十年前县城东十余里的一座破庙里，曾发现四具无头尸身。地方报案后，县衙捕快、仵作曾去验看：无头尸两男两女，似为老少两代夫妇。两名男尸身被捆绑，并无挣扎痕迹；两个女人均为奸后被杀。地方报称尚遗一名男童，名唤'连弟'，为一好心人认领带走，去向不明……"

贾英听后想起了王可一向自己提说过的话，暗下悲叹：这事若坐实了，那位求我打听的人可咋担得住？他还觉得这伙劫贼竟跟谷壁一样凶残；那名男孩能够逃出性命，或许因为劫匪中，也有个多少还有点良心的人放过了他……当年我放过了那个女人，听说她后来生下了个梦生儿子，为那家留下了一条后，我的罪孽还多少减轻了一些吧……

四

贾英经过反复考虑，才去老瓜堡子见王可一。他等她也坐下，先讲了些探亲访友的体会，发表了一阵人世变化无常、不得不听天由命、冷静看待往事的议论；见王可一连连点头，好像很有同样看法似的，才轻声问："大妹子的小侄，可是叫'连弟'？"

王可一连答"是的，是的"，接着就说："我爹希望他大孙子科场得意，秀才、举人、进士连连及第，才取了'连第'这个名的——大哥找到连第了咋的？"

贾英低声说："若不是鬼使神差，又出了一个叫'连弟'的孩子，我打听到的情况，可能就是真的了。"

王可一有些着急了，追促说："大哥，你咋不提大人的情况，只叼咕孩子的名？难道大人都出了意外？"

贾英见她像猜到了一些结果，这才慢慢说起打听王儒一家下落的整个经过……

王可一虽然有了些精神准备，听了后还是泣不成声。贾英等她止住泪水，才劝她说："旗人朝廷气数看来是到尽头了——就是一半年不趴架，也不能指望它抓贼报仇……听大哥的劝：把心放宽些，别求大富大贵，奔求个太平日子吧。"

王可一长叹一声，瞥了贾英一眼，低下头说："我已经到了山穷水尽的地步，哪里还敢想高口味？若能碰上个抵得上大哥一半的人，拉帮我活下去，那就烧高香了……"

贾英大吃一惊：我只帮了她些忙，她就把我看成靠得住的人，看起来真是"善有善报"……可我越来越觉得不是一个囫囵男人，已经没有男女间那种欲望，不能耽搁了这个俊俏的女人，他急忙直着肠子说："大妹子听说过烧教堂时死去的二师姐吧？她就是被我强娶到手又抛弃了的女人。老天爷报应了我，使我不能再陪伴女人了。剩下的日子，我只能尽量赎些罪过了……大妹子要好好活下去：小连第的下落我要尽力去打听——但愿他不是你的侄，你娘家人还活着……"

王可一见他想要告辞，咬紧牙关止住泪，去了外屋地；回来时手上托着两个大金镏子，非要贾英收下——"大哥的辛苦我就不说了，可我咋能让大哥搭得太多了。"

贾英一边躲一边说："大妹子，我算不上正道人，做买卖的本来路都不正。我为你跑两趟腿，确实花费了一些，倒是用到了扶危助困的正经地方。以后有用到大哥的时候，你尽管吱声。"一住嘴，他就绕过王可一，大步流星走出屋。

王可一追到屋外，看到贾英已经走出院子了。她望着他的背影，又想起劫杀阆山却放了自己的那个大瓢把子：他们都不是"正道"上的人，可好些"正道"上的人却不走正道，远远不如他们……

回到屋里后，王可一没放声痛哭，伤心的泪水却流了不少。心里没缝，躺不稳也坐不牢。悲哀、怨愤灌满了愁肠子。屋里渐渐黑了起来，使心里更堵得慌。她走出屋，离开院。

五

一连两天，刘豹乐得屁颠屁颠的，炮起蹶子请人、打酒做准备。第三天头上，他叫王可一换上艳丽的衣裳，等客人来吃喜酒。

进院的六七个人都穿便服，没有一个穿号衣的。让王可一感到扎眼的，是领头进屋的那个白白净净、利利索索的五十上下的老头儿，大半身的灰家织布夹袄上，有七八块五颜六色的补丁，分明是故意补上去的。王可一感到这个人眼睛特别毒，把自己从脸到脚打量了一遍，那眼神好像两只无形的手丫巴，伸到衣服里把自己的肉皮摸得起了鸡皮疙瘩。为了躲开这对放肆逼人的眼睛，王可一慌慌张张地捯那双小脚，里倒外斜地跑到外屋地，没活找活对切好的猪头肉改起刀。她等心稳当下来了，才装进盘端到屋里去。这时那个眼毒的老头子，已经在八仙桌正面一把椅子前站下——其他人都在桌边凳子后站着，好像那老头子即使坐下，他们也不敢跟他坐到一处。当她放下菜盘子，低头转身想回外屋地时，那个穿补丁衣服的老头儿，伸出一只胳膊拦住了她，还完全没把满屋人看在眼里，大大呼呼地说："我听说刘豹竟娶了一个如花似玉的女人，特来见识见识——想不到果然不假，竟是月里嫦娥的娇嫩小妹！我一来没多大闲工夫，二来我不走他们也拘谨，还可能影响夫人的兴致；请夫人赏我一杯喜酒，我好离开。"王可一听得又惊又疑，刘豹却麻利地把一杯酒塞到了她手里。王可一从来没当众向男人敬过酒，却见一屋人都静静地望着她，猜想这个人有些来路，只好双手举起杯。那个老头儿却不接杯，等把酒送到嘴边了，才"歇——"地一口吸进肚。那老头儿喝下酒，盯着王可一羞红的脸，低声说了句"后会有期"，转身向外走去。王可一发现其他客人对他极为敬畏，规规矩矩地送他出屋；而刘豹则拉起她马蹄袖口，也不顾新娘子当天不可出院门的老令，一直送到大门外，还点头哈腰地奉承："多谢大筐头老哥另眼相待，亲临敝舍增喜添彩！"王可一有些怀疑这人八成是疯子：姓名奇特、衣着举止怪异、表情神态如鬼似魔——但愿今后不再碰到他……

王可一随刘豹回到屋内，发现客人们不像方才那样有规矩了：像一群卸下夹板的毛驴子，横踢乱卷地奔向槽头，有的抓猪头肉，有的捧起酒坛子……王可一暗下打了个唉声，回身到外屋地取刘豹买来的驴板肠、五香豆之类的下酒菜。这些客人一个个喝得脑瓜门潮了，便连拉带扯让王可一陪酒，还让她招供。

王可一曾盼望成为名副其实的太太，可成了刘豹的填房正室后，她并没有半点的高兴心情，还很快就添了新烦恼。

六

大胡子头张作霖接受了增祺的招抚，成了大清国朝廷任命的不大不小的武官。刘豹以为自己曾随人去探过张作霖的口风，也算对他"有恩"，便以祝贺为名去拜访，提出要"借"几百两银子。张作霖个子小、脾气大，过去没把刘豹这个小杆子头看在眼里，现在也没瞧起这条将军府的把门狗，哪里会低三下四送银子给他花？不但当面说了句"我若有银子，还能他妈个巴子的举白旗吗"，过后还向增祺告了一状。增祺因为私下和老毛子签订条约，允许老毛子军队在关东三省驻扎，遭到各地爱国官民声讨，被朝廷免去了盛京将军要职。最近他由于招降了张作霖，使清朝皇帝祖坟有了安全保障，重新被任命为盛京将军了。他怕张作霖找借口再把人马拉出去，重当草头王，正处处笼络他。于是增祺传来刘豹，臭骂了一顿，还扬言要斩首示众。张作霖又做好人，说斩了刘豹会使自己"无法和将军老部下相处"。增祺便传令摘去刘豹红缨帽、扒下号衣，赶出将军府，"永不叙用"。邹乃莲听说后，急得吐了一阵血，咽下了那口气。刘豹当天就用一口薄棺材，装上她埋到乱坟岗子。他卖掉那所房子，天天假装上班去要钱……

王可一强压住一肚子火，强忍住满眼的泪，听完胡二嫂的话，低声谢过了。她买回袼褙后，一天天剪鞋底、粘鞋面、纳鞋底、绱鞋帮，不停地忙着。刘豹有些奇怪，问她为啥没完没了地做鞋。王可一不理不睬，继续忙手里的活计。过了好一大阵子，等刘豹不太注意了，王可一却又自言自语起来："过不了多久，就得吃百家饭了！没法子埋怨老人，把一双脚，给缠成了两个肉疙瘩。多做几双鞋，还能晚扎烂几天脚，多要几天饭……

等这双小脚扎成了血葫芦，就得爬到马虎山，投进大辽河了……"

王可一念出的歌子，虽然不像瓢泼大雨，却像一桶夹杂着瓜皮菜叶子的泔水，表面上是顺手泼出去的，却瞄得准准的。刘豹被浇了个狗血喷头：自己用谎话抹成的鬼脸，一下子被冲得七零八落，露出了原形。他脸上挂不住劲了，贼眉鼠眼地溜走了。但要钱鬼的脸皮，能薄上几天呢？你就是请个木匠，用刨子把他鼻子两边的脸皮推平了，转眼间就鼓出成片的疙瘩。你远处冷眼一看，红扑扑的，似乎变得含羞知愧了；但你很快就会发现，那是牛皮癣般的鳞片片，和猴腚上老茧般又厚又硬。刘豹卖房子的钱、折变邹乃莲留下的破东烂西的钱，输得溜溜光了，开始偷王可一的首饰衣物换钱去赌。王可一发现后，哭喊着和他撞羊头。刘豹似乎觉得理亏，磕头作揖地赔不是，还发誓。王可一再也不信他的鬼话，每天后背靠着柜门，手里忙活做鞋。她先做出的是一双黑千层底、白粗布面——这是戴重孝的人才穿的鞋。后来做的都是平常穿的，没有一双绣了花。刘豹好像真成了吐口唾沫也是钉的汉子，一连十多天没太出门。

立秋后的一天晚上，王可一在灯下缲完了一双鞋，已经过了子时。她脊梁一贴炕就睡着了。第二天醒来时，她发现刘豹不见了。她急忙摸摸小汗衫的兜——钥匙串还在；她刚宽下心想穿衣服，却发现躺下前搭到柜上的旗袍没了！她骂了声"是狗改不了吃屎"，下定决心做完手上的最后一双鞋，就去找贾英讨章程，甩开这条狗。

没等她甩开狗，狗招来一群狼，先闯进屋了……

七

两天后的下半晌，刘豹仍没露面，却闯进屋一帮客人：为首的是那个奇奇怪怪、白白净净的"大筐头"。他今天换了件古铜色布衣服，还是八成新的，上面也缝了好几块补丁。他身后跟了十来个人，其中有两个是来喝过喜酒的，缩头缩脑，一副丧气样；还有两个二十来岁的年轻人，穿的布衣裳也上了补丁。其中一个俊眉俏眼，精神头十足；另一个眉眼秀气，左眼梢下却有一块鸡蛋黄大的伤疤，折去了好多秀气。那个白净利索的老头子，把下炕让座的王可一盯了几眼，微笑着说："夫人有些清瘦了，却更加楚楚动人。"

王可一觉得他出言不逊，语近轻薄，当着众人的面，在自己的卧室之内，故意在称呼前不加姓氏，好像将自己戏成了他的夫人——回想起那天他阴阴地说过一句"后会有期"，更觉得他心术不正、怀有歹意，便红着脸说："我丈夫不在家，你们有事改天来吧。"

这是封门的话，等于宣布客人不受欢迎，撵客人滚球子。

可那个老头儿并没生气，也没挪脚窝，还掏出一张叠着的纸来，语气十分肯定地说："他不敢再回这惹夫人生气了——请先看看这张当票。"

王可一听了"当票"两个字，并没惊骇，只有些疑惑：这次他只偷走了我一件旗袍，并不值多少钱，他……咋还当了呢？她伸手接了过来，想看个明白。当她看到当单上写着"东倒西歪、缺砖少瓦、门破窗残之旧房一所，当银贰拾两整。当期叁月……"时，心头的疑惑不但没弄明白，还好像后脑海挨了一棒子，脑袋瓜子"嗡"了一声，两条腿再也支撑不住身子，一个屁蹲儿坐到了地上。那老头儿没惊没喜，抬起下颏，向身边的青年微微地抬了一抬；那两人立刻弯腰扶起王可一，搀她到炕边坐下。

第三章　大筐头陈忘我

一

　　王可一的心怦怦猛跳几下，便偷停一拍，脸色红一阵白一阵。过了足有半袋烟的工夫，心才跳得有规律，精神头也稳当了一些，猜想这个面皮总冷冰冰的老家伙，一定是当铺里的朝奉，可能是代表当铺来收房子的；在这个节骨眼上，自己无论如何也得顶住，便望着那个老家伙争辩："这房子是小女子和刘豹搭伙前买下的……我们是搭伙过日子，并不是夫妻；我的财产就是我的，他偷出房契也没权把它当出去！"

　　那个曾经被刘豹尊称"大筐头老哥"的老头儿，微微一笑，竟附和地说："那张房契上的房主名字，确实是夫人的姓名；夫人的话也说得在理：一男一女搭伙过日子，虽有夫妻之实，却非合法夫妇。他们原有财产，可以说还各自拥有……"

　　王可一听到这疙瘩，心情略微轻松了一些，觉得这个人很有见识，好像要替自己打抱不平。她刚想说几句称赞感谢的话，不料那个"很有见识"的人，只停顿了一下，却转变语气说起让她蒙头转向的话……

　　"不过呢，刘豹却说你们已经在前些日子正式成婚——我虽然来喝过一杯喜酒，却也信不过他；可他却给了我这份文书——请夫人再过目一看。"这个人好像对王可一高看了一眼，想起了应当遵守"男女授受不亲"这条古训，没有直接把又掏出的一份文书递过来，而是把那份文书交给他身边唤"云涛"的年轻随从，由他传给了王可一。

　　王可一有些疑神疑鬼了：难道那条不要脸的癞皮狗，弄出了假证据？可一搭眼，竟是一份正式婚书，白纸上的黑字写着"……核准刘豹娶王氏可一为妻"，左边还有一方红红的官印。她气得心在腔子里横蹦乱跳，两只眼睛直冒金花，身子从炕沿上出溜下来——虽然两条腿哆哆嗦嗦站不稳，却抬起右胳膊摇晃着那份婚书，拼力地大声喊道："我没答应嫁给他，我没同意办婚书，我要告他作假骗人、讹我房产、欺蒙官府……"

<h2 style="text-align:center">二</h2>

"大筐头"好像很同情她，设身处地地劝道："敝人相信夫人的话，这婚书十有八九，是刘豹背着夫人偷办的。可常言说，私凭文书官凭印，这可是盖了官印的文书。夫人识文断字，经历不凡，定然知道衙门里自古以来官官相护，恐怕不会准你的状子。再退一步说，就算你碰上了一位清官、好官，他能听你一面之词吗？刘豹是人是鬼，夫人应当是十分清楚的。常言说，狗嘴吐不出象牙来。他若在公堂上信口开河、胡说八道，诬陷夫人是某地某官的逃妾，或者造谣说夫人在丈夫死后当天便同相好男人私奔了，夫人能轻易护全自己的清白吗？依拙见，夫人还是大量些，不要与刘豹这种小人一般见识更妙些。"

王可一脑瓜门上沁出的冷汗豆子，挤得起了楼子，心口窝像挨了一锥茬子：这个老东西是吃哪门子饭的？咋对我的那些事，一清二楚……她两只小脚更站不稳了，踉踉跄跄地挪了几步，把脊梁靠到软山上，有气无力地自言自语起来："那可咋办呢？没了房子可咋过下去……"

"大筐头"听出她能听自己的劝告了，高兴地点点头，体贴地说："他是不该当出去的——夫人也不用担心今后没有住处……"王可一心里一亮，侥幸地认为当铺发现了刘豹不是房主，是来和自己商量解决办法的，便仰起脸坚定地说："我一定追刘豹把银两还给柜上……若是他把银子挥霍了，我负责去赎，不让你们赔账……"

"大筐头"却慢慢地摇摇头，不慌不忙地说："我不是当铺的人——刘豹把这张当票，作价三十两银子，转让给我了。我会替夫人把房子抽回来的。现在还得请你劳神，再看看这份文书。"

王可一觉得像陷进了迷魂阵：你从刘豹手中买去了当票，分明是图花三十两银子买到值一百来两的房子，咋会平白无故替我往回抽呢？她抬头看看这位"大筐头老哥"的脸，发现那张脸上满堆着笑容——不，这种笑很不老实，奸诈里夹杂着耍弄、得意中透露出阴险……她害怕那份文书包藏着灾殃，没敢接，推托说："我不看了，我要找刘豹算这笔账。"

"大筐头"皱了一下眉头，但很快又把那种叫人不易看出深浅的笑容摆了出来，客客气气地说："刘夫人——我现在还得尊你一声刘夫人——这份文书便是刘豹让我带给你看的账单。你一定要好生看看，它会给你带来好运的。"

王可一的心又疑惑起来：难道还有欠刘豹钱的人，他手里还有别人的欠条？不然咋会给我带来好运呢？她心里这么一厢情愿地想，便从云涛的手上接过了那份文书，打开看："立据人刘豹，欠'大筐头'陈忘我白银一百两整。因无力偿还，自愿将续弦王可一作价三百两白银，卖到陈忘我名下，为妾为奴任其处置。价银除已抵债一百两白银外，现已收到陈忘我所付白银二百两整……"

三

在场的人都目不转睛地盯着王可一。只见她小嘴慢慢往下咧，把圆脸扯长了，两手一扪撞，那份文书便飘飘摇摇地落向地面——那个左眼梢有疤的年轻人，探身捞到手，交给了陈忘我。

人们继续盯着王可一：脸煞白煞白，没一丝血色；两眼直勾勾的，把目光钉到了"大筐头"佯笑的脸上。他们中有的人——尤其那两个到这屋喝过喜酒的耍钱鬼，估计她会哭哭啼啼地认账求饶；也有的人——特别是那几个穿长衫的，认为她会挤出点笑模样向新主人讨讨好……谁也没料到王可一竟"嘎、嘎、嘎"干笑了三声，抬起右胳臂用食指锥着"大筐头"，咬牙切齿地骂道："刘豹不是豹，是猪是狗。你陈忘我，还当真没忘了我王可一，在我这个瞪眼瞎同意请人喝酒那天，你那双贼眼睛毒蛇似的把我盯得浑身发麻；你那时就起了歹心，开始设套、动爪子……是不是？你现在把我捏到了手心里，是想当小老婆玩，还是当奴才使唤呢？"

在场的人，都认为她急火攻心发了疯。陈忘我却看明白了：她把刘豹和自己都看成了仇人，愤恨到不顾生死的程度了。他发现这个女人与众不同，很有些眼光，还好像把生死置之度外了。他下决心晚一天再摆布她：我先堵上她的嘴，别让她认为我是先挖好了陷阱，才抓住了她这头狐狸精的；我请她看一出好戏，叫她看到我的威风，使她像封了皇妃似的高兴，乐得屁颠屁颠地请我给她上刑……

王可一痛痛快快地发泄了一阵，心情平和多了。她不愿在一群男人面前规规矩矩靠墙站着了，爬上炕，面对陈忘我盘腿大坐，好像说"我豁出来了，想咋的我接着"。

陈忘我板起脸，瓮声瓮气地说："证人呢？向王小姐说明一下实情。"

那两个耍钱鬼，一直虾米似的弓着腰，躲在众人身后；听到吆喝才哆哆嗦嗦走了出来，其中一个结结巴巴地说："刘侍卫……输、输秃了爪子，向大筐、筐……头借了一百两银子。他又输光了，便写了……这份文书，还求我们哥儿俩做证，确实是……是公买公卖，童叟无欺……"

王可一她又惊又气。她惊讶这个姓陈的真眼毒手阔，那天只看到了自己一面，就费尽心机想把自己弄到手；她气刘豹这条没长脊梁骨的瘫巴狗，竟然把自己卖了，还一定在为卖出了大价钱偷着乐……

陈忘我对这个结巴嘴有些不耐烦，讨厌地瞪了一眼，又鼻音很重地问："写文书的呢？"一个还穿着长袍马褂的瘦老头子，麻利地向前迈出两步，振振有词地说："老叟是天济赌馆的账房，对此事一清二楚：刘豹输光赌本后，拿一只手指当白银百两，继续往下赌，又输光了；赢家便逼他剁手指头顶账。大筐头仁心义气，借给刘豹锭银百两，使他逃过了血光之灾。刘豹感激不尽，深知无力偿还，请求大筐头照顾妻室今后生活，求老叟写下了这份文书……"

他一住口，王可一便抽动了一下嘴角。陈忘我猜想她并没完全相信，便面对王可一补充说："本人行走江湖多年，最重的是朋友义气。刘豹为人虽然有些苟且，但他以家室相托，我也不能小看这宗托付。"他说到这，又回过头看看身后众人，颇为郑重地接着说："古人说'朋友妻，不可欺'。我不仅要顾看好王小姐今后生活，绝对不会出手玷污她的清白；还要让她享受安安全全、有吃有穿的风光日子。"

跟他闯进屋的那些粗鄙汉子、瘪老头儿，立刻哈巴狗似的"汪汪"起来：有的夸陈忘我"义薄云天，举世无双"，有的赞他"行侠济困，直追古贤"……

陈忘我却板着脸，挥了一下手；而那些捧臭脚的，一个个都哈巴狗似的夹着尾巴，闭起狗嘴溜出了屋。

陈忘我在地上踱了几步，又对坐在炕上疑神疑鬼的王可一说："你今天心情不好，我也不打扰你了。等我明天把房子替你赎回来，再安排你以后的快乐日子。"他也不管王可一是啥态度，紧接着对那俩年轻人发令："云雷在这里领人照看王小姐。云涛去通知门下众人：明日辰时一刻在永发当门前聚齐。"那俩年轻人恭恭敬敬地同声答应"谨遵师命"。

四

屋里只剩王可一孤身一人了。她到炕梢拽下个枕头，脚朝外躺下，默默地想：命运咋这么捉弄人？当年我梦想当一品夫人，却被阚山抢到手做了小老婆；我认可老老实实地做伺候他一辈子的小女人了，他却又大难临头时只顾自己逃命……他一死，我成了寡妇——其实是他的弃妇。这场劫难后，我先被一个狼心狗肺的男人硬占了身子，做了他的姘妇；没想到他一把我的宝贝骗到手，就把我像一把大鼻涕似的甩了。刘豹这个披了一张人皮的畜生，毛驴子似的蹂躏了我；逼得我为了活命，不得不稀里糊涂地跟他搭伙过日子。我做梦也没想到他暗下办了婚书，成了他的填房；又做梦似的被他把我卖给了一个奇奇怪怪的老头子……文书上写着"为妾为奴"随他的意。这老头子花了好几百两银子，还费了不少的心机，一定是要把我当小老婆玩一阵子吧？这个叫陈忘我的怪老头子，跟那几个玩弄过我的男人不太一样：他不忙寻开心，还当众说了句"不玷污"我的清白；那他图啥呢？他还说要在替我抽回房子后，再安排我过快活日子……我被人抢过、骗过、强奸过，现在又被卖过、买过了，还能有什么快活日子呢？难道他想像姓阚的对待彩荷，把我送给别人玩弄……

晚饭是那个叫云雷的青年，领一个饭馆的堂倌送到屋的。从食盒里端出的菜还冒着热气。王可一吃完饭后也不插门，铺好被褥，脱去外衣，把一个被角搭到腰上，闭上眼就睡……她知道刀把握在别人手里，自己咋想也是任吗不顶，只有听天由命的份儿。她有了这种心情，竟然安安稳稳地睡了一夜。

早饭后，一辆紫红色篷、绿纱帷子的骡车，停到了门前。云雷请王可一换套出门的穿戴。王可一猜想：这一定送我去他师父的府上，去做"姨娘"或侍妾了。她想到那个老头子不急不慌的样，推测他身边一定有不只一个两个女人：我进了那个院，一定有不少站在明处、躲在暗处的人，对我指指点点，评头品足。人把握不了自己命运，丢人却不能丢了面子！于是王可一涂脂抹粉、描眉梳头、插钗挂环，挑了件水蓝色绣花旗袍，慢慢离开屋，上小车子。

骡车在哗哗啦啦的铜铃声中，有节奏地颠簸着。王可一发现云雷并没坐到车左的耳板子上，而是跟在车旁小跑，觉得"大筐头"的家规挺严。她还发现经过的路挺熟——想起去求贾英时走过，暗下叹惜：他真称得起古道侠肠，对自己仁至义尽；可叹我新摊上的这档子事，像响晴的天冷丁的一声霹雳，眨眼间就下起了瓢泼大雨，浇得我来不及问他是吉是凶……她又想到了陈忘我：他神秘兮兮，阴阴阳阳，让人不知道他是干啥的，也让人猜不透他想干啥、会干出些啥来……她眼前闪现出首饰店里的鸟笼子：小鸟一被捉住关进去，便只有听天由命的份儿了……

她承认自己已经是一只笼子里的鸟。

五

骡车进了大北城门。在朝阳街上走出不远，便停下了。云雷到车前撩开车帘。王可一往前一望，十来丈外的道东便是永昌当铺，门前的路上熙熙攘攘挤满了人。这些人衣服褴褛，蓬头垢面，却脸朝东站着队伍还挺整齐：每队都四人一排，把往南去的大路堵了个水泄不通。她再细看：紧贴骡车的一队，头排四个人都拿着竹板和碎嘴子，后边的人都提溜着牛肩胛骨、猪哈拉巴一类的骨头棒子。挨着他们的一队，头排四个人握着白茬木棒，后边的人拄着长棍短杖。靠近他们的那一队，领头的各抱了一只猴子，后边的人或牵狗或架鹰，或手托鸟笼子或肩上落着鸽子……最南边的那一队人最多，领头的各拎一个瓦罐子，他们身后有男有女，有的捧盆，有的端碗，有的挎个破筐，有的背个油污的口袋。这四队人马多的二百挂零，少的也有五六十人。王可一心里纳闷：哪来的这么多叫花子？他们为啥堵住了路？再看永昌当铺门口，十多个穿着长纱衫、短布褂的，一个个拖着黑亮的大辫子，却像热锅上的蚂蚁，不停地跺脚、打磨磨转……这两帮人——十多个永昌当铺的店东店伙和数百号叫花子外面，围着黑压压看热闹的人；在看热闹的人和叫花子的中间，有群戴红缨帽、穿号衣、拎着大刀的马快步卒，背对着叫花子，脸朝着围观的，在拦挡看热闹的人往里挤……

王可一发现四队叫花子中间，闪开了一道缝——云涛从永昌当铺对面的一个布庄走了出来。他越过街道，在永昌当铺门前转过身，把手背朝下的两只手往上一托，街道上四队叫花子立刻行动起来：竹板、骨头棒子敲打得啪啪震天，长棍短杖咚咚捣地，猴子、狗尖声乱叫，瓦罐子、破碗敲得咔里咔嚓……永昌当铺那帮人，把云涛团团围住，不断地作揖打千。可云涛的脸，像白茬棺材板，冷冷地哭丧着。后来，可能他被纠缠烦了，高高地举起两只胳臂，"哇"地叫了一声；那些领队的叫花子，齐刷刷地转过身，也把手上的竹板、木棍、猴子、瓦罐高高举起，也一同猛劲地"哇"了一声——所有在场的叫花子立刻停下手，咧开大嘴一齐号了起来。真是哭声冲天，哀声动地，谁也猜不清永昌号死了多少家口……在凄厉的哭号声中，有个老叫花子突然一个跟头栽到地上，再也没有爬起来；他周围的同伴好像没有看到，照旧为永昌当铺哭丧。

王可一高高坐在车上，眼界比车下人开阔，把一切看得清清楚楚。她恍然大悟："大筐头"就是叫花子的大头子。她也明白了把自己拉到这里，是要让自己见识见识陈忘我是怎样替自己往回抽房子的。如果说她开始看到叫花子队伍时，感到的是新奇；云涛指挥下的叫花子乐器大杂奏，使她开始认识到了这些最低贱、最无能的人聚成队伍，竟然有巨大威力；而哭号声一起，她不仅心惊肉跳，眼泪也被一浪高过一浪的悲声引出来了。她虽然是坐着，却感到骨软筋酥，眼巴巴地望着云涛，盼望他早一点发令，停止众人的鬼哭狼嚎。接着，她看到一个穿绛紫色纱衫的老头儿，跪到云涛的身前——估计他就是永昌当铺的东家，不断地哀求。云涛昂头不理，一对眼睛盯着街对面。王可一沿着他目光转头望去，看到陈忘我从那个布庄走了出来，可离开门两三步便停下脚步。王可一见他又换了身深驼色布长衫，脸上不怒不躁，显得十分斯文从容。他背后，跟着两个十三四的小童。陈忘我站下后，把两只小胳膊抬起，抖了几抖，把衣袖褪到肘上，然后双手握到一起，放到胸前。云涛好像得到了号令，立即又把双手高高举起，冷不丁把两手挥落——哭号声戛然而止。整个街筒子静的，使王可一听到了那个老花子捯气的声。

六

永昌当铺的掌柜的乔永昌——就是那个穿绛紫色纱衫的,跌跌绊绊地挤过叫花子,跪到陈忘我腿前哀求:"请大筐头高抬贵手,饶恕小人这遭……"陈忘我满面冰霜地说:"乔永昌,你在奉天财大气粗,手眼通天,我这个叫花子咋受得起你的大礼!"他身后那两个小童,便一边一个把乔永昌架了起来。乔永昌不敢辩白,低头请求:"小人不知在哪件事上冒犯了虎威,请明示一二,使小人能有谢罪的机会……"

哭号声一住,王可一的心情已经平和了不少。她没料到"大筐头"竟然有这么大的威风,瞪圆眼睛看他咋发落乔掌柜的。她发现大筐头那贼毒的目光扫了过来,刮得脸火辣辣的,忙不迭低下头;却听到了他拉长的发问声:"乔掌柜的,你接过将军府侍卫刘豹的一笔当吗?"

王可一赶忙抬起头来,只见乔永昌仰了一下脸,又急忙低下头,老实地招供似的说"接过,当的是一所房子"。陈忘我紧盯着问:"房契上的房主是刘豹吗?"乔永昌的身子抖了一下,有些忐忑不安地解释:"房主……是他夫人。不过呢……按常理说,他还是……有权处理的。"这话好像惹恼了大筐头,他气势汹汹地训斥:"刘豹不务正业,为人苟且,偷出王小姐房契典当;你贪财忘义,不问不访,还把好端端的三间大瓦房,说成'东倒西歪、缺砖少瓦、门破窗残',只当了二十两银子,真是吃人不吐骨头!"

围观的百姓拍巴掌叫起来。乔永昌早已两腿发麻,若不是有两个小童架着,立刻就得瘫坐到地上了。他没想到刘豹还会认识这个花子头,急忙在哭丧脸上挤出几分媚笑,巴结说:"大筐头老爷,当铺上的文书都是那种写法,请你老不要责怪。小人不知道刘豹是你老的朋友;现在一定知错就改,原契璧还……"

大筐头并不满意他递出的价,还故意找碴儿,大声呵斥:"我这个叫花子头,是哪一路的老爷?用不着你胡开金口、乱捧臭脚。刘豹那个要钱鬼，有德行做我的朋友吗？王小姐房契被盗，求告无门。我听说后心不忍，才请来弟兄们忍饥挨饿，替她讨回公道。你是不是原契璧还，也不用问我们这些叫花子——你就请问一下四周围观的老少爷儿们，让他们指点你该咋回答王小姐吧。"他说完，扭头看了坐在骡车上的王可一一眼。

王可一忙低下了头。

围观的人多半是老百姓，哪一个对当铺有好感？还听到这位大筐头对大家的抬举，立刻有几个人高喊"璧还""赔礼道歉"；紧接着"赔礼道歉"和"璧还"的喊声，可就在满街筒子响起来了……

乔永昌听大筐头回了价，立刻有了精神头；可没等表态，声浪就从四面八方卷过来了。他慌忙向四方作揖，可远处的人看不到，继续喊……

云涛爬上永昌当铺门前的一只大张着口的石头狮子，站在它头上，高高地向上举起两只手，略等了一会儿，猛然把双手挥了下去——围观的人，已经看到过他对花子大队人马的指挥，便随着他的手势止住喊声。云涛也立即高声宣布："乔老板已经接受大家的指点了！"

乔永昌对那帮挤到他身边的伙计发起威来，大声喊道："还不快些抬出一筐铜钱来——敬送花子门弟兄每人一百文。"

大筐头听了后，俯身低声说："还有三十名为你护场的巡城司衙门来的朋友，那可不是一百文打发得了的。"

乔永昌赶紧答道："小人设宴款待，每人慰劳白银二两……请你老先到聚宾楼歇息，小人稍后便去谢罪。"

那两个架着乔永昌的年轻小伙，见大筐头微笑着点了头，才撒手松开他。云涛过来低声禀报："有个老弟兄身患重病，闻令后抱病赶来，现已撒手归西；是否赏一副薄棺？"大筐头摇头说："他虽然遵命听令，却算不上功劳。赏他一领苇席，免去陪葬物件吧。"

王可一在车上听了，背后冒起了凉风：他咋这么吝啬，竟然主张用一领炕席卷了那个老花子？她又一转念，觉得他还有些善心：有些为富不仁的财主，做善事掩埋路倒时，总要把四个木头勺子做陪葬，让他下辈子托生驴马报答自己;大筐头却免去了这些陪葬物……

考虑这些问题的工夫,王可一没看到大筐头去聚宾楼等待孝敬,也没发现乔永昌托着一个铜盘走过来了。

七

云雷在车旁低声提醒:"乔掌柜送房契来了。"王可一这才发现乔永昌到了车前——托着的铜盘里放着一个三两重的银锞子,下面压着一张房契。

开当铺的人,不但贪婪势利,都有一对兔子耳朵。乔永昌听说过陈忘我这个"城北大筐头",不仅诡计多端、心狠手黑,还换过好几个小老婆。他估计这个花子头,今天也不会无利起早,一定是刘豹这个脸盘挺受看的老婆给他挠过痒痒了。乔永昌一认定今天这个大霉,是这个贱女人给带来的,又见大筐头已经走开,便有些挖苦地对王可一道歉说:"小老是个瞪眼瞎,看不清事,得罪了刘夫人。现在原契璧还,并敬送少许胭脂钱,以谢得罪之罪;还请刘夫人暗下在大筐头面前多多美言。"

王可一听出了他在讥讽自己依仗野汉子欺压人,又羞又气,把伸出去取房契的手缩了回来。云雷却跨上两步,指着乔永昌,对王可一说:"姨娘,您没看出乔掌柜的对您多么尊重吗?您若不收回房契,他做梦都会怕我师父再领人来把他叫声'乔老爷'的!"

乔永昌打了一个激灵,急忙取出一个二十两重的银元宝,又放在铜盘上,向王可一和云雷连连作揖,还有些前言不搭后语地说:"小人眼拙,没……不知道贵人是……大筐头的……如夫人。大人不见小人怪,敬上薄礼,以表歉意——不,是祝贺,祝贺……"

云雷见女主人羞得脸更红了,还不伸手,就取过房契和银子,塞到她手里,对车老板喊了声"咱们走"。

乔永昌望着小车子掉过头奔向大北边门了,才转过身,低声骂了句"穷鬼比财神还难答对",去了聚宾楼。

这天晚饭后，王可一坐在炕边回忆着白天的见闻，感到大筐头外表文质彬彬的，挺儒雅；其实骨头里比刘豹更加凶狠阴毒，而且手里还掐着很大的一股力量。她觉得自己小胳膊拗不过大腿棒子，不管是福是祸，只有服服帖帖任他摆弄这一条路了。如果把他伺候顺心了，或许今后的日子还能不愁吃穿……我已经遭人抢过了、叫人骗过了，身子已经一次又一次地叫狼一样狠、狗一样贱的恶人玩弄过了——若有个正经的男人娶过我、心疼过我，豁出命为他保住清白也还值得……现在只有为了活命这一条了——姓乔的嘲笑我是个贱女人，可他一个大老爷儿们，还是个大掌柜的，不也像一只贱猫似的让人要弄吗……为了活命，我这个穷途末路的女人，对买了的人只有笑脸相迎了……

她听到门外传来了车马声，听到西屋的云雷迎了出去，赶紧下地拢了拢头，抻了抻衣襟，站到屋地当央等候。零乱的脚步声奔向了西屋；她还从杂乱的声响中听出了在安放东西。她心里打起了叉叉：他可能要送我一些穿戴铺盖的，那可应当送到这屋来呀……她知道自己现在像头牵进了磨道的驴，只有听吆喝的份儿，没敢出屋，又退回炕边坐下了。

大约过了半顿饭的工夫，屋门被慢慢推开了。王可一麻利地从炕沿上出溜下来，站好。打头进屋的是那两个给"大筐头"打过蒲扇的半大小子。一人擎着一个铜蜡台，上边点着小胳膊粗的金字大红蜡，分别放到了炕头和炕梢，转身走出了屋。王可一骨碌起那对眼珠子：炕上点着的一对大红蜡，上头都有"龙凤呈祥"四个金字。她忆起了阚山把她抢到手的那天晚上，洞房里也点着这样的一对大红蜡……她心里有些紧张，可也有些迷惑：他若跟我入洞房吗？就算不给我啥名分，我没资格跟他拜天地、喝交杯酒，也得赏给我一套吉庆色新衣裳、叫我给他的祖宗牌位磕个头吧？她的心还在闷葫芦里扑腾，云涛、云雷又双双走进屋来了，躬身站到了门两边。王可一又猜想起来：他在花子门里是个有身份的人，还挺讲排场；今天可能只是要同我商量咋办喜事了？

陈忘我终于露面了。王可一急忙把他从上到下扫了几眼：辫子是新梳、新编过的，脑门又宽又亮；胡须新修剪过，唇上八字胡的尖往上翘，唇下的疙瘩胡刮得像小方块，跟下颏上的山羊胡子连在一起，有点像一把倒垂的短剑——王可一还不知道陈忘我平时不太修剪胡须，只在要娶姨太太的时候才修剪成这个样式，自称是"双刀钩月剑追魂"式。他身上穿的是白绸子便服便裤。让王可一感到古怪的，不仅是素得不能再素的颜色，还有他那对襟短褂上的九个纽襻疙瘩：中间一个是金的，上边四个是红珊瑚的，下边四个是黑的，但看不出是啥做的。她没时间细琢磨，急忙迎上两步站稳，抬臂屈腿，向他道了句"老爷万福"，又接着道谢："感谢老爷费心尽力，为可一讨回了公道。"

大筐头却好像没听到这句感谢——或者说是讨好的话，却有些柔情蜜意地说："你今天在车上坐了小半天，一定很累了吧？让我给你按摩按摩，松松筋骨吧……"

第四章　为了活命豁出命

一

从此以后，大筐头每隔一段时间就来瞧看一次王可一。他每次来都在晚饭后，先到西屋换行头——花子门的规矩，在外行走是不许穿绸挂缎的；但在家里是不受限制的。王可一头一次熬刑后，曾偷偷到西屋瞧看过，发现那才是他娶姨太太的洞房：两对大红衣箱靠西山墙摆着，绣着鸳鸯戏水的双铺双盖铺在炕上；连那对连二大枕头的顶子，都绣着并蒂莲……大筐头确实言而有信，对花重金买到手的"可奴可妾"的王可一，只大夫似的给她按摩，并没有玷污她的清白。他还像是个负责任的男人，不仅及时派云雷或云涛带人送来米面油盐，还每月发给一笔零用钱。不过王可一对他惧之如虎，他每次用那双魔手品味完她那"冰肌雪肤，莹润玉腻"的娇嫩胴体，都叫她经历一场几乎丧魂散魄的劫难。

王可一恨透了大筐头陈忘我，王可一当然想跳出火坑去，逃出"真害我"那双虎爪子。可是她也清楚：自己住的这三间房，已经成了监牢狱，黑夜白天都有壮实的叫花子看着；自己又是个一步扭搭不出一尺远的小脚——除非大魔头身边的人肯帮忙，偷偷地找来贾掌柜的，再拉帮一把……这招不是她凭空想出来的。她在这段经历中，发现了云雷和云涛的差别：云涛给自己上刑时，疯驴般野蛮，把自己往死撅咕；由他带人来送东西时，总要打发走脚力，逼自己"欢欢实实地陪小爷乐和乐和"，还一不如意就连骂带掐；好像自己这个他师父名义上的小老婆，前世欠下了他数不清的仇恨和债务，可下子有了报复和讨还的机会……而云雷奉命给自己上刑时，

总在送走师父后给自己盖上被，长吁短叹地躲到西屋去；还在第二天再三
嘱咐自己"对外人千万别说我不像个男人"。王可一心里纳闷：自己是个
没到三十岁的女人，不只有一张俊俏的脸盘，还不敢，也无力抗拒；而云
雷，恐怕离二十还得差一两岁——三岁的牤牛十八的汉，咋会嘴边的肥肉
不吃、现成的便宜不捡呢？难道他真是个天上少有、地上难寻的正人君
子？她下决心证实一下自己的猜想，梦想他能成为帮手，使自己有机会跳
出火坑。

一天上午，云雷带人来送米面。粮店的人走了，云雷却磨蹭到东屋，
还不时地往王可一的脸上搭两眼。王可一见他小脸飞红，下嘴唇还扯动了
几下，却没说出话来，便有些疑心了：这副嘴脸，不是对女人心邪眼馋、
却又不太敢下把的熊贱样吗？他比云涛年轻，可也通了人情。

云雷呢，心里确实有打算——却跟王可一的猜想并不一样。他这次把
东西送到后，没马上就走，还进了东屋，只想仔细地看看她那张俊脸，还
想试探地跟她唠几句家常嗑。可一把目光瞥到她脸上，自己就被她那双眼
睛死死盯住了，还看出了那目光流露出了不本分的念头。他平时很少和
女人打交道，立刻就臊得脸通红，慌得不知咋起话头了；等听到她表示自
己"想咋求咋用，奴家都会乐乐呵呵地让你遂心如愿"，便慌得结结巴巴
地表白："我不是……是想……劝劝你，别得罪师父……那会倒霉的。"

王可一暗暗念了一声"阿弥陀佛"，觉得自己还没看走眼，便有些着
急了，想再试探试探他能不能说实话。她想起了陈忘我白褂子上的那九个
奇怪的纽襻疙瘩，便问："你师父白绸褂子上的纽襻疙瘩，咋三个色？是
不是代表他的身份地位？"

王可一不是好奇打底，提出这个问题的。她暗下琢磨过这个问题：陈
忘我敢在自己面前穿那件衣服，该不是花子门的机密。云雷若不敢向自己
解释，就算他心眼不太坏，也是个胆小鬼，没法指望他帮忙。

云雷听她提出了一个自己没想到、也不能对她说明的问题，慌乱地回
答："我不……知道。"

他本想说"我不能告诉你",可刚说出两个字后,便觉得这么回答不妥当,很可能引起她的猜疑,便半当腰改了嘴。

王可一见他躲躲闪闪,心凉了半截,却又还有些不甘心。她想起云涛头一次给自己送月份子的时候,说过"按师父定的规矩,你们姨娘每月有二两银子的零花钱",便又试着问:"你师父娶了不止一个姨太太吧?"

云雷略微迟疑一下,含混地点了点头。

"你师父对其他姨太太,也像对待我这样吗?"王可一又追问。

云雷被逼得脑瓜筋乱套了,慌张地推托说:"我不清楚……你要想知道,方便的时候问云涛师兄吧,他兴许能告诉你。"

云雷有些怕她再问出更不好回答的问题,慌里慌张地离开了。

王可一见他兔子躲老鹰似的跑开了,自言自语说:"这小子心眼不坏,可胆子太小,是指望不上的。"她蔫头耷脑地坐了一阵,忽然想起了云雷跑开时说出的最后一句话:"方便的时候问云涛师兄吧,他兴许能告诉你。"她断定云雷不是不知道,而是不说,也就是不敢说。他让我"方便的时候问",这不仅是要我背地问,还得趁云涛心顺的时候问。王可一的心又欠开了一道缝:云涛心狠手辣,敢作敢为,好像大魔头也更信任他……这种人若是肯搭手帮我一把,那可就借劲多了!

二

一天后的下半晌。王可一坐在炕当腰,脸对着吊起的窗户扇歇凉。一听到房前有扑腾扑腾的脚步声,她便站起身张望:云涛进院来了。她心中暗喜:这可真是想饹饹不来面——我正想试试你能不能抻起一根套,帮我拽出陷住的车,这匹疯马就自己踢蹬上来了!她觉得这是个好兆头,便想下地送去笑脸,换回个高兴来。她刚直起身,外屋地开着透风的那两扇板门就嘎吱嘎吱响起来。她心里叨咕了一句"这小贼偷急了嘴,兔子似的蹦进了屋,还一进屋就插上了房门",也抬手"呱嗒"一声把吊着的窗户扇放下来。

云涛一进屋就报苦劳:"为了给你送月份子,晒得脑袋瓜子直冒油!"

王可一刚提上鞋,忙从偏襟小褂第二个纽襻疙瘩上摘下汗巾,扬起胳膊给他擦汗;还顺情说好话埋怨他:"死心眼子冤家!咋不挨个把时辰,等凉快些再过来?我也不是等着这二两银子买米下锅。"

云涛有些无奈地说:"老头子画出了死杠杠,叫我晚饭前赶回去——我若不顶着毒日头来,哪里还有歇乏的空。"他一住嘴,又奸笑地掏了她胸脯子一把,补充了一句"也省得你白盼我来了一次"。

王可一听了,明白他只是想从自己身上找些乐和,并不是他心里真惦记自己,却假装高兴,抿嘴还了他一个微笑——心里却在考虑另一件事:两个月来她暗暗留意他们师徒的言谈举止,发现云涛比云雷奸猾,可也抓到了一些他内心里感情起伏的痕迹:他心情好的时候,人前背后都把陈忘我叫"我师父";但近来他却在不高兴、又没第三个人在场时,把师父叫作"老头子"。现在她心里暗暗地高兴起来了:你心里不顺畅,十有八九是挨了陈忘我的狗屁呲。你想要拿我顺顺心,总得赏我个笑脸吧?我套起话来可就方便了。

云涛把两只胳膊往后背过去。王可一明白他是叫自己替他脱衣服,便动手解他黑布褂上的纽襻疙瘩;边解边问:"你这纽襻是清一色的亮铜疙瘩;你师父白绸褂子上的纽襻疙瘩,咋花里胡哨的三个色?"

王可一咋又从这疙瘩开口问上了?她读过几年书,还懂得社会上一些场面上的事。她从官员的顶子、补子分高低品级上推算:花子门是个帮派,可能用纽襻疙瘩的多少、颜色,分大小高低。这种标志算不上是啥重要机密,很可能是半公开的,也就不咋挡嘴;云涛的胆子略微大一点,或者嘴略微松一点,就会抖搂出来,自己也就可以大起胆子往前再拱一步卒,继续向前试探了。实际上,她犯了一个自以为是的错误。云涛板起脸吆喝:"女人头发长,舌头不能长。不知道的事,别瞎打听!"

王可一心里骂了一句,却不得不继续摆出笑脸伺候他。她把黑布褂子抖到炕上，想抹平叠好。她刚哈下腰，云涛就从身后抱起她，往炕头走了两步，搂她一起倒到炕上……

三

接下来十多天，让王可一成了糊涂棒子——陈忘我和他的两个徒弟，都没露面；不过柴米油盐等生活日用品，却由一个老花子送过来：放到房门口，不叫门也不吭声，掉屁股就走，好像屋里圈的是豺狼虎豹，怕招惹出杀身大祸。

一天，太阳爷快钻进被窝时，云涛晃晃荡荡地撞进屋来。一乍一猛的王可一没细想，以为那只老乌鸦又要进宅了，自己又要遭一场大难了，竟然没看出来云涛已经灌成了醉鬼，打怵地颤声问："你师父来了咋的？"

云涛却愤愤吵吵地骂道："你真是个贱货——那个老东西把你捏鼓出邪瘾了咋的？小爷告诉你：老鬼领着小鬼崽子到边外显魂去了……"

过了几天，云雷露面一搭话，王可一的心可就乐得像烀透了的肥肉块子，掉进了热铁锅——颤颤巍巍地嘚瑟起来了。

云雷是在她吃完早饭时来的。一进屋就几乎和她挨着肩膀坐下，亲热地说"快一个月没见面了"。

王可一已经从云涛那天的醉话里吧嗒出滋味：云雷跟陈忘我的关系腻了起来，已经把云涛挤到下风头了。她怀疑云雷的贼性也水涨船高，好像要向自己下笊篱了。她有些讨厌他了，便说"天还没贴晌，天就下起火来了"，起身拽开一扇上半截窗户，踅摸院里有没有人监视——云涛头一回大白天拿自己当零嘴嚼啃时，是一进院就把那条看门狗撵开了的。

云雷稳坐钓鱼船，不慌不忙地说："你不用担心。今天看守这疙瘩的人，是我的好朋友，他不会偷着听声的。"

王可一觉得看穿了他的贼心眼：这小子的胆，原来小得像豆角粒，现在大得像倭瓜了，分明是想照着云涛那个葫芦画瓢——我得叫叫步，看他敢不敢吐出些实话来:如果他也和云涛是一道耗子,只想拿我图乐和,我只好死了跳出火坑的心,混到死算一辈子了……她站在炕上没动弹,问道:"小兄弟,听说你跟随师父出门了;都去了哪疙瘩?"

云雷没有回答她的问话,却订正起称呼来,认认真真地说:"你不要叫我'小兄弟',你是我的长辈。"

王可一却有些恼怒地说:"你把我当姨娘看?我明白,你也不糊涂,我都不如窑子里的人!"

云雷突然站起身来,小声地说:"我不敢那样看待你;因为……你十有八九是我的亲姑姑。"

王可一大吃一惊,慌张地问:"你也姓王?你是哪旮旯儿的人?"

云雷却不回答,固执地说:"你别问我——让我问你,你是不是建安人?"

王可一肯定地回答了一声"是"。

云雷又问:"你是不是十七岁时,被建安县衙一个姓阚的典史,抢去做小的?"

王可一瞪圆了眼睛,又肯定地回答:"是!"

云雷又追问:"你的老父亲是不是叫'王儒'?"

王可一忘了自己是双小脚,蹿向炕边——心急脚慢,若不是云雷把她抱住,就一头扑到了地下。她不等坐稳,就两手抓住云雷一只手,摇晃着反问:"你是咋知道的?"

云雷抱住王可一,悲痛地说:"老姑,你咋一点没认出我来……我是'连第'呀!"

王可一听了"连第"这个名,立刻清楚地想起了往事:自己十岁挂零的时候,三哥王可显娶亲了;转过年三嫂生下了一个男孩。父亲希望大孙子将来进考场连连及第,便给取了个乳名叫"连第"。自己被抢走那年,连第刚五六岁……

人,特别是那些精细的人,碰到超出意料的惊喜,往往会想方设法验证一下是不是在做梦、是不是在讹传——怕自己像一只叼到猪尿脬的馋猫，落个空喜欢。王可一眼下就是一个这样的人。她咬咬下嘴唇，很疼；又狠狠地拧了自己大腿一把，也很疼——才断定了不是在做梦；却又抑制住自己的激动，对云雷刨根问底，也有些敲山震虎地问："你认出了老姑，咋拖到今儿个才打破这个闷葫芦呢？"

四

云雷急忙解释："我对小时候的事，只记得自己姓王，叫'连第'，住过的村子的名里有'凤凰'两个字；别的就都不知道了。我刚听到你的名时，模模糊糊回忆起来：好像有个姑姑，名'可'字引头，可末尾的字却忘了……我想了好长时间，却只又回忆起了一件事：好像有人说过你'有一品夫人的命'……可这话是谁说的、为啥这么说，却越想越糊涂了。前些日子，我随师父去柳条边外，才有机会打听出了老家可能叫'凤凰坨子'。我又到凤凰坨子打听，才知道爷爷是个教书先生；是'你可一姑姑被阆山典史抢去做妾后搬走的'……我接着打听你的下落，知道姓阆的被寻仇的人给杀了；你的去向，有的人说你投奔娘家人躲起来了，也有人说你……被人拐卖了。所以我一回来就找你对证。"

王可一想起了贾掌柜说过的话，便又问了一句："你咋不回家问问老人呢？"

云雷悲伤地说了一句"除了老姑，我哪里还有老人"，接着就一边流泪，一边说起幼年时经历的凄惨往事……

王儒一家五口，离开了建安县。在进入彰武地界后，碰到了清剿土匪的官军。为了安全，王儒决定随在一股官军的后边往西走。他们万万没想到：这股官军的贼眼睛发现他们带着一笔数目可观的银两。一天，王儒全家住进一个小店。半夜时，这股换了百姓装束的官军冲进小店，谎报是民团，硬说这一家子是"化装潜逃"的胡子；把四个大人五花大绑，搜走了赃物。四个大人被押走时，连第拉着妈妈哭叫，被一个当兵的一脚踹倒，左脸蛋子撞到门槛子上，抢下了一块肉。一个要饭花子可怜起小连第，带他离开客店；用破布包上伤，天亮后领他朝那股"民团"去的方向缀下去。不料才追出十多里，在路边的一座破庙里见到了四具无头尸。他听起围观的人小声议论。有的说，上半夜曾有"一伙民团"押了四个胡子在庙里休息；有的说，后半夜从庙里离开的是"一队官兵"。这两种人各持己见，争论不休。带人看守现场的里正听到后，板着脸吆喝："我得到信后，已派人去县衙报案。一会儿县衙来了官差，你们只说'无头尸是一队看不出身份的人，经过后遗留下的'好了；胡言乱语惹出麻烦来，我可没法子帮忙解释。"

连第虽小，却认得爷爷、奶奶、爹爹、妈妈的衣服……那个叫花子一看出人是官军为了劫财而诬良为盗杀的，还割去人头回去报功领赏，便怕他们万一返回来把孩子杀了灭口——还可能把自己也剁去脑袋瓜子领赏了，急忙领连第躲了起来。他等这件事略微平静些，自己一个人从那个小店到破庙的沿途细心打听，坐实了自己的推断：王家四口确实是那股官军化装成民团劫走的，走到破庙先杀了两个男人，又将两个女人轮奸后砍了头；换回军装后，提溜四个人头离开……

王可一对云雷的介绍，听得十二分的认真。云雷的介绍却很简单：一来他那时年纪小，还只知道家里人是在小店被捉走的；二来救他的那个叫花子，怕他岁数小，嘴不牢，说出实情惹出祸，自己也要受连累，便没把实情告诉他。因此，他只知道凶手是"一股土匪"……

王可一在侄儿劝慰下止住了泪，却又起了疑心，抽咽地问："你不是对童年的事没记得多少吗？对这些事咋记得这么清楚？"

云雷听出了姑姑对自己还有怀疑，急忙解释："我只记得爷爷奶奶和爹妈被人抓走了……后来的事，都是救了我的那个花子告诉我的……"

王可一又试探地问："你师父怪得出奇……对你和云涛倒特别信任。他知道不知道咱们娘儿俩的关系？"

云雷点点头，又摇摇头，犹豫了一阵才低声说："师父对我倒挺信得着……云涛比我大几岁，一肚子鬼心眼，特别会讨师父欢心，师父对他要……更亲密得多。关于咱们娘儿俩的关系，我一丁点也没敢让他们看出来。"

王可一想起云涛对自己的折磨，忐忑不安地问云雷："你师父，也让你……给他的姨太太上过刑吗？"

云雷没有回答，却低下了头，后脖颈子都羞得通红。

王可一伤心地叹气说："咱们娘儿俩都落到了大魔头的手里……他让你给一个可怜的女人'上刑'，因为你是他徒弟……怨不得你的。我跟他无仇无冤，他为啥要这么残忍凶恶地糟蹋我呢？"

云雷点了一下头，可隔了一小会儿又摇摇头，低声说："师父在报仇——有些疯狂，可也有些让人可怜……"

王可一听侄儿"可怜"那个大魔头，立刻撂下脸——可一想到刚见到亲侄的面，把到了嘴边的吆喝话噎了回去。

五

云雷见老姑一脸云雾，连忙解释起来……

陈忘我本来叫赵煜，是柳条边上凤凰城的一个财主的独苗，二十刚过就从他参手继承了两处买卖。他每年都到外地去进两次货，也是为了躲开老娘的管辖，尽情地吃喝玩乐。他快到三十岁时，在营口相中了一个叫"月魂"的妓女，替她赎了身，改名叫"如心"，带回家做小老婆。第二年，他又出去进货，让妻妾分别各管一处买卖。如心水性杨花，跟凤凰抚民厅一个姓迟的年轻风流的捕快勾搭上了。迟捕快心毒手黑，不仅看上了如心这个女人，还看中了赵煜的财产。他把赵煜扯进了一桩盗案，说他"名为经商，实为盗魁"。赵煜被捕后熬刑不过，屈打成招。他妈急火攻心，患急性中风没挺到三天。他妻子很有心劲，发送完婆婆，假装不知如心的奸情，先把一处买卖转到了如心名下，还说"老爷凶多吉少，你年轻无出，另谋出路吧"——满足了迟捕快和如心的心愿。她又把自己经管的那处买卖折变成银两，送给了抚民厅的同知。果然是"有钱能使鬼推磨"，同知大人把赵煜的罪名改成了"结交不慎，堕为同伙"，保住了性命，判刑三年。赵煜在笆篱子里结交下误伤人命的陈顺。陈顺原来是江湖游医，后来沦落为乞丐，成了奉天花子门的二等筐头。赵煜拜他为义父，学了一手按摩技法，掌握了一些配制春药的秘方。赵煜比陈顺晚出狱一年。他出狱后，卖掉余下的房产，搬离了凤凰城，把妻子安置到了柳条边外的阜新山沟里。然后，他潜回凤城，把迟捕快和他另宅居住的二房如心，剁成了肉酱。为了躲避追捕，赵煜逃到奉天，做了陈顺的义子，改名陈忘我，做起了叫花子。他凭干爹的势力，施展自己的才能，后来当上奉天城北的花子头。陈顺死后，再没人拘管他了。他就开始报复行动——他憎恨迟捕快私通如心、诬陷自己，采取了一个出奇的报复方法：化装成又老又脏的老花子潜回凤城，把迟捕头遗下的幼子拐到奉天，偷偷养大，带在身边；十四岁后便收为"徒弟"，让他白天晚上都伺候自己。陈忘我还认为给人做小老婆的漂亮女人，都和如心一样是淫妇；用或买或诱的办法弄到手，残忍地折腾她们。

不过，他特别敬重妻子，从出狱后再也没和别的女人同房……

王可一听了云雷的话后，颤声说："我已经是第五个了……"云雷惊讶地问："老姑咋知道的？"王可一耷拉下大红脸，蚊子嘤嘤似的说："我还能有啥光彩法？还不是厚着脸皮把云涛伺候乐和了，从他嘴里掏出来的。"说到这疙瘩，她想起云涛冒出的醉话很重要，应当说给侄儿听听，便抬起头来说："他喝醉了，骂姓陈的和你是'老鬼'和'小鬼'，还说你们去柳条边外'显魂'，把他瞒了个滴溜圆。那神情，恨不得把你们咔嚓咔嚓都剁了。"

云雷仰头掂量了一阵子，才嘱咐："老姑，今后你还得由他的性子，千万别戗了他的毛；还千万别再向他打听啥。"

王可一点点头，问起自己最关心的事："姓陈的要把我折腾死才住手吗?"云雷摇摇头没吭声。王可一便再三追问。云雷才不得不说出实话："前四个人，他都折磨一年左右，然后白送给最下等的窑子了，叫老鸨子专给找有花柳病的嫖客……"

王可一发疟疾似的哆嗦起来。云雷安慰她说："老姑，我豁出命来也要把你救出去——眼下一定要假装不认识我，千万别露出破绽。"

"你的师父，就是当初救了你的那个花子吗?"王可一不安地问。

王可一这一问，不是顺口说出来的。她觉得那个叫花子有一副菩萨心肠：不仅领连第追赶家人，还掩埋了一家四口的尸身，是老王家的大恩人。她不希望这样的好人变成害人精；还害怕大筐头知道了自己和侄儿的关系，使侄儿受到影响。问完后，她死死地盯着云雷，等他回答。

云雷好像明白她的心，摇头说："不是的。救我的那个人，是我的义父，是个心肠特别好的人。把我领到奉天要了五六年饭。他病死后，我才被现在的师父收为徒弟的；师父对我有抚养大恩，没他的照看，我很难活到现在的。"

第五章 花子门里的花花事

一

伏天过去了，接着又秋去冬来。陈忘我一直都像特别忙，每个月只来一两次。云雷呢？几乎不认识老姑了，压根不搭理她——在屋里屋外绝对没有外人的时候，才对她说句"还得等"。王可一倒发现了他们师徒间的关系又有新变化：姓陈的总把云雷带在身边，云涛在师父面前更殷勤、更恭顺。王可一还品出来了：云涛偷偷溜来拿她开心取乐的间隔，在眯了一大阵子后，变得越来越长，但来后谩骂师父和师弟的话却越来越多……

转过年的二月末，邻居院里的杏树上，密密的花骨朵，红得眼看就要咧开嘴了。王可一却显得苍老了：面色蜡黄，皱纹从眼角爬向了全脸；头发掉了一半，剩下的已经灰白。大筐头陈忘我对她瘦骨嶙峋的身子、粗糙僵板的皮肤，越来越感到没有兴趣，按摩间隔的时间越来越长，而且还曾叹息地说："得抽空给你换个环境，好好将养将养你的身板了。"

王可一知道自己离被送到地狱的日子越来越近，却在云雷面前假装糊涂，怕他着急发慌惹出大祸，断了王家香火。她还暗下向老天爷祷告：保佑自己能活到云雷娶妻生子，使自己到阴曹地府时，能向爹妈兄嫂报个信：老王家的香火传下去了……

四月十八的后半晌，王可一正靠着板柜发呆，云雷火烧屁股似的跑进屋，急惶惶地喊："老姑，马上跟我走！"

王可一身子猛然一抖，想起自己早有准备，从柜里拽出一个包袱就往地下跳——若不是云雷扶住了，她准闹个狗抢屎。云雷扯着她的膀子，边向屋外走边问："你有躲避的地方吗？"

王可一想起了张嫂，急忙回答"我有个干姐姐，在辽河边的马虎山"。

云雷把姑姑抱上停在门前的骡车，也不管那两个看守这个院的老花子正走过来，对老板子说了句"往北奔马虎山"，也钻进了车篷里。

等骡车过了三台子，路上断了人家，后面也没人追来，云雷才扳过老姑的脑袋瓜子，紧贴她耳朵说："我师父和那个姓李的大筐头，都想吃掉对方，独霸奉天花子门。云涛为了抢师父的权，暗里和那个大筐头联了手……"

人紧张，车颠簸，云雷没法细说；而且他也不完全清楚细情，想细说也说不囵囵。

王可一却听明白了两件事：一是花子门像一群饿狗抢骨头，掐起了死架；二是吃里爬外的云涛，现出了原形，掉过身掐起他那损师父……她不知道连第是为了搭救自己溜了回来，还是"大魔头"已经败了、死了。她希望穷凶极恶的"大魔头"败了、死了；可又怕"小魔头"活着、胜了，将来会把爪子伸向连第和自己。她想向连第打听，却又觉得他似乎不愿让车老板子听到他们的谈话，便没开口。

其实云雷并不太怕老板子，他现在还不太清楚都发生了一些什么事。

二

北方农村有句俗语：一个槽子拴不了两头叫驴。因为它们的本性就是"争雄"，都想吃独食，霸占那个槽子。你把它们拴到一个圈里，那是一定要尥起蹶子，咬个你死我活的。

奉天的花子门，四五年前还能算铁板一块，天下太平。门主被称为"总筐头"，亲自掌管花子门的主要财产——小北门外的"天济赌局"；利用门主的威势和手中的财权，控制着局面。他手下的四个大筐头，分别管辖城里城外、东西南北的叫花子;也就是各有各的槽子,暂时相安无事。其中城北大筐头陈忘我、城南大筐头李万无,实力最大,还野心勃勃,是两只咬群的大牙狗,都盯着门主的那把椅子。由于城东城西两个大筐头,都听从总筐头的辖制;陈忘我和李万无,还没敢轻举妄动,掐出高低上下来。总筐头两年多前一撒手归阴,花子门可就开始乱套了。按老规矩,应当由四个大筐头推选出一位继任门主,可由于陈忘我得到了城西大筐头的支持,李万无得到了城东大筐头的支持,推来选去总是二对二,谁也没抢到门主那顶帽子,坐不到门主的那把椅子上去。陈忘我心急如火,先下手抢了城东大筐头的地盘;李万无急红了眼,收编了城西的所有叫花子。这两个人虽然都心狠手辣,可为了能当上总筐头,都不能不假仁假义假宽厚,分别给了老朋友一些银钱,把城东、城西两个大筐头打发走了。四个大筐头只剩下两个了,却还是你吞不了我,我吃不掉你。陈忘我、李万无都觉得对方戒备森严、无法偷袭;硬打硬拼又可能两败俱伤,做不成美梦;便笑里藏刀,抱拳谈判,达成妥协,维持现状:陈忘我仍称"城北大筐头",把城东划入他的势力范围;李万无仍称"城南大筐头",权势扩大到城西。两人还一致同意:"暂空门主之位,敬待后来贤能"——也就是说,"咱们两个人谁也不当总筐头,将来花子门内出现了德才兼备的人物,一致拥护他当门主"。这两个大公无私的人,还一致决定:"天济赌局共同派人经营,红利均分,周济各自老幼病残、无法谋生的徒众。"两人为了表示光明磊落、信守诺言,还在奉天花子门的筐头大会上当众盟誓:"背信弃义者,天诛地灭。"

不过,花子头也和很多帝王将相、盗魁寨主一样,只把诺言、协议、誓词当权宜之计;一旦有了足够的人马实力,便会或抓住有利的机会,或制造合适的时机,肆无忌惮地倒行逆施、强取豪夺。所以,这奉天花子门的两大派,只和平相处了一年半。陈忘我一觉得腰杆子比李万无粗壮了些,便借着天济赌局在自己地盘上的优势,把其中李万无派来的人撵个精光,吃起了独食。

李万无像被踹了一个狗抢屎，但脑袋瓜子没跌昏，知道自己实力差一些，没敢莽撞还手，憋下了这口窝囊气，死死地守住地盘，偷偷地进行报复的准备。只过了半年多，李万无就发现了一个好苗头——他派去城北卧底的人报告："姓陈的和他的大徒弟中间，裂开了一道缝……"这个"大徒弟"就是云涛。他被拐到奉天时，还只有三岁多，完全不记得过去的事。陈忘我把他交给一个姓云的老花子抚养。老花子得到了陈忘我提供的钱，成了一个不愁吃不愁穿的普通平民，后来还奉命把云涛送进一家小私塾，读了三年书。云涛十一岁时，那个老花子突然死了；陈忘我便把这个孤儿视为义子，带在身边。陈忘我见他不仅继承了他爹的长相，心眼也活，很会巴结，又萌生了更多利用他的想法。在让云涛白天黑夜都伺候自己后，令他改称自己为"师父"，常常交给他办一些事。云涛从陈忘我身上学到了不少办事能力，还表现出了十分的忠顺。陈忘我见他伺候自己尽心尽力，还头脑聪明，进一步放手对他使用。云涛在师父信任和使用中，才干不断提高，也渐渐地对权力和女人越来越渴望。十八岁后，他开始偷偷摸摸打野食。陈忘我发现后，觉得他对自己一直十分忠顺，虽然暗下骂他"果然是个驴种"，却假装糊涂，没加责怪。云涛胆子也就越来越大。在陈忘我从刘豹手里买下王可一的前几天，云涛从天济赌局弄出一笔银两，去了几次大妓院。陈忘我得知后，对他从天济赌局往外骗钱特别不满；不只把他臭骂了一顿，还警告他："你若敢再鬼鬼祟祟，蒙骗为师，做梦也别想将来当大筐头！"云涛知道师父是一心一意想当总筐头的；而当大筐头，则是他的美梦。对这种威胁，他哪能不怕？云涛痛哭流涕，抱着师父大腿悔过，还指天画地发誓："今后永远老老实实孝顺师父；我若再敢胡作非为，天地不容，丧命乱杖之下，死无葬身之地。"陈忘我便原谅了他，还说："你确实快长过墙了，我得替你选个人品相貌都出类拔萃的女人。在师父没替你选好以前，先把'上刑'的活全都交给你；但你绝对不能再在外面拈花惹草，以防影响为师的大计，也使你失去了美好的前程……"

陈忘我说的不完全是实话。他认为：一个人若敢背着师父去嫖女人，就可能为了更大的诱惑背叛师父。他暗下布置了人，对云涛进行监视。

云涛对师父的话，也没全信。不过他十分清楚：若想圆上当大筐头的梦，必须得依靠师父的宠爱和信任；一旦失去了师父这座靠山，自己的美梦就成了鼻涕泡，这辈子可就撑死了也只能当个小筐头；虽然不用亲自拜百家门，可也置不下产业、娶妻纳妾，过不上在家里穿绸挂缎、吃香喝辣的老爷般的日子了。

如果没有李万无插了一杠子，他们师徒俩的关系，虽然也不会像云涛希望的那样圆满，但可能还会维持较长一段的时间。

三

李万无是奉天花子门里，最会要心眼的人。他还认为自己已经把人世间的人情关系，看得透透的了。他认为：人和人之间——不用说师徒，就是父子，一有了隔阂，那就像狗肉贴到了羊身上，缝隙只会越来越大，是不可能再严丝合缝长到一起的。他十分清楚：在奉天花子门中，唯一能跟自己争夺门主那把椅子的，只有陈忘我一个人。因此，他前几年就暗暗地下功夫，搜集有关陈忘我的秘密底细。他还真淘弄到了一些极为有用的陈忘我的老底子。现在一听到云涛跟师父中间有了裂缝，他认为机会来了：狗是改不了吃屎的，云涛一定还会暗下蹓摸女人。他开始利用这个天赐良机，买通一个叫如莲的年轻漂亮的妓女，在小北门外为她租下一个僻静的小院，扮成一个暗门子。如莲在云涛时常经过的地方搔首弄姿，只半个多月就把云涛钓上了钩。

一天，李万无得知云涛又溜进了那个小院，立即打扮成一个算卦先生闯进屋。如莲故意惊喜地说："干爹今天咋有工夫了？有三个多月没来看女儿了……"李万无先向云涛点点头，说："亲女儿真是又有眼力又有福气，竟然高攀上了奉天花子门最有才能的主！哪天姓陈的把我蹬趴下了，干爹也不用再担心你无依无靠了。"

如莲羞赧地低下头,到外屋去准备茶水;而跟随李万无的那个壮汉子,也随她去了外屋。李万无这才低声对云涛说:"贤侄,你是你师父得力臂膀,他是要在当上门主后,让你和猴头蘑分别接任城北城南大筐头的……你咋相中了如莲?你师父若知道了,他对你一起疑心,你的前途可就大大不妙了……"

云涛原本不知道如莲是李万无的"干女儿",更没想到他会把自己堵到了屋里;但他很快就做出判断并拿定了主意:这一切对自己来说,是完全没想到的;但对这个老东西来说,至少有八成是他设下的局:他不是想掐住我小尾巴,逼我替他拉套;就是借这个茬打咕嘟耙,把城北的花子帮搞乱套,他好浑水摸鱼……他肯定不是一个人来的。我若不想法把他蒙混住,一闹翻了非吃大亏不可——就算不被他埋伏下的人把我拍扁了,也把我又背着师父打野食、玩的还是他最大对头的干闺女的事,传扬开来……师父本来猜忌心就重,容不得人蒙骗他的……我现在得假装糊涂,先稳住这个老东西,使他别张扬;将来主动向师父说明,或许还能取得师父的原谅,不影响对我的重用……于是,他微笑着说:"小侄一向敬佩大师伯足智多谋的,可这一回大师伯却把小侄估计高了。师父只把我当个听话尽心、服侍认真的孩子;我也知道自己的斤两,没啥高口味。所以呢,我才敢跟如莲相好,不怕挨责骂。"

"你还是嫩了一些,没看出你师父膛里那片水有多深。"李万无摇摇头,低声"咳"地叹了一声,又接着说,"他五年前就打定了主意,要接任门主的位,做奉天城的花子王。而且,他自打把我踹了一个跟跄,独霸了天济赌局,更觉得离那把椅子只有一步之遥了……最近,他已经把将来接他大筐头位的人选好了——不然他咋能把自己女儿,暗下许给了疤瘌脸云雷?"

云涛大吃一惊。他倒不是因为李万无那两只兔子耳朵,竟听到了一些师父夺取门主大权的打算,而是李万无说的那句"暗下许给"——他知道师父有个年近二十的女儿，一直认为他不会在叫花子中选门婿的；若真有这种事，疤癞脸可就是师父选定的"驸马"了！云涛还觉得眼前的李万无说出的话，几乎句句有板有眼，有根有蔓，这句话也肯定不会是无中生有。假如云雷这个疤癞脸真被师父招为"驸马"，准给他安排好四梁八柱；自己这个大师兄，将来恐怕真连大筐头也捞不到手了……不过他还没慌乱，还暗自思量：这件事非同小可，我是必须下力气弄清楚的；但不能让这个老头子掂量出我心里的斤两，也不能在没弄清师父的打算前先乱了自己阵脚。他对神通广大的李万无不敢硬抗，也觉得不能示弱，便赔着笑脸说起场面话："大师伯对小侄前途十分关心，令小侄刻骨铭心。我知道大师伯还有些话要说，可云涛不敢多听。师父对我恩重如山，有如重生父母，我是只能终生尽忠尽孝的。就是大师伯，若认为小侄拒听教诲，要用家法惩治小侄以下犯上的罪过，取走项上人头，小侄也不敢还手，不会后悔的。"说完，他还故意做出领死的样子，挺直脖子等着挨刀。

李万无老奸巨猾，料想到了云涛会用这一招，便意外似的在脸上摆出惊愕，感叹自己没调教出来这样忠心耿耿的好徒弟，称赞云涛"人品高尚、胸怀超凡，真是个门主的料"；还表白自己"只求能把'大筐头'当到底，老死前不愁吃穿，再没别的野心"；最后感叹地说："可惜老朽到今天才认识到了你是花子门里有情有义的少有人才，却已经帮不上你啥忙……但你可以把我这次想拉拢你的阴谋诡计，报告给你师父，使他不会对你生疑心，使你还能有些发展。"分手时，李万无还对云涛低声说："我带来的这个人是张新脸，外人都不认识他；你若遇到挠头事时，可以信任他，支使他跑腿学舌。"

云涛把李万无送出房门，又在院里张望了一阵。他发现李万无竟只带了那一个下人，并没设埋伏，可就对他"你可以……报告给你师父"的建议，半信半疑了：难道他真是在为我着想？云涛已经断定如莲是李万无下的钓饵，更怕被师父发现了自己跟李万无的干女儿有勾搭，也贼似的溜开了——还下决心不再来跟她鬼混。

四

云涛还是"油梭子发白——短炼（练）"，犹豫了五六天后才向师父坦白了这件事——却隐瞒下两点：一是李万无的"报告给你师父"的建议，二是李万无透给的"暗下许给"的秘密。陈忘我听到他的坦白后十分高兴，不仅夸他对自己忠心耿耿，还铁板钢钉般地表示："为师将来一定把大筐头位子传给你！"

其实，陈忘我三天前就从刘豹的嘴里听到了这件事。

刘豹咋会知道李万无的秘密活动，还向陈忘我透露呢？

最初，陈忘我是在天济赌局里认识刘豹的。他不久就听说刘豹"白捡了一个贼俊、贼勾人魂的跑头子小媳妇儿"。他立马上了心，还断定：刘豹"白捡"的一定是个小淫妇，但不一定"贼俊、贼勾人魂"——凭刘豹的才貌、人品、财力，一个品貌平平的"跑头子小媳妇儿"，也不会倒贴上他的。

陈忘我是个偏执狂，在怪异的报复过程中，养成了一种怪癖：给面容姣好、肌肤细腻的女人按摩，就舒服得像品尝神仙才能喝到的美酒；看到手下的漂亮女人因为难耐而无耻、由于绝望而疯狂，直到痛苦不堪而半死半活，他就觉得报了仇，像一个大烟鬼过足了瘾，像当上了皇帝似的兴奋、痛快、满足。那时，他刚把骨瘦如柴的第四个月魂的替身送进了一个小妓院，正在趸摸第五个合适的女人，所以他才降尊临卑，假借喝喜酒的名义，去相看王可一。他意外地发现王可一不仅俊俏，脸盘还几乎和月魂是一个模子脱出来的，便立刻采取行动往手里划拉。他命令赌局柜上大大方方地把银子借给刘豹；一等刘豹输光了两只爪子，就开始逼债……王可一落到他手里后，刘豹可就偷无处偷、卖没啥卖、当没啥当的了；不仅再也弄不到赌本，而且没了活路。陈忘我又抓住机会，收买他做眼线："我每月给你十两银子，够你吃用了吧？连看个小马掌、押几把天九牌也够了。你还可以去找李万无，骂我弄得你妻离荡产没了活路。他保准把你收留下，白供你吃住，让你四处骂我。你若能借这个机会探听到他的重大消息，我会赏你几十、几百两银子，你就有本赢回一座金山了！"刘豹认为这条路，比自己当初提溜根棒子劫道、比后来在将军府夹起尾巴把大门，都更泰和，还三路进财……

刘豹见到李万无，鼻涕一把、眼泪一把地诉起苦；咬牙切齿地骂陈忘我，恨不得把他家的祖宗牌位劈得一条条的揩屁股。李万无对他十分同情，吵吵把火地说："我李万无啥也没有，可爹妈给了一腔子义气。刘侍卫落难后能来找我，是把我看成信得过的朋友了。只要我还没叫陈忘我整垮台，你就不用愁吃愁穿！"他叫人在大东门外的一个小旅店包下个房间，让刘豹白吃白住。他还利用这个小店离自己的地盘很近，时常抽空来看看，一起喝几盅酒，唠几句嗑。

一天，李万无又同刘豹喝起小酒，闲唠中提起了王可一，顺口夸了一句："你甩了前夫人，倒做对了。"刘豹一愣，瞪圆了眼睛问他"为啥"。李万无便说："姓陈的对女人只动手指头，却拿他大徒弟当女人。他大徒弟云涛则拿那个女人报复他师父，给他戴上了绿帽子。可现在云涛嫌她岁数大，又勾搭上了一个水灵灵的小娘儿们，在小北门外城墙根安了外宅……你若有胆量，倒可以回老瓜堡子去重温旧梦——也算是玩了姓陈的姨太太，报了夺妻之恨。"刘豹摇摇头，说了句"我可怕丢了小命"……李万无走后，刘豹觉得李万无这些话挺值钱，便把李万无嘞嘞出来的嗑，当自己探听到的秘密，偷偷摸摸地去和陈忘我讨价还价。

陈忘我对刘豹提供的情报，都要核实的。他很快就印证了那个假扮暗门子的年轻女人，是李万无认下的干闺女，认定云涛已经脚踏两只船。等云涛一认错，他便知道这个大徒弟并没完全说实话。他明面上没动声色，继续笼络云涛；他想利用云涛蒙蔽李万无，把李万无引向自己设计出的窟窿桥。

五

李万无却更会打小算盘，认为不能在刘豹身上多搭钱——陈忘我很快就会看穿自己在利用刘豹。他决定再使用刘豹一次，不仅叫他自取灭亡，还要把陈忘我和云涛间的裂缝再撬大些。于是，他给刘豹出了个向云涛"借钱"的主意……

一天后半晌，刘豹以"有重要事情相告"为名，把云涛约到了大东门外偏东的一个很冷清的小饭馆。等云涛进了雅间，一寒暄完，刘豹便说起胡搅蛮缠的话："求兄弟可怜可怜我这个穷光蛋，借我几百两银子——省得我去找你那个小抠师父，拿李万无挖他墙脚的秘密，只换出几十两银子，屁用也顶不上……"

云涛险些坐不稳板凳，但很快就稳住了神，笑着说："师父和我都不小抠，李万无想挖墙脚也是白日做梦。不过你这个老朋友张一回嘴，我咋也得叫你闭得上——我这个小花子，身边从来不带银子，你得跟我去取。"

刘豹也不是二百五，能上他的当吗？坚决要云涛写个条，由自己找人跑一趟腿。

云涛立刻想到了刘豹把自己找来的人，是李万无让自己"信任"的那个人，可他咋会给刘豹跑腿呢？可这个地方原来是城东大筐头的地盘，现在虽然叫师父并到了手，可自己跟这里的人并不熟悉，拖下去也难等到有听自己支使的人。他只好写出一个字条，让刘豹把人叫来。那人进屋后，向云涛一抱拳，说："刘爷是我的朋友，求我办事我不能不全力以赴；云爷是我朋友的朋友，让我办的事也请你尽管放心，绝对不会出岔的。"云涛仔细地吧嗒吧嗒了嘴，觉得他说的"不能不全力以赴"和"请你尽管放心，绝对不会出岔"，在态度上是有很大差别的：对刘豹交办的事，只是保证用力不偷懒；而对自己的委托，这个人的话好像是在保证一定会把事办妥当。他觉得他说的"云爷是我朋友的朋友"里，头一个"朋友"可能是指的李万无——反正眼下不相信他也没有别的办法，何况自己发出的是秘密求救信。他便把写出的字条拿给刘豹看。刘豹见上面写着"立马交给拿字条的人白银三百两"，后面有个画出的图形，像火，又像云。云涛指着说："这朵'云'是我的秘密代号"——其实这是花子门内的暗语："急速来救"。刘豹是不懂得的。

取银两的人，按云涛说出的地址去取钱走后，店家先后端上了两个菜。刘豹觉得很快就会有三百两银子到手了，便举杯让云涛陪自己"先咕嘟几个"。两人喝到半潮时，一个老叫花子逃命似的跑了进来，躲到刘豹的背后，哀求"老爷救命"；追撵他的是几个年轻的叫花子，随他屁股闯了进来。刘豹刚想骂句"都滚出去"，他身后的老花子，麻利地把一块鸡蛋大的石头块子塞进了他的嘴；追进屋的那几个花子，七手八脚把刘豹捆牢装进了麻袋……

来救云涛的人，是云涛私下结交成的死党；立刻逼迫老板和伙计停止营业，不再接待别的客人。老板和伙计战战兢兢地答应下来——其实这个小饭馆，是李万无开的，所以今天才一直没有接待别的顾客；就是没人再向他们发令，他们也会关上板的。

云涛秘密向手下死党吩咐了几句，先离开了。其余人一直吃喝到天大黑以后，才抬着麻袋里的"死猪"，串背静的小胡同，奔向不远的小河沿……

两天后，有人在小河沿湖水里发现了一具死尸。官府派仵作验尸：毫无伤痕，满嘴稀泥，认定为"失足落水溺亡"——停尸三天，无人认领，按"无主尸"掩埋了。

陈忘我却得到了对云涛秘密盯梢人的报告。他认为云涛对刘豹灭口，证明他心虚有鬼，但也说明他还不敢在短时间内公开背叛自己。他经过深思熟虑，把云涛、云雷和手下的二筐头们召集到赌局隔壁自己私宅，宣布自己要带云雷到柳条边外办事；命令云涛带领"猴头蘑"和一部分徒众保护天济赌局。他向云涛强调："赌局是咱们命根子，也是钱串子，你要豁出命来替我保住这份家业。"他对二筐头们也提出要求：把手下人拢成小股，活动中保持联系，"如遇偷袭，不可力敌，迅速撤退，保存实力"。他还解释："咱们花子门，在官家的土地上活动，以百家门为衣食父母，有人就有势力。"

第二天，他就带云雷离开了奉天。

六

云涛认为师父对自己仍然很信任，对交给自己的事很上心。几天后，他发现天济赌局的资金已经叫师父全部提走了；房产也抵押给了当铺，票据也叫师父带走了。而和自己一道负责保护赌局的"猴头蘑"，并不听从自己的驱使；还准备一旦李万无来夺，便保护赌局内的重要人员撤到一处秘密地点——而这个地点，自己并不知道。云涛不由得心惊胆战，却束手无策。他一个人喝了一顿闷酒，竟蒙头转向地去了老瓜堡子……他第二天离开王可一后，翻肠倒肚地前思后想，估计到了自己和李万无有来往、刘豹被自己除掉的事，可能已经被师父有所察觉，才把自己当贼防了。他提心吊胆了，害怕将来挨收拾，他不得不秘密地找到那个李万无让自己可以支使的人，给李万无捎去个口信，"有要事相商"。

李万无跟云涛约定，在第二天晚上去太清宫会面。

太清宫在小西门外、角楼对面，地处李万无的势力范围以内。太清宫的观主十分精明，跟白道上的官员、黑道上的豪雄，都有来往，跟李万无处得还有些私人交情。

云涛在上灯以后，一到山门前说来见"李大筐头"，一个老道便打开门，把他让进一间僻静的偏殿——李万无已经坐在桌旁等他。

李万无在借云涛的手除掉刘豹后，本猜想陈忘我会严厉制裁云涛，使平时跟云涛关系密切的人离心离德，没法拧成一股绳对付自己；却不料他竟然没动声色，继续把云涛留在身边。他便怀疑陈忘我可能用封官许愿、小恩小惠把云涛稳住了，利用他传送些迷惑自己的消息。他正狐疑不定，却得到了云涛请求见面的信。他决定弄清原委，再定对策。

他故意摆出一副忐忑不安、关心云涛安危的神情，听着云涛的慌忙诉说。他听后，既高兴已经把马蹄子掰成了牛蹄子，还认为有一个云涛在陈忘我身边，对自己十分有益——自己安排的卧底，便没有探听到陈忘我转移了赌局资产、秘密去了边外这重要的活动。

李万无边听边想，听完后搓了搓手，"唉"地长叹了一声，埋怨地说："你若按我出的主意办，那次跟我一分手就向你师父道出我对你的'威胁利诱'，他虽然也要对你有戒心，却不会这么快就如此冷酷无情的……"

云涛红着脸解释："小侄……起初只感激你老的体贴仗义，觉得那样做太不道义，会败坏了你老的名声……五六天后，才认识到了你老的远见卓识，向师父做了汇报……却没想到师父口是心非，嘴上对小侄说得天花乱坠，心里把我当贼防了……小侄现在怕他回来后下黑手，请师伯助小侄逃脱厄运……"

李万无先说了一句"原来如此"，接下来便给云涛喂定心丸似的说："看起来你的处境，短时间内还有惊无险！据我所知，你师父这次去边外，主要是要办两件大事：一是把疤癞脸带回家，将女儿的婚事定下来；二是请黑道上的朋友助拳，帮他在有利时机把我除掉。他这次的那些安排，主要是防备我趁他不在的机会夺了天济赌局。对你，他只是想考验考验，看你是不是脚踏两只船……你在奉天花子门里是个有仁有义的人才，若是把步子迈稳当了，是有希望在将来当上门主的。听老朽的劝：一定别先跟你师父掰生，一定表现出豁出命来追随你师父的决心。一来呢，他若当上了门主，也当不了多少年；你将来还斗不过那个疤癞脸吗？若老天爷高看了我一眼，可我还有几年蹦跶的？我一要顺天意，二要替全城的花子着想，一定给你赢得叫花子们对你信任的机会，使你将来能顺心如意当上门主……"

云涛万万没想到李万无会说出一番这样的话来。他觉得这位大师伯目光远大，胸怀也宽，佩服得五体投地，保证说："师伯对小侄如此高看，小侄一定牢记师伯教诲，拼命也要助师伯实现大计。"

李万无当着云涛说陈忘我去边外"是要办两件大事"，完全是依据云涛的话做出的推测。陈忘我确实有个年近二十的女儿，但他根本没打算招云雷为门婿，是要把她嫁给一个忠厚的庄稼人，太太平平过日子的。不过李万无猜想陈忘我去柳条边外联络外援，倒是没错；而这一点，正是李万无最看重、最担心的。

李万无认为人的本性就是四个字：自私自利。他对云涛担心师父要了小命，一点也不怀疑——自己若是陈忘我，也不会放过他的。他觉得当前自己必须挑起他对陈忘我的刻骨仇恨，才能使他心甘情愿地为自己当一阵子牛、做一阵子马……

七

李万无拿定了主意，又认为眼下是最好的时机，便两眼盯着云涛，有些自疚地说："有一件关于你身世的事，早就该对你说明；可怕你不能相信，又怕你若是相信了又控制不了性情，露出马脚被陈忘我把你黑掉了。现在，你有被他卸套杀掉了的危险，我这条老命也说不上啥时候叫他追去，我不得不把这件除了他恐怕只有我还知道的事，跟你说了，使你知道身上背着深仇大恨，得时刻小心防备杀父仇人把你生吞活剥了……"

听李万无把话说到这，云涛可就又惊又疑、满头雾水了。他把眼睛瞪得圆圆的，一声不响地望着李万无，等着他把话说下去。

李万无却"唉"地长叹了一声，另起一个话头："佛家说'灯是菩萨'，道家说'灯下坐着夜游神'。我对着灯得说真话、实话、公道话，不能撒谎编派找报应……有的话冲撞了贤侄，还请原谅。"

云涛有些意外，客气地答了一句："师伯有话尽管说。小侄虽然愚鲁，却是还能分清正邪好坏的。"

李万无点点头，认认真真地说了起来……

辽东柳条边上，有个凤凰城，设有抚民厅同知衙门。衙门里有个迟捕头，为人贪财好色，心狠手辣；这在衙役中，可也大有人在。城里有个三十左右的买卖人，名叫赵煜，开了两处买卖。他的小老婆，原来是营口的妓女，名叫月魂。迟捕头跟月魂勾搭私通后，还贪财诬陷赵煜是强盗，把他送进了大狱，使他家破母亡。凭实而论，这个姓迟的，确实该遭报应。可赵煜报仇也报得太过分了：你把奸夫淫妇剁成了肉酱后，不应当还把迟捕头正室生的才三岁的幼子拐走，养大后把他当侍妾，让他白天黑夜都伺候自己……

李万无语声低慢，说得平平淡淡。云涛听起来却句句都像霹雳，心都像被击碎了。他暗暗地想：这可是我做梦也没想到过的……难道我就是那个迟捕头的"幼子"？他想探问一句，可李万无最后那句话，又使他感到极端的羞辱，问不出声……他心中暗骂：这个老东西的耳朵咋比兔子还长，连这种事都探听去了……

李万无见他一直全神贯注地听着，后来红了脸、低下了头，嘴角扯动了一下，却又咬紧了牙，便断定他虽然听明白了，但没完全相信，还对自己说出了他那种丢人现眼的事，对自己产生了恼怒。李万无看了一眼桌上闪烁的蜡苗子，又十分郑重地说："这些年我亲自跑遍了凤凰城、阜新，反复密访，才挖掘出了这些陈年老账。我为了啥？就是想扳倒你师父，为花子门除去害群之马。我曾想向官府出首，告倒赵煜——他后来改名换姓叫陈忘我了。可是我一怕会把花子门的名声，搞得臭得像稀狗屎；二怕使你这个无辜的孩子，今后没法在人堆站脚，才没那么干……我说的那些事，你信也好，不信也好，可我都要告诉你：我过去门里门外、家里家外没向第三个人提说过；今后也不会有第三个人，从我这张老嘴里听到。你若觉得他养了你近二十年，他杀了你父亲也是有因有果，不愿冤冤相报下去，想从此以后远走高飞、隐姓埋名，可也不算不孝——我倒可以多少帮你一把……"说到这，李万无掏出了两个小金锞子摆到桌上，又补充了一句，"但你得趁他不在奉天的机会，赶快躲开，别叫他觉得你对他隔了心，还可能坏了他的大事，把你脑瓜子当鱼泡，抬起脚'啪'的一声踩了，解了最后一口怨恨气。"

云涛是了解师父脾性的：又乖张又毒辣，是下得黑手的。可他又觉得这件事对自己关系太重大，还想证实一下，便试探地请求："师伯能不能帮小侄找个人，对证一下？"

李万无暗自骂了一句"老子料到了你这个小兔崽子，会有这么一'求'"，便平静地点点头，先夸了一句"你确实是个办大事的人物——面对突然搂头掀起的急风暴雨、惊涛骇浪，也能从容不迫"；接着又不慌不忙地问："你还记得，把你养大到十岁的那个姓云的人吗？"

云涛点头说"记得"。

李万无又说："云老大本来是个花子。陈忘我把你带回奉天后，便出钱把你交给他抚养，自己一直没跟你再见面。到你十岁后，姓陈的才把你认为义子、带在身边的吧？"

云涛先点了点头，然后反问："师伯能帮我找到姓云的吗？"

"在你被姓陈的领走后，就再也没人见到过他。我猜想他是被灭了口。"李万无说。

云涛没摇头也没点头。不过他还记得：姓陈的带走自己时，是说过"你爷爷上五里河捞鱼淹死了，今后给我当干儿子吧"。

"还有个叫'小芹'的女人，你可能还记得。"李万无又慢条斯理地说，"她是个小寡妇，云老大背着姓陈的，跟她相好……现在她住在苏家屯的东南角上，你可以去打听打听——她虽然不知道你的来历，却知道你不是云老大的孙子，是云老大替别人抚养你的。"

云涛默默地点了一下头。他还记得：那时"小芹"三十左右，要比"爷爷"小二十来岁。她一悄悄地溜进院，"爷爷"就会给自己一把铜子，让自己去买糖球，"玩一会儿"……他觉得李万无提到的这些事，已经大体上证明了他没撒谎；如果再往下打听，就过分了，他可能讨厌自己。他悲痛地说："谢谢师伯的大恩大德，使云涛明了了身世。杀父之仇是不能不报的，可我凭自己的能耐是办不到的。我一定按方才师伯吩咐的去做，留在那个人的身旁……今后师伯有啥吩咐，小侄一定豁出性命去做……"

李万无坚决地表示，自己要全力保护云涛的安全，"一发现你有危险，我为了花子门的将来，拼掉老命也要保证你毫发无损"。

八

云涛先离开了太清宫。

李万无对这次与云涛的会面非常满意。他对云涛说到的陈忘我去了边外的事，特别重视，认为这是件跟自己生死成败攸关的头等大事。第二天他便化装隐名，偷偷地去了边外；还比陈忘我晚回来了几天。

云涛也没闲着。他神不知、鬼不觉地去了一趟苏家屯。"小芹"虽然只四十多岁，嫁了人后也过得半饥半饱，不只头发已经花白，眼睛也通不多少路了。云涛以"我是云涛堂叔"的身份，打听"我大叔"和"大侄"的下落，却只得到两句的答复："你那个大叔可能是走了"，"那个十来岁的孩子，并不是他的孙子，听说叫人领走了"。云涛也就认定了"姓李的说的倒是实话"。他下决心依靠李万无的势力报仇，也幻想借用李万无的势力，在花子门往上爬。

奉天花子门两大派都偃旗息鼓地准备着，相安无事地过了大年。进了三月后，李万无派人送给陈忘我一封信，要求重新谈判天济赌局共同经营问题；并要求划归两年多的红利。陈忘我毫不迟疑地同意跟他会面——双方书信往来，订下会期为四月十八，地点选在万柳塘的柳林中——这是个远离人烟、双方都很少涉足的僻静地方，既适合舌战，也便于谈翻了进行打斗。双方还限定每方随行人员都不得超过三十人。

四月十二这天，陈忘我又在赌局隔壁召开筐头会议，研究如何去同李万无谈判。云雷坚决反对师父去见李万无，认为李万无诡计多端，肯定另有阴谋，"师父如果去冒险，十有八九凶多吉少；如果一定要跟李万无谈判，也应当临期提出另选时间地点，打破李万无的计划"。

云涛知道李万无已经安排好这次鸿门宴，虽然他不知道具体情况，但很担心师父听了云雷的意见；可他害怕自己受到怀疑，没敢反驳云雷。

陈忘我却十分恼怒，大骂云雷"生死决战时刻，你竟诅咒为师'凶多吉少'，罪不可恕"。众人一再求情，陈忘我才从轻发落：派"猴头蘑"把云雷押往城外一处刑堂地牢"囚禁起来，等我收拾完李万无再加处治"……

云涛觉得师父突然对云雷翻脸，十分反常；派一个自己新挑选出来的帮手，偷偷给李万无送去一封信，请他提防"陈忘我可能另有阴谋"。李万无只捎回八个字"放心听令，大吉大利"。

两个大筐头约好的会面时间，是四月十八这天的申时。午饭后，陈忘我带领云涛、四名二筐头、二十五名身强力壮的徒众，于辰时从天济赌局出发。走到大东门附近的一个小胡同时，云雷却领着二十名拎着长包袱的壮汉子迎了上来。陈忘我向那名领队模样的人抱拳施礼，说了一句"有劳了"。云雷则立即把师父带来的徒众点出二十名，匆匆把他们带走。

云涛十分吃惊：老鬼、小鬼果然是演出了一出苦肉计……不知从哪里请来了二十名高手？那些长短包袱分明是得心应手的武器……他明白自己已经没法向李万无报告了，便下定了决心：一看出李万无不能"大吉大利"，就急速鞋底下抹油——溜了。

在离万柳塘只有一里来路时，陈忘我望到李万无从慈恩寺方向赶过来了，便停下脚步，传令身边众人做好防备，警惕对方突然发起冲击。随他来的人，全亮出了武器。

双方按照约定，各派出五个人去会面的柳林内搜索察看。大约过了两炷香的工夫，双方派去的人，各自放出号炮，报告没有发现异常情况——这些人都留在双方首脑人物即将会面的地方。双方又各自派出一人，去核查对方人数。李万无派来的人，一查点完便回身摇动小红旗——报告"合乎约定，没有超员"。

这时，陈忘我正目不转睛地望着去查点李万无人数的人，刚看到那人也高高地举起了小红旗——就在这时，站在陈忘我身边的那一伙来助阵的领队大汉，突然抡起大砍刀……陈忘我还没看到小红旗摇动，脑袋就咔嚓一声被砍断，吧嗒一声落到地上了。

跟随陈忘我的叫花子，除了云涛还有三个人，立刻拔腿就跑——其中那个外号叫"猴头蘑"的，是个耍猴的，身材矮小，但跑得飞快。他掰道向东，跑出一里多路碰上了云雷，便大声喊："咱们大筐头，半道上被砍掉了脑袋……"

云雷大吃一惊，却还挺冷静，立即向手下人发令："大筐头事先有话：发生意外立刻撤退，等待以后调动。"

这些叫花子平时还挺听号令，一听大筐头被砍掉了脑袋瓜子，加上云雷叫撤退，立刻乱了群，惊慌地四散逃跑。云雷也转身猛跑。他碰上了一辆骡车，跳上去就叫老板子"奔老瓜堡子"……

第六章　总算安顿下来

一

王可一随娘家侄离开了奉天，跑脱没有？

凭实说，云雷对突然发生的变故，在把亲老姑接出奉天城后，还像"耗子钻进了烟囱——两眼墨黑"，一点也看不明白。他忍不住自言自语："我师父熬尽心血做好了准备，满打满算可以除掉李万无，当上总筐头的……不知是哪疙瘩出了岔头，还没等跟李万无摊牌，他倒先丢了脑袋。他是咋被人暗算了的呢？难道是云涛下的手？可我留下的那几个人，还有'猴头蘑'，是专门监视他的，是不会让他有下手机会的呀……"

王可一听了他的自言自语，有些意外，悄声问："你没在你师父身边哪？"

云雷解释："我师父使了一个假招子，让我故意跟他唱反调；他假装生气，把我押起来，其实是派我去接帮手。我回来后，在那天把帮手送给师父，就按计划领一队精干人马，埋伏在会场外的树林子里，要在他们动起手后再冲过去，收服李万无的手下人……我一听'猴头蘑'报告师父被害了，也来不及细问，撒丫子就跑过来了。"

王可一又欢喜又担心：姓陈的狗脑袋搬了家，侄儿风风火火地跑回来救自己；但自己能不能逃出去，侄儿会不会有危险呢？她忙问："云涛他们能放过你不？"

云雷肯定地说："师父想出的那些招，就是想让云涛摸不清底细，好把请来的得力帮手的事瞒过李万无。云涛吃里爬外，想当大筐头；姓李的拼死拼活，是想当总筐头。师父一死，我就成了他们的眼中钉、肉中刺；不除掉我，他们就睡不成安稳觉……师父一死，手下人能不能都听从我的号令，我心中没底。我得在把你救出来后，先躲一阵子，等打听清楚真相了，才能想法……走下步。"

王可一知道侄儿成了追杀对象，吓得身子哆嗦起来，不时揭起车帷子，看后边有没有人追上来……

骡车还算挺快，上灯时接近马虎山了。云雷见前后路上都没人，便喊了一声"停车"，钻出去跳到地上，左手掏出一块银子对车老板说："剩下的路，我们自己走。"车老板接过银子，细看真假。云雷突然把右手攥着的匕首刺进了车老板的左胸。那老板子一声"啊"没喊完，便倒下了；云雷又哈下腰补了两刀。刚爬下车的王可一，吓得浑身是冷汗，埋怨说："无冤无仇的，你咋这么手黑！"云雷却说："放他回去，咱们就逃不出云涛的追杀了——你走着去找你干姐姐避风吧，我还得继续往远处跑，不让云涛猜出你的落脚处。"说完，他把车老板子的尸首塞进车篷里，捡起鞭子后又嘱咐："老姑，没法过下去时，你就先找个老跑腿子轧伙混日子；等躲过风头，我一定来找你，把你的下半辈安排好。"

骡车飞快地离开了。王可一等车模糊不清地快没影了，背起包袱，慢慢向村里走去。这包袱，还是去年秋天和云雷相认后就准备好的。里面有几套衣服、几双鞋、一张房契、一个银元宝，还有些碎银子和铜钱。进村后就雀蒙眼了。王可一一边回忆着张嫂的话，一边寻找，终于在两间土平房前停下了脚步。

王可一敲门说"找张广福屋里的"，被让进了屋。女主人从墙角抽出一根麻秆，撂到地上踩了几脚，杵进了灶火坑；过了一会儿抽出来吹着，举起来当灯，照照王可一的脸盘，有些犯疑地说："听你声倒有些熟，看你脸盘咋又眼生呢？"

王可一却借着火光认出了张嫂那张有些发胖的脸；听她叨咕"眼生"，便伤心地说："发了福的姐姐哟！自你不再帮工，我这个不争气的妹妹，可就顺着台阶下地狱了——苦难一天比一天深喽！"

张嫂边听她絮叨边打量她，惊讶地喊道："我的老天爷呀，你是太太！"

王可一慌乱地摇摇手，说："你若是还认我这个妹妹，就千万别叫我什么太太了——我现在成了打不着食的瞎家雀，是来求你庇护的。"

"太太……"张嫂发现自己又叫错了，忙不迭改嘴说："大妹子，你看得起我们，那你就把心安安稳稳地撂在腔子里。"

王可一听她把自己叫"大妹子"了，还真有些像见到了亲人，流着泪诉起苦来："大姐，自打你一走，我可就掉进了地狱，开始了苦日子……像一条活蹦欢跳的鱼，被生拉活扯地挤去了鳞、劐开了膛、撕去了下水……那一宗宗、一件件，哪有比死还不容易熬的？现在总算逃出来了，还有啥苦吃不下去的了！"

张嫂听了，倒也相信她遭了不少罪：一个细皮嫩肉的太太，若不是掉进了火坑，咋能只二年左右就变成了一脸鸡皮的老太太？不过张嫂很懂得做人的规矩：不能扒别家的窗户缝，也不能撬外人的嘴唇子。因此，虽然只影影绰绰听她说"那个损兽把我偷了、卖了""落到比刘豹更损十倍百倍的一对师徒手里，把我一次次架在火上烤得半死半活，把我一次次摁进水里煮得半生半熟"，也没抠根问底。她把熄灭了的麻秆重新弄着，点着了油灯杵子，给王可一做饭去了。

二

三天过去了。王可一把张嫂家的情况摸透亮了：因为发送老人，欠下了一笔债。张广福在外扛活儿，一年挣一石高粱、一石苞米、一石谷子。去了家人的嚼啃，就剩下几捏子了。张嫂一狠心，把两个孩子送到了娘家，自己进城去当老妈子——不仅带出了一张嘴，挣下的劳金钱也差不多和丈夫挣得一样多。后来，由于王可一多给了些工钱，加上这两年省吃俭用，已经把饥荒窟窿堵上了。现在张广福在十多里外的财主家吃劳金，一个月能回来一两次。大儿子张富九岁了，跟张广福给东家放猪，白吃白干。女儿张娇六岁了，也能帮妈妈看快一生日的小弟弟了，使张嫂能出去捡柴剜菜。王可一逗了一阵孩子，对张嫂说："你有福气，也有能耐，一回来就怀上了这个胖小子。"张嫂却有些不好意思地说："都怨那个人没板性。"王可一却长叹了一口气。张嫂以为她又在为以后的日子犯愁，便低声说："你那四十两银子，我替你保管得牢牢棒棒的，现在用不？"王可一故意生气似的说："你撵我走咋的？"张嫂忙不迭说："你咋说起了歪话？我这不是问问你是不是有啥急用没吗？"王可一笑笑说："你若不撵我走，那三十两银子就还由你替我收着。"张嫂订正说："四十两！"王可一却像没听见似的，又拿出了一块碎银子，求张嫂给买半个青家织布。等张嫂回来后，王可一便叫她给两个大孩子各剪一套衣裳。张嫂不肯，王可一就哈她说："你嫌我没志气，窝着脖子让野驴糟践过，不配给孩子当姨咋的？"张嫂见她把脸呱嗒一下撂下来了，连忙赔笑服软，叹气说："咳！都怨我在那个人跟前咬尖，公道佬打发你这个厉害妹子，来辖制我了。"王可一得意地笑了——她已经好长时间没这样开心地笑过了。

人们常骂家禽家畜"记食不记打"。其实人类自己也是这种贱坯子；遇到危难时，为了活命拼死挣扎，伙子的钱财、亲属的感情、私人的脸面和小份子，都可以一步步地抛弃——这就像猪鸡被追打不再偷嘴，逃离现场，可一躲过临头大难，他们便后悔"我咋虎了吧唧没沉住气"，又回过身来，或往回划拉那些已经下狠心抛弃了的破东烂西；或搽胭脂抹粉涂口红，东拉西扯套交情，往回找些丢掉了的脸面——这就像猪鸡又溜回老地方去偷嘴。

王可一也是这种人。她过了几天踏实日子，就想起了老瓜堡子的那个家：我上车前，咋不把房门锁上？屋里的东西八成被人连偷带抢溜溜光了……可房子却是谁也背不走的；房契也还在我的手里，还能卖个百八十两银子吧？她觉得自己若是出面，兴许弄成小母鸡去给黄貔子拜年——送去挨晌。她想起了双合盛的贾掌柜的：这个老乡挺侠义，准肯帮忙的。她决心写封信，求张嫂送过去，死马当活马治。他若帮不上忙，我也搭不上啥。她跟张嫂一提说，张嫂一口就答应了，还翻出了半张窗户纸——笔和墨却是老张家从来没置办过的稀奇物。王可一却想出了法：刮了些锅底灰，加水搅成汁，用秫秸穰蘸着，写出了十六个大字"去人可靠，代我面求；能办就办，不可冒险"。

第二天一大早，张嫂就动身了。日头爷快落了，张嫂也没回来。王可一后悔起来：准是我把她推上了窟窿桥，还把贾掌柜的也搭到里头了。这两个人都骨头硬，是不会供出我的；我却把这一家子人给坑了。就算我像老妈子似的替她拉扯这两个孩子，这个家也不可能再有欢乐的日子喽……

盼到眼擦黑，张嫂终于回来了。她一进外屋地，先说了一句"他答应了个老满"，便舀了半瓢水咕嘟咕嘟灌了下去。

王可一这才搭上话："我肠子都悔青了，寻思害得你当了替死鬼呢……就你这个又累又渴的样，也叫妹子不忍心了！"

张嫂到里屋见孩子都哄睡下了，才扭过头回答说："倒没咋饿——贾掌柜的捧给我好大一堆光头饼子，还沏了一壶茶水。那茶水又苦又热，我只抿下了一小碗。没想到光头饼子后反药：越走越渴，嗓子先冒烟，后蹿火。"

王可一给她端上饭菜。张嫂边摸黑吃，边断断续续地学说起来："那个贾掌柜的，鲇鱼嘴扁扁着，心眼却正道，是个实在人……看过了你的信，问了我几句，就蹿跶出去扫听……过了差不多两个时辰，才回来告诉我：你那些邻居挺仁义，没向你屋子伸爪子……他钉上了窗户，锁上了门，还央求左邻右舍帮你照看。他接过那张房契后，说自己也人生地不熟，想多出几个钱，求那个焦老婆子往外兑……对了，他还说听到传言：那个叫'云涛'的损小子，也死了……"

王可一眉开眼笑，觉得老天爷并没有把自己往死道上挤对。可对云涛已经死了的谎信，她却不敢相信：他连毛胡子吃炒面——里挑外撅，和姓李的合把摘了姓陈的脑瓜瓢，抓挠上去了，还年轻轻的，咋能叫阎王爷收去呢？她心里呼扇起来：难道连第这孩子回到了城里，开始领人替那个破师父报仇了？

三

对王可一来说，这里吃的住的，都是她记事以来最差劲的。粥，是高粱籽馇的；大饼子，是没去皮的粗苞米面贴的；菜，顿顿都是野菜蘸盐花。炕席花子硌肉皮，还可以勤翻几回身；咬人的虱子、虼蚤，却是捉不尽、躲不过来的……但她并没有感到苦，因为现在她不再遭受陈忘我和云涛的折腾了。她感到自己从那些个两条腿牲口的爪子、蹄子下逃出来后，站着和旁人一般高了，又有了和别人一样的鼻子脸了。

张嫂趁剜菜的机会，去见丈夫。张广福领儿子回来瞧看王可一，憨厚地说："请妹子在这疙瘩住下去，我挣的粮包准够吃。"张富换上了一身新衣裳，好像立时长大了不少，自豪地说："老姨，我明年就有三斗劳金粮了！"

这些话使王可一眼窝子发潮、心窝子发暖，也勾起了她对哥哥的回忆、对侄儿的牵挂：可显哥哥也这样怜顾过自己，竟落了个尸首两分；连第救出了自己，他却有去无回……若是云涛当真遭了天谴，丢了狗命，连第可就少了一个死对头！她暗暗地求老天爷开恩：高看老王家这棵独苗一眼，保他平安无事。

快到月底时，贾英押着一辆大马车，把王可一的箱柜被褥、锅碗瓢盆都送来了。贾英还道歉说："邻居们帮着装车，一不小心把大镜子打碎了。"王可一不在意地说："倒也好，我今后可以'岁岁平安'了；也省得看到一脑袋白头发，就想起那些伤心事。"贾英心里也挺可怜她：富贵打底的女人，只能泡在蜜罐里的。她若是活得滋润，到了四十多岁的时候，也会像个小媳妇儿，一天里想照八遍镜子的……他若知道她在这短短的一年多里，曾好几次后悔没撕下脸皮缠住他，会咋想呢？

等老板子刚帮着把东西倒腾到屋，张嫂就捞出一小盆小米水饭，把炕桌放上了。贾英却开始掏腰包，要开付车脚钱；王可一脚小扭搭得慢，可手疾眼快，拽开他的手，把一块银饼子递给了老板子，还对贾掌柜说"大哥没少在妹子身上耗心搭钱了；这雇车的钱，妹子说啥也不能再叫你掏了"。

张嫂刚拔大葱回来，见他们争先恐后要把老板子打发走了，心里可就猜疑起来：这不是怕外人挡了他们唠体己嗑吗？

贾英好像猜到了她的心思，一边送老板子，一边说："大把想早点到路上去，希望能揽到几个回头客。"

张嫂笑笑，心里想：这个人贼奸，可也有些木炭头子描眉——越描越不齐整。她剥好几棵大葱，又去酱坛子里刮出半碗酱，连筷子一起放到桌上后，假装怕孩子闹，说了句"没啥好吃的，贾掌柜的可要填饱肚子"，抱一个、扯一个离开了屋。

贾英趁王可一去盛饭，把九十块大洋撂到炕沿上；接过饭碗后解释："那房子若悠着点卖，能卖到一百二十块的。你急，我也怕夜长梦多，就只卖了一百块。那个姓焦的牙婆是属蚂蟥的，不叮出血不撒口：原本和我讲好，卖到一百块付给她八块辛苦钱；可卖妥后她又说把她那双鞋底都磨出窟窿了，非又多要两块……说实话，也多亏她才卖得这么快；我也摞不下脸跟她多磨嘴皮子……"

王可一很知足，感谢说："若不是有大哥这依靠，我都认可白舍了！"接着她就提起娘家人的事，说跟他打听到的情况一模一样，侄儿连第是叫一个花子收留下了，后来领到了奉天……她还说："妹子只有他这一个娘家人。若说还有近人，也只有你这个异姓大哥了。他是在花子堆里混事的，人品好坏我心里没底。我想叫他在为难遭灾时，去麻烦你拉帮他一把。不知你对这种人有没有啥忌讳？"

贾英说："人在哪行哪业，还不都是为养家糊口。白道上也有黑心鬼，黑道中不缺红脸汉。咱们都是边外人，妹子说到的事，还有啥不行的。"

放下饭碗后，贾英像长兄似的嘱咐王可一："你是富贵底，能闯过那么多的磨难，得说很不容易了。人都是三穷三富过到老的。今后也别心太高了。能够太平静心，就该知足满意。"

王可一噙着泪连连点头，把他送出了院……张嫂又过了一会儿才回来。一发现贾掌柜的已经走了，便有些奇怪地说："他咋没歇一阵子？"

王可一白了她一眼，叮问她："你躲出去干啥？是倒出地方，疑心我干啥怕人瞧着的事咋的？"

张嫂直性子，也不会说拐把子话，吭吭哧哧地解释："去送信时，我看出了他是个跑腿子。虽说是个鲇鱼嘴，可年岁不比你大多少，还对你得算十个头的了……我觉得你该试试他。'两间房子一条梁，柱脚顶起才打墙。'你比我还年轻，若靠准个能顶起梁头的人，才好奔求将来的日子。"

王可一被她的直率、关心感动了。她叹了一口气后，才低声不瞒不掖地说："妹子咋没动过心？你不再帮工后，我又去过几回小铺的，还求他办过又扎手、又重要的事；品出了他是一个靠得住的男人。可是……我没那个福了——他一看出我有那种意思，就先封了口，说他最对不住的就是他死去了的媳妇儿。他还说自己遭了天谴，没心，也没……本钱再找女人了，只想一个人往下折腾了……他是我遇到的头一个把我当人看的人，我这辈子是永远不会忘掉他的。"

四

王可一开始归拢衣物。一发现那件被刘豹撕开根的旗袍，她就像被毒蛇咬了一口，浑身一颤。她摸过剪子，唰唰地把它剪成两截，扔给了张嫂，说："留给张娇吧——上半截改成褂子，两片下摆缝条裤子。"

张嫂心疼地说："这不是败家吗？我看过你穿过的，虽说那时稍微瘦点，现在准合身了。八成新的金贵衣服，你咋几剪子就毁了！"

王可一伤心地说:"刘豹那条疯狗,一爪子就把它撕断了三个纽襻,我就被按进了十八层地狱……后来一看到它,我心尖就往下滴答血……你千万别叫我再看到它。"

张嫂听她说过那天发生的事。当时对东家太太说的"我被他掐了个半死,昏昏沉沉中着了他的道",是有过怀疑的。现在看到了被撕坏了的旗袍,她相信了;急忙把它塞进了自己的大板柜。

王可一留出了一件红汗褡,把它在小小子身上比量一阵子,咔咔地剪了起来;接着便飞针走线,小半天就做成了一套小衣裳。然后又用红布头缝了一个香荷包,还用五彩线在两边各绣了一只大公鸡和一只老鹞鹰。她递给张嫂说:"大外甥还没到十岁,就给人家放牲口,不是钻树茅子,就是蹚草甸子……送给他戴上,图个吉利吧。"

王可一十分喜爱张嫂的小小子。听说还没起名,她便给取名叫张喜。她常抱着张喜,逗着逗着便流下了泪。张嫂猜想她是为没有后人心酸,就劝她:"你还没过三十,心眼又好,老天爷会保佑你有个好结果的!"

张嫂没见过彩荷,却知道她也是小女人,还听焦二姑说过"邹老爷没正室"。她也听人说过,有野心往上爬的小官,不忙娶大老婆,常常先选小老婆开心;可就猜想邹乃杰是贪图王可一又俊又会浪,才娶她做小老婆的,便试探地说:"邹老爷娶了你,好像挺满意。"

王可一却顺口说道:"他哪里娶过我?我刚刚成了小寡妇,他一为了财、二为了色,逼得我顾命又得顾脸,随他到了奉天……糟践过我的牲口,半个也没有像大姐夫似的庄稼汉,一个心眼把你当媳妇姐——你是个多有福的人!"

张嫂见这个往日的太太,自打反过来投奔自己这个下人,真像个妹子:对自己啥也不隐不瞒,对她的不幸更加同情。后来还听她说要听"贾大哥的劝,能太平静心,就知足满意,把苦日子当甜日子过",就故意开玩笑似的说:"你若这么说,姐可就要替你招个庄稼汉了。"

王可一听了,却红着脸说:"我娘家也住在乡下,知道庄稼院的男人，也没有全全科科长过墙的。再说了，我身子早就不囫囵，还不顶用。姐就是有好心，也没合适的地方把我推出去了。"

张嫂一听，就认为她不是压根反对，若有相当的人，还有门。

五月节前的下晌，张嫂去看丈夫。

那十来个劳金，正在大树底下歇凉：锄头横七竖八扔在地上，手都不住点地扇着草帽子。这些人头上身上差不多：头发胡乱地盘在头上，都光着紫不溜丢的膀子。下身和脚上，分成两类：那几个有家口的，都穿着长腿裤子，脚上好歹都有双鞋；其余的都光着黑脚丫子。他们看张嫂走过来，穿长腿裤子的没挪窝，穿大裤衩子和小裤头的都往别人身后躲。

张嫂走近了。张广福搭腔说了句"姐来了"。

有个劳金听打头大哥把媳妇儿叫"姐"，就伸嘴丫子逗咳嗽："老嫂比母，大姐如娘。张头可要记清楚了：对'姐'可是不能摸也不能碰的！"其他人便也跟着打起哈哈。

张嫂见他们拿自己起哄，逗弄当家人，便撇撇嘴还嘴："你们打头大哥管我叫'姐'，是他心眼实、眼珠子正，相中了我这个死心塌地跟他过日子的老婆。不是有人说'老嫂比母'吗？那就听嫂娘一句劝：别虎了吧唧地惦记中看不中用的野狐狸精，做梦都'妹呀妹呀'的念牙疼咒——得煞下心，拼死拼活熬几年，攒下十石八石的粮，垒个遮风避雨的窝，找个身板壮实、心眼厚道的老婆……"

这帮劳金一多半是跑腿光棍，都低下头盘算起今后的日子。

张嫂把那个装了艾蒿、桃叶的荷包，递给了丈夫，叫他带给大小子。

有人凑过去看。其中那个二十三四的叫褚财，憨憨地夸了句"绣活了"。立刻有人拿他开起心来："大肚子兄弟，你也找个这么巧的'姐'，叫她也给你绣一个吧。"

张嫂假装生气地吆喝："闭上你的狗嘴，别乱汪汪——这是我妹子记挂她大外甥，绣出来送给张富镇唬长虫、蜈蚣的。"

张嫂往回走时，张广福送了媳妇姐一程。张嫂絮叨起干妹子遭过的罪、受过的苦，还说"咱们得帮她有个好归落"。张广福便说："她若真能吃得起苦，倒会有人娶她做个媳妇姐。"

五

张嫂心里怀着一半的谱，回到了家。她留心着机会，想把干妹子心里那两扇门撬开一道缝，探探她心里到底想装进个啥样的人。当晚躺到炕上后，张嫂试探地问："你对富贵人家那些狗头驴尾巴的东西，又恨又打怵了，不如找个老实巴交的庄稼人，鱼帮水，水帮鱼，贴身贴心地过日子；虽说苦一些，却能知冷知热有人疼。"王可一叹气说："晚喽！我现在人成了老白毛子，心枯成了旱沙坑子，哪还有那种口味。"

王可一说的是心里话。陈忘我和云涛对她的蹂躏，或者说性摧残，使她一想起来就毛骨悚然、肝裂胆碎，感到那是比上刀山、下油锅还要难忍难熬的刑罚。张嫂哪里能猜想到那些事？只从眼前看到的实情，开玩笑说："你白头发少了好些，脸蛋嫩了好些，心也该少相少相了。"王可一推了她一把，没吭声，好像真成了一个断了尘缘、要敲一辈子木鱼的尼姑。可她终是一个刚到三十的女人，心里的那汪水，却也被张嫂的话搅起了波纹。她背着人把头发拽到眼前细看：果然白的少了，黑的多了，也厚实了一些。她又摸抚起脸蛋，好像褶子也少了、浅了……她一连好几天，早晨洗脸前，悄悄地把脸凑近洗脸盆，想看看自己的眉眼，是不是真的有点"返老还童"了。可是洗脸盆里的那张脸，模模糊糊、影影绰绰，看不清楚。这使她想起了贾掌柜的，曾因为邻居弄打了那面大镜子，向自己道歉的事，竟有点可惜"贾大哥咋没给我捡回块大点的碴"……

几天后，传来了拨浪鼓声。王可一拉着张娇，紧捯两只小脚撵出去。她从货挑子上选了几尺绫子和一面小圆镜子。回到屋，她告诉张嫂"是给娇娇买的"。可她却抽屋里没人的空，偷偷地照起自己……她的心怦怦跳起来：已经快几个月没见几滴油珠，咋还吃得白胖起来了！她慌忙放下小圆镜子；可耳朵眼里，却响起了张嫂对自己说过的话：你"……心也该少相少相了"。

后来，张嫂看她眉眼有些舒展开了，又提起了那个"鱼帮水，水帮鱼"的话头。这回，引开了王可一的话匣子——她没提"大筐头"那段，可也说出了一些实心嗑："我遭过好几个男人欺侮的。刘豹那头疯驴霸占了我，还……想把我卖掉了。能像你这样有安稳日子过，倒也挺好……"

张嫂喜上眉梢，热情地建议："你若这么想，有机会叫我那个主领个人来，让你瞧看瞧看。"

王可一红着脸没吭声。她暗下合计：这马虎山，跟老家凤凰坨子差不多。正经八百的庄稼人，哪有到了三十还没成家的？若有，也不是不务正业的二流子，就是疤癞狗啃的人剩，很难有能顺得过眼、靠得住的人……

张嫂却认为她脸红低头是动了心，又抽空出了一趟门——说去看看大儿子。

六

立秋后的一天，张广福领扛大活的伙伴褚财，回家来脱坯。

张嫂没再说啥。王可一却心里明白：干姐姐两口子，不只是找褚财来帮工，还是让自己看看这个人的。她一边帮张嫂团弄黏豆包，一边不时地往外瞥几眼：褚财只穿了一条大裤衩子，一身黑不溜秋的疙瘩肉；放下翻土的锹，便抄起扒泥的二齿钩。王可一小时候听人说过"扒泥垛墙，活见阎王"，知道扒泥的活最累人，可他干起来却轻飘飘的。她心想：这个人身板倒真壮实。

王可一瞥了几次眼风，却没发现褚财往自己这边骨碌眼珠子。她看出了褚财多说也只有二十五岁，还膀大腰圆挺有福相，可就觉得他准是看出了自己比他岁数大、面相老，才只忙干活了。

打完坯，褚财沁着脑袋进了屋，在炕梢一头上了饭桌。张嫂叫王可一把一盘豆包端到了桌上。褚财低着头，等王可一转过身，他才动筷：两口一个，一转眼就吃下了五六个。王可一看得有些眼蓝，正想去取盘子再往上捡，却被张嫂拦住，低声说："他饭量大，脸皮薄。再用盘子往上捡，他会留量吃不饱的。"说完，她把一大盖帘子豆包端上去，放到褚财身边，还嘱咐："老褚大兄弟，没啥好吃的，可千万填饱肚子——别叫嫂子和你王姐心里提溜你挨饿。"

王可一心里正怪张嫂把自己往话里拉扯，却见褚财撩起眼皮扫过一眼；一发现"王姐"正望着自己，又马上做贼心虚地耷拉下脑袋瓜子。王可一发现他羞得脸像贴上了一张大红纸，可能真是脸薄面矮，是不敢正眼看自己，不是嫌自己年纪大，不由得脸也发起烧。褚财可能是肚子里有了垫底的，也可能觉得应当装装相，吃相斯文起来；不过还是比张广福吃得快，又吞下了十多个豆包才撂下筷。

这两个劳金只请下了半天假。

王可一陪着张嫂站在房门口，盯着两个男人往回走，低声问："他干活、走路，咋都光着脚丫子？"

张嫂可怜地说："他光棍一条，没人侍弄。我那个主可怜他，求我给他做了一双夹鞋。他金贵地留着春秋踩霜。"

王可一皱皱眉，说："他扛活不也挣三石粮吗？咋不卖几斗扎咕扎咕自己？准有些二百五！"

张嫂忙不迭解释："他饭量大，讲工时东家只给两石五斗粮。过年前后，他得回那个破窝猫冬，也得吃下好几斗哇……我那个主还劝他攒下点，碰上机会凑合成个人家。"

王可一没搭腔，心里却在嘟囔：饭量大咋也成了累赘？

这个有富贵命的女人，虽然遭过不少罪，却对乡下穷人的困苦艰难还不完全了解。

张嫂看出了干妹子对褚财还挺满意。她没着急问王可一有啥看法，却想好了让她表明态度的方法。

第七章　自个选的井水没喝够

一

第二天，张嫂翻出一副用大针脚把苞米皮子缝到一起替下的鞋样子，对王可一发愁地说："你的菩萨心，把我的肠子也拐带软了。想再给那个光脚丫子的做双鞋，袼褙却不够了。"

王可一的心眼，是比张嫂来得还快的。她听出了张嫂是在念秧，想让自己帮她打袼褙；还有给自己搭台阶的意思：自己若痛痛快快地答应，帮她给那个人做鞋，就表示自己对他顺眼顺心了。她挺感激张嫂体贴自己，可也不愿显得太着急了，便没理这个茬。她另拉一屉说："我来投奔你时许过愿：若能顺顺当当地找到你，平平安安地在你这里待下，一定亲自上大庙烧三炷香。你说过离这疙瘩不远有个石佛寺，能陪我去一趟吗？"

上庙烧香，倒是王可一的实心嗑；"还愿"却是她找出的借口。她虽然跟褚财只见过一面，还没搭一句话，可觉得他老实憨厚、强壮能干，确实还比较中意；但她猜不准老天爷是不是因为自己贪生怕死没守住贞节，才惩罚自己遭大罪的；也不知道老天爷会不会因为自己遭了大罪而可怜自己了，能让自己有个好些的后半辈子。她想在烧香时求个签，看看今后是啥命运。

张嫂听她想要去石佛寺，看看她那双小脚，吞吞吐吐地说："离这……好几十里呢。"

王可一却说："还愿就得心诚。咱们雇辆车去，让孩子也逛一逛。"

过了两天，张嫂抱着张喜，王可一领着张娇，坐上了一马一驴拉的一辆花轱辘车，去石佛寺。

这是个无风无云的响晴天。王可一搂着张娇坐在车厢里的草垫子上，望着远处不太陡峻的山、近处高高矮矮的树，心情挺敞亮。车慢慢地向前嘎悠，身子随着微微地晃悠，身子挺舒服。王可一发现路旁一块地里，一对夫妻正在铲地：女的紧跟在男的身后，男的不时挪锄头在女的那条垄上搭几锄，使女人能总跟在自己的身边。王可一的心可就有些不平静了：这就是夫唱妇随、其乐融融吧？我是没享受到过这种日子的……她很快又觉得自己不会有过这种日子的福分了：一缠成了这双小脚，便肩不能担水，手不能铲地，连走起路来，都不得不扭扭搭搭，好像故意在让人看腰有多细、臀有多圆……她暗暗地担心了：一个由春到秋忙吃忙穿的庄稼院男人，恐怕不会喜欢只会扭扭搭搭、不能帮他忙里忙外的窝囊废。她感到花轱辘车在荒林野地里走得很慢，心情也觉得有些孤单了。

刚刚懂些事的张娇，却还在惦记从来没去过的大庙，仰起脸问："老姨，大庙是个啥样的地方？"王可一愣了一下才回答："大庙是神仙、佛爷住的地方。大殿高高的，佛像高高的，很多求保佑的人，去烧香磕头。"张娇虽然不懂得大殿是啥，却听说过"佛爷救苦救难"，便说："我也要给佛爷磕头。"

张娇在车上时，小嘴还叭叭的，说要给佛祖磕头，可进庙后一见龇牙咧嘴的四大金刚，就说啥也不敢向前迈步了，还说"佛爷是妖精，要打我"。

张嫂只好带两个孩子留在外面，让王可一自己独自去烧香还愿。

王可一随着众人进庙，直奔大雄宝殿。

二

王可一敬献了香资，插上香后跪在佛像前低声叨咕一阵，恭恭敬敬地磕了三个头。她起身后，到供桌上撵出一根签；急忙抓过就看："春风卷桃林，夏雨惊荷云，秋霜染枫叶，冬雪落柴门。"王可一这粗粗一看，脑门可就沁出了冷汗：这"春夏秋冬"隐喻人生百年，咋不是"风雨"就是"霜雪"？难道我这一辈子没有盼头了？她又反复看了两遍，忽然悟出了"禅机"：前两句中的"桃、荷"都是花，影射出自己是女人；"惊、卷"都是打击，是说自己前半生注定要遭磨难。后两句似乎暗示自己会有个不错的后半生：枫叶本来是"绿"的，可霜帮它改变了颜色；经过霜的枫叶和它过去不一样了，是"红于二月花"的——有了同过去不一样的好命运。冬天的雪白白净净，不会再有污泥浊水弄脏它了——而"落柴门"中的"柴"，和褚财的"财"音相近，分明是暗示我托身给他，进了他的"门"，才能冰清玉洁，不再受污辱……

王可一清楚张广福领褚财回家打坯，是让自己"相看"他。她从到马虎山后，已经横下心要过安稳的穷日子。她还没向张嫂表明态度，是担心他比自己小六岁，犯了"六冲"，怕他将来嫌自己老、过日子不顶用。现在佛祖赏给的签，把她心中的疑云一扫而光了。

在供桌旁轻轻敲着木鱼的老和尚慈眉善目，不仅精通佛法，还有丰富的社会经验。他见王可一竟然识文断字会读签，而且先忧后喜，便估计她对签很满意。因此，在接回签后，双手合十，先念了一句"阿弥陀佛"，然后轻声嘱咐："恭喜施主悟到佛祖指点；禅机不可外泄，请施主切勿轻言。"

王可一更加深信不疑了，又掏出一两银子做香资。她高高兴兴地走出大雄宝殿。天上的太阳爷骑着马，不断地把光明和温暖洒下来。王可一感到身上心里都热乎乎的，眼睛却有些发花：好像有个光着大脚丫子、宽肩膀的大小伙子，直往人堆里钻，躲开自己……王可一心中想：他倒是一个壮实能干的人；看那个腼腆样，也挺老实厚道，不会欺负人……她找到张嫂，先请他们娘仁和老板子，去吃了肉卤面；又去买了两块布——当然没忘了买袼褙。

回到家，王可一先把一块花布递给张嫂，说"给两个小尕做衣服"；

又把那大块青布扔给张嫂，说："给张富和大姐夫换棉袄面。"

张嫂用手把青布量了好几遍，咋算也多得多，心里可就明白了八成，便故意嘀咕："你算计冒样子了吧？多得够做一套大人衣裳了。"

王可一故意打糊涂炮："我是估大概买的……若真多了那么些，你就酌量用吧。"

张嫂听她让自己"酌量"，抿嘴一笑，却有些犯愁地说："那就扎咕扎咕那个光膀子的吧——可节气快秋头子了，家里外头的，我都一大摊子乱麻团子活，忙一阵停一阵的，可就入了冬。那鞋、那衣裳，姐想借你那双手给他做了——不知你给不给姐这个面子？"

王可一低头藏起飞红的脸，轻轻地"嗯"了一声。她眼前又出现了褚财影：穿了一套合身的新衣服，却躲在人堆里偷偷地望着自己……过了一会儿，王可一稍微抬了下头，斜眼角瞥了张嫂一眼：见她脸上只有喜色，并没有半点轻蔑的神情，认定她没把自己看成又轻浮起来的女人，心里踏实下来，便试探地说："鞋有样子，好做；我先动手。衣裳却难下剪子……姐是不是得空时找出套大姐夫的衣服，让我有谱放长放肥些？"

张嫂却摇摇头，认真地说："那么放样子做，也很难合身的……等过几天叫我那个主再把他领过来，咱们拃拃他再下剪子。"

张嫂说的是"咱们"，可王可一明白是让自己去拃那宽大的肩膀，不由得心怦怦起来……

王可一能靠上那个结结实实的宽肩膀吗？能靠一辈子吗？

三

成亲，也就是女人嫁汉子、男人娶老婆。这对他或她来说，往往都看得很重，几乎觉得和呱呱落草、撒手入土差不了几麻皮。因此，谈婚论嫁没定砣前，双方都要仔仔细细地挑选、反反复复地掂量，甚至吹毛求疵、讨价还价。对王可一和褚财来说，这事却要简单得多。王可一逃难在外，孤苦伶仃，急需有个男人用脊背遮挡风雨；而褚财身子骨已经鼓到了顶，壮得像一头牛，穷得担心一辈子搂枕头睡觉，做梦都没女人搭理。因此，虽然只见过一面，还一句话没能搭讪上，但在张广福两口子撺弄下，都已经点了头。王可一认为褚财憨头憨脑靠得住，褚财更觉得王可一是半天空掉到怀里的大美人。不过他们也有些像麻秆打狼——两头害怕：男的怕女的嫌自己穷，女的怕男的嫌自己老。可这些顾虑，很快就像夜里的贼星，眨眼间消失得无影无踪了。

开镰前张嫂去找丈夫，当众让他领个人回家换炕面子。张广福便把褚财带回来了。干完活，吃完饭，张嫂先向站在里屋的王可一挤咕挤咕眼，又转脸吩咐褚财"帮你王姐烧炕；我和你大哥去收拾园子"。

褚财应了一声"嗯哪"，便低下了头。

张嫂领丈夫一走，王可一便来到外屋地。褚财急忙蹲下，往灶坑里添木头疙瘩。火越烧越旺，烤得他满脸通红。王可一走到他身边，见他沁着头连眼皮也没撩，知道他脸皮薄不敢跟自己打照面，便故意呲他："你咋像小耗子见了老猫，连头也不敢抬？是怕我这张又老又丑的脸，吓破了胆咋的？"

褚财仍然没有抬头，却低声答了句"你不老，也不丑"。

王可一心里暗暗一笑：你这张嘴到底让我撬开了！可她嘴上却挑眼拨刺："我给你盛饭，你都脑袋像灌了铅似的低着，咋知道我不老相？"

褚财被追问得直淌汗，不得不招供说："我偷着……瞄过。"

王可一心里想：他心里也不老实……可她立刻联想到了那些贼爪子更不老实的两条腿牲口，和他们对自己种种凶暴下流的举动语言，使她感到眼前这个比自己小了六岁的壮实汉子，实在是太厚道了，便低声说："那……你是同意张嫂提说过的……咱俩的事了？"

褚财抬起头扫了王可一一眼，发现她正盯着自己，急忙又低下头，吞吞吐吐地说："我……太穷。"

王可一有点生气地说："谁嫌贫爱富了咋的？人家是问你……心里是

咋想的嘛。"

褚财听了这话，胆壮了起来，抬起大红脸，冒出一句乖巧的话："我愿意天天给你倒洗脚水。"

东三省有句嘲笑憨厚人的嗑："闷葫芦有话不张嘴，天天给媳妇儿倒洗脚水。"褚财平时不爱吭声，话语很少。一同扛活的伙计，常用这句话跟他开玩笑。今天他福至心灵，顺口说出来表明了态度。

王可一听他竟然绕了个弯把自己叫"媳妇儿"，这是头一回有男人对自己说这么实在的亲昵嗑，而且正是心里盼望的，立刻羞得满脸红。她心里欢喜得怦怦跳，嘴上低声骂了句"厚脸皮的鬼"。她见褚财又低下了头，就故意招惹他说："你愿意当闷葫芦头，以后可得听我的话。"

真是"人逢喜事精神爽"，褚财好像突然变得心灵嘴巧了，麻利地回答："那当然了。你让我朝东，我一定不朝西；也不向南、往北。"

王可一像喝下了一碗冰糖水，心里甜滋滋的。她走到褚财跟前，用指头点了一下他脑瓜门，轻声说："那你就给我站起来，别傻乎乎地蹲着挨烤。"等褚财直起腰，王可一又低声说："你别乱动，我量量你身板多宽多长，好给你做件衣裳——快老秋了，别冻着。"

王可一转到褚财身后，拃起手量了起来。她感到他厚硕的脊梁好像有股吸力；褚财却觉得她手又软又腻……两个人都有些心慌意乱。

四

虽说还没写下牛皮文书，这两个人的婚事却铁铁地定下来了。王可一虽然觉得自己身子已经不囫囵，却认为这是自己头一回正经八百地出嫁，坚持要求张广福夫妇不仅要当保山，还要做娘家人，并要求各种礼数不能差了大格。褚财认真地把两间破房抹了一遍。他支出一石粮的工钱，按照张嫂的指点买了四块布料，做定亲的小礼。

八月节后，张嫂陪着王可一，到褚财家"对相对看"。褚财家在辽河对岸，是个叫乌尔罕的小村子。

王可一见褚财小半个脑瓜顶刮得锃亮，大辫子又粗又黑，羞红的脸显得更加年轻；穿上了自己给做的新衣新裤新鞋，虽说有点架手架脚不自然，倒也亮亮堂堂，光彩照人……她有些心怯了，抬起手假装挠理头发，回手时摩挲下脸蛋，感到皱纹已经不多，脸皮倒也光滑，觉得还算能配得上，心才稳下来。

张嫂发话叫褚财"学你大哥的样，把我妹子也叫'姐'吧"。褚财便规规矩矩地朝王可一叫了一声"姐"。

王可一听了心里一扑腾，轻轻地"哎"了一声，低下头藏起满脸的火烧云，心里想：就冲你这声"姐"，我也心甘情愿把下半辈交给你；宁愿在火里一起烧成灰，在水里一起啃淤泥。只可惜我不能像张嫂似的，里里外外替你撑起大半个家……

张嫂一手托两家，扭身去外屋地烧火做饭。王可一见屋里没了外人，抬起头打量屋子里的东西：炕席是新的，炕梢的疙瘩柜快散板了，靠山墙有口上了铞子的地缸子……

褚财发现她眼珠一停就皱起了眉头，心立时凉了半截：她后悔了……褚财虽然话语少，却是个红脖子汉，觉得自己不能太委屈了这个漂亮女人，便咬咬牙，下狠心说："你别堵心了。我穷得溜溜光……吃完饭就回去吧，别将来跟我熬穷受罪……我刚才叫了你一声'姐'，你也别怪罪，算我认下了个干姐姐。"

王可一见他垂头丧气的样儿，知道他猜错了自己的心思，便低声说："虎掏个啥！你叫我'姐'，指望我是你'媳妇姐'；我答应过了，这辈子就不能做你的什么'干姐姐'——我方才皱眉，是在盘算添置过日子的东西得多少钱，想的是将来咋跟你过日子。"

褚财傻傻地，张了张嘴，却不知说啥好。

王可一觉得应当给他早点吃下定心丸，便把按习惯得在接受小礼后才给他的定情物——装了自己一小绺头发的绣花荷包，塞到褚财手里，红着脸说:"从今个起,我就是你的人,你就是我的主了。"

褚财脸通红,热泪几乎从眼眶里流下来,慌忙地开腔了——更正说:"我是你的人,你是我的主。"

王可一知道,褚财是请了老牛婆刘奶奶和他远房老李二舅妈来陪吃饭的;便趁她们还没过来,交给褚财二十两银子,嘱咐他"置办过大礼和以后过日子的东西用"。

饭后,刘奶奶和老李二舅妈把可一送到河沿。褚财一直没再吭声,却站在河边,望着坐船的张嫂她们在对岸离开船,才转身回家。

五

王可一开始忙嫁妆。

她除了扎咕自己做新娘,还要给褚财做里面三新的棉袄棉裤,做单衣衬衣……她出嫁那天穿的红棉袄、红棉裤,是求夫妻和睦、子女双全的张嫂给絮的。张嫂开始时只想给絮两层,说"薄薄的穿了合身,更能显出你身腰匀称秀溜——送你那天是抗不住风打,但可以在外面罩上那件猞猁皮袍子"。王可一坚决不同意,非要她给絮三层——"姐,我这是头一回正经八百地出嫁!那件皮袍子,是那个抢我做小的人后来给买的。这回出嫁那天,我要把自己里面三新交到男人手上,冻死了也不能穿过去的陈老二……再说了,我选了他,是下了决心做庄稼院媳妇的,不怕谁笑话穿厚棉袄像豆包的。只可惜我没有你能耐,不能多帮他,还得让他多挨累……我会一个心眼伺候他,可连水都挑不动,真怕将来新鲜劲过了,他会嫌我太窝囊。"

张嫂感动了:我这个做过阔太太的干妹子,眼下的脸盘、身条,也还差不多百里挑一的;可对褚财这个穷劳金,够得实心实意,不仅没有半点委屈,还有了将来当受气包子的打算……老天爷可真厉害,让这个胎里富的干妹子,受尽煎熬吃尽苦,变得比穷人家的姑娘还心实懂事、有情有义了！她诚心诚意地对王可一说："你放一百个心吧——我保不了他让你后半辈天天吃香的、喝辣的，能包他会听你说、服你劝，让你顺心如意，跟你和和气气、白头到老！"王可一心里甜甜的，可暖暖的腔子里忽然冒出一股冷风——她想起了老爹的话："这孩子有一品夫人的命，却一辈子得吃七个井的水。"她已经不相信自己会当上一品夫人，却对"得吃七个井的水"感到恐惧。她暗自计算：阚山抢了我，姓邹的骗了我，刘豹这恶贼先奸后卖了我，陈忘我大魔头买了折磨了我，小损兽蹂躏了我……我这身子已经被五个牲口祸害过了，加上在娘家吃过一眼井的水，这该算吃过了六眼井的水了吧？我这回嫁给褚财，该是吃第七眼井的水了吧？应该能跟他平平安安过到老了吧？可她很快又紧张起来："真害我"只拿那种毒火般的药，炼过我身子……她害怕了：若是小损兽只算他的替身，我可就不能把自己选的这眼井水喝长远了……她不得不安慰自己：那个什么"一品夫人的命"都是假的，"吃七眼井水"的说法咋能准？这么一想，她的心才安定些了。

正日子——腊月二十三到了。张广福两口子雇了一辆车，装上嫁妆，把穿上一身红的王可一扶上车。

这年的腊月是小尽，初一打春，已经是五九的第四天了，不算太冷。王可一坐了十多里的车——新娘子是不能下车活动的，那双小脚也冻麻了。好在褚财已经把屋子烧得热气扑脸，又立即把她抱上了炕。王可一坐了一会儿帐，便暖和过来了。拜过天地，她便随着褚财给送亲的、贺喜的装烟、敬酒。左邻右舍感谢过张广福公母俩，便称赞褚财前世积下了这辈子德，娶了个又响快、又俊俏的好媳妇……

天，仍然挺短。娘家人走时，日头爷只两竿子多高了。虽然褚家没院门，王可一也只送到房前——她有意遵守一条奶奶令："新媳妇没过三天就出院，两口子难求白头偕老。"回到屋后，断续地又有人来看褚财"贼俊"的新媳妇，直到屋里点上了"龙凤呈祥"的大红蜡，客人才断了溜儿。

褚财瞥了新媳妇一眼，低声说："姐……累了一天了，上炕歇歇吧。"

王可一听他叫"姐"，明白他是在叫"媳妇姐"；还从他的慌乱、胆怯相，看出他着急了。她立刻想到自己身子，早就不囫囵了，还很长时间没洗过了，便决心把自己干干净净地交到他手上。她红着脸商量："你先歇一会儿行不？让我温点水，洗洗身子。"

"我去温水，你先喘几口匀和气。"褚财说完就去了外屋地。

王可一哪里得到过这样的体贴？她用红棉袄的袖头子抹干眼里的热泪，放下幔子，把幔脚子掖到炕里；找来了一条洋手巾和一块洋胰子，坐到炕沿上松开裹脚布。

褚财端来一铜盆热水，转身出屋，还带上了门。

王可一忙找出一根蜡，在灯罡里对亮，送给摸黑坐在锅台角上的褚财……

她洗好了下身，急忙蹬上红棉裤；擦完了上身，穿上红棉袄，端起铜盆去倒水。可一开屋门，就被褚财把铜盆抢了过去——还说："我说过愿意天天给你倒洗脚水，你咋还出屋。"

王可一把被子掀开一道缝，柔声地说："小傻狍子，想过来……就钻进来吧。"

两人亲热得一夜没合眼。

六

两个人婚后的日子，就像春天的朝霞般美丽，就像刚搅出的蜂蜜般香甜。两个人恩恩爱爱，半会儿也不愿分离。王可一去做饭，褚财便蹲在灶坑前烧火。王可一故意用沾满苞米面的手刮他鼻子，骂他"没出息"；褚财却憨笑着不出声。褚财一出门，王可一便靠着前檐墙晒太阳，等他回来。褚财一回来，就心疼地埋怨她"姐，你咋虎得不知道冷"；王可一就噘起小嘴抱怨他"那你咋不快些回来"。若是门前没外人，她还张开两只胳膊，等丈夫抱回屋——王可一自己也纳闷：都过三十了，咋还学会了撒娇？

一晃就过了正月十五。扛活的该琢磨吃劳金的事了。王可一不愿意丈夫把自己撇在家里，褚财也舍不得离开媳妇。他便跟离家只六七里的一家财主讲好了工：在自家住，保证不耽误活计。上工后，褚财起早把水挑满缸，抱足一天的柴火。王可一天天晚饭后温半锅水，等丈夫回来一起洗脚——却从来不许丈夫给自己倒洗脚水："我闲一天了，说啥也不能让你再挨累。"

王可一自打喝上了老褚家这眼井的水，日子过得特别舒心，却也使王可一觉得对不起没挑没说的男人：自己是个不能生养的女人。一天晚上，两人亲热了一大阵，王可一提起了心事，要求丈夫上心些："你在外面留意些，有私生孩子的，咱们抱养一个。"褚财却不打奔儿地说："用不着。"王可一急赤白脸地说："我是个骡骡子！没法给你留个后人；我不能让你对不起咱们老褚家的祖先。"褚财捂上她嘴，说："有了你，我已经心满意足得像神仙了。"

有人说"老天是个公道佬"，可是老天爷却偏偏和他们作对，不让他们能把舒心的日子过长远。这就像大清早突然刮起了狂风，把灿烂朝霞撕散了；响晴的天，突然罩满乌云，大暴雨浇得天昏地暗……

三月中的一个晚上，锅里温下的水凉了，褚财还没回来。王可一抓心挠肝地站在门外等着。到半夜时，才有人来报信："老褚大兄弟和我们一起刨茬子。晌午时来了一股老毛子兵，把他抓走了。"

王可一前几天就听说老毛子和小鬼子，在掐生死仗，但没想到灾祸会落到自己家的头上。她一连几天几夜吃不下饭、睡不着觉，成天站在门外等丈夫回来。人没等回来，还听不到信，她又捯着两只小脚，东街西村去打听。她得到了一些安慰，却没打听出半点消息，还累得到家后几乎爬不上炕。她扳手指头熬日子：十天过去了，十五天过去了，一个月过去了……褚财就像石头沉入了大辽河，连个泡也没冒，一点音信也没有。熬过了六月，王可一的脸瘦下去了一圈，爬回的皱纹也越爬越长，越来越密……

王可一仍然每天都靠着前檐墙，傻傻地等着丈夫回来。她时不时地哀叹："老天爷呀，你不可怜我，也应当可怜可怜那个小傻狍子呀！他憨憨厚厚的，是啥坏事错事也没做过的呀……你咋连一年顺心的日子也不给我们？只让我们在一起过了两个月零了二十来天哪……"

王可一除了天天等、夜夜盼，有时早晨起炕后还有些奇怪：我这颗心时时刻刻地提溜着他，咋一回也没梦到过这个小傻狍子？难道他被老毛子押到千里万里外的罗刹国了，路途远，道不熟，魂也没法回来跟我见上一面？

她白天从日出盼到日落，晚上从黄昏星钻到西山后盼到启明星爬出东天边，白盼了足有三个月，她的小傻狍子也没露面……

这天夜里，半醒半睡的王可一听到有人哐哐敲门。她以为自己的小傻狍子回来了，光着两只小尖脚茬，跑到外屋地抽开了门插关——可进来的却是娘家侄儿云雷，还背着一个不认识的大老爷儿们……

第八章　搭伙不改嫁

一

进了里屋后，云雷指着放到炕上的三十多岁、昏迷不醒的汉子说："佟三叔是我恩人。为了救我，被人砍去了半截胳膊。我从马虎山老张家打听到了你的下落。老姑，你无论如何也得帮我一把，留下他养伤。"王可一痛快地答应下来了。云雷吃过饭，留下些药和钱，也不等天亮就匆匆忙忙地离开了——王可一猜想他已经落草为寇了，正被官府追捕。王可一并没有猜对：云雷还没落草当胡子，也没被官府追捕。可她的猜想，跟云雷目前的处境，也没差出八竿子以外去。他没当胡子，可他背进屋的伤号，是个胡子头；他确实是在躲避官府追捕，还不得不防备仇家对头的跟踪、追杀。这两者之间的差别，恐怕也差不过一竿子。这些情况的出现，又都和陈忘我与李万无为争当总筐头的内部倾轧，有千丝万缕的联系，也可以说是陈忘我突然被杀引起的后果……

当年陈忘我还叫赵煜的时候，一从牢狱中出来，就把家口安置到了阜新牌楼山里的一个小村子。他当了大筐头后，为了家口的安全，结交下了在牌楼山一带活动的杆子头"山里好"。他发现李万无把云涛的一条大腿拉了过去后，认识到了李万无诡计多端难对付。他一边稳住云涛，一边带云雷到边外，会见"山里好"，求他帮自己除掉李万无。"山里好"满口答应，还十分坦率地说："我手下人平时分散活动；你需要我去助拳时，要提前打招呼。"后来他和李万无商定举行大筐头双龙会后，云雷在准备会上故意表示反对；他也故意翻脸，派"猴头蘑"把云雷押送刑堂暗牢。云雷一到密牢，就骑上已经准备好的骏马，去牌楼山搬兵。当时"山里好"正在同当地衙门谈判招抚的事，只好派二当家"穿山豹"带一伙弟兄，随云雷去助阵。云雷、"山里好"、陈忘我都没料到"穿山豹"竟然采取了那样的"助阵"手段……

两天后，佟老三醒过来了。他骨头挺硬，疼得脑门摞满了豆大的汗珠子，也不哼呀一声；还十分要脸面，挣扎着要把屎尿送出屋去。王可一诚恳大方地拦挡说："佟三哥，你昏迷那几天，我不只接过尿，还把你上下身都擦洗过的。我是云雷的亲姑姑。你是云雷的恩人，我已经把你当娘家哥了，就别在妹子面前逞干巴强了。"佟老三却咬着牙说："迷糊过去了便是个鬼，醒过来了就是人。当哥哥的不能再让妹子那样伺候了。"

云雷带来的药很管用。佟老三的伤渐渐好了起来。王可一虽然不知道侄儿这个"恩人"的底细，却想知道在这么长的时间里，侄儿都干了些啥，便搭搭讪讪跟他唠嗑。她很快就从佟老三的嘴里掏出不少事，解开了心里的一些谜团子……

"佟三哥，云雷这孩子做事有些着头不着尾，过去都没向我提说过你。"

"你是问我跟云雷打多咱认识的吧？两年多前，他不是跟他师父去过一趟边外吗？他们就是去找我的：求我助拳，帮他们对付另一个大筐头李万无……跟大妹子，我不能说假话：我不是一个安分守己的好饼子，是个对外报号'山里好'的杆子头；做的是没本的买卖，过的是刀头舔血的日子……"佟老三说。

王可一先奉承了一句"绿林里的人，都侠肝义胆"，接着按自己的思路说："他把我带到马虎山后，就又往前跑，让我一直牵挂他出事。"

佟老三说："提起云雷把你救出来以后的事，得说我是最清楚的……那天晚上他和你分手后，是赶着骡车过的大辽河。四月里河水浅，正流也只有四五尺深。他把老板子尸首推到水里漂走了。上岸后，他又一个劲抢鞭子……快到阜新界时，他甩了篷子车，把驾辕的骡子当大走驴，往阜新奔……他不是陪师父去见过我吗？把我堵到了相好女人家了。一听说陈忘我不明不白地成了刀下鬼，我也瞎子上轿——摸不着门，只好劝他留下听动静。过了不几天，去奉天的弟兄溜回十来个，都是跟我比较铁、家里家外又有拽腿的。听了他们的话，我才从糊涂梦里醒过腔来：李万无早在两年前就把'穿山豹'收买过去了。他在绺子里对我明捧暗挖，拉过去了一半子人，暗下立起了小山头。我还算命大，没拔出腿和他们一起去奉天：他和李万无早就做好了扣，要借我带人去帮陈忘我的机会，由'穿山豹'剁了陈忘我，李万无负责追去我的命，把我们俩一勺烩了，还都手上没沾同门弟兄的血……陈忘我那天带去的人，死的死、逃的逃，只有云涛见到了李万无的面。云涛也'小猫没眼睛——瞎虎崽子一个'：自以为是和李万无做的合伙买卖，能分到一大把红利，顶替他师父当上大筐头。可李万无老奸巨猾，心狠手辣，一和云涛见了面，对他没理没睬，却对手下人说了句'花子门容不得欺师灭祖的小人'——这是暗号：云涛刚一愣，就被一顿棍子捶扁了……"

王可一长出了一口气，对李万无挺佩服：这个老东西真有武把操：把这一老一少两个害人精，一下子都拾掇了！这回连第又少了一个生死对头。可她心中也有些不痛快，自言自语道："这孩子咋没报个信，叫我一直为他把心吊在嗓子眼儿。"

二

佟老三听出了她是埋怨云雷，便解释："他没来报信，得说怨我不怨他。一听说陈忘我是'穿山豹'下冷手杀的，李万无当天就当上了总筐头，他立马就要回奉天，召集手下人跟他们拼命。我能不拦挡吗？他坚持说：'师父对我有养育大恩，在我头个师父病死后，他若不收留我，我是活不到今天的。大丈夫为人做事要分清远近张、看出大小点。我不报杀师之仇，就人字丢了一撇。'他还说，"穿山豹"是我从阜新领到奉天，又亲自带给师父去助阵的。如果我不亲手杀了"穿山豹"，若是有人说我和

"穿山豹"穿了连裆裤，那我就跳进黄河也洗不清了。'我便对他说，'穿山豹'是我派去带人帮陈忘我的。我不清理门户、惩治'穿山豹'，江湖上的朋友不骂我图财卖友，也要骂我是贪生怕死的缩头乌龟，我今后就得找个尿臊罐子把脑袋罩上了……我还提醒他，李万无叫'穿山豹'当了奉天花子门的总护卫，'穿山豹'的死党都成了李万无的打手，还传令全城叫花子发现你不必报告，立即提头领赏……就因为我横拦竖挡，他才没回奉天白送死。"

王可一最怕的，就是血气方刚的侄儿天不怕、地不怕跑回奉天，硬拿脑袋瓜子撞南墙。她实心实意地谢了佟老三几句。她想起了"近朱者赤，近墨者黑"这两句老话，便担心起侄儿在过去一年多里，十有八九跟这个"山里好"劫银子发财、抢到女人便逼人家相好。可这种事是不能打开天窗说亮话，向佟老三发问的，只好开玩笑似的说："那他就一直仰颏晒蛋？"

佟老三听她冒出了一句粗话，绷住脸没笑，还郑重地说："他年轻好动，能待得住吗？可我得绊住他等机会，不得不给他找营生。我求山神、拜土地，给他买来一支盒子炮。他对这玩意儿喜欢得放不下手了，先是打鸟窝，后来便打飞禽走兽，练得百发百中。再说了，我的人让'穿山豹'拉走了一半子，不得不招兵买马，他能不帮我一把吗？说实的，他在我那疙瘩，比跟他师父那阵子还忙。"

王可一的心落底了。

云雷又匆匆忙忙地来了一次。他进屋后见佟老三正在睡觉，就把带来的一些洋药和中成药留下；一说完药的用法，抬屁股就要走。王可一听说他要去奉天，急得火上房却拦挡不住；只好拽住他一条胳膊，送他出屋。到了屋外，急急忙忙地说出了贾英的住处，嘱咐侄儿："他是个侠肝义胆热肠子人。你若碰上挠头事，放心大胆去找他，他一定能使圆力气帮忙的。"云雷也留下几句炮筒子话："我听张家那个姑姑说，老姑父叫老毛子兵裹走了，恐怕没活路了。佟三叔的伤，还得在你这疙瘩养一阵子的。这就难免会出闲话。你听了别往心里去，就当那些人是狗放屁。他是个很要强的人，若看出你窝火了，他会住不下去的，不等养好伤就离开这疙瘩……"王可一正正经经地保证："他救过你的命，是老王家的大恩人，我不能忘恩负义，一定把他伺候到养好伤。"

她站在院里看侄儿走远了，想到了已经传起的闲话，不由得"唉"了一声……

王可一男人不在家，炕头上却摆了一个大老爷儿们养伤，能不引起闲话吗？她为了堵住别人的嘴，谎说佟老三是"娘家表哥，铡草断送了一只手；图这疙瘩离奉天近，才住下养伤"。可这种话有几个人会信呢？暗下都认为她"守不住空房了，把老相好的勾来了"。这话已经传到王可一耳朵眼里了，她虽然恼火，却也没法洗清，只好暗下里唉声叹气。现在侄儿求自己照顾好"救命恩人"，她能不表个态吗？便说："他救了你，是保住了王家后，我不能慢待他。"

其实佟老三知道她男人被老毛子裹走了，而且有人传说被灭口了。他挺同情这个不幸的女人，还由于她细心地照料，很敬重她。

又过了一些天，佟老三的伤差不多好利索了，能到屋外走一走了。他发现自己一到外面去，很快就会有人站在远处，指指点点地像互咬耳朵。当过杆子头的人，会心粗吗？他料到自己来养伤，引出了流言蜚语。他十分感激这个年轻女人，能顶住那些老婆舌的呱嗒，照顾自己养好了伤。他虽然还没拿定主意将来干啥，也不知去哪里好，却觉得自己不应当再让她继续为难下去了，便张罗走。

王可一想起了他说过的话："把我堵到了相好的家里了。"她知道拉杆子的人，看起来威风凛凛，可脖子上的脑袋并不牢实，常常早上还有，晚上却被人提溜走了。因此，有些杆子头，把家口安排到秘密的地方；也有些杆子头娶了老婆不公开，对外只说是"相好的"，防备自己犯事连累了家口。她怀疑佟老三嘴上的"相好的"，可能就是老婆；还觉得他不仅伤大体好利索了，而且受伤也快过了一百天，便说："大哥惦记家里的人，就回家去将养吧。"

佟老三叹了一口气，红着脸说："那哪是啥家？不怕大妹子笑话，那个人是……有主的，我顶多算是个给人家拉帮套的。现在成了秃爪子、半拉人，厚着脸皮回去，不是自找挨白眼吗？我将来得跟朋友商量一下，琢磨出一条打发今后日子的道。"

王可一认为他是没法回去了：剩了一只手，杆子头没法当了，庄稼活恐怕也干不了。自己打食都难了，还咋帮别人养家口？不过，她没为这个给自己招来了闲话的人犯愁，还觉得他迈步一走，也就把那些没形的话，踩没了影——可她突然想起了侄儿说过的话：他是连第的救命恩人。现在我若同意他走了，将来连第会埋怨自己，咋把他这个无家可归的人，没等伤好利索，就撵走了。她觉得自己应当有始有终，三个多月的累都挨了，闲话都把脸呱嗒麻了；还怕再累几天、再呱嗒几天吗！便说："三哥，你是不是再等等云雷，亲口跟他说一声？不然……他会疑心是我慢待了你。"

佟老三觉得她说得有理，自己不能叫一个好心的女人落埋怨，便点了点头。

他若说走就走，可就不会发生意外的乱套事了。

三

王可一当天就赶到马虎山，对张嫂说自己没法再顶门立户了，决定听从娘家侄儿劝说，跟那个养伤的离开乌尔罕，先搭伙过日子，等褚财回来；问她："姐，你看这么做合适不？"张嫂没点头也没摇头，可怜地说："姐知道你的心还挂在那棵树上……不这么做是没法等他的。"王可一便求他们两口子照看褚财的房子，还含着泪嘱咐："他若回来，叫他到黑山镇去找我。就算他缺胳膊少腿了，我也还是他的老婆；若是我已经先走了，也让他到那个土堆前……说一声，让我在那边知道他回来了。"

就在同一天，佟老三带着所有银两，到一个不太远的集镇，买了一辆还能嘎悠的花轱辘车、一匹老马和一头驴,赶了回来。

接着,两个人开始归拢东西。

邻居们听说褚财媳妇儿要搬家走了,倒也不意外:他那个傻了吧唧的男人没了音信,算不了寡妇却守了空房。虽说炕头摆着老相好的,却没法明铺明盖、同出同入。有不少人过来帮忙,捎带着想听听她咋缝缀跟老相好的"远走高飞"。

把要带的东西收拾好了。王可一请李老二把乡邻们招呼到家来,大大方方地指着佟老三说:"我表哥叫铡刀啃去了一只手,成了秃爪子。他在奉天洋人医院连锯带缝保住了命,就再也住不起那种白花花的病房子,带了些药投奔到了我这疙瘩。可他没住上一个月,就有人猜疑我是把老相好的勾来了。其实要认真掂量掂量,谁也不会起这种疑心的:他这种断筋截骨的伤,是泄了元气、走了精髓的。别说他那时候还阴一半阳一半的,就是现在伤口长严实了,但还没过一百天,他也是不敢抓挠女人的;就算我不守妇道、不要脸皮,勾引他,他也不敢豁出命来捡便宜。"说到这疙瘩,王可一指一指一个老太太,找干证说:"刘奶奶是咱们这疙瘩的老牛婆,还通不少汉医蒙医的大道理。谁若是不相信我的话,可以问问她老人家。"

那位刘奶奶见她抬举自己,便把还没抽透的烟袋锅子,啪啪地在炕墙子上磕了,挥舞着烟袋杆显摆地说:"男人受了这么重的伤,流出的是血,亏损了的是精。再壮的汉子,也只剩下了半槽的精血、半条的命。别说受伤才一个多月,就是封口后不到一百天,若敢浑驴似的去爬女人,也是提溜着那半条小命去见阎王爷……若是受伤的是妇道,倒可以借阳补阴,增些精血,壮壮身子,早点养好伤……"

王可一所以掰刘奶奶那张老嘴,知道她好显摆自己,会顺风扯旗。她见刘奶奶果然帮自己堵上了大家的嘴,护住了脸面,暗下有些得意。她瞥了佟老三一眼,见他绷着脸在暗笑,心里想:他跟李老二年岁小不多少,这几天夜夜没闲着,身板倒好像更壮实了……接着又真一半假一半地说:

"我听了那些闲话，倒没怨那些胡猜乱想的人，还叫我想到了以后的日子实在难支撑。大家都知道，我是个小脚。它可把我坑得苦透顶了，任吗重活都干不动——自从我那个主被老毛子给逮走了，多亏东隔壁李二舅，风雨无阻一天给我送来一挑子水……虽说我跟褚财在一铺炕上只存了不到三个月，可大家都知道我们恩恩爱爱，是棒打不散的鸳鸯。我铁心等他回来过团圆日子，这就得活下去。我这才狠下心搬家跟佟三哥走，打算在他伤好利索一百天后，跟他搭伙熬日子。我觉得他有残疾，不会嫌我中看不中用，不会对我筋鼻子瞪眼睛。我也知道他的为人，还是表亲，将来褚财回来时他能撒把放开我。我这次搬家，不是改嫁，也没改姓——我还是褚财的媳妇儿；是为了活下去等他，才和别人搭伙的。所以呢，我只带走自己从娘家带来的破东烂西。房子，我求了我干姐姐替褚财照看；他原有的东西，我就求各位高邻费心看着了。

邻居们看她流着眼泪说不下去了，都夸她对褚财有情有义；可也有人嘀咕："这么亮堂的女人，心眼咋这么死性？自己都不得不跟一个秃爪子搭伙了，却还替那个窝囊废做美梦！"

佟老三觉得自己也应当表明一下态度，便用右手抓住左边的秃茬子小胳膊，向大家作了一个罗圈揖，下保证要对得起"表妹"，还发誓："各位高邻当个见证：褚财兄弟一回来，我就把表妹送回来。我若口不应心，请老天爷取去我剩下的这只爪子！"

王可一擦干了眼泪，指着装水的地缸子，宣布"把它送给李二舅"。

四

从节气上看，离霜降还有六七天，还没太冷。佟老三和王可一，这对商量好搭伙过日子的野鸳鸯上路了。车两头装着王可一的东西。空出来的车厢里，在干草上铺着褥子，王可一坐在上面。

佟老三把车赶出了五六里，路上便断了来往行人。他扭头扫了一眼坐在车厢里的人，见她低着头，小脸上飘着阴云，就想：虽说我跟她捅破了隔着的那层窗户纸，已经偷偷摸摸做成了夫妻，但互相间还远远不能算熟悉。若想今后一起过长远了，我得主动跟她磨合，把感情烧热火了，不能让她老惦记那个人。他便趁已经没人挡嘴了，扭过头嘻嘻地笑笑，提起"老话"，逗弄王可一说："那夜咱们成了相好的后，你大量地答应我将来可以冒名顶替叫'褚财'；从现在起，我就叫'褚财'，让你实实惠惠地当我老婆，你该不会后悔吧？"

王可一对离开乌尔罕，还有些说不清的忧伤，坐在车里一直没吭声。她听了佟老三的话，明白他是想逗自己开开心，挺感激他体贴人，觉得自己也不能冷落了他，就打起精神头，先向他撇撇小嘴，又故意有点翻小肠似的说："你是不是还对人家不放心？咋不想想这十来天，人家是咋对待你的！自打那夜出了那码子事后，你少缠磨人家了吗？白天你帮我收拾破东乱西，人家怕你累着；可一让你歇一会儿，你就下把抓挠人家。只要没瞥见有人扒墙头，人家不是身子任你抱、脸蛋任你啃吗？人家怕你还没完全恢复元气，可天一黑，你就猴急地先躺下，追人家快些上炕吹了小油灯——话倒说得满光溜，担心人家'累着了身子'。你说你羞不羞？你哪宿让人家歇过身子？我也是叫你忙活贱了：一边尽情尽力地当溜须匠子，一边侧歪起耳朵塞墙缝、支起眼皮堵窗窟窿，帮你天不怕地不怕地逞能耐。跟你说句实嗑：人家自个都有些脸发烧，怕你暗下认为人家太轻浮了，比你'呜呜哇哇'娶进门的屋里人，还脸皮厚……你还有啥不放心的？你就是不顶'褚财'这个名，只要你不溜缰，那个人也不回来，咱们过到七老八十了，用乡下人的话说，我保准还是你的'老烧火的'。"

佟老三早就看出她不是个轻浮女人，不是个想以搭伙的名义，先借几场露水，骑马找马，等有了机会就抹套子的人。他也听出了，她在借机会表示诚心跟自己过到老。这使他很感慨，便低声说："那夜发生的事，是我叫邪火烧出来的。可这十来天的工夫，我思前想后倒高兴做了那回毛驴子——我那个死去了的女人，实心实意跟我过日子，却有些不如你的地方……你比她明白懂事多了，也年轻多了……还俊得更多了。"

王可一对他提起过去的老婆并没吃醋，对他的恭维话还挺高兴，就有些好奇地问："她是咋没了的？"

佟老三想起她对自己说过，对真褚财都没说过的话，全对自己说了；就觉得应当叫她半斤换回八两去，便也坦率地说："她是个庄稼院的姑娘，岁数比你大十来岁，大脚片，身子比你壮，脾气也暴；没少因为我不能常回家，跟我吵嘴。在她像你这么大的岁数时，我犯了案。官府没抓住我，把她抓走了。她怕受刑受辱，半路上乘衙役疏忽，跳进了路边的井……我是没想到她会这么有咬劲的，也就没再说人。"

王可一想起了张嫂，暗叹"咋庄稼院长大的女人，个个不怕死"，随口却攮伤了佟老三一句："可你却找了一个相好的！"

佟老三不是脸皮厚抗磕打，就是贱脾性，喜欢挨俏皮女人用舌头呱嗒，不但没生气，还有些显摆地说："老天爷还挺公平，要去了我一只手、一个老婆，却赏给了一个难寻难找、有情有义的小美人。"

王可一心里也热烘烘的。她听佟老三说老天爷"要去了我一只手"，想起了侄儿说过"佟三叔是我救命恩人"，便向他打听："你是咋救了连第一条命的？"

佟老三却摇摇头，苦笑着说："我也说不清楚是我救了他，还是他救了我和当时在场的一大帮弟兄……"

第九章　路上没了挡嘴的

一

佟老三跳下车耳板子，走在车轱辘旁边。他觉得荒山野路，断了来往人马车辆，没有挡耳朵的了，就一边照看着往前嘎悠的车，一边向王可一讲了起来……

云雷逃到牌楼山后，曾经提出要见师母，可"山里好"摇摇头没吭声。到了给陈忘我烧百天的时候，云雷逼"山里好"领自己去。"山里好"这才说了实话："他上次带你来，和我谈妥事，他不就把你打发走了吗？他又背着我，把家口悄悄搬走了。我知道后确实还有些堵心，怪他没拿我当塌底的朋友——搬到哪，竟然对我一个字也没吐。现在看起来，他那时可能就预料到了李万无挺难斗，做出了万一出岔子的安排。"云雷相信了：师父办事一直很诡诈，常常叫人摸不着边。

云雷的枪法练得差不多了时，他想潜回奉天报杀师大仇。"山里好"不愿他一个人去冒险，就说自己琢磨出了一个对付李万无和"穿山豹"的妙招："咱们用长虫偷鸡蛋的法，对付他们俩。"他向云雷解释：聪明的长虫偷鸡蛋，每次只吞下一个，随后就爬到树上或木头堆里，连盘带缠，把肚子里的鸡蛋挤碎了。它等消化完了，才再去吞一个鸡蛋。它从来不一次吞两个鸡蛋，怕自己消化不了……

云雷不耐烦地说："他们俩都不是臭鸡蛋，不会没心没肺地让咱们一个一个去吞。咱们得去奉天找机会，一锤子一个把他们都砸碎蛋黄子。"

"山里好"满有把握地说："你在这疙瘩再练几天枪法；我去奉天把

'穿山豹'捅咕回来，让他们叫咱们一个一个地吞。"

云雷半信半疑地说："'穿山豹'是个贪图富贵的人，在奉天花子门当上了总护卫，哪能轻易地叫你一捅咕，就跑回来叫你一口吞了？"

"山里好"却信心十足，领两个弟兄去了奉天。

他是打扮成一个倒腾山货的老客，溜进奉天的。他不招猫，也不逗狗，只偷偷地在一个夜里，往巡抚衙门投进两份黑状子。一份检举花子门总护卫"穿山豹"，说他原来是个飞檐走壁的"神偷"，和李万无勾搭到一起，是寻找机会溜进皇宫盗宝。一份是揭发李万无的，说他谋杀了陈忘我师徒，才当上了奉天花子门总筐头的。

"山里好"还叫俩手下人撒给叫花子一些帖子。这些无头无尾的帖子，却是用云雷口气写的：

> 我幼年流落街头，多亏陈忘我师父收留抚养，才能活到现在。师父被害后，我力单势孤，无法为恩师报仇雪恨。但找到了凶手"穿山豹"所在杆子的大当家"山里好"，向他揭发了"穿山豹"图财卖友，为江湖道义所不容，要求"山里好"清理门户。但"山里好"声称"穿山豹"已经改投奉天花子门，自己也解散了绺子，既不能再过问过去绺子里的事，也无力对"穿山豹"发号施令。我无奈回到奉天，向黑白两道、官私各方发出请求：主持公道，压服"穿山豹"，使我有机会和他单打独斗，了断师仇。若我艺不如人，死而无憾……

这份帖子，半个字也没提李万无。好像云雷把杀师大仇这笔账，一股脑儿地都算在了"穿山豹"的名下了。得到帖子的花子们，嚓咕明白了大意，都夸云雷仁义；又觉得他好像没有或者说没敢得罪门主，便都大胆地往上交。

李万无自打当上总筐头，便搬到了陈忘我原来的住处。他看了那张无头帖子，觉得来头不善，叫来"穿山豹"一起琢磨，想猜出是"谁撒的""为了啥"，决定咋撒网。

"穿山豹"胳膊比一般人粗，可心眼却不比一般人多。他认为"山里好"就算还没散伙，也光杆子背后影子瘦，没了金刚钻不敢揽瓷器活，才给了云雷一张晃头饼；云雷还是个雏儿，跑出奉天刨了一年的食，肯定兜里只剩下几个臭屁，已经饿急眼了，溜回来求人写了几张破帖子，想搅浑水撞大运。因此，他主张在全城拉大网，一顿打狗棒擂断云雷的瘦狗腰，送他去伺候陈忘我。

李万无却觉得"山里好"咋不济也是个杆子头，不会软了大脖筋，小媳妇儿似的把屁勒扁了往外哧溜；而云雷藏形匿迹一年多了，若真溜回了奉天，就一定有图谋，不会傻到了撒帖子向自己打招呼的份儿。因此，他认为这件事挺复杂，不能掉以轻心。不过他没把这种想法告诉"穿山豹"；只要他派人加强戒备，领人秘密收集一切不利本门的蛛丝马迹。

李万无有个口头语："不怕一万，就怕万一。"他开始深居简出。可他没有想到：巡抚衙门的人，却找到他的头上了……

二

清朝的官吏，对黑呈子的态度只看它对自己升官发财是否有利：有，立马抓人逼供；没有，顺手便扔进痰盂。奉天巡抚对在院里捡到的这两份密告，却格外经心：不仅牵扯到了命案，更关系到了大清朝龙兴祖居安全。他跑到盛京将军府向增祺汇报、请示。

增祺是个特别注重搜集情报的官员。他对花子门发生的内讧了如指掌，一过目便断定是"危言耸听，挟嫌报复"；还说："挤败的饿狗，汪汪起来还能有好声吗？"不过他也提醒自己的老部下："李万无明面上是破庙里的穷神，其实富得屁股眼都流油。而且他手下的叫花子数以千计，其中不乏奸宄鼠辈、亡命豺狼。你不妨敲敲他的脑壳，逼他管紧那些敢玩命走险的饿鬼，以防发生不测。"

那欣然受教的奉天巡抚，屁颠颠地回到衙门，立即派心腹帮凶去找李万无敲山震虎了。

李万无一听来的是巡抚衙门的刑名师爷冷亦温，便猜想是牵扯进了什么案子。他亲自出迎，见冷亦温的脸板得铁青，便在献茶后屏退手下人，递上了三根金条。冷师爷的脸这才温和了一些，一边品茶，一边说明来意："巡抚老大人素闻门主推崇忠义，故破例令学生前来询问……以上所言，门主当据实相告，本人方好回禀。"

李万无站起身来，惊恐不安地分辩："陈大筐头是被阴谋篡权的逆徒云涛所杀；而同云涛争权的云雷，又带人将云涛乱棍打死……小人事后听说，曾向官府报案，业已海捕云雷……'穿山豹'确系边外股匪'山里好'手下之人，因其主张接受招抚，被匪首追杀。其人确曾来奉天躲避……小人半年前方查明他的身份，立即将其逐出花子门，现已去向不明。"

冷师爷的脸又冷了起来，盯着李万无说："抚衙刑房已得眼线密报：近日'穿山豹'数次窥视宫禁。府台大人虽相信门主忠义，若门下有人肆意妄为，门主也难逃弥天大罪。"

姓冷的本来是诈语恫吓，李万无却认为是"穿山豹"当真被瞄到了形迹。他哪敢认账？急忙表白："小人确实不知这个恶贼尚敢留在奉天……小人要传令全门徒众，一旦发现'穿山豹'踪迹，火速报告，全力协助官府捕捉归案。"

冷亦温略微缓和了一下语气，说："暂且相信门主确实不知……万万不可自取其咎！门主对门下人等亦当严加管束：自今日始，凡尔门下不得在八门之内行走——门主妥善安排后，及早向抚台大人面禀。"

李万无能不明白"面禀"的意思吗？他像小鸡叨米似的连连点头，迭声应道："小人立即照办，明日便向巡抚老爷跪禀。"

恭恭敬敬地送走了冷亦温，李万无蔫头耷脑地回到客厅，不断地唉声叹气：不得不把还算顶用的看门狗打发掉，还得忍着心疼往抚衙衙门送上一笔大礼去——准备出了两块金砖。他现在琢磨出冤家对头的招法了：把"穿山豹"从自己身边糊弄走，然后再找机会对自己下毒手。他觉得云雷嫩得多，琢磨不出这种"一石二鸟"的弯弯道眼，一定是当了十多年杆子头的"山里好"收留了云雷，还给他当了狗头军师。可叹"穿山豹"不仅认为云雷是"投靠无门狗落水"，还认为"山里好"是"缺兵少将菜颓帮"……突然，他脑袋瓜子灵光起来："山里好"和云雷这两个人，费心劳神地调虎离山，说明他们对"穿山豹"打怵；"穿山豹"没把他们看在眼里，虽说有些狂妄轻敌，也证明他觉得有实力把他们打趴下……我要能把他激回牌楼山去，一定会有场好戏看："山里好"恨他背叛自己，云雷恨他杀害师父；而"穿山豹"恨那两个人诬告自己，弄得自己成了丧家狗，一定是"仇人见面，分外眼红"，都会疯了似的想把对方撕个稀巴烂，吞到肚子里去……结果呢，恐怕谁也落不下囫囵身子！他们若能两败俱伤，对我来说只损失了一条看门狗，却除掉了云雷这个心腹大患，今后可以安安稳稳当门主，风风光光过好日子了……他想到这旮，又觉得自己都不能算搭上了一条狗："穿山豹"这个东西，能被我从"山里好"手里买出来，也一定会被别人把他从我这疙瘩挖出去，变成对我极有危险的杀手。他若是跟云雷都拼死了，我可就不用担心身旁还埋着一条祸根了！于是，他默默地琢磨：咋说才能叫"穿山豹"不起疑心，痛痛快快地回牌楼山去拼命……

三

当天晚饭后，"穿山豹"按老规矩向李万无汇报一天的护卫工作——他在花子门里，只有李万无管。他也就自以为是"一人之下、众人之上"了，说话一直没啥拘束。他一坐到李万无的对面，就有些愤愤吵吵地说："这两条兔子腿蹦跶了一整天，却他妈的像瞎子捉鬼——连个影也没看到！"

若是往日，李万无听了他的话不会觉得硌耳朵，可现在心里开始把他看成身边的隐患了，便觉得他在骂自己也是"兔子"，更觉得应当消除这个隐患。于是，李万无故意苦笑着说："我瘸子打围没动窝，却知道有人把你告到了巡抚衙门。"

"穿山豹"愣怔起眼睛，愣了一会儿才问："哪个王八羔子敢太岁头上动土？"

李万无先打了"唉"声，才有点无奈，却也有点诡秘地说："巡抚衙门的冷师爷，是我的换帖兄弟。白天时，他跑来报信：'山里好'和云雷联名写呈子把你告下了。不只抖搂出来了你是边外的响马，还说你在奉天隐身，是想找机会潜入皇宫盗宝……"

"穿山豹"拍了一下桌子，气冲冲地骂道："这两个兔崽子住在哪儿？我去撕了他们！"

李万无摇摇头，先告诉他"他们是密告，已经溜回牌楼山了"，又让他"稳住神，听完我的话"，才十分机密地低声说："……巡抚大人又惊又急，要立即派人来抓你。我那个把兄弟忙不迭出主意，说硬到花子门抓人，不仅卷了门主的面子，也会惹恼上千叫花子。若是这些叫花子到抚衙门口一跪，呼天叫地不离开，那是杀没法杀、抓也没法抓的。传了出去，会叫外国人笑话的；皇上知道了，也要龙颜大怒……巡抚大人这才改变了主意，派他来和我商量：让我或者劝你去自首；或者派你去办事，把你送进他们张开的口袋里。兄弟！你是为了帮老哥，才得罪了那两个损种的。我咋能狼心狗肺、不仁不义？而且，他们希望官府把你抓走，是为了容易对付我呀。我能上他们的当吗？我当时告诉冷师爷：你已经在半年前离开了奉天，去向不明。可是……他却说'我只能维护维护大哥的面子，拦不住抚台大人抓他'。还说若是我两天内不把你交出去，官府把你搜出来带走，'大哥的包庇罪，小弟是没法卸去的'……"

"穿山豹"听明白了：李万无要自己赶快离开——自己一跑，他就把身子择出去了。他认为李万无很不仗义，这几乎是拉完磨杀驴。他心存不满，便站起身硬邦邦地说："我今夜就走，绝不连累门主！"

李万无扯他坐下，一脸没着没落地说："我现在是门主，是总筐头，可没有兄弟扶持，能坐上这把椅子吗？我想留你，却又怕官府大队人马把你搜走……可恨'山里好'和云雷心比蛇蝎还毒，给你硬扣上了一顶阴谋盗窃皇宫的该杀大帽子。你一旦被抓进去，会受一样又一样的大刑，铁人也得屈打成招——咱们哥儿们谁也不怕死，可谁能挨过那上百种的酷刑啊……"

"穿山豹"打了个冷战，低声说了句"我走"——已经没有方才的豪气和怨气。

李万无取出一大包银饼子——却又不马上交给"穿山豹"，盯着他苦口婆心地叮嘱说："老哥给你这些钱，是希望你在边里找个地方趴一阵风。过个一年半载，或三年两载的，等这阵风过去了，我一定派人把你接回来，继续帮老哥哥管花子门。兄弟，你千万听老哥哥一句话：君子报仇十年不晚。你千万不要冒冒失失去找那两个人出气解恨——谁不知道兄弟身手超群、胆量过人？但得承认'双拳难敌四手，猛虎架不住群狼'。我常说'不怕一万，就怕万一'。你若是万一被他们联手把你收拾了，落个小河沟里翻了船，兄弟的一世英名，可就被小河沟的水冲得没影没形了！"

"穿山豹"心里不服气，嘴上却说了一句"我让他们多活几天就是了"。

李万无看出了他口不应心，却满心眼高兴地说："老哥哥总算放心了，也敢求你答应一件事了：你把手下弟兄留给我两个，让他们做我贴身保镖。你一走，云雷非借机会对我下手；有你留下的人贴身保护，我就安全多了。"

"穿山豹"让他自己挑选。

李万无顺口点出两个人名，把钱交给了"穿山豹"。

"穿山豹"当晚便带领十二个弟兄离开奉天。

四

一走出三台子，"穿山豹"不再担心拘捕，便也不再吆喝"歇着嘴巴紧迈腿"。他手下人便一群羊似的你挤我靠地往前晃悠，还不断地有人"咩咩"几声——唠在奉天见到的稀奇事。

有个好溜达的，夸奉天老城"就像一方大豆腐，横两刀、竖两刀，拉成了方方正正九疙瘩"。

一个眼窝子浅的，夸起那些财大气粗的老板："见了五六品的官老爷，只从牙缝挤出句'请安了'，腿不打弯，腰也不哈。"

"穿山豹"听了这些嗑，觉得大家都有些不愿意离开奉天，便想说几句"将来还会被请回来"的话，可一个平时蔫蔫巴巴的手下人冒出了一炮："我看总筐头最爷台了——除了衣服上缝了几块补丁，哪疙瘩还像叫花子？就是你说的那些眼球子长在头顶尖的大财东，哪个不像是对干爹般的，向他点头哈腰、嘘寒问暖？可他却把腰板挺得倍儿直，仰起脸待理不理，好像他们都欠他八百吊……"

有个天天在赌局维持秩序的，却反驳说："他也不老那么牛——就在白天时，我听他的跟班向账房先生嘀咕：冷师爷板着脸一进屋，他就低三下四地送了三根金条；后来他听说自己和咱们掌柜的都被告了，一直弓着虾米腰，人家训一句，他应一声'是'……"

"穿山豹"听了，心里一拘挛：这老东西却对我吹牛说冷师爷是他把兄弟，还瞒了他也挨告了的事！那他后来说的话……也不牢靠了！

这时，那个一直在赌局守门的开腔了："前几天，我那个当地户搭档告诉我，有人撒无头帖子撵咱们走；还说若是那个姓云的早被门主咔嚓了，咱们也早就'飞鸟进了老宫房，兔子撕了狗窝棚'……我琢磨那个姓云的可能在最近伸腿交刀了，所以门主才撵咱们滚蛋离开奉天。"

"穿山豹"是明白"鸟尽弓藏，兔死狗烹"这句老话的意思的，后脊梁冒出一股冷风，把他头发都吹得挓挲起来——他想起了云涛：背叛师父跟李万无勾结夺权，可他师父一死，他转眼间就被捶扁了……

天亮后吃完饭，"穿山豹"把弟兄带到一片背静的树林里，拿出那包现大洋，说："多亏你们一个心眼帮衬我，这一年多还活得挺顺心。我落下了八百块，分给你们一人五十块。我今后想立山头。你们愿意跟我干的，就留下；想回家过安生日子的，今后摊上啥麻烦，尽管来找我……前几年边外有个'追风沙'，他为杆子定下一条规矩：买卖挣到的钱平均分——瓢把子只拿两人的份。我今后就照这个叶子往下撸……"

大家一边从他手里接钱，一边七嘴八舌地表态："当家的大哥这样仁义，我们就把脑袋瓜子掖到裤腰沿子上，齐心合力跟你一起拼。"

五

佟老三见对面远处来了一辆马车，忙住了嘴，坐回到车耳板子上，把车往路边靠靠，继续老驴老马慢慢向前嘎悠。

他对"穿山豹"在奉天那段的活动，跟巡抚衙门对李万无威吓揸油的事，并不知情，对王可一说得囫囵半片，并不详细。王可一是个有书底的人，还了解些花子门内部踩狗爪子的事，倒也听明白了大致情况。不过她觉得他铺垫得太长了些，还没说到点子上。等那辆马车一过去，才追问："你就直接说说咋为救连第受伤的事吧。"

佟老三接着对王可一的话，可就不是耳朵听来的、心里猜想出的了，而是他经历过的，还在肚子里折腾得滚瓜烂熟了，加上他忽悠着心眼想讨好刚划拉到手的小媳妇儿，再从嘴里咧咧出的嗑，可就更有枝有蔓、有板有眼了……

我投完密告状子，撒完无头帖子，留下那两个弟兄观动静，拔腿回到了牌楼山。过了几天，望风的弟兄回来了一个，报告说"李万无不再往桌子底下扔骨头，'穿山豹'夹着尾巴溜回来了"。云雷听了比我还高兴，夸我画的那两道符还真把他拘回来了。我却不敢大意：一山难容二虎哇！他不给李万无当看门狗了，一定想把我拱趴下，抢过山头插他的旗、报他的号。所以我马上召集手下人回老窑。

我那个老窑，不是大杆子头立起的山寨，连房子都没有，是个废弃金矿的矿洞子。里面沟沟岔岔，黑咕隆咚；可有通风洞子，烧火做饭不呛人，还冬暖夏凉，能住下四五十号人。平时由几个无家可归的老弟兄，看铺守堆；在有买卖做的时候，我才把弟兄都招回来。

也不知是"穿山豹"性子急，还是他想叫我没工夫好好准备，在我手下人还没全赶回来的时候，他就派人送来信，说他是受了李万无的骗，现在没了落脚地方，愿意向我赔罪，和云雷单打独斗，了断那段梁子；还说"大当家的不愿原谅我，也请看在往日的香火情上，收留下其他十多个弟兄"。

我跟云雷能看不出他是戏台上比武——耍花枪吗？"穿山豹"觉得我的人虽然比他多些，可他那一伙子年轻力壮，经过风雨，见过阵势，动起手来凶狠剽悍，一定能占上风头。我跟云雷嚓咕来嚓咕去，一致认为：若拒绝他，会使那些个弟兄，更铁心跟他卖命了；而且他把自己送上门来，我们更主动。我便回信同意跟他见一面，还宣布不管谈的结果咋样，我都不会亏待那些老弟兄。

在咋对付"穿山豹"上，我跟云雷发生了争竞。我想在洞门口空地上埋些炸药，在云雷与"穿山豹"单打独斗时，若云雷发现不好斗，就将"穿山豹"引入埋伏。云雷不同意，说"'穿山豹'已经同意了和他单打独斗，若先把他炸死了，我岂不成了言而无信、藏头掖尾，躲在暗处使诡计的小人"。我无可奈何，放弃了那个招。但我坚持在矿洞子里做了一些安排，要他斗不过"穿山豹"时躲进去，由我带人掩护他……

到了约定的日子，"穿山豹"在辰时赶到了。我原本是他当家大哥，他是来向我认错请罪的，所以我没迎接他。等他带手下人在矿洞子前的空场上站好，我才走出洞口——云雷是我的客人，我请他并肩走出去。

在跟"穿山豹"相隔十步左右时，我在他南面对面站住脚。对"穿山豹"，我故意没搭理；向他身后的弟兄打招呼："你们这些老弟兄，不仅跟我一个锅里吃过饭，还并着肩膀头流过血，不管你们啥时候回来我都欢迎！"

"穿山豹"抽了抽鼻子，可能是对我同弟兄们说的话气不顺，却忍住了火。

他在我住口后向前走了五步，扔下大砍刀，边作揖边说了句"大当家的安好"。

我为了向那些弟兄表示没有敌意，是没带家什的——有个弟兄捧着我的马步两用大刀跟在我身后——对他行礼前扔下刀，我还真加了小心：虽然还算符合礼节，但不应该刀尖朝前。我没估计到他会向我先下手，但担心他偷袭云雷，便假装客气向前迈了两步，才开始责备他违背我的命令助敌杀友……我一边说着，一边盯着他，准备在他突然弯腰取刀时一脚把大砍刀踩住。

可"穿山豹"一直听着，不过眼睛向云雷扫了几次。等我一住口，他就又挑好听的话说："我实在不该违背大当家的命令，偷袭陈忘我。云雷要为师父报仇，提出和我单打独斗，我不敢不答应。看他手握两把匕首，一定是得了陈忘我近身缠斗的真传。动起手来，我可能凶多吉少——我要在遭天谴前向大哥磕了认罪的头……"说到这，他跨进一步，做出要下跪的架势，手却突然去抓大砍刀……

我是有防备的。他一哈腰伸手，我便抬脚踩刀——我出脚踩，他哈腰伸手抓，应当说我来得会快些；可他存心在先，我防备在后，加上他还没到三十，而我已经奔四十了，可就让他快了那么一点点：我鞋底刚一踩到刀，还没踩实，他就把刀抽到了手！我见他两手握刀向侧后引，两眼凶狠地盯着我，分明是要先取我的性命，便伸出左手去抓他握刀的双手，同时两脚猛蹬，用头向他前胸撞去。这是不要命的招法：有一招得手，我就能躲过他的追命刀，还延迟了他的攻势，我身旁的云雷，便有时机掏枪或冲上来动刀子……

应当说"穿山豹"还是有长处的：他投靠李万无以后，一没贪女色，二没扔下功夫，所以精力饱满，身手比过去来得还快……

六

坐在车上的王可一听到这疙瘩，心想"这恶人咋还有这样的长处"？瞥了假褚财一眼，故意撇撇小嘴，嘲笑说："你受伤后都不老实……那时一定忙着替别人拉套，荒了功夫！"

佟老三见她逗弄起自己，觉得她的心跟自己贴得更近了一些，也有点卖乖地说了句"古人是'英雄难过美人关'，我这个半拉人，却是得到漂亮小姐赏脸可怜了"，才又接着说下去……

"穿山豹"见我跟他拼命了，便上半截身子往后仰，使刀锋向后移了半尺、刀柄下降了一拳多；这就使刀抡回时不仅躲过了我左手那一抓，还"咔嚓"一声砍断了我的小胳膊……不过"穿山豹"这一招也断送了他的命：他本想砍倒我后，借势打个盘旋再放倒云雷；可他身子往后一仰，再也没法子左晃右躲，被我的脑袋撞了个正着！这时候，掏出枪的云雷蹿上来，左手扶住我身子，右手"叭、叭"两枪，便把摔倒的"穿山豹"打发回了老家……我左胳膊冷丁一凉，紧接着就是扎心似的疼；我强忍着疼，向那些人大声喊："我是你们当家大哥，放下家伙的还是好兄弟。"那些人见"穿山豹"已经挺尸了，我身后的人都扬刀逼上来了，他们中有几个跟我比较靠些的先放下了家伙……其他人也当啷当啷扔掉了手里的武器……

佟老三说到这里，看了一眼空瘪的左袖头子，紧走两步坐回车耳板子，又回过头对王可一接着说："我若是怕湿了鞋，站在河边抱起肩膀，让云雷和'穿山豹'单打独斗决生死，倒也符合江湖上的规矩。他们若动起手，云雷如果逼英雄不掏出那个洋玩意儿，他肯定打不过'穿山豹'；他若掏慢了，让'穿山豹'有机会招呼手下人群殴，那天双方在场的三十多人，少说也得死伤一半子……"

王可一夸了句"你还真是个讲义气的硬汉子",接着却问:"你咋没在相好家养伤,却叫连第大老远的送到我这疙瘩来了?"

"我发完令就昏过去了。云雷领人把我送到阜新找人医……"佟老三接着有些怨愤地说,"我势力大时,官府想招抚我;我受伤后,官府又想抓我杀掉。云雷听到了这消息,急忙把我背出城,雇车便往马虎山奔……"

王可一轻声嘟囔了一句:"难道是命?"

佟老三没再吭声,却一边赶车一边想:这是命,还是梦?陈忘我、云涛、"穿山豹"都编织了一个美梦,都没做成。云雷的梦能做成吗?我的响马梦是做到头了;跟这个女人过到老的梦,能不能不出岔头呢?

他坐在车耳板子上,一边手上摇着鞭子,一边哼哼呀呀地唱起来:

一呀一更里呀,
月牙懒出山。
无情大火连街烧,
孤儿寡母泪涟涟。
老天下雨人难挡,
年少影单上梁山。

三哪三更里呀,
月牙愁长脸。
闪电削伤苍鹰翅,
狂风撕断风筝弦。
从此苍鹰望天叹,
从此双手成单拳。

五哇五更里呀,

月牙新似镰，

双鹊枝头刚翘尾，

彩霞刚露东天边。

双鹊双飞盼长久，

却怕乌云又遮天……

坐在车厢里的王可一，没想到他会唱小调，而且听出了他唱的是自个编出的词。一听完，她就明白了：这个人是家里遭难后，母亲迈出了第二步；无依无靠的生活，逼他当了强盗。秃了一只手后，感到希望渺茫；跟自己相好后，又担心过不长远……她体会出了自己在他心中的分量，便"哎"了一声，把他引回头，故意有些撒娇地说："当家的主，我可不会飞，只会跟在你身后往前扭搭。你若飞上天，我可就'乌云又遮天'了！"

第十章　云雷独挑花子门

一

在黑山镇落下脚后的头个冬天和春天，佟老三这个冒充起褚财的"一把手"，打过更，摆过地摊，还挑担子当过货郎。人们当面叫他"褚老板"，背后叫他"秃爪子"。王可一见他吃苦耐劳，对自己不吹胡子瞪眼睛，加上坐在心里的"小傻狍子"一直没消息，开始把假当家的当真丈夫，当真的做了起来。她翻出那双白布面的鞋，剪开一只鞋底，取出五个金镏子。她叫佟老三张罗开个杂货铺。佟老三开玩笑叫她"财东"，还让她起个店名。"财东"的叫法，使王可一想起老爹说过自己有"一品夫人"的命，便顺口说"叫'一品货'吧"。

"一品货"杂货店的生意，虽然不十分兴隆，两个人的日子还挺充裕。王可一每隔几年都到马虎山去看干姐姐，听听有没有那两个半人的动静。

王可一最惦记的那"两个半人"：一个是"小傻狍子"真褚财，一个是娘家侄儿连第——也就是云雷；那半个，是她心里感激，却恨过他不肯把自己收庄的贾掌柜。褚财像哑巴哨子掉进了老深井，大风铺天盖地刮个不停，也听不到他的音。云雷的消息，她倒先后从张嫂处听到了不少，却有的让她心惊肉跳，有的让她眉开眼笑。而那半个人，后来她明明知道他跟连第一起开杂货铺，却半回也没见到过。

她头一次去马虎山，是搬到黑山后的第二个年，是光绪三十一年过完二月二以后。这时候东清铁路已经全线通车。她是坐火车到新民，又坐小车子到马虎山的。

张嫂把她一扶上炕，就急急忙忙告诉她："你那年刚搬走半个多月，那个鲇鱼嘴贾掌柜的就蹿跶上来了，说你侄儿出了事，住进了小河沿的教会医院……"

王可一的心咯噔一声，惶恐地问："他咋受的伤？伤了哪疙瘩？重到了咋个样子……"

张嫂眨巴眼睛了：我好歹也是个干姑姑，咋就没细打听打听呢？只好硬着头皮，吭吭哧哧地说："那个贾掌柜的……没细说，也怨我没细打听；只记得是……找人兑命，伤了一条腿……受伤后找到了贾掌柜的。"

王可一却从这句话里猜出了七八成真相：这虎孩子准是给他那个破师父报仇，被李万无的手下打折了一条腿……总算还听我的话，找到了个能拉帮他一把的人……

王可一急得像火上了房，第二天便雇车去见贾英。她一到地方，就发现"双合盛杂货铺"已经换了招牌，挂上了"辛记小铺"的匾。她心里可就一呼扇："双合盛"，是两个掌柜的；成了"辛记小铺"，可就没了贾大哥的股！辛坚好像也认出了王可一曾来过，还接着想起贾英说过她是云雷的姑姑，虽然没给搬个凳子，却也客气地说："贵客好长时间没光顾了，请屋里坐。"王可一不仅看出来他是客套，还知道老辛头儿得忙买卖，就开门见山地说想见见贾大哥，向他打听把云雷安排到哪儿了。老辛头儿就告诉她：为了给云雷治伤，贾英花掉了"双合盛"半个家底。云雷出院前，贾掌柜回来过一趟，说了一句："我把股本花进去了，以后铺子你自己开吧。"他一走就没再露面，不知他把云雷安排到哪疙瘩去了。

王可一扎挓挲开两只小手，抿上了两片嘴唇，既不会掐什么诀，也没咒念——不过心里宽了不少：连第活了下来，老王家这条根还没全断了。贾大哥没再回来，有可能他把连第领出了奉天城……她想到这，就请老辛头儿"有劳了"："我大哥若回来，烦告他千万、千万去马虎山一趟。"

老辛头儿麻利地答应了。

二

云雷是化装成小老板溜回奉天的。仗着地理熟，他在大东门东南，邓大人庙附近租下间耳房，影下了身子。他先踅摸到一个塌底的老花子，求他寻找"猴头蘑"，神不知、鬼不觉地过来一趟。

见面后，"猴头蘑"报告：李万无当上总筐头后，为了笼络全城花子门弟兄，宣布不许再提"城南派""城北派"，保证要一碗水往平端。自己怕他明里说人话、暗里干鬼事，没敢在奉天待下去，到外地加入了一个要猴的班子，最近才随大帮，来到奉天。虽然跟几个老弟兄照过面，只偷偷点点头，假装不认识……

云雷也当真人不说假话，亮出了要为师父报仇的底牌。"猴头蘑"立刻表示"豁出命来跟你一起干"。云雷却说："我找你，一是因为你可靠，二是因为你人缘好。我只求你帮我打探一些情况——我自己不能轻易露面。将来动手，我只想拼下我自己这条命，绝不再多往里搭。"云雷知道他有家口，今后得耽误他挣钱，便掏出些银钱。"猴头蘑"二话没说，不客气地接了过去。

在"猴头蘑"的帮助下，云雷淘到了李万无的不少秘密。他知道了：李万无一当上总筐头，便担心大筐头势力太大，会尾巴粗了调动不灵，发展下去会威胁到自己的地位。他便把大筐头增加到八个；还规定他们之间需要配合行动，或者有了摩擦需要调解，都不许擅自沟通，必须向门主报告，或者在每个月的初九、十九、二十九的筐头会议上提出，由他亲自决定解决办法。云雷也知道了：李万无已经掌握了"'穿山豹''山里好'一死一残，云雷下落不明"的情报；还猜想自己是"单丝不成线，孤树不成林"，只好小耗子似的躲起来，不敢出洞门露头了。云雷还知道了：李万无虽然还深居简出，但在防卫上已经懈怠了不少。比如说，他曾经把"穿山豹"最得力的两名帮手留下当护卫，现在已经把这两个人打发回家了——其实云雷和"猴头蘑"都不完全知道内情：那在很大程度上，是李万无存心削弱"穿山豹"的力量，对"穿山豹"的釜底抽薪，为的是叫他和"山里好"在拼斗中两败俱伤。

云雷和"猴头蘑"，还认真地分析了李万无手下有资格参加大筐头会议的九名成员：李万无当上门主后，在安排八大筐头时，为了能坐牢他屁股下的那把椅子，选用了五个自己的铁杆部下；为了笼络住全体叫花子，以示公道，他也任用了三个在自己和陈忘我之间持过中立态度的人。其中"二犟眼子"原来是东门大筐头的亲信，是个挺讲义气的人，和"猴头蘑"挺说得来。跟八大筐头同级的"铜钱笸箩"，并不是叫花子，而是李万无的朋友，因为开过赌局，请来做帮手的。他是没资格当门主的，但掌握着天济赌局，大筐头们都跟他处得相当好，也都愿意听他的劝告。

在弄清这些情况后，云雷决定趁李万无还没发现自己行踪、戒备比较松懈的机会动手。他把时间选在李万无召开筐头会议的时候。云雷认为：李万无一定会认为这时花子门的四梁八柱都在场，不会有人敢太岁头上动土；而地点正是陈忘我住过的地方，自己特别熟悉，容易摸进去来他个冷不防！

"猴头蘑"听了云雷的计划，对他拼死报师仇的决心很敬重，还知道劝也不顶用，便同意了帮他实施计划……他接受了云雷交给的一笔经费，用大价钱秘密租下了一辆骡车、备好了一份拜帖。这些都是严格按云雷吩咐办理的。不过他在办好这些事后，还诡秘地跟李万无的八大筐头之一"二犟眼子"见了一面。

这"二犟眼子"并不是二三十岁的愣头青，现在已经过了五十，原来是东门大筐头的得力副手，是个说干就干、指哪打哪的手。东门大筐头被陈忘我用二百两银子打发走后，陈忘我曾想把他也用五十两银子打发掉；但被派去管理东门花子的"猴头蘑"，说他"虽然'犟'了一点，但没弯转心眼子，在下边挺有人缘"，请求留他给自己做帮手。陈忘我圆了"猴头蘑"的面子。等李万无做了门主，也看中了他的"头脑简单有点傻人缘",把他提成了大筐头,拿他做样子,证明自己用人不小气,能用心实肯干直性子人。"猴头蘑"约他见面,也故意绕了几个圈子:先打发个"二犟眼子"半生不熟的人,给他秘密带个口信,说有个人要他去小河沿"看耍猴的"。"二犟眼子"估计可能是"猴头蘑"有事想见他,就一个人奔小河沿。半路上,"猴头蘑"坐在一辆骡车里,见他确实一个人,便把他突然拉上车。老板子便按商定的赶车串小胡同奔城外。"猴头蘑"在车里先问:"我们算朋友不?""二犟眼子"肯定地说:"有人要拿我开涮,你庇护了我;你事后还没提说过,够朋友。""猴头蘑"又说:"我下面想跟你商量的事,你能不能对第三个人说出去?""二犟眼子"不高兴地反问了句:"你拿我当朋友不?""猴头蘑"见他有些生气了,内心挺高兴,握住他手用力攥攥,接着说:"我的一个朋友,陈忘我的徒弟,要找李万无替陈忘我报仇,你若在场帮谁?""二犟眼子"转了转眼珠子,不客气地说:"姓陈的和姓李的,都没有什么好下水,我谁也不帮。""猴头蘑"轻声叹了一口气,他估算过:凭自己的面子,"二犟眼子"有一半可能帮一把,使另外两个人站在一旁看热闹。如果有这种可能,自己将不管云雷啥态度,也跟他一同去拼——三对五还有一少半的胜算,二对七可就是全无胜算了,自己只好听从云雷的意见了……于是,对"二犟眼子"说了句"后会有期",请他下车了。

三

这天是九月十九——霜降后的第三天。亥时,也就是后来说的晚上快十一点了,扮成车老板的"猴头蘑",赶着一辆骡车,不紧不慢地从一个小胡同,由东向西刚过了天济赌局的后院墙外。一个黑色短打扮的人,突然钻出车篷,一只猫似的跳了下去。"猴头蘑"好像没发觉,继续不急不慢地赶车向前走;出了小胡同,向里拐了两个弯,在天济赌局前的大门前,"吁"的一声把车停下了。他从怀里掏出一个拜盒,轻轻拍开小窄门，把三块银饼子塞给把门的，点头哈腰地说："我们东家来拜见门主和各位筐头，送上一笔大礼。请转上拜帖，静听传唤。"那人揣起钱，扫了骡车一眼：东天斜洒来的月光朦朦胧胧，夜风顺着街慢慢地吹过来，灰车帷子好像微微晃动，可能是里面坐着的送礼的人挺着急，有些坐尖腔了。他带上门，转身对陪他把门的人说了句"看好门"，转身去通报。

这个院从正面看不大，砖院墙虽然不矮，却比天济赌局的大墙低了近一尺。大门窄窄的，连上面的雨搭都黑黑的，像涂了黑漆，是个不起眼的小院。在白天，不知底细的人看见这砖墙、黑门加上墙里的头进三间青砖黑瓦房挡住了后两进，也很可能猜想这是一进的小院，是处有些地位的官员，或有些积蓄的铺店掌柜的藏娇外宅。其实它并不太狭窄，三进的三间房都足尺足寸三丈六；西有茅房东有路，各自都有一丈多宽。这三进的长院，原本是奉天花子门的总舵；老门主谢世后，陈忘我借地势上的优势，把它占据为城北花子的香堂：一进住把门的花子；二进原来叫花子厅，是门主召集筐头议事的场所，暂时空着；三进原为门主卧室，改为陈忘我师徒居所。李万无在当上门主后，把二进房改回老名，不过没人叫它"花子厅"，都随李万无叫它"议事堂"。

那个带人把门的，是个二筐头，每逢门主召开筐头会，才亲自监门：对他认为重要的来访人物，也由他去请示——其他人不许越过头进房后檐墙的延长线。他绕过头进房，在第二进的堂屋门外站住，高声禀报："有贵客送礼，呈上拜帖，请门主定夺。"

随着嘎吱嘎吱两声响，两扇板门开了。取走拜帖的是管理天济赌局的"铜钱筐箩"，他在花子门里和大筐头同级。他在两边靠软山坐着的八个大筐头注视下，走到北边大条桌前，用双手把拜盒递给脸朝南坐着的门主李万无，然后退到条桌东头靠墙坐下。

就在"铜钱筐箩"取走拜盒时，一个暗影从东山墙外拐出来，飘飘忽忽地走向堂屋前……

李万无已经打开拜盒，把拜折取到手中；左手托握，右手翻开……

那个送来拜盒的二筐头，躬身低头，肃立在堂屋洞开的门外，敬待门主的吩咐……

那个暗影——黑衣人，已经从容地、毫无声息地走近堂屋门，离那个肃立的人只差两步；而那个表现出了对门主极为敬惧的二筐头，却完全没有听到他的脚步声……

李万无开始看拜折。他发现这拜折不仅折面"拜帖"两个字是烫金的，而且略一抻开就瞥见帖文也都是金字。正红的纸、耀眼的字，使他感到十分悦目，愉快地看起来：首面只有顶格的一列"门主前辈"四个大字，便右手略微向右一抻看第二面："晚辈秉承师命，敬送狗头金一块，净重八斤八两，即刻取自前辈双肩之上……"李万无大惊，扔掉拜帖，抬头想问"来人何在"……

四

黑衣人却恰好已经在守门人背后略偏一点站住并转过了身，右手的枪也瞄准了李万无的前胸，叭叭开了两枪；紧接着，或者说同时，黑衣人左脚抬起一用力，把还在躬身候命的二筐头踹进了屋。

他，就是云雷，跨前两步，一脚门里、一脚门外站牢，把手枪口不断左右移动着，高声喊道："云雷为师报仇，只杀李万无一人，和其他人井水不犯河水；谁敢动一步，是自己枪下找死！"

李万无前胸中了两枪，急忙捂住伤口。应当说这个老叫花子不仅狡诈乖戾，也十分凶悍精明。他知道自己挺不多长时间了，又看到手下人被云雷镇住了，没人敢拼命，便决定表现出一些非常气概来，给后人撑一下口袋。他抬起左手指一指被云雷枪口逼得连屁也不敢放的手下人，多余地说了句"都别动"——给这些人搭了一个台阶；然后对云雷说："你豁出命来为师报仇，是条汉子。我若下令杀你，你肯定逃不掉……可我手下人也得有伤亡。你……以下犯上，理当处死；看在你的忠义上，我以门主身份从轻发落：饶你性命，断你一足，生死由天……你可敢应？"

云雷万万没想到，李万无临死还会说出这样的话，差不多算得上是"银圆扔进了铜盆，叮当山响"；我也丝毫不能示弱——便一边继续用枪口指点着八大筐头，一边朗声说："你还真是个人物——好！我自己打断一条腿；若有人想过来捡便宜，我就赚几个！"说完，他收回枪对自己左小腿叭地又是一枪。他咬牙扶门框坐到门槛子上，也不管腿上的血汩汩地流，握着枪防备有人对自己下手……

李万无好像已经感觉不到疼痛了，断断续续地嘱咐："你们，谁也当不了门主……各管各的吧……赌局，合伙开，分我家口一些……"

有人看到李万无的脑袋耷拉下去了，捂着伤口的手也垂下了，料想他不是死了也是正咽下最后一口气。坐在两边最北边的，是李万无最倚重、最得力的两个大筐头。靠东墙离"铜钱筐箩"坐得最近的那个，坐得纹丝不动，却先看看"铜钱筐箩"，又向对面的大筐头挤咕挤咕眼睛；对面的也不动身子，扭头看看其余人，也瘸子打围似的喊："赶快抢救门主……"

"铜钱筐箩"也看出了大家都怕云雷用洋枪点了自己的名，还觉得自己挺老门主的遗嘱，有利于今后自己在赌局里掌权，便说："门主已经把有关大事砍出了大框，请各位大筐头先查看门主伤势。"

这时，坐在西侧最南头的"二犟眼子"，对云雷只身一人来报师仇，实在是把生死置之度外了，十分敬重；他也没想到李万无竟然临死饶了他一命——他还估计大筐头中对陈忘我有仇的人，若有了泄恨的机会，可能不会让他活着离开。听了"铜钱筐箩"的话，他急忙朝对面的人使个眼色，一同站起身，对云雷骂了句："门主免了你的死罪，还不快滚？还等在这疙瘩给你摆宴送行咋的！"这两人走过去一人扯住他一只胳膊，把他拖出屋，又架到院门口。一推开门，"二犟眼子"就认出了走过来的大把是"猴头蘑"，便当那个守门人的面，大声喊道："不想死，就快些想法逃命治伤。"

按着云雷的吩咐，"猴头蘑"递出拜盒后，等院门一关上，他就可以赶车逃命。云雷和他都知道花子门的规矩：还留在门口守门的人，是不敢离开门口、更不敢擅自去闯门主主持的大筐头会议的。他刚一举起鞭子，却硬把"驾"字噎了回去——他担心：云雷能逃开，也难免受伤，不能再翻墙，只好从门往外冲，决定冒死接应一下。他听到响了两枪，知道云雷动手了。接着却奇怪地静了下来——既没再传来枪声，也没听到炸营的呼叫。他正担心云雷寡不敌众、开枪后被按住了；可没到抽半支洋烟卷的工夫，又听啪地响了一枪，接着便传来几声听不清的语声，使他心凉了半截——却很快又发现有三四个人零乱的脚步声，一点一点接近了大门。他一发现云雷被两个人架了出来，便知道他是受了重伤，也来不及回答"二犟眼子"，急忙上前把云雷抱上车，抢鞭子猛抽骡子。跑出一段路后，见没人追上来，便问"往哪去"。云雷这阵子反而有些支持不住了，"哼哼呀呀"地说了句"去小津桥北……找双合盛小铺"……

五

李万无的手下人咋都没来追？难道那些大筐头里，没一个人想为老门主报仇、凭功劳争当新门主？

有想追的，也有想当新门主的，而且不止一个人。当送走云雷的那两个人回到屋，那些呼叫的人也发现李万无确确实实断气了。那里面两个一边跟着呼叫、一边拿定"立功"主意的，可就转过身，一个凶暴地质问："你们把那小贼放走了咋的？"一个阴沉地问："你们把他关到哪疙瘩了？"

花子门有一条规矩：大筐头开会议事，只有门主可以把代表最高权力的"打狗棒"放在案上，其他人是不许带武器的。因此，那两个想"立功"的，并没敢去追云雷，怕叫洋枪追去了自己的命。那俩送走云雷的人，也没怕凶暴者的样、阴沉者的腔。一个回了一句"我以为门主的处置能算数，把他扔到门外，让'生死由天'了"。一个则拍了一下大腿，好像很后悔地说："您咋不早发令？若知道您想重新治他的罪，我不就把他关进死因牢去了！"

虽说这只是舌头出溜嘴皮子，还只是二对二，可这屋子就像一个火药桶，若有人哧溜出个四棱子屁，跟砖地擦出火星子，可能就引起爆炸。于是，屋里立刻静了下来，连大条桌上两端那两支大红蜡的火苗子，也静静地发着光，不再忽闪。

那个"铜钱筐箩"，拿定了要保住自己花子门财神爷地位的主意，怕双方挤对下去不好收摊，忙作了个罗圈揖，恭请各位大筐头归座后，虽然还算客气，却毫不谦虚地说："老朽忝为李门主之友，实为花子门之佣，无权争总筐头之位，却有与诸位共议李门主身后事之责——不知各位以为然否？"

八个大筐头你看看我，我看看他，都觉得眼下还只有他牵头议事最为合适，便都点了头。"铜钱筐箩"就又毫不客气地问："李门主说'你们，谁也当不了门主。各干各的吧'，有没有不认可的？"

不认可的不止一个，可都知道自己的价码还小得多，咋敢往大面上摆呢？便都又点了头。

"铜钱筐箩"又问："李门主说'赌局，合伙开，分我家口一些'，大家认为恰当吗？"

"合伙开"，都没意见——利益均沾，自己不吃亏，当然可以接受；给前门主家口一些，也不是从自己身上剜去一块肉，有啥心疼的！不过对咋"合伙"，却是每个人都有主张的。"铜钱筐箩"听大家七嘴八舌戗戗一阵后，端出一盘自己早已点好的豆腐："现在李门主还等着咱们给他换衣裳，抬到床排子上，哪有心思和工夫细合计？我提个法，试行四个月：各位大筐头两人一班，都在赌局坐镇一个月；诸事由小老向当值两位大筐请示……"

八个大筐头都觉得这么办还算公平，谁都能当一个月的半个主人。若再提不同看法，就有些不重视李门主的后事；担了这个名，是只会吃大亏，讨不到半点便宜的。所以都没异议，便开始商量李门主的后事了……

六

贾英和辛坚被"猴头蘑"叫出屋来了。云雷说了句"我叫王连第，姑姑叫我找贾掌柜帮忙……"就昏了过去。贾英听"猴头蘑"说"他可能腿断了"，急忙扒下他裤子，见血还没断，便把伤口上头勒紧。辛坚对"猴头蘑"骂道："还他妈不麻溜快——去洋人医院！"

在"猴头蘑"磨车的工夫，贾英回屋取出一笔款，跟车去洋人医院。

洋人医院叫盛京施医院，教会开的，在小河沿。它完全按西方的医术进行治疗。它在外科手术上，已经赢得不少人的称赞，所以老辛头儿一见王连第的外伤很重，就追"猴头蘑"去洋人医院。

一到这个教会医院，贾英就以王连第的名挂了号。洋大夫检查后就对通事嘟噜几句洋话；通事就对贾英说"粉碎性骨折，必须截肢"。贾英一听说得拉去王连第的一条腿，脑袋可就比柳罐斗子还大了。他又向洋大夫问"不拉行不"；那个洋大夫通过翻译回答："截肢保命；不截肢，拉回去等死。"贾英借口去找亲人签字，去了几个大药房，向坐堂名医讨教。他们一听说受伤人"挨了黑枪"，是"粉碎性骨折"，大都摇手不愿出诊；只有一名老大夫，同意去诊视、开方，"我尽所能，他靠时运"。贾英觉得那个洋大夫敢说"截肢保命"，可以为王家延续香火，是条可以走的路。于是，他立即雇车上马虎山。到老张家后才知道：王可一出嫁后丈夫被老毛子掠走、无法生活，跟一个搭伙的搬到外地去了……贾英从马虎山回来，到双合盛杂货铺，又取了一些钱，转回医院，征求王连第对截肢的意见。他一来已经为师父报了仇，二来疼痛使他更加惜命，便说了句"割了吧"。贾英便以"盟叔"身份签了"同意截肢"……

"猴头蘑"很义气，几乎天天到医院；而且对洋人医生、护士和翻译都很溜哄，有时还给他们变几个小戏法，让他们感到很新奇。

李万无是花子门的门主，丧事不能无声无息地办，不得不向衙门报案："为仇家云雷刺杀，敬请缉捕。""猴头蘑"听翻译说，捕快曾到医院盘问"有无名云雷者来医院治腿伤"，被医院以"查无此人"打发走了。贾英听他说了十分担心；王连第知道后也害怕落入官府手里。好在他术后恢复挺快，便以"无法再借钱养伤"为由，带了些消炎药，提前出院了。

王连第少了一条腿，成了正牌的瘸子；而且术后还没好利索，新买的拐杖也用不太好，勉强能把屎尿送出屋，更没本钱"瘸子打围——坐山喊"，只好把自己完全交给了贾英，由他安排。

贾英雇车把王连第拉到边外的河夹信子白尧家，继续养伤。贾英的两只爪子已经快干了。他既得顾自己的肚子，还得对得起王可一的托付，帮她娘家侄儿养好伤，将来担当起把王家香火传续下去的责任。他知道白尧在"三尾虎"许彪投奔张作霖时没跟去，开始老老实实开荒种地，不能太拖累他。因此，他开始重操旧业，又做起没本钱的买卖。不过他很谨慎，不在建安县内作案，也不在离河夹信子近的昌图、离蒙古旗地界近的地界活动；而且绝不伤人……

王可一回到黑山镇，对假褚财佟老三诉说了娘家侄儿独闯花子门的事。佟老三称赞起王连第，说他虽然丢了一条腿，却是个义勇双全的男子汉。王可一呱嗒撂下脸子，叱责："为一个那样的破师父，送掉了一条腿，值吗？"佟老三听她提说过陈忘我、云涛对她的蹂躏，而且一同生活后，一直顺着她，从来没戗过她，便改嘴说："你说得对——那样的破师父，是不值得尊重的；为他掉了一条腿，太不值得了。"

第十一章 得个绰号"草上鹰"

一

中国汉族的大老爷儿们，这年的秋天纷纷剪掉了辫子。王可一懂得天下改朝换代了，娘家侄儿在前朝惹下的祸，可以不怕再有人纠缠了。她在宣统三年秋后头一次回马虎山时，是把自己这疙瘩的地址留给了干姐姐的；现在已经是民国元年了，她若见过了贾大哥、得了连第的信，是会打封信来的。老张家是没人会写字，可她会求人或让贾大哥捎信给我呀？她心里这么一画魂儿，可就再也坐不住炕了，第二趟坐火车去马虎山打探。

在老张家院里一看到张嫂，她心里就一忽悠：只隔了不几年，干姐姐的头发咋白了一半子？张嫂抓住她一只胳膊，喊了声"你可把我想蒙了"。跟在她身边的一个十三四的小丫头，押了她衣襟一把，向她努了努嘴。张嫂这才引见："她是张喜的老姨，你就随张喜叫'老姨'吧。"那小丫头脆脆生生地叫了声"老姨"，抢过那只胳膊扶她进屋。

王可一已经四十多岁了，可一天天风吹不着、雨淋不着，白白胖胖的，很有些精气神。对这个半大的小丫头，她竟有些像遇上头场雪的小山鸡，蒙头转向了：这半大的闺女是从哪疙瘩钻出来的？便含含糊糊地对张嫂说："我还以为是娇娇，生发得叫我不敢认识了；可又一想，娇娇好像应当比她要大些的。"

张嫂陪她坐下，说："这丫头叫秦桂兰，和娇娇换的亲——娇娇明年圆房，她还得等张喜那个小牛倌到十六，得晚几年。"

王可一暗下盘算起来：我逃到这疙瘩那年，娇娇好像四五岁，明年十六了？张喜那时才几个月，今年只有十一二吧？还得等四五年……她有些奇怪：咋这么早就换了亲？她又联想到张富：他应该快二十了，看这屋子样好像还没娶媳妇……便问："张富早就挣整劳金的粮了吧？"

那个秦桂兰抢着说："我大哥白捞了半垧地，又租了半垧地，不扛劳金了——他都有了两个胖小子了——一个管他叫二爹、一个叫亲爹！"

张嫂瞪了她一眼，骂道："哪个急嘴丫子给你踩的生？没大没小瞎抢话——等你老姨走后，看我不撕烂你小嘴丫子！"

那个小接媳妇儿并不害怕，还咬王可一耳朵丫子说："老姨别担心，她是吓唬我，不会动真格的。"

王可一笑着拍拍她的嫩肩膀，对张嫂说："这孩子倒像你生的，心实口快——能看出你挺宠她。"

张嫂点头承认，说："两家穷对穷，不的咋能换亲？她妈对娇娇挺好的，我能差上一星半点的吗？再说了，我指望她将来领着张喜过日子，也是个媳妇儿姐——拘管成了面瓜头，还咋顶门立户？"接着，她就说起了张富……

"日子一年比一年难熬，哪有钱给他娶黄花闺女？他十六岁那年，有个十九岁的小寡妇相中了他，想招夫养子。我听那个小媳妇挺咬尖，可过日子是二齿钩挠痒痒—— 一把硬手。我就跟你姐夫商量。你猜他怎么说的？他说'谁见过给自己男人气受的女人？厉害点不受外人欺负'。我就托人去提。那头说带半垧地过来，孩子不改名，张富帮着支撑门户；要求这头安排住处单过，还得出六十块大洋扎咕一下衣裳……得说没多要。没想到张富还真挺有能耐，把媳妇儿哄得一天天眉开眼笑，今年开春给他生下了个大胖小子，取名叫'大发'……不过，有一件事叫姐姐心里一直搁不下：没同你商量，就占用了褚财那座房子，还把你那十两银子动用了……"

王可一透过她脸，看到她内心里的羞愧，便猪八戒吃甜枣——全不在乎（择核）地说："那房子若不是你经管，早就趴架了，恐怕连房木也叫人拆吧光了。给张富住，还用跟谁商量？那十两银子，本来就是你的嘛；你若再说那是我的，我可疑心你想讨要救我一条命的人情债了——那我可还不起！"

张嫂还想叨扯几句，可秦桂兰提醒她："妈，你不是总盼老姨来，说要交给她一样东西吗？"张嫂抬手啪地拍了一下大腿，骂了句"我真是个老糊涂虫"，起身从板柜里翻出个小布包，递给王可一，说："这是一年多前，贾掌柜的托我交给你的。"

王可一急忙打开看，是一张前边没称呼，后头也没姓名、时间的短信：

> 连第离开医院后，靠拄双拐挪动，不久就能伺候自己了。我把他安排到边外一个朋友家了。为了我们俩的生活，我又干起了老营生，想攒下点本钱，再蓦摸个合适地方，带他做小买卖。我知道你看得起我，我也一定对得起你，把你们老王家这条根保下去。将来一有机会，我就帮连第成个家，把香火传下去。到那时，你们娘儿俩会见面的。

王可一两眼含着泪，对张嫂说了大概意思。张嫂陪她一同求"皇天后土、佛爷道祖、胡黄众仙"保佑贾掌柜的长命百岁。

张广福领张喜赶了回来；张富背着把他叫"二爹"的借光儿子，他媳妇抱着张大发，一起来的。王可一见张富比他爹还猛了一点；而他媳妇虽说生过了两个孩子，身腰却还挺苗条。搭上了话，王可一发现她不算小气；一听婆婆说"老姨发话了：把那房子连屋里原有的东西都送给你们了"，便掏出票子，叫张富去砍回三斤肉。张嫂又杀了两只小公鸡，加上蘑菇、土豆，炖了一大锅，吃了一顿团圆饭……

二

王可一得到了这封信，得说心满意足了；没见到心里揣的那半个人，却也不着急，将来见到连第时，一定能见到他的……

贾英从把王连第接出医院后，这些年在边外干了些啥呢？

柳条边外各县，自打清末起，十多年来大大小小的绺子就没断过流。可"三尾虎"许彪投奔张作霖后，就再没有超过五十人的大股绺子。张作霖在辽宁得势后，连抚带剿，消停了一段时间。可他一盘算要去关里争天下，关外的赋税重了起来，拉杆子的也多了起来。在建安，还出现了几个冒称"人马上百""快枪五十"的"金山好""张老疙瘩""刘老八"等人；这些人不仅在县内逞凶乱抢，还冒充是"追风沙""三尾虎"的老弟兄——"张老疙瘩"就吹牛说他骑的花狸豹马，是"'追风沙'想当年送我的"。与此同时，有些财粗势大的乡绅财主，组织起"民团"，自号"团总""司令"，打起"保乡安民"的旗号，横行一方；其中势力最大的有刘叙五、阚如鹏。刘叙五为了在建安县东南地区树立起威望，决定邀请县内的各路杆子头，去参加"英雄会"：凡保证不在他地盘内"发财"的绺子，他将"以友相待"，可以提供"趴风"的便利和离开的路费。他除了专送"请柬"外，还广撒帖子，"恭请鄙人不知贵窑的大当家光临"。

贾英最近这些年，就是在边外发财的，虽说兔子不吃窝边草，可也满山转悠漫山跑，能听不到这个风声吗？

贾英这时已经三十八岁了。听了后，觉得"追风沙"和"三尾虎"，都是自己十分尊重的大当家的，他们的侠盗名声，不能听任小毛贼给败坏了，决定借这个机会维护维护——他们一个归隐了，一个投了老张，自己若不出头就算不上还是老朋友了，所以他风风火火地赶往王公窝堡。

他原来骑的大走马，口老了，送给了贾亮；现在骑的是他从蒙古旗一个马群里买到手、亲自驯出来的大青马。他一路上考虑好了实现目的应当采取的招法。

到了王公窝堡，贾英在院里先看到了贾亮的儿子，已经十岁左右的贾友义，便把一包糖球掏给他；贾友义脆快地说了句"谢谢叔"。迎出来的贾亮媳妇儿欢喜地说："兄弟若早点续一房，孩子也比友义小不多少了！"贾英低声说："我没那个好命了。"贾亮接茬说："那你就认下友义吧——反正咱们都姓贾，亲的干的差不多。"贾友义很乖巧，打这天起，就把贾英叫起"干爹"——他后来还真送了贾英终。

贾英到西屋后，和贾亮唠了一会儿，便叫贾亮神不知、鬼不觉地把白尧和冯老疙瘩请来。这两个人都是因为年龄比较大，又有家口在建安县内，没跟许彪走。贾英在救护王连第后，不得不又做了几回"买卖"，都找他们做过帮手。

贾英向贾亮、白尧和冯老疙瘩说明看法打算后，他们都表示"若怕沾泥水，就不够朋友了"，一致同意按贾英提出的计划干。

贾英第二天就起程去新民站——他虽然在许彪带弟兄们投奔张作霖后，没再见过许彪的面，却听说他已经升任了协领，也有人说是师长，驻扎在新民。贾英觉得有两个原因，需要听听许彪的意见：一是自己以他老朋友的身份去参加刘叙五的"英雄会"——其实是"胡子头会"，是不是会给许彪引出啥说道；二是刘叙五把这件事喊圆了，官府会不会借机采取啥行动，自己别在脖子后插棵草，把脑袋瓜子送去叫人砍了。

见面后，两人都非常高兴。许彪仍称贾英为"老哥哥"，贾英则照旧叫他"大当家的"。许彪听说他要冒险去赴刘叙五的"英雄会"，感动地说："老哥哥这是把小弟的名声，看得比命还重了！"还说自己也听说边外有几股小绺子，声称是"老当家的和小弟"的朋友，以为是当年的绺子里的人，没太在意。许彪又一次感谢贾英要以"老朋友"的身份，出面震吓一下那些小毛贼的主意；还为了贾英的安全，出了一些主意。在带领一部分老熟人同贾英喝了两顿酒后，送了贾英五百大洋，给贾亮等人各带去二百块。许彪还派他的警卫营营长石玉璞，带一个排骑兵把他护送出新民界。

贾英听老朋友说，许彪对小石子很信任，老人都戏称他为"上校营长"，也抱拳对护送他的石玉璞说了句"上校大人再见"，提马向北，奔彰武方向。他对这次新民之行很满意；还认为许彪比过去有了很大长进，更相信"站得高，看得远"这句老话了。

三

三天后，贾英化装成连鬓胡子模样，但比当年劫阆山门婿郝善时的"雪里雕"更老些，也稳重大气了不少，上路去拜访刘叙五。贾亮等三人，不远不近地在后边缀着。到了齐屯村后，这三个人才在一个大车店歇下；贾英单人独马奔刘家屯。

刘叙五是齐屯村刘家屯的老户。人们把他家叫刘家大院：土刴的围墙带枕子，高大的院门带两层横楣，却窄得只能进出一辆大车。迎门正房七间，中间是通向后院的穿廊；房子虽然举架高、间量大，却是土平房。外地人看了可能暗笑是个"土鳖人家"，可在建安县却是有名的"南刘北阆"的一等富户。

刘叙五正坐在客厅喝茶，听把门的团丁报告"有个人自称是'三尾虎'故人，来拜会团总"，立时犯了合计："三尾虎"本来是个不大可也不小的胡子头。投奔老张后熬了上去，听说已经混上了团长。我正在筹备"英雄会"，他的"故人"咋拱上门来了？他猜不准是福是祸，但认定了不能慢待；便吩咐"请到客厅来"。他对西屋喊出四名护卫团丁，带他们到门外迎候。

刘叙五一见来人连鬓胡子、四十左右，便估计他过去若是"三尾虎"的同伙，也一定是个头目，便抱拳说："贵客光临鄙舍，未曾远迎，万望海涵。"贾英见他也只刚过三十，精干有礼，也还礼客套地说："冒昧打扰团总，尚请原谅。"两人又客气一番，贾英才侧身进屋；四个团丁留在门外。二人分宾主落座，东屋走出婢女献上茶，又退了下去。刘叙五这才开口，先称赞"三尾虎"当年围衙救友义气干云；后颂扬他见深识远，必成国家栋梁。贾英便顺他的话头说："数日前，许师长约我前去叙旧，唠起建安当前形势。他对刘团长为保乡安民，欲礼待县内豪杰，甚为嘉许……"

刘叙五惊喜地站起身，对贾英作了一个揖："多谢仁兄在许师长面前美言；不然许师长军务繁忙，日理万机，哪里会知道这些小事！"

贾英请刘叙五落座，接着说："许老弟还问我敢不敢临会，代他问候旧日同道，并寄语各路好汉：'取之有道，不义之财或可养家；肆意妄为，自断他日活路'……老朽归隐山林之人，今日不约而来，实欲刘团总届时允我叨陪末座。"

刘叙五欢喜过望，又要起立道谢，却被贾英打手势拦住；他只好坐着感谢说："前辈如能光临，叙五实如久旱之盼云霓！届时必当尊为贵宾——不过……面对众人，叙五当如何称呼？"

这确实是刘叙五不能不提出的问题。他能对一大帮杆子头说"这位贵客来路非同寻常，大名如雷贯耳，连我也还不曾知晓"吗？

贾英是早已考虑到了这个问题的。他抬手向刘叙五招了一招手；两人隔着八仙桌同时站起后，贾英对刘叙五耳语："刘团总是建安大户，德高望重，故有'南刘'之誉。阚典史故去之后，家道大衰，却留'北阚'虚名。我没退隐之前，手下之人向阚家借过银子，结下梁子。现在老朽业已洗手，不愿阚家知晓旧事——故不愿再提旧号，这也正是'三尾虎'老弟怕我不愿出头的缘故……待我与会之时，老弟称我为'三尾虎'旧友、自号'新民闲人'也就是了。"

刘叙五频频点头，对贾英开始称他为"老弟"，更深感荣幸。两人落座后，刘叙五兴奋地表示，有了这位"老哥哥"的光临，自己的打算一定会"圆满如意"；非请"贤人老哥"在刘家屯住下，待开过"英雄会"再返回新民。贾英笑着说不习惯在外居住，"老弟的酒是一定要喝上一顿的"。

虽然刘叙五为谈话方便，没再招呼别人作陪，但两人喝得挺热烈；几乎喝成了"忘年交"。在"新民闲人"走的时候，刘叙五骑马送过了齐屯，上了去县城的大道才回去。贾英等贾亮他们追了上来，才一起往回走。

<h1 style="text-align:center">四</h1>

刘叙五把"英雄会"定在八月十五。他为了招待方便，也为防备有人闹事，家眷都安排到了亲戚家，把后院十多间房子都空了出来，招待杆子头和他们的随从。他的民团共有一百多人，但只有三十多杆枪。他安排有枪的埋伏起来，防备意外；没枪的插好大刀长矛，做接待杂务。

八月十四下晌，就有人赶到刘家大院。刘叙五出来进去，把来客接进客厅，彼此说几句"欢迎光临""多蒙抬爱"的场面话。愿意扬名的，自报字号；不愿露底的，刘叙五也不请教，一律由接待人员领到后院休息——流水席可以尽情吃、尽情喝；牌九局可以凭手气赢、因手气输。

到了上灯后，还没休息的刘叙五得到报告：张老疙瘩骑着那匹"追风沙"送给的花狸豹马，跟另外两支绺子的头，在齐屯住下了，扬言说"得小心自投罗网"。刘叙五知道这都是势力比较大的杆子头，既要摆架子，也真害怕中了计；便派人送去一些酒肉，"敬请明日光临"。

贾英是第二天八点多钟赶到的，还是上次的装束打扮，但多了三个随从。刘叙五抱怨这位老哥哥"咋不早两天来，帮小弟掐准定盘星"。贾英微笑地说，自己昨天就到了县城，同来的朋友要办些闲事，便一起住在县城了。刘叙五以为他说的"朋友"，就是贾亮等人，便自责眼浑，慢待了"老哥哥"的朋友；贾英却说贾亮三人只是自己的跟班，朋友是另外一拨人。

刘叙五把贾英四人送到客厅休息，就又去接各路杆子头。

到了十点钟左右，刘叙五把贾英请到院里。贾英见院里已经摆了一大圈八仙桌，大约有二十张，桌上都有茶壶茶碗，但都只摆了一把椅子。他明白，这是为了表明"不分绺子大小，都是肩膀头一般高的朋友"。刘叙五把贾英请到正北的那张桌子旁，按他坐下；自己站到他东边的桌后，拍拍巴掌静静场，"恭请各位好汉入座"——却招呼张老疙瘩坐到了贾英右边，刘老八坐到了自己的左边。贾英知道这两个人是建安地界内最大的杆子头。

这时，站在房檐下的白尧、冯老疙瘩见张老疙瘩、刘老八都有两个手下人站到他们身后，便也过去站到贾英的身后。

张老疙瘩没入座时，见刘叙五先把一个连毛胡子安排到了主位的上首，心里就不太高兴：这是从哪个耗子窟窿钻出来的黄貔子，叫姓刘的把他当黄三太爷供了起来？等刘叙五在叫刘老八之前，先请他过来就座，他才觉得自己还没算被小瞧了。现在一见连毛胡子的两个跟屁虫，也替主人争起谱，就骂了一句杂："三伏天已经过去了，狗尿苔咋还多了起来！"

贾英已经听刘叙五尊称他为"张老疙瘩大当家的"，微微地笑笑，没出声，心里却想：许彪带人马走后，他就想拔尖起屁，自以为坐上了建安绿林头把交椅；他可能是来搅局的……

刘叙五见杆子头已经都坐下，便向大家作了个罗圈揖，先感谢"各位英雄高看叙五，光临鄙舍"，接着便讲起他倡议举行这次"英雄会"、跟各路好汉"交朋友"的目的，并表示今后一定把到场的各路大当家的当换命好友，"刘家屯便是你常顺风的家，叙五的钱匣子里装的便是你外出游玩的路费"……

这时，大多数杆子头一边鼓掌，一边叫好；只有张老疙瘩和跟他比较有交情的没鼓掌，也没叫好。刘叙五扭头看贾英——根据他们上次商定的计划，他接着应当向大家介绍"'三尾虎'旧友"，并邀请贾英讲话。贾英看到贾亮已经在门口向他招过手了，便往南一指，向刘叙五说了句"刘团总，又有客人来了"。

五

刘叙五没见他点头，虽然听到了他的话，却也就有点奇怪；他转过脸，就见守门的团丁头目踉踉跄跄地跑过来，懵懵懂懂地报告："许师长派人来了，说要面见团总，并……并向往日同道问候……"

刘叙五惊愕地"哦——"了一声，又扭头看贾英，好像问"咋回事"。贾英低声提醒他"请"；刘叙五虽然还没完全明白，却转过头喊了声"快请"；那个来报告的团丁头目，也立刻转过身重复了一声"快请"……

坐成圈的杆子头，知道"许师长"就是叫"三尾虎"的，一个个满脸惊惑，却坐着没动；不知道的，听说来的是官军师长的人马，可就屁股离开了椅子。张老疙瘩虽然知道许彪是"三尾虎"，却想不通他要咋"问候"，嘟嚷了一句："这葫芦里卖的是什么药？"

贾英怕胆小的兔子乱蹬腿，惊弓的野鸟瞎扇翅，抬起双手往下按了按，像个面糊的私塾先生劝蒙童似的说："'三尾虎'十多年前接任过'追风沙'绺子的大当家的，当然是各位英雄的同道朋友。他不忘旧情，借刘团总大会各路英雄的机会，派人来问好，倒也情深义重。"

那几个站起来的都坐下了。张老疙瘩不高兴地嘀咕了一句"还真是头大瓣蒜"。也坐下了的贾英，听出了他是个不怕出乱子的刺头，却没搭理。

这时，一队衣着整齐、腰别短枪的军人，甩臂齐步走进大门，在杆子头围成的圈南，脸朝北站成一横排。一个军官带领两名兵，捧着用红绸子包着的盒子，从桌缝挤进圈；向北行了个军礼，说："石玉璞传许师长的话：请'新民贤人'前辈，代旧友向刘团总转交薄礼。"

贾英站起，说了句"石上校和弟兄们辛苦了"，接过礼盒放在桌上；刚想转交，却听有不少杆子头在猜测是什么礼物，而身边的张老疙瘩竟自言自语"不知是哪个倒霉鬼的一对爪子和一个脑瓜骨"。贾英先对张老疙瘩笑笑，又请已经站起的刘叙五先坐下，然后对全场人说："我跟大家一样，想知道许师长送给刘团总的是啥稀奇物。"他打开了那个扁长的盒子，"呀"了一声，才举手展示说"一把崭新的手枪"。石玉璞补充说明"这是许师长在蒙古旗地界追剿反叛的……蒙古王爷缴获的"。贾英又从那个方盒子中取出了一联子弹，举起来让大家看。石玉璞补充说"一共二百发"。

杆子头们，你深些、他浅些，都认识到了许师长的这份礼，是对刘叙五这个团总的支持，可也弄不明白："三尾虎"做杆子头时，刘叙五还年轻得摆不上席面，互相根本没有来往；姓许的当上师长后没再回来过，刘叙五虽然心眼活，也没法在梦里勾搭呀？刘叙五却心知肚明：是天上掉下来的"'新民闲人'老哥哥"，给自己带来了大靠山，给自己的脸贴上了一层金。他站到贾英桌前，扑腾着心，哆嗦着手，接过重礼后，勒着嗓子说了句"谢谢老哥哥"；可贾英却摇了摇头。刘叙五放下礼物，立马转过身，向石玉璞作揖说，万分感谢石上校和弟兄们的劳碌，请石营长入座，邀弟兄们客厅用茶。石玉璞大声说："职下虽是上校，见到县长可以跟他们平起平坐；但各位是师长的朋友，玉璞岂敢和各位大当家的分庭抗礼？而且来时师长有令：衙门也是大林子，啥鸟都有。命我到达后严防有人骚扰'英雄会'。"

众人望着他走出桌子圈，留下四个部下"保护各路英雄"，带领其余人走出了大门。有人暗叹"刘团总面子真大"，有人心想"这也是防止有人在会上捣乱"。

刘叙五几乎忘了请他的老哥哥讲话，这时才站起身，指指贾英、尊称"老哥哥"，说："大家已经从石上校嘴里听出了这位是'三尾虎'许师长的老朋友，现住新民，自谦为'闲人'、被尊为'贤人'。"等他带头鼓掌"欢迎'新民贤人'讲话"，大家便都鼓起掌。

贾英先作了个罗圈揖，客气了几句，便说起正事："……许老弟托我说两件事：第一，他不会忘记自己是从这疙瘩绺子里走出去的。只要大家牢守绿林的七不抢八不夺老规矩，不奸淫滥杀，只取不义之财养家糊口，他宁可多大的官也不当，绝不回老家跟各位刀枪相见。第二，他感谢各位抬举他，可希望那些冒充他和他前任老当家的'追风沙'名声的人，今后千万不要再那么做了。因为'追风沙'老当家的，已经遁入空门，一心向佛；他自己已经离开绿林，报效国家……"他最后又代表许彪向大家作了一个揖，转述许彪的一句原话："拜托了，拜托了。希望咱们永远是朋友。"

六

"英雄宴"上，刘叙五拉着贾英先去客厅，给石玉璞和他的弟兄道劳敬酒。话说得略微多了些，回到后院时，发现张老疙瘩和另外三个小杆子头，草草吃完，已经不辞而别。贾英起了疑心，让刘叙五派精细的手下人去盯梢。那些留下的杆子头，或是愿意跟刘叙五交朋友，或是人少势弱，愿意和刘叙五处好关系，一直喝到天黑。在石玉璞张罗回营时，刘叙五拿出五百块现大洋，说"今日没能从容招待，请石上校和弟兄回去后喝几顿酒"。石玉璞假装拒绝，贾英以前辈身份说："你们的这趟辛苦，镇住了各路杆子头，帮了刘团总大忙，理当得到犒劳；不可扫了他面子——许师长若见责，就说是我让你们收下的。"石玉璞也就谢过收下了。

送走了石玉璞，刘叙五便请贾英等人休息；贾英摇手说要等探子回报。五人便在客厅喝茶磨牙。贾英先提起了张老疙瘩会场上骂杂的话，又讲了他是咋当上大当家的……

张老疙瘩原来在绺子里是三当家的，跟大当家的、二当家的是磕头兄弟。他心黑手狠枪头子准，嘴冷声大坏点子多，但在钱财上不太贪。他磕头大哥外号叫大犟眼子，时常不听他出的主意。两年前，这哥儿俩合计事时顶起牛，大犟眼子发火问了句："咱们谁是大当家的？"张老疙瘩说了句"你是，听你的"，回头就走；可到了门口，他突然转过身，啪的一枪就把磕头大哥送进了阴曹地府。二当家的听到枪声过来后，张老疙瘩立马跪下说："大哥骂我是'疯狗生出的疯崽子，对谁都汪汪'。我气头上掏枪逼他道歉，没想到气头上手指一颤，走火要了他的命……我大逆不道，请二哥把我也崩了吧。"二当家的是个心眼还算够用的人，平时便不大多管事，哪能信他的胡嘞嘞？还觉得今后自己没法跟他混到一起，说自己已经干腻了，早就想回家过太平日子了。他没想到，张老疙瘩已经横了心，要封了他的口，竟一不做，二不休，又一枪送磕头二哥回了老家。他招来弟兄，说二当家的先杀了大当家的，自己为大哥报仇，不得不杀了二当家的；问大家咋收摊。绺子里的人便拥他当了大当家的。他还在把磕头大哥的尸体送回家时，带去了磕头二哥的脑瓜骨，说是自己给大哥报了仇……

刘叙五"身在黑道外，不晓江湖事"，听了后十分意外，问了句"他手下的咋还跟他一锅搅马勺？"贾英说了句"钱迷心窍"——黑道上普通的成员，图的是养家糊口，是不计较杆子头心术正邪和人品好孬的。

快午夜时，盯梢的人赶回来报告：张老疙瘩离开刘家屯地界就开抢了。有两个小杆子头，跟着浑水摸鱼，掖起了贵重货，他当众骂了几句"老子允许你帮虎吃食，你不该抓锅头子，抢老子弟兄的膘"，啪啪两枪就给崩了……这阵子可能还在那旮喝酒。刘叙五顺口冒出了一句"还算给我留了面子，没在我保护的地界内动手"。贾英用鼻子轻轻地"哼"了一声，也顺口说了句"他倒帮了你的忙，使你有借口不出面"；便转头招呼贾亮等人走，还说："他这是不给'三尾虎'留面子。他以为小石子就是没走，也不敢随意行动——却忘了咱们哥几个不是喝粥的——他老窝在广宁村，酒足饭饱了，准抄近路回老窑，咱们去孙屯西去会会他。"贾英也不告辞，领头出屋，上马便走。

贾英刚到了设伏地点，贾亮就悄悄说"姓刘的带人跟来了"。贾英也低声说："我刮了他鼻子，他咋能还不顾脸。"等刘叙五到了跟前，贾英便拱手感谢"仗义援手"，但郑重地说："这里不是你的地盘，你先埋伏别动；他若敢对我还手，你就有为朋友两肋插刀的理由了。"刘叙五便说"叙五恭听前辈吩咐"，带人去埋伏。

天放亮了。十多匹马，驮着还没醒过酒的人，不紧不慢地嗒嗒过来。贾英一提大青马，当道停下，右手举起马鞭，指着张老疙瘩喊道："张大当家的留步，听在下一言，你不常说坐下花狸豹马，是'追风沙'大当家的送你的吗？我奉命取回，送还五台山原主。"

<h2 align="center">七</h2>

张老疙瘩认出了来会气的是"新民闲人"；见他右手举着马鞭，暗骂了一句"找死"，把马鞭交到左手拔出枪……可没等他把手扬起，贾英左手的枪已经啪地响了——贾英对坐在马上晃了一下身子的张老疙瘩都没理，飞快地把马鞭交到了握枪的左手，右手接连甩出了三块早已攥在手里的飞蝗石——三个张老疙瘩手下刚顺过枪，几乎跟张老疙瘩同时栽到了马下；但保住了三条狗命。贾亮等三人已经把其余人用手枪逼住。贾英提马到那伙人近前，宣布："张老疙瘩胡说花狸豹马是'追风沙'送他的，还罪不该死；他为夺权杀了两个盟兄，昨夜又杀了两个跟他一同做买卖的朋友，却是罪该万死……"

这时，刘叙五已经带团丁围了过来。贾英便请他令手下人"缴下刀枪，留下马匹，放他们回家"。

刘叙五赶紧对部下大声重复喊道："'新民闲人'老前辈有令：缴下刀枪，留下马匹，放他们回去！"他一喊完，想起贾英曾暗示在库伦一带报号"雪里雕"，便说，"前辈身手凌厉，真如科尔沁大草原上的雄鹰。"

贾英觉得这个比方倒挺跟自己的名贴谱，就高兴地说："好，我今后若不得不在贵县行走，就按老弟的意思，报号'草上鹰'吧！"

刘叙五请贾英回刘家屯。贾英不肯，说到县城还有些私事。刘叙五很高兴自己有准备，便从一个随从的手接过来一个不大不小的口袋，捧给贾英，还说了一句"些许心意，敬请哂纳"。贾英估计是银圆；打开一看，果然是十卷。他想，我得继续端稳"新民闲人"的大架子；却不能叫他们三人白忙活了。便取出六卷，叫贾亮等人各收起二百块；然后请刘叙五"有劳贤弟代愚兄赏给各位团丁"。

刘叙五忽然想起了一件事，拍了一下大腿，后悔地说："只顾叫弟兄们收缴刀枪马匹了，忘记留下他们抢掠的财物，好归还失主了！"

贾英心里骂了句"这也是个贪得无厌的货，发了一笔不太小的财，还想买个名"，嘴上便不客气地说："愚兄倒没忘——不过觉得那些财主还有法子往下过日子；咱们放走的那些人，却是不得不靠他们的买卖糊口的。没让他们空爪子回去，今后或许能让你少些麻烦。"

刘叙五心想：他确实是个老胡子头——却口是心非地说："老哥哥人贤心仁，深明治世之道；叙五受教匪浅。"

回到王公窝堡，贾英本来想立马回奉天，可三个老兄弟说啥也不放他走，非要在一起再乐和几天。第三天傍晚，来了一辆搬家的大车找宿，说是从建安县城往库伦去。贾英动了好奇心，出来看。一个二十多岁的壮实小伙子，竟然惊讶地喊道："你不是谷二掌柜谷二叔吗？"贾英却不认识这个叫出自己原来姓的人，没点头，也没摇头；反问了一句："你姓啥？"那小伙子有些奇怪地说："我叫穆义，住在箭杆街西头道北第三家，你咋不认识我了？"贾英想起他是穆克图的儿子，抱住他，用力拍拍他脊梁，骂咧咧地说："你小子那时是个刚不穿开裆裤的小屁孩，现在成了牤牛汉，我咋还能认出你来！"

这时，穆义身边的一个五十上下岁的老女人，说了句"我也有些认不准二兄弟了"。贾英摸了摸嘴角上的疤，笑笑说："我不是还挂了这么个幌吗！"

贾英虽然在建安县城住的时间不长，但他是忘不了那个地方的。不过他这些年虽说没少到边外走动，却只跟原来绺子里的朋友见面，一直没再进过县城。

晚上喝完酒，贾英领穆义在外面转悠起来。他知道穆克图死在日本鬼子的手，便打听穆义这些年过得咋样。穆义说虽不充裕，但还没冻着饿着，很多人给了不少帮助；让穆义最感激的是毕力雄和朱顺，"毕力雄叔叔肠子热，差不多包下了俺们家的吃穿；朱顺大爷是筐头，自己从不多花一文钱，却常送零花钱给我们家"。关于这次搬家，穆义说一来是自己大了，不愿让大家再周济，二来是姨娘和叔叔都住在扎萨克亲王的领地内，还帮他在那疙瘩认识下了一个姑娘……他还借酒劲说出了心里高兴的事："搬过去就成亲!"

贾英不仅说出了自己在奉天的住处，还第一次报出了"号"："你将来有啥需要叔帮助的，就到这家来，一说找'草上鹰'，就能搭到我的影。"

第二天早饭后，贾英把穆义母子送到蒙古旗界内，把一副金耳环递到穆大嫂手里，说自己不能去喝喜酒了，请她把贺礼转给穆义的媳妇儿；还说"兄弟十分敬佩穆大哥，也羡慕大嫂有个好儿子"……

八

贾英在惩治了张老疙瘩后，放了他手下的人。应当说贾英对这些人是有些同情的，可也不算错；但他万万没想到，这件事却给他埋下了祸根。

在他放走的人里，有个叫张禧的，是张老疙瘩的远房侄。他爹排行老三，是个老实巴交的庄稼人，还有点踮脚，被人叫作"瘸张三"——其实他一点狼的野性也没有。家穷还有残疾，眼看要搭三十边了，还没说上人。这时候，张老疙瘩从外地绑来一个红票，是个财主家过了彩礼的农户闺女。财主家认为她可能叫红胡子捏鼓过了，不愿赎回去丢人现眼；而她自己家又拿不出钱。张老疙瘩便把她送给了三哥"瘸张三"。张禧七岁时没了爹，娘儿俩的生活全靠张老疙瘩送些钱维持。张禧没爹常管，有娘娇惯，还时常得听"没爹种田，有人送钱"一类的风凉话，就养成了一种怪脾性：有时像个受气包，有时一不顺心就动手打架。因为一次斗殴时脑瓜门上留下一块眼睛大的疤瘌，有点像"二郎神"的第三只眼睛，就有人开玩笑叫他"二郎神"。张禧十六七岁，就开始跟老叔做"买卖"。张老疙瘩看在他是"堂侄"的面上，对他挺关心，不仅总把他带在身边，还每次分赃都多塞给他一些首饰或银圆，叫他能攒些钱，早点成家。那天张禧虽然被贾英一飞蝗石打落了马，却没受重伤。他逃到家后，变卖了手里的几件首饰，可很快就差不多都输给了男赌友，送给了女相好。他不得不琢磨咋打发今后的日子了。他认识到了堂叔被那个"新民闲人"一枪打死了，使自己没了靠山，就是再到哪个绺子去混，也得吃下眼子食……后来他想起了那个连毛胡子老杂种，拦住老叔时，曾经假装往回要那匹花狸豹马；这又使他紧接着回忆起老叔说过"'追风沙'骑的也是花狸豹马；劫杀了阚典史的杆子头，可能就是他"……他觉得自己有了新的捞钱道。

"二郎神"这几年骑惯了马，现在出门却不得不用两条腿，一步一步往前量了。一嘎悠到县城，他便进小馆喝酒解乏。店小二见他孤身一人，把他请到靠墙角的一张小桌边，不一会儿就端来一盘熘肥肠、一盘驴肝和两壶酒。酒，他没少大碗大碗地喝过，但今天是头一回进县城的馆子捏酒盅子。他又饿又乏，很快就搁了一壶酒。他有心情边喝边紧眨巴眼睛，打量屋里的人了。

他发现拉帮结伙进屋的，都穿绸挂缎，估计不是当官的，就是阔秧子。他们一进了小单间，店小二就过去唱唱咧咧报菜名；接着就不断流地送进大盘子……他暗暗地问自己：我将来能不能做把这样的东，或者有人把自己往小屋里请？他摇摇头，叹了一口气。他把眼睛挪到摆满席面的大厅，约莫有二十桌，多半是三三两两，在边喝边唠；还听到了不止一伙在唠自己熟悉的事。他把往嘴里抿的酒盅放下了，认真地听起来。

"……刘叙五还真有面子，大大小小去了二十多杆子头；他也真有些实力，要他们不许到他家边乱出溜，连那个吃了一肚子枪药的张老疙瘩，也没敢起屁！"

——"二郎神"心里暗骂：真是"墙倒众人推"。老叔原来是有打算的：要提出让刘叙五"一个月交出三百块大洋"买平安的；没想到"三尾虎"派来了一帮丘老八，又送枪弹又护场，老叔才没找他的碴儿。

跟称赞刘叙五同桌喝酒的，却有个人开腔说："姓刘的也有些过分了——人家都答应跟你做朋友，不刮你的地皮了，你就不该出界设埋伏，灭了张老疙瘩；就算不是黑吃黑，也是杀鸡给猴看。"

——"二郎神"觉得这个人还挺仗义，虽说挑头的是那个连毛胡子，刘叙五不也蹚了浑水、立了威、缴去了枪和马，发了一笔财吗？

原来夸刘叙五的那个人，又订正说："劫杀张老疙瘩的，不是刘叙五，是那个过去在边外报过'三尾虎'名号的许师长。我听人说，他派来的人马杀张老疙瘩，是为了灭口。如果说张老疙瘩有错，得怨他瞎说实话，把当年'三尾虎'带人劫杀阚典史的事，给嘞嘞出去了……"

——"二郎神"微微点了点头。其实这种说法，是刘叙五为了防止局外人，特别是黑道的人，说他出尔反尔没信用，参与灭了张老疙瘩，故意让手下人放出的风。得说"二郎神"是比较清楚真相的。他对那种半真半假的话挺高兴，是完全为他个人打算的：如果老阚家的人，对这种嗑也听得满耳朵眼了，对自己的计划可赃有利……

第二天，"二郎神"一到阚家大院门外，就请把门的通报"'张老疙瘩'的堂侄张禧，前来拜见阚团总"，要自荐当炮头……

第十二章　白道黑道难分清

一

　　阚老太太的身体，远远不如从前，已经不再直接管事；但阚如鹏遇到大事难事，却仍然请她掂准。前些日子，阚如鹏刚听说刘叙五要开"英雄会"，邀请各路杆子头帮他"护乡安民"，竟生气地说："人们并称'北阚南刘'，是说两家肩膀头一般高。'保乡安民'的事，谁不想做？再说了，你打算允许他们趴风、给他们路费往别处去，那不是以邻为壑吗？"他还打算临期带人马前往，"借机拜会各路英豪，看他敢不敢拒……"阚老太太听了，先夸他看破了刘叙五"媚盗自保"的阴谋，又赞他"不甘人后、重视声誉"，还说这都是大户人家的主人必须具备的心胸能力。阚老太太见孙子得意起来，才又说："当此乱世，刘某虽有媚盗之言，尚无纵盗之实；官府不会过问，百姓却会欢迎。如果你去与会，实乃自认智不如人，也令胡匪小瞧。于今之计，首先抓好民团，形成自保实力；还要暗中盯紧刘叙五，掌握各路土匪活动……"阚如鹏频频点头，感谢他奶奶的教诲。

　　因此，阚如鹏一听是县内最手黑的胡子头的堂侄，求见自己这个民团头领，可就疑神疑鬼，惊惶地向他奶奶求教了。阚老太太一听说这个张禧是一个人来的，便说："你只管见；我估计他是穷途末路，想找个地方混饭吃的。若不出奶奶所料，先留他住下，待查清他真实身份后，再决定咋安排。"

　　"二郎神"一进客厅，见阚如鹏坐着没动，身边还站着两个掴着短枪的护卫，不仅人比刘叙五年轻，做派也好像更霸道，立刻跪下磕了三个头，才开口说："小人一心为叔叔报仇，眼下却无处安身；求团总老爷收留下，将来有了机会好和'三尾虎'的部下老贼算账……"

阚如鹏暗下称赞奶奶未卜先知，便又问起"你咋知道杀了你叔叔的人，是'三尾虎'的老部下？"

"二郎神"就说起自己随叔叔去刘家屯参加"英雄会"的见闻，和路上被截住的情形；还捎带地把听到的议论传言也抖搂了出来。

阚如鹏又有些奇怪地问："我听说你叔叔'人过一百，枪过五十'。你一直跟随你叔叔，咋不收拢他的人马，去寻找仇人？"

"二郎神"无奈地说了实话：张老疙瘩人最多的时候也只五十左右，枪只有二十多支。他还说："我叔叔一没了，人就'聋子放炮仗——散了'。"

阚如鹏便客气地夸了几句，说他深明孝道，不忘家仇，叫人带他到客房休息。

阚老太太听了孙子的报告，想起了"追风沙"曾派人来向自己求帮；自己觉得他很有心胸，有意跟他结交，希望在乱世多条路。不料后来儿子被劫杀，领头的竟是骑花狸豹马的主人。自己疑惑难定是不是他；而他竟也不加辩解，愈使自己一头雾水。自己一直希望能在离开这个世界前报了杀子之仇，却直到今天还没弄清谁是凶手……若按这个小红胡子的说法，"追风沙"看破红尘、归隐佛门的传闻，倒或有其事。若果然如此，那带队行凶之人，便极可能是接他当了瓢把子的"三尾虎"了……他后来投奔了枭雄张作霖，现在成了这个乱世英雄的臂膀，我是没法找他报仇雪恨了。不过她很快又想到：若能利用这个自己送上门的小红胡子，抓到"三尾虎"的那个"旧友"——十有八九是参与作案的帮凶，也可以出口恶气！于是便对阚如鹏说："咱们一直没弄清杀害你爹的凶手，一个重要原因是我们没有熟悉红胡子内部情况的人。这回要利用好自己送上门来的小胡子。你把他留下做个名义上的护院，每月比别的护院多给几块银圆，套住他的贼心；让他专门访察那个'新民闲人'——我估计这个姓张的小胡子，若真是张老疙瘩的贼侄，为了报杀叔之仇，一定也会用心。若能放长线钓到大鱼，把那个帮凶抓到杀了，我们也算报了大仇。"

几天后，阚如鹏派到建安县最西南的广宁村的人，回来禀报："二郎神"确实是张老疙瘩族兄"瘸张三"的儿子，是个小胡子；可是人们暗下却说"张老疙瘩才是他妈的正主"。阚老太听了，十分大量地说："小户人家的女人，别说寡妇不懂得'饿死事小，失节事大'，就是男人还活着，还有招拉帮套的呢。他若是张老疙瘩的种，报仇的心会更大些的；对咱们更有利。"阚如鹏连连点头。于是，阚家大院也就开始有了一个时常不在大院、也不护院的护院——人们习惯地叫他"张炮头"。阚如鹏向他布置了一项秘密差事：先去新民访实"新民闲人"的真实身份。

<h2 style="text-align:center">二</h2>

这时候，贾英离开了建安，到了蒙古旗的甘旗卡，去见王连第。三年前他把王连第送进了一处商店做学徒，现在该满徒了。三年来王连第白吃白干、随众学艺；他腿瘸心眼活，摸进了做买卖的门槛。贾英还常帮店主进货，使他生意红火又安全。店主表示愿意留王连第在店里做伙计，贾英说自己要跟他合伙开店。店主对不能用上这个残疾人挺遗憾。贾英带王连第到了奉天的东陵。他觉得这个地方不大，挺僻静，却是个火车站，离奉天挺近，征得王连第的同意，买下房子，开起了小商店。其实他把这个他帮王连第开起的小杂货铺，只看成是王连第的家，是自己的一个方便落脚的地方。他开始替王连第张罗相亲。虽然杂货店的年轻掌柜的挺香人，可单腿蹦却是个大短处。全全科科的闺女，看过他多半摇头；没摇头的，他认为太丑。后来他相中了一个比他小了四岁的闺女，女的也没摇头；可贾英告诉他"她是个哑巴"。王连第掂量了一天一宿，才红着脸对盟叔说："天天看着顺眼，少唠些嗑可也能少吵些架。"不过他也提出一个请求，"在她生下儿子前，先别告诉我老姑。"

贾英明白他的想法：他老姑是个有名的大美人，侄儿虽然少了一条腿，可也不会同意他娶个哑巴姑娘；可他更重视老王家的香火！于是，张罗在杂货铺东又盖了两间房，给王连第把漂亮媳妇儿娶了过来。

第二年夏天，裴友财到奉天看望许彪，知道了贾英的住处，过来看他。两人唠起了往日的朋友，裴友财说了句"白尧嫂子在春天没了，他黑瞎子似的蹲起仓，连当爹带当妈了"。贾英"咳"地叹了一声，说"他以后的日子可就不好打发了"。裴友财又说在来奉天前，周桂香叫自己给白尧送去了五十块银圆，"白大哥说要安下心开荒种地了"。

裴友财走后不几天，贾英便张罗去边外。王连第那天陪酒时一直没乱插言，可他见贾英一张罗出门，就猜到了贾叔一定是去瞧看白尧，他没忘自己在白尧家养过伤，包了五十块银圆，说"带给白叔吧"。

贾英起大早上路，在彰武地界歇马打尖；到日头爷还有三竿子多高的时候，到了河西窝堡，又在小馆喝了一壶酒，吃了半斤饺子。他知道白尧有个四五岁的儿子，又到一个小铺买了些糖球、馃子，才上马奔河夹信子。

河夹信子这个小屯子，很特别：有时在河东、有时在河西，受灾没人管、收税三家要。这里说的河是西辽河。它从西北流到建安县界后，水流改向南；流出十多里后，跟东辽河交汇，开始叫大辽河——后来人们把"大"字省掉了。河夹信子屯，就处在东辽河、西辽河交汇成辽河前所夹的那道小长条条土地上。蒙古王爷说是老天爷裂土分茅赐给他的，不管蒙古族汉族，盖房开荒都得交钱。西辽河和东辽河的河道都不稳定。交汇口一往西挪，河夹信子就进入了昌图县界；一往东移，就算建安地盘。七八年前，西辽河跟东辽河的交汇口往东移了，把河夹信子撇在了西岸，又一次使它成了建安县的一块土地；县衙还给它注册了一个"福德甸"新名号——可老百姓并不买那些喜新厌旧的官老爷的账，照旧把它叫作"河夹信子"。不过，它虽然处在了河西南，可老河道还在，宽宽的沙滩上还有些死水泡子。

大青马把贾英驮到了河夹信子。贾英给白家一老一小带来了欢乐。五岁的白长荣，甜甜地嚼着糖球、香香地吃着馃子。白尧把贾英拉到炕上，没完没了地唠嗑起家里外头的事。等到不得不点灯了，他才想起忘给客人张罗做饭了——白长荣吃饱后，自己趴在炕梢睡着了……

两人连喝带唠了多半宿。第二天醒来时，日头可就三竿子多高了。吃完饭，刚喝上茶，一个邻居慌慌张张地来报信，说一股民团正从西边向村里摸。白尧估计是对贾英来的，立即叫来的邻居把白长荣带到他家去；然后取出一支手枪，将一个小包裹揣好，又把一根竹子手杖别到身后，叫贾英："你骑马向东奔大辽河沿，到西辽河入口后，要听到村里乱了营，就贴着河水滚出的崖子影身子往上去；过了一里多地，便打马过河，到贾亮家等我。"

"你呢？"贾英问。

"这疙瘩每片树茅子，我都熟悉得像自己的脚丫子——你再磨蹭，我就没隐身的工夫了！"

贾英一被白尧推出屋，就跨上大青马，沿着一条毛毛道，向东奔大辽河。刚一到西辽河口，就同时出现了两种情况：身后，也就是河夹信子，传来了叭叭两声枪响；西北边，一股人马顺西辽河冲了过来……

贾英认识到了形势危急，却不知道是自己的大青马把厄运招引来的……

三

"二郎神"张禧一做上不是炮头的炮头，就去了新民。一来人生地不熟，二来"新民闲人"是贾英顺口诌出来的，他能扫听出来啥结果？两个月后，他回到阚家大院，报告"新民肯定没有'新民闲人'"。阚老太太暗中合计：这个人自称是"三尾虎"旧友，而且"三尾虎"确实派人来替他捧场，他应当肯定和"三尾虎"有瓜葛。如果新民没这个人，那十有八九他是这疙瘩的人！于是她让阚如鹏秘密发话，令"二郎神"张禧在县内逐社逐村逐户查对有无这个老杂毛。"二郎神"开始东奔西窜，想从建安十五六万人里，把那个连毛胡子捞出来。他挺卖力气，也有些替堂叔报仇的心意，但主要的还是为了钱。他觉得若是真能搭到那个影，不管阚家大院抓得住抓不住，已经许下的五百块大洋的赏钱，是不会秃噜扣的。他撅起尾巴根子，蹦蹦跳跳了好几个月，还不如跳进水里捞月亮的猴子，连个虚影都没蓝摸到。他一看放长线钓大鱼的阚老太太进了棺材，便向阚如鹏提出当个护院的真炮手。阚如鹏一来还没忘掉他奶奶的"报仇令"，二来当上了二区的区长，便叫他到河西窝堡警务所做巡警，"继续留意访察那个老东西"。

昨天下午日头还三竿子多高的时候，"二郎神"在街上逛荡，发现了饭馆门前拴着的大青马，认出是那个连毛胡子的。他又惊又喜，赶紧影起身子盯着。等贾英吃完饭走出饭馆，他好像被人搂头浇了一瓢凉水：咋不是那个老头子？可他很快地又想：马肯定是，人就应当跟他有关系；我不能轻易放了钱串子。他远远地跟在贾英后面盯梢。

他跟张老疙瘩做过五年的没本买卖，一直是跟屁虫，并没踩过盘子、掏过窝。这次五百块赏钱，像从眼睛里飞出的蚊子，引他去掏底听声，哪能不心慌？摸黑过老河底的时候，就忘了"灰沙亮水"的常识，踩进了几回小水坑子。钻进河夹信子，他看到白尧门前拴着大青马，连走带爬绕到了房后，侧棱着耳朵听声。开始时，他怦怦的心，跳得比屋里的谈唠声还大；过了一会儿，才听出有一个人的声是那个连毛胡子的口音。他怕待时间一长，会出了娄子，也不再听屋里人在唠啥，就爬出老远，才猫起腰，往回溜……

"二郎神"回到河西窝堡警务所，骑上自己的马，奔丧似的扑向阚家街。

阚如鹏被叫醒了；他叫人到客房把郝长裕请过来——阚老太太咽气前对孙子说："你把郝善他爹，安排个区里的角色；请他隔三岔五住在咱们家。虽说你这几年练达得不错了，可到底还年轻。他是你妹妹的公爹，是圈里人，总比外人能尽心。"因此，阚如鹏推荐郝长裕做了副区长，成了他的帮手。

一听完"二郎神"的汇报，阚如鹏就张罗派人去抓。郝长裕却盘问起"二郎神"，问他为啥断定骑大青马的人不是那个"新民闲人"，却又咬定屋里那两个人里肯定有一个是"新民闲人"。

"二郎神"见郝副区长考问起自己，便说自己在刘叙五的"英雄会"上，在"新民闲人"身边站过，听他讲过话；第二天早上挨了那个人一石头子后，也听过他说话。因此，对他的连毛胡子长相和说话的语声，都记得清清楚楚。

郝长裕一听他提到"新民闲人"是连毛胡子，可就想起了另一个连毛胡子——"雪里雕"；不过他没往下多想，又问"二郎神"："你去听声的那家姓啥？"

"二郎神"没说自己没敢夆起胆子继续冒险，很快就溜了，却吹吹烘烘地说："我怀疑那个小屯子的人，都带贼性气，怕走了风，才没打听。"

郝长裕夸了他一句"你考虑得对"，然后就归纳地说："'三尾虎'的旧友，是'新民闲人'，那就肯定不是本地户。张炮头认出了大青马，可骑马的人长相不是原来的样；而在屋里唠嗑的两个人中，又肯定有一个是那个连毛胡子的'新民闲人'。你们说，这是不是有些叫人想不通？"

阚如鹏糊涂了，应声说了一声"就是呀"；"二郎神"反问了句："那副区长认为是咋一回事？"

郝长裕很有把握地说："只有两个可能：一个是那个人已经先到了河夹信子，张炮头在河西窝堡看到的骑大青马的人，是骑他的马去办事的人；但这种可能小，他不应当快回到家了，家里还有客人，自己却在外面喝酒吃饭。第二种可能大些：张炮头看到的就是'新民闲人'——他不是上次化了装，就是这次易了容。所以张炮头没看出来。"

阚如鹏和"二郎神"，都认为郝长裕说得有理；三个人也都觉得要去捉拿的人，不仅狡猾，还是个扎手的茬子，认真地合计起咋下手才能一网扣住。

阚如鹏觉得这是为父报仇的行动，张罗要亲自带人马去。郝长裕却摇摇头，坚决地说："老太太临去了前，是给我留过话的：说贤侄身系光大阚门重任，'一定劝他不可轻易涉险，保身比保家更重要'……有我和张炮头去就可以了。"阚如鹏也就"敬从祖母遗命"了；但嘱咐郝、张二人注意安全，还说对仇人"不必一定生擒活拿，也不必怕伤损人，出了任何意外，我都会出面摆平！"

<h1 style="text-align:center">四</h1>

郝长裕带的马队，共三十多人，却是三个连的建制。赶到河西窝堡时，郝长裕按预定的计划，命令一个连抄小路去河夹信子南三里多埋伏下，"见到有骑大青马的往南闯，就往死打"——这是防备"新民闲人"去投刘叙五。

郝长裕带其余人，不声不响地摸到河夹信子西三里左右时，勒住了马。不一会儿，村边树林子里钻出两个人，匆匆赶来——他们是昨晚派来蹲坑望风的，报告"一直没人离开"。郝长裕便低声命令"二郎神"："你带一连人从西北摸进村，把那座房子围住再往死打——我带人去西辽河沿，堵死那个老狐狸往蒙古旗逃窜的路。""二郎神"心里想：你嘴上说的是光光溜溜的话，比小曲还好听；心里动的却是嘎巴心眼，分明是自己想找个块地方，别弄湿了鞋，却叫我下水打咕嘟耙……可炮头也好，巡警也好，咋敢对副区长乱哧溜酸臭屁？他一带人马移动，郝长裕也领人奔西辽河沿了。

给白尧报信的，就是一个在村外干活的人，他看到了民团的马队悄悄地向屯子围过来，想到老白头在绺子里干过，昨天还来了客人，便偷偷回村去报了信……

这时，贾英立即做出判断：西南那两声枪响，一定是白尧跟进村的对手接上了火；前面压过来的民团是兜后路的。他们肯定已经看到了自己，河崖子也就不能再起掩护的作用；自己若是凭两支枪愣冲，倒能放倒几个冤死鬼，自己就算身子还能囫囵，大青马却很难不受伤，使自己没法再冲出去。他觉得两股民团的身后，反倒可能是最安全的出路……也就在这时，河夹信子传来噼噼啪啪的乱枪声，对面的民团听了驻马张望起来。贾英拖了一下缰绳，大青马便撒蹄向西北奔；他斜身左右开弓，两支枪扫向马上民团的下三路……贾英见倒下了两匹马后，剩下的团丁都下了马，知道他们要还枪了。他知道团丁的枪法都不准，也向前伏下身；大青马好像明白他的要求，飞快地奔驰起来。

郝长裕坐在马上跟在队后，指挥这一连团丁。他看到一边双手开枪、一边逃跑的人骑着大青马，虽然看不清是不是连毛胡子，却又勾想起了"雪里雕"，还想起了"二郎神"说的"他右手举鞭子说话，左手开枪把我叔捆下了马"，可就怀疑他是怕人认出的时候都化装——那可就应当追杀他……不过他很快就又想到：把他追急眼了，会掉过头拼命的……他暗暗地骂了一句"我不能为老阚家，赔了这条老命"，下令"马上去接应张炮头"。

贾英见没人追上来，却也怕他们沿旗县交界尾追拦截，便纵马向西。他身子骑在马上，心琢磨白尧的安危：他虽说熟悉家边子，可没人帮他打马虎眼，也难跟几十民团藏好猫猫；一旦交手中受了伤，可就被逮去了……为了保险，我得替他弄张护身符。等马跑出了二十多里，他又扯马向西北，奔向离蒙古旗不远的郝家窝堡。

郝长裕带人赶到河夹信子，"二郎神"刚带人从辽河沿回来，愤愤吵吵地汇报："我一围住这座贼窝，还没等开枪，就他妈的从村外打来了两枪。我一发现是空窑，就领人往河沿那边拉大网，却连个兔子也没碰到。后来有个弟兄眼尖，看到大河里有个树棍子，奇怪地竖着往东晃悠。我就命令大家打。也他妈的怪，不见了树棍子，也啥都没漂出来……"

郝长裕虽说是副区长，倒也不拿架子，不但没责怪"二郎神"，还也骂骂叽叽地说："我一心去兜住后路，领人拼命往前冲。没想到有个损贼藏在树茅子里打冷枪，撂倒了两匹马。我正想围上去，那个损贼却骑着一匹灰了吧唧的马，穿了兔子鞋；又听你们这边枪声不断流，就只好顾这头，急忙来支援……""二郎神"对没抓到的胡子恨到了顶，狠狠地说"应当把这个匪窝烧了"。郝长裕便迎合说"是得断了他的后路"。于是，"二郎神"便指挥人点着了白尧的房子。浓烟一起来，把去南边埋伏的人马也招了过来。郝长裕命令"二郎神"就地征用大车。河夹信子的老百姓凑合上了两辆牛车，去装上两匹死马，那个摔伤的团丁也上了车。二区的民团满载而归了。

<h1 style="text-align:center">五</h1>

贾英一到老郝家的院外，就大声喊道："郝村长，老朋友来了，咋不出来接一接？"贾英知道，郝长裕当上了副区长后，郝善子承父业做了村长。他牵马进了院。

郝善听到声有点熟，迎出一看是个鲇鱼嘴，不由得说了句"咋想不起在哪见过这位……'老朋友'了？"

贾英大笑了一声，走近些低声说："你是见过假脸，不识真人——我报过'雪里雕'的号。"

两人进屋后，郝善也不叫家里人来见客人，自己一边给贾英沏茶，一边想：夜猫子进宅——无事不来。我惹不起他，只好要啥给啥、说啥应啥。他回桌边坐下后，摆出一副诚心诚意的样子，感慨地说："大当家的以真面目来看我，是真把我看成朋友了。今后大当家的有啥用到我的地方，我一定全力以赴。"

贾英对他的话，虽说没全信，也挺感动；先谢过郝善的"豪爽"，接着就坦诚地说明自己本来是"三尾虎"的朋友，为救一个同道兄弟才易了容、用了"雪里雕"这个假名绑了郝善的；还不藏不掖地诉说了今天发生的事，不打自招地说："我本来想连求带逼领走你，现在倒让我没法下手了。"郝善没全信他的"没法下手"，可也没想到他会说出实嗑，还知道自己的脑瓜皮比他薄得多，道眼也没有他多，自己是斗不过他的；便也半真半假地说："姓白的为救你，能豁出命；可见你也是一个为朋友两肋插刀不皱眉的好汉。我是一个平常人，但我希望你将来能瞧得起我——我现在就把自己交给你：需要时，你就拿我跟他们走马换人！"

两人出了屋，郝善留下一句"我跟朋友出门办一件急事，三五天后回来"，就骑上一匹走马，跟贾英离开了郝家窝堡。

贾英在进入蒙古旗地界二十多里的一个小镇，先跟郝善喝了一顿酒，又替他在一个店里选好了房间，还交了钱；临走对他说了一句"我不来，三天后你就回去"。

贾英到王公窝堡，已经小半夜了。贾亮陪着他半醒半睡地熬到天亮。他们分头在白尧可能赶来的几条路上迎接、寻找；顶着星星回来后，默默地互相望了望、摇了摇头。贾亮媳妇儿给他们摆上足够三个人喝个通宵的酒菜。这两个动起刀枪不怕死、捏上酒盅就拼命的异姓兄弟，却像把勇气豪情都丢到科尔沁大草原上了，像两只害了瘟疫的公鸡，扇不起翅膀、拔不直脖子了。"他替我送了命"——贾英一遍又一遍地念后悔咒；"他可能在哪个朋友家歇下了"——贾亮一次又一次地往外掏宽心丸。疲乏的身子，颓唐的精神，加上辣烧酒的浸润麻醉，两个人很快就比上梃的猪只多一口气了。

六

天刚蒙蒙亮，房门便被敲得咣咣响。刚起来的贾亮媳妇儿忙打开门。刚才还急得把门敲得山响的人，却一迈进门槛就站住了，盯着女主人，摇头晃脑地耍起贫嘴："贾大嫂子好俊俏哇——简直快撵上我炕梢的女菩萨了。"贾亮媳妇儿听他叫自己"大嫂",还夸自己"俊俏",高兴地骂道："你小脸咋比锅盖还大？拿我这个丑八怪垫背，我不敢挓挲毛；竟敢拿菩萨比媳妇儿，咋不怕菩萨罚你下辈子打光棍！"

两个醉鬼被惊醒了，听出来是裴友财的声，都迎了出来。贾亮帮媳妇儿打趣裴友财："他能把你跟周桂香比，连我都借到了光，证明我能娶到你，也还没丑到家。"贾英也有了精神头，溜边说："那个弟妹，还真被远远近近的人，尊为菩萨，观音大士也一定保佑他们世世代代做夫妻的。"

应当说贾英说的也是实情。周桂香跟裴友财结婚后，就搬到了乌泰家。老摩挲没儿没女，叫周桂香换了蒙古族装，改名乌泰其其格——说她是自己的仙师黄花老仙的转世弟子，自己奉师命代传医术，使她积够功德重归仙门。乌泰一归位，周桂香就女承父业，医伤积德。她不仅延续了乌泰老摩挲"医伤不分贵贱，医金可少可无"的传统；还自称"奉命转世赎罪"，只学到了"摩挲仙"的接骨续筋术，也没运用自如，允许患者再次求医；而且她是一个善良温柔的女人，待人态度非常和气，便被尊称"女菩萨"。

裴友财假装生气，板起脸说："你们老贾家人，一窝蜂似的叮上了我，可就别怨我不告诉你们好消息了！"

贾英听了哈哈大笑起来。笑完了，才满有把握地说："老白福星高照，虽然受伤，已由女菩萨治疗过了。"

裴友财吃惊地问："你知道了？"

白尧躲在树丛中，看到民团一进村就把自己家围上了，便认定他们肯定是来抓贾英的。就放了两枪，催贾英快过西辽河。他凭着熟悉地形地物，很快地转移到了大辽河沿；插好枪，从背后抽出那根打通了的竹杖，下了水往对岸游。到了河心，他回头望见追赶自己的到了岸边，立刻咬住竹棍的一头，仰起脸往河对岸挪。河水越来越浅，他却忘了竹棍露出水面的那部分越来越长。民团开了枪，他才蹲下身子，让竹棍只露出一小截。乱枪中有一枪伤了左臂的大胳膊。他咬牙挺着不动。挨了好长时间，枪声没再响，他才估摸着往岸边一处有柳树茅子的地方挪——却没找对方向，挪到了一片水浅的河面。他慢慢探出头：对岸的民团已经滚蛋了……他上岸，在一片柳树茅子里脱光身子，缠好伤口、晾干衣裤……他依仗河南河北熟人多，先过了东辽河，又找到一个朋友家，吃完饭后借了一匹马，直奔"女菩萨"家去摩挲……

贾英听裴友财发问，笑着说出了自己的判断：白尧没按约赶来，一定是出了意外；若是受伤，他一定靠朋友的帮助去找人医治——周桂香一定是他最先想到、最信任的人；而裴友财连夜赶来，分明是来报信的……

吃过饭，贾亮随裴友财去看白尧。贾英先绕了个弯，去见郝善，感谢他"够朋友"，并请他在他父亲面前"美言"：在白尧将来伤愈回到河夹信子后，不要再找麻烦。

第十三章　自愧只是个小胡子

一

　　一九一二年一人夏，王可一接到张嫂"连第有下落了，贾掌柜还说他有了一个大胖小子"的信，屁颠地上了火车。到马虎山后，张嫂急忙交给她贾英留下的一封信——其实只是张字条，写着王连第的住址。

　　王可一在东陵火车站附近，找到娘家侄和贾英开的杂货店。娘儿俩抱头哭了一阵子。王连第锁上门，扶着双拐领老姑到隔壁自己的家——一拉开房门就喊了一嗓子："我老姑来了！"

　　王可一一进屋就把眼睛往炕上搭：见侄媳妇儿长得五大三粗，脸盘倒还挺匀称，特别是她生下的大胖小子又壮又俊，便没管那个哑巴连哇哇，带比画，笑着向她伸出大拇指，夸赞说"很好、很好"。哑巴的妈，赶来伺候月子，一直没回去，听姑爷提说过这位姑奶奶年轻时"柳条边内外只数一不数二"，料她一定掐半个眼珠子也看不上自己的哑巴姑娘；而且躲在屋角看到她果然容貌出众、富富态态，就没敢上前。现在见她连夸了两句"很好"，才爹起胆子凑近，奉承说："我这个女儿只会胡乱哇啦的废物，一被老姑奶奶的侄儿高看了，我就想是老天爷要利用她还有副好身板子，让她侍候又仁义又机灵的主。等老姑奶奶的孙子一落草，我才明白了，是老天爷怕小少爷太精灵俊俏，长得太单细了，才借用了她的虎身板子！"王可一听出了她在哄捧自己，却也高兴，说："倒也不光是壮实，匀称的脸盘也随了姥姥家。"

　　王可一一直住到喝完满月酒，给哑巴侄媳妇儿一个大金镯子，给侄儿一笔数目可观的钱。连第刚要开口谢绝，她就板起脸说："你当是我给你的吗？是老姑替你爷爷奶奶、你爹妈赏给我大侄孙的。你还要记住：再上市里进货，给你岳母买套好衣料，替我送你岳母——我来了十来天，没帮上她的忙，倒让她多挨了不少累。"

王连第送老姑上车站。路上，王可一问"你贾叔咋不在"？王连第说"他被朋友约走了，估计得个把月回来"。王可一叮咛侄要记住贾英的恩情。王连第表示："老姑放心，不光你侄，还有你侄孙子，将来一定为他养老送终。"王连第停了停又说，"我自打成了单腿蹦，一直靠贾叔拉帮。我对他只进过一次言，劝他用我那支枪练打靶。他还真是那里的虫，练得打天上飞的野鸭子，一抬手噼里啪啦成串往下落！"这倒使王可一想起了小时读书时，老父亲曾经解释过的一句话："善游者溺，善骑者堕。"她郑重地让侄儿向贾英转告一句话："蹲在背旮旯儿开小铺糊口吧，别再犯险做那种生意了，让我这个小妹子心里总提溜不下！"

王可一这次到奉天，可真是喜出望外，不但看到了娘家侄，不再担心娘家的香火断捻了。高兴之余，她也有些心发冷：将来自己一蹬腿，可就成了孤魂野鬼……

她又回到马虎山住了两天，三番五次地念道起连第有了儿子，夸赞张嫂"你虽说日子累些，可已经当了奶奶"……这些话使张嫂想起了一件事：那天张富媳妇把张大发塞到自己怀里，说了句"叫奶奶抱一会儿大孙子"——干妹子听了看了，馋得一对眼珠子险些掉到了地上。张嫂摸清了她的脉，劝她说："你心眼好，好心会有好报的。你手里得说不算紧，年岁也还没摸五十的边，抱养一个铁能得济的。"

所谓得济，一般是指老年人得到后人或亲友的供养照顾。从传统的风俗习惯上说，有广义和狭义的区别。狭义的"得济"，专指送终：老人临咽气时，子女在身边，替他擦洗身子，换上寿衣，抬到床排子上送他走。广义的"得济"，还要加上负责整个送终事务：出殡时打引魂幡，安葬后以"不孝男（女）某某"的名义立碑，以后每逢清明及岁末去烧几张纸……

王可一为了将来有人送终、上坟，还想为一直没有音信的褚财留下一条"后"，下定决心收养个孩子。张嫂大包大揽地答应"趸摸到了，就给你送去"。

那个节骨眼上，直皖、直奉战争接连不断，河北、直隶、山东的老百姓，被天灾人祸逼得纷纷往关东跑。张嫂二年后便得到机会，找到了下茬：从一个逃荒户接过了一个快饿死的四五个月大的男孩子，给了他们十块现大洋。张嫂把孩子将养几天，送到了黑山镇，还把替王可一省下的十块大洋交还给她。王可一乐得直冒鼻涕泡，半真半假地说："你收着吧，就算鞋底钱。"张嫂却呱嗒下褶子脸，直撅撅地说："你过去没少往我身上搭，我都二话没说领了；可这钱我却不能要：一要，我就成了人贩子！我给那家十块，也没少给——有人出两块，他们都想点头了。你把这孩子抚养大了，就对得起他们了。"王可一连忙服小软："保证对得起天地良心。"

张嫂帮助伺候了十多天，见王可一大体上学会了侍弄孩子，这才动身回家。王可一把一个大包子青的蓝的白的花的洋细布塞给了她，还抢先封她的嘴，说："这可是妹子送给你家里家外大人小孩的，一人做一身衣裳。我有了这小崽子，再也拔不动根去串门子了；而且将来我恐怕没能力帮衬姐姐了……"

贾英在王可一离开东陵后一个多月，才从边外回来。他听王连第说"我老姑来过了"。他长出了一口气，心里想：我总算干了一件正经事，没让她白求我一回，还上了她的那份情。他听了王连第转述了王可一留给他的那句话，长叹了一声——想不到我还有个真像小妹妹的女人在惦记着！他还真煞下心，帮王连第打点起小杂货铺。他是个没有自己的女人和孩子的男人，还在江湖上跑野了心，是窝不住身子的。不过他出去的时间都不长，过不了十天半月，便想起了那个小妹子的劝告，又收了收心，囫囵囫囵地回到了王连第的小杂货铺。

二

一九二九年刚立了秋,"草上鹰"没想到穆义就找到门上了,便不客气地说:"小侄是求帮来了——事关几万牧民的饭碗子,你'草上鹰'大叔,是非帮这个忙不可的……"

穆义是前些年搬到科尔沁左翼中旗的。旗主是扎萨克亲王济勒色楞。如果说草原上最残忍贪婪的野兽是狼,那么济勒色楞就是人堆里,拿牧民当羊吃的两条腿的狼。他十分贪婪,为了获得大量银钱,和东北军阀勾结起来,出卖牧民赖以为生的草原,任买主开垦耕种——使牧民失去了放牧的草原。嘎达梅林是个草原上的英雄,为了广大牧民能够活下去,带着上万牧民签名的状子,到奉天大帅府告状。嘎达梅林知道,前些年,张作霖为了当稳东北王,拿女儿的青春笼络蒙古族封建势力,把一个健康美貌的女儿,许配给了内蒙古的一个王爷的傻儿子。他也知道在一年多前,这位张大帅经过济勒色楞手,以很低的价钱"买下"了两千方(每方四十五垧)草原;济勒色楞凭这宗交易,开始大量地私自出卖牧场,军阀政府在旗内设立的垦荒局、测量局都不加干涉,照量照准。不过他认为现在张大帅已经被日本鬼子炸死了,张学良少帅为了国家统一,换掉了分裂的旗帜,做了东北边防司令长官、全国的陆海空副总司令;他为了稳定局势和权力,有可能改变"先大帅"的遗命,也就有可能告赢,制止济勒色楞继续卖地。穆义是嘎达梅林的随从之一;因为他会汉语,负责安排食宿和对外联系。

贾英一听穆义说嘎达梅林是为一万多户牧民告王爷的——实质上也告了中央政府在草原上"国家卖地、民众垦荒"的政策和先大帅的营私舞弊。他们来了很长时间,也有人接了呈子,但一直让他们"等"。他们花光了盘费,现在已经开始变卖马匹骆驼开付饭钱店钱。贾英对嘎达梅林十分敬仰,便和王连第凑了一百块现大洋;还对穆义说:"我领你去见一个人，看他能不能找人疏通一下，快些得到答复。"

贾英领穆义去见许彪。到了大北门里路东的一个四合院，却只见到了张小菊——许彪几年前在关里带兵打仗阵亡了。张小菊已经过了四十六岁，虽穿着很朴素，但比乡下的同龄人要年轻得多。她妈——也就是那个没人再知道名的刀兰套海，在闵小耍死了后，张小菊又给她找了个老实巴交的老兵，比她小了近十岁。前些年，许彪妈还在的时候，小菊一直给他们租房，让他们单过；现在同女儿住在一起了。张小菊的大儿子是个营长，娶了个富商家小姐，住在娘家。石玉璞在许彪死后，名正言顺地去带兵当团长了。他还记得许彪的恩情，派了两个年纪大、为人忠厚的老兵，长驻许家，听从张小菊支使，帮助做些杂事，干些杂活。

张小菊是听说过穆克图的大名的，亲热地把穆义叫"小弟"。她听了穆义的情况介绍，对牧民的告状挺同情。她正想咋能帮点忙，她妈却先开了腔，说蒙古人靠放牧活命，从祖上起就没种过地，王爷一把草原都卖给人开荒种庄稼了，可就打了他们的饭碗。小菊对她妈老了老了还变得明白事理了，感到很高兴，就主动提出先领贾英和穆义出去打听一下有关的情况。

她叫了两辆人力车，让贾英和穆义坐后面那辆跟着自己。到警察局后，又叫两人在外面等候。她进去后找到一个副局长——曾在许彪手下做过团长，负伤后改了行。寒暄一阵后，张小菊便说妈妈有个远亲，算是自己的表兄，本名那达木德，汉族名叫孟庆山，来告王爷卖地，一直没听到结果……那个副局长有点吃惊地说："大嫂咋有这么个傻亲戚？科尔沁的蒙古王爷，在前清是皇亲后族，先大帅在位时也是女亲家，那是谁能告倒的？大嫂快快去劝劝，杀猪不吹蔫退（煺）了吧——我听说快把领头的，就是那个那达木德，押回去交给他告的那个王爷了……"张小菊一听，故意害怕地说："哎呀我的妈呀！可得谢谢你这个好兄弟，让我知道了真相——我那个糊涂妈，还让我去瞧看瞧看他呢；我若惹恼了天老爷，到挨饿那天，可就没地方求人可怜了。"

张小菊觉得在外面唠嗑不方便，又领贾英和穆义回到家，才把打听到的消息说了一遍；还拿出二百块银圆，交给穆义说："我现在还有些钱，可不敢大手大脚地花——连大帅爷都叫人炸死了，谁知道世道会变成啥样呢……我看你还是劝他们早点躲开吧：若真押回去，那个挨告的王爷，可没有好果子给他们吃！"

穆义还要推辞那二百块银圆，贾英说了句"收下你张大姐的心意吧"，他才谢过揣起来。

贾英在穆义陪同下，去见嘎达梅林。

三

嘎达梅林住在小南门外的乐郊大车店，是为了省钱，还离大帅府近。他带来的人都住在筒子间里，他为了合计事方便，住了一个单间。穆义到了单间门外，喊了声"孟庆山大哥，有客人来"。立刻有人应了一声，推门走出来。穆义跨近两步，低声说"他就是'草上鹰'"。

贾英见这个魁梧雄壮的蒙古族汉子四十来岁，双目炯炯有神，暗叹"好一个敢作敢为、不怕把天捅出个大窟窿的人物"，抱拳说："贾英一见孟兄英气逼人，便想起了草原上的雄鹰……"

孟庆山——也就是那达木德，还揖说："贾大哥过誉了——大哥得号'草上鹰'，行侠仗义，才是'草原上的雄鹰'。"

贾英摇头说："我胸无大志，只不过是一只在草丛中打食的雀鹰；哪里比得了你为了广大牧民，要把一方的王爷拉下马！"

孟庆山见他说得十分真诚，也不再客套，抱住他行了贴面礼，还拍了拍贾英的背，拥着他走进单间。

这个单间还不算太窄，除了炕还靠墙摆了一张小桌和两把椅子。坐下后，贾英先简单地说明了张小菊的身世，接着转述了她从警察局探听出的消息，还提到她"早点躲开"的建议。穆义补充说"许夫人还送给了二百块大洋"。嘎达梅林先请贾英"代科尔沁牧民感谢许夫人的大恩",然后表态说自己已经料到官府可能会抓起自己,但自己已经对家乡父老保证:宁可坐牢杀头,也要一告到底,不能一走了之。他还认为:"他们抓我杀我,不但不会吓倒牧民,只能使反垦斗争更猛烈;没活路的老百姓,是不会怕死的。"

贾英点点头,很同意他的看法:兔子是种很温顺的小动物,可把它逼急眼了,它也会用吃草的牙把仇家咬出血。贾英对这个蒙古族汉子的印象更深刻了,觉得他像"追风沙""三尾虎"一样,都让人感到值得尊重;好像他还多了一种劲头,可一时间又弄不清是什么劲头。不过他知道自己若再用"留得青山在,不怕没柴烧"这种话劝说,不仅没用,还会使他瞧不起。因此,贾英点头说:"是不是也应当多个心眼,让外面的人有主心骨?"那达木德明白贾英说的"外面",是指自己被捕后的监牢外广大牧民。他也点点头,还对贾英作了个揖,说"小弟受教了"。

贾英离开乐郊大车店后,心中还有些不落底,怕那达木德和他带来的人被一勺烩了。回到东陵后,他主动向王连第说了大概情形;还说自己明天还得去市里,找人帮那达木德把好风。王连第先笑笑,才请求说:"贾叔,虽说小侄是个单腿蹦,可还能找到几个花子堆里的人,他们听声探风可比一般人更方便。你不如让我跑一趟。"

第二天,王连第坐火车到了南站,又坐三轮车到小北门外找到"猴头蘑"。两人唠了一阵子,便一起出门分别活动。王连第坐车穿城到小南门外,在乐郊大车店找到穆义,对他说:"若有叫花子来找你,说他是'云雷打发来报信的',那就是自己人。你要把他报的信,立马禀报给东家。"

那达木德听到贾英打发人来过了,不仅感激他的仗义认真,也体会到了形势不容马虎。他已经考虑好了应当"躲走"的人员,叫他们在晚饭后借遛马的机会,连夜潜回科尔沁左翼中旗,"如果我们留下的人被捕被杀,你们和牡丹一起带领牧民把'抗垦'坚持下去……"

牡丹是那达木德的妻子,是草原上的巾帼英雄。

四

乐郊大车店的老板，在那达木德住进不久，就得到了官方密令：一发现这伙人有可疑活动，立即密报。可买卖人有自己的小算盘，噼里啪啦算计的是买卖上的赚头。那达木德一伙十多个人，连吃带住不是一笔小收入；而且是一拨好主顾：手中没了现钱后，已经先后把一头骆驼一匹马，以比市场上还低的价，顶了账。所以他一直没报告"可疑迹象"。可他一发现这伙子人有一半人去遛马，竟一夜没回来，他可就不敢贪小便宜失去老本了。

对那达木德告扎萨克亲王这件事，大帅府的人是动过心眼儿的。一正式开审，就没法模棱两可：准，就撕破了跟蒙古王爷们的连裆裤，还承认了官卖草原也是夺牧民的饭碗；驳了，就一拳头把成千上万的牧民打了个仰八叉，失去了民心。因此就采取了"拖"，让那达木德耐心地等到帅府主管人员外出回来，接到通知后才能正式开庭，"堂堂皇皇地做出公正判决"。他们认为来告状的穷牧民，兜里不会有多少硬通货，时间一长，断了店钱饭钱，再加上惦记家，就不得不像聋子放炮仗，没听到声却认准"散了"，掉回头走了。在那达木德开始下令拿骆驼、马匹来付账时，他们认为"离'散'不远了"。可店东一报告"人溜了一半子"，他们可就着起急：就算这些人不是取盘费，留下的人继续吃马睡骆驼，也能挺到过大年！于是，有人吃起后悔药："早就该用第二套法子了，秘密抓起来，送给王爷，他准会吓得这些人再也不告了的……"

没过两天，就有一个老叫花子，踉踉跄跄地进了乐郊大车店，一搭到穆义的影，就里倒外斜地凑过去念叨："云雷朋友手太抠，赏钱不掏自己兜；让我来找乔爷台，说他一定会掏兜。"可他贼眉鼠眼地踅摸一圈，接着又有些疯疯癫癫地嘀咕："你们咋都像驴肉馅，眼看就要包成荞面饺，蒸得黑了吧唧的，端出去喂大肥狗。"穆义听了，一半明白，一半糊涂；

却怕误了大事，就领他到单间去见那达木德。

那达木德见这个叫花子年纪挺老，请他坐下；老花子却说"叫花子，身份贱，不敢硬充大瓣蒜"。那达木德弄不清他是在守花子的规矩，还是尊重自己，便问："前辈有啥指点？"这回老花子没再客气，可也还是疯疯癫癫，又把穆义没太听懂的话，重复了一遍。那达木德听了后点点头，自言自语："我不能叫他们偷偷摸摸地押走了。我下午就把自己送大帅府去——可惜人少了点，弄不出多大响动。"那老花子却笑嘻嘻地说："叫花子吃完馊饭酸汤，却爱蹅摸乐子看。瞎家雀自投罗网，一定会挺热闹。"那达木德认为他是在讽刺自己，笑了笑没搭言。

吃完午饭，那达木德叫穆义带一匹马到另一个大车店去住："你一听说我们被抓进了大牢，立即赶回家去。"然后就领着其余人，牵着一头骆驼三匹马，离开大车店，入城去大帅府。

那达木德领人一进小南门，就见路旁站着仨一堆、俩一伙的叫花子，还对他们指指点点地嚷嚷。有的说"领头的叫那达木德，是来告扎萨克王爷卖地垦荒的"；有的说"蒙古老百姓靠放羊活命，王爷卖草原那不是砸了他们的饭碗吗？想活命，就得告"……那达木德这才明白了那个老叫花子说的"看热闹"，是要捧他们的场，心里很感动；也便向越聚越多的人不断地作揖，不断地说："我们的王爷怕我们告他，派人来请张长官把我们抓回去。我们不愿张长官为难。只要能给牧民留条活路，我们不怕坐牢杀头……"

从小南门到大帅府，还不到二里远。叫花子不断地吵嚷，招来的人越来越多；那达木德走走停停，说说讲讲，还没到大帅府门前，人已经聚集了好几百。

大帅府里，那些管那达木德告状这件事的官老爷，已经乱成一团：本来想今晚密捕后押走，现在他把自己送上门来了，却没法当众抓捕……后来不得不打电话请示少帅。等了一阵，少帅的一位副官才传达说："上头说刚易帜不久，既不宜引起蒙古王爷们的疑忌，也不能造成民众的不满。

可先行安抚，伺机再妥善处置。"

于是，一位穿上了中山装不久的官员，走出帅府大门，客客气气地同那达木德见面，还行了刚兴起不久的握手礼，并称他为"义士"；还在环视在场众人后声明："张副总司令早已指示属下人员妥善处理有关事宜。业已函达扎萨克王爷提出解决方案，切实保证牧民生活不受影响。待报来审定后，并得到牧民代表认可了，便恭送孟义士和各位牧民回乡。"他说完，便请那达木德等人回住处"静候佳音"。

那达木德知道他在使缓兵计，却也不怕什么阴谋诡计，也声明："我们没了草原就没法活，掉了脑袋也得告到底！"

"嘎达梅林为民请命，义薄云天，难怪少帅十分敬佩。"那个穿中山装的，皮笑肉不笑地说。

在蒙古语中，"嘎达"是幼子，"梅林"是级别很低的小官；连起来说，相当于汉族乡下人的口语"老疙瘩官"。科尔沁牧民把那达木德称为"嘎达梅林"，是说他虽然是个小官，却是个像老儿子般最孝顺、最令人喜爱的官。那个大帅府的官员，却是明褒暗贬，骂他"你一个芝麻粒大的小官，竟然不知天高地厚，告起王爷来了，等着挨收拾吧"。

嘎达梅林分不清他是嘲笑还是恭维，却像闻到一条胖狗在哧溜臭屁，扭头领人走开了。

果然没出嘎达梅林的预料，没过几天，市面上没人再议论这件事了，他也就在夜里被抓住，塞进囚车，押回科尔沁左翼中旗，关进了济勒色楞王爷的监狱……

五

王连第得到了"猴头蘑"打发人送来的信。贾英听了后长吁短叹：这个民国，跟清王朝一个味，都不管老百姓死活的！

猫狗断顿打野食，人一窝心蹲家里。贾英在王连第的小铺蹲起仓来了。一晃就到了一九三一年的夏天。这天连雨后放了晴。他刚从王连第家吃完午饭回到小铺来，穆义就骑马赶来了。贾英一见他又累又急的样，就知道他电火穿裆燎了屁股——还没等他问，穆义就开口说道："贾叔，你这只'草上鹰'，若翅膀还能扇起来，就赶快召集朋友去接应嘎达梅林冲出来；你若骨头已经软了酥了，就快供我一顿倒头饭，把你的马换给我，让我回去跟他们一起死！"贾英听出来嘎达梅林已经快到了山穷水尽、马倒人亡的关口了，便骂道："大青马只会陪我拼命，不会让你骑的。你想拉我去送死，也得让你那匹马先歇小半天……"王连第回家去安排饭，穆义向贾英诉说起有关的情况……

押送嘎达梅林的东北军，一路上也还算客气；还带了少帅给济勒色楞的一封信，建议他"以国家和睦、旗内平稳、百姓安居乐业为重，妥善处置'抗垦'人员，万勿激起民变"。可济勒色楞一向骄横贪暴，不但没听，还十分怨愤：你拿关外的地盘，换了个陆海空副总司令，照旧当东北王；我不卖地，哪有钱花？我若叫穷放羊的欺负住了，还算个啥王爷！他立即下令把押回科尔沁左翼中旗的"乱臣贼子"投入了大牢；还扬言要"择日开刀问斩"——他以为杀了嘎达梅林，才能吓住那些反对自己卖掉旗内土地的牧民。

嘎达梅林先打发回来的人，已经在牡丹领导下做好应变准备：不仅把坚决反对王爷卖地的牧民暗下编成了队伍，准备好了刀枪；还在王爷的旗兵中做了大量发动工作，已经有一大批贫苦牧民的子弟保证做内应。

在预定起义的日子，旗内各路反垦牧民集聚成几百人的队伍。包围了王府的人马，猛烈地放一阵枪，大声地叫喊一阵。济勒色楞吓得屁滚尿流，不断地增加赏钱，叫他的骑兵死守王府。监狱那边才是牡丹带人马攻击的重点。在一部分旗兵的帮助下，很快就攻了进去，救出了嘎达梅林。

从监狱被牧民救出来的嘎达梅林，认识到只有一条路可走了：武装抗垦。他把牧民按片编成队，或驱赶买到草原开垦的地主，或拔掉围栏、烧掉木杆、拖走铁丝网。一些有财有势的大买主，开始招兵买马组织私人武装，进行对抗；而济勒色楞，则请求东北边防保安司令部发兵镇压。嘎达梅林为了表明拥护国家统一、只反对使牧民无法活命的"卖地垦荒"，采取了"不冲击"垦荒局、测量局这些国家机关的策略；率领大队人马先礼后兵，瓦解了那些私人武装，孤立了济勒色楞。嘎达梅林的武装抗垦队伍发展到了三千多人，使附近的王爷也不敢卖地了；还有些买到草原上土地的人，上告济勒色楞，说他"不能保证开垦"，要求退地、赔偿损失……

济勒色楞叫反垦的穷放羊的折腾得焦头烂额，却不甘心栽倒在家边的草棵子里。他疯兔子似的撅起尾巴，在科尔沁草原上各个王府间跳来蹦去，使这些王爷穿起了连裆裤，共同对嘎达梅林进行武力镇压。嘎达梅林和他的反垦队伍，却不愿离开家乡，被封建势力的正规骑兵渐渐地分割包围、吃掉；而嘎达梅林左冲右突，也没冲出包围圈，只剩下不足二百人马了，才派穆义潜出求援……

贾英边听着穆义的话，边想着嘎达梅林：他虽然只是个小官，却日子过得无忧无虑，还有个草原上美貌无双、跟他无比恩爱的牡丹，可为了牧民能有条活路，他宁可坐牢杀头，反抗王爷，真是个天下少有的英雄好汉！他跟我只见过一面，却在九死一生的危急关头，想起了我，认为我一定会带人去接应他杀出重围。我若不出头，就是一个四条腿的狗熊、两条腿的怕死鬼了……

穆义吃过午饭，贾英又让他睡了三个多钟头。两人又吃了些王连第媳妇儿端过来的饭菜，一同上路了。

贾英为了照顾穆义的那匹马，没叫大青马快跑。天亮后到了建安地界。贾英让穆义先去王公窝堡找薛老三："你叫他尽可能把我的朋友，在三点前召集到王公窝堡。"

贾英一连通知了五个弟兄，然后直奔刘屯。见到刘叙五后，也不寒暄，便提出要借三十兵马，去西辽河接应嘎达梅林突围。

自从贾英以许彪"旧友"的身份，在"英雄会"上帮了刘叙五那把大忙，刘叙五名声大震，很快就做上了建安南部各村的民团联防司令，家业也一年年发了起来，现在成了全县首富。刘叙五不能不报答这份恩情；而且他知道嘎达梅林的帮头很大，见危不救，不仅会招致黑白两道的鄙视，还可能引起嘎达梅林或他朋友的报复。他怕派人太多、损失过大，便以"人多马少"为借口，只答应派二十人马。

刘叙五请贾英用饭。贾英估计自己到王公窝堡后也没时间吃饭，便同他喝了些酒；二十人马一到齐，他便下桌告辞。

六

贾英带着二十人马，沿着辽河边的一条大车路，向北奔驰，在三点左右赶到了王公窝堡。

快到薛老三家时，贾英望见房前房后的树下、障子边，拴了十多匹马，或走或站着七八个人。又近些时，薛老三、穆义迎了上来。

薛老三报告"新朋旧友，不算我来了十五人，有对半枪外带刀"。贾亮说了声"人略少了点"；穆义说"一天内召集起近四十人马，不算少了"。薛老三又说"刘村长认识嘎达梅林，听说你要带人去接应他，叫各家做了不少干粮，还给准备了几个水袋子"。贾英点点头，叫他跟冯老疙瘩把东西带好，跟在队后——还把带来的银圆交给他。

穆义一马当先引路，贾英领队伍扑向西木伦河。穆义发现河水比他来时大了不少；又沿着河先向西又向西北奔去。快到了约定地点，就隐约听到对岸有枪声传来。

穆义终于领着接应的队伍，来到了嘎达梅林预定渡河的地点。穆义望着波浪汹涌的河水对贾英抱怨："老天爷咋瞎了眼睛？大雨已经过了两天，这河水咋还凶得比我来时还大？他是希望冲过河来，你们在这岸封住河，掩护他们能甩开王爷们的旗兵的……"贾英果断地说："咱们只有冲过去接应了。"穆义说"马恐怕过不去"——却又说了句"让我试试"，便提缰夹马冲入大河……

贾英和岸上的人，都瞪圆了眼睛望着：穆义的坐马刚扑腾出两三丈远，就被波涛卷得顺了大流，马头几乎没入了水里；穆义还算镇静，勒马向岸边挣扎，总算没被浪涛吞下去。穆义回到岸上后，对贾英说："过不去——我刚才到的地方，还只是原来的河滩，离正流少说还有三十多丈。"

枪声紧一阵慢一阵地传来。人们站在河岸焦急地议论着。有的带着盼望说"这是条牤牛河，水到明早就会退个差不多的"。也有人更正说"老哈河的水流到这疙瘩，还得一天多"……就在这时，对岸的远处有一匹马狂奔过来，越来越近。快到河岸时，穆义认出来了，大声叫道："是'旱地龙'——牧民里水性最好的瓦兰福。"

大家的眼光都叫这个瓦兰福抓过去了。只见他到河边停下后，好像发现河这岸有人，下了马后又好像把马拍了一下，那马便沿着河岸，向上游跑去。瓦兰福脱光了衣裳，包上了一件东西下了河，斜顺着河水往前蹚。不一会儿，河水漫过了他的腰，他就一只胳膊举着衣裳包，继续往前蹚；有时河水深到抵他脖子了，但水很快就浅了些，露出了他的肩膀头……

在河边站着看的人，有些是属旱鸭子的，惊奇地夸他："咋这么熟悉这条河？只靠脚丫子摸索，就能找准水浅的地方蹚过来！"有人明白那是他会水，在水深的地方并没踏着河底走，就解释说"他是踩水过来的"。那个旱鸭子却不相信，还叫号说："你别蒙人了——水咋扛得住一个大活人'踩'？你下水到正流子去试试，保准叫母鳖精把你拽进王八窝配对去。"贾英认得这几个人是自己从刘叔五那搬来的救兵，心想：狗肉贴不到羊身上，民团的人跟绺子里患过难的弟兄，就是隔心又隔情，一点也没替嘎达梅林着急上火。

这工夫，瓦兰福爬上岸，钻进了树茅子；再钻出来的时候，已经穿好了干爽的衣裳和鞋，把手枪别到了腰带上。穆义领贾英一过来，他就低声说：嘎达梅林被各路的旗兵缠住了，只剩了几十人马，天黑前若赶不到，就没希望了……他还对穆义传达嘎达梅林的话："……穆义不要再赶回来，要替我完成一桩心愿：尽全力帮孤儿在科尔沁草原活下去……"

半个多钟头后，枪声大了起来，十多个人骑着马到了河的对岸。有几个人倚着马向追来的人断续地还击——分明已经没有几颗子弹了。只见他们好像向这岸扬了扬手，接着就有一个穿着红衣服的人，骑着马冲进了大河……

贾英听身边的穆义说了句"是牡丹大姐"；他没回答——接着便看到那些人都纵马跃进了波涛汹涌的大河……

贾英见追上来的旗兵涌到了对岸，立刻发令射击掩护。两岸对射起来——蒙古旗的追兵，多半是向河中的人马开枪。

两岸相距很远，差不多超过了有效射程。

贾英见冲入惊涛骇浪的蒙古族英雄女，都没冲到河心：有的突然栽入河里，便没再浮出水面；有的马没进浪涛后，人也顺流起伏一阵，被急流卷走……

七

枪声停下来了，指挥追赶的人，从望远镜里看到对岸是一群汉族人，料想是来支援嘎达梅林的马胡子，但被洪水挡在对岸；便留下监视哨，带人向下游追去，怕有活下的人再游回岸来。

贾英伤心，但还没绝望：瓦兰福不是还游过来了吗？他派出老弟兄去下游接应。

晚霞映照着翻滚的大河，使带有血色的河面显得深沉空旷，而水流声却像在鸣咽。穆义看到贾英也流着眼泪，低声连安慰带请求地说："科尔沁的那只雄鹰，飞回天上前的嘱咐，是我终生的责任；你这只'草上鹰'还在，我若遇到克服不了的困难，一定找你帮我完成那只鹰对我的嘱托。"

贾英坚定地点点头，心里想：嘎达梅林不愧是科尔沁草原上的一只雄鹰，也确实像那座大青山……"追风沙"李大哥呢？他是个好人，可因为自己是旗人，便不反害国害民的朝廷，离开了绺子，可就不如嘎达梅林

了……"三尾虎"许彪呢？也是个好人，还有一股子豪气，可他带人马投
奔老张时，就想做官的……我叫谷英时，是个不干正事的小混混，受到李
大哥教训才成了一个有点义气的小马胡子，想帮帮人抵消些罪孽；却还是
在是非泥坑里打把式，恐怕这辈子只能是个不清不白、时好时坏的二半破
子了……

　　招来的弟兄、借来的人马都散去了——在他们临走前，薛老三按贾英
的意思，给每人发了五块银圆。瓦兰福告辞了，他要去上游找自己的马。

　　贾英带穆义去了趟河夹信子。白尧的伤经周桂香治好后，靠贾英的资
助和邻里的帮工，在原址重盖起了房子，一直在开些小片荒维持生活。贾
英知道穆义要挑起嘎达梅林交给的重担，不仅给了他三百块银圆，还把辛
老跶传给的化装术教给了他；要他抻住劲，在白尧家待些日子再返回去。

　　穆义牢记着嘎达梅林的嘱托，奔忙流浪了半生。他帮助过上百个抗垦
牧民的孤儿，还把两个找不到亲属的孤儿收养，男的取名孟林，女的取名
杜丹。他还学会了马头琴，领着老婆孩子，和这对后来结成夫妻的义子义女，
在草原上讲述、歌唱嘎达梅林的故事。他没有再去找"草上鹰"，因为他
们得到了科尔沁草原上牧民的诚挚尊重和全力保护。他们每到一处，不管
是月缺月圆，也不管是人多人少，全家都在马头琴的伴奏下开始唱起来：

　　　从北方归来的大雁，

　　　都要落在科尔沁草原，

　　　报告寒风大雪就要来临，

　　　呼唤牧民备草御寒。

　　　从南方飞回的大雁，

　　　都要在大青山盘旋。

　　　报告春风细雨就要来临，

　　　恭请英雄纵马同欢……

第十四章　戳起一面亮堂的旗

一

贾英回到东陵，心情一直不好。他有时回忆起翠兰，也就想起她刺伤谷璧后，临咽气时对"追风沙"说的那句"宏哥，对……不起你，下世……"的话。他深深地悔恨自己年轻时犯下的罪孽。不过他更多的是想起"追风沙"、许彪和嘎达梅林。这三个人是他最尊重的人。他敬重"追风沙"的侠义大度，也体谅他这个旗人的急流勇退——没法反对本族的破朝廷。他佩服许彪的见识才干，果断地投靠了老张，熬上了师长……不过他也有些怀疑：你掉过头剿胡子、拼死为张大帅抢天下，能算是救国救民吗？他对嘎达梅林得说最生疏，只见过一面，可觉得他最值得钦敬：他是为旗内十多万牧民的活路才坐牢、送命的呀……

贾英在离开"追风沙"的绺子后，是想过金盆洗手的。后来为了自己的生活，和帮助剩下一条腿的云雷，他才有时联络几名老朋友重操旧业的。他一直遵守当年"追风沙"定下的规矩：只抢贪官、奸商、恶霸，不惊扰普通百姓。贾英还遵守黑道的祖训：不吃窝边草，不在建安县城附近作案。他坚持不戳旗、不报号、不轻易伤人命，作案时不露真面目，得手后分了钱财便散伙。因此，建安、双辽、昌图一带发生过几次劫案，但官府一直查不出蛛丝马迹，都成了悬案。这回他为搭救嘎达梅林，不得不把老弟兄招到一起，还找刘叙五借兵，却没救了嘎达梅林的命。他回来想清了这些问题，还真下定决心按王可一的良言去做，帮王连第开小铺，安度晚年了。他没想到，两个多月后发生了一件大事，使他又拿起枪，招兵买马大干起来……

在民国二十年农历八月初七,也就是公元一九三一年九月十八日的夜里,从市里传来一阵又一阵的枪炮声。他估计是发生了意外的事,可觉得跟自己这个小老百姓没啥瓜葛,安稳地睡了一宿。贾英有个风雨无阻的习惯,每天早晨都到村外的树林里活动活动筋骨。他刚一出村口,就发现一个昏死过去的东北军伤号。贾英忙把他背回杂货铺。在黑道上行走的人,手头都有些治黑红伤的药。贾英先给这个人受伤的左大腿敷上止血镇痛的药,又悄悄请来一位专治跌打损伤的大夫——康熙年间,朝廷为东陵增加了三百户守陵人,满族、蒙古族、汉族各一百户。这个大夫是其中一家蒙古族人的后代,被称为"摩挲先生"。他摩挲一阵,说是伤了大腿骨,给打上了秫秆帘……这个伤号,名叫罗德。

罗德原来是张作霖第三军的一个小排长。军长郭松龄反奉,日本人帮张作霖把他杀了。张作霖为了稳定军心,没惩治郭松龄的部下,可也不再提拔这些人。皇姑屯事件发生后,张学良将军子承父业,掌握了东北大权,对郭松龄的部下有能力的中下级军官,进行了补偿性的提拔。罗德当上了连长,在北大营驻扎。九一八事变时,罗德已经是营长。在日本鬼子的刺刀面前,他不顾上级"不得抵抗"的命令,带领部下还击。可是大势已去,他不得不带领一股被打乱建制的士兵,向东陵方向撤退。他被追击的日寇打伤腿后,有个弟兄扶他走了一段路;后来见他昏死过去,便撇下他逃命去了……罗德清醒过来后,悲痛地向救命恩人讲述了事变经过,发誓和小鬼子不共戴天。贾英十分钦佩他的骨气,也讲起自己三十年前烧洋人教堂的往事。二人志趣相投,虽然年纪差了二十来岁,却结成了盟兄弟。

在罗德养伤期间,贾英打发王连第,两次去城里打听罗德眷属情况。第一次是八月节前。王连第带回的消息是:日本鬼子反复搜查军人眷属家。罗德妻子刘芳带领三岁的儿子,和另一家雇车逃离了沈阳。第二次是过小年前。王连第带着罗德开出的几个朋友的地址,在城里转悠了两天,带回的消息却更叫人揪心:刘芳经辽西往关里逃,半路上马车被日本鬼子强行征用，刘芳母子下落不明……

过了大年后，日本鬼子加强了对郊区的控制。腿伤基本痊愈的罗德向盟兄告辞："小弟蒙老哥哥搭救，伤已经养好。不能再在小鬼子手边待下去了。"贾英便问他是去找弟妹、小侄，还是去关里找部队。罗德便说自己国破家亡，不能不雪国耻、报家仇；原来的部队不抵抗日寇，自己要找一支抗日的义勇军，去和倭寇拼个你死我活。贾英微笑着点一点头，说了一声"好"，又问："我跟你一齐去行不行？"罗德愣了一下，说："老哥哥烧过洋人教堂，带人救援过嘎达梅林，够得上忠义双全；可现在已经五十八岁了……"贾英却说："我是不能蹦跶几年了，没法跟你进部队。你打算的是找抗日的义勇军，我却能帮上你一把——柳条边外十分偏僻，小鬼子还没把狗爪子伸过去。我帮你去那边拉起一支人马，打听到真心实意的抗日军，你再带人投奔过去，不比冒蒙去撞大运强吗？"罗德喜出望外：自己孤身一人，投到哪一支队伍，都有一个需要接受考察了解的过程；要先拉起一支人马，就可以一边打小鬼子，一边和其他抗日队伍联络了！

贾英给罗德买了一匹马。两人在千家万户闹花灯的那个夜晚，向王连第告别。贾英一本正经地建议——语气简直有些像下命令："你得攒下些钱，将来供小小子念大书——你老姑跟我说过，你爷爷在前清是私塾先生，是个啃通了《易经》的老学究。我不懂那是一本啥书；后来问了一些人，才知道那是比孔夫子的话还深的书。你现在儿子闺女都有了，算得上延续下了香火；可还没人接下你爷爷的书底子！你总得能让一个小小子啃明白那本书，那才算让他接续了祖宗的门风。"王连第含着泪点点头，牢牢地记下了贾叔的话。

贾英带着罗德，悄悄地离开了东陵……

二

春分后的一天，风和日丽，没有平时那令人讨厌的扑面风沙。三个骑马的男人，进了河西窝堡，贴近了道东的辽滨酒馆。骑黄骠马的黑衣小伙子，转了转长脸上那对眼珠子，向大青马背上的老头儿请示："干爹，打尖不？"那穿着灰布大夹祆的老头儿五十挂零，八字胡左边那撇中间有点细——嘴角上有道横疤。他抬头看看日头爷偏西了，便"嗯哪"了一声，下了马。跟在他身后的，是个上下罩了一套旧军装的大个子，三十多岁，腰板习惯地拔得溜直，也随他下了枣红马。

那老头儿一进酒馆，见迎面的雅间空着，便走进去坐到东窗下；大个子则坐到桌西——目光若透过雅间的门，正好能望到西窗外拴着的那三匹马。那个小伙子，坐在靠近干爹的桌子东南的一把椅子上；等店小二进来伺候，便想去关雅间的门；他干爹却止住他。点完酒菜，等店小二退出后，那老头儿才低声指点说："友义，出门在外一定要精细谨慎。我坐在这儿，是盯着门；你罗叔坐在那儿，是瞟着咱们的马。你就应当能从我背后的窗户，留神着后院……在雅间吃饭，若不是为了唠秘密嗑，或者像咱们现在不了解街面行情，尽量不关门。"贾友义红着脸点了点头，往西挪了一下椅子。等店小二端来了酒菜，三个人不声不响地喝起来。

雅座间只隔了一道木板墙；裱过，可有些缝却透窿了。南边的雅间，传来时高时低的唠嗑声。

"吕老弟，还常去郑家屯寻乐子吗？"

——声音不高，语气挺亲昵。

"自从梁老兄被小大嫂绊住了腿，兄弟没了伴，兴致便没那么高了。"

——这嗑里有些开玩笑的味。听了这些话的人，都能猜想到这两个人不仅是饭桌上的酒友，还是一起逛过窑子的嫖友。

贾友义对那位"梁老兄"的声有点耳熟，便扭过头从板缝偷看了几眼，然后起身斟酒，附着干爹的耳朵说"那边有个人是'两头捞'"。那老头儿稍微点下头，轻轻推了一把，示意他干儿子回原座。贾友义没发现干爹正注意敞厅门边两个后进来喝酒的人，回座后继续听由隔壁传来的有滋有味的嗑。

"咱们哥儿俩的交情，和亲兄弟也差不了几马莲皮的，有啥嗑不能唠？我没到你这个年岁时，便开始在柳条边外走南闯北，当起了说和佬。钱没攒下多少，却先后抓挠到了几个相好女人，都贼俊贼浪。可四十岁上一回头，她们都成了没形没影的露水珠，自己是肥水浇了外家田。我看出了'家花不如野花香'这句话的窟窿眼子，便把野花剜到家里养活，娶了年轻打眼的金娟做二房……在外边和女人勾肩搭背，不就是图开心吗？娶回金娟做小后，就是她不绊住我的两条腿，我也撒不开她那娇嫩身子了……"

——这是梁老兄的声，或者说是他在念风流经。

"小大嫂……倒是比大哥小了二十来岁。"

——这是那个吕老弟的声，语气酸了吧唧的，好像一条饿狗，盼望能啃到根骨头棒子……

"哈哈！吕老弟上有老娘亲管教，下有内当家的绊腿，不像我可以由着性子娶可心的小老婆，只好偷三摸四地去那种地方解几口馋了！"

——这又是梁老兄的声，分明带有嘲讽或者挑逗的语气。

"我凭啥听她们的管辖？当年我娶亲时才十六岁，我那个寡妇妈着急当老婆婆，硬替我把一个比我大四岁的蠢大姑抬进了门。若是现在，我不会碰她那身肥膘一手指头的！"

——这是吕老弟的语声。话说得气势汹汹，流露出来的是满肚子怨气。

"老弟，你这话说错了！老话说'丑妻近地家中宝'，那可是至理名言哪。养儿育女，看家守业，是得靠结发妻的……"

——这是梁老兄的声。要只听他这几句话，倒像是个老诚人。

穿灰大夹袄的老头儿，发现干儿子听得走神了，竟然对店小二端上的饺子没动筷，便吆喝"快点吃"。贾友义的脸虽然有些长，却还是挺白净的。本来已经叫辣烧酒拱粉了，现在又像被大巴掌左右开弓给扇了，变得通红。他忙不迭把杯里的酒闷下去，伸筷子去夹饺子。

三

南边雅座的声低下去了，可敞厅靠门那桌的两个客人，嗓门却显得高了。那个贴西窗户坐着的汉子，年纪也就刚扔下三十奔四十，摇头晃脑地对同伴说："你问我为啥注意那匹大青马？它使我想起了两个人。听老一辈子说，二十多年前在这一带横行的红胡子头，先是'追风沙'，后是'三尾虎'，骑的都是花狸豹马；咱们阚团总的老爷子，就是让他们手下人给开了膛的；我老叔那两盏灯，也是灭在他们的手下……前几年我到东家当炮手后，又听说'三尾虎'有个什么咸人、淡人的朋友，骑的是一匹大青马……"

贾友义正忙着吃饺子，姓罗的大个子已经撂下筷子。那个老头儿却眯着眼睛，一边嘴里嚼着东西，一边心里暗骂：这小兔崽子，原来是王二吹的孽种！

和这个"孽种"同桌喝酒的问："王炮头，阚团总后人后来抓住'追风沙'那帮仇人没有？"

那王炮头拉长了脸咒骂："'追风沙'也是个假二横子，逞完了凶就成了软皮蛋……"

一个黑影嗖地飞了过来，王炮头不得不住了嘴——被一块硬邦邦的东西堵住了。他"噗"地一口吐到右手心，一看是一截光溜溜的排骨。他抬头一趔摸，发现斜对面雅间里的老头儿正咧着大嘴讪笑，便断定是这个老头子搞的鬼，扔掉那截排骨便掏枪。他刚把手枪掏出来，又嗖地飞来一支筷子，射中他的胳膊肘，小胳膊连手一麻，手枪"当啷"一声掉到了地上。

这个王炮头，确实是王双福。他二十来岁时，做扣救了阚祺，当上了阚祺的拳脚教习，不久便升任管炮手的炮头，娶了阚如鹏的七八竿子才能打到的远房侄女后，还兼了阚家街的村长，哪里吃过这种亏？他张口刚骂出个"老"，却不得不把后面的"王八蛋"三个字噎了回去——姓罗的大个子已经噌噌噌三大步蹿到桌对面：右手插在衣襟下，前襟右撇子衣角被一支枪管挑了起来……

敞厅里还有几个客人，都吓得成了土鸡瓦犬，抻长脖子呆看，不敢吭声更不敢动。从贾友义身边那个雅间走出来的人，四十多岁，圆头圆脑，眼珠子扫了一圈，便发现稳坐钓鱼船的老头子是鲇鱼嘴，就断定穿军装的大个子是他的同伙，立刻把笑容摆到脸上，朝鲇鱼嘴老头儿作个揖，亲亲热热地说："老皇叔多咱驾临的？请恕守教耳背，未能远迎。"

那老头儿见自己被"两头捞"梁守教认了出来，只好站起身还了一个揖，客气了一句"只怪老朽未能登门拜访"。

梁守教见贴墙站着的王炮头还在大个子威慑下，像一捆卖不出去的秫秆，戳在那里；便责怪说："王炮头，你不是常对我说最佩服'两杆枪百步穿杨，一匹马踏遍边外'的'草上鹰'吗？现在这位老当家的到了眼前，咋还傻乎乎地愣着？快快过来见礼！"

这王炮头，确实是王二吹的假侄真儿子。他虽然脑袋没安轴，却继承了些王二吹的乖滑劲，也有些见风转舵的鬼心眼。他听出了梁守教的话外音：眼下是斗不过对手的，好汉不吃眼前亏。于是，他把上牙膛被排骨扎出的血咽下肚，向已经走出雅间的"草上鹰"抱拳施礼，恭敬地说："老当家的，大人不见小人怪，请宽恕晚辈有眼不识泰山。"

梁守教见大个子已经把右手从腰里抽了出来，便向贾友义点点头，说："少当家的兄弟，请向老哥引见引见这位长官。"

贾友义听他称自己为"少当家的"，觉得很有面子，便指着大个子咋咋呼呼地说："这位是少帅警卫团的……"

"草上鹰"不愿意干儿子把罗德的真名实姓张扬出去，插嘴说："他是我盟弟，报号'野骆驼'。"

梁守教和王炮头一同抱拳说："请二当家的今后多多指教。"

"草上鹰"不愿久留，算了饭钱，向梁守教、王炮头点点头，带领盟弟和干儿子走出饭馆。梁守教见"草上鹰""野骆驼"上马要向北去，便讨好说:"二位当家的要去郑家屯吗?那疙瘩被日本人占了,盘查很严的。"

"草上鹰"咧咧鲇鱼嘴,毫不领情地说:"都说那贴红膏药,比王麻子膏药还霸道,我老头子却不一定怵它!"

梁守教拍马屁挨了一蹶子,心里有些恼火,却佯笑把脸转向道西。罗德警惕地把目光跟过去,却发现一个团脸姑娘站在一个小媳妇儿身边,齐刷刷的刘海下是两道黑黑的弯眉,一双大眼睛却忧忧郁郁的。那姑娘发现有人死死地盯着自己,又羞又怯地低下了头。罗德也觉得自己有些失态了,赶紧一抖缰绳向北跟了上去;可心里却在想:她长得可真像刘芳……她们娘儿俩现在逃到了哪儿呢?

贾友义也发现了街对面那两个女人,可他注意的却是那个穿花夹袄的瓜子脸小媳妇儿,觉得她比自己的老婆更抓眼珠;而且那双眼睛火辣辣的,扫过来一眼便叫人心直扑腾……他怕落后了挨干爹呲,慢慢地提了下缰绳。黄骠马刚一迈步,从背后传来梁守教甜甜的语声:"金娟,你领小妹过来。"贾友义情不自禁地回头望去:那个穿花夹袄的小媳妇儿,拉着另一个女人正在过横道。他心里有些愤愤不平了:这不是一朵鲜花插在牛粪上了吗?她不应当给四十出了头的"两头捞"当小老婆的……

四

一出北村口,"草上鹰"便解释起河西窝堡的村名:"村东南十里左右是东辽河和西辽河的汇合口,拧成一股绳就叫大辽河了。"还说"它岸西被县里人叫'东河套',是个大粮仓。不过小户人家却'糠掺野菜半年粮'。将来队伍若大了,免不了得在'东河套'打粮;咱们得记住:尽量别夺了他们嘴里的那半口食。"又走出二里左右,在越过一道干河沟子后,"草上鹰"又说,"这是蚂螂河,由秋到春晾河底,夏天连雨天会突然发起大水的……一过这蚂螂河,咱们就进了蒙古王爷地盘——科尔沁左翼后旗。"

罗德抬眼望去，荒原无边无际，近处黄，远处灰，而平缓的坨冈阳坡隐约发青了。空中有只老鹰在盘旋。它一只翅膀高，一只翅膀低，慢慢地向下打着转——突然，它箭离弦般射向地面，和地面刚一接触便弹飞起来，而两爪已经抓起了一只野兔，迅速地飞向远方……

这时，他们正穿过一个小村子。"草上鹰"自言自语："三十年前我加入'追风沙'绺子时，这疙瘩还只有三户人家，每家门口挖了一口井，人们便把这疙瘩叫'三眼井'。现在已经有了二十多户人家！"

如果他知道后来搬到这的人家里，有一户跟他有非同寻常的恩仇，恐怕他的感慨会更深的。

三个人又往北走了一大段路，接近了一个大村落。"草上鹰"又认真地向罗德介绍："这村子叫协尔苏，是后旗的一个'苏木'，相当咱们那边县里的区或乡；头叫'协领'，也叫'箭主'，由一户蒙古族的牧主世袭，在家里办公理事。"

罗德点点头，留神起这个村子的形势：百十来户人家，都是土平房；由南向北的道两旁，有一家带饭馆的大车店，有一家挂马掌的铁匠炉，还有五六家店铺。

离开协尔苏七八里，"草上鹰"领头拐进荒甸子；等马向西跑出十多里，他又提缰往南拐。等日头爷快落下时，他们回到了一个小村子——苇子塘。

罗德感谢"草上鹰"这两天带自己熟悉这一带的地形、道路，称赞："大哥不仅是这一带的地理通，还对风土人情了如指掌；加上你多年来创出了'侠盗'的名声，一定会把咱们的队伍很快地扩大。"

"草上鹰"听了，却幽幽地叹了一口长气。他想起了一些往事，暗说：你还不知道我年轻时夺过别人的老婆，轧过孤丁……若不是有人宽宏大量饶过了我的过错，使我在人生大道上拐了一个大弯，恐怕今天还不能想帮你拉起一支人马抗日……我能不能在这条正道上走好、走远，连我自己也还说不准……

"草上鹰"掐断了回忆，对罗德提说起这两天反复考虑的一个问题："咱们在这疙瘩安下窑十多天了，能不传出风声吗？整个绺子已经有了二十多号人，却只有七八匹马、六七条枪，若是有扎手的点子来摸窑，那二十来名两条腿的秃爪子，一不能打，二不能跑，不得白白地送了礼吗？"

罗德也考虑过这个问题，便说出一个想法："现在县政府只能管县城，区长里的外地人都穿了兔子鞋。咱们干脆打出抗日安民的旗号，向财主们募捐，添枪买马，公开地扩大队伍。"

"草上鹰"觉得是个办法，便问报什么字号。

五

罗德说："大哥的名号，远近皆知，就叫'草上鹰抗日队'吧。"

"草上鹰"想了想说："听起来还挺亮堂，就是还有些小气，不如干脆叫'抗日军'——在没帮你把'野骆驼'的牌子创出来前，就先戳这面旗。你暂时做二当家的，先抓好对弟兄们的训练。我从明天起就出去踩盘子，摸清这方圆四五十里内的大财主的老底，论肥瘦让他们出些血。"

罗德认为让自己当二当家的有些不妥：贾友义这些天出来进去，一直吵吵把火地以少当家的自居；若是他不服气，岂不是一戳旗就埋下了祸根？便对"草上鹰"说："大哥，叫友义做二当家的吧。我做教官，平时专门替大哥抓训练，打仗时我给大哥当参谋。"

"草上鹰"坚决地摇摇头，说："他不是那块料。叫他领两个年轻的，当马拉子头。"

所谓马拉子，就是小马夫兼警卫员。罗德知道在绺子里要绝对地尊重瓢把子的权威，便没有再坚持自己的意见。

当天晚上，"草上鹰"把二十多人招呼到一处，坐到连二的南北大炕上。他站在地当央宣布："我五十多岁重新出山，就是不想给小鬼子当顺民，还要跟他们枪来刀去见个高低。所以咱们这支队伍叫'草上鹰抗日军'。"说到这，他见有的人愣眉愣眼的似乎不懂，或者说有些人心眼子不顺，便把话往回拉了一拉："当然了，大伙撇家舍业不容易，也得做些买卖养家糊口。"这回大家的脸上都有了笑容。"草上鹰"却板起了脸，严肃地说："打日本鬼子也好，做没本的买卖也好，都得冒着枪子往上冲，得不怕刀头上舔血，没有点真本事寸步难行，一离窝门口就兴许被狼掏狗咬了！"他指指站在屋门口的罗德，"从明天起，二当家'野骆驼'对大家进行训练。他是我的盟弟。谁不服从他，就是眼珠子里没有我'草上鹰'……"接着，他又根据七不抢、八不夺的老规矩提出要求……

第二天起，"草上鹰"带着贾友义，转悠了整整四天，专门找穷棒子家串门。在回老窑的路上，离苇子塘三里时，一个放马的弟兄迎上来问好。"草上鹰"问他为啥没参加训练，得到的答复是"二当家的叫我在这疙瘩望风"。到村边时，又有个站在路边的弟兄向"草上鹰"喊了声"大当家的辛苦了"。"草上鹰"估计他也是罗德派出把风的，高兴地点点头，觉得自己让当过营长的罗德做二当家的，还真没走眼。

吃晚饭时，"草上鹰"和罗德边喝边唠。罗德报告了队列训练的情况，还说"讲了些驻扎、行军和遇到紧急情况的注意事项"；打算下一步利用现有的快枪和猎枪进行射击训练。"草上鹰"称赞了几句，掏出一张名单，上面记了一大溜财主的姓名、住址，问罗德有什么筹款的好招。

陪他们喝酒的贾友义插嘴说："先挑几个大财主，把他们绑来，叫他们家拿银子来赎。财黑的，撕他一个半个的。对剩下的财主，写张条子让他们家按数送来，哪个还敢不听！"

罗德听了连说"不妥、不妥"。"草上鹰"也嫌干儿子不懂规矩，没大没小，吆喝："你灌你的酒——我们老哥儿俩合计事，你今后别乱插嘴丫子。"罗德赶忙打圆场："大哥别生气。友义心直口快，也是为绺子着想嘛。我说'不妥'，是因为现在咱们打出的旗号，是'草上鹰抗日军'，不能像一般的绺子那么干；我们要注意收拢民心，别提溜棒子叫狗，使那些财主像狗似的越跑越远；老百姓也就会把咱们看成绑票的，怕咱们的名字,躲咱们的影子,咱们可就没了活动的场子。"

"草上鹰"觉得这些话十分在理;可是肉头财主、土鳖秧子个个都是吝啬鬼、守财奴,欺软怕硬,不见棺材不落泪的。若是不给他们点厉害颜色看,是不会乖乖往外掏钱的……便问:"你有啥化缘的高招?"

罗德想了想才说:"咱们在河西窝堡包下一家酒馆,撒帖子给那些财主和名望高的人,请他们赴宴,向他们讲清眼下形势,要求他们有钱出钱、有力出力,帮我们抗日安民。咱们对支持的人许下愿,保证他们的安全;对那些不识好歹的,咱们也不在席上逼,将来拉队伍上他们家驻扎。"

"草上鹰"觉得放着鞭炮敲山震虎,用软刀子逼供,倒也高明;夸了几句后补充说:"不能在河西窝堡摆席——那疙瘩离这太近,容易让他们猜准咱们老窑;离阚家大院也近了些——阚如鹏是二区民团团总,手里人马枪支比咱们多,得防备他搅局,把咱们当六盘菜给划拉了。我看干脆把客人请到协尔苏去,姓阚的不敢到蒙古旗地界踢场子。"

罗德心服地说:"姜还是老的辣——大哥高瞻远瞩,考虑得比我周全。咱们请的客人,眼下对咱们疑神疑鬼,将来也不见得都能和咱们一心一意,确实不能让他们瞄到后院;对潜在的对头,更得提防。"

于是,两个人嘁咕起具体安排。

第十五章　宴无好宴

一

　　"草上鹰"准备打发贾友义带人去送请帖。他把贾友义叫来。贾友义递过一沓子大红帖子。请帖是罗德耍的笔头子，写着"为共商抗日保境安民大计，敬请＿＿＿＿＿先生于夏历二月二十二日午时前，光临协尔苏平安客栈"，署名"辽北草上鹰抗日军"。其中空白处，已经填上了人名。"草上鹰"把其中填了"郝善"的帖子抽了出来，又对干儿子嘱咐："你是去请客人赴宴，一定要恭恭敬敬的；被请的人若打听细情，不要多加解释。"

　　贾友义走后，"草上鹰"向罗德说明郝善是阚如鹏的妹夫；阚如鹏是二区区长，掌握着二区的民团，"还跟我有过节"。自己跟郝善有数面之缘。想亲自走一趟，从侧面探听一下，看老阚家能不能"跟咱们井水不犯河水"。

　　"草上鹰"见到郝善后，先对他表示感谢：在他已经过世的父亲关照下，"我那位姓白的朋友，回到河夹信子后没有受到惊扰"。没想到郝善却长叹了一声，说了句"那是我那位大舅嫂的功劳……"郝善见"草上鹰"一脸惊疑，便做了解释……

　　阚如鹏这个人，确实是他爹没掺假的儿子：不但胖头胖脑有副财主相，也对四书五经没啃通。不过他考秀才只落榜一次——后来科举制就废除了。他对牢牢握着阚家大权的奶奶，也跟他爹一样信从孝顺。阚老太太虽然暗叹宝贝孙子才智平庸，却耳提面命、手拿把掐地教他学到了一些处世待人之道。他还也跟他爹一样，喜欢长相好看的年轻女人。阚如鹏十八岁就娶了老婆。虽说感请还不错，可富家的秧子闲心大，借口先抱的是女儿，要瞄他爹的脚印娶个二房。没等他爹开口，阚老夫人就一口给封了门。可老夫人也怪，却把身边的小红打发过去"侍寝"。那小红刚十八，人水灵，会巴结，他能不喜欢吗？可只过了一年，老太太却因为她"没见喜脉"，断然把她卖到很远的外地了；却又派去了一个也刚十八的丫鬟顶替小红……这个侍寝的，后来做了二房，抢在正室生的阚禄前生了阚福……可在给他爹烧过三周年不久，他又相中了他奶奶身边的一个刚十六的小丫鬟。他好像摸透了奶奶的脾性，竟当着他奶奶的面，对她掐掐捏捏。他奶奶竟笑嘻嘻地骂了他一句"你真是你爹的儿子"，打破惯例，择了日子，让他收房了。应当说阚如鹏也有一点胜过他爹的地方：他在奶奶的循循善诱之下，吸取了他爹的教训，摆正了原配与偏房的关系：睡在两个小老婆屋里的时候多、听大老婆的话的时候多。比如说，郝长裕听了儿子提说后，曾向阚如鹏提出建议："为了太平，以后可否不再追究白尧？"阚如鹏却冷着脸说了一句攘伤话："那个抹了套子的人，是你们老郝家的朋友，你们老郝家磨不开撕破脸皮，我没说三道四。可姓白的是我杀父仇人的朋友，我却不能不从他嘴里，抠出仇人的蛛丝马迹。"后来，"二郎神"张禧报告白尧回到了河夹信子，重新盖起了房子，阚如鹏就张罗派王双福带人去抓。他大老婆却拦挡说："你咋不怕那个什么'咸人''淡人'的，领人冷不防地掏走咱们家的人？当年老爷子带了一帮护驾的回家，可还是闹了个'没啥'了的！"阚如鹏还真听了大老婆的话，放下了去抓白尧的事。

"草上鹰"对阚家大院的事，是知道一些的，听了郝善提说了这些事后，却也长叹了一声，说："我为了抗日，拉起了一支队伍，是想跟阚家捐弃前嫌，共赴国难的；看起来……他没有阚老太太那种心胸眼光的。"郝善点点头，先说了一句"我跟老当家的只见过几面，就能信得过你；我跟他是亲郎舅，可以说是最近的亲戚，却不太来往"，接着又反问了一句"这是为啥呢"？"草上鹰"不解地跟了句："为啥呢？"郝善好像把这个话头咽进了肚，那条舌头又吧唧起新话头，说的却还是阚家大院的陈谷子烂芝麻："我那个大舅哥，在家里、区里都主事后，有个佃户叫陶多彩，欠下了区里五块保安费，被押到了区里。我爹知道他是小红的弟弟，给免了，还放了回去。却没想到当正区长的那个人，却对我爹说：'陶家若知理有情，当年就不该告我那状……'这件事，让我爹联想到了因为白尧那件事被他斥责过，认为一个男人若对一个喜欢过的女人，一点旧情都不念，对外人更不会讲情义，就辞去副区长回家养老了。他老人家临走前，还嘱咐我：'是亲三分向'这句老话，不能忘了；可也不能虎到向起来没头，丢尽了自己的人缘。"

郝善的话，使"草上鹰"想起了"追风沙"：他知道自己离开了翠兰和孩子后，曾低声说了一句"你不该离开他们娘儿俩的"。"草上鹰"又长叹了一声，说了一句："人心好孬，人性善恶，真不一样啊。"

两人沉默了一会儿，"草上鹰"递过请柬，简单地说明了几句，又解释自己亲自来送的原因：怕郝善左右为难。郝善却表示"老当家的年近花甲，为抗日挺身而出，我无论如何也得到场的"。"草上鹰"却劝了一句："你老父亲的话很有道理：近亲还得盖过大面。我劝你就不必去露面了。"

二

"草上鹰"回到营地。他拿出二百块银圆，派两名老弟兄去通辽购买军装。等罗德安排好其他弟兄，哥儿俩便上马直奔协尔苏。

到了协尔苏村外，根据罗德的建议，两人先围村子跑了一圈，才进村到平安客栈：临街七间门市房，南临大道；东头四间南开门的是饭馆子，西头三间开北门的是账房和单间客房；后院五间正房，更房子在中间，东头两间是连二炕客房，西头住老板子，地上摆了一溜泡料的地缸子。大门紧靠门市房的西大山；宽敞的大院子，南头可以停车，北头有好几排马槽子，北墙外是荒甸子。店东肖望友保证：到时候不再接待其他客人，全力办好筵席。"草上鹰"求肖望友代购了四色礼物，领罗德去拜见协尔苏佐领巴特勒。这老头子六十多岁，说一口流利的汉语。他拒绝了陪客的邀请，但接受了包括烟土和红茶的礼物。

在回苇子塘的路上，"草上鹰"说自己过去虽然在后旗做过几次买卖，却从来没招惹过蒙古族人，还结交了一些朋友。罗德认为他很聪明：蒙古旗的骑兵是非常剽悍的。你尊重他们的权威和传统，不冒犯他们的尊严和利益，他们又是十分好客和慷慨的。

二月二十二大清早，"草上鹰"带领全队人马赶往协尔苏。全队人马都穿上了灰色的新军装。由于没买到军帽，都戴了顶礼帽。虽然有些不伦不类，倒也挺齐整。吃完饭，罗德留下两名带快枪的在门前站岗，让贾友义带领四名年轻的招呼客人；自己带其他弟兄去安排警戒埋伏。

平安客栈的饭馆子，东头一间是灶房，中间两间是一般客人吃饭的地方，西头那间炕上有一张炕桌，地上有张八仙桌，是有身份的客人就餐的地方，有门通向账房。贾友义叫伙计把桌子板凳都挪到后院正房东间去，说午饭在那里开。他见干爹已经在后院查看了一圈，便请他到账房那屋喝茶。罗德回来后，也过来陪他唠嗑。

贴晌了，贾友义掐张单子来报告：送出二十张请帖，已经到了十六份；准备开三张炕桌、两张地桌。"草上鹰"接过单子用眼睛滤了一遍，先指指名单上的"李怀仁"说："这位长沟沿颐生堂的李老先生，是位名医，给我医过伤的，把他安排在南炕上的首席，由我亲自陪。"等贾友义应过"是"，他又指点名单上几个担任村长的财主说："把这几个人安排在迎门的地桌上，由你罗叔陪。"贾友义又应声"是"，然后低声禀报："有几个村长带了跟屁虫，怀里揣了短家伙。"罗德警惕地说"把他们安排在地上靠东山墙那桌"。"草上鹰"点头赞成，又补充说："还得先把这几条狗镇唬住——去弄几只活鸡，吊到院里北墙边的拴马杆子上，过一会儿请他们显摆显摆枪法。"

贾友义安排妥当后，走进客房的东屋门口，挺起胸脯子，对屋地和连二大炕上的客人说："有几位财东的护卫是带了家什的,可能是打算在回去的路上捞几样野味。俺们瓢把子听了很高兴,想见识见识他们的枪法。"大家猜想是要搞打靶比赛,便争先恐后挤出屋。

客人一出屋,便见到院子当央站着两个与众不同的人:一个五十挂零的老头子,穿了件瓦灰色大半截夹袄,青布腰带上明晃晃插着两把手枪;另一个是三十多岁的大个子,一身军装,斜挎着一支盒子炮——由于肩膀子上没扎"豆腐盘子",看不出是哪一级的官。大家估计他们便是今天摆席的"草上鹰"和"野骆驼"。

那几个怀揣短枪的互相都摸底。在贾友义再三邀请下,两个自以为有两把刷子的走出来。他们站到离北墙下拴马杆子三丈左右的地方,拉好架势,瞄起准。其中有个叫张大昌的,就是在辽滨饭店陪王炮头喝过酒的,开了三枪打中两只鸡。受伤的和没受伤的鸡,都嘎嘎地叫着悠腾起来。另一个人只好等了一大阵,才重新瞄准。他开了三枪,也打中了一只鸡。这两个人有些得意地退到一边。

比他们站得远了两丈多的"草上鹰",先评价了一句"还有点准,没白担了护卫的名";然后拍了拍别在腰上的两把枪,开玩笑似的说:"我这两疙瘩破铜烂铁,有些像穷棒子的烟袋——没准(嘴)。"

站在客房屋檐下的客人都没笑:他们都知道杆子头的枪法若不准,那是服不了众的。大家都盯着他,等他瞄准开枪,看他能不能弹无虚发。

"草上鹰"说了句"那两只囫囵的留给我兄弟",两手同时去拔枪。大家只见他两只手同时往起一抬,好像也没瞄准,就听到叭、叭、叭响了三枪。大家谁都没看出他哪只手多打了一家伙,却都看到了刚才被打伤的那三只小鸡落到了地上,都惊奇得忘了叫好;只有李怀仁大夫赞叹了一句:"果然是'百步穿杨两把枪'。"大家这才想起了拍巴掌叫好,"草上鹰"也客气地向大家抱了抱拳。

罗德在军队里也是有名的神枪手。他估计自己要射断吊着小鸡的麻经,也八九不离十;可他怕旁观的人会认为自己是在同盟兄比肩膀头是不是一般高。于是，他拔枪略一瞄便连打两枪，拴马杆子上吊着的两只囹圄的小鸡，便嘎嘎地悠荡起来。那些个看热闹的人，便又叫起好来。

三

客人回屋后，"草上鹰"带罗德跟进来。他先向李怀仁大夫抱拳问了声"荫亭先生好"，才向全屋人作了个罗圈揖，说："兄弟本来已经洗手多年，想要粗茶淡饭了此残生。不料小鬼子逼我们当亡国奴，我才不得不陪盟弟'野骆驼'，拉起这支人马抗日守土。下面就请我盟弟讲讲小鬼子是咋向咱们开刀的，说说我们请大家来赴宴的缘故。""草上鹰"说完，挨李大夫坐下。罗德从屋门口向前迈了一步，向屋里人啪地打了立正军礼，讲起了九一八事变经过……

"草上鹰"为什么对李怀仁大夫十分敬重呢？这跟他过去有次做"没本买卖"受了伤有关……

那时的建安知县叫冉楷。他和乐亭商人张万吉合伙开了个"双盛商行"，买卖十分兴隆。刘老猴子在商行打更——是"草上鹰"的眼线。他向"草上鹰"报告：商行派人往冉楷家送一笔银圆，要从乌拉泡子过辽河。"草上鹰"带了三名弟兄，在辽河边柳树茅子中埋伏下。等双盛商行的两名伙计一到，便生擒活捉了。出他意外的是：这两个人只是带路的，那笔银圆由冉楷派出的五名打手（其中有两名捕快）带着——他们拖后三里多路。"草上鹰"当机立断：捆牢那两个人，让三名合伙往北潜逃；自己在柳树茅子中钻进钻出，和那五个人周旋了一阵。他估计那三名弟兄已经走远，才边打边向南撤退。那五个打手见他虽然还了几枪，却都像放的高升炮，误认为他枪法稀松平常，便放马紧追。"草上鹰"等他们靠近，啪啪两枪放倒了两匹马，惊得另外三人也滚下鞍。"草上鹰"艺高胆大，骑马慢慢向南撤。却不料那五人中有个用砂枪的老手，嗵的一声轰到了他背上，险些把他掀下马。"草上鹰"不敢恋战了，忍着疼痛加鞭向南。等把追赶的人甩开后，他拐马向西。追赶的人，也发现他被打伤了，但没想到他敢循道向县城方向逃，又惧他枪头子准，追了一会儿不见他的影了，便勒住了马。

"草上鹰"顺着壕沟，傍着树林子，拐进了长沟沿颐生堂。他拍下马头让它在房门前等待；自己进屋后，对坐在药架子前看药书的大夫抱拳说："在下行走江湖，今日失手挨咬。听说李先生医术高明，但一向处事谨慎。如果担心招惹是非，'草上鹰'不敢强求疗治。"

李怀仁见他满头浸出了汗豆子，显然是伤痛难忍，很敬重他爽直有礼，便起身说："我眼中只有求医寻药之人，并不分三教九流。请坐好待我查看伤势。"

"草上鹰"却说："我需防备对手追来。请李先生允许我坐在门口就医。"说完，他脸朝外坐在房门的门槛上，左手抓起马缰绳，右手握紧手枪，警惕地东张西望。

李怀仁见他灰布褂子后大襟殷红一片，赶紧轻轻揭起。这一揭才看到背上有十来个蚕豆大小的伤口。李大夫倒抽了一口冷气，有些迟疑地说："我这个汉医虽然也治外伤，却没有麻药。伤口里若有铁砂子，硬往外剜你是挺不住的。我给你上些止血防腐的药，另找洋医动手术吧。"

"草上鹰"果断地说："剜——我若昏过去了，你就死马当活马治！"

李大夫用纱布蘸清水，轻轻洗去血污，显露出的十来个伤口还在向外渗血。他用左手掐住"草上鹰"左肩膀，小心地把镊子探进一个伤口——"草上鹰"忽然挺了一下头，背上的肉也颤抖了一下。李大夫一咬牙、一狠心把镊子张了张，夹住砂子薅了出来。李怀仁听"草上鹰"把牙咬得咯咯直响，头发根流出的汗水淌到了脖子上，嘴上却没哼呀一声，觉得这条绿林汉子确实悍勇；便横下心又接连抠出六颗铁砂子。他擦擦满头的汗，商量说："这位老弟，你膀根还有两处伤口，估计也射进了铁砂子。我担心碰伤了筋骨，是不是以后到大地方的医院去手术？"

"草上鹰"也有些挺不住了，更怕废掉一只胳膊，便应了声"好吧"。

李大夫擦干他背上血污,往伤口敷了些药膏,边缠绑边称赞"是块硬骨头"。

"草上鹰"从下巴颏滴下的汗水,在门槛前青石板上聚了一大汪子。他慢慢站起身,撩起衣襟擦干脸,掏了半天才摸出两块银圆,有些尴尬地说:"大恩不言报,这俩钱儿您就先打点酒吧。"

李怀仁打趣说:"我这个人是主张'穷人治病,富人出钱'的——两手空空的人来抓药,我是从不记账的,我把成本都打在秧子们的补药里了。你的钱是从财主手里借出来的,我本可以收下;不过'穷家富路',你手里一个大钱不剩,那不是要挨饿吗?那我不是不如你仗义了吗!"

"草上鹰"红着脸想走,却又被李大夫拦住:"你穿着这件衣服走,不是给自己挂幌吗?"他转身到里屋拽出件八成新的蓝大布衫子,帮"草上鹰"罩上,还给带了半罐子药膏。"草上鹰"眼含热泪,深深一揖,一句话没再说,转身爬上马匆匆离开了长沟沿。

"草上鹰"绕回王全窝堡,在贾亮家歇下养伤。可能是李大夫的药膏有奇效,加上"草上鹰"那时年龄也好,身体壮,肉皮子合,两个月后竟然痊愈了——虽然左肩膀上那两颗铁砂子还有时引起疼痛,却不影响他左右开弓打枪了。后来他回到奉天,曾经想到要去医院手术;可那伤疼痛越来越轻,人"好了伤疤忘了疼"的毛病便在他身上表现出来了,还给自己找出了个借口:若在手术中伤了筋、动了骨,那可就像五马换六羊——想赚个多,却赔个惨……

四

罗德还没讲完九一八事变经过,贾友义走进屋来,向干爹递了个眼色。"草上鹰"便随他走出屋。来到院,贾友义低声报告:来了一个寡妇,带来两匹马,非要见瓢把子,说是来"抽票的"。

"草上鹰"好生奇怪:自己东山再起,是为了帮盟弟拉队伍抗日,并没重操旧业，咋来了抽肉票的？难道是哪个仇家掳了人，故意往我头上栽赃？"草上鹰"边想边向门市房走去。

"草上鹰"推门进了账房那屋，见贴软山墙站着的女人穿了一身灰不灰、黑不黑的家织布衣裳，低着头，看不出确切的年纪——因为已经知道她是半边人，也不好先开口搭话。

那低头站着的女人，只看到了进屋的人腰上插了两把短枪，便猜想这位杆子头是个年轻气盛、十分霸道的主，赶紧屈膝下跪哀求："请好汉爷大开善心，看在老寡妇千辛万苦把梦生儿子拉扯大的份儿上，高抬贵手，放他跟我回去。"

"草上鹰"见她头发灰白，听她自称"老寡妇"，慌得挓挲着两只手，吩咐贾友义"把这位大姑扶起来，请她坐着说话"。

"草上鹰"在炕头耷拉腿坐下。贾友义扶起那个女人，把她搀到一把椅子前坐下。那女人感到这位瓢把子还挺和气，夛起胆子抬起头来。她看到"草上鹰"那张脸——准确地说是看到了那张鲇鱼嘴，"啊"地惊叫了一声，身子从椅子上站了起来，一双眼睛死死地盯着"草上鹰"发起愣来。

这种反常的神情举动，使"草上鹰"不能不疑惑：你自称寡妇，按理说就不应当轻易抛头露面，更不该这么放肆地端详起我这个老头子……

贾友义也感到十分奇怪，便试探地问："这位大姑，对我们大当家的有些眼熟咋的？"

这一问惊得那女人脸色由白转红，发觉自己失态了：自己是个女人，还是个半边人，咋能毫不顾忌地盯起一个年纪和自己仿佛的男人！她慌张地低下头，有些着头不着尾地回答："这位大当家的长相很……威武，有些像，饶……不，不，是像尊面慈心善的救命菩萨。"

这女人的脸色变化和惊恐不安，使"草上鹰"感到有些眼熟了，可又想不起在哪照过面；后来听她答话有些吞吐躲闪，心可就一忽悠：难道她是那个人？"草上鹰"见她耷拉下的眼皮抬了抬，瞥了贾友义一眼，让人觉得好像嫌他挡嘴，便发话叫贾友义"去上屋帮你罗叔控制好局面，开席时再招呼我"。

贾友义应了一声"是"，退出屋——但他并没有马上去后院，而是好奇地在门外听起声来。

"草上鹰"坐在炕头没动窝，却把腰板哈了哈，低声问："大妹子，你是这疙瘩的老户吗?"

那女人心一拘挛：你先打发走了那个人，才问了这句话，八成是想起了三十多年前的那件事……她先轻轻地摇了摇头，然后往上撩了下眼皮，发现对面的鲇鱼嘴正直勾勾地盯着自己，这才叹口气说："咳！我是在八面城跟前住不下去了，才搬到三眼井这背旮旯子的。"

"草上鹰"已经有些猜想到她可能不是当地人了，可一听她说是打八面城跟前搬来的，心还是咯噔了一声：难道她真是那个女人？这可真是冤家路窄了……他很想弄个水落石出，但又没法直接提说当年的那宗事，思量了一下才拐弯抹角地问："你来找谁？咋不打发家里人来？"

那女人伤心地说："我来赎三十年前生下的梦生吕怀德……我年轻轻地成了半边人，为了保下吕家的根，不得不顶门立户，也就不得不在吐沫星子里打扑棱；现在成了白毛子老寡妇，还能让儿媳妇儿抛头露面吗？"

"草上鹰"一听她递出了"姓吕"这句话，可就坐实了"冤家路窄"的猜想，不由得打了个咳声……

在门外听声的贾友义猜想起来：这一男一女可能在年轻时见过面，现在都一脸褶子了，不太敢认了。他还真没猜错："草上鹰"和吕寡妇，年轻时确实在非同寻常的环境里，非同寻常地见过一面……

"草上鹰"那时叫谷英，原本是四平镇的一个小混混。他和同伙斗殴破了相，变成了鲇鱼嘴。他有个远房哥哥叫谷璧，也是个小流氓，媳妇儿跟相好的私奔了。谷璧没脸在四平混了，蛊惑谷英去外地闯荡发横财。一天夜里，这哥儿俩在八面城附近砸孤丁。谷璧主张不留活口，便都没蒙头盖脸。谷英冲到西屋，把婆媳俩逼到了炕犄角，却手软下不了刀。谷璧在东屋杀死了爷儿俩，到西屋提溜起老太太要去东屋逼问银两藏处，却叫谷英"把年轻的睡完做了"。谷英见麻了爪的小媳妇儿脸盘挺俊，还真动了邪心。可他扯开了那女人衣服却愣住了：这女人有身孕。那女人"留下两条命"的哀求，使谷英爬出了牲口堆。他怕谷璧过来后赶尽杀绝，便在她肩上划了一刀，把刀抹红，拽过一条被把那个女人蒙上了……

"草上鹰"叹完气，有些愧疚地对吕老寡妇说："那一晚……我十分莽撞。你没因为惊吓落下啥毛病吧？"老寡妇也回忆起被扯光身子、被按住前胸划伤肩头的往事，红着脸低声说："没有……得谢谢大哥的恩典，帮我瞒过了那些人，使我能平安地生下了孩子……"

在屋门外偷听的贾友义，是个一肚子花花肠子的牙狗，他估计这是一对老相好的相逢相认了，下一步肯定要搂搂抱抱亲热一番——动手前肯定要到门外察看有没有碍事的，我可不能让老家伙发现了！他贼似的溜走，一边走一边在心里抱怨干爹：这个假装正经的老东西，只许自己放火，不许别人点灯。我当初把玉娥哄得脸红抿嘴点了头，心甘情愿跟我抱成了团；他后来却把我捆了起来，还要杀要剐的……你不也是见了便宜就捡吗……

屋里的谈话还在继续。老寡妇解释：自己已经不管家里钱财，今天是牵两匹马来赎儿子的。"草上鹰"忙不迭辩白：把财主们请来是为了商议抗日守土。虽然想让他们捐献支持，也全凭自愿；就是一毛不拔，也不会受刁难的。老寡妇听了，自言自语了一句"'两头捞'这小子放屁都掺假"。"草上鹰"便追问是咋回事。老寡妇便揭露说："早饭后，怀德动身来这疙瘩不久，花舌子梁守教便进了我们家的门。他一听说怀德来赴宴了，便冷笑说：'自古以来就宴无好宴，会无好会。去的秧子一准是自投罗网，送上去当肉票。好在我和这个绺子的贼头打过交道；虽说他心黑手狠，却还能给我点面子。你快凑二百块现大洋，我去把怀德老弟赎回来。'我知道他是'两头捞'，便借口手里一个大钱也没有，宁可听天由命，把他打发走了。"

"草上鹰"听了先皱皱眉：梁守教这小子又在和弄事，得找机会好好教训教训他。随后，他和和气气地说："大妹子，你把马牵回去吧。怀德捐不捐随他的便。"

老寡妇却不肯，还说："大哥是我们娘儿俩的救命恩人。你拉人马抗日，更应当支持的。"她说完就抬身想走。

"草上鹰"不好拦挡，便堵住门让她"在这屋吃口饭，等那边散席了和怀德一起回去"。

老寡妇很感激，却低声说："我在这待时间长了，那孩子……会不高兴的。"

"草上鹰"听了这话，想起了前几天自己踩盘子——搜集情报时听人说过："吕怀德坏而无德，为人阴毒刻薄。"还说他对寡妇妈"人前一嘴软和话，满面笑容装孝子；背后呲呲打打，杵倔横丧，是头梦生驴"。于是，他闪开身子，送她出门，吩咐站岗的弟兄去雇辆小车子，"把这位老太太送回三眼井"。

五

酒宴进行得很沉闷。客人都暗暗盘算"野骆驼"说的"饭后认捐"。"草上鹰"频频向李大夫和吕怀德敬酒。他称赞李大夫"医术高超，仁心善施"，请他今后对抗日军多加垂顾。吕怀德是开席后才被请到首席的。"草上鹰"夸他是"孝子"；吕怀德有些莫名其妙，客气地说"不敢当"。李大夫、吕怀德斯文地慢慢啜饮，等他们看到其他人已经"酒足饭饱"、正襟危坐，便一同"感谢大当家的亲自相陪"，撂下碗筷。

"草上鹰"磨身下地，抬手摩挲下八字胡，向客人说："饭前我接待了一位贵客，就是吕怀德先生的老母亲。吕家田少地薄，算不上大户巨富。他们母贤子孝，急公好义，向抗日军捐了两匹马，支持我们建立骑兵营。我请大家也以抗日保土为重，临走时在二当家这桌上写下捐单——今天没带来的，我们抗日军改日登门拜领。家境确实并不宽裕的，我们绝不逼他捐枪献马，说明一下便请回家。那些有万贯家私却想一毛不拔的，那就得请到门市房账房那屋和我面谈一盘了！"

说完，他请李大夫和吕怀德下炕，陪他们到院里。这两位都是骑大走驴来的。"草上鹰"叫贾友义捧上礼物，送给李大夫的是名酒名茶，送给吕怀德的是两块布料。"草上鹰"陪他们走到街上，抱拳告别。

半个时辰后，罗德来到小西屋，向"草上鹰"报告：收到捐献的现大洋六百五十块；共认捐马十二匹，快枪四支，洋炮九杆，大洋八百块……郝村长是派他一个叔伯兄弟来的，捐了两匹马。罗德还补充说："我把带护卫的村长多留了一会儿，说抗日军短枪不足，想借用他们护卫的手枪用几天。他们也还识好歹，乖乖地捐了出来。"

"草上鹰"高兴地说"干得漂亮"，还主张"摸清养枪的人家，派人去强缴"。

弟兄们陆续回来了，都在敞厅吃饭。"草上鹰"和罗德同肖望友坐在账房那屋。"草上鹰抗日军"把房钱饭款全结清了。老板肖望友十分意外：这和过去路过的东北军、蒙古王爷的骑兵、大大小小的绺子完全不同。他向两位头领表示也要认捐一笔现金。"草上鹰"微笑着说："你别破费了。有件事倒想请你帮忙：我有个朋友衣食无着。过些天我叫他投奔你，请你赏他一碗饭吃。"肖望友心眼很活，立刻明白了他要在这疙瘩安排一名眼线，麻利地答应了。

日头爷每天东升西落，有些像爬山下岭，运行的速度似乎有快有慢。庄稼人根据自己的经验，说他是"早上骑牛，中午骑马，临晚骑葫芦头"。"草上鹰抗日军"没马骑的弟兄，在太阳快下马时，由罗德带领开拔了。他们走出十里左右，"草上鹰"让骑马的弟兄也缀上去。

肖望友摆上一桌酒菜。"草上鹰"领贾友义又用了些，才往南离开协尔苏。经过三眼井时，已经快上灯了。贾友义不知干爹为什么不跟大队人马一起走，怀疑他和"老相好"有约会，便讨好地说："干爹，吕怀德就住在这疙瘩，咱们是不是去串个门？""草上鹰"却摇摇头，说："没事别去麻烦人。咱们去河西窝堡，到梁守教家坐一会儿。"说完便用两腿夹了下大青马，加快了前进的速度。

六

扔下四十奔五十的梁守教，三十多年前曾经在县城的秀水书院读了三四年四书五经的。若不是后来宣统皇帝退位前就取消了科举制，他就可能考上个秀才；加上他油嘴滑舌，很可能混入政界当官做老爷的。清政权垮台后，胡子打底的张大帅成了东北王，他的地盘内土匪响马没断过捻。梁守教在兵荒马乱中一不种田、二不经商，凭他那一条三寸不烂巧舌头、两片生花妙嘴唇，当起了"花舌子"。所谓花舌子，虽然也在邻里间调解纠纷当说和佬，但主要的营生却是在绑劫人质的土匪和肉票家属中间，跑腿学舌、讨价还价，当中间人。梁守教不仅善于察言观色、顺风转舵，能把死驴说成活骆驼；而且心黑手狠，敢拿别人的脑袋瓜子押宝，杀价抬行，从中渔利，两头讨好。因此，人们谐他大号的音，叫他"两头捞"。他婆了金娟做小老婆后，一来为了安抚大老婆和儿子，二来为了满足金娟顶门立户的愿望，把家里二十多垧地交给大老婆和儿子经营，又在河西窝堡买下三间钱褡子房，和金娟住在一起。

"草上鹰"带领贾友义闯进屋时，梁守教正在抽大烟，金娟趴在对面给他烧烟泡。

梁守教一见这个老胡子头绷着脸，便认为是夜猫子进宅了，急忙下地作了个揖，接着便咋咋呼呼套近乎："从一大早起，就不断有喜鹊在门前喳喳叫，果真有贵客临门——老当家的和少当家的快炕里坐！"

"草上鹰"骗腿在炕头坐下，见那个女人二十刚出头，弯眉笑眼地望着自己，心里有些意外：听说这里是他的外宅，没想到他的相好这样年轻！

梁守教看出了他的意思，笑嘻嘻地解释："你侄快土埋半截子了还没长进，恋她脆嫩撒不开把了。老婆孩子生了气，撵我净身出户。我便在去年正式收她为妻，在这疙瘩过起寒酸日子……金娟，快点拜见贾叔——他老人家的姓氏，对外人是不能提起的。"那金娟甜甜地叫了声"贾叔"，娇娇地施过礼，扭着杨柳细腰去外屋地烧水。

梁守教撒谎说自己"净身出户"了，一是防备让自己捐献，二是防备老胡子头翻脸无情，把自己当秧子绑了，逼老婆孩子抽票。"草上鹰"却没多合计，只想教训他几句，封下他的嘴。他知道梁守教这类秧子，在抽完大烟后就要睡觉了，便决心不多耽搁，吩咐贾友义"你去院里照看马，我和你梁大哥唠几句嗑"。

梁守教见"草上鹰"又抿起了鲇鱼嘴，便猜想要挨撸，赶紧讨好："你老人家东山再起，一定会大展宏图的。小侄不知你老在哪立窑，没能早点去请安。"

"草上鹰"用鼻子"哼"了一声，毫不留情地揭老底说："你小子当面满嘴拜年嗑，背后却骂我心狠手辣，说我请客是'宴无好宴'！"

梁守教心里嘀咕起来：这话我只今天早晨对吕老寡妇说过，难道是她把我卖了？他知道对"草上鹰"不能打诳语，便嬉皮笑脸地打补丁："老皇叔，我和老吕家现在没亲没故，顺口吓唬了那个老寡妇几句，是想帮你老人家多榨出些油水，我也好落点外快。"

"草上鹰"见他招了口供，便心平气和地讲起自己这次拉起人马是为了抗日……

贾友义在院子里转悠了几圈，只听到远处有几声懒洋洋的狗叫声。他心里惦记金娟，便向堂屋瞥了一眼：房门大开，朝外冒着烟气。他脚步轻轻地溜回外屋地。金娟正蹲在灶坑门前，用坯头子支着洋铁壶烧水。他见贾友义迈进了房门槛，怕他往妹妹住的西屋闯，便把蹲着的身子往后挪了挪，堵住了去西屋的路；然后咧开嘴唇，亮了亮一口芝麻牙，有些讨好地说："我们这疙瘩挺背静，用不着望风的。节气上虽说快清明了，一早一晚还是挺冷的，你就在屋待会儿吧。"

贾友义认为她是献殷勤，给自己让出了烤火地方，乐得屁颠地凑过去，挨她蹲下，还低声说了句"谢谢小嫂子"。

金娟一筋鼻子，用手里的木棍敲打了一下贾友义烤火的手，低声挑礼说："嫂子就嫂子呗，咋还加个'小'字！"

贾友义鬼迷心窍，没想到自己犯了金娟的忌讳，还以为她是故意耍小性，竟勒细嗓子逗弄说："因为你比我那个烧火的还嫩……"

这时从屋里传来了"草上鹰"的声："你今后少在背后瞎和弄……"贾友义吃了一惊，怕干爹发现自己在外屋地向女人搭讪，急忙抬起身回到院子去。

金娟"忒"地吐了一口唾沫，心里骂了一句"死癞蛤蟆照镜子——不识丑的鬼"。她见水已经烧开了，褪下一只袖头子，提溜水壶进屋沏茶。她把两碗热茶端到炕上后，又斟了一碗端到外屋地，放到锅台上，对院里喊："大兄弟，冻半天了，也喝口热茶吧。"她讨厌贾友义那张驴脸，但也不敢得罪这个小胡子头；她更不愿意当家的知道自己和别的男人唠过嗑。

"草上鹰"那一嗓子，是警告梁守教别给抗日军抹黑。他喝了两口茶，又夸梁守教"交游广，朋友多，消息灵通"，说"你通些风，我不会让你白磨鞋底子"。梁守教知道自己有了进钱的门路，便问"有了啥消息，上哪找你老"。"草上鹰"却说最近要挪窝，"我会叫友义常来见你"；还给了他五块现大洋。

眼下人们买东卖西还在用"奉票"——张作霖统治东北时期发行的"奉天洋"纸币。这种"奉票"刚发行时，一元顶一块清末铸造的银币"小银圆"或民国初年铸造的银币"现大洋"。后来"奉票"不断贬值，现下毛到了二百元奉票才能兑换一块银圆或现大洋了。

梁守业笑嘻嘻接过五块现大洋，心里却骂：这个老胡子头真抠门，只给了能买五袋洋面的钱！

第十六章 鸿门宴

一

梁守教外号叫"两头捞"，从来不做一头冷、一头热的买卖。他一送走"草上鹰"，就盘算起下步的生意来：得抓紧时间去阚家大院吃喝一嗓子，再从阚如鹏手里捞出一把银圆来——他手脚可比姓贾的大得多。

阚如鹏是阚山的独苗儿子。二十多年前，阚山的红下水被"三尾虎"掏出去当供品，祭了义和团的坛主周凤鸣；白下水被野狗撕出来吃了个精光，变成了臭狗屎。那时，阚如鹏少不更事，哭麻了爪，任吗章程也拿不出来。他奶奶那时六十多岁了，仍然十分沉着老到：亲手把一个二两重的金锞子当心，把两个五十两重的银元宝当肝、肺，把一个盛满五谷杂粮的镏金铜香炉碗当肠肚，塞进儿子的下水罐，然后用白绸子裹好，才让阚于氏领阚如鹏给穿上装老衣服。为了保守秘密，阚老太太下令赏给阚家大院三十多名下人每人一两封嘴银子。三班鼓乐轮流吹奏咿咿呜呜的哀乐；和尚、喇嘛、道士倒班哼哼呀呀地念经，蹦蹦跳跳地作法。七天后，送殡的人虽然没几个淌眼泪的，却号得惊天动地，把阚山送进了祖坟。

阚如鹏的生母阚于氏，曾经对阚山的第二个小老婆王可一特别妒忌，怕她生下儿子后"子以母贵"，唆使丫鬟在熬给王可一的保胎药中掺进堕胎药，造成王可一流产。阚山一怒之下要把阚于氏休回家。阚老太太为了维护阚家的声誉，阻拦住了儿子的过火决定，改令阚于氏在家带发修行。阚山死后，阚于氏听说王可一席卷细软私奔了，便觉得有了报复的机会，舞舞扎扎地逼儿子去报官擒拿。阚老太太又挥起龙头拐杖，把她单独叫到自己的屋里，冷冷地叮问："就算能把她抓回来，你敢保证她不在公堂上泼那些陈茶剩醋吗？你不怕丢人现眼，我却得顾全阚家的名声！依我看，她若是钻进了深山老峪的耗子窟窿，咱们就权当她死了干净；若是她敢露面张扬，再暗下灭了她的口也不晚。"阚于氏知道生杀决断大权捏在老太太手里，便避猫鼠似的溜回经堂，继续梆梆梆地敲木鱼了。

阚老太太对孙子拘管得更严了，事无巨细都叫他按自己的意见去办。阚如鹏也开始认识到了自己对家庭的责任，把祖母的耳提面命视如圣旨，谨慎小心地一一办好。三年后，阚老太太见孙子对自己越发恭敬孝顺，而且一天比一天稳健成熟，放手让他和孙子媳妇儿一同掌管日常家务。为了表示对孙子的慈爱信任，给他又赏了一个年轻漂亮的小丫鬟——还破例直接圆了房。这样一来，阚如鹏就有了一妻二妾。

阚老太太活了七十多岁，咽气前当着全家人的面，给阚如鹏下了三条遗嘱：一是继续访察"追风沙"下落，"豁出半个家业，也要报你杀父之仇"。二是要阚如鹏"善待你母，但不许她插嘴家务"。三是"阚家三代单传，你却强爹胜祖，已经有了福、禄、祺三个郎，我可以告慰地下先人了；阚福聪明伶俐，却是庶出，不可在大院当家主事；待他在奉天读完大学后，可在外地置份产业，让他顶门立户，另成支脉"。

阚于氏羞恼万分，老婆婆还没出殡，她就急火攻心病倒了，浑身泛起金星；没等给婆婆烧百日，她就一命归阴了。

阚如鹏十分喜爱大儿子阚福，但他明白祖母的深远用心：一要维护家庭内部的尊卑和睦，二要在兵荒马乱中保障香火连绵兴旺。因此，他虽然喜欢阚福，也还喜欢自己第一个小老婆，却断然打消了把阚福培养成当家人的想法，还把第一个小老婆打发到奉天照顾阚福了。

阚如鹏下力气探听过"追风沙"的下落。他一直不知道是许彪带人劫杀了他爹，始终没探访出什么结果，还没有完成祖母留下的报"杀父之仇"的遗命。

现在阚如鹏已经五十多岁。他虽然不及他爹精明，却也从他奶奶身上学到了一些杀伐、笼络手段。由于阚家是县内的大财主之一，财粗自然势大。九一八事变前几年他就当上了二区区长，兼任民团团总；由他二儿子阚禄任副团总。九一八事变后他把民团抓得更紧，认为掌握了民团，可以保家护院，便把"建安县二区民团总部"的牌子，挂到阚家大院的门旁。

阚如鹏对区内八个村的壮丁进行登记，编成了八个连，派自己家的护院炮手任连长，进行了十天训练；在各连都选拔出三名排长、九名班长。今年一过正月十五，阚如鹏便把各村民团的连长、排长、班长，集中到阚家街，组成了"二区民团警卫营"，由护院炮头王双福任营长。为了给这些人购买枪支，发放养家费、零用钱，阚如鹏根据二儿子阚禄——也是民团副团总的建议，在区内征收一人一块现大洋的"保安费"，使不少人家欠下了高利贷。

一百来号人的二区民团警卫营一成立，外来的散兵游勇、小股的绺子，便都不敢进入二区的地界了。前几天却发生了一件阚如鹏连做梦都没想到的事：两个当村长的财主，同一天掐着"草上鹰抗日军"的请帖，一同来问咋对待。阚如鹏叫来阚禄、王双福一同商议。阚禄年轻气盛，说"家门口咋能容外人撒野"，要带警卫营去协尔苏，"抓了这只老鹌鹑炖咸菜"。王双福见阚如鹏微微地摇了下头，还听他说了句"不可冒失"，才遮遮掩掩地说："我在河西窝堡瞥见过报号'草上鹰'的杆子头。他骑的也是一匹大青马，是个五十开外的鲇鱼嘴。听'两头捞'说，他还有个叫'野骆驼'的二当家的，穿着军装；'两头捞'还说他在大帅府当过差。"阚如鹏听了，更觉得不能轻举妄动，便叫那两个村长"你们先别露面，派人暗下仔细探听，给我回个信"。

那两个村长还没回信，梁守教这个花舌子便蹿跶上来了。阚如鹏一听王双福的报告，便猜想他是"卖嘴"来了，便叫王双福"把他请到客厅"。

二

"草上鹰"回到苇子塘驻地后，和罗德商量起今后的活动安排。第二天早饭后，他找来一个老弟兄刘老猴子，要他去协尔苏，"你找平安客栈肖掌柜的，就说是我的亲戚，他会安排你当伙计；他不会派你干重活，你要当好眼线"。

然后，就把人马带到蒙古旗地界的半拉坨子——这是个蒙古族和汉族人杂居的小村子，住得哩哩啦啦，二十多年前，"追风沙""三尾虎"就曾在这里立过窑。

全队人马分成三拨，由"草上鹰"、罗德、贾友义分别带领，去收取捐献。"草上鹰"还顺道去探望了白尧。听说他拉起了队伍抗日，白尧有些懊丧地说："你干起了保国安民的忠义事。可惜我又老又病没法搭一手、帮一把了……"他把儿子白长荣交给了"草上鹰"。"草上鹰"看他还小，带回来后让他做自己的马拉子。

在顺利地收回捐献后，贾友义提议"给那几个没赴宴的一点颜色看"。"草上鹰"明白他是怕以后会有更多的人不惧这支队伍，便解释："我和你罗叔掰扯过了，那几个人都跟阚如鹏沾亲挂故，来往密切。阚如鹏是二区区长兼民团团总，光他的警卫营就有百十来条枪。咱们眼下不能和他撕破脸皮。咱们从苇塘搬到这疙瘩扎营，也是为了跟他拉得远一些，不跟他弄出摩擦。"

"草上鹰"和罗德住在村中间一户汉族人家的西屋。罗德兴冲冲地谈起训练计划。"草上鹰"先赞扬了几句，接着却说训练得推迟几天——"眼看就清明了，得让弟兄们回家安排下春播的事。"罗德不大愿意，但也觉得应当让他们少牵挂家，也点头同意了。于是"草上鹰"向全队发话：发给每人八块现大洋，放假五天，回家安排好种地、换季的事。"若亲戚朋友中有愿意参加咱们抗日军的，就把他们领来；不仅也发他五块安家费，还谁领来一个人发给一块的扩兵赏。"

大多数弟兄兴高采烈地走了。"草上鹰"、罗德领几个不回家的弟兄守窑，还向附近的蒙古族住户选购了一些马匹。

在第四天的傍晚，梁守教拱上门来了。"草上鹰"有些惊疑：我虽然让他充当耳目，但并没有告诉他老窑往哪儿搬哪……难道他得到了重要的紧急情报，不得不寻上门来了吗？他请梁守教坐下后，开玩笑说："你不仅嘴码子厉害，鼻子也与众不同，竟然闻出了我这疙瘩的气味！"

梁守教苦笑着摇摇头，有些无可奈何地说："鼻子比猎狗还顶用的，是阚如鹏那个老兔崽子。他闻出了我和你有来往的味，逼我把一封信送到你手上。我说不知道你老在哪疙瘩落脚，他就跟我吹胡子瞪眼珠子，说我没把他看在眼窝子里。我敢得罪这条地头蛇吗？我足足花了两天的工夫，累得哑巴屁直往外哧溜，才趔摸到了你这座大庙的门。"

"草上鹰"一听是阚如鹏让他给自己送信来的，心里就咕嘟咕嘟熬起了面糊粥：姓阚的在搞什么山前鬼画符？他接过信，撕开皮，抽出信瓢。虽然信写得酸了吧唧的熏眼睛，"草上鹰"还是耐着性子看了下去：

"草上鹰"大当家钧鉴：

　　欣闻大当家的高竖抗日安民之大旗，令阚某兴奋异常。阚某筹组二区民团，亦为卵翼境内黎民耳，能不为得志同道合者雀跃乎？阚某久仰大当家的"一匹马踏遍边外，两杆枪百步穿杨"之威名，以未得识荆而深憾焉。今造化垂怜，天假机缘，使阚某人得附骥尾，实为大幸。为共商保境安民之计，同结齐心勠力之盟，阚某恭请大当家择期光临敝舍。然大当家如神龙见首不见尾，无法面邀；故拜托梁守教先生代为寻访，奉书专请。大当家如肯枉驾一顾，请早示行期，容阚某椎牛酾酒，扫榻以待。

二区民团团总阚如鹏

"草上鹰"看得挺吃力,却明白了基本意思。他把信递给罗德,自己和梁守教寒暄起来。等罗德一把信看完,他便半真半假地说:"二当家的,当初我和守教相识,本想和他平起平坐,兄弟相称的;可他好像怕我把他拐带老了似的,非得当跑腿学舌的侄小子。你看,他已经累得快塌了胯了!你快去安排一下,让他在这疙瘩好好歇几天。"

梁守教一边跟罗德往外走,一边心里嘟囔:这老鬼比他妈泥鳅还滑,明明是支开我好秘密商量咋应付,却瞪圆了眼珠子忽悠我……

其实梁守教还没完全猜对"草上鹰"的用意:现在的半拉坨子差不多是座空窑。若不绊上他几天,怕他回去泄了底,招来阚如鹏的强攻或偷袭——这已经把"两头捞"当贼防了!

罗德明白盟兄的意思,跟一个兄弟打好了招呼:"这位是梁先生,要住几天,你要好好照顾他;出了差错唯你是问。"

三

"草上鹰"磕灭了小烟袋,让罗德发表看法。罗德认为那封信明面上写得客客气气,"说是请你去会商'保境安民',其实是向咱们施加压力,逼咱们不在二区活动"。"草上鹰"点点头,另起一个话头:"你还记得咱们在河西窝堡和王炮头照过面吗?他看到了我的大青马,便骂起了'追风沙'。他们怀疑阚如鹏的老子死在'追风沙'的手下人手里。我在十多年前,曾骑大青马跟他的手下人交过一次手;我估计他已经怀疑我在'追风沙'手下干过,怀疑我参加了那次为周坛主报仇的活动。"

罗德吃了一惊,坚决地说:"那可更是'会无好会'了——黄鼠狼请老鹰进洞做客,是想把你当小鸡收拾了!这个当,咱们可不能上。"

"草上鹰"又装上旱烟袋锅,点火吸一大口,抽着了,果断地说:"不!他虽说没安好心眼子,可却是客客气气地'请'咱们;若是咱们缩起脖子不敢去,传出去等于自个卷旗息鼓败下了阵。再说了,咱们抗日军要想在这疙瘩活动，就不能不和他打交道——若不能把他镇住，再亮堂的旗也戳不牢。我就是一只小鸡，也非得去会会这只黄鼬子不可的！"

罗德觉得这话也有些道理，又沉思了一阵才提议："我代表大哥去，大哥带队伍在村外接应……"

"草上鹰"站起来，抢过话头说："不行。我在'追风沙'手下时，看到过他在危险关头是自己豁出命掩护弟兄们的……"

罗德拉他坐下，解释说："姓阚的若是想下黑手，针对的是你。你若是有了三长两短，我这个外来人是拢不住这支刚拉起的队伍的。"

"草上鹰"虽然认为这话有些道理，但哪能让盟弟替自己去冒险呢？便毫不让份地说："我是为了帮你才重操旧业的。你若出了意外，我这个黄土快埋到心口窝的老头子，还有啥蹦跶劲？"

罗德分辩："你若是不露面，他们就有忌讳，不敢把我这盘小菜吃掉。"

"草上鹰"便说这是一厢情愿的想法："现在外人都知道你是我的左膀右臂。他们会把你当刺先咔嚓掉，再撅我这根不扎手的光溜棍。"

罗德又想出一个理由，有些兴奋地说："我还披着东北军这张皮，可以冒充是少帅的特派员，说是来招兵买马组建抗日义勇军的。建安县现在还是东北军的防地。姓阚的即使怀疑，也要打怵，对我不敢轻易下手。"

两人又争论一阵，最后"草上鹰"见罗德铁心要去，九条牛也拉不回头，十分感激他的义气，同意了让他代表自己去。两人便商量起具体的安排……

三天后，"草上鹰"找来梁守教，把十块现大洋扔给他，说自己三月初六早晨到河西窝堡找他，由他陪同去阚家大院。梁守教很纳闷：这老东西向来鬼道，横草不过的，这回咋要往枪口上撞？他想问去多少人，又怕他起疑心，便戏谑地说："谢谢老皇叔的招待——若是再替我找个蒙古女人陪伴，我就不愿意从这疙瘩拔出脚了。"

梁守教离开了半拉坨子，并没有忙着回家，而是径直奔向了阚家大院。阚如鹏听"草上鹰"接受了邀请，又惊又喜，连喝了两口茶才稳住神。阚禄却端不住架了，从椅子上抬起屁股追问："他带多长的尾巴过来？"梁守教答了句"没敢问"。阚禄立马绷起小脸，呲呲打打地抱怨了一句"真没用"。梁守教脸一红没吭声，心里却骂了阚禄一句。

阚如鹏觉得二儿子有些跑粗，赶紧打圆场吆喝阚禄："不懂礼数——梁先生是代表咱们请客人，能那么问吗？咱们是一只羊要赶，两只羊也放。他来多少人，咱们都十个碟、八个碗地招待就是了。"又对梁守教说："老弟，他们就是不求你带路，我也得请你陪酒，有你在场帮衬，才能把嗑唠透的。"

梁守教顺口打囫囵语："团总交给的请客差事，我一定圆满下来的。"其实他心里在盘算：一个槽头是拴不了两个叫驴的。你们不当面张开嘴嘎嘎咬架，也一定背后尥蹶子咣咣踢架的。到那天我得找个因由闪开身子……

梁守教却没料到，三月初五的晌午，罗德带着四名弟兄把他堵到家里了。梁守教还以为他是来接自己去老窑，让自己明天带路，便封门说："我已经向阚团总报过信了。我老家那个老半口子得了重病，明个得回去瞧看瞧看。我那位老皇叔是个地理通，直接去好了。"罗德阴着脸说："我大哥明天脱不开身。明天我以少帅特派员的身份，也代表我大哥，去拜访阚团总。我可是人生地不熟，不得不麻烦你领路的——在阚家喝完酒，你再回去瞧看病人好了。"

梁守教一愣，又赶紧应答"那好，那好"。过了一会儿，梁守教便张罗上街里打酒买菜。罗德以"哪能让梁先生破费"当借口，拦挡住他，派两个弟兄上街了。

晚饭后，金娟叫妹妹把自己的被褥抱到东屋，把西屋让给客人住。罗德见银娟团脸粉白，觉得她不仅模样有些像刘芳，神情举止的文静劲也很相似……金娟见他眼神异常，好像丢了魂，便故意问："罗特派员，俺们这疙瘩风沙大，你太太住得惯吗？"罗德悚然一惊，发觉自己有些失态了，赶紧收回目光，回答："沈阳被日本鬼子占领后，她带孩子逃往北平了。"站在姐姐身边的银娟，听了心想：一个年轻女人，拖孩带崽地逃难，一定吃了很多的苦；可他却在这疙瘩贼似的盯着别的女人，十有八九是起了花心。看起来男人堆里没有几个正经货……那个姓吕的，已经儿女双全，却还要娶小女人，估计也不会是个好饼子……

银娟听到了姐姐和姐夫暗下的议论：要把自己嫁给吕怀德做二房。她是不愿意做小的——可自己被姐夫给糟蹋了，身子已经不囫囵……姐姐一直很疼爱自己，现在却恨不得立时把自己推出这个大门。她不怨姐姐，只怨自己命不好……她已经下了决心：如果姐姐问到自己头上，自己二话不出口，听天由命了——只可惜白托生了一回女人，没能找个遂心如意的男人……

四

第二天早饭后，梁守教骑自己的大走驴，带领罗德等五个骑马的出发了。

偏西风紧一阵慢一阵地刮着，沙尘一股接一股地斜着扑面刮过来。罗德的四名随从，把黑礼帽往前拽，压住眉头，身子尽量往前哈，叫马紧紧地跟着前边的大走驴。罗德则不时地抬起手拉住帽遮，直起腰板向周围踅摸一阵。在走到离阚家街还十多里时，罗德发现路右坨子后有人探头探脑。他两腿一夹，枣红马便往前蹿了几步。

那四名弟兄听二当家的说了声"注意右边坨子后"，便立刻随他飞身下马，拔出手枪，贴着马向前步行。

梁守教模模糊糊地听到了罗德的声，却没听出个数；他低头从腋下向后望去，看到那五个人都拔出了枪、影在马的左边步行，估计是有意外情况，慌张地把大走驴抽了两鞭子。他跑出了三四十丈，没听到有什么动静，便也跳下驴。等后边的人追上来了，他向罗德问："你们咋不骑马了？"

罗德冷笑着说："我好像听到了阚团总派人鸣放鞭炮的声了，觉得咱们大摇大摆地骑在马上，那不就太不礼貌了吗？"

梁守教四下张望了一阵，说"我咋没看到，也没听到呢"。罗德自嘲似的说："可能是风沙大，把我刮得眼花耳鸣了！"

罗德的眼睛并没花。阚禄和王双福确实领三十多人埋伏在沙坨子后，其中还有"二郎神"——他已经因为屁功没有，成了一个普通的炮头。他们远远地看到梁守教只领来了五个人，心里可就打起了鼓：这"草上鹰"难道"天胆"不成？竟然只带四名护卫！他们俩嘀咕一阵，决定把来人放近：别一阵空枪吓跑了"草上鹰"。可等到能看清来人的身影时，王双福发现梁守教领来的五人中没有"草上鹰"；王双福还认出了领头的，是那个在小馆里把自己逼住了的"野骆驼"，便请示阚禄："二少爷，'草上鹰'老贼没来！那个穿军装的是他们的二当家的，报号'野骆驼'，据说是少帅手下的人……咱们动手不？"阚禄摇头说："还真让老爷子料到了——那老贼没敢露面，豁出了几个替死鬼来试探咱们的态度。咱们也按第二套法子来对付：我先骑马绕道回去，你等他们过去后再悄悄收兵。"

罗德带领弟兄往前走了一里来路，登上一道高冈，模模糊糊地看到前方的沙尘中有匹马，驮着人傍顶风往前奔。他料想是回去报信的人。他虽然猜不出埋伏的民团为什么没动手，但料定已经闯过了这一关，便领头跨到马背上。

在村口站岗的四个团丁，对客人并不盘查，点头哈腰地打手势，请他们进村。罗德在马上用心观察：整个村子有二百来户人家。村中心偏西些有一片房子，被一丈来高的土垛墙围着；四个墙角各有一个土坯砌的炮楼子。他估计那就是阚家大院。等走到跟前，罗德见两扇黑漆大门开着，上面有雨搭；门框旁挂着"建安县二区民团总部"的牌子，门两边各站着四个拎步枪的哨兵。罗德并不下马，向梁守教摆手说："本特派员静待阚团总。"

梁守教牵着大走驴，向哨兵嘟囔了两句，随一名哨兵进门后绕向影壁墙后面去了。

罗德见青砖砌的影壁中间白底上，是"福、禄、祺、祥"四个大字，有点幸灾乐祸地想：阚如鹏是按照影壁上的字，给儿子取名的；可他只有三个儿子，落了个"阚门无祥"，将来是非败落不可的！

阚如鹏已经听二儿子汇报过了，知道来赴会的是"野骆驼"；现在听梁守教说他还是"特派员"，却也有些相信——他前些天去拜访县长，听说少帅委派的"辽北蒙疆宣抚专员"，已经在通辽设置了专员公署。有专员，便可能有特派员。他方才推断"草上鹰"不敢露面是贪生怕死，现在又觉得是借用"野骆驼"那身老虎皮摆架子压人……我请的是"草上鹰"，你来的不是正堂香主，我也得端点身份，不能屈尊出迎！他叫阚禄出院去接——嘱咐"只称他'二当家的'，别叫'特派员'；若承认了他的'特派员'身份，他就成了政府或军队的正式代表，比咱们民团高出了半头。"

罗德见迎出来的是个年轻人，又听梁守教介绍是"副团总阚二少爷"，便知道他是阚禄。而阚禄见"野骆驼"下马后身材魁梧，一身军装，军衔是两道杠上两颗星，又想起听说过的"他拔出盒子炮也不瞄准，咣咣就是两枪，十多丈开外的两只小鸡立时见了阎老五"，心里便有些发怵——他总算还记得老爹的叮咛，抱拳说了声"二当家的请"。罗德见他不承认自己是特派员，仍然还了个军礼，强调地说了句"本特派员奉命兼任'草上鹰抗日军'副司令；今日受盟兄'草上鹰'委托，来会见阚团总，感谢二公子来迎。"阚禄心想：我不承认你是特派员，你自己却摇晃起了招牌！可他平时只和佃户、乡民打交道，很少在官场走动，不知咋答对合适，便只伸出手请对方进院。

罗德随阚禄绕过影壁，发现一溜十一间一面青砖平房，把前院和内宅隔开了；中间穿廊上的二门关闭着，站着两个团丁。他见院内五间西厢房是车棚马圈，便猜想这前院一定是长工、下人的住处，客厅一定在后院。阚禄并没奔二门，领他走近了穿廊东的一个屋门。罗德见阚禄停下脚，也停身把缰绳向身后一甩，挥了下手；那四个弟兄便牵着五匹马的缰绳，倚着马站住。

这时，阚如鹏推门走了出来。梁守教又跨上两步做了介绍。阚如鹏先抻了抻缎子长衫的袖子，然后拱手客套地说："有失远迎，还望恕罪。"罗德还个军礼，也客气了句"岂敢"。阚如鹏又伸出一只手礼让地说："二当家的远道而来，请先行。"罗德便也谦逊说："团总年高望重，在下年轻后进不敢越礼。"两人推让一番，并肩进屋——阚禄却走开了。

<h1 style="text-align:center">五</h1>

这客厅过去是两间，阚如鹏最近改成了一明两暗，明堂北窗下摆了张八仙桌。两人分宾主坐下，梁守教坐到罗德身旁的一把椅子上。从东屋走出两名婢女献上茶。在她们退回时，罗德瞥见有个拎枪的团丁在向中堂窥视，便估计这东西两屋都埋伏了人。

阚如鹏微笑着问："'草上鹰'大当家的，咋不赏脸一同光临敝舍?"

罗德淡淡一笑，说："本军最近将有所举动，我大哥'草上鹰'司令正抓紧时间训练骑兵部队，实在分不开身，所以才令我代表他向阚团总致意，并代表他全权同阚团总共商抗日安民大事。"

阚如鹏心想：你若真是少帅招兵买马的特派员，就一定和老贼认识不久，交情不会很深，便试探地说："二当家的不是边外人，这么快就和'草上鹰'瓢把子义结金兰，拉起了一支人马，真可谓一位慧眼识才，一位才干超群!"

听了他的旁敲侧击，罗德明白了他在掂量自己和盟兄的关系，便摇摇头，说："阚团总猜错了——我们换帖多年了。我大哥闯荡江湖多年，二十多年前便和张大帅的几个生死弟兄交往颇深。他隐居奉天后，并没有间断与故人交往，使我有幸识荆，结成了忘年兄弟。不才愧蒙少帅委以重任，深感难孚众望；冒险潜回奉天，向盟兄请教。盟兄爱国忧民，义薄云天，带我奔赴边外，组建起这支抗日军。"

阚如鹏不敢全信，可也不能一点也不信，因为三十年前的张作霖，确实是绿林豪客，手下弟兄众多。"草上鹰"和其中的人有来往，也确实可能……

罗德见他沉吟不语，料想他是半信半疑；觉得自己不能被动挨问，应当尽快摸清对方的企图，便抢先说："阚团总日前于信中畅言保境安民，忧时忧民之情跃然纸上，使我大哥十分钦敬。"

阚如鹏见他提到了正题，便想发表自己的看法，却不料阚禄火烧屁股似的从西屋闯了进来，便惊疑得把到嘴边的话噎了回去。

罗德一看阚禄的猴急样，想起他方才并没跟进屋，便料到东西两屋一定都有后门，供埋伏的人进出。他还从阚禄的慌乱上，猜到他是报告紧急军情的—— 一定是贾英大哥带人来向他们"打招呼"了。他端起茶碗，用盖拨了拨漂着的茶叶片，开始斯文地慢啜。

阚禄呢，好像觉得屁股后的火已经蹿上了房，也顾不得客人在座，愤愤吵吵地嚷嚷："他妈的来了一帮马贼，也不知是从哪个窟窿冒出来的，由一个人，骑着黑不黑、白不白的马，领着好几十人马，有的举着短枪，有的顺着长枪，还有的扬着马刀，围着咱们村子转起圈圈，把王双福带出去的人马都隔在了圈外……"

阚如鹏"哼"了一声，瞪了儿子一眼。阚禄这才意识到自己说漏了嘴，闭上了那双厚嘴唇子。

梁守教一直呆呆地坐着，一声没吭，好像那条"花舌子"被大风抽干巴了；现在暗暗地点了下头，觉得弄明白了"野骆驼"敢只带四个人，来闯龙潭虎穴的原因。

罗德见阚禄被他爹狠狠地瞪了一眼，认为这也坐实了他们曾经想在半路上下黑手。他两个嘴角微微往下扯了一扯，又接着品起茶来。

阚如鹏的心七上八下，忐忑不安：民团警卫营虽然一百挂零，可真有战斗力的只有自家护院的二十名炮手——还叫王双福带去了一半，隔在了外边。这些马贼若是往村里冲，抵挡起来可要吃力了……他忽然想起："草上鹰"是骑大青马的！他如梦方醒：这帮马贼十有八九是"草上鹰"

的人马。他暗骂了声"真他妈的阴毒",却假笑着问罗德:"贵特派员带来的扈从人员,还有停留在村外的吗?"

罗德放下茶碗,一本正经地回答:"贵我双方志同道合,我是代表盟兄来同阚团总会商抗日安民的,只带四名弟兄,并没有,也不必多带警卫人员的。"

阚如鹏又暗骂"你他妈的真会装蒜",可为了弄清军情,他不得不硬着头皮说:"我担心村外的骑兵是贵军人马;若是发生误会,岂不伤了两家和气?"

罗德见他开始说软和话,便问阚禄:"副团总,你所见'骑兵'是什么打扮?"

阚禄不敢再骂那伙人是"马贼",按他爹的叫法改称"骑兵",说:"似乎灰衣黑帽。"

罗德先"哦"了一声,然后不紧不慢地说:"我大哥正组织骑兵进行军事演习。可能有些弟兄地理不熟,误打误撞经过了这里。他们若不受到攻击,是不会轻易开火的。咱们尽管往下谈正经的事。"

谈正事,就得摆事实,讲道理。阚如鹏是没有这方面准备的——他最近已经听说"草上鹰"是个鲇鱼嘴,就是一直没再搭到影的"新民闲人"。他得到梁守教的"'草上鹰'一定赴会"回话后,为杀掉这只"鹰",做了三项准备:第一,一认出是"草上鹰"来了,伏击的人就动手把来的人一勺烩了。第二,"草上鹰"没打设埋伏的路走,就放进院一网把他扣住。第三是在进了这屋后,自己躲开身子时,埋伏在东西两屋的人再动手。这是他为了报杀父大仇和把二区这块地盘控制在自己手里挖空心思想出的"捕鹰"妙计,连梁守教也没告诉……却不料"草上鹰"巧计迭出:派来个简从的代表,轻松地闯过了伏击这道关;又亲率骑兵围村示威,还把自己的兵力一分为二削弱,使自己不敢冒失行动了……阚如鹏无奈之下,勉强地虚张声势,谎说区内有大批百姓控告"草上鹰抗日军","托名抗日,强行索捐,百姓不堪其苦,全区怨声载道"。

罗德已经看出了他在装腔作势，也不客气地说："我们也听说区内百姓交过一人一元现大洋的保安费，使贫苦百姓雪上加霜。所以我们只向十多户富庶人家进行了动员，请他们量力而行，自愿捐献了一些财物。那些不愿认捐的，我们也没有强迫。是何人'托名抗日，强行索捐'，请阚团总坦言相告，贵我双方可联手为百姓做主，迫其璧还!"

阚如鹏觉得自己已经成了被告，哪里还敢东拉西扯落个诬告罪？他下决心退而求其次，委婉地提出了自己希望解决的问题："贵军倡导抗日，敝团决心保境，可谓志向一致。但同在二区这狭小的区域内活动，而且彼此部下人多口杂，极易发生误会，引发你我双方均不愿看到的冲突。贵特派员可有防患未然之万全良策？"

罗德见他像斗败的公鸡，不敢再抡拳毛装雄，便也磊落地表示："我大哥也有同虑。所以把驻地迁往蒙古旗地界，避免与贵团发生不愉快事件。但眼下为训练部队，将来为抗日作战，出入二区在所难免。双方若能坦诚相待，加强联络，各自严格要求部下，是完全可以避免发生意外事件的。"

阚如鹏对罗德的话半信半疑：蚊子哪有舍开大活人去叮木头桩子的？可能他们还觉得人单势孤，怕我冷不防把他们连窝端了，才暂时躲开了……不过他也觉得能暂时相安无事也挺好，有利于自己从容准备、等待时机。

罗德呢，觉得已经把准了阚如鹏的脉：他最看重的是保住二区地盘，当地头蛇；他现在对自己这支人马已经打怵，短时间内不敢轻易下手。

因此，接下来在酒桌上便都只唠闲嗑，不谈正事了。

罗德领弟兄按原路返回。没走出多远便碰到"草上鹰"，兵合一处回半拉坨子了。"草上鹰"却打发了一名部下："你秘密去后旗一趟，找到过去河西窝堡开过小铺的唐百顺，请他到咱们营地走一趟。"

第十七章　打虎套狼得闯山

一

"草上鹰"派人去请的唐百顺，外号叫"糖球嘴"，三十年前，也跟随"追风沙"在边外闯荡过，是在一口锅里搅马勺、肩膀头一般高的兄弟。"追风沙"把绺子交给"三尾虎"许彪后，带唐百顺等三人到塌了胯窝堡影下身子，恢复了"李宏"这个原名，当起了土财主。

在县城，唐百顺有几个熟人，特别是闵小耍和毕力雄。闵小耍两口子对社会上底层人能有些耳闻，可已经被张小菊接走了。毕力雄的买卖越做越大，大老板是不会留意"店里花"这种下等人的——唐百顺也磨不开向他张嘴。唐百顺琢磨来琢磨去，想到了耳目特别多的大筐头朱顺。他用两个白面馒头，撬开了一个叫花子的嘴：大筐头虽说老了，却还硬实，住在鸡毛小店；不过不常到街面走动了。

朱顺是县城的大筐头，原本只有县城里的人知道，可他在给穆捕头送殡时，竟然在县衙门前大闹了一场，还在牢里只住了不几天就放了出来，可就成了"名人"。不过那时候消息传得慢，温大丫是在三年后，才在听别人"讲古"时听说了。她又喜又恨：惊喜的是他还活着，恨他竟然一直没给自己一丝信。她打算去县城瞧看瞧看他，却怕丈夫跟自己跳老虎神。等到儿子成了婚，儿子媳妇生下了三个孩子，丈夫病故了，她也五十多岁了。她绷起老脸对全家人说，自己小时候"认过那时也住在耳朵眼窝堡的朱顺，做干哥哥"；温永桃出生后，为了好养活，"他姥爷又做主，叫他认了朱顺做干佬"——只不过朱顺叫一个坏人咬了一口，一走就没再回来。

最近听说在县城住呢。自己决定领温永桃去看一看……

她这段话里，有真也有假，他爹知道她跟朱顺偏近频，却没敢挑明白；朱顺确实被坏人"咬了一口"，一直到听说张喜瑞已经死了才敢回来。

到了县城，温大丫很快就从一个叫花子的嘴里，打听出了朱顺的住处。一到鸡毛店，看到了朱顺，温大丫先叫了声"哥"，便叫儿子"快些给你干爹磕头"。朱顺有些蒙门了，仰脸望当年的相好女人。温大丫红着脸说："他大号叫温永桃，我爹不是在他没出生时，就要他做你的干儿子嘛！"朱顺眼睛一潮，急忙擦擦说："想不到他一晃就这么大了……"温大丫有点伤心地说："还一晃呢，你都有了三个孙子了——你可真是'干哥''干爹'，回来了这些年，一趟脚步也没送……怕我们孤儿寡母过不下去，赖上你咋的……"

温永桃已经磕仁头、叫过"干爹"站了起来；他捅捅他妈，把她的话打住，对朱顺说："我是你老的干儿子，可那三个小崽，却只叫你老'爷爷'的。你老一定要回去看看。"

温大丫知道没多少唠体己嗑的机会，便向儿子说，原来不知能不能找到，现在你快去买些点心，"孝顺孝顺你干爹"。

儿子一走，温大丫就坐到朱顺身边，低声说："是我耽误了你。我现在还不算太老，愿意撕破脸皮，伺候你到老。"

朱顺却坚决地摇摇头，说自己过惯了无牵无挂、没辖没管的日子；还说"我相信你能为我撕破脸皮，可咱们都得替孩子留个趾蹬啊。"

"你心真狠……"温大丫无奈地说。

不过温大丫对"干哥哥"再也放不下了：她做了一床被褥，叫儿子送过来，倒腾着一年给他拆洗一次。每年都给他做一双棉鞋、两双夹鞋；一开春，还叫儿子把他的棉衣服取回来，拆洗好再做上……朱顺也很惦记孙子，除了让"干儿子"带回些零嘴，还每次都给带回几块现大洋……

二

鸡毛店是宿费最便宜的小客店：长筒屋子里对面大炕，炕上铺着用鸡毛勒成的垫子；炕脚底下有张用破布挂面的鸡毛帘子，晚上可以扯到身上当被盖。住的人多半是叫花子或大烟鬼，每宿只收一个大钱——长住的每月只收二十个大钱。

唐百顺虽然没和朱顺打过交道，过去却在街面上照过面。他进了店，见朱顺正坐在南炕头抠脚丫子：身上穿着上了补丁但不露肉的衣服，屁股底下铺着一床半旧的褥子，炕脚底下还叠着一床麻花被——标明他在这旮高人一等。唐百顺见朱顺老了些，但身板还挺硬实。他把孩子放到地上，作了一个揖，恭恭敬敬地说："晚辈寻亲不遇，想求朱老前辈指点。"随后却大大咧咧地扔过去一块现大洋。

建安县城很小，叫花子只有几十，还没形成"花子门"；但大筐头身份地位也很特殊：穷人不欺侮他，富人不敢得罪他；官府要通过他控制叫花子，轻易也不限制他。他张口便是"老爷""少爷""太太""小姐"，却不允许任何人把他叫"老爷"，认为那是对他的挖苦和嘲笑。他还带头遵守行规：抿着耳朵听骂听训，接受任何人扔给的钱，却不接受任何人的敬献或硬往兜里塞，认为那是一种收买——而灵魂是不能出卖的。朱顺很高兴被称为"老前辈"——徒子徒孙或子侄辈才这么称呼的。他听唐百顺想打听一个人的下落，又见他是个带着个孩子的壮汉子，便有点猜疑地问："槽头溜缰了咋的？"

这话粗听起来是问"你养的大牲口走丢了吗？"其实是含蓄地问："你老婆跳槽当了老跑头子吗？"唐百顺立马脸红了：这老叫花子的话，咋和我在瑲摸一个女人搭上了边？他外号叫"糖球嘴"，不仅是因为两片嘴唇会缝缀，说出的话受听，还因为他能很快地把话骨碌出口。他只打了一个小奔儿，便有枝有蔓地说："晚辈是寻找小姨子——十多年前，岳父岳母拖儿带女闯关东，去洮南投奔乡亲。路过这疙瘩时小女儿得了重病，把她托付给了一家姓程的，留话'治不好是她命短，治活了就给你们做小接媳妇儿'。前二年才听说，人是活了下来，可圆房后没过几年就成了半边人，还沦落成了'店里花'……"

朱顺突然"哼"了一声，抢白似的说："啥叫'沦落'？都是叫苦日子逼的！叫花子哪个愿意嘴上喊着'大爷、大奶奶'，哀求赏给那一勺子馊了的饭、酸了的汤……"

唐百顺见他有些生了气，把话扯远了，赶紧顺着他的语气往回绕："老前辈说得有理——若是公道佬不睁一眼、闭一眼的，我那个姨妹也不会自个往火坑里跳。"

朱顺却没坐地扯回头，有些愤愤不平地说："都说老天爷是公道佬，我看他却是个势利眼：对穷苦人，越瘸越用棍子点。"他发完牢骚，心情平和了一些，也看出了唐百顺着急听回音，便捡回老话头："……就拿你小姨子，也就是程家那个可怜的小寡妇来说吧，得说是个孝妇：她是为了养活只会哇哇哭的孤儿，还有那个下不了地的瘫巴婆婆，才当了'店里花'的。可老天爷并不可怜她，又狠狠地点了她一棍子，把她的心肝儿子收回去了，却让她老婆婆继续讨上辈子的债……她现在扎咕不起囫囵皮往客店里出溜了，只能蹲在家里等人了……你到镇子西北找一座奄拉檐子的房子吧。"

三

北裤裆街的裤腰沿子是座桥。它西南有个瓦盆窑。从那疙瘩到县城正街，虽然没有一条像样的路，却被人叫作"穷棒子街"，住着些耕田种菜的、打鱼摸虾的、编筐窝篓的、挑货叫卖的、偷鸡盗狗的，没有一家财主。唐百顺在穷棒子街找到了两间破土房，见房檐奄拉成了水波浪，便走过去。

一个女人迎出门来，见来人不是熟客，还抱着个孩子，赶紧挤出些笑容来，半猜半逗地说："你们男人个个都属邪火烧焦膛的驴，天天都得灌几瓢酸泔水；断了一顿就挺不住，抬蹄就闯小户人家的门，硬把驴嘴往人家水缸里插。"

唐百顺见得她穿着上了补丁的衣服，但洗得还干净；两眼无光，瘦脸焦黄，长相比自己还老了些。不过从脸型上看，还可以断定没找错人。可人的性情变了，一开口就扯彪，已经没了从前的腼腆样，变得和拉客的"蒲棒绒"一样没脸没皮了……他停下脚步，顺口说出一句有些心寒的话："我不是来打野食的；是想看你过得咋样，本打算跟你商量件正经事……"

那女人刚伸出手想把客人往屋里拽，听了这话可就讪不搭地把手缩了回去……她儿子讨完债，随着一股冷风走了。那股刺骨阴风把她这辈子的希望，撕得七零八落，扬了个无影无踪。从那时起，她看到走近这两间小破房的人，只辨男女，不分丑俊善恶。那些"客人"，不是抬蹄子，就是伸爪子，嘴里也从来嘎嘎、汪汪不出半句人话的。可现在，她听到的是有些伤感的话语，那语声里有关心，还有失望。她感到意外，仔细地打量了两眼，心可就往上一提，好像把血都抽回了腔子，两片嘴唇、一张黄脸可就一毛毛血色也没有了：她认出了面前的人，还想起了店家的账房说过他姓"唐"……惊讶和回忆，好像使她把丢到了脖子后的廉耻心又捡了回来，有些羞愧地说："我真是人穷志短眼睛花，咋没认出唐大哥来！你是我这五六年里碰到过的独一份好人……你帮衬过我两回，却没碰过我一手指头，我一直没忘掉那份情义的。"

唐欣这孩子，被几个姨娘抱惯了，对眼前的女人并不认生，向她抟挲开了两只小手。那女人接过孩子，说了句"大哥到屋里歇歇脚"，领头进了屋。

唐百顺的心宽敞了一些，跟进了外屋地。那女人用身子挡住了西屋门，低声说了句"婆婆瘫在炕上，大哥到小北屋坐吧"。唐百顺进了北倒厦，见炕上铺了一床褥子，旁边顺叠着一床旧被，想起了朱顺说的"她……只能蹲在家里等人了"，便低声叹了一口气。

程家小寡妇从他的唉声中，听出他明白了这屋的用场，请他坐下后一边悠着孩子，一边厚起脸皮解释："婆婆身子瘫了心明白。我咋能当她的面干那种事？不得不间壁出了这个小瘪屋。"

唐百顺见她没藏没掖，便也直截了当地问："你咋不找个正经的主？就是再苦一点，两个人鱼帮水、水帮鱼地往前奔求，不也比这么往前对付，还有些盼头吗？"

那女人有些无可奈何地说："大哥，我咋没想过？也一直托熟人帮助张罗，可压根就没有愿意让我带着瘫巴婆婆走那步的茬——我生下那个小短命鬼后，闹过一场大病。他爹为我把家产折腾得只剩了这两间小破房；他奶奶像对待亲闺女似的伺候了我半年。我披了一身人皮，能丧了良心抛下她不管吗？为了填两张嘴，我只好不顾这张脸；混两个半晌，两口人就多活了一天……"

唐百顺听得连连点头，又想起了大筐头朱顺夸她是"孝妇"的话，觉得叫花子的眼睛，比官吏的眼睛还亮得多。

唐欣被悠着了。程家小寡妇轻轻地把他头朝里放到了炕上，还扯开块被搭到他身上。她斜身靠炕沿站着，轻声地问："他妈咋舍得让你抱着满街呼扇？"

唐百顺是正正当当地夸拉腿坐在炕沿上，没看到她脸上的试探神情；可他已经恢复了些对她的好感，便扭过脸放风说："他妈没了半年多了。"

靠放青还填不饱肚子的程小寡妇，心怦怦地撒起欢：她坐实了心里的猜想；可她弄不清这个人方才说的，想"商量一件正经事"是啥意思：是还没咋嫌恶自己，想团弄出个新家呢，还是想隔三岔五来歇歇脚，打发打发冷清日子呢？不过她很快地就拿定了主意：自己已经是个穷寡妇，癞蛤蟆似的叫人瞧不起，不能盼望天上掉下天鹅肉馅的白面馅饼来；他若是只愿意有时有响地过来，我也算还有个相好的，今后的日子和心情也会强不少。她低下头——却用眼角瞟着唐百顺，安慰地说："你心眼好，准能找个诚心诚意帮你带孩子的人。"

唐百顺多少看出了她的意思，正眼盯着她说："女人好找，给孩子选个心眼好的后妈可不容易。"

不梦想天上掉馅饼的女人，瞟见他死死地盯着自己，就好像意外地闻到了馅饼香味。她又高兴又有些不敢相信，觉得他像是在要口供，可又觉得他的话说得不明不白，并没有把话挑明了说……她略微迟疑了一下，也含含糊糊地说："大哥若是住得离这疙瘩近些，我很愿意当老妈子；一边像待亲骨肉似的侍弄这个孩子，一边抽空照看照看瘫婆婆。"

唐百顺少说也有八个心眼，能听不出她递过的价吗？她是在表示：你若能允许我带着婆婆过去，我会像亲妈似的带好这个孩子。他不仅喜欢她的"厚道"了，还喜欢起她的"鬼道"了——机灵，心眼活。他认为：心眼太直的女人，一不如意就会掉小脸子，使小性，得男人费不少心劲去哄去劝；而鬼道些的女人，能心平气和地解开疙瘩，使男人省心，过得舒畅。他伸手把她拽近些，挤眉弄眼地悄声说："我守了男寡后变得不老实，你过去当小老妈，恐怕会把我挠个满脸花，让我出不了门。我过来给你吃劳金吧，帮你伺候老太太。你是东家，我火烧焦了膛也不敢动手动脚的。"

被戏称"东家"的，欢喜得黄脸飞红，两眼突然闪起亮光，故意夹了他一眼角子，也悄声说："人家就是愿意当小老妈，也不怕你动手动脚，好先还上欠你的情，再赖你不得不把人家……收下。"她一住嘴就仰起脸，像把一张文书端到了他眼前，催他在上面画押，同意雇用。

唐百顺已经半年多没吧嗒过女人滋味了，现在又找到了惦记的人，便想扔把笤帚疙瘩占住碾盘。他站起身，心急火燎地把嘴当笔头子，叭叭地在那上面按起了圈圈。

明确了身份的"小老妈"，感到东家按下的圈，一个比一个烫人；猜想他那股烧膛火，马上就要蹿出来，烧到自己身上了。她怕他不顾天也不顾地，把孩子惊醒了，便一拧身倒背脸侧歪到炕上，用一只手轻轻地拍起孩子，让他能继续安安静静地睡着。

四

唐欣一醒，高兴地当上了后妈的女人便抱起他，领着刚谈妥的东家进了西屋。情愿当外甥的唐百顺向"大姨"求亲。瘫巴老太太流着泪感谢"老天爷总算睁开了眼睛，可怜起我闺女了"。

为了今后耳根子清净，这一家三姓四口搬到了蒙古旗的大坨子里。唐百顺用李宏给他的那笔钱——他把李宏拨给的那片开荒地退还了——兑下三间土平房，买进两垧薄拉地，过起了太平日子。

瘫巴老太太享了两年多清福，睡进了大红棺材，回程家祖坟跟老头儿并骨了。

唐百顺的续弦老婆，一过上不愁吃不愁穿的舒心日子，三个月后小脸就放起亮光，半年后更白里透红了。她说话的声都变了，哄起孩子，声越来越亲；答对起丈夫，声越来越娇。头二三年，她还盼望能给唐百顺再生个一男半女，可丈夫种下的地到秋就收回粮，自己的肚子却一直瘪瘪的。她知道那几年火坑里的煎熬，不仅险些夺走了两条命，也使自己坐下了这种无可奈何的毛病。她对丈夫更加感激，对借光儿子更加疼爱。她把这爷儿俩侍弄得利利索索，答对得乐乐和和。她还主张更勤俭些过日子，攒下钱能早些给儿子娶媳妇儿。她相信：现在儿子一口一个"妈"，跟从自己肚子爬出的一个样；将来娶进门的儿媳妇、儿媳妇生下的孙子，更是亲的！

"糖球嘴"觉得日子比蜜还甜，特别得意自己的眼力：没把她看成下贱的人，认定了她的"厚道"和"鬼道"，逮到手了个贤惠老婆；她确实待孩子和亲骨肉一个样，淑芝在地下完全可以放心了。他更高兴老婆"早些给儿子娶媳妇儿"的想法，每年都攒下二十块左右现大洋——他相信自己和老婆能早早地抱上孙子……

可他还没攒到二百块现大洋，老天爷又板起了黑煞脸：一个闷热的晌午，唐百顺媳妇儿怕起暴天，急急忙忙去抱柴火，被一条野鸡脖子——一种比土虺子还厉害的毒蛇，咬了她脚脖子一口。唐百顺骑上马就去寻医找药。可蒙古旗地界人烟稀少，备有蛇药的人家又很少。等他把药淘弄回来，人已经脸青唇黑脖子硬，撬开牙关也灌不进去药了……唐欣哭得死去活来；唐百顺泪水不断流，反反复复地嘟囔两句话："我的命咋这么不济，你咋一句话都没留下……"

在邻居的帮助下，唐百顺把第二个妻子埋到了自家地头上。半夏一秋，唐百顺每次下地干活都在坟前默默地站一会儿。一入了冬，每隔十天半月就领唐欣到坟头走几圈。

一般来说，那个时代礼教束缚了人性，追求个人幸福的愿望遭到压抑。三十来岁的小寡妇，若有儿子可指望，十个里有七八个能吃糠咽菜守下去；剩下那两三个便被骂为"不要脸"。同样的在那个时代，五六十岁的鳏夫，即使儿女双全甚至孙辈绕膝，却往往耐不住孤单冷清，就算续不起弦，也要贴上个女人相好。对这些人，却没人说三道四，最多有人暗下说一句"他还挺风流"。

冷冷清清地过完大年，唐百顺耐不了家里没有女人的日子了。清明前，他自己去给二房老婆上坟。他一边烧纸一边叨咕："你跟那个人一样，咋都那么心狠？说走就走，把我抛得好不孤单……那个人还留下了一句话，叫我找个'厚道'的人，把我推到了你身边。你却连一句话都没留下，叫我咋不惦念你……现在的日子，没人烧火做饭，没人缝补洗涮，我是又当爹又当妈，有了难处也没人听我说、没人可商量……你们可知道我有多孤单吗？"

也不知是那两个女人的魂灵惦记他，还是人们常说的"日有所想，夜有所梦"，两个女人接二连三地来陪伴他。尹淑芝又一次劝他"再找个厚道女人吧"。姓过程的女人，黏黏糊糊地不愿离开，鸡叫三遍了才慌张地钻出被窝，留下了一句"你心眼好，好心会有好报的"……

刚过四十的唐百顺，手里还有几个钱，理直气壮地张罗起来。没到半个月，他就划拉到手一个没到四十、还没拖累的寡妇。可没过十天，唐欣就偷着告状："后妈没有亲妈好。"唐百顺伤心地对他说："我有福一连娶到了两个贤惠女人，你却没福再摊到一个善良的后妈！"

唐欣这才知道自己一直当亲妈的人，竟然也是后妈！他跑到她的坟前，一边磕头一边喊："你就是我亲妈！你咋忍心把我丢下不管了呀……"

柳条边外有句俗语：头房臭，二房香，三房舔裤裆。这是骂那些贱骨头男人的。唐百顺却是"头房喜，二房欢，三房瞒"。喜欢的没活长，贪恋的半道上亡，假哄真瞒的却一直陪伴到他见阎王。

唐百顺对新进门的后老伴，没挑粗也没道细，却把钱攥得牢牢的，开始替儿子踅摸媳妇儿。唐欣一到十六岁，他便把一个比他大三岁的能干闺女娶了过来。唐百顺又管了一年的家，便叫儿媳妇儿挑头顶门立户；自己带后老伴到河西窝堡开了一个杂货铺。头一年多，唐百顺还隔段时间回去查看查看，指点指点；后来看儿媳妇儿把唐欣哄得团团转，跟邻居处得溜溜顺，也就完全放下了心，撒开了把。

唐欣十九岁就当上了爹。唐百顺等孙子一满月，就领儿子去塌了胯窝堡上坟，向尹淑芝报喜。他把儿子打发回家后，又和李宏、张冲、祁福喝了几天黏糊酒，唠够了亲近嗑，才绕弯到了县城——想搭方便车进些货。

窦家店的账房先生，一给他登完店簿，就劝他"去清华观看看热闹吧——王二吹的寡妇老伴还愿，在庙前搭了戏台，连唱三天戏，今天是最后一天了"。

对王二吹，唐百顺没少听人提说过：他给阚山当过跟屁虫，曾在清华观的关帝殿往周坛主身上补了两刀，追走了他的命；后来"三尾虎"许彪抓住王二吹，用他的两只招子抵了那两刀的账，才留下了"王二吹的眼睛——没冒（帽）"这句俏皮嗑。唐百顺还知道，王二吹的老婆叫宋春华，估计年岁和自己仿佛，就有些好奇地问："她该黄土埋到心口窝了，还的是啥愿？"

那位账房先生，是李大先生的儿子，人们叫他"李小先生"。那个李大先生，原本有"为人敦厚本分"的好名声，其实是个利用当账房的便利，白玩"店里花"的下三烂，连跟他有不太远的亲属关系的程小寡妇，他都不放过。他遭了报应：一再白玩弄一个患上花柳病的"店里花"，不仅他传染上了，他还把他老婆也传染上了。后来他们两口子都死在这个病上了。这个李小先生，倒吸取了他爹的教训，但好显摆自己的大嘴丫子，一有机会便炫示自己见多识广。他连真带假地胡诌起来："客官说得不错——她现在已经人老珠黄，一脸大褶子了。可她年轻时却水灵灵的，风流得狠。'王记画匠铺'掌柜的叫王林，娶她不到一年，就被她折腾得落了炕。她那块小园子是经不起旱的，小苗叶子都打卷了。王二吹去瞧看叔伯哥，被她连拉带扯，留下住到了小北炕。疯了心的女人，胆子比柳罐斗子还大，哪里还会怕半死半活的丈夫碍眼？一吹灭灯，就把那碗快风干了的回锅肉，捧给了叔伯小叔子。王二吹本来就是个二花屁跑腿子，到嘴的肥肉还能往外吐吗？第二天，王二吹可就'老汗王进北京——不再挪窝了'。没几天，那王八头就被这两个人活活气死了……"

唐百顺知道王二吹是和叔伯嫂子就合成夫妻的，也听人骂过他们一个"欺兄盗嫂"、一个"偷叔送春"，却和账房先生说得不太一样。他认为叔嫂就合并不是啥过错，更不能把过错全扣到女人头上。不过他从来不愿和别人抬杠，便委婉地说："听说她在王二吹死后，倒一直规规矩矩地守着。"

那账房先生便说："那倒没错。王二吹一成了瞎鬼，她才害怕遭天谴，向关老爷许下愿：晚些报应她，让她把双福、双寿拉扯大，让王二吹和王林都能有顶香炉碗的，别绝了后……"

五

其实，宋春华当初许愿时，只请求关老爷保佑大儿子双福长命百岁，并没提二儿子双寿。她觉得：虽说较起真话来，双福不是王林的骨血，可在名义上却是他的梦生儿子，而且王二吹也答应了叫双福为他叔伯哥传宗接代，把他的画匠铺开下去。她觉得王林宽宏大量，对自己的过错没怪罪，这么有人缘的人，也一定有天缘，关老爷会看在他的面上保佑双福的。她还认为：自己和王二吹罪孽深重，老天爷不会允许有后人的，关老爷也不会保佑双寿长大成人的，求也白求……宋春华做梦也没想到，王双福长大后，一出接着一出作祸事，把她的安排愿望搅了个底朝天。

王双福刚冒话，宋春华就教他把自己叫"二婶"，样样都宠着他。到了七八岁，宋春华就告诉他："这画匠铺是你爹王林留给你的。二婶先替你照看着，等你能主事了就由你当掌柜的。"王双福十二岁了，宋春华叫他跟自己学扎纸活。她已经把这个"侄"娇惯坏了——从来没大声吆喝过，更没戳过一手指头。他嘴上答应，可一转眼的工夫就溜出屋去街里闲逛了。

王双寿比他小一岁，被宋春华断定是"短命鬼"，倒老老实实地跟她学活。

王双福到十六岁时，也没把纸活手艺学个虎皮色，却成了小混混的头儿。王双寿却能接活干了。宋春华叹气地央求王双福："要点强吧，咋能不如弟弟务正业？"

王双福愤愤吵吵地还嘴："我'爹'务正业，我'二叔'不务正业。可'不务正业'的，却占了'务正业'的大便宜！你不要认为我还是糊涂棒子，你们干下的那些牙碜事，早就把我的耳朵眼磨出了茧子。你们不就是因为做下了亏心事，才舍出我这个亲生儿子遮丑吗？我已经顺从了你们的意思，给那个吃了大亏的人当了'野种儿子'。现在我得把话挑明了说，你们把我舍给了王林，这房子，这画匠铺，就都是我的！今后得按月给我房租；画匠铺挣下的钱，也得分给我一份。"

宋春华眨巴眼睛了，觉得这是王林借他的嘴讨债了。她觉得自己理亏，也不敢声张，开始每个月都给王双福一笔零花钱。王双福也就开始以"王记画匠铺"的甩手当家的身份，在街面上混——交往的却没有啥正经人。

　　将就到王双福十八岁，宋春华下定决心给王双福娶媳妇儿，然后自己领双寿搬出去。她觉得这招若顶用，一来可能拴住双福的心，逼双福顶门立户，把王林的画匠铺开下去；二来可圆上王林生前的梦，把他的香火传下去。她还觉得，若娶个圈里的闺女，容易和自己拧成绳，可以齐心协力、里呼外应，帮双福把画匠铺开得更红火。她把叔伯侄女宋英接来，对外说是来串门，其实是让王双福相看，看他愿意不愿意。

　　宋春华一年到头都在家里忙活；虽然也出去跑趚事，都急急忙忙办完就回家。所以她对外边的事知道得很少。她还不知道：王双福不仅和狐朋狗友玩刀弄枪，还开始和一个年轻道姑勾搭到了一起。那道姑法名"莲根"，有人说她是缘木散人的私生女——其实是服侍过缘木散人的道装女童梅。她随柳妈断续地在缘木散人身边待了四年左右。对缘木散人那些情愿的风流或无奈的屈辱，都看成了欢乐和享受。由无知地艳羡，发展成后来的放荡追求。她回到乡下家里后，既不愿干农活，又不愿闷在家里，就家前庙后不断地串门，不久便跟一个不老不小的秧子做了相好的。她爹妈劝不服、管不住，便张罗把她聘出去，她一听说那是个平平常常的庄稼人，便跑到县城，找到清华观里娘娘庙的主事老道姑愚木，出家做了道姑。她跟师父吃了二年消停饭。愚木一死，莲根可就开始泼弄起污泥浊水，对进娘娘庙烧香的那些二花屁，先是甩动起蝇甩子罚香资，后是扔给笤帚扫大仙堂；经她检查判定"心诚认真"的，就有资格做她的"化外同道"了。王双福这个"王记画匠铺东家"，是舍得"香资"的，还是莲根遇到的最年轻的"香客"，只马马虎虎扫了一次大仙堂，便被允许人前称"师姐"、背后叫"怜怜"了。刚数十八岁的王双福，把对异性的好奇、羞赧和冲动，完完全全地展献给了莲根；而成熟、妖冶、放荡的莲根对他的喜欢、体贴和卖弄，也就成了他衡量女人的标准。他见表妹虽然比"怜怜"羞嫩，可长相却差了一大截，还总板着脸，连一句讨人喜欢的话也不会说，便待搭不理地摇摇头，又去逛娘娘庙了。

　　宋英虽然年龄不大，却是个有主见的女孩子。她讨厌游手好闲的大表哥，暗暗地喜欢上了老实能干的二表哥。在宋春华唉声叹气地把她送回家后，没过两个月她就自己来"瞧看大姑"了。

后来，王双福干出了两件出奇冒泡的事。

阚家大院的三少爷阚祺，年岁比王双福小一些，手里的银钱却海得多。他在秀水小学念过几年书，对县城挺熟悉。后来时常到县城逛悠，明面上是办些可办可不办的事，实际上脚打后脑勺子忙活拼酒赌钱、寻花问柳。娘娘庙便是他随意烧香、殷勤拜仙的地方。那位莲根仙子，一见他进庙门便不再向别人舞弄蝇甩子。王双福的哥儿们都有些义气，觉得是"强龙压了地头蛇"，主张找机会教训教训阚祺。王双福虽然才十九岁，却继承了一些王二吹的鬼心眼，掂量起轻重得失，比他那些狐朋狗党冷静：阚祺财大根子粗，报复起来一定心黑手狠，做赔本买卖的一定是自己。他还觉得：自己这个纸活店老板，一辈子也不会大富大贵、出人头地，倒不如设法交上阚家大院，兴许将来能借着光……

没过几天，阚祺在回家的半路上，被几个蒙面人挥刀截住了。这位三少爷一被拉下马，就水裆尿裤往外掏钱。劫道的收下钱却不放他走，吵吵把火地要"把这个小秧子带回老窑，让他老爹拿一面袋子现大洋往回抽"。这时，恰巧从科尔沁左翼后旗买马回来的王双福，迎面颠搭过来，叭叭朝天开了两枪，吓得蒙面劫匪撒丫子钻进了树林子。阚祺见救下自己的是王双福，千恩万谢，坚决请求他护送自己回家——他已经吓破胆了。

阚如鹏接见了王双福，感谢中也进行了盘问——如果阚老太太和阚山还活着，肯定能发现一些"巧逢少爷被劫"的可疑之处，可实际上阚门一代不如一代：若把阚老太太比成有些神通的老狐狸，生下的阚山却只接近黄貔子（黄鼠狼）的水平，装神弄鬼的能耐只学到了乃母的皮毛；而阚如鹏则不过是只豆杵子（田鼠），身子胖得流油，可七个心眼少说也有两个不透窿！唠了一阵，便确信无疑了。

王双福在酒桌上却发挥得恰到好处：我十二三才明白了一些事的真

相,知道了我二叔是我生身父,是被"追风沙"弄瞎丢了命的。我觉得扎纸活只能填饱肚子,报不了杀父大仇,便开始学拳使棒,后来又买了洋枪练瞄准。我打听好几年了:"追风沙"好像泥鳅钻进了烂泥塘,不见踪迹;想抓个他手下的解下恨,也抓不着影……

阚如鹏有些自愧不如了,又觉得虽然身份贵贱不同,却可以说是"同仇敌忾",便聘请他做阚祺的"护卫教习"——教习就是教练、老师,"护卫教习"的身份,在阚祺跟他之间可算亦师亦友了。

半年后,阚如鹏为了进一步笼络他,使他为阚家把套拉直,把一个比较漂亮的叔伯侄女聘给了王双福。宋春华拿出全部积蓄,任由王双福把家安在阚家街——她自己带领双寿继续经营画匠铺,每月交给王双福十块现大洋的房租和利润。

又过了半年多,王双福出生以来头次被撸了个茄皮子色,还不得不应下了一件事——可能是他一辈子里办下的第二件冒泡事。

王双寿跟宋英成亲,王双福回到家时人客已经散净了。一进屋,他见兄弟媳妇儿光彩照人,便狗戴嚼子——胡嘞(勒)起来,说:"真是'女大十八变,越变越好看'哪!那年我二婶把你接来,让我相看:小脸锈了吧唧的,像倭瓜蛋子还没长开。你那时若这么打眼,可早就成了我屋里的……"

一听这几句话,宋春华皱紧了眉头,王双寿拉长了脸,宋英红头涨脸地走出屋——可眨眼间她又回来了:两眼瞪准王双福,把手中的菜刀啪的一声平拍到地桌上,小嘴盒子炮似的嘎嘎起来:"你人也好,驴也好,和双寿是从一个肚子爬出来的,我都不能不叫你一句'大伯哥'。可我要告诉你,我这个老宋家的少辈姑奶奶,可不像我大姑那么好欺负。你今个若不把那几句驴话收回去,咱们就一对一地试一试。你亮出那把枪,若一枪打不死我,你就别想囫囵身子出这个屋!"

王双福没想到她竟然是个敢拼命的茬,倒有些又怕又敬,忙把话往回拉:"大哥不是跟你开个玩笑吗?二妹不要多心。今后有二妹帮助双寿,我就不担心他受欺负了。"

宋英见他软了下来，便乘胜追击——但语气却客气了不少，说："大哥，妹子是讲理的。你敬我一尺，我敬你一丈。可有两件事，我却不能不跟大哥挑明了说。一是这两间房子。你是给双寿他大爷顶香炉碗的，我大姑算是出一家又进了一家的人。房子归你天经地义。你若讲情义，可以递出个价来，合适了妹妹留下。二是这个画匠铺，一直是婆婆和双寿支撑着，你不该拿他们当劳金。大哥今后若还想拿干份，我就只好领双寿搬出去另拉一屉了。"

王双福一来明白了一些事理，二来已经当上了阚家大院的炮头，还兼任了阚家街的村长，算是有头有脸了，怕她把自己名声扬得稀狗屎一样臭，便表示不再管画匠铺——"招牌和经营的权利，算是我送给'二婶'养老的"。房价，他也大量地说"二妹新到王家，也没积蓄，给我二十块现大洋吧"。

宋英从柜里翻出三十块银圆，摞到大伯哥身前，说："房子不咋着，可地方挺香人，悠着点卖，会有人出到四十块。我不能让大哥太吃亏了——可连婆婆给我的，带娘家陪送的，我只有这三十块了。"

王双福点点头，数出五块扔给宋春华，没叫"二婶"，也没叫"妈"，说了句"给你做件衣服吧"。

王双福抱了儿子后，宋春华就张罗过还愿。王双福不同意，用一句"你嫌后大襟上窟窿眼子还少咋的"，给别住了。等宋英给她生下了孙子，她又张罗还愿。宋英长嘘了一口气，却没拦挡。后来王双寿私下对媳妇儿说："你若晃头，妈便不会闹腾了。"宋英点了他一指头，悄声说："她这回是想告诉你那个爹：关老爷没把他们的过错记到你头上。这老太太伺候了哥儿俩，许下你大爷的她都做到了；对你爹也算得上十个头的了。我若挡她，她也会听；可心里会憋屈一辈子的。"

宋春华挺满意儿媳妇儿，便雇了个戏班子，向关老爷还愿。她跪在关老爷像前，特意感谢关老爷"开了天恩，没让王二吹绝后"。

六

唐百顺听他二房老婆唠过宋春华许愿的事。他一听账房先生的话，心里便骂了声"瞎白话人"，嘴上却说了句"受教了"，抽身去趸摸捎脚的车。在一个大车店，他被一个老板子叫住："唐掌柜的，咋还在这疙瘩逛悠？你的杂货铺，前天晚上被抢了个精光！"唐百顺还算担得起来，稳住神又问了几句，才去填饱肚子往家蹽。小一百里的路，他送走了太阳，又顶着月亮，边走边寻思：当年老子跟"追风沙"闯荡江湖时，从来不对做小本生意的下笊篱；现在哪个损贼向我伸出了爪子？当年没随"三尾虎"去投张大帅的，虽说又有人捡起了老营生，但绝对不会对我这个老伙计打主意……看来是近几年新出道的生荒子……

天麻麻亮时，他到了家。老伴哭哭啼啼絮叨起来。他安慰几句，到后院柴火垛转了一圈，放下心回到屋里。他躺到炕上却睡不着，琢磨起老伴絮叨过的事……

"他们还没到三更就闯进屋，都青布蒙着脸，只露出两个窟窿眼"——这说明他们不是以前露过面，就是怕以后被认出来，落了个炒豆炸了锅——赔了本。

"翻出了那几天卖的钱，也没对我拳打脚踢，便开始往外面的车上装货"——为啥没逼问她？难道清楚我不叫她经管钱？看来他们的老窑不在我身边，也离这疙瘩不远……

"洋布、洋面，给包圆了；铁锅、铁镐，也一口没剩，一件没落"——家家都得吃穿，抢走面和布不出奇；可哪家能备下用几辈子的饭锅、铁家具？若怕锈坏了，就得往外兑……

唐百顺开始围着河西窝堡拉起磨，一圈一圈往外放，想找出些蛛丝马迹。在离河西窝堡二十多里的阚家街，他在一家杂货铺相中了一个二齿钩脑袋，买下后还向店东恭维："掌柜的真会选货源——这么好的货，准是

231

从郑家屯顺风炉进的吧?"他跟随贾英做了几回买卖,是最熟悉贾英闯出"草上鹰"名号的人之一。今年刚开春,"草上鹰"曾找过他,求他帮助拉队伍抗日:"我知道你跟我一样,蹦跶不几年了。只想让你在老窑里帮我照看照看。一等队伍成了型,我就放你回家过太平日子。"唐百顺一来觉得他拉队伍抗日是正经事,二来也不好意思驳他的面子,便应承了——但提出得晚些日子,"我得安排好家里的事"。

"草上鹰"原来是想在唐百顺来了后,让他管钱粮。阚如鹏邀请他赴会这件事,却使他改变了主意:自己是把老营挪到了蒙古旗地界,可将来的活动还得主要在建安县;不在县城安眼线是不行的。唐百顺来到老营后,同意了他的想法。唐百顺在离开老窑前,"草上鹰"交给他一笔钱,还嘱咐他"只管好好做小买卖,没特别重大的事别往回跑,千万别露出马脚"。唐百顺完全听明白了:既是让自己在县城当耳目,也是为自己安排后路。他对"草上鹰"很感激。

七

"糖球嘴"到县城后,转悠了两天,在箭杆街南、东弯街东、"王记画匠铺"斜对面租下了两间土平房;接来老伴便开始张罗开小铺。他很守绺子耳目这个本分,一边不紧不慢地置办东西,一边竖起耳朵听、骨碌着眼睛看。刚两天,他就发现街头巷尾有些怪:那些填满了皮口袋的混混、那些一天天没事闲遛的老少秧子,竟然仨一堆俩一伙的,或蹲在墙根嘀嘀咕咕,或站在道边比比画画。他闲逛似的凑过去听,发现那些人说的话都和"高大虎"有关:有的说"高大虎前些年是杆子头,老张招降了他。后来听说养老不干了。半年前挑起了抗日的旗。组织义勇军抗日",有的说"老高回来了,要在窦家店开会,建立'辽北民众抗日义勇军',守住县城"……唐百顺立刻想到了二当家"野骆驼":是少帅手下东北军的少校,那次去阚家赴宴还报过"少帅特派员"的名号。他觉得这件事笃定很重要，便又到窦家店门口望风。他发现窦家店的饭馆子门上，贴了张"修理内部，暂不营业"的大红纸条子；却有几个穿着军装的汉子，在大门口接待客人，其中有个中校，自报名号是"联络副官窦宝章"。被他接进院的，都不像普通客商：有的骑着高头大马，带着挎枪的马拉子，分明是杆子头；有的坐着自家的小车子，穿得像一根绸棍，显然是一方的坐地虎。唐百顺那八九个心眼咕嘟起来：糖球嘴呀糖球嘴，这可是一件特别重大的事情啊！他回家扔下句"得再张罗些钱"，雇了辆小车子，离开了县城。等小车子跑了大半天，还贪了一大阵子黑道，他在离老营十多里的地方下了车，顶着星星奔回老营，向两位当家的汇报。

罗德听了唐百顺的汇报十分兴奋。他在东北军里干了十多年，虽然没见过老高，可耳朵眼里却没少听到过：这位东北军少将，是当过陆军训练副司令的。他建议"草上鹰"去参加会议，"大哥，咱们若争取到正当名分，活动起来更方便，也就不再怕阚如鹏这种地头蛇找碴子了！"

"草上鹰"对盟弟的话，没点头也没摇头。他拍了拍唐百顺的肩膀，夸他"不仅嘴码子好，眼力更出众，刚把大腿插进裤裆街，就摸到了一个大盘子"。等唐百顺由贾友义领着去吃饭，"草上鹰"才对罗德说："老高的名，我听到过。他抗日应当是真心的。可老高没给我们发帖子，不是没听到我们的名，就是没把我们看到眼窝子里。我们是不是一厢情愿去赶这个场，你得让老哥我好好掂量掂量。"

"草上鹰"差不多半宿没合眼，终于掐准了定盘星。第二天起炕后，他对罗德郑重其事地说了下边这段话："我这个老头子，眼看就年到花甲了，还能蹦跶几天了？前大半辈子，我杀过大牛，轧过孤丁，劫过道，是成不了啥正果的。我心窝子里这股不当亡国奴的血气，有一多半子是你鼓动起来的。我只想帮你拉起一队人马，由你领着好好闹腾闹腾……咱们东三省叫小鬼子占领快一年了，撵走它恐怕少说也得三年五载的。这样的大事情，得千丝万线往一起拧，众人拾柴火焰高嘛！对老高我还是信得过的；可他手下人都咋样？咱们就像屎壳郎掉进了砚台——满眼墨黑。老话说，害人之心不可有，防人之心不可无。对咱们这支人马的前途命运，咱们哥儿俩得留个心眼，别懵懵懂懂叫人给吞掉了。这个会，对咱们来说是个机会——机会是个酸脸鬼，一错过面就不再搭理人。你在少帅手下干过，由你出头露面比我去强，最少能多掏出一些底。咱们的老底子，你别敲打筐底，就说人马一百多号，枪齐马壮。要清楚表明咱们态度：一、坚决跟随老高打小鬼子；二、听调不听宣，不同其他绺子合并，不能把咱们人马编花搭了。"

罗德心里并不完全同意这些意见。他认为"听调不听宣"，一定是盟兄从戏文里听到的。他觉得参加老高筹建的义勇军，是为了抗日，不应当把着自己的小山头不放。不过这支五六十人的队伍是盟兄拉起来的，没有"草上鹰"这个名号拢着，很可能聋子放炮仗——散了。因此，他没争辩，还保证一定坚持盟兄的主张。

"草上鹰"亲自挑选了四名枪法好、熟悉路的弟兄，命令他们"保护好二当家的"；还嘱咐罗德："一发现情况不妙，就上马往南冲，绕道回老营。"

八

午后三点多钟，罗德来到县城北门，发现有四名东北军士兵站岗，心中嘀咕了一句"老唐头儿咋没提到这个情况"。那领哨的见他穿着旧军装，还是个少校，便敬礼问："长官是哪部分的？"罗德回忆起往日的军营生活，激动地跳下马，拉住他的手说："我是去年在北大营被打散的，现在代表'草上鹰抗日军'的弟兄来赴会——你们是多咱开过来的？"那个班长亲热地回答"昨天随司令的代表，来警卫'辽北防务会议'的。"还提醒说"窦家店已经住满，报到后要另找吃住地方了"。

罗德却不忙报到，顺正街来到城南头，住进一家小客店。店东很热情，亲自端过茶来。罗德请他坐下，说自己接到高司令请帖晚，打听

"防务会议"开得咋样了。那位店东很坦率,说"不知实情,只有耳闻——主持会议的是高司令堂弟高荫唐,负责会务的是窦家店少掌柜的窦宝章中校;会议可能是上午在窦家店关起门来开的"。

罗德觉得窦宝章也是军人,还管会务,应当去拜访一下,打听一下会议进行情况。

上灯后,罗德在窦家私宅见到了窦宝章。两人先唠了些部队番号、将领姓名、征战戍守,都确认了对方身份,感情立刻拉近了好多。窦宝章说自己是随大部队撤到关内的,今年二月调到高司令手下的,暂时任联络副官。罗德便从自己被盟兄搭救说起……窦宝章一听到阚如鹏设宴想杀"草上鹰",便啪地拍了一下大腿,说"我明白了……"

辽北防务会议,是今天上午十点开始的。与会的除高荫唐手下几名军官外,还有阚如鹏等几名民团团总和刘叙五等几名同意改编成抗日军的民团团总、杆子头。高荫唐在欢迎各路人马参加"辽北民众抗日义勇军"后,宣布建制:高大虎任司令,下辖高荫唐、窦宝章、刘叙五三个旅级支队,各辖二至三个团。那些民团团总、杆子头,一听说"凡任团长者,报请张学良副总司令照准后即发委任状",一个个眉开眼笑。高荫唐趁这个热火劲,宣读高司令的《告辽北民众抗日义勇军官兵书》:

"……今天是什么日子?我们为什么走到一起?去年的'九一八',鬼子兵炮制了柳条湖事变,先攻北大营,随后侵占东三省。白山黑水被蹂躏,哀鸿遍野;父老同胞遭涂炭,惨雾弥天。今天,我等有骨气的中华男,有血性的东北汉子,组成了义勇大军,高举起抗日战旗,志在光复国土,誓要洗雪国耻……遍望辽北,唯建安一县尚握我手;狼贪日寇,已张牙舞爪,欲吞彼腹。面此累卵之势、燃眉之危,我军各部务须夜以继日,抓紧军政训练,振奋报国救民精神,增强杀敌守土本领,同心勠力,前仆后继……"

那些刚当上团长的地头蛇、杆子头,开始时还正襟危坐,一副洗耳恭听的架势;可一听高大虎要求"前仆后继",有些人心中可就嘀咕起来:

冲到前边的被撂倒了，我可不能傻乎乎地再往前送死……

等到高荫唐让大家讨论"如何抓紧落实"时，发言的多半是谈军需粮饷。阚如鹏却像羊群中的叫驴，扯脖子嘎嘎起来："咱们若想顶住洋鬼，就得先打净家边的野鬼——马胡子'草上鹰'盗名抗日，骚扰地方；勒索大户，鱼肉百姓。鄙人本想把他招抚，但他凶蛮顽固，不肯弃恶从善。请高司令、窦支队长，派兵助我团剿灭害群之马，使我团无后顾之忧，可一心一意守土备战……"

罗德一听窦宝章解释完"我明白了"的原因，便深深感到盟兄经多识广，那些担心确实不是疑神疑鬼。他立即详细介绍起有关情况，赞扬"草上鹰"的为人见识，说明"草上鹰"坚持"听调不听宣"，就是怕这支抗日队伍被吞掉了，请窦宝章"仗义执言，以正视听"。窦宝章慨叹再三，毅然应允。

九

第二天，罗德九点钟来到窦家店。窦宝章接他进院，告诉他"我昨晚向司令代表汇报过了，你要准备讲几句"。

会议室设在饭店的敞厅。四张八仙桌连成一排，高荫唐在横头上坐北朝南。两侧依次坐着支队长、团长。罗德虽然是东北军正牌少校，可原来只是营长，眼下还没正式纳入辽北民众抗日义勇军建制，只能坐在末尾。

阚如鹏一见罗德来到会场，心中就翻腾起来：这头"野骆驼"咋闯进来了？难道他真是特派员？果真如此，姓高的和姓窦的可就不会帮我除掉"草上鹰"了……

高荫唐先对大家关心的军需粮饷问题，做了简要说明："本人已得司令电示：我辽北义勇军草创初组，各团急需暂由所在驻地区村征募；司令正和有关方面筹划长久良计。"

他接着便兴冲冲地宣布："我军组建伊始，已获广大军民雀跃拥戴。

'草上鹰'所率人马，已申请加入，矢志献身抗日伟业——现请该部罗德少校和各位相见。"

罗德向与会者行过军礼，便慷慨陈词："……我部百人一心，矢志抗日，在辽北唯高司令马首是瞻。愿跃马横刀于建安与后旗、昌图交界地带，不取县内钱粮，誓为县北县东之屏障……"

阚如鹏对罗德所说"我部骑兵过百，行动疾捷，远击用枪，近搏挥刀"，并不完全相信——他从梁守教嘴里买到的情报是"有老有少，众五六十"；而王双福那天也对绕村奔驰的骑兵数过，众约四十。不过他对这支人马的战斗力却不敢低估。他还招见过去过协尔苏赴宴的财主。这些人同声称赞"草上鹰""野骆驼"二人"枪法奇异，令人结舌"。他更从罗德只带四人从容赴约、"草上鹰"率队绕村示威，从中体验到了他们的战斗力和胆略。阚如鹏虽然因为罗德一句没提"奉命招兵买马"一类的话，否认了他的特派员身份，却也由于罗德和窦宝章的关系密切，确认了他的东北军军官的背景。他觉得如果继续坚持提过的看法，可能会落个"没抓住狐狸还惹了一身臊"。因此，他在罗德表示"不取县内钱粮"的态度后，认为这也是不和自己争地盘的态度，便在罗德讲话结束时也拍了几下巴掌。

主持会议的高荫唐，昨夜听窦宝章汇报时，很高兴"草上鹰"这支生力军归附，却也担心惹恼阚如鹏这条地头蛇。因此，他今天没先宣布"草上鹰抗日军"的加盟。他现在一见阚如鹏虽然还板着猪肚子脸，但还是顾全了大局，为罗德的讲话拍了几下巴掌，心才落了底。他抑制住内心的高兴，用平静的语气宣布："原'草上鹰抗日军'从即日起编入辽北民众抗日义勇军，改称'骑兵独立营'；'草上鹰'任营长，罗德任副营长。"

阚如鹏微微一笑：我早已经被任命为团长了！今后你们再见到我，得向我行礼致敬、跟在我屁股后闻臭屁了。

会议结束后，高荫唐专门宴请罗德，由窦宝章作陪。席上高荫唐解释说："司令兄嘱我向'草上鹰'营长和罗副营长说明：他明了当前辽北形势，十分理解你们'听调不听宣'的苦衷，才给你们骑兵独立营的建制；虽说是'营'，但由他任司令的军部直接调遣。"

罗德爽朗地表示："义兄与职下，并不计较名位高低。蒙二位鼎力相助，使我们能追随司令全心抗日，定当唯命是从，赴汤蹈火！"

回到老营，罗德一五一十向盟兄做了汇报。"草上鹰"笑呵呵地说："我倒不稀罕'营长'那顶帽子——过去咱们还是'军长'呢。今后可以名正言顺活动了，这就很好。"

罗德叫人做了一面"辽北民众抗日义勇军骑兵独立营"大旗，在营地戳了起来；有时在训练时还把队伍拉出去，高举大旗到各村巡行。老百姓也不再把他们看成绺子，而是认为是正牌的抗日军了。一些散兵游勇、爱国青年，纷纷前来投奔。两个月后，兵员还真接近了一百。半拉坨子已经容纳不下，有一半住到了邻近的村子。

十

六月初的一个晚上，离大暑还有九天了。去邻村巡营的"草上鹰"和罗德，先后回到了营部。罗德说："有人说俏皮话，说咱们是'浮肿汉子扛大旗——硬充抗日胖子'。""草上鹰"见他有些气不顺，就宽慰说："怨不得人的。咱们从打出抗日旗号到现在，别说跟小鬼子对阵，连二鬼子的面也没照过呢。这可真有点像'天桥的把式——光说不练'了。"罗德分辩："咱们天天都在训练准备嘛。人马已经编入了义勇军，军部不下令，咱们独立营也不好私下采取行动。"

"草上鹰"摇头说："老话说卖啥吆喝啥。光吆喝不卖，那叫啥买卖人？猎人要打虎套狼，就得去闯大山、钻老林；老屁股不离炕，连兔子也打不着的。高司令刚把队伍拢到手，他是不敢把队伍拉出去和小鬼子对阵的。这就像盖房子刚戳起排，四梁八柱还歪歪扭扭，不支撑牢靠了是不敢起墙上笆的。"

罗德便反问："咱们骑兵独立营有一半是两条腿的秃爪子,不是更没法子拉出去吗?"

"草上鹰"胸有成竹地说："小股人马可以东拐西绕、见缝插针,趸摸出招财进宝的机会。"

罗德估计他心里已经有了小九九,便同他商量起来。

两天后,缺枪少马的弟兄编成了三个排,由排长带领分散住在三个村子进行训练,由贾友义任连长,督促检查。

初三这天吃完午饭,又带了干粮,"草上鹰"和罗德率领四十多人,离开老营开走了。天黑到了通江口附近。人吃干粮,马用草料;叫冯俊禄和另几个兄弟,到通江口渡口看看有没有人把守、水有多深。有的弟兄还没吃完,冯俊禄就报告："渡口和前几天没变化,没有人;道口的水不深,我走了一个来回,最深的地方到马肚子。同去的人没回来,在那两边站岗。"罗德说"很好",后叫他去吃饭。

打过尖,渡过河,到天亮时大队人马偷偷摸到了昌图、开原交界的南满铁路线旁,住进了一个偏僻的小山村。老乡们听说抗日义勇军来了,纷纷介绍敌情:昌图、四平等大些的火车站,都有鬼子兵把守。金沟子、中固等小站只有少数二鬼子;还和警察署井水不犯河水,各管各的事,各发各的财。"草上鹰"和罗德听了后,化装成老乡,混进金沟子侦察。回来后决定:对车站二鬼子只防不攻,免得他们边打边向上报告;对警察署进行偷袭,尽量只用刀、不开一枪。

当天晚上,两人率领人马傍着月牙来到金沟子镇外。等月牙一钻到山后,两人便分头带队活动……

罗德领二十多名弟兄,牵着上了嚼子的战马,摸向警察署。两个站岗的警察,正靠着砖墙打盹儿,做梦似的被摁倒堵上了嘴。警察署的大门,轻轻地打开了……

"草上鹰"派出几个弟兄去监视守火车站的伪军,带领其他弟兄,叫开了几家商号的大门,征收"爱国抗日捐":先把现款、布匹、药品和部队需要的其他物品,成捆地拢到马上,然后打下收条——还根据罗德的建议,署了"东北抗日义勇军第九军骑兵师";让人看了有些真真假假,坐实不了真相,疑神疑鬼。

突然,传来一声沉闷的枪声。"草上鹰"闪出屋倾听,整个镇子却又寂静下来。"草上鹰"断定是罗德那边不得不开了一枪,便要求手下人"别住手,麻利些"。

这一枪确实是罗德那边不得不开的。

警察狗子的营房一共四间,西屋两间亮着灯。罗德往屋里扫了一眼,见南北大炕上的人都死猪般睡着,便把左臂举起——这是"按计划行动"的暗号。于是,管堵窗户的闪到窗口墙侧,或扬起大刀,或用枪嘴子瞄准窗口;其他人跟随罗德悄悄进入外屋地。西屋门没关严,门缝和门上的玻璃亮子都透过电灯光来。罗德先向站到东屋门前的冯俊禄等人摆了一下手,领头冲进西屋,沉雷似的喊道:"不许动!谁动就砍下谁脑袋!"

几乎同时,东屋插着的门咔嚓一声被撞开了……

西屋的警察狗子都惊醒了,被大刀、枪嘴子逼住了,躺在炕上一动也不敢动……突然,东屋传来"噗"的一声枪响——罗德手下的人立刻用大刀和枪嘴子逼住警察狗子,等候罗德命令;警察狗子都哆哆嗦嗦筛起糠来……

冲到东屋的共四个人:三个人扑向北炕;冯俊禄是个"九一八"后从奉天逃回的学生,进屋后在门边摸到开关按了一下,屋里立刻唰地亮了起来。扑向北炕的把警察署长按住了;可睡在东墙下床上的小鬼子指导官,一惊醒就伸手抓床头电话桌上的手枪——开灯的冯俊禄已经转过身,一枪就把他钉在床上了……

冯俊禄来到西屋,想向罗德报告情况。罗德立起手掌止住他,命令其他弟兄"捆上'白条',收缴武器"。他带冯俊禄来到东屋,用手枪苗子拨拉一下那个小鬼子的头,夸了句"还没白练枪法";转过身就审那个警察署长:"武器弹药放在哪儿?"那个署长已经被拽下炕按跪到地下,见鬼子指导官已经嗝儿屁，自己脖子后又被一把攮子顶着，脑门前被手枪嘴子舔着，再也不敢像平时对老百姓那样跳老虎神，乖乖地供出"在办公室的地窖里"。

罗德回到西屋，见弟兄们已经把八个警察四马攒蹄捆好。他想起老乡们反映"除了那个小鬼子，顶数署长和镶了金牙的张大狠最坏，简直是脑瓜顶上长疮，脚板底下淌脓——坏透腔了"。他叫弟兄把张大狠挑出来，和那个署长都塞上嘴，拖到院里去。他对剩下的七个警察教训了一顿，警告他们"再祸害老百姓，下次就砍断你们的脖子"。

等冯俊禄起回了六支枪、三箱子弹和一些手榴弹、炸药，罗德便下令砍了那两个汉奸，带领弟兄去和"草上鹰"会合。

队伍离开金沟子不远，经过一个铁路道班。罗德忽然想起了皇姑屯事件——日本鬼子在三洞桥炸死了先大帅张作霖。他立即和"草上鹰"商量，想"利用刚缴获的炸药，炸一下子火车——若能成功，一定会有更大的轰动"。"草上鹰"痛快地说："就这么着！"罗德带人冲进道班。两名工人听说他们是抗日义勇军，主动拿出一些工具，还简要介绍了卸螺丝、起道钉的要领。罗德走后，"草上鹰"和那两个工人商量"得委屈下你们"，把他们绑了；那两人还主动要求"把嘴也堵住"。

十一

"草上鹰"对这趟买卖很满意：虽说算不上打到了老虎，可也套住了几只狼。他下决心叫弟兄们快些回到老营。人马一归拢好，他也不同罗德商量，先把冯俊禄等六名马上没驮东西的弟兄，叫到自己身旁，接着就命令罗德："你带大队人马，先西北、后正西，进了蒙古旗边上奔老窑；碰上钉子就绕开，给我圆圆全全地赶回老营！"罗德急忙问："你呢？""草上鹰"指指留下的人说："我领他们摆迷魂阵。"罗德还想争竞，"草上鹰"却呱嗒下那张老脸，拿起大架子吆喝："说官话，我是营长，你是副营长；论私交，我是盟兄，你是盟弟。你还敢倒反天干吗？"

罗德不敢再别，含泪说了句"大哥保重"，带领人马上路了。

"草上鹰"带领六个兄弟，先向北颠颠跑跑，约莫走出了二十里，背后传来了"轰"的一声巨响。他心里夸了罗德一句"当过兵的还真有些好道眼"，便撒开缰绳让马猛跑。等天一放亮，他就领头绕开村子走小路，快晌午时在一个小村子隐蔽下了。吃了两顿饱饭，睡了一场好觉，他又领弟兄奔昌图老城。贴近月亮已经快要落了，他并不往城里攻，只对着一个炮楼子一齐开枪。等敌人一噼噼啪啪还击，他们又悄悄绕到另一面对炮楼子开枪。敌人这一次好像有了准备，还击得更加猛烈。"草上鹰"在鞭炮般枪声欢送中继续向北。天亮时过了一道铁路，进入梨树县界。他们不再贴近大城镇，却在几个村子向财主收了些"抗日捐"。

两天一宿后，他们扯回到离八面城十里多的一个小屯子停下。吃完晚饭，"草上鹰"叫冯俊禄领人去邻村号房子；分别贴上"抗日救国义勇军"不同团营"住宿"的字条。他自己和房东老头儿闲唠。"草上鹰"向老房东打听起四平的情况。那个老头儿却拨浪起脑袋瓜子，说自己活了六十多年，只在三十岁时去过一次八面城，更远的地方是没去过的。这倒引起了"草上鹰"心中的一个谜团：吕家老寡妇为啥要搬到人生地不熟的外地去呢？他假托自己有个表叔叫吕万才，住在吕家窝堡，有三十多年没见了，问老房东到过吕家窝堡没有。那老头儿立马吵吵说："你要问别人，我兴许不知道；若提起吕万才，这方圆几十里内上了岁数的人，那得说无人不知、无人不晓哇——那吕家窝堡离这疙瘩还不到二十里，现在叫'断根窝堡'了……"

"草上鹰"感到稀奇，认真地听他讲下去。

"吕万才是个老钱锈，待人刻薄着呢。不过呢，也没听说他作过啥大孽。我估摸好一好他前辈子，要么抱过旁人孩子下井，要么就杀过大牛的……这辈子才遭了报应，摊上了那场横祸。"

"草上鹰"心里一咯噔：我这辈子是造过大孽的，还开过汤锅……这辈子我已经遭到了报应，老婆生下了孩子，却是别人的种，难道下辈子还要遭报应吗？

房东老头儿并没注意到他脸色十分难看，停了一下又讲下去："义和团烧教堂前二年，正月的一个夜里，吕万才老两口和儿子，全叫人给剁了……"

"草上鹰"轻轻地叹了一口气，故意说："我表叔这支人那不就绝后了吗？"老房东却晃晃脑袋订正："那倒没有——吕万才的少媳妇儿，虽说受了伤，不仅活了下来，后来还生下了个梦生儿子。"

"草上鹰"是知道这件事的。为了让他继续说下去，便自言自语："这孩子命挺大，有机会我得去看看这个表侄。"

那老头儿摇摇头，接着叙说下去：那小寡妇年纪轻轻的，对老吕家还真忠心耿耿，发狠心要把门户支撑下去，请来娘家堂叔张二倔子帮助管事。可她那几个旁支叔公、大伯子，都眼红那二十多垧好地，编派她和张二倔子不清不白乱了伦，想把张二倔子挤对走。那张二倔子是个五十多岁的老跑腿子，性情也真倔得出格：找来老吕家那些人刨根问底，让他们亮出他乱伦的证据。那些歪嘴畜生，一个个大眼瞪小眼，好像嘴丫子都叫人缝上了，成了没嘴的葫芦，一个色地递不上报单了。那张二倔子就对他们发出警告："孤儿寡妇是欺负不得的，你们死了那条灭支夺产的心吧！我张二倔子有一口气在，就要替外孙子吕怀德看好家产！"他说完就掏出一把小快刀子，割去了自己的命根……这事一传十，十传百，人们便把吕家窝堡叫"断根窝堡了"……

这都是"草上鹰"完全不知道的。他震惊了，称赞说："这张二倔子真是个人物，为了叔伯外孙子啥都豁出来了！"

房东老头儿却"唉"了一声，有些窝心地说："可惜的是人强强不过命，好人没长寿！没到十年，张二倔子就两腿一蹬、两眼一闭，撒了手。老吕家那些人又起了屁，四下里造起谣来，说吕万才一家四口只剩下了小寡妇，一定是她用清白身子换下了一条命；还说吕怀德出生时又小又瘦，分明是不够月的贼种……吕怀德年幼无知，上了圈套，竟然问他妈'我到底姓啥'……小寡妇那时刚三十啷当岁，倒还真挺有心劲，说'惹不起还躲得起'。她变卖了房子地，领儿子一溜烟儿地跑到了西天边，在蒙古沙坨子里扎下了根。"

"草上鹰"听完老房东的话，好半天喘不匀气，心里说：虽然是老吕家人逼得她背井离乡的，可归根结底是我给造成的孽……

十二

"草上鹰"的愧疚，或者说懊悔，是一个被自己的罪过玷污了灵魂的人，经过岁月波涛的浸泡冲刷，逐渐获得的道德省悟、品格提升、灵魂净化；也可以说是一颗善念尚未完全泯灭的贼心，经过生命过程的煎熬磨砺，扬弃了已往的龌龊，萌复恢展了那丝淳朴的本性。这说明人的善恶好坏不是天生的，也不是一成不变的。一个坏人，或者说一个有过大失大错的人，是可能变好的；但那也不是一个简简单单、容容易易的过程。就拿眼前这个愧悔的人做例子吧：他叫谷英时是个街头立棍、先奸后娶的无赖，但在一个哀苦无助的孕妇面前收敛起了邪念杀心；他更名为贾英，落草当上了马胡子，却开始玩味应当如何做人；离开大股绺子想浑浑噩噩度过一生，因有了一丝善念开始助人，在不得不重操旧业中被称为"草上鹰"……在三十多年沉浮挣扎中，"老假婆"对他的伤害打击，使他镜视到恶欲丑行的可鄙可憎；"追风沙"对他的宽容感召，使他迈出了弃恶从善的脚步；而翠兰的舍生取义，并感动得远远近近的人只尊称她为"二师姐"，更使他认识到了公道的人们黑白分明、不计旧过。九一八事变后，他救了罗德，不当亡国奴的激情壮志，使他和罗德结成兄弟，也使他成了担负起救国责任的匹夫。老话说，放下屠刀，立地成佛，就是说一个人只要萌复他的善念，不再为非作歹，就能省悟，就有光明的未来。后来，"草上鹰"在光明的大道上并没走出多远，但他确实完善了人性，成了一个老百姓公认的好人。

那么，一个好人，或者说一个原本并不很坏的人，是不是也会变成坏人，甚至成为一堆臭狗屎呢？

就在"草上鹰"为自己往日的过错悔愧的时候，他干儿子贾有义却在妄想的热炕头上，大白天做起了一厢情愿的花花梦……

第十八章　水杈子上的花儿，
疯蔓上的瓜儿

一

　　大队人马一走，贾友义这个留守连长，可就山中无老虎，猴子称大王了。猴子是没长性的。头三天他还东村走走、西村看看，像个留守连长的样。第四天头上，午饭喝了几盅酒，便仰到炕上望着房笆，想起"两头捞"的小老婆，心里扯起了麻秧子。房笆上忽然涌起云雾，一个瘦瘦溜溜的小媳妇儿，倒背着脸忽隐忽现；还时不时地抖抖那嫩肩膀、甩甩那黑亮头发。他低低唤了声"金娟"，那女人扭过瓜子脸，却扫了一眼就匆匆钻进了云雾深处……他好像又听到了那小嗓子喊了句"大兄弟，口干舌燥了吧？喝口茶来吧"，魂可就像被勾走了。他异想天开地推算起来：这小俊娘儿们，那天她先是跟我贴着肩膀头，蹲在一起说悄悄话，后是喊出谎话给屋里那两个人听，分明是想勾勾搭搭，却又怕被人发现马脚露了馅……她是"两头捞"的小老婆，二十刚过，还是一朵刚咧嘴的花骨朵；"两头捞"眼看就扔下五十奔六十，转眼间就要像老话说的"树老焦梢，人老猫腰"了。树一焦梢，难往高穿；人一猫腰，难爬高山。那个半老的小老头子"两头捞"，虽说嘴码子还硬，但还能有多大的精力侍弄这朵花？她心里哪能不委屈呢？贾友义想当然地做出一个假设：那天晚上，若是没有屋里两个碍眼的，我一反手腕抓住她的手，她十有八九会假装说一声"别碰我"，然后便眯缝起眼睛等我去抱……贾友义魂疯入魔、色迷心窍了，恨不得插上翅膀立时飞到河西窝堡去。可他还没忘记干爹临走时留下的话：

"督促三个排好好训练，出娄子我轻饶不了你！"他害怕了，觉得干爹那张带伤疤的嘴，几乎有些大得像老虎张开的血盆大口。贾友义接连翻弄起花花肠子，终于从里面倒腾出一个借口：干爹说过让我跟各处眼线保持联系的话！他一找到了假公济私的理由，立时上马扬鞭，日头偏西时闯进梁守教家的大门。

贾友义刚拴好马，梁守教便吵吵把火地迎了出来。贾友义满心眼盼他不在家，他却偏偏没出门！贾友义只好暗下叹气，挤出点笑容向梁守教问好。贾友义被让进房门时，发现金娟扎着麻花布围裙在切菜，竟然连眼皮都没撩，好像梁守教让进屋的不是一个大活人，而是一条令人讨厌的癞皮狗。不过他很快就给自己灌下了一粒宽心丸：这小娘儿们一定是在她男人面前装相。他一进东屋，意外地发现吕怀德盘腿坐在炕里，便意外地"哦"了一声，顺口就扑哧出了一句"老吕当家的也在这疙瘩呢"。

吕怀德连屁股也没欠，先看了梁守教一眼，然后不软不硬地说："我们是一担挑，串个门连官府也是不管的！"那意思是说：你这个小胡子头，也有点管得太宽了吧。

梁守教知道，吕怀德到现在还抱怨他妈败坏了一大笔家财，对"草上鹰"的募捐心怀不满。他不愿意吕怀德在自己家和贾友义闹僵，便和稀泥地捏合说："怀德妹夫和友义少当家的，还没一桌喝过酒吧？今天我陪你们好好喝场认识酒。"

贾友义嘴上客气地表示感谢，心里却暗下画魂儿：那天他们在辽滨酒店里唠的是玩妞的嗑，姓梁的还嘲笑姓吕的"上有老娘亲管教，下有内当家的绊脚"，现在咋又成了"一担挑"？难道那天"两头捞"喊金娟时提到的"小妹"是他小姨子，现在做了姓吕的小老婆？

贾友义还真是扒破房框子，刨出了一个金元宝——拆（猜）着了。不过要想弄清楚这里面的来龙去脉，却得从金娟为啥会嫁给梁守教做了他小老婆说起……

二

金娟的妈是廖家坨子人，名叫廖喜贤。廖喜贤后来又生下了一个女孩，起名银娟。常富贵有些不满意地说："蛇仙说我会子孙满门的，咋又来了个小闺女？"廖喜贤就攘饬他："都怨你撒下的种子不壮实。"

金娟十三岁那年，她爹两腿一蹬闭上了眼睛，她妈可就成了一家之主。

她妈起初还觉得大女儿很乖，后来却害起怕来：金娟刚数十七，腰却粗了起来。她暗下逼问女儿"谁弄的"。金娟先是脸红，后是流泪，说不清哪个冤家该管这笔账。大神心里明白：这种事，胡三太爷、黄三太奶都帮不上忙的；只好叫二神到外地去淘弄药。金娟虽说吃了一些苦头，身腰却又苗条起来了。她的大神妈妈刚松了一口气，就又揪起了心：三番五次托出的媒人，回音时都啃起了晃头饼——大户人家嫌金娟名声不好，还怕她以后不能生男育女；小户人家不挑名声，却知道自家的房门不结实，怕被人先挤破了门框，后把人领跑了。在金娟十九岁那年，"两头捞"看了几回请神后，便打发来媒人，要把金娟娶过去做二房。大神有些嫌他岁数大，迟迟疑疑没答应。"两头捞"却接二连三还来看热闹，还回回都在快散场时就离开——金娟也就离开了屋……大神一狠心撒了口，但提出了个条件：得叫金娟顶门立户。这倒正中了"两头捞"的心意：自己的儿子虽然已经娶妻生子，却年纪轻轻没多大定力。若是金娟旧病复发，向比她还大了两岁的借光儿子吊起眼梢子，十有八九会传出好说不好听的闲言碎语来。于是梁守教差不多把家产都交给大老婆和孩子经营了，自己在河西窝堡又置下三间房子，把金娟娶了过去。

去年春天，金娟妈在跳神时边喝酒边蹦跶，脚下一滑摔了个狗抢屎，倒下就没再起来——大夫说是"急中风"，当天就咽下了那口仙气……那位二神，三个月后就做了一个刚出道的女大仙的帮君……

梁守教心肠热，叫金娟把妹妹接过住在西屋。没过半年，梁守教便偷偷下了手，硬把银娟这朵花骨朵捏咧开了嘴。金娟发现后倒没怪罪妹妹，知道她性格软弱，没有胆量勾引男人。她怕银娟的身子出了毛病，梁守教会厚起脸皮收房，那可就真像邻居们撇着嘴说的"女大神的一双浪女儿，花舌子的一对小老婆"了。她和梁守教吵了一大仗，要他"夹起驴尾巴装人"，赶快把银娟嫁出去。

梁守教是有名的"两头捞"。他对银娟下把，主要是想占便宜玩一玩。不过他担心正经八百把她聘出去，自己得往里搭钱，便故意拖时间，老说"还没找到恰当的主"。拖到今年过了大年，金娟沉不住气了，骂他"贼心不死，没安好下水"。他这才提出把银娟嫁给吕怀德做小的主意——那天"草上鹰"一行三人在辽滨酒店打尖，所以会碰上梁守教，就是因为他在鼓捣吕怀德娶小老婆。"草上鹰"等人离开后，梁守教便叫吕怀德和金娟姐妹照了面。银娟当时还蒙在鼓里，金娟却先替她点了头——她见姓吕的身强体壮，眉眼还挺打人，只大银娟十多岁，觉得比自己跟梁守教还般配；而且家中有二十多垧地，将来银娟不会缺吃少穿。过了一个多月，梁守教便用吕家的聘金——其实是身价，把银娟送到了三眼井。

银娟进吕家门的头一夜，就挨了一顿胖打。吕怀德一入完洞房，就扯她头发，逼着她赤裸着身子跪下，先打了五六个大嘴巴子，然后要她回答："是谁让老子买进了你这个驴剩？"银娟觉得那件丑事，连自己才只有三个人知道，以为姓吕的只是怀疑，便没及时回答。吕怀德又在她前胸上一连拧了六七把。她疼得泪流满面，不得不承认自己已经不是黄花闺女，供出了梁守教。

吕怀德恨梁守教不够朋友，吃窝边草，抢了自己锅头子，下决心进行报复。他不允许银娟往梁家走动，自己却隔个十天半月便到梁家串回门，想找机会把那顶绿帽子还给梁守教。他每次来都赶上梁守教牢牢地守着娘娘庙，没有对大姨子下把的机会；他也不敢打草惊蛇，笑呵呵地跟连襟喝酒闲聊。

金娟，这个在男人堆里打过滚的女人，早已从吕怀德那双眼睛的贼光里，看出了他的贼心眼。她是个心野的女人。嫁给梁守教后，梁守教对她几乎百依百顺，可也对她看管得很严，她也一直没再和野男人来往过。她是很得意有男人对自己心馋眼热的。不过她精着很，不但不向梁守教说破，还在丈夫面前装模作样：吕怀德一来串门，她便对他端起大姨姐的架子，绷起脸来不随便说笑。

梁守教对吕怀德是有些防备的，在银娟出嫁后很少出门；可吕怀德一直挺规矩，也一直没说三道四，使他遭报复的担心变淡了一些。金娟的表现，使他觉得自己的调教见效了：金娟开始懂得守妇道了……他不愿坐吃山空，准备出趟门捞把钱了。

三

贾友义是不知道这些的。他也不知道那天金娟让他蹲下烤火，是防备他往她妹妹屋里闯。今天他一来，金娟连正眼都没看一眼，使他觉得像迎头浇过来了一盆凉水，沁头喝起了闷酒。

老话说，酒越喝越厚，钱越耍越薄。这话并不完全准确。有时酒桌上的人，也像耍钱鬼似的玩鬼心眼，千方百计把对方灌醉，从他嘴里往外掏秘密嗑。梁守教就是这样的人。他频频向贾友义敬酒，请他干了，自己却只轻轻地舔一下酒盅沿。吕怀德起初有些生暗气，认为姓梁的没把自己看在眼窝子里，是在溜须小胡子头。等到贾友义喝得快上梃了，梁守教便开始边喝边往外套话了。

所谓上梃，是一种比喻：屠户对杀死的猪，总是先吹再烫后煺毛的。吹气前，要先用梃条——也叫"通条"，把猪皮里肉外捅开。死猪是绝对的听摆弄，一掰它下巴就把嘴张开。人们把喝酒到量、顺口胡嘞嘞叫"上梃"——把人比喻成猪，而且是马上扔进开水锅煺毛的死猪，当然毫无敬重的意思，最多也只有一丝恨铁不成钢的叹息。

梁守教看到贾友义脸上贴了大红纸，便自言自语："老当家的很会笼络人，叫那头'野骆驼'当了副营长——我原来以为天经地义会叫你这个少当家的当呢！"这是套近乎，也是煽风点火。

贾友义虽然对这件事有些想法，但还懂得在外人跟前顾大面，便解释："姓罗的在东北军里当过营长。我爹是想利用他的长处。"

梁守教赞同地说了句"姜还是老的辣"，然后盯着贾友义问："你这个卫队长，是保护两位营长的吧？"这话里的音是：你也得给姓罗的当跟屁虫吧？

贾友义觉得自己被他看轻了，一口干下满盅的酒，拔直了腰板说："我只听干爹的……干爹叫我管各处的眼线，这可是不能让外人插手的！"

梁守教连忙迎合："对，对！老当家的是能分出家里外头的。上次你们爷儿俩玉趾光临，他老人家就说过会打发你过来的——是第几站了？"

贾友义酒多了，红脸开始发紫，嘴上已经没把门的，顺口说："老爷子让我到协尔苏看看；我牵挂老哥，便先到了这疙瘩。"

梁守教立刻猜到了平安客栈有独立营的坐探。他又给贾友义满上酒，端起盅起了一个新话头："'野骆驼'专管外出做买卖，倒多了捞外快的机会。"

贾友义举杯和他碰了一下，一仰脖便往嘴里扔——却有一半呛进了鼻子。他全不在意，翻弄发了福的舌头嘟嘟说："我干爹……心不糠。这次去北边，就亲自出马压阵……一来，他对昌图那边路熟，二来也不让姓罗的……有那种机会。"

吕怀德这时已经看明白了，梁守教不是冷淡自己，而是在用酒泡子轰开小胡子头的嘴巴，往外掏实嗑。他一听说"草上鹰"对昌图路熟，心可就一咯噔，连忙给贾友义满上一盅酒，对干了一盅后说："老当家的是昌图人吗？"

贾友义摇摇头说："不是，我亲爹在世时跟我说过，他在投奔'追风沙'以前，曾经在四平、八面城一带发过财的，所以对那边路很熟。"

吕怀德手里的筷子险些掉下去，心在腔子里打起秋千，七上八下地忽悠不停。他镇静了一会儿，才叹气说："可叹我年纪轻，若不然兴许早就认识了老当家的。"

贾友义一听，勾想起了老寡妇去协尔苏的事，瞪起眼珠子说："你妈跟我干爹还挺熟。"

吕怀德叮问："你咋知道他们熟？"

他这一叮问，倒使醉了八成的贾友义有些清醒了：我那天在门外听了个囫囵半片，猜想到了一些西洋景，可那种事是不应当乱张扬的……便把话往回拉："我猜想的。你们家在那边住过，我干爹在那边走动过，他们……他们便有可能碰到过。"

吕怀德还想刨根问底，梁守教却看出了贾友义不愿意再回答。他怕两个人在酒桌上把嗑唠砸了，便张罗吃饭。梁守教这一打岔，吕怀德也有些醒腔了：若是姓贾的再嘞嘞出些不利索的话，那不是叫姓梁的花舌子听去了吗？这损贼的嘴，可比破车还能向外拉拉粪……也低头吃起饭来。

贾友义压下半碗饭，喝下两碗茶，觉得再待下去是自讨没趣，便告辞上马。上灯时到了协尔苏。他见肖掌柜的十分巴结自己，便透话"酒足了，反倒有了精神头"。肖掌柜的一点就透，安排他到单间客房住下后，又叫了个女人来。

四

号房子的弟兄一回来，"草上鹰"便向房东老头儿告辞。他估计大队人马该回到了老营，便带领六名弟兄挑僻静小道奔蒙古旗。

短短几天之内，南满铁路被扒、火车被炸、金沟子警察署被端、日籍指导官毙命，昌图老城鬼子兵一再遭袭，梨树县境抗日军频繁出入……使日本侵略者十分惊慌，派出多股特务秘密侦察，竟在八面城附近揭到好多张抗日义勇军号房子的纸条子，住过不同的军、不同的师；还在梨树县，发现了五六股抗日军的番号。这些抗日军的来路和去向还各不相同：有的好像杀回了辽吉交界的东山里，有的撤回了内蒙古……对这种大规模的出击，小鬼子不敢掉以轻心，调动了大批军警疯狂搜索、长途追赶，却又连抗日义勇军的影子也没瞄到。

"草上鹰"在一个小半夜，回到了协尔苏。平安客店的更夫——也就是"草上鹰"派出的眼线刘老猴子，见到老当家的来了又喜又惊。他接过缰绳拴好马，见"草上鹰"奔向了客房，急忙拦挡："老当家的，先到前屋喝口茶吧。""草上鹰"听他语声异常，止住脚转头趔摸了一圈，影影绰绰地发现了贾友义的黄骠马，疑心可就大了，故意问："客房里窝下了扎手的点子吗？"刘老猴子不敢对他撒谎，吭吭哧哧地说："没，没有。是少当家的来了……我叫他到前屋拜见你吧。""草上鹰"的疑心更大了，先叫那六名弟兄等着，然后问了声"他住几号"，便大步流星走进客房，"梆、梆"地敲了两下一个单间的门。

他一住手，却传出贾友义的骂声："谁半夜三更地胡搅浑！""草上鹰"没想到挨了干儿子的骂，生气地喊道："浑蛋！我是你干爹！"

这可是贾友义没想到的，蔫了一阵才结结巴巴地说："干爹，你老先等一会儿……让我穿上衣服再开门。"过了一会儿，贾友义摸黑打开了门。"草上鹰"按亮从金沟子弄到的电棒，想照个亮进屋；可他并没向前迈步，还关上了电棒——那铺炕上还躺着一个女人……

"草上鹰"到前屋坐下，叫刘老猴子领那几名弟兄先去休息。贾友义磨蹭进屋了。

"那个女人是你从哪疙瘩掠来的？""草上鹰"的问声不大，可语音却十分瘆人。

"不是我强掳来的；是肖掌柜……硬塞进屋陪我的。"贾友义听了心惊肉跳，无力地狡辩。

"草上鹰""哼"了一声，拉拉着脸说："我不是叫你照看好留守的弟兄吗？为啥跑到这疙瘩胡闹？"

"我……是来会会咱们的暗桩……"贾友义见干爹脸色青白，那道伤疤红红的，好像就要张开血盆大口把自己吞下去，心惊胆战地哀求："请你老千万别气坏身子，原谅儿子这一回……"

"草上鹰"能消得了气吗？不过他觉得这件事得回去再处理，便没有继续往下问，只冷冷地说："你去帮刘老猴子打更，让来的弟兄好好睡宿觉；你明天跟我回老营。"

"草上鹰"虽然有些乏，躺下后却久久不能入睡。一双眼睛刚闭上，就想起了贾亮：他是自己最要好的朋友，还是认下的"一家子"。他在光绪二十七年被县衙抓进大牢后，自己在许彪和唐百顺等人帮助下，把他救了出来。绺子补给自己二百两"份子钱"，自己给了他一半，让他在王公窝堡买下房子、置下点地，把老婆孩儿接过来了……他一想到这，眼前就出现了贾友义的脸，一张一张走马灯似的在他眼前转来转去……

这是一张十岁左右的娃娃脸，头发七长八短，惊奇地瞪着一对小眼睛——贾亮因为挺感激自己够朋友，给孩子取名叫"友义"……我是来会贾亮做一桩买卖的。他抬起手，挠着孩子擀了毡的头发说："烧火的过世了，我拔不动根了。"半个多月后，我把黄骝马留给了贾亮……

这是个骑着黄骝马放羊的十四五岁少年——他很机灵，一下子就认出了我，喊了声"大爷，你可来了"，便圈羊陪我回家。第二天早上，他央求贾亮带他随我一齐走。骑上黄骝马的贾亮，拍了拍别在腰上的铁砂子口袋说："你当我是去看蹦蹦戏吗？待在家里放好羊。"他极不情愿地挥起鞭子，拿羊撒气，抽得羊"咩咩"乱叫……

这是个十八九、下巴有点长的小伙子，一对眼珠子乱转，谁也猜不出他在打啥鬼点子——我到他家第二天，他也没同他爹商量，赶走羊群，换回一匹口小的黄骠马和一支老套筒子。贾亮气得抄起木头棍子撵着打；他跑到我身后，求我"你别叫我爹一棍子把我打死了"。我把贾亮劝住，贾亮也同意他跟着去了。三天后，我领十来名弟兄在甘旗卡做了一炮买卖。本来十分顺手，却在回来的路上出了岔头：贾友义溜边走单，在一家财主家门口碰到一个模样周正的姑娘，他竟然拽上马就跑。那家财主是养了几支快枪的，毫不顾忌那姑娘的生死，开枪就打。贾亮救子心切，放马冲过去掩护，被重重地咬了两口，趴到马上；我送给他的那匹黄骝马，却随着他左手握紧的缰绳打起盘旋。等我带人压住对方的火力，把贾亮救了出来，他已经奄奄一息，呼出的气多、吸进的气少了。他临死哀求我："一笔写不出两个'贾'来……看在兄弟的面上饶过友义，把他当你的孩子看待……"贾友义这浑蛋驮着红票狂奔回家。我可不敢引鬼上门。草草埋了贾亮，带人马折向库伦，贴近后又拐向哈尔套……骑马跑了四天才回到王公窝堡。就在这四天里，红票孙玉娥被贾友义带到家中后，哀求说自己是小户人家的姑娘，并不是财主家的小姐，"求好汉大哥放回家"。贾友义这浑小子掳她的时候，本来也没把她当红票，听她说家里不会来抽，高兴少了一层麻烦，哪里会把到嘴的肥肉吐出口？他先板着脸用"撕票"吓唬，然后油嘴滑舌地哄；孙玉娥还是个年纪轻轻的孩子，能不怕死吗？又见他虽说脸长些，但年纪跟自己还般配，便顺从了他。

我那个绺子，虽然时聚时散，却也有些规矩：不听号令、擅自行动的，剁下左手小指头离开绺子；私绑红票、奸人妻女的，自行了断。我一听说他和红票做了夫妻，气得两个耳朵眼里不断打鼓，喝令手下人捆了他。一听说老爹死了，他便跪在我面前求死；让人没想到的，是孙玉娥也跪下要求一同死，哭哭啼啼地说自己是"小户人家的清白闺女，已经失身，没脸再找人家，情愿一同去死"……弟兄们也说"贾大哥已经归天，不能让他断后"，一齐要求对贾友义从轻发落。我还有什么话好说呢？后来，我托梁守教去探听实情。他回话说孙玉娥确实是小户人家的姑娘，是财主家雇去给女儿准备嫁妆的。财主家事后说"人是在大门外被抢走的，与雇主毫无关系"；而孙玉娥家则认为女儿"从了胡子，败坏了门风，从此亲断义绝"。我听了后下了将错就错的决心，先给了梁守教十块银圆——算鞋底钱，也算是封了他的嘴。然后给贾亮烧过了三七，便替贾友义和孙玉娥补办了婚事。贾友义倒也乖巧，非要拜我为干爹。我能白受他们夫妻磕下的那三个头吗？再说了，我也得让贾亮兄弟在地下放心哪。我在靠近彰武的地方给他们置下了三间房子两垧地，嘱咐他们老老实实务庄稼，安分守己过日子……

今年正月里，我领罗德来边外拉队伍。我绕弯去看他们，是想扔下点钱，帮衬他们过日子。这东西却没在家。从孙玉娥嘴里知道了：他只种了一年的地，后来便陆续把地卖了。我问"友义干啥去了"，孙玉娥咬紧嘴唇不出声；被我逼得没法了，才说"他想当杆子头，出去撺弄人"……

"草上鹰"回想到这，更睡不着了。他继续回忆下去，琢磨起自己的责任：我对他的贪花好色、游手好闲，并没有咋吆喝，觉得一个血气方刚的年轻人，一旦把脚步迈到混日子的黑道上，就免不了顾前不顾后。可我万万没想到他会想当杆子头！这可真是癞蛤蟆上秤盘——不知道自己有多大分量！可是他已经鬼迷心窍，昏了头脑，硬拦挡是不会使他拿回头的。我只好带他出来，把他放到自己眼皮底下，使他不敢胡作非为……这次让他当留守连长，我确实是有私心的：一是防备他出三长两短，二是提溜小辫往起拉帮他。这浑蛋竟然不争气，溜到外地泡女人。若不黑下脸来用军法制制他，今后这支人马便会乱了套；他也会天不怕地不怕地横踢乱卷……

五

第二天早饭后，两名弟兄骑马来到平安客栈。"草上鹰"听说罗德已经在三天前回到营地，还派出几路人马探听自己的消息，便放宽了心。"草上鹰"一贴近半拉坨子，罗德便带着弟兄们迎出来。到屋后，交替地唠了情况。罗德诚恳地称赞盟兄"指挥得当，义勇超人"，还有些愧疚地说："当时我不能不服从大哥的命令，心里还认为论情论理都应当由我带人掩护大队人马——可事实证明：若由我带人掩护，是没胆量搅得敌人心惊胆战、手慌脚乱，扩大了战果的。""草上鹰"平淡地说："我只是照葫芦画瓢，描的是当年老当家的'追风沙'的样。"

接着，他便提起如何处分贾友义的事，还抖搂出了他的老底。罗德见他十分气恼，便有些冲淡地说："我在东北军里干了十多年。军规上不许奸淫民女，倒不限制军官喝花酒；对士兵逛妓院也是睁一眼闭一眼的。""草上鹰"皱起了眉头，生气地说："咱们让他当留守连长，可他却扔下弟兄去玩女人——若是这当口叫人端了老窑，咱们这趟买卖可就做得入不抵出了！"

罗德回来后，发现贾友义扔下弟兄走开了，也很生气；可现在，他觉得应当替盟兄顾全一下干儿子，便说："他出去查看情报人员的工作，倒不完全是擅离职守。"

"草上鹰"质问："你想大事化小、小事化了咋的？这支人马拉起不久，破了规矩是要乱套的！"

罗德听他考虑的是带好这支队伍的问题，便问他想咋处理。"草上鹰"气昂昂地说："先打一顿杀威棒，然后撵回家去。"

罗德摇头说："正规军里现在也不行打军棍了。而且……他一离开你的拘管便招风惹火，撵回家去你就能放心吗？我看不如由你好好教训他一顿，然后咱们严格地管教他，慢慢地把他拘管好。"

"草上鹰"觉得他说得实在。现在各地都像乱麻地，贾友义回家后也不会老老实实待着。不过，"草上鹰"还是在全营大会上把贾友义狠狠地训了一顿，宣布撤了他的连长职务。

罗德认为应当扩大这次作战的影响，亲自写出了报告，请"草上鹰"审阅。"草上鹰"说自己"斗大的字认不了两石"，只在后边签上了自己的名字，让罗德亲自去向高司令汇报。

罗德挑选了八个弟兄，一律换上短枪、骑着红马，赶到通辽，连夜把报告呈进辽北民众抗日义勇军。

辽北民众抗日义勇军司令高大虎，看到报告，才知道了震惊辽吉的金沟子大捷，是自己部下骑兵独立营立下的功劳。他连夜亲自起草了嘉奖令。其中说"贵团奔袭金沟子火车站，伪警悉数被歼，火车顷刻颠覆，铁路数日瘫痪；远近敌寇，闻风丧胆；遐迩民众，雀跃欢颜。凯旋之师，如虎添翼：昌图城外，智鸣佯攻之枪；梨树县内，勇驰剽悍之骑。南满一线顿成东倭畏途，举国各报竞传北疆捷音……"

第二天，高司令接见罗德，详细地了解了有关情况，还问及报号"草上鹰""野骆驼"的原因。听了罗德的说明，高专员称赞"草上鹰"为"老英雄"，并安慰罗德："我军在北平有联络处，我一定让他们查清刘芳母子下落。"然后正式向罗德及其随行人员宣读了嘉奖令，并宣布："骑兵独立营升格为'辽北民众抗日义勇军骑兵独立团'。擢升'草上鹰'为上校团长，罗德为副团长兼参谋长。"

罗德忐忑不安。在单独谈话时向高司令推辞："我部兵员只近百名，称'营'已经虚冒，不宜更为夸张。"高大虎司令叹气说："那些虚称有近千团丁的乡绅，那些号称人马数百的绿林好汉，哪一个能像你们似的拉出去打个胜仗？为了鼓励他们抗日，我不得不任命他们为旅长、团长。贾老英雄和你，不比他们更称职、更深孚众望吗？"罗德不好再谦让，便请求补充些枪支弹药。

高司令手中没有多大的财权物权。他为了表示对骑兵独立团的鼓励和倚重，还是设法调拨了两挺轻机枪、二十支长短枪、五箱子弹、一百把马刀。

罗德外出期间，"草上鹰"为部队买好了马匹——资金自然是在金沟子收来的"爱国抗日捐"。他对被任命为团长，倒也十分高兴："虽然老朽，却还成了正果；这个脑袋不再值钱了！"他对罗德说"我的老'朋友'来讨债了，你顶些日子吧"——罗德知道他肩上的旧伤因劳累发作了，想去找大夫瞧看瞧看，便把全团的工作担子挑了起来。他和盟兄商量后，对部队的建制进行了一些调整：挑选出十多名在部队干过的弟兄，建立了机枪营；其他人分成三个营。还提拔冯俊禄为团参谋兼机枪营营长。全团开始了紧张的训练。

贾友义没当上营长；罗德建议让他做团部的联络副官。他虽然感到没升上官，心里有些不满，可被抓住了小尾巴，也没敢发牢骚。一时之间，他好像懂得了什么叫规矩。

第十九章　人人都有个填不满的坑

一

　　高大虎和幕僚、部下发生了争执。他想把军部迁往建安县城，遭到了包括高荫唐在内的大多数人的反对："建安乃辽北唯一暂未沦陷之小县孤镇，地方仅方百里，居民只十余万耳；且无险可守。驻节通辽，可奔走蒙古族权贵、蒙古军将佐之间，说而坚其抗倭之志，抚而固其守土之心，实较鼓舞孤县斗志更为重要……"这些振振高论，冠冕堂皇，其实是不愿去建安犯险、欲在通辽偷安的托词。通辽驻有东北军一个师，目前还相当安全繁华；一旦日寇大举进犯，家属细软均可先期送往关内。高大虎孤掌难鸣，加上驻军师长也说"少帅令我支持大虎司令，若迁往建安，驻军不可轻动，实有鞭长莫及之虞"。他只好改变初衷，不再提军部搬迁之事，可他认为抗日救国不应当坐而论道，不能畏首畏尾，决定在建安县城设立辽北民众抗日义勇军的前方指挥所，并以司令身份去哈拉沁屯主持军事会议。

　　独立骑兵团接到通知后，"草上鹰"依然坚持"听调不听宣"，让罗德全权代表骑兵独立团去开会。他让罗德把一柄日本战刀——在金沟子缴获的战利品——带给高大虎，"代我向他表示敬意"。罗德因为贾友义是联络副官，带他一同去。

　　"草上鹰"一打从昌图、梨树回来，肩上的老伤便发作了，休息几天没见好转，却有些加重了。他认识到了年老体衰，陈年旧伤找上来了。罗德走后，他又挺了两天，便叫冯俊禄等人带弟兄操练，自己带警卫员白长荣去找李怀仁大夫。李大夫先诊脉后看伤，有些责备地说："老伙计，你

259

把我的话当耳旁风了。""草上鹰"知道他在怪自己没有去医院取出那两颗铁砂子，不好意思地点头认错。李怀仁斟酌完方子，交给徒弟去抓药，又对"草上鹰"说："啥叫'陈年老病'？其实就是人自己在身上挖的坑。饮食无度，伤及脾胃；纵情任欲，亏损阴阳……你自作聪明，讳疾忌医，实乃养痈遗患。我现在无力治本，只好抑标——你若听我忠言，还是趁早去医院动手术。""草上鹰"说："我还得耽搁些时日；一帮盟弟把队伍归拢成型，便撒手归山，疗伤养老。"李大夫却摇了摇头，自言自语："这又是一个不易填满的坑。"

"草上鹰"带着一大包子药，领白长荣上马奔河夹信子。

老话说，三十年河东，三十年河西。这是比喻世事变化多端，盛衰无常。人们对这种说法深信不疑，是因为确实有事实根据。就拿白长荣的老家来说吧，这个只有十来户的小村子，原来位于东辽河、西辽河交汇口的上边，归蒙古旗管辖。几十年前，东辽河改道，在村北跟西辽河并流了，把河夹信子扔到河东，归了昌图府。可十多年前，西辽河上游的西拉木伦河流域暴雨，西辽河向东滚，和东辽河汇合后又把河夹信子抛到河西，使它成了三不管的荒村……这样的变化，谁能预想到呢？谁能阻挡得了呢？

雨季还没到，辽河水清清澈澈，在河槽子里平静地流着。

"草上鹰"和白长荣骑在马上，蜿蜿蜒蜒地向上游颠搭。路边的柳茅子、蒿草一人多高，疙疙瘩瘩开荒地上长着肥肥硕硕的秧稞。马蹄嘚嘚声，不时地惊起几只野鸡野兔。等他们钻进一大片柳树林子，才见到几座稀稀拉拉的土平房，走进了白长荣家。

白长荣的老爹叫白尧，也在"追风沙"的绺子里干过。这对老弟兄，从见面唠到天黑，吹灯后又唠到鸡叫。白尧感谢"草上鹰"："你对长荣可真高看了一眼，手拿把掐地放在了身边。"他哀叹自己"白活了一辈子，除了两间光腚房，啥也没攒下，把儿子的终身大事都给耽误了"……"草上鹰"劝他别上火，表示"长荣若定亲，我这个老皇叔咋也不能当铁公鸡"，还开玩笑似的说："我将来跟你轧邻居，支使支使也硬气些嘛。"

　　第二天,"草上鹰"叫白长荣"和你爹多团圆几天",自己骑马上路了。

　　经过三眼井时,"草上鹰"想起了吕怀德的妈:自己年轻时的罪过,给她造成了一生痛苦;她却把自己当恩人看,自己应当向她道个歉。于是,他下了马。

　　吕怀德的家,是打了一圈六尺高土墙的三合院:正房是三间一面青钱褡子平房,老寡妇领八岁的孙子住在东屋,吕怀德大老婆张氏领六岁女儿住西屋。东、西下屋也都三间。东下屋南头是仓库,北屋是银娟的住处,吕怀德平时多半住在她这屋。西厢房的北屋住着两个劳金,南头两间是车棚马圈。老寡妇正领着两个儿媳妇儿在外屋地掐豆角,瞥见"草上鹰"牵着大青马进了院,连忙说句"抗日队的老掌柜的来了",放下卷着的衣袖,站起身抻了一下大襟,抬腿迎了出去;张氏和银娟都穿着没袖的小褂,慌忙地躲进了西屋。

　　"草上鹰"一进东屋,看到老板柜上摞着麻花被,便猜想是老寡妇住的屋。他懂得半边人的炕——特别是炕头,男人是不能随便坐的,便不顾老寡妇"大哥炕上坐"的礼让,抢步坐到东墙下的椅子上。

　　张氏、银娟换上长袖衣服洗过手,过来拜见客人。银娟沏茶;张氏接过"草上鹰"小烟袋,装上、捧回、点着。之后,姐儿俩低头、顺眼、垂手、并腿,站到了靠门处的屋地。老寡妇见"草上鹰"抽了几口烟也没开口,便说了句"你们去做晌饭吧",把两个儿媳妇儿打发出屋了。

　　"草上鹰"见没人挡嘴了,便愧疚地说:"大妹子,前些天我到过断根窝堡一带,听说了你离开那疙瘩的缘由,才知道自己造下了多大的孽……"

　　老寡妇见他一脸懊悔相,便抢过话头说:"大哥,你千万别这么说——你是老吕家的恩人。若不是你有颗菩萨心,人世上哪还有我们母子俩?只不过……我这辈子怕是没法报你的大恩了……我做梦也没想到是生下了一个白眼狼……"

　　老寡妇为啥会说出这些伤心话呢?这不得不说说前些天在老吕家和老梁家发生的事。

二

那天梁守教拿酒泡子当撬杠，从贾友义嘴里掏出了不少秘密嗑。他对贾友义嘞嘞出的"我干爹在投奔'追风沙'以前，曾经在八面城一带发过财"这句话，特别动心：这不是证明"草上鹰"三十年前是"追风沙"的同伙吗？阚如鹏的老爹，是三十年前被"追风沙"的人挖去心肝肺的。那么……"草上鹰"不十有八九是个帮凶吗？我若是把这事坐实了，保准能从姓阚的手里捞出一大把钱……不过他怕贾友义说得不实在，偷偷摸摸地到半拉坨子、王公窝堡左右转悠了几天，专门向老人探听，还真得到了证明：贾英不仅是"追风沙"手下人，还救过"追风沙"的命，关系铁得很。梁守教好像挖到了狗头金，乐呵呵张罗回趟老家，说是得帮儿子谋划谋划家里的事。金娟虽然不愿意他去会大老婆，却也没有理由拦挡，难分难舍地要他快些回来，还悄悄说"别把人家这棵秧晾干巴了"。梁守教看她恋恋不舍的小模样，也有些迈不动腿；可为了捞钱，却不能不去，便定下五天的期限，骑大走驴上路了。

金娟孤零零坐了一阵，心头忽忽悠悠长起了云彩。她想起了银娟：嫁到老吕家后，只在回九时到这旮吃过一顿饭，再没进过这个门。她有些抱怨妹妹：你恨那个拱地头子的人，难道还和我这个亲姐姐掰生了？她想到了妹妹是自己带大的，该不会和自己分心，便猜想是吕怀德把她拘管住了，不放她出笼子。心里一次开这道缝，金娟可就有些提心吊胆了：听说姓吕的不是个老实物，娶了大老婆后没少打野食。一个男人若在男女间那种事上经得多，见识可就广，十有八九会发觉银娟身子……银娟年轻窝囊，不会装假，笨嘴拙腮不会缝缀，肯定经不起三推六问的！金娟一猜想到这，更加牵挂妹妹了：她会不会挨打？她一定成了受气包子了吧？她再也坐不住了，换上衣裳抬脚就走，要到三眼井看个究竟。

吕怀德是三眼井的财主，是村子里最有钱的人；可在人缘上，他却远远不如一个要饭花子。连他大老婆张氏的娘家，知道她嫁到老吕家后不得烟抽，还成年到辈地挨打受骂，也成年累月不登这个门。左邻右舍呢，多半是他的佃户或劳金，吕怀德对他们又凶又狠。比如铲地时，他一去查看就爹长娘短地骂："谁他妈的眼睛是肚脐子，趁早土豆子搬家滚球子。谁若是给我刨瞎了俺，只要他爹给他造了屁股眼，我就一棵一棵给他塞进去！"庄稼一撂倒，谁也不敢到他的地里去捡庄稼：老太太怕被他撵上踹一顿腔根脚，年轻媳妇儿怕被他抓住后再没脸见人——曾有个邻村四十来岁的女人，进了他家地里捡庄稼。吕怀德一抓住她，就当地边还有的几个人，往她上身下身掏了一阵，吵吵把火地骂道："你他妈的若嫩些浪些，老子还兴许愿意跟你做场相好的，送你一个高粱头。就凭你这样，我一个高粱穗也不能让你捡！"那个女人连羞带吓，一手拎着筐、一手捂着脸，顺着垄沟跑开了……就是因为他《三字经》横念——人性苟（狗），才得了"瞪眼驴（吕）"的外号，使他的家成了死人丘子。

可谁也没想到，会有个花枝招展的漂亮女人，像一朵花被大风刮进了粪坑，到吕怀德家串门了！

金娟一进门，老吕家就过年似的热闹起来。两个孩子接过一包糖球，你抢我夺，嘎嘣嘎嘣地嚼起来了。老寡妇把两包馃子接到手，笑容满面地责怪："她大姐咋这么外道。"吕怀德眉开眼笑地一口一个"金娟姐"——好像若叫"大姐"，会把这位嫩嫩脆脆的大姨子叫老了——问完了"累不累"，又责怪她"咋不先定个日子，让我们能准备准备"。金娟等张氏和银娟都向自己问过好，才向吕怀德淡淡地笑了笑，对大家笼统地说："亲戚里道的别客气——银娟年轻不懂事，可比过去滋润多了，我得感谢你们对她又包涵又照看了。"吕怀德笑了笑，便支使张氏"捞出块咸肉炖豆角，煮一瓢咸鸭蛋"……

吃完晚饭，唠到上灯了，老寡妇让金娟和自己一块住，说"陪我多唠一会儿"。吕怀德却说"让她在下屋住吧，她们姐儿俩挺长时间没唠体己嗑了"。

三

吕怀德一回到家，就进了东屋。老寡妇见儿子回来先来看自己，高兴得有些昏了头，说："你一走就三四天，咋连个话也不留？"吕怀德没理这个茬，板着脸硬邦邦地问："你三十多年前，是咋跟那个老胡子头认识的？"老寡妇万万没想到儿子会问出这么一句话，又惊又急，目瞪口呆说不出话了。吕怀德看她脑门都沁出了汗珠，想起了"没做亏心事，不怕鬼叫门"这句老话，认为她是做下了亏心事，才舌头缩成了大疙瘩，便又咬牙切齿地追问："他是不是杀死了我爷、我奶、我爹的凶手？"老寡妇又气又恨，哆哆嗦嗦地说："你胡说八道……他没杀人……"吕怀德冷着脸说："哈哈！他没杀人？难道我爹他们是自个抹了脖子？"老寡妇慌乱地解释："那是他的同伙干的，他……倒是咱们娘儿俩的救命恩人。"吕怀德认为两个强盗轧孤丁，没直接杀人的也不能只算帮凶，更不能接受"救命恩人"的说法，便咧着嘴问："那位菩萨咋只可怜你？"老寡妇听出了儿子的话音：不但没相信自己的话，还怀疑起自己的清白。她那张灰白的老脸有些发烫，硬着头皮分辩："他那个同伙是头，又凶又狠，在东屋杀了你爹你爷，又跑西屋叫他……收拾我，把你奶奶拎到西屋逼问银钱藏在哪儿。可能是你命大，他看出了我是双身子，便放了生；还扯了条被把我蒙上，后来又谎报把我杀了。"吕怀德暗下掂量：怀胎三个月哪能隔衣裳看出来？再说了，那个强盗头连问带翻，工夫还能短吗？他觉得自己的猜想已经证实了，便冷着脸说："就算我是因为他发了善心才能来到这个人世上，他也是看在你的面子上的，我是不会感谢这个杀父仇人的。你也给我记住：今后别再跟他来往，让人说他踩断了老吕家的门槛！"

等儿子呱嗒一声摔上了门，老寡妇爬上炕，扯被蒙上脑袋哭了起来：我咋生下了这样个牲口儿子……

四

吕怀德吃完早饭，就下地走了一圈。他到家一发现西厢房前拴马桩子旁的大青马，心里就蹿起火：这老兔崽子欺负上门了！他大老婆迎出来告诉他"'草上鹰'老爷子来了"。他一把险些将张氏搡了个倒仰。可到了外屋地，他回想起了"草上鹰"在协尔苏显示出的神奇枪法，知道凭一双秃爪子是奈何不了对头的；觉得还得像报复梁守教似的"假装糊涂等机会"。他先把气喘匀了，才干咳了一声，然后推门进屋。他见"草上鹰"规规矩矩坐在东墙下的椅子上，便笑容满面地作了一个揖，亲热地说："老当家的，我早就想去拜望你老人家了——我妈给我起名'怀德'，就是要我记住你老的大恩大德。我妈说：若不是你老有一副菩萨心肠，我们娘儿俩是不会有今天的；我们这支老吕家，也早就断了香火……"

如果"草上鹰"刚才没听到老寡妇吐出的那些苦水，还真可能叫他忽悠得蒙头转向了。现在他却认识到了这个笑面虎的阴毒。他站起身向吕怀德还回一揖，扭过头对老寡妇说："请大妹子回避一下，我想和令郎单独唠几句嗑。"

老寡妇听了，不但没动身，还贴着软山挪到炕边。她觉得"草上鹰"的话听起来挺绵软，里面却有一股冲劲——他那皱成了两个黑疙瘩的眉毛，就证明了这一点。她虽然恨儿子不近情理，却怕"草上鹰"在气头上不轻饶他，决心拦他下死手。

吕怀德也看出了"草上鹰"表情不善，觉得母亲在场对自己有利——老胡子头心再狠，也不会当着老相好的面向自己下手。他一脸虔诚地继续说："老当家的，三十多年来我们娘儿俩一天也没忘过你老的恩情。你老对我有啥要求请直说。我妈一定会让我圆满答复你；我是很希望你老多呵护着这个家的。"

老寡妇听出儿子话里有邪音，却没敢搭腔，怕惹出儿子更难听的话；

而且她认为"草上鹰"虽然心地善良，可在江湖上闯荡了大半辈子，肯定眼里揉不得沙子。

"草上鹰"听出了吕怀德的话里裹着毒刺，也看出了老寡妇对儿子又爱又怕又发怵。他一狠心，从腰里掏出一支手枪，顶上子弹后起身放到炕上；回身坐下后指着吕怀德鼻子说："你听着：我在黑道上做下的第一桩案子，就是和谷璧——也就是后来被义和团乱刀剁死的'老假婆'，到你们老吕家轧孤丁。因为没想留活口，所以我的脸上明晃晃地挂着鲇鱼嘴的幌子，也没遮没盖。你们家三口人被杀，确实不是我下的手，但也得说我是凶手之一。我一来是头一次作案手软，二来是看你妈双身子，心也软了，才饶了你妈的命。我感激你妈心眼好，案发后没向昌图府的差官说出我的长相，使前清的官府没能抓到我这个强盗。后来，我开过汤锅，杀过大牛，投奔'追风沙'当过红胡子，也自己拉杆子……我虽然没亲手杀过人，但劫过官员，抢过商号，绑过肉票，论罪也是该死的。你吕怀德若是想报杀父大仇，现在就用这支手枪把我崩了。我绝对不闪不躲，领这份天谴了。"说完，"草上鹰"便垂下胳膊，闭上双眼，身子一动不动，好像真成了一个靶子。

老寡妇没想到他会说出这一番大实话，还挺脖子等枪崩，一颗心可就提到了嗓子眼。她瞄了瞄炕上的那把枪，便死死地盯住了儿子的手脚，暗暗地下了决心：你这个冤家若是鬼迷心窍想对恩人下毒手，我拼死命也要拦挡住……

吕怀德却站在屋地一动没动，心里合计：好一头狡猾奸诈的老狐狸！你当我不知道你是个使双家伙的神枪手吗？我一挪窝，准被你闭着眼睛揭开我的脑瓜瓢。我可不会上你的当！他斜眼看了他妈一眼，瞥见她攥成拳头的两只手直发抖，觉得完全看穿了她的心意：你若是个清白正经的女人，能不想报杀夫之仇吗？你当初守口如瓶，是为了掩护他；现在提心吊胆，也一定不是为了我这个儿子……决定继续装糊涂、等机会的吕怀德又开腔了，十分伤心和委屈地说："老爷子，你把我看成了恩怨不明、是非不清的糊涂虫了咋的？若是当年没有你老对我妈的恩典，这个世界上会有我吕怀德吗？再说了，你老后来砍掉了'老假婆'一只胳膊，使他死在乱刀之下，也算得是替我们吕家报了血海深仇。这些大恩大德我这辈子报答不上，下辈子当牛做马也是要……"

"草上鹰"好像被马蜂蜇得再也忍耐不住，睁开眼睛对吕怀德摆摆手，止住他的话，把枪抓到手后对他说："你今天不愿让我的血弄脏了手，我以后就提溜脑袋去和小鬼子对命。不过我还是要奉劝你一句：你妈一生清清白白。你今后别再当着外人面硬充孝子，背地里却是个梦生驴！"

"草上鹰"大步流星地走出屋。

吕怀德像被神仙施了定身法，迈不动脚步。老寡妇站起身后见儿子没动身，自己也就没敢动。等到院里传来马蹄声，吕怀德才缓过神来，恶狠狠地向他妈扔下两句话："你有人撑腰眼子了。我今后夹起尾巴当孝顺儿子就是了！"

老寡妇等儿子气昂昂地走出屋，一屁股坐到了炕沿上。她想哭，却没有泪，眨着干巴眼睛想：都说人到这个世界前，老天爷就注定了他的命。这个"命"，就是一个看不到、填不满的坑；一旦填满了，他也就到了寿禄。命贵的是个官坑；他不想当，大风也会刮给他一顶乌纱帽。命富的是个钱坑，跌个跟头都会捡个金元宝。前辈子当官做贼的，这辈子要填凶坑，不是挨刀就是蹲笆篱子。为啥这辈子早早地就守了寡，又摊上了个这么不通情理的梦生儿子？有人说数不清的头发是不断流的烦恼，进了佛门才能无灾无难，却不知这话是不是当真？

吕怀德气冲冲地回到东下屋。银娟一见他满脸乌云，心就一颤，怕他拿自己出邪火气；却不料他竟一声没出，悄悄躺到炕上了。银娟心里打起叉叉：难道这个损种，还真像姐姐说的"还没坏透腔"？姐姐也真有些能耐，不但没吃他的亏，还把他骂老实了……

第二十章　心里的小算盘——各有打法

一

哈拉沁屯在建安县城西七十多里，往南往西有通往奉天、新民的官道，往北有直达博王府所在地吉尔嘎郎的大路，是个历史悠久的大集镇。行商坐贾有一句口头禅："拉不完的哈拉沁屯，填不满的新民站。"这是说：哈拉沁屯老板们收到的粮食、皮张堆积如山，可以源源不断地运往新民站，再川流不息地发往全国各地。从人们把哈拉沁屯和新民火车站相提并论上看，就可以证明这个镇子是多么繁荣了。

辽北民众抗日义勇军司令高大虎，决定在哈拉沁屯召开军事会议，固然有这里食宿方便的原因，但更重要的原因之一，它是建安这里距小鬼子最远的乡镇。

会场设在北卡子门附近的警察分署。罗德一进大门，正好碰上阚如鹏：在一帮打手拥簇下往外走。罗德觉得应当尊重这位正团长，下马行了一个军礼，还问了声"阚团长好"。可穿得绸棍似的阚如鹏，却只在马上抬了一下手，没声没响地走出了院门。贾友义发现王炮头贴在阚如鹏身边，昂着头旁若无人，很有些狐假虎威的味，便也没和他打招呼。

罗德报到后，在署内安排的临时客房住下了。他趁会议开始前的空闲时间，领贾友义去拜会了几个支队长：自己和他们密切密切关系，也让贾友义认识认识他们的副官。他知道贾友义的家，离这里只二十多里，第二天中午便叫他回家看看，还嘱咐他不用太着忙，"后天散会前回来就行"。

贾友义高兴地来到街上。哈拉沁屯的正街南北走向，路有三丈多宽；

两旁一百左右家大小商号，各家的雨搭相互通连，好像特意修起的长廊。路旁这两排红柱子，间隔越来越小，化成红色的长锥，钻进了翠绿的山冈。这道长廊，和四季不断的大车小辆、各族客商，标榜着这个集镇的规模和历史。贾友义在"福顺德"给孙玉娥扯了两块布料，在"德春和"给五岁的儿子买了光头饼干和糖球，又在一家肉铺砍了二斤肉。他出了南卡子门，便岔向一条毛道。

孙玉娥一听到黄骠马的嘶声，抱起儿子跑出屋，见丈夫牵着马、挎着盒子炮进了院，欢虎似的迎上去。贾友义兴冲冲地看老婆孩子，见老婆大步流星地赶过来，心也热乎乎的。可他在伸出手接过孩子的那一眨眼间，发现她脸盘比过去又黑了些，脸皮也粗了些，别说远远不如金娟那张瓜子脸，就是跟"夜来香"比也差了一大截子！他心里那一盆火，一下子变成了一堆冷灰，连话也不爱说了，努努嘴示意孙玉娥把挂在马鞍上的东西取下来。

第二天早饭后，贾友义亲了儿子两口，掏出五块现大洋扔到炕上，扭身离开了屋。孙玉娥抱起孩子跟出屋时，看到丈夫上了马，头也没回出了院。孙玉娥浑身无力，靠到了前檐墙上，伤起心来：他上回离开家时，是搂着我们娘儿俩，左一口、右一口亲了一大阵子的……这一回咋没了那股亲近劲？他当了团部副官了，比当杆子头还打腰了，准有骚女人贴上他了，叫他看不上我这个土包子了……孙玉娥盯着那匹黄骠马，可一直到看不见影了，丈夫也没回头看一眼。孙玉娥无精打采，慢慢地磨蹭回了屋。她放下孩子，把那五块现大洋一个一个捡起来，自言自语："这是扔给我，让我替他养活孩子的。我借儿子的光，还不会挨饿受冻吧？"她万万没想到，这以后贾友义再也没回来过，她也没能再见到贾友义的面。

贾友义一进南卡子门，便听路左有人喊："贾副官留步！"他扭头一看，"一分利"饭店的雨搭下，并肩站着王双福和梁守教，正在向自己招手。贾友义心里画魂儿了：他们俩咋在这疙瘩碰到一起了？招呼我想干啥呢？

，

二

梁守教是花舌子。这种人的嘴比媒婆还会缝缀，一张嘴就一屁仨谎。他对小老婆金娟说要回家帮儿子谋划事，其实他主要是到阚家大院卖嘴。他先到老家住了一宿，第二天就赶到阚家街；却不料阚如鹏去哈拉沁屯开会了。捞钱不能怕辛苦。他撵到了哈拉沁屯。

阚如鹏一来带的人多，二来嫌警察分署的食宿条件差，三来花的钱都是从老百姓身上刮来的，不用自己掏腰包，便把"一分利"饭馆包下了。昨天晚上梁守教一找上来，王双福便领他去见阚如鹏。梁守教把探听到的情报说了一遍。阚如鹏一听"草上鹰"原名叫贾英，闹义和团时是"追风沙"的部下，还是亲信，便认定他是杀父仇人——即使不是不共戴天的元凶，也是不可饶恕的帮凶。阚如鹏不仅重赏梁守教，还聘请他为自己团的情报参谋，专门负责秘密刺探"草上鹰"和骑兵独立团的活动，每月薪水五十块——如有重要情报，另外加赏。

梁守教抓住了长长的钱串子，当然要牢牢地攥紧。他知道王双福不仅是阚家大院的炮头、阚如鹏的侄女婿，还兼任阚团的警卫营长，跟他把关系搞铁了，自己的财路一定会更牢靠。他还知道：王双福名义上是王二吹的侄儿，其实是王二吹的儿子；王二吹是被"追风沙"手下人挖去眼睛死掉的，也得说跟"草上鹰"有杀父之仇。因此，他向阚如鹏建议：由自己和王双福出面，笼络、利用贾友义，掌握"草上鹰"的活动。阚如鹏认为这是个好主意。因此，两人一发现贾友义，便把他叫住了……

三个人刚在雅间坐下，店小二便抹好桌子，撂下杯、碟、匙、筷，摆上四个压桌的小菜。贾友义问梁守教："老哥是啥时候到这疙瘩的？"

梁守教麻利地回答："我前几天到这附近给表姑拜寿，昨天下半晌想回去，被王营长碰上，扯膀子拽到这住下了。"

王双福听他好像在盘问梁守教，插嘴打岔："贾副官，你们团在吗地方立的下处?"

贾友义解释:"我们罗团副为开会方便,让我陪他在分署住。"

王双福故意惊讶地说:"连个勤务兵也没带?你这个团部副官,不成他的跟屁虫了吗?"

贾友义脸一红,讪不搭的没出声。

梁守教却接过话头煽风点火:"'草上鹰'老爷子对友义的要求严得很!前些日子他们独立营还没升格,他这个连长下去视察,旅店老板按接待过往长官的老规矩,找了个女人陪他。老爷子发现后,不仅免了他的连长,还好险没挨二十军棍呢。"

贾友义委屈地叹了一口气。

王双福摇头晃脑地说:"这老爷子也太过分了。我们阚团长对手下人那可十分体贴。昨天晚上,他为了养好精神开会,早早就歇下了。可临睡下却叫这的严老板去找几个女人,'让弟兄们乐和乐和'。严老板费了九牛二虎的力气,只划拉到了五个。我要同梁大哥唠嗑,没工夫闲扯淡,就把她们分给了弟兄们。"

贾友义听得直咽吐沫,觉得阚如鹏确实体贴部下。王双福见桌上已经摆上四个冷荤,便示意梁守教一同站起来,举杯说:"贾副官,你有义父的特别关照,将来一定官运亨通。我们哥儿俩祝你早日高升!"三个大酒泡子,啪的一声碰到了一起;三个人都一张嘴、一抬手扔了进去。

三个人吃几口菜。梁守教说了几句夸赞两位兄弟前程远大的话,贾友义说了几句感谢两位兄长厚望的话,大酒泡子又啪啪撞了两次。

这酒是哈拉沁屯"天增泉"的原浆高粱酒,入口味醇,入肚劲大。梁守教见贾友义连脖子都红了,便咋咋呼呼地说:"古人说,得一知己足矣。我却比古人强,有两个情深义重的好兄弟!"

王双福听了十分感动,盯着贾友义,提议:"梁大哥这样看重咱们俩,咱们便学'刘关张',结拜成异姓兄弟吧?"

贾友义高声喊:"好!好!好!"

店东早有准备，立即在大堂的北墙上挂好《桃园结义图》，在画像前摆上香案。梁守教、王双福、贾友义接过店东点着的高香，一同插入铜香炉，并排跪下。梁守教年龄最大，当仁不让，领先发誓："我们兄弟三人，情同手足，义结金兰。从今而后，风雨同舟；有福同享，有难同当。背盟弃义，愿受天谴。"王双福、贾友义也接着发了类似的誓言。叩头起来后，贾友义说自己年纪最小，张罗给二位兄长叩头。王双福把他拦住，彼此各作了一个揖。梁守教、王双福说贾友义是小老弟，各掏出三十块现大洋送给他；贾友义不收，王双福板起脸来吆喝了几句，帮他收入了怀里——其实这六十块现大洋是阚如鹏拨给他们的。

在王双福、贾友义撕扯的时候，梁守教溜进了茅房，哈下腰用手指抠了几下喉咙，吐出不少刚喝下的原浆酒。回到雅间后，他以老大哥的身份主张慢饮长谈。贾友义已经喝得快上桄了，像一切喝到量的酒鬼一样，摇头晃脑地声明自己"还没接潮"，坚持要陪两位盟兄喝透。于是，别人举起杯咂一口，夸了一句"好酒"，他便一口干下半杯。等每人又起了两次杯，贾友义便一头沁到酒桌上了。他的两位盟兄十分体贴实惠的小盟弟，把他架起来送进后院的客房。

三

贾友义终于睁开了眼睛：一个眉黑唇红、身材苗条的半裸女人坐在眼前，借着烛光在给自己擦脑门的汗。他坐起来定一定神，回想起和梁守教、王双福结拜后又喝了一阵酒，可后来的事就不记得了。他不得不向身边的女人打听了："这是哪疙瘩？你是谁？"

那女人点了一下他的脑门，说："贾副官，你好大的架子！王营长叫我来客房陪你，从贴晌伺候到了上灯，你却对人家不理不睬，害得人家着急上火，两顿没吃好饭——王营长黑着脸发话：我若没把你伺候顺心，明天就一个大钱不给……肚子若能不知道饿，就不用觍着脸来讨人喜欢，那该有多好!"

贾友义十分感激新结拜的二哥,问"王营长干啥去了"。那女人指指隔壁,撇撇嘴:"人家可不像你,只知道一个人傻睡。"那女人铺好了被,等贾友义一爬进被窝,她便吹灭了灯。

第二天,贾友义早早地回到警察分署。罗德以为他是赶了二十多里路回来的,还夸奖了几句……

"草上鹰"那天一从老吕家出来,便扯缰绳向西拐进科尔沁草原——准确地说是科尔沁大草原东南角的边缘地带。先是起伏平缓的坨子。坨冈上长满了黄蒿、扎蓬棵等一尺左右高的野草。若站在坨冈上远眺,能见到一片片树林,那是有人居住的小村落。而坨根沟底的荒草,要比较茂盛些,还有一丛丛、一趟趟低矮的树茅子。走在草原上,有时会惊起一对野鸡或一只跳兔。"草上鹰"骑着大青马,跑出一段路程,贴近了一道寸草不生的白眼沙坨子。"草上鹰"放松缰绳,让大青马慢慢地从坨根的沙子上走了三里多地。

这坨子上的细沙,清一色灰白,一律比小米粒小、比绣花针鼻大,不掺一丝草屑,没沾一星土末,罗筛过似的齐整,水洗过似的干净。曾有个蒙古王爷看中了这个白眼沙坨子,想把它作为长眠之地。风水先生说这样的地方,对纵马驰骋、逐草游牧的蒙古族来说是块绝地,使那位王爷放弃了原来的打算。其实,风水先生们说的也不一样。有的说:"白眼沙坨子处风口而根不削,沙长流而源不绝;左有沼泽润地,右有曲岗生林,实乃忠良长眠之吉地。"也有人说:"灰沙长在,清白永存,是为吉地;寸草不生,木难成林,突兀无可荫庇之物,亦是无后绝地。"还有人说:"名为'白眼'之地,后人难有'青眼相加'之望,岂可谓吉地也?"真可谓众说纷纭,各执一词。

进了草甸子,"草上鹰"两腿一夹,大青马便撒开四蹄奔驰起来。

"草上鹰"把积郁在胸中的烦躁郁闷,完全抛到沙坨子和草甸子上了。

罗德一回到半拉坨子，便向"草上鹰"汇报："……头一天高大虎司令讲形势，多次表扬咱们袭击金沟子的那些战斗活动。说咱们不仅打击了日本鬼子的气焰，还大大振奋了抗日军民的士气。"罗德还拿出个玉石嘴银杆铜锅小旱烟袋，说："我上次去通辽汇报时，和高司令闲谈中提到了大哥有时抽几口旱烟。他这次来主持军事会议前，选购了这件礼物。他转交时还说'贾老英雄隐居多年，为了抗日重新出山，领你拉起了这支队伍，实在令人敬佩'。"

"草上鹰"接过小烟袋，见它长只比手掌猛一点，杆上还系了个鹿皮烟口袋，低声对罗德说："我抢过夺过，也有些老财、老板满脸堆笑向我送过现大洋、银元宝。可把我当朋友、送念想的，这还是头一回……高司令抬爱我，也是希望咱们这支人马能跟他坚决抗日呀！"

罗德点点头，接着汇报第二天的会议情况：各团汇报训练情况和军心士气。罗德说："一说到军政训练，这些团长都咬舌子似的咿咿呀呀，吐不清音；可一提起士兵情绪，都画眉鸟似的挑起高调，要求补充装备、调拨军饷，稳定军心。我看高司令直皱眉头，好像也挺挠头……"

"草上鹰"边听边想：若不是向金沟子那些财东刮了些油水，咱们的日子恐怕更艰难。现在存粮也不太多了，又得琢磨个法子了……

罗德开始介绍高司令的总结和要求："……日寇侵占辽源县（今双辽市）后，迫于兵员不足，未敢进犯我东北军第十四师戍守的通辽市。但日寇派出大批特务，对蒙古王爷们威胁利诱，拉拢蒙军中的将佐，阴谋挑起民族矛盾，制造叛乱，从中渔利……为粉碎日寇阴谋，振奋抗日军民斗志，军部决定对郑家屯日寇进行严厉打击……"

"草上鹰"听说要进攻郑家屯，立马叮问"多咱动手"。

罗德转述高专员的话：各团抓紧做好战前准备，前线指挥所开战前另会议进行部署。

"草上鹰"仰起头来，盯起了房笆……

四

"草上鹰"收回目光,对罗德说:"咱们现在能拉出去打仗的人马,只有八十左右。你根据打仗的需要,重新扒堆——咱们报号'独立团'了,也别委屈手下人,每一堆的头,封他个营长……你领他们擦枪磨刀;我安排人去郑家屯踩盘子,掏清小鬼子的老底。"

晚饭后一上灯,罗德便同"草上鹰"谈起调整团内建制的问题。贾友义自从上次受到干爹的呵斥,又免去了连长职务,好像懂得了些规矩,一听他们要谈团内大事,马上躲出屋——却假装警戒,贴墙在窗外偷听。

罗德的想法是:团部设警卫连,由白长荣任连长,带六名战士负责警卫和通信工作。其余青壮年战士,分成手枪、步枪、机枪三个营,各三十左右人,都要练好射击和马上劈刺。贾友义继续任团部副官,兼任军需营长,带领十多名老弟兄做好后勤工作。

"草上鹰"同意罗德意见。他明白罗德让贾友义兼任军需营长,是有意关照,便提出一项要求:"别叫他直接管钱。"两人接着商量其他营长的任命——把冯俊禄提任副参谋长,兼机枪营营长。

站在窗外听声的贾友义,听到让自己兼任军需营长,心里乐开了花:这回我跟王双福二哥比,肩膀头可就一般高了。后来又听干爹不叫他管钱,心血立时上涌,头脑发涨:干爹咋胳膊肘往外拐呢?可他鬼心眼转了几转,很快就把气压了下去:既然叫我当营长,那些老家伙不听我的令行吗?姓罗的不是总把"军人以服从命令为天职"这句话挂在嘴上吗?我黄貔子借口传音也好,冒充钦差假传圣旨也好,他们哪个敢不服?

躺到炕上后,罗德问起盟兄的病情。"草上鹰"故意轻松地说:"没事了,保准能和你把这台大戏唱火了!"

宣布完团部命令,罗德开始对三个战斗营进行训练。"草上鹰"从军需营里选出两个精细稳重的老弟兄,带他们到协尔苏,和刘老猴子一起合计咋去郑家屯"掏地沟"——搜集情报。

刘老猴子在郑家屯活动过,有几个可以贴贴靠靠的人,能存下身,便由他带一个人去,另一个人替他在店里打更,蹲坑接情报。"草上鹰"对他们说:"攻城就像端窑,是宗硬碰硬的活。不摸清小鬼子的虚实,愣头愣脑地往里闯,就像瞎子骑了匹瞎马过大河,顺了大流就爬不上对岸了……你们千万别小看了这趟差使……我打个比方说,咱们好像做豆腐,我和罗团长领弟兄去攻郑家屯,就像推磨拉豆子、烧火熬浆汁;你们若不把卤水挖弄出来,咋能点出豆腐呢?你们一定赶好集、办好货,每逢'二五八'把到手的货送到老家。"

五

贾友义当上了营长,觉得很有面子;像刚上套的小毛驴,想把军需营这挂车好好拉两水子。他主动向罗德请示:"我们营该为打郑家屯做些啥准备?"罗德很高兴,便根据自己的经验提出一些要求,还写出一份给军部的报告,要求补充一些弹药和急救药物,让他去一次前方指挥所。

高司令,对筹办军需、发放军饷十分挠头。他万般无奈,想出一个"无中生有"的法子:以"辽北民众抗日义勇军"的名义,发行了二十万元的"军票"。这印得花花绿绿的票子,上面印着"壹圆顶壹块银圆伍年后如数兑换"。他接到骑兵独立团的报告一看,竟一字未提钱款,完全是为了准备作战,十分感动;又觉得要依靠这支人马冲锋陷阵,立即召见了贾友义。他询问了部队的情况后,当场写了一封信给设在通辽的军需处,要求"筹拨骑兵独立团一批弹药等急需作战物资";并拨付三千元军票,都交给了贾友义。

"草上鹰"、罗德听了贾友义的汇报,都很高兴。"草上鹰"想起张大帅当年发行的"奉票",也是一元顶一元现大洋的;后来毛到了二百元才能顶一元现大洋。他心里说:高司令这是被逼无奈、指山卖磨了……便吩咐贾友义："这军票十块也顶不了一块现大洋的，可老百姓不敢不收。咱们不能把它往弟兄们的手里发；只能在向财主们买粮时拿它当钱——猪肥不怕掉些膘。你今后置办东西时，对小商小贩、普通平民一定还用现大洋——他们是吃不起哑巴亏的。"

贾友义觉得高司令的亲笔信，跟尚方宝剑差不了多少，想借这个机会显示一下自己的负责和能力，带领六名弟兄风风火火地赶到通辽，向军需处递上司令的信。谁知那位军需处长却冷淡地说："你到对面的兴隆旅馆住下吧。多咱把东西筹集到了，再通知你。"三天后，兴隆旅馆的老板——其实他是那个处长二姨太的哥哥——过来和贾友义闲谈，放风说："眼下哪有公事公办的地方？少帅给东北军要粮饷，也得处处滚珍珠、甩金条的。"贾友义虽然没有在官场办事的经验，但脑袋却不是死木头疙瘩。他认识到了犯下的错误：没向军需处长进贡。结果呢，高司令颁下的令箭，也就变成了鸡毛翎。于是，他向热心的旅店老板打听出处长的住处，送去了二百块现大洋。第二天上午，他便领到了五千发子弹、三百颗手榴弹和一百个急救包。

贾友义带领部下回到协尔苏。他单人匹马赶回半拉坨子汇报，还建议在协尔苏设处仓库，存放弹药并购入其他作战物资。罗德认为在协尔苏设仓库离团部太远，虽然一时方便，但从长远看却不利于看守，便命令贾友义把领到的物资运回来。"草上鹰"听到贾友义对不得不送出"三百块"现大洋感到可惜，便宽慰他："老话说，龙生九子，各不为龙。虽说眼下好多人都在'抗日救国'，但里面也有人在浑水摸鱼，为私人捞好处。咱们是管不了这些人的。你别心疼那三百块现大洋了——弄到手的东西，花再多的钱也是没地方买到的。"

六

贾友义回到协尔苏，打发部下把货送回半拉坨子；又等了小半天，才和从郑家屯回来的人见了面。肖老板送他到"夜来香"家喝酒。贾友义和"夜来香"鬼混一阵，扔下五块现大洋。

从古到今的大大小小的野心家，都这山望着那山高，吃过鲜鱼想熊掌。贾友义这个下三烂，认为自己已经狗戴上了帽子——人模人样了，还一个谎就昧下了一百块大洋，又惦记起金娟了。

次日早饭后，他骑马来到河西窝堡，先到商店选了两块最好的绸缎，又买了好酒好茶，这才来到老梁家。梁守教兴高采烈地把他迎进屋，郑重地向金娟介绍："友义现在是我的换帖三弟。你今后要像亲兄弟一样看待他。"

贾友义也赶紧放下酒、茶，先向金娟鞠躬，又把两块衣料捧到金娟身前，还说"小地方买不到金贵货，请大嫂别笑话"。

金娟抬手去接，发觉自己的手被贾友义的手指头勾了一下，心里骂了句"觍着张驴脸占小便宜"。

梁守教是勾引女人的老手，心鬼眼尖，能看不出贾友义这种笨拙的小动作吗？他不但没生气，反倒有些得意：你对我的小老婆眼馋，便会经常往这疙瘩出溜……

金娟瞥到丈夫的两个嘴角，往下咧了一咧，觉得若吃下这个哑巴亏，很可能引起他的疑心，便讪笑着挖苦贾友义："自家兄弟咋还多了心？我看三弟还是先留着这两块衣料，等有空回家时带给我那个被你强拱到嘴的三弟妹。"

贾友义被抖搂出老底，大长脸腾地红到了耳朵根子，两片厚嘴唇也好像上了铜子，欠不开缝了。

梁守教见金娟要把那两块衣料塞回去，急忙拦挡——他一来看出了那两块衣料挺值钱，二来怕贾友义下不了这个台阶，以后对登这个门打怵，便打哈哈："金娟，三弟现在兼上了军需营长，手头宽得能跑过花轱辘车了，还能亏了咱们弟妹吗？快去凑几个菜，祝贺一下三弟高升。"

金娟是个手脚麻利的女人，很快就放上炕桌，摆上了一盘切成条的咸鸭蛋和一盘煮花生米。梁守教把贾友义让上桌，并不和他拼酒，而是慢饮长谈，打听起他当上营长后顺不顺手。贾友义十分得意，比比画画地咋呼起来，说高司令如何如何高看骑兵独立团，亲自写信命令军需处给筹备枪弹药品；军需处长对自己如何如何热情，留自己在旅馆住了四天……梁守教边听边向他敬酒，心中虽然半信半疑，却也觉得这些情报一定是阚如鹏渴望听到的。

金娟又端上一盘黄瓜菜、一盘咸肉丝炒老母猪耳朵；自己也盛了一碗高粱米水饭，挨丈夫坐下。梁守教殷勤地向贾友义套近乎："咱们哥儿俩换了帖，老瓢把子便也是我的干爹了。我一直想去给他老人家磕个头，却不知在哪能见到。"

金娟听出了丈夫是在从贾大下巴嘴里往外套话。她也知道有些话一进了丈夫的耳朵眼，就会变成银子的。她一小口一小口地吃着饭，静静地听着。

贾友义见金娟坐到了自己面前，兴致更高了，摇头晃脑地说起了独立团调整建制、进行训练的情况，说"我干爹这一程都忙得掉了帽子"，表示"有机会我来接你"；还提醒说："我干爹跟阚团长和双福大哥有梁子，你见到他时，千万别提咱们换帖里还有双福二哥。"

梁守教连连点头，又东拉西扯地提起一些话。贾友义想起了干爹要自己买几两大烟土的事。自己没有买这种货的门路，而且干爹还嘱咐不要叫团内的人知道。他觉得梁守教手眼宽，便掏出三十块现大洋，叫梁守教代劳。

饭后，梁守教便去替贾友义办事。金娟沏好茶，斟了一碗送给贾友义。他见屋内无人，便假装接茶去摸金娟的手。金娟十分乖巧，等他刚要碰到自己的手，假装一哆嗦泼出了一股茶水。贾友义挨烫缩回了手。金娟知道他是丈夫的钱串子，不敢过分得罪他，只想掐断这个大下巴的花花肠子，便半嘲半劝地说："你以后得管住这双小爪子。你大哥有酒尽着外人喝，大方得狠。在酒后的那个字上，他可是个贪心的小气鬼：紧紧地掐着自己的碗，盯着别人家的锅。你若让他看出了手脚不利索，准会跟你撕下前大襟的。你今后可就没法再登这个门了——若不信，你就等着瞧，用不了屁大的工夫，他准会毛兔子似的蹦跶回这个窝。"

贾友义半信半疑：这个俊俏的小娘儿们若是在说实话，那就证明她心里并不烦恶我，是惧怕男人才不敢跟我亲近；她若是说假话，那就是眼窝子里根本没我……他边想边喝茶，一碗茶水还没喝完，梁守教就蹦跶回来了。他完全相信金娟的话了，觉得再待下去也是瞎子点灯白熬油，便收起烟土告辞了。

送走贾友义后，金娟故意板起脸扒扯起丈夫小短："你明明瞄到了大下巴那两只狗爪子瞎抓挠，偏要假装二成眼；是怕他们爷儿俩手里有追魂炮，就宁可把我当礼物，保住小命，戴上一顶绿帽子咋的？"

梁守教先"哼"了一声，才得意地说："我一来对你放心，相信你不会让他得把；二来我也不像吕怀德那头梦生驴胆小：让老胡子头把'笤帚疙瘩'往炕上一摔，就吓软了蹄！我须着鲇鱼嘴和大下巴，是放长线钓大鱼，为的是不断地捞银子。"

金娟心里一忽悠：难道那个人没听我的劝？真跟老胡子头闹翻了脸？她假装打翻了醋坛子，撇撇嘴说："别人可以骂他不孝顺，你有脸骂他是'驴'吗？"

梁守教在江湖上闯荡多年，练就了一套脸皮功，不怕磕打不怕差，却禁不住小老婆揪他的小尾巴。他"嘿嘿"地干笑了两声，接着便一本正经地解释："前几天在街上碰见银娟女婿，硬拉我去辽滨酒店……"

吕怀德一打和金娟成了相好，便常抽出时间往河西窝堡跑。他每次来都先在街上逛一阵。他宁愿先搭到梁守教的影子，然后和姓梁的一同去梁家坐坐，看金娟两眼，也不愿叫梁守教堵到家里。那天他碰到了梁守教，确实把他拉到了饭馆子。吕怀德心内对梁守教的嫉恨，先是被金娟的泼辣撕得四分五裂，接着被她搅起的欲火烧得七零八落，后来可就被她撩拨起的感情波涛冲得无影无踪了。他觉得梁守教只不过啃了两口生瓜头，而自己吃到嘴的却是王母娘娘赐给的天上才有的蟠桃。现在为了有多和金娟见面的机会，已经心甘情愿地向梁守教献殷勤了。因此，他在喝到脸蛋子开始发烧、耳根子开始发热的节骨眼上，提起自己和"草上鹰"的紧张关系。当然他得顾自己的脸面，没提对母亲的怀疑，只说了三位老人的被害和"草上鹰"有关；而"草上鹰"已经发觉自己对那件案子搭到了边。梁守教马上联想到吕怀德以前对贾友义的盘问，猜了个八九不离十。他也不戳破这层窗户纸，掂量了一阵后对吕怀德说："'草上鹰'人多势众腰杆子粗，你人单势孤没帮手，是斗不过他的。不过你也不能挺脖子挨刀，要蹅摸一个他搬不动的靠山，借借别人手里的枪打自己身后的狼。"吕怀德频频点头，说自己眼下得躲着点，求梁守教帮自己在河西窝堡找处房子，"我领银娟悄悄搬过来"……

梁守教在转述吕怀德的话时，半真半假，隐瞒了自己曾出主意劝他把身子躲远些，引导他带银娟到河西窝堡来住。金娟却吃透了两个人的鬼心眼，故意呱嗒下脸来，撒泼地对丈夫说："你是不是还没掐断那根花花肠子？咱们把丑话说到前头，你若敢贼心不死再偷嘴，我就不怕丢人现眼去放青，让你现世报，解了心头恨！"梁守教却厚着脸皮说："我现在有那个贼心，也没那个贼胆——就算银娟面糊，不得不让我刷刷那口锅，可姓吕的却是条野狼串秧的大牙狗，会躲在门后偷着下口，咬得我没法再伺候你这个小美人……到那时，我想让你继续烧火做饭，也不得不随你的便了——这种占不到便宜的赔本买卖，我是不会干的。"

金娟听他承认还有贼心，断定他说的"不会干"是骗自己的鬼话；还相信吕怀德一定不会下口掏她，心里暗暗高兴。她现在虽然还挺关心妹妹，但对满足私欲的愿望却更强烈。她盼望吕怀德快些把银娟带到河西窝堡住：他们一串起笼子换着吃，自己也就顺心如意了。

第二十一章　九一八事变一周年

一

辽北民众抗日义勇军司令高大虎，在建安县城召开军事会议，研究和部署攻打郑家屯……

郑家屯原本是个位于辽宁、吉林和内蒙古三地交界处的小镇。一八八〇年辽宁设立建安县时，郑家屯地处建安境内。第二年，建安县设郑家屯分防所，由建安县主簿坐衙，管理词讼、钱粮。清朝末设置辽源州，郑家屯划入；山东历城人吴俊升任奉天巡防营后路统领，驻防郑家屯。民国二年，辽源改县，郑家屯为县城。吴俊升已经是奉系军阀骨干，先后任黑龙江督军兼省长、东北第六方面军总司令兼东三省保安总司令，是张作霖的"副帅"。因为郑家屯是他发迹的地方，修有"吴家祠堂"；而他当初在郑家屯的统领衙门，也就成了"吴大帅府"。统治东北二十多年的张作霖，还曾凭奉军的实力，一度控制了中央政权，俨然成了民国之主。他和郑家屯当年颇为富有的于老板，私交颇深，令素未谋面的张学良少帅与于凤至小姐喜结连理。因此，郑家屯的老板们得到了张作霖这位东北王的眷顾，很多人成了巨商大贾，把买卖做到了天津卫、北平城。他们为了保护自己在老家的商号、家产、祖茔，组建了一支一千多人的"商团"。这支装备精良、训练有素、薪饷丰厚的军队，虽然开支一直由奉军——易帜后改称东北军——控制的政府供给，但管辖上完全由郑家屯商会一手掌握。因此，郑家屯虽然仍然只是个"镇"，名头却比县名高大亮堂得多。远近的人都说："郑家屯小名头大，辽源县大知人少。"日本鬼子一九二八年制造了

"皇姑屯事件"，炸烂了"张吴"；一九三一年又制造了九一八事变，很快地侵占了全东北——在辽宁县级地盘只剩了个建安县。小鬼子贪残如虎狼、奸诈似狐狸，对地理位置十分重要和社会政治影响颇大，且交通方便、商贸兴隆、军事必争的郑家屯，当然不会放过。它采取了大兵压境、利诱招降的诡计：允许"商团"原封不动，继续由商会指挥，保护他们的经营和利益；"皇军"只占领火车站，防备驻扎在通辽的东北军"破坏交通"。郑家屯的军权政权，是掌握在商会手里的。那些有爱国心的商人，已经逃到通辽和关内；还留在郑家屯的，或贪生怕死，或狼心狗肺，便降下了青天白日旗，摇起膏药旗。鬼子兵大摇大摆地进了城，汉奸组织起了"维持会"，老百姓成了亡国奴。日寇占领了郑家屯后，逐步加强了对商团的控制：先以"保护商会安全和商贸秩序，不需庞大兵力"为名，把商团兵额压缩到五百人；接着又以"便于保卫火车站和铁路线"为由，把商团原来在城东的驻扎地，改为鬼子兵的指挥部和伪军兵营。这使商会和商团中有些人心怀疑虑了。小鬼子又表示对商团"十分信任"，要商团"协防"西门。其实，这是使商团远离火车站和铁路线——如果通辽的中国军队来攻打，便借手先除去商团。

　　……高大虎对攻打郑家屯这一仗，是有信心的。他对自己手下的人马，也是比较清楚的：除了白凤武、窦宝章和罗德还正经八百打过仗外，不是拉起民团的乡绅，便是刚收编的杆子头。前一种人，对收捐逼债、守家护院还都有些拿手；后一种人，对拦路劫财、掏窝绑票还都挺在行。要攻城拔寨，这些人可就十分力巴了。攻打辽源县城，是辽北义勇军建立后和小鬼子打的头一仗。他这位司令，却不得不有马使马、有牛使牛；马少牛缺，只好把倔驴也拴上套派用场。他所以有信心，是因为驻扎在通辽的东北军于海涛师将派出一个团，由自己指挥，担任主攻。

　　高大虎为激发部下官佐的爱国热忱，作战会议一开始，先慷慨激昂地报告东北沦陷后的形势、老百姓的苦难和希望。只有窦宝章、罗德等少数人听得认真，其余人则眼睛半睁半闭地坐在那里。阚如鹏对高司令又一次赞扬骑兵独立团十分反感。

高大虎接着叫参谋人员挂上地图,分析辽源县城守敌态势:"郑家屯北门外不远是西辽河,它向东和新开河交汇后改向南流。火车站在郑家屯镇东南角。从四平来的火车由南方入站;向北离站的火车,一股直奔齐齐哈尔,一股向西拐去通辽。郑家屯的东门和火车站由鬼子兵防守;南门和北门由伪军把守……"那些半睡半醒的人都警觉起来,暗下掂量会不会让自己去啃硬骨头,攻打东门或火车站,落个损兵折将,丢了老本……高大虎略微停顿一下,宣布:"我通辽驻军于海涛部参与本次作战,将分兵两路:一路顺西辽河北岸向东,截断铁路,阻击从北来援之敌;一路沿西辽河南岸夺取郑家屯北门、围攻火车站……"那些与会但心中惴惴不安的人,松了一口气。高大虎接着提议:"我拟令窦宝章支队长率阚如鹏团、白梦梅团攻打南门;骑兵独立团负责炸断通向四平的铁路,堵截东南方向来援之敌,并歼灭可能由东门溃逃之敌……"

高大虎认为独立团有一定实战经验,炸过铁路,而且是骑兵,对冲击来援敌军和围歼溃敌都有迅猛优势。白梦梅团是在自己警卫队的基础上扩编成的,是自己手中战斗力最强的团。好钢应当用在刀刃上,最有实力担当攻取南门。阚如鹏团,清一色是他的民团;阚如鹏一直以"兵亲心齐"自许。他想通过实战检验一下这个团有没有可能培养成主力——攻城的胜利希望,他是放在白梦梅团上的。另外三个团,一个佯攻西门,两个做预备队。为了防备敌人趁机进攻建安,把留守的任务交给了高荫唐支队。应当说这样安排还是比较客观的。

高大虎一住口,窦宝章、白梦梅、罗德先后起立,表示同意高司令的意见,接受命令。阚如鹏却始终坐在椅子上没吭声。等高大虎客气地请大家发表意见时,他才提出不同看法:"敝团虽有兵员五百,上下一心,但枪支不足,弹药有限,始终未得军部补充,实难担当主攻重任。"

高大虎听出了他在发牢骚,刚想说明一下,窦宝章却站了起来——他觉得阚如鹏隶属自己这个支队,他拒绝高专员的命令,也扫了自己这个支队长的面子，便板着脸说："阚团长，军令一出如山倒，军人以服从为天职，是不能违抗命令的。"

阚如鹏听他拿军纪这顶大帽子压自己，便"嘿嘿"冷笑了两声，仰起大胖脸，用眼梢斜睨着高大虎，慢条斯理地掉起文来："敌人于会议之上，应司令之约，略抒己见，即被目为违抗军令；而我行我素、从不莅会者，则迭获赞誉。若我辽北义军，将有亲疏远近，人分三六九等，则阚某才疏识浅，无德无援，仰祈解甲，弄孙自娱。"

高大虎是一位爱国将领。退役了，在九一八事变后，只身赶赴通辽，利用各方面的关系，经过艰苦的努力，才组建——或者说凑拢成了这支"辽北民众抗日义勇军"。他希望凭借这支队伍开创辽北抗日新局面。他也清楚地知道，这支由自己少数部下、地方势力和绿林人马捏合到一起的部队，是很难齐心协力的。他担心进一步争论下去，可能完全撕破脸皮，近则影响攻打郑家屯的战斗，远则危及辽北抗日大局。于是，他站起身来，苦口婆心地进行解释："草上鹰"在带领所属人马志愿加入本军时，曾以"年迈体弱"为由拒绝接受实职，只愿以"盟兄"身份继续扶持罗德。"大虎为求该支人马稳定发展，极力慰挽，允诺其'听调不听宣'，免除其日常事务，以年迈身心专务所辖部队之管理与训练"。高大虎还对嘉奖骑兵独立团做了澄清："'草上鹰'亲率所部奔袭金沟子、炸断南满铁路；又带部分弟兄，不避凶险，穿插辽吉数县之境，明攻暗袭，令日寇关东军惶恐不安，影响十分深远。对此，不只军部与在座各位均衷心钦仰，北平方面亦来电祝贺。军部通令嘉奖，实为不偏不倚之决定。而两挺机枪等物资，乃驻通辽部队所赠……"

与会众人，有的人认为高司令过于软弱，有的认为他讲得通情达理。阚如鹏不完全相信，却怕引起众怒，可也不敢再无理取闹、继续纠缠。

高大虎见大家情绪和缓下来，便对自己关于各团在此次作战中所负任务做了说明："适才所谈，实为个人初步意见，待集思广益后方能形成正式命令。"在接着的讨论中，大家都不再吭声。高大虎只好进行个别谈话，耐心协商。最后对作战部署进行了调整：阚如鹏团协助高荫唐的两个团留守。高荫唐调出的那个团，由窦宝章指挥，接替骑兵独立团的炸路打援任务；骑兵独立团配合白梦梅团主攻南门；并负责对攻得的城区的治安……最后，高荫唐激昂地说："我们要在九一八事变一周年那天，用忘我杀敌的英勇行动，向全国父老兄弟证明，辽北人誓雪国耻，驱逐日寇，光复东北！"

<h1 style="text-align:center">二</h1>

"草上鹰"听完关于会议进行情况的汇报，"唉"地长叹了一声，说："高大虎爱国雄心可敬，可这台戏也挺难唱……我倒叫他多犯了不少难。"罗德认真地订正说："病根在姓阚的身上。他心胸狭窄，不顾大局。""草上鹰"点点头没吭声，心里却骂了一句：叫驴不拉套，闲着就咬群。

"草上鹰"的旧伤还时常发作，一犯了就喝下一小疙瘩大烟土，所以一躺下很快就睡着了。

罗德却一肚子心事，久久不能入睡。高大虎曾单独召见他，十分遗憾地告诉他："我委托北平留守人员寻找宝眷下落，证实他们母子并没逃到北平。"

罗德不能不牵挂自己的亲人，他们母子逃离沈阳近一年了。刘芳的性子外柔内刚，若是还活着，就是爬也爬进山海关了……他想起了两岁多的儿子：先是随妈妈颠沛流离，而现在恐怕已经暴尸荒野了……国恨家仇的怒火在他胸膛内燃烧起来：高司令决定在"九一八"这天攻打郑家屯，真是太好了！我一定带领弟兄们打胜这一仗，把深仇大恨化成子弹，一股脑地射向日本鬼子！

"草上鹰"、罗德定期收到有关辽源县城的情报，对敌情了解得比较清楚。九月十六日，"草上鹰"带领手枪营离开半拉坨子，在离辽源县城郑家屯二十里左右的地方设下卡子，只许从城里来的人离开，不许去城里的人进去。十七日下午,罗德和白梦梅率大队人马赶来了。三人合兵一处,半夜吃完饭,悄悄地奔向辽源县城,进入阵地。

从节气上看,再有五天就是秋分,黑夜白天几乎一般长了。这时太阳虽然还没冒红,却可以清楚地看到南门敌人还没有任何反应。白梦梅和罗德、"草上鹰",趴在一道土埂后进行观察。

郑家屯原本只是一个比较大的镇子,没有城门和城墙;吴俊升驻扎在这里时,也只挖了护城河,培起来一圈一人来高的土壕。他们看到护城河外有两道铁丝网,护城河上面有道通往南门的一丈多宽的木桥;再往前是开阔地。南门虽然没城门,路两侧各修了一个半人多高的砖墙、洋灰顶的碉堡——分明是小鬼子新修起来的。看到这,白梦梅问"草上鹰":"老团长,护城河水的深浅,这几天有变化没有?""草上鹰"回答:"刘老猴子昨晚提供的情报说,虽然它连着辽河,可辽河水现在过了汛期,护城河水深处不足三尺了。"白梦梅接着问:"敌人火力配置有变化吗?""草上鹰"应声说:"到昨天中午止,那几门迫击炮,还都在守火车站的小鬼子手里;南门碉堡里还各有一挺重机枪。"白梦梅点点头,断然说:"按原计划办。"

前天,白梦梅、罗德在研究攻打南门时,罗德曾提出:在两团火力掩护下,由自己带领骑兵冲过桥炸掉敌人碉堡。白梦梅认为这样做伤亡会很大。罗德认为不从桥上冲,骑兵无法发挥作用。后来,白梦梅根据守敌无炮、只有两架重机枪的情报,决定先由白梦梅团破坏掉铁丝网,冲进护城河,搭人梯爬上去,全线强攻,引开重机枪;骑兵团再趁敌人无暇只顾封锁一线之桥的时机,突然冲过桥,成扇面展开——不论步兵、骑兵,都可能有机会除掉碉堡⋯⋯昨晚"草上鹰"听罗德学说时,虽然说不清有啥高明之处,却认为"小白心眼还不错,没把骑兵团当外人巧使唤"。

快七点时,先从北边传来一声巨大的"轰隆"声;紧接着又从东传来一声几乎同样巨大的爆炸声。白梦梅团立即开始行动。在密集的枪声中,两道铁丝网很快就破坏掉了。冲锋号一吹,白梦梅团的三百多人,一齐冲向护城河。虽然有十几人被撂倒了，其余人却都冲进了护城河。可是，敌人用一挺重机枪、几挺轻机枪交替地封死了桥口；而护城河里的步兵搭人梯刚一露头，就被打落下来。"草上鹰"认为不能继续做赔钱买卖，经白梦梅同意，率手枪营三十来人隐蔽地向西北奔去……

高大虎在拉起队伍后，曾多次派人去郑家屯。他一发现商会和商团里都有人想摆脱日本鬼子控制了，便派代表秘密跟他们进行谈判。经过讨价还价，达成秘密协议。其中最重要的两条是：一、义勇军攻打郑家屯时，双方对西门佯攻佯守；但为确保商团安全，进攻方不得越过守卫方防线进入城内。二、义勇军攻入城内后，商团便保护自愿离开的商家及他们带的金银细软去通辽；商团到达通辽后接受改编，但不编入义勇军，也不能打乱建制，只做通辽驻军的特编旅。这一秘密，高大虎没敢在他主持的军事会议上公开，是因为他知道自己手下的人，不论是那些乡绅，还是那些杆子头，就算是没二心，也不一定严守秘密；万一泄露出去，不只商团要受损失，还对这次攻打郑家屯不利。只有他托底的几个人知道这件事——罗德是对"草上鹰"说过了的。正因如此，白梦梅、罗德这两个"以服从为天职"的军人，没敢想从城西进行迂回；而"草上鹰"这个混混出身、当过杆子头，做了抗日义勇军的"官"也"听调不听宣"的特殊的人物，却认为：反正西边是"假攻假守"，为啥不借一下道迂回进攻、硬打赔本的仗呢？他向白梦梅说明了自己的道眼后，白梦梅没反对，还认为"草上鹰"的建议，确实是个好主意；而且彼此都是团长，对方地位还很特殊，高司令不会怪罪他不守命令……

"草上鹰"带人马绕到城西，发现攻城守城的确实在噼噼啪啪放着空枪，而城南的枪声还没断流，便选到一处骑兵能够越过护城河的地方，迅速冲到城边土壕前；绕过城西南角后，他自己只带一半人马突然向东猛冲，边冲边用手枪射土壕后的敌人；而冯俊禄则带领另一半人马，挥鞭越过土壕，一边冲一边用马刀猛砍。南门两个碉堡的射击口都只能向南、向西南射击……

与此同时，攻城部队的火力集中压制两个碉堡。罗德率领骑兵飞快地冲过桥。护城河中的步兵也爬上壕向前冲。碉堡中的伪军见势不妙，顺着交通沟向城里逃……

"草上鹰"见冯俊禄领弟兄向城里冲去，便带领手枪营的其余弟兄，迅速肃清了两个碉堡内外的敌人。

罗德率领弟兄冲入南门后，马不停蹄，迅速向东门附近敌人指挥部扑去。

这是一座周围有一丈多高墙的大院子，四个角上各有一个三丈高的炮楼子。罗德是带领弟兄沿一大条小胡同扑向西南的炮楼子的。他想依仗两挺轻机枪封住敌人火力，迅速冲到高墙下，再用集束手榴弹炸塌高墙，冲进院去。可敌人火力很猛，把几个弟兄扫落了马，其中还有一个机枪手……他来不及细想，跳下马拾起机枪对准敌人炮楼子猛扫——他倒是扫哑了敌人一挺机枪，但也被敌人的机枪把他扫倒了……

追上来的"草上鹰"急忙命令弟兄们利用房屋影住身子，一起配合另一挺机枪封堵炮楼子的射击，把罗德等伤亡人员抢回到安全地方。只见罗德左肩血肉模糊，已经昏迷过去。"草上鹰"叫人用急救包把他伤口裹住，立即派人把他们抬下去，送往城外的军需营。

这时，冯俊禄已经占领整个城西。商团按着事前达成的秘密协议，宣布"反正"，保护着一部分商铺老板和眷属，出西门往通辽转移。协同作战的通辽驻军，也已经打得守火车站的鬼子兵边抵抗边向指挥部撤退，逃进指挥部大院。辽北民众抗日义勇军配合夺取了火车站的东北军，对这个大院形成了包围态势；发动了几次进攻，却都因为没有大炮和炸药，摧毁不了高墙和炮楼子，还造成了一些伤亡。

高大虎认为基本上取得了预期战果，便在中午发出了逐步收兵的命令：来参战的东北军保护商团去通辽；攻城的辽北义勇军由白梦梅指挥分步撤出；"草上鹰"率骑兵独立团断后掩护。

"草上鹰"在接受断后任务后，便想到善后问题，命令冯俊禄带人向一部分商号、富户声明"我们义勇军的伤亡人员没人照顾；你们对抗日不流血，也得出点抗日钱"，共征集了近四千块现大洋的"爱国抚慰捐"。

残余守军，已经成了惊弓之鸟，哪里还敢离开老窝？在其他部队撤走后，"草上鹰"才带领弟兄从城外往回撤。

三

"草上鹰"率领人马扬鞭催马，后半夜在三眼井撵上了后勤营。贾友义哭丧着脸报告："干爹，罗叔躺在车上呢，一直昏迷着，不省人事。""草上鹰"赶到一辆胶皮车旁，有人打亮电棒：罗德脸色灰白，闭着眼睛一动不动。"草上鹰"把颤抖的右手食指伸到他鼻孔前，试了好大一阵才肯定还有呼吸，便命令"他经不起颠簸了，送到老吕家歇下"。又命令贾友义带领白长荣去长沟沿请李怀仁："请他无论如何马上就来！"

"草上鹰"走到拉着四名阵亡弟兄的大车旁，见一位兄弟还瞪着眼睛，便伸出手轻轻地摩挲闭上。然后让冯俊禄带队回老营；还嘱咐两个老弟兄"给走了的兄弟买好棺材、寿衣……我天亮后动身回去"。

"草上鹰"对在老吕家门前站岗的弟兄点点头，见上房东屋和外屋都点着灯，便大步流星奔过去。他看两个年轻的妇女正在做饭，也不打招呼，推门进了东屋。老寡妇正在把一条湿羊肚手巾往罗德脑门上敷，一见"草上鹰"来了，边把身子闪开些，边焦急地说："大哥，罗团长烧得厉害，得快些拿出救驾的法子。""草上鹰"伸手摸摸罗德脸蛋子，十分烫手。他连忙掏出块大烟揪下一小疙瘩，递给老寡妇，请她"化开灌下"。老寡妇麻利地取来小半碗水，用匙把那疙瘩大烟按碎搅开。"草上鹰"也不召唤别人，亲手扒开罗德的嘴，由老寡妇一匙一匙往下灌。

吕怀德大老婆知道婆婆把"草上鹰"当恩人看，叫银娟沏好一壶茶送到东屋去。银娟端茶一进屋，便瞥见婆婆和"草上鹰"团长，几乎脑门顶着脑门给伤号喂药，便把茶壶放到八仙桌上，低头顺眼退出了屋。"草上鹰"的心都放在罗德的伤势上,并没注意手和头跟老寡妇磕磕碰碰。老寡妇却细心得多,发觉银娟没斟茶就退了出去,一定是见自己跟眼前的人太近乎了;她脸上有些发烧,却没有着急——她知道银娟心眼厚道,不会扯老婆舌,坚持把药给罗德灌完。老寡妇放下药碗,斟了一碗茶,端给"草上鹰"。"草上鹰"打了一天仗,跑了大半宿路,只吃过些牛肉干和炓土豆,正口干舌燥,喝了两口后才向老寡妇赔不是:"大妹子,我一见盟弟昏迷不醒,急得没和吕怀德当家的打招呼,便叫人把他抬过来了。深更半夜的,给你们添麻烦了。"

老寡妇听出他心里对吕怀德有隔阂,赶紧剖白:"大哥,你咋说起了外道话?再说了,你就是和他打招呼,也抓不着他的影——他描'两头捞'的样,领银娟住到河西窝堡去了。他总算还没狼到顶尖,昨天打发银娟回来看我,还叫她拎来了二斤肉……"

日头不会从西边出来,吕怀德也不会这么惦记他妈。

昨天早饭后,金娟满面笑容地去看银娟。可炕沿还没坐热乎,就斜了吕怀德一眼张罗走,还说"那个人成了阚家大院的香饽饽,又被王炮头勾去了。我得回去照看窗户门"。银娟见她又同吕怀德扯眼梢子,分明是来勾魂引鬼的,便也不留,还顺水推舟似的说了一句疙瘩话:"那就快回去吧;将来我出门时,姐也来帮着照看下门窗。"吕怀德听了有些硌耳朵,又怕金娟心里不受用,便虎起脸呵斥:"你说话咋像往外撇清泔水?你看金娟姐多懂人情来往,再忙也来瞧看瞧看你。你给我学着点,割二斤肉送回老家去,替我伺候几天老太太。"

银娟对姐姐的刚强泼辣,本来佩服得五体投地。那次姐姐去三眼井看自己住下后,自己被丈夫的威胁吓破了胆,夜里不得不帮他串笼子,把姐姐推上了窟窿桥。不料姐姐竟没吃那种哑巴亏,还像吆喝狗似的把那个人轰出了屋。一搬到河西窝堡,银娟就发现事情跟自己想的并不一样:这两个人本来是妹夫和大姨姐,见了面却抽冷子挤眉弄眼;而"两头捞"一被薅离了窝,自己炕头的"梦生驴"就跳圈过去顶坑。凡是女人摊到这种事，谁不像被塞了一腔子玻璃碴子——连堵气带扎心？就是对男人怕得一贴老膏药、连大气都不敢喘的受气包子，也会寻机会找那个拱墙根的女人，指桑骂槐地泄泄那口怨气的。可银娟与众不同：挠伤了姐姐的脸，自己的脸也淌血；姐姐还可能揪自己的小尾巴，把自己的嘴堵个溜溜严。当然，她更怕丈夫翻出那篇老账单子，再把自己打个乌眼青。因此，她只好无可奈何地装傻瓜，最多说句疙瘩话——还十有八九要挨狗屁呲……银娟一挨呲，就明白了他在嫌自己碍眼；她虽然心里气不顺，却不得不避猫鼠似的躲开身子……

<h1 style="text-align:center">四</h1>

"草上鹰"听老寡妇夸儿子牵挂她，倒也有些相信——不管咋说，吕怀德终归是她身上掉下的一块肉。他附和了一声"这就好"，一口喝干了茶碗里的茶水。老寡妇见他都快渴成了风干篓，又敬又怜地赞叹："你一个奔六十的人，还和年轻人一道钻枪林弹雨，真说得上是忠心报国了！"

"草上鹰"有些无奈地说："这不是叫小鬼子逼的吗？我也感到有些力不从心了。本打算这场仗一打完，就找个地方趴风，却不料我这个盟弟挂了彩——看来我还得再卖几天老。"

银娟请"草上鹰"去吃饭，自己留下帮婆婆照看罗德。可能是灌下的大烟发挥了效力，罗德嘴唇翕动了两下。银娟低声对婆婆说"他好像醒过来了，在吧嗒嘴"。老寡妇猜想罗德可能是渴了，让银娟赶快去取水。银娟斟了半碗茶水，用匙搅了几下，舀出一匙饮下去。饮了四五匙后，罗德睁开了眼睛，突然一把抓住银娟擎匙的手，说了声"你可来了"，就挣扎着想坐起来——却拉动了伤口，又疼得昏了过去；可那握住银娟小手的大手，却紧紧地攥住没放松。银娟臊得脸通红，难为情地对婆婆说："他咋这样？"老寡妇却摇了摇头，示意她先别把手拽出来，轻声说："他可能是在半昏半醒中认错了人。"过了一会儿，罗德松开了那只手，嘴里却嘟囔出几句断断续续的话："你咋不把孩子抱来……不让打也打，不能挺脖子挨刀……跟我冲……"银娟听了头一句话，相信婆婆的猜测对了：他果真是看花了眼，把我看成是那个人了……难道我长得像"那个人"吗？他是个奔四十的人了，家口咋能和我仿佛？可能也娶了小女人！看起来男人堆里没几个好饼子，手里有了几个破钱，不是去外边嫖骚女人，就是往家里娶小女人……

"草上鹰"草草吃完饭，赶回东屋看盟弟。老寡妇见他对罗德的伤情十分上心，赶紧告诉他"罗团长的热已经退了些"，还学说了那几句"梦话"。

"草上鹰"解释："我这个盟弟，可真像你说的那样忠心报国。他一年前的这个夜里，在北大营领一拨弟兄对鬼子兵还了手。他后来撤退时受了伤，被我救回家。他那年轻的妻子，抱着两岁多的儿子往关内逃难，却石沉大海音信全无……好人没好报，落了个家破人亡啊！"

银娟后悔起来：真是哪个庙上都有屈死鬼，我竟冤枉了这个人。她抬眼打量罗德的长相：虽然脸色苍白，却脑门宽宽的，眉毛黑黑的，鼻子高高的，嘴棱角分明，耳朵厚厚实实……银娟心里叹了口气：这么有福相的人，不应当灾星罩命的呀！

"草上鹰"让老寡妇和银娟去休息，自己侧歪在老寡妇给铺下的褥子上照看罗德，等候李大夫。

天麻麻亮的时候，李怀仁大夫赶来了。他见"草上鹰"要开口道扰，便先摇手说了一句"各尽本分，何必虚套"，紧接着就边查看罗德伤势，边询问受伤后的情况；然后盘腿危坐，把起脉来。"草上鹰"见他眼睛半睁半闭，眉头时皱时展，心情也随着紧张一阵，松弛一阵。李大夫一松开把脉的手，也不等"草上鹰"问就说："伤筋动骨，血流过多，马上送通辽军队医院——可以再灌下少量烟土。"

"草上鹰"最信服李怀仁，立即照办。等贾友义领人把罗德抬上那辆胶皮轱辘大车，离开了吕家的三合院，"草上鹰"才问"能保住命不"。李怀仁有些含混地说："伤势沉重，脉相堪忧；好在年壮体强，吉凶福祸各占一半吧。"

李怀仁听说其他伤号都在半拉坨子，便拒绝在吕家吃早饭，上马和"草上鹰"、白长荣奔向半拉坨子。

五

攻打辽源县城，是辽北民众抗日义勇军组建后的头一次作战，不仅消灭了二十多名小鬼子、百来名伪军，还顺利促成了"郑家屯商团"的反正……

高大虎在军事上头脑不糠。他二十多岁就被招安，在张大帅手下由连长做起，副营、正营、副团、正团，干了二十多年。他作战的实践经验相当丰富。晚年身体较差，老张提他少将，又当了二年陆军训练副司令。等小鬼子攻打北大营，他就又拉起队伍，要跟小鬼子对命干。他虽然对这次攻城作战比较满意，却清醒地认识到日本鬼子不会善罢甘休。他一回到指挥所，便开始部署各团做好抵御敌人报复的准备。他知道罗德已经送到通辽疗伤，便派人到半拉坨子见"草上鹰"，嘉奖骑兵独立团的英勇善战，要求骑兵独立团对敌军加强戒备，要坚决阻击其可能进行的报复。

骑兵独立团在这次战斗中有喜有忧，喜的是缴获了一批枪支弹药，其中有两挺重机枪、两挺轻机枪。"草上鹰"觉得骑兵使用重机枪不方便，把它送给了在共同作战中对骑兵团十分友善的白梦梅团。忧的是伤亡很重：四死七伤（罗德伤势最重）。在公祭阵亡人员时，"草上鹰"代表全团向他称为"国家忠臣"的阵亡弟兄，磕了三个头；还放了排子枪。紧接着，派人给每个阵亡人家属送去了五百块现大洋的养家钱；对受伤的人发了二十到五十不等的慰问金。这多少冲淡了些团内的悲凉气氛。

"草上鹰"对自己"听调不听宣"的承诺十分忠诚，只留下少数人看守粮草、照看伤员，带领大队人马移驻协尔苏。为了掐准双辽敌人的活动,"草上鹰"不仅加强了和眼线的联系,还把监视哨安排到郑家屯城边子。他白天督促部队加紧操练,晚上听敌情汇报,忙得脚打后脑勺子;肩伤发作得越来越频,越来越重,也抽不出时间去找李怀仁,只好拿大烟顶一顶。

阚如鹏近来喜一阵,忧一阵,不得不费尽心思拨拉小算盘。他那个团留守县城,没伤着一兵一卒,自然感到高兴;而这一仗的结果,大大地增强了高大虎的威望,使他对自己战前打横炮的做法相当后悔。特别是有很多人把他"草上鹰",称为"老英雄"。不过,阚如鹏觉得太阳旗已经基本上插遍东三省,青天白日满地红的旗帜啥时能再插回去也看不准。他决心走一步看一步,步步都要保全家业和实力。他认为眼下得修补一下和高司令的关系。他知道高司令把家眷留在北平,在行署中是由勤务兵照料饮食起居的。他叫阚禄给高荫唐送上一笔重礼,表白说:"贤昆仲精忠报国,公而亡私,宵衣旰食,以苦为乐,誉满辽北。家父仰慕之余,常思代民慰助之计。家母身旁有两名侍女,善解人意,容貌亦佳。欲献于司令与支队长帐下,伺候起居;不知肯笑纳否?"

高荫唐已经在通辽娶了一房姨太太,但没带到建安来;听了这话十分高兴,乐滋滋去见也还驻扎在建安县城的高司令。他不料竟碰了一鼻子灰——高大虎不高兴地说:"他咋能把'宵衣旰食'这种阿谀帝王的话,用到了咱们一介武夫身上?国家兴亡,匹夫有责。你我兄弟虽不同宗,但同赴国难,兄弟相称,理当与士兵同甘共苦,不可贪图声色犬马!"高荫唐只好掩饰说:"职下本想一口回绝,但又怕阚家父子因此而心怀芥蒂,才来找司令拿出个两全之策。"高司令也觉得应当顾全和阚团的关系,沉思了一下才说:"你就说我已过甲子,请他海涵……把从郑家屯缴获的步枪,调拨给阚团三十支,说是对他们留守有功的奖励。"

阚如鹏那一团人,虽说在"九一八"那天也虚张声势地集中起来了,但没有离开驻地一步。不过阚如鹏确实"杀"进了县城,请高荫唐喝过几场大酒……现在他看到阚禄带回三十支快枪的重赏,自然十分高兴。他听了阚禄转述高荫唐的"司令年已一甲子有余,不敢接收重馈,请阚团长鉴谅"的话,又详细询问了高荫唐的举止神情,断定他本人内心是"既蒙厚爱,敢不愧领"。他觉得若能和高荫唐拉好关系,也会"近水楼台先得月",是笔一本万利的买卖。因此,他下定决心照搬他老爹笼络邹乃杰的美人计,认侍女柔云为义女,送给高荫唐为妾。为了名正言顺,阚如鹏亲自出马,去拜会窦宝章,送上三百块大洋。窦宝章得到三百块大洋的鞋底钱,又知道高荫唐十分愿意,便一口应允做保山了。

这钱,虽说是阚如鹏拿出手的,却是掏的老百姓腰包:他那个团,也得到了三千块"军票"。他把一半发给团丁做薪水;把一半分摊给区内各户,预购"抗日军粮"——说"军粮已由阚家垫出,领到一元'军票'的农户,秋后向阚家偿缴一百斤高粱"。

高荫唐一听窦宝章提说,先假装不同意;在窦宝章劝了几句后,也就点头了。

第二十二章　生死关头路由人

一

"糖球嘴"的百顺小铺，虽说不在正街上，卖的只是油盐酱醋大路货，没啥稀奇玩意儿，可价钱却比别家贱些，还秤高提满，再加上他们两口子嘴皮子都会摩挲人，跟前的老老少少都爱送脚步，生意挺兴隆。唐百顺知道"草上鹰"当家的拿本钱让自己开小铺，有给自己安排后路的意思。他心中感激，觉得更应当尽到耳目的本分。他听说阚如鹏要把干闺女献给高荫唐，已经在这附近给租了房子，风风火火地裱墙换玻璃做小公馆，觉得这事不大也不小，应当报告给团部。他打听清楚高荫唐娶小老婆的日子，写了一封信，踅摸到一个去协尔苏的老板子，求他捎给刘老猴子。

罗德受伤后，"草上鹰"不得不连踢带打地当团长了。这天，他回到半拉坨子，叫来已经从通辽回来的贾友义，问军需营还有多少钱粮。贾友义以为干爹在查问账目，便有些不高兴地说："口粮和马料还都有三千多斤，现大洋花得只剩一千来块了，军票倒还能有两千——你老要看账，我让经手的送过来。""草上鹰"皱起眉头：新粮上市咋说也还得两个月；霜降前无论如何也得给弟兄发点钱，让家人换季猫冬……他掂量了好大一阵子，才拿定主意，对贾友义说："人吃马用的，最少要存下两个月的；一不够这个数，就要向我或罗团长报告……今后二十天内，你们军需营在县内东撒子购'劳军粮'：大财主家三百斤，小财主家一百斤；每一百斤付给两元军票——不得惊扰普通庄稼院。"

贾友义刚想走，刘老猴子送来了唐百顺的信。"草上鹰"看完扔给了贾友义。他想起了三十年前阚山把彩荷送给邹主簿、阚老太太将白雪送给屠景操的往事，顺口骂骂咧咧地说："真他妈的龙生龙，凤生凤，老鼠的儿子会掏洞！"不过他觉得高荫唐不仅是支队长，还对自己有过帮助，应当送一份礼去。他吩咐贾友义"到那天你去，以我和罗团长名义上二百块大洋的礼"。贾友义从信上知道了高荫唐要娶的小老婆，是阚如鹏的干闺女。他想起了结义二哥王双福，想借机会去亲热亲热，便试探说："阚团长嫁干闺女，是不是也多少上一份礼？""草上鹰"大嘴丫子差不多咧到了耳朵丫子，"哼"了一声，说："老阚家有的是年轻女人！为了舔热乎屁股才往外送，跟咱们八竿子也打不着——就算咱们现大洋多得堆成了山，宁可用来打水漂，也不给他上一个铜子的礼！"

"草上鹰"陪刘老猴子吃饭，要他回去后向肖老板请几天假，"跟我派去的人出趟门"。

两天后，冯俊禄找到刘老猴子，骑马从河夹信子下边过了辽河，顺大路奔宝利镇，傍晚时在镇外刘老猴子的朋友家住下。第二天早饭后，他俩装成爷儿俩，缀在房东老头儿后边，步行从僻静的毛道溜进宝利镇。这"爷儿俩"在最热闹的大街上逛了两个来回；又不远不近地围敌人兵营、警察署各绕了一圈。回到下处吃完饭，冯俊禄掏出五块大洋，向房东谢过，上马往回走——这回是抄小路穿林子过河，快半夜时回到了协尔苏。

"草上鹰"听完这两人的汇报，更有信心了。他根据这些天没啥敌情，选了一个星期六，提前吃完晌饭，率领弟兄们带着干粮、水，上路了。二更多天时，跑到离宝利镇不到五里的地方。他命令弟兄们放马吃干粮。半个多小时后，弟兄们都给马戴上了嚼子，手枪营和骑兵营还用准备好的麻袋片子包上了马蹄子。冯俊禄带领机枪营绕道奔敌人兵营。刘老猴子领"草上鹰"和手枪营、骑兵营，走小路往城里摸……

冯俊禄领人在离敌人一里左右远的地方，拉开些距离隐蔽好，略微等了一会儿，听到镇里"叭"地打过一枪，便命令"给我紧一阵、慢一阵地往兵营里打，叫他们不敢往外抻王八脖子"。

这时，刘老猴子已经领骑兵营包围了警察署。营长向屋里大声喝令："老老实实蹲在屋里的有命；敢出屋的，出来一个死一个！"

这时，"草上鹰"指挥手枪营同时叫开、撞开了十多家店铺，宣布："我们是'东北救国军'，来收'爱国捐'。胆敢拒缴，按卖国罪就地枪决！"那些老板、伙计，一见手枪嘴子舔到了鼻子尖，哪里还敢说一个"不"字？钱匣子、布匹不断地搭到了马背上……

驻守这个镇的一百多个伪军，由三名小鬼子指挥。一见来攻打的人马，光机枪就有四五挺，认定是来了大部队，便拼命用全部火力进行抵抗，枪声像炒豆子似的响个不停。机枪营的人，见敌人好像把吃奶的力气都使出来了，便停止射击，换个地方隐蔽；等敌人的枪声慢慢地断了流，便又开始猛打，还呼喊着扔出一些手榴弹，好像要往里冲了。敌人吓得更疯狂地打起枪来……

过了一个来钟头，镇里的灯光全灭了。又过了一会儿，枪声也寂静下来。

二

"草上鹰"带领弟兄们直接回到老营。贾友义领军需营连夜准备，第二天便给全团发军饷，每人十块大洋、八十尺布。各营返回协尔苏后，开始轮流放假，路近的一天两宿，路远的两天三宿。"草上鹰"还派人给四名阵亡的弟兄家送去十块大洋、一百尺布。贾友义没回家，托人把钱和布捎了回去。

"草上鹰"惦记罗德，自己不便离开，叫各营派出一名代表，由冯俊禄带领去通辽瞧看。

唐百顺也收到了团部派人秘密送去的钱和布。阚如鹏为高荫唐安排好小公馆后，把柔云打扮得漂漂亮亮，让她坐一辆披红挂绿的小车子，送进县城。高大虎听说后，虽然有些不满，却也不好责怪——中央军也好，杂牌军也好，当官的娶小老婆是司空见惯的事。他没有去喝酒，加上他拒绝阔如鹏送小老婆的事也透露出来了，老百姓都夸他"一心抗日，不贪女色"……

给唐百顺送钱和布的人，回到老营后对"草上鹰"学说了。他听了也称赞高司令员"真是个正经人"。

这个世界上，不正经的人却比正经的人多得多。

梁守教就是个不正经的人。他一直千方百计搜集骑兵独立团的情报，把"草上鹰"派人强购军粮、去宝利镇抢商店的事，都卖给了阔如鹏。

阔如鹏更不是正经的人。他认为抓到了"草上鹰"的把柄，写成状子，由阔祺送给了高荫唐，请他转给高司令，告"草上鹰"："违背'不取县内钱粮'诺言，勒索粮食，引起民愤；带兵抢劫，败坏军誉……"

高司令有自己的情报人员。他对骑兵独立团最近的行动了如指掌，严厉地对弟弟高荫唐说："你咋不辨是非当留声筒？我若偏听偏信，也指责独立团，岂不是……搞乱了自己的部队。"他见堂弟面红耳赤，才没说出到了嘴边的"忠奸不分"；又抑制住怒气，委婉地解释："荫唐，我派独立团戒备郑家屯方面的敌人，他们驻扎在蒙古旗地界，是不能就地筹款征粮的。据我所知，他们在二区向一些大户征购军粮，多则三百斤，少则一百斤，更没向普通百姓征缴，是沾不上'扰民'的边的。而且这清单上竟然夸大了数目，说成了三千斤和一千斤，实在是耸人听闻。而'败坏军纪'一说，最低也是穿凿附会：宝利镇早已被日寇侵占，商家均向日寇纳税，实有资敌助敌之过；向他们缴些钱物，也未尝不可，岂可强加'抢劫'之名？若能从大局着眼，当此非常之时，独立团袭扰日寇、以敌养军，非但无过，其实有功。"

高荫唐像被软巴掌扇了一顿嘴巴子，虽然不疼，却直往外蹿火。他回到小公馆，便抱怨起阔祺："你们不应当对我说假话，叫我在大虎大哥面前丢人现眼。"

阔祺为人欺软怕硬，对高荫唐这个比团长还大一级的支队长很发怵，支支吾吾地把责任推到了情报人员身上，匆匆忙忙地溜了。

站在门边伺候烟茶的柔云，虽然一直低着头，却听明白了他们的谈话，觉得高司令倒挺正派公道。不过她没敢插嘴，在阚祺走后也没敢吱声。她很清楚自己的身份：在阚家大院，是抵债的丫头，不仅得牛马似的听吆喝干好活，被当礼物送给人也得听天由命；进了这个小公馆，名义上是由丫头变成姨太太，只不过是白天端茶点烟，晚上用身子伺候一个比自己大了二十多岁的男人……变了的只是主人姓高了。

柔云姓印，原来没有大名，小名叫"三丫"，今年才十九岁。她家住在河西窝堡西南的散落屯，是阚家的佃户。因为发送她爷爷和给她哥哥定亲，她爹向东家抬了驴打滚的高利贷。在她十五岁的时候，家里无奈拿她顶了债。阚如鹏的老婆看她长得周正，性子绵软，让她伺候自己，取名"柔云"。她妈和白长荣妈是叔伯姐妹。前些年常走动，姐儿俩有过"三丫配长荣"的话。长荣的妈一过世，三丫又成了抵债的丫头，那话可就成了秋后的树叶子，叫大风刮得没影了。柔云却还记得，有时梦见长荣哥骑马披红来接自己……

高荫唐白天经常不在家。门外站岗的是不敢进屋的，柔云也不敢搭理他们。一个人憋在屋里，能不闷屈吗？她便借口缺东少西走出门。她不敢到正街上去逛，离小公馆不远的百顺小铺就成了她常去的地方。她头一次去，就发现掌柜的有些眼熟，便问"大叔是不是在河西窝堡开过杂货铺"。唐百顺没想到高荫唐的小老婆会认识自己，高兴地点了点头。柔云便自报家门：自己是散落屯人，小时候去姨娘家串门，"在你的小铺里歇过脚"。唐百顺挺高兴，柔云更是一来买东西便要多唠一会儿。有一次柔云提到姨父叫白尧，问"唐大叔认识不"。唐百顺便说："我们是老朋友。他外号叫'白挠毛'，有个儿子叫白长荣，听说在骑兵独立团当上了警卫连长……"柔云刚一听挺惊喜，可一眨眼间就沁下了头，蔫蔫巴巴地回去了。

唐百顺是个善于察言观色的人。他断定柔云和白家关系不同寻常，很可能和白长荣有过感情瓜葛。

三

柳条边外的男孩子们，从一九三二年一开春就纷纷拿粗柳条子绷成弓，用细桃枝削成箭，一见旋风刮来便射，还边射边喊："旋风旋风你是鬼，箭杆射断你的腿；若不滚回东洋家，你妈哭成双眼瞎。"孩子们的桃箭，从春分前一直射到白露后，射得旋风断了迹，可骑着马的鬼子兵却杀向了建安县——辽北唯一还没沦陷的国土。

日寇关东军总部命令川原劲率领第十六旅团全体鬼子兵，调集了新民、彰武、昌图、双辽等八县一万多伪军，在一个飞行中队的支援下，分四路向建安疯狂进攻。

高司令负责扼守建安。他知道辽北民众抗日义勇军在兵力、火力上都远远不如敌人，但还是义无反顾地率众投入了战斗。

北路的日寇伪军共近两千人，杀气腾腾地离开了双辽县城。"草上鹰"不仅得到了高大虎的阻击北路来犯敌人的命令，还提前接到了郑家屯眼线的报告。他率领人马提前一天离开了协尔苏。他知道自己这一百来人是不能和敌人硬拼的，却不退反进，偷偷绕到了离郑家屯只有二十多里的地方，埋伏下来。他准备采取"张三赶猪"的打法……

东北山里人把狼叫"张三"。有经验的老"张三"，为了捕捉野猪，总是悄悄地跟在野猪群的后边——这叫"张三赶猪"。"张三"这个狡猾的猪倌，好像知道"孤狼斗不过群猪"，耐心地等待掉队的倒霉鬼——多半是不再强壮的老家伙或还缺少拼搏经验的小东西。它一发现有了捕食对象，先不声不响地贴近，然后突然地蹿上……野猪嘴大牙尖，十分凶猛；毛厚皮坚，还蹭了一身松树油子，抗咬又抗打——猎枪的铁砂子打到它身上，也只留下个白印。它的咽喉和后裆两处要害，是最薄弱的地方。"张三"扑上去后，一口咬住它的喉咙，它立即暴露出了贪吃惜命的本性，半依半靠在"张三"的身边，乖乖地跟着往前走。"张三"得手后是要迅速远离猪群的，便把尾巴当鞭子，不断地抽打俘虏的后裆。那只野猪一挨抽打，便急忙垂下尾巴，保护粪门和水门（或那两疙瘩活肉球），急惶惶地跟着"张三"跑。"张三"一找到安全僻静的地方，立即咬紧牙关扯断野猪的喉管，然后从容不迫地享用鲜美的野猪肉……

这一支进攻建安的敌军，是由川原劲手下的一个联队长小坂秀一居中指挥的。他认为刚刚离开双辽，还在家门口，用不着过分谨慎，没有向两侧派出搜索的侦察兵，只要求各部分按既定的梯次，保持适当的距离向前推进。

隐蔽在坨子后的"草上鹰"，已经把行进中敌人队伍态势看得清清楚楚：前头和中间的敌人，各部分相隔二三十丈，每部分都有几名骑马的小鬼子军官。等到了殿后的那部分，和他们前方的人马就相隔一里多地了。这部分敌人领头的是三辆胶皮轱辘大马车；跟在它后面的是大铁车、花轱辘车，哩哩啦啦有一里多长。这些车上都装着麻袋和木箱，估计是弹药和粮食。五十左右押车的敌人，有一多半摇摇晃晃地坐在车上，有一少半大背着枪，跟在车后晃晃悠悠往前磨蹭。"草上鹰"相中了这煞后的辎重队——它就像嘎牙子鱼白白净净、又软又薄的小肚子，最容易下刀劐开！

"草上鹰"回到坨根，和冯俊禄商量了几句，便三言两语地向弟兄们提出了要求。然后，冯俊禄率领机枪营从坨子南、他自己带着两个营从坨子北，向小鬼子辎重队中间冲了过去。机枪营先是横扫，冲到路上便向南顺扫；"草上鹰"率领的弟兄们向后半部分敌人挥起了马刀。刹那间日伪军就被撂倒二十多；其余的蒙头转向，有的四散逃命，有的趴下装死。只有少数人胡乱地开枪还击。"草上鹰"这头老狼并不嘴馋，根本没想赶走这头肥猪；弟兄们也就只顺手牵羊，或探身捞起一支枪，或从车上拽过一箱子弹，有的人则把拉断弦的手榴弹塞进弹药车……只打了半袋烟的工夫，全团人马就飞快地向西消失在坨子后边了。被他们抛开的大路上，大米、高粱米还在不断地从麻袋向外流淌着，白面炸成的雾团在慢慢地弥散，而弹药车则断续地发出爆炸声……

在前边行进中的敌人，突然听到密集的枪声，伪军都乱成一团；小坂秀一手下的鬼子兵倒是有些经验，有的就地卧倒，有的抢占有利的地形地物。小坂秀一举起望远镜，发现辎重队遭到骑兵攻击；密集的机枪声，使他怀疑对手有截断后路、进行包围的意图……他这一迟疑，便失去了迅速反击的机会——"草上鹰"的人马已经向西飞也似的撤出。他命令发射迫击炮；可哐哐地打出去，却成了欢送的二踢脚。小坂秀一跺了跺脚，派侦察兵去瞭望对手撤退方向……"消失在正西方"的报告，使他又犹豫起来：自己的任务是向南攻打建安；若向西追击会超过规定时间，违背军令……他决定派出三百人向西南警戒前进，把伤员、尸体送回双辽，其余人马收缩前进。

又走出四十来里，小坂秀一便命令在一个较大的村子扎下营，"小心戒备，预防偷袭"。这一夜除了有两名哨兵紧张走火，引起两场虚惊外，并没人偷营。

第二天，小坂秀一率队刚走出十多里路，从郑家屯赶来一辆架着机枪的卡车，报告郑家屯昨晚受到袭击。小坂秀一详细询问了交火情况，判断袭击者兵力在一个营以上。他无法断定是那为了牵制自己这支部队，还是再次攻打郑家屯的火力侦察；于是命令部队停止前进，发电报向川原劲请示。

坐镇法库的川原劲，昨晚已经接到北路军的"行进中受到骚扰"的电报。他想到通辽除了蒙古王爷的骑兵，还有一个东北军的加强师，极有可能采取"围魏救赵"的战法。万一中国军队攻占郑家屯，自己即使占领建安，也可能被关东军司令部骂为"长了一颗猪脑袋"。他又觉得只靠东、南、西三路兵力，也完全可以攻占建安。便立即电令小坂联队长："讨伐建安悍匪，我已稳操胜券。为准备扫荡盘踞通辽之支那残兵败将，你部立即回驻郑家屯，防备其乘机溃逃。"小坂秀一看完电文，就明白了川原劲是要自己回师协防，便掉转马头，强行军返回郑家屯。

"草上鹰"得知这路敌人撤回了郑家屯，并没有匆忙敲锣收兵。为了防备敌人杀回马枪,他又诈称是来自通辽的侦察营,在郑家屯周围神出鬼没地转悠了几天。他见敌人像被阉了的公鸡,没有跑出院啪啦膀子,这才退回老营——沿途留下几处监视哨。他刚想派人去向高司令员报告这几天作战情况,唐百顺报丧似的赶来了……

<h2 style="text-align:center">四</h2>

川原劲进犯建安是从心理恫吓开始的。他派出三架飞机轰炸县城。建安的老百姓,绝大多数没见过这种在天上飞的怪物。一听到天上轰轰隆隆,人们便炸了营,跑到街上仰头看。有几个好显摆的,便夸耀起自己见多识广,指着飞机咋呼:"东洋人的飞机,画着太阳旗呢……"

高大虎接到报告,立即向参谋人员下达命令:"守城部队立即组织机枪对空射击。"同时,派出一批通信兵,骑马沿街高喊"就近隐蔽,敌机飞回后就要俯冲轰炸"。

还多亏高大虎及时采取措施——在县城上空盘旋的敌机遭到射击后,转回时慌忙地扔下六颗炸弹。这六颗炸弹,有一颗钻进土里成了哑巴臭,两颗把空地炸了个大坑;落在清华观的那颗把娘娘庙炸坍了一角,落在前敌指挥部院外那颗炸倒了一段墙,落在正街上那颗炸死了两名行人,炸坏了两家商号的门市房。虽然伤损不很大,却弄得人心惶惶,好多人私下议论:"日本人从天上杀过来了,咱们咋跟他们打?"

紧接着,地面上的仗也开打了。

川原劲是把南路做主攻方向的。高荫唐也把主力——高荫唐支队三个团和白梦梅团摆到南线。高荫唐在三台楼和关家屯设下两道防线:第一道防线上两个团由在东北军里当过团长的白梦梅指挥;第二道防线由高荫唐率领。

刚开始,川原劲命令来自法库、铁岭、开原的伪军打头阵。为了侦察火力,他没派鬼子兵督战。一千多二鬼子顺着西南风慢慢地往前爬。白梦梅命令士兵沉住气，放敌人进入有效射程再开枪。突然遭到猛烈射击的伪军，连受伤的伙伴也不顾，顶着风向南拼命地跑，唯恐被黑无常、白无常抓进枉死城。

阵地上的义勇军士兵刚喘了几口长气，敌人的大炮小炮一齐轰了过来。震耳欲聋的炮声盖过了风声，炸起的泥土四处飞溅，硝烟裹着伤兵的嘶唤向北边的村子弥漫过去……炮声刚一停，小鬼子的飞机便轮流俯冲过来，嗒嗒嗒扫射一阵，投下十多颗炸弹，震得战壕都好像直打弯。飞机刚刚飞走，在小鬼子的战刀驱逼下，近两千名伪军向义勇军的阵地冲过来……应当说白梦梅指挥的这两个团，还真称得起训练有素，英勇顽强，一连击溃敌人三次的进攻。在太阳快落下的时候，西南风小得多了，战场也寂静下来了。白梦梅却只让战士们轮流休息，轮流领征来的老百姓连夜修筑战壕。

第二天，刮起了北风。白梦梅指挥的这两个团在敌人更猛烈的轰击和冲杀下，又苦苦地支撑了一天，打得伪军丧失了战斗力；自己也减员了三分之一多。傍晚时，接到战报的高大虎下了决心，命令白梦梅撤到了第二道防线。

白梦梅一到第二道防线指挥部，就向高司令打听另几处态势。高大虎说两天前"草上鹰"派人报告，骑兵独立团准备在双辽界和北路敌人周旋，绝不叫敌人进入县内。东路由梨树、昌图来犯的敌人行动迟缓，还未和在通江口一带布防的刘叙五部接触。西部的窦宝章日前报告，已与新民、彰武来犯敌人开战，但阚如鹏团尚未到达指定阵地……"我已派人严令催行"。白梦梅听后对阚如鹏十分不满，但因高荫唐在座，知他偏向阚如鹏，便没有多嘴多舌。

从次日拂晓开始，高荫唐指挥第二道防线的部队，和敌人展开了大半日的激烈战斗。虽然有些伤亡，却坚守住了阵地。敌人在午后的攻势，明显地减弱了。日头快落下时，窦宝章派来求援的人几乎跑死了马，说"阚如鹏按兵不动，宝章势孤力单，现已退守哈拉沁屯。望司令火速驰援"。

白梦梅则对敌人的攻势放慢产生怀疑，认为要防备敌人的迂回包围阴谋。高大虎颔首深思：进攻之敌如只正面猛攻，我方至多再守一日；退回县城，无险可据，决非善策。如向西转移，与窦宝章部合力粉碎西路之敌，则可再谋进取良策……白梦梅十分赞成高司令员的主张，表示自己愿意率领由三台楼撤下的人马坚守阵地，进行掩护，无论如何也要坚持到明日中午。

白梦梅离开后，高荫唐嗫嗫嚅嚅地建议："我是不是回县城……组织留守部队撤退，再去督促阚团迅速赶赴西线？"高荫周看出他是惦记小老婆和积蓄，便毫不留情地说："你咋到现在还没醒过腔来？姓阚的拉起自卫团是为了看家守院，接受我的改编也是为了保全实力和家业。他是不会带那个团离开自己的地盘的。咱们兄弟以身许国，义无反顾。你马上去和白团长交接阵地，天黑后向西转移；若无迂回之敌，便去增援窦宝章。"高荫唐不敢犟嘴，离开指挥部后派两名卫兵回县城，让他们保护柔云，携带细软去通辽。

高大虎派一名参谋回县城，组织留守部队"去哈拉沁屯"；又派人去通江口向刘叙五通报情况，让他往辽河上游撤，去和"草上鹰"的骑兵团会合。

五

仗一打起来，县城里的人就心不抓底。三台楼的枪声听不清，隐隐约约，似有似无；可飞机嗡嗡声，大炮、炸弹隆隆声，却能听得清清楚楚。这一天，柔云听枪声更大了，不能不提心吊胆。坐在炕上稳不住神，站在院里更心慌，便躺到炕上闭了眼睛，想喘几口匀和气。气一喘匀和，人也睡着了。她心上那道小窄缝里的高荫唐，很快就被白长荣挤走了。她一发现白长荣站在屋地，便慌忙地问："你们那疙瘩是不是也跟小鬼子开火了？"表哥只死盯盯地望着不吭声……她有些醒过腔来，小脸发起烧来。她睁开了眼睛，顺口说了一句"我咋惦记乱套了"。她嘴上埋怨自己，心里那根草却摇晃起来就不停。她躺不住了，下地出屋奔向百顺小铺。

唐百顺见她愁云满面，便问："高支队长都忙掉帽子了吧？"柔云先答了句"一开仗他就没回来"，迟疑了一会儿才反问："咱们老家那边也打起来了吧？"唐百顺便告诉她：听说小鬼子是从四面围上来的，估计北边也不会消停。柔云低声嘀咕了一句"但愿他平安无事"。唐百顺听出了她惦记白长荣，便宽慰说："他们的团长'草上鹰'心眼活，不会强拼硬顶的，一定跟小鬼子捉迷藏——长荣不会有闪失的。"柔云宽心些了，买了点并不急用的东西回去了。

傍晚，高荫唐的两名卫兵慌慌张张地赶回来了，说南边西边都有些顶不住了，高司令决心放弃县城，高支队长派我们保护你往通辽去……柔云听了，一边收拾东西一边琢磨：这疙瘩离通辽三百多里，跟他们去能有啥好果子吃？我一抵了债就没见到长荣表哥；被送进这个笼子，都没叫我跟家里人商量一句……傻乎乎跟他们逃难，真不如去和表哥见上一面，最少能劝他一句"再找个遂心女人吧"……

痴心女人若拿定了主意，掉了脑袋也不回头的。柔云把自己的东西打成了个小包，把高荫唐的钱财打成了两个大包裹。对那两个卫兵说："你们带着老爷的东西先走吧，我先到亲戚家躲几天。等太平了请老爷到老阁家接我。"那两个卫兵一来想快些逃命，二来不敢得罪姨太太，抓起那两个大包裹，匆匆忙忙地走了。柔云镇静地锁上门，拎小包来到百顺小铺，向唐百顺说明了有关情况，请求说："我想到河夹信子躲一躲，求大叔帮着雇辆车。"唐百顺认为这是特别紧急的军情，自己应当证实一下，赶回老营报告，便说："现在兵荒马乱，哪好雇车？我先去雇妥，车来了再走。"

唐百顺到街上不断地扫听，证实了高司令确实已经离开了关家坎子，守城的部队正慌忙地离开，往哈拉沁屯撤。他花大价钱雇妥一辆骡车。回到家又等了两个多时辰，车才来了。他叫上柔云，自己坐到外边的车耳板子上，帮老板子赶骡子，出东门奔老营……

高荫唐是在天刚要黑时带队伍出发的。走出关家坎子不远,天就淅淅沥沥地下起雨。高荫唐本来应当催促部队继续急行军,却认为雨天路滑听任部下走走停停。到了小半夜,高荫唐风雨中问:"到了哪儿?"有人报告"过了前边的杏树岗子,就快到方家洼子了"。他一听便打了一个寒战,犯了忌讳:我姓"高",往"洼子"里走可不吉利;大哥是"司令员",往"方"里钻也不一定顺当!于是便下令"避开方家洼子,奔经胜官屯那条路"——却忘了吩咐部下通报要赶上来的高司令员。

一个多小时后,高司令带领随从人员穿过杏树岗子,引起一阵汪汪的狗叫。

说来也巧,川原劲派出的一队包围关家坎子的小鬼子,昨天午后从法库慈恩寺出发,刚走到杏树岗子南边。他们听到狗叫,立即停止前进;又发现闯过来的人不多,还有三两个骑马的,便埋伏到路旁。

这时雨虽然停了,但乌云还没散去。高司令一行没有发现埋伏的敌人。小鬼子突然开火,撂倒了走在前面的几个人。高大虎刚跳下马,还没来得及拔出枪来,就被冲上来的敌人摁倒了。只有在后边的警卫排,在夜色掩护下逃出了几个人。

俗话说,兵败如山倒。辽北民众抗日义勇军是一支刚刚组建起来的部队,在一定程度上是靠高司令举抗日救国大旗,联络、聚集到一起的。高司令一被俘,这支队伍失去了凝聚士气的核心人物,加上敌强我弱的形势,很快地就四分五裂,输掉了建安保卫战。

白梦梅是在拂晓前得到高荫周遭遇敌人、生死不明消息的。他刚想率队驰救,正面和西面的敌人就凶猛地开始了进攻。白梦梅不得不边打边向东转移——想与刘叙五部靠拢,共谋进退。敌人则兵分两路:一路直扑县城,一路对白梦梅穷追不舍。白梦梅边打边走,第二天快撤到辽河畔时,又得到一个意外的消息:刘叙五和迟到的敌人相持了一天,便得到了高司令被俘、县城失守的消息。他的人马,是由自卫团和绿林绺子改编成的。一听到这个信,原来的自卫团成员便在家门口溃散了;而那些杆子头纷纷把自己手下人拉走了。刘叙五则带自己的亲信离开战场，去向不明。白梦梅还算得上一条抗日好汉：那一团人减员了一多半，而且面对强敌、孤立无援，还边走边打向北撤，希望能和"草上鹰"会合，坚持把辽北抗日义勇军的旗子打下去。

六

高荫唐掰道后率队走出十多里，隐约听到背后传来一阵枪声。他又打了一个寒噤，慌忙地问："司令大哥跟上来没有？"他身边人答了句"还没有"。高荫唐惊出了一身冷汗，传令部队停止前进，派出一个连掉头接应。一个来小时后，去接应的连长领回一个专员警卫排的士兵报告："专员在去方家洼子的路上中了敌人埋伏，不幸被俘……"高荫唐晕头转向没了主张，把团长们找来，一同和参谋人员商议应变对策。有的主张"回师追赶敌军，夺回高司令"；有的认为"专员落在敌手，追击无异追命"；有的建议"应以保存实力、谋图东山再起为大局"……争论了好长时间，从东南方向传来炮声，高荫唐才一狠心下令"继续奔哈拉沁屯"。他们慌不择路，如漏网之鱼向西北奔逃。不久便碰到窦宝章团一个开小差回家的士兵，说"窦支队长撤出哈拉沁屯了"。高荫唐又领部下向东北走，希图和窦宝章会合。

第二天拂晓，高荫唐疲饿不堪的队伍到了三区的马圈子——他觉得自己的人马是步兵，不怕被"圈"进马圈，便扎下营。中午，派出的侦察人员先后回来报告，有的说"县城已经失守"，有的说"窦宝章正率残部撤往蒙古旗"……高荫唐觉得形势危急，自己仅仅剩下了一条路：投奔阚如鹏，商量出条共同进退的路。

他经过急行军，近两个时辰后到达二区地界阚团防地。手下人报告："阚团警卫营王营长，请长官过去，说有重要军情转告。"

高荫唐以为他来是迎接自己，正准备说几句感激的话，王双福却和护卫人员停下脚步，抢先冷冷地开口说："高支队长，我家老爷迫于形势，已经宣布脱离义勇军，退出战斗，保持中立，维持二区治安。请高支队长看在往日情谊上，互不相扰，不要把'皇军'引进二区。"

高荫唐做梦也没想到阚如鹏会翻脸无情，竟然不允许自己进入二区地界！可是他也清楚：阚如鹏一直按兵不动，全团人毫发未损，还以逸待劳，动起手来自己是捞不到便宜的。他无可奈何地改道，绕开二区，向蒙古旗逃命了。

第二十三章　沙坨子的枪声

一

天大亮了，唐百顺雇的骡车到了刘家店。他请老板子和柔云到路边的张家店打尖。他过去在河西窝堡开杂货铺时，到县城进货回来常在这个店歇腿，跟张店东挺熟。他一边吃饭，一边搭话，打听骑兵团跟敌人交没交火。那位张店东很兴奋，说："郑家屯那边，倒是爬出来了一窝并不怕猫的洋耗子。可刚晃悠出洞门不远，就碰上了老鹞鹰，兜它们屁股一阵猛啄，吓得它们夹起尾巴钻回了耗子窟窿……"吃完饭，唐百顺把柔云叫到一边，要口供似的问："你是回散落屯娘家，还是去河夹信子老白家？"柔云说回娘家怕叫老阚家给抓回去，打算先到大姨父家猫些日子。唐百顺便叫车老板子送她去河夹信子；自己求张店东给雇了一匹马，骑上奔老营……

"草上鹰"听说南路和西路都顶不住了，高专员决定放弃县城，十分意外，连声说"咋败得这么快，咋败得这么快……"唐百顺想起了县城被轰炸，说了句"小鬼子飞机大炮太厉害"。"草上鹰"愣了一下神，又摇了摇头。他派出几拨弟兄，飞马去打探各路的消息。

唐百顺见屋里没有外人，便简要地说了柔云的事。"草上鹰"一听说这个可怜的孩子，还惦记着表哥，就叫来白长荣，让他"回去看看你表妹"。唐百顺跟到屋外，跟白长荣嘀嘀咕咕地掰扯了一阵，提醒说："节骨眼上，别错过机会。"

这天晚上起，陆续有探马回来报告"县城已经失守""窦宝章部已经退往蒙古旗了"。最叫"草上鹰"震惊的是半夜回来的人，报告说"高司令转移途中遭遇埋伏，被小鬼子捉走了"。"草上鹰"追问详情。报告的人说"不清楚"，还解释："我们知道这事重要，没敢轻信。一连盘问了五个溜回家的逃兵，说得都一样，才回来报告的。"

"草上鹰"思量了半宿，也没想清为啥会败得这么惨。第二天贴响时，有股探子回来报告：白梦梅带领一拨人马退到长沟沿一带了；敌人还在兜屁股往北追他们。"草上鹰"认为白梦梅是条真心抗日的汉子，一边派人去同他联系，一边率领大队人马，向还没敌情的河西窝堡奔去。快要到三眼井的时候，去联系的人回来报告："白团长说：'追他们的人，人数不多，有个小鬼子督战。请你们兜屁股打，让他两头顾不上。'""草上鹰"绕往敌人后路。

日头还有三竿子高的时候，"草上鹰"突然从廖家坨子向敌人发动攻击。白梦梅也率部下反攻。敌人也已经连续几天没有休息，十分疲惫；突然受到前后夹击，竟然认为是驻守通辽的中国军队增援来了，害怕被包了饺子，慌张地向西夺路逃跑了。"草上鹰"和白梦梅也不追赶，虚张声势地放了一阵枪，便人脸朝北，马尾巴冲南，连跑带颠地往蒙古旗撤下去了。

这天晚上，"草上鹰"和白梦梅在平安客栈前趟房喝闷酒。吊灯把屋子照得挺亮，可两个人的心头却罩着乌云。喝到半当腰，又有人来报告：高司令已经押到了法库；高支队长退往二区，可阚如鹏端给他一碗闭门羹，说"保乡安民"。高支队长眨巴眼睛了，绕开二区去了蒙古旗的公河来……

"草上鹰"挥退了报事的弟兄，问白梦梅："下步棋咋走？"白梦梅苦着脸说："小弟只有败回通辽一条路了。"

送走白梦梅，"草上鹰"一个人冥思苦想了大半夜：辽北完全落进小鬼子手了，阚如鹏肯定拜小鬼子当干佬做帮凶的；自己的肩伤又来找碴儿，有些抗不住颠簸了，再加上没了青纱帐，眼下很难带这百十来人，在这一带活动下去的……

二

天一亮，"草上鹰"先后找来"糖球嘴"和刘老猴子。对"糖球嘴"说："回县城后一心一意开小铺，不要再和别人来往。我和罗团长多咱用到你时，再派人跟你联络。"他吩咐刘老猴子："你的身份，这左近的人都知道了。去找友义领三十块大洋，先回去猫冬吧。"

接着他把冯俊禄和营长们找过来，宣布自己的决定："……全团由冯参谋长带领，先回老营，把留守人员和粮草带着，去通辽找罗团长——他快出院了。以后的行动听他指挥。我最近老病犯了，先在这附近养些日子；一见好就去找你们。"

最后，他单独嘱咐贾友义："这抗日的事，今后要更困难、更苦的。你的性子，是挨不下去的。听干爹的话：到通辽后，把军需营的账目、钱财向你罗叔交代清；然后悄悄回家过安稳日子，别再把玉娥他们娘儿俩，孤零零地扔在家里了。"

"草上鹰"看着大队人马离开，回想起这半年多紧张新颖的战斗生活，心里感到有些孤单。他又站了好久，才上马慢慢地向河夹信子颠搭。

那天白长荣一推开自家屋门，斜身坐炕梢的印三丫便站起身，两个人你死盯盯地瞅着我，我直勾勾地看着你，却都没有开口。坐在炕头的老白头儿，下地穿上鞋，先瞥了一眼外甥女，然后盯着儿子说："三丫是顶着枪子赶来的，想见你一面，劝你'找个投心对意的女人过贴心日子'；你该咋办，好好地掂量掂量吧！"

等老爹一把屋门拽上，白长荣就抢上两步，把印三丫搂到怀里，坚决地说："你来了，我就不再放你走！"印三丫又喜又忧，把双手搭到他肩上，有些不踏实地说："我……身子不囫囵了……还兴许给你招来灾祸……"白长荣抢过话头，斩钉截铁地说："你心里有我，这就全够了。

若是有人来找碴儿，我领你顶风蹚水钻大坨子；躲不过就拼个鱼死网破，手拉着手上望乡台。"印三丫用两只胳膊紧紧地搂住白长荣的脖子，踮起脚、仰起头，把流着热泪的脸送到他嘴边……两个人的疯狂热吻，化成一份无形无影、但都生死不渝的合同：三年后，印三丫在随丈夫逃往河东时，被追击的二鬼子射杀在辽河波涛中；三十多年后，他们的儿子，遵照父亲的遗言，把白长荣的骨灰，撒到辽河的波涛中……

白尧虽然被人们叫作"白挠毛"，却也给儿子攒了一些娶亲的东西。"草上鹰"来的时候，白长荣在搭北炕，印三丫在南炕絮新被。他一听白尧说"两个孩子在准备成亲"，便掏出三十块现大洋。

等白长荣办完喜事，"草上鹰"更觉得总拿大烟顶着疼痛不是好曲子，便贪黑骑马去长沟沿。李怀仁在灯光下见来的是"草上鹰"，有些吃惊地说："我的团长老兄，你可真是天胆——倭人悬赏两千元现大洋买你的人头，你竟敢单人匹马到处闯！""草上鹰"先是一愣神，接着就抹了一把鲇鱼嘴，开玩笑地说："我这张丑脸还挺值钱！"

夜深了。李怀仁大夫挽留"草上鹰"住下。"草上鹰"却怕给李大夫招灾惹祸，带了几服药——包括给老白头儿买的止咳定喘丸，连夜回到了河夹信子。他一连服下三服汤药，肩上的老伤又得到控制；他也就又犯了"好了伤疤忘了痛"的通病，没有再去颐生堂。

一天的后半晌，贾友义找上门来了，高兴地向干爹报告："我罗叔带咱们队伍回到半拉坨子了，想同你合计下步的活动。""草上鹰"忙问："他的伤好利索了吗？"贾友义回答："差不离了，只是骑马还不敢撒开缰绳——可能是有些怕踮着。"

"草上鹰"着急去见罗德，让白长荣去给自己备马。老白头儿的病见轻了，拦挡说："老当家的，要跑好几十里路呢。就是你现在不饿，也得让大侄子歇歇腿，填饱肚子呀。"

"草上鹰"见他说得有理，便答应吃完饭再上路。他低声问贾友义："你咋没回家去？"贾友义也低声说："罗叔劝我再留一阵子；说我现在离开，会使弟兄们散了心。"

"草上鹰"觉得罗德想得比自己更周到，便点了点头。吃完饭，白长荣和贾友义去备马时，"草上鹰"对老白头儿说："长荣刚娶完亲，让他留在家吧。若是姓高的、姓阚的来找麻烦，叫他们小两口躲一躲；你去找我，我想法子对付他们。"

"草上鹰"和贾友义离开了河夹信子。贾友义说"二区警察、自卫团盘查很紧。为了不耽误事，还是从蒙古旗地界走好"。"草上鹰"认为他说得对；还觉得自己路熟，便提马在前边领道。

日头快落下时，奔驰进了白眼沙坨子。"草上鹰"听身后干儿子喊道："干爹，你先慢点往前颠搭，我撒泡尿。"

走路的人，骑马坐车也好，用步量也好，要方便一下，总是找处树茅子等可以遮身挡体的地方；贾友义咋偏选在这光秃秃的白眼沙坨子撒尿呢？

三

贾友义一到通辽，便向罗德交账。罗德发现有三百块现大洋的差款，便问了一句。贾友义红着脸说"给干爹买大烟土了"。罗德听"草上鹰"说过"我叫友义买了五十块大洋的烟土"；还听警卫人员说过"老团长给你们挂彩的人用大烟镇痛"，猜想其余的可能叫他胡花或昧下了。因为贾友义说"干爹叫我回去过老实日子"，便也不再追究，还叫管钱的再给了他三十块现大洋。贾友义没忙回家，到协尔苏"夜来香"家住下了。

这时候，梁守教已经当上二区维持会长，王双福当上了二区警察分署署长。吕怀德在梁守教"你想报杀父之仇就得抱住'皇军'大腿"的劝告下，给王双福当了副手，是个还没经县警察署日隈巽指导官批准的副署长。梁、王、吕为了升官、发财、报仇，下决心捕杀"草上鹰"，在二区和蒙古旗收买了不少眼线。梁守教曾经是"夜来香"的老主顾，能不利用她吗？他们一接到"夜来香"打发人送来的密报，立即派张大昌带人，连夜把贾友义和"夜来香"一起抓到了河西窝堡。

王双福一见到贾友义，便假装吃惊，亲自解开绑绳，还数落那帮警察："派你们去抓'草上鹰'，咋把我的义弟抓来了？"

他派人去请梁守教和吕怀德，还说"我虽然是警察署长，却没权私自放人。得把梁大哥和吕怀德请来——他们一个是维持会长，一个是副署长，一同商量出个法"。贾友义听了，觉得都是熟人，放下了大半个心。

梁守教一来，便张罗给"三弟"压惊。在酒桌上，王双福给贾友义看南竹治署名的布告，还指指点点地介绍："抓到'草上鹰'的赏金是两千现大洋……抓到其他人是一千到五十块。那帮人背着我们抓你这个营长，是为了提着你脑袋瓜子换三百大洋！"

贾友义立时吓得脸色灰白，脊梁后直冒凉风，向他仁连连作揖，求他们"千万救小弟一命"。这三个人都表示"尽力而为"。

梁守教敬贾友义一杯酒后，启发他："俗话说，求天不如求人，求人不如求己。三弟若聪明些，不仅会无灾无难，还会官运亨通、招财进宝。三弟应当想一想，你得到了孙玉娥那回，是谁要活埋了你？你在平安客栈和'夜来香'睡了两宿，是谁要打你一顿军棍？'草上鹰'若知道你落到我们手里过，能轻饶了你吗？"吕怀德开导他："高大虎有好几千人马，三天工夫就被'皇军'打得死的死、逃的逃，他自己也当了俘虏。'草上鹰'就几十人，就像眼下的蚂蚱，还能蹦跶动吗？"王双福也情深义重地说："为了三弟，我可以豁出掉脑袋瓜子！可是现在是'皇军'的天下，小胳膊是拗不过大腿的——而且他们把东三省占牢了。我看你不如跟我们一起干。只要你说出'草上鹰'在哪儿呢，我保证把署长这顶帽子送给你！"

贾友义为了不在家里啃咸菜疙瘩，才走出家门的。现在一听说有好多人都想拿自己的脑袋换现大洋，能不害怕吗？可他也十分清楚，干爹是一直关心和爱护自己的；若说出了干爹落脚的地方，那可就把他推上死路了——亲生爹在地下知道了，也不会原谅自己的，所以只表示："愿意弃暗投明；可自己是开小差溜出来的，不清楚干爹现在在哪儿。"

喝完酒，由两名警察带他去休息。吕怀德报仇心切，主张"你们俩是他盟兄不好出面收拾他，由我出面伺候他吧——这个人骨头软，一顿胖打准尿裤子。"

梁守教却不同意："他眼下可是咱们的爬高梯子摇钱树，无论如何也得叫他帮咱们抓住那只扁毛货。万一手一重，弄断了他的小狗命，阚司令会怪罪咱们办不了大事，东洋人会骂咱们'猪一样蠢'。这个小胡子头是属臊叫驴的，可以先套后吓唬……"王双福、吕怀德都连声说"高见、高见"。

第二天梁守教出面找一处独门独院的房子，置办了一些家当，先把"夜来香"安排进去。王双福便送贾友义回"家"去住——当然有警察蹲坑看着。"夜来香"搂着贾友义又哭又闹又撒娇，要他无论如何"得保住命"，还说："你若立了大功，当上署长，我就是'二太太'了；你若丢了小命，别说我当不上'二太太'，就是你那个宝贝儿子，也得成别人家的'带犊子'！"贾友义听了这话，不断地唉声叹气。

天亮后，梁守教、王双福、吕怀德全拱上门了，连劝带许愿，还威胁说："那几个财迷心窍的东西，去找车了，要把你往县城送。"贾友义还在犹豫，一帮警察押着一辆大车来到了门口。张大昌领头闯进屋，围上贾友义就捆。"夜来香"吓得扯着他膀子没好声地号，梁守教和王双福急得像热锅上的蚂蚁，一个劲地打转转——贾友义哪里知道，这全是梁守教做下的扣！他吓得腿肚子都转了筋，水裆尿裤地哀求起来："放我一马，放我一马吧……"那帮警察个个如狼似虎，连推带搡往外拽。到了外屋地，贾友义回过头来哀求："大哥、二哥，还有老吕当家的，你们快讲个情啊！我听你们的劝了，你们摆出啥道，我迈啥步……若有半句谎话，叫我脑袋吊到灯笼杆上，让我儿子去当带犊子！"

四

张大昌和他领来的警察，听了王双福"他若变卦，你们告我包庇罪，把我也绑了送到县里去"的保证，才离开了。

"夜来香"按梁守教吩咐去了外屋地。屋里四个人嘁咕起咋去抓"草上鹰"。吕怀德报仇心切，一听说"草上鹰"在河夹信子养伤，就主张全体警察来个耗子搬家——全窝出洞，把河夹信子围起来硬抓。梁守教和王双福坚决反对：他们不仅怕"草上鹰"那两把百发百中的追魂枪，而且认为"草上鹰"是只在黑道上蹦跶了三十多年的老狐狸，一定会安排好了很多退路。一旦被他抹了套子，逃掉了命，报复起来会十分凶狠，还防不胜防。

梁守教是"花舌子"，也可以说是个地理通。他知道从河夹信子去半拉坨子有两条路：一条经河西窝堡、穿过大半个二区后再进入蒙古旗；一条是离开河夹信子就奔蒙古旗，直奔白眼沙坨子走。他主张在白眼沙坨子伏击，还神秘地说："那个地方寸草不生，对'草上鹰'来说便是个绝地，老扁毛畜生一打不着食，二隐不住身，还会有好下场吗？"那几个人听他说得有根有蔓，都认为"草上鹰"气数到了尽头。梁守教怕贾友义见到"草上鹰"后变卦，又皮笑肉不笑地说："三弟，张大昌昨天打发人去接玉娥娘儿俩了，明天你们一家三口就团圆了；再过几天，我和你二哥做主给你补办娶二房的酒席。"

梁守教给"夜来香"找房子是没背着金娟的。金娟听吕怀德说过"你炕头上那个老东西，跟'夜来香'有过来往"。见他一大早又往那个娘儿们的住处跑，能不疑心吗？没隔多一会儿，她就瞄着梁守教的脚印去查看，想抓住他点把柄，给自己放青做借口。路上，她碰上一伙警察把一辆大车停到"夜来香"住处的门口，便随着几个好事的站在一旁看热闹。等贾友义领一个女的，把梁守教、王双福、吕怀德送出来，金娟便对吕怀德招招手，大声说："老妹夫，银娟咋好多天没去看我了？"吕怀德赶忙贴过来。没等他回话，金娟就拉下小脸，低声呲打："你咋也闻着腥味就往前挤！"吕怀德见这位"大姨子"向自己泼起醋来，高兴地解释："我们把贾大下巴逼降了……我得和他们一起上白眼沙坨子报仇去。"

到了过晌，金娟在家里有些坐立不安了："草上鹰"可不是没筋没骨的囊囊膪，两支枪左右开弓，准得指鼻子不打眼睛！他们会不会套不住狼，还搭上了孩子呢？姓梁的奸得兔子般不过横草，碰到危险准会把脑袋缩回腔子里去；可那个人却是个死心眼子毛愣鬼，一搭到"草上鹰"的影，就准伸爪子往手里抓，有啥闪失第一个非是他不可！她又急惶惶跑到银娟家，一进屋就问："怀德多咱走的？"

银娟发现姐姐反常了：自己一搬到河西窝堡来住，她当着自己的面，总是把吕怀德称为"老妹夫"的；只有自己去了外屋地，她眼皮底下又没第三个人的时候，才偷着浪声浪气地叫他"怀德"。后来自己还偷着扒门缝，看到他们动手丫子掐掐捏捏。两个人的那种贱样，分明是早就勾搭到一起了。她对吕怀德由怕变为烦恶了，对姐姐也由敬佩变为瞧不起了。现在一听姐姐问起自己男人的去向，好像等不及了野汉子；她没好气地回了一句"谁知道，他到哪疙瘩狗扯羊皮去了"。

金娟也早就猜出妹妹看出了马脚，可她并不胆怯，认为"我只不过和你扯平了"。现在一听她顶撞自己，便训斥："他是你正经八百的男人，你咋这么不上心？他们俩去了白眼沙坨子，说是要放冷枪撂倒'草上鹰'。我怕他们偷鸡不成，反倒把自己搭上了。"

银娟也有些惊恐不安了，伤心地说："他没跟我透口风。我在他的眼里，都不抵你一少半……"

金娟有些脸发烧，可心里挺喜欢；看到银娟的蔫巴样，也有点可怜，便安慰了几句才回家。

五

送走姐姐后，银娟的心并没有平静下来：那个人钻心摸眼地想拿"草上鹰"报仇解恨，可不是一天两天的了。老太太劝了几句，他就翻了脸……没嫁人时姐姐最体贴我，进了吕家门，只有老太太把我当近人。他若真把"草上鹰"给害了，老太太会认为是恩将仇报，一定会懊糟坏了的……他们八成还没得手，我应当回去报个信，让老太太想法拦挡一下。银娟平时很软弱，甚至可以说窝窝囊囊。可这个知情知义的女人，到了紧急关头却无所畏惧，当机立断，抬腿就奔三眼井去见婆婆。

老寡妇刚放下饭碗，听了银娟的话就急得火上了房，提溜起一把小镐子就往外走。两个儿媳妇儿说"回来兴许贪黑"，叫她招呼个劳金做伴。老寡妇苦笑着说："我是个土快埋到脖的人了，还怕狼撕狗扯吗？我一辈子清清白白，可亲生的儿子却疑心我脚不正鞋歪……他若是把老吕家的恩人杀了，我下辈子也没脸再披这身人皮了！"

从三眼井到白眼沙坨子，有二十左右里路。老寡妇三勾路走出两勾时，突然从前边传来一阵枪声。老寡妇腿一软坐到了地上。枪声很快就停下了。老寡妇挣扎起来又往前走。她刚走出百来丈，又传来叭叭两声枪响。老寡妇这回没有跌倒，心里却画起魂儿：难道那阵枪没打到那个命大的人？那这两声枪就兴许是他打的……都说他打枪百发百中，求老佛爷保佑别打中了那个丧了良心的牲口小子………她又走出了不到一里路，前边又传来叭的一声枪响。这回老寡妇猜想不出是啥原因了，只继续往前走……

"草上鹰"一听干儿子要撒尿，暗叹了一口气：已经是三十多岁的人了，咋还没练达出来？出门前咋不把啰唆事都弄利索！便轻轻勒了一下缰绳，让大青马碎步往前颠搭。他抬眼四处望望，只见草甸子上近处黄、远处黑；白眼沙坨子远处暗、近处灰——满目荒凉，死气沉沉。他掏出小烟袋，想装上一袋烟，却听坨子后嘎嘎地飞起几只老鸹。"草上鹰"心里一惊：有人埋伏！他扔掉小烟袋，往外掏枪……可他刚掏出枪，密集的子弹已经叭叭叭射了过来。大青马前腿一屈，身子张了一张，便摔倒了；而"草上鹰"被掀离马鞍子后，像一个装满沙子的口袋，闷声噗地落到了地上，一动不动了……

贾友义好像已经撒完了尿，却还倚着马藏着身子，大声喊起来："快停下，别打着我……"

贾友义喊的"我要撒泡尿"和"快停下，别打着我"，都是梁守教给他定下的暗号。

他一喊"别打着我"，埋伏在坨子后的人都住了枪。开始有人在吕怀德带领下，踩着陷脚的白眼沙往坨子下晃悠。紧接着，趴着没动的人里，就有个嘟囔了一句"可别是诈死"——那几个往下走的，立刻往下趴；有两个心慌没趴稳，叽里咕噜滚了下去。应当说吕怀德胆最大，趴稳了，还头一个爬起来跑下了坨子。他猫着腰，端着枪，慢慢地走到离"草上鹰"十多步时，也不管是死是活，叭叭打了两枪。其余人见"草上鹰"一动没动、一哼没哼，这才大胆地站了起来，高声喊："把他打住了，把他打住了！"

吕怀德割下"草上鹰"的头。还有几个人围着大青马商量，想把它拖回去剥了吃。王双福怕枪声招来"草上鹰"的部下，不敢久留，吆喝住那几个人，命令"赶快撤"。

贾友义赶上来后，不敢看干爹的尸身，扭过头牵着马往前走。王双福贴到盟弟身边，低声安慰："三弟，别太难过了。你并没开枪，他是乱枪打死的。而且……他当了三十多年的红胡子，没少干下伤天害理的事。这是罪有应得，和你毫不相干。"

贾友义并没有伤心，而是在担心两位盟兄答应下的条件，到了日本人那里能不能算数；不过他还是故意齉着鼻子说："可他到底是我干爹呀。"

王双福暗下咧了一下嘴，心想"我早就打算让你跟他一路走了"。他对一直悄悄跟在自己身边的张禧打了一个手势，然后低声对贾友义说："三弟，你看坨子上是不是蹲着一个人？"贾友义抬头望去时，张禧举枪照准他后脑勺，嘭地就是一枪……

贾友义连个屁也没放，就一头栽倒了。

走在前头、后头的人都停下脚步。王双福已经把黄骠马的缰绳抓到手里，递给了张禧，骂骂叽叽地说："小胡子头想跑，叫张炮头一枪钉到这里了——把他的脑袋也割下来！"

这队人马又往南走下去了。梁守教陪着王双福走在中间，低声说："二弟安排得对。你这也算为王森老叔报了仇，大下巴的干爹叫贾英，三十多年前是'追风沙'的手下，后来跟了'三尾虎'。"王双福长出了一口气，说："我总算解了一点恨！"

天上半圆的月亮，照着寂静的荒甸子。老寡妇终于走到了白眼沙坨子。她顺着坨根那条有些发黄的荒道，又往前走了一段，路被一大团黑黢黢的东西挡住了。她站住了，头发根直往起竖。紧紧地握住小镐子的把。她慢慢地走近，才发现是一匹死马。她哈下腰一打量，不由得"啊"了一声：是大青马！她心一凉——马死了，人笃定是归天了……她站在死马的旁边，仔细地踅摸起来，又发现十来步外有一段黑黢黢的东西。她绕过死马走过去，果然躺着一个人——却没有脑袋。她以为是窝在身下了，蹲下身子伸出手想扳过来，却黏糊糊沾了一手……她忽然想起了银娟说过"他们有的想报仇，有的想得赏"的话，猜想到人头是被恶人带走了，顺口骂了一句"真造孽"。

她浑身无力，坐到了地上，一边把手往沙子上蹭，一边流着泪想：他给了我两条命，我不能让他身子给野狗撕了……她好像又有了力气，站起身往坨根走，想找个离道远些的地方刨个坑，却踩到个硬东西。她捡起一看，竟然是"草上鹰"的小烟袋！她揣了起来，自言自语："你是选中了这疙瘩。"

老寡妇刨一阵，歇一阵，也流一阵泪。她连镐刨带手扒，也不知用了多长时间，终于挖出了一个坑。她又连抱带拖，把"草上鹰"的尸身放到坑里。她还掏出汗巾盖到腔子的伤口上，然后开始往回扒土。她把土攒成个小土堆后，先歇了一大阵；然后低声说："你好心竟遭了恶报。想当年你若是不留下我的活口，今天也不会叫我那个丧了良心的孽障领人把你杀了，落得你死了还尸首不全……你也别太难过，下辈子会有好报的——我剩下的日子，一定天天为你念佛，求老佛爷保佑你有个好来世。"

老寡妇恭恭敬敬地叩了三个头，默默地离开了。她没想奔哪好，可脚步随心，朝跟三眼井相反的方向走下去了。

这个心地善良、命运不济的老寡妇，会走到哪一步呢?

尾 声

一

一打张嫂抱来了"儿子"，她忙得再也拔不动根了；一晃就是七八年，王可一确实没再抽出身子去东陵和马虎山串门。那孩子取名叫褚兴业，再开学该升入二年级了。

让王可一万万没想到的，是她待在黑山这个背旮旯子，还碰到了冤家对头邹乃杰！

这天佟老三去进货了，王可一领着孩子坐在柜台里，突然来了一队二鬼子兵，把王可一和孩子撵出柜台，便开始划拉东西。王可一领孩子正靠墙哆嗦，又进来一个当官的。那帮二鬼子都朝他敬礼，都叫"翻译官大人"。王可一一眼就认出了他是邹乃杰——那张脸竟然油光水滑的没咋见老。王可一恨他狼心狗肺坑骗过自己，现在又当了汉奸，假装哄孩子低下头，不再看他一眼。

王可一没有看走眼，那个"翻译官大人"确实是邹乃杰……

邹乃杰当年把那对玉马骗到手后，料定王可一不敢告官，但可能追上门来，破裤子缠腿不放松；而寿太太在京城一盯紧，或者"追风沙"手下人露了馅儿，王可一这个阆山的逃妾就可能成为海捕逃犯。因此，邹乃杰觉得应该既要躲过王可一的眼珠子，别让她搭到影，又得防备官府捕快的狗鼻子，别叫他们闻到贼性味。他怀揣那对玉马，手扶彩荷，逃到了老毛子霸占的旅顺口。到了年底，彩荷给他生下个儿子——因为难产，在老毛子医院生的。不仅花了一大笔钱，彩荷还不能再生养了。

　　三年后，为了争夺朝鲜和在中国的势力范围，小鬼子和大鼻子掐起了生死仗，结果是老毛子被拱跑了。在日俄战争中有不少中国老百姓成了屈死鬼。邹乃杰一家三口还算走运，连根汗毛也没伤损。可物价飞涨的灾祸，就像一场齐脖的大洪水，把人们身上的钱涮了个溜溜光。邹乃杰万般无奈，把那对玉马拿出一只，走进了古玩店——本来值五千两白银的宝贝，可黑心肝老板却把价压到一千两。邹乃杰不能让老婆孩子和自己一起挂下巴颏，跺跺脚从牙缝挤出了一个"卖"字……

　　彩荷见他还是游手好闲，便劝他"别坐吃山空了，找事干挣点钱吧"。邹乃杰也怕吃光了这只啃那只，到了两手光秃秃的，可就只好喝西北风当路倒了。应当说他还是有些眼光的：认为日本人已经占了辽东半岛，把南满铁路也抢到了手，沿线派驻了大量兵马，"早晚会把东三省全占了"。因此，他觉得"若学会东洋话，一定容易混个官当"，便开始学日语。虽然他已经三十多岁，还三天打鱼，两天晒网，可他到底有秀才的书底，四五年后，也能绊绊磕磕当通事了。他开始东一家、西一家给日本商人、中国老板当翻译。

　　如果邹乃杰本本分分，一家三口的日子还能挺充裕。可他属狗，人也像狗似的改不了吃屎，再加上常出门、常陪人吃花酒，便又开始嫖女人。旅顺这个地方，花街柳巷是有些俄国、日本、朝鲜女人的。邹乃杰开始花洋价钱开洋荤。这就使彩荷母子饱一顿饥一顿了。常在河边站，哪能不湿鞋？邹乃杰快五十的时候，传染上了大疮。这可是又危险又招人烦的肮脏病。孩子过了二十还没成家，彩荷差不多天天骂他"缺德冒烟下三烂"，追他给孩子定亲成家。邹乃杰不能不顾脸面，更不能不要命，便不得不把那剩下的一只玉马出手了——这回他没去古玩店，卖给了一个跟他有些交情的日本商人。他把病治好了，给孩子娶了媳妇儿，可仍然没人愿意雇用他。他眼看快六十的时候，手里的钱又快花光了。他那宝贝孩子，借口在大连找到了差使，把媳妇儿领走单过去了。没过多久，彩荷也拿帮着照看孙子做借口离开了旅顺。

邹乃杰成了光杆司令，可他很快就高兴起来——老天爷可怜瞎家雀，伪满政权到旅顺招翻译。邹乃杰求那个买他玉马的日本商人走后门，到"国兵"里当上了翻译官。他这次随伪军路过黑山镇，是配合鬼子兵去辽西打抗日义勇军。

刚一照面，邹乃杰也觉得这个小脚老太婆有些眼熟，挺像当年那个被自己一箭双雕射中过的女人；可见到她护着小孙子，表现得不顾财产和个人安危，便断定只不过是有点像罢了——骡骡子咋会有后人呢！不过他却因为这个"有点像"而发了善心，吆喝那几个二鬼子兵"缺什么到大一些的店铺去募集吧"……

两个月后，邹乃杰在凌源帮鬼子兵审问俘虏。被审的是高老梯子——原来是土匪，后来拉起了抗日义勇军——的一名部下。邹乃杰见他被反绑着双手，便走近劝降。那个人听了小声说："我现在想做笔买卖：抖搂出干货来能给我多大价钱？"邹乃杰点头哈腰地跟鬼子兵咿呀了几句，又走近那个人两步，腆起肚子摇头晃脑地说："太君说，那要看……"那人出腿好像比他翻弄舌头更快更有劲，冷不丁飞起一脚，踹到了他的下身——他"啊"一声没喊完，就扑通一声栽倒了。那人刚奔向鬼子兵，可还没等把连环腿踢出去，就被鬼子兵一阵乱枪放倒了。

邹乃杰像纸糊的，一被踹倒就没爬起来。后来凌源人自豪地说："高老梯子手下的人，那是半个孬种也没有的！他们的身手，最不济的也是瓦盆窑掌柜的——成套地往外批。那人踹出的那脚是有名堂的，叫'撩阴腿'；别说是踹了串了气、没串秧的老狗，就是踹了纯种的洋叫驴，那也得叫四个兽医往外抬——没法治！"

后来，王可一听到了传扬。她跺跺小脚，连声说"该、该、该！"她住嘴后，却叹了一口气：害人的东西都遭了报应，可那个让人惦记的"小傻狍子"咋没消息呢？

一九四六年的春季，褚兴业去沈阳念大学了。王可一又有闲工夫串门了。张嫂已经躺在炕上等死了。她流着泪说："你不来，我是咽不下这口气的。"原来去年秋天，穿了一身苏联红军衣服的褚财找上门来了……四十多年前，他被沙俄的兵抓走后，先是领路，后来扛炮筒子，一直跟俄国兵撤到西伯利亚。他没法回家，只好卖力气过活。快四十岁时，他和一个比他小三岁的寡妇结婚了，后来还有了一男一女。他告诉张嫂："我是自愿当通事跟过来的，想知道她是不是还活着。"他听说这些年王可一一直在和佟老三搭伙过日子，好像放了心，掏出一个已经磨破边的绣花荷包，交给张嫂说："这还是过小礼那天她送我的……你转给她吧——我这辈子欠下她的，下辈子再还吧。"

王可一接过那个自己亲手绣的荷包，觉得挺鼓溜：打开一看，装的不是自己那绺头发，而是一包花白胡子。她用右手拇指、食指拈咕起那团花白胡子，心里酸溜溜的：这狠心鬼还真叫老毛子娘儿们摽住了大腿……

张嫂那双浑了吧唧的眼睛，好像还看出了她有些伤心，鼓起精神头劝她："看他那个蔫巴样，像心里一直提溜着你。人强强不过命的……老天爷若是公道，会让你们下辈子再走到一起的。"

王可一收起荷包，心里想：人能信神信命吗？我这辈子富贵命落了空，下辈子他能给我带来凤冠霞帔吗？若是真有下辈子，能跟像贾大哥说的"三穷三富"过一辈子，我也就知足了……她苦笑笑，摇摇头，没吭声。

张嫂好像完了心事，几乎没再出声。已经快成了小老太太的秦桂兰，陪着干姨唠了半宿——差不多是她唱单出头。从她嘴里，王可一知道了：张广福后来得了伤痨，已经老掉五六年了。张富媳妇生下张大发后就住了桌。张富是个红脖子汉，用媳妇带来的那半垧地，给借光儿子换来了媳妇。张大发二十多岁还打光棍，被抓劳工送到了日本——一走就像土垃坷掉进了汪洋大海。娇娇先后生下五个孩子，只站住脚一男一女。日子过得"老猫房上睡，一辈传一辈"，也用女儿换了个媳妇。而秦桂兰自己，和张喜圆了房之后，生下大孩子取名张大有，后来舍出去给人家当了养老女婿。小儿子不久前被抓去当了中央军……王可一听得不断叹气，勾起了对娘家侄儿一家的牵肠挂肚。第二天吃完早饭，她就上路去东陵。

王可一见到侄儿后，越唠心里越敞亮。

王连第说："小铺开着……"

王可一看到了。她还看到他安上了假腿、侄媳妇儿穿得囫囵囫囵，断定了生意还挺红火。

"老二进了沈阳一家工厂，在城里娶妻生子，自立门户了。"

王可一笑眯眯地应了声"我当上姑太了"。

"两个闺女，我都聘给了手艺人，都能胡噜得饿不着、冻不着……"

王可一把他和老张家对比，觉得靠手艺吃饭的，比翻土垃坷还抗旱涝、保收成，夸侄儿很有眼力。

王连第对大小子一句没提。王可一有些担心了，便追问："老大呢？"

王连第先回答："四个孩子中，我只供他进了学堂的门——还是贾叔出的主意，说得让他接祖父的书底子。没承想他还真是那里的虫，一路上没住犁杖，一直念进了大学……"接着，他却压低了声音，悄悄地说："跟外人说，他是被八路给裹走的；其实是那小子心甘情愿跟着跑到北边去了。"

王可一责怪侄儿"你咋不给孩子掌好舵"。王连第却说出了一句她压根没想到的话："那帮人可不二五眼，将来十有八九会坐天下。"

王可一瞥了他那条假腿一眼，心里暗想：你连好孬都分不出来，为给那个损种师父报仇，白搭上了一条腿，还能掂量出谁能坐天下？可惜贾大哥劝你供大小子念书那片心了，恐怕是打了水漂了——不过她嘴上却没说出来，而是问了句："我这回咋又没碰上你贾叔？"

"他成了正果了……"王连第见老姑脸色惶恐不安，迭忙打补丁说："贾叔在九一八事变后的第二天，救了一个从北大营逃出的伤兵；留他在这旮儿养好伤，就领他去边外拉起了义勇军，还当上了骑兵团的团长——

他原来是做没本生意的。虽然为人仗义，名声不错，但终究是行走在黑道上；可面对小鬼子，他双手抡枪站了出来，还当了抗日军的团长，能说他不是成了正果吗？"

王可一连连点头，又追问："后来呢？"

王连第有些结结巴巴地说："后来嘛……有人说他跟马占山撤到黑龙江北去了，也有人说他带人马退到长城南边去了……十五六年了，没听到准信。"

其实，王连第是撒了谎。后来贾英走二年多，也没回来。他惦记了，坐大车倒短，先到了法库，又倒短到了建安和河夹信子，见到了白尧，才知道贾英牺牲了。他知道老姑挺看重他，不忍心叫她心里懊糟。

王可一回到黑山。她一直把那个香荷包带在身上，始终没叫佟老三看见过。她身体一天不如一天，开始给自己和佟老三准备装裹。

王可一常常手里忙着忙着，就忽然想起了那个"小傻狍子"还活着。她停下针线活，掏出那个自己做的香荷包，拈起里面的花白胡子，暗暗地说声"他还活着"……最初，她还心中骂几句：你这个小笨鬼，咋还忘了我，勾搭上了一个老毛子寡妇？后来她想起了自己曾经在离开乌尔罕前说过的那句话"他没转弯子心眼……我还真担心，他被老毛子女人破裤子缠腿跟来，没了窝"，便又觉得"这可能是命里该着，好人是不该断后的"。她便认为自己不应埋怨他了：我是没法给他留下后人的，老天爷才安排他被抓到红毛国去了……

一九四八年立秋后，她的牙已经掉了一半。褚兴业火烧屁股似的回家来，说自己急需一笔钱。佟老三和王可一把手里的钱都给了他。他还嫌少，说了句"这么一捏子，够个屁用"。老两口没法，便分头去借。他们回来时，孙子已经走了。王可一发现自己的东西，被翻得成了破烂堆，那双白鞋中原来囫囵的那只，被剪开了鞋底，藏在里面的五个大金镏子不见了。王可一对佟老三诉苦："那是留着给他娶媳妇儿的，他不该偷偷拿走的。"佟老三叹气说："狗肉贴不到羊身上，他没把咱们当亲人。"

等到快八月节了，褚兴业却没回来。王可一对佟老三说："我咋又想起了兴业。他会不会出了啥事？你说我是不是再到沈阳去看看？"佟老三"唉"地长叹了一声，说："从一把屎、一把尿，养到快大学毕业了，都二十多年了，哪能不惦念。可咱们都这么大岁数了，兵荒马乱的，咋出去？等到八月节还不回来，就求个人看家，一起去一趟吧。"王可一应了一声"好吧"。

褚兴业又没回来过八月节。王可一跟佟老三可也没去沈阳——辽沈战役开始了。农历八月二十左右的一天，国民党的一发炮弹落进了"一品杂货铺"，佟老三当场炸死了，王可一还剩下一口气。邻居们赶过来时，王可一用一只手握个绣花香荷包，一手指着大板柜说："麻烦各位高邻了……装老的衣物都在柜里。给我换衣服时，别拿走这个香荷包……我们俩是搭伙过日子，不能并骨的。用房子替秃爪子换口好棺材，用那口大板柜装我……两个坟头别离得太远。"说到这，话几乎说完了，可她又忽然想起：佟老三借用了四十来年褚财的名，阴曹地府会不会把他们弄混了？便又接着说："棺材头的名讳，要写他真名真姓……佟老三。"她闭上了眼睛。

邻居们都感到奇怪：这两个人搬到这里四十年左右了，都活到了七八十岁，咋还是搭伙的？一个妇女从板柜取出一个包袱，打开后发现除了衣裤鞋袜外，还有一顶奇形怪状的帽子，上面贴着用金箔剪成的长尾巴鸟、用银箔剪成的花。一个七十多岁的老人被请来看。他惊讶地说："这是'凤冠'——前清时只有诰命夫人才能戴的；可也允许平民百姓给老去的戴个假的。看起来这位女店东有些神道道的：铺子叫'一品货'，贴身带的香荷包装的是男人胡子，还不和一起过了四十多年的男人并骨……人死为尊，一切都按她说的办吧！"

在入殓后，邻居们把大红棺材、旧板柜分别埋到了荒山下。好事的年轻人还在相隔十来丈远的两个坟头前，抢去荒草，修出一条小道，打趣说："女店东、男老板搭了几十年伙，不并骨也会常来常往的。"

二

银娟懂事后，就由比她大好几岁的姐姐照看，妈死后又寄人篱下，端姐夫家的饭碗，不知不觉中养成了顺从和逆来顺受的性情。后来的屈辱打骂，使她渐渐有了些主见；特别是婆婆在她的恩人被害后，竟然没有再回来，使她暗暗地想：老太太守了大半辈子寡，儿子却怀疑她不清白，还杀了她的救命恩人。她伤透了心，不再回这个家。看来，人除了听天由命外，还可以走另外一条躲避开的道。我却不如南来北去的大雁，有个可以奔去的地方……抗日军一打回来，把吕怀德、梁守教杀了，她不但没悲伤，还有了主意：我一错再错吃尽了亏，今后的路得迈自己的步了。罗德一回县城，她就夹起一个小包赶往县城。

她找到罗德，要求当兵抗日。罗德差不多天天都在招兵买马，可招到的人很少；却以"你是女人"为由拒绝了她。银娟边哭边问："你们不是说'爱国抗日，人人有责'吗？也没把女人刨出去呀！你是不是因为我是个没保住贞节的女人，才不要我？梁守教破了我的身子，那是因为我没敌过他呀……我是不应当给吕怀德做小老婆，可自己说了不算，也没地方去呀……你们不收我，我还有啥路可走？"罗德可怜起这个女人，想起大辛哈拉留守处的卫生队有几个女兵，便答应了她。

银娟在卫生队生活得十分欢快。她不仅认真地学习，还抢着干脏活累活；加上她脾性绵软、长相漂亮，不仅伤员都得意她，还有些驻在附近的中下级军官也来找她搭话。不过罗德来看她两回后，就不大有人往她身边凑热闹了。

卫生队附近有一家姓于的，老两口领着小两口，少媳妇儿是蒙古族，已经生下两男。银娟听说他们是建安人，歇班时便去串门。她惊奇地发现：老于头有五十左右，脸上有挺大的一块黑记，反倒把比他年轻的老伴叫"袁姐"；而老太太白白净净，谁见了都会猜想她年轻时准是个漂亮女人。串了几次门后,银娟又发现了一个怪现象:两个小男孩,却一个叫于怀浪、一个叫岳怀木。老太太见银娟有些吃惊,就解释了一句"老二过了个门槛"……

其实,这个"袁姐",就是和若木相好的缘木散人。

银娟到于家串门的次数一多,和"袁姐"老太太可就无话不唠了。"袁姐"问起她跟罗支队长是咋认识的。银娟就讲起了罗德在建安的活动和他妻儿的不幸命运。"袁姐"想起了自己跟若木的那段缘分,轻声说了一句"女人不容易碰到熟悉又对心情的男人"。银娟摇摇头,回了句"在老家时只见过两三面,到这疙瘩后,他只来看我四回"。"袁姐"却认为"不少了",还说一个支队长在不到半年的时间里,若是没心情,不会四次来看一个女兵。银娟红着脸,低声说明自己嫁过人,现在是寡妇。"袁姐"听出了她在意姓罗的,却有些自卑,不敢主动,就说"不能错过机会;若看出他在这方面没挑拣,那就得拿定主意"。

银娟对罗德更主动热情了。还故意唠起"袁姐"老太太,说"她挺关心我"。罗德就刨根问底,想弄清是咋个关心法。银娟故意推托了一阵,才红着小脸学说了"袁姐"的话。罗德很高兴她转弯抹角让自己表态。他先夸了一句"这个老太太不简单",就把银娟紧紧抱住,说:"我要像对刘芳那样待你;可你必须跟我白头到老!"罗德很快就把银娟风风光光地娶进了在通辽租下的公馆。

不过他们并没有在一起过几天安生日子。罗德在部队被打散后,带她逃到关内,又在张自忠手下当上团长、旅长。又后来,罗德在抗日战场上阵亡了。银娟倒是守着他们的孙儿活了八十多岁——恢复高考后,她孙女因"祖父为伪官吏",被某重点大学拒录。这位罗老太太颇有些杀伐——"文革"中街道开她的批斗会,有人说她丈夫是"反动军官";她就理直气壮地反驳:"张自忠抗日牺牲,毛主席夸他是民族英雄;罗德跟他一起阵亡,也不是反动的"——她去北京找中央领导说明情况。这位领导是法库人,知道罗德在辽北抗日事迹,也知道他在抗日中英勇战死,提出了"罗德不应简单被视为'伪官吏'"的看法，说服学校追录了。

三

"草上鹰"被干儿子出卖了，脑袋还被小鬼子示众十天，可他的名头却传扬了很久。比如说，阚禄恨他同父异母的兄弟给他戴上了绿帽子，花了二百块现大洋买动张禧，打了阚祺一黑枪；然后他就"料定"是"草上鹰"手下人干的，把账挂到了"草上鹰"的头上。再比如说，白长荣为了反抗伪满洲国的警察欺压老百姓，秘密组织了"白大杆子队"，截住警察分署署长张大昌，一顿白茬棒子把他拍扁了。后来就被传说成"草上鹰"死后忠魂不散，带领弟兄为东北沦亡戴孝，都穿了一身白袍子，一人挥动一根白大杆子，专门收拾黑狗子……

"草上鹰"这位抗日义勇军的团长，生前曾感慨自己这个小红胡子"成了正果"。他没料到——就连他的朋友和对头也都没一个人知道，他死后竟被讹传为谁也不知来龙去脉的一路毛神了。应当说了解这件事底细的只有一个半人："糖球嘴"唐百顺，由头到尾清清楚楚，算是一个人；而大筐头朱顺，参与了开头，却不知结尾，是半个人。

唐百顺听说"草上鹰"父子都在白眼沙坨子中了埋伏，两颗脑袋被挑在东门外，要示众十天。他又吃惊又悲伤，随人群去看了两次，只好认定是事实了。他暗下决心：他过去是我的老伙计，后来是我的老长官，说啥也得把他的头安葬了。他左思右想，觉得一个人干不了这件事；瞻前顾后，却选不定找谁做帮手。后来他想到了朱顺：自己找到程家小寡妇后，曾去感谢他，没想到他竟噼里啪啦地说："叫花子天天老爷长、太太短地求人帮；可我老花子从来不卖嘴作损。你跟我打听事，我知道就磨了磨嘴皮子，既没搭上啥本钱，也没耽搁我去求东家、拜西家。再说了，你还叫了我一声'老前辈'，扔给了我一块洋大钱，早就两清了。你把小姨子整个地收了庄，能让她带着瘫巴婆婆进了你的门，也算是没白捡便宜，将将就就是个从坏种堆里爬出来的人。你一定要谢，就把四包馉子带回去，代我送给程老寡妇，庆贺她还能多活几天。"唐百顺觉得这个老爷子为人挺仗义，还无牵无挂不怕连累，求到他可能会帮上一把。

到鸡毛店找到朱顺，他郑重地低声说："想求前辈帮着办一件有风险的事。"朱顺听了，就随他到了西泡子，在连片的蒲草边站住脚。一听唐百顺说完，朱顺就说："我原来只知道他是个杆子头，没想到他却为抗日掉了脑袋瓜子……若叫他脑袋瓜子喂了狗，小鬼子更得偷着笑话咱们……你出三十块现大洋吧，我找个警察狗子往出买；到时候你在东门外头道水沟子那疙瘩等我，由你去消化。"

朱顺找到那个带队看守人头的警察狗子班长，骂骂咧咧地说："你又发倒头财了。东门挂着的那爷儿俩的脑袋，老的曾经给过我两个馒头，我不能叫他们爷儿俩的脑瓜骨叫狗啃了。这是我攒了一辈子的钱，买下后埋了。"那个警察狗子数完钱，又扔回两块。朱顺却没接，还骂了几句："我是还这辈子情，积下辈子福——你他妈的应下了这笔买卖，倒真占了便宜，让我没法抖搂你那些臊臭事了。"

示众第十天头夜里，唐百顺带了一把锹，提前去约好的地方等着；等从朱顺手接过两个人头后，两人也不废话，一南一北离开了。

唐百顺走出小四十里，在石人沟把两个人头包好，埋上了。他没敢起坟头，却把一个石柱子挪过来，立在前边。回去的半路上，他把铁锹扔进一个水泡子。

唐百顺有一次清明时雇个车去给"草上鹰"上坟。他知道老团长好抽旱烟，便往石头柱子上抹了些烟袋油子。车老板看了问："这是啥人？"唐百顺不能说真话，便假装没听清，顺口说了几句打岔的话："啥神？管这段路的。抹点他喜好的烟油子，他就有精神头，保佑行车走路太太平平。"这个老板子便在同行中唠扯起这件事——传来传去，就成了"石人沟那个石柱子是神灵，抹浇车油能保佑行车太平"。于是，越来越多的老板子，经过石人沟时都停下车，提溜浇车刷子往那根石柱子上呱嗒几下。

时间一长，石柱子都变得黑乎乎、油腻腻的了——也就更助长了那种没影的传说……

唐百顺听到这种误传后，只微微一笑没吭声——他得保护老伙计、老长官六阳魁首的安全。

朱顺呢，虽然听到了这种传说，可并不知道唐百顺把人头掩埋到哪里了；而且他还病倒了，连手下的花子都不管了。

他发现自己当不了几天无拘无束的逍遥王了，派了一个花子去给温大丫送信，叫她来见最后一面。温永桃张罗了一辆花轱辘车，拉着老妈和三儿子，连夜赶来了。温大丫见朱顺是在撑着等自己，也就不张罗请大夫抓药，先叫儿子、孙子磕头叫爹叫爷爷；然后半藏半露地为他表功："大顺子哥，你帮我爹遂了心愿，老天爷也看你的面子，让永桃有了三个小子，把温家、景家和朱家的香火，都能传下去了。我已经跟儿子商量好了，三孙子改姓改名叫朱勇，你走时由他给你引路……"

朱顺点点头，拼力说了他这辈子最后几句话："我这一辈子窝窝囊囊，可也做了几件高兴的事。第一件，在送穆捕头那天，我报了恩，在县衙门口把县太爷骂了一顿。第二件，我偷出了'草上鹰'的头，没叫忠心报国的人地下寒心。第三件事，是我最满意的，我……认下了你……这个干妹子，使我有了后人，能安心地进……祖坟了……"

朱顺走了，走得顺心如意。

四

在柳条边外的东河套，有句俗话：两股风轮流坐庄，一场水分分合合。前半句说的是边外的风：一年里从春到冬，西南风和西北风总是你刮一阵、我刮一阵，从来不像两头牛似的对着犄角顶起头，不分胜败不罢休。后半句说的是辽河泛滥起来的洪水：一冲坍堤坝，就不断地淹了这村奔那屯，不停地合围碰头。后来也有人把这句话用到社会和人的身上，用前

半句证明"不是东风压倒西风，就是西风压倒东风"；用后半句给"天涯
沦落人，何处不相逢"做注解。这种注释，还真被不少事例证实了。

阚如鹏在解放军解放沈阳后，认识到西风刮不起来了。他怕老百姓跟
他算叛变投敌的"汉奸账"和鱼肉乡民的"恶霸账"，跑到了沈阳大儿子
家。阚福因为是庶出，不宜做一家之主，阚老太太还有意"狡兔三窟"，
送他到沈阳念书。他还真因"庶"得福，不但读了大学，做了工程师，还
成了阚家思想最开明进步的人。

镇压反革命运动开始时，阚如鹏已经过了七十岁。阚福跟他爹谈了一
次话，认为他在小鬼子进攻建安时，先按兵不动，后叛变投降，做了小鬼
子的官，是"重大罪恶"。他接受了阚福的劝告，主动向人民政府坦白了
自己的罪恶。人民政府因为他是主动坦白，还年龄已老，宽大处理他，只
"判三年，就地管制"。

城市里的"管制"，比农村松得多，是有"乱说乱动"的机会的。他
闲着没事，兜里还有零用钱，时常到公园、庙宇溜达。有一次他到慈恩寺
闲逛，发现一个年龄比自己还大的尼姑是辽北口音，动了乡情，上前搭
话；又意外地知道了老尼姑号"了尘"，是昌图县八面城人，后来搬到了
三眼井。他顺口说出自己叫阚如鹏，是阚家街人。他没料到老尼姑一听就
扭头走开了……

这个叫了尘的老尼姑，正是吕老寡妇。

老寡妇当年在掩埋了"草上鹰"的尸身后，便决心不再见儿子的面。
她出家当了尼姑，后来在沈阳大南门外的慈恩寺落下脚。她坚持为"草上
鹰"念经超度，求菩萨保佑他下辈子长寿平安。她虽然不是在慈恩寺落发
的，可年纪大，脾气又好，在庙里很受尊重。她一知道自己碰到的人是阚
如鹏，可就犯了"嗔"戒。她已经想明白了：吕怀德和梁守教、王双福只
是杀害"草上鹰"的凶手，阚如鹏却是藏在后面的主谋。她听说罗德为
"草上鹰"报了仇，杀了三个凶手；她没替儿子可惜，认为杀人就该偿
命。她想不明白，人民政府处处为民做主，为啥不杀了大汉奸阚如鹏？她

想到了可能是年头多了，"草上鹰"又没后人，政府不知道。她想自己出头；可又觉得自己跟"草上鹰"只有私恩，不便出头……到后来，她想到了自己是佛门弟子，应当慈悲为怀，不能冤冤相报，心情才渐渐平静下来。

她比阚如鹏还高寿，一九六六年有人在这个八十多岁的老尼姑的住处，翻出一个玉石嘴、银杆、铜锅小烟袋，认定她不是一个"反动官吏的小老婆"，就是一个"披着袈裟的老破鞋"，喝令她交代"罪恶"和"奸情"。老尼姑又羞又急，一个跟头跌倒了，就去了西方极乐世界。

二〇〇一年完成初稿

二〇〇五年首次修改

二〇〇七年二次修改

二〇一八年六月定稿